全國高等院校古籍整理研究工作委員會規劃項目

九家集注杜詩

（宋）郭知達 ◎ 編　陳廣忠 ◎ 校點

上冊

北京師範大學出版集團
安徽大學出版社

圖書在版編目(CIP)數據

九家集注杜詩/(宋)郭知達編；陳廣忠校點．—合肥：安徽大學出版社，2020.4
ISBN 978-7-5664-2029-9

I. ①九… II. ①郭… ②陳… III. ①杜詩—注釋 IV. ①I222.742

中國版本圖書館 CIP 數據核字(2020)第 047086 號

九家集注杜詩
JIUJIA JIZHU DUSHI

(宋)郭知達 編
陳廣忠 校點

出版發行	北京師範大學出版集團
	安徽大學出版社
	(安徽省合肥市肥西路 3 號 郵編 230039)
	www.bnupg.com.cn
	www.ahupress.com.cn
印　　刷	合肥华苑印刷包装有限公司
經　　銷	全國新華書店
開　　本	148 mm×210 mm
印　　張	53
字　　數	1525 千字
版　　次	2020 年 4 月第 1 版
印　　次	2020 年 4 月第 1 次印刷
定　　價	368.00 圓(全三册)

ISBN 978-7-5664-2029-9

策劃編輯	齊宏亮　吳澤宇	裝幀設計	李　軍　孟獻輝
責任編輯	吳澤宇　李　君	美術編輯	李　軍
責任校對	程中業	責任印製	陳　如　孟獻輝

版權所有　侵權必究

反盗版、侵權舉報電話：0551-65106311
外埠郵購電話：0551-65107716
本書如有印裝質量問題，請與印製管理部聯繫調换。
印製管理部電話：0551-65106311

全國高等院校古籍整理研究工作委員會規劃項目

九家集注杜詩

（宋）郭知達◎編
陳廣忠◎校點

上冊

北京師範大學出版集團
BEIJING NORMAL UNIVERSITY PUBLISHING GROUP
安徽大學出版社

圖書在版編目(CIP)數據

九家集注杜詩/(宋)郭知達編;陳廣忠校點.—合肥:安徽大學出版社,2020.4
ISBN 978-7-5664-2029-9

Ⅰ.①九… Ⅱ.①郭… ②陳… Ⅲ.①杜詩—注釋 Ⅳ.①I222.742

中國版本圖書館 CIP 數據核字(2020)第 047086 號

九家集注杜詩
JIUJIA JIZHU DUSHI

(宋)郭知達 編
陳廣忠 校點

出版發行:	北京師範大學出版集團
	安徽大學出版社
	(安徽省合肥市肥西路 3 號 郵編 230039)
	www.bnupg.com.cn
	www.ahupress.com.cn
印　　刷:	合肥华苑印刷包裝有限公司
經　　銷:	全國新華書店
開　　本:	148 mm×210 mm
印　　張:	53
字　　數:	1525 千字
版　　次:	2020 年 4 月第 1 版
印　　次:	2020 年 4 月第 1 次印刷
定　　價:	368.00 圓(全三冊)

ISBN 978-7-5664-2029-9

策劃編輯:齊宏亮　吳澤宇		裝幀設計:李　軍　孟獻輝	
責任編輯:吳澤宇　李　君		美術編輯:李　軍	
責任校對:程中業		責任印製:陳　如　孟獻輝	

版權所有　侵權必究
反盜版、侵權舉報電話:0551—65106311
外埠郵購電話:0551—65107716
本書如有印裝質量問題,請與印製管理部聯繫調換。
印製管理部電話:0551—65106311

前　言

陳廣忠

　　唐代大詩人杜甫（712－770年），字子美，祖籍襄陽（今湖北襄陽市），生於河南鞏縣（今河南鞏義市）。曾爲左拾遺、京兆功曹、檢校尚書工部員外郎、節度參謀等。（後晋）劉昫撰《舊唐書·文苑下·杜甫》、（宋）宋祁撰《新唐書·文藝上·杜甫》、（元）辛文房撰《唐才子傳·杜甫》等，詳載其事。對其著述，《新唐書·藝文志》載有：“《杜甫集》六十卷，《小集》六卷。潤州刺史樊晃集。”

　　杜詩影响巨大。唐宋八大家之首的韓愈（768－824年）在《調張籍》中贊道：“李杜文章在，光焰萬丈長。”南宋學者蔡夢弼《杜工部草堂詩箋·跋》中説：“自唐迄今，餘五百年，爲詩學宗師，家傳而人誦之。”北宋王洙《杜工部集·序》載收詩“千四百有五篇”，而《九家集注杜詩》收詩一千四百三十一篇。《九家集注杜詩》成爲杜詩傳世最早、保存最完整、集注較多的善本。

一、郭知達其人及其書流傳

　　南宋郭知達，成都人，曾爲富順（今四川富順縣）監、郡守（按：宋代設成都府路，成都府轄益州、蜀郡、眉州、通義郡。疑爲“蜀郡”郡守。）《九家集注杜詩》成書於宋孝宗淳熙八年（1181年）。

　　《四庫全書·九家集注杜詩》“提要”云：“（宋）郭知達編。知達，蜀人。前有自序，作於淳熙八年。”《天禄琳琅書目》卷三《九家集注杜詩》“提要”云：“此書爲成都郭知達所輯。知達，《宋史》未載其人，而家於成都。”郭知達《校定集注杜詩·序》中載：“郭知達，成都人。”又云：“大書鋟版，置之郡齋，以公其傳。”乾隆四十六年（1781年）修《四川通志》卷七上載:"郭知達,知富順監。富順舊以鹽移贍遂寧(今四川遂寧)生徒,歲爲錙八十萬緡。知達以公養不豐,請於漕運使,又歲獲五十三萬二千緡。"

對於《九家集注杜詩》的編撰緣由和校勘方法,郭知達《校定集注杜詩·序》中説:"杜少陵詩,世號詩史,自箋註雜出,是非異同,多所牴牾,致有好事者掇其章句,穿傅附會,設爲事實,託名東坡,刊鏤以行,欺世售僞,有識之士,所爲浩歎。因緝善本,得王文公安石、宋景公祁、豫章黃先生庭堅、王原叔洙、薛夢符□、杜時可田、鮑文虎彪、師民瞻尹、趙彥材次公,凡九家。屬二三士友,各隨是非而去取之。如假託名氏,撰造事實,皆删削不載。精其讐校,正其訛舛。大書鋟版,置之郡齋,以公其傳。庶幾便於觀覽,絶去疑誤。若少陵出處大節,史有本傳,及互見諸家之序,兹不復云。淳熙孝宗年號八年八月日。"

郭氏南宋蜀郡刻本已經亡佚。宋理宗寶慶元年,曾噩重刻於廣東漕司。曾噩,字子肅,閩縣(今福建福州)人。紹熙四年(1193年)進士。官瑞州尉、晋江知縣、潮州知府、廣東漕司等。"提要"云:"又有曾噩重刻序,作於寶慶元年(1225年)。最爲善本,宋板之絶佳者。"

曾噩本"序"云:"'讀書破万卷,下筆如有神',此杜少陵作詩之根柢也。觀杜詩者,誠不可無注。然注杜詩者數十家,迺有牽合附會,頗失詩意,甚至竊借東坡名字,以行勇於欺誕,夸博求異,挾僞亂真,此杜詩之罪人也。惟蜀士趙次公,爲少陵忠臣,今蜀本引趙注最詳。好事者願得之,亦未易致。既得之,所恨紙惡字缺,臨卷太息,不滿人意。兹募蜀本,刊於南海漕臺。會士友以正其脱誤,見者必當刮目增明矣。

噫!少陵之詩,其偉壯則如巨靈之擘太華,其精巧則如花神之刻群芳,其理詣深到則《詩》《書》《莊》《騷》之流裔也。及其詞源,傾倒如長江大河,順東而趨,勢不可禦,必極其所至而後已。方是之時,豈復有意於搜尋故事,驅役百家諸子之言,以爲吾用耶?或者未免以注爲贅。雖然,以詩名家,惟唐爲盛,著録傳後,固非一種,獨少陵巨編,至今數百年,鄉校家塾,韶總之童,琅琅成誦,殆與《孝經》《論語》《孟子》

并行；况其遭時多難，瘦妻飢子，短褐不全，流離困苦，崎嶇堙厄，一飯一啜，猶不忘君，忠肝義膽，發爲詞章，嫉邪憤世，比興深遠，讀者未能猝解，是故不可無注也。

寶慶元年重九日，義溪曾噩子肅謹序。"

乾隆三十八年（1773 年）修《四庫全書》，在武英殿的書架上，發現了塵封已久的宋版《九家集注杜詩》，乾隆皇帝欣喜不已，連續寫了兩首七律，抒發激動之情。詩中寫道："平生結習最於詩，老杜真堪作我師。書出曾鋟實郭集，本仍寶慶及淳熙。九家正注宜存耳，餘氏支辭概去之。適以遺編搜四庫，乃斯古刻見漕司。"詩中對杜甫欽佩至極，指出是書就是郭知達的"淳熙"和曾噩的"寶慶"本，曾氏刻於"漕司"，堪稱"善本"。注文中說："此書舊藏武英殿，僅爲庫貯陳編，無有知其爲宋槧者。兹以校勘《四庫全書》，向武英殿移取書籍，始鑒及之，而前此竟未列入《天祿琳琅》，豈書策之遇合遲早，亦有數耶？""是書皮塵武英殿庫架，不知幾許年。兹以校勘《四庫全書》，始物色及之，且辨其爲宋槧善本。即此不可以悟人材之或有沈淪耶？"

本書底本採自文淵閣《四庫全書》。經過編撰"四庫"的學者考定，其書爲南宋郭知達、曾噩所刊之"宋槧善本"。

二、《集注》引諸家考

1. （北宋）王安石（1021－1086 年），字介甫，號半山，臨川（今江西撫州市臨川區）人，曾二任參知政事、二任宰相，封荊國公。著名文學家、思想家、政治家。著述宏富。《宋史·藝文志》載有《臨川集》三十卷，《四庫全書》載《王荊公詩注》五十卷、《臨川先生文集》一百三十卷等。曾作《杜工部詩後集》，《序》文寫於皇祐四年（1052 年）。并曾編《四家詩選》十卷，選"杜韓歐李"詩，以子美爲第一。

《九家集注杜詩》列爲第一。引"荊公"3 次，"王荊公"2 條，"王介甫"4 次，"王文公"4 次，"安石曰"1 條，共 14 次。

如：《西郊》："無人競來往。"競：一作"與"，一作"覺"。荊公本作"覺來往"，且曰："下得覺字好也。"載在《鍾山語錄》。

按：王安石詩文評著作《鍾山語錄》已佚。（宋）胡仔《漁隱叢話》引《鍾山語錄》6條。（宋）魏慶之《詩人玉屑》引1條。

2.（北宋）宋祁（998－1061年），字子京，謚景文。天聖二年（1024年）進士。官龍圖閣學士、史館修撰、知制誥。曾與歐陽修等撰《新唐書》。書成，任工部尚書，拜翰林學士承旨。《宋史·藝文志》載有《宋祁集》一百五十卷、《宋祁筆錄》一卷等。

《九家集注杜詩》引"宋景文"5次，"宋景公《筆錄》"1次。《宋景文公》《宋景文公筆錄》2次。知《宋祁筆錄》爲詩文評之作，已佚。

3.（北宋）黃庭堅（1045－1105年），號山谷道人，晚號涪翁，洪州分寧（今江西修水縣）人。北宋著名文學家、書法家。爲江西詩派開山之祖，與杜甫、陳師道和陳與義，稱爲"一祖三宗"。《宋史·藝文志》載有：《黃庭堅集》三十卷、《樂府》二卷、《外集》十四卷、《書尺》十五卷等。并有評論杜詩專著《杜詩箋》，存殘卷六十餘則。

《九家集注杜詩》引有："山谷云"3條，"黃魯直"15條。

4.（北宋）王源叔（997－1057年），名洙。應天府宋城（今河南商丘）人。博覽強記，對方技、術數、陰陽、五行、音韻、訓詁、書法等，無所不通。藏書43000餘卷。嘗爲翰林學士、天章閣侍講等。校訂《九經》《史記》《漢書》等，修定《國朝會要》《三朝經武聖略》等書。慶歷元年（1041年）十二月編成《崇文總目》60卷。

對於王洙編撰杜詩，（南宋）陳振孫（1186？－1262？年）《直齋書錄解題》云："《杜工部集》二十卷。王洙原叔蒐裒中外書九十九卷，定取千四百五篇。古詩三百九十九，近體千有六。"王洙作"《杜工部詩史舊集序》"，寫於寶元二年十月（1039年）。其中云："與歲時爲先後，分十八卷。又別錄賦筆雜著二十九篇爲二卷，合二十卷。"（南宋）郭知達編《九家集注杜詩》列"王洙"爲"九家"之首。（南宋）黃希、黃鶴撰《補注杜詩》（亦名《補千家集注杜工部詩史》）（1216年），亦將"王洙注"放在首位。佚名《集千家註杜工部詩集》，收有王洙（寫於1039年）、王安石（作於1052年）、胡宗愈（寫於1090年）、蔡夢弼（作

— 4 —

於1204年)四家的"序言"。(元)托克托等修《宋史·藝文志》載:"王洙《注杜詩》三十六卷。"

《九家集注杜詩》引"洙曰"65條,其中第二十五卷26條,第二十六卷38條,第二十九卷1條。引"王洙曰"2條。引"王原叔作《[杜工部]集記》曰"1條。確定爲王洙注的"一云"165條,"一作"968條,"王云"1條。

又,(北宋)鄧忠臣(?—1103年),神宗熙寧三年(1070年)進士,曾官知衡陽縣、大理丞、秘書省正字等。《宋史·藝文志》有《鄧忠臣文集》十二卷。(南宋)陳振孫《直齋書錄解題》:"《玉池集》十二卷,考功郎湘陰鄧忠臣慎思撰。平生著述甚多,嘗和杜詩全帙。"

(金)元好問(1190—1257年)編《中州集》卷二:"今見吳彥高《東山集》有《贈李東美詩》引云:'元祐間秘閣校對黃本鄧忠臣,字慎思,余柳氏姨之夫。今世所注杜工部詩,乃慎思平生究竭心力而爲之者,鏤版家標題遂以託名王原叔翰林,兩王公前後記,初無一語及此注,而後記又言"如源叔之能文,止作記於後",則源叔不注杜詩,爲可見矣。舉世雷同,無爲辨之者。宣和近貴李東美,有才藻,善行書,且喜作小楷,所寫杜集,精密遒麗,有足嘉賞。爲作古詩一篇,紙尾因記鄧公事。後人聞此,其誰不疑?然予少時目擊,不可不識,姑以告李侯,非求信後人也。'彥高此說,正與廉夫合。近歲得浙本杜詩,是源叔之孫祖寧所傳,前有序引,備言其大父源叔未嘗注杜詩,廉夫、彥高益可信,故併記於此。"

(明)王士禛(1526—1590年)撰《池北偶談》云:"《注杜工部集》,則內翰王原叔洙所注也。《吳彥高集》云:'是元祐間秘閣校對黃本鄧忠臣慎思所注,託名原叔。'"

5.(北宋)王琪,字君玉,華陽(今四川雙流)人,徙舒(今安徽潛山)。其父王罕,宰相王珪(1019—1085年)從兄。舉進士。曾任館閣校勘、集賢校理、樞密直學士、禮部侍郎等。官姑蘇郡守時,於嘉祐四年(1059年)增訂刊刻王洙之《杜工部集》。其《後記》云:"翰林王君原叔,尤嗜其詩,家素蓄先唐舊集,及採秘府名公之室,天下士人所有得者,悉編次之,事具於記,於是杜詩無遺矣。非原叔多得其真,爲害大矣。原叔雖自編次,余病其卷帙之多而未甚布,暇日與蘇州進士何君瑑、丁君修,得原叔家藏及古今諸集,聚於郡齋而參考之,三月而後已。遂鏤於版,庶廣其傳。"當時《杜工部集》印一萬部,"每部爲直千錢,士人爭買之"。

（明）曹學佺《蜀中廣記》亦云:"《杜工部集》二十卷。《年譜》一卷。宋嘉祐中王琪君玉刻而序之。"（明）王士禎撰《池北偶談》云:"改正王內翰注,則王寧祖也。"

《九家集注杜詩》引"王琪云""琪云",共2條。

6.（北宋）薛夢符,（南宋）曾噩《序》（1226年）中指明是"太原人"。《天禄琳琅書目》爲"河東人"。生卒年、仕宦不詳。（南宋）郭知達《九家集注杜詩·序》九家中列有"薛夢符"。

其杜詩研究著作已知有兩種:①《杜工部集續注》。（南宋）吳曾《能改齋漫錄》撰云:"杜子美'天闕象緯逼,雲臥衣裳冷',薛夢符《續注》云"。《九家集注杜詩》作"薛云",《補注杜詩》作"夢符云"。②《補注杜工部集》。（北宋）胡仔（1110－1727年）撰《漁隱叢話·後集》卷八云:"《補注杜工部集》,則學士薛夢符也。"（明）王士禎（1634－1711年）撰《池北偶談》相同。（南宋）李壁《王荆公詩注》云:"薛梦符之補注杜集。"（清）查慎行（1650－1727年）撰《蘇詩補注》云:"薛梦符又有補注。"

《九家集注杜詩》引"薛夢符"20條。"夢符""夢符曰"3條。"薛夢符《補遺》"2條,"薛夢符《續注》"1條。

7.（北宋）薛倉（蒼）舒,其籍貫、生卒年、仕宦等不詳。《宋史·藝文志》載其著作有三種:"薛倉舒《杜詩補遺》五卷,《續注杜詩補遺》八卷。"又,"薛蒼舒《杜詩刊誤》一卷"。（南宋）王應麟（1223－1296年）撰《玉海》卷二百四"辭學兼茂三十六人"中,就有"薛倉舒"。《宋會要輯稿·選舉一二》有"奉議郎薛倉舒"。

南宋以降,學者認爲薛夢符、薛蒼(倉)舒爲二人:南宋學者蔡夢弼《杜工部集》嘉泰四年(1204年)校本後記云:"暨太原王禹玉、王深父、薛夢符、薛倉舒、蔡天啓、蔡致遠、蔡伯世爲義説。"(明)胡震亨撰《唐音癸籤》卷三十二將"薛夢符、薛蒼舒"並列。

今人周采泉(1911－1999年)《杜集書録》云:"蒼舒,字夢符,河東人,翰林學士。"認爲薛夢符、薛蒼(倉)舒爲一人,可備一説。

《九家集注杜詩》引"蒼舒曰"1條,引"薛蒼舒"5條。"薛蒼舒《補遺》"1條,"薛蒼舒《杜補遺》"1條,"《杜補遺》"283條,共291條。皆不作"倉"。

8.(宋)杜時可,名田。安岳(今四川資陽)人,《天禄琳琅書目》作"南城人",生卒年不詳。(明)曹學佺(1574－1646年)撰《蜀中廣記》載:"《杜詩補遺正謬註》,(宋)安岳杜田撰。"(明)王士禎撰《池北偶談》,引作"《註杜詩補遺正謬》"。《宋史·藝文志》作:"杜田《注杜詩補遺正繆》十二卷。"《四川通志》卷九上:"杜田,安岳人,以文章、孝行舉,歷江寧府教授,終大邑縣丞,所至有聲。著《杜詩補遺正謬》行於世。"

《九家集注杜詩》引"杜時可"12條,"杜田"43條。"杜田《補遺》"89條,"杜田《補逸》"1條,"《杜補遺》"283條,"杜田《正誤》"1條,"《杜正謬》"45條,"《杜田正謬》"5條。共479條。

9.(宋)鮑文虎,名彪,字文虎。縉雲(今浙江麗水)人,官尚書郎。有《鮑氏戰國策注》十卷。其研究杜詩的著作有兩種:①《杜詩注》:《浙江通志》:"《杜詩注》:《括蒼彙記》:(宋)鮑彪注。"案:(明)何鏜(1507－1585年)著《括蒼彙記》十五卷。②《少陵詩譜論》:(宋)吴曾撰《能改齋漫録》載有"鮑彪《少陵詩譜論》",(宋)胡仔撰《漁隱叢話》也有:"《少陵詩譜論》,則縉雲鮑彪也。"

《九家集注杜詩》引"鮑云"52條,"鮑文虎"3條。

10.(北宋)師民瞻(?－1152年),《天禄琳琅書目》:"師民瞻,名尹。蜀人也。"《集千家註杜工部詩集》云:"師民瞻亦爲訓解。"其著作名稱、卷數已失傳。

（南宋）魏了翁（1178－1237年）撰《鶴山集》，收有魏氏應師民瞻之孫師祖敬請求，所作《朝奉大夫通判夔州累贈正奉大夫師君墓志銘》。略云：師尹，字民瞻。眉州彭山人。約生於元豐、元祐年間，卒於宋高宗紹興二十二年。十歲喪父，受教於兄群。十八岁試成都學官，文冠輩類，聲籍甚望。崇寧年間，嘗與州貢，奏名禮部，爲蔡京所阻。後歷任陝州夏縣主簿、京兆府監稅、延安府教授、鳳翔府教授。在京學時嘗與秦檜有舊，紹興間秦檜當國，鞫宣撫使鄭剛中獄，秦欲以美官誘尹，將陷之不道。君力明鄭冤，旬月間釋囚徒三百餘人，鬚髮盡白。留鞫所待報，得注東坡詩。爰書既上，大拂秦意，終其身通判夔州。自杜、蘇詩注之外，有文集二十卷，藏於家。積階至朝奉大夫，累增正奉大夫。

《九家集注杜詩》引"師民瞻"81條，"師尹"1條，"師言"3條，"師云"338條。

11.（南宋）趙彥材，名次公。（南宋）晁公武（1105－1180年）撰《郡齋讀書志》，載有："趙次公《註杜詩》五十九卷。"《天祿琳琅書目》："趙次公，字彥材，蜀人，所注杜詩名曰《正誤》。"并云："蜀士趙彥材爲少陵忠臣，蜀本引趙注最詳。"（明）周復俊（1496－1574年）編《全蜀藝文志》收有趙次公《杜工部草堂記》，其文云："惟杜陵野老，負王佐之才，有意當世，而骯髒不偶，胸中所蘊，一切寫之以詩。"今人林繼中輯有《杜詩趙次公先後解輯校》（上海古籍出版社，1994年12月第1版，2012年12月修訂再版）。

《九家集注杜詩》引"趙云"4957條，"趙曰"42條，"趙次公"1條，"趙彥材"2條。

12.（北宋）蘇軾（1037－1101年），字子瞻，號東坡居士，眉州眉山（今四川眉山）人。宋代杰出的文學家、書畫家、政治家。嘉祐元年（1056年）進士。曾任起居舍人、中書舍人、翰林學士知制誥、知禮部貢舉等。被貶杭州、密州、徐州、湖州、黃州、潁州、惠州、儋州等地。被誣入獄103天。《宋史·藝文志》載其著述衆多，有《易傳》九卷、《書傳》

十三卷、《東坡詩話》一卷、《詞》一卷等。《四庫全書》收有《東坡志林》五卷、《東坡全集》一百五十卷、《東坡外集》八十六卷等。

蘇軾對杜詩作過精深的研究。《九家集注杜詩》中引用"東坡云""坡云""蘇東坡云",共19條。《東坡志林》1條。"坡詩""東坡詩云"8條。"仇池翁"4條。《東坡詩話》3條。"東坡曰"1條。"蘇曰"1條。"坡嘗云""東坡嘗云"2條。

本書批判《東坡事實》(即所謂"僞蘇注")有3條。這與郭知達《校定集注杜詩·序》所云"好事者掇其章句,穿鑿傅會,設爲事實,託名東坡,刊鏤以行,欺世售僞"的記載相符,對於"撰造事實,皆删削不載",顯示了嚴謹的治學態度。

13. (宋)蔡興宗,字伯世,東萊(今山東萊州)人,兩宋之際學者,生卒年不詳。其著述有:①編杜詩。《郡齋讀書志》:"蔡興宗編杜甫詩二十卷。"《文獻通考》:"蔡興宗編杜詩二十卷。"②杜甫年譜。(宋)趙子櫟《杜工部年譜》:"又有蔡興宗、黃鶴兩家,皆以甫卒年五十九歲,爲大歷庚戌。"《文獻通考》:"近時有蔡興宗者,再用年月編次之。"③《杜詩正異》。《朱子語類》:"杜詩最多誤字,蔡興宗《正異》固好而未盡。"《唐音癸籤》:"(宋)蔡興宗者,爲《杜詩正異》,頗以意改定其字。"疑即"編杜詩"二十卷。

《九家集注杜詩》引"蔡《正異》云"1條,"蔡興宗云""蔡興宗"共2條,"蔡伯世《正異》"4條。

14. (北宋)蔡元度(1048－1117年),名卞,蔡京之弟,王安石之婿。興化仙游(今福建莆田仙游縣)人。曾爲中書舍人兼侍講、給事中、國史修撰、翰林學士、資政殿學士、知樞密院、侍讀、進檢校少保、開府儀同三司。蔡京居相位,元度禮辭,不許。蔡京於帝前訐元度,元度求去。宋高宗紹興五年(1136年),追貶單州團練副使。《宋史·藝文志》有蔡卞《毛詩名物解》二十卷。

《九家集注杜詩》引"蔡元度"1條。

15. (北宋)王深父(父,又作"甫")(1022－1065年),名回,福州侯官(今福州侯官區)人。舉進士,中第,爲亳州衛真縣主簿。享年43歲。王安石作《王深父墓志銘》,稱爲"吾友深父"。《文獻通考》載有《王深父文集》二十卷。序云:"王深父學於歐陽公,與王介甫、曾子固、劉原甫游。"

《九家集注杜詩》引"王深父云"11條。

16.(北宋)宋敏求(1019—1079年),字次道,趙州平棘(今河北趙縣)人。北宋文學家、史地學家、藏書家。官史館修撰、龍圖閣直學士。編有《唐大詔令集》一百三十卷。地方志類有《長安志》二十卷。筆記類有《春明退朝錄》三卷。補有唐武宗以下《六世實錄》一百四十八卷。

宋氏曾編有《校訂杜詩》。(北宋)陳師道(1053—1102年)撰《後山詩》、任淵注:"蓋宋敏求《校訂杜詩》誤改'白鷗沒浩蕩'句。蘇軾嘗論之,見《東坡志林》。"

《九家集注杜詩》引"宋敏求""宋敏求《長安志》"共3條。

17.(北宋)孫覺(1028—1090年),字復明,號莘老,高郵人,進士。師胡瑗。爲蘇軾、王安石、蘇頌、曾鞏之友。黃庭堅的岳父。秦觀、陸佃、王令之師。官知諫院、秘書省少監、諫議大夫、給事中、吏部侍郎、御史中丞。授龍圖閣直學士。歷任七州,多有政績。著述甚多。《宋史·藝文志》載有:《孫覺文集》四十卷,《春秋經解》十五卷等。

《九家集注杜詩》引"孫莘老"1條。

18.(南宋)郭知達,《九家集注杜詩》中"新添"71條,"增添"19條,"集注"6條,共96條。

19.(北宋)范元實,名溫,字元實,別號潛齋。生卒年不詳。成都華陽(今四川雙流縣)人。秦觀之婿。(南宋)晁公武《郡齋讀書志》云:"《詩眼》一卷。右皇朝范溫元實撰。溫,范祖禹之子,學詩於黃庭堅。"又名《潛溪詩眼》,(《蜀中廣記》作"潛齋")一卷。(清)黃虞稷(1626—1691年)撰《千頃堂書目》,載有《范元實詩話》。

《九家集注杜詩》引"范元實《詩眼》"5條。引"《詩眼》"2條。

20.（北宋）王德（德，又作"得"）臣（1036－1116年），字彥輔，自號鳳臺子。安州安陸（今湖北安陸）人。學問廣博，以文學馳名。《宋史·藝文志》載有："王彥輔《鳳臺子和杜詩》三卷。王得臣《麈史》一卷。"《補注杜詩》《杜詩詳注》收有王彥輔《增註杜工部詩·序》，寫於政和三年（1113年），云："搜考所知，再加箋釋。"

《九家集注杜詩》引"王彥輔云"1條。"王得臣《赤壁辨》云"1條。

21.（五代－北宋）孫光憲（901－968年），字孟文，陵州貴平（今四川仁壽縣）人。仕南平三世，官荊南節度副使、試御史中丞。入宋，任黃州刺史。《宋史》《十國春秋》有傳。孫光憲"博通經史，聚書凡數千卷。或手自抄寫，孜孜讎校，老而不廢"。著有《北夢瑣言》《荊臺集》《橘齋集》等。爲早期杜詩研究者。王洙《杜工部集·序》中，記有"孫光憲序二十卷"。

又，（北宋）孫僅（969－1017年），字鄰幾，汝陽（今河南汝州）人，宋真宗咸平二年進士第一（與其兄孫何皆爲狀元）。官任左諫議大夫、給事中。曾出使遼國，爲官受推崇。49歲卒。輯有《孫僅文集》五十卷。王洙《杜工部集·序》載其杜詩研究："孫僅一卷，雜編三卷。"

《九家集注杜詩》引"孫曰"1條。《補注杜詩》引"孫曰"17條。《集千家註杜工部詩集》引"孫曰"5條。但不知"孫曰"指何人。

22.（北宋－南宋）胡仔（1110－1170年），字元任，胡舜陟次子。績溪（今安徽績溪）人。以蔭授迪功郎，兩浙轉運司幹辦公事，官至奉議郎，知常州晉陵縣。卜居湖州，自號苕溪漁隱。《宋史·藝文志》載有："《漁隱叢話前後集》四十卷，《孔子編年》五卷。"

《九家集注杜詩》引"《苕溪漁隱》曰"4條。"胡仔曰"1條。

23.（北宋）黃伯思（1079－1118年），字長睿，邵武（今福建邵武）人。北宋晚期文字學家、書法家、書學理論家。曾爲秘書省校書郎。《宋史·藝文志》載有："《東觀餘論》二卷。《法帖刊誤》一卷。"《福建通志》載有"《黃伯思文集》五十卷"。馬端臨著《文獻通考》載："《校定杜工部集》二十二卷，秘書郎黃伯思長睿所校。凡一千四百十首，雜著二十九首。"《池北偶談》云:"《校定杜工部集》,則黃長睿伯思也。"(北宋)李綱(1083－1140年)於紹興六年(1136年)爲《校定杜工部集》作"序"。黃伯思又有《多識錄》,今佚。

《九家集注杜詩》引"黃氏《多識錄》"1條。(清)吳景旭撰《歷代詩話》卷三十四引"《多識錄》"、(宋)真德秀(1178－1235年)《文章正宗》引"黃氏《多識錄》"各1條。

24. (北宋)王安國(1028－1074年),字平甫,王安石同母弟。臨川(今江西撫州)人。熙寧進士。北宋著名詩人。王安國文思敏捷。《宋史·藝文志》載有"《王安國集》六十卷,又《序言》八卷"。

《九家集注杜詩》引"王平甫"1條。

25. (北宋)劉攽(1023－1089年),字貢父。新喻(今江西樟樹)人。北宋史學家。慶歷進士,官至中書舍人。助司馬光纂修《資治通鑒》,任副主編。《宋史·藝文志》載有"《東漢刊誤》四卷。《劉攽集》六十卷"等。《郡齋讀書志》載有"《中山詩話》三卷"。《通志·藝文略》作《劉貢父詩話》。

《九家集注杜詩》引"劉貢父"3條。

26. (宋)李歜,生卒年不詳。籍貫有"二曲""南中"之說。學者指其所編《杜陵句解》爲僞書。

《九家集注杜詩》卷四、卷十八引"李歜《杜陵句解》"2條。皆指其說爲"非"。

(宋)胡仔撰《漁隱叢話·前集》卷十一:余觀《注詩史》,是二曲李歜,述其《自序》云:"歜上書之明年,言狂意妄,聖天子不賜鑕樵,全生棄逐嶺表。東坡先生亦謫昌化,幸忝門下青氈,又於疑誤處,授先生指南三千餘事,疏之簡編,聊自記其忘遺爾。

然三千餘事,余嘗細考之史傳小說,殊不略見一事,寧盡出於異書邪?以此驗之,必好事者偽撰以誑世。所謂李歜者,蓋以詭名耳。"

又,《漁隱叢話·後集》卷八:"若近世所刊《老杜事實》及李歜所注《詩史》,皆行於世。其語鑿空,無可考據,吾所不取焉。"

27. (北宋)蔡絛(1097－1156？年),字約之,仙游(今福建仙游縣)人。蔡京季子。徽宗宣和六年(1124年),京再起領三省,年老不能視事,奏判皆絛爲之。七年,賜進士出身,未幾勒停。欽宗靖康元年(1126年),流卲州,徙白州(今廣西博白)。《宋史·藝文志》載有"《西清詩話》三卷"。(南宋)陳振孫(1183？－1262？年)《直齋書録解題》云:"其議論專以蘇軾、黄庭堅爲本。"

《九家集注杜詩》引"《西清詩話》""蔡氏《西清詩話》",共14條。

28. (北宋—南宋之際)高登(1104－1148年),字彦先,號東溪,漳浦(今福建漳浦)人,南宋著名的愛國志士,詞人。紹興二年(1132年)進士。曾爲古田縣令。以事忤秦檜,編管漳州。《宋史·藝文志》載有"高登《東溪集》十二卷"。(南宋)葉適(1150－1223年)撰《水心集》中收有《東溪先生集·序》。其中有《解杜詩》十六篇,(又稱《釋杜詩》《釋杜工部詩》)每篇有序文和注解。

《九家集注杜詩》引"東溪先生"4條,"東溪"4條,共8條。

29. (宋)杜定功,生卒年、籍貫、著述不詳,但是其著述被宋代以後學者廣泛徵引。

《九家集注杜詩》引"定功曰"2條。(南宋)黄希原本、黄鶴補注《補注杜詩》,引"定功曰"72條。(南宋)無名氏編《集千家註杜工部詩集》,引"定功曰"28條。(清)仇兆鰲(1638－1717年)撰《杜詩詳註》,引"定功曰""杜定功曰"4條。

30. (北宋)王直方(1069？－1109年),字立之,號歸叟。汴州(今河南開封市)人。屬於江西詩派。《河南通志》記載:"王直方,字立之,開封人。喜與蘇軾、黄庭堅諸名士游,家有園池,娶宗室女。自號歸叟,有集一卷。"《文獻通考》云:"年四十而死。"《郡齋讀書志》有"《歸叟詩話》六卷"。《千頃堂書目》作《王直方詩話》。《古今事文類聚·江西詩譜》列爲"江西詩派"二十五人之一。

《九家集注杜詩》引"《王立之詩話》"6條,"王立之"11條。

31. (北宋)司馬光(1019－1086年),字君實,晚號迂叟。歷仁宗、英宗、神宗、哲宗四朝。哲宗時曾主國政。著名政治家、文學家、史學家。卒贈太師、温國公。編《資治通鑒》。著有《迂叟詩話》。原書已失,佚文見於詩話及其他著作中。《宋史·藝文志》載有《司馬光續詩話》一卷,并收入《四庫全書》。《千頃堂書目》又稱《温公詩話》。

《九家集注杜詩》引"司馬温公"1條。

32.（北宋）陳師道（1053—1102年），字履常，一字無已，彭城（今江蘇徐州）人。《宋史·列傳》列於"文苑六"。16歲學於曾鞏，江西詩派"三宗"之一。《宋史·藝文志》收有《後山詩話》一卷"。《文淵閣書目》注："舊本題陳師道編。"

《九家集注杜詩》引用"《後山詩話》"1條。

33.（北宋）潘淳，字子真，生卒年不詳，新建（今江西新建）人。《江西通志》云："師事黄庭堅，尤工詩。所著詩并《詩話補遺》傳世。"《説郛》有《潘子真詩話》佚文。

《九家集注杜詩》引"《潘子真詩話》"1條，"潘子真"3條。

34.（北宋）李頎，里籍、生卒年不詳。《宋史·藝文志》載："李頎《古今詩話録》七十卷。"（宋）阮閲撰《詩話總龜》録得366條。（明）余寅撰《同姓名録》載：《蘇子瞻詩集》云："李頎，秀才，善畫山，以兩軸見寄。仍有詩次韻答之。"蘇君所指"李頎"，疑指此人。

《九家集注杜詩》引《古今詩話》3條。

35.（北宋）杜修可，其人里籍、生卒年不詳。其爲北宋人。本書卷二十五《奉寄別馬巴州》：修可曰：《劉貢父詩話》云：杜詩"功曹非復漢蕭何"。按：曹參嘗爲功曹，非蕭何也。王定國云：《高主·紀》："何爲主吏。"孟康注曰："主吏，功曹也。"貢父之言誤矣。二説皆非。

案：劉貢父，即劉攽（1023—1089年）。修可指其"非"，當爲早於劉攽的北宋學者。

又，（南宋）黄希原本、黄鶴補注《補注杜詩》列有："王洙、趙次公、師尹、鮑彪、杜修可、魯訔諸家之説。"《四庫全書》之《黄氏補注杜詩》三十六卷"提要"相同。（明）何宇度撰《益部談資》卷下云："杜修可

《峽程記》云:'三峽謂明月峽、巫山峽、廣澤峽。'"《集千家註杜工部詩集》此作:"修可曰"。可知杜修可撰有《峽程記》一書(《通志·藝文略》作"唐韋莊撰")。(南宋)蔡夢弼"序"無名氏《集千家註杜工部詩集》中亦有:"採輯諸説,則用宋次道、崔德符、鮑欽止、王禹玉、王深父、薛夢符、薛蒼舒、蔡天啟、蔡致遠、蔡伯世皆爲義説,其次如徐居仁、謝任伯、吕祖謙、高元之暨天水趙子櫟、趙次翁、杜修可、杜立之、師古、師民瞻亦爲訓解。"

《九家集注杜詩》引"修可曰"5條。

36. (南宋)楊萬里(1127—1206年),字廷秀,號誠齋。吉州吉水(今江西吉水)人。南宋著名愛國詩人、文學家,與陸游、尤袤、范成大并稱"南宋四大家"。官至寶謨閣直學士。著述宏富。《四庫全書》載有《誠齋集》二百三十二卷、《誠齋易傳》二十卷、《誠齋詩話》一卷。

《九家集注杜詩》引"《誠齋詩話》"1條。

37. (南宋)王十朋(1112—1171年),字龜齡,號梅溪,樂清四都左原(今浙江樂清)人。紹興二十七年(1157年)進士,擢爲狀元。南宋著名愛國政治家和詩人,以氣節名世。《四庫全書》收有《梅溪集》五十一卷。《王狀元集百家注編年杜陵詩史》三十二卷,約刻於南宋紹興末年,其中引用王十朋注二三十條。今存清宣統三年(1911年)貴池劉氏玉海堂影宋刻本,"嘉興魯訔編年并注,永嘉王十朋集注",這是傳世較早的杜詩版本。

《九家集注杜詩》引"十朋曰"1條。

(南宋)魯訔(1100—1176年),字季欽,一字季卿,號冷齋,嘉興人。紹興五年(1135年)進士,仕太府卿(見《宋詩紀事》)。魯訔杜詩研究有五種。除了上述一種外,尚有四种:①《四庫全書》收有《杜工部詩年譜》一卷。②署名嘉興魯訔編次、建安蔡夢弼會箋《杜工部草堂詩箋》五十一卷(覆麻沙本)。③作《杜甫年譜》(見《四庫全書簡明目録》)。④《注杜詩》十八卷(見《萬姓統譜》等)。其中《編次杜工部詩·序》,寫於紹興癸酉五月晦日(1153年)。可知魯訔爲宋代重要的杜詩研究者。

《九家集注杜詩》有"見《杜詩注》""《注杜詩》",共2條。

38. (北宋—南宋)葉夢得(1077—1148年),字少蘊,號石林居士,蘇州吳縣人。紹聖四年(1097年)進士。高宗紹興年間,曾兩度任江東安撫制置大使,兼知建康府。晚年退居吳興卞山。《宋史·藝文志》載有《石林集》一百卷。《四庫全書》收有《石林詩話》一卷。

《九家集注杜詩》引《葉夢得詩話》(即《石林詩話》)1條。

39. (南宋)蔡夢弼,生卒年不詳。字傅卿,建安(今福建建甌)人。潛心藝文,不求聞達,精研杜詩。撰《杜工部草堂詩箋》四十卷,爲世所重,有元刻本、《古逸叢書》本等傳世。《四庫全書》收有《草堂詩話》三卷,共200餘條。《杜工部草堂詩箋·序》,寫於宋寧宗嘉泰甲子正月(1204年)。採用嘉興魯訔"編次其歲月之先後,以爲定本"。

《杜工部草堂詩箋》晚於《九家集注杜詩》23年。

《九家集注杜詩》卷二十五、卷二十六引"夢弼曰"18條。

可知《九家集注杜詩》兩卷已有殘缺,曾噩刻本(1225年)採用蔡本加以補足。

40. (南宋)黃希、黃鶴,《四庫全書·黃氏補注杜詩》三十六卷"提要"云:"希字夢得,宜黃人(今江西宜黃)。登進士第,官至永新令。鶴字叔似,著有《北窗寓言集》,今已久佚。"《天祿琳琅書目》云:"黃希,字夢得,臨川人。宋孝宗乾道二年(1166年)進士。"

(南宋)黃希原本、黃鶴補注《補注杜詩》三十六卷,收入《四庫全書》"杜詩"類之二。《四庫提要》云:"(宋)黃希原本,而其子鶴續成之也。希以杜詩舊注每多遺舛,嘗爲隨文補緝,未竟而歿。鶴積三十餘年之力,至嘉定丙子(1216年)始克成編。"《四庫提要》認爲:"知達本成於淳熙辛丑(1181年),在鶴本前三十餘年。夢弼成於嘉泰甲子(1204年),在鶴本前十有二年。"

《補注杜詩》晚於《九家集注杜詩》35年。

《九家集注杜詩》卷二十五、二十六引用"黃曰""希曰""鶴曰"32條。

可知《九家集注杜詩》已有缺失,曾噩刻本(1225年)採用黄本加以補足。

41. (北宋)無名氏《漫叟詩話》,作者、里籍、卷數不詳,但其書影响頗大。(南宋)魏慶之《詩人玉屑》輯有17條。(北宋)胡仔撰《漁隱叢話》,録入53條。《千頃堂書目》收有《漫叟詩話》。

《九家集注杜詩》引"《漫叟詩話》"3條。

42. (南宋)王觀國撰,《學林新編》十卷,共358則。其人生卒年不詳(約1140年前後),南宋長沙人。《四庫全書》"雜家類"收有《學林》十卷。《四庫提要》云:王觀國曾爲"左承務郎,知汀州寧化縣,主管勸農公事兼兵馬監押"。

《九家集注杜詩》引"《學林新編》"5條。

43. (南宋)陳長方,字齊之,號唯室先生,生卒年不詳。南宋侯官(今福建閩侯)人,紹興八年(1138年)進士,官至江陰縣學教授。著有《步里客談》一卷,載於《宋史·藝文志》子部小説類。《四庫全書》分爲卷上、卷下。尚有《唯室集》四卷,收入《四庫全書》。

《九家集注杜詩》引"《步里客談》"1條。

44. (北宋)洪龜父,名朋,字龜父。豫章(今江西南昌)人,黄庭堅外甥。兩舉進士不第,年僅38歲而卒。黄庭堅稱其詩:"龜父筆力扛鼎也。"江西詩派重要詩人之一。《宋史·藝文志》有《洪龜父詩》一卷。《四庫全書》收有《洪龜父集》二卷。

《九家集注杜詩》引用"洪龜父"1條(陳案:《九家集注杜詩》"洪駒父",《補注杜詩》《集千家註杜工部詩集》皆作"洪龜父"。)。

45. (北宋)洪駒父,名芻,字駒父,豫章(今江西南昌)人,生卒年不詳。黄庭堅外甥。紹聖元年(1094年)進士,崇寧三年(1104年)入元祐黨籍。《通志》載有《洪駒父詩話》一卷。

《九家集注杜詩》引用"洪駒父"6條。

46. (北宋)歐陽修(1007—1072年),吉州廬陵(今江西吉安)人。曾爲翰林學士、参知政事。著述宏富。《宋史·藝文志》載有:"《集古錄跋尾》六卷。《新唐书》二百五十卷、《新五代史》七十四卷。"詩文評類有《六一詩話》一卷。其家曾藏有杜詩善本。

《九家集注杜詩》引"廬陵"2條,"歐陽文忠公"2條,"歐公曰"1條。

47. (北宋)高秀實,籍貫、生卒年不詳。崇寧三年(1104年)入元祐黨籍,五年復敘承儀郎。(南宋)許顗撰《許彥周詩話》、(南宋)吳曾撰《能改齋漫録》等,皆有記述。(清)陸心源《宋史翼》卷26《文苑傳》,亦載其事。

《九家集注杜詩》引"高秀實"3條。

48. (北宋)王仲至(1034？－1101？年),名欽臣,字仲至,應天宋城(今河南商丘)人,王洙之子,曾領國家藏書、校書之職,家藏書43000卷。《郡齋讀書志》《文獻通考》載其有"王仲至撰《杜詩刊誤》一卷"。《説郛》《詩話總龜》亦載其論杜詩事。

《九家集注杜詩》引用"王仲至"3條。

49. (北宋)洪覺範(1071－1128年),俗姓喻,名德洪,字覺範,號寂音。江西筠州新昌(今江西宜豐)人,臨濟宗黃龍係傳人。北宋名僧,著述宏富。《宋史·藝文志》載有"《天廚禁臠》二卷、《冷齋夜話》十三卷"。

《九家集注杜詩》引"洪覺範"6條,"《天廚禁臠》"2條,"《冷齋夜話》"4條。

50. (北宋)孔平仲(1044－1111年),字義甫,又作毅父、毅夫,臨江新喻(今江西新余)人。治平二年(1065年)進士。《宋史·藝文志》載有"《珩璜新論》一卷、《續世説》十二卷、《孔氏談苑》四卷"等。

《九家集注杜詩》引"孔毅父《續世説》"1條,引"孔毅夫集句"1條。

51. (南宋)葛常之(？－1164年),名立方,自號懶真子。丹陽(今江蘇丹陽)人,後定居湖州吳興(今浙江湖州)。詩論家、詞人。曾因忤秦檜而得罪,罷吏部侍郎。著有《韻語陽秋》(又名《葛立方詩話》)二十卷。

《九家集注杜詩》引"葛常之曰"1條。

52.（南宋）吳子良（1198－1257？年），字明輔，號荆溪，臨海（今浙江臨海）人。南宋寶慶二年（1226年）進士。以太府少卿致仕。居官有節，因忤權相史嵩之而罷職。《宋史》載有"《荆溪集》八卷"，《四庫全書》收有"《荆溪林下偶談》四卷"。

《九家集注杜詩》引"吳子良《荆溪林下偶談》"1條。

53.（北宋）王禹偁（954－1001年），字元之，濟州巨野（今山東巨野縣）人。太平興國八年進士，曾任知制誥、翰林學士。晚年被貶黃州，亦稱王黃州。宋代著名詩人、散文家。崇尚杜甫、白居易。《宋史·藝文志》載有"《小畜集》三卷、《外集》二十卷"等。

《九家集注杜詩》引"禹偁曰"1條。

54.（北宋）潘大觀，生卒年不詳。原籍浙江，祖輩遷居黃岡（今湖北黃岡）。祖父潘堂、父潘鯁爲畫家，大觀與其兄潘大臨皆有詩名。吕本中作《江西詩社宗派圖》，爲二十五人之一。其杜詩評論著作今軼。

《九家集注杜詩》引"大觀曰"1條。

55.（南宋）孫奕（1190年前後），字季昭，號履齋，盧陵（今江西吉安）人。生卒年不詳。嘗爲侍從官。《四庫全書》"雜家"收有"《示兒編》二十二卷"。其中"卷十"爲"詩說"。

《九家集注杜詩》引"孫季昭《示兒編》"1條。

56.（北宋－南宋）吕本中（1084－1145年），原名大中，字居仁，世稱東萊先生，壽州（今安徽壽縣）人。高宗紹興六年（1136年），召賜進士出身，官中書舍人、權直學士院。因忤秦檜罷官。江西詩派著名詩人。傳世有《東萊詩集》二十卷、《紫微詩話》一卷、《江西詩社宗派圖》等。

《九家集注杜詩》引"本中曰"1條。

57.（北宋）沈括（1031－1095年），字存中，錢塘（今浙江杭州）人。著名科學家、文學家。仁宗嘉祐八年（1063年）進士。曾任提舉司天監、翰林學士、權三司使、龍圖閣學士等，參與王安石變法。元豐五年(1082年)貶爲均州團練副使。晚年隱居潤州夢溪園(今江蘇鎮江東)。著有《夢溪筆談》二十六卷,《補筆談》二卷,《續筆談》一卷。《夢溪筆談》卷十四《藝文一》等,評論杜詩。

《九家集注杜詩》引"沈存中《筆談》""沈存中云",共8條。

58. (北宋)《名賢詩話》,不著作者姓名。《宋史·藝文志》載:"《唐宋名賢詩話》二十卷。"(明)胡震亨撰《唐音癸籤》同。

《九家集注杜詩》引《名賢詩話》1條。

59. (南宋)曾幾(1085－1166年),字吉甫(父),號茶山居士。其先贛州(今江西贛縣)人,徙居河南府(今河南洛陽)。曾任禮部侍郎。學識淵博,勤於政事。陸游《墓志銘》中説:"雅正純粹,而詩尤工。以杜甫、黃庭堅爲宗。"屬江西詩派。

《九家集注杜詩》引"曾吉父云"1條。

三、傳本的失誤

本書的對校本有兩種:其一是(宋)郭知達編撰的《新刊校定集注杜詩》,中華書局,1981年出版。本書據南宋寶慶元年(1225年)曾噩刊本影印。而所見諸家圖書館藏書,多爲邋遢本,不能用作工作底本。其二是1940年洪業(1893－1980年)等人依據(清)嘉慶翻刻本編寫的《杜詩引得》,上海古籍出版社,1983年7月出版。

值得提及的是《杜詩引得》。洪業在《杜詩引得·序》中説:"業於《杜詩》諸本并未嘗逐本從頭至尾細讀一遍,唯疾翻一過後,每本各選出數篇,或數十篇,更以《引得》及《編次表》之便,就他本參校焉。"又云:"燕京大學國文研究生高貽籹女士實任校對之勞。"就是說,作爲燕京大學教務長、圖書館館長、哈佛燕京學社引得編輯處主任的洪業,并未參與校勘,致使這部工具書錯誤百出。

茲舉九例,以正其誤。

1. 正文失誤例。卷三十五(545－15):"八喬口。"陳案:"八"字誤。《補注杜詩》等作"人"。此類頗多,如:(正)苦/(誤)若、客/落、世/避、務/霧、依/低等。

2. 注文形似而誤例。卷三十五(544－1,2)注文："風湖難具論。"陳案："湖"字誤,當作"潮"。引詩見《文選》卷二十六謝靈運《如彭蠡湖口》。此類極多:如:(正)米/(誤)未、貧/貞、岸/崖、如/和、列/例、士/土、中/東、曰/日、擢/躍、合/食、平/中、若/草、僧/增、誥/詔、庚/瘦、瞰/瞰、周/用、當/常、滕/縢、時/詩、苦/若、落/客、孤/狐、北/以、淮/誰、水/冰、累/忝、來/求、斥/失、迷/述等。

3. 引用書名失誤例。卷三十五(535－23,24)注文："宋忠云。"陳案："忠"字誤,當作"志"。引文見《宋書·志》。

4. 倒文例。卷三十五(553－10)注文:《詩》："自公召之,顛倒裳衣。"陳案:引文見《詩·齊風·東方未明》:"東方未明,顛倒衣裳。顛之倒之,自公召之。""裳衣",當爲"衣裳"。

5. 失誤不明例。卷三十六(565－6)注文："竹詩葉溫春口酒。"陳案："溫春口",《九家》本作"醞宜城"。見《文苑英華》卷三百二十五陰鏗《侍宴賦得夾池竹詩》。

6. 衍文例。卷三十五(549－8)注文:《明皇雜錄》載："上每賜宴酺,大陳尋橦走索丸劍爲角抵戲。"陳案:"爲"字衍文。《明皇雜錄》卷下無"爲"字。

7. 形似而誤并脫文例。卷三十三(521－4)注文："李夫人曲云。"陳案:曲,《荊楚歲時記》作"典戒"。

8. 人名失誤例。卷三十五(541－1,2):"東方明星亦不遲。"集注:"晋傳云時。"陳案:"傳云時"當作"傅玄詩"。三字皆誤。《九家》本亦誤。傅玄詩見《藝文類聚》卷一。

9. 錯文例。卷二:"漂沙圻岸去。"注文:"圻岸去",謝靈運:"圻岸屢崩奔。"誤移至"乘凌破山門"的注文中。

可知要使一部要籍傳世,精校是何等的重要。可惜世間學者,急於求成,貽誤後人。

— 21 —

四、著述緣起

"文章千古事,得失寸心知"。七易寒暑,切磋雕琢,終成此篇。

一九八〇年九月,我跟隨學貫中西的山東曲阜師範大學李毅夫先生,研究音韻、文字、訓詁、文獻之學。在學習音韻學的過程中,確定上古音以《淮南子》爲切入點(中華書局已出版4部著作:《全本全注全譯 淮南子》,2019年第11次印刷。《傳世經典文白對照 淮南子》,2015年第1次印刷。《中華經典藏書 淮南子》,2016年1月。上海古籍出版社出版3部:2016年版《淮南子譯注》精裝和簡裝本、北宋本《淮南子》點校);對於以《切韻》音係爲代表的中古音,則以"杜詩"爲切入點(校點《九家集注杜詩》);對於音理,則以《韻鏡》爲切入點(上海辭書出版社,2004年出版《韻鏡通釋》)。這樣,所謂"絶學"中的上古音、中古音等韻,皆實現了與傳世文獻的有機結合,這是著者平生治學中的第一件幸事。

《四庫全書》收書3500多種,乾隆皇帝(1711—1799年)最爲鍾愛并親題兩首詩加以頌贊的,只有《九家集注杜詩》。把深藏禁宫和文庫的古代珍品,校點整理,奉獻給社會,這是第二件幸事。

《九家集注杜詩》的立項,得到了全國高校古委會的支持(1201號)。安徽大學文學院2008届本科生、碩士研究生,爲本書輸入電腦,付出了辛勤的勞動。北京師範大學出版集團、安徽大學出版社陳來、齊宏亮、吴澤宇先生,給以熱情幫助,使本書得以順利出版,在此一併致以深深謝意。

《九家集注杜詩》的點校,牽涉南宋之前的所有典籍,其評注大多失傳;鈔本的訛、脱、衍、倒,極其嚴重;加之學養、資料有限,凡此種種,點校失誤,在所難免,敬請天下學人指正。

2020年1月1日
於安徽大學草野居

校點説明

一、本書工作底本，采用文淵閣《四庫全書》本《九家集注杜詩》"集部二"之"別集類一（唐）"全文，以現南宋郭知達、曾噩（1167—1226年）《九家集注杜詩》本之全貌。

二、本書編排，《四庫全書》本原文爲繁體竪排鈔本，今改爲横排本。注釋爲竪排間注，今改爲横排集注。其原詩、原注，皆依其舊。

三、本書用作對校、參校的版本，主要有十部。其中文淵閣《四庫全書》本七部：

（宋）黄希原本，黄鶴補注《補注杜詩》，影印文淵閣《四庫全書》本，上海古籍出版社，1987年。

（宋）《集千家註杜工部詩集》，影印文淵閣《四庫全書》本，上海古籍出版社，1987年。

（明）唐元竑撰《杜詩捃》，影印文淵閣《四庫全書》本，上海古籍出版社，1987年。

（清）仇兆鰲撰《杜詩詳註》，影印文淵閣《四庫全書》本，上海古籍出版社，1987年。

（清）曹寅校閲刊刻《御定全唐詩》，影印文淵閣《四庫全書》本，上海古籍出版社，1987年。

（清）《御選唐宋詩醇》，影印文淵閣《四庫全書》本，上海古籍出版社，1987年。

（清）《御定全唐詩録》，影印文淵閣《四庫全書》本，上海古籍出版社，1987年。

其他三家是：

洪業等人編撰，《杜詩引得》，上海古籍出版社，1983年7月。

（唐）杜甫著，（宋）趙次公注，林繼中輯校《杜詩趙次公先後解輯校》，上海古籍出版社，1994年12月。

（宋）郭知達編，《新刊校定集注杜詩》，中華書局影印，1981年。本書據南宋寶慶元年（1225）曾噩刊本影印。

四、本書所使用的校勘符號有：

衍文，用〈〉表示。如：卷一《奉贈韋左丞丈二十二韻》："今欲"二句：集注：《論語》："乘桴浮於海。"又，"少〈師〉師陽、擊磬襄，入於海。"案：《論語·微子》作："少師陽、擊磬襄，入於海。"知注文衍一"〈師〉"字。

脱文，用〔〕表示。如：卷一《送高三十五書記》："崆峒"二句：集注：《家語》：季孫聞之怒，使人讓之，宓子賤〔蹙〕然曰。案：《孔子家語·屈節解》作"蹙然"。知注文脱"〔蹙〕"字。

訛文及版本不同，用（）表示。訛文加［］改正。如：卷一"竊效"句："貢喜（容間門）［音容間］。"版本不同，并加"陳案"。如：卷一《奉贈韋左丞丈二十二韻》："立登要路津。"集注：趙云：曹子建云："古人之謂握靈虵之珠。"（陳案：古，《曹子建集》作"人"。）案：引《曹子建集》，并考察諸本，知"古"字誤。

諸家注文，以示區別，依照原書，用空開二字表示。如：卷一《奉贈韋左丞丈二十二韻》："尚隣"二句：（陳案：隣，《補注杜詩》作"憐"。天，《補注杜詩》作"終"。道，《補注杜詩》作"首"。）　　王粲："回首望長安。"　　趙云：潘安仁《西征賦》言長安之境曰："南有玄鳥素滻，北有清渭濁涇。"（陳案：鳥，《文選》作"灞"。）

五、本書的校勘方法，依照清末民初葉德輝（1864－1927年）《藏書十約·校勘》，分爲"活校"和"死校"。"死校"，即保持版本之原貌。"活校"，即采用他本，對訛脱衍倒進行校正。

六、古人引書，每有省改，凡本書節他書而不失原意者，一般保留原文，不作改變。

七、書中的古今字、通假字、異體字、俗體字,一律不出校,異體字一般不改,不常見的異體字及不合規範的俗體字,參照《漢語大字典》(第二版),根據實際情況改成通行的繁體字,力求局部統一。

八、本書的標點,按照杜詩內容和唐詩用韻的規定。所參考的韻書有(唐)王仁昫《刊謬補缺切韻》《宋本廣韻》、(宋)丁度等編《集韻》等。如,卷二:《飲中八仙歌》的部分內容,使用的是下平聲先、仙合韻,本書按照內容和用韻標作:

  知章騎馬似乘船,眼花落井水底眠。
  汝陽三斗始朝天,道逢麴車口流涎,
  恨不移封向酒泉。
  左相日興費萬錢,飲如長鯨吸百川,
  銜杯樂聖稱世賢。
  宗之蕭灑美少年,舉觴白眼望青天,
  皎如玉樹臨風前。

目　録

御製題郭知達集九家注杜詩 …………………………… 3
再題宋版九家注杜詩 …………………………………… 3
提要 …………………………………………………… 7

卷一　古詩

奉贈韋左丞丈二十二韻 ………………………………… 9
送高三十五書記 ……………………………………… 15
贈李白 ………………………………………………… 19
遊龍門奉先寺 ………………………………………… 21
望嶽 …………………………………………………… 22
陪李北海宴歷下亭 …………………………………… 23
登歷下古城員外新亭 北海太守李邕作 ………………… 24
同前 …………………………………………………… 26
玄都壇歌寄元逸人 …………………………………… 28
今夕行 ………………………………………………… 30
貧交行 ………………………………………………… 32
兵車行 ………………………………………………… 33
高都護驄馬行 ………………………………………… 36
天育驃騎歌 …………………………………………… 38
白絲行 ………………………………………………… 41

— 1 —

秋雨歎三首 …………………………………… 43
歎庭前甘菊花 ………………………………… 46
醉時歌 ………………………………………… 47
醉歌行 ………………………………………… 50
贈衛八處士 …………………………………… 53
苦雨奉寄隴西公兼呈王徵士 ………………… 55
同諸公登慈恩寺塔 …………………………… 58
示從孫濟 ……………………………………… 61
九日寄岑參 …………………………………… 62

卷二　古詩

送孔巢父謝病歸遊江東兼呈李白 …………… 66
飲中八仙歌 …………………………………… 68
曲江三章，章五句 …………………………… 72
麗人行 ………………………………………… 74
樂遊園歌 ……………………………………… 79
渼陂行 ………………………………………… 81
渼陂西南臺 …………………………………… 85
戲簡鄭廣文虔兼呈蘇司業源明 ……………… 87
夏日李公見訪 ………………………………… 88
奉同郭給事湯東靈湫作 ……………………… 89
夜聽許十一誦詩愛而有作 …………………… 93
橋陵詩三十韻因呈縣內諸官 ………………… 96
沙苑行 ………………………………………… 102
驄馬行 ………………………………………… 105
去矣行 ………………………………………… 107
自京赴奉先縣詠懷五百字 …………………… 109
白水縣崔少府十九翁高齋三十韻 …………… 116

— 2 —

三川觀水漲二十韻	120
大雲寺贊公房四首	122
哀江頭	125
哀王孫	127
悲陳陶	129
悲青坂	131

卷三　古詩

述懷	132
偪仄行	134
北征	136
得舍弟消息	145
徒步歸行	145
玉華宮	146
九成宮	148
羌村三首	150
新安吏	153
潼關吏	154
石壕吏	156
新婚別	157
垂老別	160
無家別	161
夏日歎	163
夏夜歎	164
留花門	166
塞蘆子	169
彭衙行	170
義鶻	172

畫鶻行 …………………………………………… 174

卷四　古詩

瘦馬行 …………………………………………… 176
送率府程録事還鄉 ……………………………… 178
晦日尋崔戢李封 ………………………………… 179
雨過蘇端 ………………………………………… 182
喜晴 ……………………………………………… 183
蘇端、薛復筵簡薛華醉歌 ……………………… 185
病後遇王倚飲贈歌 ……………………………… 187
奉先劉少府新畫山水障歌 ……………………… 189
湖城東遇孟雲卿，復歸劉顥宅宿宴飲，散因爲醉歌 …… 191
閿鄉姜七少府設鱠戲贈長歌 …………………… 192
戲贈閿鄉秦少翁短歌 …………………………… 194
李鄠縣丈人胡馬行 ……………………………… 195
送長孫九侍御赴武威判官 ……………………… 196
送樊二十三侍御赴漢中判官 …………………… 197
送從弟亞赴安西判官 …………………………… 200
送韋十六評事充同谷郡防禦判官 ……………… 203
送李校書二十六韻 ……………………………… 206
洗兵馬 …………………………………………… 210
早秋苦熱堆案相仍 ……………………………… 215
立秋後題 ………………………………………… 216

卷五　古詩

貽阮隱居 昉 …………………………………… 217
遣興三首 ………………………………………… 218
昔游 ……………………………………………… 221

— 4 —

幽人	223
佳人	226
赤谷西崦人家	228
西枝村尋置草堂地,夜宿贊公土室二首	228
寄贊上人	231
太平寺泉眼	232
夢李白二首	233
有懷台州鄭十八司户	235
遣興五首	237
遣興五首	240
遣興五首	243
前出塞九首	247
後出塞五首	253

卷六　古詩

別贊上人	259
万丈潭	261
兩當縣吳十侍御江上宅	263
發秦州	266
赤谷	268
鐵堂峽	269
鹽井	270
寒硤	271
法鏡寺	272
青陽峽	273
龍門鎮	275
石龕	275
積草嶺	277

泥功山 … 277
鳳凰臺 … 278
乾元中寓居同谷縣作七首 … 280
發同谷縣 … 285
木皮嶺 … 286
白沙渡 … 288
水會渡 … 289
飛仙閣 … 290
五盤 … 291
龍門閣 … 292
石櫃閣 … 293
桔柏渡 … 294
劍門 … 295
鹿頭山 … 298
成都府 … 300

卷七　古詩

石笋行 … 302
石犀行 … 305
杜鵑行 … 307
戲作花卿歌 … 308
贈蜀僧閭邱師兄 … 310
泛溪 … 312
題壁上韋偃畫馬歌 … 314
戲題畫山水圖歌 … 315
題李尊師松樹障子歌 … 316
古柏行 … 318
戲爲雙松圖歌 … 322

喜雨	323
太子張舍人遺織成褥段	324
丈人山	326
百憂集行	327
投簡成華兩縣諸子	328
徐卿二子歌	329
病柏	330

卷八　古詩

病橘	333
枯椶	335
枯柟	336
憶昔二首	338
冬狩行	341
韋諷録事宅觀曹將軍霸畫馬圖	343
送韋諷上閬州録事參軍	346
陪章留後惠義寺餞嘉州崔都督赴州	347
閬州東樓筵，奉送十一舅往青城縣 得昏字	349
將適吳楚，留別章使君留後，兼幕府諸公 得柳字	350
椶拂子	352
丹青引	353
桃竹杖引	356
寄題江外草堂	358
述古三首	360

卷九　古詩

| 冬到金華山觀，因得故拾遺陳公學堂 | 363 |
| 陳拾遺故宅 | 364 |

謁文公上方	366
奉贈射洪李四丈	367
早發射洪縣南途中作	368
通泉驛南去通泉縣十五里山水作	370
過郭代公故宅	370
觀薛稷少保書畫壁	373
通泉縣署屋壁後薛少保畫鶴	374
陪王侍御同登東山最高頂,宴姚通泉,晚携酒泛江	376
春日戲題惱郝使君兄	377
天邊行	378
大麥行	380
苦戰行	380
去秋行	381
光祿坂行	382
山寺	383
南池	385
發閬中	387
閬山歌	387
閬水歌	388
三絕句	389
莫相疑行	390
遭田父泥飲美嚴中丞	391

卷十 古詩

別唐十五誡,因寄禮部賈侍郎	393
柟樹爲風雨所拔歎	395
茅屋爲秋風所破歌	396
入奏行	397

大雨	399
揚旗	400
溪漲	402
戲贈友二首	403
觀打魚歌	404
又觀打魚	405
越王樓歌	406
海棕行	407
姜楚公畫角鷹歌	408
嚴氏溪放歌	408
相從歌	410
短歌行	411
短歌行	412
草堂	413
四松	416
水檻	418
破船	419
營屋	419
宿清溪驛，奉懷張員外十五兄之緒	421
屏迹	421
贈別賀蘭銛	422

卷十一　古詩

杜鵑	424
引水	427
青絲	428
近聞	429
漁陽	430

黃河二首 …………………………………… 431

自平 ………………………………………… 432

除草 ………………………………………… 433

客居 ………………………………………… 434

客堂 ………………………………………… 437

石硯 ………………………………………… 439

三韻三篇 …………………………………… 440

柴門 ………………………………………… 442

貽華陽柳少府 ……………………………… 444

同元使君舂陵行 …………………………… 446

狄明府 博濟 ………………………………… 449

韓諫議注 …………………………………… 451

課伐木 ……………………………………… 454

園人送瓜 …………………………………… 456

信行遠脩水筒 引泉筒 ……………………… 457

槐葉冷淘 …………………………………… 458

行官張望補稻畦水歸 ……………………… 460

催宗文樹雞栅 ……………………………… 462

園官送菜 …………………………………… 464

上後園山脚 ………………………………… 465

驅豎子摘蒼耳 ……………………………… 467

昔游 ………………………………………… 468

卷十二　古詩

往在 ………………………………………… 472

雷 …………………………………………… 477

火 …………………………………………… 478

七月三日,亭午已後校熱退,晚加小凉,穩睡有詩,因論壯年樂事,

戲呈元二十一曹長	480
牽牛織女	483
毒熱寄簡崔評事十六弟	485
壯遊	487
阻雨不得歸瀼西甘林	497
雨三首	499
又上後園山脚	501
雨	503
贈李十五丈別	505
贈鄭十八	507
殿中楊監見示張（旭）草書圖	509
楊監又出畫鷹十二扇	510
送殿中楊監赴蜀見相公	511

卷十三　古詩

秋，行官張望督促東渚耗稻向畢，清晨遣女奴阿稽、豎子阿段往問	513
覽柏中允兼子侄數人除官制詞，因述父子兄弟四美，載承絲綸	516
聽楊氏歌	519
荊南兵馬使太常卿趙公大食刀歌	521
王兵馬使二角鷹	524
甘林	526
雨	528
鄭典設自施州歸	528
種萵苣	531
秋風二首	534
久雨期王將軍不至	535
別李秘書始興寺所居	536

縛雞行 ……………………………………………… 537
負薪行 ……………………………………………… 538
最能行 ……………………………………………… 540
寄裴施州 …………………………………………… 541
奉酬薛十二丈判官見贈 …………………………… 542
暇日小園散病,將種秋菜,督勒耕牛,兼書觸目 … 546
寫懷二首 …………………………………………… 547
可歎 ………………………………………………… 550
觀公孫大娘弟子舞劍器行 ………………………… 552
虎牙行 ……………………………………………… 554
錦樹行 ……………………………………………… 556
赤霄行 ……………………………………………… 558
前苦寒二首 ………………………………………… 560
後苦寒二首 ………………………………………… 561
晚晴 ………………………………………………… 562
復陰 ………………………………………………… 263
夜歸 ………………………………………………… 564
寄柏學士林居 ……………………………………… 564
寄從孫崇簡 ………………………………………… 565
西閣曝日 …………………………………………… 566
水閣朝霽奉簡嚴雲安 ……………………………… 567
晚登瀼上堂 ………………………………………… 568
敬寄族弟唐十八史君 ……………………………… 569
釋悶 ………………………………………………… 571

卷十四　古詩

八哀詩 ……………………………………………… 573
贈司空王公思禮 …………………………………… 573

故司徒李公光弼	579
贈左僕射鄭國公嚴公武	583
贈太子太師汝陽郡王璡	590
贈祕書監江夏李公邕	593
故秘書少監武功蘇公源明	601
故著作郎貶台州司户滎陽鄭公虔	605
故右僕射相國張公九齡	611
醉爲馬所墜，諸公攜酒相看	615
李潮八法小篆歌	617
別蔡十四著作	620
別李義	621
送高司直尋封閬州	624
遣懷	626
君不見簡蘇徯	629
贈蘇四徯	630
寄薛三郎中	631
大覺高僧蘭若	634

卷十五　古詩

憶昔行	636
魏將軍歌	639
北風	641
客從	642
白馬	643
白鳧行	644
蠶穀行	645
折檻行	646
朱鳳行	648

惜別行,送向卿進奉端午御衣之上都 …… 649

醉歌行 …… 650

歲晏行 …… 651

夜聞觱篥 …… 652

發劉郎浦 …… 653

暮秋枉裴道州手札,率爾遣興,寄遞呈蘇渙侍御 …… 653

奉贈李八丈判官曛 …… 657

別董頲 …… 660

奉送魏六丈佑少府之交廣 …… 661

別張十三建封 …… 664

人日寄杜二拾遺〔高適〕 …… 668

追酬故高蜀州人日見寄 …… 670

〔杜子美贈蘇渙詩〕 …… 673

送重表姪王殊評事使南海 …… 674

詠懷二首 …… 679

卷十六　古詩

送顧八分文學適洪吉州 …… 685

上水遣懷 …… 689

遣遇 …… 692

解憂 …… 693

宿鑿石浦 …… 694

早行 …… 695

過津口 …… 696

次空靈岸 …… 697

宿花石戍 …… 698

早發 …… 700

次晚州 …… 701

望岳	702
湘江宴餞裴二端公赴道州	705
題衡山縣文宣王廟新學堂呈陸宰	706
入衡州	709
風雨看舟前落花,戲爲新句	716
清明	717
岳麓山道林二寺行	718
舟中苦熱遣懷,奉呈陽中丞通簡臺省諸公	721
聶耒陽以僕阻水,書致酒肉。療飢荒江,詩得代懷,興盡本韻。至縣,呈聶令。陸路去方田驛四十里,舟行一日,時屬江漲,泊于方田	725

卷十七　近體詩

冬日洛城北謁玄元皇帝廟	728
行次昭陵	732
贈韋左丞丈濟	735
投贈哥舒開府翰二十韻	737
上韋左相二十韻	742
奉贈太常張卿均二十韻	747
敬贈鄭諫議十韻	752
奉贈鮮于京兆二十韻	754
贈特進汝陽王二十二韻	758
重經昭陵	762
鄭駙馬宅宴洞中	763
李監宅	765
重題鄭氏東亭	766
題張氏隱居二首	767
天寶初,南曹小司寇舅,於我太夫人堂下,累土爲山,一簣盈尺,以代彼朽木,承諸焚香瓷甌,亦甚安矣。旁植慈竹,蓋茲數峰,

嶔岑婥娟,宛有塵外格致,乃不知興之所至,而作是詩 ………	768
龍門 ………	769
贈李白 ………	770
與任城許主簿遊南池 ………	771
登兗州城樓 ………	772
劉九法曹鄭瑕丘石門宴集 ………	772
暫如臨邑,至㟙山湖亭,奉懷李員外,率爾成興 ………	773

卷十八　近體詩

奉寄河南韋尹丈人 ………	775
對雨書懷走邀許主簿 ………	777
巳上人茅齋 ………	777
房兵曹胡馬詩 ………	779
畫鷹 ………	780
與李十二白同尋范十隱居 ………	781
臨邑舍弟書至,苦雨黄河泛溢,堤防之患,簿領所憂,因寄此詩, 用寬其意 ………	783
過宋員外之問舊莊 ………	785
夜宴左氏莊 ………	786
送蔡希魯都尉還隴右,寄高三十五書記 ………	787
春日憶李白 ………	789
贈陳二補闕 ………	790
寄高三十五書記 適 ………	791
送裴二虬作尉永嘉 ………	792
城西陂泛舟 ………	793
贈田九判官 梁丘 ………	794
贈獻納使起居田舍人 ………	795
送韋書記赴安西 ………	796

陪鄭廣文遊何將軍山林十首 …………………… 797
重過何氏五首 …………………………………… 804
冬日有懷李白 …………………………………… 807
杜位宅守歲 ……………………………………… 808
與鄠縣源大少府宴渼陂 得寒字 ………………… 809
崔駙馬山亭宴集 ………………………………… 810
九月楊奉先會白水崔明府 ……………………… 811
贈翰林張四學士 ………………………………… 812
送張二十參軍赴蜀州,因呈楊五侍御 ………… 814
陪諸貴公子丈八溝攜妓納涼,晚際遇雨 ……… 815
白水明府舅宅喜雨 得過字 ……………………… 816
陪李金吾花下飲 ………………………………… 817
贈高式顔 ………………………………………… 818
贈比部蕭郎中十兄 ……………………………… 818
九日曲江 ………………………………………… 821
官定後戲贈 ……………………………………… 822
承沈八丈東美除膳部員外,阻雨未遂馳賀,奉寄此詩 … 823

卷十九　近體詩

奉留贈集院崔于二學士 ………………………… 825
故武衛將軍挽歌三首 …………………………… 827
九日藍田崔氏莊 ………………………………… 829
崔氏東山草堂 …………………………………… 830
對雪 ……………………………………………… 831
月夜 ……………………………………………… 831
遣興 ……………………………………………… 832
元日寄韋氏妹 …………………………………… 833
春望 ……………………………………………… 834

九家集注杜詩

憶幼子 …………………………………… 834

一百五日夜對月 ………………………… 835

大雲寺贊公房二首 ……………………… 836

喜聞官軍已臨賊寇二十韻 ……………… 839

喜達行在所三首 ………………………… 843

得家書 …………………………………… 846

奉贈嚴八閣老 …………………………… 847

留別賈嚴二閣老兩院補闕 ……………… 848

晚行口號 ………………………………… 849

獨酌成詩 ………………………………… 849

收京三首 ………………………………… 850

月 ………………………………………… 853

哭長孫侍御 ……………………………… 853

奉送郭中丞兼太僕卿充隴右節度使三十韻 … 854

送楊六判官使西蕃 ……………………… 861

憶弟二首 ………………………………… 863

得舍弟消息 ……………………………… 864

鄭駙馬池臺喜遇鄭廣文同飲 …………… 865

臘日 ……………………………………… 866

紫宸殿退朝口號 ………………………… 867

曲江二首 ………………………………… 868

曲江對酒 ………………………………… 869

曲江對雨 ………………………………… 870

早朝大明宮呈省寮友 賈至 ……………… 871

奉和賈至舍人早朝大明宮 ……………… 872

同前 王維 ………………………………… 873

同前 岑參 ………………………………… 873

宣政殿退朝晚出左掖 …………………… 874

題省中院壁	874
春宿左省	876
送翰林張司馬南海勒碑	877
晚出左掖	878
曲江陪鄭八丈南史飲	878
送賈閣老出汝州	879
送鄭十八虔貶台州司户,傷其臨老陷賊之故,闕爲面〔别〕,情見於詩	880
題鄭十八著作文	881
端午日賜衣	882
贈畢四曜	883
酬孟雲卿	883
奉贈王中允維	884
奉陪鄭駙馬韋曲二首	885
寄左省杜拾遺岑參	886
奉答岑參補闕見贈	886
送許八拾遺歸江寧覲省,甫昔時嘗客遊此縣,於許生處乞瓦棺寺維摩圖樣,志諸篇末	887
因許八奉寄江寧旻上人	889
至德二載,甫自京金光門出,道歸鳳翔,乾元初從左拾遺移華州掾,與親故别,因出此門,有悲往事	889
寄高三十五詹事適	890
路逢襄陽少府入城,戲呈楊員外綰	891
題鄭縣亭子	891
望岳	892
至日遣興奉寄兩院遺補二首	893
得弟消息二首	895
寄高適	896

卷二十　近體詩

秦州雜詩二十首 …… 897
月夜憶舍弟 …… 910
宿贊公房 …… 911
東樓 …… 912
雨晴 …… 912
寓目 …… 913
山寺 …… 914
即事 …… 914
遣懷 …… 915
天河 …… 916
初月 …… 917
歸燕 …… 918
擣衣 …… 919
促織 …… 920
螢火 …… 920
蒹葭 …… 921
苦竹 …… 922
除架 …… 922
夕烽 …… 923
秋笛 …… 924
送遠 …… 924
觀兵 …… 925
廢畦 …… 926
不歸 …… 927
天末懷李白 …… 927
獨立 …… 928

日暮	929
空囊	929
病馬	930
蕃劍	931
銅瓶	932
觀安西兵過赴關中待命二首	932
送人從軍	934
野望	935
送靈州李判官	935
示姪佐	936
佐還山後寄三首	936
從人覓小胡孫許寄	938
秋日阮隱居致薤三十束	938
秦州見敕目,薛三璩授司議郎,畢四曜除監察,與二子有故,遠喜遷官,兼述索居,凡三十韻	939
寄彭州高三十五使君適、虢州岑二十七長史參三十韻	943
寄岳州賈司馬六丈、巴嚴八使君兩閣老五十韻	947
寄張十二山人彪三十韻	955
寄李十二白二十韻	959

卷二十一　近體詩

蜀相	964
卜居	965
一室	967
梅雨	968
爲農	969
有客	970
狂夫	971

賓至	972
王十五司馬弟出郭相訪,兼遺營茅堂貲	973
堂成	974
田舍	975
進艇	975
西郊	976
所思	977
江村	978
江漲	979
野老	980
雲山	981
遣興	981
北鄰	982
南鄰	983
赴青城縣出成都寄陶王二少尹	984
因崔五侍御寄高彭州適	985
野望因過常山仙	985
出郭	986
過南鄰朱山人水亭	988
恨別	988
寄賀蘭銛	989
寄楊五桂州譚,因州參軍段子之任	990
逢唐興劉主簿弟	991
和裴迪登新津寺寄王侍郎	991
敬簡王明府	992
重簡王明府	993
建都十二韻	994
歲暮	996

和裴迪登蜀州東亭，送客逢早梅，相憶見寄 ………………… 997
寄贈王十將軍承俊 …………………………………………… 998
遊修覺寺 前遊 ………………………………………………… 999
後遊 …………………………………………………………… 999
題新津北橋樓 得郊字 ………………………………………… 1000
奉酬李都督表丈早春作 ……………………………………… 1000
登樓 …………………………………………………………… 1001
春歸 …………………………………………………………… 1003
歸雁 …………………………………………………………… 1004
三絶 …………………………………………………………… 1004
客至 …………………………………………………………… 1006
遣意二首 ……………………………………………………… 1006

卷二十二　近體詩

琴臺 …………………………………………………………… 1008
漫成二首 ……………………………………………………… 1009
春水 …………………………………………………………… 1010
江亭 …………………………………………………………… 1010
村夜 …………………………………………………………… 1011
早起 …………………………………………………………… 1012
畏人 …………………………………………………………… 1012
可惜 …………………………………………………………… 1013
落日 …………………………………………………………… 1013
獨酌 …………………………………………………………… 1014
遠遊 …………………………………………………………… 1014
徐步 …………………………………………………………… 1015
寒食 …………………………………………………………… 1016
高柟 …………………………………………………………… 1016

惡[樹] …………………………………………………… 1017
石鏡 …………………………………………………… 1017
聞斛斯六官未歸 ……………………………………… 1018
絕句漫興九首 ………………………………………… 1019
戲爲六絕 ……………………………………………… 1022
江漲 …………………………………………………… 1026
晚晴 …………………………………………………… 1027
朝雨 …………………………………………………… 1027
送韓十四江東省覲 …………………………………… 1028
贈杜二拾遺 蜀州刺史高適 …………………………… 1029
酬高思君相贈 ………………………………………… 1029
草堂即事 ……………………………………………… 1030
廣州段功曹到，得楊五長史書，功曹却歸，聊寄此詩 …… 1031
得廣州張判官叔卿書，使還，以詩代意 …………… 1032
送段功曹歸廣州 ……………………………………… 1032
魏十四侍御就弊廬相別 ……………………………… 1033
徐九少君見過 ………………………………………… 1034
范二員外邈、吳十侍御郁，特枉駕，闕展待，聊寄此作 …… 1034
王十七侍御掄許攜酒至草堂，奉寄此詩，便請邀高三十五使君
　同到 ………………………………………………… 1035
王竟攜酒，高亦同過 用寒字 ………………………… 1036
少年行二首 …………………………………………… 1036
野人送朱櫻 …………………………………………… 1037
即事 …………………………………………………… 1038
贈花卿 ………………………………………………… 1038
少年行 ………………………………………………… 1039
蕭八明府實處覓桃栽 ………………………………… 1039
從韋二明府續處覓錦竹 ……………………………… 1040

憑何十一少府邕覓榿木栽	1040
憑韋少府班覓松樹子栽	1040
又於韋處乞大邑瓷盌	1041
詣徐卿覓果栽	1041
贈別何邕	1042
贈別鄭煉赴襄陽	1043
重贈鄭煉	1043

卷二十三　近體詩

奉和嚴中丞西城晚眺十韻	1044
嚴中丞枉駕見過	1046
江畔獨步尋花七絕句	1047
春水生二絕	1049
春夜喜雨	1050
江頭五詠	1051
野望	1054
官池春鴈二首	1055
水檻遣興二首	1056
屏跡二首	1057
寄題杜二錦江野亭 _{成都尹嚴武作}	1058
奉酬嚴公寄野亭之作	1059
中丞嚴公雨中垂寄見憶一絕，奉答二絕	1060
謝嚴中丞送青城山道士乳酒一餅	1061
嚴公仲夏枉駕草堂，兼攜酒饌 _{得寒字}	1062
嚴公廳宴，同詠蜀道畫圖 _{得空字}	1063
奉送嚴公十韻入朝	1064
酬別杜二 _{嚴武}	1065
與嚴二歸奉禮別	1066

送嚴侍郎到綿州，同登杜使君江樓宴 得心字	1066
奉齊驛重送嚴公四韻	1068
巴西驛亭觀江漲，呈竇使君二首	1068
又呈竇使君	1069
遣憂	1070
早花	1070
巴山	1071
收京	1071
巴西聞收京，送班司馬入京	1072
送司馬入京	1072
花底	1073
柳邊	1073
城上	1074
翫月呈漢中王	1074
漢州王大錄事宅作	1075
陪王漢州留杜綿州，泛房公西湖	1075
舟前小鵝兒	1076
得房公池鵝	1077

卷二十四　近體詩

戲作寄上漢中王二首	1079
投簡梓州幕府簡韋十郎官	1080
答揚梓州	1080
贈韋贊善別	1081
送李卿煜	1082
絕句	1082
九日登梓州城	1083
九日奉寄嚴大夫	1083

巴嶺答杜二見憶 嚴武	1084
懷舊	1085
所思	1085
不見	1086
題玄武禪師屋壁	1087
聞官軍收河南河北	1089
涪江泛舟送韋班歸京 得山字	1089
春日梓州登樓二首	1090
遣憤	1091
送〔竇〕九歸成都	1092
贈裴南部	1092
奉送崔都水翁下峽	1093
郪城西原送李判官兄、武判官弟赴成都	1093
題郪縣郭三十二明府茅屋壁	1094
客夜	1094
陪王侍御宴通泉東山野亭	1095
客亭	1096
行次鹽亭縣,聊題四韻,奉簡嚴遂州蓬州兩使君、咨議諸昆季	1096
倚杖	1097
泛江送魏十八倉曹還京,因寄岑中允參、范郎中季明	1098
送路六侍御入朝	1098
泛江送客	1099
上牛頭寺	1099
望牛頭寺	1100
上兜率寺	1101
望兜率寺	1101
甘園	1102
數陪章梓州泛江,有女樂在諸舫,戲爲艷曲二首	1103

登牛頭山亭子 …… 1104
陪李梓州、王閬州、蘇遂州、李果州四使君登惠義寺 …… 1104
送何侍御歸朝 …… 1105
江亭送眉州辛別駕昇之 得蕪字 …… 1106
涪城縣香積寺官閣 …… 1106
戲題寄上漢中王三首 …… 1107
陪章留後侍御宴南樓 …… 1109
臺上 得涼字 …… 1110
送王十五判官扶侍還黔中 得開字 …… 1111
隨章留後新亭會送諸君 …… 1111
倦夜 …… 1112
悲秋 …… 1113
對雨 …… 1113
警急 …… 1114
王命 …… 1115
征夫 …… 1115
送元二適江左 …… 1116
章梓州水亭 …… 1116
送陵州路使君赴任 …… 1117
薄暮 …… 1118
東津送韋諷攝閬州錄事 …… 1118
惠義寺送王少尹赴成都 分得峰字 …… 1119
西山三首 …… 1119
薄遊 …… 1121

卷二十五　近體詩

送梓州李使君之任 …… 1123
王閬州筵奉酬十一舅惜別之作 …… 1124

閬州奉送二十四舅使自京赴任青城	1124
放船	1125
奉待嚴大夫	1125
奉寄高常侍	1126
奉寄章十侍御	1127
將赴荆南寄別李劍州弟	1127
奉寄別馬巴州	1128
泛江	1129
陪王使君晦日泛江就黄家亭子二首	1129
南征	1130
久客	1130
春遠	1131
暮寒	1131
愁坐	1132
雙燕	1132
百舌	1133
地隅	1133
遊子	1134
歸夢	1134
江亭王閬州筵餞蕭遂州	1135
絶句二首	1135
滕王亭子	1136
玉臺觀二首	1136
渡江	1138
喜雨	1138
送韋郎司直歸成都	1138
將赴城都草堂途中有作,先寄嚴鄭公五首	1139
別房太尉墓	1143

自閬州領妻子卻赴蜀山行三首 …………………………… 1144
山館 ………………………………………………………… 1145
贈王二十四侍御契四十韻 ………………………………… 1145

卷二十六　近體詩

寄董卿喜榮十韻 …………………………………………… 1151
寄司馬山人十二韻 ………………………………………… 1152
寄李十四員外布十二韻 …………………………………… 1153
歸來 ………………………………………………………… 1154
王錄事許修草堂貲不到聊小詰 …………………………… 1154
寄邛州崔錄事 ……………………………………………… 1154
過故斛斯校書莊二首 ……………………………………… 1155
立秋日雨院中有作 ………………………………………… 1156
附軍城早秋 鄭國公嚴武作 ……………………………………… 1156
奉和 ………………………………………………………… 1157
院中晚晴懷西郭茅舍 ……………………………………… 1157
到村 ………………………………………………………… 1158
宿府 ………………………………………………………… 1158
遣悶奉呈嚴公二十韻 ……………………………………… 1159
送舍弟頻赴齊州三首 ……………………………………… 1160
嚴鄭公階下小松 得霑字 …………………………………… 1161
嚴鄭公宅同詠竹 得香字 …………………………………… 1162
奉觀嚴鄭公廳事岷山沱江畫圖十韻 得忘字 …………… 1162
晚秋陪嚴鄭公摩訶池泛舟 ………………………………… 1163
陪鄭公秋晚北池臨眺 ……………………………………… 1163
初冬 ………………………………………………………… 1164
正月三日歸溪上有作,簡院內諸公 ……………………… 1165
敝廬遣興奉寄嚴公 ………………………………………… 1165

春日江村五首 …… 1166

絕句六首 …… 1168

絕句四首 …… 1169

陪李七司馬皁江上觀造竹橋,即日成,往來之人,免冬寒入水,
　聊題短作,簡李公 …… 1170

觀作橋成,月夜舟中有述,還呈李司馬 …… 1171

李司馬橋了,承高使君自成都回 …… 1171

江上值水如海勢,聊短述 …… 1171

寄杜位 …… 1172

題桃樹 …… 1172

舍弟占歸草堂檢校聊示此詩 …… 1173

暮登西安寺鐘樓寄裴十迪 …… 1173

觀李固請司馬弟三水圖三首 …… 1174

散愁二首 …… 1175

至後 …… 1176

撥悶 …… 1176

登高 …… 1177

九日 …… 1178

秋盡 …… 1178

野望 …… 1179

老病 …… 1179

卷二十七　近體詩

去蜀 …… 1180

放船 …… 1180

哭嚴僕射歸櫬 …… 1181

宴戎州楊使君東樓 …… 1181

渝州候嚴六侍御不到,先下峽 …… 1183

聞高常侍亡	1183
宴忠州使君姪宅	1184
禹廟	1185
題忠州龍興寺所居院壁	1186
旅夜書懷	1187
別常徵君	1187
十二月一日三首	1188
又雪	1189
奉漢中王手札	1190
贈崔十三評事公輔	1192
長江二首	1195
哭台州鄭司户蘇少監	1196
承聞故房相公靈櫬,自閬州啓殯,歸葬東都,有作二首	1197
雲安九日鄭十八攜酒陪諸公宴	1199
答鄭十七郎一絶	1199
將曉二首	1199
懷錦水居止二首	1200
子規	1202
立春	1202
漫成	1203
南楚	1203
移居夔州郭	1204
船下夔州郭宿,雨濕不得上岸,別王十二判官	1205
入宅三首	1205
赤甲	1207
上白帝城二首	1208
愁	1209
江雨有懷鄭典設	1210

雨不絕	1211
崔評事弟許相迎不到,應慮老夫見泥雨怯出,必愆佳期,走筆戲簡	1211
畫夢	1212
熟食日示宗文宗武	1213
又示兩兒	1213

卷二十八　近體詩

陪諸公上白帝城頭,宴越公堂之作	1215
傷春五首	1216
暮春題瀼西新賃草屋五首	1220
承聞河北諸道節度入朝歡喜口號絕句十二首	1223
得舍弟觀書,自中都已達江陵。今茲暮春月末,行李合到夔州。悲喜相兼,團圓可待,賦詩即事,情見乎辭	1228
喜觀即到,復題短篇二首	1229
喜聞賊盜蕃寇總退口號五首	1230
即事	1232
見螢火	1233
送十五弟侍御使蜀	1233
暮春	1234
晴二首	1235
雨	1236
月三首	1236
園	1238
歸	1239
諸葛廟	1239
豎子至	1240
舍弟觀歸藍田迎新婦示兩篇	1240

季夏送鄉弟韶陪黃門從叔朝謁 …………………………………… 1242
熱三首 …………………………………………………………… 1242
返照 ……………………………………………………………… 1244
示獠奴阿段 ……………………………………………………… 1245
簡吳郎司法 ……………………………………………………… 1245
又呈吳郎 ………………………………………………………… 1246

卷二十九　近體詩

七月一日題終明府水樓二首 …………………………………… 1248
送李八秘書赴杜相公幕 ………………………………………… 1250
秋日夔州詠懷寄鄭監 審李賓客 之芳一百韻 ………………………… 1250
贈李八秘書別三十韻 …………………………………………… 1270
寄劉峽州伯華使君四十韻 ……………………………………… 1276
王十五前閣會 …………………………………………………… 1284
寄韋有夏郎中 …………………………………………………… 1284
寄常徵君 ………………………………………………………… 1285
寄岑嘉州 ………………………………………………………… 1286
峽中覽物 ………………………………………………………… 1287
憶鄭南玭 ………………………………………………………… 1288
懷灞上游 ………………………………………………………… 1289
雨 ………………………………………………………………… 1289
晚晴 ……………………………………………………………… 1290
夜雨 ……………………………………………………………… 1291
更題 ……………………………………………………………… 1292
峽隘 ……………………………………………………………… 1292
存沒口號二首 …………………………………………………… 1293
日暮 ……………………………………………………………… 1294
秋日寄題鄭監湖上亭三首 ……………………………………… 1295

謁真諦寺禪師	1297
覆舟二首	1298
秋清	1299
哭王彭州掄	1300
夔府書懷四十韻	1304
送李功曹之荆州充鄭侍御叛官重贈	1311
上卿翁請脩武侯廟，遺像缺落時，崔卿權夔州	1312
孤鴈	1313
遣愁	1313
奉寄李十五秘書二首 文嶷	1314
即事	1315

卷三十　近體詩

瀼溪	1317
白帝	1318
黄草	1319
吹笛	1320
垂白 一作《白首》	1321
草閣	1321
江月	1322
洞房	1323
宿昔 詠天寶中事	1324
能畫	1325
鬬雞	1325
鸚鵡	1326
歷歷	1327
江上	1328
中夜	1328

九家集注杜詩

江漢	1329
洛陽	1330
驪山	1330
提封	1331
白露	1332
孟氏	1333
吾宗 衢倉曹崇簡	1334
第五弟豐獨在江左，近三四載寂無消息，覓使寄此二首	1334
巫峽弊盧奉贈侍御四舅別之灃朗	1336
溪上	1336
樹間	1337
八月十五夜月二首	1338
十六夜翫月	1339
十七夜月	1340
傷秋	1340
秋峽	1341
秋興八首	1342
社日兩篇	1349
秋野五首	1351
詠懷古跡五首	1354
送田四弟將軍將夔州柏中丞命，起居江陵節度、陽城郡王衛公幕	1359
九月一日過孟十二倉曹、十四主簿	1360
過客相尋	1360
孟倉曹步趾領新酒、醬二物滿器，見遺老夫	1361
課小豎鉏斫舍北果林，枝蔓荒穢，淨訖，移牀三首	1362
峽口二首	1363
村雨	1364
寒雨朝行視園樹	1365

偶題	1366
雨晴	1371
晚晴吴郎見過北舍	1371
解悶十二首	1372
復愁十二首	1377
諸將五首	1382
九日五首	1387
九日諸人集于林	1391

卷三十一　近體詩

宗武生日	1392
夜	1393
上白帝城	1394
宿江邊閣	1395
別崔潩因寄薛據、孟雲卿	1395
武侯廟	1396
八陣圖	1397
奉送韋中丞之晋赴湖南	1398
謁先主廟	1398
白鹽山	1402
灩澦堆	1402
瞿塘懷古	1403
白帝城樓	1403
寄杜位	1404
冬深	1404
不寐	1405
奉送十七舅下邵桂	1406
送覃二判官	1406

夜宿西閣，曉呈元二十一曹長	1408
西閣口號呈元二十一	1409
有歎	1409
西閣雨望	1410
不離西閣二首	1411
送鮮于萬州遷巴川	1412
西閣三度期大昌嚴明府同宿不到	1412
曉望白帝城鹽山	1413
西閣二首	1414
卜居	1416
玉腕騮	1417
見王監兵馬使，說近山有白黑二鷹，羅者久取，竟未能得。王以爲毛骨有異他鷹，恐臘後春生，騫飛避暖、勁翮思〔秋〕之甚，眇不可見，請余賦詩，詩二首	1418
鷗	1420
猿	1421
黃魚	1421
白小	1422
麂	1422
雞	1423
別蘇徯	1424
月圓	1426
中宵	1426
白帝樓	1427
送王十六判官	1428
奉送卿二翁節度鎮軍還江陵	1428
閣夜	1429
白帝城最高樓	1430

覽鏡呈柏中丞	1431
西閣夜	1431
瀼西寒望	1432
陪柏中丞觀宴將士二首	1432
漢中王報韋侍御蕭尊師亡	1434
南極	1434
搖落	1435
季秋江村	1436

卷三十二　近體詩

季秋蘇五弟纓江樓夜宴崔十三評事、韋少府姪三首	1437
送孟十二倉曹赴東京選	1438
憑孟倉曹將書覓土婁舊莊	1439
耳聾	1440
小園	1440
自瀼西荆扉且移居東屯茅屋四首	1441
題柏大兄弟山居屋壁二首	1443
暝	1445
茅堂檢校收稻二首	1445
朝二首	1447
晚	1448
夜二首	1449
東屯月夜	1450
東屯北崦	1451
雲	1451
月	1452
獨坐二首	1453
雨四首	1455

戲寄崔評事表姪、蘇五表弟、韋大少府諸姪 …………………… 1456

有感五首 …………………………………………………… 1457

夜 ………………………………………………………… 1461

遠遊 ……………………………………………………… 1461

從驛次草堂復至東屯茅屋二首 ………………………… 1462

暫往白帝復還東屯 ……………………………………… 1464

晨雨 ……………………………………………………… 1464

天池 ……………………………………………………… 1465

反照 ……………………………………………………… 1466

向夕 ……………………………………………………… 1467

曉望 ……………………………………………………… 1467

覃山人隱居 ……………………………………………… 1468

柏學士茅屋 ……………………………………………… 1469

大曆二年九月三十日 …………………………………… 1470

十月一日 ………………………………………………… 1470

戲作俳諧體遣悶二首 …………………………………… 1471

刈稻了詠懷 ……………………………………………… 1473

瞿塘兩崖 ………………………………………………… 1473

柳司馬至 ………………………………………………… 1474

孟冬 ……………………………………………………… 1475

悶 ………………………………………………………… 1475

雷 ………………………………………………………… 1476

冬至 ……………………………………………………… 1476

小至 ……………………………………………………… 1477

舍弟觀赴藍田取妻子到江陵,喜寄三首 ……………… 1478

夔州歌十絕句 …………………………………………… 1480

雨 ………………………………………………………… 1483

奉送蜀州柏二別駕將中丞命,赴江陵起居衛尚書太夫人,因示
　　從弟行軍司馬位 …………………………………… 1484

卷三十三　近體詩

太歲日 …………………………………………………… 1486

元日示宗武 ……………………………………………… 1487

遠懷舍弟穎觀等 ………………………………………… 1489

續得觀書，迎就當陽居止，正月中旬定出三峽 ……… 1489

將別巫峽，贈南鄉兄瀼西果園四十畝 ………………… 1490

送大理封主簿五郎親事不合，却赴通州。主簿前閬州賢子，余
　與主簿平章鄭氏女子，垂欲納采，鄭氏伯父京書至，女子已許
　他族，親事遂停 ……………………………………… 1491

人日兩篇 ………………………………………………… 1493

江梅 ……………………………………………………… 1494

庭草 ……………………………………………………… 1495

大曆三年春，白帝城放船出瞿唐峽，久居夔府，將適江陵漂泊，
　有詩凡四十韻 ………………………………………… 1496

巫山縣汾州唐使君十八弟宴別，兼諸公攜酒樂相送，率題小詩，
　留于屋壁 ……………………………………………… 1501

春夜峽州田侍御長史津亭留宴 得筵字 ………………… 1502

泊松滋江庭 ……………………………………………… 1502

行次古城店汎江作，不揆鄙拙，奉呈江陵幕府諸公 …… 1503

乘雨入行軍六弟宅 ……………………………………… 1503

宴胡侍御書堂，李尚書之芳、鄭秘監審同集 歸字韻 …… 1504

書堂飲既，夜復邀李尚書下馬，月下賦絕句 ………… 1504

上巳日徐司錄林園宴集 ………………………………… 1505

奉送蘇州李二十五長史丈之任 ………………………… 1505

暮春江陵送馬大卿公，恩命追赴闕下 ………………… 1507

暮春陪李尚書、李中丞過鄭監湖亭汎舟 得過字 ……… 1508

夏日揚長寧宅，送崔侍御常正字入京 得深字 ………… 1509

— 41 —

和江陵宋大少府暮春雨後同諸公及舍弟宴書齋 …………… 1510
宇文晁尚書之甥、崔彧司業之孫、尚書之子重泛鄭監審前湖 … 1510
夏夜李尚書筵送宇文石首赴縣聯句一首 ………………… 1511

卷三十四　近體詩

多病執熱奉懷李尚書之芳 ………………………………… 1513
水宿遣興奉呈群公 ………………………………………… 1514
奉賀陽城郡王太夫人恩命賀鄧國太夫人 ………………… 1517
江陵望幸 …………………………………………………… 1519
江邊星月二首 ……………………………………………… 1520
舟月對驛近寺 ……………………………………………… 1521
舟中 ………………………………………………………… 1522
遣悶 ………………………………………………………… 1522
江陵節度陽城郡王新樓成，王請嚴侍御判官賦七字句，同作 … 1524
又作此奉衛王 ……………………………………………… 1524
舟中出江陵南浦奉寄鄭少尹審 …………………………… 1525
江南逢李龜年 ……………………………………………… 1527
官庭夕坐戲簡顏十少府 …………………………………… 1528
秋日荊南述懷三十韻 ……………………………………… 1529
哭李尚書之芳 ……………………………………………… 1534
重題 ………………………………………………………… 1536
獨坐 ………………………………………………………… 1536
暮歸 ………………………………………………………… 1537
移居公安敬贈衛大郎鈞 …………………………………… 1538
公安送韋二少府匡贊 ……………………………………… 1539
贈虞十五司馬 ……………………………………………… 1540
公安縣懷古 ………………………………………………… 1541
公安送李二十九弟晉肅入蜀，余下沔鄂 ………………… 1541

宴王使君宅二首	1542
留別公安太易沙門	1543
秋日荊南送石首薛明府辭滿告別,奉寄薛尚書頌德敘懷,斐然之作三十韻	1544

卷三十五　近體詩

曉發公安數月憩息此縣	1550
泊岳陽城下	1551
纜船苦風,戲題四韻,奉簡鄭十三判官泛	1552
登岳陽樓	1552
陪裴使君登岳陽樓	1554
過南嶽入洞庭湖	1555
長沙送李十一銜	1557
宿青草湖	1558
宿白沙驛	1558
湘夫人祠	1559
祠南夕望	1560
登白馬潭	1560
歸鴈	1561
野望	1561
入喬口	1562
銅官渚守風	1563
北風	1564
發潭州	1565
雙楓浦	1566
回棹	1567
奉送王信州崟北歸	1569
江閣臥病走筆寄呈崔、盧兩侍御	1571

潭州送韋員外牧韶州 迢 ……… 1572
潭州留別杜員外院長 韋迢 ……… 1572
江閣對雨有懷行營裴端公公 ……… 1573
早發湘潭寄杜員外院長 韋迢 ……… 1574
酬韋韶州見寄 ……… 1574
千秋節有感二首 ……… 1575
晚秋長沙蔡五侍御飲筵,送殷六參軍歸澧州覲省 ……… 1577
湖中送敬十使君適廣陵 ……… 1578

卷三十六　近體詩

重送劉十弟判官 ……… 1580
奉贈盧五丈參謀琚 ……… 1581
登舟將適漢陽 ……… 1584
暮秋將歸秦,留別湖南幕府親友 ……… 1585
送盧十四弟侍御護韋尚書靈櫬歸上都二十韻 ……… 1585
哭李常侍嶧二首 ……… 1588
哭韋大夫之晉 ……… 1590
舟中夜雪有懷盧十四侍御弟 ……… 1592
對雪 ……… 1593
冬晚送長孫漸舍人歸州 ……… 1594
暮冬送蘇四郎徯兵曹適桂州 ……… 1595
風疾舟中,伏枕書懷三十六韻,奉呈湖南親友 ……… 1596
奉贈蕭二十使君 ……… 1603
奉送二十三舅錄事之攝郴州 崔偉 ……… 1606
送魏二十四司直充嶺南掌選崔郎中判官,兼寄韋韶州 ……… 1608
送趙十七明府之縣 ……… 1609
燕子來舟中作 ……… 1610
同豆盧峰貽主客李員外賢子棐 知字韻 ……… 1610

歸雁二首 …………………………………………… 1612
小寒食舟中作 ……………………………………… 1613
清明二首 …………………………………………… 1614
贈韋七贊善 ………………………………………… 1617
奉酬寇十侍御錫見寄四韻，復寄寇 ………………… 1617
杜員外兄垂示詩因作此寄上 郭太受傳 …………… 1618
酬郭十五判官 郭受 ………………………………… 1619
衡州送李大夫赴廣州 ……………………………… 1620
過洞庭湖 新添 ……………………………………… 1621
聞惠子過東溪 新添 ………………………………… 1621

欽定四庫全書

集部二

詳校官侍郎臣謝墉
檢討臣何思鈞覆勘
總校官編修臣朱鈐
校對官編修臣吳舒帷
謄錄監生臣唐珠

御製題郭知達集九家注杜詩

平生結習最於詩，老杜真堪作我師。
書出曾錎實郭集，本仍寶慶及淳熙。
九家正注宜存耳，餘氏支辭概去之。
適以遺編搜四庫，乃斯古刻見漕司。
希珍際遇殊驚晚，尤物闇章固有時。
重以琳瑯續天祿，幾閒萬遍讀何辭。

【集注】

"九家"句：是編爲宋郭知達集九家注，乃王文公、宋景文、豫章先生、王源叔、薛夢符、杜時可、鮑文虎、師民瞻、趙彥材，見於知達《序》。其言王文公，即王安石。宋景文，即宋祁。王源叔，名洙。杜時可，名田。師民瞻，名尹。趙彥材，名次公。薛夢符、鮑文虎，即其名。豫章先生，蓋黃庭堅也。版刻於廣東，詳見曾噩《序》。卷後署云："寶慶乙酉廣東漕司鋟版。"馬端臨《文獻通考》載此版，亦稱爲善本。

"適以"二句：此書舊藏武英殿，僅爲庫貯陳編，無有知其爲宋槧者。茲以校勘《四庫全書》，向武英殿移取書籍，始鑒及之，而前此竟未列入《天祿琳瑯》，豈書策之遇合遲早，亦有數耶？

"重以"句：《天祿琳瑯》惜早已成書，此本當爲續入上等。

再題宋版九家注杜詩

兌氏之戈和氏弓，續增天祿吉光中。
浣花眉列新全帙，金粟身存舊卷筒。
尤物寧論顯與晦，逢時亦有塞兮通。
武英棄置今方出，絜矩人材默愓衷。

【集注】

　　"金粟"句：世以藏經紙之未作經册者爲卷筒紙，最爲難得，此書面頁用之。

　　"武英"句：是書庋塵武英殿庫架，不知幾許年。兹以校勘《四庫全書》，始物色及之，且辨其爲宋槧善本。即此不可以悟人材之或有沈淪耶？

欽定四庫全書

集部二

九家集注杜詩　別集類一 唐

集部二

提　要

　　臣等謹案：《九家集注杜詩》三十六卷，宋郭知達編。知達，蜀人。前有自序，作於淳熙八年。又有曾噩重刻序，作於寶慶元年。噩，據《書録解題》作"字子肅，閩清人"。凌知迪《萬姓統譜》則作"字噩甫，閩縣人。慶元中尉上高，復遷廣東漕使"，與陳振孫所記小異。振孫與噩同時，知迪所叙又與序中結銜合，未詳孰是也。宋人喜言杜詩，而注杜詩者無善本。此書集王洙、宋祁、王安石、黃庭堅、薛夢符、杜田、鮑彪、師尹、趙彥材九家之注，頗爲簡要。知達《序》稱："屬二三士友隨是非而去取之。如假託名氏，撰造事實，皆刪削不載。"陳振孫《書録解題》亦曰："世有稱《東坡故事》者案當作《老杜事實》隨事造文，一一牽合，而皆不言其所自出。且其詞氣首末出一口，蓋妄人僞託，以欺亂流俗者。書坊輒鈔入集注中，殊敗人意。此本獨削去之"云云，與《序》相合，知其別裁有法矣。振孫稱噩刊板五羊漕司，字大宜老，案："宜老"爲宜乎老眼，刻本或作"可考"。非。最爲善本。此本即噩家所初印，字畫端勁而清楷，宋板中之絶佳者。振孫所言，固不爲虛云。

　　　　乾隆四十九年十一月恭校上
　　　　總纂官臣紀昀臣陸錫熊臣孫士毅
　　　　總校官臣陸費墀

卷一

（宋）郭知達 編

古 詩

奉贈韋左丞丈二十二韻

紈袴不餓死，儒冠多誤身。
丈人試靜聽，賤子請具陳。
甫昔少年日，早充觀國賓。
讀書破萬卷，下筆如有神。
賦料揚雄敵，詩看子建親。
李邕求識面，王翰願卜鄰。
自謂頗挺出，立登要路津。
致君堯舜上，再使風俗淳。
此意竟蕭條，行歌非隱淪。
騎驢三十載，旅食京華春。
朝扣富兒門，暮隨肥馬塵。
殘杯與冷炙，到處潛悲辛。
主上頃見徵，歘然欲求伸。
青冥却垂翅，蹭蹬無縱鱗。
甚愧丈人厚，甚知丈人真。
每於百寮上，猥誦佳句新。

竊效貢公喜，難甘原憲貧。
焉能心怏怏，秖是走踆踆。
今欲東入海，即將西去秦。
尚憐天南山，回道清渭濱。
常擬報一飯，況懷辭大臣。
白鷗没浩蕩，萬里誰能馴？

【集注】

"奉贈"句：注：鮑文虎云：韋濟，韋嗣立子。天寶中授尚書左丞。史有傳，附《嗣立傳》。

"紈袴"句：《前漢》班氏《叙傳》曰："王鳳薦班伯，宜勸學，召見宴昵殿。上方鄉學，鄭寬中、張禹朝夕入説《尚書》《論語》於金華殿中，詔伯受焉。數年，金華之業絶，出與王、許子弟爲群，在於綺（紈）〔襦〕紈袴之間，非其好也。"晋灼曰："白綺之襦，冰紈之袴也。"師古曰："紈，素也。綺，今之細綾也，并貴戚子弟之服。"朱買臣（要）〔妻〕曰："如公等，終餓死於溝中耳。" 趙云：（梁）任昉《奏彈劉整》云："以前代外戚，仕因紈袴。"(晋)束晳云："丹墀步紈袴之童，東野遺白顛之叟。"《莊子》云："伯夷、叔齊餓死首陽之山。"《史記》云："伯夷、叔齊，積仁潔行如此而餓死。"《前漢·周亞夫傳》：許負相之曰："君後九年而餓死。"《鄧通傳》：上使善相人者相通，曰："當貧餓死。"

"儒冠"句：《莊子》曰："儒者冠圜冠〔來〕者知天時。"《儒行》曰："冠章甫之冠。"《前漢·酈食其傳》："沛公不喜儒，諸客冠儒冠者，〈則〉沛公輒解其冠，溺其中。" 趙云：此篇雖古詩二十二韻，而第二字平側相次，又多對偶。"紈袴不餓死"，言貴富者之享福祿；"儒冠多誤身"，言爲士者之易貧賤。公詩又曰："有儒愁餓死"，則不餓死之反矣。又曰："儒術豈謀身？"以此之謂也。

"丈人"二句：《易》："師：貞，丈人吉。"注："丈人，嚴莊之稱。"應璩詩："避席跪自陳，賤子實空虚。"鮑照《東武吟》："主人且勿喧，賤子歌一言。" 趙云：《吳越春秋》載伍子胥謂漁父云："伊昔臨淄亭，酒酣託末契。"則相見於青州。蓋《臨淄亭頌》有"熟視不見太山之形，静聽不聞雷霆之聲"。（陳廣忠案："漁父云"至"《臨淄亭頌》有"，《杜詩引得》作：漁父曰："性命屬天，今屬丈人。"此呼人爲"丈人"也。劉伯倫《酒德頌》有）《蜀志》許靖《與曹公書》云："豈可具陳？"《古詩》："歡樂難具陳。"世有託名《東坡事實》，輒云：毛遂有言："賤子一一具陳之。"以爲渾語，却不引出何書。其全（秩）〔帙〕引，類皆如此，非特浼吾杜公，又浼蘇公，而罔無識，真大雅之厄，學者之不幸也。

"甫昔"句：賈誼，洛陽年少。　　趙云：沈休文《別范安成》云："平生少年日。"

"早充"句：《易》："觀國之光，利用賓于王。"　　趙云："充"字，《晁錯傳》："以臣充賦。"

"讀書"二句：《三輔決錄·蔡邕傳》："不妄下筆。"魏文帝《論》云："（傳）〔傅〕武仲下筆，不能自休。"孔文舉《表》："性與道合，思若有神。"　　趙云：梁孝元帝之敗，焚圖書十四萬卷，曰："讀書萬卷，猶有今日。故焚之。"中著一"破"字，則字著力而新奇矣。

"賦料"句：增添：有《長楊》《甘泉》等賦。　　趙云：《雄傳》云："顧常好辭賦，每擬相如。"故：於"賦"則言敵"揚雄"。

"詩看"句：增添：曹植，字子建，封陳思王。善屬文，著《洛神傳》《責躬》《公讌》等詩。（陳案：傳，《藝文類聚》卷七十九作"賦"。）後人謂"天下才共一石，子建獨得八斗"。　　趙云：鍾嶸爲《詩品》，其品"子建"詩云：子詩"原出於《國風》，氣骨高奇，辭彩華茂，超越（合）〔今〕古，卓爾不群"。故公於詩言："親""子建"也。"親"字，親近之"親"，言與之近也。

"李邕"句：李邕，廣陵江都人。父善，嘗注《文選》。邕少知名長安。李嶠等薦邕，詞高行直，堪爲諫官，由是召拜左拾遺。玄宗東封，獻賦稱旨。後進不識，京洛阡陌聚觀，以爲古人。或傳眉目有異，衣冠望風，尋訪門巷填隘。齊神武自太原來朝見，宋遊道曰："常聞其名，今日始識其面。"　　師云：按《新唐史》杜本傳言：公少貧，不自振拔，客齊、趙、吳、楚間。李邕奇其才，先往見之。（陳案：史，當作"書"。趙，《新唐書》作"越"。）　　趙云：《新書》誤矣。於齊州，（人）〔又〕相見。至青州〔李北〕海"宴歷下亭"而言之耳。殊不知公在洛陽時，李邕先與相見。其後邕爲北海太守，遇公於齊州，又相見。至青州,又相見。何以明之?《陪李北海宴歷下亭》,則相見於齊州,蓋歷下亭在齊州也。《八哀詩》於《李邕篇》云:"伊昔臨淄亭,酒酣託末契。"則相見於青州,蓋臨淄亭在青州也。又云:"重叙東都別,朝陰改軒砌。"則追言之〔洛〕陽相見事。蓋洛陽,則東都也。豈不先識面於洛陽,而在齊地再相見乎?則《新唐書》之誤,以"再見"爲"始識面"矣。

"王翰"句:《唐》:王翰,并州晉陽人。日聚英豪,恣爲歡賞,文士祖詠、杜華嘗在座。　　師云:《左傳》:"非宅是卜,惟鄰是卜。"

"自謂"二句:《古詩》:"何不策高足,先據要路津。"　　趙云:曹子建云:"古人之謂握靈虵之珠。"(陳案:古,《曹子建集》作"人"。)呂凱《與雍闓檄》云:"諸葛丞相,英材挺出。"

"致君"二句:《魏》:杜恕:"舉明主於唐虞之上。"　　增添:引《孟子》:伊尹曰:"豈若使是君爲堯舜之君?"(魏)應璩《與弟君胄書》:"思致君於有爲"矣。(陳案:爲,《文選》作"虞"。)　　趙云:《嵇康傳》:鍾會欲害康,曰:"宜因釁除之,以敦風俗。"(陳案:敦,《晉書》作"淳"。)

"此意"二句:《前漢》:朱買臣家貧,好讀書,不治產業,艾薪樵,賣給食。擔束薪,行且誦書,其妻亦負戴相隨。數止買臣毋歌詠道中,買臣益疾歌。妻羞之,求去。恚怒曰:"如公〔等〕,餓死溝中耳,何能富貴也?"買臣不能留,即聽去。其後買臣獨行歌道中,負薪(暮)〔墓〕間。(宋)顔延年《詠嵇中散》詩曰:"立俗迕流議,尋山結隱淪。"謝朓《敬亭詩》:"隱淪既已託。"鮑照詩:"孤賤長隱淪。"謝靈運:"既枉隱淪客。"　　趙云:鮑照《答客篇》:"此意更堅滋。"鮑照《發後渚》詩有:"蕭條背鄉心。"《列子》載:"林類年且百歲,拾(惠)〔穗〕行歌。"張湛注云:"古之隱者也。"舊注却引朱買臣行歌道中負薪,此乃窮困悲歌耳,與"非隱淪"之義不相接。桓譚《新論》曰:"天下神人五:一曰神仙,一曰隱淪。"郭璞《江賦》有:"約陰淪之列真。"(陳案:約陰,《文選》作"納隱"。)舊注引顔延年、謝朓、鮑照、謝靈運詩,皆在《新論》《江賦》之後。此不知本始,是謂無祖者也。《世説》:周顗何如庾亮?顗曰:"蕭條方外,亮不如臣。"

"騎驢"二句:任昉詩:"結歡三十載,生死一交情。"陶潛:"閑居三十載。"　　趙云:《後漢》:李尤"騎驢馳村,狐兔驚走"。魏文帝《與吳質書》:"旅食南館。"郭景純《遊仙詩》曰:"京華遊俠窟。"謝靈運《齋中讀書》詩曰:"昔余遊京華。""京華"繁富之地,而當春時,尤爲繁富。於此"旅食",亦不能爲樂矣。

"朝扣"二句:鮑照詩:"結交多貴門,出入富兒鄰。" 又(鄰)〔趙〕云:《論語》:"乘肥馬。"

"殘杯"二句:《顏氏家訓》:"處之下座,以〔取〕殘杯冷炙。" 趙氏云:鮑照《野鵝賦》云:"對鐘鼓之悲辛。"

"欻然"句:《六韜》曰:"欻然而往。"《易》曰:"尺蠖之屈,以求伸。"趙云:《官韻》"欻"注云:"有所吹起兒。"(陳案:《官韻》,疑爲《集韻》。注文見於《集韻》。)《神仙傳》:王母時降大茅君,歌曰:"駕我八景輿,欻然入玉清。"又《莊子·庚桑楚篇》:"出無本,入無竅。"注云:"欻然自生,非有本;欻然自死,非有根。"又《法華經》有"欻然火起"之語。

"青冥"二句:(陳案:翅,《補注杜詩》《全唐詩》作"翅"。《玉篇》:"翅,飛也。"即飛翔義。又,《玉篇》:"翅,翼也。"即鳥類的翅膀。)《後漢·馮異傳》:"始雖垂翅回溪,終能奮翼澠池。"王褒《頌》曰:"沛乎若巨魚縱大壑。"《海賦》:"蹭蹬窮波。"失勢貌。 趙云:屈原《悲回風》云:"據青冥而攄虹。"王逸《九思》曰:"玄鶴兮高飛,增逝兮青冥。"注:"青冥,雲也。"此兩句以魚、鳥爲喻,一反一正,可以爲句法。宋玉《九辯》:"悲蹭蹬而無歸。"

"甚愧"二句:(陳案:丈,《四庫全書》本兩字作"大"。形誤。《補注杜詩》《全唐詩》作"丈"。今正。) 范元實《詩眼》曰:"必言所以見韋者,於是有厚媿真知之句。所以真知者,爲傳誦其詩也。" 趙云:"厚",言其相待之厚。蓋如〈此〉《後漢》云:"所以慰藉之甚厚。"〔"真"〕,言其懷抱之真。蓋如《莊子》云:"其爲人也真。""厚"則相親愛,"真"則不藏善,乃所以爲"厚"。每誦杜公佳句也,此"厚"與"真"之義甚明。《詩眼》所謂,却成杜公"厚"自慙愧于韋,杜公"真"實能知韋之賢耳。非是。蓋不省"厚""真"字,是詩字之足,只單著一字爲句,且用押韻,而字則字有力,(陳案:則,《杜詩引得》作"自"。)其義煥然矣。

"每於"二句:趙云:《左傳》:"同官爲寮。"《書》:"百寮師師。"

"〔誦〕佳句"於同寮,〈寮〉是時公以召試賜官也。《世説》載:孫興公作《天台賦》成,以示范榮期。每至佳句,輒云:"應是我輩語。"而"誦佳句"三字,則隋煬帝善屬文,不欲人出其右。王胄死,帝誦其佳句,云:"'庭草無人隨意綠',可復能作此語耶?"

"竊效"句:《前漢》:貢禹與王陽爲友,世稱"王陽在位,貢禹彈冠"。言其取舍同也。　　《杜補遺》:劉孝標《廣絶交論》曰:"王陽登而貢公喜。"子美《贈沈八丈東美除膳部員外郎》又云:"徒懷貢公喜。"《哭韋大夫之晋》詩亦云:"貢喜(容間門)[音容間]。"

"難甘"句:《仲尼弟子傳》:原憲在草澤中。子貢相衛,而結駟連騎,排藋藜入窮閭,過謝原憲。憲攝敝衣冠見之,子貢曰:"夫子豈病乎?"原憲曰:"吾聞之,無財謂之貧,學道而不能行謂之病。若憲,貧也,非病也。"子貢慙而去。　　趙云:沈佺期《傷王學士》詩云:"原憲貧無怨,顔回樂自持。"

"焉能"句:趙云:《吴越春秋》:吴王僚之母謂王曰:"公子光心氣怏怏,常有愧恨之色。"舊注却引韓信、周亞夫傳,乃"鞅鞅"字,又不連"心"字,非公本意所引用耳。

"秖是"句:(陳案:秖,《全唐詩》同。《補注杜詩》《杜詩詳注》作"秪"。秖,《玉篇》:"穀,始熟也。"秪,《集韻》:"禾始熟曰秪。"又,"秪,再種。"知秖、秪音同,部分義同。作副詞"適""只",可通用。)　　"踆踆",行走貌。張平子《西京賦》言:伎戲曰:"大雀踆踆。"

"今欲"二句:《論語》:"乘桴浮于海。"又,"少〈師〉師陽、擊磬襄,入于海。"李斯《上始皇書》:"今乃却賓客以棄諸侯,使天下之士,裹足不入秦。"　　趙云:"去秦",言欲捨而去耳。乃張儀惡陳軫於秦王,曰:"軫欲去秦而之楚。"舊注却引李斯言:"天下之士退而不敢西向,裹足不入秦。"却只是"不入秦"矣。

"尚隣"二句:(陳案:隣,《補注杜詩》《全唐詩》作"憐"。天,《補注杜詩》《全唐詩》作"終"。道,《補注杜詩》《全唐詩》作"首"。)　　王粲:"回首望長安。"　　趙云:潘安仁《西征賦》言長安之境曰:"南有玄鳥素滻,北有清渭濁涇。"(陳案:鳥,《文選》作"灞"。)故公凡言渭必曰"清渭",言涇必言"濁涇",皆用此矣。終南山與"清渭",以在秦地,故接"去秦"之下及之。

"常擬"二句:《范雎傳》:"一飯之德必償。"《孔融傳》:"一餐之惠必報。" 趙云:《李固傳》云:"竊感古人一飯之報。"注云:"謂靈輒也。"公所用主此。舊注更引《范雎傳》"一飯之德必償",自是"償"字。又引《孔融傳》"一餐之惠必報",自是"餐"字。以一飯之恩,嘗擬如靈輒之報宣子,"況""大臣"相知,不獨"一飯"耳。其去之懷思爲何如?此詩人之情也。

"白鷗"二句:沒:一作"波"。 顏延年詩:"鷙翮有時鍛,龍性誰能馴。"謝朓詩:"浩蕩別親知。" 東坡云:"波",乃"沒"字。宋敏求謂余,"鷗"不善"沒",改作"波"。殊不知"鷗"之滅沒煙波,最爲自然。《禽經》云:"鳧善浮,鷗善沒。""沒"字爲是。 趙云:《可憐詩》:"可憐雙白鷗,朝夕水上游。"(陳案:可憐詩,《何水部集》作《詠白鷗兼嘲別者》》。)"浩蕩"雖本水,而不必專言水。或取流放之貌,如《離騷》云:"怨靈修之浩蕩。"或取曠遠之貌,如《楚詞》曰:"志浩蕩而傷懷。"是也。世間本作"波"字,東坡定作"沒"字,言鷗之滅沒於煙波間,而浩蕩遠去,尤有義理。而宋敏求謂"鷗不解沒",作"波"字,便覺一篇神氣索然也。范淑衷甫云:"世有師曠《禽經》之書,其中曰:'鳧善浮,鷗善沒。'則'沒'字却是沉没之'沒'。"即與前説之相反矣。

送高三十五書記

崆峒小麥熟,且願休王師。
請公問主將,焉用窮荒爲?
飢鷹未飽肉,側翅隨人飛。
高生跨鞍馬,有似幽并兒。
脫身簿尉中,始與捶楚辭。
借問今何官,觸熱向武威?
答云一書記,所愧國士知。
人實不易知,更須慎其儀。

十年出幕府,自可持旌麾。
此行既特達,足以慰所思。
男兒功名遂,亦在老大時。
常恨結歡淺,各在天一涯。
又如參與商,慘慘中腸悲。
驚風吹鴻鵠,不得相追隨。
黃塵翳沙漠,念子何當歸。
邊城有餘力,早寄從軍詩。

【集注】

"送高"句:鮑云:高書記,適也。字達夫,渤海人。少落魄,客梁、宋間。宋州刺史張九臯奇之,舉有道,調封丘尉。不得志,去客河西。河西節度使哥舒翰,表爲左驍尉兵曹參軍,掌書記。

"崆峒"二句:且:一作"吾"。　《家語》:宓子賤爲單父宰,百姓化之。齊攻魯,道由單父,單父老請曰:"麥已熟矣,今齊寇至,不及人人自收其麥。請放民皆使出獲麥,可以益糧,且不資寇。"三請而宓子賤不聽。俄而齊寇速至麥,(陳案:至,《藝文類聚》卷八十五作"乎"。)季孫聞之怒,使人讓之,宓子賤艴然曰:"今兹無麥,明年可種,若使不耕者得獲,是使民樂有寇也。"季孫聞之,赧然媿曰:"地若可入,吾豈忍見宓子哉!"《賈誼書》同。《續漢書》曰:桓帝時童謠曰:"小麥青青大麥枯,誰當獲者婦與姑,丈夫何在西擊胡。"　《杜正謬》云:"崆峒",西方山也。按:《史記》云:"黃帝西至於崆峒山。"(蓋)[韋]注曰:"在隴右。"《九域圖志》云:"岷州和政郡有崆峒山。"皆非《爾雅》所載。按《爾雅》乃作䂬峒字。汝州亦有崆峒山,蓋名同爾。　趙云:曹操云:"麥熟更來。"

"請公"二句:禄山亂,哥舒翰討賊,適佐翰守潼關。翰敗,適奔赴行在。　趙云:"窮荒",謂適爲書記,隨翰遠事於吐蕃也。舊以爲佐翰守潼關,乃在天寶十二年之後,誤矣。"主〔將〕",指哥舒翰。《吳書·張紘傳》:紘曾諫孫權曰:"主將乃籌謀之所自出。"孔子云:"焉用彼相。"

"飢鷹"二句:《魏志》:吕布因陳登求徐州牧,不得,布怒,登喻之曰:"登見曹公,言待將軍,譬如養虎,當飽其肉,不則噬人。"公曰:"不如卿言,譬如養鷹,飢則爲用,飽則揚去。"布乃解。《載記》:"慕容垂,猶言〔也〕,飢則附人,飽則高飛。"　趙云:又鮑照《蕪城賦》:"飢則吻吻。"(陳案:本句《文選》作"饑鷹厲吻"。)

"高生"二句:曹子建:"白馬飾金羈,連翩西北馳。借問誰家子,幽并游俠兒。"山簡舉鞭問葛强:"何如并州兒?"(陳案:問,《藝文類聚》卷十九作"向"。)　趙云:"幽并兒",蓋游俠者。高以文士而從軍,故云。"鞍馬",吳質《答東阿王書》曰:"情踴躍於鞍馬。"舊注引鮑照詩:"鞍馬光照地。"似在後矣。　〔新添〕今(放)〔攷〕《西漢・匈奴傳》:"文帝親御鞍馬。"則趙所引又在後矣。

"脱身"二句:韓愈(示)〔云〕:"判司卑〔官〕不堪説,未免捶楚塵埃間。"　鮑〈又〉云:謂唐時,參軍"簿尉"受杖,非也。今詳杜所言,"捶"有罪者也。退之《江陵途中》云:"栖栖法曹掾,何處事卑陬。何况(新)〔親〕犴獄,敲榜發姦偷。"此豈身受杖,如漢諸署郎耶?　趙云:適舉有道,科中第一,封丘尉,翰表用之。故云。《漢紀》:張良曰:"脱間至軍矣。"路温舒云:"捶楚之下,何求不得者也。"

"借問"二句:《前漢》:"武威郡,匈奴休屠王地,武帝太初四年(間)〔開〕。"　趙云:"武威",唐涼州也。今"脱身"一尉,爲翰見知而辟用,雖熱行而不憚矣。

"答云"二句:陳琳,袁本初書記之士。又,阮瑀管書記之任。《賈誼傳》:豫子曰:"中行以衆人畜我,我故衆人事之;智伯以國士遇我,我故國士(執)〔報〕之。"

"人實"二句:儀:一作"宜"。《范雎傳》:侯嬴謂(作)〔信〕陵君曰:"人固未易知,知人亦未易也。"　趙云:《詩》曰:"九十其儀。"

"十年"二句:旌:一作"旗"。《李廣傳》:"幕府省文書。"師古曰:"幕府者,以車幕爲儀,(車)〔軍〕旅無常止,故以帳幕言之。廉頗、李牧,市租入幕府者是也。"

"此行"二句:一云:"亦足以遠思。"(陳案:以,《補注杜詩》作"慰"。)　趙云:《易・乾卦》:"體仁足以長人。"曹子建《責躬四言》:"威靈所加,足以没齒。"

"男兒"二句:《古樂府》:"少壯不努力,老大徒悲傷。" 趙云:"男兒"字,起於剖竹,視之時一男兒也。(陳案:時,《杜詩引得》作"得"。)"功名遂"字,《老(大)[子]》"功成名遂"之摘文也。

"常恨"二句:《古詩》:"相去萬餘里,各在一天涯。"(陳案:一天,《文選》作"天一"。) 趙云:《左傳》:楚子使椒舉如晉,曰:"君願結歡於二三君。"

"又如"二句:(陳案:"慘慘"句,《補注杜詩》作"中腸安不悲"。)蘇武詩:"昔爲鴛與鴦,今爲參與辰。"王正長《雜詩》云:"王事雖我老,殊隔過參商。"(陳案:雖、老,《文選》作"離""志"。)陸士衡詩:"形聲參商乖,音息曠不達。"(陳案:聲,《文選》作"影"。)《昭·元年傳》:子產曰:"昔高辛氏有二子,伯曰閼伯,季曰實沈,居於曠林,不相能也。日尋干戈,以相征討。后帝不臧,遷閼伯于商丘,主辰。商人是因,故辰爲商星。遷實沈于大夏,主參。唐人是因,以服事夏、商,故參爲晉星。" 趙云:揚子曰:"吾不觀參辰之相比也。"鮑照《行路難》:"朝悲慘慘遂成滴。"阮籍詩:"容好結中腸。"

"驚風"二句:吹:一作"飄"。 趙云:離別之言。曹子建詩:"飛蓋相追隨。"

"黄塵"二句:《前漢·匈奴傳》:"隔以山谷,壅以沙漠。"盧諶《贈崔溫詩》:"北眺沙漠燕。"(陳案:燕,《文選》作"垂"。)曹子建《樂府》:"少小去鄉邑,揚聲沙漠垂。"蘇武:"欲展清商曲,念子不能歸。"江淹詩:"飲馬出城濠,北望沙漠路。"《陳湯傳》:"匈奴不敢南鄉沙漠。"《前書·音義》:"沙土(也)[曰]漠,即今蹟也。" 趙云:曹子建《賦》云:"大風隱其四起,揚黄塵之冥冥。"李陵歌曰:"徑萬里(分)[兮]渡沙漠。"鮑照《北風涼行》有云:"問君得行(句)[何]當歸?"

"邊城"二句:王仲宣〈詩〉《從軍詩》:"遐路討彼東西夷。"(陳案:西,《文選》作"南"。)陸士衡《樂府詩》有《從軍行》:"苦哉遠征人,北戍長城阿。" 趙云:《史記》:士蔿曰:"邊城少寇。"而《長楊賦》:"永無邊城之警。"曹子建《白馬篇》:"邊城多警急。"《論語》:"行有餘力。"

贈李白

二年客東都,所歷厭機巧。
野人對羶腥,蔬食常不飽。
豈無青精飯,使我顏色好。
苦乏大藥資,山林跡如掃。
李侯金閨彦,脱身事幽討。
亦有梁宋遊,方期拾瑶草。

【集注】

《贈李白》:趙〔云〕:《新唐書》曰:"白隱岷山,後更客任城,居徂徕山。"按:任城屬濟州,時白方在東都,將游梁、宋而往也,故公詩及之。

"二年"二句:趙云:周公居東二年。"東都",今之西京也。起於班(蓋)[孟]堅作《兩都賦》,名之曰東都,故得承以爲言也。(本)[木]華《海賦》云:"不悟所歷之近遠。"潘安仁《悼亡》:"望廬思其人,入室想所歷。"《詩序》:"其人機巧。"而江文通《擬張綽詩》:"胸中去機巧。"

"野人"二句:《論語》:"先進於禮樂,野人也。"　趙云:《語》:"飯蔬食飲水。"〔《詩》云〕:"今也每食不飽。"(陳案:脱"《詩》云"二字。)《孟子》:"雖蔬食菜羹,未嘗不飽也。"

"豈無"二句:《梁書》:"兩韓之孝友純深,庾、郭之形骸枯槁,或橡飯菁羹,惟口不及。"(陳案:口、及,《梁書》作"日""足"。)　《杜正謬》:謹按:陶隱居《登(高)[真]隱訣》載:"太極真人青精乾石䭀。"(音"迅",餕也)。按:《飯法》云:"以南燭草木煮汁,漬米爲之。"(鼓)[彭]祖云:"大宛有青精先生。"清靈真人《真語》云:"霍山有道者鄧伯元,受青精石飯之法。内見五藏,冥中夜書,色如嬰孺。"(陳案:《真語》,《云笈七籤》作《真誥》。)又云:"故服䭀否? 春草生此物,易尋想,數詣玄水之處逍遥也。亦爲青精也。"　《學林新編》云:"按青菜爲羹,謂之菁羹。"《字書》:"菁蔓,菁也。"《書》所謂《菁茅》,《禮》所謂"菁菹",即此物也。詩蓋用道書中陶隱居《登真訣》:"其法即南燭草木浸米蒸飯,暴乾,其色青,如鷖珠,食之可以延年却老。"此子美所謂"青精飯"也。《神農本草·木部》有"南燭枝葉，久服輕身長年，令人不飢，益顏色。取汁炊飯，名爲烏飯，又名黑飯草"。在道書謂之南燭草木，在《本草》謂之南燭枝葉，實爲一物也。以菁羹〔爲〕青精，則誤甚矣。

"苦乏"二句：魏文〔帝〕《游仙詩》云："與我一丸藥，光耀有五色。"
《杜正謬》：《丹書》：抱陽山人《大藥證》曰："夫大藥者，須煉沙中汞，能取鈆裏金。黃芽爲根蒂，水火煉功深。"又曰："鈆水、汞水者，出於一源，化爲白液，結就堅冰，此是真陽也，爲還丹之祖，作大藥之基。"　趙云：四句通義，離爲兩端，則詩意不相接。蓋詩人不以文害辭，以"青精"石飯之法，内見五藏，色如嬰孺，豈不謂之"大藥"乎？而"青精飯"法，其所用之物，如以南燭草木葉，煮取汁，漬青稻米炊之。張君房云："青稻米，如豫章西山青米，吳、越青龍稻草是也。"此亦費尋討，不亦謂之"大藥"資乎？

"李侯"二句：江文通《別賦》："金閨之諸彥，蘭臺之群英。"注云："金馬門也。"謝玄暉《尚書省詩》："既通金閨籍。"　鮑云：白嘗供奉翰林，故云。《本傳》："白自知不爲親近所容，求還山，帝賜金帶放還。"（陳案：帶，《新唐書》無此字。）"脱身"字，見上注。

"亦有"句：任彦升《令》云："客遊梁朝，則聲華籍甚。"顔延年《北使洛》："塗出梁宋郊。"　鮑云：白時得還，與公同在洛，將適梁、宋也。後在梁，亦與公同遊，故《遣懷》詩云："昔我遊關中，惟梁孝王都。憶與高李輩，論交入酒壚。"（陳案："關中"，本書卷十四作"宋中"。）
趙云："梁"，謂汴州，今之東京。"宋"，謂宋州，今之南京。

"方期"句：江淹《香爐峰》詩："瑶草正翕葩，玉樹信青葱。"又，曹植詩："徙倚拾瑶草。"（陳案：瑶草，《文選》作"蕙若"。）　《杜補遺》：江文通《別賦》："惜瑶草之徒芳。"李善注：《高唐賦序》云："我帝之季女，名曰瑶姬，未行而亡，封于巫山之臺，精神爲草，實曰靈芝。"又，李注"瑶草正翕葩"曰："瑶草，玉芝也。"《山海經》曰："姑瑶之山，帝女死焉，名曰女尸，化爲瑶草，其葉胥（成）〔茂〕，其華黃，其實如兔絲，服之者媚于人。"

遊龍門奉先寺

已從招提遊，更宿招提境。
陰壑生虛籟，月林散清影。
天闕象緯逼，雲臥衣裳冷。
欲覺聞晨鐘，令人發深省。

【集注】

"遊龍門"句："龍門"，在西京河南縣。《地志》曰："闕塞山，一名伊闕，而俗名龍門耳。""奉先寺"，則公後又有近體詩云："氣色皇都近，金銀佛寺開"也。

"已從"二句：後魏太武帝始光元年，創立伽藍，爲"招提"之號。《杜補遺》《釋氏要覽》載《釋名》曰："寺，嗣也。謂治事者相嗣續於内，故天子有九寺焉。"後漢明帝永平十年丁卯，佛法初至，有印士二僧摩騰法蘭，以白馬駄經像，屆洛陽，敕於鴻臚寺安置。二十一年戊辰，敕於雍門外別建寺，以白馬爲名，謂僧居爲寺，自此始。又，《增輝記》云："招提寺，梵言招鬭提奢，唐言四方僧物，後人傳寫之誤，以'拓'爲'招'，又省去鬭、奢二字，止稱'招提'，即今十方住持寺院是也。"（陳案：增，姚寬《西谿叢語》作"僧"。寺，《補注杜詩》作"者"。招，《補注杜詩》作"拓"。）佛寺謂之"招提"，蓋天竺國之語。如《涅槃經》云："造僧招提，則生不動國。"孟浩然詩："清夜宿招提。"

"陰壑"二句：（陳案：虛，《全唐詩》同。一作"靈"。）謝莊《月賦》："聲林虛籟，淪（也）[池]滅波。"（梁）昭明太子《鍾山解講》："瞰出巖隱光，月落林餘影。"（陳案：瞰，《昭明太子集》作"暾"。）

"天闕"二句：薛云：山謙之《丹陽記》曰：太興中，議者皆言漢司徒許彧墓闕可徙之，王茂弘弗欲。南望牛頭山兩峯，曰："天闕也，豈煩改作。" 黃氏《多識錄》云："此寺今在西洛之龍門。按：韋述《東都記》云：'龍門號雙闕，以與大内對峙，若天闕焉。'方知老杜用'天闕'，蓋指龍門也。妄改爲'天闚'，荆公又改爲'天閱'，皆非。"《杜正謬》："天闕"，龍門也。子美詩注云："龍門在洛陽之南，蓋伊闕也，遥望雙對峙如門。"而其詩有"金銀佛寺開"之句,則"奉先寺"也。《洛陽記》曰:"闕塞山在河南縣。"《左傳》:晉趙鞅納王,使汝寬守闕塞。伏虔謂"南山伊闕"是也。杜預注云:"洛西南闕口也,俗名龍門。"是。山谷云:"王介甫謂當作'天閱',蓋對'雲臥'爲新切耳。"鮑明遠《樂府·升天行》:"風飡委松宿,雲臥恣天行。"(陳案:飡,《文選》作"餐"。) 《蔡正異》云:世傳古本作"天閱",今從之。《莊子》:"以管窺天。"正用此字。 趙云:惟蔡伯世云:古作"天閱",極是。惜乎知引《莊子》"以管窺天"而已,所以又起或者之疑。《莊子》(也)[曰]:"至人者,上闚青天,下潛黃淵。"《後漢·郅惲傳》曰:"非闚天者,不可與圖遠。"若引此,不亦明乎? 孟浩然:"雲臥晝不起。"

望　嶽

岱宗夫如何？齊魯青未了。
造化鍾神秀,陰陽割昏曉。
盪胸生曾雲,決眥入歸鳥。
會當凌絕頂,一覽衆山小。

【集注】

《望嶽》:趙曰:"嶽",一作"岳"。甫詩集有三《望嶽》。東嶽,一名岱宗,故曰"岱宗夫如何"。其二南嶽,故曰"南岳配朱鳥"。其三乃望西岳,故曰"西岳崚嶒竦處尊"。

"岱宗"二句:《書》:"岳宗。"泰山爲四岳所宗。(陳案:岳,《尚書·舜典》作"岱"。)《風俗通》云:"泰山,山之尊者,一曰岱宗。岱,始也。宗,長也。萬物之始,陰陽交代,爲五岳之長。" 趙云:言其山之長大。東岳謂之岱宗。《書》云:"東巡狩,至于岱宗。"是也。

"造化"二句:(晉)孫興公《遊天台賦·序》云:"天台者,蓋山岳之神秀也。"《陳書》:"虎丘山者,吴之神秀。" 趙云:曹毗《對儒篇》云:"大人達觀,任化昏曉。"上(司)[句],言其山之靈異,如劉禹錫言"九華山爲造化一尤物也"。下句,又言其山之長大,如《史記》言"崐嶬日月所相避隱爲光明也"。

"盪胷"句:《公羊》曰:"觸石而出,膚寸而合。不崇朝而徧〔雨〕天下者,泰山之雲也。"張衡《南都賦》:"渹水盪其胷。" 趙云:陸機《文賦》有"曾雲之峻"。"曾",積也。曾積之雲,其潤尤多,可以盪滌人胷。以言山之高。

"決眥"句:《子虛賦》:"中必決眥。" 薛云:《子虛賦》稱:射藝之妙,所中者,必決裂其目眥也。子美《望岳》以言觀覽之遠,據決其目力,入飛鳥之群,與弓射無相干,明矣。 趙云:屈原《思美人》云:"因歸鳥而致辭。"

"會當"二句:《孟子》曰:"孔子登東山而小魯,登泰山而小天下。"《揚子》:"升東岳而知衆山之迆邐也。"(陳案:迆邐,《揚子·法言》作"岪崒"。)《漢官儀》及《泰山〔記〕》:"盤道屈曲上,凡五十餘盤,經小天門、大天門,如從穴中視天窗也。" 趙云:沈休文《早發定山》詩云:"絶頂復孤圓。"劉義慶《世説》載云:"江左地促,不如中國。若使阡陌(滌)〔條〕暢,則一覽而暢。"(陳案:而暢,《世説新語·德行》作"而盡"。)

陪李北海宴歷下亭

東藩駐皂蓋,北渚爲青河。
海右此亭古,濟南名士多。
雲山已發興,玉佩仍當歌。
脩竹不受暑,交流空湧波。
蘊真愜所遇,落日將如何。
貴賤俱物役,從公難重過。

【集注】

"陪李"句:公自注云:"時邑人蹇處士等〔在〕坐。""北海",漢中壽縣也,(陳案:中,《太平寰宇記》作"平"。)齊置北海,唐屬青州。"李北海",李邕也。

"東藩"句:《後漢·志》:"中二千石,皆皂蓋。"　趙云:《上林賦》:"齊列爲東藩。"

"北渚"句:(陳案:爲,《補注杜詩》《全唐詩》作"凌"。河,《全唐詩》作"荷"。"一作清河,一作清荷"。)　陸士衡詩:"永嘆遵北渚。"　趙云:屈原《湘夫人》云:"帝子降兮北渚。"其後張平子《南都賦》云:"亂北渚兮揭南涯。""清河",則指言濟河,河謂之清濟故也。燕王曰:"昔吾聞齊有清濟、濁河以爲固。"是已。

"海右"二句:《書》曰:"濟南伏生。"　趙云:"海"在東而州在西,則謂之"海右",宜矣。"濟南",則指濟州。

"雲山"二句:(陳案:《毛詩注疏》作"瓊瑰")魏武帝《短歌行》:"對酒當歌,〔人〕生幾何。"　薛云:《左傳》:吳申叔乞糧於公孫有山氏,曰:"佩玉蕊兮,余無[所]繫之。"　趙云:鮑照有《園中秋散》云:"臨歌不知調,發興誰與歡。"《詩》:"瓊琚玉佩。"魏武帝《短歌行》云:"對酒當歌。"　師:《楚辭》:"玉佩兮陸離〈離〉。"

"脩竹"二句:《東京賦》:"脩竹冬青,陰池幽流。"　趙云:《楚詞》:"嫭娟之脩竹。"曹大家《東征賦》:"望河洛之交流。"鮑照詩:"不受外嫌猜。"魏文帝《浮海賦》曰:"驚風泛海,波駭其後。"(陳案:海,《文選》作"淮"。海,《文選》作"湧"。)左太冲《蜀都賦》云:"沛若濛汜之湧波。"

"蘊真"二句:謝靈運《登孤嶼賦》:"表靈物莫賞,蘊真誰爲傳。"江淹詩:"悠悠蘊真趣。"下言"落日",則惜其景之幽真,而酒筵將散也。

"貴賤"二句:趙[云]:《易》云:"貴賤在天。"《文選》有:"牽以物役。"《詩》:"從公于邁。"《左傳》:"繾綣從公。"此兩句非特言邕當之官而各別,(人)[又]見公之不趨貴以爲誇矣。彼淺丈夫者,冀宵燭之末光,分玉斝之餘瀝,而不知恥,與公有間哉?

登歷下古城員外新亭 _{北海太守李邕作}

吾宗固神秀,體物寫謀長。

形制開古跡,曾冰延樂方。

太山雄地里,巨壑眇雲莊。

高興泊煩促,永懷清典常。

含弘知四大,出入見三光。

負郭喜粳稻,安能謳吉祥。

【集注】

"登歷下"句:《李傳》云:(陳案:李,《補注杜詩》作"本"。)李邕,天寶初爲汲郡、北海二太守,時李之芳自尚書郎出齊州司馬,作此亭歷下。齊州,春秋、戰國并屬齊,秦屬齊郡。漢韓信伐齊至瀝下,即其地。文帝分置濟南,景帝改爲濟南郡,宋、後周同。隋初郡廢,煬帝初置齊州。大唐復爲齊州,或爲臨淄郡,復改爲濟南郡。

"吾宗"句:謝宣遠《答靈運詩》:"華宗誕吾秀,之子紹前胤。"公有譜系,自言李、杜同出,故言"吾宗"也。　薛云:按此亭乃李之芳所搆,(陳案:《補注杜詩》作"構"。)詩乃北海太守李邕爲之芳作,注言李、杜同出,其誤甚矣。

"體物"句:陸士衡《文賦》:"體物而瀏浣。"(陳案:浣,《文選》作"亮"。)潘岳《西征賦》:"摹寫舊豐,制造新邑。"　趙云:《書》:"爾乃不謀長。"(陳案:爾乃,《尚書‧盤庚》作"汝"。)

"形制"句:趙云:舊有此亭,而之芳新之。杜云所謂"海右此亭〔古〕",是也。(陳案:云,《補注杜詩》作"公"。)

"曾冰"句:趙云:"曾"字,音"層",與"曾雲"之"曾"同。謝靈運《苦寒行》曰:"峨峨曾冰食。"(陳案:食,《藝文類聚》卷四十一作"合"。)"樂方",猶言樂土。

"太山"二句:(陳)江摠《鍾銘》:"舟移巨壑。"　趙云:上句,言東岳之大,于"地里"爲"雄"。下句,言東海之廣,視雲路可眇小之。《列子》曰:"渤海之東,不知幾億萬里,有大壑焉。"則海可言"壑"矣。(北齊)祖孝徵《望海》詩曰:"登高臨巨壑。""雲莊",大路也。雲路至闊大者,而海猶眇小者。

"高興"句:張茂先《答何(邵)〔劭〕》詩:"煩促每有餘。"

"永懷"句:《詩》:"維以不永懷。"《易》:"既有典常。"

"含弘"句:《易·卦》:"含弘光大,品物咸亨。"《老子》:"域中有四大。"

"出入"句:日、月、星爲"三光",亦爲之三辰。又,《前·郊祀志》:"三光,天文也。"

"負郭"句:左太冲《蜀都賦》:"粳稻漠漠。" 新添:蘇秦曰:"使我有洛陽負郭田二頃,安能佩六國相印乎?"

"安能"句:《莊子》:"吉祥止止。" 新(田)[添]:《莊子》:"安時處順,哀樂不能入也。" 趙云:邕詩雖一兩字多有出處,似同杜公法門,而句法類皆枯瘠僻澁。然公集中録首唱之人無幾,而公今録邕此詩於集,豈亦取其同法門邪?

同　前

新亭結構罷,隱見清湖陰。
跡籍臺觀舊,氣溟海岳深。
圓荷想自昔,遺堞感至今。
芳宴此時俱,哀絲千古心。
主稱壽尊客,筵秩宴北林。
不阻蓬蓽興,得兼梁甫吟。

【集注】

《同前》:公自注:"亭對鵲湖。" 趙云:李北海唱之於前,而公和之於後。

"新亭"句:左太冲《招隱詩》:"巖穴無結構。"何平叔《景福殿賦》:"結構則修梁彩制。" 趙云:孟浩然詩:"結構竟不淺。"又云:"結構依空林。"

"隱見"句:謝惠連《西陵遇風詩》:"分袂澄湖陰。"注:"水南曰陰。" 趙云:言春明異候也。(陳案:春,《補注杜詩》作"昏"。)梁簡文帝《栀子花詩》:"日斜光隱見,風還影合離。"

"跡籍"句:趙云:亭之形跡,憑籍"臺觀"之舊製。"籍"字,言圖籍所載,舊有"臺觀"之跡,於義皆通。

"氣溟"句:趙云:言東海、太山之氣,相與接也。此句乃"接巫峽""通雪山"之法。

"圓荷"二句:"遺堞",城堞也。　　趙云:指物感慨,蓋詩人之興。

"芳宴"二句:《杜(甫)[補]遺》:"哀絲",琴也。《記》曰:"絲聲哀,哀以立廉,廉以立志,君子聽琴瑟之聲,則思志義之臣。"又,枚叔《七發》曰:"龍門之桐,高百尺而無枝,使班爾斫斬以為琴,野繭之絲以為絃,孤子之鉤以為隱,九寡之珥以為釣。(陳案:釣,《文選》李善本作'約',五臣本作'豹'。)師堂操張,伯牙為之歌,此亦天下之至悲也,子能強起而聽之乎?"注:豹,音"的"。鉤、珥,皆寶也。隱、豹,皆琴上飾。取孤子、寡婦之寶而用之,欲其聲悲哀〈哀〉。九寡,九度寡也。《琴錄》曰:"琴曲有《蔡氏五弄》《雙鳳》《離鸞》《歸鳳》《遠送》《長清》《短清》《幽蘭》《白雪》《風入松》《烏夜啼》《楚明光》《石上流泉》。"

"主稱"句:曹子建詩:"主稱千金壽,賓奉萬年酬。"　　趙云:《記》曰:"尊客之前不叱狗。"

"筵秩"句:《詩》:"賓之〔初〕筵,左右秩秩。"　　趙云:《詩》云:"鬱彼北林。"是。因所宴賓在"北林",故借用也。然上有"芳宴"字,今又有"宴"字,公應不緊重,必誤也。

"不阻"句:傅長虞《酬何(邵)[劭]》:"歸身蓬蓽廬。""蓽",荊織門也。(陳案:酬,《文選》作"贈"。)《禮》:"蓽門圭竇。"　　趙云:"蓽",《官韻》注云:"藩落也。"謂亭處幽遠,故有"蓬蓽"之"興"。

"得兼"句:陸士衡詩:"齊僮《梁甫吟》。"諸葛亮躬耕隴畝,好為《梁甫吟》。盛弘之《荊州記》:"鄧城西七里有獨樂山,諸葛亮常登此山作《梁父吟》。"　　杜〈乃〉補遺:孔明《梁甫吟》,《傳》所〔不〕載,故世莫得而聞〈聞〉,唯《高齊錄》載之。又,二桃事出《宴子春秋》,人亦罕見,故并錄,云:"步出齊城門,遙望蕩陰里。里中有三寶,(陳案:寶,《太平寰宇記》作'墳'。)纍纍正相似。問是誰家墳?田疆古冶氏。力可排南山,文能絕地紀。一朝被讒言,(一)[二]桃殺三士。誰能為此謀？相國齊晏子。"李太白《梁甫吟》亦云："力排南山三壯士，齊相殺之費二桃。"蓋此謂也。《晏子春秋》曰：景公畜士，公孫接、田開疆、古冶子三人，見晏子不起。晏子見公，請去之。乃餽之二桃，令三子計功而食。公孫接曰："接一搏特豭，再搏乳虎，若接之功，可以食桃，而毋與人同矣。"援桃而起。田開疆曰："吾杖兵却三軍者再，若開疆之功，可以食桃，而毋與人同矣。"援桃而起。古冶子曰："吾嘗從軍濟河，（陳案：軍，《晏子春秋》作'君'。）黿銜左驂以入砥柱之一流。（陳案：一，《古今事文類聚》作'急'。）若少不能游，（陳案：若，《古今事文類聚》作'冶'。）潛行逆流百步，順流九里，得黿而殺之。〔左〕操馬尾，右挈黿頭，鵲躍而出，津〔陳案：《晏子春秋》有：'人皆曰河伯也'。〕若冶之功，可以食桃，而毋與人同矣。"二子恥之不逮而自殺，冶亦自殺。

黃魯直言：觀此詩，乃小曹公專公，（陳案：小、專公，《山谷集》作"以""專國"。）殺楊修、孔融、荀彧。云："武侯躬耕隴畝，好爲《梁甫吟》。"不知來意所指，豈能作此詩時，爲客歌之，故云耳乎？

玄都壇歌寄元逸人

故人昔隱東蒙峯，已佩含景蒼精龍。
故人今居子午谷，獨在陰崖結茅屋。
屋前太古玄都壇，青石漠漠常風寒。
子規夜啼山竹裂，王母晝下雲旗翻。
知君此計誠長往，芝草琅玕日應長。
鐵鏁高垂不可攀，致身福地何蕭爽。

【集注】

"玄都"句：趙云：以公詩語考之，云："獨在陰崖白茅屋"，又云："屋前太古元都壇"，則"壇"在"子午谷"矣。又謂之"太古玄都壇"，則唐以前不知何年有之。本朝宋敏求《長安志》編集爲最詳，於子午谷外又載子午鎮、子午關、子午水，而并不載谷中所有古跡名稱，故"壇"

無可考。

"故人"二句:《語》:"夫顓臾者,先王以爲東蒙主。"以蒙山在東,故曰"東蒙"。《地理志》:"泰山,蒙陰縣。"　　趙云:"故人"字,祖出《史記·范雎傳》:"戀戀有故人之意。""蒼精龍",劍也。《春秋繁露》曰:"劍佩於左,蒼龍之象。"上著"含景"字,則後漢士孫瑞《劍銘》有云:"從革庚辛,含景吐商。"其"佩"之,又以《楚詞·劉向〈九嘆〉》之《怨思篇》:"佩蒼龍之蚴虬兮,帶隱虹之逶迤。"亦挨傍用三字。或曰"蒼精龍",應是符籙名,蓋道家有"蒼龍精",東方甲乙木。赤鳳髓,南方丙丁火。謝玄暉詩:"含景望芳菲。"亦借用"含景"字。

"故人"二句:在:一作"幷"。結:一作"白"。　　《王莽傳》:"莽以皇后有子孫瑞,通子午道。從杜陵直絕南山,徑漢中。"師古曰:"今京城直南山有〔谷通〕梁〈溪梁〉漢道,名子午谷。"　　《杜補遺》:《孝順紀》:"罷子午道,通褒斜路。"注:"子午道,平(常)〔帝〕時王莽通之。"《三秦記》曰:"子午,長安正南,山名秦嶺。谷,一名礐川。(陳案:《後漢書》注作'樊')褒斜,漢中谷名。南谷名褒,北谷名斜,首尾七百里。"　　趙云:馬季常《長笛賦》:"生終南之陰崖。"(晉)潘安《西(往)〔征〕賦》云:"眺華岳之陰崖。"鮑照詩有:"結茅野中宿。"

"屋前"二句:趙云:《前漢·藝文志》有云:"太古以來。""漠漠"者,冥茫之貌。《選》有云:"梗稻漠漠。"

"子規"二句:《離騷》:"載雲旗之逶迤。"　　《杜正謬》云:"王母",鳥名也,以對"子規"。段成式《酉陽雜俎》云:"齊郡函山有鳥,足青,觜(亦)〔赤〕黃,素翼,絳顙,名王母使者。"王椿齡,齊人也,子嘗質之,云:"其毛色如成式所載,其尾五色,長二三尺許,飛則翩翩,正如旗狀。"　　趙云:"子規"啼而"竹裂",言啼之苦也。《漢書》云:"南山之竹。""雲旗"者,神仙之儀衛也。《離騷》云:"載雲旗之逶迤。"杜詩以"元逸人"爲王母使者,(陳案:詩,《杜詩引得》作"田之説"。)豈可獨用"王母"字而當之?且既專出於齊地,今"元逸人"在長安子午谷,安得有是鳥?詩以"元逸人"爲仙者,王母降之,有是理乎?何必泥以鳥名?公於《昔游》言華蓋君之洞宮有曰:"王喬下天壇。"亦以仙家事仿像其如此。

"知君"二句:《後漢·逸民論》:"長往之軌未殊。"(陳案:論,《後漢書》作"列傳"。)庾肩吾:"蜘蛛玩芝草,芝葉正玲瓏。"(陳案:蜘蛛,《藝文類聚》作"踟躕"。)《十洲記》:"鍾山,在北海之子地,仙家數十萬,耕田種芝草,課計頃畝。"《本草》:"青琅玕生蜀郡平澤縣。"〔蘇〕恭注云:"琅玕有數種,是琉璃之類,火齊寶也。琅玕五色,具以青者入藥爲勝,出巂州以西烏白(戀)〔蠻〕中及於闐國。"《靈異(兼)〔魚〕圖》載:"琅玕青色,生海中,云海底以網掛得之,初出水紅色,久而青黑,枝柯似珊瑚,而上有孔竅,如蟲蛀,擊之有金石之聲,乃與珊瑚相類。"(陳案:靈,《格致鏡原》無此字。)《禹貢》:"雍州,厥貢璆琳琅(琅)〔玕〕。"《爾雅》云:"西北之美者,有崑崙墟之璆琳琅玕。"孔安國、郭璞皆以爲石之似珠者,而《山海經》云:"崑崙山有琅玕,是石之美者,明瑩若珠色,而其狀森植耳。"　趙云:"芝草",仙藥也。"琅玕",寶叢也。言靈異之地當有之。

"鐵鏁"二句:《三秦記》云:"終南太一山,左右三十里內名福地,西有石室靈芝。"《魏都賦》:"玄雲舒蜺以高垂。"　趙云:"鐵鏁高垂",詩人亦逆料其如此。如綿州彰明縣竇崗山有二鐵鏁,垂於山際。傳云:竇氏兄弟鍊丹山上,初以鐵鏁架橋,渡而往,既至,則斷之以絕往來。其後兄弟三人,白日登仙去。又乾州精山女仙張麗英昇仙之地,有鐵鏁下垂。然則詩人逆料"元逸人"之長往,亦(然)〔復〕然乎?(陳案:然,《補注杜詩》作"復"。)劉孝綽詩:"高枝不可攀。"《玉臺新詠》於此謂之"福地"。按:《長安志》引《關中記》云:"終南太一,左右三十里內名福地。"既言有"長往"之計,則所往之處乃"福地"也。終南太一,正與"子午谷""玄都壇"相屬矣。舊注所引語是,但誤指爲《三秦記》耳。

今夕行

今夕何夕歲云徂,更長燭明不可孤。
咸陽客舍一事無,相與博塞爲歡娛。
馮凌大叫呼五白,袒跣不肯成梟盧。

英雄有時亦如此,邂逅豈即非良圖。

君莫笑,劉毅從來布衣願,

家無儋石輸百萬。

【集注】

"今夕"句:《唐詩·綢繆》云:"今夕何夕,見此良人。"韋孟《諷諫詩》:"歲云其徂,年其逮耇。"(陳案:云,《文選》作"月"。)

"更長"句:宋玉《招魂》:"娛酒不廢沉日夜,蘭膏明燭華燈錯。"趙云:"孤",乃孤負之"孤"。李陵《書》:"陵雖孤恩,漢亦負德。"是也。

"咸陽"句:趙云:(梁)吳筠詩:"君不見長安客舍門。"

"相與"句:博塞:一云"賭博"。《說文》曰:"博,局戲。六著十二其,古者烏曹作博。"尹學曰:"博盡關塞之宜,得周通之路。"(陳案:學,《古今事文類聚前集》作"文子"。)《說苑》曰:"塞,行棋相塞,謂之塞也。"(陳案:苑,《四庫全書》本作"范"。形誤。)《管子》曰:"秋行五政。一曰秋禁,博塞也。"《莊子》:"問穀奚事,博塞以游。" 趙云:陸德明注《莊子》,引吾丘壽王,政:一曰秋禁。詔謂博塞也。(陳案:"政:一曰秋禁。"有竄訛。《經典釋文·莊子音義》作"以善格五待"。)

"馮陵"二句:盧:一作"牟"。《招魂》曰:"菎蔽象棊,有六博。分曹并進,遒相迫。成梟而牟,呼五白。晋制犀比,費白日。"宋劉毅於東府聚樗蒲大擲,餘人并黑犢以還,唯劉裕及毅次擲雉,大喜,褰衣繞床,叫謂同坐曰:"非不能盧,不事此耳。"裕惡之,因投五木,(陳案:投,《晋書》作"挼"。)久之,曰:"老兄試為卿答。"既而四方俱黑,其一(字)[子]轉躍未定,裕厲聲喝之,即成盧。毅意殊不快也。梟,勝也,倍勝為牟。五白,博齒也。 趙云:《楚詞·招魂》有:"成梟而牟,呼五白。"其注云:"五白,五木也。梟,勝也。盧,勝之名也。"《韓非子》載:匡倩對齊宣王之語曰:"博者貴梟。"劉毅與劉裕樗蒲,裕厲聲叱五木,即成盧。又,慕容寶與韓黄、李根等樗蒲,寶危坐,誓之曰:"世言樗蒲有神,若富貴可得,頻得三盧。"於是三擲盡盧。《世說》:袁彥道代桓温,彥道曰:"卿但大喚,必作采。"於是呼祖,擲必盧雉。二人齊叫,敵家頃刻失數百萬。

"英雄"二句:趙云:如劉裕、劉毅、慕容寶等,皆一世"英雄",如此蒲博,則今夕"邂逅"相遇,未必"非良圖"。所謂"良圖",則劉裕以卜成事,竇以卜富貴也。"良圖",敢不"良圖"也。

"君莫"三句:《南史》載:桓玄聞劉毅起兵,曰:"毅家無儋石之儲,樗蒲之擲百萬,共舉大事,何謂無成?"《前漢‧蒯通傳》:"守儋石之儲者,闕卿相之位。"應(邵)〔劭〕曰:"齊人名小甖爲儋石,受〔二〕斛。"師古曰:"儋〈石〉,〔都〕濫反。或曰:儋者,一人之所負儋也。" 《杜補遺》:《明帝紀》:"家靡儋石之儲。"注《前漢‧音義》曰:"儋,丁濫反。言一石之儲。"《方言》作"甔",云:"齊東海岱之間謂之甔。"郭璞云:"所謂家無儋石之儲者也。"《埤蒼》曰:"大甖也,或作'甂',丁甘切。"

新添:《魏書》:華歆"清貧,家無儋石之儲"。

貧交行

翻手作雲覆手雨,紛紛輕薄何須數。
君不見管鮑貧時交,此道今人棄如土。

【集注】

《貧交行》:趙云:《後漢書》云:"貧賤之交不可忘。"

"翻手"二句:沈休文詩:"洛陽繁華子,長安輕薄兒。"梁簡文詩:"輕薄出三河。"江淹詩:"子衿怨勿往,谷風誚輕薄。"阮籍:"平生少年時,輕薄好絃歌。" 趙云:《前漢》:陸賈謂尉佗曰:"越殺王降漢,如反覆手耳。"又,《晋》:劉牢之曰:"豈不知今日取(豆)〔亘〕元,如反覆手耳。"《嚴助傳》:"越人愚戇輕薄。"光武語劉嘉:"長安輕薄兒誤之。"

"君不"二句:《史》:管仲少時與鮑叔牙游,鮑叔終善遇之。管仲曰:"吾始困,嘗與鮑叔賈,分利每多自與,鮑叔不以我爲貪,知我貧也。吾嘗與鮑叔謀事而更窮困,鮑叔不以我爲愚,知時有利不利也。吾嘗三仕三見逐於君,鮑叔不以我爲不肖,知我不遇時。吾嘗三戰三走,鮑叔不以我爲退却,知我有老母也。公子糾敗,召忽死之,吾幽囚受辱,鲍叔不以我爲無恥,知我不羞小節,而恥功名不顯于天下也。生我者父母,知我者鲍子也。"鲍叔既進管仲,以身下之。不多管仲之賢,而多鲍叔能知人。　　趙云:緩急人所有,而以有濟無,交友之道也。雲固爲雨矣。天油然作雲,而後沛然下雨。雲有渰以凄凄,而後興雨祈祈,則雨之所濟者久。雲氣不待族而雨,則雨之所濟者微。今一翻一覆手之間,而雲遂欲爲雨,而俄頃尟少可知,所爲不亦"輕薄"乎?管仲與鮑叔賈,而獨多分財利,鮑叔勿争,則悠久每每如此,豈翻覆手之間,爲片言過雨之霑丐也?"翻手作云覆手雨",介父《集句》詩用對:"當面論心背面笑。"竊嘗喜其工也。朱博謂議曹曰:"且持此道歸,堯舜君出,爲陳説之。"韓柳卿《答内兄》詩:"此道今已微。"

兵車行

車轔轔,馬蕭蕭,
行人弓箭各在腰。
耶娘妻子走相送,塵埃不見咸陽橋。
牽衣頓足攔道哭,哭聲直上干雲霄。
道旁過者問行人,行人但云點行頻。
或從十五北防河,便至四十西營田。
去時里正與裹頭,歸來頭白還戍邊。
邊庭流血成海水,武皇開邊意未已。
君不聞漢家山東二百州,千村萬落生荆杞。
縱有健婦把鋤犂,禾生隴畝無東西。
況復秦兵耐苦戰,被驅不異犬與鷄。
長者雖有問,役夫敢伸恨?
且如今年冬,未休關西卒。
縣官急索租,租税從何出?

信知生男惡,反是生女好。
生女猶是嫁比鄰,生男埋沒隨百草。
君不見青海頭,古來白骨無人收。
新鬼煩冤舊鬼哭,天陰雨濕聲啾啾。

【集注】

《兵車行》:《春秋》有"兵車之會"。《語》:"不以兵車,管仲之力也。" 王深父云:"此詩蓋託於漢以刺玄宗。"

"車轔"二句:《秦·國風》:"有車轔轔。"車聲也。《列女傳》:衛靈公與夫人夜坐,聞車聲轔轔,至闕而止。夫人曰:"此蘧伯玉也。"《車攻》詩:"蕭蕭馬鳴。"

"耶娘"二句:趙云:此詩直道其事,氣質類古樂府,故多使俗語。如"耶娘"字,俗書作"爺娘"。而此詩用"耶娘"字,蓋《木蘭歌》有"不聞耶娘喚女聲"。黃魯直《跋木蘭歌後》云:杜子美《兵車行》引此詩。推"耶娘"字所出,以知古人用字,其與俗書不同,皆有所本。

"牽衣"句:趙云:《前漢》:楊惲《報孫會宗書》:"頓足起舞。"

"哭聲"句:孔德璋:"干青霄而直上。"《蜀都賦》:"干青霄而秀出〔出〕。"

"去時"句:"里正",一里之長。

"歸來"句:鮑明遠《東武〔吟〕》云:"少壯辭家去,窮老還入門。"光武《書》曰:"每一發兵,頭須為白。"

"邊庭"句:《後漢》:"臥鼓邊庭。"《主父偃傳》:"古之人君,一怒必伏屍流血。"《書》:"血流漂杵。"《揚子》:"川谷流人之血。"賈誼《過秦論》:"伏屍百萬,流血漂鹵。" 趙云:《選》詩有:"羽檄起邊亭。""烽火列邊亭。"

"武皇"句:《嚴助傳》:"武帝好征伐四夷,開置邊郡。"《文選》云:"選將開邊。"班固曰:"武帝廣開三邊。"

"君不"二句:《通典》:周文帝、西魏計州二百十有一處。(陳案:處,《通典》作"郡"。)〔隋〕文帝改州為郡,凡郡百九。唐天寶初改州為郡,刺史為太守,大凡都府三百二十有八。《老子》:"師之所處,荊棘生焉。大軍之後,必有凶年。"《選》:阮嗣宗詩:"堂上生荆〔杞〕。"蔡琰詩:"城郭爲山林,庭宇生荆艾。"王粲《從軍》:"城郭生榛棘。" 趙云:"山東"者,太行山之東也。《漢史》所謂"山東出相"。(陳案:史,當作"書"。)杜牧謂:山東王,不得不王。昔言山東,即古之晉地,今之河北也。今言山東,則謂太行山之東,乃古之齊地,今之京東路也。"坡詩"於"飛〔狐〕上黨天下脊"之下云:"削成山東二百郡",乃言河北矣。引《通典》置天下州郡,誤矣。

"縱有"二句:趙云:古詩《隴西行》:"健婦持門户,勝一大丈夫。"王仲宣《從軍》詩:"不能效沮溺,相隨把鋤犂。"

"況復"二句:《(又)[史]記》:"秦人勇於攻戰。"《漢·趙充國傳》:"土地寒苦,漢馬不能冬,屯兵在武威、張掖、酒泉,萬騎以上皆大羸瘦。"(陳案:大,《漢書》作"多"。)師古云:"能,讀曰耐。"

"長者"二句:《文·元年傳》:江(芊)[芈]怒曰:"呼!役夫!"賤下者之稱。《孟子》:"徐行後長者。"

"且如"二句:關:一作"隴"。 一云:"役夫心益憤。如今縱得休,休而隴西卒。"(陳案:而,《補注杜詩》作"爲"。)

"縣官"句:《霍光傳》:"縣官,天子也。"《宣和六王傳》:"不敢指斥天子,故謂之縣官。"(陳案:和,《漢書》作"元"。)《嚴助傳》:"租税之收,足以給乘輿之御。"《前·志》:"衣食仰給縣官。"

"信知"四句:王粲詩:"萬里猶比鄰。" 趙云:"比鄰",乃曹子建詩,舊引爲王粲,誤矣。又,陳琳云:"生男慎莫舉,生女哺用脯。"杜公以"役夫"之苦,故云"生男惡"。白居易以楊妃恩寵之隆,則曰:"遂令天下父母心,不重生男重生女。"詩人興致,各有所主。《史記·衛皇后傳》:"生男無喜,生女無怨。"《前漢·孫寶傳》:"祭竈請比鄰。"

"君不"句:《哥舒翰傳》:"築神威〈將〉軍青海(止)[上],吐蕃至,攻破之。" 趙云:時有事於吐蕃,乃"青海"之地,哥舒翰所立功之處也。

"古來"句:蔡文姬詩:"白骨不知誰,縱横莫覆蓋。"王粲詩:"白骨平原滿。" 趙云:公言"古來"者,蓋託之以興也。《左傳》:"吾收爾骨焉。"

"新鬼"二句:聲:一作"悲"。 《文·二年傳》:"吾見新鬼大,故鬼小。"王元長《策秀才》云:"肺石少不冤之民,棘林多夜哭之鬼。"(陳案:肺,《文選》作"肺"。)《九歌》云:"猿啾啾兮狖夜鳴。"劉安:"蟪蛄鳴兮啾啾。"　　杜云:陳寵,廣漢爲太守,先是洛陽城南,每陰雨,常有哭聲。寵聞之,疑其故,使吏按行問。還言:"世亂時,此地多死亡者,而骸骨不得葬。"寵盡收葬之,自是哭聲遂絕。　　趙云:《閑居賦》:"管啾啾而并吹。"

高都護驄馬行

安西都護胡青驄,聲價欻然來向東。
此馬臨陣久無敵,與人一心成大功。
功成惠養隨所致,飄飄遠自流沙至。
雄姿未受伏櫪恩,猛氣猶思戰場利。
腕促蹄高如踣鐵,交河幾蹴曾冰裂。
五花散作雲滿身,萬里方看汗流血。
長安壯兒不敢騎,走過掣電傾城知。
青絲絡頭爲君老,何由却出橫門道。

【集注】

"高都護"句:《前漢》:"鄭吉爲衛司馬,使護鄯善以西南道。吉既破車師,降日逐〈以西南道〉。吉并護車師以西北道,故號都護。都護之置,自吉始焉。"師古曰:"都護南北二道,故謂之'都'。都,猶'大'也。"唐安西郡,東至焉耆鎮,去交河郡七百里。南鄰吐蕃,西連疏勒,去葱嶺七百里,北拒突厥。貞觀初,置安西都護府於西州。顯慶中,移龜兹城。

"安西"二句:顏延年《赭置馬賦》:"聲價隆振。"(陳案:置,《文選》作"白"。)又曰:"欻聳躍以鴻驚。"(陳案:躍,《文選》作"擢"。)《漢·樂志》:太初四年,獲宛馬,歌曰:"天馬來,歷無草。徑千里,循東道。"注:"馬從西而來東也。"　　趙云:"欻",音許勿反,有所吹起兒。左

卷一　古詩

太冲曰："何爲欻來遊也。"言自西來東，若吹而來也。

"此馬"二句：趙云：顔延年《賦》："婉柔心而待御。"慶鄭諫晋侯曰："古者大事，必乘其産。生其水土，而知人心。今乘異産，將與人易。"

"功成"二句：飄飄：一作"飇飇"。(陳案：飇飇，《補注杜詩》作"飄飄"。)顔延年《賦》："願終惠養，蔭本枝兮。"《天馬歌》："天馬徠，從西極。涉流沙，九夷服。"

"雄姿"句：顔延年："弭雄姿以奉引。"傅玄《鷹賦》："雄資邈代，逸氣橫生。"(陳案：資、代，《藝文類聚》作"姿""世"。)魏武《樂府》曰："老驥伏櫪，志在千里。"梁元帝《謝馬啟》："矧伊伏櫪，彌結懷恩。"(陳案：謝，《藝文類聚》作"賜"。)

"猛氣"句：傅玄《鷹賦》："六離猛氣。"(陳案：六，《初學記》作"含"。)又，(隋)魏彦深《賦》："資五方之猛氣。"(陳案：五，《太平御覽》作"金"。)

"腕促"二句：唐安西去交河郡七百里。顔延年《賦》："經玄蹄而電散，歷素支而冰裂。"《神異經》："蹄之如汗腕可握。"(陳案：汗腕，《說郛》作"丹踠"。)　趙云："曾"，音"層"，是冰之名。東方朔《神記》曰："北方有曾冰萬里，厚百丈，有鼷鼠在冰下焉。"(陳案：《神記》，《藝文類聚》作"《神異記》"，《格致鏡原》作"《神異經》"。)謝靈運《苦寒行》曰："峩峩曾冰食，紛紛霰雪落。"(陳案：峩峩、食，《藝文類聚》作"崴崴""合"。)今公言"交河"西邊之地，有曾積之冰，馬幾度蹴踏之而破裂。舊注却引顔賦，非是。在馬使"蹴"字，出《宋書》：何偃對劉瑀："何不著鞭，使致千里之間？"曰："一蹴青雲，何至與駑馬爭路？"此所謂公詩無一字無來處矣。

"五花"句：趙云：言馬之貴。公又曰："箇箇所謂文。"(陳案：所謂，本書卷三十二作"五花"。)是也。

"萬里"句：《天馬歌》："體容與兮逝萬里。"又曰："霑赤汗，沫流赭。"顔延年《賦》："膺門沫赭，汗溝走血。"應劭曰："大宛馬，血汗霑濡也。"《戰國策》："白汗交流。"　趙云：《周穆王傳》："驊騮、騄耳，日馳三萬里。"

"長安"二句：沈休文詩曰："長安輕薄兒。"(晋)傅玄詩："童女掣

— 37 —

電策,童兒挽雷車。"李延年詩:"一顧傾人城。"　趙云:上句,以善高都護之〈能〉[獨]能騎也。下句,言馬之行如電,舉國皆知。舊引傅玄詩,非是。

"青絲"二句:梁簡文帝《紫騮馬詩》:"青絲縣玉絲之飾,以老不絲鞿。"(陳案:本書卷五作:"青絲縣玉蹬。"又云:"宛轉青絲鞿。"引文六字有誤。)《莊子》:"穿牛鼻,絡馬首。"　趙云:鮑照詩:"驄馬金絡頭"也。馬展效在於壹戰,則雖被"青絲"之飾以老,不若"出橫門"以致功也。此與前所謂猶思戰場利之意,相爲終始。漢宮殿名曰長安,有"橫門"。又,《成帝紀》注:《三輔黃圖》云:"橫門,北面西頭第一門。""橫",音"光"。其字從"木",非從橫之"橫"也。

天育驃騎歌

吾聞天子之馬走千里,今之畫圖無乃是。
是何意態雄且傑,駿尾蕭梢朔風起。
毛爲綠縹兩耳黃,眼有紫焰雙瞳方。
矯矯龍性合變化,卓立天骨森開張。
伊昔太僕張景順,監牧收駒閱清峻。
遂令大奴守天育,別養驥子憐神俊。
當時四十萬匹馬,張公歎其材盡下。
故獨寫真傳世人,見之座右久更新。
多年物化空形影,嗚呼健步無由騁。
如今豈無騕褭與驊騮,時無王良伯樂死即休。

【集注】

"天育"句:"天育",馬廐名。"驃",毗(名)[召]、匹召切。馬白黃色也。(陳案:白黃,《杜詩引得》作"黃白"。)

"吾聞"二句:《荀子》:"騏驥一日千里。"漢文帝却千里馬。《神異經》曰:"西南大宛有良馬,日行千里,至日中而汗出。"　　趙云:荀勖所上《穆天子傳》:"天子之馬,走千里,勝人猛獸。"蓋所謂八駿者是也。今張景順"畫圖",無乃是穆天子之馬乎？

"是何"二句:《選》詩:"朔風動秋草,邊馬有歸心。"　　趙[云]:作"駿尾",以舊本非是。《神異經》載:"大宛馬,鬣至尾,尾委於地。"(陳案:至尾,《藝文類聚》作"至膝"。)則駿尾之長者,"蕭梢"摇動,可起"朔風"。言"朔風",最慘烈者。舊注非是。

"毛為"二句:"縹",普沼反。青黄色也。《史》:"驥垂兩耳。"《秦本紀》:"周穆王得騄耳之駟。"《相馬經》曰:"馬眼欲紫豔光,口中欲赤色。"顔延年《賦》:"雙瞳夾鏡,兩權協月。"　　《杜補遺》:李善注《赭白馬賦》云:《相馬經》曰:"目成人者行千里。"注:"成人(哉)[者],謂視童子中人頭足皆見,言目中清明如鏡。或云:兩目間夾旋毛為鏡。"

"矯矯"句:《嵩高》詩:"四牡矯矯。"顔延年《賦》:"龍性誰能馴。"

"卓立"句:趙云:蔡云作《庾侯碑》,曰:"英風發於天骨。"(陳案:云,《藝文類聚》作"邕"。)袁彦伯作《三國名臣贊》,其言崔生曰:"天骨疏朗。"本言人,而今借用耳。

"伊昔"二句:監:一作"考"。牧收駒閱:一云"考牧攻駒"。周穆王置太僕正,以伯冏為之掌輿焉。唐龍朔二年,改太僕為司馭。咸亨初,復舊。光宅[元]年,改為司僕。神龍初,復舊。天下監牧置(人)[八]使五十六監。《唐·兵志》:"監牧所以(蓄)[蕃]馬也,領以太僕。初用太僕少卿。"張萬歲,字景順,領群牧。自貞觀至麟德四十年,馬六十萬六千,置八方岐、幽〈幽〉、涇、寧間,地廣千里。廄牧令諸牧牧馬,四歲游牝,五歲責課。一百匹每年課駒六十,其二十歲以上不在課限。　　趙云:"太僕",官名。《唐·兵志》云:"監牧之制,其官領以太僕。"今公詩所謂"太僕張景順",自是開元時太僕,姓張,名景順者也。舊注便差排作:"張萬歲,字景順。"誤學者矣。萬歲為太僕,自是貞觀時人。今按:張説作開元十三年《隴西監牧頌德之碑》,《序》云:元年牧馬二十四萬匹,十三年乃四十三萬匹。上顧謂太僕少卿兼秦州都督監牧都副使張景順曰:"吾馬幾何？其蕃育,卿之力也。"對曰:"帝之力也,仲之令也,臣何力之有？"其頌曰:"有霍公之掌政,擇張氏之舊令。"霍公,王毛仲也;張氏,景仲也。"考牧收駒",一本作"監牧攻駒",非是。馬亦貴清潔峭峻,若俗馬多肉,非所謂"清峻"矣。

"遂令"二句:(陳案:手,《補注杜詩》作"守"。《全唐詩》作"守"。一作"字"。)　(宋)顏延年《天馬狀》曰:"降靈驥子九方文選。"(陳案:文,《藝文類聚》作"是"。)梁元帝《答齊國驥馬書》:"價匹龍媒,聲齊驥子。"(周)王褒《謝賚馬有啟》曰:"古時伯樂偏愛權奇,晉時桑門時求神俊。"(陳案:周、有,《藝文類聚》無此二字。伯樂,作"樂府"。時,作"特"。俊,作"駿"。)《世説》:支遁常養數馬。或言曰:"道人亦畜馬?"曰:"貧道重其神駿耳。"　趙云:"大奴",王毛仲也。毛仲,高麗人,父坐事沒爲官奴。《唐·兵志》云:"毛仲領內外閑厩。"所謂"天育",必厩名矣。"大奴"之稱,公直犯毛仲之所諱而言,蓋亦欲因詩而著爲史矣。亦猶言李輔國,而曰"關中小兒壞紀綱",謂其"以閹奴爲閑厩小兒"故也。

"當時"二句:《通典》:貞觀初,僅有牝牡三千匹,從赤岸澤徙之隴右。十五年,始令太僕卿句當群牧。(陳案:句當,《通志》作"張萬歲幹"。)至麟德四十年間,馬至七十萬六千匹,置八使領九監,跨蘭、渭、秦、原四州之地,猶爲隘狹,更析八監,布於河西。其時天下以一縑易一馬。儀鳳三年,少卿李思文檢校隴右諸牧,"監"方稱"使"。爾後或戎狄外侵,牧圉乖散。洎乎垂拱,潛耗大半。開元初,牧馬二十四萬匹,十三年加至四十五萬匹。《莊子》云:"臣之子皆(不)[下]才也。"

趙云:"材""下"字,蕭望之云:"身材不下任職。"趙充國云:"材下犬馬齒衰。"雖皆在人言之,馬亦可用。舊引是"三才"之"才",非也。

"見之"句:趙云:崔子玉有《座右銘》。

"多年"句:(陳案:多年,《補注杜詩》《全唐詩》作"年多"。)　趙云:《莊子》曰:"此之爲物化。"

"如今"二句:(陳案,腰,《補注杜詩》《全唐詩》作"騪"。古音通假。)魯國黃伯仁爲《龍馬頌》曰:"踰騪裏之體勢,逸飛兔之高蹤。兼驥騄之美質,逮騄驪之足雙。"《秦本紀》:"造父以善御,幸於周穆王,得驥、溫驪、騮、騄耳之駟,西巡狩,樂而忘歸。"郭璞曰:"色如華而赤。"今名馬驃赤者爲棗騮。"騮",馬赤色。徐廣曰:"赤馬黑毛曰騮。"《戰國策》曰:汗明見春申君曰:"(大)[夫]驥之齒長服鹽車,而上

— 40 —

太行。漉汗洒地，白汗交流，中坂遷延，負轅不能上。伯樂遭之，下車攀而哭之，解綾衣以冪之。（陳案：綾，《戰國策》作'紵'。）驥於是俛而噴，仰〔而鳴〕，見伯樂之知己也。"《漢書·音義》："腰裹者，神馬也。赤喙黑身，與飛兔同，以明君有德則至也。又出《瑞應圖》。"《薦禰衡表》云："飛兔腰裹，絕足奔放，良、樂之所急也。"　　趙云：韓退之有言曰："世有伯樂，然後有千里馬。千里馬常有，而伯樂不常有。"此乃"豈無腰裹""驊騮"，而時無良、樂之謂？公因題畫已死之"驃"，故起末句。"死即休"之意，亦猶人抱出群之材，而不遇知己以死，爲可嗟矣！

白絲行

繰絲須長不須白，越羅蜀錦金粟尺。
象牀玉手亂殷紅，萬草千花動凝碧。
已悲素質隨時染，裂下鳴機色相射。
美人細意熨貼平，裁縫滅盡針線跡。
春天衣著爲君舞，蛺蝶飛來黃鸝語。
落絮遊絲亦有情，隨風照日宜輕舉。
香汗輕塵汙顏色，開新合故置何許。
君不見才士汲引難，恐懼棄捐忍羈旅。

【集注】

"繰絲"二句：《禮記》："夫人繰三盆手。"魏文帝詔群臣曰："前後每得蜀錦，殊不相以之。"（陳案：以，《藝文類聚》作"似"，《太平御覽》作"比"。）　　趙云："須長不須白"，以絲爲"羅"與"錦"，則有五色之章焉，且金之爲舞衣，（陳案：金，《補注杜詩》作"以"。）則須"長"以足用，不必"白"而後受綵也。"越羅蜀錦"，天下之奇紋也。"金粟尺"，言邊服尺度之足也。"尺"以"金粟"飾之，富貴家之物。何遜詩云："金粟裹搔頭。"

"象牀"二句：孟嘗君至楚，獻象牀，直千金。公孫戍諫令勿受，乃止。　　趙云：此兩句是對，而讀者弗覺也。"亂殷紅""動凝碧"對，凡文士可到。（陳案：士，《文章正宗》同。《杜詩引得》作"字"。）至用"象牀玉手"對"萬草千花"，不以數對數，非大手段，莫能也。"殷"，音烏閑切。《韻書》云："黑色殷也。"（陳案：黑色殷，《補注杜詩》作"赤黑色"。）《左傳》："左輪朱殷。""殷紅"，必是錦、羅之色。下言裁舞衣，以殷紅羅錦爲之，必矣。下有"隨時染"之語，則殷紅豈當時之名耶？皇太子《變童篇》："玉手乍攀花。"（陳案：皇太子，《玉臺新詠》作"梁簡文帝"）何子朗《古意》："新花映玉手。""越羅蜀錦"，其積在"象牀"之多。"玉手"擇取，則殷紅之叚相亂矣。（陳案：叚，《補注杜詩》同，《杜詩引得》作"色"。）"萬草千花"，則言羅、錦上之繁文也。李暇《古怨》詩："碧玉上宮妓，其積在象牀。"（陳案：《古怨》，《樂府詩集》作《碧玉歌》。"其積在象牀"，作"珠被玳瑁牀"。）當時禁苑有凝碧池，一曰臨碧池，池四旁必多花草。今言動羅、錦上之花草，如動凝碧池焉。

　　"已悲"二句：染：一作"改"。　　《漢紀》：童子魏照謂郭泰曰："欲以素質之質，（陳案：素質，《後漢紀》作'素絲'。）附近朱藍。"墨子悲絲，謂其可以黃，可以黑。《古詩》："纖纖擢素手，扎扎弄機杼。"

　　趙云：素絲之染，則織爲羅錦，故曰顏色"相射"。鮑照："繰絲復爲機。"

　　"美人"二句：趙云：盧思道《擣衣》詩："閨裏裁縫須及（平）[早]。"喬知道《從軍行》云："曲房理針線，平砧擣交練。"（陳案：道，《全唐詩》作"之"。）《戰國策》：蘇秦曰："多割楚以滅跡。"

　　"春天"二句：趙云：鮑照《白紵〈絲〉歌》云："催絃急管〔爲〕君舞。""蛺蝶"，以況舞之輕。"黃鸝"，以況歌之好矣。

　　"落絮"二句：宜：趙作"同"。　　《前漢‧郊祀志》："遥興輕舉。"

　　趙云：曹子建《七啟》："長袖隨風。"庾肩吾曰："桃紅柳絮白，照日復隨風。"薛德音《悼亡》云："畫梁纔照日，銀燭已隨風。"陸士衡《前緩聲歌》云："輕舉乘紫霞。""宜輕舉"作"同輕舉"，蓋絮絲之"有情"，〈人〉[亦]若同美人之舞也。

　　"香汗"句：一作"香汗清塵"，似"微汗"以作"香汗"，"清塵"似顏色"。　　《古詩》："微風起兩袖，經汗染雙題。"又云："裁用笥中刀，縫爲萬里衣。"（陳案：古詩，《文選》作謝惠連《擣衣》詩。風，作"芳"。

經,作"輕"。） 趙云:陳梁《雜歌》詩云:"朱顔潤紅粉,香汗沾玉色。""清塵",或作"輕",非是,當以"清"爲正。《古詩》:"空牀委清塵。"

"開新"句:何:一作"相"。 《古詩》云:"新人工織縑,故人工織素。織縑日一疋,織素五丈餘。以縑持比素,新人不如故。" 趙云:阮籍云:"良辰在何許。"謂故而合之,以言人情之喜"新"。"開新"而"合故",不著,將於甚處置之?歎其必委弃也。崔輔國詩云:"妾有羅衣裳,秦王在時作。爲舞春風多,秋來不堪著。"（陳案:輔國,《樂府詩集》作"國輔"。）新而用之,故耳弃之,凡詩人興致如此。

"君不"二句:郭泰機《答傅咸》詩云:"皦皦白素絲,織爲寒女衣。寒女雖妙巧,不得秉杼機。天寒知運速,況復雁南飛。衣工秉刀尺,棄我忽若遺。人不取諸身,世事焉所希。況復已朝飱,曷由知我飢?"趙云:呂相絶秦,文公"恐懼"。班婕妤《怨歌行》云:"弃捐篋笥中,恩情中道絶。"《左傳》:陳敬仲曰:"羈旅之臣。"注:"羈,寄也。"此結一篇之意。夫絲繰之難,染之難,爲羅與錦織之又難,縫爲舞衣,針線之功又難,不猶"才士汲引"之"難"乎?一旦而弃之。故爲"才士"者,與其既用而弃,不若甘心忍受於"羈旅"之未用耳。

秋雨歎三首

右一

雨中百草秋爛死,堦下決明顔色鮮。
著葉滿枝翠羽蓋,開花無數黃金錢。
涼風蕭蕭吹汝急,恐汝後時難獨立。
堂上書生空白頭,臨風三嗅馨香泣。

【集注】

"雨中"二句:《杜補遺》〈注〉:《〔神〕農本草》:"決明子,生龍門川澤。久服益精光,輕身。與石決明同功,皆主明目,故有決明之名。"《藥性論》云:"利五臟,常可作菜食之,又除肝家熱。"《圖經》云:"今處處有之,人家園圃所〈蔣〉[蒔],夏初生苗,根蒂紫色,葉似苜蓿(大)[而]大,至〔七〕月有花,黃白色,其子作穗,如青菉豆而銳。"按:《(兩)[爾]雅》:"(薢)[薢]茩(英)[英]光。"(澤)[釋]曰:"藥草(決)[英]明也。"郭璞注云:"葉黃銳,赤華,關西謂之(薢)[薢]茩,與此種不類。"

趙云:"百草"以"秋"而又雨,則"爛死"也宜矣。而"決明"方以鮮明之色,黃花翠葉而獨榮。以譬君子在患難之中,而獨立之譬也。(陳案:譬,《文章正宗》《補注杜詩》同。《杜詩引得》作"象"。)

"著葉"句:師云:張平子《東京賦》:"樹翠羽之高蓋。"

"開花"句:師云:此詩(傳)[傷]特立獨行之君子,不得時也。按:《本草》:"決明,夏花,秋生子,〔花〕赤。"與杜所稱不同時。今時有金錢〈錢〉花,與菊相類,多生於秋雨中,俗謂之滴漏花。杜豈本此耶?

"涼風"二句:趙云:念"涼風"之吹急,恐"獨立"之"後時"。乃詩人憂傷之意也。荊軻:"風蕭蕭兮易水寒。"

"堂上"句:《莊子》曰:"魯侯讀書堂上。"(陳案:魯侯,《莊子·天道》作"桓公"。)

"臨風"句:《語》:"子路共之,三嗅而作。"嗅香而泣,傷己之不見用,而無救於時也。 趙云:孔子歎山雌之得時,所以傷己之不遇。至於"子路共之,三嗅而作",則亦傷之,而不苟食故也。今也"臨風三嗅",則亦傷其徒"馨"之意。

右二

闌風伏雨秋紛紛,四海八荒同一雲。
去馬來牛不復辨,濁涇清渭何當分?
木頭生耳黍穗黑,農夫田婦無消息。
城中斗米換衾裯,相許寧論兩相直。

【集注】

"闌風"句:伏:一作"長"。一云"東風細雨"。《楚詞》:"光風泛崇蘭。""伏",三伏也。 趙云:闌珊之風,沈伏之雨,言風雨之不已也。"闌",如謝靈運云:"闌"同雲闌。(陳案:云:"闌"同雲,《補注杜詩》作"闌暑之"。)"伏",如《左傳》:"夏無伏陰"之"伏",〈之〉其久可知也。舊注非是。

"四海"句:四海:一云"萬里"。一作"萬里同一雲"。 《詩》:"上天同雲,雨雪紛紛。" 趙云:《莊子》:"遠在八荒之外。"蓋"八荒"又在"四海"之外。一本作"四海萬里",則聲律不穩。而"萬里"字却小矣。 師云:《楚詞·九章》曰:"雲霏霏而承宇。"王逸注曰:"佞人并起,滿朝廷也。"按:《離騷》風言號令,雨言德澤,雲言障蔽。今萬里同見陰小盛也。(陳案:離騷,《補注杜詩》作"彦輔曰"。)

"去馬"二句:《莊子》:"秋水〔時〕至,百川灌河,涇流之大,兩涘渚涯之間,不辨(十)〔牛〕馬。" 趙云:於馬曰"去",於牛曰"來",此正《左氏》"風馬牛不相及"之意。蓋馬趁逆風,牛趁順風,故爾。以多雨而水漲岸遠,所以不辨。"濁涇清渭",鮑照《學阮步兵體》云:"涇渭分清濁,視彼《谷風》詩。"又,鮑照《賣玉器者》詩有云:"涇渭不可雜,珉玉當早分。"《西征賦》:"濁涇清渭。"《漢史》曰:"涇水一石,其泥數斗。"(陳案:史,當作"書"。)《關中記》曰:"涇入渭,合流三百里,清濁不相雜。"則涇與渭之清濁,固自分辨,而多雨混之爾。

"木頭"二句:木:一作"禾"。 趙云:唐俚句曰:"春雨甲子,赤地千里。夏雨甲子,乘船入市。秋雨甲子,木頭生耳。"出《朝野僉載》。一本作"禾頭"。〔非。〕蓋"禾頭"無"生耳"者。"木頭生耳",則"枛"是以。"黍穗黑",則壞爛矣,故"農夫"無望也。又,《詩》云:"食我農夫。"〈夫〉:"嗟我農夫。"《選》有:"邑老田父。"薛道衡《應詔》詩:"一去無消息。"

"城中"二句:天寶末,外窮兵夷狄,內盡力宮室,役使繁興,民不得休息,此詩所以刺也。 師云:《唐舊史》:"開元中,米斗數錢。"讀此詩,則可以論其世矣。《詩》:"肅肅宵征,抱衾與裯。"

右三

長安布衣誰比數,反鏁衡門守環堵。
老夫不出長蓬蒿,稚子無憂走風雨。
雨聲颼颼催早寒,胡鴈翅濕高飛難。
秋來未省見白日,泥污后土何時乾。

【集注】

"長安"二句:《陳風》:"衡門之下,可以棲遲。"注:"衡門,橫木爲門,言淺陋也。"《儒行》:"儒有一畝之宮,環堵之室。""環堵",面一堵也。五版爲堵,五堵爲雉。張景陽詩:"環堵自頹毀,垣閭不隱形。"《莊子·讓王篇》:"原憲居魯,環堵之室。"《韋玄成傳》:"使得自安衡門之下。"師古曰:"衡門,謂橫一木於門上,貧者之所居也。"陶潛:"環堵蕭然,不蔽風日。" 趙云:黄歇曰:"太子不歸,則咸陽一布衣耳。"(晉)諸葛長民曰:"今日欲爲丹徒布衣,不可得也。"

"老夫"句:《莊子·庚桑楚篇》:"鑿垣牆而植蓬蒿。"《昭·十六年傳》:"斬艾蓬蒿藜藿,而共處之。"《月令》:"藜藿蓬蒿并興。"江淹《賦》:"顧念張仲蔚,蓬蒿滿中園。"趙岐《三輔决録》注曰:"張仲蔚隱居不仕,所居蓬蒿没人。"

"稚子"句:走:一作"奏"。

"胡鴈"句:《古樂府》:"〔願〕爲雙鴻鵠,奮翅起高飛。"

"秋來"句:(陳案:"省",《文章正宗》同。《文苑英華》作"曾"。《集》作"省"。)

"泥污"句:后:一作"厚"。宋玉《九辨》:"皇天滛溢而秋霖兮,后土何時而得乾。"此詩刺賢者退處,而民漸溺於塗炭也。

歎庭前甘菊花

簷前甘菊移時晚,青蘂重陽不堪摘。
明日蕭條盡醉醒,殘花爛熳開何益?
籬邊野外多衆芳,采擷細瑣升中堂。
念兹空長大枝葉,結根失所埋風霜。

【集注】

"歎庭"句:此詩誤小人在位,(陳案:誤,《補注杜詩》作"譏"。)賢人失所也。

"簷前"句:簷:一作"庭"。

"籬邊"二句:《芣苢》:"薄言采之","薄言擷之。" 趙云:宋玉《風賦》:"蕭條衆芳。"劉楨《贈中郎將》:"萬舞在中堂。"此詩刺餘子碌碌,皆得貴近,而出類者廢爾。

"念兹"二句:《古詩》:"結根太山阿。" 趙云:《書》:"念兹在兹。"《漢》:班彪曰:"本根既微,枝葉彊大。"徒"枝葉"扶疏,如才人文彩之秀發也,而託根不得地,反爲"風霜"所埋也。

醉時歌

諸公衮衮登臺省,廣文先生官獨冷。
甲第紛紛厭粱肉,廣文先生飯不足。
先生有道出羲皇,先生有才過屈宋。
德尊一代常坎軻,名垂萬古知何用。
杜陵野客人更嗤,被褐短窄鬢如絲。
日糴太倉五升米,時赴鄭老同衾期。
得錢即相覓,沽酒不復遺。
忘形隨影爾汝,痛飲真吾師。
清夜沉沉動春酌,燈前細雨簷花落。
但覺高歌有鬼神,焉知餓死填溝壑。
相如逸才親滌器,子雲識字終投閣。
先生早賦歸去來,石田茅屋荒蒼苔。
儒術於我何有哉,孔丘盜跖俱塵埃。
不須聞此意慘愴,生前相遇且銜杯。

【集注】

《醉時歌》:贈廣文館博士鄭虔。按:《新唐書》:"鄭虔,鄭州滎陽人,天寶初爲協律郎。"

"諸公"句:臺:一作"華"。 "衮衮",言相繼而登,賢不肖,無所辨也。裴逸民《叙》:"前言往行,衮衮可知。"(陳案:知,《藝文類聚》作"聽"。)　　趙云:王濟云:"張華説《漢史》,衮衮可聽。"

"廣文"句:國子監置廣文館,博士四人,助教二人,并以文士爲之,領生徒爲進士者,天寶九年置。　　趙云:唐人以祠部無事,謂之冰廳。冰,音去聲。趙璘云:"言其清且冷也。"

"甲第"二句:按《本傳》:虔坐謫私撰國史,十年還京師。玄宗愛其才,欲置左右,以不事事,更爲置廣文館,以虔爲博士。虔聞帝不知廣文曹司何在,(陳案:帝,《新唐書》作"命"。)訴宰相,宰相曰:"上增廣文,(陳案:廣文,《新唐書》作"國學"。)置廣文以居賢者,令後世言廣文博士自君始,不亦美乎?"虔乃就職。久之,雨壞廡舍,有司不復脩營,(陳案:營,《新唐書》作"完"。)寓治國子館,自是遂廢。在官貧約,淡如也。陸士衡《擬古》詩:"甲第椒與蘭。"又,"甲第崇蘭闈。"虞子陽(諸)〔詩〕:"第甲始修營。"謂〔第〕一宅也。昔《晋書》傅咸曰:"今之賈豎,皆厭粱肉。"田蚡治〔宅〕甲諸第。《夏侯嬰傳》:"賜嬰北第第一。"師古曰:"北第者,近北闕之第,嬰最第一也。故張衡《西京賦》曰:'北闕甲第,當道直啟。'"《前漢·朱邑傳》:"飢者甘糟糠,穰歲餘粱肉。"此詩傷時,多無功而受禄。

"先生"二句:才:一作"文",一作"所談"。　　趙云:陶潛自謂羲皇上人。杜審言嘗云:"吾文當得屈、宋作衙官也。"

"德尊"句:《古詩》:"坎軻長苦辛。"　　趙云:《楚詞·七諫》云:"年既過半百兮,愁轗軻而滯留。"《玉臺新詠》載宋孝武曾作《丁都護歌》云:"坎轉戎途間,何由見子歡?"(陳案:轉、戎途、子歡,《玉臺新詠考異》作"軻""戎旅""歡子"。)《孟子》:"天下有達尊三:爵一、齒一、德一。"

"名垂"句:趙云:亦張翰"不用身後名"之意。(陳案:用,《世説新語》作"爲"。)

"杜陵"二句:《後漢》:"杜陵屬京兆。"杜預曰:"古唐杜氏。"《老子》:"被褐懷寶。"陶淵明詩:"被褐欣自得,屢空常晏如。"　　趙云:地名"杜陵",起於漢。《地理志》云:"故杜伯國,宣帝更名。有周右將軍杜主祠四所。"

"日糴"句:薛云:按《前漢》:東方朔"無令,但索長安米"。《史記》

·八書》:"太倉中之粟,紅腐不可食。"(陳案:紅腐,《史記》《漢書》作"腐敗"。)陶淵明曰:"不能爲五斗米折腰。"

"時赴"句:衾:一作"襟"。　趙云:同"襟"。一作"同衾",非是。"同衾",却嫌於涉夫婦、兄弟事矣。曹植《閑居賦》云:"願同衾於寒女。"則夫婦之同衾也。又,《贈白馬王彪》詩曰:"何必同衾幬,然後同慇懃。"(陳案:同,《文選》作"展"。)則兄弟之同衾也。同襟,則江淹《傷友人賦》云:"共齊術而共徑,豈〈是〉異袖而同襟?"(陳案:共齊,《江文通集》作"故高"。)蓋云氣味之相同也。

"沽酒"句:(陳案:遺,《補注杜詩》《全唐詩》作"疑"。)

"忘形"二句:(陳案:隨影,《補注杜詩》《全唐詩》作"到"。)《文士傳》:"禰衡有逸才,與孔融作爾汝交。時衡年三十餘,融年已五十。"　趙云:《左傳》:子產(有)[不]毁鄉(效)[校]曰:"其所善者,吾則行之;其所惡者,吾則改之。是吾師也。"羊祜亦曰:"疏廣是吾師也。"

"清夜"二句:燈:一作"簷"。簷:一作"燈"。　趙云:曹子建《公讌詩》:"清夜游西園。"鮑照《夜坐吟》云:"冬夜沉沉夜坐吟。"劉遜《雜詩》曰:"簷花初照月,洞户未垂帷。"又,沈如筠《雜怨》詩云:"簷花生蒙蘢,孤帳日愁寂。"李暇《擬古歌》曰:"簷花照月鶯對棲,空留可憐暗中啼。"徐侍中《爲人贈婦詩》云:"但看依井蝶,共取落簷花。"(陳案:但,《玉臺新詠》作"俱"。)"簷花",近乎簷邊之花也。學者不知所出,或以簷雨之細如花,或遂以簷花爲簷雨之名,故特爲詳之。

"但覺"二句:《昭·十三年傳》:"擠于溝壑。"左太冲《詠史詩》:"當其未遇時,憂其填溝壑。"《汲黯傳》:"臣自以爲填溝壑。"　趙云:《選》有:"抗音高歌。"《後漢·公孫述傳》:"政事修理,郡中謂有鬼神。"《列女傳》:梁高行曰:"妾夫不幸早死,先狗馬填溝壑。"又趙左帥觸龍薦其子曰:"願及未填溝壑而託之。"

"相如"句:(陳案:逸,《全唐詩》同。《補注杜詩》作"有"。)《司馬相如傳》:"文君奔相如,俱之臨邛,盡賣車騎,買酒舍,乃令文君當壚,相如身著犢皮褌,(陳案:皮,《漢書》作'鼻'。)與庸保雜作滌器於市中。"師古云:"滌,洒也。器,食器也。賤役也。"

"子雲"句:《揚雄傳》:"王莽時,劉歆、甄豐皆爲上公。莽既以符命自立,即位之後,欲絕其原以神前事,而豐子尋、歆子棻復獻之。莽誅豐父子,投棻四裔,辭所連及,便取收不[請]。時雄校書天祿閣上,治獄使者來,欲收雄,雄恐不能自免,迺從閣上自投下,幾死。莽聞之曰:'雄素不與事,何故在此?'間請問其故,迺劉棻嘗從雄學作奇字,雄不知情,有詔勿問。"京氏怗然。(陳案:京氏怗然,《漢書》作:然京師爲之語曰:"惟寂寞,自投閣。")　〔趙云〕:陸(公)[士]衡《辨亡論》云:"長沙威王,逸才命世。"(陳案:威,《文選》作"桓"。)任昉《述異記》載:"蒼頡墓在北海,呼爲藏書臺。周人當時莫識其書,遂藏之書府。至秦時,李斯識八字,云:'上天作命,皇辟迭王。'至叔〔孫〕通,通識十二字。"此所謂"識字",言識古字也。揚雄之作"奇字",顏師古注云:"〔古〕文之異者。"即此之謂矣。

"先生"二句:陶潛爲彭澤令,是時郡遣督郵至。吏白:"當束帶見督郵。"潛乃歎曰:"我不能爲五斗米折腰,向鄉里小兒。"乃自解印綬,將歸田里,命篇曰《歸去來》。　趙云:"石田茅屋",言"石田"上所結"茅屋"。《左傳》曰:"猶獲石田也,無所用之。"《後漢》:"王霸隱居止茅屋。"《淮南子》曰:"窮谷之汙,生以蒼苔。"

"儒術"二句:《莊子》:"帝力何有於我哉?"　趙云:《荀子》曰:"儒術行,天下富〈貴〉。"《語》:"何有於我哉?"莊子自言:"何如於我哉?"舊注改"加"字,非是。"丘跖具塵埃",意倣伯夷死名於首陽之下,盜跖死利於東陵之下。其於傷殘性命,均也。

"不須"二句:古之賢者不遇,全身於醉者衆矣。故此詩末章,皆寓意於酒,而又以"醉"名篇。　趙云:王仲宣《四言》詩:"慘愴增歎。"劉伶云:"銜杯漱醪。"陸士衡《苦寒行》云:"慘愴常鮮歡。"

醉歌行

陸機二十作文賦,汝更少年能綴文。
總角草書人神速,世上兒子徒紛紛。
驊騮作駒已汗血,鷙鳥舉翮連青雲。

詞源倒流三峽水，筆陣獨掃千人軍。
只今年纔十六七，射策君門期第一。
舊穿楊葉真自知，暫蹶霜蹄未爲失。
偶然擢秀非難取，會是排風有毛質。
汝身已見唾成珠，汝伯何由髮如漆。
春光淡沱秦東亭，渚蒲牙白水荇青。
風吹客衣日杲杲，樹攪離思花冥冥。
酒盡沙頭雙玉瓶，衆賓皆醉我獨醒。
乃知貧賤別更苦，吞聲躑躅涕淚零。

【集注】

《醉歌行》：別從姪勸落第歸。（陳案：勸，《補注杜詩》《全唐詩》作"勤"。）

"陸機"二句：《晉》：陸機，字士衡，作《文賦》。《序》云："作文賦以述先士之盛藻，論作文之利害。" 趙云：班固《漢書·贊》曰："自孔子後，綴文之士衆矣。"

"總角"二句：（人，《補注杜詩》《全唐詩》作"又"。） 《詩·甫田》："總角丱兮。"《三十國春秋》："封秀，總角知名。"衛玠總角之名車入市。（陳案：之名，《古今事文類聚》作"乘羊"。） 趙云："草書"以遲爲工，所謂"忽忽不及草書"是也。（陳案：忽忽，《補注杜詩》作"匆匆"。）以速爲神，所謂"一筆變化書"是也。

"驊騮"二句："汗血"事，見上注。《薦禰衡疏》："鷙鳥累百，不如一鶚。"

"詞源"句：（陳案：源，《補注杜詩》同。一作"賦"。） 《海賦》："吹噓則百川倒流。"枚叔《七發》曰："江水逆流，海水上潮。" 《杜補遺》：《隋·藝文傳》曰："筆有餘力，詞無竭源。"（陳案：藝文，《隋書》作"文學"。）《荆州記》曰："巴陵楚地有三峽。"《〔峽〕程記》曰："三峽者，即明月峽、巫山峽、廣澤峽。其瞿唐、灩澦之類，不係三峽之數。""倒流"，三峽之水，謂"〔詞〕源"。"源"壯健可以衝〔激〕三峽之水，使之"倒流"也。

"筆陣"句:《杜補遺》:王羲之《筆陣圖》云:"紙者,陣也;筆者,稍矛也;墨者,鍪甲也;硯者,城池也;本領者,將軍也;心意者,副將。掃千人軍,謂筆之快利也。" 趙云:"驊騮""鷙鳥",比其才之俊。"詞源""筆陣",言其文之敏。《海賦》有"吹澇則百川倒流"。舊注誤以"澇"之爲"噓",蓋水之衝激,則有"倒流"者矣。

"射策"句:《前漢》:"蕭望之以射策甲第爲郎。"師古曰:"射策者,謂爲問難、疑義,書之於策,量其大小,署爲甲乙之科,列而置之,不使彰顯。有欲射者,隨其所取,得而釋之,以知優劣。射之言投射也。對策者,顯問以政事、經義,令各對之,而觀其文辭定高下也。"《後漢》:"劉淑五府辟不就,帝〔令〕興京師,而得已而對策,爲第一。"(陳案:而得,《後漢書》作"不得"。)

"舊穿"句:《史·周本紀》:蘇厲説白起,曰:"楚有養由基者,善射者也。去楊葉百步而射之,百發百中。而左右觀者數千人,皆曰善射。有一夫立其旁,曰:'可數矣。'(陳案:楊、數,《史記》作柳、教。)養由基怒,釋弓搤劍,曰:'客安能教我射乎?'客曰:'非我能教子支左詘右也。夫去柳葉百步而射之,百發百中,不以善息,少焉氣衰力倦,弓撥矢鉤,一發不中者,百發盡廢。'"枚乘《薦吳王書》曰:"養由基,楚之善射者。去楊葉百步,百發百中。楊葉之大,加百中焉,可謂善射矣。然其所止,乃百步之内耳,比於臣乘未知,操弓持矢也。"劉向《説苑》亦云。

"暫蹶"句:《莊子》:"馬蹄可以踐霜雪。"王褒《聖主得賢臣頌》:"過都越國,蹶如歷塊。"

"偶然"二句:趙云:上句,言科舉一日之長,搴擢英(兮)〔秀〕,亦偶然爾。既"偶然"擢之,非"難取"也。〈非"難取"也,〉(陳案:非"難取"也,《補注杜詩》作"而從姪之"。)不中第何哉?然會當是排擊風雲,蓋以其終有連雲之"毛質"焉。此慰唁之,且復有所譏誚也。鮑明遠《與妹書》言水族之狀有曰:"浴雨排擊"。(陳案:擊,《鮑明遠集》作"風"。)此詩好處,上言駒"汗血",下言"暫蹶霜蹄";上言鷙翮"連雲",下言"毛質""排風",皆意氣相應。此學詩者不可不知也。

"汝身"句:《莊子·秋水篇》:蚿謂夔曰:"子見夫唾者乎?噴則大

者如珠。"　《杜〈詩〉[補]遺》:《後漢》:漢壹歌曰:"勢家多所宜,咳唾自成珠。被褐懷金玉,蘭蕙化爲芻。"(陳案:漢壹,據《後漢書》,當作"趙壹"。)　趙云:杜田引乃是"成珠璣",非"唾成珠"也。此自出《選》詩:"咳唾自成珠。"公詩意言開口成文如珠。舊注非是。

"汝伯"句:師:《陳》:張麗華"髮鬢黑如漆"。

"春光"二句:(梁)江淹《石上菖蒲詩》:"發步遵汀渚。"(陳案:發,《江文通集》作"緩"。)《詩》:"參差荇菜。"釋云:"荇,接余也。"陸機云:"浮在水上,根在水底。"梁簡文帝《晚春》詩:"渚蒲變新節。"　《杜補遺》:《本草圖經》:水萍,《爾雅》謂之苹,其大者曰"蘋"。《周詩》:"于以采蘋。"陸機云:"海中浮萍,麤大者謂之蘋。"蘇恭云:"此有三種:大者蘋,中者荇菜,小者水上浮萍,即溝渠間生者,是鳧葵〔菜〕也。"《爾雅》:"苔,謂之接余,其葉謂之符。"郭璞以謂"其叢生水中,葉圓在莖端,長短隨水淺深"。苔,即荇也。　趙云:鮑照詩:"春風淡蕩俠思多。""泡",音待可(均)[切]。蒲璞以謂白荇,在水而青,此春時也。指"秦東亭"景物而言耳。舊注引非是。杜又引《詩》《本草》,冗矣。盧思道云:"綠葉參差映水荇。"(陳案:映,《杜詩引得》作"春"。)

"風吹"二句:《衛詩》:"杲杲出日。"《楚詞》:"雷填填兮雨冥冥。"

"衆賓"句:(陳案:皆,《全唐詩》同。一作"已"。)　屈原曰:"舉世皆醒,惟我獨清。衆人皆醉,惟我獨醒。"(陳案:醒,《漁父》作"濁"。)

"吞聲"句:《古詩》:"泣涕零如雨。"又,"沉吟聊躑躅。"行不進貌。陸士衡《擬古詩》:"沉思鍾萬里,躑躅〔獨〕吟歎。"又云:"躑躅再三〈吟〉歎。"又云:"躑躅遵林渚。"(宋)鮑照《行路難》云:"心非木石豈無感,吞聲躑躅不敢言。"

贈衛八處士

人生不相見,動如參與商。
今夕復何夕,共此燈燭光。
少壯能幾時,鬢髮各已蒼。

訪舊半爲鬼,驚呼熱中腸。
焉知二十載,重上君子堂。
昔別君未婚,兒女忽成行。
怡然敬父執,問我來何方。
問答乃未已,兒女羅酒漿。
夜雨剪春韭,新炊間黃粱。
主稱會面難,一舉累十觴。
十觴亦不醉,感子故意長。
明日隔山岳,世事兩茫茫。

【集注】

"人生"二句:見前篇《高書記詩》注。

"今夕"二句:一云:"共宿此燈光。" "今夕"見上注。 趙云:《廣絕交論》云:"冀宵燭之末光。"

"少壯"句:漢武帝《秋風辭》:"少壯幾時兮奈〔老〕何!"陶淵明《歸去來》:"寓形宇宙兮復幾時。"

"訪舊"二句:魏文帝《與吳質書》曰:"昔年疾疫,親故多罹其災。觀其姓名,已爲鬼忆錄。"(陳案:罹,《文選》作"離"。) 趙云:阮籍詩:"容好結中腸。" 師云:《孟子》:"仕則慕君,不得於君則熱中。"注云:"熱中,心熱恐懼也。"

"重上"句:趙云:王仲宣詩:"高會君子堂。"

"怡然"二句:《曲禮》:"見父之執。" 趙云:謝玄暉云:"問我勞何事。"

"兒女"句:一作"驅兒"。(陳案:醥,《補注杜詩》《全唐詩》作"酒"。) 《詩》:"可以挹酒漿。"

"夜雨"二句:《杜補遺》:〔周〕顒嘗隱鍾山。王儉謂曰:"山中所食,何者最勝?"曰:"春初早韭,秋末晚松。"(陳案:松,《南史》作"菘"。)宋玉《招魂》云:"稻粱穱麥,挐黃粱。"(陳案:粱、挐,《招魂》作"粢""挈"。)陶隱居(士)〔云〕:"黃粱,本出青、冀,穗大毛長,殼米俱麄於白粱,襄陽竹根粱是也。食之比他穀最益脾胃。"

"主稱"句:張平子《賦》:"主稱露未晞。"曹子建詩:"主稱千金壽。"《古詩》:"會面安可知。"

"十觴"四句:曹顏遠詩:"舉觴詠露斯。"　趙云:劉琨云:"舉觴對膝。"鮑照《詠史》:"身世兩相棄。"

苦雨奉寄隴西公兼呈王徵士

今秋乃潦雨,仲月來寒風。
群木水光下,萬象雲氣中。
所思礙行潦,九里信不通。
悄悄素滻路,迢迢天漢東。
願騰六尺馬,背若孤征鴻。
劃見公子面,超然懽笑同。
奮飛既胡越,局促傷樊籠。
一飯四五起,憑軒心力窮。
嘉蔬没溷濁,時菊碎榛叢。
鷹隼亦屈猛,烏鳶何所蒙。
式瞻北鄰居,取適南巷翁。
掛席釣川漲,焉知清興終。

【集注】

"苦雨"句:"隴西公",即漢中王瑀。"徵士",琅琊王徹。

"今秋"句:《月令》:"季春行秋令,則天多沉陰,潦雨早降。"注:"九月多陰霖也。雨三日一往,則爲霖。"(陳案:"一""霖",《補注杜詩》作"以""霖"。)

"仲月"句:趙云:此雖古詩而多對,字眼相次若近體。《選》詩:"空房來悲風。"又,"玉宇來清風。"

"群木"二句:萬象:一作"萬家"。　　唐中宗二年三月,"洛陽東七里許,地色如水,側近樹木、往來車馬,皆歷歷影見水中,經月餘乃滅"。　　趙云:此盛言苦雨之狀。舊注引中宗時事,疑誤後學。《莊子》:"乘雲氣。"

"所思"二句:《詩》:"泂酌彼行潦。"流潦也。《疏》曰:"行者,道也;潦者,雨水也。行道上雨水流聚,故云行潦。"《傳》云:"行潦之水也。"　　趙云:張平子《四愁詩》:"我所思兮。"

"悄悄"句:潘岳《〈行〉[西]征賦》:"玄灞素滻。"唐天寶元年,命陝郡太守韋堅引滻水開廣運漕。"(消消)[悄悄]",言族旅不通貌。(陳案:族,《補注杜詩》作"行"。)　　師云:《詩》:"憂心悄悄。"

"迢迢"句:《古詩》:"迢迢牽牛星。"言有所隔。　　《杜補遺》:《河圖括地象》曰:"河精,上爲天漢。"《隋·〔天〕文志》曰:"天津九星,不備闕梁,道不通。"《晋·志》曰:"天津横天河中。"一曰"天漢"。蓋子美以久雨路阻,雖素滻之近,若在天漢,曰"天津"。後世京師之橋,多以天津爲名。　　師云:《詩》:"維天有漢,監亦有光。""天漢",銀河也。　　趙云:"天漢",則中渭橋之所。《長安志》於中渭橋引《三輔黄圖》曰:"渭水貫都,以象天漢。溪橋南〔渡〕,以法牽牛。"是也。(陳案:溪,《三輔黄圖》作"横"。)《西征賦》云:"北有清渭濁涇。"按:《長安志》:"滻水在縣東北,流四十里入渭。"如此,則滻雖在南,渭雖在北,要之皆長安水,且相通矣。《杜補遺》引非是。庾肩吾《經禹廟》詩:"(曰)[月]起吴山北,里臨天漢車。"(陳案:"里""車",《古詩紀》作"星""中"。)似言天上之漢,公特用其字。

"願騎"二句:六尺馬:一作"六尺駒"。　　《周禮》:"凡馬八尺以上爲龍,七尺以上爲騋,六尺爲馬。"　　趙云:鴻鵠高飛遠舉之物,謂之"孤征鴻",蓋以其群飛,則意猶詳緩;孤飛,則欲逐伴而急矣。

"劃見"二句:公:一作"君"。"劃",忽麥切。注云:"錐刀〈也〉[曰]劃。"　　鮑照詩有"劃期"字,言約相見之期也。《老子》:"雖有榮觀,燕處超然。"

"奮飛"句:《詩》:"不能奮飛"。《古詩》:"胡馬依北風,越鳥巢南枝。"　　趙云:言如"胡"與"越"之隔也。《淮南子》:"自異者視之,肝膽胡越。"王粲云:"胡、越之異區。"舊注引非是。

卷一　古詩

"局促"句:《古詩》:"蟋蟀傷局促。"《莊子》:"澤雉不蘄,畜乎樊中。"所以"籠"雉也。　《杜補遺》:《南史》:陽休之不樂煩職,典選久曰:"此官寔時清華,但妨吾賞〔適〕,真是樊籠矣。"(陳案:時,《南史》作"自"。)　趙云:《漢》:景帝云:"局促如轅下駒。"(陳案:景、促如,《史記》作"武""趣效"。)

"一飯"二句:周公一飯三吐哺。江文通《雜體詩》:"憑軒詠堯老。"此言思念君子而不可得也。　趙氏云:"一飯四五起",亦劉公幹"一日三四遷"之意也。檻板謂之"軒"。王粲《登樓賦》:"憑軒檻以遥望。"

"嘉蔬"句:郭景純《江賦》:"播匪藝之芒種,挺自然之嘉蔬。"宋玉《風賦》:"駭溷濁,揚腐餘。"屈平《卜居》云:"俗溷濁而不清。"(陳案:俗,《楚辭章句》作"世"。)《騷》又云:"溷濁而嫉賢。""嘉蔬",注:"蔬菜也。"　師云:《禮》:"稻曰嘉蔬。"按:子美《園官送菜》詩《并序》,皆以"嘉蔬"爲"菜"。　趙云:張載《登白菟樓詩》:"原隰殖嘉蔬。"

"時菊"句:"嘉蔬""時菊",刺賢者爲群小所掩翳也。潘安仁:"時菊耀巖阿。"　趙云:謝玄暉《贈西府同僚》云:"時菊委嚴阿。""時菊",以譬賢人。惟"苦雨",故"没溷濁""碎榛叢"。乃時政煩苛之譬。舊注非是。

"鷹隼"句:張華《鷦鷯賦》:"蒼鷹鷙而受緤,屈猛志以服養。"嫉尸禄也。

"烏鳶"句:趙云:"鷹隼"以"苦雨",猶屈其猛,而不能奮飛,況瑣瑣如"烏鳶",何所蒙賴乎?此方是言君子、小人,皆不得其所也。

"式瞻"四句:(陳案:釣,《四庫全書》本作"鈞"。《補注杜詩》作"鈞"。)言賢者安於退處。謝靈運:"揚帆采石華,掛席拾海月。"趙云:《晉書》云:"不如式瞻儀度。"木玄虛《海賦》:"掛帆席。"(童)[意]言"隴西公""王徵士"既不見矣,始近取"北鄰""南巷"之人,而與遊也。不然乃其所以遊矣。(陳案:不然,《杜詩引得》作"末句"。)

同諸公登慈恩寺塔

高標跨蒼天,烈風無時休。
自非曠士懷,登茲翻百憂。
方知象教力,足可追冥搜。
仰穿龍蛇窟,始出枝撑幽。
七星在北户,河漢聲西流。
羲和鞭白日,少昊行清秋。
秦山忽破碎,涇渭不可求。
俯視但一氣,焉能辨皇州。
迴首叫虞舜,蒼梧雲正愁。
惜哉瑤池飲,日晏崑崙丘。
黄鵠去不息,哀鳴何所投。
君看隨陽鴈,各有稻粱謀。

【集注】

"同諸"句:公自注云:"時高適、薛據先有此作。"李肇《國史〔譜〕〔補〕》:"進士既捷,列名於慈恩寺塔,謂之'題名'。"貞元中劉太真侍郎《試慈恩寺望杏園花〔新〕〔詩〕》。《兩京新記》:"西京外郭城,朱雀街東第三街,皇城東之第一街,進業坊慈恩寺。隋無漏寺之故地,武德初廢。貞觀二十年,高宗在春宫,爲文德皇后所立,故以慈恩爲名。"

"高標"句:(陳案:天,《全唐詩》同。一作"穹"。)　師云:左太冲《蜀都賦》:"陽烏迴翼乎高標。"注云:"言山木之高也。"　趙云:舉標甚高。孫綽《〔遊〕天台山賦》曰:"赤城霞起而建標。"李善注云:"立物以爲表識曰'標'。"今云"高標",言塔之高可以標表也。《詩》云:"悠悠蒼天。"

"烈風"句:魏文帝《雜詩》:"烈烈北風涼。"　趙云:言其高也。

《書》曰:"烈風雷雨弗迷。"又,《尚書大傳》云:"成王時,越裳氏重譯而來朝,曰:'久矣,天之無烈風迅雨,意中國其有聖人乎?'"如此則"烈風"非所宜有,唯高處而後有之。公《古柏行》又曰:"冥冥孤高多烈風。"可見矣。

"自非"二句:王仲宣《登樓賦》:"登兹樓以四望兮,聊假日以銷憂。"《兔爰》詩:"我生之後,逢此百憂。"陸士衡詩:"感物百憂集。"(陳案:集,《文選》作"生"。)劉越石云:"負杖行吟,則百憂俱沸至。"(陳案:《文選》《藝文類聚》無"沸"字。)曹子建:"遂使懷百憂。" 趙云:鮑照《放歌行》云:"小人自齷齪,安知曠士懷。"夫登高望遠,所以寫憂。然其高,則易生恐怖。故惟"曠士",而後無憂也。

"方知"二句:《突厥寺碑》:"四天之象,聞諸象教。"(陳案:"之象",《藝文類聚》作"之下"。)王簡棲《頭陀寺碑》:"正法既没,象教凌夷。"注:"謂形象以教人。"《〔遊〕天台山賦》:"遠寄冥搜。" 趙云:此言巍樓高觀,世間無有,唯託之"象教",而後可營焉。

"仰穿"二句:《靈光殿賦》:"枝撑权〔枒〕而斜據。"注云:"枝撑,梁上交木也。" 趙云:言愈仰而上,穿過"龍蛇窟",然後出離枝撑之幽陰也。

"七星"二句:趙云:《吴都賦》曰:"開北户以向日。"(梁)張纘《秋雨賦》:"敞北户而披襟。"於塔言户,則《法華經》云:"佛(似)〔以〕右指開寶塔户也。""河漢",天河也。《廣雅》云:"天河謂之天漢,亦曰河漢。"以其在"西",若聞其流聲焉。魏文帝《雜詩》云:"天漢回西流。"(晋)張協《安石榴賦》又言:"天漢西流,辰角南傾。"《詩》云:"三星在户。"魏文帝《燕歌行》:"星漢西流夜未央。"

"羲和"句:(晋)傅玄《日昇歌》:"羲和初攬轡,六龍并騰驤。"《廣雅》曰:"羲和,日御也。" 趙云:《淮南子》云:"日馭曰羲和。"(陳案:"日馭曰",《初學記》作"爰止"。)故於"白日"可以言"鞭"之。《楚詞》云:"青春受謝,白日(照)〔昭只〕。"

"少昊"句:《月令》:"孟秋之月,其帝少昊。"注:"少皞,金天氏。"殷仲文詩:"獨有清秋日。"(晋)潘尼:"朱明送夏,少昊迎秋。" 趙云:獨言"清秋",則公登塔必在秋時矣。當"白日"之昭晰,"清秋"之明爽,宜乎見遠。

"秦山"四句:謝玄暉詩:"春色滿皇州。"《荀子》云:"觳(既)[已]破碎,乃大其輻。"鮑照《見賣玉器者》詩:"涇渭不可雜。"潘岳《西征賦》:"化一氣而甄三才。"《選》詩:"表裏望皇都。"(陳案:都,《鮑明遠集》作"州"。)宋玉《高唐賦》:"俯視崢嶸。"《論語》:"焉能爲有?焉能爲亡?"

"迴首"二句:《山海經》曰:"南方蒼梧之川,(中)[其]中有九疑山,帝之所葬,則在〔長〕沙零陵界也。"(陳案:川,《山海經》作"丘"。)
趙云:承上言登塔之高,莫辨"皇州",於是南望而遠想"蒼梧"之託"虞舜",而思高宗之晏駕。蓋帝王之孝,莫大於"虞舜"也。自北户而回首,乃是南望,則可"叫虞舜"矣。"叫",如《淮南子》言"庶女叫天"之"叫"。《楚詞》劉向《九歎》之《遠(近)[逝]篇》有曰:"奏虞舜於蒼梧。"上言"虞舜",下言"蒼梧",義當如此。然必使"雲"字,則《歸藏·啟筮》曰:"有(言)[白]雲出自蒼梧,入於大梁。"謝玄暉云:"雲去蒼梧野。""蒼梧"雲愁,以言高宗之晏駕。

"惜哉"二句:鮑明遠《舞鶴賦》:"朝戲乎芝田,夕飲乎瑤池。"《穆天子傳》:"周穆王觴西王母于瑤池上。"又曰:"天子遂宿于崑崙之阿,赤水之陽。吉日辛酉,天子升于崑崙之丘,以觀黃帝之宮。"《紀年》曰:"周穆王西征,之崑崙丘,見西王母,止焉。"葛仙翁〔云〕:"崑崙,一曰玄圃,一曰積石瑤房,一曰閬風臺,一曰華蓋,一曰天柱,皆仙人所居之處也。" 趙云:西望而遠想"瑤池",則託西王母而(而)[思]文德不留,蓋以女仙之尊者名之也。惜哉,不足之辭。《列女傳》:柳下惠妻爲誄曰:"永能厲兮,呼嗟惜哉!"《史記》:孔子美宓子賤曰:"惜哉,不齊所治者小。"曹子建《雜詩》云:"願欲一輕濟,惜哉無方舟。"王仲宣《詠史》云:"秦穆殺三良,惜哉空爾爲。"今公之可惜"瑤池"方晏,以崑崙"日晏"而不得久,非以言文德之不可留者乎?按:《[續]仙傳》:"西王母遺虞舜以白玉琯。"則以王母比母后,尤於舜爲一體。曹子建詩:"明晨秉機杼,日晏不成文。"《莊子》有云:"崑崙之丘。"

"黃鵠"二句:《瑞應圖》曰:"黃帝習樂崑崙,以舞衆神,玄鵠六翔其右。"《韓詩外傳》曰:田饒事魯哀公,而不見察,謂[魯]哀公曰:"夫黃鵠一舉千里,止君園池,啄君稻粱,君猶貴之,以其從來遠也。故臣將去君,黃鵠舉矣。"《戰國策》曰:莊辛謂楚襄王曰:"黃鵠遊於江海,自以無患,不知射者,方修弧矢,加己百仞之上。" 趙云:《易》曰:"自强不息。"沈約《白紵曲》云:"翡翠群飛飛不息。"《詩》:"哀鳴嗷嗷。"

"君看"二句:《禹貢》:"揚州,陽鳥攸居。"注:"鴻鴈之屬。"庾信《報趙王賜酒詩》:"未知稻粱鴈,何以報君恩?"蓋詩末章同歎山梁雌雉也。 趙云:公於前段以追思前事矣,又因"黄鵠"之遠去,雖若高舉遠引之士,然無所投止,而我之俯世徇身,則未免若鴈之謀"稻粱"也,亦以自傷矣。〈又因"黄鵠"之遠去,雖若高舉遠引之士,然無所投止。〉《論語》:"分鴈鶩之稻粱。"(陳案:《論語》,當作《廣絶交論》。)《左傳》云:"先軫有謀。"舊注同歎"山梁雌雉",非是。 師民瞻云:"此以譏明皇荒樂,不若虞舜;瑶池言王母,以比楊妃;崑崙以比驪山;黄鵠以比張九齡之徒,鴈以比楊國忠之徒,杜公因登塔觀覽而念及此。"其説不同,必有能辨之者。《詩》:"王事靡盬,不能蓺稻粱。"

示從孫濟

平明跨驢出,未知適誰門。
權門多噂沓,且復尋諸孫。
諸孫貧無事,宅舍如荒村。
堂前自生竹,堂後自生萱。
萱草秋已死,竹枝霜不蕃。
淘米少汲水,汲多井水渾。
刈葵莫放手,放手傷葵根。
阿翁嬾惰久,覺兒行步奔。
所來爲宗族,亦不爲盤飧。
小人利口食,薄俗難可論。
勿受外嫌猜,同姓古所敦。

【集注】

《示從孫濟》:此詩譏風俗衰薄,雖同姓不能忘猜疑也。

"權門"句:《詩·十月》:"噂沓背憎。""噂沓",猶相對談語,背則相憎逐矣。　　趙云:《楚詞》曰:"平明發兮蒼(相)〔梧〕。"《前漢》:息夫躬"交游貴戚,趨走權門"。又,《後漢》:明帝詔云:"權門(詣)〔請〕託。"(魏)陳孔璋《檄》云:"輸貨權門。"

"萱草"二句:蕃:一作"翻"。　　《詩·伯兮》:"焉得諼草,言樹之背。"注:"諼草令人忘憂。背,北堂也。"疏:"堂者,房堂所居之地也,摠謂之堂。房半以北爲北堂,房半以南爲南〔堂〕。"《左傳》:"其生不蕃。"《莊子》云:"古人在乎?已死矣。"(陳案:古,《莊子》作"聖"。(又)〔文〕雖出〔彼〕,而不以文害義。

"刈葵"二句:鮑明遠《樂府詩》:"腰鐮刈葵萱。"(陳案:萱,《鮑明遠集》作"藿"。)《古詩》:"採葵莫傷根,〔傷根〕葵不生;結交莫羞貧,羞貧交不成。"　　趙云:此段方有興致。蓋"淘米"炊,"刈葵"烹,少"汲"水,"莫放手",因以興焉。族之有宗,猶水之有源,"葵"之有"根"也。水有源,勿"渾"之而已;"葵"有"根",勿"傷"之而已;族有宗,則亦勿疏之而已。受外嫌猜者,亦猶"汲"水之"多"也。苟以嫌猜(不)〔而〕不敦同姓,亦猶"放"縱其手於採"葵"也。《後漢·明帝紀》:"殘吏放〔手〕。"注:"謂貪縱爲非也。"

"所來"二句:來:一作"求"。　　《僖·二十三年》:"晉公子及曹,僖負羈之妻,饋盤飧,寘璧。"

"小人"句:(陳案:食,《補注杜詩》作"實"。)　　願自求口實。

"薄俗"句:(陳案:可,《補注杜詩》作"具"。)

"勿受"二句:鮑明遠:"明慮自天斷,不受外嫌猜。"　　趙云:此亦曹子建詩:"有親友義,在敦之義。"(陳案:"有親友義,在敦之義",《曹子建集·求通親親表》有"親親之義,實在敦固"。)

九日寄岑參

出門復入門,雨腳但如舊。

所向泥活活,思君令人瘦。
沈吟坐西軒,飲食錯昏晝。
寸步曲江頭,難爲一相就。
吁嗟乎蒼生,稼穡不可救。
安得誅雲師,疇能補天漏。
大明韜日月,曠野號禽獸。
君子彊逶迤,小人困馳驟。
維南有崇山,恐與川浸溜。
是節東籬菊,紛披爲誰秀。
岑生多新詩,性亦嗜醇酎。
采采黃金花,何由滿衣袖。

【集注】

"出門"二句:雨:一作"兩"。如:一作"仍"。 趙云:王維《〈代〉羽林(軍)[騎]閨人》云:"出門復入戶,望望青絲騎。"(陳案:入,《全唐詩》作"暎"。)《論語》:"出門如見大賓。"《記》云:"揖讓而入門。"《禮》:"皆如其舊。""雨脚",一作"兩脚"。蓋"雨脚",《選》詩"雨足"之義,而語是方言。公詩又言:"雨脚如麻未斷絕。"亦此。若人"兩脚",則無義。既出門而往矣,又却入門,何哉?以"雨脚如舊"也。

"所向"二句:活活:一作"浩浩"。 《詩》:"北流活活。"謝靈運:"活活夕流駛。"《古詩》:"思君令人老,歲月忽已晚。"又,《詩》:"思君令人老,軒車又何遲。"(陳案:又,《文選》作"來"。) 趙云:"活活",雖水流聲,而"泥"之深多,則行爲有聲也。今有禽名"泥活活",則以其鳴聲云。

"沈吟"二句:(陳案:西,《全唐詩》同。一作"秋"。飲,《全唐詩》同。一作"飯"。)

"寸步"二句:趙云:此所以懷岑生也。岑應在"曲江頭",猶"寸步"耳,以泥雨故,難於相就也。

"吁嗟"二句:趙云:《書》:"至于海隅蒼生。"《詩》云:"吁嗟乎騶虞。"

"安得"二句："雲師"，名屏翳。《列子·湯問》："女媧氏煉五色石以補天闕。"（陳案：天，《列子》作"其"。）張平子《西京賦》："察雲師之所憑。"　　趙云：蜀有地名漏天也。《大人賦》云："（台）[召]屏翳，誅風伯，刑雨師。"

"大明"二句：《晋卦》："麗大明明。"（陳案：大明明，《周易》作"乎大明"。）　　趙云：《記》："大明生於東，月生於西。"則"大明"主日言之。今也"大明"之下，言"韜日月"，則晝夜皆雨，而日不見乎晝，月不見乎夜，皆無明矣。《詩》云："率彼曠野。"日月之明既"韜"，則惟滛雨淋注，"禽獸"無所安其飛走，故哀號於"曠野"。

"君子"二句：趙云：以雨滛于上，泥（泊）[汨]于下，"君子"雖有車馬，"彊逶迤"而已。"小人"歎於行李之往來，是故"困馳驟"。此公之語法，皆有意義。《楚詞》云："載雲旗兮（選）[逶]迤。"謝靈運《溪行》詩云："逶迤傍岷嶼，迢遞步陘峴。"（陳案：步，《文選》作"陟"。）"君子""小人"之句，亦曹子建《贈丁翼》云："君子義休恃（陳案：恃，《文選》李善注作"偫"，五臣作"待"。"恃"字疑誤。），小人德無儲"之勢也。

"維南"二句：恐一作"漭"。　　趙云：上句，言南山也。《詩》："維南有箕。"揚子雲《羽獵賦》："揭以崇山。"《周禮·職方氏》："九州各有其川。"（陳案：其川，《周禮》作"封域"。）"溜"字義，《漢書》有云："泰山之溜，可以穿石。"意則憂君子之改節也。

"是節"二句：陶淵明《雜詩》："采菊東籬下，悠然見南山。"魏文帝《與鍾繇詩》曰："歲月月來忽復。"（陳案：月月，《初學記》作"往月"。）九月九為陽數，而日月并應，俗嘉其名，以為宜於長久，故以享宴高會。是月律中無射，言群木庶草無有射地而生，於芳菊紛然獨榮。非夫含乾坤之淳和，體芬芳之淑氣，孰能如此？故屈平悲"冉冉"之將老，思"飱秋菊之落英"。輔體延年，（草）[莫]斯之貴，謹奉一束，以助彭祖之術。　　趙云：梁[簡]文帝《九日詩》："是節協陽數。"又，《大同十一月詩》云："是節嚴冬暮。"王子淵《洞簫賦》："若凱風紛披，而施惠公菊。"（陳案："而施惠公菊"，六臣註《文選》作"容與而施惠"。）魏文帝《書》："芳菊紛然獨榮。"

"岑生"二句：謝惠連《雪賦》："酌湘吳之醇酎。"《西京雜記》："漢制宗廟,八月飲酎,用九醞太牢,皇帝侍祠,以正月旦作酒,八月成,名曰酎,一曰九醞,一名醇酎。"晉侯《鄀酒賦》:"醇酎秋發。"(陳案:侯《鄀》,《藝文類聚》作"張載《酃》"。)《宣·十五年》:伯宗曰:"不祀一也,耆酒二也。"　　趙云:蔡邕《瞽師賦》云:"詠新詩以悲歌。"《魏都賦》云:"醇酎中山,流湎千日。"

  "采采"二句:《詩》:"采采卷耳,不盈頃筐。"又終朝"采"藍,不盈一襜,言心有所憂,而不在所"采"也。岑生何由而免憂乎?　　趙云:以(有)[不]見岑生,意緒無聊,"采"之不能多也。《前漢》:董賢"與上臥起,帝晝寢,偏藉上衣袖"。

卷二

(宋)郭知達 編

古　詩

送孔巢父謝病歸遊江東兼呈李白

巢父掉頭不肯住，東將入海隨煙霧。
詩卷長留天地間，釣竿欲拂珊瑚樹。
深山大澤龍蚆遠，春寒野陰風景暮。
蓬萊織女回雲車，指點虛無是歸路。
自是君身有仙骨，世人那得知其故。
惜君只欲苦死留，富貴何如草頭露。
蔡侯靜者意有餘，清夜置酒臨前除。
罷琴惆悵月照席，幾歲寄我空中書。
南尋禹穴見李白，道甫問信今何如。

【集注】

"送孔"句：按：《唐書》：孔巢父，冀州人，字弱翁。早勤文史，少與韓準、〔裴政〕、李白、張叔明、陶沔隱於徂萊山，時號竹溪六逸。永王璘赴江淮，聞其賢，以從事辟之。巢父察其必敗，側身潛遁，由是知名。後為潭州刺史、湖南觀察史，未行。會德宗幸奉天，遷給事中、御史大夫。興元元年，使李懷光於河中，巢父遇害。

"巢父"二句："不肯住"，謂謝病歸江東也。《莊子‧在宥篇》：鴻濛拊髀，爵躍掉頭曰："吾弗知也。"　　趙云：江文通《擬詩》："畫作秦王女,乘鸞入煙霧。"(陳案:《擬詩》,《文選》作《雜體詩》。)

"釣竿"句:珊瑚樹:一云"三珠樹"。　《西(都)[京]雜記》:"積草池中有珊瑚樹,高一丈二尺,一本三柯,上有四百六十二條,是南越王趙佗所獻,號爲烽火樹,至夜光景常欲然。"《世說》:"王愷常以一珊瑚,高二尺許,枝柯扶疎,以示石崇。崇以鐵如意擊碎,乃令取珊瑚樹,高三尺,條榦絕世者六七示愷。"《南州志》曰:"珊瑚出大秦國海中,生海底石上。"　趙云:《晉書‧樂志》有《釣竿篇》,曰:"釣竿何冉冉。"《古詩》:"人生天地間。""珊瑚樹",一作"三株樹",非是。蓋《山海經》云:"三株樹生赤水上,其樹如柏,葉皆爲珠。"雖亦貴物,而非海底爲"釣竿"所拂者。

"深山"二句:"春寒野陰風景暮":一云"花繁草青春日暮"。叔向之母妒叔虎母美,而不使有子。謂其子曰:"深山大澤,實生龍蛇。彼美,吾懼其生龍虵以禍女。"　趙云:上句,蓋言巢父經行之地。下句,蓋言其去之時候如此也。《左傳》曰:"入山不逢不若,螭魅魍魎,莫能逢旃。"(陳案:旃,《左傳》作"之"。)下既云巢父有仙骨,則其行也,雖經"深山大澤",而"龍虵"亦自遠遁,可以經行無疑。況當春時,其物尚蟄,亦爲"遠"矣。(梁)庾肩吾詩:"早花餘花雪,春寒極晚秋。"(陳案:餘花,《藝文類聚》作"少餘"。)顏延年《贈王太常》詩云:"庭昏見野陰。"而疊"春寒野陰"四字,如《素問》"天寒日陰"之勢也。《世說》曰:過江諸人,每暇輒相要出新亭,藉卉飲宴。周侯中坐而嘆曰:"風景不殊,舉目有江河之異。"

"蓬萊"二句:是歸路:一作"引歸路"。　陸士衡:"牽牛西北回,織女東南顧。"　趙云:作"仙人玉女回雲車,指點虛無引歸路"。蓋"蓬萊",海中三山之一,"織女"係之無義。又"是"字,緊重下"自是"。"仙人玉女"四字,《古詩》:"仙人王子喬,難可與等期。"《魯靈光殿賦》:"玉女窺窗而下視。"曹植云:"虛無求列仙。"王母嘗乘五雲之車。謝靈運《初發都》詩:"始得傍歸路。"

"自是"二句:趙云:以與李白嘗隱於徂萊山,則有仙風道骨矣。《神仙傳》:有神謂墨翟曰:"子有仙骨。"《詩》云:"憯不知其故。"(陳案:憯,《毛詩注疏》作"懵"。)《世說》:謝公問王子敬:"君書何如君家尊?"答曰:"當不同。"公曰:"外〔人〕論殊不〈知〉爾。"王曰:"外人那得知。"

"惜君"二句:《古詩》:"薤上朝露何易晞。"《詩》:"湛湛露斯,在彼豐草。"　　趙云:巢父既謝病而歸,則爲輕"富〔貴〕"矣,孰能留之?惜之者雖苦死欲相留,豈知"富貴"如草露之易滅哉!

"蔡侯"二句:陸士衡《擬古詩》:"閑夜命懽友,置酒迎風館。"江文通詩:"置酒坐飛閣,逍遙臨華池。"曹子建詩:"清夜遊西園。""除",階除也。　　趙云:謝靈運詩:"還得靜者便。"

"罷琴"二句:趙云:與孔爲別時,是"蔡侯"者作主人,而蔡又善琴矣。既別去,而望其寄書也。謂之"空中書",則以"巢父""有仙骨",寄書乃在"空中"來也。

"南尋"二句:一作:"深山大澤龍虵遠,華繁草青風景暮。仙人玉女回雲車,指點虛無引歸路。若逢李白騎鯨魚,道甫問信今何如。"

《太史公自序》:"司馬遷年二十,南遊江淮,上會稽,探禹穴。"張晏曰:"禹巡狩至會稽而崩,因葬焉,上有孔穴。或曰:禹入此穴。"江淹詩:"幸遊建德鄉,觀奇經禹穴。"　　《杜補遺》:《御覽》載《括畧》曰:"會稽山有一石穴委曲,黃帝藏書於此,禹得之。"又,《吳越春秋》:"禹藏〔書〕之所,謂之禹穴也。"　　趙云:"若逢李白騎鯨魚",蓋賀知章以白爲謫仙人,其與"巢父"皆有學仙之質,則可以"騎鯨"矣。揚雄《羽獵賦》:"乘鉅鱗,騎鯨魚。"注:"鯨,大魚也。"

飲中八仙歌

知章騎馬似乘船,眼花落井水底眠。
汝陽三斗始朝天,道逢麴車口流涎,
恨不移封向酒泉。
左相日興費萬錢,飲如長鯨吸百川,
銜杯樂聖稱世賢。
宗之蕭灑美少年,舉觴白眼望青天,
皎如玉樹臨風前。

蘇晉長齋繡佛前，醉中往往愛逃禪。
李白一斗詩百篇，長安市上酒家眠。
天子呼來不上船，自稱臣是酒中仙。
張旭三杯草聖傳，脫帽露頂王公前，
揮毫落紙如雲煙。
焦遂五斗方卓然，高談雄辯驚四筵。

【集注】

"飲中"句：蔡元度云："此歌分八篇，人人各異。雖重押韻，無異。（陳案：異，《補注杜詩》同。《集千家註杜工部詩集》作"害"。）亦周詩分章之意也。"　　趙云：此篇謂之歌，其歌八疊，每一疊各就一公事實，以其好飲美之，且戲之，謂之"八仙"，則已有意矣。爲其各言一公之事，故得重用韻。所重用者："船"字二、"眠"字二、"天"字二、"前"字三也。古詩蓋有重押韻之格，如阮籍《秋懷》曰："如何當路子，磬折忘所歸。"又云："鴻鵠遊四海，中路將安歸？"謝靈運《述祖德》詩曰："段生藩魏國，展季救魯人。"又曰："惠物辭所賞，勵志絕故人。"陸機《行行重行行》云："此思亦何思，思君徹與音。"又曰："驚飆褰反信，歸雲難寄音。"似此之類不一。説者謂爲八首，蓋不知有此格也。況詩又乃八疊乎？又緣道書之論丹，有《八仙歌》，雖是八箇仙人歌，爲有"八仙歌"三字，因併以爲題。（陳案：併，《杜詩引得》作"倚"。）

"知章"二句：《唐書》："賀知章少以文詞知名，性放曠，善調笑。當時賢達皆傾慕之，晚年尤加縱誕，無復規矩，（陳案：矩，《舊唐書》作'檢'。）自號四明狂客，遨遊里巷。又善草隸書，每紙不過數十字，共傳寶之。"　　又師〔云〕：浙人不善騎馬，而喜乘舟，杜蓋嘲戲之耳。東坡詩云："平生賀老慣乘舟，騎馬風前怕打頭。"吳、越國王初入朝，上賜寶馬，出禁門，馬行却退。王謂左右曰："豈遇打頭風耶？"　　趙云：知章，吳人，唯知乘船，其馬上傲（元）〔兀〕，如人"眼花落井"，則言醉而眼生昏花。"落井"而眠於"水底"，又言其安於水也。《山簡傳》："時時能騎馬。"《前漢》：有"乘船危"。吳均《雜絕句》有云："夢中難言見，終成亂眼花。""水底眠"又暗用事。《抱朴子》曰："時有葛仙公者，每飲酒醉,嘗入人家門前陂水中臥,竟日乃出。"

"汝陽"三句:本集《八哀詩》有《贈太子太師汝陽郡王璡詩》,又《贈特進汝陽王詩》。《神異經》:"西北荒中有酒泉。"孔融《書》:"天垂酒旗之曜,地列酒泉之郡。"陸機《百年歌》:"目若濁鏡口垂涎。"應劭《漢官儀》曰:"酒泉城下有金泉,味如酒,故曰酒泉。" 趙云:汝陽王,李璡也。以其宗室,既受封汝陽矣,猶以酒泉城下,有泉水味如酒,欲"移封"也。又使姚馥渴羌事:晉有羌人姚馥,但言渴於酒,人呼爲渴羌。武帝授以朝歌守,馥願且爲馬圉,時賜美酒,以樂餘年。武帝曰:"朝歌,紂之舊都,地有酒池,使老羌不復呼渴。"遂遷酒泉太守。"麴",所以造酒。才見"麴車",而便"流涎",戲其好飲之急也。曹操對其叔父詐作中風狀,口流涎沫。"逢麴車"而"流涎",有用對"過屠門而大嚼",人以爲的對。 師〔云〕:魏文帝曰:"蒲萄釀以爲酒,甘於麴米,逢之已流涎咽唾。"(陳案:米、逢,《藝文類聚》作"蘗""道"。)

"左相"三句:《唐書·李適之傳》:一名昌,常山王承乾之孫也。適之雅好賓友,飲酒數斗不亂,(陳案:數,《舊唐書》作"一"。)夜則宴賞,晝決公務,庭無留事。天寶元年,代牛仙客爲左丞相,累封清河縣公,後爲李林甫陰中,罷知政事,賦詩曰:"避賢初罷相,樂聖且銜杯。爲問門前客,今朝幾箇來?"《晉》:何曾性奢豪,日食萬錢,猶曰"無下箸處"。劉伯倫《酒〈訟〉[德頌]》:"先生於是方捧罌承槽,銜杯漱醪。"木玄虛《海賦》:"噓噏百川。"《吳都賦》云:"長鯨吞航,脩〈鯤〉[鯢]吐浪。" 趙云:謂之"日興",言每日興起便如此也。如陸遜云:"事務日興。"《異物志》云:"鯨魚長者有數千里。"故也。亦以戲之。

"宗之"三句:《李白傳》:"侍御史崔宗之,謫官金陵,與白詩酒唱和。嘗月夜乘舟,自採石達金陵,白衣宮錦袍于舟中,顧瞻笑傲,旁若無人。"《晉·阮籍傳》:"籍能爲青白眼。"阮籍詩:"朝爲美少年。"謝玄答叔父安曰:"譬如芝蘭玉樹,欲使其生於庭階耳。"《世說》:庾亮亡,何揚州臨葬云:"埋玉樹於土中,使人情何能已。"毛曾與夏侯玄共坐,時人謂之"蒹葭倚玉樹"。 師〔云〕:《晉書》:"王戎有人倫鑒識,常目王衍如瑤林瓊樹,自然是風塵表物〈也〉。" 趙云:劉琨云:"舉觴對膝,白眼望天。"言其飲之傲,亦所以戲之也。

"蘇晉"二句:蘇晉,蘇珦之子。玄宗監國,所下制命多"晉"藁定。

趙云："逃禪"，言逃去而禪坐耳。此蘇東坡所謂"蒲褐禪""同夜禪"者也。以〔晉〕好佛，故戲之云耳。

"李白"四句：《唐·李白傳》："待詔翰林日，玄宗度曲，欲造樂府新詞，亟召白，白於酒肆醉矣。召入，宮人以水灑面，即令秉筆。頃之成十餘章，帝頗嘉之。" 薛云：按：關中呼衣襟爲"舡"。《詩》曰："何以舟之？"舟，亦舡也。其來遠矣。 鮑云：劉偉明云：蜀人呼衣襟〔紉〕爲"舡"。有以見白醉甚，雖〔見〕天子，披襟自若，其真率之至也。 《杜補遺》：余雲叟嘗以薛注爲是，謂方言。雖有此，夢符大似穿鑿。雲叟以"舡"字何爲有兩韻？余曰："一篇之中重疊用韻，至于再三，亦別有義耶？"按：（唐）范傳正《李翰林新墓碑》曰："玄宗泛白蓮池，公不在宴。明皇歡既洽，召公作序。公已被酒於翰苑中，命高力士扶以登舟也。" 趙云："詩百篇"，言其能詩也。"酒家眠"，言其真率也。樂布爲酒家保，"酒家眠"亦暗用事。阮籍"鄰家少婦當壚酤酒，籍嘗詣婦飲，醉便臥其側也"。"不上舡"，此乃長安方言，"襟"謂之"船"也。薛蒼舒《補遺》更引《詩》曰："何以舟之？"乃自解云："舟，亦船也。其來遠矣。"蓋"舟"自訓"服"耳，所以"服"之字從"舟"也。杜田又引范傳正《李翰林新墓碑》曰：用爲"舟船"之"船"。亦又非是。蓋在翰苑被酒，則自長安市中來，而扶以登舟，則竟上船矣，非"不上船"也。

"張旭"三句：《唐·賀知章傳》："吳郡張旭，與知章相善。旭善草書而好酒。每飲後，號呼狂走，索筆，變化無窮，若有神助。時人號爲顛。"《後漢·張奐傳》："奐長子芝〔字〕伯英，善草。"王愔《文〔章〕志》曰："芝少時高操，以名臣子，勤學。尤好草書，學崔、杜之法，家之衣帛必書而練，臨〔也〕〔池〕學書，水之爲黑。爲世所寶，寸紙不遺，韋仲將謂之草聖。"胡母輔之與謝鯤、阮放、畢卓、羊曼、桓彝、阮孚，散髮裸袒，閉室酣飲，已累日。光逸〔將〕排戶入，守者不聽，逸便於戶外脫衣露頭，於狗竇中窺之，大叫。輔之驚曰："他人決不能耳，必我孟祖也。"遽呼入，遂與飲，不捨晝夜，時人謂之八達。 趙云：《後漢·班超傳》："單于脫帽徒跣。"又有云："單于脫帽避帳，詣梁王謝罪。"旭爲人，酒、禿、"（帽）〔脫〕帽"則"露頂"矣。乃所以戲之也。潘安仁作《揚荆州誄》云："動翰若飛，落紙如雲。"《後漢》：高義方《清誡》曰："抗志凌雲煙。"

"焦遂"二句：按：《新唐書》："白自知不爲親近所容，益騖放不脩，與焦遂等爲酒八仙。" 趙云：《世說》載：王敦晝寢，卓然驚寤。又云："諸名賢論《莊子·逍遙遊》，支道林卓然標新理於三家之表。"又，江淹《擬張廷尉》詩云："卓然凌風矯。"又，僧惠遠製《涅槃經疏》，呪其筆曰："如合聖意，此筆不墜。"乃擲於空中卓然。《新唐書》云："李白自知不爲親近所容，益騖放不脩，與焦遂等爲酒八仙。"則"遂"亦平昔騖放之流耳。飲至"五斗"而方特卓，乃所以戲之。末句又以美之。劉孝標《廣絕交論》云："騁黃馬之劇談，縱碧雞之雄辯。"《選》詩有："高談一何綺。"疊用四字，有兩出而後工也。謝宣遠《九日》詩曰："四筵霑芳醴。""驚"字，則《前漢》陳驚坐之"驚"也。

曲江三章，章五句

曲江蕭條秋氣高，菱荷枯折隨風濤，
游子空嗟垂二毛。
白石素沙亦相蕩，
哀鴻獨叫求其曹。

即事非今亦非古，長歌激越梢林莽，
比屋豪華固難數。
吾人甘作心似灰，
弟姪何傷淚如雨？

自斷此生休問天，杜曲幸有桑麻田，
故將移住南山邊。
短衣匹馬隨李廣，
看射猛虎終殘年。

【集注】

　　"曲江"句:元和中,中書舍人李肇撰《國史譜》,(陳案:譜,《補注杜詩》同。《新唐書·藝文志》作"補"。)其畧曰:"進士既捷,大讌於曲江亭子,謂之曲江大會。在關試後,亦謂之關宴。天寶元年,勅以太子太師蕭嵩私廟逼近曲江,因上表請移他處,敕令將士爲嵩營造。"
　　趙云:此詩蓋遊"曲江"感事之作。按:《劇談錄》:"曲江本秦時隑州。隑,即'碕'字,巨依切。唐開元中疏鑿爲勝景,南即紫雲樓、芙蓉苑,西即杏園、慈恩寺。花卉環列,烟水明媚。都人遊賞盛于中和、上巳節。"今公高秋而往,草木變衰,觸事感懷。一章嘆齒髮之遲暮,二章判富貴之無心,三章喜生計之可樂也。舊注引元和中曲江"關宴"事,去此自五十餘年,在公死三十餘年之後,與此詩并無相干。
　　"曲江"句:謝玄暉《觀朝雨》詩:"朔風吹飛雨,蕭條江上來。"宋玉曰:"悲哉秋之爲氣!蕭瑟兮草木摇落而變衰。"　趙云:宋玉:"衆芳蕭條。"(陳案:"衆芳蕭條",《文選》作"蕭條衆芳"。)班固:"原野蕭條"之義。
　　"游子"句:潘安仁《秋興賦》:"晋十有四年,余春秋三十有二,始見二毛。"《僖·二十二年傳》:宋公曰:"君子不禽二毛。"頭白有二毛。(陳案:毛,《左傳》注作"色"。)漢高祖:"游子思故鄉。"
　　"白石"二句:禰衡《賦》:"哀鴻感類。"(陳案:鴻,《文選》作"鳴"。)曹子建:"激鳴索鴻群。"(陳案:"激鳴索鴻群",《曹子建集》作"噭噭鳴索群"。)劉安《招隱士》:"禽獸駭兮亡其曹。"　趙云:方高秋之時,非特"菱荷枯折"而已。水既瘦涸,石與沙亦蕩潔而出,鴻鵠失群,哀鳴而相求,皆可感之事也。"哀鴻"字,出《選》詩。舊注引禰衡《賦》云:"哀鴻感類。"輒改"哀鳴"字,非是。蓋"哀鳴"不可爲"哀鴻",況義止謂"鸚鵡之哀鳴"乎?失古人措詞之意矣。
　　"即事"二句:宋玉《風賦》:"厲石伐木,梢殺林莽。"蘇武詩:"長歌正激烈。"　《杜補遺》:《列子》云:"薛譚學謳於秦青,辭歸,青餞於郊衢,撫節悲歌,聲振林木,響遏行雲。"　趙云:《列子》曰:"周之尹氏有老役夫,晝則呻吟。"(陳案:吟,《列子》作"呼"。)"即事",陶淵明云:"即事多所欣。"謝靈運云:"即事怨睽携。"蘇武詩:"長歌正激烈。""梢林莽",言歌之聲。其義則《列子》云:"秦青撫節悲歌,聲振林木。"

"吾人"二句:《莊子》:"南郭子綦形固可如槁木,而心固可如死灰。"當公遊此之時,曲江方盛,無可嘆者,此"即事"之非今古也。而至於"長歌激烈",何哉?特以"豪華"者多,而我獨寂寞也。然灰心久矣,"弟姪"不必用此傷之而下淚也。"曲江"在長安南昇道坊,蓋其左右前後相近之地,甲第爲多乎?公因感之,可以意逆也。《漢·溝洫志》:武帝歌曰:"泛濫不止兮愁吾人。"又,《西都賦》云:"實列仙之(故)〔攸〕館,非吾人之所寧。"而潘岳《西征賦》云:"陋吾人之拘攣。"今〔言〕"吾人",蓋自謂也。《論語》:"何傷乎?"《詩》:"涕泣如雨。"

"自斷此"三句:"杜曲"在長安。俗云:"城南韋杜,去天尺五。"言近京。《楊惲傳》:"田彼南山。"陸韓卿詩云:"屏居南山下。"《竇嬰傳》:"屏居藍田南山下。"　趙云:《楚辭》有《天問》篇,其序曰:"天問者,屈原之所作也。何不言問天?天尊不可問,故曰天問也。"《管子》云:"行山澤,觀桑麻。"有"桑麻田",亦顔淵云:"回有郭外之田。"

"短衣"二句:《漢》:"李廣爲虜所生得,當斬,贖爲庶人。〈人〉屏居藍田南山中,射獵。見草中石,以爲虎而射之,中石没羽,(陳案:羽,《漢書》作'矢'。)視之,石也。他日射之,終不能入矣。廣所居郡,聞有虎,常自射之。乃居北平,射虎,騰〔傷〕廣,廣亦射殺之。"　趙云:欲"移住南山邊",則"南山"之景致足樂也。"匹馬射虎",使"李廣"事,正在"南山"藍田中。此詩人因意使事也。《列子》曰:"汝以殘年餘力。"梁武帝云:"短衣妾不傷。"〈汝〉〔叔〕孫通"迺變其服,短衣楚製"。

麗人行

三月三日天氣新,長安水邊多麗人。
態濃意遠淑且真,肌理細膩骨肉勻。
繡羅衣裳照暮春,蹙金孔雀玉麒麟。
頭上何所有?翠微㕩葉垂鬢脣。
背後何所見?珠壓腰衱穩稱身。
就中雲幕椒房親,賜名大國虢與秦。

紫駞之峯出翠釜，水精之盤行素鱗。
犀筯厭飫久未下，鸞刀縷切空紛綸。
黃門飛鞚不動塵，御厨絲絡送八珍。
簫鼓哀吟感鬼神，賓從雜遝實要津。
後來鞍馬何逡巡，當軒下馬入錦茵。
楊花雪落覆白蘋，青鳥飛去銜紅巾。
炙手可熱勢絶倫，慎莫近前丞相嗔。

【集注】

《麗人行》：曹子建《洛神賦》云："覩一麗人，于巖之畔。"劉向《別錄》："有麗人歌賦。"梁簡文帝《箏賦》："命麗人於玉席。"

"三月"句：《續齊諧記》曰：晉武帝問尚書郎摯虞曰："三日曲水，其義何指？"答曰："漢章帝時，平原徐肇以三月初生三女，至三日俱亡。一村以爲怪，乃招攜之水濱盥洗，遂因以泛觴曲水之義，起於此。"帝曰："若如所談，便非佳事。"尚書郎束晳曰："仲治小生，不足以知此，臣請説其始。昔周公城洛邑，因流水以泛酒，故逸詩云：'羽觴隨波〔流〕。'又秦昭王三日置酒河曲，見有金人出，捧水心劍曰：'令君制有西夏。'及秦霸諸侯，乃因此處立爲曲水祠。二漢相沿，皆爲盛集。帝曰：'善。'賜金二十斤。左遷仲治爲陽城令。"　趙云：晉、宋諸人，侍宴曲水，皆以三月三日爲題。唐開元中，都人遊賞於曲江，莫盛乎中和、上巳節，此三月三日所以"水邊多麗人"也。舊注徒引"三月三日"事，爲泛矣。王右軍《蘭亭曲水序》曰："天朗氣清，惠風和暢。"此亦"天氣新"之爲。《禮記》："天氣下降。"陸機曰："遲遲暮春日，天氣柔且和。"梁孝元帝《詠霧》詩有曰："時如佳氣新。"

"態濃"二句：《羅敷艷歌》曰："高臺多妖麗。"宋玉《九辯》有："靡顔膩理。"（陳案：《九辯》，當作《招魂》。）相如《大人賦》有："弱骨豐肌。"謝靈運《江妃賦》有："靡容膩理。"皆此之謂也。則《東京賦》有："擘肌分理。"

"繡羅"句：繡：一作"畫"。　（晉）張華《三月三日後園會》詩曰："暮春元日。"王羲之《蘭亭詩序》："暮春之初，會稽山陰之蘭亭。"

《古詩》:"被服羅衣裳。"《南都賦》:"暮春禊日,上巳之辰。男女姣服,絡繹繽紛。"(陳案:上,《太平御覽》作"元"。)《論語》:"暮春者,春服既成。"則"照暮春"字,於衣服使之尤"穩"。

"蹙金"句:(陳案:玉,《補注杜詩》《全唐詩》作"銀"。)

"頭上"四句:微,一作"爲"。匋,一作"匂"。　　(陳案:背,《全唐詩》同。一作"身"。)　　《杜補遺》:《廣韻》曰:"匋彩,婦人髻飾花也。匋,音罨。"《爾雅》曰:"袚,謂之裾。"郭璞曰:"衣後裾也。"一本"匋"作"匂","袚"作"被",非是。　　趙云:"蹙金"實事,唐人常語,故杜牧自謂其詩云:"蹙金結繡,而無痕迹。""頭上""背後"之句,此亦曹子建《美女篇》:"頭上〔金〕雀釵,腰珮翠琅玕"之勢也。蓋舉"頭"與"腰"之飾,而一身之服備矣。"翠微",一作"翠爲"。匋,一作"匂"。匋,音烏合切。匋綵,婦人頭花髻飾也。匂,音洽,與匋字連曰"匂匂",而匂音苔,重疊皃。《海賦》云:"磊匋匋而相(逐)〔逐〕。""翠微匋葉",則翡翠微布於匋綵之"葉"。"翠爲匋葉",則以"翠"爲匋匝之"葉"也。"袚",音居業切。《爾雅》曰:"袚,謂之裾。"郭璞曰:"衣後裾也。"謂之腰袚,則帬腰耳。以珠綴之,故言"珠壓腰袚"。此篇公所鋪叙至此,詳味語句,蓋特見"麗人"之後耳。故東坡先生題背面美人,名之曰《續麗人行》,而其詩云:"杜陵饑客眼長寒,蹇驢破帽隨雕鞍。隔花臨水時一見,只許腰支背後看。"

"就中"句:班固《西都賦》云:"後宮則掖庭椒房,后妃之室。"《漢官儀》曰:"皇后稱椒房,取其蕃實之義也。"《詩》云:"椒聊之實,蕃衍盈升。"又"以椒塗宮室,亦取其溫煖,辟除惡氣,猶天子朱泥殿上曰丹墀也。"師古曰:"椒房在未央宮。"吳樹謂梁冀曰:"將軍以椒房之重。"《西都記》:"成帝設雲幄雲幕於甘泉紫殿,世謂三雲殿。"(陳案:《西都記》,《太平御覽》作《西京雜記》"。)《第五倫傳》:"竇憲,椒房之親。"曹子建《美女篇》:"頭上金雀釵,腰佩翠琅玕。"此指言貴妃兄弟驕盛。

趙云:言玉真妃也。成帝設"雲幕"於甘泉紫殿,"椒房"則皇后所居殿名。秦、虢乃玉真之姊妹,故曰"雲幕椒房親"也。

"賜名"句:《唐·后妃傳》:"玄宗楊貴妃,有姊三人,皆有才貌,玄宗并封國夫人之號。長曰大姨,封虢國,八姨封秦國,并承恩出入宮掖,勢傾天下。"　　趙云:"大姨封虢國,八姨封秦國。"非是。以《長安志》考之，虢國八姨也，則秦國乃大姨也。（陳案：《舊唐書》作："大姨封韓國，三姨封虢國，八姨封秦國。"）

"紫駝"二句：峯：一作"珍"。　《漢書》："大月氏本西域國，出一封橐駝。"注："脊上有一封，高也，如封土。然今俗呼爲幫，音峯。"《匈奴傳》師古注："橐駝，言能負橐囊。"而〈晋物〉（晋）王廙《笙賦》："舞靈蛟之素鱗。"　《杜補遺》：《酉陽雜俎》："將軍曲良翰作駝峯炙。"　趙云：言其食之奢也。曹子建詩："豐膳出中廚。"　師：（宋）鄭鮮之《經子房廟》詩："紫煙翼丹虬，靈媼悲素鱗。"觀此即知"素鱗"乃蛟龍也。杜意亦謂攀龍。《酉陽雜俎》："明皇恩寵禄山，所賜之物，有金平脱、犀頭匙筯。"

"犀筯"二句：空：一作"坐"。（陳案：鑾，《補注杜詩》《全唐詩》作"鸞"。《集韻》"桓"韻："鑾，通作鸞。"）　《晋》：何曾"日食萬錢，猶云無下筯處"。《詩·信南山》："執其鸞刀，以啟其毛。"注："鸞刀，刀有鸞者，言割中節也。"潘安仁《西征賦》："饔人縷切，鸞刀若飛。應刃落俎，霍霍霏霏。"　《杜補遺》：《正義》曰："鸞，即鈴也。"《公羊·宣十二年》："鄭伯右執鸞刀。"注："鸞刀，宗廟割切之刀。鐶有和，鋒有鸞。"其制二，鸞在鋒，聲中宮商，三和在鐶聲，中角徵羽。故先儒釋禮器，謂宗廟必有鸞刀者，取其鸞鈴之聲，宮商調，而後斷割也。　趙云：方"筯""未下"之間，又復有"縷切"之多，此所以言其食之奢。

"黃門"句：《前漢·西域傳》："蒲梢、龍文、魚目、汗血之馬，充於黃門。"凡號"黃門"，以其給事於黃闥之内，秦、漢皆有黃門侍郎。按：《外傳》："虢國出入皆乘驄馬，使小黃門爲御。"　趙云："不動塵"，因以狀其善騎。詩家造句法也。　薛云：鮑明遠《擬古詩》："獸肥春草短，飛鞚越平陸。"

"御厨"句：絲絡：一作"絡繹"。《周禮》："膳夫：珍用八物。"注："珍用淳熬、淳母、炮豚、炮牂、擣珍、漬熬、肝、膋也。"又，"食醫：掌八珍之齊。"鮑明遠詩："八珍盈雕俎。"　薛云：尚膳貴嚴，故以"絲絡"護衛之，"絲絡"如綺疏也。杜子美稱此，以見寵予之隆，"絡繹"爲不足道。《往在》詩云："赤堰櫻桃枝，隱映銀絲籠。"　趙云："絡繹"，相續不斷之義。《後漢》：袁術《與呂布書》曰："今送米二十萬斛，非唯止此，當絡驛復致。"舊本正字作"絲絡"，而薛蒼舒爲之説。元無"絲

"絡"字,本出若"絡繹",以言寵予之隆,義自分明。若"絲絡",亦天子御物常事耳,却何足道也?

"簫鼓"句:鼓:一作"管"。　　漢武《秋風辭》:"簫鼓鳴兮發棹歌。"《詩序》:"動天地,感鬼神。"

"賓從"句:魏文帝《與吳質書》曰:"輿輪徐動,賓從無聲。"《劉向傳》:"雜遝衆賢。"師古曰:"雜遝,聚積之皃。""要津",見《上韋左丞》注。　　趙云:此言作樂以宴賓,且微言以譏其男女之糅雜。《大人賦》:"雜遝膠輵以方馳。"《甘泉賦》:"駢羅列布,鱗以雜沓兮。"《洛神賦》:"衆靈雜遝。"

"後來"二句:軒:一作"道"。　　"鞍馬"字,見《送高適》注。趙云:言其氣勢洋洋,旁若無人。徐悱《贈內》詩:"忽有當軒樹,兼含映日花。"《史》:"秦人開關延敵,六國之師逡巡不敢進。"

"楊花"二句:《山海經》曰:"三危之山有青鳥居之。"注:"青鳥主爲西王母取食者,栖息於此山也。"《紀年》曰:"穆王十三年,西征于青鳥之所憩。"《漢武故事》曰:"七月七日上于(冰)[承]華殿齋坐中,忽有一鳥從西方來,集於殿前。上問東方朔,曰:'此西王母欲來也。'有頃,王母至,有二〔青〕鳥,如烏,夾侍王母旁。"江淹詩:"青鳥海上遊。"沈約:"銜書必青鳥。"　　趙云:"鞍馬"之多,必至觸"楊花"而"覆白蘋"。"青鳥",應如鸚鵡之類,豢養馴熟,飛"銜紅巾"。此正借西王母以"青鳥"爲使名之,且以託言昵戲之事矣。"紅巾",蓋婦人之飾。如王勃《落花篇》:"羅袂紅巾往復還。"

"炙手"二句:勢:一作"世"。近:一作"向"。　　元載時,委左右人四人用事,權傾中外,人爲之語曰:"炙手可熱,卓、李、鄭、薛。"(陳案:卓李鄭薛,《新唐書》作"鄭楊段薛"。)言勢焰燻灼,可以"炙手"也。帝題之御屏,以示時相。按:《新唐書》:"楊貴妃智算警穎,迎意輒悟。帝大悅,遂專房。兄銛、錡,國忠最見寵遇,三姊皆美劭,封韓、虢、秦三國,恩寵聲焰震天下。每命婦入班,雖公主亦不敢就位。臺省、州縣奉請託,奔走(勘)[期]會過詔敕,四方獻餉結納,門若市然。第舍聯亘,謂之五家,分賜珍奇,使者不絕於道。""時國忠代李林甫爲相,領四十餘使,惟疏俛捷給,(陳案:惟,《新唐書》作'性'。)硜硜處决樞務,自任不疑,盛氣驕傲,百寮莫敢相可否"。　　《杜補遺》:《唐史遺事》:"安樂公主,玄宗之季妹,附(袁)[會]韋氏,熱可炙手,人咸畏之。" 趙云:"炙手可熱",言勢焰之熏灼也。舊注引代宗時事,在杜公之後,非是。杜田之説,當時素有此言矣。傅毅《舞賦》:"姿絶倫之妙態。""丞相嗔",以指言國忠。而詩句則後漢桓帝時童謡,云"梁下有懸鼓,我欲擊之丞相怒"之勢也。(陳案:相,《後漢書》作"卿"。)觀《新書·國忠傳》,言國忠"盛氣驕愎,百寮莫敢相可否"。而公詩直鋪叙二國衣服、飲食之盛,聲樂、賓從之多,中間著寵予之意。又譏其糅雜、昵狎之事,而終之以直指"丞相"之薰灼,則公之不畏强禦可見矣。《古樂府》:"當時近前面發紅。"

樂遊園歌

樂遊古園崒森爽,煙綿碧草萋萋長。
公子華筵勢最高,秦川對酒平如掌。
長生木瓢示真率,更調鞍馬狂歡賞。
青春波浪芙蓉園,白日雷霆甲城仗。
閶闔晴開映蕩蕩,曲江翠幕排銀牓。
拂水低佪舞袖翻,緣雲清切歌聲上。
却憶年年人醉時,只今未醉已先悲。
數莖白髮那拋得,百罰深杯亦不辭。
聖朝亦知賤士醜,一物自荷皇天慈。
此身飲罷無歸處,獨立蒼茫自詠詩。

【集注】

《樂遊園歌》:晦日賀蘭楊長史筵醉中作。 趙云:"樂遊園"之地,在秦爲宜春苑,在漢爲樂遊苑,謂之古園。

"樂遊"句:《西京記》曰:"樂遊園,漢宣帝所立。唐長安中,太平公主于原上置亭遊賞。其地四望寬厰,每三月上巳、九月重陽,士女咸就此祓禊登高。(陳案:咸,《天中記》作'游戲'。)幄幕雲布,車馬填塞,紅綵映日,馨香滿路。朝士詞人賦詩,翼日傳於京師。"(陳案:翼,《補注杜詩》作"翌"。《書‧顧命上》孫星衍今古文注疏:"翼,與翌通。") 趙云:"崒",音才律切。字書注云:"峯頭巘崒也。"句腰單用"崒"字,亦猶宋玉《高唐賦》之單用"崒"字也。其言蓄水之狀曰:"崒中怒而特高。""(崒)[崒]"字却音祚骨切。

"煙綿"句:謝靈運詩:"萋萋春草繁。"江淹賦:"春草碧色。"劉安《招隱士》:"春草生兮萋萋。"

"公子"二句:《文選》:王粲"家本秦川"。(周)王褒《關山篇》:"逍遙秦川水,千里長如帶。"(陳案:逍遙,《藝文類聚》作"遙望"。)沈佺期《長安路》詩:"秦地平如掌,層城出雲漢。" 趙云:張率《白紵歌》:"列坐華筵紛羽爵。"

"青春"句:魏文帝有《芙蓉池作》。鄴都西園,在城南曲池坊、臨水亭、進芳門外,即樂遊園也。《玄宗紀》:"開元二十年,廣花萼樓,築夾城至芙蓉園。"《王莽傳》:"乃西波水之北郎池。"(陳案:西,《漢書》作"卜"。)皆在石城南上林中。 趙云:"芙蓉園"有水,言"青春波浪"。袁淑《真隱傳》載:鬼〔谷〕先生言河邊之樹曰:"波浪盪其根。"

"白日"句:甲,當做"夾"。 趙云:"夾城",當做"甲",非。芙蓉園、夾城於曲江,地皆相近。按:《長安志》載:樂遊與芙蓉園、曲江,并出京城東延興門。

"閶闔"句:映,趙作"訣"。 曹植《平陸東行》曰:"閶闔〔開〕,天衢通。"《前漢‧禮樂志》:"遊閶闔,觀玉臺。天門開,訣蕩蕩。"注:"閶闔天門蕩蕩,天體堅清之狀。"相如《大人賦》:"排閶闔而入帝居。"鄧后"夢捫天,蕩蕩〈色〉正青"。 趙云:"訣"字,元本作"映",又作"昳",應是"訣"字。《前漢‧禮樂志》:"遊閶闔,視玉臺。(陳案:視,《漢書》作'觀'。)天門開,訣蕩蕩。"公蓋取此語意,以比城門也。

"曲江"句:潘安仁《籍田賦》曰:"翠幕黕以雲布。"(陳)張正見詩:"即此神山內,銀榜映仙宮。"(陳)沈炯《林屋館記》:"崑山平圃,銀榜相暉。蓬閬仙宮,金臺崿起。"《神異經》曰:"東方青宮,門有銀榜。"(晋)潘尼《洛水詩》:"翠幕映洛湄。"

"拂水"二句:曹植云:"華閣緣雲。"〈上征〉。 薛云:曹植言

"華閣緣雲"，此稱歌聲"清切"耳。《列子》云："薛譚學謳於秦青，辭歸，秦餞於郊衢，撫節悲歌，聲振林木，響遏行雲。"《西京雜記》："高帝令戚夫人歌《出塞》《望歸》之曲，后宮齊唱，聲入雲霄。"　　趙云：《後漢》：王延壽《魯靈光殿賦》："飛陛揭孽，緣雲上征。"薛夢符《刊誤》，乃引《列子》載"秦青之歌，響遏行雲"。又《西京雜記》："戚夫人歌，聲入雲霄。"其意以爲兩事皆有"雲"字，遂用證之。殊不知遏雲則（往）[住]之，且非杜公"緣雲"本意，唯入雲霄方有"緣雲"之義。《大人賦》："低徊陰山，翔以紆曲兮。"

"數莖"二句：罰：一作"刻"。　　《説文》曰："漏以銅盛水，刻節，晝夜百刻。"　　趙云："百罰"，一作"百刻"，是。蓋飲酒雖有罰，而方觀舞聽歌，何至罰酒之"百"也。百刻者，漏中之刻畫也。《説文》曰："漏以銅盛水，刻節，晝夜百刻。"或云：杯中像漏中，立箭爲刻，以記淺深之度，斟酒則浮出而可見。雖傳記無所載，而今世固爲有浮花浮（花）[仙]之狀，（陳案：花，《杜詩引得》作"仙"。）十而分之，以斟酒者，則百刻之狀，乃細分之者矣。如此而義方可講，蓋盡百刻，舉深泛之杯，無所辭拒，正以"白髮"之不可"拋"，而飲酒以遣其悲也。

"聖朝"二句：《楊子》："秦之士也賤。"陸機："玄冕無醜士。"江淹《上書》云："一物之微，有足悲者。"　　趙云：江淹《思北歸賦》云："況北州之賤士，爲炎土之流人。"《家語》：孔子謂哀公曰："一物失理，亂亡之端。"

"此身"二句：庾信《乞酒詩》："蕭瑟風聲慘，蒼茫雲貌愁。"（梁）朱异《田飲引》："值寒夜之蒼茫。"梁元帝詩："秋氣蒼茫結孟津。"潘安仁《哀永逝文》曰："視天日兮蒼茫。"　　趙云：皆在景物荒寂言之也。

渼陂行

岑參兄弟皆好奇，携我遠來遊渼陂。
天地黯慘忽異色，波濤萬頃堆琉璃。
琉璃漫汗泛舟人，事殊興極憂思集。

鼉作鯨吞不復知,惡風白浪何嗟及。
主人錦帆相爲開,舟子喜甚無氛埃。
鳧鷖散亂棹謳發,絲管啁啾空翠來。
沈竿續蔓深莫測,菱葉荷花静如拭。
宛在中流渤澥清,下歸無極終南黑。
半陂已南純浸山,動影裊窕冲融間。
舩舷暝戛雲際寺,水面月出藍田關。
此時驪龍睡吐珠,馮夷擊鼓群龍趨。
湘妃漢女出歌舞,金支翠旗光有無。
咫尺但愁雷雨至,蒼茫不曉神靈意。
少壯幾時奈老何,向來哀樂何其多。

【集注】

《渼陂行》:趙云:"渼陂行",其字從水從美。士大夫非西人者,多讀爲于亮切,乃蕩漾,其字自是從水從羨,遂使鬻書者,有一本直雕作《漾陂行》,豈不誤學者乎?按:《長安志》:"渼陂在鄠縣西五里,出終南山諸谷,〔合〕朝公泉爲陂。朝公水,一作胡公水。"《説文》曰:"渼陂周一十四里,北流入潦水。"《十道志》云:"陂魚甚美,因名之曰陂。"(陳案:因名之曰陂,《十道志》作"因誤名之"。)廣大氣象雄深,故公詩於初至之際,以天地變色,則有鼉鯨風浪之;既而開霽可遊,則如與龍鬼仙靈相接;既而又憂雷雨。此蓋陂之廣大雄深。詩人因事起意,以爲詩,謂其有可異,則不得不憂;有可喜,則不能不樂;有可防,則不得不戒。而詩篇之終,有安不忘危,樂不忘哀之意。

"岑參"二句:趙云:"岑參"於《唐書》無傳,莫知"兄弟"之名也。揚雄云:"子長之好,好奇也。""渼陂",在鄠縣。按:《地里志》:"鄠去府南六十里。"豈不謂之"遠來"乎?

"天地"二句:王粲《登樓賦》:"天慘慘而無色。"《西域傳》:"劉賓國出琉璃。"孟康曰:"琉璃青色如玉。"師古曰:《魏畧》云:"大秦國出赤白黑黃青綠縹紺紅紫十種琉璃。孟言青色,不博通也。此蓋自然之物。"梁簡文："池水淨琉璃。"　　趙云：百畒曰"頃"。《後漢》：黃叔度"汪如萬頃陂"。"堆琉璃"，指言其色〈色〉之青瑩耳。

"琉璃"二句：張平子《南都賦》："布濩漫汗。"　　趙云："天地黲慘"，則爲可"異"；水如"琉璃"，則爲可愛。以其可愛，而便欲"泛舟"以入，則爲可憂矣。"漫汗"，言廣大也。"事殊興極"，蓋言其初，遠來之"興"，豈不欲晴朗以爲遊乎？而初來之際，忽逢"天地黲慘"，則"事殊"矣。事之既殊，則興亦極盡；興既極盡，則寧不"憂思"乎？"憂思"謂之"集"。王筠《行路難》云："百憂俱集斷人腸。"

"黽作"二句：《詩》："中谷有蓷，嘅其泣矣。何嗟及矣。"張季鷹詩："謳吟何嗟及。"　　趙云：此乃所以"憂"也。謝惠連《長門怨》云："向夕千愁起，自悔何嗟及。"又（梁）費昶《長門怨》曰："向日千悲起，百恨何嗟及。"

"主人"二句：隋煬帝"以錦爲帆"。《詩》："招招舟子。"郭璞《江賦》："舟子於是搦棹，涉人於是檥傍。"　　趙云："主人"，指言岑參也。（陳）陰鏗《渡青草湖》詩："平湖錦帆張。"《楚辭》："闚氛埃而清涼。"沈休文詩："夜靜滅氛埃。"其言"無氛埃"，則又倣《魏都賦》"風無纖埃"也。前者以"天地黲慘"而遊者"憂"，今也以"無氛埃"而"舟子喜"，不亦宜乎？

"鳧鷖"二句：《西都賦》："鳥則鳧鷖鴻雁，雲集霧散。"又，"櫂女謳鼓吹震。"漢武《秋風辭》："簫鼓鳴兮發棹歌。"　　趙云："喞"，竹包切。《玉篇》引《說文》："喞，嗺也。"《楚辭》曰："鶗鴂喞喑而悲鳴。""棹""歌""發"，則喧矣。故"鳧鷖"驚而"散亂"；"空翠來"，則晴矣，故"絲管"乾而"喞啾"。

"沈竿"二句：《杜補遺》：《永徽本草圖經》云："芰，菱實也，葉浮水上，花黃白色，花落而實生，漸向水中乃熟。紫色者，謂之浮菱，食之爲美。暴其實爲（末）[米]，可以當糧。鷄頭名雁啄，一名芡，生水澤中，葉大如荷，皺而有刺，俗謂之鷄頭。盤花下結實，其形類鷄頭，故以名之。經傳謂其子爲芡。"《酉陽雜俎》云："芰，今人但言菱芰，諸解草木書，亦不分別。唯安（真）[貧]《武陵記》言：'四角三角曰芰，兩角曰菱。芰，一名水栗。漢武昆明池中有浮根菱根出水上，葉沒波下，亦曰青水菱。玄都觀有菱，碧色，狀則如鷄飛，名翻鷄芰。'"又，《圖經》云:"藕實莖葉名荷。"《爾雅》及陸機《疏》謂:"荷謂芙蕖。江東呼荷。其莖茄,其葉蕸,其本蔤。莖下白蒻在泥中者。其花未發爲菡萏,已發爲芙蓉。其實蓮,爲房。其根藕,其中的,蓮子。的中薏,中心青而苦者。芙蕖,則其總名也。" 趙云:"菱葉荷花淨如拭",則水之幽深可見矣。妙處是"淨如拭"三字,蓋如王僧儒《至牛渚憶魏少英》詩有:"沙岸淨如掃。"

"宛在"二句:《詩·蒹葭》:"宛在水中央。" 《楊子》:"渤澥之島。" 趙云:上句,以形容其深;下句,以言其遠。上句譬喻,下句實指。蓋"渤澥"者,海也。既如"渤澥"之深廣而又"清",此所以爲譬。終南山在陂之上流,去之遠,則視之"黑"也,此所以爲實指。《詩》:"宛在水中央。"《説文》:"東海之別有渤澥,故東海共稱渤海。"《列子》:"無極之中,復爲無極。"而後人用之,如魏文帝詩曰:"高高殊無極。"

"半陂"二句:木玄虛《海賦》:"冲融滉瀁。" 趙云:鮑照《與妹書》:"半山以下,純爲黛色。""裊裊冲融",皆言水之深。疊使四字之勢,亦左太冲《招隱》詩云:"峭蒐青蔥間,竹柏得其真。"(陳案:蒐,《文選》作"蒨"。)

"舩舷"二句:(宋)謝靈運《石門巖上宿》詩:"暝還雲際宿。"孫綽《山銘》:"飛宇雲際。"郭璞《江賦》:"詠採菱以叩舷。"舷脣也。 趙云:"雲際"者,山名,在鄠縣東南六十里,上有大定寺。"藍田關",在藍田縣東南九十八里。"舩舷"之"戛",可聞於"雲際"之"寺"。"月出"之所,可想其當於"藍田關",皆以"陂"之廣大然。

"此時"句:(陳案:睡,《補注杜詩》《全唐詩》作"亦"。) 《莊子》:"河上有家貧者,其子没於淵,得千金之珠。其父謂曰:'取石來鍛之。'夫千金之珠,出在九重之淵,驪龍頷下。子能得珠者,必遭其睡也。"

"冯夷"句:謝惠連《雪賦》:"馮夷剖蚌,列明珠。"注:"馮夷,何伯也。"曹子建《洛神賦》:"馮夷鳴鼓,女媧清歌。"《大人賦》:"靈媧鼓琴,而舞馮夷。"《莊子·大宗師》:"馮夷得之,以游大川。"《釋文》:司馬云:《清泠傳》曰:"馮夷,華陰潼鄉隄首人也。服八石,得水仙,是爲河伯。"又一云:"以八月庚子浴於河而溺死。"一云:"渡河溺死。" 新添:《龍馬河圖》曰:"河伯,姓吕,名公子。馮夷,即河伯夫人。"餘見二十五卷《玉臺觀詩》。(陳案:龍馬,《天中記》作"龍魚"。) 趙云:《小説》載:有人入仙室,見一羊吐珠。他日,問張華,云:"此驪龍也。"《洛神賦》:"馮神鳴鼓。"

"湘妃"二句:曹子建《神女賦》:"從南湘之二妃,携漢濱之游女。"《前漢·禮樂志》:"金支秀華,庶旄翠旌。"張晏曰:"金支,百二十支。秀華,中主有華艷也。"文穎曰:"析羽爲旌,翠羽爲之也。"臣瓚曰:"樂上衆飾,有流遬羽葆,以金爲支,其首敷散,若草木之秀華也。"師古曰:"瓚説是。"司馬相如曰:"建翠華之旗。"梁元帝《檄文》:"建翠鳳之旗。"北齊祖孝徵:"翠旗臨塞道。"

"咫尺"二句:《易》:"雷雨作解。"《漢·郊祀歌》:"靈之車,結玄雲。靈之來,先以雨。"《九歌》云:"雲容容兮在下。"又,"東風飄兮神靈雨。"

"少壯"二句:漢武《秋風辭》:"歡樂極兮哀情多,少壯幾時兮奈老何。" 趙云:《左傳》:"天威不違顔咫尺。"此一日之間,初至而"天地黯慘",乃"向來"所"哀"之多也。既而晴"無氛埃",可以縱遊,乃"向來"所"樂"之多也。此一句以結一篇之事。

渼陂西南臺

高臺面蒼陂,六月風日冷。
蒹葭離披去,天水相與永。
懷新目似擊,接要心已領。
仿像識鮫人,空濛辯魚艇。
錯磨終南翠,顛倒白閣影。
岑崟增光輝,乘陵惜俄頃。
勞生愧嚴鄭,外物慕張邴。
世復輕驊騮,吾敢雜鼃黽。
知歸俗可忽,取適事莫并。

身退豈待官,老來苦便靜。
況資菱芡足,庶結茅茨迴。
從此具扁舟,彌年逐清景。

【集注】

"高臺"二句:趙云:此兩句而下皆對。當"六月"炎天,而在渼陂清深之地,故"風日"自"冷",所以著言"月"以美之也。

"蒹葭"二句:謝靈運云:"雲日相輝映,空水共澄鮮。"　趙云:〔詩〕:"蒹葭蒼蒼。""離披",出昭明《文選》。《易》有:"天水違行,訟。"《長笛賦》:"相與集乎其庭。"

"懷新"二句:接要:一作"接惡"。　謝靈運詩:"懷新道轉迴,尋異景不延。"《莊子·田子方篇》:"仲尼見溫伯雪子,目擊而道存。"陶潛詩:"醉醒還相笑,發言各不領。"

"仿像"二句:《搜神記》:"南海之外有鮫人,水居如魚,不廢緝績,其人能泣珠。"(陳案:緝,《搜神記》作"織"。)《海賦》:"仿像其色。"又,"其(根)〔垠〕則有天琛水怪鮫人之室。"郭璞:"鮫人搆館乎懸流。"曹植:"弄珠蚌,戲鮫人。"《廣雅》曰:"船,二百斛以下曰艇,其形徑艇,一人二人所乘行也。"　趙云:言其深廣若"鮫人"在其中也。謝玄暉有《朝雨》詩云:"空濛如薄霧。"言若無而空,若有而濛也。

"錯磨"二句:"終南""白閣"并山名。《五經要義》云:"終南山,長安南山也。一名太一。"《漢書》曰:"太一山,古文以爲終南山。"潘岳《關中記》曰:"其山一名中南,言在天之中,都之南,故曰中南。"趙云:兩句以言其于清臺之上,俯湖而見山矣。

"崒嵂"二句:輝:一作"陰"。　《西都賦》:"崧峻崒嵂。"謝靈運詩:"常充俄頃用。"　趙云:其山之"崒嵂",能增湖之光輝。又思"乘陵"于山之上,然惜其時光,只有"俄頃",不能久也。此蓋詩家馳騁之意。崒,音疾由切。嵂,音才律切。"崒嵂"兩字,(宋)〔字〕書有之,云:"山高皃也。"《廣雅》云:"陵,乘也。"而宋玉《風賦》曰:"乘陵高城,入於深宮。"

"勞生"二句:嚴陵鄭子真也。嵇叔夜《憂憤》詩:"仰慕嚴、鄭,樂道閑居。"張良、邴原,謝靈運詩:"偶與張、邴合,久欲還東山。"

《杜正謬》:按:《前漢·王貢兩龔傳·序》:"谷口有鄭子真,蜀有嚴君平,皆修身自保。揚雄著書言當世士,稱此兩人云:'谷口鄭子真,不屈其志,耕于巖石之下,名震京師;蜀嚴湛冥,不作苟見,不治苟得,久幽而不改其操,雖隋和何以加諸?'"嵇康《幽憤》詩:"仰慕嚴、鄭,樂道閑居。"亦謂嚴君平、鄭子真也。謝靈運《還舊園》詩:"辭滿豈多秩,謝病不待年。偶與張、邴合,久欲還東山。"注:"張良貴極,願弃人事。邴曼容免官,養志自修。" 趙云:於此嘆"勞生"之可媿,思物表之可"慕"。公所媿者,嚴君平、鄭子真也;所慕者,張良、邴曼容也。

"世復"二句:(陳案:敢,《補注杜詩》《全唐詩》作"甘"。) 趙云:重嘆世不我知,而輕"驊騮"之駿,則欲隱居于陂上焉。"驊騮",見上《天育驃騎歌》注。《國語》:范蠡曰:"吾先君魚鼈之與處,而黿鼉之與同者。"(陳案:者,《国语·越语下》作"鼯"。)

"知歸"二句:適一云"足"。 趙云:此等句皆外枯而(古)[中]腴。蓋言知所歸宿,則世俗"可忽","取適"於已,則凡事不可得而并。夫世俗之事可勝言哉?此不盡之意也。《選》有:"委篋知歸。"

"身退"二句:謝靈運:"辭滿豈多軼,謝病不待年"。 趙云:《老子》:"功成名遂,身退者也。"詩句之意是,公未獻賦得官時,蓋言身欲求退,豈必待於爲官之後乎?舊注引"謝病不待年",混亂之矣。謝靈運云:"拙疾相倚薄,還得靜者便。""便",音平聲。

"况資"四句:"菱芡",見前一詩注。 趙云:《周禮》:"籩人:菱芡栗脯。"堯"茅茨"不剪。漢高祖云:"吾亦從此逝矣。"范蠡扁舟游五湖。曹子建詩有:"明月澄清景。"言澄湛其"清景"耳。

戲簡鄭廣文虔兼呈蘇司業源明

廣文到官舍,繫馬堂階下。
醉則騎馬歸,頗遭官長罵。
才名三十年,坐客寒無氈。
賴有蘇司業,時時與酒錢。

【集注】

"廣文"二句：馬：一作"置"。　　"廣文"，見上《醉時歌》注。

"醉則"句：(陳案：則，《全唐詩》同。一作"即"。)　　趙云：劉琨："繫馬長松下。"《山簡傳》："日暮倒載歸，酩酊無所知。時時能騎馬，倒著白接䍦。"(陳案：暮，《藝文類聚》作"夕"。)

"頗遭"二句：趙云：《後漢·禰衡傳》："曹操以其才名，不欲殺之。"《周禮》："天官：其屬六十，大事則從其長。"《世說·德[行]第一篇》；"爲官長當清、當慎、當勤。"

"坐客"句：《晋》："吳隱之，其爲太常時，坐無氈席。"

"時時"句：與：一作"乞"。

夏日李公見訪

遠林暑氣薄，公子過我游。
貧居類村塢，僻近城南樓。
傍舍頗淳朴，所願亦易求。
隔屋唤西家，借問有酒不？
牆頭過濁醪，展席俯長流。
清風左右至，客意已驚秋。
巢多衆鳥鬬，葉密鳴蟬稠。
苦遭此物聒，孰謂吾廬幽？
水花晚色静，庶足充淹留。
預恐樽中盡，更起爲君謀。

【集注】

"夏日"句：一云：李家令見訪。

"遠林"句：趙云：沈約詩："遠林響咆獸，近樹聒鳴蟲。"

"貧居"二句：馬融在陽塢中。　　趙云：此所謂城南韋、杜也。

"傍舍"二句：趙云：《前漢·高祖紀》云："（適）[高]祖適從傍舍（求）[來]。""所願"，古本作"所須"，極是。蓋語方快也。

"牆頭"二句：江淹《恨》："濁醪夕引"。　　趙云：嵇康《與山濤書》曰："濁酒一杯。"杜陵之樊鄉，有樊川，而潏水則自樊川西北流經下杜城。然則詩句有"展席俯長流"者，豈其居當此地耶？

"清風"二句：江淹："晨飆自遠至，左右芙蓉披。"（陳案：晨，《文選》作"神"。）

"苦遭"二句：《古詩》："蟬噪林逾静，鳥鳴山更幽。"陶淵明詩："衆鳥欣（自）[有]託，吾亦愛吾廬。"　　趙云：《古詩》言庭樹曰："此物何足貴。"

"水花"四句：孔融曰："坐上客常滿，罇中酒不空。"（陳案：罇，《孔北海集》作"尊"。）《古今注》："蓮花，一名水旦，一名水芝，一名水花。"

奉同郭給事湯東靈湫作

東山氣濛鴻，宫殿居上頭。
君來必十月，樹羽臨九州。
陰火煮玉泉，噴薄張巖幽。
有時浴赤日，光抱空中樓。
閶風入轍跡，曠原延冥搜。
沸天萬乘動，觀水百丈湫。
幽靈斯可佳，王命官屬休。
初聞龍用壯，擘石摧林邱。
中夜掘宅改，移因風雨秋。
倒懸瑶池影，屈注滄江流。
味如甘露漿，揮弄滑且柔。
翠旗淡偃蹇，雲車紛少留。

箫鼓荡四溟,异香泱漭浮。
蛟人献微绡,曾祝沉豪牛。
百祥奔盛明,古先莫能俦。
坡陀金虾蟆,出见盖有由。
至尊顾之笑,王母不遣收。
复归虚无底,化作长黄虬。
飘飘青琐郎,文采珊瑚钩。
浩歌渌水曲,清绝听者愁。

【集注】

"东山"二句:赵云:"东山",骊山也。按《长安志》《述征记》曰:"长安东则骊山,西则白鹿原,北望云阳,悉见山阜之形,而常若云雾之中。其上殿则有飞霜、九龙、玉女、七圣、长生、四圣、明珠、鬪鸡之目。又有重明阁、观风楼、朝元阁、按歌台、羯鼓楼等也。"《帝系谱》曰:"天地初起,溟滓濛鸿。"

"君来"二句:言温汤也。《长安志》:"开元後,玄宗每岁十月幸温汤,岁尽而归,立羽葆盖也。" 赵云:《诗》:"崇牙树羽。"江淹诗:"君王澹以思,树羽望楚城。"

"阴火"二句:温泉也。《海赋》:"阳(水)[冰]不冶,阴火潜然。"《杜补遗》:《本草》:"玉泉生蓝田。"陶隐居云:"是玉之精华。"又注曰:"玉泉者,玉之泉液也,以仙室玉池中者为上。今《仙经》三十六水法中,化玉为玉浆,称为玉泉,服之可以长年,然功劣于自然泉液也。"一名玉液,一名琼浆。详观是诗,盖言汤泉之色,如玉非玉之泉液也。 赵云:《博物志》:"凡水源有硫磺,其泉则温。"《水经》云:"骊山温水。俗云始皇与神女戏,不以礼,神女唾之,生疮。始皇谢之,神女为出温水而洗除。"今公以其水温,故假"阴火"煮之以为美。

"有时"二句:《山海经》:"大荒之中,旸谷上有扶桑,十日所浴。"又曰:"有七子名曰羲和,浴日于甘泉。"又曰:"日拂于扶桑,出于旸谷,〔浴〕于咸池。"(《淮南子·天文训》作"浴"。脱。) 赵云:此盖言日色出,光照楼阁,此泉正是咸池耳。

"閬風"二句：原：一作"野"。　　《杜補遺》：《神異經》曰："崑崙三角，其一角正北，干星辰，名曰閬風巔。其一角正西，曰玄圃臺。其一角正東，曰崑崙宮。"　　趙云：以言乘輿遠詣而"冥搜"也。自驪山而出，若將訪崑崙而遊廣原，此所以言其欲"冥搜"也。《老子》："善行無轍迹。"而義則周穆王欲車轍馬跡遍天下之意。顏延年云："周御窮轍迹。"此所以謂之"延(宴)[冥]搜"也。《天台賦》："遠寄冥搜。"公詩意必言"閬風"者，以周穆王嘗西征，至崑崙墟見西王母也。

"沸天"二句：沸：一作"拂"。　　《前漢·郊祀志》："湫淵祀朝那。"注："水清澈可愛，不容穢濁。龍之所居。"　　趙云：鮑明遠《蕪城賦》："歌吹沸天。"言其聲之多也。"萬乘動"，則所動之聲然矣。

"百丈湫"，傳記無所明載。特《長安志》："有冷水一條，稱在縣東三十五里，亦曰百丈水，乃與戲水相近。"且引《水經注》曰："冷水出浮肺山，戲水〔出〕驪山鴻谷。"按：浮肺山，乃驪山之麓，而有異名耳，則冷水、戲水皆出驪山之下。又《水經注》云："冷水歷陰盤新豐、兩原之間，戲水北歷戲亭。"而《長安志》載："戲亭陰盤城處，有湯泉水之名。且云：正觀中，(陳案：正，《杜詩引得》作'貞'。)乘輿將自東門入，湯泉水岸深數丈，時水瀑漲平岸，又見物狀如豬，當土門臥，命有司致祭，其物起向北，而失時。"(陳案：時，《長安志》作"所在"。)有詩乃直指爲龍所在，惜乎地志不載。"百丈湫"字，及至尊游幸事，無所考證。今故詳載其近似者，以竢博雅君子訂之。

"幽靈"二句：幽靈斯：一作"靈湫詩"。(陳案：詩，《補注杜詩》《全唐詩》作"新"。)　　趙云：言乘輿既至"湫"傍，遂休"官屬"。"休"，乃"百工休"之"休"。

"初聞"二句：《大壯》："九三：小人用壯。"郭緣生《述征記》："巨靈擘開華山。"謝惠連詩："落雪洒林邱。"

"中夜"二句：(陳案：掘，《補注杜詩》《全唐詩》作"窟"。《戰國策·秦第一》吳師道注："掘，即窟，古字通。")　　趙云："龍用壯而擘石"，此原爲"湫"之始也。"窟穴改"而"移"，又言龍所居非一處。然則"湫"之廣大可知矣。郭璞《江賦》："瑰奇之所窟穴。"又《〔遊〕天台山賦·序》："靈仙之所窟宅。"

"倒懸"二句：《漢·郊祀志》：谷永云："登遐倒景，覽觀縣圃，浮游蓬萊。"如淳曰："在日月之上，反從下照，故其景倒。"《大人賦》："貫列缺之倒景。"孫綽《天台賦》："或倒景於重溟。"張協《七命》云："倒景而開軒。"《海賦》："瑰奇之所窟宅。"《廣雅》："日景在下曰倒景。"　趙云：言"湫"之深廣險激。公詩又於過驪山之下，曰"瑤池氣鬱律"者如此。舊注引"倒景"，以證"倒懸"，非是。謝朓詩："結軫青郊路，迴瞰滄江流。"舊本作"蒼江"，非是。

"味如"二句：《江賦》："揮弄灑珠。"《周禮》："欲其柔而滑。"卻參做《選》詩"齊瑟和且柔"也。

"翠旗"二句：《九歌》："靈偃蹇兮姣服。"又，"蹇將憺兮壽宮。"枚乘《七發》："旌旗偃蹇。"相如："建翠華之旗。"注："以翠羽爲旗上葆也。"《大人賦》："掉指橋以偃蹇。"又云："蜩蟉偃蹇。"　薛云：《楚辭·東皇太一》曰："靈偃蹇兮姣服。"又《大司命》曰："乘回風兮載雲旗。"二章屈原之所作也。　趙云："淡偃蹇"，則在高遠間，自下觀之淡如也。神仙有五雲之車也。"紛少留"，則嬪嬙侍女之多矣。《北征賦》："曾不得乎少留。"《登樓賦》："曾何足以少留。"

"簫鼓"二句：漢武帝："簫鼓鳴兮發棹謳。"顏延年："笳鼓震溟州。"木玄虛《海賦》："泱莽淡泞。"《七啟》："入乎泱莽之野。"謝玄暉："晨光復泱莽。"張平子："泱莽無疆。"劉伶："泱莽望舒隱。"　趙云：《選》詩："雨足灑四溟。""泱莽"字，舊注所引皆是。"泱莽"，泱，音烏朗切；莽，音模朗切。或注云："無疆限之貌。"或注云："不明之貌。""漭"雖與"莽"同音，而終非"泱莽"正出。其字在《上林賦》言"八川"之流曰："過乎泱莽之野。"注云："大貌。"《山海經》所謂"大荒之野"也。以言水流之長遠。"異香泱莽浮"，則"香"之所"浮"，如此其荒遠也。

"蛟人"二句：微：一作"徵"。　《吳都賦》："泉室潛織而卷綃。"注云："鮫人織輕綃于泉室以賣之。"　趙云："獻微綃"，則以"湫"之深廣，宜有之矣。下句，所以祭其"湫"也。《詩》："曾祝致告。"

"百祥"二句：《書》："作善將之百祥。"揚雄《解嘲》："遭盛明之世。"《吳都賦》："古先聖代。"

"坡陀"二句：相如《子虛賦》："罷池坡陀，下屬江河。"又，《哀二世賦》:"登坡陀之長坂。"《匡俗正謬》:"坡陀者,猶言靡迤。"《埤雅》:"蝦蟆,一名蟾蜍,或作詹諸。"張衡《靈憲》:"羿竊不死之藥於西王母,嫦娥得之奔月,是謂蟾蜍。"陸倕《漏刻銘》:"靈虬承注,陰蟲吐噲。"(陳案:《文選》作"噏"。)李翰曰:"陰蟲,蝦蟆也。"潘鴻曰:按《五行志》:"神龍中,渭水有蝦蟆,大如鼎,里人聚觀,數日而失。此葦后時事。""坡陀金蝦蟆",蓋其類也。禄山濁亂宮闈,故有此應,可與"翟泉鵝出",同類并觀,故曰:"出見蓋有由。"又載"蝦蟆"色如"金"。或云:"驪山上有古碑載之。"

"王母"句:遣:一作"肯"。

"復歸"二句:長黃:一作"龍輿"。　趙云:按《禄山事跡》:"帝嘗夜宴禄山,醉臥化爲一豬而龍頭,左右遽言之。帝曰:'渠豬龍耳,無能爲也。'"詩蓋暗指此事。

"飄飄"句:飄:一作"颷"。

"浩歌"二句:末贊郭詩,結出相和之意。

夜聽許十一誦詩愛而有作

許生五臺賓,業白出石壁。

余亦師粲可,身猶縛禪寂。

何階子方便,謬引爲匹敵。

離索晚相逢,包蒙欣有擊。

誦詩渾遊衍,四座皆辟易。

應手看捶鈎,清心聽鳴鏑。

精微穿溟涬,飛動摧霹靂。

陶謝不枝梧,風騷共推激。

紫鸑自超詣,翠駁誰剪剔。

君意人莫知,人間夜寂閴。

【集注】

"夜聽"句：王云：按詩當是天寶十四載長安作。"許十一"，當是居五臺學佛。

"許生"句：《水經注》："五臺山，五巒巍然，故謂之五臺。此山名爲紫府，仙人居之。其北臺之山，即文殊師利常鎮毒龍之所。"《寶積經》："若純黑業，得純黑報。若純白業，得純白報。"又云："凡五戒十善，四禪四定，爲無量白净之業。佛經以善業爲白業，惡業爲黑業。"

趙云：言許生客居五臺，行業精白而出也。達磨嘗曰："當勤白業，護特三寶"也。《列子》載："趙襄子狩于中山，籍芿燔林，熺赫百里。有一人從石壁中出，隨烟上下也。"五(橐)[臺]山，阿羅漢所在，謂許生爲"五臺賓"，因其隱迹五臺而名之。遂云"出石壁"，乃所以神異之也。黄魯直却變用"入石壁"事，自贊其畫云："前世寒山子，後身黄魯直。"頗遭俗人惱怒。欲入"石壁"，夫"石壁"之可出可入，非神異者能之乎？

"余亦"二句：師粲善詩。《杜正謬》："粲、可"，乃六祖僧粲及慧可禪師。(陳案：六祖，《全唐詩》注作"達摩傳慧可，慧可傳璨"。當爲二祖、三祖。"六"字誤。)粲傳法偈云："華種雖因地，從地種花生。若無人下種，花地盡無生。"可傳法偈云："本來緣有地，因地種花生。本來無有種，花亦不能生。"粲、可二禪師，乃禪中祖師。故子美云"師粲可，縛禪寂"，非"師粲善詩"也。又《補遺》：《維摩經》："所生無縛，能爲衆僧，説法解〔縛〕。如佛所説，〈縛〉若自有縛，能解彼縛，無有是處。若自無縛，能解彼縛，斯有是處，是故菩薩不應起縛。何謂縛？何謂解？貪著禪味，是菩薩縛。以方便生，是菩薩解。"又云："以大精進，攝諸懈慢。一心禪寂，攝諸亂意。"趙云：此兩句髣髴似對，大手段多如此，故蘇東坡亦有之。粲、可，二人之名。"禪""寂"，是兩字也。"粲"，則僧粲；"可"，則慧可。按：《傳燈録》正與達摩世次相接。公方言與許生共學性空事，故詩語用此。許生已"業白"而出，吾猶"縛禪"空而未脱。亦自慊之辭。"縛"字，出佛書，蓋以對解。其語曰："貪著禪味，是菩薩縛。""縛"，禪則不能解矣。

"何階"二句：魏文侯師田子方也。趙云：此兩句又對。蓋言有"何"因"階"得子垂"方便"之行，而以之爲匹也。洪駒父引佛經稱

卷二　古詩

"善巧方便",是。舊注以爲"田子方",非。又《玉臺新詠》載桃葉答王獻之《團扇歌》云:"動搖郎玉手,因風託方便。"應〈得〉[德]璉詩云:"伸眉路何階。"(梁)張纘《離別賦》:"顧龍門而掩涕,瞻郢路而何階。"

"離索"二句:離群索君。《易》:"九二包蒙。上九擊蒙。"

"誦詩"二句:《項羽傳》:"項羽嗔目叱赤泉侯,人馬俱驚,辟易數里。"　　趙云:《國語》云:"工誦詩。"《詩》云:"及爾遊衍。"古詩《詠香爐》云:"四座莫不歡。"

"應手"二句:《莊子·知北遊》:"大馬之捶鈎者,年八十矣,而不失毫芒。"注:"玷捶鈎之輕重,而無毫芒之差。"都無懷,則物來皆應。《前漢·匈奴傳》:"冒頓作鳴鏑出獵,左右皆隨鳴鏑,而射殺頭曼。"應劭曰:"(曉)[髐]箭也。"左思詩:"邊城若鳴鏑。"陸機:"鳴鏑自相知。"

趙云:上句,言其詩之熟也。下句,言其詩之清也。此亦古人所謂好詩清熟如彈丸之意。邇時黃魯直詩云:"新詩如鳴弦。"蓋(世)[出]於此也。《莊子》:輪扁斲輪,有曰:"得之於心,而應之於手。"《晋書》有曰:"願陛下清心寡欲,約己便民。"

"精微"二句:《莊子·在宥篇》:"大同乎涬溟。"注:"與物無際。"釋文:"涬,戶頂反,又音幸;溟,亡頂反。自然氣也。"《公羊》注曰:"雷疾而甚者爲震,震與霆,謂皆霹靂也。"　　趙云:"溟涬"者,天地初起之氣,而可"穿"之,言其意思深遠也。"霹靂"者,所以震物之聲,而反"摧"之,言其句法神妙也。《帝系譜》曰:"天地初起,溟涬濛鴻。"《素問》云:"雲物飛動。"《北史》:神武歎薛孤延之勇決,曰:"延乃能與霹靂鬥。"

"陶謝"二句:陶潛、謝玄暉、靈運、惠連之徒也。《前漢·項籍傳》:"籍即帳中斬宋義頭,諸將讋服,莫敢枝梧。"如淳曰:"枝,猶枝柱也。"臣瓚曰:"小柱爲枝,邪柱爲梧,今屋邪柱是也。""陶、謝",二人之姓,陶潛、謝靈運也。"風騷",是兩字,《國風》與《離騷》也。上句,言其詩凌爍之也。(陳案:爍,《杜詩引得》作"爍"。)下句,言其相逐追也。

"紫駁"二句:駁:一作"鷟"。　　《爾雅》:"駮,如馬,倨牙,食虎豹。"《管子》曰:"桓公乘馬,虎望見而伏。"公問管仲:"意者君乘駁馬。"曰:"然。"管仲曰:"駁馬食虎豹,故〔虎〕疑焉。"《莊子》曰:"治馬者,燒之剔之。"　《杜補遺》:《西京雜記》:"漢文帝自代還,有良馬九,皆天下之駿:一名浮雲,二名赤(靈)[電],三名絕群,四名逸(驃)[驎],五名紫鸞騮,六名緑螭驄,七名師子,八名麟駒,九名絕塵,號爲九逸。"(陳案:師,《西京雜記》作"龍"。)　趙云:"紫鸞"者,是"鸞鳳"之"鸞"。杜田以爲"紫鷰",誤矣。蓋公此篇雖云古詩,自首兩句而下,每每用對,而句眼平側相連,若作"紫鷰",非止義錯,而失句眼矣。何則?"鸞鳳"之名,雖曰色多丹者曰"鳳",故每言丹鳳;色多青者曰"鸞",故每言青鸞;如鳳五色而多紫者曰"鵉鷟",但前人未嘗言"紫鵉鷟";而杜公於《北征》詩曰:"天吴及紫鳳,顛倒在短褐。"則在"鳳"言"紫"矣。今曰"紫鸞自超詣",固亦如紫鳳之稱。杜田《正誤》卷首云:見歐陽家善本作"鷰",遂引漢文帝九馬之一曰"紫鷰騮";而蔡伯世《正異》亦作"紫鷰"。如此則平側不相連。又兩句皆言"馬",不亦拙乎?"紫鸞"用對"翠駮",以兩物比之。"紫鸞自超詣",言其才之遠到如"鸞鳥"之超騰詣至。《楚辭》云:"鸞鳳翔于蒼雲。"則其"超詣"可知。公《夔府詠懷詩》有云:"紫鸞無近遠。"亦"超詣"之意。(陳案:紫鸞,《西京雜記》作"紫鷰",《太平廣記》作"紫燕"。趙説誤。)

"君意"二句:趙云:"寥闃"者,寂静之義。(梁)蕭子範《直坊賦》曰:"何坊禁之寥闃,對長夜之蕪永。"

橋陵詩三十韻因呈縣内諸官

先帝昔晏駕,兹山朝百靈。
崇岡擁象設,沃野開天庭。
即事壯重險,論功超五丁。
坡陁因厚地,却略羅峻屏。
雲闕虚冉冉,風松肅泠泠。
石門霜露白,玉殿莓苔青。
宮女曉知曙,祠官朝見星。
空梁簇畫戟,陰井敲銅瓶。

中使日夜繼,惟王心不寧。
豈徒卹備享,尚謂求無形。
孝理敦國政,神凝推道經。
瑞芝產廟柱,好鳥鳴巖扃。
高岳前崒崒,洪河左瀅瀠。
金城蓄峻趾,沙苑交迴汀。
永與奧區固,川原紛眇冥。
居然赤縣立,臺榭爭岧亭。
官屬果稱是,聲華真可聽。
王劉美竹潤,裴李春蘭馨。
鄭氏才振古,啖侯筆不停。
遣辭必中律,利物常發硎。
綺繡相展轉,琳琅愈青熒。
側聞魯恭化,秉德崔瑗銘。
太史候鳧影,王喬隨鶴翎。
朝儀限霄漢,客思迴林坰。
轗軻辭下杜,飄颻陵濁涇。
諸生舊短褐,旅泛一浮萍。
荒歲兒女瘦,暮途涕泗零。
主人念老馬,廨宇容秋螢。
流寓理豈愜,窮愁醉未醒。
何當擺俗累,浩蕩乘滄溟。

【集注】

　　"橋陵"句:鮑云:開元三年六月,睿宗崩。十月,葬橋陵。公故有是詩。　　新添:上郡陽周縣,橋山南有黃帝塚。開元三年葬睿宗,同州奉先縣因名"橋陵"。　　趙云:陵在蒲城縣西北二十里之豐山。

唐初本屬同州,以建橋陵,改爲奉先縣,仍隸京兆府。

"先帝"二句:《前漢·志》:"宮車晏駕。"注:"天子當晨起早作,而方崩殞,故稱晏駕者。凡臣子之心,猶謂宮車晚出也。"《海賦》:"竭磐石,栖百(雲)[靈]。" 趙云:《史記》:王稽謂范雎曰:"宮車一日晏駕。"舊注引《漢·天文志》在後矣。《海賦》有:"栖百靈。"陸機作《吳大帝誄》,有云:"幽驅百靈。"

"崇岡"二句:嵇叔夜《琴賦》:"託峻岳之崇岡。"《蘭亭序》:"崇岡峻嶺。"張平子《西京賦》:"廣衍沃野,厥田上上。" 《杜補遺》:宋玉《招魂》:"像設(居)[君]室,靜安間些。"(陳案:安間,《楚辭·招魂》作"閑安"。)注:"言爲君於此造設室宇,(結)[法]像舊居,清静寬(間)[閒],甚可安焉。" 師:謝朓《册文》:"陳象設於園寢。" 趙云:自此而下凡十五韻,言山之氣象、陵之幽寂,且言王之孝思,又言地之連固也。《前漢書》云:"秦地沃野千里。"舊注引《西京賦》,在後矣。《蜀都賦》:"摘藻掞天庭。"

"即事"二句:《易》:"習坎,重險也。"《天台賦》:"履重險而逾坂。"沈(林)[休]文:"即事既多美。"《蜀王本紀》曰:"天爲蜀生五丁力士,能徙山。秦王獻美女與蜀王。蜀王(遺)[遣]五丁迎女。見一大虺入山穴中,五丁共引蛇,山崩,五丁皆化爲石矣。" 趙云:美其有事於此"陵",功力之多也。"即事",祖出《列子》,蓋言"即就其事也"。謝靈運用此兩字于詩云:"即事怨睽携。"《漢史》云:"諸將論功。"(陳案:《漢史》,當作《後漢》。)

"坡陁"二句:相如《二世賦》:"登坡陁之長阪。" 趙云:古歌辭《隴西行》云:"却略再拜跪,然後持一杯。"此義雖言健婦對客恭敬謹節之貌,"却略"乃退身之義也。山之退而在後,其勢亦然。

"雲闕"二句:(陳案:泠泠,《補注杜詩》《全唐詩》作"泠泠"。)《天台賦》:"雙闕雲竦以夾路。"顏延年詩:"松風遵路急。"《離騷》:《七諫》:"下(泠泠)[泠泠]而來風。"蘇武詩:"(泠泠)[泠泠]一何悲。"

"石門"二句:孫綽:"踐莓苔之滑石。"《異苑》曰:"天台山石有莓苔之險。" 《杜補遺》:予嘗讀《唐舊史·鄭綱傳》,其子顥尚宣宗女萬壽公主,因壽昌節上壽回,昏然晝寢,夢至一處宮殿,邃嚴治非人世,(陳案:治,《杜詩引得》作"殆"。)與數十人納涼聯句。既悟,惟省十字云："石門霧露白,玉殿莓苔青。"私怪語不祥。不數日,宣宗弓劍上仙,方悟其事,乃續其詩爲十韻。予觀顥所夢十字,與子美《橋陵詩》中二句大同,唯以"霜"爲"霧"小異。又《橋陵詩》首句云："先帝昔晏駕",則亦與上仙之意合。使顥知杜詩有此句,而夢之乎?則既悟決,知其爲不祥之證,而必不續之也。蓋不知子美有此句而夢之,是神之所爲,亦不過如是也。顥所續詩,律切典雅,無媿作者,今錄於此:"間歲流虹節,歸軒出禁扃。奔波逃畏景,蕭灑夢殊庭。境象非曾到,崇嚴昔未經。日斜烏歛翼,風動鶴飄翎。異苑人爭集,涼臺筆不停。石門霧露白,玉殿莓苔青。若匪灾先兆,何緣思入冥。丹墀虛仗馬,華蓋負雲亭。白日成千古,金(滕)[縢]閟九齡。小臣哀絶筆,湖上泣青萍。"　　趙云:《禮記》:"霜露既濡,霜露既降。"

"宮女"二句:曉:趙作"晚"。　　趙云:上以其無事,晚而后知曉也。下以其勤恪,而虔于從事也。

"空梁"句:趙云:薛道衡云:"空梁落燕泥。"

"中使"句:趙作"日繼夜";蔡作"日相繼"。蓋取其對。

"惟王"句:趙云:《唐書》載:"裴度之討淮西,先是諸道兵皆有中使監軍,進退不由主將。度至行營,并奏去之。"則"中使"之名,自度已前有矣。《周禮》:"惟王建國。"《詩》云:"王心載寧,王心則寧。"

"豈徒"二句:趙云:《禮記》:"備物之享。"《禮》云:"視於無形。"

"孝理"二句:《莊子》曰:"用志不分,乃凝於神。"　　趙云:上句,以言後王之孝思。下句,以言先王之如在。"孝理"字,本是"孝治",高宗諱"治"字,故改"治"爲"理"。

"瑞芝"二句:鳴一作"巢"。　　肅宗延英殿御座梁上生玉芝,一莖三花,上製《靈芝詩》。　　趙云:自是橋陵廟中柱耳。舊注引肅宗延英殿,非是。曹子建詩:"好鳥鳴高枝。"

"高岳"二句:《西都賦》:"(又)[右]界褒斜隴首之險,帶以洪河涇渭之川。"　　趙云:"高岳",指嵩高山也。字起於"崧高惟岳"。"洪河",指言橋陵之左,是洪河所過也。　　趙云:"崔崒""嶞崒"則用"崒"字。"崒",音才律切。韻書注云:"峯頭巉嵒也。"若"山"在左,而"卒"在右,則音秨骨切,乃連崒屼云矣。"瀅濙"兩字,韻書不載,惟《玉篇》有"瀅"字,以同"濙"字,音胡坰切。有"濙"字,音烏營切,則

"潆"字也。"縈"字在大"清"字韻中,惟"熒"字在小"青"字韻中。如此則豈"洪河左瀅瀠",可讀作"縈熒",而傳寫之誤耶?

"金城"二句:班固《賦》:"建金城之萬雉。"乃鑿塽之"峻趾",以益其高也。　《杜正謬》:"金城",地名也。《前漢·地理志》:"秦地與天官東(并)[井]、與鬼之分野。西有金城威武。"唐金城為蘭州郡名。是詩以"金城"對"莎苑",則其為地名可知,非特如金城湯池,取其堅固也矣。"金城土酥淨如練""金城賊咽喉",其義同此。《漢》:"金城郡。"注曰:"金城郡,昭帝始元六年置。"應劭曰:"初築城得金,故曰金城。"瓚曰:"稱金取其堅。"師古曰:"一云:以郡在京師之西,故謂之金城。金,西方之行也。""莎苑",隸左馮翊,見下《莎苑行》。　趙云:"莎苑"於"橋陵",同是一州之地,為相近。而金城在橋陵之西北,相去之遠,乃言及之,豈所謂"蓄峻址"者,其山聯亘自金城來邪?蓋地理家謂之來岡者乎?左太冲《魏都賦》曰:"邈邈標危,亭亭峻址。"

"永與"二句:《西都賦》:"防禦之阻,則天地之奧區焉。"張平子《賦》:"實為地之奧區神皋。"(陳案:實,《文選》作"寔"。)

"居然"二句:張衡《(慮)〔靈憲〕圖》曰:"崑崙東有赤縣之州,風雨有時,寒暑有節。苟非此土,南則多(署)[暑],北則多寒,東則多〔陽〕,西則多〔陰〕,故聖王不處焉。"《史記》:鄒衍著書云:"中國於天下,八十一分居其一分耳。(史)[中]國名赤縣,內自有九州,禹之敘九州是也,不得為州數。中國外亦如赤縣州者有九,乃謂九州也。"江淹詩:"岧亭南樓期。"《西京賦》:"干雲霧而上達,狀亭亭以迢迢。"　趙云:《尹文子》曰:"形之與名,居然別矣。"今蒲城縣在魏,本屬同州。唐開元四年,以縣之豐山,建睿宗橋陵,改為奉先縣,乃隸京兆府。十七年,昇為赤〔縣〕。舊注引非是。《世說》:王丞相見魏洗馬曰:"居然有羸形。"(陳案:魏,《世說新語》作"衛"。)晉人用"居然"字甚多,姑舉其一。

"官屬"二句:謂縣內諸官也。《周禮》:一曰:"天官其屬六十。"劉寬:"以誠長者待屬官。"

"王劉"二句:《爾雅》:"東南之美者,有會稽之竹箭焉。"(晉)江逌《竹賦》:"有嘉生之美竹,禽幽液以潤本。"　趙云:《說文》:"蘭,香草者也。"嵇叔夜《琴賦》:"春蘭(波)[被]其東。"

"鄭氏"二句:《詩》:"振古如玆。"注:"振,自。"王、劉、裴、李、鄭、啖,皆當時之赤縣官也。　　趙云:"振古"者,若言其才須從"古"中求也。禰正平《鸚鵡賦·序》:"衡因爲賦,筆不停綴。"

"遣辭"二句:陸士衡《文賦》:"放言遣辭,良多變矣。"《莊子》:"鳴而中律。"又,庖丁爲文惠君解牛,曰:"今臣之刀十九年,而所解數千牛矣,而刀刃若新發於硎。"

"琳琅"句:愈:一作"逾"。　　《西都賦》:"琳琅青熒。"(陳案:琅,《文選》作"珉"。)《校獵賦》:"玉石嶜崟,眩耀青熒。"

"側聞"二句:《後漢》:"魯恭爲中牟令,專以德化爲理,不任刑罰。"《後漢》:"崔瑗高於文辭,尤善爲書、記、箴、銘。所著賦、碑、箴、頌,今《座右銘》傳於世。"　　趙云:又言六君子之中,爲知縣者。

"太史"二句:趙云:《後漢》:王喬者,河東人也。顯宗世,爲葉令。喬有神術,每月朔望,常自縣詣臺朝。帝怪其來,數而不見車騎,密令太史伺望之。言其臨至,輒有雙鳧從東南飛來。於是候鳧至,舉羅張之,但得一雙舄焉。乃召尚方診視,則四年中所賜尚書官屬履。此載在《後漢·王喬傳》,然無"鶴"事。今却云"王喬隨鶴翎",因更用周靈王太子王子喬事貼之也。周太子王子晉,亦曰王子喬。《列仙傳》:"王子見桓良曰:'告我家七月七日,待我於緱氏山頭。'至時乘白鶴在山頭,望之不得。舉手謝時人,數日而去。"今公以六君子之中爲知縣者,比之後漢王喬,而"太史候"其履"鳧"之"影",又就後漢王喬身中比之,爲真是周太子王喬,又乘鶴而往朝也。

"朝儀"二句:謝靈運:"照灼爛霄漢。"又,"結念屬霄漢。"又,"孤景莫與諼。"謝惠連:"相送越坰林。"　　趙云:《爾雅》:"林外謂之坰。"自此至篇終,公自述也。知縣入朝而公不得預,此所以自嘆也。

"轗軻"二句:《孝宣紀》:"尤樂杜鄠之間,率常在下杜。"孟康曰:"在長安南。"師古曰:"下杜,即今之杜城。"《詩》:"涇以渭濁。"

"諸生"二句:婁敬曰:"臣衣帛,衣帛見;衣褐,衣褐見。"《古詩》:"泛泛江漢萍,漂蕩水無根。"劉靈曰:"俯觀萬物擾擾焉,如水之載浮萍。"(陳案:靈,《藝文類聚》同,《晉書》作"伶"。)王逸曰:"自比如萍,隨水浮游。"　　趙云:"短褐",使貧者衣短褐也。舊注非是。

"荒歲"二句:《史記》:伍子胥曰:"吾日暮途遠,吾故倒行而逆施之。"《詩》:"涕零如雨。"

"主人"二句:《(譚)[韓]詩外傳》:昔田子方出見老馬於野,喟然有志。問於御者,曰:"故公家畜也,罷而不爲用,故放出。"田子方曰:"少盡其力,而老弃其身,仁者不爲也。"束帛贖之。寒士聞之,知所歸心。　　趙云:公多以"老馬"自況。又以況人之美材,取管仲言"老馬之智可用而已"。"秋螢",乃車胤聚螢事。豈言客於縣宇,而容其讀書乎?

"流寓"四句:《史·虞卿傳·贊》:"虞卿非窮愁,亦不能著書以自見於後世。"　　趙云:謝靈〔運〕《擬王粲詩·序》有云:"家本秦川貴公子,(陳案:子,《文選》作"子孫"。)遭亂流寓,自傷情多也。"篇終乃"白鷗没浩蕩",從此辭之意,不必用言水之"浩蕩"也。

沙苑行

君不見左輔白沙如白水,繚以周墻百餘里。
龍媒昔是渥洼生,汗血今稱獻於此。
苑中騋牝三千匹,豐草青青寒不死。
食之豪健西域無,每歲攻駒冠邊鄙。
王有虎臣司苑門,入門天厩皆雲屯。
騧騟一骨獨當御,春秋二時歸至尊。
至尊内外馬盈億,伏櫪在坰空大存。
逸群絶足信殊傑,倜儻權奇難具論。
纍纍塠阜藏奔突,往往坡陁縱超越。
角壯翻同麋鹿遊,浮深簸蕩黿鼉窟。
泉出巨魚長比人,丹砂作尾黄金鱗。
豈知異物同精氣,雖未成龍亦有神。

【集注】

《沙苑行》：隸左馮翊，在長安之西。

"君不"二句：《前漢》："京兆尹、左馮翊、右扶風，謂之三輔。"潘岳《關中記》曰："三輔舊治長安城中，長吏在其縣治民。光武東都之後，扶風出治槐里，馮翊出治高陵。"班固《西都賦》："西郊則有上囿禁苑，繚以周墻，四百餘里，其中乃有大宛之馬。"《百官公卿表》注："馮，輔也。翊，左也。"《三輔故事》曰："上林連綿，四百餘里。""繚"，力鳥切。張平子《西京賦》："繚垣綿聯，四百餘里"矣。　趙云："沙苑"，在同州，於昔爲馮翊郡。州有白水縣，以其白水名之。沙苑之沙白，正如水之白。取本處事以譬之也。

"龍媒"句：《前漢・禮樂志》："天馬駼，龍之媒。"元狩三年，馬生渥洼水中，作《天馬歌》，《本紀》不載。惟元鼎四年秋，馬生渥洼水中，作《寶鼎》《天馬》之歌。《西域傳》："宛別邑七十餘城，多善馬。馬汗血，言其先天馬子也。"

"苑中"句：《定之方中》："騋牝三千。"毛氏："馬七尺曰騋。騋馬，牝馬也。"唐貞觀初，僅有牧牝三千匹，從赤岸澤徙之隴右。《風俗通》曰："馬一匹，俗說相馬及君子，與人相匹。"（陳案：及，《太平御覽》作"比"。）或曰："馬夜行，目明，照前四丈，故曰一匹。"或曰："度馬縱橫，適得一匹。"或說："馬死賣得一匹帛。"或云："《春秋左氏》說諸侯相贈乘馬束帛，帛爲匹，與馬之相匹耳。"《韓詩外傳》："吳門馬如一匹練。"

"豐草"句：湛湛露斯，在彼豐草。《古詩》："青青河畔草。"漢童謠："千里草，何青青。"

"食之"句："西域"大宛國，馬嗜苜蓿。（用）〔周〕王褒《謝〔賚〕馬啟》："邊城無草。"　趙云：蓋言寒時草當死，而沙苑之地宜〔草〕，雖寒時而不死也。以之食馬，馬則"豪健"焉。雖西域出馬之地，亦無此"豪健"也。舊注引，非是。

"每歲"句：攻，一作"牧"。　《周禮・夏官》："廋人掌十有二閑之政，教以阜馬（伏持）〔佚特〕，教駣，攻駒。"注："攻駒，乘其蹄齧者，閑之。"（陳案：乘，《周禮注疏》作"制"。）又："校人春執駒。"鄭司農云："執駒，無令近母，猶攻駒也。二歲曰駒，三歲曰駣。玄謂'（熱）〔執〕'猶'拘'也。"《月令》："仲夏頒馬政。"注："教駣攻駒之類也。"

"王有"二句：矯矯虎臣。《西都賦》："披飛廉，入苑門。"《西域傳》："蒲梢、龍文、魚目、汗血之馬，盈於黃門。"漢有閑駒、橐泉、騊駼、丞華、〔龍馬〕五監，各有長丞。〈文〉又有未央、承華、騊駼、龍馬、輅（軨）〔軨〕、大厩，皆有令。漢（荒）〔苑〕三十六所在邊。《劉表傳》："雲屯冀馬。"虞子陽："雲屯七萃。"陸機："胡馬如雲屯。"

"驌騻"句：《左傳·定三年》："唐成公如楚，有驌騻馬。子常欲之，不與，三年止之。唐人竊馬而獻子常，子常歸唐侯。"馬融曰："驌騻，鳥也，馬似之。"（陳案：驌騻、鳥，《左傳注疏》作"肅爽""鴈"。）《選》：張景陽《七命》云："驂唐公之驌騻。" 《杜補遺》：《酉陽雜俎》云："驌騻狀如燕，稍大。足趾似鼠，未常見下地，（陳案：常，《酉陽雜俎》作'嘗'。）常止林中。及飛舉，則上凌青霄。出涼州。"馬名驌騻者，言其〔如〕驌騻之飛舉也。又，《禽經》曰："似白鳳曰驌騻。"見第九"威遲白鳳態"補遺。

"春秋"句：魯莊公"新作延厩。凡馬，日中出入"。注："中，分也。春分出之，秋分內之。" 趙云："虎臣"所掌之馬雖多，而其中唯"驌騻"一種之骨充御。故一年之中，春秋兩次進之。舊注引，非是。

"至尊"二句：（陳案：擽，《補注杜詩》《全唐詩》作"櫪"。） 開元初，牧馬二十四萬匹。十三年，加至四十五萬匹。魏武："老驥伏櫪。"《魯頌》："在坰之野。" 趙云：言"櫪"中"坰"外"空大存"之，而不如"驌騻"之貴也。

"逸群"句：顏延年《賦》："伊逸倫之妙足。"又，"別輩越群。"《蜀志·關羽傳》：馬超"未及髯之絕倫逸群也"。《魏文帝書》曰："中國雖饒馬，其知名絕足亦少。"曹毗《馳〔馬〕射賦》："何逸群奇駿"也。

"侗儻"句：《禮樂志》："〔志〕侗儻，精權奇。" 顏延年《賦》："雄志侗儻精權奇。" 趙云：謝靈運《入彭蠡湖口》詩："風潮難具論。"

"縈縈"二句：《列仙傳》："蘇耽騎鹿，遇（陰）〔險〕絕處能超越。語人曰：'龍也。'"謝靈運詩："虛舟有超越。" 趙云：蓋言"沙苑"之地，高者"堆阜"，則馬之"奔突"可藏。稍峻處"坡陁"，則馬乃能"超越"之。以馬適性且材健也。

"角壯"二句：（陳案：簸，《補注杜詩》《全唐詩》作"簸"。《說文》："簸，揚米去糠也。從箕，皮聲。"疑"簸"形訛。） 顏延年《賦》："分馳迥場,角壯永埓。"《韓子》曰:如耳説衛嗣君。公曰:"夫馬似鹿者,價千金。然世有百金之馬,而無一金之鹿,何也?馬爲人用,而鹿不爲人用。"《孟子》曰:"與鹿豕遊。"伍員曰:"見麋鹿遊姑蘇臺。"《龐公傳》:"黿鼉穴於深淵之下。"木玄虚《海賦》:"或屑没於黿鼉之穴。"

趙云:言馬之角鬭,其壯可與"麋鹿"并其能,以"麋鹿"善走險故也。言馬(俗)[浴]時,"浮"於"深"處,直至摇動"黿鼉"穴,又因以見其多也。舊注引,非是。

"泉出"四句:《夏官·馬質》:"禁原蠶者。"注:"原,再也。天文辰爲馬。《蠶書》:'蠶爲龍精,月直大火,則(俗)[浴]其種。'是蠶與馬同氣。物莫能兩大,禁再蠶者,爲傷馬歟。"顔延年《賦》:"禀靈月馴,祖雲螭(也)[兮]。" 趙云:《書》:"不貴異物。"《易》:"精氣爲物。""龍",或"魚"所化,或"馬"所爲,故"異物同精氣"也。句接"浮深"之下,則"沙苑"之側有水,正"馬"之浴處,而水中有是"魚"也。舊注乃引"禁原蠶"事,非是。惜乎(國)[圖]志不載,幸於公詩見之。

驄馬行

鄧公馬癖人共知,初得花驄大宛種。
夙昔傳聞思一見,牽來左右神皆竦。
雄姿逸態何崷崒,顧影驕嘶自矜寵。
隅目青熒夾鏡懸,肉駿碨礧連錢動。
朝來久試華軒下,未覺千金滿高價。
赤汗微生白雪毛,銀鞍却覆香羅帕。
卿家舊賜公能取,天廄真龍此其亞。
晝洗須騰涇渭深,朝趨可刷幽并夜。
吾聞良驥老始成,此馬數年人更驚。
豈有四蹄疾於鳥,不與八駿俱先鳴。
時俗造次那得致,雲霧晦冥方降精。
近聞下詔喧都邑,肯使騏驎地上行。

【集注】

《驄馬行》：太常梁卿敕賜馬也，李鄧公愛而有之，命甫製詩。

趙云：竊嘗論此一篇之大意：馬乃太常梁卿所受賜於君者也。君賜之物，不可以取，亦不可以予。李鄧公者，乃愛而有之，則其取之非是，故公詩首託之以"鄧公馬癖"而已。且曰："夙昔傳聞思一見。"則其欲之也舊矣。又曰："卿家舊賜公能取。"則見鄧公以勢位取之，而梁卿不能保君賜之舊物矣。又曰："豈有四蹄疾於鳥"至"肯使麒驎地上行"六句，其意以言馬之神駿如此，亦非人臣得而有之，當爲至尊之御。且以言卿受賜於君，公能取之而不能拒，公既奪賜於卿家，宜必爲君王之詔復取之矣。嗚呼！取非其有謂之盜。公之詩，微文婉義，而寓箴規之意。彼爲鄧公者，能不知恥乎？

"鄧公"二句：《晉》："時王濟解相馬，又甚愛之；而和嶠頗聚歛。預常稱濟有馬癖，嶠有錢癖。"《西域傳》："大宛國多善馬，嶠山上有馬不可得，因取五色牝馬置其下，與集生駒，號天馬子。"

"夙昔"句：新添：《南（子）〔史〕》：蕭摩訶："千聞不如一見。"

"雄姿"二句：顏延年《賦》："弭雄姿以奉引。"《西都〔賦〕》："嵓峻嵾崒。"傅玄《鷹賦》："雄姿逸出，逸氣橫生。" 趙云："雄姿逸態"，昔之言鷹與馬者，皆用此字。惟其雄逸，故可使矣。"崒"，音祚骨切。在人有"顧影"自憐者矣，在馬亦宜然。故於"自矜寵"，使"顧影"字也。

"隅目"二句：顏延年《賦》："徒觀其附筋樹骨，垂梭植發。雙瞳夾鏡，兩椎協月。"（陳案：梭，《文選》作"稍"。）又，"睨影高鳴，將超中折。"《西都賦》："琳珉青熒。"《爾雅》："青驪驎駽，今連錢驄也。"梁元帝《紫騮馬詩》："金絡飾連錢。" 《杜補遺》：張平子《西京賦》云："青駭摯於轙下，韓盧噬於緤末。猛毅髣髵，隅目高眶。威慴兕虎，莫之敢亢。"注："隅目，謂目有角也。""肉駿"，當作"肉䮸"。東坡有說云："余在岐下，見秦州進一馬，䮸如牛項垂胡，側立顛倒，毛生肉端。蕃人云：'此肉䮸馬也。'乃知鄧公《驄馬行》'肉駿碨䃅連錢動'，作肉䮸是也。"然"唐開元二十九年三月，滑州刺史李邕獻馬，肉䮸驎臆"，已載於《唐史》矣。先生豈偶不憶邪？"連錢"，正是"驄馬"之文。《爾雅》："青驪驎駽。"而郭璞注曰："色有深淺班駁隱鄰，今之連錢驄也。"

傅緯《天馬引》云："驄馬表連錢。"

"朝來"二句：（陳案：久《全唐詩》同。一作"少"。）　《韓子》："馬似鹿者值千金。"又，《漢》："使壯士值千金，請宛善馬。"（陳案：值，《藝文類聚》作"持"。）潘岳："珥筆華軒。"王景玄："長想憑華軒。"江淹詩："〔許〕史乘華軒。"（陳案：江淹，《文選》作"左思"。）

"赤汗"二句：《漢書》："霑赤汗。"《東觀漢記》曰："漢武帝歌：'天馬霑赤汗。'今親見其然，血從前髆上小孔中出。"陳〔相〕孫登詩："落淚洒銀鞍。"徐敬業："汗馬躍銀鞍。"周弘正詩："銀鞍耀紫韉。"

"卿家"二句：（陳案：賜，《全唐詩》同。《補注杜詩》《唐詩品彙》作"物"。）　能取：一作"有之"。　《周禮》："凡馬八尺以上爲龍。"《禮記》："孟春之月，天子乘蒼龍。"　趙云："天廐真龍"，則天子所御之馬也。"真龍"之"亞"，自非天子所"賜"，人臣豈亦得而有之哉？唯天子之"賜"，而後太常梁卿得之。今云"卿家舊賜公能取"，蓋非以勢迫之，則以利誘之，以百計中之矣。此其所以謂"能取"乎？

"朝趨"句：顏延年《賦》："簡偉塞門，獻狀絳闕。旦刷幽燕，晝秣荊越。"　趙云：大率言其行之疾也。

"吾聞"四句：（晉）曹毗《馬射〔賦〕》："逸羽不能企其足。"顏延年云：《天馬狀》："水軼驚鳧。"《七命》曰："駕紅陽之飛燕，驂唐公之驌驦。"注："鳥也。"（陳案：鳥，《補注杜詩》作"馬"。）《穆天子之傳》曰："天子之八駿。"（陳案：穆天子之傳，《補注杜詩》作"穆天子傳"。）趙云：馬得齒歲而後駿，故曰："數年人更驚。"言"八駿"，所以引下句，將"下詔"取之，爲天子之御矣。

"雲霧"句：《春秋考異記》曰："地生月精爲馬，月數十二，故馬十二月而生。"（陳案：記，《補注杜詩》作"郵"。）　趙云：馬既神龍之種，"雲霧晦冥"爲不足怪。於馬言"降精"，《瑞應圖》曰："龍馬者，河水之精。"

去矣行

君不見韝上鷹，一飽則飛掣。

焉能作堂上燕,銜泥附炎熱?
野人曠蕩無靦顔,豈可久在王侯間。
未試囊中飡玉法,明朝且入藍田山。

【集注】

《去矣行》:鮑云:天寶十四年,公在率府,數上賦頌,不蒙采録,欲辭職,遂作《去矣行》。　趙云:鳥乃去矣,此詩有高舉遠引之意,故取"去矣"爲名。

"君不"二句:鮑明遠:"昔如鞲上鷹,今似檻中猿。"(晋)孫楚《鷹賦》:"鞲青骹,戲田疇。"《史·滑稽傳》注:"鞲,臂捍也。"餘見上《送高適》詩注。隋煬帝《鷹詩》:"雖蒙鞲上榮,無復凌雲志。"

"焉能"二句:《古詩》:"翩翩堂前燕,冬藏夏來見。"《古詩》:"思爲雙飛燕,啣泥巢君屋。"傅玄《陽春賦》云:"燕啣泥於廣庭。"湛方生《懷春賦》云:"燕啣泥而來征。"(陳案:以上三"啣"字,《藝文類聚》作"銜"。)　趙云:如"鷹"之"鮑"而"飛",不若"燕"之戀而附。(陳案:若,《補注杜詩》作"學"。)此乃賢人義士不阿附於權貴之門也。

"野人"二句:《論語》曰:"野人也。"　趙云:《左氏》:"野人予之塊。"《西京賦》云:"上平衍而曠蕩。"《漢書》云:"曠蕩之恩。"今公言其懷抱之閑曠也。沈休文《奏彈王原》云:"明目腆顔,曾無愧畏。"(陳案:原,《文選》作"源"。)《詩》云:"有靦面目。"有"靦顔",則能忍恥者。能忍恥,則局促佞媚無所不至。如是而可曳裾王侯之間,蓋必如"谷子雲筆扎、樓君卿脣舌",而并游五侯者矣。"野人曠蕩"而不能忍恥,宜其舍"王侯"而去矣。

"未試"二句:《周禮·天官》:"玉府:王齊,則供食玉。"注:"玉,陽精之純者,食之以禦水氣。"鄭司農云:"王齊,當食玉屑。"《列仙傳》:"赤松子者,神農時雨師。服水玉,以教神農,能入火自燒。"《前漢·地理志》:"藍田山出美(田)[玉]。"在長安。木玄虛《海賦》:"神仙縹緲,餐玉清崖。"北齊李預居長安,羨古人餐玉之法,乃採訪藍田,躬往攻掘,得環璧雜氣百餘枚,日服食之。(陳案:氣,《補注杜詩》作"器"。)

自京赴奉先縣詠懷五百字

杜陵有布衣，老大意轉拙。
許身一何愚，竊比稷與契。
居然成濩落，白首甘契闊。
蓋棺事則已，此志常覬豁。
窮年憂黎元，歎息腸內熱。
取笑同學翁，浩歌彌激烈。
非無江海志，蕭灑送日月。
生逢堯舜君，不忍便永訣。
當今廊廟志，構廈豈云缺？
葵藿傾太陽，物性固莫奪。
顧惟螻蟻輩，但自求其穴。
胡爲慕大鯨，輒擬偃溟渤？
以茲悟生理，獨恥事干謁。
兀兀遂至今，忍爲塵埃沒。
終愧巢與由，未能易其節。
沉飲聊自遣，放謌頗愁絕。
歲暮百草零，疾風高岡裂。
天衢陰崢嶸，客子中夜發。
霜嚴衣帶斷，指直不得結。
凌晨過驪山，御榻在嵽嵲。
蚩尤塞寒空，蹴踏崖骨滑。
瑤池氣鬱律，羽林相摩戛。
君臣留懽娛，樂動殷膠葛。

賜浴皆長纓,與宴非短褐。
彤庭所分帛,本自寒女出。
鞭撻其夫家,聚斂貢城闕。
聖人筐篚恩,實欲邦國活。
臣如忽至理,君豈棄此物?
多士盈朝廷,仁者宜戰慄。
況聞內金盤,盡在衛霍室。
中堂舞神仙,煙霧散玉質。
煖客貂鼠裘,悲管逐清瑟。
勸客駝蹄羹,霜橙壓香橘。
朱門酒肉臭,路有凍死骨。
榮枯咫尺異,惆悵難再述。
北轅就涇渭,官渡又改轍。
群冰從西下,極目高崒兀。
疑是崆峒來,恐觸天柱折。
河梁幸未拆,枝撐聲窸窣。
行旅相攀援,川廣不可越。
老妻既異縣,十口隔風雪。
誰能久不顧?庶往共飢渴。
入門聞號咷,幼子飢已卒。
吾寧捨一哀,里巷亦嗚咽。
所愧爲人父,無食致夭折。
豈知秋未登,貧窶有倉卒。
生常免租稅,名不隸征伐。
撫迹猶酸辛,平人固騷屑。

默思失業途，因念遠戍卒。

憂端齊終南，澒洞不可掇。

【集注】

"自京"句：天寶十四載十一月初作。奉先屬京兆郡，緣皇家陵寢，武后分置醴泉縣。

"杜陵"二句："杜陵"，見上《醉時歌》注。"老大"，見《送高適》詩注。

"許身"二句：孔子："竊比於我老彭。" 坡嘗云："子美自許'稷與契'，人未必許也。然其詩云：'舜舉十六相，身尊道何高。秦時用商鞅，法令如牛毛。'此是稷、契輩口中語也。" 趙云：古樂府《羅敷行》云："使君一何愚。"嘗謂東坡議論至此，而後能見古人之心；見古人之心，而後能說詩也。今杜公此篇自"杜陵有布衣"至"浩歌彌激烈"六韻，則以雖抱濟世之才，而無稷、契之位，故不免於"浩歎"也。

"居然"二句：《莊子》："瓠落無所容。"《釋文》："戶郭反，猶廓落也。"《擊鼓》詩："死生契闊，與子成說。"毛氏曰："契闊，勤苦也。"陸機："契闊踰三年。" 趙云：《文子》云："形之與名，居然別也。"

"蓋棺"二句：新添。劉毅云："丈夫兒蹤跡，不可尋常，便混群小中，蓋棺事方定矣。" 趙云：變《韓詩外傳》所載：孔子云："學而不已，闔棺乃止"之語也。

"窮年"二句：腸：一作"腹"。 《荀子》："窮年卒歲。"（陳案：卒歲，《荀子》作"累世"。）賈誼曰："百姓黎元輯於下。"（陳案：元，《新書》作"民化"。）《孟子》："不得於君則熱中。"謝靈運詩："窮年迫憂患。"

趙云：《莊子》："我其內熱歟？"

"浩歌"句：蘇武："長謌正激烈，中心愴以摧。"

"非無"二句：沈休文："纓珮空為累，江海事多違。"（陳案：累，《文選》作"忝"。）《莊子》："身居江海之上。"江淹："江海經遭迴。" 趙云：《莊子》曰："就藪澤，處閒曠，釣魚閒處，無為而已矣。此江海之士，避世之人，間暇者之所好也。"可以見"江海志"之義矣。（梁）吳均《詠鶴》詩云："懷恩未忍去，非無江海心。"

"生逢"二句：舜：一作"為"。 江淹《賦》："誰能寫永訣之情者乎？""堯舜君"事，見《孟子》。

"當今"二句：（陳案：志，《補注杜詩》《全唐詩》作"具"。）　《叔孫通贊》："廊廟之材，非一木之枝。"潘安仁："器非廊廟姿。"　趙云：潘尼詩："廣廈構衆材。"

"葵藿"二句：莫：一作"難"。　曹植《求通親親表》："若葵藿之傾〔葉〕，太陽雖不爲回光，然向之者，誠也。臣竊自比葵藿，若垂三光之明，寔在陛下。"陸機《園葵詩》："朝榮東北傾，夕穎西南晞。"（梁）劉孝綽《詠日詩》："園葵一何幸，傾葉奉離光。"

"顧惟"四句：木玄虛《海賦》："其魚則橫海之鯨，突兀孤游，戛巖嶔，偃高濤。"（陳案：兀，《文選》作"扤"。）　趙云：《韓非子》曰："千丈之堤，以螻蟻之穴潰。""螻蟻輩"，以言不安分之人。此指言藩鎮敢自強大之徒，公直眇之如"螻蟻"。謂其當自止，各"求穴"以安耳，而彼何爲必欲慕學"大鯨"之處大海乎？《博物志》云："鯨魚大者數千里，小者猶數十丈。"《博物志》曰："東海之別有渤澥，故東海共稱渤海。"《十洲記》曰："東海之別，又有溟海。"而合用"溟渤"兩字，則鮑明遠詩有云："穿池類溟渤。"

"以兹"八句：顏延年《詠劉參軍》詩："韜精日沈飲，誰知非荒宴。"

趙云："干謁"貴人，不過有所利爾。既惡如"螻蟻輩"之止"求穴"以安，而敢欲慕學"大鯨"之處大海，則恥事"干謁"矣。既不"干謁"以自顯，則甘心於塵土之汩没矣。"巢"，巢父。"由"，許由也。嵇康作《高士傳》曰："巢父，堯時隱人。年老，以樹爲巢，而寝其上，故人號爲'巢父'。堯之讓許由也，由以告巢父，父曰：'汝何不隱汝形，非吾友也！'許由悵然不自得，乃遇清冷之水，洗其耳，拭其目，曰：'向者聞言，負吾友。'遂去，終身不相見。"公之意，以爲在塵土之間，空自汩没，既"愧巢與由"矣，然未能變易"其節"，脫然引去，於是"沉飲""放歌"而已。

"歲暮"二句：張平子《賦》："孟冬作陰，寒風肅殺。冰霜慘裂，百卉具零。"《長門賦》："天飄飄而疾風。"李陵詩："邊土慘裂。"阮籍詩："寒風振山岡。"　趙云：阮嗣宗《詠懷》云："凝霜被野草，歲暮亦云已。"顏延年詩："歲暮臨空房。"

"天衢"二句：《易》："何天之衢亨。"鮑明遠《舞鶴賦》："歲崢嶸而催暮。"江淹詩:"客子淚已零。"王粲詩:"客子多悲傷,淚下不可收。"魏文帝詩:"客子常畏人。"

"霜嚴"四句:《西(涼)[京]賦》:"託喬基於山崗,直嶙霓以高居。"驪山溫湯,秦始皇、漢武帝故事,載《博物志》云。　趙云:指言明皇御幸之榻也。"嶙嵄",小而不安貌。

"蚩尤"二句:(陳案:骨,《補注杜詩》《全唐詩》作"谷"。)　黃帝殺蚩尤於涿鹿。又星名。　趙云:"蚩尤",前導之旗也。"塞寒空"而"蹴踏崖谷",言其多也。《維摩詰經》:"譬如龍象蹴踏,非驢所堪。"

"瑤池"二句:"瑤池"事,見上《登慈恩寺塔詩》。《漢·宣帝紀》:"羽林孤兒。"注:"天有羽林大將軍之星。林,喻若林木之盛;羽,若羽翼鷙擊之意。以名武〔官〕焉。"張平子《西京賦》:"隱林鬱律。"(陳案:林,《藝文類聚》作"磷"。)《江賦》:"氣翁勃以霧杳,時鬱律其如煙。"(陳案:翁勃,《文選》作"滃渤"。)沈約詩:"鬱律構丹巘。"　趙云:"瑤池",以比溫湯也。"羽林",扈駕之軍也。其所樹之如林,故言"相摩戛"。

"君臣"二句:君臣:一云"聖君"。樛嶱:一作"膠葛"。　(晉)張景陽詩:"昔在西京時,朝野多歡娛。"沈休文詩:"秦皇御宇宙,漢帝恢武功。歡娛人事盡,情性猶未充。"謝靈運:"副君命飲讌,歡娛寫懷抱。"江淹:"太平多歡娛。"　《杜補遺》云:當作"膠葛"。相如《子虛賦》:"張樂乎膠葛之寓。"注:"曠遠深貌。"則"膠葛"誤爲"樛嶱",明矣。　趙云:"殷",讀從"殷其雷"之"殷"。樂聲之喧殷,聞於溫湯與山嶱也。"嶱",音苦葛切。釋者曰:"山也。"言溫湯與山嶱,於義甚明。且接下句,"賜浴"爲貫也。

"賜浴"二句:宴:一作"讌"。　江淹詩:"朱紱咸髦士,長纓皆俊人。"陸機詩:"輕劍排擊厲,長纓麗且鮮。"(陳案:排擊,《文選》作"拂擊"。)　趙云:班彪《辯命論》:"思有短褐之襲。"注:"氄衣也。"

"彤庭"二句:謝玄暉《直中書省》詩:"彤庭赫引敞。"(陳案:引,《文選》作"弘")謂禁中庭多赤色。郭泰機詩:"皎皎白素絲,織爲寒女衣。寒女雖妙巧,不得秉杼機。"《趙皇后傳》:"庭中彤朱,而殿上髹漆。"《西都賦》:"玉階彤庭。"《西京賦》:"彤庭輝輝。"　趙云:"彤庭"者,天子之庭,以丹飾之也。

"鞭撻"四句:撻:一作"箠"。實:一作"願"。　《語》:"求也爲之聚斂而附益之。"《鹿鳴》〔注〕:"又實幣帛筐篚,以將其厚意。"《南史》:"王廣之子珍國,字德重,爲南淮太守。郡境苦飢,乃發粟散財,以振窮乏。高帝手敕云:'卿愛人活國,甚副吾意。'"(陳案:淮,《南史》作"譙"。)　《杜補遺》云:孫楚《與孫皓書》曰:"愛民活國,道家所尚。"(陳案:活,《文選》作"治"。)

"臣如"四句:《詩》:"濟濟多士。"又,"發言盈庭。"《語》:"使民戰慄。"　趙云:又以申戒之。當思君王賜(于)[予]之幣帛,出於"寒女"之夫,"鞭撻"所貢,"宜戰慄"而"求活國"之事,然後爲"仁"也。

"況聞"二句:"内金盤",上方器用也。"衛、霍室",勳臣家也。郭況,后弟,"賞賜金錢縑帛,豐盛無比,京師號況家爲金穴"。　趙云:"内金盤",猶今言内家合子耳。衛青、霍去病,皆以后戚而貴,以比楊國忠輩矣。

"中堂"二句:江淹:"願作秦王女,乘鸞向煙霧。"(陳案:願,《文選》作"畫"。)《舞鶴賦》:"煙交霧凝,若無毛質。"　趙云:《西京賦》:"促中堂之密坐。"其後謝宣遠(去)[云]:"中堂起絲桐。"

"煖客"二句:煖客:一云"煖蒙"。　《說文》:"貂,鼠也,而文黄,出丁零國。"《魏書》曰:"鮮卑有貂鼠子,皮毛柔軟,故天下爲裘。"《廣志》曰:"貂出扶餘、挹婁也。"

"勸客"二句:《杜補遺》:魏王《花木志》曰:"蜀土有給客橙,似橘而非,若柚而香。冬夏華寔相繼,通歲食之。亦名蘆橘。舊說小者爲橘,大者爲柚。又云:柚似橙而實酸,大於橘。孔安國注《尚書》、郭景純注《爾雅》皆如此。"　趙云:"舞神仙""貂鼠裘""駞蹄霜""霜橙""香橘",皆富貴家中事也。

"朱門"二句:《孟子》:"庖有肥肉,廐有肥馬。民有飢色,野有餓莩。"又曰:"狗彘食人食而不知檢,塗有餓莩而不知發。"《世說》:劉尹問竺法深,曰:"道人何得遊朱門?"　趙云:"朱門",祖出《東方朔傳》,而郭璞《遊仙詩》:"朱門何足榮,未若託蓬萊。"

"榮枯"二句:趙云:公言其與上富貴者,一"榮"一"枯",才"咫尺"之間耳,此所以"惆悵"也。或云:如上言"朱門"者,是之謂"榮";言"凍死"者,是之謂"枯"。公閔其"咫尺"之間有"異",故"惆悵"之焉。

然謂之"難再述",則在其身自言,方有意義。

"北轅"二句:"官渡",地名,曹操、袁紹相持之處。"涇渭",見首篇注。　趙云:今公"自京赴奉先縣",必自東而折北,故於此言"北轅"矣。官渡,則涇、渭二河官所置渡也。

"群冰"四句:(陳案:冰,《全唐詩》同。一作"水"。)　《列子·湯問》:"共工氏與顓頊爭爲帝,怒而觸不周之山,折天柱,絶地維。故天傾西北,日月星辰就焉。地不滿東南,故百川水潦歸焉。"《史記》:"黄帝西至乎崆峒。"韋昭曰:"在隴右。"　趙云:言"群水"之下,(陳案:水,《文章正宗》作"冰"。)其"高崒兀",於此爲雄拔之句。直北爲"崆峒"山之流"來",(陳案:北,《杜詩引得》作"以"。)將觸折"天柱",重言積"水"之多也。樂史《寰宇記》云:"禹跡之内,名崆峒者三:其一在臨洮,其一在安定,而《莊子》述黄帝問道崆峒。今此主安定崆峒言之。"按:《唐志》:"涇州安定郡,而於保定縣之下,載有崆峒山。""北轅就涇渭",則因經度"涇渭",見"水"之崢嶸,其狀如"崆峒"山之流"來"。"崆峒"固不能"來",而山蓋有飛走移徙,則有"來"之理矣。既以"水"爲"崆峒"山之"來",則又可寓言其"觸天柱"矣。此詩人張大之意也。

"河梁"四句:不:一作"且"。　趙云:《古詩》:"携手上河梁。"《詩》:"漢之廣矣,不可泳思。"

"老妻"二句:《古樂賦》:"他鄉各異縣,展轉不相見。"(陳案:賦,《海録碎事》作"府"。)

"入門"句:《易》:"同人,先號咷而後笑。"

"吾寧"六句:(陳案:亦,《全唐詩》同。一作"猶"。)　未:一作"禾"。　《詩》:"終窶且貧。"　趙云:此六韻蓋叙還家所遭之故,念生理之艱也。

"撫迹"句:猶:一作"獨"。　劉越石:"備辛酸之苦。"阮籍:"感慨懷辛酸。"

"默思"二句:途:一作"徒"。　趙云:此三韻推己念物之懷也。

"憂端"二句:齊:一作"際"。　魏武帝:"明月明月,何時可掇。"(陳案:明月明月,《文選》作"明明如月"。)　趙云:此與詩人"憂心如惔"何以異?終南者,山名。"憂"與之齊,則"憂"之積而高大如此。"澒",音胡孔切。出《淮南子》,曰:"未有天地之時,鴻蒙澒洞,莫知其門。"

白水縣崔少府十九翁高齋三十韻

客從南縣來,浩蕩無與適。
旅食白日長,況當朱炎赫。
高齋坐林杪,信宿遊衍闃。
清晨陪躋攀,傲睨俯峭壁。
崇岡相枕帶,曠野懷咫尺。
始知賢主人,贈此遣愁寂。
危階根青冥,曾冰生淅瀝。
上有無心雲,下有欲落石。
泉聲聞復息,動靜隨所激。
鳥呼藏其身,有似懼彈射。
吏隱適性情,茲焉其窟宅。
白水見舅氏,諸公乃仙伯。
杖藜長松隱,作尉窮谷僻。
爲我炊彫胡,逍遙展良覿。
坐久風頗愁,晚來山更碧。
相對十丈蛟,欻翻盤渦拆。
何得空裏雷,殷殷尋地脈。
煙氛藹㟧崒,魍魎森慘戚。
崑崙崆峒顛,迴首如不隔。
前軒頹反照,巉絶華岳赤。
兵氣漲林巒,川光雜鋒鏑。

知是相公軍,鐵馬雲霧積。
玉觴淡無味,胡羯豈强敵?
長歌激屋梁,淚下流衽席。
人生半哀樂,天地有順逆。
慨彼萬國夫,休明備征狄。
猛將紛塡委,廟謀畜長策。
東郊何時開?帶甲且未釋。
欲告清宴罷,難拒幽明迫。
三嘆酒食傍,何由似平昔?

【集注】

"白水"句:天寶十五載五月作。"白水",屬馮翊郡同州。秦文公分清水爲白水,即此。漢彭衙縣,又名栗。　鮑云:公在奉先,以舅崔公爲白水縣尉,適白水,有是詩。　趙云:謝玄暉在宣城日,有《郡內高齋閑坐荅呂法曹》詩一首,則"高齋"兩字起於此,故公取以名題。

"客從"二句:《古詩》:"客從遠方來。"　趙云:"浩蕩",悠遠不定止之貌,如"浩蕩乘滄溟"之義。

"旅食"二句:《唐書》:朱克融輩皆"旅食長安"。　趙云:魏文帝《與吳質書》有:"旅食南館。"梁元帝《纂要》:"夏曰朱夏、炎夏。"

"高齋"二句:"再宿曰信"(《左傳》)。　趙云:"信宿遊衍聞",言於"高齋"已再"宿"矣,而未嘗得遊歷也。

"清晨"二句:《海賦》:"冰夷倚浪以傲睨。"　趙云:曹子建《贈白馬王彪》云:"清晨發皇邑。"

"崇岡"二句:懷:一作"回"。　嵇康《賦》:"託峻岳之崇岡。"
趙云:《詩》:"率彼曠野。"言"野"雖曠遠,而"懷"之若"咫尺"也。

"曾冰"句:《招魂》:"增冰峨峨,飛雪千里。"(陳案:增,《楚辭》作"層"。)謝惠連《雪賦》:"霰淅瀝而先集,雪紛糅而遂多。"

"上有"句:陶潛《歸去來》:"雲無心而出岫。"(陳案:就,《陶淵明集》作"岫"。）

"有似"句：隋長孫晟善"彈射"。

"吏隱"二句：適：一作"通"。　　王喬、梅福皆"吏隱"也。《海賦》："瑰奇之所窟宅。"《天台賦》："靈仙之所窟宅。"　　趙云：《汝南先賢傳》："鄭欽吏隱於蟻陂之陽。"

"白水"二句：（陳案：公，《補注杜詩》《全唐詩》作"翁"。《戰國策·魏策一》鮑彪注："公、翁同。"）　　《左傳》：晋文公謂子犯曰："所不與舅氏同心者，有如白水。"　　薛云：子美近體詩有《白水明府舅氏宅喜雨》詩，得"過"字，即"白水"地名，非晋文公所謂"白水"明矣。　　趙云：《詩》："我見舅氏。"既見"舅氏"，又相遇"諸公"，皆"仙伯"也。此因上句"吏隱"引起此語。

"杖藜"二句：（陳案：隱，《補注杜詩》《全唐詩》作"陰"。）　　《天台賦》："蔭落落之長松。"梅福"作尉"，人謂之仙尉。　　趙云：劉琨詩："繫馬長松下。"

"为我"二句：《西京雜記》："太液池邊皆彫胡、紫籜、綠節之類。菰之有米者，長安人謂爲彫胡。"謝惠連："搔首訪行人，引領冀良覿。"
趙云："彫胡"，菰米也，爲飯極滑。宋玉《諷賦》曰："主人之女，爲臣炊彫胡之飯，〔烹〕露葵之羹，求勸臣食也。"（陳案：求，《文選補遺》作"來"。）

"坐久"句：（陳案：愁，《全唐詩》同。一作"怒"。）

"歘翻"句：《海賦》："盤渦谷轉。"　　（陳案：坼，《補注杜詩》《全唐詩》作"圻"。《集韻》"陌"韻："坼，亦作斥、拆、宅。"）。

"何得"二句：《詩》："殷其雷。"《長門賦》："雷隱隱而響起。"
趙云：忽聞雷聲，不知起於何處，故怪之。於此辨其"隱隱"之聲，而尋"地脈"所在。此亦詩人在南山之陽、南山之側、南山之下之理。《蒙恬傳》："城塹萬餘里，此其中不能無絕地脈哉？"

"煙氛"二句：氛：一作"氣"。崒：一作"嵩"。　　趙云："煙氛"，山之氣。"崒嵪"，山之狀。"魍魎"，山中之物。《左傳》云："入山不逢不若，魑魅魍魎，莫能逢旃。""藹崒嵪"，以煙氛之氣所冒，藹藹然也。"森慘戚"，以在煙氛之間，聞雷聲而然也。"森"，以言其多矣。"崒"，音才律切。

"崑崙"句:"崑崙""崆峒"二山,并見上注。

"前軒"二句:趙云:《爾雅》曰:"落光反照於東,謂之反景。"《劍閣銘》云:"太行玄門,豈云巉絕?"

"知是"二句:霧:一作"烟"。　趙云:"相公",指言哥舒翰。題下本注云:"天寶十五載五月作",乃哥舒翰守潼關時。按《翰傳》:"天寶十四載,禄山反,帝招翰,拜太子先鋒兵馬元帥,守潼關。明年,進拜尚書左僕射,同中書門下平章事。"故云"相公軍"也。

"玉觴"四句:蘇武詩:"長歌正激烈。"　趙云:黃香《天子頌》曰:"獻萬年之玉觴。"《黃庭内景經》:"淡然無味。"言至尊旰食,雖御酒而無味,然有相公之軍,胡羯亦不足敵。詩人念王之憂,而寬之之語也。宋玉《神女賦》:"日朝出,照屋梁。"

"慨彼"四句:狄:一作"敵"。　《後漢·光武·贊》:"顯明廟謨。"(陳案:顯,《後漢書》作"明"。)《前漢·匈奴傳》:"制百蠻之長策。"李陵書:"猛將如雲。"劉公幹:"職事相填委。"　趙云:言禄山之禍起於不測,方天下"休明"之際,而乃"備征狄"也。《左傳》:王孫滿云:"德之休明。"賈誼:"振長策而馭宇内。"舊注引《匈奴傳》在後矣。

"東郊"二句:《書》:周公既没,命君陳分正東郊成周,作《君陳》。曰:"命汝尹兹東郊。"又,"命畢公保釐東郊。"又,"徐夷并興,東郊不開。"《史》:"帶甲百萬。"　趙云:"東郊",指言潼關,以其在長安之東,故曰"東郊"。

"欲告"二句:《易·繫》:"知幽明之故。"　師:《晋·天文志》曰:"晝夜以昏明爲限。"言樂亦不可終極,晝夜相推,何由相却也。

趙云:"幽明迫",所未深鮮。豈言夜已盡而曉逼之耶?此亦東坡所謂未必全好者矣。

"三歎"二句:《古樂府》:"一彈再三歎。"　新添:《左傳》:魏獻子將受梗陽人賂。"饋入,召〈閻没、女寬〉,比置,三歎。"魏子曰:"'唯食忘憂。'吾子置食之間三歎,何也?"曰:"或賜二小人酒,不夕食。饋之始至,恐其不足,是以歎。中置,自咎曰:'豈將軍食之而有不足?是以再歎。及饋之畢,願以小人之腹,爲君子之心,屬饜而已。'"獻子辭梗陽人。　趙云:借用閻没、女寬,當饋而"三歎"。今公所"歎","歎"其不若往日太平之時也。

三川觀水漲二十韻

我經華原來，不復見平陸。
北上唯土山，連天走窮谷。
火雲無時出，飛電常在目。
自多窮岫雨，行潦相豗蹙。
蓊匐川氣黄，群流會空曲。
清晨望高浪，忽謂陰崖踣。
恐泥竄蛟龍，登危聚麋鹿。
枯查卷拔樹，礧磈共充塞。
聲吹鬼神下，勢閱人代速。
不有萬穴歸，何以尊四瀆。
及觀泉源漲，反懼江海覆。
漂沙坼岸去，漱壑松柏禿。
乘凌破山門，迴幹裂地軸。
交洛赴洪河，及關豈信宿。
應沉數州没，如聽萬室哭。
穢濁殊未清，風濤怒猶蓄。
何時通舟車？陰氣不黲黷。
浮生有蕩汩，吾道正羈束。
人寰難容身，石壁滑側足。
雲雷此不已，艱險路更跼。
普天無川梁，欲濟願水縮。
因悲中林士，未脱衆魚腹。
舉頭向蒼天，安得騎鴻鵠？

卷二　古詩

【集注】

"三川"句:天寶十五年七月中,避寇時作。　師云:《寰宇記》:"三川謂華池、黑浪、洛水,同會爲三川。又三川縣,本漢(雀)〔翟〕道縣,後魏改爲三川縣,取古三川郡爲名。"　趙云:此篇即事體物之詩。句法雄渾,讀之者見漲川之足駭矣。作當辟寇時,故有"反懼江海覆"與"何時通舟車"之句,又憂及"中林士"也。

"我經"四句:趙云:《選》詩:"夕陰曖平陸。"又,"飛軨越平陸。"《左傳》云:"深山窮谷"也。

"火雲"四句:常在目:一云"出無時"。　《海賦》:"磊匒匌而相壓。"　趙云:夏雲謂之"火雲",出(隋)盧思道《納涼賦》,云:"陽風洩其長扇,火雲赫而四舉。"

"翁匌"四句:郭璞詩:"高浪駕蓬萊。"　趙云:"翁匌",則氣之翁欝匌匝之貌。鮑照《芙蓉賦》:"繞金渠之空曲。"大抵空虛曲折處耳。曹子建《贈白馬王彪》云:"清晨發皇邑。"郭璞詩:"高浪駕蓬萊。"馬季長《長笛賦》云:"惟籦籠之奇生兮,于終南之陰崖。"

"恐泥"六句:趙云:"恐泥",出自《論語》。《江賦》:"狐獼登危而雍容。"(陳案:狐,《文選》作"孤"。)"查",音鋤加切,水中浮木也。字書:"礧磈,石也。""吹鬼神下",言其聲之吼。"勢閱人代速",言其流之疾。

"不有"二句:《海賦》:"江河既道,萬穴俱流。"　薛云:《爾雅》:"江河淮濟,是爲四瀆者。發源而注海者也。"　趙云:公之詩,作於亂離之中,意在衆所歸往,以尊王也。

"漂沙"二句:《海賦》:"飄沙礔石,蕩颷島濱。"(陳案:飄,《文選》作"影"。)又,"漱壑生浦。"《選》:"沈液漱陳根。"　趙云:"圻岸去",謝惠連:"圻岸屢崩奔。"

"乘凌"二句:《春秋括地象》云:"地有三千六百軸。"《海賦》:"狀如天輪,膠戾而激轉。又似地軸,挺拔而爭迴。"　《杜補遺》:《博物志》云:"地示之位,(陳案:示,《太平御覽》作'祇'。)起形於崑崙。高萬一千里,神物之所生,聖人、仙人之所集。崑崙之東北,地轉下三千六百里,有八玄、幽都,方二十餘萬里。下有四柱,廣十萬里。地有三千六百軸,互相牽制也。"《抱朴子》云:"地有三千六百軸,名山大川孔穴相通。"　　趙云:謝惠連《詠牛女》詩:"傾河易回斡。"而(梁)簡文帝《晚春賦》云:"嗟時序之回斡。"

"應沉"四句:《江賦》:"滈汗六州之域。"《海賦》:"於是鼓怒溢浪楊浮。"《江賦》:"乃鼓怒而作濤。"

"何時"四句:趙云:以川漲泛濫,故舟車不通。今句之義,問何時得水落,而"舟車"可通耳。"陰氣"開朗,而"不黲黷",以爲雨也。鮑照云:"浮生旅昭代。"孔子云:"吾道其非邪。""蕩汩","汩"有兩音:一音古忽切,治也;又汩,没也。一音越律切,水流也。《選》有"潏汩",又有"淢汩"。今言水之"蕩汩",當從"越律"之音。

"雲雷"句:(陳案:此,《全唐詩》同。一作"屯"。)

"普天"二句:魏文帝《雜詩》:"欲濟河無梁。"謝玄暉:"江漢限無梁。"陸機詩:"怨彼河無梁,引領望大川。"　　趙云:"普天無〔川〕梁,欲濟願水縮。"此使魏文帝"欲濟河無梁"一句中字也。　　師云:言譏執政也。

"因悲"二句:《詩》:"肅肅兔罝,施于中林。"王康琚《反招隱》:"今雖盛明世,能無中林士。"屈原苕漁父云:"寧赴湘流,葬于江漁腹中。"

"安得"句:趙云:亦如陸士衡《擬西北有高樓》云:"思駕歸鴻羽。"

大雲寺贊公房四首

其一

　　燈影照無睡,心清聞妙香。
　　夜深殿突兀,風動金琅璫。
　　天黑閉春院,地清棲暗芳。
　　玉繩迴斷絶,鐵鳳森翱翔。
　　梵放時出寺,鍾殘仍殷牀。
　　明朝在沃野,苦見塵沙黄。

【集注】

"大雲寺"句：二首在別卷。　　趙云：長安大雲經寺，在懷遠坊之東南隅，本名光明寺。武后時，以沙門宣政進《大雲經》，經中有玉女之符，因改名焉，且令天下各州置一大雲經寺。今此"大雲寺贊公房"，蓋長安也。何以知之？後別有《宿贊公房》詩，本注："京師大雲寺主，謫此安置也。"公家雖在（麟）[鄜]州，而公身轉陷賊中，往來長安則過大雲，見贊公矣。

"心清"句：《杜補遺》：《維摩經》曰："有國名衆香，佛號香積，其界皆以香作樓閣。其國如來，無文字說，但以衆香令諸天人得入律行。菩薩各坐香樹下，聞斯妙香，即獲得藏三昧。"（陳案：得，《維摩經》作"德"。）

"夜深"二句：趙云：言"夜深"則殿勢"突兀"，"風動"則所懸之金，其聲"琅璫"。後人因以"金琅璫"可以當物之名。洪駒父嘗有詩云："琅璫嚴佛界，薜荔上僧垣。"山谷改云："琅璫鳴佛屋。"則正以"琅璫"爲所鳴之物，於義固亦無害。（陳案：物，《杜詩引得》作"名"。）王立之曾話此云：山谷以爲"薜荔"一聲，須要一聲者對，"琅璫"一聲也。而立之以爲不必然。今觀杜云，以"突兀"對"琅璫"，則山谷之意得矣。

"玉繩"二句："玉繩"：星名。　　增添：《文選》："金波麗鳷鵲，玉繩低建章。"（陳案："金波"句原在"玉繩"後，依《文選》乙正。）　　師：《春秋元命包》曰："玉衡北（南）[兩]星爲玉繩。"　　趙云："迴斷絕"，則夜飲向晨也。魏武帝云："憂從中來，不可斷絕。""鐵鳳"，舊注引陸倕《石闕銘》："蒼龍玄武之刺，銅雀鐵鳳之工。"（陳案：刺，《文選》作"制"。）其說是，蓋施雀鳳於屋脊上者。薛綜《西京賦》注云："圓闕上作鐵鳳，令〔張〕兩翼，舉頭，敷（毛）[尾]。"故謂之"森翶翔"。"森"，則不一其物矣。蓋如謝靈運"松柏森成行"之"森"也。

"梵放"二句：趙云：僕愛此最爲匠句。蓋佛事至梵音，必唱而誦之，其聲高放，故寺外可聞也。"殷"，上聲，而"殷其雷"之"殷"矣。單用"梵"字，梁元帝《梁安寺刹下銘》曰："宵長梵響，風遠鍾傳。"（周）庾信《送炅法師葬》云："尚聞香閣梵，猶聽竹林鍾。"

"明朝"句：沃野千里。

"苦見"句：時西郊逆賊，拒官軍未已。

其二

童兒汲井華，慣捷瓶上手。
灑洒不濡地，掃除似無箒。
明霞爛複閣，霽霧塞高牖。
側塞被徑花，飄颻委墀柳。
艱難世事迫，隱遁佳期後。
晤語契深心，那能總鉗口？
奉辭還杖策，暫別終回首。
泱泱泥污人，听听國多狗。
既未免羈絆，時來憩奔走。
近公如白雪，執熱煩何有？

【集注】

"童兒"二句：《杜補遺》：《神農本草》："井華水，令人好顏色。"與諸水有異，其功極廣。此水井中平旦第一汲者。　　趙云："井華"，以見童兒之早起。"慣捷"，以見其朝朝如此，且敏爲也。

"灑洒"二句：《周禮》："宮人：凡寢中之事掃除。"　　趙云：此兩句可爲掃地經。灑濡地則沮洳，掃有箒則餘塵痕也。

"明霞"二句：明：一作"晨"。　　薛云：《廣韻》："複，重也。"又，《古詩》："交疏結綺窗，阿閣三重階。"　　趙云：陸士衡《今日良宴會》詩："高談一何綺，對若朝霞爛。"梁元帝謂："能令雲霧塞。"

"側塞"二句：墀：一作"階"。　　《楚辭·九辨》："皋蘭被徑兮斯路漸。"（陳案：九辨，《楚辭補注》作"招魂"。）非阮籍"皋蘭被徑路"。

"艱難"二句：郭璞《遊仙詩》："山川隱遁（捷）[棲]。"（陳案：川，《文選》作"林"。）　　趙云：言可以及"隱遁"之"期"矣，以"艱難世事迫"，故其"期"爲"後"時也。

"晤語"二句：《史》："鉗口結舌。"　　趙云：《詩》："可與晤語。"
師：言方道"契"，故未能忘言也。

"奉辭"二句：曹操："奉辭出征。"房玄齡"杖策謁"唐太宗"軍門"。

"回首",見首篇注。

"泱泱"二句:宋玉《九辯》:"猛犬狺狺而迎吠兮,關梁閉而不通。"
趙云:上句,以辭別而去,猶"回首"而懷戀。所以"回首"而懷戀者,何哉?以"泥汙人""國多狗"之可惡也。

"既未"二句:羈:一作"寓"。　《晉》:"慕容垂,猶鷹也,宜急其羈絆。"

"近公"二句:趙云:《孟子》有"白雪之白"。宋玉有"《白雪》之歌"。《詩》云:"誰能執熱,逝不以濯。"

哀江頭

少陵野老吞聲哭,春日潛行曲江曲。
江頭宮殿鎖千門,細柳新蒲爲誰綠?
憶昔霓旌下南苑,苑中萬物生顏色。
昭陽殿裏第一人,同輦隨君侍君側。
輦前才人帶弓箭,白馬嚼齧黃金勒。
翻身向天仰射雲,一箭正墜雙飛翼。
明眸皓齒今何在?血汙遊魂歸不得。
清渭東流劍閣深,去住彼此無消息。
人生有情淚沾臆,江草江花豈終極?
黃昏胡騎塵滿城,欲往城南望城北。

【集注】

"少陵"句:"野老",甫自稱。"少陵",杜陵也。

"春日"三句:康騈《劇譚錄》曰:"曲江池,本秦隑州。開元中,疏鑿爲妙境。花卉周環,烟水明媚,都人遊玩,盛於中和節。江側菰蒲葱翠,柳陰四合,碧波紅蕖,湛然可愛。"《唐書·鄭注傳》:"大和九年,注言秦中有災,宜興力役以禳之。文宗因吟杜甫詩云:'江頭宮殿鎖千門,細柳新蒲爲誰綠。'始知天寶四年,曲江四面多樓臺行宮。乃敕宮卿之家，住於曲江、昆明二池，起造亭觀。詔神策兩京造紫雲樓、綠霞亭，內出牌以賜之。"《西京雜記》云："朱雀街東第五街，皇城之東第三街，昇道坊龍華尼寺內，有流水屈曲，謂之曲江。"司馬相如《弔秦二世文》云："臨曲江之隑州。"蓋其所也。《關中記》云："宣帝立廟曲江之北，名曰樂遊廟，因苑為名，即今昇平坊內餘地是也。此地在秦為宜春苑也，在漢為樂遊苑也。" 趙云：公方"春日潛行"，當祿山之亂，宜其有"細柳新蒲為誰綠"之哀矣。《前漢》有"細柳營"。《選》詩有："新蒲含紫茸。"又，"新蒲節轉促。"

"憶昔"二句：宋玉《高唐賦》："霓為旌。"唐曲池坊南有南宮。 趙云："曲江"南即芙蓉苑，今云"南苑"是也。

"昭陽"二句：李白詩："漢宮誰第一，飛燕在照陽。"（陳案：漢宮，《李太白集注》作"宮中"。）飛燕有女弟，絕幸，為昭儀，作昭陽殿。干寶注《周禮》云："對舉曰輦。" 趙云：漢成帝嘗欲與班姬同輦載，以託言貴妃也。詩人類皆取古事之似者以為譬，故李太白亦言："可憐飛燕倚新粧。"而高力士媒孽之，竟以此不得用，悲夫！

"輦前"二句：才：一作"詞"。嚼：一作"噍"。 唐制：內官，才人七人，正四品。 趙云：按：《明皇雜錄》載：上幸華清宮，貴妃姊妹各購名馬，以黃金為銜勒，組繡為障泥，同入禁中，觀者如堵。

"翻身"二句：箭：一作"笑"。 《西都賦》："招白鷴，下雙鵠。矢不單殺，中必疊雙。" 趙云：曹子建云"一縱兩禽連"之義，而字則張九齡《感寓詩》："袖中一札書，欲寄雙飛翼。"

"明眸"二句：惜：一作"在"。"汙"，烏故切。 曹植《洛神賦》："丹唇外朗，皓齒內鮮。明眸善睞，靨輔承權。"吳均詩："血汙秦王衣。" 趙云：按《唐·後妃傳》："安祿山反，以誅國忠為名。及西幸，過馬嵬，陳元禮等以天下討誅國忠。已死，軍不解，帝遣力士問故，曰：'禍本尚在。'帝不得已，與妃訣，引而去，縊路祠下。"

"清渭"句：《西都賦》："北有清渭濁涇。"（陳案：都，《文選》作"征"。）《山海經》注："渭水出隴西首陽縣鳥鼠同穴山。"左思《蜀都賦》："緣以劍閣。"注云："劍閣，谷名，自蜀通漢中道。"

"去住"句：蔡琰《笳曲》："去住兩情兮難具陳。"虞羲詩："君去無消息。"

"人生"二句："草"：一作"水"。　　陶潛詩："人生似幻化。"謝朓詩："有情知望鄉。"《樂府》："拾得楊花淚沾臆。"　　薛云：言江頭花草，"豈終極"乎？蓋望長安之興復也。　　趙云：杜公陷賊，身在長安，不知蜀道消息，見江草"江花"，覩景傷情，猶《唐風·隰有萇楚》篇，（陳案：唐，《毛詩正義》作"檜"。）嘆其不如草木無知之意。

"黄昏"二句："騎"：去聲。望城：一作"忘城"，一作"忘南"。　　鮑云：甫家居"城南"，欲往"城南"，忘南北者，言迷惑避死，不能記其南北也。　　趙云：《古樂府》："戰城南，死北郭。"（陳案：北郭，《樂府詩集》作"郭北"。）曹植《吁嗟篇》："當南而更北，謂東而反西。"按：北人謂"向"爲"望'。欲往"城南"，乃向北，亦不能記南北之意。

哀王孫

長安城頭頭白烏，夜飛延秋門上呼。
又向人家啄大屋，屋底達官走避胡。
金鞭斷折九馬死，骨肉不待同馳驅。
腰下寶玦青珊瑚，可憐王孫泣路隅。
問之不肯道姓名，但道困苦乞爲奴。
已經百日竄荆棘，身上無有完肌膚。
高帝子孫盡隆準，龍種自與常人殊。
豺狼在邑龍在野，王孫善保千金軀。
不敢長語臨交衢，且爲王孫立斯須。
昨夜東風吹血腥，東來橐駝滿舊都。
朔方健兒好身手，昔何勇銳今何愚。
竊聞太子已傳位，聖德北服南單于。
花門剺面請雪恥，慎勿出口他人狙。
哀哉王孫慎勿疏，五陵佳氣無時無。

【集注】

《哀王孫》：天寶十五載，明皇西狩，肅宗即位，改元至德，在七月甲子。是月丁卯，禄山使人殺霍國長公主及王妃、駙馬等。己巳，又殺王孫及郡縣主，詩此時作。《史記》：漂母飯韓信，信曰："吾必重報。"母怒曰："吾哀王孫而進食，豈望報乎？""王孫"，如言公子也。

王深父云：安禄山驚潼關，玄宗倉卒西幸，諸嗣王及公主之在外者皆不及從，其後多爲禄山所屠，鮮有脱者，此詩記而哀之。嗚呼！以四海之廣，人帝之尊，念罔終則辱其子孫，如此豈《孟子》所謂"以其所不愛及其所愛"者歟？

"長安"四句：《唐書》："木生稼，達官怕。" 趙云："頭白烏"號，不祥也。天寶十五載六月辛未，禄山陷潼關，京師大駭。甲午，詔親征。明皇幸蜀，從延秋門出。門在禁苑之西面左邊，而禁苑在宮城之北。烏飛號于"延秋門"上，暗言乘輿既出矣，公卿寧不逃避耶？故烏又"啄大屋"，"屋底達官走避胡"也。或謂"頭"舊作"頸"，蓋"烏"無"頭白"者。

"腰下"句：《左傳》："晉侯佩太子以金玦。"

"但道"句：趙云：齊建安王子真被誅，入牀下，叩頭乞爲奴贖死，不從。河東王鉉聞收，欣然曰："死生，命也。"終不效建安乞爲奴而不得，仰藥而死。

"高帝"二句：《漢》："高祖爲人，隆準而龍顔。"李斐曰："準，鼻也。" 趙云：隋文帝子勇，勇子儼，雲昭訓所生，乃雲定興女。文帝嘗曰："皇太孫何謂生不得其地？"定興奏曰："天生龍種，所以因雲而出。"

"豺狼"二句：《易》："龍戰于野。"《讖》："四夷雲集，龍鬥野。"《前漢·爰盎傳》曰："千金之子，坐不垂堂。"祖出《莊子》。 趙云：陸士衡云："願保金石軀"也。而"千金軀"字，又用沈約《雜詩》云："坐喪千金軀。"

"不敢"二句：《周禮》疏云："舞交衢。"《文選》：蘇武別李陵詩："長當從此別，且復立斯須。"

"昨夜"二句：東：一作"春"。 師古曰："橐駝，言能負囊橐而馱物也。"《史思明傳》："禄山陷兩京，以馳運御府珍寶於范陽，不知紀極。" 鮑云："東來橐駞"，謂賊自東都進也。"舊都"，謂長安。
趙云："東風"，應是東方之風。〈風〉，非言"春"也。
"朔方"二句：《世説》："桓車騎過江時，公私（陰）[儉]薄。自使健兒鼓行劫鈔。"（陳案：桓，《世説新語》作"祖"。） 趙云：曹元首《六代論》有："身手不能相使。"
"竊聞"二句：明皇傳位于肅宗。 師：漢宣帝時，單于南北各以爲號〈號〉。
"花門"二句：（陳案：徂，《補注杜詩》《全唐詩》作"狙"。《説文》："徂，往也。徂、退或從彳。""狙，玃屬。""徂"爲本字。） 時回紇助順。《後漢》："耿秉卒，匈奴聞之，舉國號哭，或至犁面流血。""犁"，即"剺"字。剺，割也，古通用。 趙云：是時回紇有助順之心，故戒"王孫"勿"出口"於"他人"而徂往也。按：廣平王俶爲天下兵馬元帥，郭子儀副之，以朔方、安西、回紇、大食兵討安慶緒，在至德二載之閏八月。則公作此詩時，回紇初有助順之請。而"剺面"者，刀剺割其面皮。蠻夷感恩，而或喜或悲者，多然。
"哀哉"二句：《漢書》曰："高帝葬長陵，惠帝葬安陵，景帝葬陽陵，武帝葬茂陵，昭帝葬平陵，謂之五陵。"《選》："北眺五陵。" 增添：班固《西都賦》："南望杜霸，北眺五陵。" 趙云：戒之以當更相收拾而勿遂疏外。"王孫"，蓋皆前朝諸帝子之子孫，故使"五陵"以見之。《後漢》：王伯阿望舂陵城曰："氣佳哉！鬱鬱葱葱。"（陳案：王，《後漢書》作"蘇"。）公之望本朝掃除妖氛復興盛也如此。"佳氣"連兩字，張正見《芳樹》詩："香浮佳氣裏，葉映彩雲前。"

悲陳陶

孟冬十郡良家子，血作陳陶澤中水。
野曠天清無戰聲，四萬義軍同日死。
群胡歸來血洗箭，仍唱胡歌飲都市。
都人迴面向北啼，日夜更望官軍至。

【集注】

《悲陳陶》:《唐書·房琯傳》:"琯奉使靈武,立肅宗,因請將兵誅寇孽,收復京都。琯分爲三軍:遣楊希文將南軍,自宜壽入;劉悊將中軍,自武功入;李光進將北軍,自奉天入;琯自將中軍,爲前鋒。"鮑云:天寶十五年十月辛丑,房琯及禄山戰于陳陶斜,(陳案:陶,《新唐書》作"濤"。)敗績。癸卯,琯又以南軍戰,敗績。公故有是詩。

"孟冬"四句:曠:一作"廣"。清:一作"晴"。 《漢》:"趙充國始爲騎士,以六郡良家子。"《房琯傳》:"十月庚子,師次便橋。辛丑,琯軍先遇賊於咸陽縣之陳陶斜,接戰,琯軍敗績。時琯用春秋車戰之法,以車二千乘,馬步夾之。既戰,賊順風揚塵皷譟,牛皆驚駭,因縛蒭縱火焚之,人畜燒敗。乃中使邢延恩等督戰,倉皇失據,遂及於敗,爲賊所傷殺者四萬餘人,存者數千而已。" 趙云:東坡先生嘗言《悲陳陶》云:"四萬義軍同日死",此房琯之敗也。《唐書》作"陳濤斜",未知孰是。時琯既敗,猶欲持重有所伺,而中人邢延恩促戰,遂大敗。故次篇《悲青坂》云:"焉得附書與我軍,忍待明年莫倉卒。"先生之説如此。按:至德元載十月辛丑,房琯遇賊將安守忠於盛陽之陳陶斜,琯用車戰,官軍死者四萬餘人。則先生之説明矣。"四萬義軍同日死",語用庾信《哀江南賦》:"百萬義軍,一朝卷甲。"

"群胡"四句:血:一作"雪"。仍唱:一作"擻箭"。日夜更望官軍至:一云"前後官軍苦如此。" 趙云:"群胡歸來血洗箭",句法好處,正在"血洗箭"三字,蓋言箭鏃上之"血"也。如東坡《韓幹馬》詩云:"最後一匹馬中龍,不嘶不動尾摇風。"又《薄酒篇》云:"五更待漏靴滿霜。"(陳案:薄酒,《東坡全集》作"薄薄酒",無"篇"。)皆此格也。蔡伯世却取"一作云'雪洗箭'",非是。四句言朔方、安西、回紇、大食兵相助討賊,然夷狄之性,不無殘擾,故房琯雖喪軍矣,而"都人"之心,不願胡兵討賊,只"望官軍至"也。此一句,其字語蓋用"項伯爲漢王語項羽曰:'日夜望將軍至,何敢反邪?'"此亦模倣依倚之勢。一云:"前後官軍苦如此"。此句難解,豈若正句之又有據邪?

悲青坂

我軍青坂在東門,天寒飲馬太白窟。
黃頭奚兒日向西,數騎彎弓敢馳突。
山雪河冰野蕭瑟,青是烽烟白人骨。
焉得附書與我軍,忍待明年莫倉卒。

【集注】

《悲青坂》:王深父序云:孔子"〔行〕三軍,〈軍〉好謀而成",謀之未全而敢戰,或至速敗。　趙云:前篇《悲陳陶》,則辛丑之敗也。此篇《悲青阪》,則乃癸卯之敗矣。"青坂"應與陳陶斜之地,不相遠也。

"我軍"四句:陸士衡有《飲馬長城窟行》。《匈奴傳》:"力士能彎弓,盡爲甲騎。"　趙云:"太白",山名。"飲馬太白窟"五字,亦做"飲馬長城窟""飲馬韓山窟"之勢也。以兩敗後,各散而歸,所以言"日向西"。其餘"數騎"猶"敢馳突",以言其暴掠不改也。

"山雪"二句:《舞鶴賦》:"冰塞長河,雪滿翠山。"(陳案:翠,《文選》作"群"。)

"焉得"二句:趙云:房琯戰于陳陶斜,不利。猶欲持重,而牽於邢延恩所促戰,故敗。而公詩有"忍待明年"之戒,所以重傷之也。

卷三

(宋) 郭知達 編

古　詩

述　懷

去年潼關破，妻子隔絕久。
今夏草木長，脫身得西走。
麻鞋見天子，衣袖露兩肘。
朝廷慜生還，親故傷老醜。
涕淚授拾遺，流離主恩厚。
柴門雖得去，未忍即開口。
寄書問三川，不知家在否？
比聞同罹禍，殺戮到雞狗。
山中有茅屋，誰復依戶牖？
摧頹蒼松根，地冷骨未朽。
幾人全性命，盡室豈相偶。
嶔岑猛虎場，鬱結回我首。
自寄一封書，今已十月後。
反畏消息來，寸心亦何有。
漢運多中興，生平老耽酒。
沈思歡會處，恐作窮獨叟。

【集注】

《述懷》：此以下自賊中竄歸鳳翔作。舊注（晋）阮籍嘗作《詠懷》

詩八十餘篇，爲世所重。

"去年"二句：天寶十五年，安祿山僭號，賊犯潼關，哥舒翰軍敗退，爲其帳下執之，降賊。關門不守，上乃謀幸蜀。

"今夏"二句：陶淵明詩："孟夏草木長。"按《新唐書》：天子幸蜀，甫走避三川，肅宗立，自鄜州羸服奔行在，爲賊所得。至德元年，亡走，謁帝鳳翔。　　趙云：此篇叙事甚明。"去年潼關破"，天寶十五載六月，爲賊將崔乾祐所破也。先是公於五月挈家避地鄜州，有《高齋》詩及《三川觀漲》《塞蘆子》詩。即自鄜州挺身附朝廷，而逢潼關之敗，遂陷賊中。既而是月肅宗即位靈武，治兵鳳翔。公于至德二載夏四月，自賊中亡走鳳翔，所謂"今夏""脱身""走"，是也。以"草木長"推之，則爲四月。蓋陶潛詩云"孟夏草木長"，是也。公既至鳳翔上謁，則拜右拾遺焉。《新書》謂甫以天寶十五載七月中，避寇寄家三川，"肅宗立，自鄜州羸服欲奔行在，爲賊所得"。非也。

"麻鞋"六句：言奔走流離，迫于窘困，至于"麻鞋"以見天子。"露兩肘"，言衣不完。《莊子》言："原憲捉衿而肘見。"按：《新書》言：甫"至德二年，亡走鳳翔，上謁，授右拾遺"。而舊史以爲甫"謁帝彭原郡"。至德，肅宗年號也。　　趙云：王琪云：子美之詩詞，有近質者，如"麻鞋見天子""垢膩脚不韈"之句，所謂轉石于千仞之山勢也。學者尤效之而過甚，〔豈〕遠大者難窺乎？琪之説如此。"麻鞋見天子"，亦紀實事，且見其奔走"流離"，迫于窘困而然耳。而王叡作《炙轂子》有云："夏商以草爲屨。《左氏》曰：'非屨也。至周以麻爲之，謂之麻鞋，貴賤通著。'陳案：非，《漁隱叢話》作'菲'。）晋永嘉以絲爲之，宫中嬪妃皆箸之。"則"麻鞋"二字，亦有所本而後言也。

"柴門"二句：趙云：後有詔許至鄜州迎家，〈不〉不欲遽違天顔矣。

"寄書"二句："三川"在鄜州。按：《本傳》：甫寄家三川，"艱窶彌年，孺弱至餓死者"。

"比聞"二句：趙云：詩又言："去憑遊客寄，來爲附家書"，至"殺戮到雞狗"。蓋使曹操征陶謙，雖雞狗盡殺也。

"山中"六句：（陳案：有，《補注杜詩》《全唐詩》作"漏"。）　　趙云："茅屋""摧頹"于松傍，以"地冷"之故。"茅"雖"朽"而屋"骨"未"朽"。他人少有"全性命"者，而吾之室家，豈保其相偶聚乎？《左傳》：“盡室以行。”

"嶔崟"二句：陸機："飢食猛虎窟。"（陳案：崟，《全唐詩》作"岑"。一作"崟"。《楚辭‧招隱士》："岑，一作'崟'。"《九思》："崟，一作'岑'。"知爲異體。）　趙云：以"虎"譬賊之暴也。

"漢運"二句：（陳案：多，《補注杜詩》《全唐詩》作"初"。）　凡王室中否而中興，（陳案：中興，《漁隱叢話》作"復興"。）謂之"中興"。如周之宣王，漢之光武，唐之中興，是。齊桓好酒。（魏）曹植《賦》曰："若躭于觴酌，流情縱佚，先王所禁，君子好失。"（陳案：好失，《藝文類聚》作"所斥"。）《霍光傳》：昌邑"夜飲湛湎於酒"。師古曰："湛，讀曰沈，又讀曰躭，沔荒迷酒也。"

"沈思"句：《文選》有云："事出于沈思。"

偪仄行

偪仄何偪仄，我居巷南子巷北。
可恨鄰里間，十日不一見顏色。
自從官馬送還官，行路難行澁如棘。
我貧無乘非無足，昔者相遇今不得。
實不是愛微軀，又非關足無力。
徒步反愁官長怒，此心炯炯君應識。
曉來急雨春風顛，睡美不聞鐘鼓傳。
東家駒驢許借我，泥滑不敢騎朝天。
已令請急會通籍，男兒性命絕可憐。
焉能終日心拳拳，憶君誦詩神凜然。
辛夷始花亦已落，況我與子非壯年。
街頭酒價常苦貴，方外酒徒稀醉眠。
速宜相就飲一斗，恰有三百青銅錢。

【集注】

《偪仄行》:(陳案:仄,《全唐詩》同。一作"側"。《説文》段玉裁注:"仄,古與側、昃字相假借。")　　贈畢曜。《西京賦》:"駢羅偪仄。"(陳案:羅、仄,《文選》作"田""側"。)一云《傯傯行》,篇中字亦"傯傯"。

"偪仄"四句:江淹《古別離》詩:"願一見顔色,不異瓊樹枝。"趙云:"偪仄",言巷之隘陋也。《西京賦》:"駢羅偪仄。"《後漢》:東平王,蕭宗賜之詔曰:"數見顔色,情重昔時。"

"行路"句:《古樂府》有《行路難》。

"實不"句:愛微軀:一云"慵相訪"。

"徒步"二句:(陳案:反,《補注杜詩》《全唐詩》作"翻"。)　　《周禮》:"正長,乃官之長也。"潘安仁《寡婦賦》:"目炯炯而不寐。"

"東家"二句:(陳案:駒,《補注杜詩》《全唐詩》作"蹇"。)　　趙云:《七諫》云:"駕蹇驢而無策兮,又何路之能極?"

"已令"句:一云:"已令把牒還請假。"　　阮籍:"騎驢到郡。"《元帝紀》"通籍"注:"籍者,為二尺竹牒,記名字、物色,懸之宫門省禁,相應乃得入也。"武后時,太學生請急,后亦省視之。　　趙云:"請急",請急假也。舊注引"太學生請急",自不相干也。

"焉能"句:心:一作"神"。　　《中庸》:"回之為人也,得一善,則拳拳服膺,弗失之矣。"注:"拳拳,奉持之貌也。"

"辛夷"二句:《杜補遺》:《本草》云:陳藏器曰:"此花江南地暖,正月開花。北地寒,二月開花。初發如筆,北人呼為木筆花。"又《蜀本圖經》云:"正月二月,花似著毛小桃,色白而(帶)[蒂]紫,花落而無(于)[子]。夏秋復著花,如小筆。"此詩云"辛夷始花亦已落",蓋中春時。　　趙云:言時花之開落,所以顯人之易老也。

"街頭"二句:趙云:《晋書》:"方外司馬。"《漢書》:"高陽酒徒。"陶潛曰:"我醉欲眠"也。

"速宜"二句:(宋)鮑照《行路難》:"且願得志數相就,牀頭恒有沽酒錢。功名竹帛非我事,存亡貴賤委皇天。"《世説》:阮籍謂王戎曰:"偶得一斗美酒,當與君共飲。"(陳案:得一,《世説新語》作"有二"。)

趙云:真宗問近臣唐酒價,衆莫能對。丁晋公獨曰:"每斗三百。"

上問"何以知",丁引此詩以對。蓋銅錢〈蓋銅錢〉,純銅〈純銅〉之可貴者。時人語張鷟曰:"有如青銅錢,萬選萬中。"

北　征

皇帝二載秋,閏八月初吉。
杜子將北征,蒼茫問家室。
維時遭艱虞,朝野少暇日。
顧慚恩私被,詔許歸蓬蓽。
拜辭詣闕下,怵惕久未出。
雖乏諫諍姿,恐君有遺失。
君誠中興主,經緯固密勿。
東胡反未已,臣甫憤所切。
揮涕戀行在,道途猶恍惚。
乾坤含瘡痍,憂虞何時畢。
靡靡踰阡陌,人煙眇蕭瑟。
所遇多被傷,呻吟更流血。
回首鳳翔縣,旌旗晚明滅。
前登寒山重,屢得飲馬窟。
邠郊入地底,涇水中蕩潏。
猛虎立我前,蒼崖吼時裂。
菊垂今秋花,石戴古車轍。
青雲動高興,幽事亦可悅。
山果多瑣細,羅生雜橡栗。
或紅如丹砂,或黑于點漆。

雨露之所濡,甘苦齊結實。
緬思桃源內,益歎身世拙。
坡陁望鄜畤,谷巖互出没。
我行已水濱,我僕猶木末。
鴟鳥鳴黄桑,野鼠拱亂穴。
夜深經戰場,寒月照白骨。
潼關百萬師,往者散何卒。
遂令半秦民,殘害爲異物。
況我墮胡塵,及歸盡華髮。
經年至茅屋,妻子衣百結。
慟哭松聲回,悲泉共幽咽。
平生所驕兒,顏色勝白雪。
見耶背面啼,垢膩脚不襪。
牀前兩小女,補綻纔過膝。
海圖折波濤,舊繡移曲折。
天吴及紫鳳,顛倒在短褐。
老夫情懷惡,嘔吐臥數日。
那無囊中帛,救汝寒凛冽。
粉黛亦解苞,衾裯稍羅列。
瘦妻面復光,癡女頭自櫛。
學母無不爲,曉粧隨手抹。
移時施朱鉛,狼藉畫眉闊。
生還對童稚,似欲忘飢渴。
問事競挽鬚,誰能即嗔喝。
翻思在賊愁,甘受雜亂聒。

新歸即慰意,生理焉能説。
至尊尚蒙塵,幾日休練卒。
仰看天色改,旁覺妖氣豁。
陰風西北來,慘澹隨回鶻。
其王願助順,其俗喜馳突。
送兵五千人,驅馬一萬匹。
此輩少爲貴,四方服勇決。
所用皆鷹騰,破敵如箭疾。
聖心頗虛佇,時議氣欲奪。
伊洛指掌收,西京不足拔。
官軍請深入,蓄鋭伺俱發。
此舉開清徐,旋轉略恒碣。
昊天積霜露,正氣有肅殺。
禍轉亡胡歲,勢成擒胡月。
胡命其能久,皇綱未宜絶。
憶昨狼狽初,事與古先別。
姦臣競葅醢,同惡隨蕩析。
不聞夏殷衰,中自誅褒妲。
周漢獲再興,宣光果明哲。
桓桓陳將軍,仗鉞奮忠烈。
微爾人盡非,于今國猶活。
淒淒大同殿,寂寞白獸闥。
都人望翠華,佳氣向金闕。
園陵固有神,掃灑數不缺。
煌煌太宗業,樹立甚宏達。

【集注】

《北征》：《後漢》：班彪更始時，避地涼州，發長安，作《北征賦》。

鮑云：至德二年，公自賊竄歸鳳翔，謁帝，授左拾遺。時公家在鄜州，所在寇賊多，彌年艱窘，(陳案：窘，《補注杜詩》作"窶"。)孺弱至餓死者，有墨制許自省視。八月之吉，公始北征，徒步至三川迎妻子，故有是詩。　　東坡嘗云：《北征》詩識君臣之大體，忠義之氣，與秋月爭高，(陳案：月，《補注杜詩》作"色"。)可貴也。　　趙云：班彪自長安避地涼州，作《北征賦》。公亦因所往之方同，故借二字爲題耳。墨制，則行正倉猝之間所用也。此詩凡七十韻，聞之士夫言：孫莘老嘗謂老杜《北征》，勝韓退之《南山》詩；王平甫以爲《南山》勝《北征》，終不能相服。時山谷尚少，乃曰："若論工巧，則《北征》不及《南山》；若書一代之事，以與《國風》《雅》《頌》，相爲表裏，則《北征》不可無，而《南山》雖不作無害也。"(陳案：無，《杜詩引得》作"未"。)二公之論遂定。又嘗觀宋景文《和賈侍中覽北征篇》詩有云："莫肯念亂《小雅》怨，自然流涕袁安愁。"則公賦詩之心可見矣。

"皇帝"四句：趙云："皇帝"，肅宗。至德二載，公自鳳翔歸鄜州，此之謂"北征"也。"蒼茫"，荒寂之貌。《詩·小雅》："二月初吉。"

"維時"四句：時房琯得罪，甫上言："琯罪細不宜免。"帝怒，詔三司推問。甫謝，因稱琯宰相子，少自樹立，有大臣體。帝不省錄，詔放甫歸鄜省家。　　趙云：此篇公往鄜州省家之詩。以公之詩，參《唐歷》考之，公詩前篇曰："今夏草木長，脫身得西走。"乃至德二載四月也。(麻篇公往鄜州省家之詩，遺)["麻鞋見天子"，而"涕淚授拾遺"]，則繼此便有除命也。房琯罷相，在是年五月丁巳，則甫論琯不宜免，正在此五月也。按：《甫傳》："帝(诏)[怒]，詔三司推問。宰相張鎬曰：'甫若抵罪，絕言者路。'帝乃解，然自是不甚省錄。"時所在寇奪，甫家寓鄜，彌年艱窶，孺弱至餓死，因許甫往省視。則公今詩所謂"顧慙恩私被，詔許歸蓬蓽"是也。公之捄琯在此年之五月時也，而王原叔作《集記》乃云："至德二載，竄歸鳳翔〔見〕肅宗。明年，論房琯不宜罷相，出爲華州功曹。"所謂"明年"，乃乾元元年也。其比《甫本傳》差謬如此，故因是詩辨之。

"拜辭"四句：拜：一作"奉"。闕下：一云"閣門"。　　(陳案：

"沬",《四庫全書》本作"沐",形訛,當正。《補注杜詩》《全唐詩》作"怵"。《方言》卷十戴震疏証:"沬,亦作怵。") 言諫免瑁。 趙〈君〉[云]:甫既得往,而不忍輕去其君,尚恐君又有過舉,而當諫諍之。

"君誠"四句:"東胡",禄山也。憤其亂也。 趙云:"中興主",指言肅宗也。"密勿",詩雖言大臣之事,而公今所云,則以肅宗之於"經緯",固自慎密也。"東胡",指言安慶緒也。舊注云:"東胡,禄山也。"大誤。蓋至德二載正月乙卯,安慶緒已殺其父禄山,而襲僞位矣。

"揮涕"句:天子行幸所在,曰"行在"。

"道途"句:言心憂也。

"靡靡"二句:"靡靡",猶遲遲也。《詩》:"行邁靡靡。""蕭瑟",言人皆避亂無安居者。謝惠連《西陵遇風》詩:"靡靡即長路。"《古樂府·君子行》云:"越陌度阡。"(陳案:君子,《文選》作"短歌"。)魏文帝《樂府》:"秋風蕭瑟天氣涼。"

"回首"二句:時肅宗在"鳳翔"。

"屢得"句:《古樂府》有《飲馬長城窟行》。

"邠郊"二句:邠州,古豳國,昔公劉據豳其地。開元十三年,改豳州爲邠州。《周禮》:"雍州:川曰涇渭。"(陳案:渭,《周禮》作"汭"。)

"石戴"句:戴:一作"帶"。 趙云:陵谷遷變,石上仍有車轍也。

"山果"六句:(陳案:于,《補注杜詩》《全唐詩》作"如"。朱駿聲《說文通訓定聲》:"於,叚借又爲如。") 言山中草木皆遂其生,而人不遑寧止。 趙云:"或紅如丹砂,或黑如點漆",倣王逸言"玉赤如雞冠,黑如純漆"之勢也。"雨露之所濡",倣《莊子》"日月之所照,霜露之所墜"之勢也。

"緬思"二句:"桃源",秦俗避亂之所。 師云:"桃源",在鼎州。内有三洞,上曰上源夫人,中曰王源夫人,下曰桃源夫人,晋時漁者常往焉。 趙云:"桃源",在鼎州。陶潛有記、有詩。今因見果實而思之也。

"坡陁"二句:"鄜時",漢武郊祀之所,春秋時白狄之地。互遞互隱見也。 趙云:正望其家之所在也。 《杜正謬》:《前漢·郊祀志》："秦文公夢黃虵自天而下屬地，其口止于鄜衍。文公問史敦，曰：'此上帝之徵，君祠之。'于是作鄜畤，用三牲郊祀白帝焉。"以此考之，"鄜畤"乃文公作，非漢武也。

"我行"二句："木末"，言猶遠也。　　趙云：《詩》："我行其野，我僕痛矣。"《左傳》云："昭王南征不復，君其問諸水濱。"張載《叙行賦》："轉木末於北岑。"

"鴟鳥"句：鳥：一作"梟"。

"夜深"句：戰：一作"中"。

"潼關"四句：翰以兵二十萬守潼關。及其敗也，火拔歸仁曰："公以二十萬，一日覆敗，持是安歸？"遂執以降賊也。　　《杜補遺》：魏文帝《與吳質書》云："元瑜長逝，化爲異物。"吳質《與太子牋》亦云：陳阮徐生，"而今各逝，已爲異物"。　　趙云：言民一半爲鬼也。

"況我"二句：墮：一作"隨"。　　甫先陷賊而亡歸。　　趙云：其存者於離亂之久，見其盡老也。

"妻子"句：董先生衣百結。

"顏色"句：（陳案：勝白雪，《補注杜詩》《全唐詩》作"白勝雪"。）

"見耶"二句：趙云："見耶背面啼"，使"耶"字，乃出《木蘭詩》"不聞耶孃喚女聲"句中之字。"垢膩腳不襪"，王琪以爲"轉石于千仞山之勢"。沈佺期《被彈》詩云："窮囚多垢膩。"《左傳》："褚師襪而登。"

"海圖"句：（陳案：折，《補注杜詩》作"坼"，《杜詩詳注》作"拆"，一作"坼"。《說文》："折，斷也。"本義即折斷。又，《廣雅·釋詁一》："折，曲也。"即曲折義。合於本詩之義。）

"天吳"句："天吳"，水神也。　　《杜補遺》：木玄虛《海賦》："天吳乍見而彷彿。"《山海經》云："朝陽之谷有神曰天吳，是爲水伯，虎身人面，八手、八足、八尾，青黃色。"《山海經》云："丹穴山有鸑鷟，鳳之屬也，如鳳五色而多紫。"　　趙云："天吳"，海圖所畫之物。"紫鳳"，所繡之物也。

"顛倒"句：短：一作"裋"。　　《杜正謬》：當作"裋"，音豎，蓋傳寫之誤也。張衡《應閒》曰："士有解裋褐而襲。"（陳案：有，《後漢書》作"或"。）揚子《方言》曰："關西謂襜褕短者爲裋褐。"《前漢·貢禹》："裋褐不完。"師古曰："裋，謂童豎所著之襦。褐，毛布也。"　　趙云：

"短褐"字,長短之"短",自出班彪,云:"貧者衣短褐。"又《淮南子》載甯戚《飯牛歌》曰:"短褐單衣適止骭。"故公前篇用對"長纓"。杜田泥爲"裋褐"之字,非矣。《戰國策》:墨子見楚王,曰:"今有人於此,舍其錦繡,鄰有短褐,而欲竊之。"(陳案:短,《戰國策》:"一作裋。")

"嘔吐"句:一作:"數日臥嘔泄。"(陳案:吐,《補注杜詩》《全唐詩》作"泄"。)

"那無"句:無:一作"能"。

"救汝"句:(陳案:冽,《補注杜詩》《全唐詩》作"慄"。)

"移時"二句:宋玉《登徒子好色賦》:"臣東家之子,著粉則太白,施朱則太赤。" 趙〔女〕[云]:剽竊舊人文章,而竄首易尾者,亦云"畫眉濶"。諺語云:"宮中好廣眉,四方多半額。"

"生還"六句:趙云:《後漢·鄧禹傳》:"父老童稚,垂髮戴白,滿其車下。"如元魏成淹曰:"羔裘玄冠不以弔,此童稚所知也。"隋煬帝言薛道衡云:"輕我童稚。"桓伊撫箏詠曹子建詩,謝安挽其須曰:"使君于此不凡!"

"新歸"二句:(陳案:即、能,《補注杜詩》作"且""得"。)

"至尊"二句:《僖·二十四年》:臧文仲對曰:"天子蒙塵在外,敢不奔問官守。" 趙云:《宋書·徐爰傳》:"練卒嚴城。"

"旁覺"句:(陳案:旁,《全唐詩》作"坐"。一作"旁"。) 氣:一作"氛"。

"慘澹"句:回鶻:一作"胡紇"。 《唐書·回鶻列傳》云:"回紇,其先匈奴也。元魏時號高車部,或曰敕勒,訛爲(藏)[鐵]勒。臣于突厥。至隋,韋紇復叛去,自稱回紇。回鶻,言勇鷙猶鶻然。"趙云:《世說》載:壹道人曰:"風霜固所不論,乃先集其慘憯,郊邑正自飄瞥,林岫便已皓然。""隨回紇",舊正作"回鶻",當以"回紇"爲正。蓋當杜公時,未有"回鶻"之稱。至德宗朝而後,(陳案:德,《杜詩詳注》作"憲"。)來請易"回鶻",言捷鷙猶鶻然。凡讀書,本末不可不考。

"送兵"句:時回紇以兵五千助順。

"所用"四句:如:一作"如"。(陳案:《補注杜詩》《全唐詩》正文作"過",異文作"如")。 回紇,在隋曰"韋(純)[紇]"。其人驍彊,初無酋長,逐水草轉(徒)[徙],善騎射,喜盜鈔。 趙云:言主上雖虚心以待其破賊，然"時議"恐畢竟爲害，所以"氣欲奪"也。

"伊洛"四句：趙云：此正"時議"，以爲國家自有恢復中原之理，"官軍""深入"自足破賊，不必請用"回紇"兵也。

"此舉"二句：（陳案：清、轉，《補注杜詩》《全唐詩》作"青""瞻"。）

"昊天"四句：《隋·長孫晟傳》曰："臣夜望磧北，有赤氣長百餘里，如雨下垂。按《兵書》名洒血，欲滅匈奴，宜在今日。"

"胡命"句：《史思明傳》：優相謂曰："其能久乎？"（陳案：其能久乎，《新唐書》作"胡命盡乎？"）

"皇綱"句：趙云：但推天數當然，與李白《胡無人曲》所謂"太白入月敵可摧，旄頭滅，履胡之腸涉胡血。懸胡青天上，埋胡紫塞旁。胡無人，漢道昌"同意。《蜀志》："諸葛孔明食少事煩，其能久乎？"

"憶昨"句：《杜補遺》：《酉陽雜俎》云："狼狽是兩物。〔狽〕前足絶短，每行常駕兩狼，失則不能動，故世言乖者爲狼狽。"

"姦臣"句：禄山之反，亦國忠媒孽之。《黥布傳》："漢誅梁王彭越，盛其醢，以徧賜諸侯。"

"不聞"二句：褒姒、妲己也。此言誅楊貴妃也。　鮑云：魏泰曰："唐人誅馬嵬之事尚矣，世所稱者。"劉禹錫曰："官軍誅佞幸，天子捨夭姬。"白樂天云："六軍不發無奈何，宛轉蛾眉馬前死。"此乃歌詠禄山而明皇不得已誅貴妃也。（陳案：禄山，《杜詩引得》作"官軍"。）豈特不曉文體，蓋亦失事君之禮。老杜則不然。《北征》詩曰："憶昔狼狽初，事與古先別。姦臣競葅醢，同惡隨蕩析。不聞夏殷衰，中自誅褒妲。"乃明皇鑒夏、商之敗，悔天悔禍，（陳案：悔天，《杜詩引得》作"畏天"。）賜妃子死，官軍何與焉？

"周漢"二句：趙云：蓋謂"古先"亦有衰亂，而今日與之殊別焉。其殊別者何也？"姦臣"如楊國忠，既誅，其黨人失勢而"蕩析"矣，此與"古先別"之一也。夏、殷亦衰矣，而褒、妲不誅；上皇乃能割恩捨愛而誅貴妃，此與"古先別"之二也。惟其如此，故能如周之再興，而有宣王；如漢之再興，而有光武，以言肅宗之能中興也。褒姒、妲己，褒姒滅周，而用於"夏殷"句之下，此乃公命意痛快，（陳案：意，《杜詩引得》作"語"。）因成小誤耳。

"桓桓"句："陳將軍"，玄禮也，首謀誅貴妃、國忠者。《詩》："桓桓武王。"《書》:"尚桓桓。"

"微爾"二句:見二卷"實欲邦國活"注。　　趙云:《東(城)〔坡〕先生詩(活)〔話〕》有曰:"《北征》詩云:'桓桓陳將軍,仗鉞奮忠烈。'此謂陳元禮也。元禮佐玄宗平内難,又從幸蜀,首建誅國忠之策。"舊注雖知爲陳元禮,妄添注云:"首謀誅國忠、貴妃者。"按:《唐書·陳元禮傳》:"宿衛宫禁。"故公謂之曰"陳將軍"。安禄山反,謀誅楊國忠。闕下不克,至馬嵬,卒誅之。又按《楊貴妃傳》:"西幸至馬嵬,陳元禮等以天下大計,誅國忠。已死,軍不解。帝乃使問故,曰:'禍本尚在。'帝不得已,與妃訣,引而去,縊路祠下。"則陳將軍特建誅國忠之策而已,非首建誅貴妃也。"桓桓陳將軍"之句,蓋倣盧子諒之言劉琨曰"桓桓撫軍"之勢也。"微爾人盡非",蓋取"微管仲,吾其被髮左袵"之意。言微"陳將軍",則人至于變易而非矣。此又依傍"城郭是,人民非"之語。

"淒淒"四句:(陳案:淒淒,《補注杜詩》《全唐詩》作"淒凉"。)"大同""白獸",皆禁中宫殿名也。司馬相如曰:"建翠華之旗。"薛云:《神異經》:"東北大荒中,有金闕,高百丈。上有明月珠,徑三丈,光照千里。中有金階,西北入兩闕中,名天門。"　　趙云:按:"大同殿",在南内興慶宫中,勤政殿之北,曰大同門,其内大同殿。此明皇帝所游之地。"白獸闥",考之《唐志》,無此名,惟漢未央宫中有白虎門、白虎殿。豈公借用以爲比耶?大意勸車駕歸長安也。是年九月癸卯,復京師。十月癸亥,遣韋見素迎上皇于蜀郡。丁卯,車駕入長安。則公詩不徒言矣。

"園陵"四句:趙云:言車駕當歸,奉陵寢之掃除也。蓋高祖獻陵在三原,太宗昭陵在藍田,高宗乾陵在奉天,中宗定陵在富平,睿宗橋陵在奉先。"掃灑數不缺。""數",言禮數也。既"掃灑""園陵",當思祖宗刱業,如太宗貞觀之盛,豈復有播遷之事哉?"樹立",建立之謂也。《晋·會稽王道子傳》言:置官亦曰"多所樹立"。陸士衡作《漢高祖功臣頌》,云:"曲逆宏達。"雖止是功臣事,而注云:"宏,大也。達,通也。"德業之宏大通達,亦可言君矣。

得舍弟消息

風吹紫荆樹,色與春庭暮。
花落辭故枝,風回反無處。
骨肉恩書重,漂泊難相遇。
猶有淚成河,經天復東注。

【集注】

"風吹"四句:周景式《孝子傳》曰:"古有兄弟,出欲分異,(陳案:出,《藝文類聚》作'忽'。)出門見三荆同株,枝葉連陰,歎曰:'木猶欣聚,况我而殊哉!'"又,"田真兄弟欲分,其夜庭前三荆便枯;兄弟歎之,却合樹還榮茂。" 趙云:此言初別之時,當暮春也。古兄弟中事有此,故公因"荆"以興焉。

"骨肉"句:(陳案:書,《全唐詩》同。《補注杜詩》作"義"。)

"猶有"二句:《世說》:人問顧長樂哭桓宣武之狀如何。(陳案:樂,《世説新語・言語》作"康"。)曰:"鼻如廣莫風,眼如懸河決。聲如振雷破山,淚如傾河注海。" 趙云:顧凱之云:"淚如河注海也。"(陳案:凱,《晋書》作"愷"。)

徒步歸行

明公壯年值時危,經濟實藉英雄姿。
國之社稷今若是,武定禍亂非公誰。
鳳翔千官且飽飯,衣馬不復能輕肥。
青袍朝士久困者,白頭拾遺徒步歸。
人生交契無老少,論交何必先同調。
妻子山中哭向天,須公櫪上追風驃。

【集注】

　　"徒步"句:贈李特進,自鳳翔赴鄜州,經邠州作。　　趙云:李特進,嗣業也。緣《公孫弘〔傳〕》,云:"自徒步,至宰相。"有此兩字,故倚爲題。

　　"明公"二句:天下英雄,惟操與使君。　　趙云:《晉》:石苞遷司馬景帝中護軍,而宣帝聞苞好色薄行,以責帝。帝答曰:"雖細行不足,而有經國才略。貞廉之士,未必能經濟世務。"

　　"國之"二句:趙云:魏賀拔軌稱宇文泰曰:"宇文公文足經國,武能定亂。"

　　"鳳翔"二句:言公私窘迫,且飽而已,未能輕肥。　　新添:《論》:"乘肥馬,衣輕裘,與朋友共,敝之而無憾。"　　趙云:歎諸公之不如意也。乘肥衣輕,昔日太平時事,以值時危而不復然矣。

　　"青袍"二句:(陳案:久,《補注杜詩》《全唐詩》作"最"。)　　甫謁上于鳳翔,受左拾遺。　　新添:《史》云:"白頭如新,傾蓋如故。"

　　趙云:重歎其身之困也。

　　"人生"二句:論交:一作"論心"。　　謝靈運云:"誰謂古今殊,異代可(耳)〔同〕調。"　　趙云:"交契無老少",則公與李年歲必不等也。

　　"妻子"二句:(梁)邵陵王《啟》:"連驃絕景,沃若追風。"(陳案:驃,《藝文類聚》作"翩"。)　　《杜(拾)〔補〕遺》:崔豹《古今注》:"秦始皇七馬,一曰追風。"《廣(運)〔韻〕》云:"馬黃白色曰驃,音毗召切。"《西京雜記》:"文帝九馬,四曰逸驃。"《舊唐史》:"太宗十驥,六曰飛驃。"　　趙云:此借馬詩。或曰:遂欲求之也。言妻子在鄜州之"山中",哭望公之歸。而今"徒步"爲遲,故"須公櫪上"之馬矣。

玉華宮

溪回松風長,蒼鼠竄古瓦。
不知何王殿,遺構絕壁下。

陰房鬼火青，壞道哀湍瀉。
天籟真笙竽，秋色正瀟灑。
美人爲黃土，況仍粉黛假。
當時侍金輿，故物獨石馬。
憂來藉草坐，浩謌淚盈把。
冉冉征途間，誰是長年者？

【集注】

《玉華宮》：趙云：宮在坊州宜君縣。玉華、九成，皆公歸鄜州之所歷也。

"溪回"二句：趙云：《七發》云："絕迹兮臨回溪。"（陳案：迹，《文選》作"區"。）而潘安仁《金谷集作》有云："回溪縈曲阻。"今倒用之耳。

"不知"二句：趙云：謝靈運《登〈高詩〉最高頂詩》："晨策尋絕壁。"（陳案：高詩，《文選》作"石門"。）此宮在坊州宜君縣，貞觀二十年太宗所造也。初，貞觀十三年，州廢，縣亦省。其後以宜君宮復置縣，隸雍州。次年，宮成。又常赦宜君給復縣人之自玉華宮苑中遷者。後于高宗永徽二年，廢之爲寺。而今詩有云："不知何王殿，遺構絕壁下。"何也？此蓋詩人之深意也。太宗厭禁內煩熱，營太和終南之山，改曰翠微，建宮於終南。其後未幾，復興玉華之役。自二月乙亥遊幸，至十一月癸丑而復返。太宗剏業之主，貞觀習治之世，〔勞〕人費財於營建，廢時逸像于離宮。故詩人譏之曰："不知何王殿"也。按：《徐賢妃傳》："妃嘗言翠微、玉華等宮，雖因山藉水，無築架之苦，而工力和僦，不得無煩。（陳案：得，《新唐書》作'謂'。）有道之君，以逸逸人；無道之君，以樂樂身。"則公之微心可見矣。

"陰房"二句：《淮南子》："人血爲燐。"（陳案：人，《淮南子》作"久"。）許慎云："兵死之血爲鬼火。"燐者鬼火之名。《書》："說筑傅巖之野。"注："傅氏之巖，在虞、虢之界，通道所經，有澗水壞道，常使胥靡刑人等護此道。"（陳案：等，《尚書注疏》作"筑"。）

"天籟"二句：（陳案：天，《補注杜詩》《全唐詩》作"萬"。）秋色：一作"秋氣"。《莊子·齊物論》："子綦曰：'汝聞地籟而未知天籟。'子游曰：'地籟則衆竅是已，人籟則比竹是已。敢問天籟？'子綦曰：'夫吹萬不同，而使其自己也。'"　《杜補遺》：《吳都賦》："嗚條暢律飛，音響亮蓋象。琴筑并奏，笙竽俱唱。"李善注曰："律謂籟也。殷仲文《九井》詩所謂'爽籟驚幽律，哀壑扣虛牝'是已。"　趙云：言游幸之後，(陳案：後，《杜詩引得》作"廢"。)景物愁絶然也。反而言之，則游幸之時，其盛可知矣。

"美人"四句：(陳案：仍，《補注杜詩》《全唐詩》作"乃"。)　潘岳："美人居重泉。"《列子》："粉白黛黑。"　趙云：有隨輦而死葬者矣。惟公相去之近，能知之。

"憂來"四句：《天台賦》："藉萋萋之纖草。"又，"嗟人生之短期，孰長年之能執。"

九成宮

蒼山八百里，崖斷如杵臼。

曾宮憑風迴，岌嶪土囊口。

立神扶棟梁，鑿翠開户牖。

其陽産靈芝，其陰宿牛斗。

紛披長松倒，揭嶭怪石走。

哀猿啼一聲，客淚迸林藪。

荒哉隋煬帝，製此今頹朽。

向使國不亡，焉爲巨唐有？

雖無新增修，尚置官居守。

巡非瑶水遠，跡是雕牆後。

我來屬時危，仰望嗟歎久。

天王守太白，駐馬更搔首。

【集注】

《九成宫》：武德元年，废麟游郡，置郿州，有九成宫，云隋仁寿宫，（陈案：云，《补注杜诗》作"即"。）隋文帝崩于此。　　赵云：按《乐史寰宇记》载："在凤翔府，麟游隶。"（陈案：隶，《补注杜诗》作"县"。）又按："此宫本隋之仁寿宫，在凤翔府麟游县西五里。义宁元年废，唐贞观五年复置，更名九成，隶之郿州。其宫周垣千八百步。麟游于隋曾为郡，唐初改曰郿州。"按：《地理志》："麟游县，其去凤翔府东北一百一十里。"麟游郡置郿州，谓"改"则可，谓之"废"则不可。"郿"字应是"麟"字，诸本误刊耳。恐惑学者，故为详之。

"苍山"四句：（陈案：八，《补注杜诗》《全唐诗》作"入"。）　　迥：一作"迴"。　　宋玉《风赋》："夫风生于地，起于青蘋之末，侵淫溪谷，盛怒于土囊之口。"《西京赋》："状鬼蜮以炭巢。"　　赵云：此与"玉华宫"诗，语异而旨同。言乘舆涉远而冒险。《易》："臼杵之利。"

"立神"句：《鲁灵光〔殿赋〕》："神灵扶其栋宇。"

"其阳"二句：《西都城》："其阳则崇山隐天，幽林穹谷；其阴则冠以九峻，陪以甘泉。"《天台赋》："荫牛宿以曜舋。"（陈案：舋，《文选》作"峰"。）　　赵云："其阳""其阴"字，使《西都赋》。虽两句而尽乎敷陈之势矣。（陈案：乎，《杜诗引得》作"赋"。）"产灵芝"，以言瑞物所生，如汉庙柱生芝。"宿牛斗"，以言其高。如《登慈恩寺塔》有云："七星当北户，河汉声西流。"

"纷披"二句：赵云：《洞箫赋》："若凯风纷披。"《鲁灵光殿赋》："飞陛揭孽，缘云上征。"

"哀猿"二句：《宜都山川记》曰："峡中猿鸣至清，诸山谷传其响，泠泠不绝，音者歌三声泪霑衣。"（陈案：音，《补注杜诗》作"行"。）赵云：宫处乎深山之中，虞世南所谓"冠山抗殿，绝壁为池"者。（陈案：壁，《天中记》作"壑"。）今以其稍不御而岑寂，则有愁绝之思矣。古歌云："猿鸣三声泪沾裳。"

"荒哉"二句：（陈案：焬，《补注杜诗》《全唐诗》作"家"。）　　杨素为隋文帝营仁寿宫，素规构鸿侈。文帝怒曰："素为聚怨天下。"（陈案：聚，《新唐书》作"揞"。）素惧，封伦曰："毋恐，后至，当自免。"既而果然。

"向使"二句：齐景公游牛山，北临其国，曰："若何去此而死乎？"

晏子曰:"使賢人若常守,則太公有之,吾君安得此位,而爲流涕,是不仁也。"齊侯飲酒樂,曰:"若何?"晏子曰:"昔爽鳩氏始居此,季荝、逢伯陵、蒲姑氏、太公因之。若古無死,則爽鳩之樂,非君所願得也。"《傳》曰:"不有廢也,君何以興?"

"雖無"四句:(陳案:遥,《補注杜詩》《全唐詩》作"遠"。) 王元長《曲水序》:"夏后兩龍,載驅璿臺之上。穆王八駿,如舞瑶水之陰。"王母與晏于瑶臺之上也。《五子之歌》:"峻宇雕牆。"注:"雕飾畫也。"

趙云:上言因隋以鑒唐也;下復申言以箴之。其去長安則亦遠矣,特比周穆王之瑶池爲不遠也,故言"巡非瑶水遠"。然"峻宇雕牆",五子所戒,以爲未或不亡者,而乃可襲其迹之後乎?此指言唐襲隋後也。"玉華宮",唐所創建,不敢指斥,故云"不知何王殿"。今九成宮,隋所建,當以之爲戒,故云"荒哉隋煬帝!"

"天王"二句:(陳案:搔,《全唐詩》同。一作"回"。) 《趙充國傳》曰:"今太白高深入者,勝天王天子也。守太白待時而進也。"趙云:"守"者,狩。(陳案:者,《補注杜詩》作"音"。)《春秋》:"天王守于河陽。"《穀梁》用此字也。"太白",山名。"守"之爲義,正言肅宗在鳳翔也。舊注引誤以"狩"爲"守",以"太白"山爲"太白"星矣。《詩·静女篇》:"愛而不見,搔首踟蹰。"

羌村三首

其一

崢嶸赤雲西,日脚下平地。
柴門鳥雀噪,歸客千里至。
妻孥怪我在,驚走還拭涙。
世亂遭飄蕩,生理偶然遂。
鄰人滿牆頭,感歎亦歔欷。
夜闌更秉燭,相對如夢寐。

【集注】

《羌村三首》:趙云:蔡興宗云:"至德一載,(陳案:一,《補注杜詩》作'二'。)歲在丁酉。秋閏三月,(陳案:三,《補注杜詩》作'八'。)奉詔至麟迎家,(陳案:麟,《杜詩引得》作'鄜'。)過九成宮,徒步行玉華宮,《北征》及此《羌村》,豈在鄜州,乃公寄家之地耶?當得《鄜州圖經》攷之。"

"崢嶸"二句:《楚詞》云:"載赤雲而陵太清。"《西都賦》云:"巖峻崷崒,金石崢嶸。"注曰:"崢嶸,高秀也。" 趙云:此喜言日暮之狀。(陳案:喜,《杜詩引得》作"善"。)《易通卦驗》之言雲有曰:"赤如赤繒。"(陳案:赤,《易緯通卦驗》作"上"。)則"赤雲"亦實道所見耳。《楚詞》云:"載赤霄而凌太清。"舊注便改作"雲"字,以附會其說矣。

"柴門"四句:歸客:一云"客子"。 范彥龍云:"有客欸柴門。"(陳案:門,《文選》作"扉"。)《詩》:"樂爾妻孥。"陸賈曰:"乾鵲噪而行人至。"

"生理"句:(陳案:理,《補注杜詩》《全唐詩》作"還"。)

"感歎"句:"歔欷",感泣也。

"夜闌"二句:《漁隱叢話》載:《冷齋夜話》云:"'夜闌更秉燭,相對如夢寐',更相'秉燭'照之,恐尚是夢也。當作'更',若使側聲字讀,則失其意甚矣。" 〔趙云〕又按:《小說》載:有人夢至帝所,見扇有書字。視之則題云:"夜深更秉燭,相對如夢寐。"初不記憶其爲杜詩也,覺而悟之,乃知杜詩乃在天上人所誦詠矣。又,劉貢父嘗言:詩人諷誦古人詩句,在心積久,或不記,往往多自爲己有,不可例以爲竊詩。如老杜《羌村》云:"夜闌更秉燭,相對如夢寐。"而梅聖俞《夜賦》云:"官燭翦更明,相看應是夢。"昭明所選《古詩》:"晝短苦夜長,何不秉燭游。"

其二

晚歲更偷生,還家少歡趣。
嬌兒不離膝,畏我復却去。
憶昔好追涼,故繞池邊樹。
蕭蕭北風勁,撫拘煎百慮。

賴知禾黍收,已覺糟床注。
如今足斟酌,且用慰遲暮。

【集注】

"晚歲"句:(陳案:更,《補注杜詩》《全唐詩》作"迫"。)

"憶昔"句:趙云:(晋)安王薄《晚逐涼》詩曰:"向夕紛喧屏,追涼風觀中。"(陳案:風,《藝文類聚》作"飛"。)

"撫拘"句:(陳案:拘,《補注杜詩》《全唐詩》作"事"。) 江淹詩:"伏枕懷百慮。"

"賴知"二句:禾黍:一作"黍秋"。 趙云:一作"黍秋收",極是。蓋黍與秋,所以造酒,方與下句相應。東坡《洋川南園詩》有云:"桑疇雨過羅紈膩,飾隴風來餅餌香。"(陳案:飾,《東坡全集》作"夏"。)亦是賴知"黍秋收",已覺"糟床注"之意,蓋詩人推物理,想其事如此。

"如今"二句:薛云:《離騷經》:"惟草木之零落兮,恐佳人之遲暮。"(陳案:佳,《楚辭章句》作"美"。)

其三

群雞正亂叫,客至雞鬥爭。
驅雞上樹木,始聞扣柴荆。
父老四五人,問我久遠行。
手中各有攜,傾榼濁復清。
苦辭酒味薄,黍地無人耕。
兵革既未息,兒童盡東征。
請爲父老歌,艱難愧深情。
歌罷仰天歎,四座淚縱橫。

【集注】

"群雞"句:正:一作"忽"。

"客至"句:《詩·雞鳴》。

"手中"二句:徐邈曰:"酒清者爲聖人,濁者謂爲〔賢〕人。"《酒頌》:"挈榼提壺。"

"請爲"句:漢祖宴父老,歌《大風》。

"艱難"句:新添:《書》:"厥子乃不知稼穡之艱難。"

"歌罷"二句:趙云:此詩一篇之中,賓主既具,問答了然,故善論詩者,以比陶潛詩:"清晨聞扣門,倒裳往自開。問子爲誰與?(陳案:與,《陶淵明集》作'歟'。)田父有好懷。壺漿遠見候,疑我與時乖。繿縷茅簷下,未足爲高栖。一世皆尚同,願君汩其泥。深感父老言,稟氣寡所諧。紆轡誠可學,違己詎非迷!(已,《詩林廣記》作'己'。《杜詩引得》作'巳',誤。)且共歡此飲,吾駕不可迴!"

新安吏

客行新安道,喧呼聞點兵。
借問新安吏,縣小更無丁。
府帖昨夜下,次選中男行。
中男絶短小,何以守王城?
肥男有母送,瘦男獨伶俜。
白水暮東流,青山猶哭聲。
莫使自眼枯,收汝淚縱橫。
眼枯却見骨,天地終無情。
我軍取相州,日夕望其平。
豈意賊難料,歸軍星散營。
就糧近故壘,練卒依舊京。
掘壕不到水,牧馬役亦輕。
況乃王師順,撫養甚分明。
送行勿泣血,僕射如父兄。

【集注】

《新安吏》：王深父云：乾元二年，郭子儀等九節度之師，圍安慶緒于鄴時，不立元帥，以中官魚朝恩為觀軍容宣慰使，師遂潰于城下。諸節度各還本鎮，子儀保河南，（陳案：南，《補注杜詩》作"陽"。）詔留守東都。此詩蓋哀出兵之役。夫古者有遣將推轂分閫之命，今棄師于敵也，虐至于無告。如詩之所憾其君臣，豈不刺哉！然子儀猶寬度得衆，（陳案：度，《文章正宗》同，《杜詩引得》作"厚"。）故卒美焉。

"客行"句："新安"，地名。

"喧呼"句：古《木蘭詩》："昨夜見軍帖，可汗大點兵。"

"府帖"句：帖：一作"符"。夜：一作"日"。

"肥男"二句：潘安仁《寡婦賦》："少伶俜而偏孤。"注："單子之貌。"　趙云：此篇點集新安之人，以戍東都之詩也。古《猛虎行》曰："少年惶且怖，伶俜到他鄉。"舊注引，在後。

"白水"二句：猶：一作"聞"。　《木蘭詩》："不聞耶孃哭子聲，但聞黃河流水鳴濺濺。"

"莫使"句：（陳案：使自，《補注杜詩》《全唐詩》作"自使"。）

"豈意"二句：時九節度圍相州，而師潰也。　趙云：至德二載九月癸卯，復京師。十月壬子，復東京。明年改元乾元，安慶緒賊復振，以相州為成安府。九月，詔郭子儀率李光弼等九節度兵凡二十萬，討慶緒於相州，遂圍之。明年之三月，慶緒求救于史思明，王師不利，南潰，諸節度引還。子儀以朔方軍保河（南）[陽]，詔留守東都。今公（師）[詩]所謂，蓋言相州之敗，九節度兵各引還也。

"就糧"四句：此言子儀保守河陽，留守東都。　趙云：子儀留守，而所點集之丁，戍於此也。《宋書》：徐爰有云："練卒嚴城。"

"況乃"四句：趙云：子儀事上誠，御下恕，寬厚得人，故公有"父兄"之稱。

潼關吏

士卒何草草，築城長安道。

大城鐵不如,小城萬丈餘。
借問潼關吏:脩關還備胡?
要我下馬行,爲我指山隅:
連雲列戰格,飛鳥不能踰。
胡來但自守,豈復憂西都!
丈人視要處,窄狹容單車。
艱難奮長戟,千古用一夫。
哀哉桃林戰,百萬化爲魚。
請囑防關將,慎勿學哥舒!

【集注】

《潼關吏》:王深父云:安禄山反,哥舒翰以潼關擊賊。翰敗,禄山遂陷長山。(陳案:山,《補注杜詩》作"安"。)其後收復長安,頗增設餘險。此詩蓋刺非其人,則舉關以棄之;得其人,雖舊險,亦足恃。《孟子》所謂"地利不如人和"也。

"士卒"四句:(陳案:長安,《補注杜詩》《全唐詩》作"潼關"。)薛云:《潤州圖經》:"城號(允)〔瓮〕城,吳孫權所城。"杜牧《潤州》詩:"城高鐵瓮橫強弩。"又,《世説》曰:"若湯池鐵城,無可攻之勢。"趙云:世有號《西清詩話》者,云杜詩如"小城萬丈餘,大城鐵不如",小城難爲高,大城難爲堅故也,得互相并急。(陳案:并急,《文章正宗》作"備急"。當是。《杜詩引得》作"脩意"。)此亦可笑。"小城"睥睨也。"大城"欲堅如鐵者,此《世説》所謂"若湯池鐵城,無可攻之勢"。而潤州城,號鐵瓮城之義也。若睥睨,豈有"萬丈"之高乎?蓋言其長短耳。(陳案:短,《文章正宗》作"垣"。《杜詩引得》作"亘"。)

"借問"句:(陳案:問,《補注杜詩》《全唐詩》作"問"。)

"脩關"句:脩關:一作"築城"。

"丈人"句:賈誼《過秦論》:"良將勁弩,守要(美)〔害〕之處。"

"艱難"二句:李左車云:"井陘之道,車不得方軌,騎不得成列。"《匈奴贊》:"厲長戟勁弩之械。"(陳案:贊,《漢書》作"傳"。)《劍閣銘》:

"一人荷戟,萬夫趑趄。"《蜀都》:"一夫守隘,萬夫莫向。"　　趙云:此篇大意以再脩潼關,當以哥舒翰戒,嚴其所守而已。託諸"關吏"之言,則公意以"關吏"猶能知守之爲利,廟謨神斷,乃不能然哉!"丈人",則託潼關吏呼公之語也。言請視"要害"之處,才能容車耳,豈不足用乎?(陳案:用,《杜詩引得》作"守"。)"用一夫",亦李白所謂"一夫當關,萬夫莫開"之意,何至用"百萬"以戰,而赴之死乎?皆所以託"關吏"之言而傷之也。

"哀哉"二句:《武成》:"放牛桃林之野。"注:"桃林在華山東。"陸士衡:"眷言懷桑梓,無乃化爲魚。"《光武紀》:"決水灌之百萬之衆,可使爲魚。"　　趙云:易則利戰,險則易守。持重守險,古之良法。哥舒翰逼於君命,輕去潼關而戰,故敗。"桃林",正言翰進戰之所。蓋潼關於唐,在華州之華陰。桃林於唐,乃陝州之靈寶。按:《哥舒翰傳》:"帝使使者督戰,翰窘不知所出。六月,引師而東,慟哭出關,次靈寶西原,與賊將崔乾祐戰。由關門七十里道險隘,其南薄山阻河,既爲賊所勝。是時軍自相鬬,又棄甲而奔,陷河死者十一二。"故有"爲魚"之喻。

"請囑"二句:哥舒翰守潼關,與賊交戰,敗而歸降于賊,禄山僞署翰司空。諸將光弼等皆爲書,罪翰不死節,後爲安禄山所殺。

石壕吏

暮投石壕村,有吏夜捉人。
老翁踰牆走,老婦出門看。
吏呼一何怒,婦啼一何苦!
聽婦前致詞:三男鄴城戍。
一男附書至,二男新戰死。
存者且偷生,死者長已矣!
室中更無人,惟有乳下孫。
孫有母未去,出入無完裙。

老嫗力未衰,請從吏夜歸。
應急河陽役,猶得備晨炊。
夜久語聲絕,如聞泣幽咽。
天明登前途,獨與老翁別。

【集注】

《石壕吏》:王深父云:驅民之丁莊,盡置死地,而猶急其老弱,雖秦爲閭左之戍不甚也。嗚呼,其時急矣哉!

"暮投"句:"石壕",地名。

"老婦"句:(陳案:門看,《全唐詩》:一作"看門。",一作"首。"人,歸《廣韻》"真"韻。門,歸《廣韻》"魂"韻,韻部相近。看,歸《廣韻》"寒"韻,與"真""魂"稍遠。"看門"是。)

"聽婦"句:趙云:應璩《老詩》有:"上叟前致辭""下叟前致辭。"(陳案:老詩,《漢魏六朝百三家集》作"三叟"。)又,《陌上桑》云:"羅敷前致辭。"

"三男"句:江淹:"飛蓋游鄴城。"王粲:"歌舞入鄴城。"魏都也。

趙云:前年相州之役矣。

"一男"句:至:一作"到"。

"存者"句:李陵曰:"陵豈偷生之士?"

"惟有"句:(陳案:惟,《全唐詩》同。一作"所"。)

"孫有"二句:一作"孫母未便出,見吏無完裙"。

"老嫗"句:(陳案:未,《補注杜詩》《全唐詩》作"雖"。) 文穎曰:"幽州及漢中,皆謂嫗爲媼。"

"應急"句:(陳案:應急,《補注杜詩》《全唐詩》作"急應"。)

"猶得"句:《史》:"晨炊蓐食。"

新婚別

兔絲附蓬麻,引蔓故不長。

嫁女與征夫,不如棄路傍。
結髮爲妻子,席不煖君床。
暮昏晨告別,無乃太匆忙。
君行雖不遠,守邊赴河陽。
妾身未分明,何以拜姑嫜。
父母養我時,日夜令我藏。
生女有所歸,雞狗亦得將。
君今往死地,沉痛迫中腸。
誓欲隨君去,形勢反蒼黃。
勿爲新婚念,努力事戎行。
婦人在軍中,兵氣恐不揚。
吁嗟貧家女,久致羅襦裳。
羅襦不復施,對君洗紅粧。
仰視百鳥飛,大小必雙翔。
人事多錯迕,與君永相望。

【集注】

《新婚別》:王深父云:先王之政,新有婚者,期不役。政出于刑名,則一切便宜而已。(陳案:便宜,《竹莊詩話》作"使衆"。)此詩所(必)〔怨〕,盡其常分,而不忘禮義,余以是録之。

"兔絲"二句:《古詩》:"與君爲新婚,兔絲附女蘿。"《詩》:"〔有〕頍者弁,〔蔦〕與女蘿,施于松柏。"蔦,寄生也。女蘿、兔絲,松蘿也。陸機疏云:"兔絲,蔓連草也,〔上〕生黃赤如(合)〔金〕,合藥兔絲子是也。"《本草》:"菟絲在木曰松蘿。"　趙云:"兔絲"當附松柏,而乃附"蓬麻",爲不得其所矣。《詩·唐國風》有《葛生》之篇,曰:"葛生蒙楚,蘞蔓于野。葛生蒙楚,(陳案:楚,《毛詩正義》作'棘'。)蘞蔓于域。"意以葛與蘞,皆蔓生之物,施于松柏,纍於樛木,則得其託矣。

"嫁女"二句:趙云:《詩》曰:"駪駪征夫。"《古樂府》云:"觀者滿路傍。"

"結髮"句:蘇子(美)[卿]詩:"結髮爲夫妻,恩愛不相疑。" 趙云:"結髮",始成人也。謂男子二十,女子十五,取笄冠爲義也。

"席不"句:孔席不暇煖。

"暮昏"二句:(陳案:昏,叉,《補注杜詩》《全唐詩》作"婚""忽"。昏,《説文通訓定聲》:"叚借爲婚。")

"守邊"句:赴:一作"戍"。 "河陽",東都也。 趙云:"河陽",孟州之縣。東都,今西京也。郭子儀初保河陽,而被詔留守東都,未幾,子儀召還,賊思明復陷東京,於是有河陽之戰。舊注:"河陽,東都也。"大誤。

"妾身"二句:薛云:《前漢》:廣川王去爲幸姬陶望卿作歌曰:"背尊章嫖以忽。"顔師古曰:"尊章,猶言舅姑。" 趙云:曹子建《雜詩》云:"妾身守空閨。"江淹文《古別離》云:"妾身長別離。"陳琳《飲馬長城窟〔行〕》云:"善事新姑嫜,猶時念我故夫子。"(陳案:猶,《玉臺新詠》作"時"。)

"雞狗"句:狗:一作"犬"。 趙云:"將"字,乃"百兩將之"之"將"。蓋多而或百兩,微而鷄犬,皆嫁時所攜物也。

"君今"二句:鮑照:"生軀陷死地。"謝靈運:"睠言懷君子,沉痛迫中腸。"韓信:"置之死地而後生。"魏文帝詩:"斷絶我中腸。"

"形勢"句:《北山移文》:"蒼黄反覆。"(陳案:反,《文選》作"翻"。)

"努力"句:《古詩》:"努力加飱飯。"(陳案:飱,《文選》"餐"。)蘇武詩:"努力愛春華。"李陵:"努力崇明德。"《樂府》:"少壯不努力。" 趙云:褚朔《鴈門太守歌》曰:"結束事戎車。"《詩》:"元戎十乘,以見啟行。"

"婦人"二句:薛云:李陵與單于戰,陵曰:"士氣少衰,而鼓不起者,軍中豈有女子乎?始軍出時,關東群盜,妻徙邊者,隨軍爲卒妻。婦女匿車中,搜得,陵皆劍斬之。"

"吁嗟"句:(陳案:吁,《補注杜詩》《全唐詩》作"自"。)

"久致"句:久致:一作"致此"。

"羅繻"句:淳于髡曰:"羅繻襟解。"

"對君"句:《古詩》:"娥娥紅粉粧。"

"人事"二句：事：一作"生"。　　趙云：宋玉《風賦》："回穴錯迕。"注云："雜錯交互也。"（陳案：互，《文選》作"迕"。）不施"羅襦"而"洗紅粧"，言君子行役不反。如《詩》云"自伯之東，首如飛蓬。豈無膏沐？誰適爲容"之義也。

垂老別

四郊未寧静，垂老不得安。
子孫陣亡盡，焉用身獨完？
投杖出門去，同行爲辛酸。
幸有牙齒存，所悲骨髓乾。
男兒既介胄，長揖別上官。
老妻臥路啼，歲暮衣裳單。
孰知是死別，且復傷其寒！
此去必不歸，還聞勸加餐！
土門壁甚苦，杏園度亦難。
勢異鄴城下，縱死時猶寬。
人生有離合，豈擇衰盛端？
憶昔少壯日，遲迴竟長歎。
萬國盡征戍，烽火被岡巒。
積屍草木腥，流血川原丹。
何鄉爲樂土？安敢尚盤桓！
弃絶蓬室居，塌然摧肺肝。

【集注】

《垂老別》：王深父云：軍興之際，至於老者，亦介胄，則又盛于間左之戍矣。

"四郊"句：郊：一作"方"。　　《禮》："四郊多壘，卿大夫之辱也。"

"長揖"句：左思詩："長揖歸田廬。"酈食其長揖高祖。

"還聞"句：《古詩》："努力加飡飯。"《古辭》云："上言加飡飯。"

"土門"二句：(陳案：苦，《補注杜詩》《全唐詩》作"堅"。)　　《史思明傳》："光〈武〉弼出土門，收常山郡。郭子儀以朔（月）[方]蕃漢二萬人，自土門而至常山，軍威遂振。"　　趙云：雖是作此詩時，"土門""杏園"設備以待史思明，時思明已殺安慶緒，自立爲帝矣。與天寶十五載潼關既潰之後，思明爲安禄山攻土門、陷常山時事，皆相遠。

"豈擇"句：盛：一作"老"。

"遲回"句：鮑照："臨路獨遲回。"

"萬國"句：(陳案：豈，《補注杜詩》《全唐詩》作"盡"。)　　征戍：一云"東征"。

"烽火"句：《蜀都賦》："岡巒糾紛。"盧諶詩："岡巒挺茂樹。"鮑照："烽火入咸陽。"

"積屍"句：《晉·天文志》：太陵中一星曰："積尸明，則死人如山。"

"流血"句：《楊子》："川谷流人之血，原野厭人之肉。"

"何鄉"句：《詩》："適彼樂土。"

"安敢"句：《易·屯卦》："初九：盤桓，利居貞。"

"弃絕"二句：曹植詩："哀哉傷肺肝。"又，"顧念蓬室士。"王仲宣："喟然傷心肝。"《列子》曰："北宫子（死）[庇]其蓬室，若廣厦之蔭。"

無家別

寂莫天寶後，園廬但蒿萊。
我里百餘家，世亂各東西。
存者無消息，死者爲塵泥。
賤子因陣敗，歸來尋舊溪。

久行見空巷,日瘦氣慘悽。
但聞狐與狸,豎毛怒我啼。
四鄰何所有?一二老寡妻。
宿鳥戀本枝,安辭且窮棲。
方春獨荷鋤,日暮還灌畦。
縣吏知我至,召令習鼓鞞。
雖從本州役,內顧無所攜。
近行止一身,遠去從轉迷。
家鄉既盪盡,遠近理亦齊。
永痛長病母,五年委溝谿。
生我不得力,終身兩酸嘶。
人生無家別,何以爲蒸黎!

【集注】

《無家別》:王深父云:先王子惠困窮,苟推其所不忍,達之于其所忍,則天下無敗亂之兆矣,此詩何〔爲〕作乎?

"寂莫"句:"天寶",明皇年號也。

"園廬"句:(陳案:萊,《補注杜詩》《全唐詩》作"藜"。萊,歸《廣韻》"哈"韻。藜、西、泥、溪,歸《廣韻》"齊"韻。知"藜"字是。) 喪亂"園廬"殘破也。

"我里"句:百:一(伯)〔作〕"萬"。

"死者"句:爲:一作"委"。

"歸來"句:舊:一作"故"。 (陳案:溪,《補注杜詩》《全唐詩》作"蹊"。)

"久行"四句:(陳案:聞,《補注杜詩》《全唐詩》作"對"。) 《苦寒行》:"熊羆對我蹲,虎豹夾路啼。"言田里荒蕪,人跡罕少,惟狐狸爾。

"四鄰"二句:"四鄰",所居之鄰近也。人多死于征役,所居者惟寡婦耳。《孟子》:"老而無夫曰寡。"

"宿鳥"二句：安：一作"敢"。　　人情之戀故鄉，如"宿鳥"之戀本枝也。雖"窮棲"，且安敢辭？言人情之安土也。唐太宗謂太原父老曰："飛鳥過故鄉，猶躑躅，況朕少小所游之鄉里乎？"王正長："人情舊鄉客，鳥思棲故林。"（陳案：人情舊鄉客，鳥思棲故林，《文選》作"人情懷舊鄉，客鳥思故林"。）顔延年："刻意藉窮棲。"

"方春"句：陶潛："雖有荷鋤倦。"

"召令"句：張景陽："人聞鼙鼓聲。"

"雖從"句：盧諶詩："豈謂鄉曲譽，謬充本州役。"

"遠去"句：（陳案：從，《補注杜詩》《全唐詩》作"終"。）

"家鄉"句：謝靈運："家鄉皆掃盡。"

"永痛"六句：傷不得養父母。

夏日歎

夏日出東北，陵天經中街。
朱光出厚地，鬱蒸何由開。
上倉久無雷，何以號令申。
雨降不濡物，良田起黃埃。
飛鳥苦熱死，池魚涸其泥。
墮魂尚流冗，舉目惟蒿萊。
至今大河北，化作虎與豺。
浩蕩想幽薊，王師安在哉！
對食不能飡，我心殊未諧。
眇然貞觀初，難與數子偕。

【集注】

"夏日"二句："中街"，黃道之所經也。《漢書》："昴畢〔間〕爲天街。"　　趙云：天文書蓋以春分、秋分，日出卯入酉，而夏至則出寅入戌,冬至則出辰入申。以夏至之出寅,寅東北之地也。"中街",意言停午也。

"朱光"二句:(陳案:出,《補注杜詩》《全唐詩》作"徹"。)　《晋·天(地)[文]志》:"夏至極起,而天運近〈東〉北,斗去人遠,日去人近。南天氣至,故蒸熱也。"應璩嘗曰:"處涼臺而有鬱蒸之煩。"張孟陽:"朱光馳北陸,浮景忽西沈。"翰曰:"朱光,日也。"陸士衡《功臣》:"朱光照屋。"(陳案:照屋,《文選》作"以渥"。)《楚詞》:"杲杲朱光。"(陳案:朱,《楚辭章句》作"未"。)

"上倉"二句:(陳案:倉,《補注杜詩》《全唐詩》作"蒼"。何以號令申,《補注杜詩》《全唐詩》作"無乃號令乖"。)　《易傳》:"當雷不雷,陽德弱也。"(陳案:陽德,《後漢書》作"太陽"。)《郎顗傳》:"雷者號令,其德生養。號令殆廢,當生而殺,則雷反作,其時無歲。"　趙云:言軍令之不時也。(陳案:軍,《補注杜詩》作"君"。)

"雨降"二句:雨以潤之,易濡滋也。　趙云:言彼相之無澤也。

"飛鳥"二句:鮑照《苦熱行》:"身熱頭且痛,鳥難歸去來。"(陳案:後句,《文選》作"鳥墮魂來歸"。)又曰:"晨禽不敢飛。"

"墮魂"四句:(陳案:墮魂,《補注杜詩》《全唐詩》作"萬人"。化,《全唐詩》同。一作"盡"。)言大河之北,民皆餓飢,相吞如虎也。

"浩蕩"句:幽州、薊門,禄山境也。

"對食"句:(陳案:不,《四庫全書》本作"亦"。形訛。《補注杜詩》《全唐詩》作"不"。)　趙云:蔡琰詩曰:"飢當食兮,不能飡〈其餘〉。"

"眇然"二句:君子以爲傷今思古之詩。

夏夜歎

永日不可暮,炎蒸毒我腸。
安得萬里風,飄飄吹我裳。
芳池出華月,茂林延疏光。
仲夏苦夜短,開軒納微涼。

虛明見纖毫，羽蟲亦飛揚。
衷情無巨細，自適固其常。
念彼荷戈士，窮年守邊疆。
何由一洗濯，執熱互相望。
竟夕擊刁斗，喧聲連萬方。
青紫雖被體，不如早還鄉。
北城悲笳發，鸛鶴號且翔。
況復煩促倦，激烈思時康。

【集注】

"永日"句：劉公幹："永日行遊戲。"江淹《別賦》："夏簟清兮晝不暮。"《葛生》："夏之日，冬之夜。"言冬夜夏日晝夜之長時也。

"炎蒸"句：我，一作"中"。　言熱自(自)[中]起，故毒我腸也。

"安得"二句：(陳案：飄飄，《文章正宗》同。《補注杜詩》《全唐詩》作"飄颻"。)　趙云：陸士衡《前緩聲歌》云："長風萬里舉。"

"芳池"句：(陳案：芳池，《補注杜詩》《全唐詩》作"昊天"。)　傅玄詩："清風何飄飄，微月出西方。"劉休玄："芳草有華月。"　趙云：江文通《擬劉楨》詩："華月照芳池。"

"茂林"句：謝靈運詩："林含餘清。"潘安仁："茅屋茂林下。"趙云：王羲之《蘭亭記》："有茂林脩竹。"

"仲夏"二句：謝靈運："不怨秋夕長，常苦夏夜短。"

"虛明"二句：陶潛："涼風起將夕，夜景湛虛明。"《詩》："熠燿宵行。"羽蟲也。山谷嘗宿招提，月夜見薨薨而游者，曰："老杜所謂云云，信不虛語。"《詩·雞鳴》云："月出之光，蟲飛薨薨。"《家語》："羽蟲三百六十。"

"衷情"句：(陳案：衷，《補注杜詩》《全唐詩》作"物"。)

"念彼"句：《詩》："彼候人兮，荷戈與祋。"

"何由"二句：言荷戈之士，久苦于炎熱，但想望而已，未能一洗濯也。　新添：《詩》："誰能執熱，誓不以濯。"(陳案：誓，《毛詩注疏》作"逝"。)

"竟夕"二句:(陳案:連,《四庫全書》本作"遲"。形訛。《補注杜詩》《全唐詩》作"連"。)　《李廣傳》:"程不識正部曲行伍,營陣擊刁斗,至明。"孟康曰:"刁斗,以銅作鐎,受一斗,晝炊飯,(行)[夜]擊持行,名曰刁斗。"《西域傳》:"斥堠士百餘人,分夜擊刁斗自守。"師古曰:"夜有五更,故分擊而持之也。"

"青紫"二句:李白《蜀道難》云:"錦城雖云樂,不如早還鄉。"夏侯勝:"取青紫,如俯拾地芥也。"

"鸛鶴"句:《詩》:"鸛鳴于垤。"

"況復"二句:張茂先詩:"煩促每有餘。"蘇子卿詩:"長歌正激烈。"

留花門

北門天驕子,飽肉氣勇決。
高秋馬肥健,挾矢射漢月。
自古以爲患,詩人厭薄伐。
脩德使其來,羈縻固不絶。
胡爲傾國至,出入暗金闕。
中原有驅除,隱忍受此物。
公主歌黄鵠,君王指白日。
連營屯左輔,百里見積雪。
長戟鳥休飛,哀笳曉幽咽。
田家最恐懼,麥倒桑枝折。
沙苑臨清渭,泉香草豐潔。
渡河不用舡,千騎常撇烈。
胡塵踰太行,雜種抵京室。
花門既須留,原野轉蕭瑟。

【集注】

《留花門》:鮑云:按《唐志》:"甘州有留花門山堡,東北千里至回鶻衙帳。"是年八月,廣平王爲元帥,以朔方、吐蕃、回紇諸兵討賊。公逆知其害,故言"麥倒桑折",卒曰:"花門既須留,原野轉蕭瑟。"言其爲農桑害也。　　趙云:"花門",即回紇之別名也。

"北門"二句:門:一作"方"。　　《前漢·匈奴傳》:單于遣使遺漢書曰:"南有大漢,北有強胡。胡者,天之驕子也。"又,"匈奴居北邊,君王以下,咸食畜肉,衣其皮。"　　趙云:其先匈奴也,故公詩皆使匈奴事。

"高秋"句:《前漢·匈奴傳》:"秋,馬肥,大會(蹄)〔蹛〕林,課校人畜計。"趙充國曰:"秋,馬肥,變必起矣。"李廣:"以臨右北平,盛秋。"師古曰:"盛秋,馬肥健,恐虜爲寇也。"

"挾矢"句:《詩》云:"既挾我矢。"《四子講德論》:"匈奴業在攻伐,事在獵射,兒能騎羊走箭飛鏃。"侯應曰:"北邊陰山,單于依阻其中,治作弓矢,來去爲寇。"

"自古"句:《贊》曰:"《書》戒'蠻夷猾夏'。《詩》云'戎狄是膺',《春秋》'有道守在四夷',久矣夷狄之爲患也。"嚴尤曰:"匈奴爲害,所從來久矣。"《講德論》曰:"詩人所歌,自古患之。"

"詩人"句:周懿王時,王室遂衰,戎狄交侵。詩人疾而歌之曰:"靡室靡家,玁狁之故。"宣王興師,命將征伐。詩人美之曰:"薄伐玁狁,至于太原。"言逐出之。

"脩德"二句:《語》:"遠人不服,脩文德以來之。"《贊》曰:"其慕義貢獻,則接之以禮讓。羈縻不絶,使曲在彼。蓋聖王制御蠻夷之常道也。"《揚雄書》曰:"然尚羈縻之計,不顓制也。"應劭《漢官儀》曰:"馬曰羈,牛曰縻,言四夷如牛馬之受羈縻也。"

"中原"二句:(陳案:受,《補注杜詩》《全唐詩》作"用"。)　　《王莽〔傳〕·贊》曰:"聖人之驅除云爾。"(陳案:人,《後漢書》作"王"。)蘇林曰:"王莽爲光武驅除也。"〔師古曰〕:"驅逐蠲除,以待聖人也。"

"公主"句:《西域傳》:烏孫使使獻馬,願得尚漢公主〔爲〕昆弟。天子問群臣計,皆曰:"必先納女,然後遣女,烏孫以馬千匹聘。"漢元封中,遣江東王建女細君爲公主,以妻焉,賜乘輿服御物爲備,官屬侍御數百人,送甚盛,烏孫昆莫以爲左夫人。匈奴亦遣女妻昆莫,以爲右夫人。公主至其國,自治宮室,居歲時,再與昆莫會。置酒高會,以幣帛賜王左右貴人。昆莫年老,言語不通,公主悲愁,自爲作歌曰:"吾家嫁我兮天一方,遠託異國兮烏孫王。穹廬爲室兮旃爲牆,以肉爲食兮酪爲漿。居常土思兮心内傷,願爲黃鵠兮歸故鄉。"天子聞而憐之。　　趙云:乾元元年,肅宗以幼女寧國公主嫁回紇可汗,故公云。

"君王"句:《詩·大車》:"謂予不信,有如皎日。"皎,白也。我言之信,有如皎然之"白日"。"指白日",以爲信誓盟約。

"連營"句:(陳案:營,《補注杜詩》《全唐詩》作"雲"。)　《三輔故事》:"馮,輔也;翊,左也,左輔馮翊也。"

"田家"二句:《講德論》:"秋收則奔狐馳兔,(秋收,《文選·〈四子講德論〉》作"收秋"。)獲刈則顛倒殣仆,驚邊(枕)[朷]士,屢犯芻蕘。"《哥舒翰傳》:"吐蕃每至麥熟時,即率部衆至積石軍獲取,呼爲吐蕃麥。"

"沙苑"四句:"沙苑",馮翊郡界。　　撒烈:一云"滅没"。趙云:此指籍回紇留"左輔"之爲害也。"左輔",漢之馮翊郡,今之同州,在長安之東北,故謂之"左輔"。沙苑之地,正在馮翊郡界。按:《回紇傳》:葉護言:"願留在沙苑,臣歸料馬,以收(苑)[范]陽,訖除殘盜。"故公詩言及"左輔"與"沙苑"也。以"長戟"之多,故"鳥休"罷其"飛"。胡人吹笳,故其聲"幽咽"於曉。時殘害"麥"與"桑",故田夫懼之。"沙苑"之句,則留馬而飲齕于此也。舊注引《哥舒翰傳》,知是吐蕃事矣,不干今詩句事。"千騎常撒烈",則所留之馬如此。

"胡塵"句:"太行",山名。《古詩》:"馳驅太行道"也。

"雜種"三句:丘希範《書》:"姬漢舊邦,無取雜種。"王深父《留花門序》云:肅宗之復兩京,藉回紇之師助焉。雖幸成功,而朝野更被其毒。語曰:"人無遠慮,必有近憂。"以天子之尊,推誠仗順,集中國之智力,滅一狂賊,豈有不足哉?不忍須臾之遲,顧引勃虜入于腹心之地,卒成危禍。其後陸贄賀吐蕃抽軍不助討朱泚,亦云:

塞蘆子

五城何迢迢,迢迢隔河水。
邊兵盡東征,城內空荊杞。
思明割懷衛,秀巖西未已。
迴略大荒來,崤函蓋虛爾。
延州秦北戶,關防猶可倚。
焉得一萬匹,疾驅塞蘆子。
岐有薛大夫,旁制山賊起。
近聞昆戎徒,為退三百里。
蘆關振兩寇,深意實在此。
誰能叫帝閽,胡行速如鬼。

【集注】

《塞蘆子》:王深父序云:徹其西備,而爭利於東,非所以固國者也。

"五城"句:沈存中云:"延州今有五城,說者謂舊有東西二城,夾河對立;高萬典郡,始展南北東三關。"乃知天寶中,有五城,謂高始展,非也。　鮑云:《(南)[唐]志》:"延州延昌縣,北有蘆子關。"又"夏州"注:"長慶四年,節度使李祐築烏延、宥州、臨塞、陰河、陶子與塞蘆子。蓋五城名也。"

"邊兵"句:《文・六年》:"知秦之不復東征。"

"城內"句:阮嗣宗《詩》:"堂上生荊杞。"

"思明"句:史思明,雜種胡人也。天寶十四載,隨安祿山反,河陽、懷衛盡陷于賊。

"秀巖"句:高秀巖,哥舒翰麾下將也。後為思明偽河東節度使,降肅宗。

"迴略"句:《山海經》曰:"大荒之中,有山名曰大荒之山,日月所入,是謂大荒之野。"

"崤函"句:《項藉〔傳〕·贊》:"秦孝公據殽函之固。"師古:"崤,謂崤山,今陝縣東二崤是也。函谷,今桃林縣南洪溜澗是也。""虛",言其無條禦爾。

"焉得"句:(陳案:匹,《文章正宗》同。《全唐詩》《補注杜詩》作"人"。)

"岐有"句:岐:一作"頃"。

"近聞"六句:(陳案:振,《文章正宗》同。《全唐詩》《補注杜詩》作"扼"。)　時官軍止知東討收復河洛,而不知蘆子之可塞。公懼有乘隙而起者,故有此作。　《杜補遺》:張衡《思玄賦》曰:"叫帝閽使闢扉兮,覿天皇于瓊宮。""閽",主門者。揚雄《甘泉賦》曰:"選巫咸使叫帝閽。"(陳案:使,《文選》作"兮"。)

彭衙行

憶昔避賊初,北走經險艱。
夜深彭衙道,月照白水山。
盡室久徒步,逢人多厚顏。
參差谷鳥行,不見遊子還。
癡女飢隨我,啼畏虎狼聞。
懷中掩其口,反側聲愈嗔。
小兒彊解事,故索苦李餐。
一旬半雷雨,泥濘相牽攀。
既無禦雨備,徑滑衣又寒。
有時經契闊,竟日數里間。
野果充餱糧,卑枝成屋椽。
早行石上水,暮宿天邊煙。
少留同家窪,欲出蘆子關。

故人有孫宰,高義薄曾雲。
旅客已曛黑,張燈啓重門。
煖湯濯我足,剪紙招我魂。
從此出妻孥,相視涕闌干。
衆雛爛漫睡,喚起霑盤飧。
誓將與夫子,永結爲弟昆。
遂空所坐堂,安居奉我歡。
誰肯艱難際,豁達露心肝。
別來歲月周,胡羯仍構患。
何當有翅翎,飛去墮爾前。

【集注】

　　《彭衙行》:趙云:《春秋·文二年》:"晋侯及秦師戰于彭衙。"杜預云:"馮翊郃陽縣西北有彭衙城。"按:郃陽于唐屬同州,即馮翊郡也。今此詩乃寄彭衙知縣孫公者耳。

　　"月照"句:趙云:郃陽縣與白水縣正相接,皆屬同州也。

　　"盡室"二句:《書·五子之歌》:"顔厚有忸怩。"《詩》云:"顔之厚矣。"羞愧之情,見于面貌,如面皮厚然,故以"顔厚"爲色愧云。趙云:《左傳》:"盡室以行。"

　　"參差"句:行:一作"鳴"。　　(陳案:行,《補注杜詩》作"吟"。《全唐詩》作"吟"。一作"鳴"。)

　　"癡女"六句:(陳案:隨,《補注杜詩》作"咬",《全唐詩》作"齩"。《集韻》"巧"韻:"齩,亦作嚙、咬。")　　時賊方收錄衣冠,污以僞命,而避難者方銷晦聲跡,故託言女"啼",而畏"虎狼"聞也。"虎狼",喻盜賊矣。

　　"既無"句:禦雨:一云"禦濕"。

　　"有時"三句:經:一作"最"。　　《擊鼓》:"死生契闊。""契闊",勤苦也。《公劉》:"迺裹餱糧。"

　　"少留"四句:陸士衡《文》:"高義薄雲天。""同家窪""蘆子關",皆地名也。"故人",故舊之人。"高義",言其恩義高遠,皆説"孫宰"也。

"旅客"句:(陳案:旅,《補注杜詩》《全唐詩》作"延"。) "曛黑",薄暮也。謝靈運詩:"夜聽極星闌,朝游窮曛黑。"(陳案:謝靈運,《文選》作"陈琳"。)

"剪紙"句:宋玉爲屈原招魂。

"從此"二句:言淚之墮也。 趙云:《談藪》載:王元景謝劉綽曰:"卿勿恠我〈别〉,别後當闌干。""闌干"者,淚連續不斷之貌。凡物之不斷,皆可云"闌干"。如言"北斗横闌干",則光之〔不〕斷也。"苜蓿長闌干",則柔而不斷。

"衆雛"二句:晋公子重耳過曹,曹大夫僖負羈饋盤殽,置璧焉。公子受殽忘璧。(陳案:忘,《補注杜詩》作"反"。) 趙云:"爛漫",言睡之熟也。《莊子》云:"性命爛漫。"注:"雖云分散遠兒,然亦熟爛之意。"故《靈光殿賦》云:"流離爛漫。"而盧仝詩亦云:"鶯花爛漫君不來",皆言其多而熟也。

"别來"四句:趙云:當是指言安慶緒。蓋慶緒于正月弑其父而襲僞位也。

義 鶻

陰崖有蒼鷹,養子黑柏巔。
白蛇登其巢,吞噬恣朝飡。
雄飛遠求食,雌者鳴辛酸。
力彊不可制,黄口無半存。
其父從西歸,翻身入長煙。
須臾領健鶻,痛憤寄所宣。
斗上捩孤影,噭哮來九天。
脩鱗脱遠枝,巨顙折老拳。
高空得蹭蹬,短草辭蜿蜒。

折尾能一掉，飽腸皆已穿。
生雖滅衆雛，死亦垂千年。
物情有反復，快意貴目前。
茲實鷙鳥最，急難心炯然。
功成失所往，用捨何其賢。
近今潏水湄，此事樵夫傳。
飄蕭覺素髮，凜欲衝儒冠。
人生許與分，只在顧盼間。
聊爲義鶻行，用激壯士肝。

【集注】

《義鶻》：感鳥獸見義而動也。　　趙云：此篇紀實事以垂鑒誡之意也。

"陰崖"四句：趙云：《長笛賦》："惟箘籠之奇生兮，于終南之陰崖。"《楚詞》："屑瓊蘂以朝飡。"

"雄飛"四句：趙云：《家語》：孔子見羅者所得雀，皆黃口也。孔子曰："黃口盡得，大雀獨不得，何也？"羅者對曰："黃口從大雀者不得；大雀從黃口者〔可〕得。"孔子顧謂諸弟子曰："君子慎所從。"

"其父"六句：歸：一作"來"。　　（陳案：須臾，《補注杜詩》《全唐詩》作"斯須"。《莊子·田子方》成玄英疏："斯須，猶須臾也。"）趙云：郭璞《游仙詩》云："升降隨長煙。"《兵書》："出於九天之上。"

"脩鱗"二句：（陳案：折，《補注杜詩》同，《集千家註杜工部詩集》作"坼"，《杜詩詳注》作"拆"。）　　《杜補遺》：石勒與李（楊）〔陽〕鄰居，爭漚麻池，歲相毆擊。及貴，乃使人召陽，與酣，謔引陽臂，笑曰："孤往日厭卿老拳，卿亦飽孤毒手。"昔劉夢得嘗讀杜詩，疑"老拳"無據。及讀《石勒傳》，乃（艱）〔歎〕服之。

"高空"句："蹭蹬"字，見首篇注。

"折尾"句：《江賦》："揚耆掉尾。"（陳案：耆，《文選》作"鬐"。）《左傳》："尾大不掉。"

"生雖"二句:趙云:言蛇之滅鷹雛,蛇之死于"義鶻",可謂鑒戒於千年之後也。亦王仲宣《詠史》云"生爲百夫雄,死爲壯士規"之勢也。

"物情"句:(陳案:反,《補注杜詩》《全唐詩》作"報"。)

"兹實"二句:孔融云:"鷙鳥累百。"《棠棣》:"兄弟急難。"

"近今"句:(陳案:今,《補注杜詩》《全唐詩》作"經"。)

"飄蕭"句:潘安仁:"班鬢彪以丞弁,(陳案:'班鬢'句,《文選》李善注本作'斑鬢髟以丞弁'。)素髮颯以垂領。"

"凜欲"句:欲:一作"洌"。　盧子諒《詩》:"怒髮上衝冠。"

"用激"句:(陳案:用,《補注杜詩》《全唐詩》作"永"。)

畫鶻行

高堂見生鶻,颯爽動秋骨。

初驚無拘攣,何得立突兀。

乃知畫師妙,功括造化窟。

寫此神俊姿,充君眼中物。

烏鵲滿樛枝,軒然恐其出。

側腦看青霄,寧爲衆禽没。

長翮如刀劍,人寰可超越。

乾坤空崢嶸,粉墨且蕭瑟。

緬思雲沙際,自有煙霧質。

吾今意何傷,一步獨紆鬱。

【集注】

"高堂"句:生:一作"老"。

"初驚"句:《曹褒傳》:"群寮拘攣,猶拘束也。"潘安《西征賦》:"陋吾生之拘攣。"

"功括"句:(陳案:功括,《全唐詩》作"功刮"。"功一作巧"。《補注杜詩》作"巧刮"。）　　　趙云：李賀云："二十八宿羅心胸，筆補造化天無功。"蓋出于此。

"寫此"句：支道林云："怜其神俊。"

"烏鵲"句：《詩·南有樛木》釋文云："木下曲曰樛。樛，下垂也。"趙云：謝玄暉《敬亭》詩："樛枝聳復低。"

"側腦"二句：趙云：言甘青雲而軒舉，（陳案：甘，《杜詩引得》作"看"。）寧甘"爲衆禽"之滅没乎？此與傅玄《長歌行》曰："蒼鷹厲爪翼，恥與燕雀争。"（陳案：爪、争，《古樂苑》作"天""遊"。）

"人寰"句：《舞鶴賦》："歸人寰之喧卑。"

"乾坤"二句：鮑明遠："歲崢嶸而催暮。"又，"金石崢嶸。"深高之皃也。　　趙云："乾坤空"自高大，而"粉墨"之物不能真超越之，但含"蕭瑟"之意。

"緬思"四句：思，一作"想"。　　（陳案：一，《補注杜詩》《全唐詩》作"顧"。）　　《舞鶴賦》："煙交霧凝，若無毛質。"陸士衡："紆鬱游子情。"　　趙云：劉希夷《邊城夢還》詩："雲沙撲地起。"夫既有真"質"，自能超越，則吾亦不必"傷"也。"紆鬱"，結悶之皃。真質，公自況也。世有《西清詩話》者，有云："王介甫、歐楊永叔、梅聖俞，與一時聞人，坐上分題賦虎圖。介甫先成，衆服其敏妙。永叔乃袖手。或以問余，余曰：'此題杜甫《畫鶻行》耳。'問者謂然。"大抵前輩多模取古人意，以紓急解紛，此其一也。《西清》之説如此。然觀介甫古詩，（陳案：古，《杜詩引得》作"虎"。）與此自不同。蓋此篇雖詠《畫鶻》，而終于真鶻以自況。

卷四

(宋)郭知達 編

古　詩

瘦馬行

東郊瘦馬使我傷，骨骼硉兀如堵牆。
絆之欲動轉欹側，此豈有意仍騰驤。
細看六印帶官字，衆道三軍遺路旁。
皮乾剝落雜泥滓，毛暗蕭條連雪霜。
去歲奔波逐餘寇，驊騮不慣不得將。
士卒多騎內廄馬，惆悵恐是病乘黃。
當時歷塊誤一蹶，委棄非汝能周防。
見人慘澹若哀訴，失主錯莫無晶光。
天寒遠放雁爲伴，日暮不收烏啄瘡。
誰家且養願終惠，更試明年春草長。

【集注】

《瘦馬行》：趙云：良馬有可任之德，以"瘦"而不能自奮；賢士有可用之材，以困而不能自拔。馬之"瘦"，惟其養之而已；士之困，惟其薦之而已。落句云："誰家且養願終惠，更試明年春草長。"一篇大意可見。蔡伯世云：公出爲華州司功，以事之東都，有此詩。或曰：此詩似言房琯之斥逐。又曰：特公以自比。皆謂不然。蓋謂"誰家"惠養，則無所指明之義。若以房琯言之，則惠養之者，必天子也，不應謂之"誰家"。若以公言之,則惠養之者,必貴人也。公時因謫,(陳案:因,《杜詩引得》作"困"。)有所望於顧拔之者,則猶有可言,焉其所喻不廣。(陳案:焉,《杜詩引得》作"然"。)故直以爲公因感"瘦馬",而託意於賢士之困,惟其所薦之,則其説廣。

"骨骼"句:"骼",音格。一作"骸"。"硨",力骨反。郭璞《江賦》:"巨石硨砣以前却。"《禮》:"觀者如堵牆。"　趙云:郭璞於《江賦》以言石,公以言馬,謂其"瘦"也。"如堵牆",亦以言"瘦"。

"此豈"句:《東京賦》:"六玄虬之奕奕,齊騰驤之沛艾。"(陳案:之,《文選》作"而"。)《西京賦》:"仍奮翅而騰驤。"(陳案:仍,《文選》作"乃"。)

"細看"句:《唐令》:諸掌牧馬,以小官〔字〕印印左膊。以年辰印印右髀。以監名依左右厢印印尾側。至二歲起春,(陳案:春,《讀書紀數略》作"者"。)量强弱漸,以"飛"字印印左厢髀髆。細馬俱以"龍"形印印項左。官馬賜人者,以"賜"字印配諸軍及充傳送驛者,以"出"字印,并印右頰。

"皮乾"句:《雜卦》:"剥,爛也。物熟則剥落也。"

"驊騮"句:趙云:"驊騮"正以指言"瘦馬"。蓋太平之久,如"驊騮"輩,止以遊乘,非慣戰之物也。既以其"不慣",宜有一蹶之失,則有"不得將"之理矣。

"士卒"二句:乘黄署,《後漢》"太僕"有未央廄令,魏改爲乘黄廄。"乘黄",古之神馬,因以名爲"乘黄",亦名飛黄,背有角,日行萬里。《淮南子》云:"天下有道,飛黄伏皁。"一云神黄,獸名,龍翼馬身,黄帝乘而得仙。　趙云:"乘黄",古之神馬,魏嘗以名廄。今云"內厩馬",故言"恐是病乘黄"也。公以"瘦馬"喻賢材,既以之爲"驊騮",又以爲"乘黄",宜矣。

"當時"句:王褒《聖主得賢臣頌》:"過都越國,蹶如歷塊。"

"天寒"句:伴:一作"侶"。

"日暮"句:不:一作"未"。收:一作"衣"。

"誰家"句:顔延年《赭白馬賦》:"願終惠養,蔭本枝兮。"

送率府程録事還鄉

鄙夫行衰謝,抱病昏妄集。
常時往還人,記一不識十。
程侯晚相遇,與語才傑立。
薰然耳目開,頗覺聰明入。
千載得鮑叔,末契有所及。
意鍾老柏青,義動脩蚯蟄。
若人可數見,慰我垂白泣。
生別無淹晷,百憂復相襲。
內愧突不黔,庶羞以賙給。
素絲挈長魚,碧酒隨玉粒。
途窮見交態,世梗悲路澁。
東風吹春水,泱莽后土濕。
念君惜羽翮,既飽更思戢。
莫作翻雲鶻,聞呼向禽急。

【集注】

"送率"句:程携酒饌,相就取別。

"鄙夫"句:"鄙",賤也。自稱,故曰鄙夫。　　趙云:《論語》:"鄙夫問於我。"

"與語"句:徐穉:"角立傑出。"

"薰然"句:趙云:《莊子》:"薰然慈仁,謂之君子。"

"千載"句:管仲與鮑叔爲友。

"意鍾"句:鍾:一作"中"。

"義動"句:《易》:"龍蚯之蟄。"

"若人"句:謝靈運:"平生疑若人,通蔽互相妨。"　　新添:《語》:"君子哉若人!尚德哉若人。"

"慰我"句：謝靈運："戚戚感物態，星星白髮垂。"　　趙云：《杜欽傳》：紀陽侯《與欽子業書》曰："誠哀老姊垂白。"注：師古曰："垂白者，言白髮下垂也。"（陳案：紀，《漢書》作"紅"。）

"百憂"句：見第一卷《登慈恩寺塔》。

"內愧"句：《文子》曰："墨子無黔突，孔子無暖席。"揚雄曰："孔席不暖，墨突不黔。"臣炎切。

"庶羞"句：庶羞：一云"明似"。

"素絲"二句：薛云：右按：歷城北有使君林。魏正始中，鄭公愨三伏之際，率賓僚避暑於此，取大蓮葉盛酒，以簪刺葉，令與大柄通，屈莖輪囷如象鼻，傳噏之，名碧筒酒，以蓮莖得名。此言"碧酒"，乃酒之色，非碧筒也。《酒譜》曰："安期先生與神女會於圜邱，酣玄碧之酒。"

"途窮"句：阮籍詩："途窮能無慟。"鄭當時："一貧一富，迺知交態。"

"世梗"句：潘正叔詩："世故尚未夷，崤函方險澁。"

"東風"二句：（陳案：水，《補注杜詩》《全唐詩》作"冰"。）　　謝玄暉："晨光復泱莽。"《月令》："東風解凍，魚上冰。"宋玉《九辯》："皇天淫溢而秋霖兮，后土何時乎得乾。""泱漭"，澹汙也。

"念君"四句：趙云：昔人言鷹曰："飢則附人，飽則飛去。"今云"惜羽翮"，則"飽"而不復飛往也。末句，則又戒之，以莫聞人之所呼，而急於"向禽"，又以終其"惜羽翮"之義。

晦日尋崔戢李封

朝光入甕牖，尸寢驚弊裘。
起行視天宇，春氣漸和柔。
興來不暇懶，今晨梳我頭。
出門無所待，徒步覺自由。
杖藜復恣意，免值公與侯。
晚定崔李交，會心真罕儔。

每過得酒傾,二宅可淹留。
喜結仁里懽,況因令節求。
李生園欲荒,舊竹頗修修。
引客看掃除,隨時成獻酬。
崔侯初筵色,已畏空樽愁。
未知天下士,至性有此不?
草芽既青出,蜂聲亦煖遊。
思見農器陳,何當甲兵休?
上古葛天氏,不貽黃屋憂。
至令阮籍等,熟醉爲身謀。
威鳳高其翔,長鯨吞九舟。
地軸爲之翻,百川皆亂流。
當歌欲一放,淚下恐莫收。
濁醪有妙理,庶用慰沉浮。

【集注】

"晦日"句:趙云:此篇初段蓋敍事耳。下段因物感懷,而終付之於酒,以自遣也。當春有事乎田疇之際,而甲兵不休,憂國念君,不能無慨乎中矣。

"朝光"句:(梁)王臺卿詩:"朝光正晃朗。"《過秦論》:"甕牖繩樞之子。"孟康曰:"以瓦甕牖爲窗。" 趙云:《禮記》:孔子曰:"儒有蓬戶甕牖。"

"尸寢"句:尸:一作"方"。 《論語·鄉黨》曰:"寢不尸。"包曰:"偃臥四體,布展手足,似死人。"

"起行"句:陶淵(時)[明]:"昭昭天宇濶。"

"興來"句:興來:一云"得興"。

"徒步":徒:一作"徙"。

"杖藜"句:趙云:《莊子》載:"原憲杖藜應門。"

"晚定"二句：薛夢符云：《世説》：晉簡文幸華林園，謂左右曰："會心處不在遠，翛然林水，便有濠梁之趣。"（陳案：翛、梁，《世説新語》作"翳""濮"。）　《杜補遺》：蓋言與"崔李"定交，相會以心，不以迹也。《古樂府》：後周徐謙《短歌》云："意氣青雲裏，爽朗烟霞外。不重一囊錢，唯重心襟會。"此乃"會心"之處。

"每過"句：傾，一作"喫"。

"二宅"二句：《語》："里仁爲美。"　　趙云：《楚詞》云："其何可以淹留。"（陳案：其，《楚辭章句》作"又"。）張平子《思玄賦》云："匪仁里其焉宅。"魏文帝《燕歌行》："何爲淹留寄他方。"

"舊竹"句：舊，一作"有"。

"崔侯"句：（陳案：侯，《四庫全書》本作"候"。形訛。《補注杜詩》《全唐詩》作"侯"。）　　《詩》："賓之初筵。"

"已畏"句：孔融曰："坐上客常滿，樽中酒不空。"

"至性"句：一"至"作"志"。

"思見"句："農器"，耒耜之類。

"上古"二句：屋，一作"綺"。　《上林賦》："聽葛天氏之歌。"范蔚宗："黄屋非堯心。"師古曰："黄屋，車上之蓋也，皆天子之儀。"

"至令"二句：（陳案：令，《補注杜詩》《全唐詩》作"今"。）　顔延年《詠阮步兵詩》："阮公雖淪跡，識密鑒亦洞。沈醉似醒然，寓辭類託諷。"（陳案：醒然，《文選》作"埋照"。）籍本有濟世志，屬魏晉之際，天下多故，名士少有全者。籍由是不與世事，遂酣飲爲常。文帝求婚於籍，醉六十日不得言而止。鍾會數以時事問之，因其可否而致之罪，以酣醉獲免。　趙云："葛天氏"，氏，一作"民"。"不貽黄屋憂"，〔屋〕，一作"綺"。言自古葛天氏，則當繼之，以"不貽黄綺憂"。言"不貽黄屋憂"，則當引之以自"古葛天民"，"不貽黄屋憂"爲正。蓋言"葛天氏"之民，相忘其君而弗念，所以"阮籍"輩自藏於酒，亦特爲"身謀"而忘其君耳。言此者，公方以憂國念君之心，而無可奈何，則亦姑遣之耳。

"威鳳"句：高其翔，一云"自高翔"。　　時天下大亂，賢者退處，若"威鳳然"。"高其翔"而不下，全身遠害也。《宣帝紀》："威鳳爲寶。"服虔曰："威鳳，謂鳥名也。"晉灼曰："鳳之有威儀者也。與《尚書》'鳳凰來儀'〔同意〕。"宋玉《九辨》:"鳳愈翱翔而高舉。"《楚詞》云:"獨不見夫鷟鳳之高翔。"

"長鯨"句:(陳案:舟,《補注杜詩》《全唐詩》作"州"。) 謂盜賊縱橫,如"長鯨"之吞併"九州"也。"長鯨",鯨魚也。《文選》:"長鯨吞航。"

"地軸"句:《海賦》:"又似地軸,〔挺〕拔而爭迴。"

"當歌"四句:趙云:賢者遠引,巨盜橫興,天下(遥)〔搖〕動,紀綱不振。如此雖有憂國念君之心,其將孰捄哉?故雖痛哭流涕,猶爲無補,則亦一付之於酒,以自遣可也。當危亂之世,一沉一浮,實所未知,非付之於酒,豈能慰乎?

雨過蘇端

雞鳴風雨交,久旱雨亦好。
杖藜入春泥,無食起我早。
諸家憶所歷,一飫跡便掃。
蘇侯得數過,懽喜每傾倒。
也復可憐人,呼兒具梨棗。
濁醪必在眼,盡醉攄懷抱。
紅稠屋角花,碧委牆隅草。
親賓絶談謔,喧鬧慰衰老。
況蒙霈澤垂,糧粒或自保。
妻孥隔軍壘,撥弃不擬道。

【集注】

"雨過"句:端置酒。

"雞鳴"句:《鄭國風》:"風雨淒淒,雞鳴喈喈。" 趙云:言天欲明,而有風雨交會也。

"久旱"句:見前篇注。

"無食"句:趙云:《莊子》:"吾無糧,我無食。"

"一飱"句:飱:一作"飽"。　　(陳案:便,《全唐詩》同。一作"更"。)　　言交態之薄也。

"況蒙"四句:趙云:天雨"霑澤",必成豐年,可保"糧粒"矣。阮籍《詠懷》云:"一身不自保,何況戀妻子。"今於"糧粒"或"自保"之。下言妻子,"隔軍壘",亦使此矣。"撥棄不擬道",亦自淵明"撥置且莫念"之變也。魏文帝《雜詩》云:"棄置勿復陳。"曹子建詩:"去去莫復道。"

喜　晴

皇天久不雨,既雨晴亦佳。
出郭眺四郊,蕭蕭春增華。
青熒陵陂麥,窈窕桃李花。
春夏各有實,我飢豈無涯。
干戈雖橫放,慘澹鬪龍虵。
甘澤不猶愈,且耕今未賒。
丈夫則帶甲,婦女終在家。
力難及黍稷,得種菜與蔴。
千載商山芝,往者東門瓜。
其人骨已朽,此道誰疵瑕?
英賢遇轗軻,遠引蟠泥沙。
顧慙昧所適,迴首白日斜。
漢陰有鹿門,滄海有靈查。
焉能學衆口,咄咄空咨嗟!

【集注】

《喜晴》：一云"喜雨"。

"皇天"句：《春秋》："書不雨。"

"出郭"句：(陳案：四，《補注杜詩》《全唐詩》作"西"。)

"青熒"句：《西都賦》："琳野青熒。"(陳案：野，《文選》作"珉"。)《校獵賦》："眩曜青熒。"《莊子·外物篇》："青青之麥，生於陵陂。"

"窈窕"句：李：一作"杳"。　　曹子建："容華若桃李。"《詩》："窈窕淑女。"幽閒也。"桃之夭夭，灼灼其華。""何彼襛矣，華如桃李"。阮籍："夭夭桃李花。"

"我飢"句：趙云：言"飢"豈浩蕩無涯際乎？蓋有不飢之時矣。

"千載"句：《前漢·王貢兩龔傳》："漢興，〔東〕園公、綺里季、夏黃公、甪里先生此四人者，當秦之世，避而入商雒深山，以俟天下之定也。"　　《杜補遺》：皇甫謐《高士傳》：四皓歌曰："莫莫高高，(陳案：高高，《高士傳》作'高山'。)深谷逶迤。山有紫芝，(陳案：山有，《高士傳》作'曄曄'。)可以療飢。唐虞世遠，吾將何歸？駟馬高蓋，其憂甚大。富貴之畏人〈兮〉，不如貧賤之肆志。"乃共之商洛，隱地肺山。秦滅，漢高帝徵之，不至。深入終南山，不能屈也。

"往者"句：《蕭何傳》："邵平者，乃故秦東陵(候)[侯]。秦破，爲布衣，貧，種瓜長安城東。瓜美，故世謂東陵瓜，從邵平始也。"阮籍詩："昔聞東陵瓜，近在青門外。"

"其人"句：朽：一作"滅"。　　《史記》曰：《老子》曰："子所言者，其人與骨，皆朽也。"

"此道"句：《左傳》："不汝疵瑕。"

"英賢"句：《古詩》："坎坷長苦辛。"《楚詞》："轗軻不遇。"坎，與"轗"同。

"遠引"句：《賈誼傳》："鳳漂漂而高逝，固自引而遠去。"《揚子》："龍蟠於泥。"

"迴首"句：賈誼："庚子日斜。"

"漢陰"句：《後漢·逸人傳》："漢陰老父，桓帝幸竟陵，過雲夢，臨沔水，百姓莫不觀者，老父獨耕不輟。"又，"龐公，襄陽人也。居峴山之南，未嘗入城府。後携其妻子登鹿門，因採藥不反。"《襄陽記》："鹿門山，舊名蘸嶺山。"

"滄海"句：（陳案：靈，《全唐詩》同。一作"雲"。）　《因話錄》：《漢書》載："張騫窮河源，言其奉使之遠，實無天河之説。"惟張茂先《博物志》説：近世有人居海上，每年八月，見槎來不違時。賫一年糧，乘之到天河，見婦人織，丈夫飲牛。遣問嚴君平，云："某年某月日，客星犯斗牛，即此人也。"後人相傳云，得織女支機石，持以問君平。都是虛憑〈河〉之説。今成都嚴真觀有一石，〔俗〕呼爲支機石，云當時君平留之。寶歷中，余下第還家，於京師途中，逢官差遞夫舁張騫槎。先在東都禁中，今准詔索有司取進，不知是何物也。前輩詩往往有用張君槎者，相襲訛謬矣。縱出雜詩，亦不足據也。　趙云：既云"千載商山芝，往者東門瓜"，又"漢陰有鹿門，滄海有靈查"，語迹似重疊，而意不同。前兩句以爲比擬之事，後兩句實欲效之也。蓋方甲兵危亂之世，英賢當遠引以避，如商山之四皓，則以採芝爲事；如東門之邵平，則以種瓜爲事，是皆避秦之亂，其道爲不可貶也。"願憗昧所適，迴首白日斜'，則公於此欲遠引，以"昧所適"爲"憗"，將畏其遲暮矣。然"所適"有二柄："漢陰"之"鹿門"，可以居山而隱；"滄海"之"靈查"，可以浮海而去，不特咄嗟惋憤而已。

"焉能"二句：空：一作"同"。　《世説》：殷浩被廢在長安，終日常書空作字。揚州吏人尋議〔逐〕之，窺視，唯作"咄咄怪事"。范雲至殿門，不得入，但云"咄咄"而已。

蘇端、薛復筵簡薛華醉歌

文章有神交有道，端復得之名譽早。
愛客滿堂盡豪傑，開筵上日思芳草。
安得健步移遠梅，亂插繁花向青昊。
千里猶殘舊冰雪，百壺且試開懷抱。
垂老惡聞戰鼓悲，急觴爲緩憂心擣。
少年努力縱談笑，看我形容已枯槁。

近來薛華善醉歌,歌辭自作風格老。
近來海内爲長句,汝與山東李白好。
何劉沈謝力未工,才兼鮑昭愁絶倒。
諸生頗盡新知樂,萬事終傷不自保。
氣酣日落西風來,願吹野水添金杯。
如澠之酒常快意,亦知窮愁安在哉!
忽憶雨時秋井塌,古人白骨生青苔,
如何不飲令心哀。

【集注】

"文章"句:"有神",見首篇"下筆如有神"注。《孟子》曰:"交鄰國有道乎?"

"愛客"句:趙云:謝靈運《擬王粲》詩曰:"愛客不告疲。"

"開筵"句:曰:一作"月"。 趙云:《書》曰:"正月上日。"孔安國注曰:"上日,朔日也。"故《玉燭寶典》以正月一日爲上日。

"亂插"句:(陳案:青,《補注杜詩》《全唐詩》作"晴"。)

"千里"二句:趙云:《詩》:"清酒百壺。"《莊子》云:"肌膚若冰雪。"《選》有:"歡娱寫懷抱。"

"急觴"句:《小弁》:"我心憂傷,惄焉如擣。"心疾也。 趙云:謝靈運《擬王粲》詩云:"急觴盪幽默。"(陳案:王粲,《文選》作"陈琳"。)

"少年"句:《樂府》:"少年不努力,老大徒傷悲。"(陳案:年,《文選》作"壯"。) 趙云:《吴越春秋》:越人之歌曰:"行行且努力。"(陳案:且,《吴越春秋》作"各"。)

"看我"句:《漁父篇》:"顔色憔悴,形容枯槁。"

"近來"句:(陳案:近來,《補注杜詩》作"座中"。《全唐詩》作"坐中"。)

"歌辭"句:趙云:《世説》:"李元禮風格秀整。"

"何劉"句:《梁書》:"何遜八歲能賦詩,一文一詠,范雲輒嗟賞,沈約亦愛其文。遜文章與劉孝綽并見重於世,世謂之何劉。世祖著篇論之云:'詩多而能者沈約,少而能者謝朓、何遜。'"又,"劉孝綽七歲能屬文,每作一篇,朝成暮遍,好事咸誦諷傳寫,流聞絕域。"又《沈約傳》:"謝玄暉善爲詩,任彥昇工於文章,約兼而有之,然不過也。"

"才兼"句:"鮑昭",字明遠。 《杜補遺》:宋景公《筆錄》曰:"今人多誤'鮑照'爲'鮑昭'。李商隱詩有'肥烹鮑照葵'之句,昔金陵人(後)[得]地中石刻作'鮑照'。蓋武后名'照',唐人讀'照'爲'昭'爾。"(陳案:照,《雍錄》作"曌"。)(世說新語):"衛玠談道,平子絕倒。"

"諸生"二句:《少司命》云:"樂莫樂兮新相知。" 趙云:(梁)柳惲《江南曲》云:"不道新知樂,空言行路難。"(陳案:難,《藝文類聚》作"遠"。)又,沈約《秋夜》詩云:"新知樂如是,久要詎相聞"也。阮籍《詠懷》詩云:"一身不自保,何況戀妻子。"嘗論此篇含蓄,意思尤在兩句。蓋自"座中薛華善醉歌",至"才兼鮑昭愁絕倒",言文章有神也,此兩句言交有道也。世人不知惟舊之可求,而樂乎"新知",然臨利害、處患難,則我亦不能"自保"其可託矣。此爲可"傷"也。

"如澠"句:《左傳》:"有酒如澠。"

"亦知"句:趙云:虞卿因"窮愁"而著書。阮籍《詠懷》詩云:"簫管有遺音,梁王安在哉!"

病後遇王倚飲贈歌

麟角鳳觜世莫識,煎膠續絃奇自見。
尚看王生抱此懷,在於甫也何由羨。
且遇王生慰疇昔,素知賤子甘貧賤。
酷見凍餒不足恥,多病沉年苦無健。
王生怪我顏色惡,答云伏枕艱難徧。
瘧癘三秋孰可忍,寒熱百日相交戰。
頭白眼暗坐有胝,肉黃皮皺命如綫。
惟生哀我未平復,爲我力致美肴膳。

遣人向市賒香粳，喚婦出房親自饌。
長安冬葅酸且綠，金城土酥淨如練。
兼求富豪且割鮮，蜜沾斗酒諧終宴。
故人情味晚無似，令我手脚輕欲漩。
老馬為駒揔不虛，當時得意況深眷。
但使殘年飽喫飯，只願無事長相見。

【集注】

"病後"句：（陳案：遇，《全唐詩》同。一作"過"。）

"麟角"二句：薛云：右按：東方朔《十洲記》：仙家煮鳳喙及麟角，合煎作膠，名之續弦膠，一名連金泥。此物能連屬弓弩斷絃，及斷折之金。以膠連，使力折擊他處乃斷，續處不復斷也。　趙云：公美王生之有用於世當然，而公自以老故已矣，而無羨也。杜牧之："杜詩韓筆愁來讀，似倩麻姑癢處抓。（陳案：抓，《萬首唐人絕句》同，《杜詩詳注》作'搔'。）天外鳳凰誰得髓？無人解合繼絃膠。"此言杜詩、韓文不可斷也。

"酷見"句：《論語》："在陳絕糧。"《孟子》："無凍餒之老者。"

"頭白"二句：趙云：此敘問答之本意。蓋王既素知我之甘貧賤，則深見我之無食，雖如在陳絕糧為"不足恥"，不恥於無食，則在"貧賤"而容貌不枯矣。然以"多病"淹久之故，而經年不健，則王生疑怪而問其"顏色惡"矣。禹手胼足胝。

"兼求"二句：富豪：一本作"畜豕"。"割鮮"，《西都賦》："割鮮野食。"　（陳案：蜜，《補注杜詩》《全唐詩》作"密"。）　趙云：《前漢·地理志》云："秦地於天官東井、輿鬼之分，西有金城、武威。"蓋今蘭州也。秦有馳，金城自能為酥，其名"土酥"，為不足怪。今南中傳《杜陵句解》者，李歜之所為也。以"土酥"為來服，但不引所出，且曰："老杜方旅貧中，豈有真酥而食？其所食者，來服耳，故以對前句冬葅。"其說非是。嘗聞小說載胡人入吾地者，見萵苣云："此狼芽菜也，安可食？"後卻見來服，乃曰："怪其食狼牙菜，元有地酥而解。"如此，則來服名地酥耳，而歜誤為"土酥"乎？然歜不詳味上句，乃王倚為致美肴饌也。身在秦州,而長安之"冬菹",金城之"土酥",且求"畜豕""割鮮"焉,非肴饌之美而何?

"故人"句:(陳案:無,《補注杜詩》《全唐詩》作"誰"。)

"令我"句:漩,辭變切。(陳案:漩,《全唐詩》同。一作"旋"。)

"老馬"句:《詩·角弓》:"老馬反爲駒,不顧其後。"注:"已老矣,而孩童慢之。"箋云:"此喻幽王見〔老〕人,反侮慢之,遇之如幼稚,不自顧念後至年老,人之遇已亦將然也。"

"但使"句:趙云:《列子》載:智叟所云有"殘年餘力"之語。

奉先劉少府新畫山水障歌

堂上不合生楓樹,怪底江山起煙霧。
聞君掃却赤縣圖,乘興遣畫滄洲趣。
畫師亦無數,好手不可遇。
對此融心神,知君重毫素。
豈但祁岳與鄭虔,筆跡遠過楊契丹。
得非懸圃裂,無乃瀟湘翻?
悄然坐我瀟湘下,耳邊已似聞清猿。
反思前夜風雨急,乃是蒲城鬼神入。
元氣淋漓障猶濕,真宰上訴天應泣。
野亭春還雜花遠,漁翁暝踏孤舟立。
滄浪水深青溟闊,欹岸側島秋毫末。
不見湘妃皷瑟時,至今斑竹臨江活。
劉侯天機精,愛畫入骨髓。
自有兩兒郎,揮灑亦莫比。
大兒聰明到,能添老樹巔崖裏。
小兒心孔開,貌得山僧及童子。

若耶溪,雲門寺。

吾獨胡爲在泥滓,青鞋布襪從此始。

【集注】

"奉先"句:趙云:此詩篇中使字,云"不合",云"怪底",云"得非",云"無乃",云"似聞",云"乃是",皆以形容其所畫景物之逼真也。云"玄圃",云"瀟湘",云"天姥",乃取仙山及人間奇境稱比之也。

"聞君"二句:《史記·孟子傳》:"中國名曰赤縣神州。"谢玄暉:"既懽懷禄情,復協滄州趣。" 趙云:《史記》:"中國名曰赤縣神州。"言比幽遠之地,明顯靈異也。後世京邑屬縣,有赤有畿,其浩穰者爲赤。奉先,乃今之蒲城縣也。縣東有蒲城,西魏亦以爲名。劉少府善畫,爲"奉先"之景物猶未曠遠,故杜云聞其掃"赤縣圖","乘興遣"劉公更作"滄州"之幽趣矣。何以知其初爲"奉先"景物圖?以公《橋陵》詩云:"居然赤縣立。"此篇下文有云:"乃是蒲城鬼神入。"則所謂"赤縣",正指"奉先"明矣。

"對此"二句:趙云:蓋公之意,言既遇劉公"遣畫滄州趣"矣,劉公對此圖而"心神"融釋。無他,劉公之心亦自重其"毫素",而樂爲之也。"融",乃《列子》"骨肉都融"之義。左太冲《招隱》詩:"前有寒泉井,聊可融心神。"(陳案:融,《藝文類聚》作"瑩"。)《文賦》云:"唯毫素之所擬。"注:"毫,筆也。"書縑曰"素"。而《五君詠》有曰:"向秀甘淡薄,深心託毫素。"

"豈但"句:祁岳、鄭虔,時善畫者。

"得非"句:《離騷》:"朝發軔于蒼梧,夕來至乎縣圃。"(陳案:來,《楚辭章句》作"余"。)圃在崑崙山,所以有仙人居焉。《山海經》曰:"閬風之山,上倍之,是謂縣圃。"

"無乃"句:王徵君詩:"窈藹瀟湘空。"

"悄然"二句:(陳案:瀟湘,《補注杜詩》《全唐詩》作"天姥"。)"天姥",山名也。謝靈運《登海嶠》詩:"哀猿響南蠻。"又,"暝投剡中宿,明登天姥岑。" 《杜補遺》:《吳越郡國志》:天姥山與括蒼山相連。石壁上有字,高不可識。春月則聞簫皷笳吹之聲也。 趙云:祁岳、鄭虔、楊契丹三人,皆士人之善畫山水者。"契",音結。"姥",音莫五切。

皆言所畫山水，（者）[有]此"趣"也。《葛仙公傳》云：崐崘，一曰縣圃，一曰積石、瑶房，一曰閬風臺，一曰華蓋、天柱，皆仙人所居也。

"乃是"句：（陳案：蒲，《全唐詩》同。一作"滿"。）

"元氣"二句：趙云：可謂佳句之雄拔者。本朝錢希白《洞微志》云："無雲而雨，謂之天泣。"

"野亭"句：邱希範《書》："雜花生樹。"

"歇岸"句：《孟子》云："明足以察秋毫之末。"

"不見"二句：帝之二女啼，以涕揮竹，盡斑。　薛云：《楚詞·遠游》："使湘靈鼓瑟兮，令海若舞馮夷。"　趙云：以狀所畫之竹，言"湘妃"遠矣，不親見其"鼓瑟"時，但餘"斑竹"在耳。張華《博物志》："舜之二妃，淚下染竹，即斑。妃死爲湘水神，故曰湘妃竹。"

"劉侯"句：《莊子》："嗜欲深者，其天機淺。"

"大兒"四句：趙云：禰衡有："大兒孔文舉，小兒楊德祖。"

"若耶"四句：《杜補遺》：《南史》：何胤，字子季，隱居不仕。會稽山多靈異，往游焉，居若耶山雲門寺。初，胤二兄求、點并棲遁。逮胤又隱焉。世號點爲小山，胤爲大山，亦曰步山兄弟。（陳案：步，《杜詩引得》作"東"。）又云：大隱、小隱。

湖城東遇孟雲卿，復歸劉顥宅宿宴飲，散因爲醉歌

疾風吹塵暗河縣，行子隔手不相見。
湖城城南一開眼，駐馬偶失雲卿面。
況非劉顥爲地主，嬾迴鞭轡成高宴。
劉侯歎我携客來，置守張燈促華饌。
且將欸曲終今夕，休語艱難尚酣戰。
照室紅爐促曙光，熒膔素月垂文練。
天開地裂長安陌，寒盡春生洛陽殿。
豈知驅車復同軌，可惜刻漏隨更箭。
人生會合不可常，庭樹雞鳴淚如綫。

【集注】

"疾風"句:《楊給事誄》:"軼我河縣,俘我洛畿。"(陳案:楊,《文選》作"陽"。)　　趙云:《長門賦》:"天漂[漂]而疾風。"鮑照《出自薊北門行》有曰:"庭風衝塞起,沙礫自飄揚。"湖城濱河,故爲河縣。

"行子"三句:(陳案:失,《補注杜詩》《全唐詩》作"識"。)　　趙云:《管子》:"道塗揚塵,十步不相見。"識面字,與"李邕求識面"出處同。《後漢·應奉傳》注:"造車匠於門內出半面視奉,後奉於路見車匠,識而呼之。"北齊張耀守門云:"領火至識面[門]方開。"

"況非"二句:趙云:《越語》:越(女)[王]以會稽三百里爲范蠡地,曰:"皇天后土,四鄉地主正之。"言地之鬼神也。《左傳》:"地主致餼。"言人爲地之主也。《吳書·孫(復)[奐]傳》:"爲江夏太守,有(施)[地]主之稱。"

"置守"句:(陳案:守,《補注杜詩》《全唐詩》作"酒"。)

"休語"句:趙云:《淮南子》曰:"魯陽公與韓戰,戰酣日暮,援戈而麾之,日爲之反三舍。"

"熒熁"句:(陳案:熒,《補注杜詩》《全唐詩》作"縈"。《潛夫論·浮侈》汪繼培箋:"縈,與熒通。")

"天開"二句:時盜賊充斥,而肅宗理兵議收復也。　　趙云:上句,言其事。下句,言其時。句法使謝惠連《與柳惲相答》云:"日映昆明水,春生鳲鵲樓。"(陳案:句法,《集千家註杜工部詩集》置後,作"句法云"。)

"豈知"句:書同文,車同軌。

"可惜"句:陸佐公《新漏刻銘》云:"銅史司刻,金徒抱箭。"　　趙云:言孟雲卿同在湖城時。借用"車同軌"字。

"人生"二句:趙云:《古詩》云:"雞鳴高樹顛。"曹子建詩:"庭樹微銷落。""淚如綫",言不絕也,蓋欲斷復續之貌。張正見《遠期》詩:"空閨淚如霰。"江文通《雜體》詩:"握手淚如霰。"

閿鄉姜七少府設鱠戲贈長歌

姜侯設鱠當嚴冬,昨日今日皆天風。

河凍來魚不易得，鑿冰恐侵河伯宮。
饔人受魚鮫人手，洗魚磨刀魚眼紅。
無聲細下飛碎雪，有骨已剁觜春葱。
偏勸腹腴愧年少，軟炊香飯緣老翁。
落碪何曾白紙濕，放筯未覺金盤空。
新懽便飽姜侯德，清觴異味情屢極。
東歸貪路自覺難，欲別上馬身無力。
可憐爲人好心事，於我見子真顏色。
不恨我衰子貴時，悵望且爲今相憶。

【集注】

"閿鄉"句："閿"，音文。（陳案：閿，《補注杜詩》《全唐詩》作"閺"《說文》："閺，低目視也。從昬門聲。"《漢書·戾太子劉據傳》顏師古注："閺字本從昬，其後轉訛誤，遂作門中受耳。"閿，同閺。）

"昨日"句：趙云：《韓詩外傳》云："昨日何生，今日何成？"漢高皇后八年，太尉入未央宮，擊呂產走，天風大起。

"河凍"句：河凍來魚：一作"黃河美漁"。（陳案：來魚，《全唐詩》作"未漁"。"一作取魚，一作黃河美魚，一作黃河冰魚，一作黃河味魚"。）

"饔人"句：《周禮·天官》："内饔。饔，和也。熟食曰饔。割烹煎和之稱。"潘安仁《西征賦》："饔人縷切，鑾刀若飛。" 趙云：《左傳》："公膳日雙雞，饔人竊更之以鶩。"海上有"鮫人"，泣則成珠，居於水中。今公言"河凍"，而漁人未可以漁，則饔人之所受者，乃"鮫人"授之。所以深言魚之難得而珍重之也。

"無聲"二句：碎：一作"素"。 《七啟》云："紛如疊縠，離若散雪。輕隨風飛，刃不轉切。"又，"鱠西海之飛鱗。"《七命》云："范公之鱗，出自九溪。頳尾丹腮，紫翼青鬐。命支離飛霜鍔，紅肌綺散，素膚雪落。""觜"，平聲。

"偏勸"二句：飯：一作"粳"。 （陳案：腴，《四庫全書》本作

"腴"形訛。《補注杜詩》《全唐詩》作"腴"。）　　薛云：按：《禮記》："冬右腴。"鄭氏曰："腴，腹下也。"《前漢書》："九州膏腴。"顏師古曰："腹之下肥曰腴。"　　《杜補遺》：《少儀》曰："羞濡魚者進尾。冬右腴，夏右鰭。"注："腴，腹下也。"《廣韻》曰："腴，腹下肥。"《維摩經》曰："維摩詰從香積如來，所取滿鉢香飯，普薰毗耶城。"（梁）劉（少）[孝]咸《謝東宮賜聖僧餘饌啟》曰："齊桓柏寢之器，周穆軒宮之寶，乳糜香飯，素（捺）[棕]糗漿，莫不氣馥，上天薰流下界。"

"放筯"句：（筯，《四庫全書》本作"筯"。形訛。《補注杜詩》作"筯"。《全唐詩》作"箸"。《說文》徐楷繫傳："箸，今俗訛作筯也。"）

"新懽"二句：《詩》："既醉以酒，既飽以德。"

"東歸"句：貪路：一作"貧路"。

"可憐"四句：趙云：（陳）周弘讓《答王襃書》有云："南風雅操，清殤妙曲。"《左傳》云："必嘗異味。""好心事"，如言好心腸也。

戲贈閿鄉秦少翁短歌

去年行宮當太白，朝迴君是同舍客。
同心不減骨肉親，每語見許文章伯。
今日時清兩京道，相逢苦覺人情好。
昨夜邀懽樂更無，多才依舊能潦倒。

【集注】

"戲贈"句：鮑云：《唐志》："閿鄉屬陝郡。"

"去年"句：鮑云：謂肅宗駐鳳翔也。《唐志》：鳳翔縣有太白山。

"朝迴"句：直不疑爲同舍郎，疑盜金。

"同心"句：《易》曰："同心之言。"

"每語"句：唐文三變，王（揚）[楊]爲之伯。　　趙：王充《論衡·超奇篇》有云："文辭之伯。"而（魏）陳琳《與吳張宏書》云："此間率少於文章，易爲雄伯。"（陳案：宏，《太平御覽》作"紘"。）

"昨夜"二句：嵇康《書》："知吾潦倒麤疏，不切事情。"　　趙云：

《北史·崔瞻傳》云:"自天保以後,重吏事,謂容止蘊籍者爲潦倒,而瞻終不改焉。"(陳案:蘊,《北史》作"醖"。)故公詩於"潦倒",謂之能也。

李鄠縣丈人胡馬行

丈人駿馬名胡騮,前年避胡過金牛。
迴鞭却走見天子,朝飲漢水暮靈州。
自矜胡騮奇絶代,乘出千人萬人愛。
一聞説盡急難材,轉益愁向駑駘輩。
頭上鋭耳批秋竹,脚下高蹄削寒玉。
始知神龍别有種,不比俗馬空多肉。
洛陽大道時再清,累日喜得俱東行。
鳳臆龍鬐未易識,側身注目長風生。

【集注】

"前年"句:"金牛",地名。

"迴鞭"二句:"漢水",漢江水也,在楚地方城。"靈州",靈武郡。《唐·理》:回紇縣。(陳案:回紇,《舊唐書》作"迴樂"。)秦始皇屬北地郡。　趙云:肅宗即位靈武,故"迴鞭"見天子,則自"漢水"而來"靈州"。

"一聞"句:趙云:"急難材",如劉備之的顱,一躍三丈過檀溪,以免劉表之追;劉牢之馬跳五丈澗,以脱慕容垂之逼也。

"頭上"二句:黃伯仁《龍馬頌》曰:"耳如剡箾,目象明星。"

"洛陽"句:趙云:已收復東京矣。

"鳳臆"二句:龍鬐:一作"麟鬐"。　趙云:皆馬之奇相。如劉琬《馬賦》曰:"吾有駿馬,名曰騏雄。龍頭鳥目,麟腹虎胸。"

送長孫九侍御赴武威判官

駿馬新鑿蹄,銀鞍被來好。
繡衣黃白郎,騎向交河道。
問君適萬里,取別何草草。
天子憂涼州,嚴程須到早。
去秋群胡反,不得無電掃。
此行救遺甿,風俗方再造。
族父領元戎,名聲國中老。
奪我同官良,飄飄按城堡。
使我不能餐,令我惡懷抱。
若人才思闊,溟漲浸絕島。
罇前失詩流,塞上得國寶。
皇天悲送遠,雲雨白浩浩。
東郊尚烽火,朝野色枯槁。
西極柱亦傾,如何正穹昊。

【集注】

"駿馬"二句:(陳案:駿,《補注杜詩》《全唐詩》作"驄"。注文亦同。) 徐敬業:"汗馬躍銀鞍。" 趙云:《〔後〕漢》:桓典爲御史,號嚴明,人畏憚之。每乘驄馬,當時爲之語曰:"行行且止,避驄馬御史。"今送長孫侍御,故得以"驄馬"爲言。"銀鞍"字多矣。如辛延年《羽林郎》詩曰:"銀鞍何煒燁,翠蓋空踟躕。"(陳案:踟躕,《玉臺新詠》作"峙崌",《樂府詩集》作"踟躕"。)江文通《別賦》:"龍馬銀鞍,朱軒繡軸。"

"繡衣"句:《漢》:侍御史有繡衣直指,持斧捕盜。 趙云:王(禁)〔賀〕,字翁孺,武帝時爲繡衣侍御史,逐捕群盜。

"騎向"句:《漢》:侯應上《書》:"車師前國王治交河城。河水分流繞城下，故號交河。"唐安西去交河郡七百里。

"嚴程"句：(陳案：須到早，《補注杜詩》《全唐詩》作"到須早"。)

"去秋"二句：風激電掃。

"此行"句：(陳案：救，《補注杜詩》作"牧"，《全唐詩》作"收"。)

"風俗"句：《唐書》："王室再造。"

"族父"句："元戎"，帥也。

"使我"二句：趙云："群胡反"，指吐蕃也。公前詩多以"胡"言安慶緒、史思明，今此接於"涼州"之下，則非言安、史也。《後漢》：閻忠說皇甫嵩曰："旬月之間，神兵電掃。"范曄於《吳漢贊》云："電掃鼏孽。"蔡琰詩云："飢當食兮不能飱。"

"若人"句："若人"，美長孫侍御也。見上《送程錄事還鄉》注。

"罇前"二句：得：一作"多"。　　趙云：班固云："賦者，古詩之流。"《史》云："有臣如此，國之寶也。"

"皇天"二句：《九辯》："皇天平分四時兮，竊獨悲此凛秋。悲秋若在遠行，登山臨水兮送將歸。"(陳案：悲秋，《藝文類聚》作"憭慄"。)

趙云：言上天亦悲人之遠去，所以雲雨愁態，浩浩然白也。

"東郊"二句：趙云："東郊"，指言史思明。蓋東京雖復，而洛陽之東猶用兵也。《楚辭·漁父》："屈原顏色枯槁。"

"西極"二句：《列子·湯問篇》："折天柱。"又，"帝怒，流於西極。"

趙云：西極傾，指言吐蕃侵廓、岷、霸等州，其勢方熾也。梁(園)[元]帝《阿育王像碑》曰："璇璣玉衡，穹昊所以紀物。"

送樊二十三侍御赴漢中判官

威弧不能弦，自爾無寧歲。
川谷血橫流，豺狼沸相噬。
天子從北來，長驅振凋敝。
頓兵岐梁下，卻跨沙漠裔。
二京陷未收，四極我得制。

蕭索漢水清,緬通淮湖稅。
使者紛星散,王綱尚旒綴。
南伯從事賢,君行立談際。
生知七曜歷,手畫三軍勢。
冰雪淨聰明,雷霆走精銳。
幕府輟諫官,朝廷無此例。
至尊方旰食,仗爾布嘉惠。
補闕暮徵入,柱史晨征憩。
正當艱難時,實藉長久計。
回風吹獨樹,白日照執袂。
慟哭蒼煙根,山門萬重閉。
居人莽牢落,遊子方迢遰。
徘徊悲生離,局促老一世。
陶唐歌遺民,後漢更列帝。
恨無匡復姿,聊欲從此逝。

【集注】

"威弧"二句:《易》:"弦木爲弧,剡木爲矢,弧矢之利,以威天下。"蓋取諸《睽》。鮑明遠:"寧歲猶(亡)〔七〕奔。"《國語》:姜氏告于公子曰:"自子之行,晋無寧歲。" 趙云:揚雄《河東賦》曰:"獲天狼之威弧。"(陳案:獲,《揚子雲集》作"玃"。)其後張平子《思玄賦》又云:"彎威弧之拔剌。"蓋因天有弧星,而用《易》"弧矢之利,以威天下"。"威"字貼之。

"川谷"句:《揚子》:"川谷流人之血。"

"頓兵"句:肅宗理兵鳳翔。

"却跨"句:趙云:此一段言安氏父子爲亂,而乘輿播遷,肅宗駐蹕鳳翔也。自鳳翔而極西,則"沙漠"矣,故言"跨"其裔。

"四極"句:《杜補遺》:《爾雅·釋地》:"東至於泰遠,西至於邠國,南至于濮沿,(陳案:沿,《爾雅注疏》作'鈆'。)北至于祝栗,謂之四極。"注:"此四方遠極之國名。"《列子》:"斷鼇之足以立四極。"

"蕭索"句:索,一作"瑟"。

"王綱"句:《古詩》:"星使日夜馳。"《詩》:"爲下國綴旒。"《公羊傳》:"君若贅旒然。" 趙云:此二段言二京雖陷,而邊鄙不可不安,故遣使爲多也。漢中,今之興元府,漢水在焉,與淮、湖通征税之物。樊之往漢中,正以四極,不可不制,故遣使爲多。"星散",所以言其不止一處。庾信《寒園即日》詩云:"寒園星散居。"乃其義也。非是李郃二使星入蜀事。

"南伯"二句:揚雄:"或立談間而封侯。" 趙云:"南伯",指言漢中主將也。"從事",指言樊爲判官也。言"南伯"與"從事"俱"賢",相投在"立談"間耳。《詩·北山》:"我從事獨賢。"

"生知"句:《月令》:"命太史,司天歷候日月星辰。""七曜"爲經,二十八宿爲紀。 《杜補遺》云:《漢·志》注:"日月五星,謂之七曜。"《北史》:"劉焯以博學洽聞,如《九章筭術》《周髀七曜書》,莫不復其本根,窮其秘要。"

"手畫"句:馬援於帝前聚米爲山谷,指畫形勢,開示衆軍所從道徑往來,〔分析〕曲折,昭然可曉。帝曰:"虜在吾目中矣。" 《杜補遺》云:《前漢》:張安世子千秋與霍光子禹,俱隨度遼將軍范明友擊烏桓,還謁大將軍光。問千秋戰鬬方略、山川形勢。千秋口對兵事,畫地成圖,無所忘失。光復問禹,禹不能紀,曰:"皆有文書。"光歎曰:"霍氏世衰,張氏興矣。"

"冰雪"二句:趙云:"聰明"如"冰雪"之"浄","精鋭"如"雷霆"之"走",所以美之也。《戰國策》:季良謂魏王曰:"恃兵之精鋭而欲攻邯鄲。"《射雉賦》云:"欣吾志之精鋭。"

"朝廷"句:此,一作"比"。

"至尊"句:《左傳》:伍奢曰:"楚君大夫其旰食乎?""旰",晏也。

"仗爾"句:賈誼《弔屈原賦》:"恭承嘉惠兮,俟罪長沙。"

"補闕"二句:老子爲柱下史。 趙云:以義推之,樊"判官"其初必先爲"補闕"而召之;既爲"補闕",又爲"侍御",而自"侍御"往漢中也。"晨征憩"者,以"晨征"行,而因執別則暫憩息也。

"正當"句：天步艱難。

"實藉"句：久：一作"大"。

"回風"二句：趙云：此言別時之景也。庾信《和趙王塗中》詩云："迴風卽送師。"（周）王褒《送葬》詩："平原着獨樹，臬亭望列村。"《楚詞》："青春受謝，白日照。"其後張季鷹《雜詩》："白日照園林。"

"徘徊"二句：《九章》："悲莫悲兮生別離。"《古詩》云："局促轅下駒。"　薛云：《前漢書·灌夫傳》：上怒内史曰："公平生數言魏其武安長短，今日廷論，局促效轅下駒。"　趙云：《上林賦》："牢落陸離。"注："猶遼落也。"

"後漢"句：列：一作"別"。

"恨無"二句：姿：一作"資"。　《左傳》：吳季札聞唐之歌曰："思深哉！其有陶唐氏之遺民乎？"《漢》：高祖曰："吾亦從此逝矣。"

趙云：兩句言民復而中興。其兩句又自言無能，而當引去也。"陶唐歌遺民"，普言生民尚皆是"陶唐"之"遺"者，以明其非作亂之人。"後漢更列帝"，則以漢光武中興，而後復有十二帝，以比肅宗中興也。

送從弟亞赴安西判官

南風作秋聲，殺氣薄炎熾。
盛夏鷹隼擊，時危異人至。
令弟草中来，蒼然請論事。
詔書引上殿，奮舌動天意。
兵法五十家，爾腹爲篋笥。
應對如轉圜，疏通略文字。
經綸皆新語，足以正神器。
宗廟尚爲灰，君臣俱下淚。
崆峒地無軸，清海天軒輊。

西極最瘡痍，連山暗烽燧。
帝曰大布衣，籍卿佐元帥。
坐看清流沙，所以子奉使。
歸當再前席，適遠非歷試。
須存武威郡，爲畫長久利。
孤峰石戴驛，快馬金纒轡。
黄羊飫不膻，蘆酒多還醉。
踴躍常人情，慘澹苦士志。
安邊敵何有，反正計始遂。
吾聞駕鼓車，不合用騏驥。
龍吟迴其頭，夾輔待所致。

【集注】

"送從"句：一云河西。　鮑云："亞"，字次公。肅宗在靈武，上書論當世事，擢校書郎。杜鴻漸節度河西，奏署幕府。故詩云："令弟草中來，蒼然請論事。"

"南風"二句："南風作秋聲"，言當生育而有肅殺。　趙云："南風"，夏日之風也，而作"秋聲"，故肅殺之氣，倚薄"炎燠"也。

"盛夏"二句：趙云：《月令》又云："立秋之日，鷹隼擊。"今節候當盛夏，而"鷹隼擊"，則有所搏取，不得不急避之。時危亂，則須"異人"，故"異人"自然未至也。（陳案：未，《杜詩引得》作"來"。）"異人"正指其弟"亞"矣。《後漢》：王朗還許下，人稱其才進。或曰："不遇異人，當得異書。"問之，果得王充《論衡》之益。

"令弟"二句：趙云：《古詩》："濟濟令弟。"而謝靈運《酬從弟惠連》曰："末路值令弟。"

"奮舌"句：言君意爲之回動也。《解嘲》云："伸其舌而奮其筆。"

"兵法"二句："兵法"，見《前漢·艺文志》。邊韶："腹便便，五經笥。"　趙云：《前漢·艺文志》有《兵權謀》十三家，《兵形勢》十一家，《陰陽》十六家，《兵技巧》十三家，摠曰：凡兵書五十三家，七百九十篇。圖四十三卷也。

"應對"句:(陳案:圜,《全唐詩》作"丸"。一作"圓"。《廣雅·釋詁三》:"圜,圓也。") 漢祖從諫若轉圜。 《杜補遺》:《開元遺事》:張九齡每與賓客議論,滔滔不竭,如下坂走丸,時人服其俊辯。

"經綸"二句:《易·屯》:"君子以經(論)[綸]。"陸賈《新語》:《老子》:"天下神器。"

"宗廟"二句:俱:一作"皆"。 九廟爲賊所焚也。 趙云:安慶緒盡焚九廟也。

"崆峒"二句:"崆峒",見《自京赴奉先縣》詩注。言天地未安也。《杜補遺》:《詩》:"戎車既安,如輊如軒。"《馬援傳》:"居前不能令人輊,居後不能令人軒。"注:"軒輊,輕重也。軒輊則或輕或重,低昂而不安也。"

"西極"二句:漢制:有寇則舉烽燧。相如《諭蜀文》曰:"烽舉燧燔。" 《杜補遺》:《唐六典》曰:唐鎮戍烽候,所至大率相去三十里,其逼邊者,筑城以置之。其放煙有一炬至三炬者,每日初夜舉一炬,謂之平安火。餘則隨其多少而爲差。"光武修烽燧"注:《前書·音義》曰:邊方備警急,作土臺。臺上作桔槔,頭上有兜零,以薪草置其中,常低之,有寇即然火。舉之以相告曰"烽"。又多積薪,寇至即燔之,望其煙曰"燧"。晝則燔燧,夜則舉烽。《廣雅》言:"兜零,籠也。"

趙云:《季布傳》:"瘡痍未瘳。"

"帝曰"句:"布衣"韋帶之士。 新添:《左傳》:"衛文公大布之衣,大帛之冠。"

"籍卿"句:謂杜鴻漸。

"坐看"二句:《書》曰:"西被於流沙。"疏:"流沙,西境最遠者也。而《地理志》以流沙爲張掖居延澤是也。計三危在居延之西太遠矣。《志》言非也。" 趙云:"流沙",亦西邊地名。《書》曰:"西被于流沙。"則在西之遠處,皆因吐蕃之亂而言之。

"歸當"句:"文帝前席,賈生"注:"漸促近〔誼〕,聽說。"

"適遠"句:舜歷試諸艱。

"反正"句:高祖撥亂世而反之正。 趙云:此一段又期以安邊敵。何有正言吐蕃何足平哉?當念天子"反正",車駕歸長安,方爲計遂也。

"吾聞"二句:《杜補遺》:《後漢·循吏傳》曰:"建武十三年,異國有獻名馬者,日行千里。又進寶劍,價兼百金。詔以馬駕鼓車,劍賜騎士。""建武",乃光武年號。

"龍吟"二句:《左傳》:"夾輔周室。"　趙云:公意言以"亞"爲安西判官特使,"騏驥""駕鼓車"耳。故馬迴頭所望,在"夾輔"天子也。"龍吟",指言"騏驥"。

送韋十六評事充同谷郡防禦判官

昔没賊中時,潛與子同遊。
今歸行在所,王事有去留。
偪側兵馬間,主憂急良儔。
子雖軀幹小,老氣橫九州。
挺身艱難際,張目視寇讎。
朝廷壯其節,奉詔令參謀。
鑾輿駐鳳翔,同谷爲咽喉。
西扼弱水道,南鎮枹罕陬。
此邦承平日,剽劫吏所羞。
況乃胡未滅,控帶莽悠悠。
府中韋使君,道足示懷柔。
令姪才俊茂,二美又何求?
受辭太白脚,走馬仇池頭。
古色沙土裂,積陰雪雲稠。
羌父豪猪靴,羌兒青兕裘。
吹角向月窟,蒼山旌旆愁。
鳥驚出死樹,龍怒拔老湫。

古來無人境,今代横戈矛。
傷哉文儒士,憤激馳林邱。
中原正格鬭,後會何緣由。
百年賦命定,豈料沉與浮。
且復戀良友,握手步道周。
論兵遠壑淨,亦可縱冥搜。
題詩得秀句,札翰特相投。

【集注】

"送韋"句:安禄山大亂,甫與韋宙同陷賊,後皆遁歸行在所。鮑云:注以爲韋宙。〔宙〕乃丹之子,仕宣宗時,非此所"送"人也。

"今歸"二句:天子行幸所在曰"行在"。《詩》:"王事靡盬。"

"偪側"句:"偪側",見上注。

"主憂"句:(陳案:儔,《補注杜詩》《全唐詩》作"籌"。儔作籌。《廿二史考異·五代史三·劉守光傳》錢大昕按:匡儔,"唐書作匡籌"。)《史》:范雎:"主憂臣辱,主辱臣死。"

"子雖"二句:老:一作"志"。 趙云:《趙書》曰:劉曜討陳安於隴城,安死。人謠曰:"隴城建兒有陳安,軀幹雖小腹中寬,愛養將士同心肝。"

"鑾輿"二句:《西都賦》:"乘鑾輿。"鳳翔府,扶風郡。隋置鳳栖,尋改爲麟遊郡、同谷郡,今成州。晋仇池郡,漢下辨縣,舊名武街城。

趙云:《魏都賦》:"正位居體者,以中夏爲喉舌。"

"西扼"句:《禹貢》:"弱水既西。"集注《十洲記》云:"鳳麟洲在西海之中,四面有弱水遶之,鳩毛不浮,不可越也。"

"南鎮"句:枹罕陬:一作"氐羌陬"。《唐》:安鄉郡河(洲)[州]理枹罕縣。"枹罕",故羌侯邑。"枹",音孚。本枹鼓字也。

"剽劫"句:《前漢·地理志》:"椎剽掘冢。"師古曰:"椎殺人而剽劫之。剽,急也。"

"道足"句:《詩》:"懷柔百神。"

"受辭"句:(陳案:辭,《補注杜詩》《全唐詩》作"詞"。朱駿聲《說文通訓定聲》:"辭,段借爲詞。") "太白",山名。 《杜補遺》:辛氏《三秦記》曰:"大白山在武功縣南,去長安五百里,不知高幾許。俗云:'武功太白,去天三百。'"《周地圖記》曰:"太白山甚高,上常積雪,無草木,半山有雲,如瀑布,則澍雨。人常候驗,如離畢焉。故語曰:'南山瀑布,不朝則暮。'"《錄異記》曰:"金星之精,墮於終南(圭)〔主〕峰之西,(田)〔因〕號爲太白,其精化爲白石,狀如美玉,常有紫氣覆之。玄宗立玄元廟於太寧里臨淄舊邸,取其石琢爲像焉。"

"走馬"句:成州上禄縣有"仇池"也。晋永嘉末爲氐羌文茂所據。《杜補遺》:《三秦記》曰:"仇池山上廣百頃,地平如砥。其南北有山路,東西縣絶百仞。一夫守道,萬夫莫向。山勢自然有樓櫓却敵之狀,上有崗阜泉源。"《史記》謂"秦得百二之固"也。《南史》:"武興國,本仇池。楊難當自立爲秦王。"本朝同州河池乃故地。(陳案:同,《杜詩引得》作"鳳"。)《後漢·西南夷傳》:"白馬氏居河(地)〔池〕,一名仇池山,在今成州上禄縣南。"《三秦記》曰:"仇池山,本名仇維州。上有池,故曰仇池。在滄洛二谷之間。常爲水所衝激,故下石而上土,形如覆壺。"《仇池記》曰:"仇池百頃,周回九千四十步,天形四方,壁立千仞,自然樓櫓却敵之狀,分置調均,竦起數丈,有踰人功。凡二十七道可攀援而上,東西二門,盤道自下而上,凡有七里。上則崗阜低昂,泉流澆灌。"酈〔道〕元《水經注》曰:"羊腸盤道三十六回,《開天圖》謂之仇夷。所謂積崟峨嶔岑隠阿者也。"

"古色"句:色:一作"邑"。 《前書·音義》:"沙土曰漠。即今蹟也。" 趙云:西邊近沙土之地,故"沙土裂"。

"積陰"句:一作"積雪陰雲稠"。

"羌父"二句:趙云:《上林賦》有拖豪猪。(陳案:上林,《文選》作"長楊"。)宋玉《招魂》曰:"君王親發兮憚青兕。"《說文》曰:"兕如野牛,青皮堅厚,可以爲鎧。"

"吹角"句:顔延年《歌》:"月氐來賓。"氐,窟也。月窟,西極。《長楊賦》:"西壓月窟。" 《杜補遺》:《月錄》曰:"蚩尤率罔兩與黄帝戰於涿鹿,(陳案:月,《路史》作'樂'。)帝乃命吹角爲龍鳴以禦之。至魏武北征烏丸,度沙漠,而軍士思歸,於是減爲中鳴而聲更悲矣。"胡角者,本以應胡笳之聲,後漸用之。

"烏驚"句:趙云:吳平爲句章州,門前忽生一株青桐樹,上有歌謠之聲。惡而斫之。平隨軍北虜,首尾三年。死樹欻自還立於故根上,樹巔空中歌曰:"死樹今更青,吳平尋當歸。"故公詩又曰:"君不見前者摧折桐,百年死樹中琴瑟"也。

"龍怒"句:《郊祀志》:"湫淵祠朝那。"湫水在涇州界,興雨,土俗亢旱,每於此求之。相傳云:龍之所居也,天下山川隈曲有之。"湫",音子由切。

"古來"句:趙云:孫興(功)[公]《游天台山賦·序》:"踐入無人之境。"(陳案:踐入,《文選》作"卒踐"。)

"傷哉"三句:相抱而殺之曰"格"。　　趙云:"格鬭"字,祖出《前漢》。而陈琳《飲馬長城窟行》云:"男儿寧當格鬭死,何能怫鬱長城道。"《禮記》:"傷哉,貧也。"

"握手"句:謝玄暉:"桑榆陰道周。"　　趙云:《詩》:"有杕之杜,生於道周。"《釋文》:"周,曲也。"

"論兵"二句:《天台賦序》。

"題詩"二句:趙云:陸瑜《仙人覽六著篇》云:"避敵情思巧,論兵勢重新。"

送李校書二十六韻

代北有豪鷹,生子毛盡赤。
渥洼騏驥兒,尤異是龍脊。
李舟名父子,清俊流輩伯。
人間好妙年,不必須白皙。
十五富文史,十八足賓客。
十九授校書,二十聲輝赫。
衆中每一見,使我潛動魄。
自恐二男兒,辛勤養無益。

乾元元年春，萬姓始安宅。
舟也衣綵衣，告我欲遠適。
倚門固有望，斂袵就行役。
南登吟白華，已見楚山碧。
藹藹咸陽都，冠蓋日雲積。
何時太夫人，堂上會親戚。
汝翁草明光，天子立前席。
歸期豈爛漫，別意終感激。
顧我蓬屋姿，謬通金閨籍。
小來習性懶，晚節慵轉劇。
每愁悔吝作，如覚天地窄。
羨君齒髮新，行已能夕惕。
臨岐意頗切，對酒不能喫。
迴身視綠野，慘澹如荒澤。
老鴈春忍飢，哀號待枯麥。
時哉高飛燕，絢練新羽翮。
長雲濕褒斜，漢水饒巨石。
無令軒車遲，衰疾悲宿昔。

【集注】

"送李"句：鮑云：李舟也。《國史補》言："舟好事。"《與妹書》曰："釋迦生中國，設教如周孔。〔周孔〕生西方，設教〈孔周〉（加）[如]釋迦。天堂無則已，有則君子生。地獄無則已，有則小人入。"則其人可知，公故極稱道。

"代北"二句：鍾、代二山出鷹。　趙云：以物之奇俊者，譬李舟也。（晋）孫楚《鷹賦》曰："有金剛之俊鳥，生井陘之巖阻。"（隋）魏（言）[彥]深《鷹賦》曰："惟茲禽之化育，實鍾山之所生。"而公言"代北"，未見所出也。

"渥洼"二句:趙云:《前漢書》曰:"武帝元鼎四年,馬出渥洼水中。"東方朔曰:"騏驥、騄耳,天下之良馬也。"《爾雅》曰:"騜馬黃脊騛。"〔騛〕,音乾。

"李舟"句:趙云:名父之子也。《前漢·蕭育傳》:"王鳳以育名父之子,除爲功曹。王導謂述名父之子,不可無禄。"

"清俊"句:(陳案:俊,《補注杜詩》《全唐詩》作"峻"。《史通·疑古》浦起龍通釋:"俊,或作峻。") 趙云:流輩之伯也。伯者,長之義。晋有八伯,以比八達。《漢官儀》曰:"侍御史,周官也,爲柱下史,官法冠。(陳案:官,《通典》作'冠'。)一名柱後,以鐵爲柱。言其審固不撓,常清俊也。"

"人間"句:(陳案:好妙,《全唐詩》作"好少"。好,一作"妙"。)

"不必"句:《左傳》:"東門之晳,實與我役。" 趙云:《左傳·昭公二十六年》:冉豎曰:"有君子白晳。"

"二十"句:輝,一作"煇"。

"自恐"句:趙云:淵明云:"雖有五男兒,俱不好紙筆。""二男兒",亦倣此矣。

"乾元"二句:元,一作"二"。"乾元",肅宗時年號。始收復京師,民始安居。

"舟也"二句:《列女傳》曰:"老萊子孝養二親,行年七十,嬰兒自娛,着五色綵衣。嘗因取漿水上堂,跌仆,因臥地爲小兒啼,或弄烏鳥於親側。"

"倚門"二句:《詩》:父曰:"嗟予子行役。" 趙云:《戰國策》:齊王孫賈之母謂賈曰:"汝朝出而晚來,則吾倚門而望;汝暮出而不還,則吾倚閭而望汝。"陶淵明《勸農》四言云:"敢不斂衽。"

"南登"二句:《白華》,孝子之潔白。 趙云:"吟《白華》"而見"楚山碧",則舟必以王事南往于漢上矣。

"藹藹"二句:"藹藹",言其氣象也。"咸陽",古雍郡也。"冠蓋",士大夫也。"雲積",言多也。《西都賦》云:"冠蓋如雲。"

"何時"二句:《文帝紀》〔注〕:"列侯妻,稱夫人;列侯死,子復爲列侯;乃得稱太夫人。子不爲,亦不得稱。"潘安仁《閑居賦》:"太夫人在堂。"又云:"席長筵,列孫子。"陶淵明:"悦親戚之情話。"

"汝翁"句：《漢》：武帝太初四年秋，"起明光宫"。師古曰："《三輔黄圖》：'在城中。'《元后傳》云：'成都侯商避暑，借明光宫。'"凡掌制誥文字，謂之視草也。　　趙云：《後漢》："尚書郎含香握蘭，值宿於建禮門。太官供膳，奏事明光殿，下筆爲詔誥，出語爲誥令。"其在唐，則中書舍人也。凡掌制誥，必有草，故謂之起草。《春明退朝録》載："凡公文，中書謂之草，樞密院謂之底，三司謂之檢。"又可以見中書舍人所行曰"草"也。武后臨朝，天授元年，壽春王成器兄弟五人初出閣，同日受册。有司撰儀注忘載册文，及百僚在列，方知闕禮，宰臣相顧失色。中書舍人王勴，立召書吏五人執筆，口草五王册，一時俱畢。則起草者，中书舍人之職。

"天子"句：（陳案：立，《補注杜詩》《全唐詩》作"正"。）　　見前詩注。

"歸期"二句：趙云："豈爛漫"，言必不至於過期也。而"别意終感激"，乃人情離别之常也。《莊子》："道德不同，而性命爛漫。"《（子）[孟]子》趙岐《章指》曰："千載聞之，猶有感激。"

"顧我"二句：（陳案：閨，《全唐詩》同。閨，一作"門"。）　　曹子建："顧念蓬屋士，貧賤誠足憐。"（陳案：屋，《曹子建集》作"室"。）謝玄暉《出尚書省》詩："既通金閨籍。"

"小來"二句：節：一作"歲"。　　嵇叔夜《絶交書》："少加孤露，性復踈慵，又嬾與慢相成。"

"行己"句：《語》："行己有耻。"《易·乾卦》："夕惕若厲。"

"對酒"句：趙云：李陵詩："對酒不能酬。"

"老鴈"四句："老鴈"，甫自喻也。"時燕"，喻李校書。　　趙云：漢時謡："大麥青，小麥枯。"《赭白馬賦》云："别輩超羣，絢練敻絶。"注："絢練，疾也。"

"長雲"句：《西都賦》："右界褒斜，隴首之險。"見第一卷"子午谷"注。　　《杜補遺》：《後漢·順帝紀》："罷子午道，通褒斜路。""褒斜"，漢中谷名。南谷名褒，北谷名斜，首尾七百里。鄭子真所耕，在此谷口。"斜"，音余遮切。俗讀作横斜之斜，非也。

"漢水"句：趙云：言漢上景物之愁寂，以勸其歸也。江文通《雜體詩》云："海濱饒奇石。"

"無令"句:(陳案:衰,《四庫全書》本作"襄"。形訛。《補注杜詩》《全唐詩》作"衰"。)　《古詩》:"思君令人老,軒車來何遲。"

洗兵馬

中興諸將收山東,捷書日報清晝同。
河廣傳聞一葦過,胡危命在破竹中。
祇殘鄴城不日得,獨任朔方無限功。
京師皆騎汗血馬,迴紇餧肉蒲萄宮。
已喜皇威清海岱,常思仙仗過崆峒。
三年笛裏關山月,萬國兵前草木風。
成王功大心轉小,郭相謀深古來少。
司徒清鑒懸明鏡,尚書氣與秋天杳。
二三豪俊為時出,整頓乾坤濟時了。
東走無復憶鱸魚,南飛覺有安巢鳥。
青春復隨冠冕入,紫禁正耐烟花繞。
鶴駕通霄鳳輦備,雞鳴問寢龍樓曉。
攀龍附鳳勢莫當,天下盡化為侯王。
汝等豈知蒙帝力,時來不得誇身強。
關中既留蕭丞相,幕下復有張子房。
張公一生江海客,身長九尺鬚眉蒼。
徵起適遇風雲會,扶顛始知籌策長。
青袍白馬更何有,後漢今周喜再昌。
寸地尺天皆入貢,奇祥異瑞爭來送。
不知何國致白環,復道諸山得銀甕。
隱士休歌紫芝曲,詞人解撰河清頌。

田家望望惜雨乾，布穀處處催春種。
淇上健兒歸莫懶，城南思婦愁多夢。
安得壯士挽天河，淨洗甲兵長不用。

【集注】

　　《洗兵馬》：收京後作。

　　"中興"句：趙云："山東"者，今之河北也。蓋謂之山東、山西，以太行山分之也。今所謂山東，乃昔言齊地，則以泰山言之矣。安祿山反，先陷河北諸郡。至二京已復，慶緒奔于河北之後，史思明降，嚴莊降，熊元皓降，而河北諸郡漸復矣，故曰"中興諸將收山東"。

　　"捷書"句：日：趙作"夕"。　　趙云："夕"者，日之晚也。《詩》曰："日之夕矣，牛羊下來。""晝"者，日之中也。《莊子》曰："正晝爲盜，日中穴壞。"（陳案：壞，《莊子注》作"阫"。）夕晚之報，與日晝同，言其好消息之真也。舊本誤作"日報清晝同"，所以起學者之疑。

　　"河廣"二句：《衛詩》："誰謂河廣，一葦杭之。"《晉·杜預傳》："今兵威已振，譬如破竹，數節之後，迎刃而解，無復著手處也。"

　　"祇殘"二句：趙云："鄴城"，相州也，乃賊所窟穴。四月，以相州爲安成府，可見矣。至九月，方能圍相州。十一月，方能敗之。故公於作是詩時，云"殘"者，言餘也。只"殘"字，是唐人語。出"朔方"，指言郭子儀也。子儀素爲朔方節度使，後又加河西、隴右。時專任子儀，故云"獨任"。

　　"京師"二句："汗血"事，見一卷《高都護驄馬行》注。《張耳傳》："如以肉餒虎，何益？"《三輔黃圖》曰："漢有葡萄宮。"　　趙云："蒲萄宮"，考之《長安志》，載有"東西蒲萄園"。《景龍文館記》云："中宗召近臣騎馬入櫻桃園，馬上口摘櫻桃，遂宴東蒲萄園，奏以宮樂。"則所謂"蒲萄宮"者，雖不指其東西，而謂此園耳。舊註作"漢有葡萄宮"，考之漢宮室名，別無此名也。視"回紇"爲虎，以言其強保爲患也。（陳案：保，《杜詩引得》作"暴"。）《舊唐史》載：初收西京，回紇欲入城劫掠，廣平王固止之。及收東京，回紇遂入府庫取財帛，於市井、村坊，剽掠三日而止，財物不可勝計。廣平王又賚之以錦劉寶貝，葉護大嘉。（陳案：嘉，《杜詩引得》作"喜"。）則"回紇"之爲虎可知。

"蒲萄宫",《漢·匈奴傳》:"元壽之年,單于來朝,舍之上林苑蒲萄宫。"趙豈未之見耶?

"已喜"二句:《禹貢》:"海岱惟青州。"王元長:崆峒山,黄帝順下風膝行,進而問道。　趙云:青、徐諸郡皆復,天下無事,則可以問道。此所以"常思"其如此。

"三年"句:趙云:禄山以天實十四載反,歲在乙未。安慶緒以至德二載弑其父,歲在丁酉。是歲復二京,則爲三年。《關山月》,古樂府曲名。梁元帝有詩,(周)王褒《燕歌行》云:"無復漢地《關山月》,唯有漠北薊城雲。"

"成王"句:文王小心翼翼,時成王爲元帥。　鮑云:乾元元年,徙封(叔)〔俶〕爲成王。

"郭相"句:郭子儀也。

"司徒"句:李光弼。　趙云:《本傳》:"至德二載,光弼加檢校司徒。"《新書》:"光弼自司徒遷司空。"猶稱"司徒",則新史誤矣。

"尚書"句:僕固懷恩。　趙云:"尚書",指言王思禮。《本傳》:"長安〔平〕,思禮先入清宫。收東京,戰數有功,遷兵部尚書。"以爲房琯,非是。按:至德元載十月,琯用車戰以敗。二載,琯罷相,貶邠州刺史。舊注云作"懷恩",亦非是。據《本傳》,復兩京,懷恩雖有功,止詔加鴻臚卿。其後乾元二年,方入爲工部尚書。今公詩,是收復兩京後,豈却是"懷恩"耶?

"東走"句:張翰見秋風起,乃思吳中蓴羹鱸魚,遂命駕東歸吳。蓋託意避亂,今不必如此也。

"南飛"句:《古詩》:"越鳥巢南枝。"曹子建詩:"願隨越鳥翻南翔。"　趙云:曹孟德詩:"烏鵲南飛。"大率兵亂,則非特人不安,鳥亦不安。時平,則鳥獸亦安矣。

"青春"二句:謝希逸:"收華紫禁。"　趙云:乾元元年正月,授皇帝以傳國璽。此時衣冠并入而定矣,故云"青春復隨冠冕入"。"紫禁",紫宫之禁也。蓋以紫微帝座得名。

"鶴駕"二句:薛夢符云:按《漢宮闕疏》:"白鶴宮,太子之所居,凡人不得輒入。"(隨)〔隋〕太子左右監門率,唐龍朔中改爲左右崇掖衛,垂拱中改爲鶴禁衛。　《杜補遺》:劉向《列仙傳》曰:"王子喬,周靈王太子晉也，好吹笙，做鳳鳴。游伊、洛間，道士浮丘公接上嵩山。三十餘年後，復於此山上。告桓梁曰：'告我家，七月七日待我緱氏山頭。'果乘白鶴駐山巔，望之不得到，舉手謝時人而去。"故後世稱太子之駕曰"鶴駕"，宮曰"鶴禁"。又《文選》：王融，字子長，《曲水詩·序》曰："儲后叡哲在躬，出龍樓而問豎，入虎闈而齒冑。"注：龍樓，漢太子門名也。文王爲太子，雞初鳴而衣服，至寢門外，問內豎之御者曰："今日安否？何如？"沈休文《齊故安陸昭王碑文》曰："式掌儲命，允膺嘉選。博望之苑載暉，龍樓之門以峻。"　　趙云：按：《漢書》："成帝爲太子，上嘗急召。太子出龍樓門，不敢絕馳道。"張晏曰："門樓上有銅龍，若白鶴、飛廉之爲名也。"此"龍樓"本出。若王元長所用，則出於此耳。蓋王元長文合《禮記》與《漢書》兩事爲句，而杜公則又出於王元長而變之矣。

"攀龍"二句：《揚子》："攀龍鱗，附鳳翼。"時攀附而立功者，皆有恩。　　趙云：班固韓、彭等《叙傳》曰："雲起龍驤，化爲侯王。"崔群《送符載歸蜀·序》亦云："不習俎豆，化爲侯王。"汝等，指化侯王之人也。《唐舊史》載：蕭宗至德二載四月，帝在鳳翔。是時府庫無蓄積，專以官爵賞功。諸將出征，皆給空名告身，自開府、特進、列卿、大將軍，下至中郎、郎將，聽臨事注名。其後又聽以信牒，授人官爵，有至異姓王者。諸有官者，但以職任相統攝，不復計官爵高下。大將軍告身一通，纔易一醉。凡應募入軍者，一切衣金紫，至有朝士僮僕衣金紫，而身亦賤役者。名器之濫，至是而極焉。今所謂"盡化爲侯王"，蓋言此輩也。

"汝等"句：《莊子》曰："帝力於我何有哉？"

"時來"二句：蕭何：餉饋不絕糧道。　　趙云：謂郭子儀也。

"幕下"句：（陳案：有，《補注杜詩》《全唐詩》作"用"。）　　高祖曰："運籌帷幄之中，吾不如子房。"謝宣遠《張子房詩》："婉婉幕中畫。"

"張公"二句：《杜補遺》：仇池翁云：久困江湖，（陳案：困，《東坡全集》作"放"。）不見偉人。昨在金山，滕元發以扁舟破巨浪〔來相見〕，出船巍然，使人神聳，好箇沒興底張鎬相公。杜子美云："張公一生江海客，身長九尺鬚眉蒼"，謂張鎬也。《唐舊史》云：蕭昕與鎬友善，表薦之曰："如鎬者，用之則爲王者師，不用則幽谷之叟爾。"明皇擢鎬爲拾遺，不數年出入將相。

"徵起"二句：（陳案：長，《補注杜詩》《全唐詩》作"良"。）　　《二十八將論》：咸能感會"風雲"。　　趙云：陸士衡《樂府》云："藹藹風雲會。"《語》："顛而不扶。"

"青袍"句：趙云：公自謂也。庾信《哀江南賦》曰："青袍如草，白馬如練。"於《鴈門公碑銘》言其祖父之功曰："白馬如練，玄旗如墨。"亦以形容其旗、馬。侯景之亂，先有童謠云："青絲白馬壽陽來。"而景以朝廷所給青布，皆用爲袍，采色尚青。景乘白馬，青絲爲轡，欲以應讖。今公詩取字用耳，非言安、史及吐蕃也。"何有"者，言在我者何所有哉？殊無所利也，唯知喜再昌而已。

"後漢"句：趙云："後漢"，則東京之漢。"今周"，則宇文之周。庾信於《齊王碑・序》云："昔東京既稱炎漢再受，今周歷即是鄷都中興。"此乃"喜再昌"之義。若以爲卜年卜世之周，則於"今周"字無出。

"不知"句：丘希範《書》："白環西獻，楛矢東來。"顏延年《歌》："亘地稱皇，馨天作主。月氊来賓，日際奉土。"（陳案：氊，《文選》作"竁"。）《世本》曰："舜時西王母獻白環及佩。"

"復道"句：《禮運》："山出器車。"注："器，謂若銀甕丹甑也。"

"隱士"句：集注皇甫謐《高士傳》：秦世道滅德消，坑黜儒術，四皓於是退而作歌曰："莫莫高山，深谷逶迤。煜煜紫芝，（陳案：煜煜，《高士傳》作'曄曄'。）可以療飢。唐虞世遠，吾將何歸？駟馬高蓋，其憂甚大。富貴之畏人兮，不如貧賤之肆志。"乃共入商洛，隱地肺山。

"詞人"句：新添：鮑照，字明遠。元嘉中，河濟具清，當時以爲美瑞，照爲《河清頌》。　　趙云：公詩言此者，是歲既收京，而於七月嵐州合河關，黄河三十里清如〔井〕水。（陳案：三，《舊唐書》作"四"）蓋收京之祥，實事也。

"田家"二句："布穀"，鳴鳩也。　　趙云：楊惲云："田家作苦。"故對"布穀"催耕之鳥。東坡在黄州作《五禽言》，自注曰："土人謂布穀爲脫却布袴。"

"淇上"二句：《東山詩》五章言："室家之望女也。""婦歎於室。"

趙云："淇上"，衛地也。《衛詩》云："泉原在左，淇水在右。"今衛州與相州相隣，則指言圍相之兵矣。"健兒"，見上《哀王孫》詩注。

"安得"二句：（梁）沈約《詩》："安得壯士馳奔曦？"《前漢》：李左車《歌》："安得壯士翻日車？"（陳案：左車，《太平御覽》作"李尤《九曲歌》"。"前"，當作"後"。）武王伐紂，大雨洗兵。　　趙云：《六韜》有"洗濯甲兵"。

早秋苦熱堆案相仍

七月六日苦炎蒸，對食暫飡還不能。
每愁夜中自足蠍，況乃秋後轉多蠅。
束帶發狂欲大叫，簿書何急來相仍。
南望青松架短壑，安得赤脚踏層冰。

【集注】

"早秋"句：時任華州司功。

"對食"句：趙云：蔡琰詩："飢當食兮不能飡。"

"每愁"句：每愁：一作"常恐"。中：一作"來"。自足：一作"皆是"。　　趙云："蠍"者，螯蟲，中原有之，南中無有。韓退之謫南方，及其歸也，有詩云："照壁喜見蠍。"則每以得歸爲念，雖"蠍"之螯，而見之反喜也。今公"苦熱"，固宜以足"蠍"爲愁。

"況乃"句：趙云：退之詩有曰："朝蠅不須驅，莫蚊不須拍。蠅蚊滿八區，可以盡力格。（陳案：可以盡力格，《別本韓文考異》作'可盡與相格'。）秋風九月至，掃不見蹤跡。"今公詩却以"秋後""多蠅"爲苦，則韓言其理，杜悋其事。

"束帶"二句：《唐書》："切於簿書期會。"（陳案：切於，《新唐書》作"至"。）　　趙云：《論語》："束帶立於朝。"陶淵明不肯"束帶"見督郵。

"南望"句：短：一作"絶"。

"安得"句：趙云：江文通《擬謝光禄郊遊》詩："風散松架險。"松枝可以爲"架"，故因謂之"架"焉。"層冰"，見上《高都護驄馬行》注。

立秋後題

日月不相饒,節叙昨夜隔。
玄蟬無停號,秋燕已如客。
平生獨往願,惆悵年半百。
罷官亦由人,何事拘形役。

【集注】

　"玄蟬"二句:《古詩》:"秋蟬鳴樹間,玄鳥逝將適。"(陳案:將,《文選》作"安"。)宋玉:"燕翩翩而辭歸,蟬寂寞而無聲。"

　"平生"句:淮南王《莊子略要》曰:"江海之士,山谷之人,輕天下、細萬物而獨往。"司馬彪注曰:"獨往,自然不復顧世也。"

　"何事"句:《歸去來詞》:"既自以心爲形役,奚惆悵而獨悲。"陶淵明詩:"誰謂形蹟拘?"

卷五

（宋）郭知達 編

古　詩

貽阮隱居 昉

陳留風俗衰，人物世不數。
塞上得阮生，迥繼先父祖。
貧知靜者性，自益毛髮古。
車馬入鄰家，蓬蒿翳環堵。
清詩近道要，識字用心苦。
尋我草逕微，褰裳踏寒雨。
更議居遠林，避喧甘猛虎。
足明箕潁客，榮貴如糞土。

【集注】

《古詩》：寓秦州及同谷縣，行赴蜀中作。

"陳留"二句：《晉書》：阮籍，字嗣宗，陳留尉氏人也。父瑀，魏丞相掾。子渾，姪咸，咸子瞻，瞻弟孚，咸從子脩，孚族弟放，放弟裕，皆陳留人。

"塞上"句：趙云：公言阮氏自晉人之後無所聞，今日於秦州得阮昉也。

"貧知"二句：（陳案：自，《全唐詩》同。一作"白"。）　師云：《語》曰："仁者靜。"注："無欲故靜。性靜者多壽。"

"車馬"二句:江文通詩:"顧念張仲蔚,蓬蒿滿中園。"《莊子‧庚桑楚》:"鑿垣墻而殖蓬蒿。"《昭‧十六年傳》:"斬之蓬蒿藜藿而共處之。"《月令》:"藜莠蓬蒿并興。"《儒行》:"儒有一畝之宮,環堵之室。"注:"環堵,面一堵也,五版爲堵。"張景陽詩:"環堵自摧毁。"(陳案:摧,《文選》作"頹"。)

"清詩"句:趙云:傅咸《贈崔伏》詩曰:"人之好我,贈我清詩。"

"識字"句:劉棻嘗從揚雄學作奇字,劉歆觀之,泣曰:"空自苦。"趙云:"字"作"子"。言阮爲詩,所以"近道要"者,以其"用心苦"也。惟杜公識之。

"尋我"二句:崔駰《達旨辭》曰:"與其有事,則褰衣濡足,冠掛不顧。" 趙云:《詩》:"褰裳涉溱。"

"更議"句:(陳案:林,《補注杜詩》《全唐詩》作"村"。)

"避喧"句:沈休文詩:"避世非避喧。"

"足明"二句:陸士衡云:"徐幹少無宦情,有箕、潁之心。"《晉語》:"玉帛酒食,猶糞土也。愛糞土以毁五常,無乃不可乎?"(陳案:五,《國語》作"三"。)"箕",山名。"潁",水名。許由、巢父隱處。《僖‧二十八年傳》:榮季曰:"況瓊玉乎?是糞土也。" 趙云:"箕""潁",出謝靈運《擬徐幹詩‧序》,非陸士衡。舊注誤。

遣興三首

右一

下馬古戰場,四顧但茫然。
風悲浮雲去,黄葉墜我前。
朽骨穴螻蟻,又爲蔓草纏。
故老行嘆息,今人尚開邊。
漢虜互勝負,封疆不常全。
安得廉恥將,三軍同晏眠。

【集注】

"下馬"句:蘇子卿:"行役在戰場。"

"朽骨"句:《老子》曰:"其人已死,其骨已朽。"陸機《挽歌》:"豐肌饗螻蟻,妍骸永夷泯。"　趙云:《莊子》云:"在上爲烏鳶食,在下爲螻蟻食。"

"又爲"句:江淹《恨賦》:"試望平原,蔓草縈骨,拱木斂魂。"

"今人"句:《嚴助傳》:"武帝時,征伐四夷,開置邊郡。"　趙云:使公得志廟堂,固不求邊功,不賞邊臣矣。

"漢虜"二句:《前漢·匈奴傳》:"當孝武時,雖征伐克獲,而士馬物故亦略相當。雖開河南之野,建朔方之郡,亦棄造陽之北九百餘里。匈[奴]人民每來降漢,單于亦輒拘留漢使,以相報復。其桀驁尚若斯,安肯以愛子而爲質乎?"韓安國:"漢數千里地,爭利則人馬罷,虜以全制其獘。"去病云:"漢、匈奴相紛挐,殺傷大當。"《孫子》:"一勝一負,兵家常勢。"

"安得"句:恥:一作"頗"。

右二

高秋登寒山,南望馬邑州。

降虜東擊胡,壯健盡不留。

穹廬莽牢落,上有行雲愁。

老弱哭道路,愿聞兵甲休。

鄴中事反覆,死人積如丘。

諸將已茅土,載驅誰與謀?

【集注】

"高秋"句:寒:一作"塞"。

"南望"句:《前漢·地理志》:"馬邑,屬鴈門郡。"《晋太康記》云:"秦時建此城,輒崩不成,有馬周旋馳走反覆,父老異之,因依以築城,遂名爲馬邑。"漢王恢伏兵馬邑旁谷中是也。　趙云:舊注指爲鴈門"馬邑",非是。蓋公詩在秦州所作,其登山南望,豈却望北地鴈門之馬邑乎?"馬邑",秦州地名,今於本處有石碑標榜焉。其土人及曾游秦州者,自能言之。此所謂不行一萬里,不曉杜甫詩也。

"降虜"二句:(詩)[時]回紇助順,收復京師,遂進取東都。《前漢·匈奴傳》曰:"漢大發關東輕銳士,盡力擊匈奴。郡國吏三百石伉健習騎射者,皆從軍。"

"穹廬"句:《匈奴傳》:"匈奴父子同穹廬臥。"師古曰:"穹廬,旃帳也。其形穹隆,故曰穹廬。"

"老弱"二句:《前漢·賈捐之傳》:珠崖反,連年不定。議大發軍,捐之建議不可。曰:"當此之時,寇賊并起,軍旅數發,父戰死於前,子鬭傷於後。女子乘亭障,孤兒號於道,老母寡婦飲泣巷哭。"上從之。《前漢·匈奴傳》:匈奴上漢書曰:"願寢兵休士,以安邊民。使少者得其成,其長老者得安其處。"

"鄴中"二句:事反覆:一云"何蕭條"。　《後漢》:韓遂語馬騰曰:"天下反覆未可知。"　趙云:兩京雖復矣,而賊猶保相州。既圍復解,則士卒傷死可知矣。

"諸將"二句:李陵《與蘇武書》:"陵爲足下當享茅土之薦。"(陳案:爲,《文選》作"謂"。)《策文》:"錫君玄土,苴以白茅。"(陳案:策,《文選》作"冊"。)　新添:《詩》:"載馳載驅。"　趙云:當兩京之復,各論諸將之功,而加官爵矣。則破鄴之戰,誰復效力哉?宜公之所深憂也。

右三

豐年孰云遲,甘澤不在早。
耕田秋雨足,禾黍已映道。
春苗九月交,顏色同日老。
勸汝衡門士,勿悲尚枯槁。
時來展才力,先後無醜好。
但訝鹿皮翁,忘機對芳草。

【集注】

"豐年"二句:陸機《雲賦》:"甘澤霶霈。"孫楚《雪賦》:"膏澤〔偃〕液,普潤中田。肅肅二麥,實〔獲〕豐年。"曹子建:"良田無晚歲,膏澤多豐年。"

"勸汝"句:"衡門",見上《秋雨歎》注。

"勿悲"句:《漁父》:"形容枯槁。"《莊子》:"枯槁之士。"　趙云:此篇慰貧士之詩也。

"時來"句:(陳案:才,《補注杜詩》《全唐詩》作"材"。朱駿聲《說文通訓定聲》:"才,叚借爲材。")

"但訝"二句:《列仙傳》:鹿皮翁者,菑川人也。少爲府小吏,機巧,舉手能成器械。岑山上有神泉,人不能至也。小吏(自)[白]府君,請木工斧斤三十人,作轉輪懸閣,意思叢生。數十日,梯道四門成。上其顛作茅舍,留止其旁。　趙云:"鹿皮翁",固是神仙,神仙皆遺世故。然於此言"忘機"械,則以鹿皮翁本巧於機械,及其避世,忘去機慮,結茅岑山,坐"對芳草"矣。公題是"遣興",見諸將以戰伐之功,富貴驕矜,而貧者寂寞,既慰之以秋成當飽,可免憔悴;又期之以"時來展材力",亦當富貴。不以先者爲"好",而後者爲"醜"也。又終之以鹿皮翁之"忘機",則豈顧富貴之"先後"哉?"鹿皮翁",殆公自託耳。

昔　游

昔謁華蓋君,深求洞宮脚。
玉棺已上天,白日亦寂寞。
暮升艮岑頂,巾几猶未却。
弟子四五人,入來淚俱落。
余時游名山,發軔在遠壑。
良覿違夙願,含淒尚寥廓。
林昏罷幽磬,竟夜伏石閣。

王喬下天臺,微月映皓鶴。
晨溪嚮虛駛,歸徑行已昨。
豈辭青鞋胝,惆悵金匕藥。
東蒙赴舊隱,尚憶同志樂。
休事董先生,於今獨蕭索。
胡爲客關塞,道意久衰薄。
妻子亦何人,丹砂負前諾。
雖悲髮變鬢,未憂筋力弱。
杖藜望清秋,有興入廬霍。

【集注】

《昔游》:趙云:此篇名《昔游》,蓋公紀游王屋山與東蒙山之實也。王屋山有華蓋峰,所謂華蓋君、董先生,必是實事。詳味公之詩意,可見矣。於紀實中因使神仙事,以稱之也。

"深求"句:(陳案:《全唐詩》同。一作"綠袍崑玉脚"。)

"玉棺"二句:(陳安:玉,《全唐詩》同。一作"人"。) 《後漢》:王喬爲葉令,後天下玉棺於堂前,吏人擁排,終不搖動。喬曰:"天帝獨召我耶?"乃沐浴、服飾,寢其中,蓋便立覆。宿夕葬於城東,土自成墳。其夕,縣中牛皆流汗喘乏,而人無知者。百姓乃爲立廟,號葉君祠。(陳案:擁、夕,《後漢書·王喬傳》作"推""昔"。)

"暮升"句:"艮岑",東北之岑也。

"巾几"句:趙云:"華蓋君"所戴之巾,所憑之几,尚在。

"發軔"句:《離騷》:"朝發軔於蒼梧。"又,"朝發軔於天津。"

"良覿"句:謝靈運詩:"搔首訪行人,引領冀良覿。"

"含凄"句:(陳案:尚,《補注杜詩》《全唐詩》作"向"。)

"王喬"二句:(陳案:臺,《全唐詩》同。《補注杜詩》《杜詩詳註》作"壇"。) 嵇康《琴賦》:"王喬披雲而下墜。"《天台賦》:"王喬控鶴以冲天。"何敬祖:"在昔王子喬,有道發伊洛。迢遞陵峻岳,連翩御飛鶴。"喬却是周靈王太子王子晋,子晋一名喬。

"晨溪"句:(陳案:駃,《全唐詩》作"駛"。一作"馼"。《補注杜詩》鄭曰:"苦夬切。駃,馬日行千里。")

"豈辭"句:趙云:"青鞋",山行之具。"胼",足病也。《莊子》曰:"手足胼胝。"

"惆悵"句:惆悵:一作"悵望"。

"東蒙"二句:"東蒙",山名。昔者先王以爲東蒙主。　趙云:此又叙其游東蒙山也。公《玄都壇歌寄元逸人》曰:"故人昔隱東盟峰。"又《與李白同尋范十隱居》曰:"余亦東蒙客,憐君如弟兄。"豈所謂赴"舊隱"與"同志樂"者乎?

"休事"句:(陳案:休,《全唐詩》同。一作"伏"。)　"董先生",董京威也。(陳案:董京威,《晉書·隱逸》作"董京,字威輦"。)行吟常宿白社之中。時乞市肆,得碎繒結以自覆。　趙云:"休事董先生",則"東蒙"山必有"董先生"矣。舊注便差排作董京威,自是已往神仙矣,亦豈在"東蒙"山耶?

"丹砂"句:《晉》:葛洪求勾漏令,以練丹砂。

"雖悲"句:〔鬒〕,章忍反,一云"鬒髪變"。　謝玄暉詩:"有情知望鄉,誰能鬒不變。"《詩》:"鬒髪如雲。"　趙云:髪之黑者曰"鬒"。"鬒髪變",言變而爲白也。

"有興"句:謝靈運詩:"游當游羅浮,行必息廬霍。"江淹《擬靈運》詩:"靈境信淹留,賞心非徒設。平明登雲峯,杳與廬霍絶。"

幽　人

孤雲亦群游,神物有所歸。
麟鳳在赤霄,何當一來儀。
往與惠荀輩,中年滄洲期。
天高無消息,棄我忽若遺。
內懼非道流,幽人見瑕疵。
洪濤隱語笑,鼓枻蓬萊池。

崔嵬扶桑日，照曜珊瑚枝。

風帆倚翠蓋，暮把東皇衣。

嚥漱元和津，所思煙霞微。

知名未足稱，局促商山芝。

五湖復浩蕩，歲暮有餘悲。

【集注】

《幽人》：《易》：「履道坦坦，幽人貞吉。」陸士衡詩：「幽人在浚谷。」

「孤雲」二句：陶潛《詠貧士》詩：「萬族各有託，孤雲獨無依。」趙云：「孤雲」，所以譬幽人之畸獨者也。然以類相聚，則終至於「群游」。蓋以「神物」有歸，故爾又若志士之相遇也。

「麟鳳」二句：劉公幹詩：「鳳凰集南嶽，徘徊孤竹根。何時當來儀，將顯聖明君。」《書》：「鳳凰來儀。」張協《七命》：「掛歸翮於赤霄之表。」《漢書》：「麟鳳在郊藪。」孔融曰：「麟鳳來，頌聲作。」　趙云：以比賢人之宜來，乃賈誼所謂「鳳凰翔于千仞兮，覽德輝而下之」也。「赤霄」，丹霄也。《楚辭》曰：「載赤霄而凌太清。」張茂先《鷦鷯賦序》：「彼鷲鶚鵾鴻，孔雀翡翠，或凌赤霄之際。」然鳳凰云在「赤霄」可也，而「麟」亦謂之下「赤霄」，學者常疑之。殊不知徐陵之生，寶誌見之曰：「此兒天上石麒麟。」則「麟」自天而降，亦宜在「赤霄」者矣。此四句，「孤雲」蓋公自比，「群游」以比同志之「幽人」；「麟鳳」又以比同志之「幽人」。所謂同志之幽人，則下句「惠荀輩」。

「往與」二句：《杜補遺》：惠遠、許詢也。謝玄暉之《宣城》詩：「既（灌）〔懽〕懷祿情，復協滄洲趣。」李善注《揚雄賦》云：「世有黃公者，起於滄洲，頤神養性。」故後人以「滄洲」為隱者所居。或云《隋圖經》曰：「漢水逕琵琶谷至滄浪洲，乃漁父棹歌處。」「滄洲」，即滄浪洲也。

趙云：惠、荀惜乎無考。杜田《補遺》便指為惠遠、許詢，此自是晉人。今公詩云「與惠荀輩」，則當時人。其「荀」字是姓，即非許詢。蓋「詢」乃「詢問」之「詢」，豈可彊差排邪？又況公於惠遠兩謂之「廬山遠」，未嘗摘用「惠」字也。「滄洲期」，言隱淪之所也。詩人之言隱，多用「滄洲」字。杜田又引「滄洲」，云即「滄浪洲」，非是。

"天高"二句:《詩·谷風》:"將安將樂,棄予如遺。"郭泰機詩:"衣工秉刀(赤)[尺],棄我忽如遺。"《古詩》:"棄我如遺跡。"

"内懼"二句:《僖·七年傳》:"不汝瑕疵。"《史》:"道家者流。"

"洪濤"句:曹植:"汎舟越洪濤。"(晋)王凝之《風賦》:"驅東極之洪濤。"郭璞《江賦》:"鼓洪濤於赤岸。"木玄虛《海賦》:"洪濤瀾汗。"曹毗《江賦》:"洪濤突兀而横持。"蔡邕賦:"洪濤湧以沸騰。"(晋)蘇彦詩:"洪濤奔逸勞。"

"鼓枻"句:孫楚《賦》:"舟人鼓枻而揚歌。"《史》:"漁父鼓枻而去。"

"崔嵬"句:《山海經》云:"大荒之中,暘谷上有扶桑,十日所浴,九日居下枝,一日居上枝,皆載烏。"又《山海經》云:"日出暘谷,浴於咸池,拂於扶桑。" 《杜補遺》:東方朔《十洲記》曰:"扶桑在碧海中,樹長數千丈,一千餘圍,兩兩同根,更相依倚,故名扶桑。"《北史》言:"有沙門慧深來荆州,云扶桑國在大漢國二萬餘里。其樹葉似桐,所生如笋,國人食之。實似梨而赤,其皮可爲紙,廣六尺餘。"

"照曜"句:梁元帝《馬詩》:"照曜珊瑚鞭。"餘見上《送孔巢父》注。

"風帆"二句:屈平《九歌》有《東皇太一》。又,"孔蓋兮翠旌"。《説苑》:"鄂君汎舟於新陂之上,張翠羽之蓋。"張平子《東京賦》:"翠羽之高蓋。"曹植曰:"仰撫翠蓋。"陸士衡詩云:"翩翩翠蓋羅。"

"嚥漱"句:《天台賦》:"漱以華池之泉。" 《杜補遺》:《黄庭經》曰:"口爲玉池太和官,漱咽靈液災不忓。"注:"口中液水爲玉津。"又《中黄經》曰:"但服元和除五穀,必獲寥天得真籙。"注:"服元和,謂咽津液。"

"所思"三句:(陳案:局,《補注杜詩》《全唐詩》作"局"。《字彙》:"局,借爲幹局、曹局字,别作侷。") 見上《喜晴》及《洗兵馬》注。

趙云:漢武帝曰:"局促效(轉)[轅]下駒。""所思"既在乎"煙霞"之微,則遺世絶物矣。雖四皓"知名",猶爲"局促"也。

"五湖"句:《周禮》:"揚州,其浸五湖。"注:"太湖方五百里,故曰五湖。"

"歲暮"句:張景陽詩:"歲暮懷百憂。"有志之士,志未獲伸,而時不我與,則未嘗不以時逝爲嘆也。故多以"歲暮'爲之憂悲。 趙云:鮑昭有古詩,其題曰《歲暮悲》。

佳　人

絕代有佳人，幽居在空谷。
自云良家子，零落依草木。
關中昔喪敗，兄弟遭殺戮。
官高何足論，不得收骨肉。
世情惡衰歇，萬事隨轉燭。
夫壻輕薄兒，新人已如玉。
合昏尚知時，鴛鴦不獨宿。
但見新人笑，那聞舊人哭。
在山泉水清，出山泉水濁。
侍婢賣珠迴，牽蘿補茅屋。
摘花不插髮，采柏動盈掬。
天寒翠袖薄，日暮倚修竹。

【集注】

《佳人》：王深父云：俗偷則人之無告者，政不足以恤之也。

"絕代"句：李延年歌："北方有佳人，絕代而特立。"（陳案：代、特，《漢書》作"世""獨"。）

"幽居"句：空谷：一作"山谷"。　《詩》："皎皎白駒，在彼空谷。"

"自云"句：《趙充國傳》："六郡良家子。"　新添：漢成帝選良家子充後宮。

"官高"二句：趙云：此乃貴人之家，詩人蓋不欲出其名氏耳。

"夫壻"句：沈休文詩："長安輕薄兒。"　趙云：光武謂鄧禹曰："孝孫素謹，當是長安輕薄兒誤之耳。"

"新人"句：（陳案：已，《全唐詩》同。一作"美"。）　《古詩》："燕趙多佳人,美者顏如玉。"

　　"合昏"二句:《詩》:"鴛鴦于飛。"鄭氏《婚禮謁文讚》曰:"鴛鴦鳥,雄雌相類,飛止相隨。"《列異傳》:宋康王埋韓馮夫妻,宿夕文木,生鴛鴦,雄雌各一,常栖樹上,晨夕交頸,音聲感人。　《杜補遺》:《本草》云:"合歡,即夜合也,人家多植之。葉似皂莢、槐,極細而繁密。一名合昏。"陳藏器云:"其葉至暮即合,故曰合昏。"《文選》陸倕《刻漏銘》曰:"合昏暮捲,蓂莢晨生。"注:"合昏,木名。其葉夜合明舒。"《禆雅》云:"鴛鴦,匹鳥,有思者也。"《説文》稱"鳳"言:"鸐鷟鴛思。"是也。崔豹《古今注》曰:"鴛鴦,鳧類也。雌雄未嘗相離。人得其一,一思而死,故謂之匹鳥。"鴛性如此,故先王慎於取之。俗云:"雄鳴曰鴛,雌鳴曰鴦。"《稽聖賦》曰:"雕鳩奚别,鴛鴦奚雙。"　趙云:(隋)江摠《閨怨》詩曰:"池上鴛鴦不獨自,帳中蘇合遽空然。"

　　"但見"二句:《後漢》:竇玄:《舊妻與玄書别》曰:"棄妻斥女敬白竇生:卑賤鄙陋,不如貴人。妾日已遠,彼日已親。衣不厭新,人不厭故。悲不可忍,怨不可去。彼何何人,而居我處。"(陳案:何何,《藝文類聚》作"獨何"。)玄以形貌絶異,天子以公主妻之,故云。　趙云:此詩人之情也。李白亦云:"新人如花雖可寵,舊人似玉由來重。"《古詩》:"新人工織縑,舊人工織素。"

　　"在山"二句:趙云:此"佳人"怨其夫之辭。(晉)孫綽《三日蘭亭詩·序》云:"古人以水喻性,有旨哉斯談。非以停之則清,混之則濁耶？情因所習而遷移,物遂所遇而感興。"公句蓋言人之同處山谷幽寂之地,則如"泉水"之"在山",無所撓之,其清可知。其夫之"出山",隨物流蕩,遂爲山下之"濁"泉也。

　　"侍婢"二句:《東方朔傳》:"董偃母以賣珠爲事。"　趙云:"侍婢"既"賣珠",又使之"牽蘿"以"補茅屋","空谷"寂矣。"茅屋"有缺,尚即"補"之,其治家勤謹如此。梁昭明太子《開善寺法會》詩:"牽蘿下石磴,攀桂陟雲梁。"

　　"摘花"二句:髮:一作"髻"。　《詩》:"終朝采緑,不盈一掬。"趙云:《古詩》:"穹谷饒芳蘭,采采不盈掬。"上句,言不事粧飾,此詩所謂"自伯之東,首如飛蓬。豈無膏沐,誰適爲容"之意。下句,以言幽閒之所爲也。

"天寒"二句:趙云:上句,則天色已寒,而"翠袖"尚薄,又似言其無衣,且無心於服飾矣。下句,則其所思者遠矣。蓋"兄弟""殺戮","夫壻輕薄",豈不感慨於懷哉!

赤谷西崦人家

躋險不自安,出郊已清目。
溪迴日氣暖,迂轉山田熟。
鳥雀依茅茨,藩籬帶松菊。
如行武陵暮,欲問桃源宿。

【集注】

"躋險"四句:安:一作"喧"。　　謝靈運詩:"躋險築幽居。"枚乘《七發》云:"依絕區兮臨迴溪。"
"鳥雀"二句:陶淵明:"三徑就荒,松菊猶存。"(陳案:徑,《陶淵明集》作"逕"。)宋玉曰:"藩籬之鷃,料天地之高。"　　趙云:《左傳》:"如鷹鸇之逐鳥雀。"堯土階三尺,茅茨不剪。
"如行"二句:桃源:一本作"桃花"。　　陶潛《桃源記》曰:晉太康中,武陵人捕魚,從溪而行。忽逢桃花林,夾兩岸數百步,無雜木,芳華鮮美,落英繽紛。漁人異之,前行窮林,林盡見山。有小口,髣髴有光,便捨舟步入。初極狹,行四五十步,忽然開朗。邑屋連接,雞犬相聞,男女被發,怡然自樂。見漁人,大驚,問所從來,要還為設酒食。云先世避秦難,率妻子來此,遂與外隔絕,不知有漢,無論魏晉也。既出,(自)[白]太守。太守遣人隨而尋之,迷,不復得路。

西枝村尋置草堂地,夜宿贊公土室二首

右一

出郭眇細岑,披榛得微路。

溪行一流水，曲折方屢渡。
贊公湯休徒，好靜心迹素。
昨枉霞上作，盛論巖中趣。
怡然共攜手，恣意同遠步。
捫蘿澁先登，陟巘眩反顧。
要求陽岡暖，苦涉陰嶺沍。
惆悵老大藤，沉吟屈蟠樹。
卜居意未展，杖策迴且暮。
曾巓餘落日，草蔓已多露。

【集注】

"出郭"二句：《天台賦》云："披荒榛之蒙籠。"趙景真《書》："步澤求蹊，披榛覓路。"（陳案：步，《晉書》作"涉"。）

"贊公"句：惠休上人，姓湯。

"盛論"句：《後漢》："旌車之招，相望於巖中。"

"捫蘿"句：《天台賦》："攬樛木之長蘿。"謝靈運："蔓弱豈可捫。"

"要求"句：顏延年："陽陵團精氣，陰谷或煙寒。"（陳案：陵、或，《文選》作"陸"、"曳"。）謝靈運："朝旦發陽崖，景落憩陰峰。"

"卜居"二句：屈原《卜居》。左太冲："杖策招隱士。"　趙云：太公避狄，杖策去邠。

"曾巓"二句：巓：一作"天"。　謝靈運："筑觀基曾巓。"又云："日落山照耀。"盧子諒："凝露霑蔓草。"《詩》："謂行多露。"

右二

天寒鳥已歸，月出山更靜。
土室延白光，松門耿疏影。
躋攀倦日短，語樂寄夜永。
明燃林中薪，暗汲石底井。
大師京國舊，德業天機秉。

從來支許游,興趣江湖迥。
數奇謫關塞,道廣存箕潁。
何知戎馬間,復接塵事屏。
幽尋豈一路,遠色有諸嶺。
晨光稍朦朧,更越西南頂。

【集注】
　　"天寒"二句:山:一作"人"。更:一作"已"。　　陶潛:"衆鳥相與飛,未夕復來歸。"　　趙云:《禮記》:"天寒既至。"《詩》:"月出皎兮。"
　　"松門"句:謝靈運:"攀崖照石鏡,牽葉入松門。"
　　"躋攀"二句:謝靈運:"常苦夏日短。"《天台賦》:"恣語樂以終日。"　趙云:天寒,則時在冬,故用"日短"。《尚書》:"日短星昴。"
　　"暗汲"句:底:一作"泉"。
　　"德業"句:《莊子》:"其嗜欲深者,其天機淺。"
　　"從來"句:支遁,字道林,講《維摩經》。遁爲法師,許詢爲都講。遁衆謂"無以歷難"。詢設一難以調,遁不能復通。　　趙云:支遁以比贊公,許詢公以自比。
　　"數奇"句:李廣"數奇"。孟康曰:"奇,隻不耦也。"如淳曰:"數爲匈奴所敗,爲奇不耦。"師古曰:"言廣命隻不耦合也。孟説是。"《杜正謬》:師古既以"數奇"爲"命隻不耦合",則"數"乃"命數"之"數",非"疏數"之"數"也。而音作"所角反"者,蓋傳印之誤也。宋景文公《筆錄》云:孫宣公奭,當世大儒,亦以"數奇"爲"朔"。余後得江南《漢書》本,乃"所具反"。以此考之,殆傳印者誤以"具"爲"角"也。因是詩注,猶仍舊音,故特辨之。　　趙云:李善注:徐敬業《古詩》:"寄言封侯者,數奇良可歎。"下注:如淳曰:"數,所具切。"宋景文公偶未見也。
　　"道廣"句:太丘道廣,廣則難周。謝靈運《徐幹詩·序》云:"幹有箕潁之心。"
　　"晨光"句:陶淵明:"恨晨光之熹微。"

寄贊上人

一昨陪錫杖，卜鄰南山幽。
年侵腰腳衰，未便陰崖秋。
重岡北面起，竟日陽光留。
茅屋買兼土，斯焉心所求。
近聞西枝西，有谷杉黍稠。
亭午頗和暖，石田又足收。
當期塞雨乾，宿昔齒疾瘳。
徘徊虎穴上，面勢龍泓頭。
紫荊具茶茗，遥路通林丘。
與子成二老，來往亦風流。

【集注】

"一昨"句：《天台賦》："振金策之鈴鈴。"注云："金策，錫杖。"

"年侵"二句：趙云：言初欲於贊公土室之處卜鄰，時爲年齒所侵，而腰脚衰弱，則其地爲陰崖。而當時之秋，非所便安，要須擇地也。(晋)潘岳《西征賦》云："眺華岳之陰崖。"

"重岡"四句：買：一作"置"。　　趙云：四句乃可卜之地，蓋山"北面"高起而障日，故"陽光"爲之留。陽光者，則非若"陰崖"之多陰濕，故可結"茅屋"，且"兼"其地土"買"之，乃心所求者也。

"有谷"句：黍：一作"漆"。

"亭午"二句：《天台賦》："羲和亭午。"　　《杜補遺》：《御覽》載：《(綦)[纂]要》云："日光曰景。日月之光通明曰景。日景曰晷。日氣曰曀。日初出曰旭、曰昕、曰晞。大明曰昕。晞，乾也。日温曰煦。在午曰亭午。在未曰昳。日晚曰旰。日將落曰薄暮。日西落，光返景在下曰倒景。"《左傳》云：吴將伐齊，子胥曰："夫得志於齊，猶獲石田也，無所用之。"今云"石田""足收"，則雖無用之田，猶可種而獲也。子美《醉時歌》又有"石田茅屋荒蒼苔"之句。　　趙云：八句則於"重岡北面起"處，聞得"西枝"村之"西"，其"谷"中"杉漆"之木，"稠"多而"和暖"，其"石田"又可種，便可於此結"茅屋"矣。

"徘徊"句:新添:班超云:"不入虎穴,安得虎子?"
"面勢"句:趙云:《考工記》云:"審曲面勢。"言審其曲直,面其形勢也。
"紫荆"四句:(陳案:紫,《補注杜詩》《全唐詩》作"柴"。)　謝靈運:"俶裝反柴荆。"(陳案:俶,《文選》作"促"。)孫綽:"風流爲一時冠。"　趙云:四句則公與贊老既爲隣矣,可"茶茗"相交,往來通好也。《孟子》稱"太公、伯夷"曰:"二老者,天下之大老也。"

太平寺泉眼

招提憑高岡,疏散連草莽。
出泉枯柳根,汲引歲月古。
石間見海眼,天畔縈水府。
廣深尺丈間,宴息敢輕侮。
青白二小虵,幽姿可時覯。
如絲氣或上,爛漫爲雲雨。
山頭到山下,鑿井不盡土。
取供十方僧,香美勝牛乳。
北風起寒文,弱藻舒翠縷。
明涵客衣淨,細蕩林影趣。
何當宅下流,餘潤通藥圃。
三春濕黄精,一食生毛羽。

【集注】
"招提"句:見第一卷《奉先寺》注。
"疏散"句:《景帝紀》:"廣薦草莽。"草稠曰薦,深曰莽。
"石間"句:趙云:《成都記》云:"石筍之下是海眼。"又劉崇遠作《金華子》,又云:"北海郡因發地得五銖錢,取之不盡。得一石,《記》

云:"此是海眼,以錢鎮之。'"

"天畔":新添:《小説》:"潤州爲中源水府。" 杜〔修可〕云:張瓚《南征賦》:"曾潭水府。"

"青白"四句:《公羊傳》曰:"觸石而出,膚寸而合。不崇朝而徧天下者,太山之雲也。" 趙云:"二小虵",蓋實事也。其吐氣則爲雨。舊注非是。

"山頭"二句:趙云:自"山頭"至"山下",皆石而已,不能窮盡至有土處也。"鑿井"之難如此,而得此"泉眼",爲可美矣。

"香美"句:趙云:佛經每以"牛乳"供佛。今云泉之"香美"勝之,所以重言之也。

"弱藻"句:舒:一作"勝"。

"三春"二句:嵇康《書》:"又聞道士遺言,餌术黄精,令人久壽。意甚信之。"《杜補遺》:《神農本草》:"黄精,久服輕身延年。"《日華子》云:"黄精九蒸九曝,服之駐顔。"《博物志》云:天姥謂皇帝曰:"太陽之草,名黄精,餌之長生。太陰之草,名鈎吻,入口立死。人信鈎吻之殺人,不信黄精之益壽,不亦惑乎?"《真誥》云:"衡山中有學道者張禮正、冶明期二人。禮正以漢末在山中服黄精,顔色丁壯,常如年四十時,後乘雲升天。今在方諸颸室,爲上仙。"魏文帝詩:"服之四五日,身體生羽翼。"

夢李白二首

右一

死別已吞聲,生别常惻惻。
江南瘴癘地,逐客無消息。
故人入我夢,明我長相憶。
恐非平生魂,路遠不可測。
魂來楓林青,魂返關塞黑。

君今在羅網,何以有羽翼?
落月滿屋梁,猶疑照顔色。
水深波浪闊,無使蛟龍得。

【集注】

"死别"二句:(宋)鮑昭《行路難》:"吞聲躑躅不敢言。"蘇武詩:"淚爲生别滋。"歐陽建:"惻惻心中酸。"《楚詞》:"悲莫悲兮生别難。"謝靈運:"惻惻廣陵散。"

"江南"二句:劉孝標:"流離大海之南,寄命瘴癘之地。"李斯爲秦逐客。　趙云:白坐永王璘之累,長流夜郎,會赦,還潯陽,坐事下獄。潯陽,今之江州也,屬江南東路。故云。

"故人"二句:《樂府》云:"夢見已在旁,忽覺在他鄉。上有加飡食,下有長相憶。"

"魂來"句:《楚辭》:"湛湛江水兮,上有楓。"阮籍:"湛湛長江水,上有楓樹林。"

"魂返"句:趙云:白謫在南,其所經歷,乃"楓林"也。在秦與公相見,故其去又歷"關塞"也。

"落月"二句:宋玉《神女賦》:"若白日初出照屋樑,若明月舒其光。"　《西清詩話》云:李太白歷見司馬子微、謝自然、賀知章,或以爲可與神遊八極之表,或以爲謫仙人,其風神超邁,英爽可知,後世詞人狀者多矣。亦問於丹青見之。俱不若少陵云:"落月滿屋梁,猶疑照顔色。"熟味之,百世之下,想見豐采,此與李太白傳神詩也。

"水深"二句:《續齊諧記》:楚屈原五月五日投汨羅而死,楚人哀之,每至此日祭之。漢建武中,長沙人區回,見一人,自稱三閭大夫,曰:"君嘗見祭,甚善。然爲蛟龍所苦,今若有惠,可以楝葉塞之,縛以五色絲,此二物,蛟龍所畏也。"　趙云:因借夢寄以憂之,且戒之也。言"蛟龍",則又因歷江湖而言之也,與下篇"舟楫恐失墜"同意。舊注所引,非是。

右二

浮雲終日行,游子久不至。

三夜頻夢君,情親見君意。
告歸常局促,苦道來不易。
江湖多風波,舟楫恐失墜。
出門搔白首,若負平生志。
冠蓋滿京華,斯人獨顦顇。
孰云網恢恢,將老身反累。
千秋萬歲名,寂寞身後事。

【集注】

"浮雲"二句:《古詩》:"浮雲蔽白日,游子不反顧。"(陳案:反顧,《文選》作"顧返"。) 趙云:蓋言"游子"之拘繫,不若"浮雲"之疏散也。

"三夜"句:趙云:其身雖不至,而"三夜"入"夢",斯爲"情親"矣。

"告歸"句:趙云:漢景帝云:"局促效轅下駒。"(陳案:景帝,《史記》爲"武帝"。促,《史記》《漢書》作"趣"。)

"江湖"句:多風波:一云"秋多風"。

"冠蓋"二句:左太冲詩:"濟濟京城內,赫赫王侯居。冠蓋蔭四街,(陳案:街,《文選》作'術'。)朱輪竟長衢。寂寂楊子宅,門無卿相輿。寥寥空宇內,所講在玄虛。"

"孰云"二句:身:一作"才"。 《老子》:"天網恢恢,疏而不漏。" 趙云:此公閔白之辭也。

"千秋"二句:張翰曰:"使我有身後名,不如即時一杯酒。"阮籍詩:"千秋百歲後,榮名安所之。" 趙云:公以事理寄之一歎而已。漢有《鼓吹鐃歌》十八曲,其《上之回》曲有云:"千秋萬歲樂無極。"

有懷台州鄭十八司户

天台隔三江,風浪無晨暮。
鄭公縱得歸,老病不識路。

昔如水上鷗,今如罝中兔。
性命由他人,悲辛但狂顧。
山鬼獨一脚,蝮虵長如樹。
呼號旁孤城,歲月誰與度?
從來禦魑魅,多爲才名誤。
夫子嵇阮流,更被時俗惡。
海隅微小吏,眼暗髮垂素。
黃帽映青袍,非供折腰具。
平生一杯酒,見我故人遇。
相望無所成,乾坤莽迴互。

【集注】

"有懷"句:虔時坐汙賊,貶台州司户。

"天台"二句:"天台",山名。三江:一云"江海"。　趙云:《水經》載:韋昭以松江、浙江、浦陽江爲三江也,而天台在其外矣。

"鄭公"二句:沈休文:"夢中不識路,何以慰相思?"　趙云:暗使《韓非子》中事:六國時,張敏與高惠爲友,每相思不能得見,敏便於夢中往尋。但行至半道,即迷不知路,遂迴。如此者三。

"昔如"二句:《詩》:"肅肅兔罝。"　趙云:何遜詩曰:"可憐雙白鷗,朝夕水上游。"

"山鬼"句:一足曰夔,魍魎也。　薛云:《楚詞》屈原《九章》歌句有《山鬼》。(陳案:章,《楚辭章句》作"歌"。)

"蝮虵"句:《招魂》:"蝮虵蓁蓁,雄虺九首。"

"從來"二句:《文・十八年》:"舜流四凶族,渾敦、窮奇、檮杌、饕餮,投諸四裔,以禦魑魅。"　趙云:《左傳》曰:"入山不逢不若,魑魅魍魎,莫能逢旃。"而公《寄李白》詩云:"魑魅喜人過。"亦使此事。"多爲才名誤"句法,亦《古詩》"多爲藥所誤"也。

"夫子"二句:嵇康、阮籍。嵇康《書》曰:"阮嗣宗爲禮法之士所繩,疾之如讎。"

"眼暗"句:潘安仁《秋興賦》:"素髮颯以垂領。"

"黃帽"二句:黃帽映:一云"鳩杖近"。　　陶潛:"焉能折腰閭里小兒。"　《杜補遺》:《後漢·禮儀志》:"八十、九十,賜玉杖,長尺,以鳩鳥爲飾,故又謂之鳩杖。鳩者,不噎之鳥,欲老人不噎。"　趙云:"鳩杖"字,一作"黃帽",非是,蓋操船之人曰"黃帽"耳。"鳩杖",老人之杖耳。在朝廷以更老待之,而乃映小官之"青袍",所以"非供折腰具"也。

"平生"四句:沈休文:"平生少年日,分手易前期。勿言一樽酒,明日難重持。"《古詩》:"瀟湘逢故人。"　趙云:張翰曰:"不如即時一杯酒。"暗用謝朓詩"山川不可夢,況乃故人杯"也。公言徒有"平生一杯酒",欲"見我故人",與之相"遇"而同飲,今不可見矣。故有末句"相望無所成",而天地變移,以言時事之反覆矣。

遣興五首

右一

蟄龍三冬卧,老鶴萬里心。
昔時賢俊人,未遇猶視今。
嵇康不得死,孔明有知音。
又如壠底松,用舍在所尋。
大哉霜雪榦,歲久爲枯林。

【集注】

"蟄龍"二句:《易》:"龍蚘之蟄,以存身也。"《舞鶴賦》:"結長悲於萬里。"　趙云:東方朔云:"三冬文史足用。"諸葛孔明臥龍,以比賢俊之未遇。龍臥而終起,鶴雖老而終遠飛,則賢俊雖未遇而終用也。

"昔時"二句:《蘭亭序》:"後之視今,猶今之視昔。"　趙云:蓋言"視今"之"未遇"者,則可以推知"昔時"之"賢俊"也。《京房傳》:"臣恐後之視今,猶今之視前也。"

"嵇康"二句:不得死:一云"且不死"。　　江淹《恨賦》:"中散下獄,神氣激揚。"徐庶薦孔明。　　趙云:嵇康與呂安相善,二人素爲鍾會所不喜。安以家事繫獄,辭相證引,遂復收康,棄市,所爲"不得"其"死"也。徐庶薦孔明於劉先主。先主三顧其草廬,起之爲國相,此爲"有知音"也。公詩謂有才者"遇"邪,以"嵇康"之才,而"不得"其"死"。謂有才者不"遇"邪,而"孔明"卒"有知音",則在"遇"、不"遇"而已。

"又如"句:《古詩》:"鬱鬱澗底松。"

"大哉"二句:傷有才,而不見用。　　趙云:歎松有"霜雪",榦不用而爲枯木矣。《莊子》曰:孔子云:"天寒既至,霜露即降,吾是以知松柏之茂也。"

右二

　　昔者龐德公,未曾入州府。
　　襄陽耆舊間,處士節獨苦。
　　豈無濟時策,終竟畏羅罟。
　　林茂鳥有歸,水深魚知聚。
　　舉家隱鹿門,劉表焉得取。

【集注】

"豈無"句:策:一作"術"。

"終竟"句:一云"終歲畏罪罟"。

"舉家"二句:《後漢·逸民傳》:龐德公者,南郡襄陽人也。未嘗入州府,夫妻相敬如賓。荆州刺史劉表數延請,不能屈,乃就候之,謂曰:"夫保一身,孰若保全天下乎?"龐公笑曰:"鳩鵠巢於高林之上,(陳案:鳩,《後漢書》作'鴻'。)暮而得所栖。黿鼉穴於深淵之下,夕而得所宿。夫趨舍行止,亦人之巢穴也,且各得其栖宿而已,天下非所保也。"因釋耕於壠上,而妻子耘於前。表指而問曰:"先生若居畎畝,而不肯官祿,後世何以遺子孫乎?"龐公曰:"世人皆遺之以危,今獨遺之以安。雖所遺不同,未爲無所遺也。"表歎息而去。後遂攜其妻子登鹿門山,採藥不返。　　《杜補遺》:《襄陽記》云:鹿門山,舊名蘇嶺山。建武中，襄陽侯習郁立神祠於山，刻二石鹿，夾神道口。俗因謂之"鹿門廟"，遂以廟名山。

右三

　　我今日夜憂，諸弟各異方。
　　不知死與生，何況道路長。
　　避寇一分散，飢寒永相望。
　　豈無柴門歸，欲出畏虎狼。
　　仰看雲中鴈，禽鳥亦有行。

【集注】

　　"我今"四句：《蘇武詩》："良友遠別離，各在天一方。山海隔中州，相去悠且長。"《古詩》："相去萬餘里，各在天一涯。道路阻且長，會面安可知。"

　　"豈無"二句：趙云：陶淵明《田舍》詩云："長吟掩柴門，聊爲壠畝民。"今公所言，指其身所居之屋，"歸"則望諸弟之歸也。"欲出畏虎狼"，則諸弟之"出"，"畏虎狼"而不能也。

　　"仰看"二句：魏文帝："仰看明月光。"傅休弈詩："仰觀南鴈翔。"

右四

　　蓬生非無根，漂蕩隨高風。
　　天寒落萬里，不復歸本叢。
　　客子念故宅，三年門巷空。
　　悵望但烽火，戎車滿關東。
　　生涯能幾何，常在羈旅中。

【集注】

　　"蓬生"六句：曹子建："轉蓬離本根，飄颻隨長風。何意迴飈舉，吹我入雲中。高高上無極，天路安可窮。類此游客子，捐軀遠從戎。"

　　趙云：《説苑》：魯哀公曰："秋蓬惡其本根，美其枝葉，秋風一起，根本拔矣。"故子建與公皆得用之。

"悵望"二句:《匈奴傳》:"烽火通甘泉宫。"《詩》:"戎車既駕。"

右五

昔在洛陽時,親友相追攀。
送客東郊道,遨遊宿南山。
煙霞阻長河,樹羽成皋間。
迴首載酒地,豈無一日還?
丈夫貴壯健,慘戚非朱顏。

【集注】

"昔在"四句:曹子建:"鬥雞東郊道,驅上彼南山。"　　趙云:蓋倣張景陽《詠史詩》:"昔在西京時,朝野多歡娱。藹藹東都門,群公祖二疎"也。《詩》:"以遨以遊。"謝靈運《擬曹植詩·序》云:"公子不及世事,但美遨遊。"

"煙霞"二句:(陳案:霞,《補注杜詩》《全唐詩》作"塵"。)　　《有瞽》:"崇牙樹羽。"置羽也。"成皋",在鞏洛間。"羽",羽旗也。趙云:言鞏洛之亂。"成皋",在鞏洛間也。

"迴首"句:《前漢·揚雄傳》:"好事者,載酒過之。"陶潛:"親朋好事,或載酒肴而往。"

遣興五首

右一

朔風飄胡鴈,慘澹帶砂礫。
長林何蕭蕭,秋草萋更碧。
北里富薰天,高樓夜吹笛。
焉知南鄰客,九月猶絺綌。

【集注】

　　"朔風"二句：鮑明遠："疾風衝塞起，砂礫自飛揚。"（陳案：飛，《文選》作"飄"。）又，"胡風吹朔雪。"劉公幹："涼風吹砂礫。"

　　"長林"二句：《古詩》："回風動地起，秋草萋已緑。"謝玄暉："春草秋更緑。"　　趙云：曹植四言云："仰彼朔風。"王正長云："朔風動秋草。"其後謝玄暉："朔風吹飛雨。"

　　"北里"二句：左太冲："南鄰擊鍾磬，北里吹笙竽。"揚雄："燎薰皇天。"《古詩》："西北有高樓，上有絃歌聲。"

　　"焉知"二句：精曰絺，麤曰綌。　　《杜補遺》：《隋》：袁充少時，父黨過門，方冬充尚衣葛。戲充曰："絺兮綌兮，淒其以風。"充曰："惟絺惟綌，服之無斁。""南鄰"之"客"，非服"絺綌"，而"無斁"也。蓋貧而未有禦寒之服，故耳子美《遭遇》詩又曰："自喜遂生理，花時甘緼袍。"暮春者，（奉）[春]服既成。花時而緼袍，豈非無春服歟？　　趙云：以"九月授衣"，而猶"絺綌"。花時已暖，當有春服而甘緼袍，則公之貧如此。

右二

　　　　長陵銳頭兒，出獵待明發。
　　　　騂弓金爪鏑，白馬蹴微雪。
　　　　未知所馳逐，但見暮光滅。
　　　　歸來懸兩狼，門户有旌節。

【集注】

　　"長陵"二句：（陳案：銳，《四庫全書》本作"統"。形訛。《補注杜詩》《全唐詩》作"銳"。）　　秦武安君頭小而銳。　　趙云：《詩》云："明發不寐。"

　　"騂弓"二句：趙云：言"鏑"上有"金爪"之飾，非富貴人之箭不然也。"蹴"字見上《高都護驄馬行》注。

　　"未知"二句：趙云：言出獵之子，"馳逐"未厭，而日晚當歸也。

　　"歸來"二句：《詩》："并驅從兩狼兮。"楊國忠以劍南旌節導駕。趙云：言其獵有所獲，乃是貴家也。"旌節"，貴人所建而羅列於門者也。

右三

　　漆有用而割,膏以明自煎。
　　蘭摧白露下,桂折秋風前。
　　府中羅舊尹,沙道尚依然。
　　赫赫蕭京兆,今爲時所憐。

【集注】

　　"漆有"四句:(陳案:折,《四庫全書》本作"拆"。《補注杜詩》《全唐詩》作"折"。)　《莊子·人間世》:"山木自寇也,膏火自煎也。桂可食,故伐之。漆可用,故割之。"兩龔死時,(陳案:兩龔,《杜詩引得》作"龔勝"。)有老父來弔,哭甚哀。既而曰:"嗟虖!薰以香自燒,膏以明自銷。龔生竟夭天年,非吾徒也。"阮籍詩:"膏火自煎燒,多財爲患害。"《世説》:毛伯成負其才氣,稱曰:"寧爲蘭摧玉折,不作蕭敷艾榮。"

　　"府中"二句:《〔唐〕故事》:"凡拜相之後,禮絕班行,府縣載沙填路,自私第至於城東街,名沙堤。"

　　"赫赫"二句:《前漢·五行志》:成帝時童謠曰:"邪徑敗良田,讒口亂善人。桂樹華不實,黃雀巢其顛。故爲人所羨,今爲人所憐。"蕭望之嘗爲左馮翊,後吟鳩自殺。又盧諶云:"何武不赫赫,遺愛常在人。"　趙云:東坡先生云:明皇雖誅蕭至忠,然常懷之。侯君集云:"蹭蹬至此。至忠亦蹭蹬者耶?"故杜子美云:"赫赫蕭京兆,今爲時所憐。"因先生之言,乃知此篇全爲蕭至忠而言也。按:《本傳》:"至忠始在朝,有鳳望,容止閑敏,見推爲名臣。斯可比之漆、膏、蘭桂者矣。"又云:"外方直,糾摘不法,而内無守,觀時輕重而去就之。參太平公主逆謀,主敗,至忠遁入南山。數日,捕誅之。考其平生:景龍元年九月相睿宗,景雲元年六月貶,是月復相,七月罷。明皇開元元年正月復相,七月誅。"此漆之割、膏之煎、蘭之摧、桂之折也。雖已誅矣,然明皇賢其爲人,心愛之,終不忘。後得源乾曜,亟用之,謂高力士曰:"若知吾進源乾曜乎?吾以其貌言似蕭至忠。"力士曰:"彼不嘗負陛下乎?"帝曰:"至忠誠國器,但晚謬爾。其始不謂之賢哉?"此可以推見當杜公時,猶爲人所憐也。舊注便差排作蕭望之,非是。

右四

猛虎憑其威,往往遭急縛。
雷吼徒咆哮,枝撐已在脚。
忽看皮寢處,無復睛閃爍。
人有甚於斯,足以勸元惡。

【集注】

"猛虎"二句:曹操謂呂布:"縛虎不得不急。"

"忽看"二句:《左傳》:"臣食其肉,而寢處其皮矣。" 《杜補遺》:《襄·二十八年》:子雅、子尾怒。盧蒲嫳曰:"譬之如禽獸,吾寢處之矣。"注:"言能殺而席其皮。"

"人有"二句:趙云:《書》:"元惡大憝。"退之《猛虎行》亦類此。

右五

朝逢富家葬,前後皆輝光。
共指親戚大,緦麻百夫行。
送者各有死,不須羨其強。
君看束縛去,亦得歸山崗。

【集注】

"共指"六句:吳人殺諸葛恪,以篾篨裹屍,束縛以簸,棄之於石子崗。 師云:"緦麻"服之,疏遠者,尚有"百夫行",其富盛可知。

遣興五首

右一

天用莫如龍,有時繫扶桑。
頓轡海徒湧,神人身更長。

性命苟不存,英雄徒自彊。
吞聲勿復道,真宰意茫茫。

【集注】

"天用"四句:《漢·食貨志》:"天用莫如龍,地用莫如馬,人用莫如龜。"郭璞:"六龍安可頓,運流有代謝。"　《杜補遺》:《淮南子》曰:"日出于暘谷,浴于咸池,拂於扶桑,是謂晨明。經於隅泉,是謂高春。頓于連石,是謂下春。爰止羲和,爰息六螭,是謂懸車。薄於虞泉,是謂黃昏。"注:"扶桑,東方之野。六螭,即六龍也。日乘車駕,以六龍羲和馭之。薄於虞泉而回也。"《日賦》云:"升咸池而擢秀,奄六螭而息轡。"又,曹子建《與吳季重書》曰:"日不我與,曜靈急節。思〔欲〕抑六龍之首,頓羲和之轡。"注:"六龍日車,羲和日御。"　趙云:"繫扶桑",則《楚詞》劉向《九歎》之《遠逝篇》有曰:"維六龍於扶桑。"《日賦》乃本朝吳淑所爲。説者謂"神人",指言羲和。日經海底出入,方頓轡而經海,則羲和御車同入於海。海水雖湧波,而羲和身自增長。謂之"神人",不足恠也。蓋如釋氏之摩荔支天佛,身湧遮日之類。

"吞聲"句:新添:王育:往事〔已〕吞聲,拊膺不復道。

"真宰"句:趙云:言人生浮脆,性命不存,日運不停,則徒自爲英雄耳。故"吞聲"勿道,莫測"真宰"之意茫茫然也。鮑昭詩云:"吞聲躑躅不敢言。"《莊子》云:"若有真宰存焉。"　師云:《楊子》曰:"龍以不制爲龍。"今言"繫",則彼制矣。蓋譏怙勢強暴者。

右二

地用莫如馬,無良復誰記?
此日千里鳴,追風可君意。
君看涊洼種,態與駑駘異。
不離蹄齧間,逍遙有能事。

【集注】

"地用"二句:趙云:《易》曰:"牝馬地類,行地無疆。"一曰王良也。

言世無王良,豈知"記"省"地"用之"馬"乎？　　師云：謝宣遠詩："四達雖平直,蹇步愧無良。"

"此日"二句：趙云："追風",秦始皇七馬之一名。此言若望王良而"鳴"矣。可見"無良"是王良也。

"君看"句：見上注。

"不離"二句：《莊子·馬蹄篇》。　　趙云：一曰蹄分,皆相蹄。"齧",如魏文帝"齧膝"之"齧"。蹄人、齧人,言馬之劣。又曰："蹄",則"馬蹄可以踐霜雪"。"齧",則"齕草飲水"之謂。已上各有義理,言馬之閒暇,而能事可以行"千里"也。《易》："天下之能事畢矣。"

右三

　　陶潛避俗翁,未必能達道。
　　觀其著詩集,頗亦恨枯槁。
　　達生豈是足,默識蓋不早。
　　有子賢與愚,何其掛懷抱。

【集注】

"陶潛"四句：趙云：因陶潛而有所悟,故作此詩,非直詆陶也。《陶集》中固有"恨枯槁"之語矣。如《怨詩楚調》云："夏日長抱飢,寒夜無被眠。"《歲暮和張常侍》云："屢闕清酤至,無以樂當年。"《飲酒》詩云："顏淵稱爲仁,長飢至於老。雖留身後名,一生亦枯槁。"又曰："意抱困窮節,飢寒飽所更。"《有會而作》曰："弱年逢家乏,老至更長飢。菽麥實所羨,孰敢慕甘肥。怒如亞九飯,當暑厭寒衣。"《雜詩》云："豈期過滿腹,但願飽粳糧。禦冬乏大布,麤絺以應陽。正爾不能得,哀哉亦可傷。"斯不謂之"頗亦恨枯槁"也？"枯槁"字,《楚辭·漁父篇》："屈原形容枯槁。"而《莊子》有"枯槁之士"。

"達生"二句：《易》曰："默而識之。"馬融："達生任性,不好儒者之節。"（陳案：好,《後漢書》作"拘"。）

"有子"二句：《杜補遺》：淵明文有《命子》詩曰："夙興夜寐,願爾斯才。爾之不才,亦已焉哉？"又《責子》詩曰："雖有五男兒,總不好紙筆。天運苟如此,且進杯中物。"子美謂"掛懷抱"者,此也。　　王立之《詩話》云：東坡言："山谷爲余言，杜子美困於三蜀，蓋不知者詬病，以爲拙於生事，又往往譏宗文、宗武失學，故寄之淵明以解嘲。"其詩名《遣興》可解也。俗人不領，便以爲譏病淵明。所謂癡人前，不得說夢。

右四

> 賀公雅吳語，在位常清狂。
> 上疏乞骸骨，黃冠歸故鄉。
> 爽氣不可致，斯人今則亡。
> 山陰一茅宇，江海日淒涼。

【集注】

"賀公"句：賀公：賀知章。　《杜補遺》：《世說》：劉真長始見王丞相，時盛暑。丞相以腹熨彈棊局曰："何乃渹！"音虛觥反，吳人謂"冷"爲"渹"。劉既出，人問見王公云何？劉曰："未見他異，唯聞作吳語爾。"又，《語林》曰：真長云："丞相何奇？止能作吳語及細唾也。"

"在位"句：《昌邑王傳》："清狂不惠。"凡狂者，陰陽脉盡濁。今此人不狂似狂者，故言"清狂"也。或曰："色理清徐而心不惠曰清狂。如今白癡也。"

"上疏"二句：薛云：《禮記·郊特牲》曰："野夫黃冠草服也。"言知章乞爲道士，故云"黃冠"。

"爽氣"句：王徽之，字子猷。桓公嘗謂徽之曰："卿在府日久，比當相料理。"徽之初不酬答，直高視以手板（挂）〔拄〕頰云："西山朝來，致有爽氣耳。"

"斯人"句：顔淵：今也則亡。

"山陰"二句：知章事明皇，爲秘書監，自號"四明狂客"及"秘書外監"。晚節尤誕放。天寶初，病，夢游帝居，及寤，遂請爲道士，歸故里，以宅爲千秋觀。表求湖數頃爲放生池，有詔賜鏡湖一曲。鏡湖在會稽山陰，想知章結"茅"於其旁矣。

右五

> 吾憐孟浩然，短褐即長夜。

賦詩何必多，往往凌鮑謝。
清江空舊魚，春雨餘甘蔗。
每望東南雲，令人幾悲吒。

【集注】

"吾憐"二句：《史記》："寒者利短褐。"陸士衡："送子長夜臺。"王仲宣："長夜何冥冥。"　趙云：《范曄傳》：曄在獄中爲上題扇云："去白日之炤炤，即長夜之悠悠。"

"賦詩"二句：鮑謝：鮑照、謝朓。　趙云："往往"之義，忽忽如此也。應璩《百一詩》云："朋等稱才學，往往見歎譽。"

"清江"句：趙云：是思浩然平生之事。浩然嘗有詩曰："試垂竹竿釣，果見查頭鯿。"今言"清江"之內，"空"有"舊魚"，而人不見也。

"春雨"句：趙云：王士源爲《浩然詩集·序》云："灌園藝圃以全高。"（陳案：圃，《孟浩然集·序》作"蔬"。）然則"春雨餘甘蔗"，豈浩然嘗自營蔗區乎？惜無所明見。

"每望"二句：《杜補遺》：郭璞《游仙詩》："臨川哀年邁，撫心獨悲吒。"　趙云：浩然，襄陽人。襄陽在秦州之東南。末句，思而不見，故"望""雲"而空增"悲吒"尔。

前出塞九首

右一

戚戚去故里，悠悠赴交河。
公家有程期，亡命嬰禍羅。
君已富土境，開邊一何多。
棄絕父母恩，吞聲行負戈。

【集注】

"前出"句：趙云：此詩與《後出塞》，皆代邊士之作也。

"戚戚"二句：陸士衡："悠悠行邁遠，戚戚憂思深。"《古詩》："戚戚何所迫。"又，"悠悠隔山陂。"又，"回車駕言邁，悠悠涉道長。"（陳案：道長，《文選》作"長道"。）　《杜補遺》：唐西州交河，在伊州西七百里。河水分流繞城下，因以名之。《漢》：侯應上書云："車師前國王，治交河城。"

"公家"二句：程限期會也。《漢》："竇榮亡命山林。"　趙云：若畏"公家"之"期程"，而逃亡其"命"，則必有收捕，"禍"所及矣。

"開邊"句：見上"今人尚開邊"注。

"吞聲"句：陸士衡："夕息常負戈。"

右二

　　　　　出門日已遠，不受徒旅欺。
　　　　　骨肉恩豈斷，男兒死無時。
　　　　　走馬脫轡頭，手中挑青絲。
　　　　　捷下萬仞岡，俯身試搴旗。

【集注】

"骨肉"句：蘇武詩："骨肉緣枝葉。"　趙云：《詩》："骨肉離散。"

"走馬"句：《木蘭曲》云："南市買轡頭。"

"手中"句：（梁）簡文帝《紫騮馬》詩："青絲懸玉鐙。"又云："宛轉青絲鞚。"

"捷下"二句：曹子建："仰手接飛猱，俯身散馬蹄。狡捷過猴（猱）〔猿〕，勇剽若豹螭。"左太沖："振衣千仞岡，史斬將搴旗。"

右三

　　　　　磨刀鳴咽水，水赤刃傷手。
　　　　　欲輕腸斷聲，心緒亂已久。
　　　　　丈夫誓許國，憤惋復何有？
　　　　　功名圖麒麟，戰骨當速朽。

【集注】

"磨刀"句:鳴:一作"呼"。

"欲輕"二句:鮑昭《東門行》:"離聲斷客情。"又,"行子心腸斷。"

《杜補遺》:辛氏《三秦記》曰:隴山,天水大坂也。俗歌云:"隴頭流水,鳴聲幽咽。遙望秦川,肝腸斷絶。"故名"鳴咽水"。又云:"東人西役,升此而顧,莫不悲思。"其歌云:"隴頭泉水,流離西下。念我此行,飄然曠野。登高望遠,涕淚雙墮。" 趙云:以"磨刀"於水,刀"刃傷"手,則邊士之辛苦尤甚。"腸斷聲",指言"嗚咽水"也。言心緒久亂,欲不愁而不可得也。

"功名"二句:麒麟閣,宣帝圖畫功臣於此閣也。宋司馬造石椁,孔子曰:"死不如速朽。" 趙云:以"功名"自期,爲"丈夫"之事矣。

右四

送徒既有長,遠戍亦有身。
生死向前去,不勞吏怒嗔。
路逢相識人,附書與六親。
哀哉兩決絶,不復同苦辛。

【集注】

"送徒"句:高祖以亭長爲縣"送徒"驪山。

"生死"六句:國忠領劍南〔召〕募使,(戍)〔遣〕戍瀘南,餉路險乏,舉無還者,人人思亂。此詩所以作。 趙云:此詩題名《出塞》,首篇曰:"悠悠赴交河",大率皆戍西邊耳。舊注豈可臆度,便差排作楊國忠耶?

右五

迢迢萬餘里,領我赴三軍。
軍中異苦樂,主將寧盡聞。
隔河見胡騎,倏忽數百群。
我始爲奴僕,幾時樹功勳。

【集注】

"迢迢"四句:王仲宣《從軍詩》:"從軍有苦樂,但問所從誰。"趙云:《古詩》:"迢迢牽牛星。"《吳書·張紘傳》曰:"此乃偏將之任,非主將之宜。"

"隔河"二句:趙云:似指言吐蕃之兵也。

"我始"句:《漢》:"衛青奮於奴僕。"

右六

挽弓當挽強,用箭當用長。
射人先射馬,擒賊先擒王。
殺人亦有限,列國自有疆。
苟能制侵陵,豈在多殺傷。

【集注】

"挽弓"二句:晁錯云:"(努)[弩]不可以及遠,與短兵同;射不能中,與亡矢同;中不能入,與亡鏃同;此將不省兵之過。"(陳案:過,《漢書》作"禍"。) 趙云:以言士卒之各矜其能。

"射人"二句:《前漢·匈奴傳》:月氏欲殺冒頓,冒頓奔歸。頭曼令將萬騎,冒頓乃作鳴鏑,習勒其騎射。令曰:"鳴鏑所射,而不悉射者,斬。"後冒頓以鳴鏑射單于善馬,左右悉射之。冒頓知其可用,遂以鳴鏑射頭曼,左右皆隨之,遂殺頭曼而自立。 趙云:以言士卒之各欲致其功。此詩人之能道事也。

"殺人"四句:(陳案:列,《全唐詩》同。一作"主"。) 趙云:《孟子》曰:"定於一,孰能一之? 不嗜殺人者,能一之。"而喜開邊者,乃好大喜功之主。(陳案:主,《補注杜詩》作"士"。)則公之詩,豈不益於教化乎?

右七

驅馬天雨雪,軍行入高山。
逕危抱寒石,指落曾冰間。

已去漢月遠，何時築城還？

浮雲暮南征，可望不可攀。

【集注】

"驅馬"四句：陸士衡："驅馬陟陰山，山陰馬不前。仰憑積雪巖，俯涉堅冰淵。"（陳案：淵，《文選》作"川"。）　《杜補遺》：《前漢·匈奴傳》："匈奴攻太原，高帝自將兵擊之。會冬雨雪，卒之墮指者十二三。"

"已去"四句：趙云：使（周）王褒《燕歌行》"無復漢地關山月，唯有漢北薊城雲"之意。蓋入胡地則遠於"漢月"，所往者西北，則美雲之"南征"也。"宋之問詩云："明河可望不可親。"

右八

單于寇我壘，百里風塵昏。

雄劍四五動，彼軍爲我奔。

虜其名王歸，繫頸授轅門。

潛身備行列，一勝何足論。

【集注】

"百里"：王僧達："千里黃沙昏。"

"雄劍"二句：雷煥得雙劍于酆城，劍有雄雌。　薛云：《吳越春秋》："吳王闔閭使干將造劍二枚，一干將，二鏌鋣。鏌鋣者，干將之妻。干將作劍，金鐵之精未肯流。干將夫婦乃斷髮剪爪，投之爐中，金鐵乃濡，遂以成劍。陽曰干將，而作龜文；陰曰鏌鋣，而作漫理。雄猶陽也。"《烈士傳》作："雌劍雄劍。"　《杜正謬》：《烈士傳》曰："眉間尺者，謂眉間濶一尺也，楚人干將鏌鋣之子。楚王夫人常於夏納涼，而抱鐵柱，心有所感，遂懷孕，後產一鐵。楚王命鏌鋣鑄此精爲雙劍，三年乃成劍，一雌一雄。鏌鋣乃留雄，而以雌進。劍在匣中，常有悲鳴。王問群臣，群臣對曰：'劍有雌雄，鳴者雌，憶其雄也。'王大怒，即收鏌鋣殺之。眉間尺乃爲父殺楚王。"　新添：《烈士傳》："劍有雌雄,雄干將,雌莫邪。"《越絕書》曰:"楚王作鐵劍三枚,晉、鄭聞而求之,不得。興師圍城,之城三年不解。楚引太阿之劍,麾之,三軍破敗,士卒迷惑,流血千里。"

"虜其"二句:曹子建《求自試表》:"昔賈誼求試屬國,請繫單于之頸,而制其命。終軍以妙年使越,欲得長纓係其王,羈致北闕。""轅門",以車為轅門也。　　《杜補遺》:《前漢·匈奴傳》:"武帝使霍去病、衛青,操兵臨瀚海,虜名王貴人以百數。"《宣帝紀》:"單于遣其名王奉獻。"注:師古:"名王,謂有大名,以別諸小王也。"　　趙云:《周禮》:"掌舍:掌王會同之舍,設車宮轅門。"注:"謂王行止,宿險阻之處,備非常,次車以為藩,則仰車以其轅表門。其後行師,則主將遂有轅門之制也。"

"潛身"二句:趙云:此詩士卒有功而不欲"論",豈當時主將之艱故邪?

右九

從軍十年餘,能無分寸功?
眾人貴苟得,欲語羞雷同。
中原有鬭爭,況在狄與戎。
丈夫四方志,安可辭固窮。

【集注】

"從軍"四句:《曲禮》曰:"毋雷同。"注:"雷之發聲,物無不同時應者。人之言當各由已,不當同然也。"　　趙云:此又代士卒有"功",而不欲論之詩。

"況在"句:《詩》:"戎狄是膺。"西戎、北狄也。

"丈夫"二句:《禮·射義》:"男子生以桑弧蓬矢,射天地四方,示男子之有事也。"《語》:"君子固窮。"　　趙:棗彥道《雜詩》:"士生則〔懸〕弧,有事在四方。"(陳案:彥道,《晉書》:"棗據,字道彥,潁川長社人也。本姓棘,其先避仇改焉。")

後出塞五首

右一

男兒生世間,及壯當封侯。
戰伐有功業,焉能守舊丘。
召募赴薊門,軍動不可留。
千金買馬鞍,百金裝刀頭。
閭里送我行,親戚擁道周。
班白居上列,酒酣進庶羞。
少年別有贈,含笑看吳鈎。

【集注】

"後出"句:鮑云:天寶十四年乙未三月壬午,安祿山及契丹戰於潢水,敗之。故有《後出塞五首》,爲出兵赴漁陽也。

"男兒"二句:《後漢》:班超常輟業投筆,歎曰:"無他志畧,猶當效傅介子、張騫,立功異域,以取封侯,安能久事筆硯間乎?"梁竦:"丈夫生當封侯。"

"戰伐"二句:趙云:言不可無所展用也。鮑明遠《結客少年場》云:"去鄉三十載,復得還舊丘。"

"召募"二句:鮑明遠始隨張校尉,召募到河源。　趙:作"占募"。《吳志》云:"中郎將周祇乞於鄱陽占募。"蓋"占"謂自隱度而應募也。

"千金"句:鞍:一作"鞭"。

"百金"句:唐刺史見觀察使,皆靴足握刀頭候路左。　趙云:傲《木蘭歌》:"西市買馬鞭,南市買轡頭。"又(梁)范靖妻沈氏《昭君怨》云"千(今)[金]畫雲鬢,百萬寫娥眉"也。(陳案:雲,《樂府詩集》作"蟬"。)舊注引:"唐刺史見觀察使,皆握刀頭候路。"雖有證"刀頭"字,非是。若"刀頭"所先,則《古樂府》有"何當大刀頭"矣。

"班白"二句:"班白"者不負戴於道路矣。曹子建:"緩帶傾庶羞。" 趙云:《詩》:"有杕之杜,生於道周。"《周禮》:"庖人:供喪紀之庶羞。"

"少年"二句:鮑明遠《結客少年行》:"驄馬金絡頭,錦帶佩吳鉤。"《吳越春秋》:"王作鉤淬以人血,試之以人也。" 薛云:《吳越春秋》:"吳王允聘歐冶子作名劍五:一曰純鉤,二曰湛盧,三曰豪曹,四曰魚腸,五曰巨闕。秦客薛燭善相鉤,視之,燭曰:'光乎,如屈陽之華,沉沉如芙蓉始生於湖。觀其光,如水溢于塘,此名純鉤。'"吳鉤",即純鉤也。 《杜正謬》:按:《吳越春秋·闔閭內傳》曰:"闔閭既寶莫邪之劍,復命於國中作金鉤,令曰:'能爲善鉤者,賞之百金。'吳作鉤者甚衆,而有人貪王之重賞也,殺其二子,血釁金,遂成二鉤,獻于闔閭而求賞。王曰:'何以異於衆劍乎?'作鉤者曰:'吾之作鉤,殺二子而釁之。王鉤甚衆,形體相類,不知所在。鉤師向鉤呼二子之名,吳鴻、扈稽,我在於此,王不知汝之神也。'聲絕於口,兩鉤飛出。王驚曰:'寡人誠負於子!'乃賞百金,遂服而不離身。"薛氏以純鉤爲"吳鉤",蓋"純鉤"劍名,非鉤也。故左太冲《吳都賦》云:"吳鉤越棘,純鉤湛盧。"則"純鉤"與"吳鉤",自爲兩物耳。 趙云:"吳鉤",刀名也,刃彎。今南蠻用之,謂之葛黨刀,義或然矣。

右二

朝進東門營,暮上河陽橋。
落日照大旗,馬鳴風蕭蕭。
平沙列萬幕,部伍各見招。
中天懸明月,令嚴夜寂寥。
悲笳數聲動,壯士慘不驕。
借問大將誰,恐是霍嫖姚。

【集注】

"朝進"句:《夏官·大司馬》:"帥以門名。"疏:"古者軍將,蓋爲營治於國門。魯有東門襄仲,宋有桐門右師,皆上卿爲將軍者。" 趙云:此言河陽府士卒。"東門營",自是所起士卒,處"東門"之營也。

"暮上"句：李陵詩："攜手上河梁，游子暮何之。"王仲宣《從軍詩》："朝發鄴都橋，暮濟白馬津。"

"馬鳴"句：《周禮·司常》："建九旗以待國事。"《車攻》："蕭蕭馬鳴，悠悠斾旌。"言不讙譁也。荊軻歌："風蕭蕭兮易水寒。"

"平沙"二句：幕府，見上《送高三十五》詩注。程不識，正部曲、行伍、營陣、擊刁斗。　　趙云：士卒之多，則將各有幕。故一部伍之人，各相招認，以居其幕也。

"中天"二句：《子虛賦》："曳明月之珠旗。"　　趙云：但見月懸"中天"，正照此"夜"，而人不囂譁，則"令嚴"可知也。東坡先生詩曰："令嚴鐘鼓三更月。"乃用此也。

"悲笳"二句：李陵《書》："胡笳互動，牧馬悲鳴。"

"借問"二句：霍去病為嫖姚校尉。服虔曰："嫖姚，勁疾之貌。"荀悅《漢記》作"票"字。霍去病後為驃騎將軍，尚取"嫖姚"之字耳。今讀者音"漂遙"，不當其義。　　趙云：句法使曹子建《七哀詩》："借問歎者誰？言是客子妻。"又郭景純《游仙詩》"借問此何誰，云是鬼谷子"也。"嫖姚"，公作平聲字使，蓋未經顏師古改音以前，相承作服虔平聲字讀耳。蓋如庾信《詠屏風》詩有云："急節迎秋韻，新聲入手調。寒衣須及早，將寄霍嫖姚。"則所相承者然也。《前漢》：漢王問："大將誰也？"

右三

古人重守邊，今人重高勳。
豈知英雄主，出師亘長雲。
六合已一家，四夷且孤軍。
遂使貔虎士，奮身勇所聞。
拔劍擊大荒，日收胡馬群。
誓開玄冥北，持以奉吾君。

【集注】

"古人"二句："重守邊"，保其疆場而已；"重高勳"，則邀功而生事。此後世所以有窮兵黷武之君也。

"豈知"二句:《詩》:"我出我車。"　趙云:此譏好大喜功之主也。今人所以"重高勳"者,以"英雄主"出師之多,連"亘長雲",則"高勳"不可不建矣。

"六合"二句:高祖曰:"天下同姓一家,〔汝〕慎無反。"又,"天子以六合爲家。"

"遂使"二句:《牧誓》:"如虎如貔。"　趙云:六合一家,則內外無患矣。內外無患,則四夷之軍孤。如此,則不必用兵。而尚用之不已,故士卒皆奮起,勇往其"所聞"之處矣。後所謂"大荒""玄冥北"是也。

"拔劍"二句:見三卷"(回)[迴]署大荒來"注。《高祖紀》:"拔劍擊柱。"《古詩》:"胡馬嘶北風。"　趙云:"大荒",西邊之地皆是矣。古有《大荒西經》之書也。

"誓開"句:(陳案:開,《四庫全書》本作"聞"。形訛。《補注杜詩》《全唐詩》作"開"。)　《月令》:"其神玄冥。"

"持以"句:獻功也。　趙云:"玄冥",北方之神。"玄冥北",則盡玄冥所主之北地也。

右四

　　獻凱日繼踵,兩蕃靜無虞。
　　漁陽豪俠地,擊鼓吹笙竽。
　　雲帆轉遼海,粳稻來東吳。
　　越羅與楚練,照耀輿臺軀。
　　主將位益崇,氣驕凌上都。
　　邊人不敢議,議者死衢路。

【集注】

"獻凱"句:《周禮》注:"凱,獻功之樂。"

"兩蕃"句:趙云:西北已寧也。

"漁陽"二句:"漁陽",北地也。朱叔元《書》:"奈何以區區漁陽結怨天子。"左太冲:"南鄴擊鐘磬,北里吹笙竽。"　　趙云:"漁陽""吹笙竽",則燕薊亦復而民樂也。

"雲帆"二句:"遼海",遼東郡。劉晏:"雲帆桂楫。"　　趙云:"轉遼海",則通遼東矣。

"越羅"二句:《昭·七年傳》:"皂臣輿,僕臣臺。"曹子建:"下逮輿臺。"　　趙云:故"越羅""楚練",(陳案:故,《杜詩引得》作"以"。)賜予建功之人。雖是"輿臺",亦"照耀"其身矣。

"主將"四句:(陳案:衢路,《全唐詩》作"路衢",《補注杜詩》作"通衢"。)　　時好邊功。李林甫任蕃將也,開邊喜功之弊,至於卒。貴而將"驕",如此不亦可罪乎?

右五

　　我本良家子,出師亦多門。
　　將驕益愁思,身貴不足論。
　　躍馬二十年,恐辜明主恩。
　　坐見幽州騎,長驅河洛昏。
　　中夜間道歸,故里但空村。
　　惡名幸脫免,窮老無兒孫。

【集注】

"我本"句:石季良詩:"我本良家子。"(陳案:良,《補注杜詩》作"倫"。"良家",作"漢家"。)趙充國:"六郡良家子。"

"出師"句:趙云:《左傳》:"晉政多門也。"

"躍馬"二句:蔡澤曰:"躍馬疾驅,四十三年足矣。"　　薛云:按:《古樂府·雉子班》:"行以死報君恩,誰能辜恩眄?"(陳案:行,《文苑英華》作"生"。)

"坐見"二句:時祿山自幽州陷河洛。曹子建:"幽并游俠兒,長驅陷匈奴。"

"中夜"二句:藺相如使人奉璧間道馳歸趙。顏延年:"去國還故里,幽門蔚蓬藜。"　　《杜補遺》:《漢·祖紀》:"間道走軍。"(陳案:

祖，《漢書》作"高帝"。)注："間，空也。投空隙而行，不公顯也。"

"惡名"二句：坡云：詳味此詩，蓋禄山反時，其將有脫身歸國，而禄山盡殺其妻子者，不出姓名，亦可恨也。

卷六

（宋）郭知達 編

古 詩

別贊上人

百順日東流,客去亦不息。
我生苦漂蕩,何時有終極?
贊公釋門老,放逐來上國。
還爲世塵嬰,頗帶憔悴色。
楊枝晨在手,豆子兩已熟。
是身如浮雲,安可限南北。
異縣逢舊友,初欣寫胸臆。
天長關塞寒,歲暮饑凍逼。
野風吹征衣,欲別向泪黑。
馬嘶思故櫪,歸鳥盡歛翼。
古來聚散地,宿昔長荆棘。
相看俱衰年,出處各努力。

【集注】

《別贊上人》:此詩將離秦州而別之也。

"百順"二句:(陳案:順,《補注杜詩》《全唐詩》作"川"。) 謝玄暉:"大江流日夜,客心悲未央。"

"何時"句:趙云:曹子建詩:"相思無終極。"

"還爲"二句:陸士衡:"牽世嬰時網。"又:"世網嬰我身。"

"楊枝"二句：兩，一作"雨"。　《杜補遺》：佛經云："手把青楊枝，徧洒甘露水。"又《僧祇律》："楊枝，齒木也。食畢，持之，嚼一頭，碎，用剔牙齒中滯食。"《毗奈耶》云："嚼楊枝有五利：一除風，二除熱，三令口滋味，四消食，五明目。"又《灌頂經》云："昔維耶黎民遭疫，禪提奉佛教持呪往避之，疫人皆愈。其禪提所嚼嚫木，擲地成林，林下有泉。後民復又疾，取泉水折楊柳洒拂，病者無不痊愈。"把"楊枝"洒甘露，事出於此。　趙云：以見"贊"當春，方爲寺主之時，來秦州，而已見"豆""熟"之際矣。《本草》："豆九月採。"《齊民要術》曰："九月中候，近地葉黃者，速刈之。"則豆熟在九月，公十月末離秦州，而此先"別"之也。一說：謂"豆子"，眼中黑睛也，言無邪視。

"是身"句：《語》曰："於我如浮雲。"　《杜補遺》：《維摩經》："是身如響，屬諸因緣。是身如浮雲，須臾變滅。是身如電，念念不住。"

"安可"句：新添：魏文帝臨江歎曰："此天所以限南北也。"　趙云：以言時序雖飄忽，於道人體上，春雖在長安，秋時在秦州，爲無"南"無"北"也。

"異縣"二句：《古樂府》："他鄉〔各〕異縣"。　趙云：《詩》："我心寫兮。"而謝靈運《擬曹植詩》云："歡娛寫懷抱。"

"天長"二句：一云："天長關塞遠，歲暮飢寒迫。"　趙云：一作"天寒關塞遠，歲暮飢凍逼"。非。蓋"寒"與"凍"字相侵也。次公以爲"別"留長在十月，（陳案：長，《補注杜詩》作"詩"。）而句云"歲暮飢寒逼"，蓋言其所以往"同谷"之情，將爲"歲暮"之計，以捄"飢""寒"也。

"野風"二句：（陳案：照，《全唐詩》作"曛"。一作"昏"。）　鮑明遠："野風吹秋木，行子心腸斷。"謝靈運詩："朝游窮照黑。"

"馬嘶"二句：嘶，一作"鳴"。　王正長："朔風動秋草，邊馬有歸心。"陶潛："日入群動息，歸鳥趨林鳴。"

"宿昔"句：姑蘇臺荊棘，霜露霑人衣。

"出處"句：趙云：《吳越春秋》載：越人送其子弟，作離別相去之辭曰："行行各努力。"

万丈潭

青溪合冥寞,神物有顯晦。
龍依積水蟠,窟壓萬丈内。
跼步凌垠堮,側身下煙靄。
前臨洪濤寬,却立倉石大。
山危一徑盡,岸絕兩壁對。
削成根虛無,倒影垂澹瀩。
黑如灣澴底,清見光烱碎。
孤雲到來深,飛鳥不在外。
高羅成帷幄,寒未罍旌旆。
遠川曲通流,嵌竇潛洩瀨。
造幽無人境,發興自我輩。
告歸遺恨多,將老斯游最。
閉藏脩鱗蟄,出入巨石礙。
何事炎天過,快意風雨會。

【集注】

《万丈潭》:同谷縣作。　　趙云:按:《地志》:一名鳳凰潭。

"青溪"二句:趙云:"青溪"所以"合"而"冥寞",蓋以"神物"所藏有"顯晦"也。謝莊詩:"青溪如委黛,黃沙似舒金。"神物,指言"龍"也。有"顯"有"晦",許慎所謂能幽能明者也。(晋)劉琬《賦》曰:"大哉龍之爲德,變化屈(神)[伸]。隱則黃泉,出則升雲。"今兼言其有"顯"有"晦",以引下文,述其蟠隱,必藉深"潭"也。

"龍依"二句:孫興公《天台賦》:"臨萬丈之絶冥。"張揚:"流澗万餘丈。"　　趙云:《文子》曰:"積水成海。"而《魏都賦》曰:"(因)[回]淵潅積水。"《荀子》:"積水成淵,蛟龍生焉。"

"跼步"句:堮:音"噩"。　　《西京賦》:"靈囿之中,前後無有垠塄。"《淮南子》:"出於無垠塄之門。"

"削成"句:顏延年:"踐華因削成。" 趙云,《西山經》云:"大華之山,削成而四方。"

"倒影"句:瀹:一作"漖"。 《天台賦序》:"或倒影於重冥。"薛云:《前漢·郊祀》:谷永曰:"世有仙人服食不終之藥,遙興輕舉,陟遐倒景,覽觀縣圃,浮海蓬萊,耕耘五德,朝種暮獲,與山石無極。"注:如淳曰:"在日月之上,反從下照,故其景倒。"《杜補遺》:孫綽《天台賦》"倒景"注:"言此山以臨深海,山倒景在水中。"謝靈運《應詔詩》云:"張組眺倒景,列筵一歸潮。"(陳案:一,《文選》作"矚"。)注:"山臨水而影倒。"沈休文《游沈道士館》詩:"一舉凌倒景,無事適華嵩。"注:"倒景在日月之上,日月反從下照,故其景倒。"谷永同上薛注。又司馬相如《大人賦》:"貫列缺之倒景兮,涉豐隆之滂澳。"(陳案:澳,《漢書》作"濞"。)注:服虔曰:"列缺,天門也。"《陵陽子明經》曰:"列缺氣去地一千四百里,倒景氣去地四千里,其景皆倒在下。"詳注家所言,即"倒景"有二說。"倒景垂澹瀹",與《天台賦》《應詔詩》"倒景"同義,非谷永、相如所言"倒景"也。

"黑如"句:(陳案:如,《全唐詩》同。一作"爲",一作"知"。)

"高羅":陸士衡:"密葉成翠幄。"《天台賦》:"踐莓苔之滑石,搏壁立之翠屏,蔭檴木之長蘿,援葛藟之飛莖。"(陳案:蔭,《文選》作"攬"。藟,《文選》作"蘠"。)

"寒未"句:(陳案:未,《補注杜詩》作"木"。《古今詩刪》作"水"。當作"木"。) 壘:一作"疊"。

"造幽"二句:《天台賦》:"卒踐無人之境。" 趙云:晉人多云:"此正在我輩。"

"閉藏"四句:雨:一作"雲"。(陳案:入,《四庫全書》本作"人"。形訛。《補注杜詩》《全唐詩》作"入"。事,《全唐詩》同。一作"當"。)

趙云:似譏"龍"不以時爲澤矣。蓋言其徒"閉藏"之深,以"礙""巨石"而艱於"出入","炎天"須雨而不雨,"炎天"既過,何用與"風雨會"乎?如此則成秋霖矣。《廣雅》云:"南方曰炎天。"魏文帝《芙蓉池》:"遨遊快心意。"《周禮》:"風雨之所會。"一本作"雲雨會",字則應德連詩:"欲因雲雨會,濯翼陵高梯。"

兩當縣吳十侍御江上宅

寒城朝煙澹,山谷落葉赤。
陰風千里來,吹汝江上宅。
鸕雞號枉渚,日色傍阡陌。
借問持斧翁:幾年長沙客?
哀哀失木狖,矯矯避弓翮。
亦如故鄉樂,未敢思宿昔。
昔在鳳翔都,共通金閨籍。
天子猶蒙塵,東郊暗長戟。
兵家忌間諜,此輩常接跡。
臺中領舉劾,君必慎剖析。
不忍殺無辜,所以分黑白。
上官權許與,失意見遷斥。
仲尼甘旅人,向子識損益。
朝廷非不知,閉口休嘆息。
予時忝諍臣,丹陛實咫尺。
相看受狼狽,至死難塞責。
行邁心多違,出門無與適。
於公負明義,惆悵頭更白。

【集注】

"寒城"二句:謝玄暉:"寒城一凝眺,平楚正蒼然。"(陳案:凝,《文選》作"以"。)靈運:"曉霜楓葉丹,夕照嵐氣陰。"

"陰風"二句:謝玄暉:"朔風吹飛雨,蕭條江上來。" 趙云:詳味詩意,吳侍御遷謫之因,爲辨論良民不是姦細,以此忤權貴,而得罪耳。首四句以秦地之時候、景物,言其"宅"在"兩當縣"之"江上",所以爲之感激也。"兩當"枕嘉陵江上,傳云吳侍御宅,今其子孫尚居之未去也。

"鶗雞"二句:《王徵〔君〕》詩:"窈靄瀟湘空,欸吸鶗雞悲。"謝靈運:"弭棹薄枉渚,指景待樂闋。"《九歌》:"朝騁鶩兮江皐,夕弭節兮北渚。"《楚辭》:"朝發枉渚,暮宿辰陽。"《七發》:"鶤鵠號晨號乎其上,(陳案:鶤,《文選》作'獨'。)鶗雞哀鳴翔乎其下。" 《杜補遺》:相如《賦》云:"藺玄鶴亂鶗雞。"張楫曰:"鶗雞似鶴,黃白色。"張無盡《武陵圖經》糾繆云:余閲四方圖經,何其舛訛之多也。以武陵善德山一事觀之,餘可知矣。武陵之東有二山,一曰枉山,二曰踶出山。吳均《(來)[宋]地居注》云:"元嘉七年五月大水,武陵枉山陷爲枉渚。"隋開皇中,刺史樊子重以枉山嘗爲善卷所居,名其地爲善德山,悦其名而遺其實也。唐貞元中,摁印禪師居踶出山,鑿井唊泥剟木庵,開山建寺。裴公美易(王)[山]名爲古德山院,爲古德禪院宣鑒嗣之,而德山之名遂著。《劉禹錫集》:"善卷壇在枉山上。"又曰:"枉渚在郭東。"周朴詩曰:"先生遺集武陵西,且善卷之有壇,壇非堯舜時所有地,枉山陷而壇在山上,枉渚在東,而謂之在西,斯則訛之又訛矣。"《太平御覽》載:江南諸水云:《湘州記》曰:"枉山在郡東十七里,有枉水焉。山西溪口有小灣,謂之枉渚,山有楚祠焉。"謹按:兩當縣,今隸鳳州,乃古雍州之地。而子美是詩云:"鶗雞號枉渚"者,蓋渚之斜曲而不直者,皆謂之枉渚。非武陵及湘潭之枉渚也。故陸雲《答張士然》詩曰:"通波激枉渚,悲風薄邱榛。"注:"枉,曲也。"亦以斜曲爲義。　　趙云:以楚地之時候、景物言之。鶗雞,正實道其事,楚地有之。《楚辭》曰:"鶗雞嘲哳。"(陳案:嘲,《楚辭章句》作"啁"。)乃是事祖。

"借問"二句:武帝末,暴勝之爲直指使者,衣繡衣。"持斧翁",指言"吳侍御"也。長沙,即潭州,賈誼所謫之地。謂當陰風之來,空吹汝"兩當"之"宅",方"鶗雞"之"號",而其身在"長沙",皆所以哀之也。

"哀哀"二句:狘,羊就反。《西都賦》:"猿狘失木。"《淮南子》:"從風而飛,以愛氣力。銜蘆而翔,以避矰繳。"終爲戮於此世。"　　趙云:"以吳之失所也。"

"亦如"二句:(陳案:如,《補注杜詩》《全唐詩》作"知"。音,《補注杜詩》《全唐詩》作"昔"。音,歸《廣韻》"侵"韻,昔、籍,歸《廣韻》"昔"韻,"昔"字是。)　　飛鳥過故鄉,猶躑躅。

"昔在"二句:謝玄暉:"既通金閨籍。"　　趙云:金閨,金馬門也。"共通"者,公爲左拾遺,與吳"共通""籍"也。

"天子"句:見三卷《北征》詩注。

"東郊"句:《書・〈秦〉[費]誓》:"東郊不開。"晁錯曰:"兩陣相近,平地淺草,可前可後,此長戟之地也。"又曰:"勁弩長戟,射疏及遠。"以見其無微之不入,有堅之必破也已。

"兵家"句:李牧爲鴈門,謹烽火,多爲間諜。

"臺中"二句:舉善、劾有罪,御使職也。衛玠問樂廣夢思之成病,廣命駕爲"剖析"之。王湛與王濟因共談《易》,"剖析"入微。

"不忍"二句:《書》:"與其殺不辜,寧失不經。"曹子建:"蒼蠅間白黑,讒巧令親疏。"

"上官"二句:謝靈運:"遭物悼遷斥。"　　趙云:言執"許與"之"權"也。權許與,則其不許吳之所論矣。《任延傳》:"善事上官,臣不敢奉詔。"

"仲尼"句:王弼:"仲尼旅人,則國可知矣。"

"向子"句:《左傳》:"鄭人鑄刑書,叔向貽子產書,三辟之興,皆叔世也。"　　《杜正謬》:《後漢》:向長,字子平。潛隱於家,讀《易》至《損》《益》卦,喟然歎曰:"吾已知富不如貧,貴不如賤,但未知死何如生耳!"

"予時"句:(陳案:予,《補注杜詩》《全唐詩》作"余"。《爾雅・釋詁上》郝懿行義疏:"余、予古通用。")　　公時爲拾遺也。

"丹陛"句:《左傳》:"天威違顏咫尺。"

"相看"句:見三卷《北征》注。

"至死"句:趙云:公爲拾遺,以見吳之出而不能言也。

"行邁"句:《詩》:"行邁靡靡。"沈休文:"江海事多違。"　　趙云:《詩》:"中心有違。"

"於公"二句:袁陽源詩:"義分明於霜。"　　趙云:落句,公之恨深矣!

發秦州

我衰更嬾拙,生事不自謀。
無食問樂土,無衣思南州。
漢源十月交,天氣如涼秋。
草木未黃落,況聞山水幽。
栗亭名更嘉,下有良田疇。
充腸多薯蕷,崖蜜亦易求。
蜜竹復冬筍,清池可方舟。
雖傷旅寓遠,庶遂平生游。
此邦俯要衝,實恐人事稠。
應接非本性,登臨未消憂。
谿谷無異石,塞田始微收。
豈復慰老夫,惘然難久留。
日色隱孤戍,烏啼滿城頭。
中宵驅車去,飲馬寒塘流。
磊落星月高,蒼茫雲霧浮。
大哉乾坤內,吾道長悠悠。

【集注】

《發秦州》:乾元二年,自秦州赴同谷縣,紀行十二首。

"無食"二句:《詩》:"適彼樂土。"《雪賦》:"裸(壞)[壤]垂繒。"注:"不衣國也。"謝靈運:"南州實炎德,桂樹陵寒山。" 趙云:言其行止無定也。《莊子》云:"吾無糧,我無食。"因"無食",故"問樂土",而往就也。《楚辭》云:"嘉南州之炎德。"南州氣暖,因"無衣",故思"南州",藉其暖,不須衣也。

"漢源"句:鮑云:漢源屬同谷郡。大概美同谷風土,多暄利於貧士,非九月、"十月"之"交"去秦也。《詩》:"十月之交。"

"天氣"句：(陳案："如涼"，《全唐詩》作"涼如"。一作"如涼"。)

"草木"四句：(陳案：嘉，《補注杜詩》《全唐詩》作"佳"。《爾雅·釋詁上》郝懿行義疏："嘉，聲轉爲佳"。)　　趙云：漢源、栗亭，蓋同谷地，今成州也。按：《九域志》：二縣曰同谷，曰栗亭也。地在秦之南界首，去秦一百九十五里。《月令》："草木黃落。"

"充腸"句：永和初，有採藥衡〔山〕者。道迷糧盡，過息巖下。見一老翁〔與〕四五年少對〔坐〕執書，告之以飢。與之食物如薯蕷，後不復飢。　《杜補遺》：陶隱居云："薯蕷處處有之，掘取食之以充糧。"《圖經》云："湖閩中出一種根如芋，而皮紫色，煎煮食之俱美，彼土人呼曰'藷'，音殊。"《山海經》云："景山北望少澤，多藷藇。"音"與"，與薯蕷同。郭璞云："根似芋，可食，江南人呼藷爲儲，語有輕重爾，其實一種，南北之産不同，故其行類差別。"

"崖蜜"句：《杜補遺》：《本草》載："石蜜，陶隱居云即崖蜜也。高山巖石間作之。又木蜜呼爲食蜜，懸樹枝作之。"張華《博物志》云："遠方山郡幽僻處出蜜，所著嶬巖石壁，非攀緣所及。唯於山頂籃罿自懸掛下，遂得採取。"僧覺範《冷齋夜話》載：東坡《橄欖》詩云："待得微甘回齒頰，還輸崖蜜十分甜。"(陳案：還，《東坡全集》作"已"。)乃云"崖蜜"事。《鬼谷子》曰："照夜清，螢也；百花醴，蜜也；崖蜜，櫻桃也。"　　趙云：鬼谷子之書，揣摩押闔，談説之書耳，豈曾論及名物哉！今其書在世間可考也，而洪覺範敢爾眩惑學者，今因此及之。

"蜜竹"二句：《西都賦》："鏡清流。"又："方舟并鶩，俛仰極樂。"注："方，并也。"　　趙云：謝靈運《登石門最高頂》詩："蜜竹使徑迷，方舟并兩舫。"《爾雅》："大夫方舟。"

"此邦"四句：趙云：《漢書》：李燮曰："涼州，天下要衝。"王子敬過越州，見潭壑澄澈，清流寫注，乃云："山川之美，使人應接不暇。"宋玉："登山臨水送將歸。"王粲《登樓賦》云："登兹樓以四望，聊暇日以銷憂。"

"谿谷"四句：趙云：以景趣言之，則"谿谷無異石"。以地利言之，則"塞田始微收"。皆不足以"慰"我懷抱，而當去也。

"日色"二句：趙云：何遜詩曰："團團日隱洲。"烏啼，見第一卷《哀王孫》注。

"飲馬"句:《古詩》:"飲馬長城窟。"

"磊落"二句:趙云:《古詩》:"兩頭(纖纖)[纖纖]新月生,磊磊落落向曙星。"(陳案:新月,《藝文類聚》作"月初"。)庾信詩:"寂寞歲陰窮,蒼茫雲霓同。"(陳案:霓,《庾子山集》作"貌"。)

"大哉"二句:《易》曰:"大哉乾元。"《詩》曰:"悠悠蒼天。"

赤　谷

天寒霜雪繁,游子有所之。
豈但歲月暮,重來未有期。
晨發赤谷亭,險難方自茲。
亂石無改轍,我車已載脂。
山深苦多風,落日童稚飢。
悄然村墟迥,煙火何由追。
貧病轉零落,故鄉不可思。
常恐死道路,永爲高人嗤。

【集注】

《赤谷》:趙云:此篇才離秦州所歷之處也。

"天寒"句:正月繁霜。　　趙云:孔子云:"天寒既至,霜露既降。"(陳案:孔,當爲"莊"。語出《莊子·讓王》。)

"游子"句:李陵:"遊子暮何之?"

"豈但"二句:《古詩》:"涼涼歲云暮。"(陳案:涼涼,《文選》作"凜凜"。)又:"歲月忽已晚。"沈(林)[休]文:"飛光忽我(逼)[迺],豈止歲月暮。"(陳案:月,《文選》作"云"。)《古詩》:"會面安可期。"蘇武:"相見未有期。"　　趙云:意言既往同谷,豈止迫此"歲""暮",而不再返秦州。過此以往,"重來"無"期"也。

"晨發"二句:任彥昇:"晨發富春渚。"又云:"湍險方自茲。"

"亂石"二句:曹子建:"中塗絕無軌,(陳案:塗,《文選》作"逵"。)

改轍登高岡。"《泉水》："載脂載轄,還車言邁。" 趙云:言塗雖值"亂石",業已欲前矣。不以"亂石"之故,而"改轍"焉。

"山深"二句:魏文帝《苦哉行》:"谿谷多風,霜露沾衣。"(陳案:苦,《藝文類聚》作"善"。)《苦寒行》："行行日已遠,人馬同時飢。"

"悄然"二句:曹子建："中野何蕭條,千里無人煙。" 趙云:王仲宣詩："四望無煙火。"

"貧病"句:零落:一云"飄零"。 曹子建:"零落歸山邱。"謝靈運:"萬事俱零落。"

"故鄉"句:又："鬱鬱多愁思,綿綿望故鄉。"文帝《苦哉行》："還望古鄉,鬱何壘壘。"(陳案:苦、古,《文選》"善""故"。)

"常恐"二句:《語》："寧死於道路乎!"(陳案:死,《論語》作"棄"。)《古詩》："但爲後世嗤。" 趙云:文武爲賊所敗,(陳案:文,《後漢書》作"光"。)自投高岸,遇突騎王豐下馬援之。光武謂耿弇曰："幾爲虜嗤。"又,顯宗詔有："過稱虛譽,尚書皆宜抑而不省示,不爲諂子嗤也。"

鐵堂峽

山風吹游子,縹緲乘險絕。
硤形藏堂隍,壁色立積鐵。
徑摩穹蒼蟠,石與厚地裂。
脩纖無限竹,嵌空太始雪。
威遲哀壑底,徒旅慘不悅。
水寒長冰橫,我馬骨正折。
生涯抵弧矢,盜賊殊未滅。
飄蓬踰三年,迴首肝肺熱。

【集注】

《鐵堂峽》:趙云:此篇特紀行旅之辛苦,又逢時之多艱耳。

"縹緲"句:《文選》:《賦》云:"神仙""縹緲。"

"徑摩"句:魏文帝:"蕭條摩蒼天。"常道彥詩:"深谷下無底,高巖暨穹蒼。"　趙云:"徑"之屈"蟠"而"摩"天,以言其高。《爾雅》曰:"穹,蒼天也。"《古歌》:"黃鵠摩天極高飛。"

"石與"句:趙云:張平子《東京賦》:"豈徒跼高天,蹐厚地而已哉!"

"脩纖"二句:限:一作"垠"。垠北無垠。　趙云:太始雪,言其古也。《易》有太始。

"威遲"二句:殷仲文:"哀壑叩虛無。"(陳案:無,《文選》作"牝"。)謝靈運:"徒旅苦奔峭。"顏延年:"改服飾徒旅,首路跼險艱。"又:"隱閔徒御悲,威遲良馬煩。"　趙云:《詩》云:"周道倭遲。"毛萇注:"歷遠。"

"水寒"二句:謝靈運:"石橫水分流。"《詩》:"我馬瘏矣。"《荀子》:"折筋絶骨。"《古詩》:"鳥雀飢禁死,羊馬骨欲折。"《後漢·李固傳》:"霍光憂愧發憤,悔之折骨。"

"生涯"四句:趙云:抵者,逢抵之抵。抵弧失,則遭用兵之時也。"飄蓬"事,《商君書》曰:"夫飛蓬遇風,而行千里,乘風之勢也。"故《古詩》云:"轉蓬離本根,飄飄乘長風。"而曹子建詩亦曰:"轉蓬離本根,飄飄隨長風。"(晉)司馬彪詩又曰:"秋蓬獨何幸?飄飄隨風轉。"若"飄蓬"兩字,則曹子建又云:"風飄蓬飛,載離寒暑"也。踰三年,則自至德二載,歲在丁酉,至乾元二年,歲在己亥,爲"三年"矣。公後於《發同谷縣》自注云:"乾元二年十二月一日,自隴右赴劍南也。"《莊子》:"吾生也有涯。"

鹽　井

鹵中草木白,青者官鹽煙。
官作既有程,煮鹽煙在川。
汲井歲榾榾,出車日連連。

自公斗三百,轉致斛六千。
君子慎止足,小人苦喧闐。
我何良歎嗟,物理固自然。

【集注】

《鹽井》:(陳案:井,《四庫全書》本作"并"。形訛。《補注杜詩》作"井"。)　《蜀都賦》:"家有鹽泉之井。"

"鹵中"二句:地烏鹵者生鹽。　《杜補遺》:《禹貢》曰:"海濱廣斥。"注:許慎《説文》云:"鹵,鹹地也,東方謂之斥,西方謂之鹵。"又,《漢・宣帝紀》:"帝常困於蓮勺鹵中。"注:如淳曰:"蓮勺縣有鹽池,縱廣十餘里,其鄉人名鹵中。"師古曰:"今在櫟陽縣東。"

"官作"二句:程,限也。《前漢》:"吳王東煮海爲鹽。"　趙云:陳琳詩云:"官作自有程,舉築諧杵聲。"

"汲井"句:《莊子・天地篇》:"子貢見漢陰丈人,方將爲圃畦,鑿隧而入井,抱甕而出灌,搰然用力甚多而見功寡。"

"出車"句:《駢拇篇》:"又奚連連如膠漆糾連結也。"(陳案:《莊子》無"糾連結也"四字。)　趙云:《詩》:"執訊連連。"

"自公"二句:轉致,言貿易也。斗三百、斛六千,言其利相倍什。

"君子"句:趙云:《老子》:"知足不辱,知止不殆。"而合用"止足"兩字,則張景陽《詠史》詩:"達人知止足"也。

"物理"句:固自然:一云"亦固然"。　《老子》:"道法自然。"

寒硤

行邁日悄悄,山谷勢多端。
雲門轉絶岸,積阻霾天寒。
寒峽不可度,我實衣裳單。
況當仲冬交,泝沿增波瀾。
野人尋煙語,行子傍水餐。

此生免荷殳,未未辭路難。

【集注】

《寒硤》:寒硤、雲門,皆秦地名。

"行邁"二句:《詩》:"行邁靡靡。"又:"憂心悄悄。"《漢·武帝紀》:"吏道雜而多端。"

"雲門"二句:《爾雅·釋天》:"風而雨土爲霾。" 趙云:《海賦》:"絕岸萬丈。"(陳案:海,《文選》作"江"。)

"我實"句:實:一作"貧"。 趙云:庾信《梅詩》:"真梅着衣單。"(陳案:梅,《庚子山集》作"悔"。)

"此生"二句:《候人詩》:"荷戈與殳。"(陳案:未未,《補注杜詩》《全唐詩》作"未敢"。)

法鏡寺

自危適他州,勉强終勞苦。
神傷山行深,愁破崖寺古。
嬋娟碧鮮淨,蕭槭寒籜聚。
回回山根水,冉冉松上雨。
洩雲蒙清晨,初日翳復吐。
朱甍半光炯,户牖粲可數。
拄策忘前期,出蘿已亭午。
冥冥子規叫,微徑不復取。

【集注】

"自危"句:(陳案:自,《補注杜詩》《全唐詩》作"身"。)

"神傷"四句:《吳都賦》:"檀欒嬋娟,玉潤碧鮮。"謂竹。 趙云:"神"雖"傷"於"山行"之"深",而"愁"已"破"散,以逢"崖"邊古"寺"也。碧鮮,言竹也。竹謂之"嬋娟",故孟郊有三《嬋娟》詩,曰"竹嬋娟""月嬋娟""人嬋娟"也。（陳案：人，《全唐詩》作"妓"。）

"蕭槭"：（陳案：槭，《補注杜詩》《全唐詩》作"摵"。《廣韻》"麥"韻："摵，隕落皃。"同"槭"。《集韻》："槭，枝空皃。"槭，同"樶"。《廣雅・釋器》："樶，棺也。"知"摵"字是。籜，《補注杜詩》《全唐詩》作"籙"。）　　潘安《秋興賦》："庭樹槭以洒落。"謝靈運："初篁苞綠籜。"盧子諒："槭槭芳葉零，蘂蘂紛華落。"《射雉賦》："陳柯槭以改舊。""槭"，音所隔反。

"回回"二句：山，一作"石"。　　劉公幹："回回自昏亂。"　　趙云：《楚辭》："老冉冉以將至。"王褒《九懷》之《蓄英》曰："上乘雲兮回回。"

"洩雲"句：《魏都賦》："窮岫洩雲，日月恒翳。"顔延年："洩雲已漫漫，久雨亦淒淒。"　　趙云：曹子建詩："雲散迷城邑，清晨復來還。"

"初日"句：陶潛："景翳翳以將入。"宋玉《賦》："白日初翳。"曹子建："微陰翳陽景。"曹顔遠："密雲翳陽景。"　　趙云："翳"與"吐"，相對之辭。嵇叔夜《雜花》詩云："光燈吐輝華。"

"朱甍"二句：趙云：沈佺期云："紅日照朱甍。"《儒行》："蓬戶甕牖。"

"出蘿"句：《天台賦》："羲和亭午。"　　趙云：《廣雅》云："日在午曰亭午。"

"冥冥"句："子規"，一名杜宇，蜀人以爲望帝魂。　　趙云：《蜀紀》曰："昔人有姓杜，名字，王蜀，號曰望帝。杜宇死，俗説云化爲子規。蜀人聞子規鳴，以爲望帝之魂也。"《莊子》："至道之精，杳杳冥冥。"屈原《涉江》云："深林杳以冥冥兮。"

青陽峽

塞外苦厭山，南行道彌惡。
岡巒相經亘，雲水氣參錯。
林迥硤角來，天窄壁面削。

磧西五里石,奮怒向我落。
仰看日車側,俯恐坤軸弱。
魑魅嘯有風,霜霰浩漠漠。
昨憶踰隴坂,高秋視吳岳。
東笑蓮花卑,北知崆峒薄。
超然侔壯觀,已謂殷寥廓。
突兀猶趁人,及茲嘆冥寞。

【集注】

"岡巒"二句:盧子諒:"岡巒挺茂樹。"謝靈運詩:"遡流觸驚急,臨圻阻參錯。"　趙云:沈佺期《哭蘇崔二公》詩有云:"親朋雲水擁,生死歲時傳。"

"天窄"句:窄,一作"穿"。

"仰看"二句:《後漢》:李尤《九曲歌》:"安得力士翻日車。"　趙云:《淮南子》注云:"日乘車駕以六龍。"坤軸,即地軸也。地下有三千六百軸。兩句言落石之聲勢:以其聲震天,而"日車"爲之"側";其勢可以壓地,而"坤軸"爲之"弱"也。

"魑魅"句:《天台賦》:"始經魑魅之塗。"鮑明遠《蕪城賦》:"木魅山鬼,野鼠城狐。風嘷雨嘯,昏見晨趨。"　趙云:公凡言山之幽處,多使"魑魅"。《左傳》云:"入山不逢不若,魑魅魍魎,莫能逢旃。"

"昨憶"句:《四愁詩》:"欲往從之隴坂長。"　趙云:若見[青]陽峽之高,乃思往昔所見以譬之也。"隴坂",《漢書》"天水郡"注:"有大坂,名曰隴坂。"《秦州記》曰:"隴坂九曲,不知高幾里。"

"高秋"句:《杜補遺》:《周禮》:"雍州,其鎮曰嶽山。"注:"吳嶽也。"《漢書·地理志》曰:"吳山,在汧縣西。《國語》謂之西吳,秦都以咸陽爲西岳。"

"東笑"二句:華山有蓮花峯。"崆峒",見上《北征》注。

"超然"句:《景福殿》:"雖咸池之壯觀,夫何足以比儗?"(陳案:儗,《文選》作"儷"。)　趙云:言青陽峽山超特而起,可"侔"吳岳之"壯"之"觀"。《老子》:"晏處超然。""壯觀"字,司馬相如曰:"此天下之壯觀也。"舊注在後矣。

"已謂"句:《天台賦》:"太虛寥廓而無閡。"曹子建:"太谷何寥廓。" 趙云:"殷",乃"殷其雷"之"殷",雖言聲而與"隱"義同。學者所當留意焉。

"突兀"二句:嘆:一作"欲"。 趙云:言行去青陽峽山之遠,將謂其已隱空虛"寥廓"之間而〔不〕見矣,却"突兀"而"趁人"也。謂至其"趁人"之際,"歎"神造之"冥寞"不可測也。

龍門鎮

細泉兼輕冰,沮洳棧道濕。
不辭辛苦行,迫此短景急。
石門雲雪隘,古鎮峯巒集。
旌竿暮慘澹,風水白刃澀。
胡馬屯成皋,防虞此何及。
嗟爾遠戍人,山寒夜中泣。

【集注】

"沮洳"句:《魏》:"〔彼〕汾沮洳。"潤濕之處,故爲沮洳。《漢·高紀》:"王燒絶棧道。"師古曰:"棧,即閣也,今謂之閣道。"

"迫此"句:《舞鶴賦》:"急景凋年。"

"胡馬"句:"成皋",滎陽之間。"胡馬",回紇也。 趙云:"成皋",鞏洛之地。意言安史之兵耳。舊以爲回紇,非也。是時乾元二年之冬,回紇未反,不可妄引也。陸士衡《從軍詩》:"胡馬如雲屯。"

"防虞"句:言已後時矣。

"嗟爾"二句:士衡:"苦哉遠征人,拊心悲如何?"

石龕

熊羆咆我東,虎豹號我西。

我後鬼長嘯,我前狖又啼。
天寒昏無日,山遠道路迷。
驅車石龕下,冬冬見虹霓。
伐竹者誰子,悲謳上雲梯。
爲官采美箭,五歲供梁齊。
苦云直簳盡,無以充提攜。
奈何漁陽騎,颭颭驚蒸黎。

【集注】

"熊羆"二句:魏武帝《苦寒行》:"熊羆對我蹲,虎豹夾路啼。"

"我後"二句:"山鬼嘯",見上注。　東坡云:揚大年云:"狖之形似鼠而大,尾長,作金色,生川峽深山中。人以藥矢射殺之,取其尾爲卧褥、鞍被、坐毡之用。狖甚愛惜其尾。既中毒,即嚙斷其尾以擲之,惡其爲身害也。蓋輕捷善緣木(狖)[猨]狖之類。"　趙云:此四句蓋道山行所逢,雖依傍魏(文)[武]帝《(古塞)[苦寒]行》:"熊羆對我蹲,虎豹夾路啼",而四"我"乃(云)[公]之新格,蓋劉琨《扶風》止曰:"鹿游我前,猴戲我側。"兩句而已。

"天寒"句:《登高賦》曰:"白日西其將匿,天慘慘而無色。"《恨賦》:"白日西匿,岱雲寡色。"

"冬冬"句:(陳案:冬冬,《補注杜詩》《全唐詩》作"仲冬"。)《月令》:"孟冬之月,虹藏不見。"　趙云:仲冬見虹霓,恠所見也。

"伐竹者"四句:上:一作"抱"。　趙云:《墨子》曰:"公輸班爲雲梯取宋。"而郭景純《游仙詩》云:"靈谿可潛盤,安事登雲梯。"《爾雅》:"東南之美者,有會稽之竹箭也。"梁齊,梁謂汴州;齊,謂今之山東,皆安史之兵所在也,故"采""箭"以供官用矣。

"苦云"二句:(陳案:簳,《補注杜詩》《全唐詩》作"簳"。)　無:一作"應"。　仲冬之月日短至,則伐木取竹。注:"堅成之極時。"

"奈何"句:禄山之亂,皆漁陽之士。　趙云:"漁陽騎",指言安慶緒之兵也。

積草嶺

連峯積長陰,白日遞隱見。
颼颼林響交,慘慘石狀變。
山分積草嶺,路異明水縣。
旅泊吾道窮,衰年歲時倦。
卜居尚百里,休駕投諸彦。
邑有佳主人,情如已會面。
來書語絕妙,遠客驚深眷。
食蕨不願餘,茅茨眼中見。

【集注】

"旅泊"句:仲尼曰:"吾道窮矣。"王弼曰:"仲尼旅人。" 趙云:孔子云:"吾道莫非耶?"

"卜居"二句:江淹:"金閨之諸彦。" 趙云:屈原有《卜居篇》。謝靈運《擬鄴中詩序》有云:"二三諸彦。"舊注在後矣。

"情如"句:"會面",見一卷《贈衛八處士》詩注。

"食蕨"二句:謝靈運:"想見山阿人,薜蘿若在眼。"陸士龍:"髣髴眼中人。" 趙云:左太冲《詠史詩》:"飲河期滿腹,貴足不願餘。"魏文帝詩曰:"眼中無故人。"

泥功山

朝行青泥上,暮在青泥中。
泥濘非一時,版築勞人功。
不畏道途永,乃將汩沒同。
白馬爲鐵驪,小兒成老翁。
哀猿透却墜,死鹿力所窮。
寄語北來人,後來莫怱怱。

【集注】

"朝行"六句:趙云:公言及"同""版築"之"汨没"于於"泥中"也。
"白馬"句:馬色青曰驪。
"哀猿"二句:猿:一作"猱"。　　趙云:《詩》:"野有死麕。"故用之。"鹿"之所以"死",以"力""窮"於"泥中"走困也。

鳳凰臺

亭亭鳳凰臺,北對西康州。
西伯今寂寞,鳳聲亦悠悠。
石峻路絕蹤,石林氣高浮。
安得萬丈梯,爲君上上頭。
恐有無母雛,飢寒日啾啾。
我能剖心出,飲啄慰孤愁。
心以當竹實,炯然忘外求。
血以當醴泉,豈徒比清流。
所重王者瑞,敢辭微命休。
坐看綵翮長,舉意八極周。
自天銜瑞圖,飛下十二樓。
圖以奉至尊,鳳以垂洪猷。
再光中興業,一洗蒼生憂。
深衷正爲此,群盜何淹留。

【集注】

《鳳凰台》:山峻,不至高頂。此詩思見太平之君子也。　　趙云:此篇因山名"鳳凰臺",乃思"鳳"有"雛"在上,恐有"飢"渴而起意,思有以飲食之,庶見其爲"瑞"於世也。

"亭亭"句：謝惠連："亭亭映江月。"《西京賦》："干雲霧以上達，狀亭亭以迢迢。"劉公幹："亭亭山上松。"

"西伯"二句："西北"，（陳案：北，《補注杜詩》作"伯"。）謂文王也。西伯時鳳鳴于岐陽。

"石峻"句：石：一作"山"。

"我能"句：《書》："剖賢人之心。"

"心以"四句：趙云：《莊子》曰："鳳非竹實不食，非醴泉不飲。""雛"在高山之上，而二物未可得，故公欲"以""心"當"竹實"，以心中之"血"比"醴泉"。"焗然忘外求"，公自言其"剖心"之實，止爲"鳳"乃嘉"瑞"，憫其"雛"之"飢"而飼之，別無所圖也。

"所重"二句：薛云：《春秋元命包》：周成王時大治，鳳凰來舞於庭，成王乃援琴而歌："鳳凰翔兮於紫庭，余何德兮以感靈。"《瑞應圖》曰："鳳凰，王者之嘉瑞。" 趙云：據《春秋元命包》曰："鳳凰游文王之都，故武王受鳳書之紀。"今公據古而言耳，薛却引成王時事，非是。《左傳序》："麟鳳五靈，王者之嘉瑞。"

"坐看"二句：趙云：鳳凰羽具五采，故謂之"綵翻""八極周"。使王褒《聖主得賢臣頌》云："周流八極，萬里一息。"雖言馬而借用之耳。

"自天"二句：瑞圖：一云"識圖"。 《十洲記》："崑崙山有十二玉樓。" 《杜補遺》：《春秋元命包》："黃帝（遊）[游]元扈洛水之上。（元扈，石室也。）與大司馬容光等臨觀《鳳凰圖》。置帝前，帝再拜受圖。"《前漢・郊祀志》："皇帝時爲五城十二樓，以俟神人於執期，名曰延年。"（陳案：皇、延，《漢書》作"黃""迎"。）應劭注曰："崑崙玄圃，五城十二樓，仙人之所居。"又《集仙錄》曰："王母所居，王樓十二，瑞華之闕，光碧之堂。" 趙云："十二樓"事，"自天""銜""圖"，故以"十二樓"字終之。

"圖以"二句：（陳案：洪，《補注杜詩》《全唐詩》作"鴻"。朱駿聲《説文通訓定聲》："洪，叚借爲鴻。"） 薛云：《山海經》：鳳首文曰德，翼文曰禮，背文曰義，膺文曰仁，膓文曰信。 趙云：鳳凰之來，所以"垂"世之大，"獻"言其不妄下集也。薛夢符引不相干矣。

乾元中寓居同谷縣作七首

右一

　　有客有客字子美,白頭亂髮垂過耳。
　　歲拾橡栗隨狙公,天寒日暮山谷裏。
　　中原無書歸不得,手脚凍皴皮肉死。
　　嗚呼一歌兮歌已哀,悲風為我從天來。

【集注】

"有客"四句:(陳案:字子美,《補注杜詩》《全唐詩》作"子美"。)亂:一作"短"。　　以其寓居,故自稱"有客"。按:《新史》言:"甫居同谷,拾橡以自給,兒女有至餓殍者。"　　趙云:潘安仁云:"素髮颯以垂領。"謝靈運云:"星星白髮垂。"《莊子》云:"古者獸多民少,皆巢居以避之。(盡)[晝]拾橡栗,暮棲樹上,故命曰有巢氏。"　　薛云:按《列子》:宋有狙公,愛狙而養之。誑之曰:"與若芧,朝三而暮四,足也。"衆狙皆起而怒。俄而曰:"與若芧,朝四而暮三,足乎?"衆狙皆伏而喜。注:"芧,三稜。"(陳案:三稜,《補注杜詩》作"栗也"。)《相如傳》:"蔣(芧)[苧]青薠〈栗也〉。"《後漢》:"李恂食橡以自資。"《列子》:"夏食菱芡,冬食橡栗。"

"悲風"句:天:一作"東"。　　劉越石《扶風歌》云:"浮雲為我結,飛鳥為我旋。"(陳案:扶,《樂府詩集》作"扶"。)

右二

　　長鑱長鑱白木柄,我生託子以為命。
　　黃精無苗山雪盛,短衣數挽不掩脛。
　　此時與子空歸來,男呻女吟四壁靜。
　　嗚呼二歌兮歌始放,里閭為我色惆悵。

【集注】

"黃精"句：精：一作"獨"。　黃魯直云："黃精"當作黃獨，往時儒者不解"黃獨"，故作"黃精"。以"芋"考之，黃獨是也。《本草》："赭魁。"注："肉白皮黃也，漢人蒸食之，山東人呼爲土芋，江西人呼卵。"

《杜正謬》："黃精"當作"黃獨"，"同歸"當作"空歸"。謹按：《神農本草》："赭魁。"陶隱居云："狀如小芋子，肉白皮黃，梁漢人名爲黃獨，蒸食之。"子美寓居成州之同谷，其地正與梁漢接境。方艱食餔糒不給，乃以"長鑱"斸黃獨而食之。然是時"雪盛""無苗"，了無所得，遂爾空歸，故至于"男呻女吟"也。"鑱"，鋤銜切，又士緘切。《廣韻》曰："吴人云犁鐵，又云土具。"

"短衣"句：寧戚《叩角歌》曰："短布單衣不及骭。"

"此時"句：空：一作"同"。

"男呻"句：相如："家徒四壁立。"

"嗚呼"二句：首章天哀其窮，次章人亦哀其窮矣。　《杜補遺》《列子》曰："昔韓娥東之齊，鬻歌假食，逆旅人辱之，因曼聲哀哭，一里老幼悲愁相對，三日不食。"老杜放歌，而閭里惆悵，意頗類此。

趙云：人哀其窮，正如李陵天地爲陵震動，壯士爲陵飲血之勢。

右三

有弟有弟在遠方，三人各瘦何人强。
生別展轉不相見，胡塵暗天道路長。
東飛鴐鵝後鶖鶬，安得送我置汝傍。
嗚呼三歌兮歌三發，汝歸何處收兄骨。

【集注】

"有弟"句：在遠方：一作"各一方"。　趙云：《南史》：梁文帝謂虞荔曰："我方有弟在遠方，此情甚切。"（陳案：方，《通志》作"亦"。）公正使此矣。

"三人"句：《後漢》：趙孝弟禮爲賊所得，將食之。孝自縛詣賊曰："禮瘦，不如孝肥。"賊感其意，俱舍之。　趙云：江子之説子美有四弟，此謂之三弟者，穎、豐、觀也。一弟占，隨子美。第十三卷有詩云：

"久客應吾道,相隨獨爾來。"其説是。

"生别"句:《樂府》:"他鄉各異縣,展轉不相見。"

"胡塵"句:《詩》:"道阻且長。"　　趙云:《古詩》:"道路阻且長"也。

"東飛"句:《揚雄傳》:"豈駕鵝之能捷。"鶩鵾,惡禽也。鵾,九頭。《詩》:"有鶩在梁。"　《杜補遺》:《廣韻》曰:"駕,鴈屬。"《方言》:"鴈,自關而東謂駒鵝。(駒,音加,與'駕'同。)東楚之外謂之鵝,或謂之鵾。"鵝,《爾雅·釋鳥》云:"鵾,麋鴰。"郭璞云:"今呼鵾鷗,蓋鷗類也。"鶩,禿鶩也。《埤雅》云:"狀如鶴而大,長頸赤目,其毛辟水毒,好啗蛇。"《北史》:明帝朝獲禿(鶖)[鶩]於宫内,遂養之。(翟)[崔]光曰:"此即《詩》所謂'有鶩在梁',解云'禿(鶖)[鶩]'。貪戀之鳥,(陳案:戀,《北史》作'惡'。)野澤所育,不應入於殿庭。臣聞野物入舍,古人以爲不善,是以張(華)[錡]惡鵙,賈誼忌鵩、鵝、鵑,〈魏黄初〉蟄集而去。文帝猶以爲戒,況且饗饗之禽,必資魚肉、菽麥稻梁之養,豈可留意於醜形惡聲哉?衛侯好鶴,曹伯愛鴈,身死國滅,可爲寒心。"以是觀之,"鶩"乃惡禽也。故子美艱難行役處,每言之如前。"飛"禿鶩,"後"鴻鵠之類是也。　趙云:因山谷中所有禽鳥而言之。駕鵝,鴈也。《方言》以自關而東呼之云然。鵾,《爾雅》謂之麋鴰。注:"蓋鷗類。"公言眼前雖有此等物,安得乘之以見其弟乎?杜田引,非是。

"汝歸"句:收:一作"取"。　《僖·三十二年》:"殽有二陵,必死是間,餘收爾骨。"非特己窮而已,而兄弟之親,亦莫知其存亡。

右四

　　有妹有妹在鍾離,良人早殁諸孤癡。
　　長淮浪高蛟龍怒,十年不見來何時。
　　扁舟欲往箭滿眼,杳杳南國多旌旗。
　　嗚呼四歌兮歌四奏,林猿爲我啼清晝。

【集注】

"有妹"二句:趙云:鍾離,濠州也。公後有詩曰:"近聞韋氏妹,迎在漢鍾離。"蓋其夫已歿,而夫之兄迎在鍾離也。

"十年"句:時:一作"遲"。

"扁舟"二句:趙云:濠州,今屬淮南西路,故以"長淮"言之。"浪高蛟龍怒",詩人狀其路之險艱也。自荆渚以往,皆謂之"南國"。《詩》云:"文王之道,被于南國。"又云:"滔滔江漢,南國之紀。"是已。《資治通鑑》載:"乾元二年八月乙巳,襄州將康楚(兀)[元]、張嘉延據州作亂,刺史王政奔荆楚。九月,稱南楚霸王。九月甲午,張嘉延襲破荆州,荆南節度使杜鴻漸棄城走。澧、朗、郢、峽、歸等州官吏聞之,爭潛竄山谷。"按:《通鑑目錄》:"是年八月甲午朔。"則此九月,當是甲子朔。其下又載戊辰事,則甲子乃初一日,而戊辰乃初五日,又豈誤甲子爲甲午邪?今七歌有曰"枯樹",有曰"木葉黄落",則秋時之作,乃聞此荆南之亂矣。

"林猿"句:"猿"非有情者,而亦爲之"啼",則窮可知矣。　《杜補遺》:蔡氏《西清詩話》云:"林猿"古本作"竹林",後人不知,乃易爲"林猿",今本皆因之。嘗有自同谷來,籠一禽大如雀,色正青,善鳴。問其名,曰:"此竹林鳥也。"少陵凡於詩目,必紀其處,以明風俗方物貽後人,豈可妄意易之邪?此説蔡氏得於傳聞,未足爲信。蓋"猿"多夜"啼",今"啼清晝",自有意義。　趙云:同谷無深林,自是無"猿",當以《西清》爲是。

右五

四山多風溪水急,寒雨颼颼枯樹濕。
黄蒿古城雲不開,白狐跳梁黄狐立。
我生胡爲在窮谷,中夜起坐萬感集。
嗚呼五歌兮歌正長,魂招不來歸故鄉。

【集注】

"寒雨"句:枯樹濕:一作"樹枝濕"。

"白狐"句:趙云:《管子》曰:"狐應陰陽之變,六月而一見。"蓋難見之物。公以在窮谷而每見之,此爲所恠歎矣。

"中夜"句:趙云:陸士衡《古詩》有:"中夜起歎息。"謝靈運詩:"千念集日夜,萬感盈朝昏。"

"魂招"句:《招魂》曰:"魂兮歸來反故居。"

右六

南有龍兮在山湫,古木巃嵸枝相樛。
木葉黃落龍正蟄,蝮蛇東來水上游。
我行怵此安敢出,拔劍欲斬且復休。
嗚呼六歌兮歌思遲,溪壑爲我迴春姿。

【集注】

"南有"二句:"巃",盧紅、力董切。"嵸",子紅、力孔切。劉安《招隱士》:"桂樹叢兮山之幽,偃蹇連卷兮枝相繚,山氣巃嵸兮石嵯峨。"
趙云:本出《上林賦》:"崇山矗矗,巃嵸崔巍。"巃,音力孔切。嵸,音搃。

"木葉"句:漢武帝《秋風辭》:"草木黃落鴈南飛。"
"蝮蛇"句:"蝮",芳福切。《招魂》曰:"蝮蛇蓁蓁。"
"嗚呼"句:歌思遲:一云"怨遲遲"。
"溪壑"句:鄒衍被讒,仰天而泣,五月爲之降霜,則士之怨憤,足以感通於造物而然矣。　東坡云:"六歌"一篇爲明皇作也。明皇以至德二年至自蜀,居興慶宫,謂之南内。明年改元乾元。時持盈公主往來宫中,李輔國常陰候其隙間之。故上元二年帝遷西内。

右七

男兒生不成名身已老,三年飢走荒山道。
長安卿相多少年,富貴應須致身早。
山中儒生舊相識,但話宿昔傷懷抱。
嗚呼七歌兮悄終曲,仰視皇天白日速。

【集注】

"男兒"二句:三:一作"十"。　趙云:李少卿《答蘇武書》曰:"男兒生以不成名,死則葬蠻夷中"也。自丁酉至德二載至己亥乾元二年,爲"三年"也。

"富貴"句:《古詩》:"致身青雲上。"

"但話"句:趙云:"宿昔"者,往日之謂也。曹植詩曰:"歡娛寫懷抱。"

"嗚呼"二句:江文通:"青春速天機,素秋馳白日。"傷時不我留也。　趙云:末句又變新意,以終七歌之義,蓋此一日之歌也。自一歌至七歌,歌聲既窮,而日晚暮矣。前人每言白日西匿、白日蹉跎、白日晚者,多矣。

發同谷縣

賢有不黔突,聖有不暖席。
況我飢愚人,焉能尚安宅。
始來茲山中,休駕喜地僻。
奈何迫物累,一歲四行役。
忡忡去絕境,杳杳更遠適。
停驂龍潭雲,迴首白崖石。
臨岐別數子,握手淚再滴。
交情無舊深,窮老多慘戚。
平生嬾拙意,偶值棲遁跡。
去住與願違,仰慚林間翮。

【集注】

《發同谷縣》:乾元二年十二月一日,自隴右赴劍南紀行。

"賢有"句:《文子》曰:"墨子無黔突,孔子無暖席。"　趙云:《淮南子·修務訓篇》曰:"孔子無黔突,墨子無暖席。"而班孟堅《答賓戲》曰:"孔席不暖,墨突不黔。"二書雖孔突墨席、墨突孔席之異文,而意皆聖賢之不安逸者耳。今公詩云"賢有不黔突,聖有不暖席",則主用

《答賓戲》,蓋墨子賢而孔子聖故也。舊注引《文子》曰:"墨子無黔突,孔子無暖席。"謬撰辭語,差排作《文子》所云,且文子周平王時人也,(陳案:周平王,依1973年出土《文子》考之,當爲楚平王。)豈確稱孔、墨事乎?

"況我"二句:聖賢尚不免此,吾豈能安宅乎?《孟子》曰:"仁人之安宅也。" 趙云:《易》云:"上以厚,下安宅。"《詩》云:"其究安宅"也。

"休駕"句:喜:一作"嘉"。

"一歲"句:趙云:《詩》:"父曰嗟予子行役。"蓋嘗考是年,歲在己亥,春三月,公回自東都,有《新安吏》《潼關吏》《新婚別》《垂老別》《無家別》詩。又按:《唐史》:"是月八日壬申,九節度使之師潰於相州。"公夏在華州,有《夏日嘆》《夏夜嘆》。時秋七月,公棄官往居秦州,有寄賈至、嚴武詩,畧曰:"舊好腸堪斷,新愁眼欲穿。"此一秋賦詩至多。冬則以十月赴同谷縣,有紀行十二首、《七歌》《萬丈潭》詩。今十二月一日,又自隴右赴劍南,此爲一歲之中,自東都而趨華,而居秦,而秦而赴同谷,自同谷而赴劍南,爲四度行役也。

"迴首"句:崖石:一作"虎崖"。

"握手"句:江淹:"樽酒送征人,握手淚如霰。"

"交情"句:趙云:公於同谷寓居未久,蓋多新交,而惜別之情,則如故舊之深遠。

"偶值"句:謝靈運:"既枉隱淪客,亦棲肥遁賢。"郭景純:"京華游俠客,山林隱遁棲。"

"去住"句:趙云:嵇康云:"事與願違。"

"仰憩"句:陶潛:"遲遲出林翮。"

木皮嶺

首路栗亭西,尚想鳳凰村。
季冬携童稚,辛苦赴蜀門。
南登木皮嶺,艱險不易論。

汗流被我體，祁寒爲之暄。

遠岫爭輔佐，千巖自崩奔。

始知五嶽外，別有他山尊。

仰干塞天明，俯入裂厚坤。

再聞虎豹鬭，屢蹋風水昏。

上有廢閣道，摧折如短轅。

下有冬青林，石上走長根。

西崖特秀發，煥若靈芝繁。

潤聚金碧氣，清無沙土痕。

憶觀崑崙圖，目擊玄圃存。

對此欲何適，默傷垂老魂。

【集注】

"季冬"句：童：一作"幼"。

"汗流"二句：《喻蜀檄》："流汗相屬。"《書》："冬祁寒。" 趙云：《漢書》："周勃汗流浹背。"

"遠岫"句：謝玄暉："窗中列遠岫。"

"千巖"句：《雪賦》："瞻山則千巖俱白。"謝靈運："洲島驟回合，圻岸屢崩奔。" 趙云：（事）〔爭〕輔佐，言"輔佐"木皮嶺，以見木皮嶺之高也。顧愷之云："千巖競秀，萬壑爭流。"

"始知"二句：趙云：亦據其最高，而實道以形容之，別無他議意。惟"五嶽"言"尊"字，則後漢張昶《華山碑》云："山莫尊於嶽，澤莫盛於瀆"也。《詩》："他山之石。"

"仰干"二句：干：一作"看"。天：趙作"大"。 趙云：仰干、俯入，指山而言也。若作"仰看"，則"看"字在人言之，又句法凡弱矣。塞大明，言其高而蔽塞日之明也。《記》曰："大明生於東。"《易》曰："順而麗乎大明。"舊注本作"塞天明"，誤矣。惟"厚坤"所以對"大明"。厚坤，以《易》"坤厚載物"而言之。

"屢蹋"句：劉安《招隱士》："虎豹鬭兮熊羆咆。"

"上有"句:(陳案:上,《補注杜詩》《全唐詩》作"高"。)　　閣道,棧道也。

"摧折"句:短:一云"斷"。

"下有"句:今之梗柟也。　　鮑云:木名,經冬不彫,今所在多有之。

"潤聚"句:《蜀都賦》:"金馬騁光之絶影,(陳案:之,《文選》作"而"。)碧雞倏忽而曜儀。"

"憶觀"二句:圖:一作"壚"。　　"玄圃""閬風",在崑崙中,見《淮南子》。又庾肩吾有《從皇太子出玄圃詩》。　　趙云:蓋以崑崙之玄圃,比木皮嶺也。《水經》曰:"崑崙其高萬一千里。"《葛仙翁傳》曰:"崑崙,一曰玄圃,一曰閬風。"此可見取高以爲言矣。孔子見溫伯雪子:"目擊而道存。"

"對此"句:陶潛:"胡爲皇皇兮欲何之?"

白沙渡

畏途隨長江,渡口下絶岸。
差池上舟楫,杳窕入雲渡。
天寒荒野外,日暮中流半。
我馬向北嘶,山猿飲相喚。
水清石礧礧,沙白灘漫漫。
迥然沈愁辛,多病一疏散。
高壁抵嶔崟,洪濤越淩亂。
臨風獨回首,攬轡復三歎。

【集注】

"畏途"二句:《莊子》:"畏途者十殺一人,則父子兄弟相戒。"《釋文》云:"險阻道可畏懼也。"　　趙云:《海賦》:"絶岸千丈。"(陳案:海、千,《文選》作"江""萬"。)

"差池"二句：(陳案：渡，《補注杜詩》《全唐詩》作"漢"。渡，歸《廣韻》"暮"韻。漢、岸，歸《廣韻》"翰"韻。"渡"字失韻。) 陸士衡："遺響入雲漢。" 趙云："差池"，緩進之皃，起於《詩》："燕燕于飛，差池其羽。"

"天寒"句：趙云：孔子云："天寒既至。"主父偃云："日暮途遠。"鮑照《還都道中》云："茫然荒野中，舉目皆凜素。"《鶡冠子》："中流失船，一壺千金。"

"我馬"句：《古詩》："胡馬嘶北風。" 趙云：言身雖南行，而馬尚懷同谷，向北嘶鳴。蓋道實事，以形容離同谷之不得已。

"水清"二句：《九歌》："石磊磊兮葛蔓蔓。"沈休文："歸海水漫漫。" 趙云：庾信詩云："昏昏如坐霧，漫漫如行海。"(陳案：如，《藝文類聚》作"疑"。)

"迥然"句：迥：一作"脩"。

"高壁"句：崟：一作"岑"。

"洪濤"句：曹植："芝舟越洪濤。" 趙云：《文選》云："南山鬱嶔崟。"《西都賦》云："起洪濤而揚波。"(詩)[謝]惠連云："清波越淩亂。"(陳案：越，《文選》作"時"。)

"攬轡"句：王夷甫："慨然攬轡。"《古詩》："一彈再三歎。"曹子建："欲還絕無蹊，攬轡止踟躕。" 趙云：范滂："登車攬轡。"《左傳》："置食三歎。"《禮記》："一唱三歎。"

水會渡

山行有常程，中夜尚未安。
微月沒已久，崖傾路何難。
大江動我前，洶若溟渤寬。
篙師暗理楫，歌笑輕波瀾。
霜濃木石滑，風急手足寒。
入舟已千憂，陟巘仍萬盤。

迴眺積水外，始知衆星乾。
遠游令人瘦，衰疾懃加餐。

【集注】

《水會渡》：一云"水迴渡"。

"崖傾"句：謝靈運："崖傾光難留。"　　趙云：邱希範云："崖傾嶼難傍。"

"大江"二句：謝玄暉："大江流日夜。"謝靈運："江漲無端倪。"鮑明遠："穿池類溟渤。"

"篙師"二句：謝靈運："理棹遄還期，遵渚騖幽燜。"（陳案：幽燜，《文選》作"修坰"）　薛云：左太冲《吳都賦》："篙工檝師，選自閩禺；習御長風，狎翫靈胥。"

"風急"句：急：一作"烈"。

"陟巘"句：謝靈運："入舟陽已微。"《詩》："陟則在巘。"　　趙云："盤"字，又做陸士衡詩："仰陟高山盤。"

"迴眺"句：眺：一作"出"。水：一作"石"。

"遠游"二句：《古詩》："思君令人老。"又："努力加飡飯。"謝靈運："衰疾當在斯。"曹子建："沈憂令人老。"又，"吾得行遠游，遠游欲何之？"　　趙云：屈原有《遠賦游》。

飛仙閣

土門山行窄，微徑緣秋毫。
棧雲闌干峻，梯石結構牢。
萬壑欹疏林，積陰帶奔濤。
寒日外淡泊，長風中怒號。
歇鞍在地底，始覺所歷高。
往來雜臥止，人馬同疲勞。
浮生有定分，飢飽豈可逃？
歎息謂妻子，我何隨汝曹。

【集注】

"土門"句:土:一作"出"。

"微徑"句:一云"徑微上秋毫"。　《孟子》:"明足以察秋毫之末。"

"梯石"句:見《登歷下員外新亭》注。

"萬壑"句:林:一作"竹"。

"積陰"句:趙云:顧愷之云:"萬壑爭流。"

"寒日"句:(陳案:淡,《補注杜詩》《文苑英華》同。《全唐詩》作"澹"。朱駿聲《説文通訓定聲》:"淡,叚借爲澹。")

"長風"句:《莊子》:"風作則萬竅怒號。"

"往來"句:(陳案:卧止,《補注杜詩》《全唐詩》作"坐卧"。)

"人馬":趙云:句法使《苦寒行》:"人馬同時飢。"

"我何"句:《馬援傳》:"吾欲使汝曹聞人過失,如聞父母之名。"

五　盤

五盤雖云險,山色佳有餘。

仰凌棧道細,俯映江木疏。

地僻無網罟,水清至多魚。

好鳥不妄飛,野人半巢居。

喜見淳樸俗,坦然心神舒。

東郊尚格鬭,巨猾何時除?

故鄉有弟妹,流落隨邱墟。

成都萬事好,豈若歸吾廬。

【集注】

"山色"句:陶淵明:"山氣日夕佳。"

"仰凌"二句:漢祖入漢中,燒絶棧道。

"水清"句:至:一作"反"。云"水至清則無魚"。　公據所見,而反用之也。班超云:"水清無大魚。"

"野人"句:《禮運》:"夏則居櫓巢。"王康琚:"昔聞太平時,亦有巢居子。"　　新添:《搜神記》:"巢居知風。"

"喜見"二句:新添:《莊子》:"澆淳散朴。"　　趙云:孔安國云:"坦然,明白也。"左太冲云:"前有寒泉井,聊可瑩心神。"

"東郊"二句:《費誓》:"東郊不開。"《東都賦》:"巨滑間釁。"趙云:指言東京之東郊,安史之兵所在。公詩前篇屢云矣。"格鬭"字,出《前漢》,見上注。

"流落"句:曹子建:"零落隨山邱。"　　趙云:前篇所謂"有弟在遠方,有妹在鍾離"也。

"成都"二句:《古詩》:"客行雖云樂,不如早旋歸。"李白:"錦城雖云樂,不如早還家。"陶潛:"吾亦愛吾廬。"

龍門閣

清江下龍門,絕壁無尺土。
長風駕高浪,浩浩自太古。
危途中縈盤,仰望垂線縷。
滑石欹誰鑿,浮梁裊相拄。
目眩隕雜花,頭風吹過雨。
百年不敢料,一墜那得取。
飽聞經瞿塘,足見度大庾。
終身歷艱險,恐懼從此數。

【集注】

"長風"句:高:一作"白"。　　郭景純:"吞舟浮海底,高浪駕蓬萊。"謝靈運云:"晨策尋絕壁。""長風",見首篇注。　　趙云:言風駕起之。

"浩浩"句:《古詩》:"浩浩陰陽移。"　　趙云:"浩浩",水貌,音上聲。其在水言之，如醴泉涌而浩浩。《書》：" 浩浩滔天。"

" 危途"句：中縈盤：一云"縈盤道"。

" 滑石"句：謝靈運："苔滑誰能步？"

" 浮梁"句：(陳案：拄，《全唐詩》同。《補注杜詩》作"柱"。《集韻》" 噓"韻："拄，通作柱。") 《西京賦》："峙游極於浮柱。"陸左公："形聳飛棟，勢超浮柱。"

" 目眩"二句：吹過兩：一云"過飛雨"。(陳案：正文"兩"，《補注杜詩》《全唐詩》作"雨"。拄、雨，王仁昫《刊謬補缺切韻》歸"麌"韻。" 兩"字形訛，失韻。) 魏祖："讀陳琳檄草，頭風自愈。" 趙云：" 滑石"〔之〕"攲"、〈浮〉"浮梁"之"裛"，皆難行之地，故"目"生"眩"，" 頭"生"風"矣。《史》："心亂目眩。""目"之昏"眩"，如見"雜花"之" 隕"；"頭"或生"風"，如"過雨"之"吹"。皆言其地險絕而然也。"目"" 花"之義，如佛書云："空本無華，病者妄執。""吹""雨"之義，如〈宋〉齊邱《化書》有云："觀回瀾者頭目自旋。"(陳案：觀回瀾者，《化書》作" 瞰回流者"。)或謂正是"目"或生"眩"，以見"雜花"之"隕"；"頭"或生" 風"，以因"過雨"之"吹"，非由地險絕而然。審如此，則何用承"滑石""浮梁"之下言之，而下句緊云"百年不敢料，一墜那得取"乎？

" 百年"句：潘安仁："人生天地間，百年孰能要。"

" 飽聞"二句：聞：一作"知"。 "瞿塘"，峽名。"大庾"，嶺名。趙云：以龍門閣之險峻，推言而比之也。瞿塘峽在巫山之下，大庾嶺在虔州之所也。

" 恐懼"句：《易》："君子以恐懼脩省。"

石櫃閣

季冬日已長，山晚半天赤。
蜀道多早花，江間饒奇石。
石櫃曾波上，臨虛蕩高壁。
清暉回群鷗，暝色帶遠客。

羈栖負幽意，感歎向絕跡。
信甘屛懦嬰，不獨凍餒迫。
優游謝康樂，放浪陶彭澤。
吾衰未自由，謝爾性有適。

【集注】

"江間"句：江淹詩："深山多靈草，海濱饒奇石。"

"石櫃"二句：薛云：按：郭璞《江賦》："迅蜼臨虛以騁巧，孤獨登危而雍容。"《招魂》："娭光眇視，目曾波些。"

"清暉"二句：謝靈運："山水含清暉。"又云："林壑斂暝色。"

"優游"二句：(晉)謝玄暉也。"陶潛"，彭澤令。《杜正謬》：玄封康樂公，是靈運襲其封，日與何長瑜等以文章賞會，共爲山澤之游。詩家稱謝康樂乃靈運，非玄也。以《南史》考之，《謝密傳》云：謝渾爲韻語，獎勸靈運等曰："康樂誕通度，實有名家韻。"《王籍傳》云："籍爲詩，慕謝靈運，至其合也，殆無愧色。時人咸謂康樂之有籍，如仲尼之有邱明。"《武陵昭王煜傳》云："煜與諸王共作短句詩，學謝靈運體，高帝曰：'康樂放蕩，作體不辨有首尾，安仁、士衡深可宗尚。'"簡文《與湘東王書》云："時有效謝康樂、裴鴻臚文者，抑亦惑焉，何者？謝客吐言天材，出於自然，時有不拘，是其糟粕。"(陳案：材，《南史》作"拔"。)亦謂靈運也。因是詩注以康樂爲謝玄，故詳辨云。

"吾衰"二句：指康樂與彭澤。

桔柏渡

青冥寒江渡，駕竹爲長橋。
竿濕煙漠漠，江永風蕭蕭。
連筦動嫋娜，征衣颯飄颻。
急流鴇鷁散，絕岸黿鼉驕。
西轅自茲異，東遊不可要。

高通荆門路,闊會滄海潮。
孤光隱顧盼,游子悵寂寥。
無以洗心胸,前登但山椒。

【集注】

《桔柏渡》:文州嘉陵二江合流處也,東下入渝,合通荆門。
"青冥"句:"青冥",見首篇注。
"竿濕"句:一云:"竹竿濕漠漠。"
"江永"句:永:一作"水"。 謝玄暉:"生煙紛漠漠。"荆軻云:"風蕭蕭兮易水寒。"
"連笮"句:連竹索而爲梁,謂之笮。《前漢》:邛笮之君。
"急流"句:《西都賦》:"鷁鴣鸕鶂。"(陳案:鶂,《文選》作"鴇"。)
趙云:郭璞《上林賦》注曰:"似鴈無後趾也。"《詩·鴇羽》。
"東游"句:(陳案,游,《補注杜詩》《全唐詩》作"逝"。)
"孤光"句:(陳案:盼,《補注杜詩》《全唐詩》作"眄"。《文選·左思〈詠史詩 八首〉》劉良注:"眄、盼,皆視也。")
"無以"二句:趙云:言我西往於蜀,自此分異,而水則東逝,而通荆門,會滄海,爲不可要挽也。 《杜補遺》:謝惠連詩:"悲猿響山椒。"漢武帝《李夫人賦》:"息馬山椒。"(陳案:息,《藝文類聚》作"釋"。)《廣雅》曰:"土高四墮曰山椒。"《廣韻》曰:"山頂也。"謝莊《月賦》:"菊散芳於山椒。"謝靈運:"稅鑾登山椒。"

劍 門

惟天有設險,劍門天下壯。
連山抱西南,石角皆北向。
兩崖崇墉倚,刻畫城郭狀。
一夫怒臨關,百萬未可傍。
珠玉走中原,岷峨氣悽愴。

三皇五帝前，雞犬莫相放。
後王尚柔遠，職貢道已喪。
至今英雄人，高視見霸王。
并吞與割據，極力不相讓。
吾將罪真宰，意欲鏟疊嶂。
恐此復偶然，臨風默惆悵。

【集注】

《劍門》：趙云：此篇歎地險而惡負固者也，不主在德不在險之義言之。何則？保有山河，闢爲一國，曰古諸侯，則有在德不在險之義。若四海一家，統制乎天子，則爲劍門者，特方面之有險處耳，正所惡乎負固也。張孟陽《劍閣銘》，其所用吳起之言，特以引公孫之滅，劉氏之降，懲其負固者耳，與魏文侯自恃山河之意，大不同也。世有東溪先生者《解杜詩》十六篇，每篇爲小序，而後注解，自以爲啟杜公之關鍵而傳于世。於此篇小序云：“劍門，勸務德之恃險也。”（陳案：之，《杜詩引得》作“不”。）此正惑於吳起之言以爲説矣，大爲非是。蓋使守蜀者，雖專務乎德，遂能保劍門之險，可自爲一國乎？特以此篇嘆地險而惡負固耳。

"惟天"二句：門：一作"閣"。　　北有劍門天設之險。　　趙云：《易》云："天險，不可升也。地險，山川邱陵也。王公設險以守其國。"以《易》出處言之，則不可升係之天，山川丘陵係之地，設險係之人。今公詩句，則參取《易》中字語，以言劍門乃天造之險也。詩句雄壯常如此，不必泥其鬭犯也。東溪於上句注云："險出於自然也。"於下句注云："地險莫能擬也。"此泥於《易》，而反成不明。

"連山"二句：劍山上石，皆北向如拜伏狀。　　趙云：先言地形雖險，而趨中原，自然之勢。觀劍門之山，雖抱西南而石角"北向"，則有面內之義，豈欲使之僻爲一區哉？東溪於"連山抱西南"注云："包括異域也。"於"石角皆北向"云："朝上國而不背之也。"其下句近之，而上句所云，是何等語乎？

"兩崖"二句：《蜀都賦》："金城石郭，兼匝中區。既麗且崇，實號成都。"　　趙云："兩崖崇墉倚"而下，正言其是形勢之地，遂使負固者恃爲險絶，欲擅有其珍産之意。崇墉，言高崇之垣墉，非《毛詩》"崇墉"。蓋《毛詩》乃崇國之墉，此"崇墉"即是《詩》"其崇如墉"。張協《玄武館賦》云："崇墉四匝，豐廈詭〔譎。""刻畫"〕字，多矣。如周伯仁云："刻畫無鹽。"（陳案：譎刻畫三字，《四庫全書》本爲錯文，在"鹽"字後，今依《杜詩引得》校正。）

"一夫"二句：關：一作"門"。"傍"一作"仰"。　　張孟陽《劍閣銘》："一人荷戟，萬夫趑趄。"　　趙云：此言恃爲險絶也。其義起於《蜀都賦》曰："一人守隘，萬夫莫向。"故李白《蜀道難》亦云："一夫當關，萬夫莫開。"然公用於五言，則第三字爲腰字，最爲難下，非"怒"字不足以盡之。蓋其雖險，"一夫"可守，而非"怒"則猶不能爲也。《莊子》："螳蜋怒其臂以當車轍。"夫以車轍之隆，而蛩臂之"怒"，欲以當之，則臨關以當百萬之師者，非以"一夫"之"怒"乎？此下得"怒"字好矣。

"珠玉"二句："青城""峨眉"，二山也。　　趙云：岷山在成都之西，青城山是也；峨山在成都之西南，峨眉山是也。"珠玉"才"走中原"，而"岷峨"有惜之之意，至於"悽愴"。此重言形勢之地，自然爲一區，而擅其珍産也。"珠玉"之於"中原"，必着"走"字者，按《地鏡圖》曰："玉之千歲者，行游諸國。"《後漢·孟嘗傳》："合浦郡不產穀實，而海出珠（實）〔寶〕。與交趾比境，常通商販，貿糴糧食。先時宰守多貪穢，詭人採求，不知紀極，珠遂漸徙於交趾郡界。嘗爲太守，革易前弊，去珠復還。"此"珠"之所謂"走"也。"珠玉走中原"，託言"珠玉"之自"走"，而向"中原"，其意又有避就之義。蓋若石勢皆北向，未嘗不面内也，其着"走"字，不亦切乎？

"三皇"二句：莫：一云"各"。　　自蜀至秦，方與中國通。趙云："雞"與"犬"相放不收"，言其混同通達，無彼"（北）〔此〕"之間，又豈分疆界爲限隔哉？

"後王"二句：《書》："柔遠能邇。"　　趙云：惟"後王"函容，不加誅伐，故使守者得以跋扈，而廢"職貢"也。彼跋扈者，自不可制，公姑託以"後王"尚"柔遠"，而不敢斥言王者削弱而不能制之矣。

"至今"二句：趙云：惟其不能制，而不修"職貢"，遂使"英雄"者

"見霸王",特在"高視"之間,可以爲之。於是"并吞"或"割據","極力"爲之,而"不"少"讓"。"今",一作"令"。

"并吞"二句:趙云:此指言劉備。及李特於晉元康中隨流人至劍門,箕踞四顧,太息曰:"劉禪有如此地,而面縛於人乎?"遂密收合七千餘人,進攻成都,殺刺史趙廞,自稱益州牧,改元建初。謂之"并吞與割據",是兩件事。"并吞",則欲兼乎鄰壤,其字出賈誼《過秦論》:"有并吞八荒之心。""割據",則專有乎一方。字出陸士衡《辨亡論》云:"故遂割據山川,跨制荊吳。"

"吾將"二句:《海賦》:"鑱臨崖之阜陸。" 趙云:《莊子》:"若有真宰存焉。"任彥升云:"疊嶂易成響。"

"恐此"二句:成都自前漢公孫述、後漢劉備、晉李雄、王建、孟知祥之屬,皆因中原多事,恃險割據也。 趙云:末四句,則公忠憤之辭矣。

鹿頭山

鹿頭何亭亭,是日慰飢渴。
連山西南斷,俯見千里豁。
游子出京華,劍門不可越。
及茲阻險盡,始喜原野闊。
殊方昔三分,霸氣曾間發。
天下今一家,雲端失雙闕。
悠然想揚馬,繼起名硉兀。
有文令人傷,何處埋爾骨。
紆餘脂膏地,慘澹豪俠窟。
仗鉞非老臣,宣風豈專達。
冀公柱石姿,論道邦國活。
斯人亦何幸,公鎮踰歲月。

【集注】

"鹿頭"二句：趙云：《西都賦》之言宮室曰："狀迢迢以亭亭。"（陳案：都，《文選》作"京"。）陸士衡詩："願保金石軀，慰妾常飢渴。"

"連山"二句：自秦入蜀，山嶺重複，極爲險阻。及下鹿頭關，東望成都沃野，千里蔥鬱之氣，乃若煙霧靄然。

"游子"二句：京華：一云"咸京"。　　薛云：按《文選・張孟陽〈劍閣銘〉》曰："惟蜀之門，作固作鎮。是曰劍閣，壁立萬仞。"酈元《水經注》："小劍戍北去，大劍三十里。連山絶險，飛閣相連，故謂之劍閣。"

"天下"二句：《隋書》："今天下一家，華闕雙邀，重門洞開。"又，"飛升躡雲端。"　　又薛云：按《神異經》曰："東南有石井，其方百丈，上有二石闕，俠東南面，上有蹲熊，有榜著闕，題曰地户。"又《古樂府・仙人篇》："閶闔正嵯峨，雙闕萬丈餘。"又孫興公《游天台賦》："雙闕雲竦以夾路。"　　趙云：《先聖本紀》：許由欲觀帝意，曰："帝坐華堂，面雙闕，君之榮願亦得矣。"失雙闕，則以天下既一家也。"失"字，鮑照詩："霧失交河城"之"失"。

"悠然"二句：左太冲作《蜀都賦》："江漢炳靈，世載其英。鬱若相如，皭若君平。王褒曄煜而秀發，揚雄含章而挺生。"揚，揚雄。馬，[司]馬相如。　　趙云：以二人文章之祖，故思之耳。

"紆餘"二句：《蜀都賦》："外負銅梁於宕渠，内函要害以膏腴。"　　趙云：《上林賦》曰："紆餘逶邐。"而陸士衡曰："山澤紛迂餘。""脂膏"事，《東觀漢記》：孔奮，字伯魚，爲姑臧長。時天下亂，河西獨安。姑臧長居數月，輒致資産。奮在姑臧四年，財物不增，唯老母妻子但菜食。或謂奮曰："置脂膏中，亦不能自潤。"成都富饒之地，故公指爲"脂膏"也。

"仗鉞"二句：趙云：《許靖傳》："昔營邱翼周，仗鉞專征。"專達，言宣天子之風，而非專自己之所爲也。《周禮》曰："大事則從其長，小事則專達。"

"冀公"二句："冀公"，僕射裴冕。　　趙云：《前漢》：辛慶忌任國柱石。（曰）[田]延年謂霍光曰："將軍爲國柱石。"《書》："三公論道。"《周禮》："坐而論道。"　　師云：上句言"仗鉞"方面，非耆舊以"宣風"，行化豈能"專達"，皆美裴也。

"斯人"二句：趙云：言裴公爲尹，尚有歲月之期，此斯人之所以幸也。以見杜公初來成都，非爲嚴武而來。

成都府

翳翳桑榆日，照我征衣裳。
我行山川異，忽在天一方。
但逢新人民，未卜見故鄉。
大江東流去，游子去日長。
曾城填華屋，季冬樹木蒼。
喧然名都會，吹簫間笙簧。
信美無與適，側身望川梁。
鳥雀夜各歸，中原杳茫茫。
初月出不高，衆星尚爭光。
自古有羇旅，我何苦哀傷！

【集注】

《成都府》：趙云：樂史《寰宇記》載：成都縣、漢舊縣，以周文王從梁山止岐山，一年成邑，三年成都，因名之。又云：蜀王據有巴蜀之地，本治廣都、樊鄉，徙居成都。秦惠王遣張儀、司馬錯定蜀，因築成都而縣之。

"翳翳"二句：《歸去來》："景翳翳以將入。"《東觀記》："收之桑榆。" 江淹："曾是迫桑榆。" 趙云："桑榆"，記日也。（陳案：記，《補注杜詩》作"晚"。）《淮南子》："日西垂景在於樹端，謂之桑榆。"光武云："失之東隅，收之桑榆。"翳翳，則晚日之狀。阮嗣宗《詠懷詩》曰："灼灼西隤日，餘光照我衣。"

"我行"二句：趙云：《古詩》："各在天一方。"《詩》："我行其野。"《晋書》："風景不殊，舉目有山河之異。"

"但逢"二句:曹子建:"不見舊耆老,但覩新少年。山川阻遠別,後會日月長。"

"大江"二句:東流去:一作"從東來"。　謝玄暉:"大江流日夜。"《短歌行》:"去日苦長。"　趙云:大江,指言岷江,從東來而日去不已,亦猶"游子"之日去,未有已期。

"曾城"二句:《西都賦》:"闠城溢郭,旁流百廛。"曹子建:"生存華屋處。"《西都賦》:"靈草冬榮,神木叢生。"《東京賦》:"脩竹冬青。"《蜀都賦》:"寒卉冬馥。"《高唐〔賦〕》:"玄木冬榮。"　趙云:"曾城",層起之城。《淮南子》:"崑崙山上有曾城九重。""華屋"字,《史記·平原君傳》:"歃血於華屋之下。"前於《發同谷縣》題下公自注云:"乾元二年十二月一日,隴右赴劍南紀行。"而今詩云:"季冬樹木蒼。"則至成都,乃是月也。元祐中,胡資政守蜀,作《草堂詩文碑引》:"先生至成都月日不可考。"蓋不詳此也。

"喧然"二句:曹子建:"名都多妖女,京洛出少年。"《詩》:"吹笙鼓簧。"　薛云:《前漢·志》:"勃碣之間,一都會也。"

"信美"二句:王仲宣《登樓賦》:"雖信美而非吾土兮,曾何足以少留?"《四愁詩》:"側身西望涕沾裳。"

"鳥雀"二句:趙云:觀衆"鳥"識巢而"夜""歸",乃思其"中原"故鄉之地,而不得返也。

"初月"四句:鮑明遠:"古來共如此,非君獨撫膺。"《長門賦》:"衆雞鳴而愁予兮,起視月之精光。觀衆星之行列兮,畢昴出於東方。"《九辨》云:"仰明月而大息,步列星而極明。"　《杜補遺》:是詩子美寓意深矣。《淮南子》云:"日西垂景在樹端,謂之桑榆也。"《詩》曰:"桑榆之景,理無遠照。"今也日薄"桑榆",而其光"翳翳",止足"照我""衣裳",則不能遠照矣,以喻明皇播越傳位肅宗,以太上皇居西內,則不能照臨天下也。將旦陰伏,月明星稀。今也衆星與"初月""爭光",蓋以"初月"之"出不高",不能中天而兼照故也。以喻肅宗即位未久,祿山雖已殄滅,而史思明之徒尚在也。蓋肅宗即位於天寶之丁酉,而子美乾元庚子至成都,以其時考之,故知其寓意如此。　趙云:謂杜公方以"鳥雀""夜""歸",而嘆不得返"中原"之次,卻說及肅宗,甚無謂也。觀末句所云,止自感嘆而已。

卷七

(宋)郭知達 編

古　詩

石笋行

君不見益州城西門，陌上石笋雙高蹲。
古來相傳是海眼，苔蘚食盡波濤痕。
雨多往往得瑟瑟，此事恍惚難明論。
恐是昔時卿相墓，立石爲表今仍存。
惜哉俗態好蒙蔽，亦如小臣媚至尊。
政化錯迕失大體，坐看傾危受厚恩。
嗟爾石笋擅虛名，後來未識猶駿奔。
安得壯士擲天外，使人不疑見本根。

【集注】

《石笋行》：集注：杜光庭《石笋記》云：成都子城西，曰興義門金容坊，有通衢，幾百五十步。有石二株，挺然聳峭，高丈餘，圍八九尺。《耆舊傳》云："其名有六：曰石笋，曰蜀妃闕，曰沈犀石，曰魚鳧仙壇，曰西海之眼，曰五丁石門。"皆非。《圖經》云：石笋街，乃前秦寺之遺址，殿宇樓臺，咸以金寶飾之，爲一代之勝。樂後遭兵火而廢。或遇夏秋霖雨，里人猶拾珠玉異物。前蜀丞相諸葛亮命掘之，俯觀方驗，測隱其象。有篆字曰："蠶叢氏啓國誓蜀之碑。"以二石柱橫埋連接，鐵貫其中，歷代故不可毀。復鐫五字："濁、歊、燭、觸、蠲。"時人莫能曉察。惟孔明默悟斯旨，令左右瘞之。後蜀主李雄召丞相范賢，詰其所自，再掘而詳之。賢議曰："然厥字五，其理各有所主。亥子歲濁字可記，主其水災；寅卯歲歊字可記，主其饑饉；巳午歲燭字可記，主其火災；申酉歲觸字可記，主其兵革；辰戌丑未歲蠋字可記，主稼穡充益，民物富贍。悉以年事推之，應驗符響。"又云："蜀之城壘，方隅不正，以景測之，石笋于南北爲定，無所偏邪。"今按：石笋在西門外，僅百五十步，二株雙蹲，一南一北。北石笋長一丈六尺，圍極于九尺五寸；南〔石〕笋長一丈三尺，圍極于一丈二尺。南笋蓋公孫述時折，故長不逮北笋。　　趙云：此篇作于上元元年。是年李輔國日離間二宮，擅權之迹甚彰。故因賦石笋而指譏李輔國也。

"君不"二句：《成都記》：石笋各折爲五六段，相續以立。人云五丁擔，亦曰蜀王妃墓表。公孫述時，此石折。故治中從事任文公嘆曰："西州智士死，吾其當之。"歲中，果卒。

"古來"二句：來：一作"老"。　　《成都記》：距石笋二三尺，每夏月大雨，往往陷作土穴，泓水湛然。以竹測之，深不可及。以繩繫石而投其下，愈投而愈無窮。凡三五日，忽然不見。嘉祐春，牛車碾地，忽陷，亦測而不能達。父老云：見此多矣。此亦甚異者。故有"海眼"之說云。　　趙云：按：(唐)劉崇遠作《金華子》，書載"海眼"一事云：北海郡國發得五銖錢，取之不盡。得一石，記云："此是海眼。"《華陽風俗記》曰：蜀人曰："我州之西，有石筍焉。天帝之植，以鎮海眼，動則洪濤大濫。"

"雨多"二句：《成都記》：石笋及林亭沙石之地，雨過必有小珠，或青黃如栗者，(陳案：栗，《補注杜詩》作"粟"。)亦有細孔，可以貫絲。

薛云：瑟瑟，碧珠也。《杜陽雜編》：有瑟瑟幕，其色如瑟瑟，輕明虛薄，無與爲比。　　《杜補遺》：《酉陽雜俎》：蜀石笋街，夏中大雨，往往得雜色小珠，俗謂之地當海眼，莫知其故。蜀僧惠巍曰："前史說，蜀少城飾以金璧珠翠，桓溫怒其太侈，焚之，合在此地。今拾得小珠，時有孔者。"得非是乎？餘同薛。

"恐是"二句：揚雄《蜀王本紀》云：成都丈夫化爲女子，顏色美絶，蓋山精也。蜀王納以爲妃，無幾物故。乃發卒之武都擔土，葬于成都郭中，號曰武擔。以石作鏡，一枚表其墓。《華陽國志》曰：王哀念之，遣五丁之武都擔土，爲妃作塚，蓋地數畝，高七丈，立石，俗今名爲石筍。　　趙云：公亦以意逆之，不敢專指爲何人墓耳。武擔土葬如上所載。又嘗觀《録異記》所載：乾寧二年，蜀州刺史節度參謀李師恭，治第于成都錦浦里北門，第西與李冰祠鄰。距宅之北，地形漸高，岡西南與祠相接。于其堂北，鑿地五六尺，得大塚，塼甓甚固。于塼外得金錢數十枚，各重十八銖，不知誰氏墓也。其地北百許步有石笋。知石筍即此之闕矣。《録異記》如此。如此則公所謂，恐是承古老相傳云。

"惜哉"句：《莊子》："蔽蒙之民。"

"亦如"句：趙云：此正以專指李輔國一内臣耳，連結張妃，肅宗信任之，呼爲阿父。乾元元年，張妃爲皇后，而輔國之權尤熾，人爭附之。公于《祭房相國文》云："太子即位，揖讓倉卒。小臣用權，尊貴倏忽。"正以言李輔國，則今詩云"如小臣媚至尊"者。"石筍"以一堆石，而蒙蔽于人。人或指爲"海眼"，或指爲表墓，說終不明。此可惡而俗態好其蒙蔽，如輔國之蔽肅宗，而人信好之也。

"政化"句：趙云：言肅宗信之也。

"坐看"句：時林甫、國忠，傾危王室，故子美此詩，有所謂耳。

趙云：言輔國之寵信也。籍注引李林甫、楊國忠，蓋公乾元二年離同谷來蜀作此詩，時李與楊已死矣。又二公皆爲相，豈可謂之"小臣"耶？

"嗟爾"二句：（陳案：來，《全唐詩》同。《補注杜詩》《全蜀藝文志》作"生"。）　　《詩》："駿奔走在廟。"　　趙云：言人爭附輔國也。

"安得"二句：（梁）沈約詩云："安得壯士駐奔曦。"《華陽風俗録》云：蜀人曰："我州之西有石笋焉，天植之以鎮海眼，動則江濤大濫，四方之人有來觀者，則奇而惟之。"贊皇公曰："夫笋之爲狀也，亭亭揭峭，高然若削，圭芒天成，神矣！今小大相壘，至八九節，束以鐵鼓，出于人力，又何神乎？"遂命抽出鐵鼓，伺事變惟，則寂然而神惟不作。

趙云：言要使天下知其一内臣耳也。公作是詩，在上元元年之夏七月，輔國果離間二宫，矯詔遷上皇于西内矣。公之遠見，不亦明乎？漢高祖："安得猛士兮守四方。"宋玉："長劍耿介倚天外。"

石犀行

君不見秦時蜀太守,刻石立作三犀牛。
自古雖有厭勝法,天生江水向東流。
蜀人矜誇一千載,泛濫不近張儀樓。
今年灌口損戶口,此事或恐爲神羞。
終藉隄防出衆力,高擁木石當清秋。
先王作法皆正道,詭恠何得參人謀。
嗟爾三犀不經濟,缺訛只與長川逝。
但見元氣常調和,自免洪濤恣彫瘵。
安得壯士提天綱,再平水土犀奔茫。

【集注】

《石犀行》:《成都記》:石犀在李太守廟內。

"君不"二句:《華陽國志》:秦孝文王以李冰爲蜀守,冰作石犀五頭,以厭水精。穿石犀溪于江南,命曰犀牛里。後轉爲耕牛二頭,一在府市橋門,今所謂石牛門;一在淵中,又自前堰上分穿羊摩江、灌口西,(陳案:口,《華陽國志》作"江"。)于玉女房下自涉郵作三〔石〕人,立水中,與江神要,水竭不至足,盛不沒肩。時青衣出(象)〔蒙〕山下,伏行地中,會江南安。觸山脅溷崖,水(遞)〔脉〕漂疾,破害舟船,歷代患之。冰發卒鑿平〔溷〕崖,通正水道。或曰:冰鑿崖時,水神怒,冰乃操刀入水中,與神鬥。迄今蒙福。《成都記》亦云:"石犀五,今云三犀牛,未詳。" 趙云:此篇因"石犀"而指譏廟堂無經濟之人也。

"自古"二句:向:一云"須"。 《襄陽白銅鞮歌》:"漢水向東流。"又《莫愁歌》:"河中之水向東流。"《匈奴傳》:"上以厭勝所在。"師古注:《漢·高紀》云:"蕭何初立未央宮,以厭勝之術,理亦宜然。"

趙云:本朝樂史《寰宇記》載志云:"在市北,乃李冰所立,以厭水怪。"故公直以爲"厭勝"耳。蓋言"厭勝"者,將欲使水東流邪?則水自然東流矣,何用"石犀"爲"厭勝"也?《列子》曰:"地不滿東南,故百川水潦歸焉。"此"江水""東流",謂之天生之義也。

"蜀人"二句:按:《圖經》:秦張儀築少城,在大市西。又《周地圖》云:張儀築城,屢壞,不能立。忽有一龜周旋,正依龜行巡築,遂得立。(陳案:正,《太平寰宇記》作"巫言"。)今有龜化橋。《成都記》云:張儀樓在子城南,又曰張儀樓高一百尺。初築此城,雖曰附龜,蓋以順江山之勢,正即爲斜矣。乃作此樓,而定南北焉。　　趙云:又言"厭勝"者詭恠之事,爲不足憑,故水終有時,而危害焉。隄防者正道,故終藉人力以爲隄防也。張儀樓事,按《圖經》:秦張儀築少城,在城西。少之爲言小也。有樓焉,故號張儀樓。《南史》:"始興王與蔡仲能登張儀樓,商略言往行。"可見有是樓之證矣。本朝樂史《寰宇記》云:"張儀樓,宣明門樓也。"然今宣明門之名,亦不可考矣。

"今年"二句:《後漢書》:户口減如毛米。《書·武成》:"以濟兆民,無作神羞。"《左傳》:"苟捷有功,無作神羞。"

"詭恠"句:《莊子》:"恢詭譎恠。"又:"諔〈絶〉詭幻恠。"《易》:"人謀鬼謀。"

"嗟爾"二句:《語》:"子在川上曰,逝者如斯。"　　趙云:此公之寓意于"三犀",指譏廟堂無"經濟"之人甚明。夫無"經濟"之用,終亦"缺訛",隨"長川"而漂"逝"矣。乾元二年,乃吕諲、李峴、李揆、第五琦同平章事。五月,李峴言毛若虛希中人旨,用刑亂法。帝怒,李揆不敢争,出峴爲蜀州刺史。七月,吕諲以從中人馬尚書之請,爲人求官,罷。九月,第五琦鑄重規錢,非是,十月貶爲惠州刺史。公詩之作,正在次年五月、六月之間,諸公之失,皆已著見,惟李揆未露。至次年,揆懼吕諲復用,乃遣吏搆其過失。諲密訴諸朝,帝怒,貶揆爲袁州長史。然則,公豈不明見其非"經濟"者乎?"經濟"字,見上注。

"但見"二句:曹子建詩:"泛舟越洪濤。"　　趙云:此公有"經濟"之量,知水土之平,特在乎得人。蓋宰相以燮理陰陽爲事,則調元氣之謂也。"洪濤"字,祖雖出《西京賦》:"鼓洪濤而揚波",而(晋)木華《海賦》云:"帝媯巨害之世,天綱浡潏,爲彤爲瘵。洪濤瀾汗,萬里無際。"專用木華《海賦》之意,言水之廣大,爲天綱紀;而洪水橫流,乃爲"彤"傷"瘵"病于民矣。《莊子》有:"陰陽調和。"武后常問陳子昂:"調元氣以何道?"《選》有:"禀元氣于靈和。"

"安得"二句:《前漢·李尋傳》:"五行以水爲本,其精玄武、婺女。天地所紀,終始所生,水爲準平,王道公正修明,則百川理,絡脈通。偏黨失綱,則涌溢爲敗。"《陳蕃傳》:"志清天綱。"《舜典》:"咨禹汝平水土。"　趙云:(梁)沈約云:"安得壯士駐奔曦?"《陳蕃傳》:"雖有志清天綱。"而杜公所用,則取《海賦》"以水爲天綱"。

杜鵑行

君不見昔日蜀天子,化作杜鵑似老烏。
寄巢生子不自啄,群鳥至今與哺雛。
雖同君臣有舊禮,骨月滿眼身羈孤。
業工竄伏深樹裏,四月五月偏號呼。
其聲哀痛口流血,所訴何事常區區。
爾惟摧殘始發憤,羞帶羽翮傷形愚。
蒼天變化誰料得,萬事反覆何所無。
萬事反覆何所無,豈憶當殿群臣趨。

【集注】
　　《杜鵑行》:《華陽風俗錄》:鳥有杜鵑者,其大如鵲而羽鳴,鳴聲哀而吻有血。土人云:春至則鳴,聞其初聲者,有別離之苦,人皆惡聞之。惟田家候其鳴,則興農事。　趙云:按《蜀記》曰:昔人有姓杜名宇,號望帝。宇死,俗説云:化爲子規。規,鳥名也,一名鵑。蜀人聞子規鳥,皆曰望帝也。遂于"鵑"字上加以"杜"姓,謂之"杜鵑",又直名之爲杜宇。以次公考之,此鳥乃暮春之時,農夫以爲耕候。曰規,曰鵑,其義取圓春之事。王介甫亦于《字説》言之矣。然有二種:其一褐色,四川中亦有,而內地多有之,名曰子規,仿像其聲之四,云"不如歸去"。其一色黑,似烏而小,兩吻赤如血,而其聲二。內地亦有,而蜀中多有之,名曰杜鵑,仿像其聲之二,云"杜宇"。夫所謂"鵑"之名,自古有之:《漢書》謂之曰鵑。歐陽率更載《臨海異物志》曰題鴃,一名田鵑。春三月鳴,晝夜不止,音聲自呼,俗言取梅子塗其口,兩邊皆赤。至麥子熟,鳴乃止。率更據《志》以爲塗口而後赤,蓋信所傳聞耳。蜀人既傳杜宇化爲"鵑",而加"杜"姓,稱爲"杜鵑",又曰杜宇,然其聲未必是呼杜宇也。蓋望帝之前,則聲云布穀,則催耕之鳥而已。杜公于長安《玄都壇》詩云:"子規夜啼山竹裂。"於《雲安》詩云:"兩邊山木合,終日子規啼。"則指"不如歸去"四聲者而言之。今有《杜鵑行》,其後又有《杜鵑》詩,則指杜宇之二聲者言之。惟其指杜宇之二聲者言之,故詩皆言帝王之事。

"君不"二句:《成都記》曰:杜宇,亦曰杜主,自天而降,稱望帝。好稼穡,教人務農,治郫城,亦曰望帝。至今蜀人將農者,必先祀杜主。時荆州人鱉靈死,其屍泝流而上,至今汶山下復生。見望帝,望帝因以爲相,號曰開明。會巫山壅江,人遭洪水,開明爲鑿通流,有大功,望帝因以其位禪焉。後望帝死,其魂化爲鳥,名曰杜鵑,亦曰子規,又云子規深春乃有聲,低且怨,與北之思歸樂都不同也。洛京東西多此鳥,人以爲子規者,誠安矣。又云宇禪位于開明,升西山隱焉。時適三月,子規鳥鳴,故蜀人悲子規鳥。

"群鳥"句:(陳案:與,《全唐詩》同。一作"爲"。)

"骨月"句:(陳案:月,俗刖字。即"肉"字偏旁。《補注杜詩》《全唐詩》作"肉"。)

"爾惟"句:惟一作"豈"。

"其聲"八句:(陳案:"萬事"重復兩句,《全唐詩》同,《補注杜詩》未重。)　趙云:鮑昭《行路難》云:"中有一鳥名杜鵑,言是古時蜀帝魂。聲音哀苦鳴不息,羽毛憔悴似人髡。飛走樹間逐虫蟻,豈憶往日天子尊。念此死生變化非常理,心中惻愴不能言。"今公所謂"哀痛""流血",又有"摧殘"之語,及末句"憶""群臣趨",且云"萬事反覆",蓋出于此也。

戲作花卿歌

成都猛將有花卿,學語小兒知姓名。

用如快鶻風火生,見賊唯多身始輕。
綿州副使著柘黃,我卿婦除即日平。
子章髑髏血模糊,手提擲還崔大夫。
李侯重有此節度,人道我卿絕世無。
既稱絕世無,天子何不喚取守京都。

【集注】

"戲作"句:《高適傳》:梓州副使段子璋反,以兵攻東川。節度李奐率州兵,與西川節度使崔光遠攻子璋,斬之。西川牙將花驚定者,恃勇,誅子璋。大掠蜀,天子怒。

"成都"二句:薛云:左太沖《蜀都賦》:"金城石郭,兼通中區。既麗且崇,寶號成都。"齊柏康隨武帝起兵,(陳案:柏,《南史》作"桓"。)恣行暴害。江南之人畏之,以其名怖小兒。禰衡:"大兒孔文舉,小兒楊祖德。"

"用如"句:薛云:按《南史》:曹景宗謂所親曰:"我昔在鄉里,騎快馬如龍,與年少輩數十騎,拓弓弦作礔礰聲,放箭如餓鴟叫平澤中,逐麏數肋射之,渴飲其血,飢食其胃,(陳案:胃,《梁書》作'肉'。)甜如甘露漿,覺耳後生風,鼻尖出火,此樂使人忘死,不知老之將至。"

"見賊"句:《漢》:光武見大敵則勇。

"綿州"句:綿州副使殺子璋也,著柘黃,僭乘輿、服色也。　趙云:《高適傳》云:"梓州副使段子璋反。"而公今詩云"錦州副使著柘黃",則"梓州"字誤傳為"綿州"乎?"著柘黃",天之之服也。"柘黃"字,或云當是"赭黃"。本朝詩曰:"戴了宮花賦了詩,不容重見赭黃衣。"赭,赤也。赤與黃二色之合為赭黃。皆不敢輒改,併俟博聞。

"我卿"句:(陳案:婦,《補注杜詩》作"掃"。《全唐詩》作"埽"。《廣韻》"晧"韻:"掃,同埽。"疑"婦"字誤。)

"子章"二句:子璋,即段子璋也。崔大夫,崔光遠也。　《杜補遺》:《古今詩語》云:杜少時,有病瘧者,少陵曰:"吾詩可療之。"夜闌更秉燭,相對如夢寐。其人誦之,瘧猶是也。少陵曰:更誦吾詩云:蓋"子璋髑髏血模糊"一聯,誦之,果愈。詩感鬼神,蓋不誣也。

"李侯"句:趙云:"重",乃重叠之重。蓋段子璋既攻東川,則李奐必失節度矣。以花卿斬之,則李侯復保有節度焉。

"人道"句:世:一作"代"。

"既稱"二句:譏其奪掠也。　魯直云:子美作《花卿歌》,雄壯激昂,讀之想見其人也。楊明叔爲余言:花卿家在丹稜東館鎮,至今有英氣,血食其鄉,見封爲忠應公。　《詩話》:苕溪漁隱曰:"細攷此歌,想花卿當時在蜀,雖有一時平賊之功,然驕恣不法,人甚苦之。子美不欲顯言,末句含蓄,蓋可知矣。"

贈蜀僧閭邱師兄

大師銅梁秀,籍籍名家孫。
嗚呼先博士,炳靈精氣奔。
惟昔武皇后,臨軒御乾坤。
多士盡儒冠,墨客藹雲屯。
當時上紫殿,不獨卿相尊。
世傳閭邱筆,峻極逾崑崙。
鳳藏丹霄暮,龍去白水潭。
青雲雪嶺東,碑碣舊製存。
斯文散都邑,高價越璵璠。
晚看作者意,妙絶與誰論。
吾祖詩冠古,同年蒙主恩。
豫章采日月,歲久空深根。
小子思疏濶,豈能達詞門。
窮愁一揮淚,相遇即諸昆。
我住錦官城,兄居祇樹園。
地近慰旅愁,往來當丘樊。

天涯歇滯雨,粳稻卧不翻。
漂然薄游倦,始與道旅敦。
景晏步修廊,而無車馬喧。
夜闌接軟語,落月如金盆。
漠漠世界黑,驅驅爭奪繁。
唯有摩尼珠,可照濁水源。

【集注】

"贈蜀"句:太常博士均之孫。

"大師"句:左思《蜀都賦》:"外負銅梁于巖渠,(陳案:巖,《文選》作'宕'。)內函要害于膏腴。"　《杜補遺》:《太平御覽》載張孟陽《蜀都賦》注云:"銅梁,山名也。按其山有桃枝竹,東西連亘,二十餘里。山嶺之上平整,遠望諸山,此獨秀也。山在合州界銅梁縣。"

"籍籍"句:袁陽源《白馬篇》:"籍籍關外來,車(從)[徒]傾國鄽。"

"嗚呼"二句:左太冲《蜀都賦》:"近則江漢炳靈,世載其英。鬱若相如,皭若君平。"

"多士"二句:揚子雲《長楊賦》:"藉翰林以爲主人,子墨爲客卿以諷。"陸士衡:"胡馬如雲屯。"

"當時"句:謝玄暉《直中書省》:"紫殿肅陰陰。"

"世傳"二句:《禹本紀》言:"崑崙高二千五百里,日月所相避隱爲光明也。"《詩》:"峻極于天。"

"鳳藏"句:暮:一作"穴"。

"龍去"句:(陳案:潭,《補注杜詩》《全唐詩》作"渾"。渾、存,《廣韻》歸"魂"韻。潭,《廣韻》"覃"韻。"潭"字誤,失韻。)　《東京賦》:"我世祖忿之,乃龍飛白水,鳳翔參墟。"

"青雲"句:(陳案:雲,《補注杜詩》《全唐詩》作"熒"。)　《西都賦》:"琳珉青熒。"　新添:蜀有雪山。

"碑碣"句:《杜補遺》:東蜀牛頭山下,有閬邱均撰《瑞聖寺磨崖碑》,嚴政書。寺今改爲天寧羅漢禪院。

"斯文"二句:均以文名當時,四方碑碣多出其手。"璠璵",玉器也。

"妙絕"句：陸韓卿《賦》有云："〔賦〕歌能妙絕。"

"豫章"句：（陳案：采，《補注杜詩》《全唐詩》作"夾"。）　豫章，良材也。

"窮愁"句：愁：一作"秋"。　陸士衡："揮淚歎流離。"又："揮淚廣川陰。"

"我住"句：《成都記》：錦城，以江山明麗，錯雜如錦。

"兄居"句：《金剛經》："佛在舍衛國，祇樹給孤獨園。"《杜補遺》：《楞嚴經》云："祇桓精舍"注云：祇桓，林樹名。或云祇陁桓，或云逝多。此云戰勝，即太子名。林主是彼，故云勝林精舍。建立有二因緣：須達長者施園，祇陁太子施樹。故《金剛經》云："祇樹給孤獨園。"

"始與"句：旅：一作"侶"。

"而無"句：陶淵明："結廬在人境，而無車馬喧。"

"夜闌"二句：《法華經》："又以軟語。"一云："言詞柔軟。"《杜補遺》：《維摩經》云："菩薩成佛時，命不中天，大富梵行，所言誠諦，常以軟語，眷屬不離，善和諍訟，言必饒益，不疾不恚。"

"漠漠"句：黑：一作"空"。

"唯有"二句：言性照圓明，如摩尼珠，然雖照濁水，而不爲濁水所污也。如《語》云："涅而不緇。"《杜補遺》：《圓覺經》：譬如清淨摩尼寶珠，映于五色，隨方各現。諸愚癡者，見彼摩尼，實有五色，圓覺净性，現于身心，隨類各應，亦復如是。《觀無量壽佛經》云：諸天童子，摩尼以爲纓絡，光照百餘里，猶如和合百億日月，不可具名。《〔宣〕室志》云：馮翊嚴生，家漢南峴山，得一珠，如彈丸，色黑。胡人曰："此西國清水珠也，若至濁水，冷然洞徹矣。"以三十萬易之而去。

泛　溪

落景下高堂，進舟泛迴溪。
誰謂築居小，未盡喬木西。
遠郊信荒僻，秋色有餘悽。

練練峰上雪,纖纖雲表霓。
童戲左右岸,罟弋畢提攜。
翻倒荷芰亂,指揮逕路迷。
得魚已割鱗,採藕不洗泥。
人情逐鮮美,物賤事已睽。
吾村靄暝姿,異舍雞亦棲。
蕭條欲何適,出處庶可齊。
衣上見新月,霜中登故畦。
濁醪自初熟,東城多鼓鼙。

【集注】

"落景"二句:謝靈運:"對嶺臨迴溪。"　趙云:《廣雅》云:"日將落曰薄暮。"又,"日西落光反照于東,謂之反景。"故公今云"落景"也。"迴溪"字,祖出枚乘《七發》云:"依絕區兮臨迴溪。"

"誰謂"句:謝靈運:"躡險築幽居。"

"未盡"句:《詩》:"南有喬木。"　趙云:言不必大屋綿亘,以"盡喬木"之地。

"練練"二句:趙云:峰上雪,應是遠言西山之上"峰""雪"。承秋色之後而言"雪",則西山謂之雪山,四時皆"雪"也。"雪"云"練練",以言其白。江淹《麗色賦》云:"色練練而欲奪。"又(梁)吳均《贈周承》詩:"練練波中白。"皆取此義。"纖纖"字,則《古詩》有"兩頭纖纖"之名。

"童戲"句:一云"兒童戲左右"。　謝靈運:"海鷗戲春岸。"

"罟弋"句:趙云:言兩岸皆有兒童嬉戲,至盡"攜"網罟、畢弋以取魚鳥。《莊子》曰:"畢弋者多,鳥亂于上。網罟者多,魚亂于下。網罟者,取魚之器。畢弋者,取鳥之器。"今所謂"罟弋",言網罟、畢弋。所謂"畢提攜",却是畢盡之"畢"也。

"翻倒"二句:謝靈運:"連巖覺路塞,密竹使逕迷。來人忘新行,去子惑故溪。"　趙云:其爲嬉戲,至"翻倒"芰荷而"亂",互相"指揮",無所適從,故于"逕路"翻成迷惑也。陸韓卿詩:"荷芰始參差。"

"得魚"四句:已:一作"亦"。　　(陳案:暌,《補注杜詩》《全唐詩》作"睽"。《文選・謝靈運〈南樓中望遲客〉》劉良注:"暌攜,乖離也。"《廣韻》"齊"韻:"睽,乖也。"睽、暌皆是。)　　趙云:"得魚"則便"割"其"鱗"而殺之,"採藕"則"不"及"洗泥"而食之,皆兒童之"戲"也。雖是兒童之"戲",而于"人情"以"鮮美"爲貴,于"物"以非新爲"賤"。"物"既可"賤",事亦"暌"離矣。此龍陽君以"得魚"棄前魚爲恩奪而泣者也。公因目前實事起意,以雖小兒猶知好新而厭故也。

"蕭條"二句:沈休文:"蕭條何所欲。"　　趙云:以既無所"適",遂可以"處",不必"出"也。

"濁醪"句:初:一作"新"。

"東城"句:趙云:蓋言"濁"酒幸"自初熟",可以供飲,宜安郊村之興,況"東城多鼓鼙"乎!"濁醪"字,公屢使。本出《魏都賦》:"清酤如濟,濁醪如河。""東城",東州之城也。是年四月,東川節度兵馬使段子璋反。五月,西川節度使崔光遠,使牙將花驚定擊斬之。驚定乘勝大掠東蜀,至天子聞之而怒,則雖七月,兵應未定。故云。

題壁上韋偃畫馬歌

韋侯別我有所適,知我憐君畫無敵。
戲拈禿筆埽驊騮,歘見麒麟出東壁。
一匹齕草一匹嘶,坐看千里當霜蹄。
時危安得真致此,與人同生亦同死。

【集注】

"題壁"句:鮑云:朱景玄《畫斷》云:"韋偃,伯父工龍、馬,父鑾工山水、松石。偃,又工仙僧、老松、異石。人知其善畫馬,不知其松石更工。"

"知我"句:君:一作"渠"。

"戲拈"二句:顏延年《白馬賦》:"歘聲躍以鴻驚。""驊騮",良馬也。"麒麟",瑞獸也。餘見《上天育驃騎歌》注。

"一匹"四句:《莊子》:"馬,蹄可以踐霜雪,齕草飲水。"呂布嘗御良馬,號曰赤兔,能馳城飛塹,馳突燕軍,一日或至三四,斬首而出。

趙云:乃所向無空闊,真堪託死生之意。其事則《世說》曰:劉備之初奔劉表,表左右欲因會取備。備覺,如廁,便出。所乘馬的顱,走墮襄陽城西檀溪水中。備急,謂的顱曰:"今日厄,何不努力!"的顱一踴三丈,得過。又如劉牢之爲慕容垂所逼,馬跳五丈澗而脫。

戲題畫山水圖歌

十日畫一水,五日畫一石。
能事不受相促迫,王宰始肯留真跡。
壯哉崑崙方壺圖,挂君高堂之素壁。
巴陵洞庭日本東,赤岸水與銀河通,
中有雲氣隨飛龍。
舟人漁子入浦漵,山水盡亞洪濤風。
尤工遠勢古莫比,咫尺應須論萬里。
焉得并州快剪刀,剪取吳松半江水。

【集注】

"戲題"句:王宰畫丹青絶倫。

"王宰"句:(陳案:王,《四庫全書》本作"主"。形訛。《補注杜詩》《全唐詩》作"王"。)

"壯哉"句:壺,一云"丈"。　《列子‧湯問》:夏革曰:"渤海之東,不知幾萬億里,有大壑焉,實惟無底之谷。其下〔無〕底,名曰歸墟。八宏九野之水,天漢之流,莫不注之,而無減焉。"注:"世傳天河與大海通,其中有五山:一曰岱輿,二曰員嶠,三曰方壺,四曰瀛洲,五曰蓬萊。"又:"周穆王宿于崑崙之河,汾水之陽。"《山海經》云:"崑崙山有五色水。"　趙云:此圖應畫江山之勢闊遠,故直以爲"崑崙"與

"方壺"山之圖形容之。

"巴陵"句:"巴陵",岳陽也。洞庭在其左,海東有日本國。

"赤岸"句:"赤岸",地名。　《杜補遺》:《南兗州記》曰:"瓜步山東五里,江有赤岸山,南臨江中。"羅君章云:"赤岸若朝霞。"即此也。濤水自海入江,衝激六七百里,至北岸側,其埶始衰。"(陳案:埶,《杜詩引得》作"勢"。《周禮·考工記·總叙》孫詒讓正義:"形勢字,古通作埶。")郭景純《江賦》云:"鼓洪濤于赤岸。"餘"巴陵洞庭"事,見第十四《寄薛三郎中》"青草洞庭湖"補遺。　趙云:又狀其水之闊遠。《文選》枚乘《七發》云:"凌赤岸矣。"後學者見郄昂作《岐邠涇寧四州八馬坊碑〔頌〕》有云:"我有唐之新造國也,于赤岸澤僅得牝牡三千匹。"遂感赤岸所在。殊不知此隴右間亦有赤岸矣。巴陵之洞庭,日本國之東;真州之"赤岸"通銀河之水,此皆狀其遠也。

"中有"句:《莊子》:"姑射山有神人,乘雲氣,御飛龍,而遊乎四海之外。"

"舟人"二句:亞:一作"帶"。　《江賦》:舟子涉人。又"蘆人漁子。"《海賦》:"舟人漁子,徂南極東。"《七發》:"陵赤岸,篲扶桑。"趙云:《楚辭》"入溆浦"而倒用之,則何遜《詠白鷗》詩云:"孤飛出浦溆,獨宿下滄洲。"《莊子》有《山木篇》。《西京賦》:"起洪濤而揚波。"

"尤工"二句:論:一作"千"。　薛云:按:《南史》:竟陵王子良孫賁,字文炳,能書善畫,于扇上圖山水,咫尺之間,便覺萬里爲遥,矜慎不傳,自娛而已。

"焉得"二句:趙云:言吳地之松江也。苕溪漁隱曰:予讀《益州畫記》云:"王宰,大歷中家于蜀州,能畫山水,意出象外。"老杜與宰同時,此歌又居成都時作,其許與必不安。

題李尊師松樹障子歌

老夫清晨梳白頭,玄都道士來相訪。
握髮呼兒延入户,手提新畫青松障。
障子松林靜杳冥,憑軒忽若無丹青。

陰崖却承霜雪幹,偃蓋反走虬龍形。
老夫平生好奇古,對此興與精靈聚。
已知仙客意相親,更覺良工心獨苦。
松下丈人巾屨同,偶坐似是商山翁。
悵望聊歌紫芝曲,時危慘澹來悲風。

【集注】

"老夫"句:趙云:《禮記》云:"大夫得謝,自稱曰老夫。"《左傳》云:"牽率老夫。"曹子建云:"雲散還城邑,清晨復來還。"鄒陽云:"白頭如新。"又前人有"白頭翁"之語。

"握髮"句:周公一沐三握髮。　　趙云:《古詩》:"呼兒烹鯉魚。"

"障子"句:趙云:《楚辭》曰:"杳冥兮晝晦。"

"陰崖"句:雪:一作"露"。　　馬季長《長笛賦》:"生于終南之陰崖。"《南都賦》:"幽谷礐岑,夏含霜雪。"　　趙云:《登樓賦》:"馮軒檻以遥望。"而江淹《擬張綽》云:"馮軒詠堯老。"孔子曰:"霜雪既降,吾以是知松柏之茂也。"

"偃蓋"句:趙云:《抱朴子》云:"天陵偃蓋之松。"故北齊魏收詩云:"古松圖偃蓋,新柏寫烟岑。"(陳案:烟岑,《文苑英華》作"鑪峰"。)隋煬帝《古松》詩:"獨留塵尾影,猶橫偃蓋陰。""反走虬龍形",言松身之"反走"如"之"也。若《抱朴子》云:"松樹〔皮〕中有聚脂,狀如龍形。"乃言松脂之形,則柏之古,身亦可狀為"虬龍"矣。

"已知"二句:《東坡詩話》云:故人董傳善論詩,余嘗云:"子美詩不免有凡語,'已知仙客意相親,更覺良工心獨苦',此豈非凡語耶?"傳笑曰:"此句殆為君發,凡人用意,深處人罕能識此,所以為獨苦,豈獨畫哉?"(陳案:余,傳,《東坡志林》無"余"字。傳,作"余"。)　　《杜補遺》:《古今詩話》云:《管子》曰:"事無終始,無事多業。"(陳案:事,《說苑》作"務"。)此言學者貴能成就也。唐人為詩,皆量己力以致功,常積精思數十年,然後各自名家。今人不然,未有小得,已高視前人,自以為無敵,然知音之難,萬事悉然。《杜工部詩》云"更覺良工心獨苦",用意之妙,有舉世莫之知者,此其所以"獨苦"歟!　　趙云:《古詩》云:"晨風懷苦心。"陸士衡《猛虎行》云:"志士多苦心。"《豫章行》云:"曾是懷苦心。"則公蓋用此也。

"偶坐"句:似:一作"自"。

"悵望"二句:悵望:一作"惆悵"。　　商山翁《紫芝曲》,并見上《喜晴》及《洗兵馬》注。

古柏行

孔明廟前有老柏,柯如青銅根如石。
霜皮溜雨四十圍,黛色參天二千尺。
君臣已與時際會,樹木猶爲人愛惜。
雲來氣接巫峽長,月出寒通雪山白。
憶昨路繞錦亭東,先主武侯同閟宮。
崔嵬枝幹郊原古,窈窕丹青户牖空。
落落盤居雖得地,冥冥孤高多烈風。
扶持自是神明力,正直元因造化功。
大廈如傾要梁棟,萬牛回首邱山重。
不露文章世已驚,未辭剪伐誰能送。
苦心豈免容螻蟻,香葉終經宿鸞鳳。
志士幽人莫怨嗟,古來材大難爲用。

【集注】

《古柏行》:傷有其才,而不得其用也。　　趙云:此詩凡三段:自"孔明廟前有老柏"至"月出寒通雪山白"八句,指言今夔州"孔明廟"之柏。自"憶昨路繞錦亭東"至"正直元因造化功"八句,追言成都"先主"廟之柏。自"大廈(雖)[如]傾要梁棟"至"古來材大難爲用"八句,總言兩處之柏。起意以"嗟"大材之人,且自況其身。

"孔明"句:廟在成都先主廟西隅。　　趙云:孔明爲蜀相,成都則先主廟,而武侯祠堂附焉。夔州則先主廟、武侯廟各別。今詠柏專是"孔明廟"而已,豈非夔州柏乎?公詩集中,其在夔也,屢有孔明廟詩于夔州。《十絶》云:"武侯祠堂不可忘,中有松柏參天長。"以絶句證之,則此乃夔州之詩明矣。

"柯如"句:趙云:任昉《述異〔記〕》曰:"虞氏縣有盧君塚,(陳案:虞,《述異記》作"盧"。)塚傍柏二株,勁如銅石也。"黃貢獻之云:在費多得家,見《述異志》一本,正有"其柯如青銅,其根如鐵石"之文。則公必有使"青銅",尤爲有據。

"霜皮"二句:(陳案:雨,《四庫全書》本作"兩"。形訛。《全唐詩》作"雨"。一作"水"。) 曹子建:"荆棘上參天。" 新添:《緗素雜記》云:沈存中《筆談》云:"四十圍,乃是徑七尺。無乃太細長乎?"予謂存中性機警,尤善《〔九〕章筭術》,獨于此爲誤?何也?古制以圍,三徑一。四十圍即百二十尺。圍有百二十尺,即徑四十尺矣,安得云七尺也?若以人兩手大指相合爲一圍,則是一小尺,即徑一丈三尺三寸,人安得云七尺也?武侯廟柏,當從古制爲定,則徑四十尺,其長二千尺,宜矣。《遯齋閒覽》云:"沈不知子美之意,但言其色而已。猶言其翠色蒼然,仰視高遠,有至于二千尺,而幾于參天也。若如此求疵,則二千尺固未足以參天,而詩人謂峻極于天者,更爲妄語。"范蜀公云:"武侯廟柏才十丈,而杜云二千尺,以謂詩人好大其事。"《學林新編》云:"按子美《潼關吏》詩曰:'大城鐵不如,小城萬丈餘。'豈有萬丈城耶?姑言其高四十圍二千尺者,亦姑言其高且大也,詩人之言當如此,而存中乃拘以尺寸較之,則過矣。" 趙云:庾肩吾《過建昌故臺》詩曰:"圖雲初溜雨,畫水即生苔。"鮑照與其妹書言所歷之處曰:"半山以下,純爲黛色。"其四十圍、二千尺,又用柏事以形容今柏之長大也。四十圍,則《隋均州圖經》云:"南陽武當南門,且有杜柏,樹大四十圍。梁蕭欣爲郡,伐之。二千尺,則巴郡有柏樹,大可十圍,高二千尺餘。此并載樂史《太平寰宇記》中。公《夔州絶句》有云:"武侯祠堂不可忘,中有松柏參天長。"則夔州廟中之柏,當公賦詩時,目見其高大,故今又有"參天二千尺"之句。前輩既不知此是夔州,而又不見樂史所載柏事,乃爲紛紛之說。

"君臣"句:《蜀》:先主〔曰〕:"孤之有孔明,如魚之有水也。"

趙云:《楊子》云:"堯舜禹,君臣也。"而并孟達《辭先主表》云:"際會之間,請命乞身。"(陳案:并,《三國志文類》作"蜀"。)

"樹木"句:《左傳》:"思其人猶愛其樹,況用其道而不恤其人乎?"劉歆曰:"思其人猶愛其樹,況宗其道而毀其廟乎?" 趙云:《佛書》有云:"樹木神。"《三國志》注載:《魏書》言:"太祖屯兵堤南,樹木幽深,呂布疑其有伏。"前既已言柏之大高矣,便可接"氣接巫峽""寒通雪山",皆爲形容之句,而却插此兩句,何也?曰:此公詩之妙處也!蓋柏雖有四十圍之大,二千尺之長者,而後人如蕭欣輒伐之,不能久有。惟此柏以君臣"際會之"休,故人"愛惜",以至于今也。惟其如此,然後致"氣接""寒通"之遠焉。

"雲來"二句:《宜都山川記》曰:"巴東三峽巫峽長。"《詩眼》云:"形似之意,蓋出于詩人之賦:'蕭蕭馬鳴,悠悠斾旌'是也。激昂之語,蓋出於詩人之興:'周餘黎民,靡有孑遺'是也。古人形似之語,如鏡取形,燈取影也。故老杜所題詩,往往親到其處,益知其工。激昂之言,《孟子》所謂'不以文害辭,〔不以〕辭害意'。初不可形迹考,然如此乃見一時之意。余游武侯廟,然後知《古柏詩》所謂'柯如青銅根如石',信然,決不可改,此乃形似之語。'霜皮溜雨四十圍,黛色參天二千尺'。'雲來氣接巫峽長,月出寒通雪山白',此激昂之語。不如此,則不見柏之大也。文章固多端,警策往往在此兩體耳。" 趙云:"巫峽"主"雲"來言之。《高唐賦》曰:"妾居巫山之陽,高丘之岨。朝爲行雲,暮爲行雨。"巫峽在夔之下。"巫峽"之"雲"來,而柏之"氣"與"接"。"雪山"主"月"出言之。雪山謂之西山。《記》云:"月出于西。"雪山在夔之西。"雪山"之"月出",而柏之"寒"與通,皆言其高大也。《東方朔別傳》曰:"凡占,長史東耕,當視天有黃雲來覆車,五穀大熟。"(梁)吳均《詠雪》詩有云:"白雪蒼梧來,過拂章華台。"于"雲",亦使"來"字矣。《詩》云:"月出皎兮。"盛弘之《荆州記》載:《古歌》曰:"巴東三峽巫峽長,猿鳴三聲淚霑裳。"又(陳)陰鏗《渡青草湖詩》曰:"穴去茅山近,江連巫峽長。"夔州雖不望見"雪山",大槩在蜀西之一帶。《西域記》:"雪山積雪不消,冬夏望之皆白。"故云"雪山白"。此言夔州之"柏"尤明,亦所以引下段言成都之"柏",在"雪山"之下,而此柏"寒通雪山"矣。

"憶昨"二句:《詩》:"閟宮有侐。" 趙云:此乃追言成都先主廟之柏。杜公近方離成都而來夔,故止可言"憶昨"也。士夫誤誦此詩句之熟,以爲"憶昨路繞錦亭東",又生疑惑,乃謂先主廟在成都南門外,而子美云"錦城東"爲不可曉。此不自知其誤誦之熟也。嚴武有《寄題杜二錦江野亭》詩,此豈所謂"錦亭"乎?或是當時先主廟西,又有"錦亭"?雖不見所載,而以意逆志爲然。公自西郊草堂遶所謂"錦亭"而往,乃爲"東"矣。"同閟宮",蓋又紀實也。今廟中塑先主、武侯之像。

"崔嵬"二句:趙云:"郊原古",則先主廟柏在平地而古也。下句感物弔古,言"窈窕"深邃,所施"丹青"之"户牖"徒存而無人也。謝靈運詩云:"窈窕承明内。"言宮殿之深邃矣。《張良廟教》云:"可改構棟宇而修丹青。"《老子》云:"鑿户牖以爲室。"

"落落"二句:趙云:杜篤《首陽山賦》曰:"長松落落,卉木蒙蒙。"(梁)沈約《高松賦》云:"鬱彼高松,栖根得地。""冥冥孤高",則言柏之高,而望之"冥冥"。如《揚子》云:"鴻飛冥冥。"《尚書》:"烈風雷雨弗迷。"而在柏用之,則《七發》之言"桐樹"云:"冬則烈風""之所激"。

"扶持"二句:薛云:孫興公《天台賦》:"嗟台岳之所異挺,實神明之所扶持。" 趙云:《列子》曰:穆王見偃師,歎曰:"人之巧,乃與造化同功。"《前漢》有云:"造化之功。"

"大廈"二句:大廈將顛。 趙云:"大廈"以比國家,"如傾"以言多難,"梁棟"以柏喻人材。庾子嵩目和嶠:"森森如千丈松,施之大廈,有棟梁之用也。"《後漢》:馮衍説辭曰:"明帝復興,而大將軍爲之梁棟。"

"不露"二句:《甘棠》:"勿剪勿伐。" 趙云:柏木有文采,具在其中,故云"不露文章"。人已訝其高大,〔故云"世已驚"。〕下句蓋自況,其不憚糜軀損身,以應器使,然誰能"送"致之乎?

"苦心"二句:趙云:柏實與葉,其味苦,故柏"心"亦"苦"。"心"雖"苦"矣,而不免"螻蟻"之所穿,以况小人之見凌也。下句豈非公自況其"終"接鴛"鷺"之侶乎?謝承《後漢書》曰:"方儲遭母憂,種松柏,鸞棲其上。"

"志士"二句:《莊子》:"吾有大樹,人謂之樗。其大本擁腫,而不中繩墨。立之塗,匠者不顧。今子之言,大而無用,衆所同去也。"

趙云：王充《論衡·效力篇》云："或伐薪于山，輕小之木，合能束之。至于大木，十圍以上，引之不能動，推之不能移，則委之于山林，收所（求）[束]之小木而已。（陳案：已，王充《論衡》作"歸"。）由斯以論，知能之大者，其猶十圍以上木也。人力不能舉薦，其猶薪者不能推引也。孔子周流，無所留止，非聖才不能，道大難行，人不能用也！故夫孔子，山中巨木之類也。"《論衡》之語如此，公所謂"材大難爲用"，豈不出于此乎？

戲爲雙松圖歌

天下幾人畫古松，畢宏已老韋偃少。
絶筆長風起纖末，滿堂動色嗟神妙。
兩株慘裂苔蘚皮，屈鐵交錯迴高枝。
白摧朽骨龍虎死，墨入太陰雷雨垂。
松根胡僧憩寂寞，龐眉皓首無住著。
偏袒右肩露雙腳，葉裏松子僧前落。
韋侯韋侯數相見，我有一匹好東絹。
重之不減錦繡段，已令拂拭先凌亂。
請公放筆爲直幹。

【集注】

"戲爲"句：韋偃畫。

"畢宏"句：畢宏，亦畫工也。（陳案：畢，《四庫全書》本作"翠"。形訛。《補注杜詩》《全唐詩》作"畢"。）

"絶筆"句：仲尼作《春秋》，絶筆于獲麟。《長笛賦》："其應清風也，纖末奮蒱。"

"滿堂"句：趙云："滿堂"如：滿堂爲之不樂。動色，《左傳》："使者色動而言肆。"

"墨入"句：（陳案：墨，《補注杜詩》《全唐詩》作"黑"。朱駿聲《說文通訓定聲》："墨，段借爲黑。")

"偏袒"句：《金剛經》："偏袒右肩，右膝著地。" 趙云：因畫胡僧而紀咏之。故用佛書字焉。《張良傳》載：四皓之麗眉皓首，衣冠甚偉。《楞嚴經》云："名無住行，名無著行。"公摘其字而合用之也。然唐有《中興間气集》，載鄭賢詩云："高僧無住著，何日出東林。"賢與公同時人，莫知孰先用也。

"我有"句：東：一作"素"。

"重之"句：《四愁詩》："美人贈我錦繡段。" 趙云："不減"者，不虧也。本出《左傳》："不爲末減。"其後晉人多言某人不減某人。

"已令"句：謝惠連："清波時凌亂。" 趙云：(梁)吳均《行路難》曰："未央採女棄鳴篪，爭見拂拭生光儀。"謝朓《和劉繪》詩："頰紫共彬駮，雲錦相凌亂。"

喜　雨

春旱天地昏，日色赤如血。
農事都已休，兵戎況騷屑。
巴人困軍須，慟哭厚土熱。
滄江夜來雨，真宰罪一雪。
穀根小蘇息，沴氣終不滅。
何由見寧歲，解我憂思結。
崢嶸群山雲，交會未斷絕。
安得鞭雷公，滂沱洗吳越。

【集注】

"日色"句：《前漢》：河平元年，日出赤如血。 趙云："日赤色如血"，公極言旱日之可畏。舊注引《前漢》"河平元年，日色赤如血"。河平者，成帝年號也。《成帝本紀》及《漢·天文志》并無之。乃晉光熙元年五月壬辰癸巳，日光四散，流如血流，(陳案：流如，《晉書》作

"赤如"。)照地皆赤。甲午又如之。占曰:"君道失明。"又永嘉五年三月庚申,日散光,如血下流所照皆赤。舊注模稜妄引年號有誤,後學故爲詳出之也。

"兵戍"句:(陳案:戍,《全唐詩》《補注杜詩》作"戈",《文章正宗》作"戍"。《杜詩詳注》作"戎"。)

"巴人"句:《左傳》:"皇天厚土,實聞此言。"(陳案:厚、此,《左傳》作"后""君"。) 趙云:按:本朝樂史《寰宇記》載:閬州閬中郡,春秋之巴國也,有渝水。爲《前漢·高祖紀》所謂巴渝之舞是已。公詩每有"巴"字,皆多閬州詩矣。厚土,經傳只使"后土"。至"厚"地字,方使厚薄之"厚"。今公"厚土",蓋因有厚地,故用厚坤,又用厚土耳。舊注便改《左傳》作"皇天厚土,實聞此言"。非是。

"真宰"句:真宰,見第三卷注。

"沴氣"句:趙云:沴氣,陰陽錯謬之氣也。沴,音戾。《莊子》曰:"陰陽之氣有沴。"

"何由"句:《國語》:"自子之行,晋無寧歲。"鮑明遠:"寧歲猶七奔。"

"交會"句:趙云:"交會"字,《周禮》:"陰陽之所交,風雨之所會而合成。"

"安得"二句:時聞浙右多盜賊。《出獵賦》:"霹靂列缺,吐火施鞭。"又,"鞭洛水之宓妃。"《南都賦》:"鞭魍魎。" 趙云:滂沱,言大雨也。《詩》云:"月離于畢,俾滂沱矣。"

太子張舍人遺織成褥段

客從西北來,遺我翠織成。
開緘風濤涌,中有掉尾鯨。
逶迤羅水族,瑣細不足名。
客云充君褥,承君終宴榮。
空堂魑魅走,高枕形神清。

領客珍重意，顧我非公卿。
留之懼不祥，施之混柴荊。
服飾定尊卑，大哉萬古程。
今我一賤老，裋褐更無營。
煌煌珠宮物，寢處禍所嬰。
歎息當路子，干戈尚縱橫。
掌握有權柄，衣馬自肥輕。
李鼎死岐陽，實以驕貴盈。
來瑱賜自盡，氣豪直阻兵。
皆聞黃金多，坐見悔吝生。
奈何田舍翁，受此厚貺情。
錦鯨卷還客，始覺心和平。
振我麤席塵，愧客茹藜羹。

【集注】

"遺我"句：《古詩》："客從遠方來，遺我一端綺。"　　趙云："織成"者，綵物之名。《後漢·輿服志》云："織成者多。"

"開緘"：《江賦》："揚鬐掉尾。"又，"介鯨乘濤以出入。"《海賦》："其魚則橫海之鯨，偃尾高濤，巨鱗插雲。"　　趙云：顏延年詩："春江壯風濤。"

"瑣細"句：皆言織紋也。

"高枕"句：趙云：曹子建詩："公子敬愛客，終宴不知疲。"公言其可以為"褥"，而為"褥"之用有三：一則可"承"終盡之"宴"；二則設之于高堂，而"魑魅"見其上海獸恠狀，必驚而"走"；三則寢于其上，可以除魔去魘，"神"魂自"清"也。于一句五字中，意各存矣。

"留之"句：《左傳》："服之不衷，身之災也。"

"大哉"句：《書》："車服以庸。"

"裋褐"句：《禹貢》："裋褐不完。"師古曰："裋者，謂僮豎所着布長襦也，褐毛布也。裋，音豎。"　　趙云：簡冊所載，有短褐，有裋褐。

公每對屬處,則用短褐,蓋短窄之褐也。裋褐,取童豎之褐爲義。今單句云"裋褐更無營",則用"短褐"亦可。大率貧者之服耳。

"煌煌"二句:《書》云:"臣有作福作威,玉食害于而家,凶于而國。" 趙云:"珠宫",指言龍宫也。《楚辭》云:"〔紫〕貝闕兮珠宫。"蓋言以此"褥"而"寢處",非卑賤者所宜,懼嬰于"禍",又以成不祥之義也。《説文》云:"嬰,繞也。"如曹子建四言云:"咨我小子,凶頑是嬰。"

"歎息"四句:《語》:"乘肥馬輕裘。" 趙云:今當用兵之時,其"當路"得執之人,乘此"干戈"擾攘,操握"權柄",自然乘肥馬,衣輕裘,非我所預也。《孟子》曰:"夫子當路于齊。"《淮南子》:置鐾燧掌握之中。

"李鼎"二句:趙云:李鼎,于史無傳,惟見姓名于舊史《崔光遠傳》:"上元元年,以李鼎代光遠爲鳳翔節度使。"又,《新唐書》載于上元二年二月云:"奴剌、党項羌寇寶雞,焚大散關,寇鳳州。鳳翔尹李鼎敗之。"此李鼎之可見者。史有"恃寵驕盈"。

"來瑱"二句:上元三年,肅宗追瑱入京,裴茂稱瑱屈强難制,宜早除之。寶應二年,貶瑱播州縣尉,翌日賜死。《左傳》:"阻兵安忍。"

"皆聞"二句:(陳案:皆,《全唐詩》同。一作"昔"。) 蘇季子位高多金也。《老子》曰:"多藏則厚亡。"《易》云:"吉凶悔吝,生乎動。"

"奈何"句:漢祖起田舍翁。

"愧客"句:王子淵《頌》:"羹藜含糗者,不足〔與〕論太牢之滋味。" 趙云:《莊子》云:"藜羹不糝。"注所引在後,又字倒矣。

丈人山

自爲青城客,不唾青城地。
爲愛丈人山,丹梯近幽意。
丈人祠西佳氣濃,緣雲擬住最高峰。
掃除白髮黃精在,君看他時冰雪容。

【集注】

《丈人山》：《青城山記》云：此山爲五岳之長，故云丈人。有丈人觀。

"不唾"句：趙云：唾地者，有所惡而"唾"也。元魏爾朱榮手毀匿名書，唾地曰："云云是也。"不唾其地，所以敬之也。（陳）徐陵作《玉臺新詠》，載劉勳妻王《（維）〔雜〕詩》云："千里不唾井，況乃昔所奉。"

"丹梯"句：〔趙云〕：丹梯，上山之路也。謝玄暉《敬亭山》詩："要欲追奇趣，即此陵丹梯。"靈運："躡步陵丹梯。"（陳案：躡，《文選》作"躐"。）

"丈人"句：陶潛："山氣日夕佳。"《後漢》："氣佳哉，郁郁葱葱。"

"緣雲"句：《靈光殿賦》："緣雲上征。"

"掃除"二句：《世說》："黃精久服，反老爲少。" 趙云：按《本草》："黃精，味甘平，補益，輕身延年，不飢。"嘗讀逸史，載虞鄉、永樂縣連接，其中道者往往而過。有呂生者，居二邑間。自爲童（況）〔兒〕時，厭黃精煮服之。十年，行若飄風。母逼令餐飯，諸妹置豬脂于酒中，強飲之。乃逼于口鼻，噓吸之際，一物自口中落，長二寸餘。衆共視之，乃一黃金人子。呂生乃仆臥不起，移時，方起。先是，呂生雖年近六十，鬢髮如漆，及是皓首。觀此，則黃精有"掃除白髮"之功矣。《漢書》："掃除煩苛。"《莊子》："姑射神人，肌膚若冰雪。"

百憂集行

憶年十五心尚孩，健如黃犢走復來。
庭前八月梨棗熟，一日上樹能千迴。
即今倏忽已五十，坐臥只多少行立。
強將笑語供主人，悲見生涯百憂集。
入門依舊四壁空，老妻覩我顏色同。
癡兒未知父子禮，叫怒索飯啼門東。

【集注】

《百憂集行》：趙云：《詩》："我生之後，逢此百憂。"而王筠《行路難》云："百憂俱集斷人腸。"故取爲題。

"憶年"句：年：一作"昔"。　　魯昭公十五而猶有童心。（陳案：五，《左傳》作"九"。）《老子》："若嬰兒之未孩，聖人皆孩之。"　　趙云：孩者，可提之童也。十五乃志學之。時"心"未免于"孩"，故云"尚孩"。押"孩"字韻。陶淵明《命子》四言云："日居月諸，漸免于孩。"

"強將"句：趙云：公生于壬子先天元年，卒至此則五十歲也。（陳案：卒，《杜詩引得》無此字。）主人，蓋《卜居》詩所謂"主人爲卜林塘幽"之主人，豈地主者乎？學者多妄指以爲府尹，非也。

"入門"句：相如家居，徒四壁立。

"叫怒"句：集注：班超幼年，每索飯稍遲，即叫怒。父曰："此子異日當爲萬戶侯。"

投簡成華兩縣諸子

赤縣官曹擁材傑，軟裘快馬當冰雪。
長安苦寒誰獨悲，杜陵野老骨欲折。
南山豆苗早荒穢，青門瓜地新凍裂。
鄉里兒童項領成，朝廷故舊禮數絕。
自然棄擲與時異，況乃疏頑臨事拙。
飢臥動即向一旬，敝衣何啻聯百結。
君不見空牆日色晚，此老無聲淚垂血。

【集注】

"投簡"句：明皇幸蜀，號成都爲南京。故成華得稱赤縣。

"赤縣"句：《十州記》："神州赤縣。"

"杜陵"句：趙云：京畿倚郭，謂之赤縣。《史記》："鄒衍所謂神州赤縣。"成都當此時號爲南京，故公詩指"兩縣"得謂之"赤縣"。（梁）

簡文帝《與蕭臨川書》:"八區內侍,厭直御史之廬;九棘外府,且息官曹之務。"沈約《懷舊》:"吏部信才傑。"蔡伯世云:"此成都詩,不應言長安。其'夜'字之訛,故誤作'安'耳,況卒章之意明甚。"其説非是。此公雖在成都,而遠念"長安"之寒。下句南山、青門,則言"長安"之地矣。杜陵,屬京兆。《後漢·李固傳》:"霍光幽愧發憤,悔之折骨。"

"南山"句:《楊惲傳》:詩曰:"田彼南山,蕪穢不治。种一頃豆,落而爲萁。"

"青門"句:《史記》:"邵平种瓜于長安城東。"《漢書》:"霸城門,所謂青門也。"即長安城東門名。

"鄉里"句:《詩》:"節彼南山,四牡項領。"　趙云:按陶淵明所謂"鄉里小人"。故公又云:"鄉里小兒狐白裘。"項領成,言其長成而得意也。《後漢》:吕强《陳政事書》有云:"群邪有領。"(陳案:有,《後漢書》作"項"。)

"朝廷"句:《左傳》:"名位不同,禮亦異數。"任彦昇《哭范僕射詩》:"平生里數絶。"(陳案:里,《文選》作"禮"。)

"飢臥"二句:(陳案:衣,《全唐詩》作"裘"。一作"衣"。)　劉公幹:"彌曠十餘旬。"　趙云:重言其貧也。《説苑》言:"子思居于衛,二旬九食"之義。《貧士傳》:"董先生衣百結。"

"此老"句:趙云:卞和獻玉而遭刖,則哭于空山。淚盡,繼以血。

徐卿二子歌

君不見徐卿二子生絶奇,感應吉夢相追隨。
孔子釋氏親抱送,盡是天上麒麟兒。
大兒九齡色清澈,秋水爲神玉爲骨。
小兒五歲氣食牛,滿堂賓客皆迴頭。
吾知徐卿百不憂,積善袞袞生公侯。
丈夫生兒有如此二雛者,名位豈肯卑微休。

【集注】

《徐卿二子歌》：趙云：二子字雖是實道其事，而《論語》："見其二子焉。"

"君不"二句：《詩》："吉夢維何？維熊維羆。乃生男子。" 趙云：曹子建詩："飛蓋相追隨。"

"孔子"二句：（陳案：盡，《全唐詩》《補注杜詩》作"并。"） 徐陵年數歲，家人携見寶誌上人。誌以手摩頂曰："天上石麒麟也。"

"大兒"四句：《楊子》："吾家之童烏，九齡而與我玄文。""大兒"，見四卷《劉少府》詩。《尸子》："虎豹之駒，雖未成文，已有食牛之氣。"謝希逸《月賦》："滿堂變容，回皇如失。" 趙云：《世説》："孔文舉有二子，大者十歲，小者五歲。晝日父眠，小者床頭盜酒飲之。大兒謂曰：'何以不拜？'答曰：'偷何行禮？'"此載年小而善言語也。《管輅別傳》言："何晏尚書，神明清澈。"見《世説》注、《陳遵傳》《王莽傳》，皆有"滿堂賓客"云云也。舊注引《月賦》"滿堂變容"，不相干矣。

"吾知"二句：《易》："積善之家。""衮衮"，見上《醉時歌》注。

"丈夫"二句：趙云：《左傳》："名位不同。"王充《論衡·自紀篇》："位雖卑微，行苟離俗，必與之友。"

病　柏

有柏生崇岡，童童狀車蓋。
偃蹙龍虎姿，主當風雲會。
神明依正直，故老多再拜。
豈知千年根，中路顏色壞。
出非不得地，蟠據亦高大。
歲寒忽無憑，日夜柯葉改。
丹鳳領九雛，哀鳴翔其外。
鴟鴞志意滿，養子穿穴内。

客從何鄉來，佇立久吁怪。
静求元精理，浩蕩難倚賴。

【集注】

"有柏"二句：車：一作"青"。　　《琴賦》："託峻岳之崇岡。"魏文帝："西北有浮雲，亭亭如車蓋。"　　《杜補遺》云：《蜀志》："先主舍東南角籬上，有桑樹生，高五丈餘，遥望見童童如小車蓋。往來者皆怪此樹非凡。先主少時，與諸小兒戲諸樹下，戲言：'吾必當乘此羽葆蓋車。'"又《齊書》："太祖宅在進武，（陳案：進武，《南史》作'武進'。）南有桑樹，狀如車蓋。上年數歲，游于其下，從兄敬宗謂曰：'此樹爲汝生也。'"

"偃蹇"二句：《神仙傳》："麒麟客有龍虎之姿。"　　趙云：（魏）吴季重《答魏太子牋》："臣幸得下愚之材，值風雲之會。"（晋）陸機《塘上行》言江蘺曰："被蒙風雲會，移居華池邊。"史有"感會風雲""依乘風雲"。

"神明"二句：趙云：《傳》："聰明正直之謂神。"今言柏樹"正直"，而"神明"反依之也。《詩》："召彼故老。"

"豈知"四句：（梁）沈約《高松賦》云："欎彼高松，栖根得地。"元魏奚斤之言赫連昌曰："未有盤據之資。"《易》："君子以積小成大。"

"歲寒"句：歲寒，然後知松柏之後彫。《禮器》："如松柏之有心，貫四時不改柯易葉。"　　趙云：《古詩》："日夜黄，日夜疏。"言其不覺如此之義。

"丹鳳"二句：《建康實録》："鳳將九雛，再見于豐城，衆鳥從之。"《洞簫賦》："孤雌寡鵠，娱優乎其下；春禽群嬉，翱翔乎其顛。"　　《杜補遺》：按吴兢《樂府古題要解》云："鳳將雛，漢世曲名。"（晋）應璩《百一詩》云："言是《鳳將雛》。"（陳案：言是，《通典》作"反言"。）又北齊楊松玠《談藪》云："東海何承天，除著作〔郎〕，年已邁，諸佐郎并少年，荀伯玉呼爲姊母。承天云：'卿當言鳳凰將九子，姊母何言耶？'"亦將"雛"之義。　　趙云：古歌詞《隴西行》曰："鳳凰鳴啾啾，一母將九雛。"《南都賦》："鸑鷟鵷雛翔其上。"

"鴟鴞"二句：穿：一作"窟"。　　《詩》有《鴟鴞篇》。

"客從"二句:趙云:上句倣《古詩》:"客從遠方來"也。李善注《文選》:"吁,疑恠之辭。"此摘用矣。

"靜求"二句:元精:一作"無根"。　　趙云:《後漢·郎顗傳》:"元精所生,王之佐臣。"而(晋)阮籍《詠懷》詩曰:"天地綱縕,元精代序。"

卷八

（宋）郭知達 編

古　詩

病　橘

群橘少生意，雖多亦奚爲。
惜哉結實小，酸澀如棠梨。
剖之盡蠹蟲，采掇爽其宜。
紛然不適口，豈只存其皮。
蕭蕭半死葉，未忍別故枝。
玄冬霜雪積，況乃迴風吹。
此物蓬萊殿，羅列瀟湘姿。
此物歲不稔，玉食少光輝。
寇盜尚憑陵，當君減膳時。
汝病是天意，吾愁罪有司。
憶昔南海使，奔騰獻荔枝。
百馬死山谷，到今耆舊悲。

【集注】

　　《病橘》：此詩傷物失所，而至於困悴。　　趙云：此篇直叙事、紀實而感歎之詩。舊注妄矣。

　　"群橘"句：群：一作"伊"。

"惜哉"句：小：一作"少"。

"剖之"句：剖：一作"割"。

"采掇"句：其：一作"所"。　《詩》："薄言采之，薄言掇之。"

"紛然"二句：《莊子》："柤梨橘柚，皆可於口。"（陳案：只，《杜詩詳注》同。一作"止"。《助字辨略》："止，與只同，語已辭也。"）

"蕭蕭"句：《七發》："其根半死半生，冬則烈風漂霰，（陳案：漂，《文選》作'漂'。）飛雪之所激。"

"玄冬"句：劉公幹："自夏涉玄冬。"

"況乃"句：趙云：柤梨橘柚，其味相反，而皆可於口。今云"不適口"，則以其病反言之。橘皮可用於藥，病亦不可用矣。"半死葉"，借《七發》言"半死"字用也。（宋）沈約《霜來悲落（洞）[桐]》詩云："宿莖抽晚幹，新葉生故枝。"梁元帝《纂要》曰："冬曰玄英，亦曰玄冬。"注云劉公幹詩，亦詩人承用之熟，非祖出也。

"此物"二句：（陳案：此物，《補注杜詩》《全唐詩》作"嘗聞"。）瀟湘有橘柚、橘洲。《世說》："江南爲橘，江北爲柚。"

"玉食"句：少：一云"失"。　《書》："惟辟玉食。"《周禮》："共食玉。"　杜云：天子"玉食"，言所食之珍貴如玉。

"當君"句：天子徹樂減膳。

"吾愁"句：愁：一云"諗"。　趙云：此八句是一段。蓬萊殿，在東內大明宮含涼殿前。則橘多生於湘潭間。張華詩曰："橘生湘水側，菲陋人莫傳。逢君金華宴，得在玉几前。"《古詩》言庭樹云："此物何足貴。"玉食，所食之珍貴如玉。注引："王齊則共食玉。"乃真是玉屑，非此之謂。《禮》云："凶年，天子徹樂減膳。""吾愁罪有司"，言是天意使"橘"病而不供，不可歸"罪有司"。一作"諗"字，意止訓告，非也。

"憶昔"四句：《唐書》："貴妃嗜荔枝，必欲生致之，乃置騎傳送，走數千里，其味未變，已至京師。"　集注：《漢·和帝紀》云："舊南海獻龍眼、荔枝，十里一置，五里一候，奔騰險阻，死者繼路。時臨武長唐羌，縣接南海，乃上書陳狀。帝下詔曰：'遠國珍羞，本以薦宗廟，苟有傷害，豈愛民之本？其敕太官勿復受獻。'"謝承《漢書》云："唐羌，字伯游。辟公府，補臨武長。縣接交州，舊供荔枝、龍眼。驛馬晝夜傳送，至有遭虎狼毒害，頓仆死亡不絕。道經臨武，羌乃上書諫和帝曰：'臣聞上不以滋味爲德，下不以貢膳爲功。故天子食太平爲尊，不以果寔爲珍。（陳案：平、寔，《後漢書補逸》作"牢""實"。）伏見交阯七郡，獻生龍眼等，鳥驚風發，南州地土，惡蟲猛獸，不絕於路，至於觸犯死亡之害。死者不可復生，來者猶可救也。此二物升殿，未必延年益壽。'帝從之。羌即棄官還家，不應徵。" 杜云：公借其事以譏楊妃。舊注引《唐書》，其説非。唐所貢乃涪州荔枝，由子午道而往，非南海也。 趙云：此用獻荔枝事比之，奇矣。杜所引，是。故公後有絶句云："側生野岸及江蒲，不熟丹宮滿玉壺。雲壑布衣駘背死，勞人重馬翠眉須。"

枯椶

蜀門多椶櫚，高者十八九。
其皮割剥甚，雖衆亦易朽。
徒布如雲葉，青青歲寒後。
交橫集斧斤，凋喪先蒲柳。
傷時苦軍乏，一物官盡取。
嗟爾江漢人，生成復何有。
聊同枯椶木，使我沉歎久。
死者即已休，生者何自守？
啾啾黃雀啄，側見寒蓬走。
念爾形影乾，摧殘没藜莠。

【集注】

《枯椶》：此詩傷民困於重斂也。

"蜀門"八句：椶：一作"栟"。 薛云：《北史》：韋世康《與子弟書》曰："耄雖未及，壯年已謝。霜早秋梧，風先蒲柳。"又《晋書》："顧悦之與簡文帝同年,而髮早白。帝問其故,對曰:'松柏之姿,經霜猶茂;蒲柳之質,望秋先零。'"《説文》:"楊,〔蒲〕柳也。"《詩〔義疏〕》:"蒲柳之木二種:一種皮正青,一種皮紅。""布":一作"有"。　　趙云:《廣志》曰:"樱,一名栟櫚。"張平子《南都賦》云:"其木則楈枒栟櫚,結根竦本,垂條嬋媛。布緑葉之萋萋,敷華蘂之哀。"(陳案:哀,《文選》作"襄襄"。)栟,音"并"。櫚,音"閭"。若論公所賦,指蜀中之樱,則《蜀都賦》云:"其木則有樱椰樧樅矣。"《莊子》曰:"松柏在冬夏青青。"孔子曰:"歲寒,然後知松柏之後彫。"樱葉如車輪,雖冬亦青,故借用。阮嗣宗《詠懷》詩有"走獸交橫"。其"蒲柳"一物,乃"楊"之别名。《世説》:顧悦之,梁簡文問曰:"卿何以先老?"答曰:"蒲柳之質,望秋先零。松柏之姿,隆冬轉茂。"樱以多剥而彫喪,故以此形容之。

"傷時"句:律乏軍興。

"生者"句:何:一作"能"。

"傷時"十二句:蜀人取其皮以充用,惟軍興,誅求尤急。　　趙云:《家語》孔子謂哀公曰:"一物之理,亂亡之端。"(陳案:之,《孔子家語》作"失"。)江文通《書》:"一物之微,有足悲者。"下六句,以樱一物,以興"江漢"之人。《詩》曰:"滔滔江漢,南國之紀。"此夔州詩也,而用江漢,於夔爲近。"死者即已休",猶樱之既已剥多而枯死。"生者何自守",猶樱之未剥者,終復遭剥也。後四句,又着樱而言矣。黄雀,小鳥耳。《西京(剥)〔賦〕》云:"翔鷗仰而不逮,況青鳥與黄雀。"

枯 柟

梗柟枯崢嶸,鄉黨皆莫記。

不知幾百歲,慘慘無生意。

上枝摩皇天,下根蟠厚地。

巨圍雷霆拆,萬孔蟲蟻萃。

凍雨落流膠,衝風奪佳氣。

白鵠遂不來,天雞爲愁思。

猶含棟樑具，無復霄漢志。
良工古昔少，識者出涕淚。
種榆水中央，成長何容易。
截承金露盤，裊裊不自畏。

【集注】

《枯楠》：此詩傷抱材者老死丘壑，而不材者見用也。

"楩柟"四句：《蜀都賦》："楩楠幽藹於谷底。"　　趙云："楩柟枯崢嶸"，則其枝之高大矣。王荆公"崢嶸終日對枯柟"，用此。王仲宣《登樓賦》："天慘慘而無色。"

"上枝"二句：魏文帝："脩條摩蒼天。"《易》："坤厚載物。"　　趙云：古《香爐詩》曰："請説銅爐器，崔嵬象南山。上枝似松柏，下根據銅盤。"魏文帝："脩條摩蒼天。""皇天"字，多矣。《左傳》云："皇天后土。"故用對"厚地"。其字雖出於《詩》"謂地蓋厚"，而前人先用，則張平子《東京賦》云："跢高天，踏厚地"也。舊注引《易》"坤厚載物"，似是而非。《莊子》："下蟠于地。"

"巨圍"二句：《七發》："夏則雷霆霹靂之所感。"　　趙云：言其枯也。舊注引《七發》，非特出處止言龍門之桐。又不是"拆"之之義。《病柏》云："鴟鴞志意滿，養子穿穴内。"《古柏行》云："苦心不免容螻蟻"，相類也。

"凍雨"二句：趙云："凍雨"，舊本作"涷"。涷，音東。《楚辭·大司命》云："使涷雨兮灑塵。"《爾雅》："暴雨謂之涷。"郭璞曰："今江東（風）〔夏〕月暴雨爲涷雨。"《少司命》曰："衝風致兮水揚波。""衝風"，隧風也。梁孝元帝《納涼》云："高春斜日下，佳氣滿欄楹。"

"白鵠"二句：謝靈運："天雞弄和風。"　　杜云：《西京賦》"掛白鵠"。舊注曰："獨鵠晨號乎其上。"非是。天雞，出《爾雅》。〔釋〕鳥"篇注："鶾雞，赤羽。"《逸書》云："文鶾，若彩雞，成王時蜀人獻之。"

趙云："盧耽化爲白鵠。"公又云："黃泥野岸天雞舞。"薛夢符注：《爾雅·釋蟲》："鶾，天雞。"（陳案：鶾，《爾雅·釋蟲》作"螒"。）注云："小蟲，黑身赤頭，一名莎雞。"非是。

"猶含"四句：趙云：柟者，珍材，雖枯而可充用。公自況。充用之外，不復更望升拔。衆人之見，則以枯而不採。

"種榆"四句：《西都賦》："抗仙掌以承露。"《西京賦》："立脩莖之仙掌，承云表之清露。"　　趙云：《氾勝之書》："中木無期，因地爲時。三月榆莢，雨時高地，強土可種。"（陳案：中，《齊民要術》作"種"。）則榆賴潤濕而後生，故言"水中央"。《詩》云："宛在水中央。"東方朔："談何容易。"《漢書》："孝武作柏梁銅柱，承露仙人掌之屬。"（梁）簡文帝詩曰："定用方諸水，持添承露盤。"梁元帝《善覺寺碑》曰："金盤上竦，非求承露。"皆參用之。《西都賦》云"金莖"；《西京賦》云"脩莖"。若非銅柱，而以"柟"爲莖，則可用。彼"榆"之脆弱，烏能勝其任哉？蓋興小夫之"承"重任也。

憶昔二首

憶昔先皇巡朔方，千乘萬騎入咸陽。
陰山驕子汗血馬，長驅東史胡走藏。
鄴城反覆不足怪，關中小兒壞紀綱，
張后不樂上爲忙。
至今今上猶撥亂，勞心焦思補四方。
我昔近侍叨奉引，出兵整肅不可當。
爲留猛士守未央，致使岐雍防西羌。
犬戎直來坐御牀，百官跣足隨天王。
愿見北地傅介子，老儒不用尚書郎。

【集注】

《憶昔二首》：趙云：舊本失次於成都詩中。今第二篇末句云："灑血江漢身衰疾"，則夔州詩也，與《枯椶》詩"嗟爾江漢人"同。

"憶昔"二句：《後漢》：靈帝末，京都童謠曰："侯非侯，王非王，千乘萬騎上北邙。"　　趙云："先皇"，言肅宗也。朔方郡，今之夏州。

肅宗即位靈武，乃北地郡，而朔方在靈州之鄰，則車駕所巡矣。既巡，車駕歸長安。《漢·高帝紀》："沛公西入咸陽。"

"陰山"二句：史胡者，天之"驕子"。（陳案：史胡，《補注杜詩》正文作"東胡"，注文作"史胡"。）大宛有"汗血駒"，見《留花門》注、《沙苑行》。《前漢·匈奴傳》：候應云："北邊塞至遼東外，有陰山，東西千餘里，草木茂盛，多禽獸。李廣出師，斥奪此地。長老言，匈奴失陰山之後，過之未嘗不哭。" 趙云：驕子，指言回紇也。至德二載，廣平王俶爲兵馬元帥，郭子儀副之，以朔方、安西、回紇、南蠻、大食兵討安慶緒。時回紇兵最有功。赤汗血，見上《驄馬行》注。東胡，指言安慶緒也。時廣平王之兵戰于澧水，而慶緒敗走。

"鄴城"五句：胡走藏，禄山敗也。鄴中反覆，史思明未服也。"關中小兒"，越王係欲奪嫡也。"張后"，肅宗張皇后也。時玄宗幸蜀，后侍肅宗起靈武，遂立爲后。后能牢籠，干預政事。遷太上皇，譖建寧王倓賜死，皆后謀也。及肅宗大漸，后挾越王係謀危害太子，爲李輔國誅。"上爲忙"，以代宗畏后也。 鮑云：按："關中小兒"，當爲越王係。乃是也。舊注云："今上代宗，自爲太子，授天下兵馬元帥。及即位，内平張后、越王之難，外經營河朔。" 趙云：史言時慶緒奔于河北，明年乾元元年，蔡希德等復會安慶緒，賊復振，以相州爲成安府。"鄴城"，即相州也。舊注："禄山敗，思明未服。"誤矣。蓋當回紇助順之時，禄山已爲慶緒所殺，而史思明却又殺慶緒。所以《東坡詩話》曰"關中小兒"謂李輔國也。"張后"，謂肅宗張皇后也。"爲留猛士守未央"，謂郭子儀奪兵柄入宿衛也。舊注至謂"關中小兒"爲越王係奪嫡，則自有東坡成説正其謬。張后能牢籠，干預政事，後與李輔國謀，徙上皇，又屢欲危太子，皆張后之惡也。"今上"，似指肅宗。舊注"以代宗畏后"，非是。"今上""猶""亂"，代宗能"撥亂"也。《前漢書》："撥亂反正。"

"我昔"句：《往在》詩云："我昔忝近侍。"時代宗享郊廟也。此詩亦言代宗時事，而云"我昔迎侍叨奉引"。然二史皆不載，故不知所任官也。

"出兵"句：出兵：一作"兵出"。 趙云：公於肅宗朝爲拾遺，掌供奉、諷諫。"奉引"，則供奉之事。舊注謂"奉引"事，二史皆不載，故不知所任何官。是何等語！《杜補遺》引《唐六典》："補闕、拾遺，武后置。二人以掌供奉、諷諫。"子美至德二年，肅宗授左拾遺。明年收京，扈從還長安。蓋拾遺掌供奉扈從也。

"爲留"四句：吐蕃臨長安，天子奔陝。　　趙云："守未央"，東坡以爲郭子儀。按：史〔載〕：程元振以子儀有天下功，醜爲訛譖。肅宗不納其語，然猶留守京師。明年吐蕃入寇，陷長安。"未央"，宮名，漢蕭何所建。高祖《大風歌》云："安得猛士守四方。"子儀於肅宗時召還，在乾元二年之七月。既留京師，次年吐蕃入寇，岐雍之間，防賊不暇。"犬戎"，指言吐蕃。《傳》云：本西羌屬，拜必手堀地，爲犬號。"直來坐御牀"，則在代宗廣德元年十月，陷京師時。《南史·侯景傳》："齊文宣夢獼猴坐御牀。"僕固懷恩阻兵於汾州，引回紇、吐蕃之衆，入寇河西。吐蕃繼陷涇州，遂逼京。即而陷之，天子車駕幸陝，故云"百官跣足隨"也。

"願見"二句：傅介子，北地人，持節使，誅斬樓蘭王安，歸首，懸之北闕。封介子爲義陽侯。《木蘭行》云："欲與木蘭賞，不用尚書郎。"

趙云：公於廣德二年，以嚴武再尹成都，自閬中歸武，用爲參謀，固爲尚書工部員外郎矣。今也止"願見"如"傅介子"者，使斬贊普之首，則"老儒"不復須"尚書郎"也。此爲夔州詩。

憶昔開元全盛日，小邑猶藏萬家室。
稻米流脂粟米白，公私倉廩俱豐實。
九州道路無豺虎，遠行不勞吉日出。
齊紈魯縞車班班，男耕女桑不相失。
宮中聖人奏雲門，天下朋友皆膠漆。
百餘年間未災變，叔孫禮樂蕭何律。
豈聞一絹直萬錢，有田種穀今流血。
洛陽宮殿燒焚盡，宗廟新除狐兔穴。
傷心不忍問耆舊，復恐初從亂離說。
小臣魯鈍無所能，朝廷記識蒙禄秩。
周宣中興望我皇，灑血江漢長衰疾。

【集注】

"憶昔"句：趙云：鮑明遠《蕪城賦》曰："當昔全盛之時。"

"公私"句：開元間承平歲久，四郊無虞，居人滿野，桑麻如織，雞犬之音相聞。　　趙云：《管子》："倉廩實而知禮節"也。

"九州"二句：言道路無阻隔，所至皆通達，不必擇日而後出也。

"齊紈"句：《左傳》："強弩之末，不能穿魯縞。"桓帝初，京都童謠曰："車班班，入河間。"　　薛云：《前漢·志》：齊"織作冰紈綺繡純麗之物。"師古曰："冰，謂布帛之細，其色鮮潔如冰也。紈，素也。"趙云：班婕妤詩："新製齊紈素，皎潔如霜雪。"（陳案：製，《藝文類聚》作"裂"。）婕妤所據，《范子》曰："紈素出齊。"

"男耕"句：《揚子》："男子畝，婦人桑。"

"宮中"四句：《周禮·大司樂》："歌大呂，舞雲門，以祀天神。"《後漢》：陳重、雷義為友，語曰："膠漆自謂堅，不如雷與陳。"劉孝標《絕交論》："道協膠漆。"叔孫通制禮儀，蕭何定律令。揚雄《解嘲》："叔孫通起於枹鼓之間，解甲投戈，遂作君臣之儀，得也。圣漢權制，而蕭何造律，宜也。"　　趙云：雲門者，黃帝之樂名。叔孫、蕭何，以比開元之大臣。

"豈聞"四句：安史之亂，民困于役，而不得耕桑。長安宮殿、九廟，焚燒略盡。張孟陽《七哀詩》："園寢化為墟，周墉無遺堵。狐兔窟其中，蕪穢不復掃。"　　趙云："流血"，以言戰伐殺人之多。《揚子》云："川谷流人之血。"

"小臣"四句：長：一作"身"。　　劉公幹："小臣信頑魯，僶俛安能返。"宣王承屬王之亂，復修文武之業，周道復興。　　趙云："灑血江漢"，則公在夔故。《詩》曰："滔滔江漢，南國之紀。"此夔州詩。

冬狩行

君不見東川節度兵馬雄，校獵亦似觀成功。
夜發猛士三千人，清晨合圍步驟同。

禽獸已斃十七八，殺聲落日迴蒼穹。
幕前生致九青兕，駞馺嵓峉垂玄熊。
東西南北百里間，髣髴蹴踏寒山空。
有鳥名鸚鴞，力不能高飛逐走蓬。
肉味不足登鼎俎，胡爲見羈虞羅中？
春蒐冬狩侯得同，使君五馬一馬驄。
況今攝行大將權，號令頗有前賢風。
飄然時危一老翁，十年厭見旌旗紅。
喜君士卒甚整肅，爲我回轡擒西戎。
草中狐兔盡何益，天子不在咸陽宮。
朝廷雖無幽王禍，得不哀痛塵再蒙？
嗚呼，得不哀痛塵再蒙！

【集注】

《冬狩行》：時梓州刺史章彝兼侍御史，留後東川。

"校獵"句：杜云：《上林賦》："天子校獵。"李奇注云："以五校兵出獵也。"

"清晨"句：《禮》："天子不合圍。"

"殺聲"句：(陳案：窮，《補注杜詩》《全唐詩》作"穹"。《說文》："穹，窮也。")。

"駞馺"句：以駞負熊。

"東西"二句：《羽獵賦》："羨漫半散，蕭條數千里之外。東西南北，騁耆奔欲。拖蒼豨，跋犀犛，蹶浮麋，斮巨狿，搏玄猿。"《南都賦》："排揵陷扃，蹴踏咸陽。" 趙云：魏文帝、王粲皆有《校獵賦》。呂安《與嵇茂齊書》云："蹴崑崙使西倒，塌太山令東覆。"又《維摩經》云："譬如龍象蹴踏，非驢所堪。"

"有鳥"三句：《鶡鴟賦》："毛弗施于器用，肉不登于俎味。"《左傳》有："鸚鴞求巢。"童謠曰："鸚鴞鸚鴞，往歌來哭。"《鸚鴞賦》："恃陋體之腥臊，亦何勞于鼎俎？"

"春蒐"句:陳子昂:"豈不在遠遊,虞羅所見尋。"(陳案:遠遊,《記纂淵海》作"遐遠"。)四時田狩,諸侯得行其事。　　趙云:《周禮》:"春蒐夏苗,秋獮冬〔狩〕。"本天子之事也,而諸侯同之。故此云"侯得同"。虞羅,虞者之網羅。公詩又云:"獸猶畏虞羅。"

"使君"句:章彝兼侍御史,故云"一馬驄"。故事"使君五馬"車。

趙云:漢制,諸侯五馬,出應劭《漢官儀》。其云"一馬驄",則以章留後兼侍御史也。《後漢》:亘典爲侍御史,有威名,好騎驄馬。京師語曰:"行行且止,避驄馬御史。"

"得不"句:時天子避狄。《史》:"申侯與西夷犬戎攻幽王於驪山。"時代宗在陝,詔徵天下兵,而程元振用事,媢蘖大臣,皆疑懼不進,天下無一人應召者,故此詩末章大有感激也。　　趙云:此篇蓋廣德二年十月已後作也。八月吐蕃入寇,十月陷邠州及奉天,車駕幸陝。又三日,吐蕃陷京師。故云"不在咸陽宮"。"塵再蒙",則言明皇以祿山之禍,已蒙塵于蜀矣。今天子又以吐蕃之故,蒙塵于外。《左傳》:臧文仲曰:"天子蒙塵于外。"《漢書》有:"下哀痛之詔。"

韋諷錄事宅觀曹將軍霸畫馬圖

國初以來畫鞍馬,神妙獨數江都王。
將軍得名三十載,人間又見真乘黃。
曾貌先帝照夜白,龍池十日飛霹靂。
內府殷紅馬腦盤,婕妤傳詔才人索。
盌賜將軍拜舞歸,輕紈細綺相追飛。
貴戚權門得筆跡,始覺屏障生光輝。
昔日太宗拳毛騧,近時郭家獅子花。
今之新圖有二馬,復令職者久歎嗟。
此皆騎戰一敵萬,縞素漠漠開風沙。
其餘七匹亦殊絕,迥若寒空動煙雪。

霜蹄蹴踏長楸間,馬官廝養森成列。
可憐九馬爭神駿,顧視清高氣深穩。
借問苦心愛者誰,後有韋諷前支遁。
憶昔巡幸新豐宮,翠華拂天來向東。
騰驤磊落三萬匹,皆與此圖筋骨同。
自從獻寶朝河宗,無復射蛟江水中。
君不見金粟堆前松柏裏,龍媒去盡鳥呼風。

【集注】

"神妙"句:師:《名畫記》:"江都王緒,霍王元軌之子,多才藝,善書畫,鞍馬擅名。垂拱中,官至金州刺史。" 趙云:鮑照詩:"鞍馬光照地。"《明皇雜錄》云:"王維、鄭虔,皆擅繪畫,詩稱神妙。"

"人間"句:"乘黃",見第三卷《瘦馬行》注。 增添:《詩》:"大叔于田,乘乘黃。" 趙云:以將軍所畫,其在于人間,真是乘黃也。乘黃,乘馬也。(陳案:乘,《補注杜詩》作"神"。)《瑞應圖》曰:"乘黃,王者興服有度,則出。"《山海經》曰:"白氏之國,白身被髮。有乘黃,其狀如狐,背上有角,乘之壽二千歲。"注云:"即飛黃也。"《淮南子》曰:"黃帝時,飛黃服皂"是已。公詩此句泛言其所畫之馬,而以"乘黃"比之;繼之以"曾(兒)[兒]先帝照夜白",至"輕紈細綺相追飛"六句,以言其爲天子畫馬也。

"曾貌"句:(陳案:曾,《四庫全書》本作"會"。形誤。《補注杜詩》《全唐詩》作"曾"。) 馬名也。《明皇別傳》:"上乘照夜白。"

"龍池"句:師:《長安志》:龍池,在南內南薰殿,畫曹承詔畫馬,所在此殿也。 薛云:《唐會要》:明皇在藩邸,宅居興慶里,宅有龍池涌出,日以浸夜,白者乃真龍耳,故畫出"照夜白"。而龍池所乘馬,(陳案:龍池,《補注杜詩》作"上"。)有王花驄及照夜白,皆駮逸無比,當照命圖寫之。 趙云:"照夜白"者,乃真龍耳,故畫出"照夜白"。而龍池之中"飛霹靂"者,凡"十日"也。蓋畫者真龍在圖,感動龍池中龍如此。薛夢符所引,意不相干。

"內府"句:師:《唐史》:裴行儉平都支遮匐,獲馬腦盤,廣三尺,文彩粲然。軍吏持之,趄跌盤碎,行儉色不少吝。

"婕妤"句:唐置以婕妤、才人,代世婦。　　趙云:馬腦盤,内府之物。"婕妤"秩尊,故"傳詔"。"人才"秩卑,故親往"索"之。

"盌賜"二句:師言:詔索内府,馬腦盤賜曹將軍也。今本作"(盤)[盌]"字,誤。　　趙云:"盌賜將軍",蓋專"賜"之,其從者"輕紈"與"細綺"也。《吳越春秋》:采葛女之歌曰:"群臣拜舞天顔舒。"

"近時"句:吐蕃潰,郭子儀收復京師,代宗以九花虯賜之,一名師子聯。

"復令"句:(陳案:職,《補注杜詩》《全唐詩》作"識"。《詩·小雅·巧言》馬瑞辰傳箋通釋:"職、識古通用。")。

"霜蹄"句:曹子建《名都篇》:"走馬長楸間。"　　杜詩(陳案:杜詩,《補注杜詩》作"定功"。):《莊子》有:"馬,蹄可以踐霜雪。"《維摩經》:"龍象蹴踏,非驢所堪。"

"可憐"句:漢武帝有九逸。支遁曰:"憐其神駿耳。"

"後有"句:支遁,字道林。　　趙云:自"昔日太宗"至"氣深穩"十二句,正是韋諷家所見之畫,凡九疋也。畫《長安志》:昭陵有六駿,在陵後,(陳案:畫,《杜詩引得》作"按"。)曰:拳毛騧、師子花。子花亦近時郭家所有之實者。舊注不省,云漢〈云〉有九逸,而薛夢符又引《西京雜記》,以正其(僞)[爲]漢文有良馬九疋,混亂旁似,疑惑後學。《莊子》有:"馬,蹄可以踐踏雪。"支遁養真馬,韋諷藏畫馬,皆苦心有愛,蓋惟好之篤,而用心苦也。

"憶昔"句:新豐宫,驪山也。

"翠華"句:《南都賦》:"望翠華之葳蕤。"《東都賦》:"旌旗拂天。"

"騰驤"二句:明皇幸驪山,王毛仲以鹿馬數萬從。每色爲一隊,相間若錦繡。　　趙云:因見此九馬圖畫,懷思先皇。"新豐宫",則以漢高事。下句"射蛟",則以漢武事。"朝河宗",則以穆天子事比先皇也。高帝,沛豐邑中陽里人,太上皇懷其故鄉,特爲造"新豐"邑。驪山在其南,先皇所常游幸。"翠華",天子之旗也。《南都賦》:"望翠華之葳蕤。"《東都賦》"〔旌〕旗拂天"也。自長安而幸新豐,自西而"東"也。今"比"所畫,正如先皇"三萬匹",皆駿馬也。

"自從"二句:元封五年,漢武自潯陽浮江,親射蛟江中,獲之。

師云：蓋傷明皇不復遊幸。　　趙云：言先皇之出狩,而遂上昇乎？《穆天子傳》曰："河曰河宗,四瀆之所宗。穆天子乘八駿以游幸。"《穆天子傳》又云："天子西征至陽紆之山。河伯、馮夷,都是爲河中,(陳案：中,《藝文類聚》作'宗'。)觀春山之寶玉也。"沈佺期詩云："河宗來獻寶,天子命焚(表)〔裘〕。"

"君不"二句：漢武歌曰："天馬騋,龍〔之〕媒。""金粟堆",在宣宗泰陵南。　　增添：《唐舊記》云：元宗親拜五陵,至睿宗橋陵,見金粟山崗,有龍盤鳳翥之勢。謂侍臣曰："吾千秋萬歲後,宜葬此。"暨升仙,群臣尊先旨以葬焉。　　趙云：先皇陵寢之畔,"龍媒"既"去","鳥"徒"呼風"於松柏間耳,故曰"鳥呼風"。

送韋諷上閬州錄事參軍

國步猶艱難,兵革未衰息。
萬方哀嗷嗷,十載供軍食。
庶官務割剝,不暇憂反側。
誅求何多門,賢者貴爲德。
韋生富春秋,洞徹有清識。
操持紀綱地,喜見紅絲直。
當今廉奪吏,自此無顏色。
必若救瘡痍,先應去蟊賊。
揮淚臨大江,高天應悽惻。
行行樹佳政,慰我深相憶。

【集注】

"國步"句：《詩》："天步艱難。"

"萬方"六句：民困於役而無訴,故"哀嗷嗷"。　　杜云：《鴻鴈詩》："哀鳴嗷嗷。"一云："賢俊愧爲力。"哀：一作"尚"。載：一作"年"。

趙云：此篇公憂國愛民之意切矣。"國步蔑斯"，見《詩》。（陳案：斯，《毛詩正義》作"資"。）嗷嗷，衆口愁也。《周禮》云："使無敢反側，以聽王命。"《後漢·光武紀》：帝云："使反側子得以自安也。"既已"軍食"而須求，乃以乘勢"割剝"，寧不"憂"民之怨，而"反側"乎？此公之（忻）[所]遠慮也。"賢者貴爲德"，一作"賢俊媿爲力"，非。蓋義不足也。

"韋生"句：《高五王傳》："皇帝春秋富。"師古曰："言年幼也，比之於財，力未匱竭，故未之富。"（陳案：力、未，《漢書》作"方""謂"。）

"喜見"句：鮑照《白頭吟》："直如朱絲繩。"

"當今"句：大吏豪奪。

"自此"句：趙云：録事者，一州之"紀綱"。《管子》曰：凡輕重散斂以時，節平準，故大賈富家，不得"豪奪"吾人也。

"必若"句：（陳案：若，《四庫全書》本作"苦"。形訛。《補注杜詩》《全唐詩》作"若"。）

"先應"句：《詩》云："[去]其螟螣，及其蟊賊。"《爾雅·釋蟲》："食心曰螟。"

"行行"句：師：曹植《與吳季重書》曰："足下在彼，自有佳政。"

"慰我"句：此詩欲抑暴斂。　　趙云：《前漢·季布傳》："瘡痍未瘳。"此詩在梓州送韋，"臨大江"，梓州江也。

陪章留後惠義寺餞嘉州崔都督赴州

中軍待上客，令肅事有恆。
前驅入寶地，祖帳飄金繩。
南陌既留歡，兹山亦深登。
清聞樹杪磬，遠謁雲端僧。
迴策匪新岸，所攀仍舊藤。
耳激洞間飇，目存寒谷冰。
出塵閟軌躅，畢景遺炎蒸。

永願坐長夏,將衰樓大乘。
羈旅惜宴會,艱難懷友朋。
勞生共幾何,離恨兼相仍。

【集注】

"中軍"句:"晋以郤縠將中軍"。孔融謁李膺,"爲登龍上之客"。(陳案:上之,《白孔六帖》作"之上"。)

"令蕭"句:(陳案:蕭,《補注杜詩》《全唐詩》作"肅"。朱駿聲《說文通訓定聲》:"蕭,叚借爲肅"。) 趙云:"中軍",以指章留後。"上客",以指崔都督。《左傳》凡言某人"中軍",則以言主將也。六國呼蘇秦、張儀爲"上客"。"令蕭事有恆",言章留後號令嚴肅,而事有定式。

"前驅"句:趙云:《詩》:"伯也執殳,爲王前驅。"

"祖帳"句:《法華經》云:"國名淨垢,琉璃爲地,黄金爲繩。"(陳案:淨,《補注杜詩》作"離"。) 趙云:善形容事實者。

"南陌"二句:(陳案:正文"歘",形誤。《補注杜詩》《全唐詩》作"歡"。) 登:一本作"探"。 趙云:餞席謂之祖道。"祖",蓋祭名也。《前漢·疏廣傳》:"故人邑子,爲張祖道供帳。"(陳案:"爲張"句,《漢書》作"設祖道供張東都門外"。)佛寺、佛居,以七"寶"爲"地"。"惠義寺",在梓州之南,故於"南陌"留爲歡宴,而復登此山也。徐敬業《登琅邪城》:"此江稱豁險,兹山復鬱盤。"

"清聞"二句:鮑照:"雲端楚山見。" (陳案:注文有竄亂。當作:趙云:木末曰"杪"。枚乘詩:"美人在雲端,天路隔無期。")

"耳激"句:(陳案:間,《補注杜詩》《全唐詩》作"門"。)

"畢景"句:鮑明遠:"侵晨赴早路,畢景逐前儔。"(陳案:晨,《文選》作"星"。)

"將衰"句:《法華經》:"決定說大乘。"又,"佛自在大乘。"

"勞生"句:魏武帝:"對酒當歌,人生幾何。"

"離恨"句:鮑照:"何惄宿昔意,猜恨坐相仍。"

閬州東樓筵，奉送十一舅往青城縣 得昏字

曾城有高樓，制古丹臒存。
迢迢百餘尺，豁達開四門。
雖有車馬客，而無人世喧。
游目俯大江，列筵慰別魂。
是時秋冬交，節往顏色昏。
天寒鳥獸伏，霜露在草根。
今我送舅氏，萬感集清樽。
豈伊山川間，迴首盜賊繁。
高賢意不暇，王命久崩奔。
臨風欲慟哭，聲出已復吞。

【集注】

"曾城"二句：《梓材》："既勤樸斲，惟其塗丹臒。"注："塗以漆丹，以朱而後成。"《山海經》云："青丘之山，多有賁臒。"《頭陁碑》："朝霞爲丹臒。" 趙云："曾城有高樓"，則"西北有高樓"之勢。《淮南子》："崑崙山之上，有曾城九重。"

"迢迢"句：《西京賦》："狀迢迢以亭亭。"《古詩》："迢迢牽牛星，雙闕百餘尺。"陸士衡："高樓一何峻，迢迢竣而安。"

"豁達"句：新添：舜"闢四門"。漢高祖豁達大度。

"雖有"二句：陶淵明："結廬在人境，而無車馬喧。"有：一作"會"。
趙云：鮑明遠《舞鶴賦》云："歸人寰之喧卑。"

"游目"二句：江淹："黯然銷魂者，惟別而已。"謝靈運："得以慰別魂。"蘇武："俯觀江漢流。"

"節往"句：《雪賦》："歲將暮，時既昏。"

"天寒"二句：《登樓賦》："步樓遲以徙倚兮，白日忽其將匿。風蕭瑟而并興，天慘慘而無色。獸狂顧以求群，鳥相鳴而舉翼。"沈休文："樹頭鳴風飆，草根積霜露。"

"今我"二句:《渭陽詩》:"我見舅氏。"謝靈運:"千念集日夜,萬感盈朝昏。"　趙云:"我送舅氏",《詩·渭陽篇》全語。(齊)謝朓《與江水曹》詩:"山中上芳月,故人清樽賞。"

"豈伊"二句:趙云:言一別之後,"豈"只是"山川"間隔?"回首"則有"盜賊"繁多,爲可憂。蓋吐蕃之勢未已,有吞蜀之意。鮑明遠云:"豈〔伊〕白璧賜,將起黄金臺。"

"高賢"二句:謝靈運:"圻岸屢崩奔。"　趙云:高賢,指言十一舅。所以不皇暇給者,以"王命"所在,"久崩奔"而遵承之。

"臨風"二句:趙云:賈誼:"可爲慟哭者二。""聲出已復吞",則取江淹所謂"吞聲展用",而倒押爲韻。

將適吳楚,留別章使君留後,兼幕府諸公 得柳字

我來入蜀門,歲月亦已久。
豈唯長兒童,自覺成老醜。
常恐性坦率,失身爲杯酒。
近辭痛飲徒,折節萬夫後。
昔如縱壑魚,今如喪家狗。
既無游方戀,行止復何有。
相逢半新故,取別隨薄厚。
不意青草湖,扁舟落吾手。
眷眷章梓州,開筵俯高柳。
樓前出騎馬,帳下羅賓友。
健兒簸紅旗,此樂幾難朽。
日車隱崑崙,鳥雀噪户牖。
波濤未足畏,三峽徒雷吼。
所憂賊盜多,重見衣冠走。

中原消息斷,黄屋今安否?

終作適荆蠻,安排用莊叟。

隨雲拜東皇,挂席上南斗。

有使即寄書,無使長回首。

【集注】

"歲月"句:《古詩》:"歲月忽已晚。"

"自覺"句:阮籍詩:"朝爲美少年,夕暮成醜老。"

"失身"句:《古詩》:"失意杯酒間。"

"近辭"二句:《前漢》:"郭解年長,更折節爲儉,以德報怨。" 趙云:喪"失"其"身",特是爲憂"酒"耳。舊注"失意杯酒間",非是。"折節"者,摧折其節而悔過之義。《前漢》:"郭解年長,更折節爲儉也。"

"昔如"句:王褒《頌》:"如巨魚之縱大壑。"

"今如"句:《家語》:"纍纍然若喪家之狗。"

"既無"句:《語》:"游必有方。"

"不意"句:在湖南。

("行止"至)"扁舟"五句:趙云:可行則行,可止則止。"不意青草湖,扁舟落吾手",以言將適吳、楚,可謂奇句矣。

"眷眷"六句:(陳案:簌,《四庫全書》本作"簌"。形訛。《補注杜詩》《全唐詩》作"簌"。) 趙云:六句紀宴會之實事。

"日車"八句:《莊子》:"若乘日之車。" 趙云:此段言"日"已向晚,別筵之散,遂有行矣。然登舟而親"波濤",猶未足以慰沃吾欲去之心,則"三峽"徒爲"雷吼"之聲而已。我之"所憂",則"憂"在"盜賊多"而"衣冠"奔逃,至尊未知"消息"也。此吐蕃陷京師,代宗出狩,而地遠所未知也。

"終作"句:王仲宣:"遠身適荆蠻,荆蠻非我鄉。"

"安排"句:謝靈運:"居常以待終,處順故安排。" 趙云:《莊子》:"造適不及笑,獻笑不及排。安排而去化,乃入於寥天一。"注:"安其推移,而忘其變化也。"

"隨雲"二句:謝靈運:"揚帆采石華,挂席拾海月。" 趙云:屈原《九歌》有《東皇太一篇》。《春秋説題》:"南斗爲吴。"《海賦》云:"掛帆席。"

"有使"二句:趙云:《玉臺新詠》所載《近代西曲歌》:"有客數寄書,無客心相憶。"(陳案:無客,《玉臺新詠》作"無信"。)

椶拂子

椶拂且薄陋,豈知身效能。
不堪代白羽,有足除蒼蠅。
熒熒金錯刀,擢擢朱絲繩。
非獨顔色好,亦用顧盻稱。
吾老抱疾病,家貧臥炎蒸。
咂膚倦撲滅,賴爾甘服膺。
物微世競棄,義在誰肯徵。
三歲清秋至,未敢闕緘縢。

【集注】

《椶拂子》:趙云:此篇言物微而有用。特以夏月多蠅,而"拂子"能除之。東溪云:"明皇不明,賢人棄逐。"故作是詩以諷焉。詩作於梓州,廣德元年之夏,乃是代宗時,豈干明皇邪?

"椶拂"四句:諸葛嘗持"白羽"扇指麾。又顧榮伐陳敏,以"白羽"扇麾之。《詩》:"營營蒼蠅之。"(陳案:《毛詩注疏》作"營營青蠅""蒼蠅之聲"。) 山谷言:事見《新唐書》:"適從何處來者",是也。注乃引"營營青蠅",其義安在哉?余謂此説誤矣。此乃元積事,在子美後。子美以對"白羽",皆前代事。信乎"不行一萬里,不讀萬卷書,不可看老杜詩"。

"熒熒"句:張平子《四愁詩》:"美人贈我金錯刀。" 集註:李善《文選注》注"錯刀"云:"《續漢書》曰:'佩刀,諸侯王黄金錯環。'"謝承

《后漢書》曰："詔賜應奉金錯把刀。"《續漢書》：班固《與弟超書》曰："竇侍中遺仲叔金錯半垂刀一枚。"《前漢·食貨志》曰："錢，新室更造契刀、錯刀。契刀，其環入大錢，身形如刀，長二寸。文曰：'契刀，刀直五百。'錯刀，以黃金錯其文，一刀直五千。""熒熒金錯刀"，乃佩刀之屬也。第三十六卷《對雪》詩云："金錯囊徒罄"，乃是錢刀，而以金錯之也。第一十三卷："虎牙行金錯，旌竿蒲雲直。"蓋以黃金而錯鏤旌竿也。大抵古人之於器物，以黃金錯之，皆謂之"金錯"。如秦嘉妻以金錯盌奉其夫盛水之類。是以嘗隨其器物而名之。不可以名同，不究其實焉。

"擢擢"句：鮑照："直如朱絲繩。"

"非獨"二句：(陳案：眄，《全唐詩》作"盼"，《補注杜詩》作"盻"，一作"眄"。《説文》："眄，目偏合也。一曰裹視也。"即一只眼病、斜視義。《説文》："盻，恨視也。"即怒視義。《説文句讀》："盼，目白黑分也。"即眼珠黑白分明。朱駿聲《説文通訓定聲》："盼，假訓爲眄。"又《集韻》"産"韻："盻，美目皃。"與"盼"義同。) 趙云：言櫻拂之柄，朴而無飾，非若"金錯刀"之"熒熒"。櫻拂之絲，散而不長，非若"朱絲繩"之"擢擢"。彼二物之名可"稱"，亦"非"特以其金朱之"好""顏色"耳。刀用以佩，弦用以彈，皆係乎人之"顧眄"焉。

"啒膚"二句：(陳案：啒，《四庫全書》正文作"啒"，注文作"啞"。《補注杜詩》《全唐詩》亦作"啞"。) 蠅蚋啒膚。"顏子得一善，則拳拳服膺"。 趙云：《莊子》曰："蚊虻啞膚，則通夕不寐。"《書》云："若火之燎于原，其猶可撲滅。"

"未敢"句：趙云：末句蓋言"秋至"而無蠅矣，仍珍藏之，"未敢"使"緘縢"之滅裂也。《莊子》："緘縢、户牖謂之固也。"

丹青引

將軍魏武之子孫，於今爲庶爲清門。
英雄割據雖已矣，文彩風流今尚存。
學書初學衛夫人，但恨無過王右軍。

丹青不知老將至,富貴於我如浮雲。
開元之中常引見,承恩數上南薰殿。
凌煙功臣少顏色,將軍下筆開生面。
良相頭上進賢冠,猛將腰間大羽箭。
褒公鄂公毛髮動,英姿颯爽來酣戰。
先帝天馬玉花驄,畫工如山貌不同。
是日牽來赤墀下,迥立閶闔生長風。
詔謂將軍拂絹素,意匠慘澹經營中。
斯須九重真龍出,一洗萬古凡馬空。
玉花却在御榻上,榻上庭前屹相向。
至尊含笑催賜金,圉人太僕皆惆悵。
弟子韓幹早入室,亦能畫馬窮殊相。
幹唯畫肉不畫骨,忍使驊騮氣凋喪。
將軍盡善蓋有神,必逢佳士亦寫真。
即令漂泊干戈際,屢貌尋常行路人。
途窮返遭俗眼白,世上未有如公貧。
但看古來盛名下,終日坎壈纏其身。

【集注】

《丹青引》:贈曹將軍霸。

"將軍"二句:《左氏·昭傳三十二年》:"三后之姓,於今未庶,(王)[主]所知也。" 趙云:魏武,則曹公操也。《北史·咸陽王禧傳》有言:"清脩之門。"

"英雄"二句:《晋》:樂廣、王衍見重於時,天下言風流者推王、樂。

趙云:"英雄割據""文彩風流",皆以言曹公。公雖至其子丕即帝位,然本"割據"。阮籍云:"時無英雄,使豎子成名。"陸士衡《辨亡論》:"故遂割據山川,跨制荆、吴。"司馬遷《書》:"恨文彩不表於後世。"而韋元成:"遜父賢,而文彩過之"也。(陳案:遜,《漢書》作"不

"學書"句：晋李夫人，名衛，善書。（陳案：衛，《書斷》作"鑠"。）

"但恨"句：王羲之善書，爲古今之冠。

"丹青"二句：《語》曰："不知老之將至。"又曰："不義而富且貴，於我如浮雲。" 趙云：衛夫人云："有一弟子號王逸少，用筆咄咄逼人也。"《呂氏童蒙訓》：謝無逸云："老杜有自然不做底語，到極至處者。如'丹青不知老將至，富貴於我如浮雲'，此自然不做底語，到極至處者也。如'金鐘大鏞在東序，冰壺玉衡懸清秋'，此雕琢語，到極至處者也。

"凌煙"句：《唐書》：李靖等二（人）[十]四人於凌煙閣，時貞觀中，太宗爲序。

"良相"句：《後漢·志》："進賢冠，古緇布冠，儒者之服也。"

"猛將"句：太宗常自製長弓、大羽箭，皆倍常制。

"褒公"句：褒公，尉遲敬德。鄂公，段志玄。

"英姿"句：趙云："南薰殿"，《長安志》未載，蓋其所遺忘也。貞觀中，太宗畫李靖等二十四人於凌煙閣，至開元時，顏色已暗，而曹將軍爲之畫，故云。"開生面"，蓋因之《左氏》"狄人歸先軫之元，面如生"也。《淮南子》曰："魯陽公與韓戰酣，日暮，援戈而揮之，日爲之反三舍。"已上言曹將軍之傳神。

"是日"句：劉孝標《辨命論》："時在赤墀之下。"

"迥立"九句：（陳案：迥，《補注杜詩》《全唐詩》作"迴"。《唐詩品彙》：劉云："迥，立意從容。"） 趙云："閶闔"者，天門名也，其風曰閶闔風。《吳越春秋》載："子胥爲吳立閶門，以向天門，通閶闔。"李善注云："天有紫微宮門，名曰閶闔，則天子之門可言閶闔。"師民瞻本作"迴立"，非是。"迥立"，則首向殿陛，而尾向殿門，豈非"迥立"乎？馬之"立"而"生""風"，以其神駿也。龍馬有"生風"字，又於"閶闔"爲有情矣。"意匠"字，摘使《文賦》："意司契而爲匠。""慘澹"，肅然之意。晋（臺）[壹]道人言"欲雪"之狀曰："乃先集其慘澹。"《古樂府》云："淺立經營中。""一洗萬古凡馬空"，乃古今奇句。"玉花驄"，先帝之馬也。畫手精妙，盡得其真，"至尊"賞之，揮涕而"賜金"，可也，乃"笑"而"賜"。若"圉人、太僕"，却知感慨，爲之"惆悵"。則公詩微意可推矣。

"弟子":言得其真蹟也,故稱"入室"。　　新添:《語》:"由也升堂矣,未入于室也。"

"亦能"五句:薛云:右按:《晋書》:顧愷之善丹青,每畫人成,或數年不點目睛。人問其故。答曰:"四體妍蚩,本無闕少於妙處,傳神寫照,正在問堵中。"(陳案:問,《晋書》作"阿"。)

"即令"句:(陳案:令,《補注杜詩》《全唐詩》作"今"。)

"途窮"句:言識者蓋寡耳。

"世上"句:趙云:繼論幹所(盡)[畫],以推見曹將軍之"盡善",則骨肉俱畫,而"有神"也。公於畫,取畫"骨"及"肉",而曰"將軍盡善蓋有神"。若於書,不取肥,失"真",而曰"書貴瘦硬方通神"。然則,公蓋通書畫之妙矣。(梁)簡文帝《詠美人看畫詩》云:"可憐俱是畫,誰能辨寫真"也。

"但看"句:《唐·房琯贊》曰:"盛名之下,爲難居矣。"

"終日"句:"(壇)[壈]",盧感反。　　趙云:《王立之詩話》:世有注杜詩者,君不見"古來盛名下",乃引《新唐書·房琯贊》云:"盛名之下難居。""終日坎壈纏其身",乃引《孟子》:"少坎軻",真可以發觀者之一笑。

桃竹杖引

江心蟠石生桃竹,蒼波噴浸尺度足。
斬根削皮如紫玉,江妃水仙惜不得。
梓潼使君開一束,滿堂賓客皆歡息。
憐我老病贈兩莖,出入爪甲鏗有聲。
老夫復欲東南征,乘濤鼓枻白帝城。
路幽必爲鬼神奪,杖劍或與蛟龍争。
重爲告曰:杖兮杖兮,
爾之生也甚正直,慎勿見水踴躍學變化爲龍。

使我不得爾之扶持,滅跡於君山湖上之青峰。

噫,風塵澒洞兮豺虎咬人,忽失雙杖兮吾將曷從。

【集注】

《桃竹杖引》:贈章留後。

"江心"句:《爾雅》:"桃枝。"《山海古經》謂:"桃枝,竹也。"

"江妃"句:《江賦》:"冰夷倚浪以傲睨,江妃含嚬而矂綃。"注:"冰夷,水仙也。"

"梓潼"句:君:一作"者"。

"乘濤"句:柂:一作"棹"。　　白帝城在魚復,有公孫述像也。

"杖劍"句:杖劍:一作"拔劍"。　　趙云:《蜀都賦》云:"其中則有靈壽、桃枝。"注云:"靈壽,木名也,出涪陵縣。桃枝,竹屬也,出墊江縣。二者可以為杖。"今此"桃竹杖",生於"江心"之盤石。《爾雅》云:"桃枝四寸,有節,相去四寸。"其調直脩長中杖者,亦自難得,故云"尺度足"。《北史·楊津傳》:"受絹依公尺度。"《江賦》云:"江妃含嚬而矂綃。"舊注引《列仙傳》曰:"江妃二女,出游江濱。蓋鄭交甫所挑者。"其"水仙",則呂向注《江賦》"冰夷倚浪以傲睨"之下曰:"冰夷,水仙人也。"

"重為"四句:趙云:即使葛陂事。《神仙傳》曰:"壺公遣費長房歸,一竹之杖與之騎,此當還家,以投葛陂中。長房騎杖,忽然如眠,便到家。以竹投葛陂,顧之,乃青龍也。"

"滅跡"句:"君山",在洞庭湖心也。

"風塵"句:時盜賊害人,如豺虎。

"忽失"句:趙云:《戰國策》:蘇秦曰:"多割楚以滅迹。"又李陵《書》:"滅迹掃塵。"謝靈運詩:"滅迹入靈峰。"　　(吳)華覈《上疏》曰:"卒有風塵不虞之變。"《淮南子》云:"未有天地之時,鴻濛澒洞,莫知其門。"王粲詩曰:"盜賊如豺虎。"觀公重告之辭,以正直美之,以"學"為"龍"戒之,其所望於章留後,可謂忠矣。

寄題江外草堂

我生性放誕,難欲逃自然。
嗜酒愛風竹,卜居必林泉。
遭亂到蜀江,臥痾遣所便。
誅茅初一畝,廣地方連延。
經營上元始,斷手寶應年。
敢謀土木麗,自覺面勢堅。
臺亭隨高下,敞豁當清川。
雖有會心侶,數能同釣舡。
干戈未偃息,安得酣歌眠。
蛟龍無定窟,黃鵠摩蒼天。
古來達士志,寧受外物牽。
顧惟魯鈍姿,豈識悔吝先。
偶携老妻去,慘澹陵風煙。
事迹無固必,幽貞愧雙全。
尚念四小松,蔓草易拘纏。
霜骨不堪長,永爲鄰里憐。

【集注】

"寄題"句:梓州作,寄成都故居。

"我生"二句:賀知章:"晚節尤放誕。"

"難欲"句:(陳案:難,《文章正宗》同。《全唐詩》作"雅"。)

"卜居"句:必:一作"此"。

"林泉"二句:沈:痾病也。　　趙云:謝靈運《登池上樓》詩:"臥痾對空牀。"(陳案:牀,《文選》作"林"。)

"誅茅"句:屈原《卜居》:"誅鋤草茅,以力耕。"《儒行》:"儒有一畝之宮。"

"經營"二句：趙云：公以乾元之元年十二月（未）〔末〕至成都。（陳案：元年，《集千家註杜工部詩集》作"二年"。）明年，即上元元年，乃公建章堂之始。又二年，即寶應元年，乃公成草堂之日。《詩·靈臺》："經之營之。""斷手"字，晉、（魁）〔魏〕以來之語。《齊民要術》言種小豆："初伏斷手爲中時，中伏斷手爲下時。"本朝《淳化法帖》中載唐高宗敕云："使至，〔知〕玄堂已成，不知諸作，早晚得斷手。"凡營造了，當言"斷手"者矣。

"敢謀"二句：《東京賦》："審曲面勢。"《考工記》："審查方面、形勢之宜。" 趙云："土木"被文繡。《考工記》云："審曲面勢，以飭五材。"注云："察五材曲直、方面、形勢之宜。"

"臺庭"二句：庭：一作"亭"。 陸士衡："清川帶華薄。"

"雖有"四句：（陳案：雖，《全唐詩》同。一作"惟"。） 薛云：《古樂府·短歌》："不羨一囊錢，唯重心襟會。" 趙云："會"合"心"意之朋"侶"。晉簡文在華林園爲左右："會心處，不必在遠，（脩）〔翛〕然林外，便有濠濮間之趣。"（陳案：脩、外、趣，《世說新語·德行》作"翳""水""想"。脩，《漁隱叢話》作"翛"。）

"黃鵠"句：魏文帝："脩條摩蒼天。"

"古來"句：達士志：一云"賢達士"。

"寧受"句：趙云：譬喻以言賢達之士，無常居止。齷齪者，則有所拘矣。古《烏生八九子》歌曰："黃鵠摩天極高飛。"

"顧惟"六句：（陳案：悔，《四庫全書》本作"梅"。形訛。《補注杜詩》《全唐詩》作"悔"。） 《語》："孔子毋固、毋必。" 趙云：上兩句雖曰自謙，而實言君子行留，當在"先"見。"慘澹"，肅然之意。"慘澹"字，見前注。《秦本紀》云："本原事迹。""幽"而不"貞"，非君子之"幽"也。《易》曰："塞利幽人之貞。"故云貴"雙全"。

"尚念"四句：（陳案：拘，《補注杜詩》《全唐詩》作"拘"。《正字通》："拘，俗拘字。"） 趙云：公有《四松》詩云："四松初移時，大坻三尺強。別來忽三歲，離立如人長。"今此懷念之。易拘纏：一作"已拘纏"；不堪長：一作"不甚長"。皆非。蓋"易"字、"堪"字方工。

述古三首

赤驥頓長纓,非無萬里姿。
悲鳴淚至地,爲問馭者誰。
鳳凰從天來,何意復高飛。
竹花不結實,念子忍朝飢。
古時君臣合,可以物理推。
賢人識定分,進退固其宜。

【集注】

《述古三首》:此詩傷賢者不得志也。

"赤驥"句:《列(字)[子]·周穆王》:"驂赤驥右。"

"鳳凰"四句:劉公幹:"鳳凰集南岳,徘徊孤竹根。於心有不厭,奮翅凌紫氛。豈不常勤苦,羞與黃雀群。" 趙云:王褒《聖主得賢臣頌》云:"周流八極,萬里一息。""鳳凰""來"而"復""飛",此與劉公幹詩同意。《莊子》曰:"鵷鶵非梧桐不栖,非練實不食,非醴泉不飲。"郭象注:"練實,竹實也。其色白如練。"薛夢符引劉公幹《魯都賦》:"竹則翠實離離,鳳鷟攸食。"

"古時"四句:大臣以道事君,可則進,否則奉身以退。 趙云:四句以結一篇之義。"驥"以無善"馭"者而"頓""纓","鳳"以無"竹""實"而"飛"去,實"賢"者"進退"之義也。

市人日中集,於利競錐刀。
置膏烈火上,哀哀自煎熬。
農人望歲稔,相率除蓬蒿。
所務穀爲本,邪贏無乃勞。
舜舉十六相,身尊道何高。
秦時任商鞅,法令如牛毛。

【集注】

"市人"句：《易》："日中爲市。"

"於利"句：江文通："競錐刀之利。"

"置膏"二句：（陳案：嗷，《補注杜詩》《全唐詩》作"熬"。）　《莊子》："膏火自煎也。"

"農人"四句：《莊子》：長梧封人曰："昔予爲禾，耕而鹵莽之，則其實亦鹵莽而報予；芸而滅裂之，其實亦滅裂而報予。予來年變齊，深其耕熟耰之，其禾繁以滋，予終年厭餐之。"

"舜舉"二句：《文・十八年傳》："昔高陽氏有才子八人，天下之人謂之八愷。高辛氏有才子八人，天下之人謂之八元。此十六（旅）[族]也。堯不能舉，而舜舉之。天下如一同心，戴舜以爲天子，以其舉十六相故也。"

"秦時"二句："商君"，名鞅，相秦十六年。天資刻薄少恩，變秦法令，宗室貴戚多怨望者，後滅商君之家也。　　趙云：市井之"利"，以譬"商鞅"之任末也；耕農之利，以譬元、凱之"務""本"也。《左傳・昭六年》云："錐刀之末，將盡爭之。"舊注引江文通云，在後矣。人之爭"利"，如"膏""火""自煎"。《莊子》云："膏以明自煎。""農人"專在"務""本"種"穀"，故指市人之孳孳爲"利"爲"勞"矣。張衡《西京賦》云："何必昏於作勞，邪贏優而足恃。"注云："昏，勉也。邪，偽也。優，饒也。何必當勉力作勤勞之事乎？欺偽之事，自餘贏豐饒足恃也。"（陳案：《文選》無"餘贏豐"三字。）當衡作賦，以美"市""利"爲主，故鄙農夫種田之"勞"。今詩以"務""本"爲主，故翻用衡賦，"邪贏無乃勞"也。坡說見上"自比稷與契"注。"如牛毛"者，言其多也。治亂之本，在任人，故爲國者，貴知"本"。商以"利"爲業，甚末爾，非"本"也；"農"以稼爲業，差似近"本"。然以"穀"爲"本"，非先"務"。故《孟子》陳堯、舜之道，以闢許行、陳相，蓋"務穀"者，"農"之"本"；務人者，治之"本"。得其人則治，如舜之"舉十六相"是也；非其人則亂，如秦任"商鞅"是也。明皇初用姚、宋，猶前；終用林甫、國忠，猶後。此其驗也。詳彼所注之意，分爲三：以"商"爲末，不如"農"爲"本"；"農"爲"本"，不如任人爲"本"；夫任人者，君也，豈可與"商""農"爲甲乙哉！此詩正是以"商"比"商鞅"，以"農"比"十六相"耳，識者宜審之。

> 漢光得天下，祚永固有開。
> 豈惟高祖聖，功自蕭曹來。
> 經綸中興業，何代無長才。
> 吾慕寇鄧勳，濟時信良哉。
> 耿賈亦忠臣，羽翼共徘徊。
> 休運終四百，圖畫在雲臺。

【集注】

"祚永"句：《禮》："有開必先。"

"吾慕"句：寇恂、鄧禹。

"耿賈"句：（陳案：忠，《補注杜詩》《全唐詩》作"宗"。）

"休運"句：漢祚終四百。故范蔚宗《獻帝贊》曰："終我四百，用作虞賓。"

"圖畫"句：雲臺圖功臣像。　　趙云：此篇大意，言中興者必得其人耳。《易》云："君子以經綸。"班固之傳"蕭、曹"云："漢之宗臣，是謂相國。"今(令)[於]"耿、賈"，所以又謂之"亦"也。"羽翼""徘徊"，乃"高祖"云"羽翼已成"者也。

卷九

(宋)郭知達 編

古 詩

冬到金華山觀,因得故拾遺陳公學堂

涪右衆山內,金華紫崔嵬。
上有蔚藍天,垂光抱瓊臺。
繫舟接絕壁,杖策窮縈回。
四顧俯層巓,淡然川谷開。
雪嶺日色死,霜鴻有餘哀。
焚香玉女跪,霧裏仙人來。
陳公讀書堂,石柱仄青苔。
悲風爲我起,激烈傷雄才。

【集注】

"冬到"句:"金華山",屬梓州射洪縣。唐陳子昂,射洪人,武后時擢右拾遺,少讀書此山。

"金華"句:《爾雅》:"石載土謂崔嵬。"陸士衡:"西山何其峻,曾曲鬱崔嵬。"

"上有"二句:杜田《補遺》:《度人經》:"三十二天、三十二帝。諸天皆有隱諱隱名,第一天黃皇曾天,鬱繼玉明。"(陳案:天,《杜詩引得》作"太"。)繼,音藍。"蔚藍",即鬱繼也。黃老書中更無說鬱藍處。

趙云:"蔚藍",則茂蔚之藍,天之青色如此。杜田亦穿鑿,相去之遠。蓋此乃《經》中言東方八天首兩句之文,上句言天名,下句言帝名。既以鬱繼玉明爲天帝隱諱,不應直言其隱名爲天而"垂光"也。

況鬱差爲"(藍)[蔚]",(藍)[繼]差爲"藍",豈有兩字改易之理也？又豈恰是東方第一天帝之天"垂光"也？今詩人言水曰"(拖)[挼]藍水",則天之青曰"蔚藍天",於義無義。(陳案:無義,《杜詩引得》作"無害"。)孫綽《〔遊〕天台山賦》:"瓊臺中天爲縣居。"(陳案:爲,《文選》作"而"。)今言金華山觀,得用神仙之居爲言。

"繫舟"二句:《莊子》:"泛乎若不繫舟。"(陳案:舟,《莊子》作"之舟"。)又,《後漢》:鄧禹"聞光武安集河北,即杖策北渡見之。"謝靈運詩:"晨策臨絕壁。"(陳案:臨,《文選》作"尋"。) 趙云:《吳越春秋》載:"古公乃杖策去邠。"陸士衡詩:"杖策將遠尋。"李善注以"魯仲連杖策而去"爲主,(陳案:主,《杜詩引得》作"祖"。)乃在《吳越春秋》事之後。

"四顧"句:趙云:謝靈運《過始寧墅》:"築觀基曾巔。"

"雪嶺"四句:趙云:"雪嶺",見上《古柏行》注。時既冬,雪濃厚可知。"日色"在其上,蓋望之如"死"矣。題是(到)[道]觀,故使"玉女""仙人"字。曹植《遠遊》詩:"靈運戴方丈,神岳儼嵯峨。仙人翔其隅,玉女戲其阿。"(陳案:運,《曹子建集》作"鼇"。)梁〔簡〕文帝《望浮圖上相輪絕句》有:"光中辨金帶,霧裏見飛鸞。""仙人""玉女"四字連出,見《宋書·樂志》歌辭。

"陳公"四句:新添:《莊子》:"齊(威)[桓]公讀書於堂上。" 師云:子昂官至右拾遺,以父喪,解歸廬塚。縣令段簡貪暴,聞其富,欲害子昂,家人納錢二萬緡。簡簿其賂,捕送死獄中。東川節度使李德明,爲立旌德碑於梓州學堂,至今猶存。子美蓋傷此也。 趙云:《唐書》:"子昂,梓州射洪人。苦節讀書,尤善屬文。"《古詩》:"浩歌正激烈。"(陳案:浩,《文選》作"長"。)《漢書》:"武帝雄材大畧。"

陳拾遺故宅

拾遺平昔居,大屋尚修椽。
悠揚荒山日,慘淡故國烟。
位下曷足傷,所貴者聖賢。

有才繼騷雅,哲匠不比肩。
　　公生揚馬後,名與日月懸。
　　同遊英俊人,多秉輔佐權。
　　彥會一時此,堂豈千年泉。
　　到今素壁滑,灑翰銀鈎連。
　　盛事會一時,此堂豈千年。
　　終古立忠義,感遇有遺編。

【集注】

　　"慘淡"句:(陳案:國,《全唐詩》作"園"。一作"國"。)
　　"位下"二句:舊注引本傳:"莫非聖賢之先務。"非是。　　趙云:"位下曷足傷",則子昂官止"拾遺"而已。
　　"有才"四句:趙云:"有才繼騷雅,哲匠不比肩。"則江左浮麗之詩,至子昂而初變,其詩本乎《離騷》、二《雅》也。殷仲文:"哲匠感蕭辰。"《選》詩:"長幼不比肩。"揚,則〔揚〕雄;馬,則司馬相如,皆蜀人,故云"公"在"揚、馬後",以顯其爲蜀之能文者。"名與日月懸",使《荀子》:"貴名起如日月。"
　　"彥會"二句:(陳案:《補注杜詩》《全唐詩》作"彥昭超玉價,郭振起通泉"。)　　超:一作"趙"。
　　"盛事"二句:(接)[按]:《新書》:趙彥昭,甘州人,以"權"幸進。中宗時有巫出入禁掖,彥昭以(始)[姑]事之,得宰相,巫力也。"英俊人",子昂與陸餘慶、王無競、房融、崔泰、盧藏用、趙元,最厚善。趙云:上兩句正用引下彥昭、郭元振,(約)[後]句直言子昂與陸餘慶人題壁見在耳。(陳案:陸餘慶,《杜詩引得》作"趙、郭二"。)趙則彥昭,郭則元振。彥昭本傳雖云"以權幸進",然亦必有才智者,故以"超玉價"言之。元振則自"通泉"尉而往,先天二年爲兵部尚書,同中書門下三品,定策誅竇懷正等。二人皆作宰相,"秉輔佐權"也。湛方生曰:"素壁流光。"索靖《書勢》曰:"宛若銀鈎。""壁"上之字見在,乃其"一時""盛事",人將愛護之,"此堂豈"止"千年"也。與元結《中興頌》"何千萬年"之語同。元注"英俊人"非是,與詩之下聯意不連屬。

"感遇"句:《傳》言子昂死,有文集十卷,盧藏用爲之序,盛行于代。(陳案:代,《集千家註杜工部詩集》作"世"。)　趙云:子昂有《感遇》詩三十首。

謁文公上方

野寺隱喬木,山僧高下居。
石門日色異,絳氣橫扶踈。
窈窕入風磴,長蘿分卷舒。
庭前猛虎臥,遂得文公廬。
俯視萬家邑,煙塵對階除。
吾師雨花外,不下十年餘。
長者自布金,禪龕只晏如。
大珠脫玷翳,白月當空虛。
甫也南北人,蕪蔓少耘鋤。
久遭詩酒汙,何事忝簪裾。
王侯與螻蟻,同盡隨丘墟。
願聞第一義,迴向心地初。
金篦刮眼膜,價重百車渠。
無生有汲引,茲理儻吹噓。

【集注】
"野寺"句:《詩》:"南有喬木"。《孟子》:"非謂有喬木之謂也。"
"絳氣"句:江文通:"絳氣下縈薄。"注:"絳氣,赤霞氣也。"
"窈窕"二句:陶潛:"既窈窕以尋壑。"謝靈運:"側徑既窈窕。"
"長蘿"句:(陳案:分,《補注杜詩》《全唐詩》作"紛"。《爾雅·釋器》郝懿行義疏:"分,蓋紛之省文。")
"庭前"句:《高僧傳》:"僧惠永感虎來馴。"

"吾師"句:《高僧傳》:有講經而天雨花者。　　杜田《補遺》:《楞嚴經》:"世尊天雨百寶〈蓮〉蓮花,青黃赤白間錯紛糅。"(梁)僧法雲講次,天花散墮。又勝光寺道宗講時,天花旋繞講堂,飛流户內。

"長者"二句:趙云:《佛書》:給孤獨長者有好園,祇陀太子以黃金布之,而迎佛居止。今云"長者自布金",則公言"布金"者是"長者",不待太子之黃金矣。

"大珠"二句:趙云:"大珠""白月",皆言"文公"之清淨。"大珠",如五色摩尼珠。"白月",《佛書》:望已前為"白月",已後為黑月。

"甫也"句:《檀弓》:"今丘也,東西南北之人也。"

"願聞"六句:趙云:"第一義",如《華嚴經》有"第一義諦"。《法華經》:"更以異方便助顯第一義。""願聞"字,則《論語》:"願聞子之志。""迴向",則《華嚴經》有"十回向"。"心地初",押"初""地"字韻,倒言之也。"初地",則《楞嚴經》:"修行有十地,以歡喜為初地。"以"心地"字貼之,則《佛書》有"心地法門"。《華嚴經·梵行品》:"初發心"。《功德品》亦詳此義矣。"金篦刮眼膜",則《涅槃經》:"如有目人為治目,故造詣良醫。(陳案:有,《杜詩詳註》作'盲'。)是時,良醫即以'金篦'決其'眼膜'。"又,《法苑珠林》載:後周張元,其祖喪明,元憂泣。因讀《藥師經》"盲者得視"之言,遂請僧接儀轉誦。至七日夜,夢一翁以"金篦"療其祖目,曰:"三日必差。"公用此,以比佛法之能"刮"除昏翳也。"車渠",寶名,出《佛書》:"金銀琉璃,車渠馬碯。""無生"字,佛云:"無生法忍。""汲引"字,劉向:"更相汲引,不為比周。"自"願聞第一義"而下,公以稱美"文公"。東坡云:子美詩:"知名未必稱,局促商山芝。"又,"王侯與螻蟻,同盡隨丘墟。願聞第一義,回向心地初。"乃知子美詩外,別有事在,其深知公矣。

奉贈射洪李四丈

丈人屋上烏,人好烏亦好。
人生意氣豁,不在相逢早。
南京亂初定,所向色枯槁。

遊子無根株,茅齋付秋草。
東征下月峽,挂席窮海島。
萬里須十金,妻孥未相保。
蒼茫風塵際,蹭蹬騏驥老。
志士懷感傷,心胸已傾倒。

【集注】

"丈人"句:(陳案:丈,《四庫全書》本作"大"。《補注杜詩》《全唐詩》作"丈"。)　《毛詩》:"瞻烏奚止,于誰之屋。"(陳案:奚,《毛詩》作"爰"。)注:"富人之屋,烏所集也。"　杜田《補遺》:《尚書大傳》曰:武王登夏臺,以臨殷民,周公旦曰:"臣聞之,愛其人者,愛其屋上烏;憎其人者,憎其儲胥。"又《韓詩外傳》:武王至於形丘,天雨三日不休。問太公,對曰:"愛其人及其屋烏,惡其人憎其儲胥。咸使厥敵,靡使有餘。"(陳案:咸使,《韓詩外傳》作"咸劉"。)一説大同小異,故併載也。

"人生"二句:趙云:《北史·李延年叙傳》載:閤信謂其祖李曉之言曰:"古人相知,未必在早。"(陳案:年,《北史》作"壽"。)

"南京"六句:趙云:南京,成都也。肅宗至德二年,以蜀郡爲南京,鳳翔爲西京,西京爲中京。公又有云:"南京西〔輔〕[浦]道。"所謂"亂初定",指京前年辛丑歲四月壬午,劍南東川節度兵馬使段子璋反,僭稱王,建元黃龍。五月,崔光遠擊斬之。此"亂初定"也。"茅齋付秋草",指言浣花草堂。"挂席",則《海賦》:"挂帆席。"謝靈運:"挂席拾海月。""月峽",則〔榆〕[渝]州有明月峽,三峽之始。"海島",海中之山。此公欲扁舟南下也。

"萬里"六句:(陳案:驥,《補注杜詩》《全唐詩》作"驎"。)　趙云:此三韻,公有所求於李〔文〕[丈]矣。

早發射洪縣南途中作

將老憂貧窶,筋力豈能及。

征途乃侵星，得使諸病入。
鄙人寡道氣，在困無獨立。
俶裝逐徒旅，達曙陵險澁。
（寒日出霧遲），清江轉山急。
僕夫行不進，駑馬苦維縶。
汀洲稍踈散，風景開快怏。
空慰所尚懷，終非曩所集。
衰顏偶一破，勝事難屢挹。
茫然阮籍途，更灑楊朱泣。

【集注】

"征途"句：乃：一作"復"。　鮑明遠："侵星赴早路，畢景逐前儔。"　趙云：《論語》："不知老之將至。"《禮》："老者不以筋力爲禮。""復侵星"，一作"乃侵星"，非。蓋"復"字接上兩句之義，言既貧老爲行人，而其行早也。

"得使"句：病入：一本作"疾入"。

"俶裝"句：顏延年："改服飭徒旅。"　杜田《補遺》：張平子《思玄賦》："簡元晨而俶裝。"注："俶，始也。"

"達曙"句：達曙：一本作"達曉"。　潘正叔："世故尚未夷，嶢函方險澁。"

"寒日"句：(陳案：《四庫全書》本作"維縶遲"。趙云："之縶。"《補注杜詩》《全唐詩》作"寒日出霧遲"。)

"駑馬"句：苦：一作"若"。　趙云：《詩》："縶之維之。"

"汀洲"八句：(陳案：所集，《補注杜詩》《全唐詩》作"遊集"。疑"所"字誤。)　《文選》："汀洲采白蘋。"阮籍嘗不由徑路而行，途窮則泣。楊朱泣多岐。　趙云：其在"途"也，如阮籍之窮途；其爲"泣"也，如楊朱之泣岐。

通泉驛南去通泉縣十五里山水作

溪行衣自濕,亭午氣始散。
冬溫蚊蚋在,人遠鳧鴨亂。
登頓生曾陰,欹傾出高岸。
驛樓衰柳側,縣郭輕烟畔。
一川何綺麗,盡日窮壯觀。
山色遠寂寞,江光夕滋漫。
傷時愧孔父,去國同王粲。
我生苦飄零,所歷有嗟歎。

【集注】

"亭午"句:《天台賦》:"羲和亭午,遊氣高褰。"
"冬溫"句:(陳案:在,《全唐詩》同。一作"集"。)
"登頓"句:江文通:"日落長沙渚,曾陰萬里生。"
"欹傾"句:趙云:《詩》:"高岸爲谷。"
"一川"句:劉公幹:"綺麗不可忘。"
"盡日"句:趙云:《史》:"天下之壯觀。"
"江光"句:夕:一作"日"。
"傷時"句:孔子之嘆"鳳鳥不至"。"子在川上","山梁雌雉",皆"傷時"。
"去國"句:"王粲",字仲宣,山陽人。避地荊州,復爲魏侍中。在荊州,日嘗思歸,因"登樓"作《賦》。 趙云:"王粲",漢獻帝西遷,粲從至長安。以西京擾亂,乃之荊州依劉表。其《七哀》詩云:"西京亂無象,豺虎方搆患。復棄中國去,遠身適荊蠻。"此之謂"去國"。
"所歷"句:《詩·關雎》:"故嗟歎之。"

過郭代公故宅

豪儁初未遇,其跡或脫略。

代公尉通泉，放意何自若。
及夫登袞冕，直氣森噴薄。
磊落見異人，豈伊常情度。
定策神龍後，宮中翕清廓。
俄頃辨尊親，指揮存顧託。
群公有慙色，王室無削弱。
迴出名臣上，丹青照臺閣。
我行得遺跡，池館皆疏鑿。
壯公臨事斷，顧步涕橫落。
高詠寶劍篇，神交付冥漠。

【集注】

"過郭"句：郭震，字元振，封代國公。

"豪儁"二句：江淹《賦》："脫略公卿，跌宕文史。"　趙云：賈誼："山東豪俊并起。"《梁孝王傳》："豪傑之士從之。"左太冲《詠史》詩："方其未遇時，憂在填溝壑。"

"代公"二句：(陳案：代，《四庫全書》本作"伐"。形訛。《補注杜詩》《全唐詩》作"代"。)　元振尉通泉，嘗盜鑄及掠賣部口，以銅遺賓客。

"直氣"句：謝靈運《吳都賦》："噴薄沸騰，寂寥長邁。"

"磊落"二句：《新書》：武后召與語，奇之。索文章，上《寶劍篇》，遂得擢用。後聘吐蕃，還《疏》言："吐蕃大將論欽陵，請去四鎮兵卒，分十姓地，爲不便。"　趙云：人謂蔡伯喈曰："不見異人，必得異書。"

"定策"二句：《新書》：明皇之誅太平公主，元振獨領軍扈從，事定，宿中書十四日，以功封代國公。

"俄頃"二句：是日，太上皇傳位太子，拜元振中書門下三品。

"群公"句：(陳案：有，《全唐詩》同。一作"見"。)　玄宗之舉事也，諸宰相走伏外省，蕭至忠、竇懷貞等皆從逆。　趙云：此叙"代公"平生也。公初爲尉，任俠使氣，撥去小節。如盜鑄、掠口，所謂"豪俊""脫畧""放意"者也。先天二年，以兵書同三品。（陳案：兵，《杜詩引得》作"中"。）蕭至忠、竇懷貞等附太平公主，謀作亂，明皇發兵誅殛之。睿宗聞變，登承天門樓，躬率兵誅懷貞等。獨公能摠[兵]扈帝。事定，宿中書十四日。所謂"登袞冕"，而"直氣""噴薄"，遂獨與夫"定策神龍後""清""宫中""辨尊親""存顧問"，而"群公有慙色"也。按：公助誅太平，以功封代國，在先天二年（登）[癸]丑歲，乃明皇即位之次年。是年改開元。若神龍，則中宗即位改元之號，歲在乙巳，去先天二年，凡八年。而公云"定策神龍"，學者疑之，因論之曰：太平擅寵，自中宗，則禍貼[貽]在神龍（下）[而]下也。中宗盡景龍四年庚戌，凡六年。是年睿宗即位，改景雲，至延和元年內禪，歲在壬子，未登三年。是年八月，明皇即位，改先天。太平擅寵，自中歷睿，至明皇始定。今杜公微意，不欲指中、睿之失，故追言"神龍後"，以見"代公"贊翊除患，召自神龍來也。猶玉華宫，乃貞觀二十年太宗作爲避暑，而公詩曰："不知何王殿。"蓋以太宗創業，貞觀習治，而勞費於營建，逸豫於離宫，故詩人諱之曰"不知何王殿"也。"俄頃辨尊親，指揮存顧託"，則以太平公主初有廢玄宗之意，及其既誅，則君臣之間，明皇得尊位；父子之間，明皇爲親傳。所以成睿宗"顧託"之意。舊說：太上皇傳位太子。非是。其云"磊落見異人"，以承"直氣""噴薄"之下，是專說誅太平事。〔舊〕（主）[注]又雜之以"〔武〕后〈后〉召見，奇之，及聘吐蕃還，上《疏》事"，此豈可以言其同中書門下三品，爲"登袞冕"時邪？

"我行"句：跡：一作"趾"。

"高詠"句：杜云：元振《寶劍歌》："君不見昆吾鐵冶飛炎烟，紅光紫氣俱赫然。良工鍛鍊凡幾年，鑄作寶劍名龍泉。龍泉顏色如霜雪，良工嗟咨嘆奇絕。流璃玉匣吐蓮花，錯鏤金環生明月。正逢天下無風塵，幸得用逢君子身。精光黯黯青蛇色，文章片片綠龜鱗。非直結交遊俠子，亦曾親近英雄人。何言中路遭弃捐，零落飄淪古獄邊。雖復埋沉無所用，猶能夜夜氣衝天。"

"神交"句：杜云：《選》：潘安仁作《夏侯湛誄》："心神相交，唯我與子。"（陳案：心神相交，《文選》作"心照神交"。）《南史》："劉訏，字彥度。阮孝緒，博學隱居，不交當世。訐一造之，即願以神交。"《列子》曰："夢有六候，正、噩、思、覺、喜、懼。此六夢者，神所交也。"沈休文《和宣城詩》："神交疲夢寐，路遠隔思存。"注："夢有六候，皆神所交。與謝相去遠，但神交而已。"所謂"神交"，正此意也。（晋）嵇康以"高契難（斯）[期]，每思郢質。所與神交者，唯阮籍、山濤，遂爲竹林之遊。預其流者，向秀、劉伶、阮咸、王戎"。魏武帝《文》曰："悼繐帳之冥寞。"顔延年《拜陵廟詩》："衣冠終冥寞，陵樹轉葱青。"（陳案：樹，《文選》作"邑"。）謝惠連《祭古塚文》："以不知其名字遠近，假爲之號曰冥寞君。"

觀薛稷少保書畫壁

少保有古風，得之陝郊篇。
惜哉功名忤，但見書畫傳。
我遊梓州東，遺跡涪江邊。
畫藏青蓮界，書入金牓懸。
仰看垂露姿，不崩亦不騫。
鬱鬱三大字，蛟龍岌相纏。
又揮西方變，發地扶屋椽。
慘淡壁飛動，到今色未填。
此行疊壯觀，郭薛俱才賢。
不知百載後，誰復來通泉。

【集注】

"少保"二句：公詩："驅車越陝郊，北顧臨大河。"

"惜哉"二句：趙云：稷，字嗣通，道衡曾孫，歷太子少保。當貞觀、永徽間，虞世南、褚遂良以書顓家，後莫能繼。稷外祖家多藏〈書〉虞、褚書。稷鋭精臨倣，結體遒麗，遂以書名天下，畫又絶品。及竇懷貞伏誅,稷以知其謀,賜死萬年縣獄中。此叙稷書畫甚明。"有古風",《傳》稱"以辭章自名",則詩有"古風",宜矣。其"功名"事,《傳》云:"稷言鍾紹京胥史,無才望,不宜(矣)[爲]中書令;又與崔日用數爭帝前。"非不美也,而以知懷貞之謀以死,則"功名"之誤。(令)[今]杜公於通泉縣見其"書畫"之"傳"。

"畫藏"二句:師云:惠義寺額,薛少保書。　　趙云:"青蓮界",佛寺也,見《佛書》。"金牓"字,取神仙事以形容之。《神異經》:東方有宫,青石爲牆,高三仞。左右闕高百丈,畫以五色。門有銀牓,以青石碧鏤,題曰:"天地長男之宫。"西方有宫,白石爲墻,五色,黄門有金牓而銀鏤,題曰:"天地少女之宫。"

"仰看"二句:漢曹喜工篆隸,懸雲垂露之變法。《詩·天保》:"不騫不崩。"騫,虧也。

"鬱鬱"二句:趙云:稷所書(忠)[惠]普寺碑上三字,字方徑三尺許,筆法雄勁。傍有贔屭纏捧,乃龍蛇"岌相纏"也。今在通泉縣慶壽寺聚古堂。到寺觀之,所有三字之傍,有贔屭纏捧。詩人道實事,爲壯觀之句耳。

"慘淡"二句:師云:兼畫"西方",像一"壁",筆力蕭洒,風姿逸發,并居神品。　　趙云:所畫"西方變"相,今亡矣。而公詩云"又揮西方變",至"到今色未填",指言當日所見。"填"字,即"寔"字。字書云:"塞也。"又訓"久"。今公"色未填",則"色"未昏滅之意。未詳所出。豈言其"色未"久,而尚如新耶?

"此行"四句:"通泉"前有郭代公,後有薛少保,故云"郭、薛"。

趙云:相如云:"此天下之壯觀也。""疊",言其書與畫。"郭、薛"真所爲"才賢"邪!

通泉縣署屋壁後薛少保畫鶴

薛公十一鶴,皆寫青田真。
畫色久欲盡,蒼然猶出塵。
低昂各有意,磊落如長人。

佳此志氣遠，豈惟粉墨新。
萬里不以力，群遊森會神。
威遲白鳳態，非是倉鶊鄰。
高堂未傾覆，幸得慰嘉賓。
曝露牆壁外，終嗟風雨頻。
赤霄有真骨，恥飲洿池津。
冥冥任所往，脫略誰能馴。

【集注】

"薛公"二句：《晉永嘉〔郡〕記》："青田有雙鶴，生子即便去。"趙云："青田"，《晉永嘉郡記》："有沐溪野，去青田九里，中有一雙白鶴，年年生伏子，長大便去，常餘父母在耳。相傳神所養也。""寫""真"者，模寫其真形。

"蒼然"句：杜田《補遺》：《北史》："劉（敞）〔歊〕矯矯出塵，如雲中白鶴。"

"低昂"句：薛公"畫鶴"，"低昂"皆"有意"，如返啄疏翎，唳天警露之類，皆隨而名之。

"磊落"句：《晉》："嵇紹在稠人中昂昂然，若野鶴之雞群。"

"威遲"二句：揚雄《甘泉賦》："夢吐白鳳。"《秋胡詩》："行路正威遲。"《詩·七月》："有鳴倉鶊。"注："倉鶊，黃鸝也。" 杜田《補遺》：《禽經》曰："鳳有五：東方曰發明，南方曰鷫明，西方曰鸛鶒，北方曰幽昌，中央曰鳳。其又曰：青鳳謂之鶡，赤鳳謂之鶉，黃鳳謂之鷗，紫鳳謂之鷟，白鳳謂之鶒。"

"赤霄"四句：杜云：鮑照《鶴賦》："夕飲於瑤池。"有遺支遁鶴者，遁曰："爾冲天之物，寧爲耳目之玩？"遂放之，任所往。 趙云：《楚詞》："載赤霄而凌太清。"在禽鳥言之，則張華《鷦鷯賦序》："彼鷲、鶚、鵰、鴻、孔雀、翡翠，或凌赤霄之際，或託絕垠之外。"王子年《拾遺記》："周昭王時，塗修〔國〕獻丹鶴，飲於溶溪之水。"江淹《擬嵇康》詩，其言靈鳳而曰："夕飲玉池津。"《孟子》："數罟不入洿池。"《揚子》："鴻飛冥冥，弋人何慕焉？"江文通："脫略公卿。"顏延年《詠嵇康》詩："龍性誰能馴。"

陪王侍御同登東山最高頂,宴姚通泉,晚携酒泛江

姚公美政誰與儔,不減昔時陳太丘。
邑中上客有柱史,多暇日陪驄馬遊。
東山高頂羅珍羞,下顧城郭銷我憂。
清雲白日落欲盡,復携美人登綵舟。
笛聲憤怨哀中流,妙舞逶迤夜未休。
燈前往往大魚出,聽曲低昂如有求。
三更風起寒浪湧,取樂喧呼覺舩重。
滿空星河光破碎,四坐賓客色不動。
請公臨深莫相違,迴舩罷酒上馬歸。
人生歡會豈有極,無使霜過霑人衣。

【集注】

"陪王"句:(陳案:宴,《四庫全書》本作"晚"。《補注杜詩》《全唐詩》作"宴"。)

"姚公"二句:《世説》:陳紀,字元方,年十一,候袁紹問曰:"卿家君在太丘,遠近稱之,何所履行?"元方曰:"老父在太丘,强者綏之以德,弱者撫之以仁,恣其所安,久而益敬。"袁公曰:"孤往爲鄴令,正行此事,不知卿家君復何師?"元方曰:"周公不師孔子,孔子不師周公。"

趙云:《荀子》:"在朝則美政。""不減",不虧也。晉人語每云:某人何"不減"某人。"太丘",陳寔也,爲太丘長。潁川四長,陳君其一,可見"太丘""美政"。

"邑中"二句:老子爲柱下史。舊説:驄馬御史。 趙云:"上客",《戰國策》:呼六國蘇秦、張儀爲"上客"。"柱史",指言王侍郎。"多暇日",《荀子》:"其爲人也多暇日。"特摘字用耳。"驄馬"事,《後漢》:桓典爲侍御史,嘗乘驄馬。京師人畏之,語曰:"行行且止,避驄馬御史。"

"東山"句:《晋》:"謝安雖貧,而東山之志不謝。"(陳案:貧,《補注杜詩》作"貴"。)曹子建:"緩帶傾庾。"　　趙云:"東山",即題所謂"登東山最高頂",非謝安東山。"羞"者,《韻書》:"致滋味爲羞。"《周禮》者有"膳羞、庶羞、百〔羞〕"。"珍"字,《周禮》有"珍用八物",故合云"珍羞"字。舊注引曹子建詩,却是"庶羞"矣。

"下顧"句:《登樓賦》:"聊暇日以銷憂。"　　趙云:《詩》:"以寫我憂。"

"清雲"六句:(陳案:雲,《補注杜詩》《全唐詩》作"江"。怨,《全唐詩》同。一作"怒"。)　　漢武《秋風辭》:"携佳人兮不能忘,横中流兮揚素波。簫鼓鳴兮發棹歌,歡樂極兮哀情多。"(陳案:携,《文選》作"懷"。)《荀子》:"匏巴鼓瑟,游魚出聽。"　　趙云:"美人"起於《詩》:"有美一人。"而文士用"美人",如《四愁》云:"美人贈我金錯刀。"

"人生"二句:(陳案:過,《全唐詩》同。一作"露"。)　　言樂極則悲來。　　師云:謝莊:《月賦》:"月既没兮露欲晞,歲方晏兮無與歸。佳期可以還,微霜霑人衣。"(陳案:露,《文選》"霜"。)　　趙云:此一段乃晏子戒"流連之樂"之義。其句亦倣謝希逸《月賦》。"臨深"字,孔子"如臨深淵,如履薄冰"句法之義。如言"請公""莫"違戾"臨深"之戒,所以有下句之囑。霜過,一作"霜露"。

春日戲題惱郝使君兄

使君意氣凌青霄,憶昨歡娱常見招。
細馬時鳴金腰褭,佳人屢出董嬌饒。
東流江水西飛鷰,可惜春光不相見。
願携王趙兩紅顏,再騁肌膚如青練。
通泉百里近梓州,請公一來開我愁。
舞處重看花滿面,樽前還有錦纏頭。

【集注】

"使君"二句：趙云："意氣凌"，乃（魏）劉楨《射鳶》詩"意氣凌神仙"之勢。"凌青霄"，乃仲長統"可以凌〔雲〕霄"。司馬紹統統言椅桐曰："上凌青雲霓"，張華"或凌赤霄"之勢。《北山移文》："干青霄而直上。"左太冲《詠史》："馮公豈不偉，白首不見招。"

"細馬"二句：（陳案：嬈，《全唐詩》作"饒"。一作"嬈"。） "嬌嬈"者，姬也。 師云：漢武帝鑄金作馬蹄狀，謂之"金腰褭"。盧照隣詩："漢家金腰褭。" 趙云："腰褭"，神馬名。漢武帝鑄金爲褭蹄麟趾，故有金褭蹄，而言馬則曰"金〔腰〕褭"也。上言"馬"，下言婦人，故公之今詩用對"董嬌嬈"。後漢宋子侯《董嬌嬈》詩言"採桑"事也。

"再騁"句：（陳案：青，《全唐詩》作"素"。《補注杜詩》同。"吳作雪"。）

"通泉"二句：趙云：上兩句以興見招之後，不復見"佳人"，故有下句"願"有之請。意者"流""水"以自比，而"燕"以比"佳人"乎？（宋）江夏王劉義公詩："眷戀江水流。"又，沈約《白銅鞮》詩："漢水回東流。"《古詩》："願爲雙飛鶯。"公在通泉，郝在梓州，欲郝自梓州携二妓來通泉耳。其"東""西"句法，則古《東飛伯勞》等歌："東飛伯勞西飛鶯，黃姑織女時相見。"江淹《送友人別》詩："遥裔發海鴻，連翩見簷燕。春秋更去來，參差不相見。"

"舞處"二句：（唐）王元寶富而無學識，嘗會賓客。明日親友謂曰："昨日必多佳論。"元寶曰："但費錦纏頭爾。" 趙云："錦纏頭"字，唐人以綵賞舞者之稱。舊注引唐王元寶事，止一事耳。又如"大姨以三百萬爲唐帝作纏頭錦之費"，則又一事矣。

天邊行

天邊老人歸未得，日暮東臨大江哭。
隴右河源不種田，胡騎羌兵入巴蜀。

洪濤滔天風拔木，前飛禿鶖後鴻鵠。
九度附書向洛陽，十年骨肉無消息。

【集注】

《天邊行》：趙云：詩中與《大麥行》，皆有"胡"與"羌"字，則（寅客）〔廣德〕元年十二月，吐蕃陷松、維、保三州等處以後之事。此篇云"臨大江哭"，則閬州之江。《大麥行》云："大麥乾枯"，則今歲廣德二年三月半間也。

"隴右"二句：大歷中，吐蕃三道入寇，誡其衆曰："吾要蜀川爲東府。"連陷郡邑，士庶奔亡山谷。　　趙云："天邊老人"，公在長安居杜陵，而有田在洛陽，無日不思"歸"，"未得"也。"大江"，指言閬水，言閬水乃嘉陵江至此而"大"矣。酈道元注《水經》，每言某山某處臨"大江"。下兩句，蓋言吐蕃爲患。今歲廣德二年，公自梓州再至閬中。去年廣德元年，吐蕃七月陷隴右諸州，則"隴右、河源不種田"矣。十二月陷松、維、保三州，則"胡騎""羌兵"入"巴、蜀"矣。謂之"胡騎羌兵"，"羌"與"胡"素自交結，觀今歲廣德二年七月，僕固懷恩以吐蕃、回紇、党項兵入寇，吐蕃雖曰"羌"，而有回紇在焉，非"胡"而何？巴、蜀，巴與蜀也。樂史《寰宇記》於閬州青石縣載："昔巴、蜀爭界，山爲自裂，若引繩分之。"觀此巴、蜀，蓋相連，其陷松、維、保州，必有入巴、蜀之事，但史不載耳，所考證唯《資治通鑑》云："吐蕃陷松、維、保三州，及雲山新築二城，西川節度使高適不能救，於是劍南、西山諸州，亦入於吐蕃矣。"其言"入巴、蜀"，亦何怪哉？

"洪濤"二句：項王圍漢王，大風拔木。　　趙云：上句亦盛言之，以比禍亂，其語則《選》有"鼓洪濤"。《書》："浩浩滔天。"《古詩》："枯桑知天風。"鶖，音秋。《玉篇》："水鳥也。"公於《同谷七歌》之一，言"弟在遠方"："東飛駕鵞後鶖鶬，安得送我至汝傍。"（陳案：至，《補注杜詩》《全唐詩》作"置"。）亦因物以起思矣。

"九度"二句：趙云：言洛陽、隴右陷之故。今歲廣德二年甲辰，逆數十年，歲在乙未。天寶十四載十一月，禄山反，其後禄山子與二史、吐蕃更爲患，是爲"十年"；而公田舍在"洛陽"之偃師，宜道路隔絶寄"書"而"骨肉無消息"也。字則《玉臺新詠》載《近代西曲歌》："莫作瓶落井，一去無消息。"

大麥行

大麥枯乾小麥黃,婦女行泣夫走藏。

東至集璧西梁洋,問誰腰鐮胡與羌。

豈無蜀兵三千人,部領辛苦江山長。

安得如鳥有羽翅,託身白雲還故鄉。

【集注】

　"大麥"二句:見上《送高三十五書記》詩注。《後漢》:桓帝時童謠曰:"小麥青青大麥枯,誰當穫者婦與姑,丈夫何在西擊胡。"

　"東至"句:(陳案:璧,《補注杜詩》《全唐詩》作"壁"。)　　西:趙作"北"。　　集、璧、梁、洋,皆蜀郡名。　　趙云:《圖經》:集、璧地在閬之東,梁、洋雖在東而退近北。其一作"西"字,非是。

　"問誰"句:鮑明遠《東武吟》:"腰鐮刈葵藿。"　　師云:又言吐蕃與回紇。《叢話》:潘子真云:"古人造語,俯仰紆餘,各有態。如桓帝時童謠,皆合問答之詞。公今四句,實有所自。"

　"豈無"句:三千人:一云"千人去"。

苦戰行

苦戰身死馬將軍,自云伏波之子孫。

干戈未定失壯士,使我歎恨傷精神。

去年江南討狂賊,臨江把臂難再得。

別時孤雲今不飛,時獨看雲淚橫臆。

【集注】

　"苦戰"四句:(陳案:神,《補注杜詩》《全唐詩》作"魂"。孫,歸《廣韻》"魂"韻。神,歸《廣韻》"真"韻。"魂"字是。)　　趙云:"伏波"者,將軍之號,後漢馬援也。"干戈未定",則吐蕃去冬陷松、維、保三州,用兵豈便息邪?(晋)阮籍《詠懷詩》:"容色改平常,精魂自漂淪。"謝靈運詩:"異人秘精魂。"

"去年"四句:鮑云:謂段子璋戰遂州時,公與(北)[此]人送别"江"上,今其死矣,故有感而作。遂州在涪江之南,故云"江南"。

趙云:"江南",蓋言閬州江之南,如夔州《社日》云:"今日江南老,它年(謂)[渭]北童。"所謂"江南",亦謂夔州之南,非江南道也。言"去年",則與下篇《去秋行》之意同。"臨江把臂",則公必與"馬"别時,在須臾江上。(陳案:須臾,《杜詩引得》作"閬州"。)末句變使李少卿《詩》:"良時再不至,離别在須臾。屏營衢路側,執手野踟躕。仰視浮雲馳,奄忽互相逾。"蘇子卿詩:"俯觀江漢流,仰視浮雲翔。良友遠離别,各在天一方。"詳味公〔詩〕,因"馬將軍"死,追悼之。

去秋行

去秋涪江木落時,臂槍走馬誰家兒。
到今不知誰骨處,部曲有去皆無歸。
遂州城中漢節在,遂州城外巴人稀。
戰場冤魂每夜哭,空令野營猛士悲。

【集注】

《去秋行》:時段子璋反於東川。

"到今"句:(陳案:誰,《補注杜詩》《全唐詩》作"白"。)

"部曲"句:見"部曲異平生"句。

"遂州"句:鮑云:上元四年四月,劍南節度兵馬使段子璋反,陷綿州,遂州刺史嗣虢王巨死之,節度李奐奔於成都。故詩云"遂州城中漢節在",蓋傷之也。

"戰場"二句:趙云:按:樂史《寰宇記》:"涪江在射洪縣。"(北)[此]廣德二年詩,不是言段子璋事。何以言之?上元二年四月壬午,劍南東川節度兵馬使段子璋反,僭稱王,建元黄龍。五月,崔光遠擊斬之,當年夏時已平矣。今云"去秋涪江木落時",應是公在彼有《九日》詩之際,乃廣德元年也。公眼見其"去",是以有感而作。意者應如廣南市舶使呂太一反,逐其節度使張休。(遂)[逐]而不殺,則有"漢節在"之理。"遂州城外巴人稀",則所以討叛亂者,皆梓、閬之兵。意者敗績而死亡者多,則有"巴人稀"之實。劉越石四言:"永負冤魂。"漢高祖:"安得猛士兮守四方?"

光祿坂行

山行落日下絕壁,西望千山萬山赤。
樹枝有鳥亂鳴時,暝色無人獨歸客。
馬驚不憂深谷墜,草動只怕長弓射。
安得更似開元中,道路即今多擁隔。

【集注】

　　"山行"二句:山:一作"水"。　　謝靈運:"日落山照耀。"
　　"樹枝"二句:鳴:一作"棲"。　　謝靈運:"林壑歛暝色。"
　　"草動"句:《白日賦》:"多翻是長弓子弟。"(陳案:本注文,《杜詩引得》作"白日多山賊,挾弓矢劫人"。疑注文有誤。)
　　"安得"句:中:一云"年"。　　鄭(榮)[綮]《傳信記》:"開元初,上勵精理道,十六七月,(陳案:十、月,《說郛》卷五十二下作'不' '年'。)天下大治。安西諸國,悉平爲郡縣。行者不囊糧,上猶惕厲未已。"
　　"道路"句:鮑云:《崔寧傳》:"寶應初,蜀亂,山賊乘險,道路不通。"與此詩合。　　趙云:萬山,一作"萬水"。非是。"水"豈可合"山"言"赤"乎?"有鳥亂棲",一作"亂鳴"。非。蓋"亂棲"所以呼喚"暝色"字也。言"獨歸客",則公之妻孥在梓。

山　寺

野寺根石壁，諸龕徧崔嵬。
前佛不復辨，百身一莓苔。
雖有古殿存，世尊亦塵埃。
如聞龍象泣，足令信者哀。
使君騎紫馬，捧擁從西來。
樹羽靜千里，臨江久徘徊。
山僧衣藍縷，告訴棟樑摧。
公爲顧賓徒，咄嗟檀施開。
吾知多羅樹，却倚蓮花臺。
諸天必歡喜，鬼物無嫌猜。
以兹撫士卒，孰曰非周才。
窮子失淨處，高人憂禍胎。
日晏風破肉，荒林寒可迴。
思量入道苦，自哂同嬰孩。

【集注】

《山寺》：章留後同遊，得開字。

"百身"句：《天台賦》："踐莓苔之滑石。"

"雖有"句：（陳案：雖，《全唐詩》同。一作"惟"。）

"如聞"二句：《薛補遺》：王簡棲《頭陀寺碑》："正法既没，象教陵夷。"又，"馬鳴幽讚，龍樹虛求。"《經》："有比丘，名龍樹。"龍象，猶佛象也。　《杜正謬》《維摩經》："菩薩勢力，譬如龍象蹴踏，非驢所堪。"《傳燈錄》："達摩是六衆所師。波羅提法中，龍象乃鱗毛類中最巨者。"猶麒麟之於走獸，鳳凰之於飛鳥。故《經》稱僧之出類〔者曰〕"龍象"，非即佛象也。　趙云：公題僧寺、紀僧詩，必用佛書中字，以爲一體。今云"世尊亦塵埃"，實道其事。或曰：下句"歲晏風破肉"，十二月也。十月以吐蕃寇奉天之故，車駕幸陝州。十二月甲午，雖車駕已至自陝矣，而巴、蜀僻遠未聞，猶以爲在外，則公今所云者，無乃微寄意乎？其說亦是。"龍象"，言僧也。杜（曰）[田]《正謬》引《維摩經》《傳燈録》出處，并是。然解其義云：乃"麟毛類中最巨者"，則其意分爲二物：鱗類中最巨者爲"龍"，毛類中最巨爲"象"。然《維摩經》所爲"龍象蹴踏，非驢所堪"。曰"蹴踏"，則"龍"無"蹴踏"之義。"龍象"，乃"龍"之"象"耳，如言龍馬者乎？以俟明識。

　　"山僧"六句：（陳案：賓徒，《全唐詩》同。一作"從"。一作"兵從"。）　　師云：《左氏》："篳路藍縷，以啟山林。""篳路"，柴車。"藍縷"，敝衣。　　杜田《補遺》：《左氏》："篳路藍縷。"《方言》曰："南楚凡人貧衣被醜弊，謂之須捷，或謂之褸裂。褸，音'縷'，衣壞或謂之'藍縷'。《左氏》謂'篳路藍縷'，是也。"《佛經》曰：佛告堅意菩薩，何以一念行於六度？答曰："是菩薩一切悉捨心無貪者，名檀，六波羅密之一。"《大乘論》云："檀越者，檀施也，謂此人行檀能越貧窮海故。"又云梵語"陀那缽底"，此言施主。今稱"檀那"者，即訛"陀"爲"檀"，去"缽底"留"那"故也。《方言》曰："褸裂、須捷，敗也。"又，"襜褕其短者謂之裋，以布而無緣，敝而紩之，謂之襤褸。"又云："裯，謂之襤，裯敝衣褸謂之緻，謂綴結。"又，《酉陽雜俎》："貝多，出摩珈陀國，西土用以寫經。樹長六丈，經冬不凋。此樹有三等：一多羅婆力叉貝多，二多梨婆力叉貝多羅，三部闍婆力叉貝多。多羅多梨，并書其葉。部闍一色，取其皮書之。貝多、婆力叉，皆梵語，貝多漢翻爲葉；婆力叉漢翻爲樹。多羅樹，即婆力叉，貝多之一也。"　　趙云：《詩》："崇牙樹羽。"本言樂，而今所謂"樹羽"，則軍旅所設之物。《江淹別集·登記南城詩》："君王澹以思，樹羽望楚城。"而若旗幟之屬矣。"静千里"，則章留後境内無戰也。"衣藍縷"，杜田引《方言》，其說是。石崇"咄嗟"而辨。"吾知多羅樹，却倚蓮花臺"。以形容"寺"既脩建如此。"多羅樹"，見《酉陽雜俎》。如已經所譯之經，在《涅槃經》有湧身高七"多羅樹"。或云：一"多羅樹"。"蓮花臺"，佛所坐之臺。其字如《涅槃經》："猶如鴛鴦處蓮花臺。"則指水中蓮花所生之苞。故佛言蓮花有鬚、有臺，止借字用耳。槃，音盤，《佛書》字也。

　　"窮子"二句：杜田《補遺》：《法華經·信解品三》：譬如有人，年既幼稚，舍父逃逝，馳騁四方，年既長大，加復困窮。父求不得，中止一城，其大家財寶無量，窮子庸質，遇到父舍。受雇除糞，羸瘦顦顇，糞土塵坌，汙穢不淨。其父宣言，爾是我子，捨吾逃走，忽於此間，遇會得之，今我所有一切財物，皆是子有。窮子歡喜，得未曾有，蓋喻諸佛子等，以三苦故，於生死中，受諸熱惱，迷惑無知，樂著小法，得遇世尊，蠲除諸法，戲論之糞，獲至涅槃一日之價，得此已心大歡喜。

趙云："窮子失淨處"，是《華法經》中事，言"窮子"之所以"窮"，以其"失淨處"。"高人"之所以"高"，以能"憂禍胎"。《楞伽經》："樂不淨處如飛蠅。""禍胎"，雖起於福，生有基，禍生有胎，兩字連出，如齊武帝謂臨賀王曰："汝色藏禍胎。""窮子"，指言"藍縷"之山僧。"高人"，指言章留後。章公所以修建僧寺，意欲諸僧得其清淨，而免梁棟摧壓之"禍"。

"日晏"四句：（陳案：日，《補注杜詩》《全唐詩》作"歲"。） 趙云：上句言"風"淒緊，至於"破肉"，況在"荒林"，其"寒"豈"可"遂"回"乎？"可回"者，言不"可回"。後句，公自傷也。《老子》："若嬰兒之謂孩。"（陳案：謂，河上公章句本《老子》作"未"。）言"入道"如小童之就學辛苦。

南　池

崢嶸巴閬間，所向盡山谷。
安知有蒼池，萬頃浸坤軸。
呀然閬城南，枕帶巴江腹。
芰荷入異縣，粳稻共比屋。
皇天不無意，美利戒止足。
高田失成熟，此物頗豐熟。
清源多衆魚，遠岸富喬木。
獨歎楓香林，春時好顏色。
南有漢王祠，終朝走巫祝。

歌舞散靈衣,荒哉舊風俗。
高堂亦明王,魂魄猶正直。
不應空陂上,縹緲親酒食。
滛祀自古昔,非唯一川瀆。
干戈浩茫茫,地僻傷極目。
平生江海興,遭亂身局促。
駐馬問漁舟,躊躇慰羈束。

【集注】

"枕帶"句:枕:一作"控"。
"粳稻"句:堯"比屋可封"。
"高田"句:(陳案:成熟,《補注杜詩》《全唐詩》作"西成"。)
("呀然"八句):(陳案:荾,《全唐詩》同,《補注杜詩》作"菱"。《集韻》"蒸"韻:"菱,《說文》:'荾也。'或作菱。"楚人謂之"芰"。) 杜田《補遺》:《三巴記》:"閬、白二水合流,自漢中至始寧城下,入涪陵,曲通三曲,有如'巴'字,曰巴江。經峻峽中,謂之巴峽。"(陳案:通,《太平御覽》作"折"。)《唐詩》:"杜宇呼名叫,巴江學字流。江水連巴字,鐘聲出漢川。"(陳案:叫、漢川,《唐百家詩選》作"語""刀州"。) 趙云:"坤軸",《海賦》:"又似地軸挺拔而爭迴。""巴江",則杜田引《三巴記》,杜說是。"異縣",出《古詩》:"他鄉各異縣。""比屋",董仲舒:"堯舜在上,比屋可封。""美利",《易》:"乾始能以美利利天下。""止足",祖出《老子》:"知足不辱,知止不殆。"(晉)張景陽《詠史》:"達人知止足,遺榮忽如無。""西成",《書》:"平秩西成。""此物",《左傳》載:叔向之母言美婦人曰:"三代之亡,皆此物也。"《古詩》之言奇樹曰:"此物何足貴,但感別經時。""荾荷入異縣",則池之大如此。"粳稻共比屋",則以灌溉所致也。"皇天不無意"至"此物頗豐熟"四句,以結"荾荷"入"異縣"、"粳稻共比屋"也。"高田",則灌溉所不及者。言"高田"不豐,而失"西成"。故此"粳稻"之物,爲池水所溉者,却"豐熟"焉。無它,乃"皇天"之意,使人"止足"之分也。池水所溉之田"豐熟"矣,彼水所不及之田,雖失"西成",亦豈不"足"乎?

"歌舞"句:潘安仁《寡婦賦》:"仰神宇之寥寥,瞻靈衣之披披。"

"南有"十句:(陳案:堂,《全唐詩》同。一作"皇"。食,《杜詩詳注》作"肉"。一作"食"。食,歸《廣韻》"職"韻。肉,歸《廣韻》"屋"韻。"肉"字誤。) 趙云:十句因實事而戒"淫祀"。公詩蓋有補於教化矣。《左傳》:"聰明正直之謂神。"《傳》云:"非所祭而祭,名曰淫祀。"

"地僻"句:《楚詞》:"極目千里兮傷春心。"

"平生"二句:沈休文:"纓佩空爲忝,江海事多違。"《古詩》:"蟋蟀傷局促。" 師云:臨"池"動"江海"之"興",以詩"亂"不得往也。

趙云:"傷極目",摘用《楚辭》。"局促",漢(景)[武]帝:"局促如轅下駒。"(陳案:促如,《史記》作"趣效"。)

發閬中

前有毒蛇後猛虎,溪行盡日無村塢。
江風蕭蕭雲拂地,山木慘慘天欲雨。
女病妻憂歸意速,秋花錦石誰復數。
別家三月一得書,避地何時免愁苦。

【集注】

"前有"二句:時盜賊縱橫,政役繁重,而民不安居也。

"避地"句:賢者避地。 趙云:"前有毒蛇後猛虎",實道其事,非以興託。舊注非是。沈休文云:"高楊拂地垂。""女病妻憂歸意速",言歸梓州也。"秋花錦石",可玩之物,以"歸意速",故不"復數"之。此冬時,"歸"而言"秋花",豈前日所聞未謝之花邪?公九月自梓往閬,至十二月歸梓。蓋其去妻孥三個月,故云"別家三月一得書"。

閬山歌

閬州城東靈山白,閬州城北玉臺碧。

松浮欲盡不盡雲,江動將崩已崩石。
那知根無鬼神會,已覺氣與嵩華敵。
中原格鬭且未歸,應結茅齋看青壁。

【集注】

《閬山歌》:趙云:春正月,自梓州挈家再往閬中。三月之半,聞嚴武再鎮蜀,遂離閬歸成都,途中所作之詩。

"閬州"句:靈山:一作"雪山"。

"閬州"句:靈山、玉台,閬山名。

"江動"句:已:一作"未"。

"松浮"六句:兩相敵曰"格鬭"。　　趙云:"未崩石",舊本正作"已崩石",非。蓋"欲盡不盡"、"將崩未崩",方成語脉。"已崩"矣,豈復能動邪?況下有"已覺氣與嵩華敵"也。"那知根無鬼神會,已覺氣與嵩華敵",兼言"靈山"與"玉臺"也。"中原格鬭",乃去歲廣德元年,吐蕃十月陷京師、邠州,寇奉天、武功,車駕幸蜀。(陳案:蜀,《杜詩引得》作"陜"。)十二月,陷松、羅、保三州。至今歲之春,干戈豈息也?五岳之名,雖參摘兩字而用,今以"鬼神"熟字對"嵩、華",則潘岳《晉武帝誄》有"等壽松華"爲連文,有出處。

閬水歌

嘉陵江山何所似,石黛碧玉相因依。
正憐日破浪花出,更復春從沙際歸。
巴童盪槳欹側過,水雞銜魚來去飛。
閬中勝事可腸斷,閬州城南天下稀。

【集注】

"嘉陵"句:(陳案:山,《全唐詩》作"色"。一作"山"。)　　嘉陵江,源出散關,而入於閬。

"巴童"句:《杜補遺》:槳,檝屬。《方言》:"檝,謂之橈,或謂之櫂,所以隱櫂謂之檠。"

"閬中"二句：閬州城南有山，極秀麗，謂之錦屏山。　　趙云：謝安石內集，問諸子曰："白雪紛紛何所似？"阮籍詩："寒鳥相因依。"謝安運（諸）［詩］："蒲稗相因依。""日破浪花出"，以"日""出"正照水也，如云"日""出""破浪花"矣。謂之"破浪花"，取《南史》宗慤："願乘長風破萬里浪。""春從沙際歸"，則何處無"春"？而眼中所見，城南之"沙際"，花草明媚，為自"沙際"回"歸"。句意蓋如費昶《雜詞》："水逐桃花去，春隨楊柳歸。""檠"，所以搖楫之處。杜時可之説，是蓋《古歌》云："艇子打兩檠"者，扶兩楫而來也。上云"閬中"，又云"閬州"，舉全部言之曰"閬中"。《名山志》："閬山多仙聖遊集。"《圖經》曰："閬山四合於郡，故曰閬中，亦謂之閬內。閬州城南，則指錦屏山也。"

三絕句

右一

前年渝州殺刺史，今年開州殺刺史。
群盜相隨劇虎狼，食人更肯留妻子。

【集注】

"前年"二句：鮑云：《崔寧傳》所書"山賊"也。"前年渝州殺刺史"，謂段子璋陷綿、遂。"今年開州殺刺史"，謂徐知道之反，有乘亂者。開州、成都遠，不知其故，史不書，失之。

右二

二十一家同入蜀，惟殘一人出駱谷。
自説二女齧臂時，迴頭却向秦云哭。

【集注】

"二十"四句：《世説》：趙飛燕姊弟少貧微，及飛燕見召，與女弟"齧臂"而別。　　趙云：指言當時出"駱谷"之人。正始四年，曹爽伐蜀，諸軍入駱谷三百餘里，不得前，牛馬驢贏以運轉死略盡。《魏志》曰："少帝甘露三年，蜀將姜維出駱谷，圍長安。"即此谷道，其後廢塞。唐武德七年，復開。今云"唯殘一人出駱谷"，則自蜀歸秦，出駱谷以往也，故後有"向秦雲哭"之句。此其初豈避羌、渾之暴來蜀中乎？"二女齧臂"，乃記其實。《史記》："吳起與其母訣，齧臂而盟。"今所用蓋飛燕事，見伶玄所作《飛燕外傳》。

右三

殿前兵馬雖驍雄，縱暴略與羌渾同。
聞道殺人漢水上，婦女多在官軍中。

【集注】

"殿前"二句：時神策軍恣橫。
"聞道"二句：趙云：言其縱暴尤甚於羌、渾，即下兩句是也。

莫相疑行

男兒生無所成頭皓白，牙齒欲落真可惜。
憶獻三賦蓬萊宮，自怪一日聲輝赫。
集賢學士如堵牆，觀我落筆中書堂。
往時文彩動人主，此日飢寒趨路傍。
晚將末契託年少，當面輸心背面笑。
寄謝悠悠世上兒，不爭好惡莫相疑。

【集注】

"自怪"句：（陳案：輝，《全唐詩》同。一作"煇"，一作"烜"。）
"集賢"二句：《新唐書》："甫獻賦，帝奇之，使待制集賢院，命宰相試文章。"按：開元十三年，改集仙殿爲集賢殿，麗正殿書院爲集賢殿書院。院內五品以上爲學士，六品以上爲直學士。《禮》："孔子射於矍相之圃，觀者如堵牆。" 趙云：天寶九年，明皇納處士之議，以明年朝獻太清宮，朝享太廟，有事於南郊。公獻《三賦》，以預言其事，於是待制於集賢。李陵《書》："男兒生無所成名。"

"往時"二句：天寶末，以家避亂鄜州，獨陷賊中。至德二載，竄歸鳳翔，謁肅宗，授左拾遺。詔許至鄜迎家。明年收京，扈從還長安。房琯罷相。甫上疏，論琯有才，不宜廢免。肅宗怒，貶琯邠州刺史，出甫爲華州司功。屬關輔饑亂，弃官之秦州。又居成州同谷，自負薪採梠，餔不給，乃遂入蜀。乃上元元年，卜居成都浣花里。　　趙云：李蕭遠《運命論》："封已養高，勢動人主。"劉公幹詩："行者盈路傍。"

"晚將"二句：輪：一作"論"。　　時甫依嚴武，幾爲武所殺。
杜田《補遺》：陸機《歎逝賦》："託末契於後生，余將老而爲客。"
趙云："當面論心背面笑"，孔毅夫《集句》用對："飜手作云覆手雨"，亦工。論，一作"輪"字，雖新而費力。

遭田父泥飲美嚴中丞

步屧隨春風，村村自花柳。
田翁逼社日，邀我嘗春酒。
酒酣誇新尹，畜眼未見有。
迴頭指大男，渠是弓弩手。
名在飛騎籍，長番歲時久。
前日放營農，辛苦救衰朽。
差科死則已，誓不舉家走。
今年大作社，拾遺能住否？
叫婦開大瓶，盆中爲吾取。
感此氣揚揚，須知風化首。
語多雖雜亂，說尹終在口。
朝來偶然出，自卯將及酉。

久客惜人情,如何拒鄰叟?
高聲索果栗,欲起時被肘。
指揮過無禮,未覺村野醜。
月出遮我留,仍嗔問升斗。

【集注】

"遭田"句:甫與嚴武世舊,故入蜀。依其《傳》言:"甫結廬浣花里,與田畯野老相狎蕩。"

"步屧"四句:杜田《補遺》:屧,音葉,蓋履舄也。(宋)袁粲爲丹陽尹,嘗步屧白楊郊野間道,遇士大夫,便呼與酣飲。(魏)應璩《與從弟君胄書》:"日吟詠花柳之下。"

"迴頭"二句:籍丁爲兵。

"名在"句:"飛騎",軍名。曹子建《白馬篇》:"名編壯士籍。"《左傳》:"名在重耳。"又曰:"名在諸侯之策。"

"長番"句:"長番",猶長在直,言無更代。

"今年"句:"社",祭也,以祈農事。春祈秋報,故歲有春秋二社。

"須知"句:郡守縣令,"風化"之首。

"欲起"句:言屢爲掣肘。

"仍嗔"句:師云:"問升斗",如汝陽三斗,焦遂五斗,劉伶五斗解酲,李白一斗合自然,是已。 趙云:此篇多使俗語,如"弓弩手",如"差科",如"長番"等字是也。"步屧"字,則(宋)袁粲事。"大作社",變《左傳》:"子產大爲社"也。"氣揚揚"字,《晏子傳》:"其御者意氣洋洋。""語多雖雜亂",陶淵明《飲酒》詩:"父老雜亂言,觴酌失行次。""月出遮我留",使《漢祖紀》:"三老董公,遮說漢王。""肘"字,使《史記》:"魏威子肘韓康子於車上。"舊注非是。

卷十

（宋）郭知達　編

古　詩

別唐十五誡，因寄禮部賈侍郎

九載一相逢，百年能幾何？
復爲萬里行，送子山之阿。
白鶴久同林，潛魚本同河。
未知棲集期，衰老強高歌。
歌罷兩悽惻，六龍忽蹉跎。
相視髮皓白，況難駐羲和。
胡星墜燕地，漢將仍橫戈。
蕭條四海內，人少豺虎多。
少人慎莫投，多虎信所過。
飢有易子食，獸猶畏虞羅。
子負經濟才，天門鬱嵯峨。
飄颻適東周，來往若崩波。
南宮吾故人，白馬金盤陀。
雄筆映千古，見賢心靡他。
念子善師事，歲寒守舊柯。
爲吾謝賈公，病肺臥江沱。

【集注】

"九載"二句:《古詩》:"百年能幾何,會少別離多。"

"復爲"句:(陳案:《全唐詩》作"復爲萬里別",《補注杜詩》作"子復爲萬里"。)

"白鶴"三句:薛云:謝靈運《擬鄴中詩》:"末途幸休明,棲集建薄質。" 趙云:"白鶴""潛魚",以譬聚散。

"衰老"二句:燕丹送荆軻入秦,別於易水之上。高漸離擊缶,軻歌髮上衝冠,士皆淚垂。

"六龍"句:杜云:《淮南子》:"六龍所以架日車,羲和所以御六龍。"阮嗣宗詩:"娛樂未終極,白日忽蹉跎。"注:"蹉跎,言遲暮。"趙云:《廣雅》曰:"蹉跎,失足。"以言日晚。王褒《樂府·高句麗》云:"不惜黃金散盡,只畏白日蹉跎。"劉孝威反之,則白日云蹉跎也。

"飢有"句:宋子罕夜登楚子反床,而告病曰:"吾國易子而食,析骸而爨。"

"獸猶"句:趙云:"胡星墜燕地",言今歲上元二年三月,史朝義弑其父思明。"漢將仍橫戈",言朝義襲偽位,復爲亂。而常休明、衛伯玉、尚衡、侯希逸、來瑱之屬,復與之戰也。"人少豺虎多",以豺虎喻賊盜。張夢陽云:"賊盜如豺虎。"今詩實言"豺虎",故有下句焉。《詩話》載:"蕭條四海內"至"獸猶畏虞羅",劉貢父云:"此等句真含蓄深遠,大不可模仿。信矣。""虞羅",虞者之羅。"橫戈",《戰國策》:"衛行人燭過,免胄橫戈而進。"

"子負"三句:周平王東遷於洛,謂之"東周"。 趙云:"經濟",見上《石犀行》注。"天門",泰山之稱。《記》云:"泰山盤道曲屈而上,凡五十餘盤,經小天門、大天門。仰視天門,如穴中視天窗。"又,《漢官儀》:"泰山東上七十里,至天門。"所以稱"鬱嵯峨"。

"南宮"二句:"南宮",禮部也。 杜田《正謬》云:《天官書》:"南宮朱鳥,權、衡。太薇,三光之庭。蕃臣、將相、執法、郎位,眾星咸在。"漢建尚書百官府,名曰"南宮",蓋取象也。猶唐以中書省爲紫薇,尚書省爲文昌之類。《後漢》:鄭弘爲尚書令,前後所陳,有補益王政者,皆注之"南宮",以爲故事。以此考之,"南宮"非禮部也。若元稹爲南宮散郎,禮部郎中號南宮舍人,蓋"南宮"猶言南省,非止稱禮部。歷考禮部之名，方起於江左，而"南宮"已見於漢時，益知原注之謬。故人言"賈侍郎""金盤陀"，馬鞍校具之飾。

"雄筆"六句：趙云：《詩》："之死矢靡他。"今言"賈侍郎""心"惟存乎"見賢"而已，更無其它也。"歲寒守舊柯"，《論語》："歲寒，然後知松柏之後彫。""舊柯"之義，則《禮記》："貫四時，而不改柯易葉。"

柟樹爲風雨所拔歎

倚江柟樹草堂前，故老相傳二百年。
誅茅卜居摠爲此，五月髣髴聞寒蟬。
東南飄風動地至，江翻石走流雲氣。
幹排雷雨猶力爭，根斷泉源豈天意。
滄波老樹性所愛，浦上童童一青蓋。
野客頻留懼雪霜，行人不過聽竽籟。
虎倒龍顛委榛棘，淚痕血點垂胸臆。
我有新詩何處吟，草堂自此無顏色。

【集注】

"倚江"四句：趙云：〔詩〕："召彼故老。""相傳"，蓋如酈道元《水經注》秭歸縣城云："故老相傳，謂之劉備城。"屈原問漁父："寧誅鋤草茅，以力耕乎？"屈原有《卜居》一篇。"五月髣髴聞寒蟬"，言其高也。

"東南"句：《老子》："飄風不終朝。"

"江翻"句：《莊子》："雲氣不待族而雨。"

"幹排"句：幹：一作"榦"。　師云：退之《南山詩》："力雖能排幹，雷電怯呵訶。"

"行人"句：《莊子》："地籟。"　趙云："浦上"，則律詩謂"南京西浦道"。舊本作"一青蓋"，師民瞻作"車蓋"，是。蓋先主舍東南，有一桑，遙望之"童童若車蓋"。"懼雪霜"，言樹之高大，而氣象慘肅。"聽竽籟"，言其聲之鼓動如之，字則宋玉《高唐賦》："纖條悲鳴，聲似竽籟。"舊注引"地籟",非。

"淚痕"句:趙云:乃卞和"淚"盡,繼之以"血"。

茅屋爲秋風所破歌

八月秋高風怒號,卷我屋上三重茅。
茅飛渡江灑江郊,高者掛罥長林梢,
下者飄轉沉塘坳。
南村群童欺我老無力,忍能對面爲盜賊。
公然抱茅入竹去,唇焦口燥呼不得,
歸來倚仗自嘆息。
俄頃風定雲墨色,秋天漠漠向昏黑。
布衾多年冷似鐵,嬌兒惡臥踏裏裂。
牀頭屋漏無乾處,雨脚如麻未斷絕。
自經喪亂少睡眠,長夜沾濕何由徹!
安得廣廈千萬間,大庇天下寒士俱歡顏!
風雨不動安如山。
嗚呼!
何時眼前突兀見此屋,吾廬獨破受凍死亦足!

【集注】

"八月"句:杜田《補(逸)[遺]》:《莊子》:"大塊噫氣,其名爲風。是惟無作,作則萬竅怒號。"

"茅飛"二句:灑:一作"滿"。　趙氏:"(瀟)[灑]"字,《西都賦》"風毛雨血,灑野蔽天"之"灑"。一作"滿"。非。

"唇焦"二句:趙云:《韓詩外傳》:"乾喉焦唇,仰天而嘆。"曹子建《善哉行》曰:"來日大難,口燥唇乾。"故兩出而參用之。鮑明遠:"倚杖牧雞豚。"

"兩腳"三句：（陳案：兩，《補注杜詩》《全唐詩》作"雨"。）　趙云：公前有詩云："出門復入門，雨腳但依舊。"一本作"兩腳"。今觀如麻，則知以"雨腳"爲正。"睡眠"字，出《佛書》，《涅槃經》亦有之。

"安得"六句：《左傳》：楚申叔展問還無社曰："有麥麴乎？有山鞠藭乎？"（陳案：藭，《春秋左傳注疏》作"鞠"。）注："二物可以御濕，欲使無社逃泥中。"時子美方爲嚴武之所不容，詩之作其近於此乎？

趙云：此五句，公之用心：有"一夫不獲，若已推而納諸溝中"。白樂天詩："我愿布裘長萬丈，與君同蓋洛陽城。"蓋亦有志衣被天下者，然近乎戲語，豈有萬丈之裘乎？若公言"千萬間"之"廣廈"，則其言信而有徵。舊注引《左傳》楚申叔展事，與詩意大不相干。

入奏行

竇侍御，驥之子，鳳之雛。
年未三十忠義俱，骨鯁絶代無。
炯如一段清冰出萬壑，置在迎風寒露之玉壺。
蔗漿歸廚金碗凍，洗滌煩熱足以寧君軀。
政用疎通合典則，戚聯豪貴耽文儒。
兵革未息人未蘇，天子亦念西南隅。
吐蕃憑凌氣頗粗，竇氏檢察應時須。
運糧繩橋壯士喜，斬木火井窮猿呼。
八州刺史思一戰，三城守邊却可圖。
此行入奏計未小，密奉圣旨恩宜殊。
繡衣春當霄漢立，綵服日向庭幃趨。
省郎京兆必俯拾，江花未落還成都。
肯訪浣花老翁無？
爲君酤酒滿眼酤，與奴白飯馬青芻。

【集注】

《入奏行》：贈西山檢察使竇侍御。

"驥之"二句：杜云：桓譚《新論》："善相馬者曰薛公，得馬，惡兒而正走，其名驥子。" 師云：龐統，德公之從子。德公謂統爲鳳雛。《晉》：陸雲幼時，吳尚書閔鴻見而奇之，曰："此兒若非龍駒，定是鳳雛。"北齊裴景鸞、景鴻，並有逸才，河東呼景鸞爲"驥子"。

"骨鯁"句：《唐·李吉甫傳》："君有骨鯁之忠臣。""骨鯁"者，剛正之謂。蓋肉之有骨，而魚之有鯁。《史》云：忠臣骨鯁。

"置在"句：寒露：一作"露寒"。 元注：漢有迎風寒露之館。杜田《補遺》：張平子《西京賦》："既新作於迎風，增露寒於儲胥。"注："魏武帝先作迎風館於甘泉山，（陳案：魏，《杜詩引得》作'漢'。）後加儲胥、露寒二館。" 趙云：鮑明達詩："清如玉壺冰。""露寒"，舊本作"寒露"。豈傳者惑於句律，而倒寫耶？公《槐葉冷淘》云："萬里露寒殿，開冰青玉壺。"則用字初未嘗誤，信傳寫之誤。

"蔗漿"二句：(晉)張協《蔗賦》："剉甘蔗以療渴，若漸膠而含蜜。"杜田《補遺》：《前漢·禮樂志》：《景星歌》曰："百末旨酒布蘭生，泰尊柘漿析朝酲。"注：應劭曰："蔗漿取甘柘汁以爲飲，可以解朝酲。"柘，與"蔗"同。 趙云："蔗漿"，宋玉《招魂》："濡鱉炮羔有蔗漿。"杜田引《漢·禮樂志·景星歌》，雖是，而在宋玉《招魂》之後。舊注引(晉)張協《蔗賦》，又是模稜。"足以寧君驅"，言寧君王之驅也。蓋以冰清、蔗美比"竇"矣。

"政用"二句：政：一作"整"。 趙云：上句言"政"之"疎通"，與"典則"符合，雖"疎通"而不放也。下句言其與"豪貴"聯爲親戚，耽好"文儒"，雖"豪貴"而不驕也。"戚"字，意戚里之家乎？

"吐蕃"句：時吐蕃欲取成都爲東府。

"運糧"：以竹繩爲橋。

"斬木"三句：火井，蜀地名。 杜田《補遺》：《博物志》："臨邛有火井，縱橫五尺，深十餘丈。諸葛丞相往觀之，後火益盛。以盆著井煮鹽，得成後，以家火投井中，火即滅，迄今不復燃。""應時須"，言"應"副時之所"須"也，其"檢"校之迹，則下句"運糧繩橋"，"斬木火井"是已。"八州刺史"，雖不可(轍)[軏]考，而"三城"，則西山"三城"。

"繡衣"句:漢繡衣直指。

"綵服"句:老萊綵服以娛親。　　杜云:束晳《補亡詩》:"春戀庭闈。"

"省郎"句:(陳案:兆,《補注杜詩》《全唐詩》作"尹"。)

"肯訪"句:一云:"公來肯訪浣花老。"

"爲君"二句:又云:"携酒肯訪浣花老,爲君著衫捋髭髥。"　　趙云:豈"入奏""八州"欲"戰"之事乎?前年吐蕃陷廓州,今歲雖不動,而意專在窺蜀,豈"八州刺史"欲逆戰之乎?詳詩意可見。"繡衣",竇君官侍御也,故使"繡衣"。漢侍御使,繡衣持斧。"綵服",竇君必長安人,其親在彼。"省郎、京尹",言其所加進之官。"還成都",則"入奏"之反也。《西清詩話》載:唐人弔杜子美云:"賦出《三都》上,詩須《二雅》求。"蓋少陵遠繼周《詩》法度,余嘗以經旨箋其詩云:"與奴白飯馬青蒭",雖不言主人,而待奴、馬如此,則主人可知,與《詩》所謂"言刈其楚""言秣其馬""言刈其蔞""言秣其駒"同意。"肯訪浣花老翁無",一云"公來肯訪浣花老",末句又云"携酒肯訪浣花老,爲君著衫捋髭鬚",皆不成言語。

大　雨

西蜀冬不雪,春農尚嗷嗷。

上天回哀眷,朱夏雲鬱陶。

執熱乃沸鼎,纖絺成縕袍。

風雷颯萬里,霈澤施蓬蒿。

敢辭茅葦漏,已喜黍豆高。

三日無行人,二江聲怒號。

流惡邑里清,矧兹遠江臯。

荒庭步鸛鶴,隱几望波濤。

沉痾聚藥餌,頓忘所進勞。

則知潤物功,可以貸不毛。

陰色靜隴畝,勸耕自官曹。

四隣出耒耜,何必吾家操。

【集注】

"春農"句:《搜神記》:"萬物焦枯,百姓嗷嗷。"

"朱夏"句:謝靈運詩:"幽居雲鬱陶。"

"執熱"二句:趙云:《詩》:"誰能執熱。"劉陶:"養魚沸鼎。"《秋興賦》:"釋纖絺。"《論語》:"衣敝縕袍。"

"二江"句:二:一作"大"。 《莊子》:"萬竅怒號。" 趙云:"朱夏",則梁元帝《纂要》:"夏曰朱明,亦曰朱夏。""鬱陶",《孟子》:象謂舜:"鬱陶思君爾。"蓋鬱結於陶窰之義,故可使於"朱夏"之雲。《莊子》:"縕袍無表。"樂史《寰宇記》:"秦李冰穿二江於成都行舟,今謂內江、外江。"左思《賦》:"帶二江之雙流。"

"流惡"句:趙云:"流惡",《左傳》:"有汾、澮流其惡。"言大雨所蕩,流出穢惡。"邑里",祖出《鶡冠子》:"士之居邑里者。"孫楚《答弘農故吏》四言:"皓首老成,率彼邑里。"謝元暉《始出尚書省》詩:"邑里向疏蕪。"

"荒庭"句:鶴鳴則雨應。

"沉疴"四句:諸葛亮:五月渡瀘,深不入毛。 趙云:言"沈疴"之故,而"聚藥餌"。今得"大雨"清涼,"頓忘"供進藥餌之"勞"。公病肺疾,以雨涼爲便。《易》:"潤萬物者,莫潤乎水。""不毛"者,地不生物。因雨之"潤",雖"不毛"之地,亦假"貸"而生。

"四隣"句:《孟子》:"負耒耜。"

揚　旗

江雨颯長夏,府中有餘清。

我公會賓客,肅肅有異聲。

初筵閱軍裝，羅列照廣庭。
庭空六馬入，駊騀揚旌旗。
迴迴掩飛蓋，熠熠迸流星。
來纏風飇急，去擘山岳傾。
材歸俯身盡，妙取略地平。
虹蜺就掌握，舒捲隨人輕。
三州陷犬戎，但見西嶺青。
公來練猛士，欲奪天邊城。
此堂不易升，庸蜀日已寧。
吾徒且加餐，休適蠻與荆。

【集注】

《揚旗》：二年夏六月，成都尹鄭公，置酒公堂，觀騎士，試新旗幟。

趙云：《後漢》：孝威帝校獵廣成，遂幸函谷關上林苑。（陳案：威、成，《後漢書》作"桓""城"。）臣藩諫曰："今有三空，豈宜揚旗耀武、騁心與馬之觀乎！""揚旗"字，今取爲詩名。

"江雨"句：江：一作"風"。

"府中"句：謝靈運："密林含餘清。"

"我公"四句：《詩》："至止肅肅。"又："賓之初筵。"

"庭空"句：六：一作"四"。

"駊騀"句：（陳案：旌旗，《補注杜詩》《全唐詩》作"旗旌"。旌，《廣韻》"清"韻。庭、星，《廣韻》"青"韻。清、青合韻。作"旗"，失韻。）

《甘泉賦》："崇王陵之駊騀兮。"（陳案：王，《文選》作"丘"。）駊，音"頗"。騀，音"我"。山阜之高低也。

"迴迴"句：（陳案：掩，《補注杜詩》《全唐詩》作"偃"。） 劉公幹："回回自昏亂。"曹子建："飛蓋相追隨。"

"熠熠"句：《河東賦》："掉奔星之流旃。"《校獵賦》："曳彗星之飛旗。"

"來纏"句：纏：一作"衛"。（陳案：衛，《補注杜詩》：一作"衝"。）

"材歸"句：鮑照詩："俯身散馬蹄。"

"虹蜺"二句：《高唐賦》："蜺爲旌。"王沈《賦》："曳招搖之脩旗，若婉虹之垂天。"《選》："虹旗攝靡而就捲。" 趙云："畧地"字，借取《漢書》"攻城畧地。""虹蜺"，以言旗"捲舒"。"隨人輕"，所以結騎士"揚"舉之妙。

"三州陷犬戎"八句：《書》："庸蜀微廬。"《古詩》："上言加餐飯。"王仲宣："遠身適荆蠻。" 趙云：上兩句言去年十二月，吐蕃陷松、維、保三州，在西山之地。"三州陷"，則"西嶺"者，其色徒"青"耳。末言嚴公在蜀，不必捨去。"江雨"，一作"風雨"。"六馬"，一作"四馬"。"來纏"，一作"來衝"。皆非。

溪　漲

當時浣花橋，溪水纔尺餘。
白石明可把，水中有行車。
秋夏忽汎溢，豈惟入吾廬。
蛟龍亦狼狽，況是鱉與魚。
兹晨已半落，歸路趑步踈。
馬嘶未敢動，前有深填淤。
青青屋東麻，散亂牀上書。
不意遠山雨，夜來復何如？
我遊都市間，晚憩必村墟。
乃知久行客，終日思其居。

【集注】

"白石"句：石：一作"月"。 《豔歌行》："水清石自見。"

"水中"句：《華陽風俗録》："浣花亭在州西南，有江流至清之所也。其淺可涉，故中有行車。甫宅在焉。"蔡伯世作"常時"。 趙云:"明可把",水清淺而見之。《詩》云:"白石鑿鑿。"一作"白月",非。"有行車",水淺可知。

"秋夏"二句:《莊子》:"秋水時至,百川灌河。"陶潛:"吾亦愛吾廬。"

"蛟龍"二句:《七發》說"濤"云:"其旁坐而奔起也,六駕蛟龍,附從太白。橫暴之征,魚鼈失勢。" 趙云:六、七月之交,水多時"漲"時止耳。"泛溢",《傳》所謂"泛濫衍溢"。"狼狽",本一獸名,各半其體,相附而行。苟失其一,無據矣。倉皇失措者,謂之"狼狽"。

"兹晨"四句:《荀子》:"不積跬步,無以致千里。" 趙云:跬,步弭切,與跪同,舉一足也。(陳案:步,《補注杜詩》作"邱"。《廣韻》作"丘"。"步"字誤。)《前漢·溝洫志》:"填淤反壤之害。"顏師古曰:"壅泥也。"

"青青"句:趙云:苧麻,爲布者。胡麻,爲油者。苧自生至成皆"青"。胡始生則青,成則黃。六、七月之交,而色"青"者,胡麻也。

"晚憩"句:趙云:"村墟"也,言草堂。

戲贈友二首

元年建巳月,郎有焦校書。
自誇足膂力,能騎生馬駒。
一朝被馬踏,唇裂板齒無。
壯心不肯已,欲得東擒胡。

元年建巳月,官有王司直。
馬驚折左臂,骨折面如墨。
駑駘漫染泥,何不避雨色?
勸君休歎恨,未必不爲福。

【集注】

"元年"句:肅宗去"上元二年"號,止稱"元年",月以斗建辰爲名。

趙云:肅宗辛丑上元二年九月壬寅,去尊號。又去上元號,稱"元年",以十一月爲歲首,曰建子月。至今年建巳月,乃居常四月也。是月,庚戌朔甲寅,上皇崩,則初五日也。改元寶應,復以正月爲首呼稱。隔十二日丙寅,帝崩,則十七日也。代宗即位。今云"元年建巳月",作詩應在十七日前,實歲壬寅四月也。

"自誇足膂力"六句:趙云:《書》:"膂力既愆。"《詩》:"老馬反爲駒。"禪老亦云:"馬駒踏天下人去。"魏武帝《樂府》:"老驥伏櫪,志在千里。烈士暮年,壯心不已。"

"馬驚"二句:杜云:仿《後漢·李固傳》:"霍光憂愧,發憤悔之,折骨。"《國語》:"吳王之黑旗,望之如墨。" 趙云:"折臂",《莊子》:"化予之左臂以爲雞。"《羊祜傳》:"墮馬折臂。"《左傳》:"肉食者無墨。"舊注穿鑿字。

"駑駘"句:染:一作"深"。

"勸君"二句:所諷近白居易《新豐折臂翁》。 杜田《補遺》:《淮南》:塞上翁馬亡入胡中,皆弔之,謂曰:"何知非福?"居數月,馬引胡駿馬歸,皆賀之。翁曰:"何知非禍?"及家富馬良,其子好騎,墮而折體,又弔之。曰:"何居非福?"居一年,胡人大入,丁壯戰死者十九,其子獨以跛,故父子得獲相保。

觀打魚歌

綿州江水之東津,魴魚鱍鱍色勝銀。
漁人漾舟沉大網,截江一擁數百鱗。
衆魚常才盡却棄,赤鯉騰出如有神。
潛龍無聲老蛟怒,迴風颯颯吹沙塵。
饔子左右揮霜刀,鱠飛金盤白雪高。
徐州秃尾不足憶,漢陰槎頭遠遁逃。

魴魚肥美知第一,既飽歡娛亦蕭瑟。

君不見朝來割素鬐,咫尺波濤永相失。

【集注】

"魴魚"句:《詩》:"魴魚赬尾。"鱍鱍,跳躍貌。　　杜田《補遺》:《爾雅》:"魴,魾也。今之鯿魚。"陸機疏:"魴魚廣而薄,肥甜而少肉,細鱗魚之美者。"《詩》:"魴魚甫甫。"甫者,美之至也。又曰:"鱣鮪發發。"音撥,即鱍也。義訓曰:"魚掉尾曰鱍,口上下噞喁。"

"衆魚"二句:陶弘景:《本草》:"鯉最爲魚中之主,形可愛,又能神變,乃至飛越山湖,所以琴高乘之。"

"饔子"二句:《西征賦》:"饔人縷切,鑾刀若飛。應刃落俎,霏霏(私壘反)霏霏。"

"徐州"二句:禿尾、槎頭,皆魚名。

"魴魚":趙云:《廣州記》:"魴魚廣而肥甜,魚之美者。"

又觀打魚

蒼江漁子清晨集,設網提綱萬魚急。

能者操舟疾若風,撐突波濤挺叉入。

小魚脫漏不可紀,半死半生猶戢戢。

大魚傷損皆垂頭,屈強泥沙有時立。

東津觀魚已再來,主人罷鱠還傾杯。

日暮蛟龍改窟穴,山根鱣鮪隨雲雷。

干戈兵革鬭未止,鳳凰麒麟安在哉?

吾徒胡爲縱此樂,暴殄天物聖所哀。

【集注】

"設網"句:萬:一作"取"。

"能者"二句:(陳案:乂,《補注杜詩》同。《杜詩詳注》作"乂",《全唐詩》作"叉"。當作"叉"。）　　顏回濟於觴深之泉，見"操舟"者若神。　　杜云：《莊子》：津人之操舟者若神，且曰："善游者數能也。"潘安仁《西征賦》："徒觀其鼓柂迴輪，灑鉤投網，垂餌出入，挺扠來往。"

"小魚"四句：《廣志》："武陽小魚，大如針，一斤千頭，蜀人以爲醬。"　　趙云：前篇使"漁人"，此"漁子"，變文也。"疾若風"，即《易》："撓萬物者，莫疾乎風。""半死半生"，借使《七發》之言"桐"曰："其根半死半生。""垂頭"也，《世説》："支公好鶴，有遺以雙鶴，翅長欲飛去。支惜之，乃鍛其（羽）〔翮〕。鶴軒翥不復能飛，乃反顧翅，垂頭視之，如似懊喪之意。"

"山根"句：杜田《補遺》：郭璞注《爾雅》："鱣，大魚，似鱏而鼻短，頷下體有斜行甲，無鱗，肉黄，江東呼爲黄魚。"《埤雅》："鼻有軟骨，俗謂之玉版。"《爾雅》："鮥，鮛鮪。"陸機注："鮪魚，形似鱣而青黑，頭小而尖，似鐵兜鍪，口亦在頷下，其甲可磨薑。益州人謂之鱣鮪，大者爲王鮪，小者爲（針）〔鮛〕鮪，一名鮥，肉色白。今遼東東萊人謂之尉魚，或謂之仲明魚。仲明者，樂浪尉也，溺死海中，化爲此魚。"張平子《賦》："王鮪岫居。"山有穴爲岫。《埤雅》："鮪中春從河西上，得過龍門，便化爲龍，否則點額而還。"鮪岫居而能變化，故云："山根鱣鮪隨雲雷。"

"干戈"四句：一云："干戈格鬭尚未已。"　　《春秋繁露》曰："恩及蟲魚，則麒麟至。"《孝經援神契》曰："德至鳥獸，則鳳凰翔。"　　師云：《書》："暴殄天物。"　　增添：《禮記·王制》："無事而不田，曰不敬；田不以禮，曰暴天物。"　　趙云："格鬭"，舊本作"干戈兵革鬭未止"，非是。蓋"干戈""兵革"同義。所謂"格鬭"，是年建卯月，河東軍亂，殺其節度使鄧景山，兵馬使辛雲京自稱節度使。河中軍亂，殺李國正及其節度使荔非元禮。郭子儀爲兵馬副元帥，屯絳州，而七月十六日，徐能道反於成都，皆其事也。（陳案：能，《補注杜詩》作"知"。）

越王樓歌

綿州州府何磊落，顯慶年中越王作。

孤城西北起高樓，碧瓦朱甍照城郭。

樓下長江百丈清，山頭落日半輪明。

君王舊跡今人賞，轉見千秋萬古情。

【集注】

"綿州"二句：太宗子、越王貞，中宗顯慶中爲綿州刺史，創此樓。趙云：《文選》："雙鶬磊落。"

"孤城"二句：《古詩》："西北有高樓，上與浮雲齊。" 趙云："作"，猶在綿州也。（陳案：猶在，《補注杜詩》作"言作"。）《易》："神農氏作。"《語》："作者七人。"《孟子》："賢聖之君六七作。"其間必有名世者"作"。傅咸《贈何邵王濟詩序》："何公既登侍中，武子俄而亦作。"此"作"字是重字，可押住矣。"樓"在城西北，實道其事，與《古詩》合。《元都廟》詩："碧瓦初寒外。"《法鏡寺》詩："朱甍半光炯。"葛洪《神仙傳》載：蔡少霞夢人托書《新宮銘》，有"碧瓦鱗差，瑤階肪截"。沈佺期詩："紅日照朱甍。"謝元暉："飛甍夾馳道。"

"樓下"四句：趙云：李白："峨眉山月半輪秋。"時明皇、肅宗皆上仙矣。故云："千秋萬古情。"

海棕行

左綿公館清江濆，海棕一株高入雲。

龍鱗犀甲相錯落，蒼稜白皮十抱文。

自是衆木亂紛紛，海棕焉知身出群。

移栽北辰不可得，時有異域胡僧識。

【集注】

《海棕行》：趙云：《海棠記》載：李贊皇云："花木以海爲名者，悉從海上來。"

"海棕"句：趙云：古《樂府》："高城上入雲。"

"自是"二句：趙云："亂紛紛"，王長元《古意》："況復飛螢夜，木葉亂紛紛。"《世說》載：殷中軍道韓太常曰："康伯少自標置，居然是出群器。"

"移栽"二句：陳案：異，《全唐詩》作"西"。　　辰：趙本作"地"。

姜楚公畫角鷹歌

楚公畫鷹鷹戴角，殺氣森森到幽朔。
觀者貪愁掣臂飛，畫師不是無心學。
此鷹寫真在左綿，却嗟真骨遂虛傳。
梁間燕雀休驚怕，亦未搏空上九天。

【集注】

"楚公"句：師云：《名畫記》：江皎，上卦人，善畫鷹鳥。（陳案：江，《補注杜詩》作"姜"。）元宗在藩邸，皎爲尚衣奉御，有先識之明。元宗及位，累官太常卿，封楚國公。

"殺氣"三句：森：亦云"如"。　　趙云：言如在幽、朔，見此"鷹"之殺氣，蓋名"鷹"出於此地。孫楚《鷹賦》："有金剛之俊鳥，生井陘之巖阻。"森森：一作"森如"，其語不快。

"亦未"句：亦未：趙作"未必"。　　言有其質無其才也。　　趙云：亦詩人變化形容其"畫"耳。舊注非。

嚴氏溪放歌

天下甲馬未盡消，豈免溝壑常漂漂。
劍南歲月不可度，邊頭公卿仍獨驕。
費心姑息是一役，肥肉大酒徒相要。
嗚呼古人已糞土，獨覺志士甘漁樵。
況我飄轉無定所，終日戚戚忍羈旅。

秋宿霜溪素月高，喜得與子長夜語。
東遊西還力實倦，從此將身更何許？
知子松根長茯苓，遲暮有意來同羹。

【集注】

《嚴氏溪放歌》：時郭英乂代嚴武鎮蜀，粗暴不能容甫，故有"公卿""獨驕"之作。　　趙云：送嚴武至綿，少留。繼聞徐知道亂，遂便往梓。初不見攜家之證，此詩云"東遊西還"，豈至此方歸成都迎家乎？但不知"嚴氏溪"何地耳。《苕溪漁隱》曰：按王元叔注云："云予謂是說無據，質之《唐書》及小說，嚴武卒，郭英乂代之，未幾有崔旰之亂。甫未嘗爲英乂幕客，何爲不見容？"《唐史》云："武待甫甚善，甫嘗醉登武床，瞪視曰：'嚴挺之乃有此兒！'武雖暴猛，外若不爲忤，中啣之。一日欲殺甫，集吏於門，武將出，冠鉤於簾三。左右白其母，奔救得止。"以此知"邊頭公卿仍獨驕"之句，當爲此也。

"劍南"句：成都在劍嶺之南。

"邊頭"五句：趙云：言"邊頭公卿仍獨驕"縱，雖與我如此，無補於事也。指當時居"邊"守臣"獨驕"，有跋扈不遵王命之意。舊注謂"郭英乂粗暴"，是矣。又云"不能容甫"，而公有所云，則是公私一已而已。況英乂乃成都尹，豈得謂"邊頭"乎？非公詩本意。公直言"邊"之守臣不遵王命，豈若崔旰者乎？彼其"獨驕"，而於我"費心姑息"，特"一役"耳，何補於事哉？所以"姑息"者，酒肉"相"招"要"而已。《禮記》："君子之愛人也以德，小人之愛人以姑息。"潘安仁云："此一役也，而二美具焉。"《韓非子》曰："厚酒肥肉，甘口而病形。"《呂氏春秋》："肥肉厚酒，務以自強，命曰明腸之食。"（陳案：明，《太平御覽》作"爛"。）《世說》："過江諸人，每暇日，輒相要出新亭，藉卉飲宴。"公之心以其"獨驕"，其專在尊主強國乎？所以又有"糞土""漁樵"之歎。

"況我"句：時甫方避地流徙，無所依止。

"東遊"四句：鮑云：永泰元年，公在成都。夏，嚴武卒，郭英乂代爲節度，苛暴不能容公，故公往來東川，所謂"東遊西還力實倦"。

杜田《補遺》：《淮南子》云："下有茯苓，上有菟絲。"茯苓，千歲松脂也，菟絲生其上而無根，一名女蘿。《圖經》："茯苓生枯松下，形塊無定,似鳥獸人龜形者佳,今所在大松處皆有之。"陶隱居:"茯苓作丸散者,皆先煑之。"《仙經》:"服食爲至要,通神而致靈,和魂而鍊魄,明竅而益肌,厚腸而開心,調榮而理衡,能斷穀而不飢,上品仙藥也。"

趙云:蓋傷歲晚矣,欲服餌長生之藥。《楚辭》:"傷美人之遲暮。"

相從歌

我行入川東,十步一回首。
成都亂罷氣蕭瑟,浣花草堂亦何有。
梓州豪俊大者誰?本州從事知名久。
把臂開樽飲我酒,酒酣擊劍蛟龍吼。
烏帽拂塵青螺粟,紫衣將炙緋衣走。
銅盤燒燭光吐日,夜如何其初促膝。
黃昏始扣主人門,誰謂俄頃膠在漆。
萬事盡付形骸外,百年未見歡娛畢。
神傾意豁真佳士,久客多憂今愈疾。
高視乾坤又何愁,一軀交態同悠悠。
垂老遇君未恨晚,似君須向古人求。

【集注】

《相從歌》:贈嚴二別駕,時方經崔旰之亂。

"我行"四句:(陳案:川東,《補注杜詩》《全唐詩》作"東川"。)

趙云:"十步一回首",李陵詩:"五步一彷徨"之勢。"成都亂罷氣蕭瑟",言七月,徐知道反,八月伏誅,劍南大亂。《楚辭》:"秋之爲氣也,蕭瑟兮草木搖落而變衰。"《傳》:"亦何有焉?"

"梓州"句:州:一作"中"。

"烏帽"二句:將以紫綬易緋衣。　趙云:"豪俊大者",指嚴二。"烏帽""青螺""紫衣""緋衣",供應之人。"粟",則帽之紋也。舊注非。

"銅盤"二句：燭：一作"炬"。　　增添：《詩》："夜如何，其夜未央。""膝"，言"膝"相近，入則"促膝"密語。

"誰謂"句：《古詩》："以膠投漆中。"又，陳、雷"膠漆"契。

"萬事"句：趙云：《莊子》："索我於形骸之外。"

"似君"句：《魏志·張邈傳》後：陳登，字元龍。劉備曰："若元龍，文武膽志，當求之於古耳。"《晉》：王戎從弟衍，字夷甫。帝聞其名，問戎曰："夷甫當世誰比？"戎曰："未見其比，當從古人中求之耳。"

短歌行

王郎酒酣拔劍斫地歌莫哀，
我能拔爾抑塞磊落之奇才。
豫章翻風白日動，鯨波跋浪滄溟開。
且脫佩劍休徘徊。
西得諸侯棹錦水，欲向何門跂珠履。
仲宣樓頭春已深，青眼高歌望吾子。
眼中之人吾老矣。

【集注】

《短歌行》：贈王郎司直。

"王郎"句：趙云：王郎，應是公之親，其字如謝安謂道蘊曰："王郎，逸少子，不惡。"而道蘊曰："不意天壤之間，乃有王郎。""酒酣拔劍斫地歌莫哀"，蓋由《史記》東方朔酒酣據地歌曰："陸沈於俗，避世金馬門。"今云"斫地歌"，依傍酒酣據地歌也。《後漢》：劉元緒將議元帝未可舉尊號，而張（印）〔邛〕拔劍擊地曰："疑事無功，不得有二。"今云"斫地"者，依傍"拔劍""擊""地"也。

"我能"句：趙云："磊落""奇才"而遭"（殿）〔抑〕塞"也。成公綏《天地賦》："山岳磊落而羅峙。"《世說》載："桓溫平蜀，置酒李勢殿，雄才爽氣，音調英發，其狀磊落。""奇才"字，《晉書》有"奇才"科。郭璞詩："奇才應世出。"

"豫章"句：《吳都賦》："木則楓楠豫章。"

"鯨波"二句：鯨魚之大者。《吳都賦》："長鯨吞航。" 杜田《補遺》《炙轂子》載崔豹《古今注》："鯨，海魚也，大者長數十里，小者千丈，常以五六月生子，就岸邊，至七八月，導其子還大海中。鼓浪成雷，濆沫成雨，水族驚而逃匿。" 趙云：以美木、大魚比之。"跋浪"，則跋跳而出，如跋扈之跋、跋馬之跋。

"西得"句：錦水，蜀江也。

"欲向"句：春申君客三千，皆躡朱履。 （註）[趙]云：兩句一義，謂其如"豫章"之高、"鯨魚"之大。不須佩劍，游"諸侯"之間。子欲西游"諸侯"之間，"棹錦水"而漾舟，亦將"向何門"而可乎？鄒陽："何門而不可曳長裙乎？""珠履"，孟嘗君事。公意在挽之而南下。

"仲宣"句：樓在荊州。

"青眼"句：阮籍能爲青白眼，以重輕人。

"眼中"句：趙云：言荊州城樓。王粲，字仲宣，自來荊，嘗登樓作賦。今直以荊州樓爲"仲宣樓"，祖出梁元帝詩："朝出屠羊縣，夕返仲宣樓。"蓋以"仲宣"一世名人，故得以名之。猶天子之天祿閣，可謂之子雲閣也。"眼中之人"，直指王郎。是我"眼中之人"，而呼之曰"眼中之人"乎？今"吾老矣"也。魏文帝詩："回頭四向望，眼中無故人。"陸士龍詩："感念桑梓城，髣髴眼中人。"（陳案：城，《藝文類聚》作"域"。）北齊邢子才《七夕》詩："不見眼中人，誰堪機上織。""吾老矣"，孔子之語。

短歌行

前者途中一相見，人事經年記君面。
後生相動何寂寥，君有長才不貧賤。
君今起柂春江流，余亦沙邊具小舟。
幸爲書達賢府主，江花未盡會江樓。

【集注】

《短歌行》:送祁録事歸合州,因寄蘇使君。

"後生"句:動:一作"勸"。　趙云:"寂寥",(風)[感]動也。

"君有"句:《陳平傳》:張負曰:"人固有好美如陳平,而長貧者乎?"　趙云:嵇康:"長才廣度,無所不淹。"

"君今"句:趙云:"柂",所以行大舟。

"幸爲"句:趙云:指言合州蘇使君。

草　堂

昔我去草堂,蠻夷塞成都。
今我歸草堂,成都適無虞。
請陳初亂時,反覆乃須臾。
大將赴朝廷,群小起異圖。
中宵斬白馬,盟歃氣已麤。
兩取邛南兵,北斷劍關隅。
布衣數十人,亦擁專城居。
其勢不兩大,始聞蕃漢殊。
西卒却倒戈,賊臣互相誅。
焉知肘腋禍,自及梟獍徒。
義士皆痛憤,紀綱亂相踰。
一國實三公,萬人欲爲魚。
唱和作威福,孰肯辨無辜?
眼前列杻械,背後吹笙竽。
談笑行殺戮,濺血滿長衢。
到今用鉞地,風雨聞號呼。
鬼妾與鬼馬,色悲充爾娛。

國家法令在,此又足驚呼。
賤子且奔走,三年望東吳。
弧矢暗江海,難爲遊五湖。
不忍竟舍此,復來薙榛蕪。
入門四松在,步屧萬竹踈。
舊犬喜我歸,低佪入衣裙。
鄰舍喜我歸,沽酒攜葫蘆。
大官喜我來,遣騎問所須。
城郭喜我來,賓客隘村墟。
天下尚未寧,健兒勝腐儒。
飄飄風塵際,何地置老夫?
於時見痂贅,骨髓幸未枯。
飲啄愧殘生,食薇不敢餘。

【集注】

《草堂》:草堂在成都浣花溪,楊子琳之亂,甫去草堂,亂定後歸。

"昔我"四句:趙云:蔡伯世以此詩爲今歲廣德二年甲辰春晚作,蓋前二年寶應元年壬寅四月,代宗即位,成都尹嚴武入爲太子賓客,二聖山陵以武爲橋道使。六月,以兵部侍郎爲西川節度使,未到,而七月劍南西川兵馬使徐知道反,拒武,不能進,成都大亂。別無"蠻夷"事。豈徐知道引蕃兵來耶?下云"始聞蕃漢殊",又云"西卒却倒戈",可見矣。

"反覆"句:《前漢》:"願少須臾無死。"

"大將"句:時崔旰入朝,留其弟寬守成都,楊子琳等乘間來襲。

"中宵"二句:《穀梁》:"齊桓衣裳之會十有一,未嘗有歃血之盟。"蘇秦説趙,令會天下之將,通質刳白馬而盟。漢高祖刑白馬盟。《孫子》:"五霸桓公爲盛,葵邱之會諸侯,束牲載書而不歃血也。"(陳案:孫,《孟子集疏》作"孟"。)

"兩取"句:(陳案:兩,《補注杜詩》《全唐詩》作"西"。關,《補注杜詩》《全唐詩》作"閣"。）　　子琳與邛州柏正節同叛。

"布衣"二句：楊子琳爲瀘州刺史，柏正節邛州刺史。　　趙云：指嚴武入爲太子賓客也。《詩》云："慍於群小。"古《羅敷行》："四十專城居。""布衣""擁專城"，"專"一"城"以"居"，其言爲守也。似指徐知道輒遂爲守，而數十"布衣"擁扶之。公自有本注爲："即楊子琳、柏正節之徒。"是時二人必白衣而已。後三年，乃永泰元年乙巳，楊子琳、柏正節各以牙將同討崔旰之亂，自別一事。蓋杜公注直云"楊子琳、柏正節之徒"可也，而上更有"即"字。作詩在後三年，是時二人已爲牙將，乃著"即"字明之。其言亦"擁專城"者，罪之辭也，義在一"亦"字矣。

"其勢"二句：子琳在賊帥，杜鴻漸表爲刺史。（陳案：在，《補注杜詩》作"本"。）　　趙云：《左傳》："物莫能兩大。"

"西卒"句：子琳爲寧妻任氏所敗走，爲王守仙所誅。　　趙云："西卒"，豈西山之卒，乃蕃兵乎？《書》："前徒倒戈。"

"自及"句：《前漢·郊祀志》〔注〕："梟，鳥名，食母。破獍，獸名，食父。黃帝欲絕其類，使百吏祠皆用之。破獍如貙而虎眼。漢五月五日，作梟羹賜百官。"　　杜田《補遺》：《楞嚴經》："如土梟等附塊爲兒，又破獍鳥以毒樹果，抱爲其子，子成，父母皆遭其食，其類充塞。是名眾生十二種類。"《漢志》以破獍爲獸，《楞嚴》以破獍爲鳥，未知孰是。江統曰："寇發心腹，害起肘腋，疾篤難療，瘡大愈遲。"

"一國"句：《左傳·僖五年》：晉士蔿全語云："一國三公，吾誰適從？"

"萬人"句：趙云：《昭元年》：劉定公歎禹之功，曰："微禹，吾其魚乎？"字則《光武紀》："百萬之眾，可使爲魚。"以其有沉溺之患。今云"萬人欲爲魚"，則初無沉溺之意，特言其爲害如此耳。

"唱和"二句：趙云：《洪範》："臣無有作威作福。"

"眼前"八句：鬼：一作"人"。　　師云：齊宣王好竽，必三百人齊吹。東郭先生不知竽，而濫三百人中，以吹竽食祿。　　趙云：《詠史》詩："南隣擊鐘磬，北里吹笙竽。"《左傳》："至於用鉞。""鬼妾與鬼馬"，已殺其主矣，則"妾"謂之"鬼妾"，"馬"謂之"鬼馬"，如匈奴以亡者之妻，爲"鬼妻"也。一作"人妾"，非是。

"此又"句:(陳案:呼,《補注杜詩》《全唐詩》作"吁"。《經傳釋詞》卷四:"呼與吁同,歎恨之聲也。")

"弧矢"句:《易·繫辭》:"弧矢之利,以威天下。"

"不忍"句:(陳案:意,《補注杜詩》《全唐詩》作"竟"。) 時蜀既平,甫復舍草堂。

"步堞"句:步堞:一云"步屧"。 趙云:後篇《四松》云:"別來忽三歲,離立如人長。避賊今始歸,春草滿空堂。"蔡伯世以爲,公自閬携家歸蜀,再依嚴武。今句"奔走""三年",則其遊梓、閬"三年"也。此在今歲廣德二年,則甲辰明矣。"薙",音涕,除草之謂。《周禮》有"薙氏之官"。"步堞"乃"步屧",如宋袁粲爲丹陽尹,常"步屧白楊郊外間"。(陳案:常,《南史》《通志》作"當"。)公詩又有"步屧尋春風""步屧深林晚"。舊作"城堞"之"堞",無義。

("舊犬"至)"賓客"八句:携葫蘆:一云"提提壺"。 〔趙云〕:此四韻《木蘭歌》格也,其辭:"爺娘聞女來,出郭相扶將。阿姊聞妹來,當戶理紅粧。小弟聞姊來,磨刀霍霍向豬羊。""携葫蘆",一作"提榼壺",非。古詩用字,以快、老爲貴。

"健兒"句:《黥布傳》:上對粲折隨何,"爲天下安用腐儒哉?"

"於時"四句:(陳案:疣,《補注杜詩》《全唐詩》作"疣"。) 《莊子》:"駢拇贅疣。"《養生主》:"澤雉十步一啄,百步一飲。"嵇康:"採薇山阿。" 師云:左思《詠史詩》:"飲河期滿腹,足不敢願餘。"(陳案:"足不"句,《文選》作"貴足不願餘"。) 趙云:"健兒",見上《哀王孫》詩注。"贅疣",則公自傷"見"剩其身在天地間。一"飲啄",以禽鳥自比。"食薇不敢餘",仿《古詩》:"食蕨不願餘。"

四 松

四松初移時,大抵三尺強。

別來忽三歲,離立如人長。

會看根不拔,莫計枝凋傷。

幽色幸秀發，踈柯亦昂藏。
所插小藩籬，本亦有隄防。
終然振撥損，得愧千葉黃。
敢爲故林主，黎庶猶未康。
避賊今始歸，春草滿空堂。
覽物歎衰謝，及茲慰淒涼。
清風爲我起，灑面若微霜。
足以送老資，聊待偃蓋張。
我生無根蒂，配爾亦茫茫。
有情且賦詩，事跡可兩忘。
勿矜千載後，慘慘蟠窮蒼。

【集注】

"離立"句：趙云：《禮記》："離坐離立。"以人譬之。

"幽色"句：趙云：《蜀都賦》："王褒暐煜而秀發。"

"所插"二句：趙云："藩籬"，祖出《史記》賈誼之言曰："無藩籬之限。"張茂先《鷦鷯賦》："長於藩籬之下。"《禮記》："脩利隄防。"

"終然"句：(陳案：振，《補注杜詩》《全唐詩》作"振"，《成都文類》作"根"。)《詩》："終然允臧。"

"得愧"句：愧：一作"恠"。

"敢爲"句：趙云：王仲宣詩："飛鳥翔故林。"

"及茲"句：前詩有："入門四松在。"

"足以"句：以：一作"爲"。

"我生"句：《語》："吾豈匏瓜也哉！"

("清風")八句：趙云："風"言"灑"，則張茂先言："穆如灑清風。"陸機《連珠》云："秋風夕灑。""足爲送老資"，言可爲"送老"之資助。蓋公自言年漸老，"四松"更長，所以資助"送老"之玩矣。"偃蓋"字，與"松"爲當體。《抱璞子》："天陵偃蓋之松，與天齊其久，與地等其長。"(陳案：久、長，《藝文類聚》二字互倒。)故有下句："我生無根蒂，配爾亦茫茫。""事迹"字,《史記·秦本紀》云:"本原事迹。"

"慘慘"句:(陳案:窮,《補注杜詩》《全唐詩》作"穹"。《説文》:"穹,窮也。")

水　檻

蒼江多風飈,雲雨晝夜飛。
茅軒駕巨浪,焉得不低垂。
遨子久在外,門户無人持。
高岸尚爲谷,何傷浮柱欹。
扶顛有勸誡,恐貽識者嗤。
既殊大廈傾,可以一木支。
川林視萬里,何必欄檻爲。
人生感故物,慷慨有餘悲。

【集注】

"高岸"句:《詩》:"高岸爲谷,深谷爲陵。"

"扶顛"二句:《語》:"危而不持,顛而不扶,則將焉用彼相矣。"

"川林"句:川林:一作"臨川"。(陳案:檻,《補注杜詩》《全唐詩》作"檻"。)

"人生"二句:《漢》:"高祖過沛,置酒沛宫,慷慨傷懷,泣數行下。"趙云:張平子《西京賦》:"跱遊極於浮柱,浩重巒以相承。"(陳案:浩、巒,《文選》作"結""欒"。)注:"三輔名梁爲極,作遊梁置浮柱上也。""可以"字,如蘇子卿:"鹿鳴思野草,可以喻嘉賓。"阮嗣宗:"獨有延年術,可以慰我心。""感故物"而"悲",則如《韓詩外傳》載:孔子出遊少原之野,有婦人哭甚哀,問之,婦人曰:"向者刈〔蓍〕薪,亡吾簪,是以哀。非傷亡簪,不忘故也。"又:田子方出,見老馬於道,喟然有志焉,以問於御者,曰:"此何馬也?"御曰:"故公家畜也,罷而不用,故出放之。"田子方曰:"少而盡其力,老而棄其身,仁者不爲也。"束帛而贖之。窮士聞之,知所歸心。舊注引"漢祖過沛",亦可證"慷慨"之意。

破　船

平生江海心，宿昔具扁舟。
豈惟清溪上，日傍柴門遊。
蒼惶避亂兵，緬邈懷舊邱。
鄰人亦已非，野竹獨脩脩。
船舷不重扣，埋没已經秋。
仰看西飛翼，下愧東逝流。
故者或可掘，新者亦易求。
所悲數奔竄，白屋難久留。

【集注】

"船舷"句：《江賦》："咏采菱以扣舷。"

（"平生"）十六句：趙云："江海心"，謝靈運："本自江海人，忠義感君子。""扣舷"事，《晉》：夏仲育以足扣船，歌吳曲。"仰看西飛翼，（不）[下]愧東逝流"，則傷不能長往自如，若飛鳥之飛、水之注也，如此則寧不藉"船"乎？今"故者"亦可加於沙埋之間，（陳案：加，《杜詩引得》作"掘"。）"新者""亦"可"求"買，惟"悲"在"奔竄"不定，而不寧居於"白屋"耳。此又反覆曲折，詩人之情也。公屢以浣花溪爲"清溪"，則水色"清"之"溪"也。謝莊詩："清溪如委黛，黃花似散金。""舊邱"，言浣花。"舊邱"字，則鮑明遠："復得還舊邱。"《荀子》："周公待白屋之士。"

營　屋

我有陰江竹，能令朱夏寒。
陰通積水內，高入浮雲端。
甚疑鬼物憑，不顧剪伐殘。

東偏苦面勢,戶牖永可安。
愛惜已六載,兹晨去千竿。
蕭蕭見白日,洶洶開奔湍。
度常匪華麗,養拙異考槃。
草茅雖薙葺,衰疾方少寬。
洗然順所適,此足代加餐。
寂無斤斧響,庶遂憩息歡。

【集注】

《營屋》:趙云:《詩》:"經之營之。"謂之"營",別有所營建。
"東偏"句:苦,一作"若"。
("我有")二十句:(陳案:常,《補注杜詩》《全唐詩》作"堂"。《經籍籑詁》"陽"韻:"常作堂,作棠。"疾,《補注杜詩》《全唐詩》作"病"。《說文》:"疾,病也。") 趙云:欲"竹"間起屋之作。首(四)[六]句言竹之茂盛。自"東偏若面勢"而下,則言欲起屋矣。用"愛惜已六載"之語推之,此今歲永泰元年詩。公之《草堂》云:"經營上元始,斷手寶應年。"上元元年,歲在庚子。寶應元年,歲在壬寅,則"有""竹"已在庚子歲,今永泰元年乙巳,是爲"六載"也。與上《江村五首》之一云"迢遞來巴蜀,蹉跎又六年"同。"朱夏"字,梁元帝《纂要》:"夏曰朱明,亦曰朱夏。""積水"字,《文(字)[子]》:"積水成海。"《魏都賦》:"回淵漼,積水深。""雲端"字,枚乘詩:"美人在雲端。""剪伐"字,《詩》:"勿剪勿伐。""東偏"字,《左傳》:"居我東偏。""面勢"字,《考工記》:"審曲面勢。""戶牖"字,《老子》:"鑿戶牖以爲室。""度堂"字,《考工記》:"室中度以几,堂上度以筵。""考槃"字,《詩》之篇名。其《詩》:"考槃在阿","考槃在澗。"考,成也;槃,樂也。言於此"養拙"而已,非若碩人之在阿、在澗,而後成其樂也。除草曰"薙",《周禮》有"薙氏之官"。"草茅雖薙葺","衰"病可"少寬"。言雖有"薙葺"之勞,而吾之"衰疾"乃得"寬"也。"加餐"字,《古詩》:"上言加餐飯。""代加餐",則以新屋之成,"疾""寬"而"順""適""所"致然也。"寂無斤斧響",言屋成而無復用"斤斧"聲,於是乎始有"憩息"之樂。

宿清溪驛，奉懷張員外十五兄之緒

漾舟千山內，日入泊荒渚。
我生本飄飄，今復在何許？
石根青楓林，猿鳥聚儔侶。
月明遊子静，畏虎不得語。
中夜懷友朋，乾坤此深阻。
浩蕩前後間，佳期付荆楚。

【集注】

"漾舟"二句：荒：一作"枉"。　師云：謝靈運五言詩："弭棹泊枉渚。"（陳案：泊，《文選》作"薄"。）　趙云：《蜀都賦》："漾輕舟。"謝靈運《西陵遇風》詩："漾舟陶嘉月。"《淮南子》："日入而息。"《選》詩："通波激枉渚。"此將至荆南。

"我生"二句：言未有所定止也。　趙云：阮籍《詠懷》："良辰在何許。"許，所也。

"石根"二句：言"猿鳥"猶能"聚"其"儔侶"，而今不能致於安適，則甫之羈困可見矣。　趙云：《楚詞》："江水湛湛兮上有楓。"楚地多"楓"，公於楚詩每用"楓"字。

"月明"二句：趙云：《古詩》："相望一水間，脉脉不得語。"

"中夜"二句：趙云：《詩》："豈不懷歸，畏我友朋。"（陳案：懷歸，《春秋左傳注疏》作"欲往"。）下句言"清溪驛"。

"浩蕩"二句：趙云："浩蕩"，流放之貌。祖出《楚詞》："怨靈脩之浩蕩。"又，"志浩蕩而傷懷。"又，"心飛揚兮浩蕩。"非言水之"浩蕩"。

屏　迹

暮年甘屏跡，幽事供高臥。
鳥下竹根行，龜開萍葉過。

年荒酒價乏,日併園蔬課。

猶酌甘泉歌,歌長擊樽破。

【集注】

"暮年"句:(陳案:暮,《補注杜詩》《全唐詩》作"衰"。) 年:一作"顏"。 師云:陶淵明:"高臥北窗。"

"獨酌"句:一云:"獨酌酣且歌。"

"歌長"句:《杜補遺》:《世說》:王大將軍敦,每酒後(輟)[輒]詠魏武《樂府》曰:"老驥伏櫪,志在千里。烈士暮年,壯心未已。"以如意打唾壺,壺口盡缺。子美"長""歌"而"擊樽破",類此。 趙云:"暮年",作"衰顏",(益)[蓋]下有"年荒酒價乏"也。"年荒酒價乏,日併園蔬課",兩句通義,蓋以"乏""酒價"之故,則并"課""園蔬"賣之,以充沽直。"獨酌甘泉歌",所以承上"酒價乏"之故,且復有"屏跡"之意。一作"獨酌甘且歌",由是。(陳案:由,《杜詩引得》作"非"。)"擊樽破",則杜田《補遺》是,得作者之意矣。

贈別賀蘭銛

黃雀飽野粟,群飛動荊榛。

今君抱何恨,寂寥向時人。

老驥倦驤首,蒼鷹愁易馴。

高賢世未識,固合嬰飢貧。

國步初返正,乾坤尚風塵。

悲歌鬢髮白,遠隔湘吳春。

我戀岷山芋,君思千里蓴。

生離與死別,自古鼻酸辛。

【集注】

"黃雀"二句:師云:李善注劉公幹詩:"黃雀,論時士也。" 趙云:"黃雀"成"群",比時人之蹇淺。

"今君"二句:趙云:傷賀蘭而問之,如下句所云。

"老驥"句:(驥)[騏]驥逢伯樂之知,"驥首"長鳴。　趙云:《戰國策》:汗明見春申君曰:"夫驥之齒長矣,服鹽車而上太行,漉汗洒地,白汗交流,中坂遷延,負轅不能上。伯樂遭之,下車,攀而哭之,解紵衣以冪之。驥於是俯而噴,仰而鳴,聲造於天,仰見伯樂之知己。"今云"倦",則以無伯樂也。

"蒼鷹"句:趙云:暗使吕布與慕容垂事。"愁",則以苟於食養而愁也。

"國步"句:初復京師。

"乾坤"句:史思明猶鴟張河朔。

("國步")八句:(陳案:隔,《補注杜詩》《全唐詩》作"赴"。山:《補注杜詩》《全唐詩》作"下"。)　趙云:"國步""反正",是廣德元年十二月,車駕自陝州還長安,而吐蕃繼陷松、維州。次年七月,僕固懷恩以吐蕃、回紇、黨項兵數十萬入寇,朝廷大恐。十月,寇邠州,先驅至奉天。時郭子儀屯奉天,堅壁不戰。十一月,吐蕃乃遁。又云:是歲嚴武破吐蕃於當狗城。廣德二年,公以嚴武再尹成都,三月自閬州還成都。所云"國步初返正",言車駕之還長安也。又云:"乾坤尚風塵",言吐蕃等之亂松、維也。皆不考之語。若以為安、史之事,則在肅宗之至德二載,史思明殺安慶緒在此時,與前事不相接也。下文云:"我(下)[戀]岷(下)[山]芋,〔君思〕千里蓴",則此詩豈不是公再還成都乎?"我戀岷下芋",説在西蜀。"君思千里蓴",説賀蘭赴"湘、吳"。"岷下芋",出《貨殖傳》:"卓王孫岷山之下,沃野千里,下有蹲鴟,至死不飢。"《本傳》註:"蹲鴟,芋也。""千里蓴",出(晉)陸機《文賦》中所云:"〔千里蓴羮,未〕下鹽豉。""鼻酸辛",高誘云:"孤子寡婦,寒心酸鼻。"(陳案:誘,《杜詩引得》作"唐賦"。"誘"字誤。)

卷十一

(宋)郭知達 編

古 詩

杜 鵑

西川有杜鵑,東川無杜鵑。
涪萬無杜鵑,雲安有杜鵑。
我昔游錦城,結廬錦水邊。
有竹一頃餘,喬木上參天。
杜鵑暮春至,哀哀叫其間。
我見常再拜,重是古帝魂。
生子百鳥巢,百鳥不敢嗔。
仍爲餧其子,禮若奉至尊。
鴻雁及羔羊,有禮太古前。
行飛與跪乳,識序如知恩。
聖賢古法則,付與後世傳。
君看禽鳥情,猶解事杜鵑。
今忽暮春間,值我病經年。
身病不能拜,淚下如迸泉。

【集注】

《杜鵑》:《華陽風俗錄》,見上《杜鵑行》注。識者謂此詩上四句非詩,乃題下甫自注爾,後人誤寫。一説:謂上皇幸蜀還,肅宗用李輔國謀,遷之西内,上皇悒悒而崩,此詩感是而作。

"西川"四句:(陳案:萬,《全唐詩》同。一作"南"。) 趙云:世有《杜鵑辨》,仙井李新元應之作,鬻書者編入《東坡外集詩話》,非矣!其説曰:"南都王誼伯書江濱驛垣,謂子美歷(正)(五)季兵火,舛缺離異,雖經其祖父所理,尚有疑闕者。誼伯謂'西川有杜鵑,東川有杜鵑。涪萬無杜鵑,雲安有杜鵑'。蓋是題下注,斷自'我昔遊錦城'爲首句。"誼伯誤矣。且子美詩備諸家體,必非牽合程度者也。是篇句落處,凡五杜鵑,豈可以文害辭、辭害意邪?原子美之意,類有所感,託物以發,亦六義之比興,《離騷》之法歟?按:《博物志》:"杜鵑生子,寄之他巢,百鳥爲飼之。胡江東所謂杜宇曾爲蜀帝王,化禽飛去舊城荒。"且禽鳥至微,知有所尊。故子美云:"重是古帝魂。"又云:"禮若奉至尊。"蓋譏當時刺史,有不禽鳥若也。唐自明皇後,天步多棘,刺史能造次不忘君者,可一二數。嚴武在蜀,雖橫斂刻薄,而實資中原,是"西川有杜鵑"。其不虔王命,負固以自抗,擅軍旅,絶貢賦,如杜克遜在梓州,爲朝廷西顧憂,是"東川無杜鵑"耳。至於涪、萬、雲安刺史,微不可考。凡其尊君者爲"有",懷貳者爲"無",不在夫杜鵑之真有無也。誼伯以爲來東川聞杜鵑,聲繁而急,乃始歎子美詩"跋""躄"紙上語。又云:"子美不應叠用韻,何耶?"子美自我作古叠用韻,無害于爲詩。僕所見如此,誼伯博學強辯,殆必有折衷之。元應之説如此。次公謂元應言杜詩備衆體,是矣。於《三絶句》有:"前年渝州殺刺史,今年開州殺刺史。"已有兩"刺史"矣。於《草堂》詩:"舊犬喜我歸,鄰舍喜我歸。大官喜我來,城郭喜我來。"已有四"喜我"矣,亦豈拘尋常程度邪?今詩四句,有四"杜鵑",亦《詩》所謂"有酒醑我,無酒酤我。坎坎鼓我,蹲蹲舞我"之勢。謂觀其言"有杜鵑""無杜鵑","無杜鵑""有杜鵑"錯綜其語,豈直是題下注耶?王立之知其仿佛,其説云:"公《杜鵑》詩與古詩之謡語無異,豈復以韻爲限。"立之之説非不是,然亦不悟錯文之語,與夫《雅》詩四"我"之勢也。後又有一"杜鵑",則亦《八仙歌》用阮籍《秋懷》重押"歸"字,(識)(謝)靈運《述祖德》重押"人"字,一篇之中有兩"船"、兩"眠"、兩"天"、兩"前"字者也。次公所見,此四句真以言"杜鵑"之有無也。其下云:"我昔遊錦城,結廬錦水邊。杜鵑暮春至，哀哀叫其間。"則以成"西川有杜鵑"之句。下又云："君看禽鳥情，猶解事杜鵑。今忽暮春間，值我病經年。身病不能拜，淚下如迸泉。"則以成"雲安有杜鵑"之句。詩之引結甚明。若其言尊君之義，則自在中間鋪敘，不必泥首四句，便爲美刺。況此詩作于雲安，乃大歷元年春，嚴武已死于去年夏時，郭英乂爲崔旰所殺，繼而杜鴻漸來，豈可指爲嚴武之有君耶？又雲安在唐是夔州之屬縣，非有刺史，豈可比西、東之列乎？元應之說，又爲穿鑿。

"結廬"句：趙云：陶淵明："結廬在人境。"

"喬木"句：趙云：曹子建："荆棘上參天。"

"百鳥"句：嗔－一作"喧"。

"仍爲"句：《世説》："杜鵑養子于百鳥巢，百鳥共養其子，而不敢犯。"　　趙云：以物飼人之謂"餧"。《張耳傳》："以肉餧虎。"

"禮若"句：《成都記》：見上《杜鵑行》："化作杜鵑似老鳥"注。

趙云：公所以賦"杜鵑"之意，舊注不得其説。乃或用公在雲安詩："兩邊山木合，終日子規啼。"証雲安有"杜鵑"之實。不知此乃言其鳴云"不如歸去"之子規，與《玄都壇》詩"子規夜啼山竹裂"者同，非今所謂"杜鵑"也。又謂上皇幸蜀還，肅宗用李輔國謀，遷之西内，上皇悒悒而崩，此詩感是而作。亦非。蓋遷上皇，豈獨"百鳥"飼杜鵑之子不若哉！況上皇之遷西内，在辛丑上元二年，明年遂崩，至今歲丙午大歷元年公在雲安賦詩，已六年矣。既隔肅宗，又隔當日代宗，而却方説遷徙事，以爲刺哉？若"杜鵑"事，則《成都記》所云，自昔至今，所傳如此。然"鵑"與"子規"兩種，形聲不同，以杜宇化爲"鵑"，所以公言"重是古帝魂"也。鮑照《行路難》之七云："愁思忽而至，跨馬出北門。舉頭四顧望，但見松柏荆棘三蹲蹲。（陳案：三，《樂府詩集》作'欝'。）中有一鳥名杜鵑，言是古(詩)[時]蜀帝魂。聲音哀苦鳴不息，羽毛憔悴似人髡。"今公所謂"喬木上參天"，又謂"哀哀叫其間"，又云"重是古帝魂"，蓋出於此。至若"常再拜"，而重之"不能拜"而"淚下"，則尊君親上之意。

"鴻雁"四句：（陳案：如，《全唐詩》同。一作"又"。）　　（晉）羊祜《雁賦》："鳴則相和，行則接武。前不絶貫，後不越序。"《(卷)[春]秋繁露》曰："凡贄，卿用羔羊，有角而不用，如好仁者。執之不鳴，殺之不(謗)[諦]，類死義者。羔飲其母，必跪，類知禮者。故羊之爲言猶祥，故以爲贄。"

"付與"句：(陳案：與，《全唐詩》同。一作"之"。)

"身病"二句：此詩譏世亂，不能明臣之義者，禽鳥之不若也。杜(曰)[田]《補遺》：劉越石《扶風歌》："據鞍長歎息，淚下如流泉。"

引　水

月峽瞿唐雲作頂，亂石崢嶸俗無井。
雲安沽水僕奴悲，魚復移居心力省。
白帝城西萬竹蟠，接筒引水喉不乾。
人生留滯生理難，斗水何直百憂寬。

【集注】

《引水》：夔俗無井，皆以竹(到)[引]山泉而飲，蟠屈山腹間，有至數百丈。

"月峽"句：庾仲雍《荊州記》："巴楚有明月峽。"　　趙云：《荊州記》："巴楚有明月峽、廣德峽、東突峽，今謂之巫峽、秭歸峽、歸鄉峽。桑欽《水經》與酈道元所注，又有多名。本朝樂史《寰宇記》，於渝州載有明月峽，以石穴圓似之，故以名。至夔州載三峽，則曰：西峽、巴峽、巫峽。意者西峽，即明月峽也。今云"月峽瞿唐雲作頂"，言自明月峽至瞿唐，皆是連山，所以"雲作頂"。

"亂石"句：楚俗山居，負水而食，故高者引水。雲安無泉，猶難得水。

"雲安"二句：(陳案：僕奴，《補注杜詩》《全唐詩》作"奴僕"。)《後漢·地理志》："魚復，屬巴郡，古庸國。"《左傳·文十年》："魚人逐楚師。"是也。　　師云：此自雲安徙夔。　　趙云：魚，復即夔州。今倚郭奉節縣，乃漢魚復縣。

"白帝"句：(陳案：《四庫全書》本"城"下脫"西"字，據《補注杜詩》《全唐詩》補正。)

"人生"二句：《莊子》："朝斗升水之活。" 趙云：盧照鄰《喜秋風至》詩："形骸歲枯槁，生理日摧殘。還思不動行，賴此百憂寬。"

青　絲

青絲白馬誰家子，麤豪且逐風塵起。
不聞漢主放妃嬪，近靜潼關掃蜂蟻。
殿前兵馬破汝時，十月即爲齏粉期。
未如面縛歸金闕，萬一皇恩下玉墀。

【集注】

"青絲"句：（梁）吳均："白馬黃金羈。"梁元帝："宛轉青絲鞚。"

趙云：青絲，所以言鞚，梁元帝詩是已。白馬，馬中驕貴者。游俠少年多騎白馬。《古樂府》有"白馬"字。《南史·侯景傳》：初，大同中童謠曰："青絲白馬壽陽來。"及景叛，乘白馬，青絲爲轡，欲以應讖。而崔顥《輕薄少年》詩："青絲白馬冶游園，能使行人駐馬看。"則矜誇馳騁者然矣。必當時有良家之惡少者爲賊盜也。

"麤豪"句：風塵，喻亂離。　鮑云：豈懷恩之反，有從亂者？

趙云："麤豪"字，《吳志》：孫權言甘寧是已。"風塵"，多以言征戰。盜賊逐"風塵"起，則乘此爲盜者矣。

"不聞"句：誅貴妃。　師云：乾元元年正月，出宮女三千人。

"近靜"句：師云：收東西京。　趙云：此公戒約"麤豪"子之辭。

"殿前"二句：趙云：告以必破亡之証。《莊子》："宋王之猛，非直驪龍也。子能得珠者，必遭其睡也。使宋王而寤，子爲齏粉。"夫"齏"之爲言，若以菜爲"齏"。"粉"之爲言，散全物爲屑。

"未如"句：如：又作"知"。　《（庄）[左]傳》："克許。許子面縛銜璧。"

"萬一"句：時降者皆授節鎮，河北之患，自此起矣。　趙云：此篇蔡伯喈以爲五谷盜賊事，其説是。按《通鑑》於廣德二年正月載：吐蕃入長安也，諸軍亡卒及鄉曲無賴子弟，相聚爲盜。吐蕃既去，猶竄伏南山、子午等五谷,所在爲患。(下)[丁]巳,以太子賓客薛景仙爲南山、五谷防禦使,討之。按正月己亥朔至丁巳,則十九日也。此詩蓋公於春初聞盜賊之事,未聞薛景仙討之之命所作,所以有"殿前兵馬破汝時"之句。《莊子·知北遊》:"萬分未得處一焉。"

近　聞

近聞犬戎遠遁逃,牧馬不敢侵臨洮。
渭水逶迤白日淨,隴山蕭瑟秋雲高。
崆峒五原亦無事,北庭數有關中使。
似聞贊普更求親,舅甥和好應難棄。

【集注】

"近聞"句:《說文解字》曰:"赤狄本犬種,故字從犬。"匈奴聞漢兵大出,老弱奔走,歐畜產遠遁逃。蕭望之曰:"狄遁逃竄伏。"

"牧馬"句:"臨洮",郡名。賈誼《過秦論》:"胡人不敢南下而牧馬。"

"北庭"句:言突厥和。

"似聞"二句:"贊普",吐蕃也。　薛云:《唐·吐蕃傳》:"其俗謂強雄曰贊,丈夫曰普,故號君長贊普。"今西域有篯逋者,即贊普之聲訛,而爲篯逋。　趙云:犬戎,指吐蕃。本西羌屬,拜必手據地爲犬號。今讀"普"從"逋"音,而公所用,止從本字耳。"求親"事,《新書》不載。但云:永泰、大曆間,再遣使來聘。今因公詩見之。臨洮郡,今洮州。"逶迤"字,《選》有:"紆餘逶迤。""蕭瑟"字,《選》:"菶茸蕭瑟。""白日淨""秋雲高",形容其無事也。"臨洮",今在《九域志》爲熙州。"渭水",則秦隴一帶所經皆是。"隴山",今之隴州。《地志》:"隴山,天水大阪也。其阪九回,不知高幾許。""崆峒",山名。樂史《寰宇記》:禹迹之內,崆峒者三。其一在臨洮,秦築長城之所起,則洮、岷一帶皆是也,今專以言渭川。(川,《杜詩引得》作"州"。)"五原",則今之鹽州西南拶邊。"北庭數有關中使",則又有突厥通好也。或云:回紇等國皆在北之地,既不附吐蕃,故亦遣使於國中,其說亦是。《爾雅》曰："妻之父爲外舅。"又曰："謂我舅者，吾謂之甥。則妻父者，舅。壻者，甥也。"《孟子》言："堯之於舜，帝館甥于貳室。"師：正觀十五年，妻文成公主；中宗景龍二年，妻金城公主；開元二年，自言舅甥乞和親，見《吐蕃傳》。今言肅、代時。

漁　陽

漁陽突騎猶精鋭，赫赫雍王都節制。
猛將飄然恐後時，本朝不入非高計。
禄山北築雄武城，舊防敗走歸其營。
繫書請問燕耆舊，今日何須十萬兵。

【集注】

《漁陽》：時禄山平，以雍王遥領范陽、盧龍節制，而不出閣。

"漁陽"句：杜云：《〔後〕漢》：光武謂馬武曰："吾得漁陽、上谷突騎，欲令將軍將之。"又，《唐六典》注：蔡邕曰："冀州强弩，幽州突騎，天下之精兵也。"

"赫赫"句：節：一作"前"。

"猛將"二句：禄山已破，朝廷不能革其積獘，復以盧龍授藩鎮。故李懷仙、朱滔之屬，得以跋扈，竟不爲朝廷所有。　趙云："漁陽突騎"，指"雍王"所統兵。《編年通載》："十月，雍王适討史朝義。甲戌，大敗之于横水，克河陽東郡，其將張獻誠以汴州降。十一月，薛嵩以相、衛、洛、邢降，張志忠以趙、定、深、常、易降。時公在梓，聞雍王之勝，尚聞河北猶有未入朝者，乃諭諸將。苟"飄然"而來，已自後時，而不入本朝，豈"高計"乎？舊注模稜其説，"以雍王适領范陽、盧龍節製，而不出閣"。又云：禄山已破云云，皆非。禄山死在至德元載，繼有子慶緒，又繼之以史思明，思明子朝義。自禄山天寶十四載反，至廣德元年正月，安、史併滅。今於雍王爲兵馬元帥時，謂之安、史併滅可也，豈得止爲禄山平（守）〔乎〕？朱滔反，又是德宗建中三年時事；李懷光反，又是德宗興元元年時事，豈所謂不入本朝耶？至以雍王

"适"爲"遥","李懷光"爲"懷仙",雕本之誤。"漁陽突騎",幽州素有此兵號"突騎",杜(曰)[田]説是。《戰國策》:季良謂魏王曰:"恃(吴)[兵]之精鋭,而欲攻邯鄲。"《(荀)[荀]子》:"湯、武之仁義,桓、文之節制。"成公綏《嘯賦》:"志離俗而飄然。"《史》云:"不後時以縮。"蕭望之:"志在本朝。"

"禄山"二句:禄山逆謀日熾,築壘范陽北,號雄武。

"繫書"二句:趙云:舉往事以懲警不朝之將。魯仲連"繫書"約矢以射聊城中,名之曰"燕耆舊",則本吾民之父老,又託之問"耆舊",以警諸將耳。

黄河二首

右一

黄河北岸海西軍,椎鼓鳴鐘天下聞。
鐵馬長鳴不知數,胡人高鼻動成群。

【集注】

《黄河二首》:鮑云:"黄河北岸海西軍","胡人高鼻動成群",謂吐蕃入寇。舊注謂禄山。非。"黄河西岸是吾蜀",謂鄭公軍當狗之戰。舊注謂明皇、肅宗。非。　趙云:前章罪"海西軍"不能禦寇。黄河之北,大海之西,則河北一帶之州郡也。後章憫蜀人困于"供給",終之以願"君王"無奢侈云。

"椎鼓"句:趙云:言其飲食、宴樂之雄侈。

"鐵馬"二句:禄山之反,皆漁陽突騎及所養同羅、降奚、契丹曳落河,并誘致諸蕃,皆胡騎也。　趙云:傳有虞坂之馬,望伯樂而長鳴。李陵《報蘇武書》:"胡笳互動,牧馬悲鳴,吟嘯成群。"

右二

黄河西岸是吾蜀,欲須供給家無粟。
願驅衆庶戴君王,混一車書棄金玉。

【集注】

"黃河"四句：西岸：趙作"南岸"。　　時明皇在蜀，肅宗起靈武。
師云：庾信《江南賦》："并吞六合，混一車書。"　　趙云：上之人須蜀人之"供給"，乃至於"家無粟"。其字依傍陶潛"瓶無儲粟"。公所願與衆庶同心禦難伐叛，以尊"戴君王"，使天下車同軌、書同文，"棄金玉"而尚敦朴，用意深矣。《書》："衆非元后何戴。"黃河南岸，一作西岸。師民瞻所傳任昌叔本取之，非是。蓋河自西注東，正定是南北岸，其曲處而後有東西岸也。成都路雖在中國西南，以河言之，雖遠而實南耳。時史思明未滅，"車書"猶未"混一"。"車書""混一"，前人全語。棄金玉，《傳》："不寶金玉。"

自　平

自平中宮吕太一，收珠南海千餘日。
近供生犀翡翠稀，復恐征戍干戈密。
蠻溪豪族小動搖，世封刺史非時朝。
蓬萊殿裏諸主將，才如伏波不得驕。

【集注】

"自平"句：宮：一作"官"。　　"吕太一"，代宗時爲廣南市舶使。《東坡詩話》："自平宮中吕太一"，世莫曉其義，妄者以唐有"自平宮"。偶讀《玄宗實錄》，有中官吕太一叛于廣南。詩蓋云："自平中官吕太一。"故下文有"南海""收珠"之句。見書不廣，輕改文字，鮮不爲笑。
《杜正謬》云：以"自平"爲宮名，非。蓋中〔宮〕吕太一爲市舶使，逐張休作亂，以兵平之，故云"自平中宮吕太一"。宮中乃中宮，傳印者誤。按：《舊史·代宗紀》："廣德元年十二月甲辰，宦官市舶使吕太一，逐廣南節度使張休，縱兵大掠廣州。"中官誤爲宮中，明矣。
趙云：杜田因東坡而爲之説，而事乃代宗時爲異也。今按《資治通鑑》，亦載如此。《詩話》豈誤以"代"爲"玄"乎？"中官"字，蔚宗《宦者論》："于是中官始盛。"

"近供"句：太一反，賦不上供。

"復恐"句：趙云：以中官既平，國家於"南海""收珠"，又"千餘日"。千餘日，二年十箇月也。自廣德元年歷二年、永泰元年兩全年，至今歲大歷元年十月已後，是爲"千餘日"。二年十箇月之後，近復"生犀翡翠"之不"供"，無乃煩國家"征伐"之"干戈"乎？公憂國如此。

"蠻溪"四句：師云：杜言洞豪世襲刺史，雖不奉朝請，但羈縻而。而今若盡取，則生邊患。　　趙云：此又戒約溪洞蠻也。謂其小有"動搖"，便受吾唐"世封"爲"刺史"，非是從時"朝"之禮者。不知"殿前"主兵之"將"，"才如伏波"可辦征南之事，汝"不得"自驕悍也。與"殿前兵馬破汝時，十月即爲虀粉期"同意。

除　草

草有害於人，曾何生阻脩。
其毒甚蜂蠆，其多彌道周。
清晨步前林，江色未散憂。
芒刺在我眼，焉得待高秋。
霜雪一霑凝，蕙葉亦難留。
荷鋤先童稚，日入仍討求。
轉致水中央，豈無雙釣舟。
頑根易滋蔓，敢使依舊丘。
自茲藩籬曠，更覺松竹幽。
芟夷不可闕，疾惡信如讎。

【集注】

《除草》：去蘞草。蘞，徐鹽反，或音潛。蘇東坡云：蘞草，蜀中謂之毛蘞。毛芒可畏，觸之如蜂蠆。治風疹，以此點之，一身失去。葉背紫者入藥。蘞，山韭。

"草有"二句:言草之毒者,不必生阻脩之處,雖平夷之地亦有之。

趙云:此主除惡之義,以惡蘝草之爲害也。言其直生平近處。《詩》:"道阻且脩。""脩",舊注,非。

"其毒"句:《左傳》:"蜂蠆有毒。"

"其多"句:周道兩榜。(榜,《補注杜詩》作"旁"。)

"芒刺"句:霍光驂乘,上内嚴憚之,若有芒刺在背。

"霜雪"句:凝一作"衣"。

"(其毒)"八句:趙云:蜂蠆、蘝上皆芒刺,觸之能螫人。"彌道周",蘝最蔓生。字則《詩》:"生于道周。""在眼"字,謝靈運詩:"想見山中人,薜蘿若在眼。"又欲先秋除去之,若待秋,則"霜雪一霑","蕙"與蘝草同一衰落,亦美惡俱盡矣。謝靈運詩:"崖傾光難留。""霑凝",自在草上。一作"霑衣",非。

"荷鋤"句:陶徵君:"荷鋤雖有倦。" 趙云:陶潛詩:"帶月荷鋤歸。"舊注在後。《後漢·鄧禹傳》:"父老童稚,滿其車下。"

"日入"句:趙云:《莊子》:"日入而息。"

"頑根"句:《(在)[左]傳》:"無使滋蔓。"

"敢使"句:鮑明遠:"復得還舊丘。" 趙云:"水中央",《詩》:"宛在水中央。""舊丘",自閬州歸成都,指草堂之居。草堂斷手寶應年,是夏送嚴武至綿,遂往梓、閬,至今年廣德二年春末又歸,故得指爲"舊丘"。

"自兹"四句:《左傳》:"周任言爲國家者,見惡如農夫之務去草焉。芟夷蘊崇之,絕其本根,勿使能殖,則善者信矣。" 師云:《後漢》:張儉清潔中正,疾惡若讐。 趙云:"藩籬"字,賈誼:"無有藩籬之限。"

客 居

客居所居堂,前江後山根。

下塹萬尋岸,蒼濤鬱飛翻。

蔥青衆木稍,邪豎雜石痕。

子規晝夜啼，壯士斂精魂。
峽開四千異，水合數百源。
人虎相半屈，相傷終兩存。
蜀麻久不來，吳鹽擁荊門。
西南失大將，商旅自星奔。
今又降元戎，已聞動行軒。
舟子候利涉，亦憑節制尊。
我在路中央，生理不得論。
臥愁病脚廢，徐步視小園。
短畦帶碧草，悵望思王孫。
鳳隨其凰去，籬雀暮喧繁。
覽物想故國，十年別荒村。
日暮歸幾翼，北林空自昏。
安得覆八溟，爲君洗乾坤。
稷契易爲力，犬戎何足吞。
儒生老無成，臣子憂四藩。
篋中有舊筆，情至時復援。

【集注】

《客居》：趙云：此雲安詩。

"蒼濤"句：趙云：王粲詩："苟非鴻鵰，孰能飛翻？"本言禽鳥，今轉用於"蒼濤"，愈奇矣！

"葱青"句：沈休文："林簿杳葱青。"

"邪豎"句：增添：沈休文（許）[詩]："峭壁思邪豎，絕嶺復孤圓。"（陳案：峭、思、嶺，《文選》作"傾""忽""頂"。）

"子規"二句：趙云：江文通《恨賦》："拱木歛魂。"（晋）阮籍《詠懷》："容色改平常，精魂自漂淪。"

"吳鹽"句：蜀人以麻布貨易"吳鹽"。

"西南"二句：時崔寧殺郭英乂。又杜云：劉孝標《廣絕交論》："靡不望影星奔。"

"今又"二句：（陳案：聞，《四庫全書》本作"問"。形誤。《補注杜詩》《全唐詩》作"聞"。） 時除杜鴻漸爲成都尹。

"舟子"二句：趙云："峽開四千里"，"千"字可疑。豈自渝州明月峽至夔州西陵峽而下，有水路四千里乎？"相傷終兩存"，由《老子》言："人神兩不相傷。"而變用之。"蜀麻久不來，吳鹽擁荆門"，以"商旅"不行之故。舊注亦是。按《編年通載》：永泰元年閏十月，劍南兵馬使崔旰反，殺其帥郭英乂。又按《資治通鑑》：大歷元年二月壬子，以杜鴻漸爲山南西道、劍南東、西川副元帥、劍南西川節度使，以平蜀亂。今云"西南失大將"，則崔旰殺郭英乂。"今又降元戎"，則時除杜鴻漸鎮蜀。英乂以定襄郡王領節度使，故云"大將"。鴻漸以宰相充尹山西、劍南副元帥，故云"元戎"。"舟子候利涉，亦憑節制尊"，所以結"商旅""星奔"而麻、鹽不通之句。《詩》："招招舟子。"《易》："〔利〕涉大川。""節制"，"元戎"之"節制"。字見上《漁陽》詩注。言用兵。"舟子"爲商賈，亦以"節制"，然後免攘奪之憂。

"我在"二句：甫依嚴武，武死。英乂粗暴不能容，旋有崔寧之亂，甫所以進退不能。

"悵望"句：思嚴武。　增添：劉安《招隱辭》："王孫游兮不歸，春草生兮萋萋。"

"鳳隨"句：鮑云：豈鄭公之夫人繼亡？

"籠雀"句：言賢者亡，小人喧競也。時崔寧、楊子琳、柏正節，更來成都。

"覽物"二句：趙云：欲南下歸長安，到處留滯，今尚在半路。舊注，非。蓋武永泰元年四月盡日死，公五月下戎州，九月在雲安，有"客居"之堂。至今歲二月已後，聞子規賦此，豈曾見郭英乂之來邪？自"徐步"而下四句，因步"小園"見草、見雀，感于物而興焉。故見"短畦"之"碧草"，則"思王孫"。司馬相如《琴歌》："鳳兮歸故鄉，遨遊四海兮求其凰"；故見暮雀之喧繁，而懷鳳凰之游往。〔鳳兮〕舊注以"王孫"作"思嚴武"，"暮雀"作崔寧等，甚無謂也。"荒村"，"故國"之"居"。十年不歸爲"荒村"。

"爲君"句：時厭亂久，故甫前有"洗兵馬"，此有"洗乾坤"之説。

"稷契"句：言得人，天下不足治。

〔"日暮"〕十句：趙云："幾翼"，譬能歸鄉者幾人。"自昏"，譬故居昏暗，無有歸栖之"翼"，道路梗澁之故。繼之以"覆八溟"，"洗乾坤"。公又曰："遥拱北辰纏寇盗，欲傾東海洗乾坤""安得壯士挽天河？盡洗甲兵長不用。"皆此意。"援"字，曹子建："援筆從此辭。"

客　堂

憶昨離少城，而今異楚蜀。
捨舟復深山，窅窕一林麓。
栖泊雲安縣，消中内相毒。
舊疾甘載來，衰年得無足。
死爲殊方鬼，頭白免短促。
老馬終望雲，南雁意在北。
別家長兒女，欲起慚筋力。
客堂叙節改，具物對羈束。
石暄蕨牙紫，渚秀蘆笋緑。
巴鶯紛未稀，徼麥早向熟。
悠悠日動江，漠漠春辭木。
臺郎選才俊，自顧亦已極。
前輩聲名人，埋没何所得。
居然綰章紱，受性本幽獨。
平生憩息地，必種數竿竹。
事業只濁醪，營茸但草屋。
上公有記者，累奏資薄禄。

主憂豈濟時,身遠彌曠職。
循文廟筭正,獻可天衢直。
尚想趙朝廷,毫髮裨社稷。
形骸今若是,進退委行色。

【集注】

《客堂》:趙云:詩中"客堂敘節改",故取兩字名篇。

"憶昨"句:成都內城曰"少城"。　　趙云:《蜀都賦》:"亞以少城,接乎其西。"注:"少,小也,在大城西。"

"捨舟"四句:雲安,屬夔州。　　趙云:"捨舟"字,謝靈運:"捨舟眺迴渚。""棲泊",義出謝惠連,謂"維舟止宿,初欲捨舟"矣。乃是窈窕之一"林麓",所以姑維舟"棲泊"也。至云"客堂敘節改",方有屋山中居耳。

"消中"句:師云:消中,消渴也。胡彥伯《與庾肩書》:"昔長卿病消中,余今亦然。"

"舊疾"二句:(陳案:甘,《杜詩詳注》同。一作"廿"。)　　趙云:言此疾相嬰,至"衰年"未痊,疾亦"得無足"乎?此深自傷之辭。

"死為"句:李陵死為異域之鬼。

"老馬"二句:馬望雲,"雁意在北",以所居非故國自喻。

"欲起"句:趙云:"殊方",《文子》:"殊方偏國。"《西都賦》:"殊方異類。"《東都賦》:"殊方別區。""免短促",自寬之辭。"望雲""在北",懷鄉之譬。此做"胡馬嘶北風,越鳥巢南枝"之意,變文耳。"慚筋力",以老病為"慚"。《禮》:"老者不以筋力為禮。"

"客堂"句:(陳案:敘,《補注杜詩》《全唐詩》作"序"。朱駿聲《說文通訓定聲》:"序,段借為敘。")

"石暄"句:謝靈運:"野蕨漸紫苞。"

"渚秀"句:蘆竹筍,越人謂之"蕨芽"。

"巴鶯"句:鶯:一作"稼"。

"悠悠"二句:"日華川上動"。謝元暉:"生煙紛漠漠。"　　趙云:"巴稼",舊本作"巴鶯"。非。劉章云:"深耕概種,立苗欲疏。""紛未稀",則苗猶多耳。"稼"與"麥",一體之物,若作"鶯"字,句不相聯。

"臺郎"二句:甫先授右拾遺。　　趙云:臺郎,謂省郎。公爲尚書工部員外郎,自稱臺郎。《漢官儀》:"尚書郎,初從三署郎選,詣尚書臺試。每一郎缺,則試五人,先試牋奏。初入臺,稱郎中,滿歲稱侍郎。故郎中、侍郎之名,猶因三署本號也。"此"臺郎"之稱矣。舊注模稜。

"前輩"四句:"前輩聲名人",不可專指。如黄香,群書無不涉獵。京師號曰:"天下無雙,江夏黄香。"京師貴戚,慕其聲名,更饋衣物,拜尚書郎。"章紱",謂緋魚。"居然"字,《尹文子》:"形之與名,居然別矣。"

"平生"句:王子猷所居必種竹,云"不可一日無此君"。

"事業"句:(只,《四庫全書》本作"尺"。形訛。《補注杜詩》《全唐詩》作"只"。)　　杜云:李善注《恨賦》:"濁醪夕飲之。"下引嵇康《與山巨源書》:"濁醪一杯,彈琴一曲。"

"上公"二句:嚴武奏甫,受劍南參謀。　　趙云:必有如柏中丞者薦之,但無可考。舊注:受劍南參謀。亦前日一端之事。

"主憂"句:師云:《史記》:"主憂臣辱。"　　趙云:"主憂",言當(至)[主]之憂,而不能效力,以濟時事。

"身遠"句:師云:魏文帝詔:"官吏不虔,曠職廢事。"　　趙云:蓋由"身遠",愈成閒曠職業。

"循文"句:"循文",守文。"廟",廟堂。"筭",籌筭。

"獻可"句:《左傳》:"獻可替否。"《易》:"何天之衢(享)[亨]。"

"尚想"句:(陳案:趙,《補注杜詩》《全唐詩》作"趨"。《説文》:"趙,趨趙也。"《廣韻》"小"韻引《字林》:"趙,赵也。"即疾行義。合於義矣。)

"進退"句:傷不得行其志爾。　　師云:柳下季車馬有形色。

石　硯

平公今詩伯,秀發吾所羨。

奉使三峽中，長嘯得石硯。
巨璞禹鑿餘，異狀君獨見。
其滑乃波濤，其光或雷電。
聯坳各盡墨，多水遞隱見。
揮灑容數人，十手可對面。
比公頭上冠，正質未爲賤。
當公賦佳句，況得終清宴。
公含起草姿，不遠明光殿。
致于丹青地，知汝隨顧盻。

【集注】

《石硯》：平，侍御者。

"平公"五句：禹開鑿以疏江河。　　趙云：王充《論衡》："文辭之伯。"今云"詩伯"，如公又用詞伯、文章伯也。"秀發"，見上《四松》詩注。"禹鑿"，言石。郭景純《江賦》："巴東之峽，夏禹疏鑿。"舊注不切。

"其滑"句：趙云：薛道衡《祭江文》："帷蓋靜于波濤。"

"況得"句：曹子建："公子愛敬客，終宴不知疲。"

"公含"四句：明光殿，霍去病借以避暑。　　杜云：漢殿名，《〔三〕秦記》曰："明光殿，以金爲虮、玉爲階。"《元后傳》曰："成都侯商病，欲避暑，從上借明光殿。"　　趙云："平公"爲侍御。"頭上冠"，則獬豸冠。獬豸，一角獸，而能觸邪。所以爲"正質"，以硯比冠，取其正直之質，因硯以美"平公"。"起草"者，中書舍人事，翰墨之職，于硯爲親。"丹青地"，公卿之地也。《鹽鐵論》："公卿者，神化之丹青。"

三韻三篇

右一

高馬勿唾面，長魚無損鱗。

辱馬馬毛焦,困魚魚有神。
君看磊落士,不肯易其身。

【集注】

"高馬"句:唾:一作"捶"。　　趙云:當以"捶"爲有義。

"君看"二句:馬、魚尚不可輕,士有被褐懷玉者,可輕乎?

右二

蕩蕩萬斛船,影若揚白虹。
起檣必椎牛,掛席集衆功。
自非風動天,莫置大水中。

【集注】

"起檣"句:師云:非"椎牛"饗士,不足以起立帆檣。《釋名》:"船二百斛曰舮,三百斛曰艇。"趙王石虎造萬斛之舟,今取其大者,以比興。"椎牛",所以饗"衆功"。張遼戰孫權,夜募敢從之士,得八百人,椎牛犒饗。韓退之《征蜀聯句》:"椎肥牛呼牟",亦用此"椎"字。

"自非"二句:趙云:得大風後,可飽其帆也。鮑照《舞鶴賦》:"箕風動天。"

右三

列士惡多門,小人自同調。
名利苟可取,殺身傍權要。
何當官曹清,爾輩堪一笑。

【集注】

"列士"六句:晉政多門。　　趙云:"列士",如列女之列,言就列之士。進身者,欲恩出一"門"耳。謝靈運:"誰謂古今殊,異代可同調。"(梁)張纘《別離賦》:"在百代而奠殊,雖千年而同調。""名利苟可取,殺身傍權要",此戒之之辭。如孔子:"富而可求也,雖執鞭之士,吾亦爲之。"今欲"名利"依人,則將許人以死,唯"權要"之是託。《論語》：" 殺身以成仁。"詳味〔末〕句,當時蓋有依非其人,而爲好官者。(梁)簡文帝《與蕭臨川書》："列棘外府,且息官曹之務。"(陳案：列,《藝文類聚》作"九"。)

柴　門

泛舟登瀼西,迴首望兩崖。
東城乾旱天,其氣如焚柴。
長影没窈窕,餘光散啥呀。
大江蟠嵌根,歸海成一家。
下衝割坤軸,竦壁攢鏌鋣。
蕭瑟灑秋色,氣昏霾日車。
峽門自此始,最穿容浮查。
禹功翊造化,疏鑿就欹斜。
巨渠決太古,衆水爲長虵。
風煙渺吳蜀,舟檝通鹽麻。
我今遠游子,飄轉混泥沙。
萬物附本性,約身不願奢。
茅棟蓋一牀,清池有餘花。
濁醪與脱粟,在眼無咨嗟。
山荒人民少,地僻日夕佳。
貧病固其常,富貴任生涯。
老於干戈際,宅幸蓬蓽遮。
石亂上雲氣,杉清延月華。
賞愜又分外,理妍夫何誇。
足了垂白年,敢居高士差。
書此豁平昔,迴首猶暮霞。

【集注】

《柴門》：趙云：杜元凱注《左傳》："蓽門圭竇之人。"蓽門，柴門。

"泛舟"句：楚俗以山谷間水可涉爲"瀼"。其涉也，謂之踏瀼。秦俗以堰水爲"瀼"，皆謂之"瀼"。　　趙云：夔州惟有東瀼溪，見《水經注》。瀼東、瀼西，水兩傍之名。舊注元不引出處。今云"登瀼西"，則舟已泊而登岸。恐學者惑"踏瀼"之語，以"登"字當之，故爲之解。

"東城"四句：趙云："焚柴"，則燔柴也。《爾雅》："祭天曰燔柴。積薪樴而焚之。"舊本"餘光散唅呀"，在《韻書》："唅，音憾，哺也；呀，虛加切，張口也。"固有"唅呀"字。公今所用，無乃"硍砑"字乎？蓋"硍砑"注："谷中也。"用此字，然後有義。陶淵明："既窈窕以尋壑。"謝靈運："長磴入窈窕"。言"乾旱"之氣，旦滿于丘壑"窈窕""硍砑"之間。若言"唅呀"，無義矣。

"大江"二句：《禹貢》："入于海。"　　趙云：嵌巖之根，字出《莊子》："賢者伏於大山嵌巖之下。"蓋江水至此，傍峽而行。雖蟠曲"嵌根"，終朝宗于海矣。

"下衝"句：《海賦》："又以地軸挺拔而爭回。"

"竦壁"三句：氣：一作"氛"。　　趙云："鏌鋣"，劍名。巫峽之竦，蓋如劍矣。柳子厚詩："海畔尖山似劍鋩。""日車"事，《淮南子》："爰止羲和，爰息六螭，是謂懸車。"注："日乘車駕以六龍，羲和馭之。"字則《莊子》："乘日之車。"舊本"氣昏"，一作"氛昏"，當以爲正。蓋上已有"氣如焚柴"，而"氛昏"字，又寫風土之"昏"也。

"峽門"二句：（陳案：峽，《全唐詩》同。一作"岐"。穿，《補注杜詩》《全唐詩》作"窄"。《説文》："穿，通也。"《廣韻》"線"韻："穿，貫也。"）　　夔州爲峽門。

"疏鑿"句：《江賦》："巴東之峽，夏后疏鑿。"

"巨渠"二句：趙云："峽門"，方入峽之門。舊注"夔州爲峽門"。非。"衆水爲長蚍"，其比亦新矣。

"我今"二句：師云：《易》："需于泥""需于沙"。謂遇難也。

"濁醪"句："濁醪"，嵇康。"脱粟"，公孫宏。

"地僻"句：陶淵明："山氣日夕佳。"

"貧病"句：病：一作"賤"。

"理妍"句:(陳案:賞愜,理妍,《補注杜詩》《全唐詩》作"賞妍","理愜"。)　《漢書》:"理得則不怨。"

"足了"句:師云:畢卓:"左手持蟹螯,右手持酒杯。拍浮酒船中,便足了一生。"

"(我今)"至"敢居"句:趙云:"泥沙",《江賦》:"或混淪乎泥沙。""不願",《孟子》:"不願人之文繡","不願人之膏粱"。"茅棟",沈休文詩:"茅棟嘯蹲鴟。""在眼",謝靈運:"薜蘿若在眼,選莫不咨嗟。"又云:"所以咨嗟"。"垂白",《後漢》:班超《〔與〕妹書》:"今超年已垂白。""敢居高士差",言不敢過差,居其上。

"書此"二句:趙云:紀其詩篇之成時,猶未晚也。《世說》:殷仲堪每謂子弟云:"勿以我受任方州,云我豁平昔時意。"然前云"回首望兩崖",今云"回首猶暮霞",豈偶重耶?

貽華陽柳少府

繫馬喬木間,問人野寺門。

柳侯披衣笑,見我顏色溫。

并坐石下堂,俛視大江犇。

火雲洗月露,絕壁上朝暾。

自非曉相訪,觸熱生病根。

南方六七月,出入異中原。

老少多暍死,汗踰水漿翻。

俊才得之子,筋力不辭煩。

指揮當世事,語及戎馬存。

涕淚濺我裳,悲氣排帝閽。

鬱陶抱長策,義仗知者論。

吾衰臥江漢,但愧識璵璠。

文章一小伎,於道未爲尊。

起予幸班白,因是託子孫。

俱客古信州,結廬依毀垣。

相去四五里,徑微山葉繁。

時危挹佳士,況免軍旅喧。

醉從趙女舞,歌鼓秦人盆。

子壯顧我傷,我驥兼淚痕。

餘生如過鳥,故里今空村。

【集注】

"繫馬"句:趙云:劉琨詩:"繫馬長松下。"《詩》:"南有喬木。"

"并坐"句:石堂下;一云"堂石下"。

"火雲"句:盧思道:"火雲赫而四舉。"

"絕壁"句:謝靈運:"早聞夕飈急,晚見朝日暾。" 趙云:《世說》:"桓公入峽,絕壁天懸,驚波電激。"謝靈運:"晨策尋絕壁。"

"觸熱"句:觸,冒也。 趙云:(晉)程曉詩:"可憐褦襶子,觸熱向人家。"(陳案:向,《藝文類聚》作"到"。)

"老少"二句:趙云:熱病謂之"暍"。武王下車而扇暍。《莊子》:"暍者反冬乎冷風"者,是已。《世說》:鍾會、鍾毓俱見魏文,毓面有汗,帝問:"何以汗?"曰:"兢兢皇皇,汗出如漿。"

"俊才"六句:《思玄賦》:"叫帝閽使[闢][闔]扉兮,覿天皇于瓊宮。" 趙云:老者不以"筋力"爲禮,因"俊才得""柳少府",不辭"筋力"而往謁也。"帝閽",《楚辭》:"吾令帝閽開關兮。"揚雄《甘泉賦》:"遣巫咸兮叫帝閽。"舊注引張平子《思玄賦》,在後矣。"排",謂排闔。

"鬱陶"句:《書》:"鬱陶乎予心。""長策",良策也。有良策而不見用,故"鬱陶"耳。 趙云:"鬱陶",《孟子》載:象謂舜曰:"鬱陶思君爾。"賈誼:"振長策而馭宇內。"

"吾衰"二句:潘正叔:"寸晷惟寶,豈無璵璠?"言己之所識,止璵璠而已,以美柳侯。 趙云:璠璵,比柳少府。"璵璠",《逸論語》:璠璵,魯之寶玉。孔子曰:"美哉,璠璵!遠而望之,煥若也;近而視之,瑟若也。一則理勝,一則(字)[孚]勝。"倒用"璵璠"字,元注潘正叔詩,是。

"文章"四句:趙云:言取"少府"道德之美,非止"文章"。《後漢·揚賜傳》:"造作賦說,以蟲篆小伎,見寵于時。"《北史》:李渾謂魏收:"雕蟲小技,我不如卿;國論典章,卿不如我。"於"道"言"尊",《老子》道尊德貴。"起予",《論語》:"起予者,商也。"言柳少府有道可尊,起發予於"班白"衰老之間,因此相見而有"子孫"可"託"之幸。"託"字,《論語》:"可以託六尺之孤。""託子孫",曹操少時見橋元,(陳案:捘,《廣雅·釋言》:"操也"。)謂曰:"天下方亂,群英虎爭,能安之者,其在君乎?然君實亂世之英雄,治世之奸賊。恨吾老,不見君富貴,當以子孫相託。"(陳案:託,《世說新語》作"累"。)

"俱客"句:夔,古信州。

"醉從"二句:揚惲《書》:"家本秦地,能爲秦聲。婦,趙女也,雅善鼓瑟。酒後耳熱,仰天撫缶,而呼嗚嗚。"李斯《書》:"隨俗雅化、佳冶窈窕,趙女不立于側也。夫擊甕叩缶,彈筝搏髀,而歌嗚嗚快耳者,真秦之聲也。"《莊子》:"鼓盆。" 增添:成公綏《琵琶賦》:"飛龍列舞,趙女駢羅。進如驚鵠,轉似回波。" 趙云:陶淵明:"結廬在人境。""時危",普言中原之亂。"免軍旅",夔州幸免爾。"趙女",古稱燕歌趙舞。"盆",甕缶之變稱。

"餘生"二句:(鳥,《四庫全書》本作"烏"。形誤。《補注杜詩》《全唐詩》作"鳥"。) 師云:李白詩:"生猶鳥過目,胡乃自結束。景公一何愚,牛山淚相續。" 趙云:《家語》:"見飛鳥過。"《莊子》:"如雀蚊虻之過乎前。"張景陽詩:"忽如鳥過目。"

同元使君舂陵行

并序:覽道州元使君〔結〕《舂陵行》,兼《賊退後示官吏作》二首,志之曰:當天子分憂之地,效漢官良吏之目。今盜賊未息,知民疾苦,得結輩十數公,落落然參錯天下爲邦伯,萬物吐氣,天下少安可待矣。不意復見比興體制,微婉頓挫之詞,感而有詩,增諸卷軸,簡知我者,不必寄元。

遭亂髮盡白,轉衰病相嬰。
沉緜盜賊際,狼狽江漢行。
歎時藥力薄,爲客羸瘵成。
吾人詩家秀,博採世上名。
粲粲元道州,前聖畏後生。
觀乎舂陵作,欻見俊哲情。
復覽賊退篇,結也實國楨。
賈誼昔流慟,匡衡常引經。
道州憂黎庶,詞氣浩縱橫。
兩章對秋月,一字偕華星。
致君唐虞際,純朴憶大庭。
何時降璽書,用爾爲丹青。
獄訟久衰息,豈唯偃甲兵。
悽惻念誅求,薄歛近休明。
乃知正人意,不苟飛長纓。
涼颷振南岳,之子寵若驚。
色沮金印大,興含滄溟清。
我多長卿病,日夕思朝廷。
肺枯渴太甚,漂泊公孫城。
呼兒具紙筆,隱几臨軒楹。
作詩呻吟內,墨淡字欹傾。
感彼危苦詞,庶幾知者聽。

【集注】

"并序":趙云:元〔結〕,字次山。其《舂陵行》"序"云:"癸卯歲,授道州刺史。道州舊四萬餘户,經賊已來,不滿四千,太半不勝賦稅。到官未五十日,承諸使徵求符牒二百餘封,皆曰:'失期限者,罪至貶削。'於戲！若悉應其命，則州縣破亂，刺史欲焉逃罪；若不應命，又即獲罪戾，必不免也。吾將守官，靜以安人，待罪而已。此州舂陵故地，故作《舂陵行》，以達下情。"其《賊退示官吏詩序》云："癸卯歲，西原賊入道州，焚掠幾盡而去。明年，賊又攻永州破邵，不犯此州邊鄙而退。豈力能制敵〔歟〕？蓋蒙其傷憐而已。諸使何爲忍苦徵歛？故作詩一篇，以示官吏。"詩更不能載，觀序意，則詩可見矣。

"遭亂"句：盡：一作"遽"。

"歎時"二句：趙云：言非不進藥，以"歎時"之故。憂思奪之，病雖痊，而藥力減半。

"吾人"二句：《前漢・溝洫志》：上作歌云："泛濫不止兮愁吾人。"

"粲粲"二句："粲粲"，美之盛也。《史》："三女爲粲。"孔子："後生可畏。" 趙云："後生"，對前人之辭，非直謂年少爲後生也。如周公爲先，則孔子爲後生；孔子爲先，則孟子爲後生。今言"前聖畏後生"，則道州雖晚生唐世，乃爲前代聖哲所"畏"矣。(君)〔若〕《詩》三百六十篇，其中周公、召康公、家父、穆父之所作，皆有益于其君。非前聖之謂乎？

"結也"句：趙云："楨"幹，所以支屋也。題曰"楨"，旁曰幹。《史》：以譬賢材，曰："國之楨幹。"

"賈誼"句：賈誼："可爲慟哭。" 趙云："慟"，如："子哭之慟。"

"匡衡"句：衡上疏陳便宜，及朝廷有政議，引經以對。

"道州"二句：道州，元結也。劉公幹："君侯多壯思，文雅縱橫飛。"

"兩章"二句：月：一作"水"。偕：一作"皆"。 趙云：上句言如"月"之皎潔，下句言無一字，而不若"華星"之燦爛也。魏文帝詩："華星出雲間。"

"致君"二句：大庭氏。 趙云：既"致君"於堯、舜之間，又憶"大庭"氏之"純朴"，則道州事君，豈塞淺者哉？(魏)應璩《與從弟君〔苗君〕胄書》："思致君於有虞，濟蒸民於塗炭。"大庭氏，上古帝王之號，事見《莊子》。

"何時"句：《前漢・循吏傳》："二千石有治效，輒以璽書勉勵焉。"

— 448 —

"用爾"句：趙云：爲"丹青"，則藻縟王猷，粉飾治具之義。《鹽鐵論》："公卿者，神化之丹青。""用爾"，則《尚書》："用汝作舟楫""作霖雨"也。

"獄訟"句：（陳案：久，《全唐詩》作"永"。一作"久"。）　《漢·禮樂志》："百姓素樸，獄訟衰息。"

"悽惻"四句：陸士衡："長纓麗且光。"　趙云：《左傳》：王孫滿"德之休明"。以歎其"不苟"，且在冠冕之中也。

"涼飈"二句：南岳衡山。《老子》："寵辱若驚"。　趙云：道州在南，故以"涼飈"言之。下句言"道州"爲刺史，其"寵辱若驚"，故如下句所云也。

"色阻"句：刺史印綬。　師云：晉王敦舉兵周顗，曰："今年殺賊奴，取金印如斗大。"

"興含"句：溟：一作"浪"。　趙云：《孺子歌》曰："滄浪之水清兮，可以濯我纓。滄浪之水濁兮，可以濯我足。"孔子曰："弟子志之，清斯濯纓，濁斯濯足。""興含滄溟清"，非有洗濯昏穢之意。（陳案：非，《杜詩趙次公先後解輯校》作"則"。）舊本改作"滄溟清"，非。滄溟，大海，不可言清。"金印"，刺史之印。

"我多"句："長卿"，司馬相如。"病"，渴。

"肺枯"二句：趙云：公孫述，自號白帝，而城在夔之東，曰白帝城。

"呼兒"六句：師云：庾信《哀江南賦序》曰："不見危苦之辭，惟以悲哀爲主。"　趙云：此一段，因以自言其心懷存憂國而已。

狄明府 博濟

梁公曾孫我姨弟，不見十年官濟濟。
大賢之後竟陵遲，浩蕩古今同一體。
比看伯叔四十人，有才無命百寮底。
今者兄弟一百人，幾人卓絕秉周禮。
在汝更用文章爲，長兄白眉復天啟。

汝門請從曾公説，太后當朝多巧詆。

狄公執政在末年，濁河中不污清濟。

國嗣初將付諸武，公獨廷静守丹陛。

禁中决册請房陵，前朝長老皆流涕。

太宗社稷一朝正，漢官威儀重昭洗。

時危始識不世才，誰謂荼苦甘如薺。

汝曹又宜列鼎食，身使門户多旌榮。

胡爲漂泊岷漢間，干謁王侯頗歷詆。

況乃山高水有波，秋風蕭蕭露泥泥。

虎之飢，下巉嵒。

蛟之横，出清泚。

早歸來，黄土污衣眼易眯。

【集注】

"梁公"句：狄仁傑，封梁國公。母之姊妹之子曰姨弟。

"大賢"句：《語》：子張曰："我之大賢與？"

"幾人"句：元年，齊仲孫湫來省難，及還，公問："魯可取乎？"對曰："魯秉周禮，未可動也。"言猶守先王之法度也。此言兄弟雖多，能守梁公之法"幾人"耳？

"在汝"二句：馬良兄弟五人，并有才名。鄉里諺曰："馬氏五常，白眉最良。"眉中有白毛，因以爲稱。《左氏》："天將啓之。"

"汝門"句：梁公也。

"太后"句：(陳案：詆，《全唐詩》同。一作"計"。)

"狄公"二句：言獨立于朝，不移于衺邪？　　趙云：謝元暉詩："紛虹亂朝日，濁河污清濟。"

"國嗣"二句：武后當朝，革唐爲周，欲以武三思爲儲貳，以問宰相，皆莫敢對。仁傑獨曰："臣觀天下，未厭唐德。"

"禁中"句："房陵"，中宗所在。(陳案：請，《全唐詩》同。一作"詔"。)

"前朝"句:前:一作"滿"。　《狄仁傑傳》:"中宗在房陵,(言)〔吉〕項、李昭德皆有(康)〔匡〕復〔讜〕言,則天無復避意。(陳案:避,《舊唐書》作'辟'。)唯仁傑每從容奏事,無不以子母恩情爲言,則天漸醒悟,召還中宗。"

"太宗"二句:后常夢雙陸不勝。仁傑曰:"雙陸不勝,無子也。"因進說:"文皇帝身陷鋒鏑而有天下,以傳子孫。陛下因監國,掩而有之。又欲以三思爲後,且子母與姑姪孰親?若立三思,廟不祔姑。后感悟,即日迎中宗,復唐社稷。"《光武紀》:人見司隸僚屬,皆歡喜不自勝。老吏或垂泣曰:"不圖今日復見漢官威儀。"

"時危"二句:謝〔暉〕詩:"防口猶寬政,食荼更如薺。"(陳案:食,《文選》作"餐"。)　師云:《詩》:"誰謂荼苦,其甘如薺。"

"汝曹"二句:列鼎:一作"裂土"。　賢者之後,宜有土。杜云:唐制:節度使就第,賜旌節。三品以上,門立戟。《後漢·匈奴傳》注:"有衣之戟曰棨。"

"干謁"二句:"詆",評也。息夫躬:歷詆漢朝公卿。

"秋風"句:謝〔暉〕詩:"凝露方泥泥。"

"虎之"六句:師云:(晉)王導嘗遇西風起,舉扇自蔽曰:"元規塵污人。"《莊子》:"播糠眯目。"　趙云:《家語》云:"子路游楚,列鼎而食。""歷詆",當作"抵"。《詩》:"零露泥泥。"

韓諫議注

今我不樂思岳陽,身欲奮飛病在牀。
美人娟娟隔秋水,濯足洞庭望八荒。
鴻飛冥冥日月白,青楓葉赤天雨霜。
玉京羣帝集北斗,或騎麒麟翳鳳凰。
芙蓉旌旗煙霧樂,影動倒景搖瀟湘。
星宮之君醉瓊漿,羽人稀少不在傍。
似聞昨夜赤松子,恐是漢代韓張良。

昔隨劉氏定長安，帷幄未改神慘傷。
國家成敗吾豈敢，色難腥腐飡風香。
周南留滯古所惜，南極老人應壽昌。
美人胡爲隔秋水，焉得置之貢玉堂？

【集注】

《韓諫議注》：趙云：舊本止云《寄韓諫議》，無傳記可考。其人時應在岳州，是好道者。不然，人物必清爽，有仙風道骨，如李白。故杜甫用神仙言之。"玉京群帝"宴"集"，言君臣際會。以張良比"韓"，歎其滯留不在朝。

"今我"句："岳陽"，巴陵，屬湖南。

"身欲"句：《詩》："靜言思之，不能奮飛。" 趙云："今我不樂"，出《詩》全語。下云"日月其除"。《詩》："或偃息在牀。"

"美人"句：詩人以"美人"比君子，故《詩》有："彼美人兮，西方之人兮。"

"濯足"句：左太冲："濯足萬里流。" 趙云："美人"，指"韓"。如李白所謂"美人不來空斷腸""美人在時花滿堂"之謂。"娟娟"，美人皃。"隔秋水"，言其時。《莊子》："秋水時至。"公在夔，韓在岳，爲"隔秋水"。"濯足"字，雖《孺子歌》有"滄浪之水〔濁〕兮，可以濯我足"，而單言"濯足"，則左太冲詩："濯足萬里流。"《淮南子》："登太山，履石封，以望八荒。"揚雄《幸河東賦》："陟西岳以望八荒。"

"鴻飛"二句：趙云："鴻飛冥冥"，《揚子》全語。鮑照詩："窮秋九月荷葉黃，北風驅雁天雨霜。"雨，去聲。

"玉京"句："玉京"，帝居。言五方各有帝，惟北極爲至尊。薛云：《晋·天文志》："北極五星，北辰最尊者也。北斗七星，在太微北，七政之樞機，陰陽之元本。故運乎天中，臨制四方，以建四時，而均五行。人君之象，號令之主。"注以"斗"爲"極"，誤矣。《五星經》云："上白玉京黃金闕。" 《杜補遺》：《靈樞金景內經》曰："下離塵境，上界玉京。"元君注云："玉京者，無爲之天也。東西南北，各有八天，凡三十二天，蓋三十二帝之都也。玉京之下，乃崑崙北都，羅峯北帝,乃三十六洞之所居處。" 趙云:"玉京",《史記》云:"天上白玉京,五城十二樓。""群帝",據儒書,亦有五方之帝,道書三十三天,各有帝云。"集北(帝)[斗]",則會集于北斗。薛説是。"群帝",言諸貴人,如諸王、三公之類。北斗言天子。五方之帝、三十三天之帝,雖稱帝,而於大帝爲卑,故止稱"群帝"字也。

"芙蓉"句:《楚詞》:"搴芙蓉兮木末。"

"影動"句:《郊祀志》:"登遐倒景。"注:"在日月之上,反照,故其影倒。" 趙云:"騎""麟""翳鳳",建"芙蓉"之旗,言"群帝"然也。《集仙傳》:天人降王妙想家,乘麟麟、(陳案:麟麟,《杜詩引得》作麒麟。)鳳凰、龍、鶴、犬、馬,是已。"旌旗"在"煙霧"之間,而影上動"倒景",以形容"群帝"神仙之事。爲"韓"在岳陽,所以專言其上動"倒景",下則"摇瀟湘",以引下句。

"星宫"句:《楚詞》:"瑶漿密勺,實羽觴。(辛)[華]酌既陳,有瓊漿。"

"羽人"五句:(陳案:夜,《全唐詩》作"者"。一作"夜"。) 張良,其先韓人。高祖立蕭相國,良乃稱家世相韓,及韓滅,不愛萬金之資,爲韓報仇强秦,天下震動。今以三寸舌爲帝者師,封萬户,位列侯,此布衣之極,于良足矣。願棄人間事,欲從赤松子游耳。乃學道,欲輕舉。高祖曰:"運籌帷幄之中,决勝千里之外,吾不如子房。"趙云:"星宫之君",則降於"群帝"者,以况禁從之人。"羽人",則又降于"星宫之君"者,以况諸通籍朝見之人。《楚辭》:"仍羽人于丹丘。"謝靈運《入麻源第三谷》詩:"羽人絕髣髴,丹丘徒空筌。"如"韓諫議"之流,皆得預宴集,然至者稀少,乃有不在傍者焉。以指言"韓"矣。陸士衡《漢高祖功臣頌·序》:"太子〔少〕傅、留文成侯、韓張良。"故公以"羽人"待之。爲其姓"韓",挨傍張良是韓國人,從"赤松子"游比之。"神慘傷",未能獻運籌于上。又引下句:"國家成敗吾豈敢"也。

"國家"二句:(陳案:食,《補注杜詩》《全唐詩》作"餐"。) 師云:梁元帝詩:"梅氣入風香。" 趙云:以"韓"之才,不得參預帷幄,託"韓"自謙之言"吾豈敢"也。爲吾之事者,不肯甘厭"腐""腥",所食者,"風香"而已。《神仙傳》:"壺公留費長房于群虎中,皆張口攫地,交手前來擊之,長房不恐。明日,又内長房石室中。頭上有大石,方數丈,茅繩懸之,諸虵并往噬,繩欲斷,長房不移。公曰:'子可教矣。'乃命噉溷,臭惡非常,中有蟲長寸許。長房〔色〕難之。公因而歎謝遣之曰:'子不得仙也,今以子爲地上主者,可壽百餘年。'"鮑明遠《升天行》:"何時與汝曹,啄腐共吞腥。"言既升天矣,無復此事也。今云"色難腥腐",亦是其意。"風香",未見所出,意神仙所食之物,如王母所謂"風實雲子"乎?

"周南"句:太史公留滯周南。　　(陳案:所,《全唐詩》同。一作"莫"。)

"南極"句:《春秋元命苞》:"老人星,治平則見,見則主壽。"趙云:又以太史公比之。"南極老人",言"韓"在岳陽。《晉·天文志》:"老人星見,主壽昌。"舊注引《春秋元命苞》,雖是而遺"壽昌"兩字全語。

"美人"二句:師云:傷"韓"斥在外,不見用,望其歸帝傍也。

課伐木

并序:課隸人伯夷、辛秀、信行等,入谷斬陰木,人日四根止。維條伊枚,正直俓然。晨征暮返,委積庭内。我有藩籬,是缺是補,載伐篠簜,伊仗枝持,〔則〕旅次于小安。山有虎,知禁,若恃爪牙之利,必昏黑摚突。夔人屋壁,列樹白菊鏝爲牆,實以竹,示式遏。爲與虎近,混淪乎無良。賓客憂害馬之徒,苟活爲幸,可嘿息已。作詩示宗武誦。

　　長夏無所爲,客居課奴僕。
　　清晨飯其腹,持斧入白谷。
　　青冥曾巔後,十里斬陰木。
　　人肩四根已,亭午下山麓。
　　尚聞丁丁聲,功課日各足。
　　蒼皮成積委,素節相照燭。
　　藉汝跨小籬,當仗苦虛竹。

空荒咆熊羆,乳獸待人肉。
不示知禁情,豈唯干戈哭。
城中賢府主,處貴如白屋。
蕭蕭理體情,蜂蠆不敢毒。
虎穴連里閈,隄防舊風俗。
泊舟蒼江岸,久客慎所觸。
舍西崖嶠壯,雷雨蔚含蓄。
牆宇資屢脩,衰年怯幽獨。
爾曹輕執熱,爲我忍煩促。
秋光近青岑,季月當泛菊。
報之以微寒,共給酒一斛。

【集注】

"入谷"句:《冬官》:"輪人爲輪,斬三材必以時。"注:"材在陽,仲冬斬之;在陰,仲夏斬之。"

"維條"二句:《詩》:"終南何有,有條有枚。"（陳案:侹,《補注杜詩》《全唐詩》作"挺"。《説文》段玉裁注:"侹,與挺音義略同。"）

"載伐"句:《禹貢》:"揚州:篠蕩既敷。"注:"篠,竹箭。蕩,大竹。"

"列樹"句:列:一作"洌"。（陳案:菊,《全唐詩》同。一作"萄"。）

"賓客"句:憂:一作"齒"。 《莊子》:黄帝于襄城下,見牧馬童子,而問天下。童子曰:"爲天下何異乎牧馬?去其害馬者。"

"作詩"句:趙云:舊本"列樹白菊"。師民瞻本作"白菊",是。蓋荻屬也。廬陵嘗謂:"杜甫無韻者不可讀。"今此可見。

"長夏"四句:師云:《周禮》:白谷,地名。 趙云:"伐木"爲"枝持",今之籬楔也。苦竹爲"籬",叙所謂載"伐篠蕩"也。"跨小籬",跨越所居而遮護之。曹子建《贈白馬王彪》詩:"清晨發皇邑。""持斧",借用《漢書》:"繡衣持斧。"

"青冥"二句:杜云:《周禮》:山虞:"仲冬斬陽木,仲夏斬陰木。"鄭司農云:"陽木,春夏生者。陰木,秋冬生者。"鄭元云:"陽木生南山,陰木生北山。」　趙云：《楚辭》：「據青冥而攄虹。」張平子《南都賦》言木有：「攢立叢骿，青冥芊眠。」「曾巓」，謝靈運詩：「茸宇臨回谿，筑觀基曾巓。」

「亭午」句：趙云：梁元帝《纂要》：「日在午曰亭午。」

「尚聞」句：《天台賦》：「羲和亭午。」《詩》：「伐木丁丁。」

「空荒」二句：趙云：敘止言防「虎」，詩又及「熊羆」，山居所防，豈獨「虎」耶？後言「虎穴連里閭」，以防「虎」爲多。

「城中」四句：（陳案：情，《補注杜詩》《全唐詩》作「净」。）　《左氏》：「蜂蠆有毒。」　趙云：周公下「白屋之士」，《漢》《史》謂「以白茅覆屋」也。「理體净」，亦《老子》治道貴清净之意。唐人避「治」字諱，多做「理」。

「爾曹」二句：師云：張華詩：「煩促每有餘。」　趙云：《詩》：「誰能執熱，逝不以濯。」

「報之」句：趙云：「以」字，做《詩》：報之以瓊瑶、瓊玖。

園人送瓜

江間雖炎瘴，瓜熟亦不早。
柏公鎮夔國，滯務茲一掃。
食新先戰士，共少及溪老。
傾筐蒲鴿青，滿眼顏色好。
竹竿接嵌竇，引注來鳥道。
沈浮亂水玉，愛惜如芝草。
落刃嚼冰霜，開懷慰枯槁。
許以秋蒂除，仍看小童抱。
東陵跡蕪絶，楚漢休征討。
園人非故侯，種此何草草。

【集注】

"食新"句:《成十年傳》:"桑田巫言,晉侯不食新矣。"注言:"公不得及食新麥。"

"沈浮"句:魏文帝:"浮甘瓜於清泉。"赤松子服"水玉"。

"愛惜"句:師云:(晉)嵇喜《瓜賦》:"世云三芝,瓜處一焉,謂之草芝。"(陳案:草,《海録碎事》作"土"。)

"許以"句:謝元暉:"殘翮似秋蔕。"

"仍看"句:抱:一作"飽"。

"東陵"句:東陵邵平,種瓜之地。

"園人"二句:趙云:此太守遣送官園中瓜詩。"除",乃除園之"除"。"秋蔕",《選》四言詩:"翩若秋蔕。"特泛言草木,今借字用,緣瓜有"蔕"也。《史記》:邵平,故秦東陵侯。秦破爲布衣。貧,種瓜於長安城東。瓜美,俗謂之東陵瓜。當楚、漢征戰之時,今云"蕪絶"。楚、漢征討休息矣,"草草"勉其勤於治園。此篇兩押"草"字,豈東坡所云:兩耳義不同,故重用邪。舊本止作"小童抱",一作"飽",與全篇押韻方同上聲,當取"飽"字。

信行遠脩水筒 引泉筒

汝性不茹葷,清净僕夫内。
秉心識本源,於事少滯礙。
雲端水筒坼,林表山石碎。
觸熱藉子脩,通流與廚會。
往來四十里,荒險崖谷大。
日曛驚未飡,貌赤媿相對。
浮瓜供老病,裂餅常所愛。
於斯答恭謹,足以殊殿最。
詎要方士符,何假將軍蓋。
行諸直如筆,用意崎嶇外。

【集注】

"秉心"句：本：一作"根"。

"雲端"二句：鮑明遠："雲端楚山見，林表吳岫微。"

"日曛"句："曛"，黑。

"裂餅"句：（陳案：常，《集千家註杜工部詩集》同。《全唐詩》作"嘗"。《助字辨略》卷二："常與嘗通，猶云曾也。"）《晉·何曾傳》："蒸餅上不坼作十字不食。"

"足以"句：《文賦》："考殿最于錙銖。"注："下功曰殿，上功曰最。"

"詎要"句：《神仙傳》："葛元以符投水中，即逆流十丈。"

"行諸"二句：宋玉文章，高出崎嶇之外。　杜田《補遺》："直如筆"，言其有用而不邪曲也。北齊古弼，太武嘉其直而有用，賜名曰筆。以其頭尖，又名之尖頭奴。時呼爲筆公，後改名爲弼。　趙云：公食"餅"則"裂"而與，常所私愛信行。故繼以"於斯答恭謹，足以殊殿最"。"裂餅"，暗使王羆與客食餅，客裂餅緣，羆曰："只是不飢。""方士符""將軍蓋"，是求水二事。"方士"，意類夷道縣事，但無"符"字耳。夷道縣句將山下有三泉。傳云本無泉，居人苦遠汲，傭人多賣水與之。一女子孤貧，襤褸無貨易。有一乞人，衣粗貌醜，瘡痍竟體。人見穢惡，唯女子割飯飼之。乞人食畢，曰："我感嫗行善，欲思相報，爲何所須？"女曰："正願此山下有水可汲。"乞人乃取腰中書刀，刺山下三處，即飛泉涌出。"將軍蓋"，意是貳師事，但無"蓋"字耳。《東觀漢記》：耿恭爲校尉，居疏勒。匈奴來攻，城中穿井十五丈。恭曰："聞貳師將軍拔佩刀刺山，飛泉出。今漢德神靈，豈有窮乎？"向井請禱，井泉潰出。"行諸"，《論語》：子路"聞斯行諸？"言"信行""修水筒"，但使之"直如筆"，以來其"水"。

槐葉冷淘

青青高槐葉，采掇付中厨。
新麪來近市，汁滓宛相俱。

入鼎資過熟，加飡愁欲無。
　　碧鮮俱照筯，香飯兼苞蘆。
　　經齒冷於雪，勸人投比珠。
　　願隨金騕褭，走置錦屠蘇。
　　路遠思恐泥，興深終不渝。
　　獻芹則小小，薦藻明區區。
　　萬里露寒殿，開水清玉壺。
　　君王納涼晚，此味亦時須。

【集注】

　　"青青"二句：(陳案：采，《四庫全書》作"果"。形誤。《補注杜詩》《全唐詩》作"采"。)　　曹子建："豐膳出中厨。"　　趙云：《詩》："薄言采之，薄言掇之。"

　　"新麮"句：趙云：晏子宅近市。

　　"汁滓"句：趙云：鄭元注《周禮》："盎齊，言汁滓俱也。"

　　"加飡"句：趙云：《古詩》："上言加飡飢。"(陳案：飢，《古樂府》作"飯"。)

　　"碧鮮"二句：(陳案：筯，《補注杜詩》作"筯"，《全唐詩》作"箸"。《説文》徐鍇繫傳："箸，今俗訛作筯也。"筯，形訛。)　　趙云："香飯"，見上《閿鄉姜少府設鱠戲贈長歌》詩注。"苞蘆"，則蘆笋之嫩者。或曰：夔州土人，謂之苞蘆。

　　"勸人"句：趙云：明月之珠，以暗投人。摘字用耳。

　　"願隨"句："金騕褭"，馬也。(陳案：褭，《補注杜詩》《全唐詩》作"裏"。騕褭、騕裏、騕裊，爲連綿詞。)

　　"走置"句：蜀人元日入香藥，漬酒而飲，謂之屠蘇。　　杜田《補遺》：屠蘇，屋名，或作廇廡。《玉篇》："廇廡，庵也。"《通俗文》："屋下曰廇廡。"《廣韻》："廇廡，草庵。又廇廡，酒。元日飲之，可除温氣。"則廇廡有一義，是詩"走置錦屠蘇"，乃屋也，非酒。《古樂府》：劉孝威《結客少年場行》："插腰銅匕首，障日錦屠蘇。"　　趙云：騕裊，神馬名。漢武帝鑄金做裊蹄麟趾之狀，言馬曰"金騕裊"，珍稱之也。盧照鄰詩:"漢朝金騕褭,秦代玉氛氳。"舊本作"屠蘇",字誤。意"錦屠廝",指御前帳屋。馳貢此"冷淘",先置之帳屋,憩泊以俟進也。故下句云:"路遠思恐泥"焉。

"獻芹"句:野人有美芹,而獻于君者。

"薦藻"句:《左傳》:"蘋蘩蘊藻之菜,可羞於王公,薦於鬼神。"

師云:嵇康《絕交書》:"雖有區區之意,亦已疎矣。"(陳案:疎,《文選》作"疏"。)

"萬里"句:《上林賦》:"過鳷鵲,望露寒。""露寒",漢殿名。

"開水"句:(陳案:水,《補注杜詩》《全唐詩》作"冰"。水,形訛。)

鮑照詩:"清如玉壺冰。"

行官張望補稻畦水歸

東屯大江北,百頃平若按。
六月青稻多,千畦碧泉亂。
插秧適云已,引溜加溉灌。
更僕往方塘,決渠當斷岸。
公私各地著,浸潤無天旱。
主守問家臣,分明見溪伴。
芊芊炯翠羽,剡剡生銀漢。
鷗鳥鏡裏來,關山雲邊看。
秋菰成黑米,精鑿傅白粲。
玉粒足晨炊,紅鮮任霞散。
終然添旅食,作苦期壯觀。
遺穗及眾多,我食戒滋蔓。

【集注】

"東屯"二句:大江北:一作"枕大江"。　　趙云:"一作",非。蓋

卷十一　古詩

"東屯"在大江北。一句中有"東""北"字,詩家之工。　　（陳案:按,《補注杜詩》作"桉",《全唐詩》作"案"。《説文》桂馥義证:"按,通作案。"）

"千畝"句:（陳案:畝,《補注杜詩》《全唐詩》作"畦"。）　　趙云:公之田,想能幾何,而云"千畝",則并"東屯"之田言之。

"更僕"句:"更僕",以番次更代使之。劉公幹:"方塘含白水。"趙云:《儒行》:"更僕未可終也。"

"決渠"句:《西都賦》:"決渠降雨,荷插成雲。"　　趙云:鮑明遠《蕪城賦》:"崒若斷岸,矗似長雲。"謝燮《關山月》云:"咽流喧斷岸,游沫聚飛梁。"

"公私"句:《前漢·食貨志》:"理民之道,地著爲本。"師古曰:"謂安土也。"　　趙云:謂有官田在其間矣。

"主守"句:陸韓云:"庶子及家臣。"

"分明"句:明:一作"朋"。　　（陳案:伴,《全唐詩》同。一作"畔"。）

（"主守"）六句:（陳案:芊芊,《全唐詩》作"芉芉"。一作"芉芉",一作"竿竿"。）　　趙云:"主守",指行官張望。"家臣",其下所臣之人。《左傳》:"公臣不足,取之家臣。"又曰:"輿臣皁,皁臣隸。"乃臣屬之臣,不必惑君臣而後爲臣也。何以知"主守"爲行官張望也?后有《行官張望刈稻,向畢,遣女奴阿稽、豎子、阿段往問》,而曰:"尚恐主守疏,用心未甚臧。清朝遣婢僕,寄語踰崇岡。"可見爲行官張望矣。然則"家臣",豈婢僕之謂乎?舊本"分明見溪伴",師作"分朋",是。蓋如此方成字對,此篇皆對矣。"翠羽",曹子建《洛神賦》:"或拾翠羽。""銀漢",《廣雅》:"天河,謂之天漢,亦曰銀漢。""鏡裏""雲邊",皆狀畦水明潔。

"秋菰"句:菰米,彫胡。

"精鑿"句:鑿,一作"穀"。　　（陳案:傅,《全唐詩》作"傳"。一作"傅"。）　　薛云:鄭氏《釋詩》:"俾疏斯粺"云:"米之率,糲十,粺九,鑿八,侍御七。"（陳案:俾,《毛詩注疏》作"彼"。）　　杜田《補遺》:菰米,見第三十《秋興》詩:"波漂菰米沈雲黑。"《左氏傳》:"粢食不鑿。"音"作",昭其儉也。注:"鑿,謂治米使白。"字本作"糳"。《唐韻》:"糳,精細米也。"《説文》:"糯米一斛舂九斗曰繫。"漢役流法有鬼薪,"白粲"之辟鬼薪,謂采薪給祭祀之用。"白粲"謂擇米使正白,亦以供祭祀。

"玉粒"二句:趙云:"成黑米"事,唐《本草圖經》:"菰,謂之茭。茭白歲久,中心生白臺,如小兒臂,謂之菰手。其臺中有黑者,謂之茭鬱,至後結實,乃彫胡米也。"(梁)庾肩吾《納涼》詩:"黑米生菰蔣,青花出稻苗。""玉粒",蘇秦所謂"米貴如玉",止言米粒之珍貴。下云"紅鮮",方是言飯紅潤之色。《韓信傳》:"晨炊蓐食。"謝元暉詩:"餘霞散成綺。"

"作苦"句:揚惲:"田家作苦。"

"遺穗"二句:遺秉滯穗也。(陳案:食,《補注杜詩》《全唐詩》作"倉"。)   趙云:又公自喜之辭。《詩》:"終然允臧。"魏文帝:"旅食南館。"《史》:"此天下之壯觀也。"謂遺秉及衆多之人,其可謂壯觀乎?公濟物之心,異乎田翁之慳鄙矣。

催宗文樹雞栅

吾衰怯行邁,旅次展崩迫。
愈風傳烏雞,秋卵方漫喫。
自春生成者,隨母向百翻。
驅趁制不禁,喧呼山腰宅。
課奴殺青竹,終日憎赤幘。
踏籍盤按翻,塞蹊使之隔。
牆東有隙地,可以樹高栅。
避熱時來歸,問兒所爲跡。
織籠曹其内,令入不得擲。
稀間可突過,觜爪還污席。
我寬螻蟻遭,彼免狐貉厄。
應宜各長幼,自此均勍敵。

籠柵念有脩,近身見損益。
明明領處分,一一當剖析。
不昧風雨晨,亂離減憂慼。
其流則凡鳥,其氣心匪石。
倚賴窮歲晏,撥煩去冰釋。
未似尸鄉翁,拘留蓋阡陌。

【集注】

"吾衰"二句:趙云:言不欲他適,且旅泊于此,舒展其崩摧逼迫也。孔子:"甚矣,吾衰也。"《詩》:"行邁靡靡。"《易》:"旅即次。"又,"旅焚其次。"任彥昇《辭奪禮啟》:"不任崩迫之情。"

"愈風"句:《本草》:"烏鷳雞,治風。"

"秋卵"句:趙云:"秋卵方漫喫",以春卵可抱育,秋卵充飽而已,故接以"自春生成者"明之。

"課奴"句:楚人以火炙竹,去其汗,謂之"殺青"。　　趙云:爲簡册,謂之"汗青"。

"終日"句:赤幘,雞之有冠。　　趙云:"赤幘",指雄雞。《小說》:"空宅有怪,或居之。中夜,有赤幘來者,問其怪類,答曰:'老雄雞也。'"今雄雞之頂雖是"赤幘",兩字亦有出矣。

"避熱"四句:趙云:言所柵之雞,以"避熱"故,往往歸來,所以"問兒",更合如何有爲,遏止之。

"近身"句:見一作"知"。　　言非特制雞而已,于迫身之事,亦可知"損益"也。　　趙云:兩句戒兒之辭,使之密不可踰也。舊本"狐貉厄",狐貉之厚以居。貉,善睡之獸,其皮與狐皆可爲裘,未嘗聞其食雞,豈"狐狸"字而誤耶?"自""勍敵",則平時無"柵"與"籠",必相鬭矣。"近身見損益",於"籠柵"之間,已有"損益"之義,凡近身之事,可推而見。舊一作"知",義亦同"見"字,如"復其見天地之心乎"之"見"。

"不昧"二句:《雞鳴》之《詩序》:"詩者,以爲亂世則思君子。"子美之"減憂慼"可見。　　趙云:上兩句,兒領旨命。《雞鳴》篇:"風雨如晦,雞鳴不已。"雞鳴不以風雨而廢,譬君子亂世不改其度。在"亂離"之際,"憂戚"必有失節之事,故因雞鳴而"滅憂感",則不妄其所爲矣。

"其流"二句:趙云:《世說》:"呂安詣嵇康,不在。其兄喜出見之。安題門作'鳳'字而去。""鳳",言"凡鳥"也。"心匪石",以申言雞鳴之不改。《詩》:"我心匪石,不可轉也。"

"撥煩"句:去:一作"及"。

"未似"二句:祝雞翁,居尸鄉山下,養雞百餘輩,皆有名字,呼名則種別而至。販雞及賣子。見《列仙傳》。　趙云:上兩(自)〔句〕川人近歲除以雞爲饋送,則"歲晏"。"撥"去眼前"百翻"之煩多,如"冰釋"矣。《莊子》:"渙若冰將釋。"雞去而便押"冰釋"字,以不泥于"拘留",如"尸鄉翁"之多養,至于填"蓋阡陌"也。

園官送菜

清晨蒙菜把,常荷地主恩。
守者愆實數,略有其名存。
苦苣刺如針,馬齒葉亦繁。
青青蔬嘉色,埋没在中園。
園吏未足怪,世事因堪論。
嗚呼戰伐久,荆棘暗長原。
乃知苦苣輩,傾奪蕙草根。
小人塞道路,爲態何喧喧。
又如馬齒盛,氣擁葵荏昏。
點染不易虞,絲麻雜羅紈。
一經器物内,永挂麤刺痕。
志士採紫芝,放歌避戎軒。
畦丁負籠至,感動百慮端。

【集注】

《園官送菜》：園官送菜把，本數日闕。矧苦苣、馬齒，掩乎嘉蔬，傷小人妬害君子，菜不足道也，比而作詩。　　趙云："比"者，三曰"比"之義也。

"清晨"二句：趙云：自叙甚明，詩亦相貫。《國語》：越王以會稽三百里爲范蠡地，曰："後世有敢侵蠢之地者，皇天后土、四鄉地主正之。"其後有土如州縣者，皆謂"地主"。

"青青"四句：(陳案：蔬嘉，《補注杜詩》《全唐詩》作"嘉蔬"。因，《全唐詩》作"固"。一作"因"。)　　趙云：園官送者，多苦苣、馬齒莧。所謂"嘉蔬"者，但没于"中園"，不以相遺也。張載《登成都白菟樓》："原隰植嘉蔬。"郭景純《江賦》："挺自然之嘉蔬。"公《苦雨》詩又云："嘉蔬没涸濁，时菊碎榛叢。"亦以賢者之見掩也。

"傾奪"句："蕙草"，薰草。

("嗚呼")八句："葵荏"，嘉蔬。　　趙云：八句雖分兩段而通義。叙雖摠云"苦苣""馬齒"，"掩乎嘉蔬"，詩則"奪蕙草"者歸之"苦苣"，"擁葵荏"者歸之"馬齒"。於"馬齒"譬小人，則前所謂"苦苣"者，蓋如小人可知。"葵荏"正以言"嘉蔬"。"蕙草"雖不可爲"蔬"，要之君子之"比"，皆"不以文害辭，辭害意"。

"一經"六句：器：一作"氣"。　　趙云：別引借譬之。刺，音〔糲〕。〈一〉此公所傷甚矣。"苦苣""馬齒"，在"器物"內，所盛以爲饋餉，既出其物，則"器"空矣，亦何害事哉？而"一經器物"所盛，便永遠挂其"蠡刺"之痕，尚有可惡之意，然則君子固宜傷所"染"矣，此志士所以歌"紫芝"而不顧也。《紫芝曲》，見上《洗兵馬行》注。

上後園山脚

朱夏熱所嬰，清旦步北林。
小園背高岡，挽葛上崎崟。
曠望延駐目，飄颻散疏襟。

潛鱗恨水壯,去翼依雲深。
勿謂地無疆,劣於山有陰。
石樠遍天下,水陸兼浮沈。
自我登隴首,十年經碧岑。
劍門來巫峽,薄倚浩至今。
故園暗戎馬,骨肉失追尋。
時危無消息,老去多歸心。
志士惜白日,久客藉黃金。
敢爲蘇門嘯,庶作梁父吟。

【集注】

"朱夏"二句:旦:趙作"旭"。 趙云:梁元帝《纂要》:"夏謂朱明,亦曰朱夏。""清旭"字,《江賦》:"視霧浸於清旭。"

"潛鱗"二句:趙云:譬隱淪之士,須幽曠深遠而後可。蓋魚"潛"以淵爲安,"水壯"則非淵矣;鳥栖以深山爲安,"雲深"則山深矣。"壯"字,顏延年:"春江壯風濤。"

"勿謂"句:坤厚載物,德合無疆。

"劣於"句:山北曰"陰"。時喪亂,九州分裂,孰若山陰之可以避亂。

"石樠"句:師云:曹毗詩:"周馳困石樠。" 杜田《補遺》:《唐韻》曰:"樠,音原,木名,皮可食,實如甘蔗,謂之石樠,未究其旨。"

趙云:杜田云"未究其旨",或云善本止是(名)〔石〕原。蓋平地曰"原",承上句"山有陰"之下,言山陰石平處,雖遍天下有之,而涉水行陸以往,兼有"浮沈"而難到。又引下句"登隴首"而"經碧岑",已十年矣,亦自喜遂其所欲也。

"薄倚"句:自鳳翔赴同谷,由同谷入蜀,沿流下峽,皆山水鄉。

師云:孫綽:"薄倚我林下。" 趙云:顏延年詩:"隴首秋雲飛。""劍門來巫峽,薄倚浩至今",所以成十年之語。"薄倚",即倒用謝靈運"相倚薄"也。

"志士"句:《荀子》:"君子愛日。"

"久客"句:《古詩》:"徒有萬里志,欲行囊無金。"　杜田《補遺》:《文選》:傅休奕《雜詩》:"志士惜日短,愁人知夜長。"　趙云:"惜白日",歎功名之不立;"藉黃金",歎客況之貧。舊注引《古詩》,雖亦是"金"事,而公詩止言"久客",本無行意也。

"敢爲"二句:阮藉常登蘇門山,遇孫登與商畧終古。登不應,藉長嘯,而退至半嶺。有聲若鸞鳳之音,乃登之嘯也。諸葛亮爲《梁父吟》。　趙云:言在山陰之居,猶"藉黃金"爲生,非直若孫登遺世離物,故取"嘯"事以見意。"庶作梁父吟",則希諸葛亮雖高臥,猶懷經世之意也。

驅豎子摘蒼耳

江上秋已分,林中瘴猶劇。
畦丁告勞苦,無以供日夕。
蓬莠猶不焦,野蔬暗泉石。
卷耳況療風,童兒且時摘。
侵星驅之去,爛漫任遠適。
放筐亭午際,洗剥相蒙羃。
登牀半生熟,下筯還小益。
加點瓜薤間,依稀橘奴跡。
亂世誅求急,黎民糠籺窄。
飽食復何心,荒哉膏粱客。
富家厨肉臭,戰地骸骨白。
寄語惡少年,黃金且休擲。

【集注】

"卷耳"句:(陳案:卷,《四庫全書》本作"巷"。形訛。《補注杜詩》

《全唐詩》作"卷"。）　　《本草》："蒼耳，或曰苓耳，形似鼠耳"。《詩》云"卷耳"。主風濕、周痺。

"童兒"句：一云："童僕先時摘。"

（"蓬蒿"）八句：趙云：蒼耳，今羊負來。《詩》謂之"卷耳"，云："采采卷耳，不盈傾筐。"古人已食之。"野蔬暗泉石"，指卷耳生于濕地。"洗剥相蒙羃"，洗其土，剥其毛。

"登牀"四句：（陳案：瓜，《四庫全書》本作"爪"。形訛。《集千家註杜工部詩集》《全唐詩》作"瓜"。）　　趙云："登牀"，登食牀也。"半生熟"，或作"熟菜"。何曾日食萬錢，猶謂"無下筯處"。"小益"，療風故也。"瓜""薤""橘"，皆卷耳同時之物。《襄陽記》："李衡種橘於龍陽州，謂其子：'吾有千頭木奴，歲可收絹數千匹。'"

"亂世"二句：杜田《補遺》：陳平家貧，與兄伯居，常耕田縱平使游學。嫂疾平不（親）[視]家生産，曰："亦食糠覈耳。"孟康曰："覈，麥糠中不破者也。"晉灼曰："覈，音紇，京師人謂麤屑爲覈頭。"（陳案：覈，《史記·陳丞相世家》作"紇"。）

"荒哉"句：薛云：（唐）柳芳《氏族論》："三世有三公者曰膏梁；有令僕者曰華腴。"　　杜田《補遺》："庖人用禽獸，春膳膏香，夏膳膏臊，秋膳膏腥，冬膳膏羶。"公食大夫，《禮》：以稻粱爲加膳，則膏粱膳之至珍者。（陳案：公食大夫，《禮》：程大中撰《四書逸箋》卷五：孫氏疏引《禮》云：公食大夫，稻粱爲嘉膳，則膏粱味之至珍者也。）　　趙云：《孟子》："不願人之膏粱。"

"寄語"二句：燕太子得荆軻，與之臨池，軻以瓦抵黿，太子命捧金以進，軻用抵之。又進，軻曰："非爲太子愛金，乃臂痛耳。"　　趙云：梁元帝《古意》詩："中有惡少年，伎能專自得。"

昔　游

昔者與高李，晚登單父臺。
寒蕪際碣石，萬里風雲來。
桑柘葉如雨，飛藿共徘徊。

清霜大澤凍,禽獸有餘哀。
是時倉廩實,洞達寰區開。
猛士思滅胡,將帥望三台。
君王無所惜,駕馭英雄材。
幽燕盛用武,供給亦勞哉。
吳門轉粟帛,泛海陵蓬萊。
肉食三十萬,獵射起黃埃。
隔河憶長眺,青歲已摧頹。
不及少年日,無復故人杯。
賦詩獨流涕,亂世想賢才。
有能市駿骨,莫恨少龍媒。
商山議得失,蜀主脫嫌猜。
呂尚封國邑,傅說已鹽梅。
景晏楚山深,水鶴去低回。
龐公任本性,攜子臥蒼苔。

【集注】

《昔游》:趙云:魏文帝《與吳重書》:"念昔日南皮之游。"又一《書》:"恐永不得爲昔日游。"故摘"昔游"字爲韻。

"昔者"句:高適、李白。

"晚登"句:宓子賤嘗爲單父宰。　鮑云:《唐志》:"單父屬宋州。"

〔"昔者"〕至"禽獸"八句:《杜正謬》:蔡氏《西清詩話》:"《唐史》稱:'杜甫與李白、高適,同登吹臺',慨然莫測也。質之少陵《昔游》詩:'昔者與高李,晚登單父臺',則知非吹臺。三人詞宗,果登吹臺,豈無雄詞傑唱耶?"予謂蔡氏未嘗熟讀杜詩爾。《遣懷》詩云:"昔我游宋中,惟梁孝王都。名今陳留亞,劇則貝魏俱。"憶與高、李輩論交,入酒壚,氣酣登吹臺,懷古視平蕪。豈非與李白、高適同登吹臺耶?

趙云：公追言其少年日，正冬日晚，與高、李登單父臺。句曰"寒蕪"，曰"飛藿"，曰"清霜"，最後曰"景晏楚山深"，又見作詩之時亦冬也。《西清詩話》云云，《正謬》是。單父臺，名偃月臺，見李白詩："碣石在海邊，臺上可視望。""飛藿共徘徊"，言與"桑柘"之葉，俱落而飛，相與徘徊。豆謂之"藿"。阮籍《詠懷》："秋風吹飛藿，零落從此始。"師民瞻本作"楓藿"，非。蓋"桑柘"與豆，皆田中物，楓木與豆藿，不可相連也。"清霜"降而"大澤凍"，"禽獸"寒而"哀"。

"是時"二句：區：一作"瀛"。　　開元之際，天下富庶，民俗殷阜，山〔澤〕入河隉之賦稅，府之積不可勝計。

"猛士"二句：時邊帥有帶平章者，禄山求宰相不得，遂反。

"幽燕"句：時禄山擊契丹，無寧歲。

"供給"句：（陳案：亦，《四庫全書》本作"不"。形誤。《補注杜詩》《全唐詩》作"亦"。）

"吳門"二句：時韋堅于望春樓下，鑿潭以通漕，大置南海珍貨，船尾相銜，數千里不絕，上御樓觀之。　　趙云：公游山東，在未獻賦之前，蓋開元之末，天寶之初，倉廩實可知矣。"猛士思滅胡"，將將務邊功。（陳案：將，《補注杜詩》作"蕃"。）"將帥望三台"，舊注是。然此普説諸邊士與將也。至"幽燕盛用武"下，方説朔方矣。蓋時有事于契丹、于突騎、于（究）〔突〕厥。又安禄山擊契丹，無寧歲也。"轉粟帛"，正以供給幽、燕之勞。舊注"韋堅鑿潭"，非。

"肉食"句：《左傳》："肉食者鄙，未能遠謀。"

"隔河"四句：肅宗渡河，入靈武。　　趙云：言幽、燕屯兵之多，憶其"長眺"之事，傷其今日之老也。舊注非。"少年日"，見第一篇注。"故人杯"，（齊）謝朓《離夜》詩："山川不可夢，況乃故人杯。"

"有能"二句：有能：一作"君能"。　　古有"市駿馬骨，而得駿馬者"，喻尊士之似賢者，則必得真賢。　　趙云：公傷流落不偶。《戰國策》：郭隗謂燕昭王曰："古之君，有以千金求千里馬者。（不）〔三〕年不能得。涓人言于君，曰：'請求之。'君遣之，三月得千里馬。馬已死，買其首五百金，反以報。君大怒：'所求者生馬，安事死馬，而捐五百金乎？'曰：'死馬且買五百金，況生馬乎？天下必以王爲能市馬。馬今至矣。'不期年，千金之馬至者三。今王誠欲致士，先從隗始。隗且見事,況賢于隗者？豈遠千里哉？"於是昭王爲隗築宮而師之,樂毅自魏往,鄒衍自齊往,劇辛自趙往,士皆奏燕。言"已死之骨,尚能市之,何況恨無龍媒者耶？苟求之,則至"。"龍媒",《漢・禮樂志》："天馬來,龍之媒。"

"商山"句：四皓也,謂安漢太子。

"蜀主"句：蜀主劉備,爲曹操嫌猜。　　趙云：先主既用孔明,關、張之徒不平,日毁之。先主曰："孤之有孔明,猶魚之得水。"此之謂"脱嫌猜"。舊注非。

"吕尚"句：封于營丘,號"齊"。　　趙云：文王用太公,而終至出封于齊爲諸侯。

"傅説"句：趙云：言高宗用傅説,"若作和羹,爾爲鹽梅"已,則用之之謂。四皓隱于商山,孔明卧於南陽,吕尚釣于渭濱,傅説築于傅巖,皆出以應用,有以召之故也。公不忘君、忘世,且言高、李,皆賢才可用。

"景晏"四句：後漢龐德公與妻子隱鹿門山。《孟子》："窮則獨善其身,達則兼善天下。"上數公,皆能乘時以有爲者。甫自悲不得其時,莫若傚龐公之潔已耳。　　趙云：此詩是冬,言在夔也。陶淵明詩："景晏步脩廊,水鶴去低徊。"以興其閑曠。既不如上七人者,信用而出,但若龐公任其隱淪,本性耳。

卷十二

(宋)郭知達 編

古　詩

往　在

往在西京日,胡來滿彤宫。
中宵焚九廟,雲漢爲之紅。
解瓦飛千里,繐帷紛曾空。
疚心惜木主,一一灰悲風。
合昏排鐵騎,清旭散錦幪。
賊臣表逆節,相賀以成功。
是時妃嬪戮,連爲糞土叢。
當宁陷玉座,白間剝畫蟲。
不知二聖處,私泣百歲翁。
車駕既云還,楹角欻穿崇。
故老復涕泗,祠官樹椅桐。
宏壯不如初,已見帝力雄。
前春禮郊廟,祀事親聖躬。
微軀忝近臣,景從陪群公。
登堦捧玉册,峩冕耿金鍾。
侍祠恧先露,掖垣邇濯龍。

天子惟孝孫,五雲起九重。
鏡奩換粉黛,翠羽猶蔥曨。
前者厭羯胡,後來遭犬戎。
俎豆腐羶肉,罘罳行角弓。
安得自西極,申命空山東。
盡驅詣闕下,士庶塞關中。
主將曉逆順,元元歸始終。
一朝自罪己,萬里車書通。
鋒鏑供鋤犂,征戍聽所從。
冗官各復業,土著還力農。
君臣節儉足,朝野懽呼同。
中興似國初,繼體如太宗。
端拱納諫諍,和風日沖融。
赤墀櫻桃枝,隱映銀絲籠。
千春薦陵寢,永永垂無窮。
京都不再火,涇渭開愁溶。
歸號故松柏,老去苦飄蓬。

【集注】

《往在》:趙云:此篇六段,鋪敘甚明,舊註亂之。

"胡來"句:趙云:"彤宮",天子之宮。丹謂之彤,故丹墀謂之彤墀。

"中宵"句:天子九廟。　　趙云:天子七廟,王莽增爲九廟。今云九廟,以盛者言之。

"解瓦"句:(陳案:千,《補注杜詩》《全唐詩》作"十"。)

"繐帷"句:"繐帷",廟中素帷。

"疚心"句:"疚心",〔心〕如有疚。"木主",神主也。《史記》:"武王伐紂,載木主而行。"

"合昏"二句：旭，吁玉切。　　杜田《補遺》：古樂府《紫騮馬曲》："玉鐙繡纏鬃，金鞍覆錦幪。"鞍帕也。　　趙云："清旭"，見上《後園山脚》注。"合昏"，黄昏。"錦幪"，一作錦驀，以幪爲正。公又嘗曰："駕駘怕錦幪。"若驀字，驢之别名，殊無義也。

"是時"二句：《王昭君辭》："昔爲匣中玉，今爲糞上英。"　　師云：《幸蜀記》：天寶十五載七月九日，禄山令張通儒，害霍國公主、永王妃、侯莫陳氏、駙馬楊朏等八十餘人，又害皇孫、郡縣（至）〔主〕、諸妃等三十六人。

"當宁"句："玉座"，帝座。時禄山及吐蕃兩"陷"京邑，天子出奔。　　趙云："當宁"，天子當宁而立也。謝玄暉《銅雀臺》詩："玉座猶寂寞，況乃妾身輕。"舊注："時禄山及吐蕃兩陷京邑，天子出奔。"則以代宗廣德元年十月事，亂明皇天寶十五載事。

"白間"句：杜田《補遺》：何平叔《景福殿賦》："皎皎白間，離離列錢。晨光内照，流景外烻。"張詵注："白間，窗也。以白塗之，畫爲錢文，猶言綺疏、青瑣之類。"《漫叟詩話》亦謂出《景福殿賦》，云："余嘗以白間對黄裏。"　　趙云："白間"之上，所畫剥落也。

"不知"句：玄宗、肅宗。

"檻角"句：代宗至陜還，先修九廟檻角廟檻。《左傳》：魯"丹檻刻桷。"

（"車駕"至）"已見"六句：時屢臻喪亂，國力凋弊，雖未及火焚之前，而"已見帝力"之"雄"矣。　　趙云：六句述肅宗至德二載九月復京師也。"椅桐"、梓漆。舊注於"檻角欹穿崇"下注："代宗至陜還，先修九廟。"則又以代宗廣德元年十二月事，亂肅宗至德二載事。

"景從"句：廣德元年，吐蕃陷京師，代宗幸陜。是年，郭子儀收復，帝進京。二年春，享廟及郊。新、舊《唐史》皆不載甫官。　　薛云：《文選》：《東都賦》："天官景從，祲威盛容。"　　師云：杜爲左拾遺，自稱"忝近臣"。　　趙云：述乾元元年四月辛〔亥〕，祔神主于太廟。甲寅，享於太廟，有事於南郊也。但史所載，乃四月中事，而詩云"前春"，豈前歲乎？

"登堦"句："玉册"，册文。

"羌冕"句：耿：一云"聆"。　　趙云："聆金鍾"，舊本正作"耿"。

— 474 —

師民瞻本專取"聆金鍾",是。言聽金奏也。"犧冕聆金鍾",則奉祠者皆具法服也。

"侍祠"二句:"侍祠"之官惡暴露,猶假"濯龍"門,即宗廟未至全備耳。　　薛云:《後漢》:桓帝祠老子於濯龍宮,以文罽爲壇,飾黃金爲釦器,設華蓋之座。　　《杜補遺》:《晉·天文志》:"太微,天子之庭,五帝之座也。南蕃中二星間曰端門。東曰左執法,西曰右執法。左執法之東,左掖門也。右執法之西,右掖門也。"又曰:"紫宮垣十五星,一曰紫微,大帝之座也。"《李尋傳》曰:"天官上相、上將,皆顓面而朝。"(陳案:而,《後漢書》作'正'。)〔注〕:"〔朝〕太微宮垣也。西垣爲上將,東垣爲上相。"蓋王者之建宮室,皆取法於天。故有宮垣、宮微垣(陳案:宮,《杜詩引得》作"紫"。)宮掖左右、掖門之名,所謂"掖垣"者如此。《後漢·百官志》:"濯龍監一人。"本注:"濯龍亦園名。"張平子《東京賦》曰:"濯龍芳林,九谷八溪。"薛綜注載《洛陽圖經》曰:"濯龍,池名。故歌曰:'濯龍望如海,河橋渡似雷。'"顏延年《赭白馬賦》:"處以濯龍之奧。"注:"濯龍,殿名。"李善載《曹植集》曰:"詔給濯龍殿馬三百匹。"諸家稱"濯龍"不同,大抵以池得名,而置監、宮園、殿,皆因之也。　　趙云:"惡先露",則先在預其事者爲榮,有合侍祠而不幸,所以愍惡,史有先朝露,以言不幸也。

"天子"句:師云:謂代宗。

"五雲"句:韓愈《賀慶雲表》。按:沈約《宋書》:"慶雲五色者,太平之應。"又據《孝經援神契》:"王者德至,山陵則慶雲生。"

"鏡奩"二句:光列陰皇后崩,明帝性孝,追慕無已。時當謁陵,夢先帝太后若平生。明旦率百官上后陵,帝從席間,伏御床,視太后"鏡奩"中物,感動悲涕。　　趙云:"孝孫",指肅宗。以其祠事先祖,故稱孝孫。《詩》言成王曰:"徂賫孝孫。""鏡奩換粉黛",所以供后廟神御之物。"翠羽",所以飾神御之物者。曹子建《洛神賦》:"或拾翠羽。"

"前者"句:明皇,禄山陷長安。

"後來"句:代宗,吐蕃陷長安。

"罘罳"句:行,戶郎反。　　《文帝紀》注:顏師古曰:"罘罳,謂連闕曲閣,以覆重刻垣墉之處,其形罘罳然。一曰屏也。"　　杜田《補遺》：段成式《酉陽雜俎》正誤曰："上林間，多呼殿桷護雀網爲罘罳。"《禮記》曰："疏屏，天子之廟飾。"鄭注："屏，謂之樹。今罘罳，刻之爲雲氣蟲獸，如今之闕。"張楫《廣雅》曰："復罳謂之屏。"劉熙《釋名》曰："罘罳在門外。罘，設也。臣將入請事，於此設重思。"西漢"文帝七年，未央宫東闕〔罘罳災〕"。罘罳在外，諸侯之象。〈諸之象，〉後果七國舉兵。王莽性好時日小數，遣使壞園門罘罳，曰："使民無復思漢也。"魚豢《魏略》："黄初三年，築諸門闕外罘罳。"成式自筮仕以來，凡見縉紳數十人，皆謬言"罘罳"事，故辨之。　　趙云："羯胡"，安、史。"犬戎"，吐蕃。又言吐蕃汙瀆宗廟之事。蕃人所食，腥羶狼籍，故"腐"於俎豆，而"罘罳"之上，行挂"角弓"。

"征戍"句：（陳案：戍，《全唐詩》同。一作"伐"。）

"朝野"句：呼，一作"娛"。　　《食貨志》："安民之道，土著爲本。"張景陽詩："昔在東都時，朝野多歡娛。"　　趙云："曉逆順"，言曉喻之以順逆。"歸始終"，言令終始一節爲臣，無犯順也。"罪己"之詔。"車書通"，則車（書）〔同〕軌、書同文。"鋒鏑供鋤犁"，以兵器爲農器。《史》："銷鋒鏑。""征戍聽所從"，則不復拘留之爲征戍，聽其所從，或爲農，或爲民。當擾攘之際，有冗濫爲"官"，則復其舊業。雖"土著"户口，有失耕種，還服田力穡，以爲"農"也。

"千春"二句：杜田《補遺》：《月令》："仲夏之月，天子嘗黍，羞以含桃，先薦寢廟。"注："含桃，櫻桃也。"漢惠帝常出離宫，叔孫通曰："古者有春嘗果。方今櫻桃可獻，願陛下出，因取櫻桃獻宗廟。"上許之。諸果獻由此興。又（唐）李綽《歲時記》："四月一日内園進櫻桃。寢廟薦訖，頒賜各有差。"　　趙云：言禍亂之初，宗廟焚毀。今既修建，則薦獻之禮，不可闕。

"歸號"二句：趙云："號"音平聲。因説朝廷宗廟之下，自亦及其先墳之思。言欲"歸號"哭于祖先墳墓之間，而"苦"漂泊不能"歸"，所以自傷也。商君曰："夫飛蓬遇飄風而千里，乘風之勢也。"庾信《燕歌行》："千里飄蓬無復根。"

雷

大旱山岳焦，密雲復無雨。
南方瘴癘地，罹此農事苦。
封內必舞雩，峽中喧擊鼓。
真龍竟寂寞，土梗空俯僂。
吁嗟公私病，稅斂缺不補。
故老仰面啼，瘡痍向誰數。
暴尫或前聞，鞭巫非稽古。
請先傴甲兵，處分聽人主。
萬邦但各業，一物休盡取。
水旱其數然，堯湯免親覩。
上天鑠金石，群盜亂豺虎。
二者存一端，愆陽不猶愈。
昨宵殷其雷，風過齊萬弩。
復吹霾翳散，虛覺神靈聚。
氣暍腹胃融，汗滋衣裳污。
吾衰尤拙計，失望築場圃。

【集注】

"大旱"二句：杜云：《莊子》："大旱金石流，（玉）[土]山焦而不熱。"《易·小畜》："密雲不雨。"

"封內"二句：《周禮·司巫》："若國大旱，則率巫而舞雩。"《神農求雨書》："祈而不雨，則曝巫。曝巫不雨，則積薪擊鼓而焚神山。"

"真龍"二句："土梗"，土龍也。葉公好畫龍，而真龍入室。趙云：《戰國策》有桃梗、土梗之喻。

"瘡痍"句：《前漢·季布傳》："瘡痍未瘳。"言民傷於賦役，如被瘡痍。

"暴尫"二句:"尫"非巫也。瘠病之人,其面上向,俗謂天哀其病,恐雨入其鼻,故天爲之旱,所以僖公欲焚之。　杜田《補遺》:《禮記》:"歲旱,穆(君)[公]召縣子而問(然)[焉]。曰:'天久不雨,吾欲暴尫而奚若?'曰:'天則不雨,而暴人之疾子,虐,毋乃不可歟?''然則,吾欲暴巫而奚若?'曰:'天則不雨,而望之愚婦人,於以求之,毋乃已疏乎?'"　趙云:《檀弓》:"未之前文也。"(陳案:文,《禮記·檀弓上》作"聞"。)"稽古",出《書》。

"水旱"二句:堯九年之水、湯七年之旱,"其數然"也。　趙云:言堯之水、湯之旱,豈免"親"見乎?

"上天"二句:《招魂》曰:"十日並出,流金鑠石。"《七哀詩》:"盜賊如豺虎。"　趙云:"鑠金石",又用鄒陽"衆口鑠金"也。"鑠石",(魏)應璩《與岑文瑜書》:"頃者,炎日更增甚,沙礫銷鑠,草木焦卷。"

"二者"二句:趙云:以賊與旱爲二也。就二者之中,言雖"愆陽"而旱,不猶勝於盜賊乎?"愆陽",《左傳》:"則冬無愆陽。"愆,過也。師云:二者皆有傷于和氣也。《左傳》:"不猶愈乎?"

"汗滋"句:汗:一作"腐"。

"失望"句:"九月築場圃",注:"春夏爲圃,秋冬爲場。"《殷其雷》,《詩》篇名。"喝",音謁,傷熱也。《莊子》:"喝者反冬乎冷風。"而武王扇喝,是也。

火

焚山經月火,大旱則斯舉。
舊俗燒蛟龍,驚惶致雷雨。
爆嵌魑魅泣,崩凍嵐陰旴。
羅落沸百泓,根源皆萬古。
青林一灰燼,雲氣無處所。
入夜殊赫然,新秋照牛女。
風吹巨焰作,河掉勝煙柱。

勢欲焚崑崙,光彌焮洲渚。
腥至爃長蛇,聲吼纏猛虎。
神物已高飛,不見石與土。
爾寧要謗讟,憑此近熒侮。
薄關長吏憂,甚昧至精主。
遠遷誰撲滅,將恐及環堵。
流汗臥江亭,更深氣如縷。

【集注】

《火》:楚俗,大旱則焚山擊鼓,有合神農書。

"焚山"句:(陳案:焚,《全唐詩》作"楚"。一作"焚"。)

"大旱"句:趙云:"大旱",《書》:"若歲大旱。"《周禮》:"大旱,帥巫而舞雩。""斯舉",《論語》:"色斯舉矣。""舉",則舉火之謂。言舉行其事也。

"舊俗"四句:師云:"旳",音乎古反。《韻書》注:"文彩,狀明。"

趙云:〔易〕:"雷雨作解。""崩凍嵐陰旳",則冰雪其墮下,文采明旳於"嵐陰"之間。

"羅落"四句:趙云:上兩句言"百泓"之"根源",皆自萬古,而同"沸"於今日也。下言"雲氣"託於林木青葱之內,"青(秋)〔林〕"既"灰燼","雲氣"無所止泊也。宋玉《高唐賦》:"風止雨霽,雲無處所。"

"入夜"句:(陳案:殊,《全唐詩》同。一作"珠"。)

"河掉"句:(陳案:掉,《補注杜詩》作"棹"。《全唐詩》作"櫂"。"一作澮,一作漢"。)

"光彌"句:師云:"焮",許靳反,灰也。　趙云:舊本"河棹",善本作"河掉"。言風吹巨焰高起,可遠照河水,而爲之震掉,烟直上如柱也。(晉)潘尼《火賦》:"芬輪紆轉,倏忽橫厲。震響達乎八溟,流光燭乎四裔。"即其義也。承"河掉勝煙柱"之下。"勢欲焚崑崙"者,河之所自出。《書》:"火炎崑崗。"皆參合言之。"焮"字,《左傳》:"〔行〕火所焮〈燎〉。"

"神物"六句:趙云:"神物",言蛟龍已"高飛",不礙"石與土"。古傳"人不見風,牛不見火,龍不見石"故也。前句"舊俗燒蛟龍,驚惶致雷雨",此俗人無知,以旱焚山,其事如此,豈知"神物"安可驚恐之邪?苟必以爲"謗讟""神物"而"熒侮"之,旱之害農,至於焚山侮神,寧不爲人害邪?亦宜關于"長吏"之憂也。豈水旱有數,冥冥中有"主"之者,惟此"神物",其"至精"之"主"乎?民之無知,甚昧厥理,則"長吏"所憂在此。

"遠遷"句:《書》:"若火燎于原,不可嚮邇,其猶可撲滅。" 趙云:《選》:"爛熳遠遷"〈故〉。

"將恐"句:趙云:《老子》:"將恐滅,將恐歇。"《詩》:"將恐將懼。"《儒行》:"儒有環堵之室。"

七月三日,亭午已後校熱退,晚加小涼,穩睡有詩,因論壯年樂事,戲呈元二十一曹長

今兹商用事,餘熱亦已末。
衰年旅炎方,生意從此活。
亭午滅汗流,北人耐稀眍。
晚風爽烏匼,筋力蘇摧折。
閉目踰十旬,大江不止渴。
退藏恨雨師,健步聞旱魃。
園蔬抱金玉,無以供採掇。
密雲雖聚散,徂暑終衰歇。
前聖慎焚巫,武王親救暍。
陰陽相主客,時序遞迴斡。
灑落惟清秋,昏霾一空闊。
蕭蕭紫塞雁,南向欲行列。
欻思紅顏日,霜露凍階闥。

胡馬挾彫弓，鳴弦不虚發。
長鈚逐狡兔，突羽當滿月。
惆悵白頭吟，蕭條游俠窟。
臨軒望山閣，縹緲安可越。
高人練丹砂，未念將朽骨。
少壯跡頗疏，歡樂曾倏忽。
杖藜風塵際，老醜難翦拂。
吾子得神仙，本是池中物。
賤夫美一睡，煩促嬰詞筆。

【集注】

"衰年"句：趙云：公在夔爲楚地，故云"炎方"。

"北人"句：（陳案：睈，《補注杜詩》《全唐詩》作"聉"。睈，《廣韻》"黠"韻："視也。""怒視也。"聉，《説文》："驪語也。"疑"睈"字誤。）

"晚風"二句：薛：子美曰："馬頭金匼匝。"所謂"烏匼"，即烏巾也。古詩："清風爽烏匼。" 趙云：梁元帝《纂要》："日在午曰亭午。"周勃："汗流浹背。""烏匼"，今亦有匼頂巾之語。

"大江"句：趙云：公有肺疾、痟中之病，當暑則尤甚。

"退藏"二句：雨師行雨。 師：退藏不用事也。 杜田《補遺》：《神異經》："南方有人，長二三尺，裸身而目在頂上，走行如風，名曰魃，所見之國大旱，赤地千里。一名狢，遇得之，投青中乃死，旱災即消。"（陳案：青，《藝文類聚》卷一百作"溷"。）《山海經》："蚩尤作兵，犯黄帝。令應龍攻於冀州之野。蚩尤以風伯從，而大風雨。帝下天女魃，止雨，遂殺蚩尤。〔魃〕不得復上，故所居不雨。" 趙云："退藏"，借用《易》："退藏於密。""旱魃"有"健步"，寔事。見上《神異經》。

"前聖"句：魯僖公欲焚巫，臧文仲止之。

"武王"句：武王見喝人，王自左擁而右扇之，見《世紀》。

"陰陽"六句：趙云："抱金玉"，言其貴而難得，如"金玉"。與《詩》之言"金玉爾音"同意。《易》："密雲不雨，自我西郊。""密雲"或聚而散,終不爲雨也。然七月"暑"既"徂"矣,其餘熱亦"衰",此造化必然之理,故云"陰陽相主客"與"時序遞回斡"也。然以"前聖""焚巫"、武王"親救暍"間於中,何也?蓋言聖人深知"陰陽"寒暑之理,於旱不欲"焚巫""扇暍"。又言聖人不敢變易天地之寒暑,但憫憐"暍"人,"扇"而救之。如此,方深藏微意,以起"時序""回斡"也。謝惠連《七夕》詩:"傾河易回斡。""時序""回斡",自有定叙,故"清秋"則"昏霾"一掃空矣。觀"紫塞"之"鴈",已有"南向"之行列,則(塞)[寒]之代暑,豈不信乎?不必以"熱"爲念。

"歘思"句:(陳案:歘,《四庫全書》本作"郯"。形訛。《補注杜詩》《全唐詩》作"歘"。)

"胡馬"二句:《上林賦》:"弦不虛發,中必決眥。"

"長鈚"二句:師云:庾亮賦:"突羽先馳。"劉孝標賦:"彎弧滿月之勢。"(梁)范雲詩:"長鈚破犬膽,短鋌劇雉翻。" 薛云:《家語》:子路:"白羽若月,赤羽若日。" 杜田《補遺》:《廣韻》:"鈚,箭也。"是詩上句云:"胡馬挾彫弓,鳴弦不虛發。"則是"鈚"爲箭,明矣。"突羽",蓋箭翎。鈚,音批。 趙云:此思少年乘寒射獵,感歎年老也。"鈚",《韻書》:"箭也。""突羽當滿月",又以言箭其"羽"奔突而疾,故曰"突羽"。"滿月",所以言挽弓之"滿",箭當其挽滿之間也。薛夢符引《家語》,非。

"惆悵"句:《古樂府》有此"吟"。疾人相知,以新間舊,不能至白首。

"蕭條"句:杜云:郭景純《游仙詩》:"京華游俠窟。""游俠",豪傑也。《前漢》有《游俠傳》。 趙云:《白頭吟》,祖出卓文君以司馬相如置妾之故,以其不能至於白首,而爲此"吟"。而公所用,止取《白頭吟》詠耳。舊注引《前漢·游俠傳》,非"窟"字出處矣。

"高人"二句:《世説》:"丹砂可以駐年。"薛夢符續注:《抱朴子》:"臨汜縣廖氏亡壽,(陳案:亡,《搜神記》作'老'。)後移居,子孫輒殘折。他人居其故宅,復壽。不知何故?疑井水赤。乃掘井左右,得古人埋丹砂十斛。丹汁入井,是以飲水得壽。"又《古樂府》:"但使丹砂就,能令德萬年。"(陳案:德,《古樂府》作"億"。) 杜田《補遺》:《漢陰真君金華火丹訣》:"姹女隱在丹砂中,或出真形在老翁。子須與我萬年壽，復須與我嬰兒容。"《金碧經序》曰：《丹書》云：服丹砂者，乃得長生。老者反少，鳥食成鳳，蛇餌成龍，枯木再緣，朽骨再肉，五金土石，并化至寶。　　趙云："望山閣"，望元二十一之閣。"高人"，指元君。元必好道之士，此云"丹砂"，後云"吾子得神仙"也。

"少壯"四句："翦"，裁也。"拂"，拂拭。言"老醜"難可矜飾。

趙云：此言"少壯"蹤跡踈散，"歡樂"已過。今"風塵"間，既已"老醜"，縱"高人"念之，亦難於"翦拂"也。《莊子》："原憲杖藜應門。""風塵"，言兵亂。"老醜"，倒用阮嗣宗《詠懷》："朝爲媚少年，夕暮成醜老。"劉孝標《絕交論》："翦拂使其長鳴。"《北史·盧思道傳》："翦拂吹噓，長其光價。"

"吾子"四句：周瑜："蛟龍得雲雨，非復池中物。"張華："煩促每有餘。"　　趙云：我非若子之"得神仙"，"美一睡"而已。"美一睡"，而苦熱之"煩促"，所以嬰累"詞筆"而作詩也。

牽牛織女

牽牛出河西，織女處其東。
萬古永相望，七夕誰見同。
神光意難候，此事終蒙朧。
颯然精靈合，何必秋遂通。
亭亭新粧立，龍駕具曾空。
世人亦爲爾，祈請走兒童。
稱家隨豐儉，白屋達公宮。
膳夫翊堂殿，鳴玉淒房櫳。
曝衣遍天下，曳月揚微風。
蛛絲小人態，曲綴瓜果中。
初筵裛重露，日出甘所終。
嗟汝未嫁女，秉心鬱忡忡。

防身動如律,竭力機杼中。
雖無舅姑事,敢昧織作功。
明明君臣契,咫尺或未容。
義無棄禮法,恩始夫婦恭。
小大有佳期,戒之在至公。
方圓苟齟齬,丈夫多英雄。

【集注】

《牽牛織女》：趙云：此篇"戒"女子之"防身"，婦人之守"禮"，蓋《國風》之義。

"牽牛"二句：牽牛、織女，皆星名。　　增添：焦林《天斗記》："天河之西，有星煌煌，謂之牽牛。天河之東，有星微茫，曰織女。"

"神光"二句：意一作"竟"。　　《叢話》《學林新編》："世傳織女嫁牽牛，渡河相會。按：《史記》《晉·天文志》：'河鼓星在織女、牽牛之間，俗因傳會。'爲渡河之説，媒瀆上象，無所根據。《淮南子》云：'烏鵲填河成橋，而渡織女。'《荆楚歲時記》：'七夕河漢間，奕奕有光景，以此爲候，是牛女相過。'其説怪誕。子美今詩意，不取世俗説也。"

"颯然"二句：周處《風土記》："七月七日夜，洒掃於庭，露施几筵，設酒脯時果，散香粉於河鼓、織女，言此二星神當會。少年守夜者，咸懷私願。"或云："見天漢中奕奕有白氣，有光曜五色，以此爲證，便拜而乞願。乞富，乞壽，乞子，唯得乞一，不得兼求。三年乃言之。"
趙云：公之新意矣。

"龍駕"句：杜云：謝朓《七夕賦》："回龍駕之容裔，亂鳳管之淒鏘。"謂織女。

"稱家"二句：趙云："白屋"，貧人之屋。如周公"下白屋之士"。"公宮"，公侯之家。《左傳》："有守於公宮"，"教于公宮"，"溝其公宮"之類。雖曰"白屋達公宮"，而下句則言"公宮"之如此。

"曝衣"句：《竹林七賢傳》："舊俗以七月七日曝衣時，南阮富，所曝皆錦繡；北阮貧，乃立長竿，標大布犢鼻於庭中，(日)[曰]：'不能免俗,北阮阮咸。'"

"曳月":師云:謝莊賦:"曳雲表之素月。"

"蛛絲"二句:《荆楚歲時記》:"七夕,婦人結綵縷,穿七孔針於中庭,以乞巧。有喜子網於瓜上,則爲得(功)[巧]。"

"初筵"句:《詩》:"賓之初筵。"

"方圓"二句:丈夫多英雄:一云:"勿替丈夫雄。" 薛云:《楚詞・九辯》:"圓鑿而方枘兮,吾固知其鉏鋙而難入。" 趙云:於"戒"女子"防身"之下,又以"君臣"比"夫婦"之義,言胡不觀"君臣"相"契"之事,分明於"咫尺"之間,臣苟有虧,君或不容之矣。爲人婦者,"義"在"無棄禮法",而承恩在"夫婦恭"也。蓋因"織女"每歲有期,爲不可亂爲人女、人婦者,當守"至公"之"戒"也。凡相背戾,則圓鑿而方枘矣。婦人、女子,一有"鉏鋙",爲"丈夫"者豈能容乎?此詩非徒見婦女之義如此,則爲臣之義得矣。"丈夫多英雄",一作"勿替丈夫雄",出孔文舉《論盛孝章書》:"孝章寔丈夫之雄也。"於今詩斷章無義。蓋"丈夫多英雄",以警女子之守節,而"勿替丈夫雄",則方且開喻"丈夫"焉,是爲無義。蔡伯世乃不取"丈夫多英雄"之句,未之思也。

毒熱寄簡崔評事十六弟

大暑運金氣,荆揚不知秋。

林下有塌翼,水中無行舟。

千室但掃地,閉門人事休。

老夫轉不樂,旅次兼百憂。

蝮蛇暮偃塞,空牀難暗投。

炎宵惡明燭,況乃懷舊丘。

開襟仰內弟,執熱露白頭。

束帶負芒刺,接居成阻脩。

何當清霜飛,會子臨江樓。

载闻大易义,讽兴诗家流。
蕴藉异时辈,检身非苟求。
皇皇使臣体,信是德业优。
楚材择杞梓,汉苑归骅骝。
短章达我心,理为识者筹。

【集注】

"大暑"二句:暑:一作"火"。　　五行相生,以成四时。夏,火也;秋,金也。金当代火,而畏火。故金气伏而火盛,所以热也。赵云:"大火":一作"大暑"。火运金气,当以"大火"为正。盖言七月之候。《诗》:"七月流火。"火者,大火也。《月令》:"孟秋之月,盛德在金。""大火"流而"运金气",所以为七月。七月则当有秋也。荆、扬楚地,是为炎方,故独"不知秋"。"不知秋",则犹炎燠矣。旧注却引三伏之义,与下句不贯。

"林下"句:陈孔璋檄:"垂头塌翼,莫所凭恃。"

"水中"句:杜云:《书》:"罔水行舟。"　　赵云:上句,鸟以热而难飞;下句,人以热而难涉。魏文帝《善哉行》:"深深川流,中有行舟。"今翻用之。

"千室"六句:(陈案:门,《补注杜诗》《全唐诗》作"闗"。塞,《补注杜诗》《全唐诗》作"蹇"。)　　赵云:"扫地""闭门"皆以热故。《易·旅卦》:"旅即次。"又,"旅焚其次。"《诗》:"逢此百忧。"《古诗》:"空牀难独守。"借用明月之璧、夜光之珠,以暗投人。(陈案:珠,《四库全书》本作"璧"。《杜诗引得》作"珠"。)

"况乃"句:杜云:鲍照:"去乡三十载,复得还旧丘。"

"开襟"四句:赵云:"内弟",题所谓崔十六弟。晋人以姑舅兄弟为外兄弟。刘禹锡《谢崔员外与任十四兄同过》诗:"何人万里能相忆,同舍仙郎与外兄。"杜公诗有白水县崔评事,意者其诸舅之子矣,而云"内弟",盖所未晓。《诗》:"谁能执热,逝不以濯。"邹阳:"白头如新。"《论语》:"束带立于朝。"《霍光传》:"若负芒刺。"《诗》:"道阻且修。"

"蘊藉"二句：薛云：《前漢》：孔稚圭等論曰："咸以儒宗，居宰相位，服儒衣冠，傳先王語，其蘊藉可也。" 趙云：《書》："檢身若不及。"

"楚材"句："杞梓"，楚之良材。

"漢苑"句：杜田《補遺》：《左傳》：楚令尹子木問聲子曰："晉大夫與楚，孰賢？"對曰："晉卿不如楚。其大夫則賢，皆卿材也。如杞梓、皮革，自楚往也。雖楚有材，晉寔用之。" 趙云："皇皇使臣體"，指崔評事，蓋必爲使也。《詩》："皇皇者華。"君遣"使臣"，"杞梓""驊騮"，美"崔"。於"杞梓"言"楚材"，舊注模棱。於"驊騮"言"漢苑"，則漢有天馬之苑。皆取字爲詩句耳。

"理爲"句：爲：一云"待"。

壯　遊

往昔十四五，出游翰墨場。
斯文崔魏徒，以我似班揚。
七齡思即莊，門口詠鳳凰。
九齡書大字，有作成一囊。
性豪業嗜酒，嫉惡懷剛腸。
脫略小時輩，結交皆老蒼。
飲酣視八極，俗物都茫茫。
東下姑蘇臺，已具浮海航。
到今有遺恨，不得窮扶桑。
王謝風流遠，闔廬丘墓荒。
劍池石壁仄，長洲芰荷香。
嵯峨閶門北，清廟映回塘。
每趨吳太伯，撫事淚浪浪。

枕戈憶勾踐，渡浙想秦皇。
蒸魚聞匕首，除道哂要章。
越女天下白，鏡湖五月涼。
剡溪蘊秀異，欲罷不能忘。
歸帆拂天姥，中歲貢舊鄉。
氣劘屈賈壘，目短曹劉牆。
忤下考功第，獨辭京尹堂。
放蕩齊趙間，裘馬頗清狂。
春歌叢臺上，冬獵青丘旁。
呼鷹皁櫪林，逐獸雲雪岡。
射飛曾縱鞚，引臂落鶩鶬。
蘇侯據鞍喜，忽如攜葛強。
快意八九年，西歸到咸陽。
許與必詞伯，賞游實賢王。
曳裾置醴地，奏賦入明光。
天子廢食召，群公會軒裳。
脫身無所愛，痛飲信行藏。
黑貂不免獘，斑鬢兀稱觴。
杜曲晚耆舊，四郊多白楊。
坐深鄉黨敬，日覺死生忙。
朱門任傾奪，赤族迭罹殃。
國馬竭粟豆，官雞輸稻粱。
舉隅見煩費，引古惜興亡。
河朔風塵起，岷山行幸長。
兩宮各警蹕，萬里遙相望。

崆峒殺氣黑,少海旌旗黃。
禹功亦命子,涿鹿親戎行。
翠華擁吳岳,螭虎啖豺狼。
爪牙一不中,胡兵更陸梁。
大軍載草草,凋瘵滿膏肓。
備員竊補袞,憂憤心飛揚。
上感九廟焚,下憫萬民瘡。
斯時伏青蒲,廷諍守御牀。
君辱敢愛死,赫怒幸無傷。
聖哲體仁恕,宇縣復小康。
哭廟灰燼中,鼻酸朝未央。
小臣議論絕,老病客殊方。
鬱鬱苦不展,羽翮困低昂。
秋風動哀壑,碧蕙捐微芳。
之推避賞從,漁父濯滄浪。
榮華敵勳業,歲暮有嚴霜。
吾觀鴟夷子,才格出尋常。
群兇逆未定,側佇英俊翔。

【集注】

　　《壯遊》：趙云：此篇五十六韻,乃八段。自"往昔十四五",至"俗物都茫茫",十四句是一段,叙其爲學、爲性之事。自"東下姑蘇臺",至"欲罷不能忘",二十句一段,叙其游吳、越之事。自"歸帆拂天姥",至"獨辭京尹堂",六句一段,叙其自吳、越回長安赴,貢舉之事。自"放蕩齊、趙間",至"忽如攜葛强",十句一段,叙其既下第,而游齊、趙之事。自"快意八九年",至"賞游寔賢王",四句一段,叙其自齊、趙回長安交友之事。自"曳裾置醴地",至"引古惜興亡",十八句一段,叙其獻《三大禮賦》得官,在長安見時政得失之事。自"河朔風塵起",至

"凋瘵滿膏肓",十四句一段,叙禄山反,明皇幸蜀,肅宗即位用兵,而官兵敗之事。自"備員竊補袞",至"鼻酸朝未央",十二句一段,叙其在行在拜拾遺言事之事。自"小臣議論絶",至"側佇英俊翔",十四句一段,叙其以言事而出,流落於外,今則楚地而樂間曠之事。公平生出處,詳於此篇。史官爲傳,當時爲墓誌,後人爲集序,皆不能考此以書之,甚可惜也。

"往昔"句:往昔:又云"往者"。

"出游"句:阮籍:"昔年十四五,志尚好《詩》《書》。"鮑明遠:"十五諷《詩》《書》,篇翰靡不通。" 趙云:歲數雖見寔道。阮籍詩云:"〔昔年十四五,志尚好《詩》《書》。〕此恰好處不放過也。與東坡五十二歲,詩用孔融之語云:"五十之年初過二。"同格。謝宣遠賦《張子房詩》:"粲粲翰墨場。"

"斯文"句:崔鄭州尚、魏豫州啟心。

"以我"句:班固、揚雄。 趙云:指崔、魏爲"斯文"之人。字則孔子"天之未喪斯文"。

"七齡"二句:(陳案:莊,《補注杜詩》《全唐詩》作"壯"。朱駿聲《説文通訓定聲》:"莊,叚借爲壯。"門,《補注杜詩》《全唐詩》作"開"。)

"九齡"二句:趙云:《禮記》:"古者爲年齡。""齒",亦齡也。七齡、九齡,字則(梁)劉勰《文心雕龍·序志篇》曰:"余生七齡,乃夢彩煌若錦,則攀而採之。"揚雄言其子童烏曰:"九齡而與我玄文。"《莊子》:"開口而笑。"傅延陵"有作"。此言"有作",則作文章之"作"。

"性豪"二句:杜田云:嵇叔夜《與山巨源書》:"剛腸嫉惡,輕肆直言,遇事便發,此甚不可二也。" 師云:孔文舉《薦禰衡表》:"嫉惡若讎。"

"飲酣"二句:江淹《恨賦》:"脱略公卿,跌宕文史。" 趙云:《左傳》:"鄭良霄出奔,以嗜酒。"阮籍謂王戎:"俗物已復來敗人意。"通"往者十四五"至此爲一段,叙其爲學、爲性之事。

"東下"句:《伍被傳》:淮南王陰有邪謀,被諫之曰:"昔子胥諫吴王,吴王不用,迺曰:'臣今見麋鹿游姑蘇之臺。'"張晏曰:"姑蘇,吴臺名。"師古曰:《吴地記》云:"因山爲名,西南去國二十五里。"《史·吴世家》:"越伐吴,敗之姑蘇。"《越絶書》:"闔廬起姑蘇臺,三年聚材,五家乃成,高見三百里。"(陳案:家,《太平御覽》作"年"。)《吳都賦》:"造姑蘇之高臺,臨四遠而特見。"(陳案:見,《文選》作"建"。)

"已具"句:"航":大舟。

"到今"二句:《山海經》:"大荒之中暘谷,上有扶桑。"陸機《前緩聲歌》:"惣轡扶桑底,濯足陽谷波。"　趙云:姑蘇臺,在今蘇州,見《越絕書》。"浮海航",則孔子:"道不行,乘桴浮于海。"變使"航"字,則《詩》:"誰謂河廣,一葦航之。"《淮南子》:"日出扶桑。"海東也。《十洲記》:"扶桑在碧海中,上有天帝宮,東王所治。樹長數千丈,二千圍同根,更相依傍,故曰扶桑。"言雖具"航"而不往,故"不得窮扶桑"。

"王謝"句:王戎、謝安。

"闔廬"句:"闔廬",吳王公子光也。《吳越春秋》:"闔廬死,葬於國西北,名曰虎丘。穿土爲川,積壤爲丘。發五都之士十萬人共治,千里〔使象揲土〕,冢池四周,深丈餘。銅棺三重,積水銀爲池。池廣六十步,黄金珠玉,爲鳧雁之屬,扁諸之劍在焉。葬之三日,金精上揚爲白虎,據其上,故號虎丘。"

"劍池"句:師:劍池,吳王淬劍之所,去姑蘇三十里。

"長洲"句:枚乘《遺吳王書》:"修治上林,雜以離宮,積聚玩好,園中禽獸,不如長洲之苑。"服虔曰:"吳苑。"孟康曰:"以江水洲爲苑。"韋昭曰:"長洲在東吳。"《吳都賦》:"帶朝夕之濬池,佩長洲之茂苑。"

趙云:"王",則諸王。"謝",則諸謝,不專指也。劉禹錫詩:"舊來王謝堂前燕,飛入尋常百姓家。"是已。"劍池",上所謂扁諸之劍,在池中也。

"嵯峨"二句:陸士衡《吳越行》:"吳越自有始,請從閶門起。閶門何峨峨,飛閣跨通波。"(陳案:越,《文選》作"趨"。)"清廟",文王之廟。

杜田《補遺》:《吳越春秋·闔閭内傳》:"闔閭委計於子胥,乃使相土嘗水,象天法地,造築大城。六門八以象天八風,(陳案:六,《吳越春秋》作'陸'。)水門八以法地八窗。立閶門者,以象天門,通閶闔風。立蛇門者,以象地户。闔閭欲西破楚,楚在西北,故立閶門,以通天氣,因復名之破楚門。欲東并越,越在東南,故立蛇門,以制敵國。吳在辰,其位龍也;越在巳,其位蛇也。故大門上有木蛇,北向首,内示越屬於吳。""清廟",非文王之廟,乃吳文皇帝孫和廟也。子皓,改葬和,號明陵。又分吳郡丹陽爲吳興郡。置太守,四時奉祠,立寢堂,號清廟。　　趙云:吳者,太伯之國。文王,太伯之兄子,不容有廟于吳。下句方言吳太伯。

"每趨"二句:《皇覽》曰:"太伯冢在吳縣北梅里聚,去城十里。吳太伯、弟仲雍,皆周太王之子。王季歷賢,而有聖子昌。太王欲立季歷,以及昌。於是太伯、仲雍二人,犇荆蠻,文身斷髮,示不可用,以避季歷。季歷果立,是爲王季,而昌爲太子。太伯之犇荆蠻,自號勾吴。荆蠻義之,從而歸之。"　　趙云:《楚辭》:"淚余襟之浪浪。"(陳案:淚,《楚辭》作"霑"。)

"枕戈"句:越王勾踐,允常之子。既逃會稽之恥,反國,苦身焦思曰:"汝忘會稽之恥耶?"出則嘗膽,臥則枕戈。

"渡浙"句:《秦始皇紀》:"十一月,行至雲夢,望祀虞舜于九疑山。浮江下,觀藉柯,渡海渚。過丹陽,至錢塘。臨浙江,水波惡,乃西百二十里,從狹中渡。上會稽,祭大禹,望於南海,立石刻,頌秦德。"晉灼曰:"江水至會稽山陰爲浙江。"

"蒸魚"句:《史·刺客傳》:"專諸,吳堂邑人。吳公子光之欲殺王僚,得專諸,善待之。後具酒,請王僚,使專諸置匕首魚腹中進之,以刺王僚。僚死,光自立爲王,是爲闔廬。"

"除道"句:《前漢》:朱買臣,吳人,嘗從會稽守邸者,寄居飯食。及拜爲太守,買臣衣故衣,懷印步歸郡邸。值上計,時會稽吏方群飲,不視買臣。買臣入室中,守邸與共飲。食少見其綬。視其印,會稽太守章也。守邸驚出,語上計掾吏,皆醉,呼曰:"妄誕耳!"守邸曰:"試來視之。"其故人素輕買臣者,入内視之,還走,曰:"實然!"坐中驚駭!白守,相推排,陳列中庭拜謁。買臣徐出户,有頃,長安廄吏乘驛馬車來迎。買臣遂乘傳去。會稽聞太守至,發民除道。縣長吏并送迎入吳界,見故妻治道。呼令後車載其夫妻,到太守舍園中,給食之。居一月,妻自縊死。

"越女"二句:杜田《補遺》:(梁)任昉《述異記》:"鏡湖,世傳軒轅氏鑄鏡湖邊,因得名。今軒轅磨鏡石尚存,石畔常潔不生蔓草。"
趙云:"越女",枚乘《七發》:"越女侍前,齊姬奉後。""天下白",言其色至美。"五月涼",言湖間不知有暑氣。

"剡溪"句：晉、宋間名士，多起于此。

"欲罷"句：趙云："欲罷不能忘"，上四字，顏淵之語。言愛"剡溪"之"秀異"，不能捨去。"剡溪"，越州之奇，天下之勝景，故蘊蓄"秀異"之氣。舊注誤認説人物之蘊秀異，非是。通"東下姑蘇臺"，此二十句爲一段，叙吴越之事。

"歸帆"句：謝靈運《登臨海嶠》詩："暝投剡中宿，明登天姥岑。"姥，莫古反。

"中歲"句：《新史》："甫少貧，不自振，客游吴、越、齊、趙間，舉進士不第。" 趙云：上句初離越州，捨剡溪而行。謝靈運詩，則"天姥"正接"剡溪"矣。"舊鄉"指長安。其得貢在此年，句則首篇所謂"甫昔少年日，早充觀國賓"。

"氣劘"二句：《賈山傳贊》：賈山"自下劘上"。孟康曰："劘，謂剴切之也。"蘓林曰："劘，音摩，摩勵也。"屈原、賈誼。"壘"，喻戰壘。賜之牆也及肩，故曰"短"。曹子建、劉公幹文章也。 趙云：以文章有戰勝之事，比之戰壘。《左傳·宣十二年》：〈晋〉許伯曰："吾聞致師者，御靡旌，摩壘而還。"今用"劘"字，出《賈山傳》，其義一也。"牆"，言其所藏之高下。"目短"之，言可窺見曹、劉之"蘊"。

"忤下"句：武德舊令，考功郎監試貢舉人。貞觀已來，乃員外郎專掌貢舉。省郎之殊美者，至開元中，移貢舉於吏部。

"春歌"句："叢臺"，趙王之臺，在邯鄲。鄒陽云："全趙之時，武力鼎，士袨服叢臺之下者，一旦成市，不能止幽王之湛患。"張平子："楚(架)[築]章華於前，趙建叢台於後。"

"冬獵"句：青丘，地名。

"呼鷹"句：皁：一作"紫"。

"射飛"句：鮑照："幽并重騎射，少年好馳逐。獸肥春草短，飛鞚越平陸。"

"引臂"句：引：一云"跋"。 李廣長臂。

"蘇侯"句：監門冑曹(苿)[蘇]預也。 薛云：《南史》："顏峻好騎馬游里巷，遇知舊，輒據鞍索酒，得必傾盡，欣然自得。"

"忽如"句："舉鞭問葛強，何如并州兒？"

"賞游"句：賞：一作"貴"。 《孟子》："賢王好善而忘勢。"

趙云：咸陽，秦都名，古長安也。王充《論衡》："文辭之伯。""賢王"，言宗室之賢者。《後漢》："沛獻王輔在國謹節，始終如一，稱爲賢王。"此四句言其自齊、趙歸長安事。"許與"，兩字一義。"賞游"，亦兩字一義。一作"貴游"，非。

"曳裾"二句：玄宗朝，饗甫，獻大禮三賦。楚元王敬申生，置醴以代酒。

"脫身"句：帝奇其材，使待詔集賢，命宰相試文章，擢河西尉，不拜。

"痛飲"句：趙云：承"賢王"之下，故云"曳裾"。鄒陽："何王之門，不可曳長裾乎？""明光"，漢殿名。公天寶九載冬，進《三大禮賦》，待制於集賢，委學官試文章，再降恩澤。公嘗曰："集賢學士如堵牆，觀我落筆中書堂。"公召試文章，授河西尉，辭不行。改右率府冑曹掾，以不任事爲安。所謂"脫身無所愛"，故惟"痛飲"而已。"行藏"，雖起《論語》："用之則行，舍之則藏。"兩字潘安《仁賦》："孔隨時以行藏。"

"黑貂"句：蘇季不用於秦，而黑貂裘獘。

"斑鬢"句：《秋興賦》："斑鬢彪以承弁。"（陳案：彪，《文選》作"髟"。）《閒居賦》："稱萬壽以獻觴。"

"杜曲"句：晚：一作"挽"。

"坐深"二句：趙云：言"杜曲"晚年"耆舊"，皆爲鬼錄，故在"四郊"，多墓上之"白楊'。則公在鄉里，更爲長上，故曰"坐深"。而曰但"覺"眼前死者、生者之事"忙"。

"朱門"二句：任：一云"務"。　　揚子《解嘲》："客徒欲朱丹其轂，不知一跌赤吾之族。"　　趙云：兩句通義，言大臣之取禍。"朱門"，見上《自京赴奉先縣詠懷》注。一作"務"，非。

"國馬"句：漢有太常三輔粟豆。

"官雞"句：時五坊有供奉鬬雞，又有鬬雞使。

"舉隅"二句："舉"一"隅"，則衆"費"可知。言"引古"辨今，足以知其"興亡"，而可痛惜者也。　　趙云：言國家橫"費"。"稻梁"，見上《同登慈恩寺塔》注。孔子："舉一隅不以三隅反，則不復也。"既舉東，則知西、南、北。如此"煩費"，可以"引古"驗今，知"興亡"之所在。通"曳裾置醴地"，至此十八句，敘獻賦得官，在長安見時政之事。

"河朔"句：禄山起河朔。

"岷山"句：玄宗幸蜀。

"兩宮"二句：肅宗即位靈武。　　趙云：兵興謂之"風塵"。天寶十四載十一月，禄山反，陷河北諸郡，又陷東京。十五載六月，陷潼關，京師大駭。詔親征，遂幸蜀。故曰"河朔風塵起，岷山行幸長"。七月，以皇太子爲天下兵馬元帥，北收兵，至靈武。裴冕等奉太子即皇帝位，是爲肅宗。改元至德，尊皇帝曰"太上天帝"。（陳案：《新唐書》本紀第六作"上皇天帝"。）太上在蜀，肅宗在靈武，所謂"兩宮各警蹕，萬里遥相望"。

"崆峒"二句：師云："崆峒"，謂靈武。"少海"，謂太子。"旌旗黄"，謂帝位。

"禹功"二句：以廣平王爲天下兵馬元帥。王，肅宗之子代宗。

杜田《補遺》：《東宮故事》："天子比大海，太子爲少海。"《山海經》："無皋之山，南望幼海。"郭璞注："幼海，少海也。"《淮南子》："九州之外乃有八夤，亦曰寅澤。東方曰太清，曰少海。"或謂肅宗太子廣平王爲元帥，故（無）[云]"少海"。詳觀詩意，恐非是。"崆峒"在西，"少海"在東。"河朔風塵起，岷山行幸長"，則東西南北皆不寧也。"禹功亦命子"，蓋啟與有扈戰于甘之野，正指太子爲元帥，"涿鹿親戎行"。蓋黃帝與蚩尤戰涿鹿，即指肅宗親征。　　趙云：上句指肅宗行在之兵，下句指廣平王俶爲天下兵馬元帥之兵。蓋肅宗初年，幸平涼，未知所適。裴冕、杜鴻漸勸之靈武起兵，再過平涼。至德二載二月，次鳳翔，則用"崆峒"言之。閏八月，以廣平王俶爲天下兵馬元帥，則用"少海"言之。"崆峒"，山名。樂史《寰宇記》："禹跡之内，山名崆峒者三。"并見上《洗兵馬》注。今此云"崆峒殺氣黑"，則主安定崆峒言之，蓋涇與原相接。《唐志》："涇州安定郡，原州平涼郡。元和四年，分原州平涼縣，名之曰行渭州。而於原州平高縣之下注：'有崆峒山。'"樂史《寰宇記》亦然。又於涇州保定縣亦載有"崆峒"，一名笄頭山。大抵涇、原相接，渭在其中，則崆峒一帶之地。故（令）[今]云"崆峒殺氣黑"，主安定崆峒言之也。肅宗自靈武起兵後，次於鳳翔，皆隴右一道之地矣。杜田殊不考上下文之義。上句正以承上"少海"之句。蓋明皇以天下兵馬元帥命肅宗矣；至肅宗，又以天下兵馬元帥命廣平王俶,此所謂"亦命子"也。"亦命子"字,挨傍"舜亦以命禹"。下句又以指言肅宗。蓋黃帝與蚩尤戰於涿鹿,而肅宗親宗兵於鳳翔,(陳案:宗,《杜詩引得》作"治"。)爲"親戎行"矣。

"翠華"句:"翠華",天子羽葆。

"螭虎"句:趙云:"翠華",天子之旗。《上林賦》:"建翠華之蕤蕤。""英(兵)[岳]",或作"吳岳",并未見。或云:"太白山之名。""翠華擁"之,治兵在鳳翔故也。"螭虎",天兵。"豺狼",寇賊。

"爪牙"二句:房琯敗於陳濤,賊既得志,則愈"陸梁"。 趙云:"爪牙",言天子大將。《詩》:"祈父予王之爪牙。"祈父,大司馬也。"爪牙一不中",指房琯陳濤斜之敗,又以南(車)[軍]戰敗之事也。"一不中",言如射,偶不中耳。

"大軍"二句:薛云:《春秋左氏傳》:秦伯使醫緩視晉侯疾,曰:"在(盲)[肓]之上,膏之下,攻之不可,達之不及,藥不至焉,不可爲也。"

趙云:傷軍須誅求之苦。通"河朔風塵起",至此爲一段,叙祿山反,明皇幸蜀,肅宗即位,官兵敗之事也。

"備員"句:譏時相。房琯雖敗,然亦"備員"。 趙云:公自言充左拾遺,而合有所言也。舊注"譏時相",非是。

"上感"句:天子九廟。

"斯時"句:《前漢・史丹傳》:"元帝欲易太子。丹聞上獨寢,(陳案:聞,《漢書・史丹傳》作'間'。)直入臥內,伏青蒲上泣諫。"注:"以青規地曰青蒲,非皇后不得至此。"

"廷諍"句:王陵:"面折廷諍。"衛瓘託醉,跪帝(狀)[牀]前,以手撫牀,曰:"此坐可惜。"

"君辱"句:《檀弓》:"申生不敢愛其死。"

"赫怒"句:《詩》:"王赫斯怒。"

"哭廟"二句:時天子收復京師,先素服哭廟,而後受朝。 趙云:公上疏論琯有才,不宜廢免。肅宗怒,貶琯邠州刺史,出公爲華州司功。故其下有"伏青蒲""守御床""敢愛死"與"赫怒"之句。此一段十二句,敍述身在行在,拜拾遺之事。

"鬱鬱"句:張平子:"鬱鬱不得志。"

"秋風"二句:陸士衡《塘上行》:"江蘺生幽渚,微芳不足宣。四節逝不處,繁華難久鮮。淑氣與時殞,餘芳隨風捐。"　趙云:"議論絕",則以罷拾遺而出。"殊方",言在夔州。字則《西京賦》:"殊方偏國。""鬱鬱",不得志之皃。"碧蕙捐微芳",言客於秋時。一作"損",非。

"之推"二句:《漁夫歌》:"滄浪之水清,可以濯我纓。"　趙云:之推、漁父,皆以自比。介之推從晉文公歸國,賞不及,亦不言。後避賞,入山。此公言其嘗扈從,而今在外也。"漁父",公言其有江海之興。

"群兇"二句:范蠡既雪會稽之恥,以爲大名之下,不可久居,遂泛舟浮海,變姓名,號鴟夷子。　趙云:自傷"勳業"之寡,"榮華"之微。然歲律云暮,"嚴霜"必降。傷其遲暮,不能勵"勳業",以取"榮華"。所慕者,范蠡扁舟事而已。蠡高舉遠引,乃"出尋常"之"才格"。末句(財)[則]付之"英俊"矣。通"小臣議論絕",至此十四句爲一段,叙以言事而出,流落於外,今在楚地,而樂閒曠之事也。

阻雨不得歸瀼西甘林

三伏適已過,驕陽化爲霖。
欲歸瀼西宅,阻此江浦深。
壞舟百板坼,峻岸復萬尋。
篙工初一弃,恐泥勞寸心。
佇立東城隅,悵望高飛禽。
草堂亂玄圃,不隔崑崙岑。
昏渾衣裳外,曠絶同層陰。
園甘長成時,三寸如黄金。
諸侯舊上計,厥貢傾千林。
邦人不足重,所迫豪吏侵。
客居暫封植,日夜偶瑶琴。

　　　　　虛徐五株熊,側塞煩胷襟。
　　　　　焉得輟兩足,杖藜出嶇嶔。
　　　　　條流數翠實,偃息歸碧潯。
　　　　　拂拭烏皮几,喜聞樵牧音。
　　　　　令兒快搔背,脫我頭上簪。

【集注】
　　"三伏"句:《陰陽書》:"夏至後,第三庚爲初伏,第四庚爲中伏;立秋後,初庚爲末伏。"王彪之《井賦》:"三伏焦暑,元陽重授。輕飆不扇,瀐雲不覆。"
　　"壞舟"六句:(陳案:圻,《四庫全書》本作"坼"。《補注杜詩》《全唐詩》作"坼"。)　　趙云:言有船而破壞,舟人"弃"之不用,故"寸(在)[心]"有"恐泥"之"勞"。下句則望"瀼西",阻於渡涉,恨無羽翼飛去。
　　"草堂"八句:《禹貢》:"淮海維揚州。厥包橘(袖)[柚],錫貢。"江文通:"回落長沙渚,曾陰萬里生。"《蜀都賦》:"户有橘(袖)[柚]之園。"《漢·武》:"計偕。"注:"計者,上計簿使也。"　　趙云:公意珍重其甘林,有(岡)[同]"玄圃",與"崑崙"不相"隔"耳。而以雨之故,"衣裳"之外,氣象"昏渾",其"曠絕"之處,同"曾陰"之一色也。《葛仙翁傳》:"崑崙,一名玄圃,蓋崑崙山中有名玄圃。"
　　"邦人"四句:《昭公·二年》:季氏有佳樹,宣子譽之。武子曰:"宿敢不封殖此樹也。"(陳案:佳,《春秋左傳注疏》作"嘉"。)　　趙云:言"甘"可入"貢",爲至尊之御,而"邦人"反不"重",若"豪吏侵"奪,想土人不復多種矣。近世蜀中官取荔枝,至有荔枝之家,伐去不留,亦此類也。"邦人"既不"重"之,惟"客居"尚可"封殖"。"瑤琴",言如琴瑟之不去身,朝夕玩之。
　　"條流"句:師云:劉孝議《綠李賦》:"綠珠滿條流。"又,"翠實纍纍。"
　　"偃息"句:靈運:"舉目眺嶇嶔。"
　　"拂拭"四句:張景陽詩:"投耒循岸側,時聞樵採音。"　　增添:

郤詵山行,喜聞樵語牧唱,〔曰:〕"洗盡五年塵土腸胃。"欣然倚驂臨水,久之而去。　　趙云:(齊)謝朓《詠烏皮隱几》詩:"蟠木生附枝,刻削豈無施。取則龍文鼎,三(跡)[趾]獻光儀。勿言素韋潔,白沙尚推移。曲躬奉微用,聊承終宴疲。"下句則得"歸瀼西",聞(乎)[平]日之音而"喜"。"搔背"脱巾,歸林下之樂如此。

雨三首

峽雲行清曉,煙霧相徘徊。
風吹蒼江樹,雨灑石壁來。
凄凄生餘寒,殷殷兼出雷。
白谷變氣候,朱炎安在哉?
高鳥濕不下,居人門未開。
楚宮久已滅,幽珮爲誰哀。
侍臣書王夢,賦有冠古才。
冥冥翠龍駕,多自巫山臺。

【集注】

"白谷"句:師曰:谷,地名。

"楚宮"六句:《楚詞》:"雷填填兮雨冥冥。"《高唐賦》:"虹爲(桂)[旌],翠爲蓋。婉若遊龍,乘雲翔〔婿〕。"　　增添:《韓詩外傳》:鄭交甫逢江妃二女,出於江濱,挑之,女遂解珮與之,甫悦,受珮。去數步,空懷無珮,女亦不見。謝玄暉:"朔風吹飛雨,蕭條江山來。"楚襄王夢與神人遇,宋玉作《高唐賦》曰:"旦爲朝雲,暮爲行雨,朝朝暮暮,陽臺之下。"　　趙云:此篇主巫山之雨爲意,故云"楚宮久已滅,幽珮爲誰哀"。"幽珮",以雨聲如"珮",此神女珮也。高蟾亦曰:"丁當玉珮三更雨",疑出於此。"侍臣",指玉也。"賦",則《高唐》《神女賦》也,以載楚王夢事。"翠龍駕",又指神女,故以雨歸之神女。"多"之爲義,非數數之多,乃十分之多也。"龍駕",出謝朓《七夕賦》:"回龍駕之容曳。"

　　　　青山淡無姿，白露誰能數。
　　　　片片水上雲，蕭蕭沙中雨。
　　　　殊俗狀巢居，曾臺俯風渚。
　　　　佳客適萬里，沉思情延佇。
　　　　掛帆遠色外，驚浪滿吳楚。
　　　　久陰蛟螭出，寇盜復幾許。

【集注】
　　"白露"句：(陳案：數，《四庫全書》本作"数"，疑爲"數"的异體。《補注杜詩》《全唐詩》作"數"。)　　趙云：暗用佛書"雨露皆有頭數"之義。
　　"殊俗"二句：楚地面山背水，俗多架木爲居，以就地勢。
　　"佳客"二句：(陳案：停，《補注杜詩》《全唐詩》作"佇"。)　　趙云：此必有所別之人，而可當"佳客"之稱。
　　"寇盜"句：寇盜：一云"冠蓋"。
　　("挂帆")四句：趙云：四句憂"佳客"旅興之辭。驚浪、蛟螭、寇盜，皆實言。既言"寇盜"，豈復以"驚浪"比永王，"蛟螭"比賦斂乎？況永王璘之叛，是至德二載事。此詩以"挂帆"言之，則爲荆南。以"白露"言之，則時爲秋，乃大歷三年之秋，不亦相遠乎？《古詩》："河漢清且淺，相去復幾許。"

　　　　空山中宵陰，微冷先枕席。
　　　　回風起清曉，萬象淒已碧。
　　　　落落出岫雲，渾渾倚天石。
　　　　日假何道行，雨含長江白。
　　　　連檣荆州船，有士荷戈戟。
　　　　南防草鎮慘，霑濕赴遠役。
　　　　群盜下壁山，總戎備強敵。

水深雲光廓，鳴櫓木有適。
漁艇息悠悠，夷歌負樵客。
留滯一老翁，書時記朝夕。

【集注】

"空山"四句：（陳案：淒，《補注杜詩》《全唐詩》作"萋"。《詩·秦風·蒹葭》陸德明《釋文》："萋，本亦作淒"。）　《古詩》："回風動地起。"陸士衡："迅雷中宵激，驚電光夜舒。"

"日假"句：《天文志》："日有行黃道，有行赤道者。"時雨久陰晦，不知日之所行"何道"。

"連檣"句：《江賦》："舳艫相屬，萬里連檣。"

"群盜"句：（陳案：壁，《補注杜詩》《全唐詩》作"辟"。《釋名·釋宮室》："壁，辟也。所以辟禦風寒也。"）　師云："壁山"，夔路縣名，今屬恭州。

"鳴櫓"句：（陳案：木，《補注杜詩》《全唐詩》作"各"。）

"漁艇"四句：息：一作"自"。　趙云：此篇蓋時荊渚間有寇盜。前篇云："寇盜復幾許。"此篇特詳焉。"南防草鎮慘"，則"寇盜"在"草鎮"矣。"水深雲光廓，鳴櫓各有適"，公羨慕之辭。"漁艇息悠悠，夷歌負樵客"，思其上遠"適"之興，而不可得，乃思其次也。漁舟自如，"樵客"之放爲"夷歌"，亦足樂矣。而"留滯"爲客者"一老翁"，爲可傷。姑"書"時節"朝夕"而已。

又上後園山腳

昔我游山東，憶戲東岳陽。
窮秋立日觀，矯首望八荒。
朱崖著毫髮，碧海吹衣裳。
蓐收困用事，玄冥蔚強梁。
逝水自朝宗，鎮石各其方。

平原獨憔悴,農力廢耕桑。
非關風露凋,曾是戍役傷。
於時國用富,足以守邊疆。
朝廷任猛將,遠奪戎虜場。
到今事反覆,故老淚萬行。
龜蒙不復見,況乃懷舊鄉。
肺萎屬久戰,骨出熱中腸。
憂來杖匣劍,更上林北岡。
瘴毒猿鳥落,峽乾南日黃。
秋風亦已起,江漢始如湯。
登高欲有往,蕩析川無梁。
哀彼遠征人,去家死路傍。
不及父祖塋,纍纍塚相當。

【集注】

"窮秋"句:師云:《漢官儀》曰:"泰山東南,名日觀。"

"矯首"句:八:一云"北"。 顏延年:"日觀臨東冥。"

"朱崖"句:"朱崖",海南州碧海東也,遠望若"毫髮"然。 師云:《茅君內傳》:"岱山之洞,上有丹(關)〔闕〕朱崖。"

"碧海"句:師云:《十州記》:"扶桑鎮於碧津。"《漢武內傳》曰:"藥有碧海琅玕。"

"蓐收"二句:蓐收秋神,玄冥冬神。言四時相代用事,則休者困,而王者"強梁"矣。

"逝水"二句:(陳案:石,《全唐詩》作"名"。一作"石"。) 言逝者無所止,而止者不易其所也。

"非關"句:非關:一作"北關"。(陳案:北關,《杜詩詳註》作"北闕"。)

"於時"四句:"於時",當時也。當玄宗富盛之時,不能節用以守,而委任藩將,求功夷狄。

"龜蒙"二句：（陳案：舊，《全唐詩》同。一作"故"。） 龜蒙山，去東岳近，尚不可見，况故鄉乎？

"肺萎"二句：師云：劉琨《書》："肺萎骨出，四體不支。"

"瘴毒"四句：《苦熱行》："赤阪橫西阻，火山赫南威。身熱頭且痛，鳥隨魂來歸。湯泉發雲潭，焦煙起石圻。"（陳案：隨，《鮑明遠集》作"墜"。）

"登高"二句：師云：劉休玄詩："河廣川無梁，山高路難越。"

"哀彼"四句：魏《懷舊賦》："塚累累以接隴。"（陳案：塚，《文選》作"墳"。）《華表丁令威歌》："何不學仙塚累累。"《後漢》："直如弦，死路邊。"

雨

山雨不作泥，江雲薄爲霧。
晴飛半嶺鶴，亂平沙村樹。
明滅洲景微，隱見巖姿露。
拘悶出門遊，曠絶經目趣。
消中日伏枕，臥久塵及屨。
豈無平肩輿，莫辨望鄉路。
兵戈浩未息，虬虺反相顧。
悠悠邊月破，鬱鬱流年度。
針灸阻朋曹，糠粃對童孺。
一命須屈色，新知漸成故。
窮荒益自卑，飄泊欲誰訴。
尪羸愁應接，俄頃恐違迕。
浮俗何萬端，幽人有高步。
龐公竟獨往，尚子終罕遇。
宿留洞庭秋，天寒瀟湘素。
杖策可入舟，送此齒髮暮。

【集注】

"亂平"句:(陳案:《補注杜詩》《全唐詩》作"風亂平沙樹"。)

"明滅"二句:趙云:以見微雨便晴。"山雨",(陳)張正見《經季子廟》詩:"山雨濕苔碑。"

"豈無"句:師云:《晉》:王子敬"經吳郡,聞顧辟疆有名園,先不相識,乘平肩輿徑入"。　　趙云:空曠遠絕之處,即是"經目"之景趣。"平肩輿",轎子也。

"虺虺"句:趙云:"虺虺",夔已在南,多有之。或云:以比盜賊兇徒。《選》:尚爲虺、爲虺。

"悠悠"二句:趙云:言破除之"破",一月而去也。公有句云:"二月已破三月來。"亦此"破"義。

"針灸"句:"針灸",所以救療,譬良朋友。

"糠粃"句:時既乏良朋,所對者"童孺"而已。"糠粃",言非寔德。

趙云:以"伏枕"之病,須"針灸"以安養,故與"朋曹"阻隔。下言貧食"糠粃",與"童孺"相對。舊注皆非。

"飄泊"句:師云:李顒詩:"冗寮憼屈(邑)[色]。"

"俄頃"句:違:一云"危"。

"幽人"二句:龐德公未嘗入州府,夫妻相敬如賓,劉表不能屈。後攜妻子入鹿門山,不返。

"尚子"句:《後漢·逸民傳》:尚長,字子平,隱居不仕,肆意游五岳名山,不知所終。　　趙云:上兩句(陳案:指"一命"二句。)似言嚴鄭公。蓋嚴武辟公節度參謀,所謂"一命"也。言受人"一命",當"屈色"以下之。"漸成故",言其死也。言才得"新知",漸成故没,重歎知己之難遭也。故繼之以"窮荒益自卑,飄泊欲誰訴",以"尫羸"不堪"應接",故"愁"。既倦而不久,則才"俄頃"而已。又却有"違迕"之憂,宜起"高步"之念,而欲長往矣。左太冲《詠史詩》:"高步追許由。"龐公、尚子,蓋"高步"之人,公誠慕之,而"罕"逢遇也。

"宿留"四句:《漢書》:"宿留瞽言。"《楚詞》:"嫋嫋兮秋風,洞庭波兮木葉下。"　　趙云:"宿留",音秀溜,出《漢書》,如言等候也。"宿留"之義,蓋有星宿留待之意。公詩言候秋時可發舟而往矣。洞庭、瀟湘,所待之處。

贈李十五丈

峽人鳥獸居，其室附層巔。
下臨不測江，中有萬里船。
多病紛倚薄，少留改歲年。
絕域誰慰懷，開顏喜名賢。
孤陋忝未親，等級敢比肩。
人生意頗合，相與襟袂連。
一日兩遣僕，三日一共筵。
揚論展寸心，壯筆過飛泉。
玄成美價存，子山舊業傳。
不聞八尺軀，常愛衆目憐。
且爲苦辛行，蓋被生事牽。
北迴白帝棹，南入黔陽天。
汧公制方隅，迥出諸侯先。
封內如太古，時危獨蕭然。
清高金莖露，正直朱絲弦。
昔在堯四岳，今之黃潁川。
于邁恨不同，所思無由宣。
山深水增波，解榻秋露懸。
客游雖云久，主要月再圓。
晨集風渚亭，醉操雲嶠篇。
丈夫貴知己，觀罷念歸旋。

【集注】

"贈李"句：趙云：自"峽人鳥獸居"，至"南入黔陽天"，言其在夔流落間得會李十五丈，而送別之也。自"汧公制方隅"，至"觀罷念歸旋"，言李丈往謁汧公，而不得俱往耳，約其歸也。

"峽人"二句：《魏都賦》："巖岡潭淵，限蠻隔夷，峻危之窬也。蠻陬夷落，譯導而通者，鳥獸之氓也。"

"孤陋"句：（陳案：末，《補注杜詩》《全唐詩》作"末"。）

"人生"句：頗：一作"氣"。

"揚論"二句：杜田《補遺》：曹子建作《王仲宣誄》："發言可詠，下筆成篇。文若春華，思若湧泉。"李廣利拔刀刺山，飛泉湧出。"飛泉"，言文瀏亮快利。

"玄成"句：韋賢四子，少子玄成。復以明經歷位，至丞相。故鄒、魯諺曰："遺子黃金滿籯，不如教子一經。"

"子山"句：庾信，字子山。父肩吾，爲梁太子中庶子，掌書記。徐陵及信，并爲抄撰學士。信父子東宮出入禁闥，文并綺麗，世號"徐庾體"。　　趙云："倚薄"，謝靈運："拙疾相倚薄。""絕域"，李陵："奉使絕域。""孤陋"，《記》："孤陋（記）[而]寡聞。""揚論"者，揚舉言論。

"常愛"句：（陳案：愛，《補注杜詩》《全唐詩》作"受"。）

"汧公"句：汧，李之所封。　　杜田《補遺》：汧公，李勉。按：《舊史》："上元初，爲梁州刺史、山南西道防禦使。"李十五丈在峽中，往謁之。故子美作詩爲"別"也。

"清高"句：莖：一作"掌"。

"正直"句：《西都賦》："抗仙掌以承露，擢雙立之金莖。軼埃壒之混濁，鮮顥氣之清英。"鮑明遠詩："清如玉壺冰，直如朱絲繩。"《黨錮傳》："直如弦，死道邊。"

"昔在"二句："四岳"，分掌四岳之諸侯。黃霸爲潁川守，有治狀，皆美李汧公也。

"主要"句：（陳案：主要，《全唐詩》同。一作"示思"。）

"丈夫"二句：趙云："汧公"善琴，有名琴曰響泉、韻磬者。舊注意以爲，李十五丈，乃云："汧，李之所封。"杜田引《舊史》如此。然以《舊史》上元初言之，則在肅宗時。上元元年，歲在庚子，今公詩首句云

"峽人鳥獸居",分明是夔州詩,乃丁未大歷二年,相去七年矣。勉之爲山南西道防禦,《新史》不載。但云:"代宗時,進工部尚書,封汧國公。滑亳節度使令狐彰且死,表勉爲代。勉居鎮且八年。"假令是代宗初事,則乃壬寅寶應元年,其居鎮八年,乃已酉大歷四年,在潭州,與今所送"李十五丈",時皆不合。然則"汧公"又非李勉乎?以俟博聞。《詩》:"從公于邁。"陳藩爲周璆、徐穉子下榻,蓋言"汧公"待"李丈",如陳藩之待周、徐,當"秋露懸"之時也。"客游雖云久,主要月再圓",言公留"李丈",必須兩月也。"知己",《史記》:"士伸於知己,而屈於不知己。"

贈鄭十八

溫溫士君子,令我懷抱盡。
靈芝冠衆芳,安得闕親近。
遭亂意不歸,竄身跡非隱。
細人尚姑息,吾子色愈謹。
高懷見物理,識者安肯哂。
卑飛欲何待,捷徑應未忍。
示我百篇文,詩家一標準。
羈離交屈宋,牢落值顏閔。
水陸迷畏途,藥餌駐修軫。
古人日已遠,青史字不泯。
步躅詠唐虞,追隨飯葵堇。
數杯資好事,異味煩縣尹。
心雖在朝謁,力與願矛盾。
抱病排金門,衰容豈爲敏。

【集注】

《贈鄭十八》：賁。　　趙云：鄭賁，蓋雲安知縣。句云："異味煩縣尹"，知公八月末到雲安，其在忠州《禹廟》云："荒庭垂橘柚"，乃八月之物。此詩云："追隨飯葵菫"，亦七、八月之物。

"溫溫"句：《前漢‧律歷志》：以銅有似士君子之行言，"不爲燥濕寒暑變其節，不爲風雨暴露改其形"。

"靈芝"二句：趙云：《詩》："溫溫恭人。"《詩》："人有士君子之行焉。"舊注引《律歷志》在後矣。"盡"字，《韻書》："在忍切"，又"津忍切"，皆上聲。今作去聲，"才刃切"之呼。《韻書》不載矣。"懷抱盡"字，公又云"懷抱向人盡"，豈只是"懷抱"字如謝靈運詩"歡娛寫懷抱"，而貼以"盡"字乎？雖"抱"字《韻書》亦從上聲。"靈芝"，比鄭。蓋"靈芝"人所喜見者，故不可闕於親近之也。韓退之："若鳳凰芝草，賢愚以爲美瑞"，亦是意矣。"親近"，《前漢書》："親之近之。"

"遭亂"二句：趙云：公自言之。《詩》："式微胡不歸。"山濤"吏非吏，隱非隱"。

"卑飛"二句：杜田《補遺》：張衡《應問》曰："捷徑邪至，我不忍以投步。干進苟容，我不忍以歙肩。"《楚辭》："夫惟捷徑以窘步。"王逸曰："徑，斜道也。"曹大家《東征賦》："遵通衢之大道兮，求捷徑欲從誰？"注："惟遵行正直大道，不求邪佞捷徑也。"又，《唐‧盧藏用傳》：士大夫指"嵩少終南，爲仕途捷徑"。　　趙云："君子之愛人也，以德。細人之愛人也，以姑息。"下句言鄭十八甘心於下位，不求"捷徑"以僥倖也。"捷徑"字，祖出《離騷經》《楚辭》。今貼以"應未忍"，則張衡《應問》，近是也。

"羈離"句：屈原、宋玉。

"牢落"句：顏淵、閔子騫。　　趙云："示我百篇文"，下所謂"把文驚小陸"。屈宋、顏閔，比鄭十八。"交"與"值"，自公言之。

"水陸"句：畏：一作"長"。

"古人"二句：薛云：應劭《風俗通》曰："青史善著書。"青史者，人姓名。　　趙云：上兩句公自言。"青史"，殺青竹簡之史也，蓋猶或黃絹或黃紙所書，爲之黃卷耳。劉峻《答劉青陵書》："青簡尚新。"（陳案：青，《文選》作"秩"。）江文通："俱啟丹册，并圖青史。"薛夢符《補遺》乃引應劭《風俗通》云云,不知薛何自得此《風俗通》之謬與？或別有所紀,字偶相犯,亦不可知。"不泯",《詩》:"靡國不泯。"《選》:"盛德不泯。"

"步躓"四句:(陳案:躓,《補注杜詩》《全唐詩》作"趾"。《廣雅·釋詁三》:"躓,止也。"《爾雅·釋詁下》:"止者,足也。止、趾古同字。") 趙云:"詠唐虞"而"飯葵菫",非樂道而然邪？菫,音謹。杜田:"菫葵,皆菜之美者。"《古詩》:"蓼蟲避葵菫。"蓋蓼味辛,食辛之蟲,所以避"葵菫"。或曰:《詩》:"七月烹葵及菽。"則葵甘滑之菜,可以養老。又,"周原膴膴,菫荼如飴"。菫,芹菜。菫辛〔荼〕苦,而如飴之甘,則以周原之膴厚也。謂菫與葵皆菜之美,可乎？杜公但據《古詩》"葵菫"字連出,以言所可食之菜耳。況古言"葵菫",葵有言露葵,而菫亦有言露菫者矣。乘露而美,乃秋間之物。《選》:"嚴冬而思菫。"以其不可得矣。

"心雖"四句:"敏",不敏也。如《左傳》:"魯人以爲敏同。" 趙云:"矛盾",相背之謂。蓋"矛"所以刺,"盾"所以蔽也。事出《韓非子》。嵇康曰:"事與願違。"今云"力與願矛盾",即"力"與"願"違之義也。

殿中楊監見示張〔旭〕草書圖

斯人已云亡,草聖秘難得。
及茲煩見示,滿目一悽惻。
悲風生微綃,萬里起古色。
鏘鏘鳴玉動,落落群松直。
連山蟠其間,溟漲與筆力。
有練實先書,臨池真盡墨。
俊拔爲之主,暮年思轉極。
未知張王後,誰并百代則？
嗚呼東吳精,逸氣感清識。

楊公拂篋笥，舒卷忘寢食。
念昔揮毫端，不獨觀酒德。

【集注】

"殿中"句：趙云：公所與楊監三詩，前二詩無時節可考，但以舊本與後送別，乃九月詩相連。

"悲風"句：潘安仁："凱風揚微綃。"

"有練"二句：張伯英善草書，凡家之帛，必先書而後練。臨池學書，久池水盡黑，人謂草聖。

"俊拔"二句：趙云："斯人"，指言張旭。漢張伯英善草書，人謂草聖。"玉動""松直""山蟠"，皆以狀其草書。"溟漲與筆力"，言"筆力"浩汗，若溟渤漲水，乞與之也。書練與池墨，亦伯英事，以比旭也。"俊拔"爲主，言其書之所"主"，由其"峻拔"故也。

"嗚呼"句：蘇州人。

"逸氣"句：張芝草書，每大醉叫呼狂走，乃下筆，自視以爲神。

"楊公"二句：趙云："張"則英，"王"則羲之。此轉用張、王善書，以言張旭矣。"逸氣感清識"，則張旭之逸氣，感楊監之清識。"感"者，感格之"感"，言致得如此也。

"念昔"二句：張自言，始見公主、擔夫爭道，而得書法意。觀公孫大娘舞劍器，而得其神俊。觀張旭用意，不獨在於大醉而已。　趙云：言旭之善飲，公詩嘗曰："張旭三杯草聖傳，脫帽露頂王公前，揮毫落紙如雲煙。"故用"酒德"字結之。劉伶善飲，有《酒德頌》。

楊監又出畫鷹十二扇

近時馮紹正，能畫鷙鳥樣。
明公出此圖，無乃傳其狀。
殊姿各獨立，清絕心有向。
疾禁千里馬，氣敵萬人將。

憶昔驪山宫，冬移含元仗。
天寒大羽獵，此物神俱王。
當時無凡材，百中皆用壯。
粉墨形似間，識者一惆悵。
干戈少暇日，真骨老崖嶂。
爲君除狡兔，會是翻鞲上。

【集注】

"近時"二句：師云：《名畫〔記〕》：馮紹正，開元中爲户部侍郎，尤善畫鷹鶻雞雉，形態嘴爪，毛彩俱妙。

"疾禁"二句：狀其快疾勇（次）〔決〕。　薛云：《前漢》："文帝有獻千里馬。"《三國志》評曰："關羽、張飛，萬人之敵。"　師云：《古詩》："健馬馳千里。"殷芸《小說》："諸葛亮才智精銳，内外敏捷，萬人敵也。"

"天寒"二句：玄宗盛時，嘗以冬十月幸温泉宫，時肆獵。

"當時"二句：時寧王有高麗赤鷹，尤俊異。帝獵則置之駕前，號"快雲兒"。　趙云："千里馬"，則驥一日千里也。"萬人將"，言可以統將萬人之材，必英雄者矣。"含元"，殿名。"大羽獵"字，揚子雲有《羽獵賦》。"神王"字，《莊子》："澤雉十步一啄，百步一飲。神雖王，不善也。""百中"，音去聲。《戰國策》：蘇厲謂周君曰："養由基射，百發百中。""用壯"字，《易・大壯》："九三，小人用壯。"注言："用其壯也。"

送殿中楊監赴蜀見相公

去水絶還波，洩雲無定姿。
人生在世間，聚散亦暫時。
離別重相逢，偶然豈定期。
送子清秋暮，風物長年悲。

豪俊貴勳業，邦家頻出師。
相公鎮梁益，軍事無孑遺。
觧榻再見今，用才復擇誰。
況子已高位，爲郡得固辭。
難拒供給費，慎哀漁奪私。
干戈未甚息，紀綱正所持。
汎舟巨石橫，登陸草露滋。
山門日易夕，當念居者思。

【集注】

"送殿"句：趙云：相公，杜鴻漸。"送子清秋暮"，則詩作於大歷元年九月。蓋鴻漸是年二月壬午，授劍南、西川節度使，平蜀亂。明年夏四月，請入朝奏事，許之。既去，不復來蜀。

"去水"句：《古詩》："長江無回波。"

"洩雲"句：陸機賦："有輕盈之豔狀，無實體之真形。"　師云：顔延年詩："洩雲自飄風。"

"風物"句：師云：蕭愨詩："悽惻長年悲。"　趙云：《淮南子》："木葉落，長年悲。"

"軍事"句：趙云：《詩》："靡有孑遺。"

"觧榻"句：陳蕃禮周璆，別置一榻，去則懸之，來則觧。

"汎舟"句：師云：《左傳》：晋飢，秦輸之粟，命曰："汎舟之役。"

"山門"二句：趙云："在（師）[世]間"，《莊子》："人生世間，若白駒之過隙。"言杜相公待"楊監"，如陳璠待周、徐也。"用才"，即是用人才。"汎舟巨石橫，登陸草露滋"，言或舟或陸，行役之苦。"山門日易夕"，公自言在夔，故以"山門"言之。"日易夕"，則一別之後，光陰易換。"居者"，乃公自言。《左傳》"有居者""行者"之語。

全國高等院校古籍整理研究工作委員會規劃項目

九家集注杜詩

中册

（宋）郭知達◎編　陳廣忠◎校點

北京師範大学出版集团
BEIJING NORMAL UNIVERSITY PUBLISHING GROUP
安徽大学出版社

卷十三

（宋）郭知達 編

古 詩

秋，行官張望督促東渚耗稻向畢，清晨遣女奴阿稽、豎子阿段往問

東注雨今足，佇聞粳稻香。
上天無偏頗，蒲稗各自長。
人情見非類，田家戒其荒。
功夫竟揳揳，除草置岸傍。
穀者命之本，客居安可忘。
青春具所務，勤墾免亂常。
吳牛力容易，并驅動莫當。
豐苗亦已穊，雲水照方塘。
有生固蔓延，靜一資隄防。
督令不無人，提攜頗在綱。
荊揚風土暖，肅肅候微霜。
尚恐主守踈，用心未甚臧。
清朝遣奴僕，寄語踰崇岡。
西成聚必散，不獨陵我倉。
豈要仁里譽，感此亂世忙。
北風吹蒹葭，蟋蟀近中堂。
荏苒百工休，鬱紆遲暮傷。

【集注】

"秋,行"句:耗:一作"刈"。　《文•十年》:"王在渚宫"。注:"小洲曰渚。"　趙云:舊本"耗稻",一作"刈",非。蓋此秋詩,未是收刈時。"耗稻",於稻中消耗蒲稗,免向奪取。或云:"耗稻",是方言。

"東注"句:(陳案:注,《補注杜詩》《全唐詩》作"渚"。)

"佇聞"句:謝靈運詩:"滮池溉粳稻。"《説文》:"粳,稻屬。"稻稴。

"上天"二句:《前漢•匈奴傳》:"朕聞天下不頗覆,地不偏載。"謝靈運《湖中作》:"芰荷迭映蔚,蒲稗相因依。"　趙云:劉公幹詩:"物類無偏頗。"

"人情"句:《前漢》:朱虛侯章,"請爲〈吕〉太后言耕田。"高后兒子畜之,笑曰:"顧乃父知田耳!若生而爲王子,安知田乎?"章曰:"臣知之。"太后曰:"試爲我言田。"章曰:"深耕(溉)[穊]種,立苗欲疏;非其種者,鉏而去之。"太后默然。師古曰:"以斥諸吕也。穊,稠也。穊種者,言多生子孫。"

"田家"句:《前漢•武帝紀》:"野荒治苛也。"注曰:"荒,田畝不闢。"

"功夫"二句:《食貨志》:"芸,除草也。"《莊子•天地篇》:"捋捋然用力甚多。""蒲稗",皆水草。上天以無偏頗,不擇稻與"蒲稗",皆生長。然"人情見非類",則"非類"如"蒲稗",雖可亂真,"人情"終見之也。此亦劉章"非其種者,耡而去之"之意。故力田之家,"戎"田荒穢,爲"蒲稗"奪之也。"荒",則田萊多荒之"荒",何至引《漢•武》"野荒治苛乎?""除草"乃"蒲稗"矣!

"穀者"句:命之:一云"今土"。　《范子》:計然曰:"五穀者,萬民之命,國之重寶。"《晋書》:"黎元以穀爲命。"

"吴牛"二句:動莫當:一云"紛游場"。　《世説》:滿奮云:"吴牛見月而喘。"《詩》:"并驅從兩牡兮。"潘安仁《籍田賦》云:"游場染屨。"又,《世説》云:"今之水牛,生江淮。"故謂"吴牛"畏熱,見月疑日,所以喘也。　趙云:上兩句追言其當春時,已備具其"所務"矣。"所務",務農。"墾",墾田。勤於墾田,免亂務農之常。蓋以"命之本","雖客居"而"不忘"也。"力容易",言其力之多,不以爲難也。東方朔:"談何容易。""并驅",雙駕之也。"場者",(場)[疆]場之"場"。"紛游場",則所用"并驅"之牛,非止一雙而已。亦"四鄰未耜出",所以紛然也。舊本正作"勤莫當",非。蓋言耕而已,無"勤莫"可"當"之義。

"豐苗"句:見上注。

"雲水"句:劉公幹《雜詩》:"方塘含白水。"

"有生"二句:趙云:"豐苗亦已概",則劉章所謂也。"蔓延",《選》:"軒檻蔓延。"今言滋蔓連延,亦同義。《前漢》:韋孟《諷諫》四言詩:"矜矜元王,恭儉靜一。"注:"靜守一道也。""隄防",《史》:"如水之有隄防。""有生固蔓延",言均爲"有生"如"蒲稗",固"蔓延"於稻中矣。然靜守一道,則專在稻苗焉。欲"靜一",則在除之。"資隄防",亦防其惰農,而不致力也。

"督令"句:(陳案:令,《補注杜詩》《全唐詩》作"領"。《釋名・釋典藝》:"令,領也,理領之,使不得相犯也。") "提携":携一作"挈"。 《書・盤庚》:"若網在綱,有條而不紊。" 趙云:"督領"(陳案:《四庫全書》本作"令"。),指行官張望。除去"蒲稗",則必有所役之人。"督領"者,"提携"之如舉"綱"張目耳。

"荆揚"句:《周官》:"揚州、荆州,宜稻。"江淹:"南中氣候暖,朱華陵白雪。"

"尚恐"四句:(陳案:奴,《補注杜詩》《全唐詩》作"婢"。《説文》:"奴、婢,皆古之罪人也。") 趙云:"尚恐主守踈",又指行官張望。公前篇《行官張望補稻畦水歸》詩:"主守問家臣,分朋見溪畔。""主守",亦言張望。家臣者,豈婢僕之謂乎?故今題"遣女奴阿稽、豎子阿段往問",而云"清朝遣婢僕,寄語踰崇崗"。

"西成"句:(陳案:成,《四庫全書》作"戎"。形誤。《補注杜詩》《杜詩詳注》作"成"。) 《書》:"平秩西成。"

"不獨"句:《詩》:"我倉既盈。"又,"曾孫之庾,如坻如京。"潘安仁《籍田賦》:"我倉如陵,我庾如坻。"

"豈要"二句:非欲鬭施,要仁里之譽。蓋亂世不可不畜積以爲給。 趙云:言既除去"蒲稗",而稻成可收,則當如此段之事也。公前篇有曰:"遺穗及衆多,我倉戒滋蔓。"而今詩曰:"西成聚必散,不獨陵我倉。"則公及物之胷懷如此。張平子《思玄賦》:"匪仁里其焉宅兮,匪義跡其焉追。"

"蟋蟀"句:《詩》:"十月蟋蟀,入我床下。"故近"中堂"。

"荏苒"二句:《禮·月令》:"霜〔始〕降,百工休。"謝宣遠詩:"履運傷荏苒。"陸士衡:"紆欝游子情。"謝琨:"遲暮獨如何。"　趙云:四句(陳案:指"北風"四句。)又言冬候。《詩》:"蒹葭蒼蒼,白露爲霜。"故"風吹"言"蒹葭"。"遲暮"字,《楚辭》:"傷美人之遲暮。""蒲稗"除矣,稻既成而收,且散之矣,追此冬時,"百工"且"休"矣,然余有"遲暮"之"傷",則詩人之情也。此詩反覆曲折,語多深隱,不作尋常紆餘之詩,近乎著書。

覽柏中允兼子姪數人除官制詞,因述父子兄弟四美,載承絲綸

紛然喪亂際,見此忠孝門。
蜀中寇亦甚,柏氏功彌存。
深誠補王室,戮力自元昆。
三止錦江沸,獨清玉壘昏。
高人入竹帛,新渥照乾坤。
子弟先卒伍,芝蘭疊璵璠。
同心注師律,灑血在戎軒。
絲綸實具載,綍冕已殊恩。
奉公舉骨肉,誅叛經寒溫。
金甲雪猶凍,朱旗塵不翻。
每聞戰場說,欻激懦氣奔。
聖主國多盜,賢臣官則尊。
方當節鉞用,必絕浸淫根。
吾病日迴首,雲臺誰再論。
作歌挹盛事,推轂期孤鶱。

【集注】

"覽柏"句：(陳案：允，《全唐詩》同。一作"丞"。承，《補注杜詩》《全唐詩》作"歌"。) 　　《唐書》："柏氏無顯人。"惟《柏耆傳》云："將軍良器之子，元和中人，不顯州郡。"甫又有詩《寄柏學士林君》。 　　趙云：舊本"中允"，師民瞻本作"中丞"，是。蓋近體詩有題云《陪柏中丞觀宴將士》。然民瞻便指爲柏正節，非。詩句有："戮力自元昆。"意其方是柏正節也。然竊有疑焉。公又有《柏學士林居》《柏大兄弟》《柏二別駕》詩，皆是文人，豈可指言柏正節之家乎？俟明識辨之。"絲綸"，言制詞。

"見此"句：《晋·卞壺傳》：翟湯歎曰："父死於君，子死於父。忠孝之道，萃於一門。"

"深誠"二句：《魏書》："重以王室多故。"《爾雅》："先生爲昆。"《汉·高紀》："戮力。"注："并力。" 　　趙云："柏氏"立功於蜀，其爲名字，於史無所考。以意逆之，必柏正節也。今所謂"柏中丞"，意是正節之弟。而子姪數人，則姪者，正節子矣。此無他，以詩云："戮力自元昆。"則言"柏中丞"之兄，豈乃柏正節乎？其父子、兄弟，有功于行陣，則詩人宜以"忠孝"稱之矣。《書》："聿求元聖，與之戮力。"舊注引《高祖紀》，在後矣。

"三止"二句：左太冲《蜀都賦》："郭陵關而爲門，包玉壘而爲宇。"(陳案：郭，《文選》作"廓"。)注："玉壘，山名。"《華陽國志》："錦江，言蜀人織錦，濯其中則鮮明，濯他江必不好，故曰錦江。"《成都紀》："玉壘山，導江縣西北三十里。" 　　趙云："沸"字上著"止"，《傳》："以湯止沸。""錦江"，據《寰宇記》："濯錦江，係之華陽縣。"公入蜀，見成都亂，蓋寶應元年歲壬寅七月，劍南西川兵馬使徐知道反，拒嚴武之來，不得。永泰元年歲乙巳，崔旰反，襲殺郭英乂。次年，楊子琳以瀘州牙將同邛州牙將柏正節討旰。杜鴻漸表子琳爲瀘州刺史，正節爲邛州刺使。西蜀大亂，各遣罷兵。於大歷二年歲戊申七月，子琳以瀘州刺史反，陷成都，蜀中又亂。此"錦江"三"沸"也。然寶應元年徐知道反，公有《草堂》詩："布衣數十人，亦擁專城居。"下注云："即柏正節、楊子琳之徒。"則正節乃預寶應亂之數。永泰二年，既稱討崔旰，而西蜀大亂。又云各遣罷兵，則正節乃所以亂蜀者。大歷陷成都，雖是楊子琳,然正節本其同類。不見有正節預討楊子琳事。若指柏氏爲正節,實未安也。李善注云:"玉壘,山名。湔水出焉,在成都西北岷山界。"以今考之,永康軍是也。"錦江沸",自指成都府。今又云"玉壘昏",則永康軍當時亦有亂矣。或又云:永康軍緊靠威、茂,今威州,即唐維州。吐蕃嘗寇松、維,豈所謂"玉壘昏"乎?

"高人"句:(陳案:人,《補注杜詩》《全唐詩》作"名"。) 鄧禹:"垂功名於竹帛。"

"芝蘭"句:謝玄與從兄朗,爲叔父安所器重,曰:"譬如芝蘭玉樹,生於階庭。"

"同心"句:《易》:"師出以律。"

"灑血"句:《後漢》:贊二十八將:"有來群後,捷我戎軒。"(梁)吳均:"袖間血灑地。"

"絲綸"句:《禮·緇衣》:子曰:"王言如絲,其出如綸;王言如綸,其出如綍。"

"紱冕"句:班固《西都賦》:"紱冕所興。" 趙云:"芝蘭"比其子弟,有香秀之美;"璵璠"比其子弟,如良玉之珍。亦《晉書》:"所謂佳子弟如芝蘭玉樹,常使生於庭側也。"《語》:孔子言禹曰:"惡衣服而致美乎紱冕。"

"奉公"四句:趙云:"奉公舉骨肉",言柏公內舉不避親,併帥子弟赴難。"誅叛經寒溫",則誅叛者,前年之事。至今作詩時,已經一寒一温。"金甲雪猶凍",則效力之時,在冬至,今雪猶凝於甲而凍。"朱旗塵不翻",則蒙犯戰塵,重而"不翻"。 陸左公《石闕銘》:"朱旗萬里。"

"方當"二句:趙云:"多盜",言國多盜賊。有能伐叛之"賢臣",朝廷不惜爵賞,故"官"則"尊"也。"節鉞用",以其有功,必使膺"節鉞"之"用",言爲節度使也。爲節度使,不可虛受爵賞,必"絕裋沴根",以報朝廷。

"雲臺"句:《後漢·馬武等傳》:二十八將《論》:"永平中,顯宗追感前世功臣,乃圖畫二十八將於南宮雲臺。"

"作歌"二句:(陳案:鶱,《全唐詩》同。《補注杜詩》作"騫"。《說文》:"鶱,飛皃。""騫,馬腹縶也。"《說文通訓定聲》:"騫,叚借又爲鶱。") 《前漢》:鄭當時"推轂士及官署丞史,誠有味其言也"。注:"言薦舉人如車轂之輪轉。"《馮唐傳》:"王者遣將,跪而推轂。"此詩注柏中允爲柏耆。按:《新》《舊》二史所載:耆止入鎭江。(陳案:江,《舊唐書》作"州"。)説王承宗,諭承(宗)[元]移鎮,及使李同捷。以擅殺同捷,流放至賜死。而詩中乃言效力於成都。又云:"三止錦江沸",即非耆矣,切疑爲柏貞節。崔旰之殺郭英乂也,貞節與瀘洲楊子琳率師以討之。杜鴻漸至蜀,表授邛州刺史。二史於傳無所考信,故未能修去,闕之以俟有聞。　　趙云:上句(陳案:"吾病"二句。)公自言其絕望於富貴,無復"論"畫像之事。下句公自負其詩所稱美,可以"推"柏公而使之"孤騫"。"推轂",舊注引《馮唐傳》,又別一義。

聽楊氏歌

佳人絕代歌,獨立發皓齒。
滿堂慘不樂,響下清虛裏。
江城帶素月,況乃清夜起。
老夫悲暮年,壯士淚如水。
玉杯久寂寞,金管迷宮徵。
勿云聽者疲,愚智心盡死。
古來傑出士,豈待一知己。
吾聞昔秦青,傾側天下耳。

【集注】
"佳人"二句:《前漢·外戚傳》:李延年侍上,起舞,歌曰:"北方有佳人,絕代而獨立。"《前漢》:枚乘《七發》:"皓齒蛾眉,命曰伐性之斧。"　　薛云:《楚詞》:"朱唇皓齒,嫭以姱。"又《古樂府·雜曲》:"從來著名推趙子,復有丹唇發皓齒。"　　杜云:阮籍《詠懷》詩:"南國有佳人,榮華若桃李。朝遊江北岸,夕宿瀟湘沚。世俗薄朱顏,誰爲發皓齒。"
"滿堂"句:《前漢·刑法志》:"古人有言,滿堂飲酒,有一人向隅而悲泣,則一堂皆爲之不樂。"

"響下"句：清虚裏：一作"浮雲裏"。

"江城"句：謝希逸《月賦》："素月流天。" 趙云：濱江州縣，謂之江城。公詩有："江城今夜客""獨宿江城蠟炬殘""鼓角動江城"，言成都也。《呈漢中王》："江月滿江城。"《送卿二翁》："白馬出江城。"與今所云"江城帶素月"，言夔州也。

"況乃"句：曹子建"中夜起長歎。"

"老夫"二句：魏武帝《樂府》："烈士暮年，壯心不已。"荆軻歌於易水之上，士皆淚垂。杜云：荆軻歌云："壯士一去兮不復還！"曹子建詩："清夜游西園。"舊引却是"中夜"。"老夫悲暮年，壯士淚如水。"其所感如此。《左傳》："牽帥老夫。""淚如水"，"淚下如流泉"，同義。

"玉杯"句：《山海經》曰："犬戎國有一女子，跪進玉杯食。"《韓子》曰："紂爲象箸而箕子怖，以爲象箸必不加於土鉶，必將犀玉之杯。象箸玉杯必不羹菽藿，則必薦豹胎。"（陳案：薦，《韓非子》作"旄象"。）

"金管"句：趙云："玉杯""金管"，皆爲聲曲者也。"玉杯"，今之所擊水盞；"金管"，今之吹笛。以金玉言之，取其貴也。如箕子諫紂，以爲象箸則必爲玉杯。王逸："顔淵之簞瓢，勝慶封之玉杯。""玉杯久寂寞"，言其不敢爲聲。"金管迷宮徵"，言其聲之不逮於歌。皆以形容歌聲之妙。

"勿雲"二句：韓娥過宋，人辱之。娥曼聲而哭，長幼皆泣下。宋人謝之，娥乃曼聲而歌，老幼皆喜躍。 師云：江淹《別賦》："骨肉悲而心死。"

"古來"二句：《孟子》曰："豪傑之士，雖無文王猶興。" 趙云：《傳》云："士伸於知己，屈於不知己。"故於"傑出士"下，使"知己"字。一本作"傑出事"，不取。

"吾聞"二句：傾側：一云"傾倒"。 杜田《補遺》：《列子》曰："昔薛譚學謳於秦青，未窮青之技，自謂盡之，遂辭歸。青弗止，餞於郊衢，撫節悲歌，聲振林木，響遏行雲。譚乃謝，求反。終身不敢言歸。" 趙云："秦青"，一本作"秦音"，非。杜説是。蓋"傾天下"之"耳"，則非特"一知己"而已。

荆南兵馬使太常卿趙公大食刀歌

太常樓船聲嗷嘈,問兵刮寇趨下牢。
牧出令奔飛百艘,猛蛟突獸紛騰逃。
白帝寒城駐錦袍,玄冬示我胡國刀。
壯士短衣頭虎毛,憑軒拔鞘天爲高。
䬃風轉日木怒號,冰翼雪淡傷哀猱。
鐫錯碧罌鸊鵜膏,鋩鍔已瑩虛秋濤。
鬼物撇捩辭坑壕,蒼水使者捫赤絛。
龍伯國人罷釣鼇,芮公迴首顏色勞。
分閫救世用賢豪。
趙公玉立高歌起,攬環結佩相終始。
萬歲持之護天子,得君亂絲與君理。
蜀江如線針如水,荆岑彈丸心未已。
賊臣惡子休干紀,魑魅魍魎徒爲耳。
妖腰亂領敢欣喜,用之不高亦不庳。
不似長劍須天倚,吁嗟光禄英雄弭。
大食寶刀聊可比,丹青宛轉麒麟裏。
光芒六合無泥滓。

【集注】

"荆南"句:趙云:此篇蓋柏梁題,分爲兩段。上段十七句,平聲。於中又分六段。下段十五句,仄聲。於中又分三段。句云:"玄冬示我胡國刀",則十二月。　師云:按《唐史》:大食刀,本波斯地帶配銀刀。

"太常"句:漢武鑿昆明池,始制樓船,上建(櫓)[樓]櫓,官有樓船將軍。　師云:沈約賦:"聲嗷嘈而遠邁。"

"問兵"句:下牢,楚地。

"牧出"句:牧,州〔令〕[牧]。令,縣令。"牧出令奔",同赴軍事艘船也。劉備遣關羽乘船數"百艘",皆會於江陵。

"猛蛟"句:趙云:四句(陳案:指"太常"四句。)言趙太常以軍事爲使,乘大舟則可用"樓船"字矣。公《送李大夫赴廣州》,亦曰:"斧鉞下青冥,樓船過洞庭。""聲嗷嘈",則鳴鑼擊鼓枻之聲。上牢、下牢,夔已〈鼓〉下水關之名。"趨下牢",以羌蠻之亂也。所謂"寇"者,止此矣。羌連白蠻。"飛百艘",應軍須之船。船經山過,故水蛟山獸猛突者,亦驚逃矣。

"白帝"句:《華陽國志》:先主役吳於夷道,還屯於巴東。巴東治魚復縣,公孫述更名"白帝"。章武中改曰"永安"。

"壯士"句:《莊子·說劍》:"庶人之劍,蓬頭突鬢,垂曼胡之纓,短後之衣。"

"憑軒"句:趙云:白帝城,公孫述所築。述號"白帝"。故謂白帝城,在夔州東。"壯士短衣頭虎毛",則拔鞘之人,以虎頭爲飾。王仲宣《登樓賦》:"憑軒檻以遥望。" 師云:《西京雜記》:"漢高祖斬白蛇,劍在室中,光影猶照於外。開匣拔鞘,輒有風氣,光彩射人。"

"飜風"二句:趙云:"飜風轉日",刀揮霍之勢。張纘《南征賦》:"平湖夷暢,飜光轉彩。""冰翼雪淡",刀瑩薄嚴冷之狀。《莊子》:"大塊噫氣,其名爲風。是惟無作,作則萬竅怒號。""風""怒號",風鼓之故也。"傷哀猱",駭利刃之"傷"。言及"哀猱",則因"木"而及之。《詩》:"毋教猱升木。"

"鐫錯"句:《方言》:"野鳧甚小,好没水中。南楚人謂之鸊鷉。"《爾雅》注:"鸊鷉,似鳧而小,〔其〕膏中瑩刀劍。"

"鋥鍔"句:鋥鍔:一云"銛鋒"。 王褒《頌》:"巧冶鑄干將之朴,〔清〕水淬其鋒,越砥斂其鍔。"注:"鋒刃芒端。""秋濤",言色澄徹。

趙云:戴昺《渡關山》詩:"馬銜苜蓿葉,劍瑩鸊鷉膏。"

"蒼水"句:《搜神記》:秦時,有人夜渡河。見一人丈餘,手横刀而立。叱之,乃曰:"吾蒼水使者。"

"龍伯"句:趙云:"鬼物",本隱藏於"坑壕",見刀乃"撇捩"而辭遁焉。"坑壕",城下之所。"蒼水使者",是刀之事。今以比呈刀之人,乃"蒼水使者"矣。又《吴越春秋》載：禹登衡岳，血白馬以祭。夢見赤繡衣男子，稱玄夷蒼水使者，曰："聞帝使文命于斯，故來候之。"此又於楚地爲切。"釣鼇"，《列子·湯問篇》："龍伯之國，有大人，一釣而連六鼇，合負而趨，歸其國焉。"以"蒼水使者"提刀而呈，"龍伯國人"見之，乃"罷釣鼇"而去。又言刀之神。

"芮公"句：芮公，荆南節度使。

"分閫"句：趙云："迴首顔色勞"，望趙太常之來也。《傳》："閫外之事，將軍制之。"芮公"分"天子之"閫"，以救於世。"賢豪"，指趙也。公後有《王兵馬使二角鷹》詩，又云："荆南芮公得將軍，亦如角鷹下翔雲。"可見芮公之欲得"賢豪"者矣。

"萬歲"二句：《隱·四年傳》：衆仲曰："以德和民，不聞以亂。"〔注〕："以亂猶治絲而棼之。"《漢》：龔遂曰："治亂民，猶治亂繩。"桓温："表抗節玉立，誓不降辱。"（陳案：表，《文選》作"而能"。）　　趙云："攬環結佩"，則莊嚴其服。"相終始"，則成就芮公用"豪傑"之意。"萬歲持之奉天子"，則持此刀以"奉天子"，乃"相終始"之事。"理""亂絲"，有二事。謝承《後漢書》：方儲爲郎中，章帝使文郎居左，武郎居右，儲正住中。曰："文武兼備，在所使用。"上嘉其材，以繁亂絲付儲，使理。儲拔佩刀三斷之。曰："反經任勢，臨事宜然。"北齊文宣帝，神武第二子。神武使諸子理亂絲。帝抽刀斬之曰："亂者必斬。"此刀事也。舊注引《左傳》，與刀事不相干。

"蜀江"句：蜀水至瞿塘爲峽，所束如線。

"荆岑"句：言有"一丸泥封""大散關"。

"賊臣"句：《史記》："亂臣賊子。"陸士衡："誅鋤干紀。"

"魑魅"句：《宣·三年傳》：王孫滿曰："昔夏之方有德也，遠方圖物，貢金九牧，鑄鼎象物，百物而爲之備，使民知神姦。故民入川澤、山林，不逢不若。螭魅魍魎，莫能逢之。"注："螭，山神，獸形；魅，怪物；魍魎，水神。"

"用之"二句：師云：此言趙公玉立高歌，視"蜀江如"針線，"荆岑"如"彈丸"。其豪氣如此，"賊臣""魑魅"安所容哉？　　杜田《補遺》：余知《荆楚故事》曰：襄王與唐勒、景差、宋玉等，游雲陽臺。王曰："能爲大言者乎？"勒曰："壯士怒兮絶天柱，北斗戾兮泰山夷。"差曰：

"(狡)[校]士猛毅,憾搖覆載。鋸牙〈鋸〉雲,聲甚大,吐舌萬里唾一世。"(陳案:聲,《古文苑》作"晞"。"憾搖覆載"四字亦異。)玉曰:"方地爲輿,圓天爲蓋,彎弓挂扶桑,長劍倚天外。"王曰:"善。"　趙云:"蜀江"之小,才"如線",而水才"如針";"荊岑"之地,才如"彈丸"。而不軌之"心",殊未"休"已,故戒之"休干紀"也。況此刀一用,可以斬除之乎?"江如線",針如水,錯以成文。高適云:"爭一彈丸之地。""魑魅魍魎",比"賊臣惡子"。"腰""領",言所斬之處。"庳"者,卑也。不高不庳,則用之適宜。

"吁嗟"四句:趙云:卿有九,太常、"光禄"爲九列之首。二職常兼領。《魏志》:"常林徙光禄勳,太常。"而(梁)陸倕有爲王光禄,轉太常謝表。則"光禄"又指趙兵馬使。"英雄弭",言"英雄"弭耳未振,猶寶刀未用也。"丹青宛轉麒麟裏",使建功圖畫於"麒麟"閣,如趙充國之屬。如是,則"光芒"生於"六合",永滅妖氛,斯爲"無泥滓"矣。

王兵馬使二角鷹

悲臺蕭瑟石巃嵷,哀壑杈枒浩呼洶。
中有萬里之長江,迴風滔日孤光動。
角鷹翻倒壯士臂,將軍玉帳軒翠氣。
二鷹猛腦絛徐墜,目如愁胡視天地。
杉雞竹兔不自惜,溪虎野羊俱辟易。
韝上鋒稜十二翮,將軍勇銳與之敵。
將軍樹勳起安西,崑崙虞泉入馬蹄。
白羽曾肉三狻猊,敢決豈不與之齊。
荊南芮公得將軍,亦如鷹角下翔雲。
惡鳥飛飛啄金屋,安得爾輩開其群,
驅出六合梟鸞分。

【集注】

　　"悲臺"句:潘岳《西征賦》:"巃嵸逼迫。"注:"巃嵸,高大皃。"師云:《古詩》:"人生百年内,杳默歸悲臺。"

　　"哀壑"句:師云:《古詩》:"哀壑叩虚牝。"

　　"迴風"句:師云:薛道衡詩:"日照孤光蕩。"　　趙云:荆南枕大江之上,故爾。

　　"將軍"句:師云:潘岳詩:"軍門挂玉帳。"　　杜田《補遺》:揚子雲《甘泉賦》:"乘雲閣而上下兮,紛蒙籠以混成。曳紅彩之流離兮,颺翠氣之宛延。"師古曰:"宮室曠大,自然有紅紫氣。"(陳案:紅紫氣,《漢書·楊雄傳》作"紅翠之氣"。)一本作"軒昂氣",理或然也。趙云:"玉帳",將軍之帳。李白亦使。世有書曰《玉帳經》,言武事也。帳之深邃,含蘊翠氣,而壯士臂(膺)[鷹]於前,(膺)[鷹]翻倒而軒開之。

　　"二鷹"句:師云:張綽詩:"霜鶻猛轉腦,狡兔避空谷。"

　　"目如"句:師云:(晋)孫楚《鷹賦》:"深目娥眉,壯似愁胡。"趙云:舊本:"二鷹猛腦徐侯毿。""猛腦",固言鷹之頭腦猛屬,而"徐侯毿"字,殊無義理。王介甫善本作"條徐墜",於理或然。"徐墜",(晋)潘尼《苦雨賦》:"始濛漠而徐墜,終滂霈而難禁。"

　　"杉雞"句:師云:《異物志》:"杉雞,黃冠,青緌,常在杉樹下。又竹兔,小如野兔,常食竹葉。"

　　"溪虎"句:《唐書》:斐旻善射虎,一日疊三十六頭。見一老人,曰:"此彪也,前有真虎,將軍遇之,殆矣。"旻怒(馬)[罵]赴之,果一小虎,伏地而吼。旻馬辟易,弓矢墜地。　　師云:宜都山,多虎穴,在深溪同谷中。《南海志》:"野羊成群,觸人。"　　趙云:《項羽傳》:"揚喜追羽,羽叱之,喜人馬俱驚,辟易數里。"師古曰:"辟易,謂開張而易其本處。辟,頻亦反。""溪虎野羊俱辟易",正自言虎羊見鷹,畏懼而退縮。

　　"韝上"句:鮑明遠:"昔如韝上鷹。"　　師云:傅玄《鷹賦》:"勁翮二六,機連體輕。"

　　"崑崙"句:薛云:《楚詞》:"回靈光於虞淵。"注:"虞淵,日所入也。""虞泉"乃虞淵,唐高祖諱淵,故云。

"白羽"句：白羽，箭。〔狻〕猊，師子。

"敢決"句：師云：應瑒詩："戰士志敢決。" 趙云："與之齊"字，《禮記》："信，婦德也。一與之齊，終身不改。"（陳案：一，《禮記》作"壹"。）魏文帝《與吳質書》："吾德不及，年與之齊。"

"亦如"句：（陳案：鷹角，《補注杜詩》《全唐詩》作"角鷹"。）〔下翔〕：〔一〕云"〔入〕朔"。

"惡鳥"句：（陳案：《四庫全書》本"惡"前有"雲"字。衍。《補注杜詩》《全唐詩》無此字。） 趙云："惡鳥飛飛啄金屋"，言可憎之"惡鳥"，啄富貴家之屋。當得"角鷹"之輩開破之，故有"梟鸞分"之句。江摠："黃鵠飛飛遠。"又曰："黃鳥飛飛有時度。"（梁）張率："望鳥飛飛滅。""金屋"，漢武帝曰："阿嬌當以黃金屋貯之。"

甘　林

捨舟越西岡，入林解我衣。
青芻適馬性，好鳥知人歸。
晨光映遠岫，夕露見日晞。
遲暮少寢食，清曠喜荊扉。
經過倦俗態，在野無所違。
試問甘藜藿，未肯羨輕肥。
喧靜不同科，出處各天機。
勿矜朱門是，陋此白屋非。
明朝步隣里，長老可以依。
時危賦斂數，脫粟爲爾揮。
相攜行豆田，秋花藹菲菲。
子實不得喫，貨市送王畿。
盡添軍旅用，迫此公家威。

主人長跪辭，戎馬何時希。
我衰易悲傷，屈指數賦圍。
勸其死王命，慎莫遠奮飛。

【集注】
　　"捨舟"句：謝靈運："舍舟眺迴渚。"
　　"入林"句：趙云：《史》："惟恐入山之不深，入林之不密。"
　　"晨光"句：陶（替）[潛]："晨光熹微。"謝玄暉："窗中列遠岫。"
　　"夕露"句：趙云："晞"，乾也。《選》："朝露待日晞。"《詩》："見晛聿消。"
　　"遲暮"句：趙云：《楚詞》："傷美人之遲暮。"《語》："吾嘗終日不食，終夜不寢。"
　　"清曠"句：《選》詩："豈徒暫清曠。"沈休文詩："荊扉新且故。"言晚（言）[年]不以寢食爲嗜，而喜所居之"荊扉"也。
　　"試問"句：《莊子》："藜羹不糝。"　趙云：阮籍《詠懷》詩："趙李相經過。"謝叔源《游西池》詩："願言屢經過。"《詩》："君子在野。"《選》："予甘藜藿，未暇此食"也。舊注却改《莊子》"藜羹"字爲"藜藿"，誤矣。
　　"未肯"句：子路乘肥馬，衣輕裘。
　　"喧静"句："不同科"三字，《語》："爲力不同科。"《莊子》："其嗜欲深者，其天機淺。"　師云：《古詩》："喧静本性習。"　趙云："天機"，雖三出《莊子》，今所用，則蚿曰："予動吾天機。"注："自然也。"即非所謂"嗜欲深者天機淺"之類矣。
　　"勿矜"句：郭景純："朱門何足榮，未若托蓬萊。"
　　"脱粟"：公孫弘"食一肉，脱粟飯"。師古曰："才脱粟而已，不精鑿也。"言民雖困"賦歛"，猶能致意於賓客，故曰"可""依"。
　　"我衰"句：（陳案：衰，《四庫全書》本作"襄"。形誤。《補注杜詩》《全唐詩》作"衰"。）
　　"慎莫"句：趙曰："子實不得喫"，言豆子雖結實，長老者"不得喫"也。"主人"，又指長老。《詩》："不能奮飛。"

雨

行雲遞崇高，飛雨藹而至。
潺潺石間溜，汨汨松上駛。
亢陽乘秋熱，百穀皆已棄。
皇天德澤降，燋卷有生意。
前雨傷卒暴，今雨喜容易。
不可無雷霆，間作鼓增氣。
佳聲達中宵，所望時一至。
清霜九月天，髣髴見滯穗。
郊扉及我私，我圃日蒼翠。
恨無抱甕力，庶減臨江費。

【集注】

"行雲"句：《易》："雲行雨明。"

"間作"句：趙云：應璩《與岑瑜書》："頃者炎旱，日更甚。砂礫銷鑠，草木燋卷。"《史》："勇夫增氣。"

"郊扉"句：我私：一云"栽耕"。 "及我私"，《詩》："遂及我私。"

"恨無"二句：子貢過漢陰，見一丈夫，方爲圃畦，鑿隧而入井，抱甕而出灌。 趙云：顏延之《贈王太常》詩："郊扉常晝閉。""及我私"，言公田。不必惑下句有"我圃"字，而云一作"栽耕"也。二"我"字不同義。況七月豈栽耘時乎？末句公自註分明，義則恨不能"抱甕"如漢陰丈人以汲水，乃買水於人，斯爲"臨江"之費矣。

鄭典設自施州歸

吾憐滎陽秀，冒暑初有適。

名賢慎出處，不肯妄行役。
旅茲殊俗遠，竟以屢空迫。
〔南謁裴施州，氣合無險僻。
攀援懸根木，〕登頓入天石。
青山自一川，城郭洗憂戚。
聽子話此邦，令我心悅懌。
其俗則純朴，不知有主客。
溫溫諸侯門，禮亦如古昔。
敕廚倍常羞，杯盤頗狼籍。
時雖屬喪亂，事貴賞匹敵。
中宵愜良會，裴鄭非遠戚。
群書一萬卷，博涉供務隙。
他日辱銀鉤，森疏見矛戟。
倒屣喜旋歸，畫地求所歷。
乃聞風土質，又重田疇闢。
刺史似寇恂，列郡宜競惜。
北風吹瘴癘，羸老思散策。
渚拂蒹葭塞，嶠穿蘿蔦冪。
此身仗兒僕，高興潛有激。
孟冬方首路，強飯取崖壁。
歎爾疲駑駘，汗溝血不赤。
終然備外飾，駕馭何所益。
我有平肩輿，前途猶準的。
翩翩入鳥道，庶脫蹉跌厄。

【集注】

赵云：此篇兩段。自上句至"森疏見矛戟"。（陳案："見矛戟"，《四庫全書》本作"之樂焉"。下有闕文。依《杜詩引得》正之。）〈下則〉公言典設往謁裴施州，意氣相投，情分歎密，且言其有簡冊之樂焉。下則公言嘗得裴之惠書，又美裴能寫字。自"倒屣喜旋歸"，至"庶脫磋跌厄"，是一段。言喜鄭典設之歸，語行歷事，喜聞太守之賢，而公動往謁之懷，當在孟冬乘轎而往。

"竟以"句：顏淵屢空。

"南謁"三句：（陳案：三句誤鈔入注文中。）　師云：張華詩："攀援得山行。"江揔賦："岸山懸根。"

"登頓"句：師云：謝莊詩："疲人登頓怯。"又施州有連天石。

"敕厨"句：師云：劉公幹詩："供膳敕中厨。"謂省厨。

"杯盤"句：《史·滑稽傳》："烏烏交錯，杯盤狼籍。"

"事貴"句：賞：一作"當"。　師云：曹祖詩："萬里無匹敵。"

"中宵"句：師云：《古詩》："今日宴良會。"

"裴鄭"句：師云：張載詩："與君未遠戚。"　趙云："殊俗"字，非《詩序》"家殊俗"。庾信云："偏方殊俗。"公自中原來，故指夔為"殊俗"。"攀援"，《選》："何可攀援。""登頓"，《選》："疲於登頓。"謝靈運《過始寧墅》詩："山行窮登頓。""城郭洗憂戚"，下句言遂如至戚，非特"遠戚"而已。此親戚與"憂戚"字不同。舊本正作"賞匹敵"，非。"當"，音去聲。言待"匹敵"之"當"也。

"他日"二句：薛夢符云：《北史》：李義深，有當〔世〕才，而用心險峭。時人語曰："矛戟森森李義深。"　師云：李隅詩："筆落字有力，矛戟空縱橫。"　杜田《補遺》：《世說》："裴令見鍾士季，如觀武庫，但見矛戟。"詳觀是詩，所謂"矛戟"，非心之險峭，蓋言書之快利，"森森"如"矛戟"。　趙云：言裴施州之藏書、好學、能書也。《劉向傳》云："博極群書。""銀鉤"，索靖《叙草書》云："婉若銀鉤，漂若驚鸞。""矛戟"字，薛非是。《書苑》："歐陽詢尤工行書，出於大令，森然如武庫之矛戟。"大令，王羲之。

"倒屣"句：蔡邕："倒屣迎王粲。"

"刺史"二句：見"權宜借寇恂"注。（陳案：權，本書卷二十五《奉寄章十侍御》作"猶"。《補注杜詩》同。《集千家註杜工部詩集》作"權"。） 趙云："倒屣"，不上鞋踵。"畫地"，路温舒："畫地爲獄，議不入。"寇恂爲潁川守，百姓遮道曰："願從陛下復借寇君一年。"

"羸老"句：師云：王粲詩："散策高堂上。"

"渚拂"句：塞：一作"寒"。

"孟冬"句：顏延年："改服飾〔徒旅〕，首路跼險難。"（陳案：《四庫全書》作"飾頭"。《文選》作"飾徒旅"。）

"欸爾"句：師云：崔駰賦："顧駕駘而疲瘁兮，何以堪其載馳。"《古詩》："老馬難汗血。"

"翩翩"句：師云：江逌詩："孤烟迷鳥道。"

"庶脱"句：師云：《古善哉行》："世路幾蹉跌。" 趙云："北風吹瘴癘"，至行世路幾"蹉跌"，鄭典設歸在秋時，公時"散策"遨遊，拂渚穿嶠，皆"散策"之地。"蒹葭塞"，舊本作"寒"，非。"興""有激"，亦思往謁裴施州，故以"孟冬"爲往期。既以"駕駘"不可馭，則乘轎而往。"肩輿"，轎也。"汗溝"，馬援《銅馬相法》曰："汗溝欲深長。"《漢書》："大宛國別邑七十餘城，多善馬。"馬汗血，言其先天馬子也。"鳥道"，《南中八志》曰："交趾郡，治龍編縣，自興古鳥道四百里，蓋以其險絕，獸猶無磧，人所莫由，特上有飛鳥之道耳。"（梁）沈約《愍塗賦》："依人邊以知國，極鳥道以瞻家。"（陳案：人，《藝文類聚》作"雲"。）"庶脱磋跌厄"，乘肩輿而不騎"駕駘"，自免蹉跎困跌之"厄"。

種萵苣

并序：既雨已秋，堂下理小畦，隔種一兩席許萵苣，向二旬矣，而苣不甲坼，伊人見青青。傷時君子，或晚得微禄，轗軻不進，因作此詩。

陰陽一錯亂，驕蹇不復理。
枯旱於其中，炎方慘如燬。
植物半蹉跎，嘉生將已矣。

雲雷欻奔命,師伯集所使。
指麾赤白日,頞洞青光起。
雨聲先已風,散足盡西靡。
山泉落滄江,霹靂猶在耳。
終朝紆颯沓,信宿罷蕭灑。
堂下可以畦,呼童對經始。
苣兮蔬之常,隨事藝其子。
破塊數席間,荷鋤功易止。
兩旬不甲坼,空惜埋泥滓。
野莧迷汝來,宗生實於此。
此輩豈無秋,亦蒙寒露委。
翻然出地速,滋蔓戶庭毀。
因知邪干正,掩抑至没齒。
賢良雖得祿,守道不封己。
擁塞敗芝蘭,衆多盛荆杞。
中園陷蕭艾,老圃永爲恥。
登于白玉盤,藉以如霞綺。
莧也無所施,胡顔入筐篚。

【集注】

"伊人"句:趙云:別本"伊人"作"獨野',是。

"因作"句:趙云:舊本"萬苣"作"萎苣",必誤。蓋詩中言"藝其子",豈却言"萎苣"耳。

"驕蹇":師云:蔡邕詩:"苦熱氣矯蹇。"

"枯旱"句:師云:(晉)江統:"枯旱之思雨露。"

"炎方"句:師云:〔詩〕:"王室如燬。"鄭注:"如燬,謂酷烈也。"

"嘉生"句:趙曰:《漢書》:"嘉生之類。"注專指爲禾。曹植書:"民失嘉生。"

"雲雷"二句：趙云："雲雷",《易》："雲雷屯。"《史》："雨師灑道,風伯掃塵。"

"指麾"二句：趙云："指麾赤白日",言"赤日",或言"白日"足矣。而"赤白日",蓋云赤然之白日也。《淮南子》："未有天地之時,濛鴻澒（動）[洞],莫知其門。"則"澒洞"者,氣昏皃。"青光起",則白日赤色,變爲"青光",斯雨候矣。

"雨聲"二句：趙云：謝朓詩："森森散雨足。"風從東南來,所以"西靡"也。《皇覽》："東平思王冢在無鹽。人傳言王在國,思歸京師,後葬,其冢上松柏皆西靡。"言"盡"者,亦"皆"義矣。或者引《選》："望咸陽而西靡。"語意不盡。

"隨事"句：（陳案：蓺,《全唐詩》作"藝"。《補注杜詩》作"蓻"。《類篇》："蓻,種也。"蓻、藝,皆是。"蓺"字形訛。）

"破塊"句：增添：《鹽鐵論》："周公之時,風不鳴條,雨不破塊。"

"兩旬"二句：趙云：言初無"畦",而始經營之。《詩》："經始勿亟。""蓺"者,種也。"隨"所有事而種之,蓋其有事於蔬茹故也。《易》："百穀草木皆甲坼。"（陳案：穀,《周易注疏》作"果"。）《選》："奮迅泥滓。"

"野莧"二句：師云：張平子《南都賦》："宗生高岡。" 杜田《補遺》：揚子雲《蜀都賦》："其竹則宗生族攢,俊茂豐美。"左思《吳都賦》："楠榴之木,相思之樹,宗生高岡,族茂幽阜。" 趙云：迷漫於"苣"也。苣有兩種,有苦苣、甜苣。苦苣易生,而甜苣比之難生。公於前篇《園公送菜》詩,以"苦苣""掩乎嘉蔬"而罪之云："乃知苦苣輩,傾奪蕙草根。"今於甜苣,此下四句,則罪"野莧"之掩乎"苣"。

"滋蔓"句：師云：《左傳》："無使滋蔓,蔓難圖也。"

"掩抑"句：趙云："此輩",指野莧。《論語》："飯蔬食飲水,沒齒無怨言。"

"賢良"二句：趙云：言"賢良"之人得位,不似邪佞得位而"封己",亦猶嘉蔬之"苣",出地不滋,非似"野莧"得地滋蔓也。"封己",《國語》：叔向曰："引黨以封己。"韋昭注曰："封,厚也。"李蕭遠《運命論》：孔子之孫子思,"希聖備體,而未之至,封己養高,勢動人主"。

"中園"二句：趙云："中園"字,《選》詩："蓬蒿滿中園。""老圃"字,

《語》:"吾不如老圃。"

"登于"句:《漢官儀》:"封禪壇有白玉盤。"

"藉以"句:趙云:"如霞綺",言"藉"之〈之〉"綺"如"霞"也。(陳案:藉"之之,《補注杜詩》作"藉以如霞之",文意完整。)古人每言綺饌,蓋貴家以綿綺藉食。謝玄暉詩:"餘霞散成綺。"惟珍貴"苴"之故,則所登者"玉盤",所"藉"者"霞綺"矣。

"胡顏"句:趙云:曹子建表:"犯詩人胡顏之戒。"(陳案:戒,《文選》作"譏"。)李善注:"胡,何也。即《詩》'胡不遄死'之義。毛萇曰:'何顏而不速死?'殷仲文表:'亦胡顏之厚。'"《詩》:"筐筐幣帛,以將其厚"意,"采采卷耳,不盈頃筐"。

秋風二首

右一

秋風淅淅吹巫山,上牢下牢修水關。
吳檣楚柂牽百丈,暖向神都寒未還。
要路何日罷長戟,戰自青羌連百蠻。
中巴不曾消息好,暝傳戍鼓長雲間。

【集注】

"上牢"句:上牢、下牢,峽內地名。水關,關津。

"吳檣"二句:趙云:謝惠連詩:"淅淅振條風。"公嘗曰:"淅淅風生砌。"江至吳、楚,用帆矣。在夔州,則吳船之檣、楚船之柂,猶用"百丈",牽以上水也。"神都",神明之都,言吳、楚也。《吳都賦》:"伊兹都之函洪,傾神州而韞櫝。"

"要路"四句:趙云:"要路",言往吳、楚之要路,其荊渚之間,有羌蠻之戰,則"要路""長戟"滿矣。舊本"連百蠻",師民瞻作"白蠻",是。蓋雟州西有烏蠻、白蠻。公《夔府詠懷》云:"絕塞烏蠻北。"

右二

秋風淅淅吹我衣,東流之外西日微。
天清小城搗練急,石古細路行人稀。
不知明月為誰好,早晚孤帆他夜歸。
會將白髮倚庭樹,故園池臺今是非。

【集注】

"天清"句:師云:鮑照詩:"寒城搗素練。"

"石古"句:趙云:前篇言夔人征戍戰伐之苦,今篇自序其旅泊不歸之懷。"東流之外西日微",寫眼前之景,宛轉含蓄,道不盡淒感之意。

"會將"二句:趙云:"倚庭樹",倚長安故居"庭樹"。既是隔絕"池臺",有變易之理,又問其"今是"與"非"。

久雨期王將軍不至

天雨蕭蕭滯茅屋,空山無以慰幽獨。
銳頭將軍來何遲,令我心中苦不足。
數看黃霧亂玄雲,時聽嚴風折喬木。
泉源泠泠雜猿狖,泥濘漠漠飢鴻鵠。
歲暮窮陰耿未已,人生會面難再得。
憶爾腰下鐵絲箭,射殺林中雪色鹿。
前者坐皮因問毛,知子歷險人馬勞。
異獸如飛星宿落,應弦不礙蒼山高。
安得突騎只五千,崒然眉骨皆爾曹。
走平亂世相催促,一簣明主正欝陶。
憶昔范增碎玉斗,未使吾兵著白袍。
昏昏閶闔閉氛祲,十月荊南雷怒號。

【集注】

"久雨"句：趙云：此篇自上句至"人生會面難再得"，言久雨至"王將軍不至"，敘眼前之景。自"憶爾腰下鐵絲箭"，至"十月荊南雷怒號"，紀贈"王將軍"英勇。

"天雨"句：天：一作"山"。滯：一作"帶"。

"銳頭"句：白起頭小而銳。

"歲暮"二句：趙云："幽獨"，《楚辭》："幽獨處乎山中。"謝靈運《晚出西射堂》詩："安排徒空言，幽獨賴鳴琴。""銳頭將軍"，以白起比王君。王豈亦頭小而銳耶？《史》："汝來何遲遲。"《古詩》有："會面安可知。"李延年歌："佳人難再得。"

"憶爾"句：師云：阮瑀詩："箭鈕鐵絲剛，刀插銀刀白。"（陳案：刀插，《杜詩引得》作"刃插"。）

"射殺"句：師云：陸雲詩："仁鹿幾千年，皮毛如霜雪。"

"異獸"二句：師云：顏延年賦："野鴈應弦而墮落。"

"憶昔"句：憶：一作"恨"。　鴻門之會，漢王使張良獻玉斗於范增，增碎之。

"未使"句：師云：侯景命東吳兵盡著白袍，自爲營陣。

"昏昏"句：時賊據京師。

"十月"句：趙云："白袍"，《南史》：梁人陳慶之麾下悉著白袍，所向披靡。先是洛中謠曰："名軍大將莫自勞，千兵萬馬避白袍。"（陳案：勞，《南史》作"牢"。）蓋江左事也。豈吳、楚之間，有戰伐事乎？公詩前篇："戰自青羌連白蠻"，而《編年通載》："大曆二年九月，桂州山獠反。"皆南方事，惜不可詳考。"閶闔"，吳閶闔門。時京師晏然。"十月""雷"，實記其變。

別李秘書始興寺所居

不見秘書心若失，及見秘書失心疾。
安爲動主理信然，我獨覺子神充實。

重聞西方正觀經，老自古寺風冷冷。
妻兒待來且歸去，他日杖藜來細聽。

【集注】

"安爲"句：師云：與《老子》"静爲躁君"同義。

"我獨"句：師云：《相法》曰："目精晃朗形神充實者，主壽不死。"

趙云：《詩》："未見君子""即見君子"之義。"心若失"者，心若有所遺失，是謂"心疾"。《藝文類聚》載俗説："阮光禄大兒喪，哀過，遂得失心病。"此"心若失"之"失"。《列子》："若亡若失。"《左傳·昭二十二年》："楚王有心疾。"謝朓《怨情》："故人心尚爾。"故心人不見。"安爲動主"，義以"秘書"之能，安以主動，故其人"充實"。豈亦通佛法之妙而然乎？

"重聞"句：佛，西方之教，其法有大觀大覺。

"妻兒"二句：杜田《補遺》：西方《無量壽〔經〕》：西方韋提希，及未來世一切衆生，觀於西方極樂世界。以佛力故，當得見彼清淨國土。如執明鏡，自見面像。凡十六觀：日想爲初觀，水想爲第二觀，地想爲第三觀，樹想爲第四觀，八功德水想爲第五觀，揔觀想爲第六觀，花座想爲第七觀，像想爲第八觀，徧觀一切色想爲第九觀，觀世音菩薩真實色聲想爲第十觀，大勢至菩薩色身想爲第十一觀，普觀想爲第十二觀，雜觀想爲第十三觀，上品生想爲第十四觀，中品生想爲第十五觀，下品生想爲第十六觀。作是觀者，名爲正觀。若他觀者，名爲邪觀。

縛雞行

小奴縛雞向市賣，雞被縛急相喧争。
家中厭雞食蟲蟻，不知雞賣還遭烹。
蟲雞於人何厚薄，吾叱奴人解其縛。
雞蟲得失無了時，注目寒江倚山閣。

【集注】

　　"縛雞"句:(陳案:縛,《文章正宗》同。《補注杜詩》《全唐詩》作"縳"。《廣雅‧釋詁三》:"縛,束也。"即束縛義。"縛",《廣韻》歸"藥"韻,"縳"歸《集韻》"線"韻。知"縳"字義合韻不合。)

　　"家中"句:師云:陶侃詩:"山雞啄蟲蟻。"

　　"蟲雞"句:師云:此《孟子》:"見牛未見羊",同意。

　　"吾叱"句:師云:許子面縛銜璧,以見楚王,楚王命解其縛。

　　"雞蟲"二句:師云:《古詩》:"千里勞注目。"　　趙云:"縛急"字,呂布既降曹操,曰:"今日已往,天下定矣。"顧劉備曰:"元德,卿爲坐上客,我爲降虜,繩縛我急,獨不可一言邪?"操笑曰:"縛虎不得不急。"一篇之妙,在乎落句。蓋"雞"之所以得者,"蟲"之所以失;"人"之所以得者,"雞"之所以失。人之得失如"雞蟲",又且相仍,何時而已乎?"注目寒江倚山閣",則所思深矣。黃魯直深達詩旨,其《書酺池寺書堂》云:"小黠大癡螳捕蟬,有餘不足夔憐蚿。退食歸來北窗夢,一江風月趁漁船。"可與言詩者,當自解也。　　《步里客談》云:古人作詩斷句,輒傍入他意,最爲警策。如老杜云:"雞蟲得失無了時,注目寒山倚江閣"是也。黃魯直作《水仙花詩》亦用此體,云:"坐對真成被花惱,出門一笑大江橫。"至陳無已云:"李杜齊名吾豈敢,晚風無樹不鳴蟬。"則直不類矣。

負薪行

夔州處女髮半華,四十五十無夫家。
更遭喪亂嫁不售,一生抱恨堪咨嗟。
土風坐男使女立,應當門户女出入。
十有八九負薪歸,賣薪得錢當供給。
至老雙環只垂頸,野花山葉銀釵并。
筋力登危集市門,死生射利兼鹽井。
面粧首飾雜啼痕,地褊衣寒困石根。

若道巫山女麤醜,何得此有昭君村。

【集注】

《負薪行》:峽民男爲商,女當門户。坐肆於世廛,擔負於道路者,皆婦人也。

"筋力"句:師云:《史記》:"刺繡文不如倚市門。" 趙云:《孫子》曰:"去如處女,敵人開户。"(陳案:去,《孫子》《武經總要》作"始"。)《語》:"四十、五十而無聞焉。"陸機詩:"土風清且嘉。"(晉)傅玄《豫章行》:"男兒當門户,墮地自生神。"《(海)〔江〕賦》:"狐獾登危而雍容。"今公詩,怪"巫山"之女"麤醜",而"昭君"獨美;似後篇"士無英俊",而"屈原"獨奇也。

"死生"句:夔有鹽井。 師云:班彪乘時"射利",商人之功。

"地褊"句:師云:仲炯詩:"蒼烟遠石根。"

"何得"句:此一作"北"。 昭君村在神女廟下。 薛云:《歸州圖經》:"王嬙,字昭君。《漢紀》注云:南康秭歸人,(陳案:康,《漢書》應劭注作'郡'。)待詔掖庭。元帝竟寧元年,匈奴呼韓邪單于來朝,帝賜單于王嬙爲匈奴閼氏。"按《樂府解題》云:"帝後宮多使畫工圖形,按圖召幸。宮人皆賄畫工,昭君恃貌獨不與,乃惡圖之。後匈奴入朝,選美人配之,昭君當行。入辭,光彩射人,悚動左右。天子重失信外國,恨不及。朝窮按其事,畫工杜陵毛延壽等皆棄市。"《琴操》載:昭君,王穰女,端正閑麗,年十七,獻之元帝,以地遠不幸,備後宮,積五、六年,帝每遊後宮,昭君常怨不幸。后單于朝賀,帝晏之,盡召後宮,昭君乃盛飾而至。帝問:"欲以一女賜單于,誰能行者?"昭君越席請往,時單于使在旁,帝驚恨不及。昭君至,單于大悦。遣使報送白玉一雙,駿馬一十匹,胡地至寶之物。昭君恨帝,始不見遇,乃作怨思之歌曰:"梨葉萋萋,其葉〔萎〕黄。有鳥處此,集于芭桑。父兮母兮,道路修長。嗚呼哀哉,憂心惻傷。"單于既死,子達立。昭君謂達曰:"將爲漢,將爲胡?"曰:"將爲胡。"於是昭君伏毒而死。單于葬之胡中,多白草而塚獨青。辭人爲歌弔之,鄉人思之,爲之立廟,廟有大柏,圍六丈五尺,枝葉蓊鬱,出故臺之上,及有搗練石,在廟側溪中,今香溪也。廟屬巫山縣。"《樂府》與《琴操》不同,故并載之。

最能行

峽中丈夫絕輕死，少在公門多在水。
富豪有錢駕大舸，貧窮取給行艓子。
欹帆側柂入波濤，撇漩捎濆無險阻。
朝發白帝暮江陵，頃來目擊信有徵。
瞿塘漫天虎鬚怒，歸州長年行最能。
此鄉之人氣量窄，誤競南風疏北客。
若道士無英俊才，何得山有屈原宅？

【集注】

"富豪"二句：杜田《補遺》：《博雅》曰："舸，舟也。"揚雄《方言》："南楚江〈湖〉湘凡船大者謂之舸。"艓，小舟名，音葉，言輕如小葉。《切韻》《玉篇》并不載"艓"字。

"撇漩"句："撇漩捎濆"，皆操舟者所能。

"瞿塘"句：鬚一作"眼"。

"歸州"句：峽人以操舟人为"長年"。

"誤競"句：《左傳》："南風不競。"

"若道"二句：屈原有宅歸州。　杜田《補遺》：《後漢·郡國志》："秭歸"注：《荊州記》："秭歸縣北百里有屈原故宅，方七頃，累石爲屋基。今其地名樂平。"　趙云："撇"字，使王褒《四子講德論》："膺騰撇波而濟，不如乘舟之逸也。"《甘泉賦》：乘輿之出曰："捎夔魖而扶獝狂。"孔子見溫伯雪子："目擊道存。"蓋事觸我目，謂之"目擊"。《左傳》："君子之言，信而有徵。""行最能"，言行瞿塘峽與虎鬚灘，甚易也。"北客"，公自言。"屈原宅"，杜田引《郡國志》注，謂地"方七頃"，豈并以其左右之田言之乎？舊注云："峽人富則爲商旅，貧則爲人操舟，以地居山水之間，瘠惡無耕也。"

寄裴施州

廊廟之具裴施州,宿昔一逢無此流。
金鍾大鏞在東序,冰壺玉鑑懸清秋。
自從相遇感多病,三歲爲客寬邊愁。
堯有四岳明至理,漢二千石真分憂。
幾度寄書白鹽北,苦寒贈我青羔裘。
霜雪迴光避錦袖,龍虵動篋蟠銀鈎。
紫衣使者辭復命,再拜故人謝佳政。
將老已失子孫憂,後來况接才華盛。

【集注】

"廊廟"句:潘安仁:"器非廊廟姿。"

"金鍾"句:薛云:《詩》:"鼖鼓維鏞。"大鏞曰鏞。《書》曰:"天球河圖在東序。"鍾鏞以言至和,所自出東陽位也。

"冰壺"句:薛云:鮑照詩:"清如玉壺冰。"《書》:"在璇璣玉衡,以齊七政。"玉衡,正天文之器。以比裴君。　趙云:"廊廟之具"字,公再使矣。前云:"當今廊廟具。"謂之"具",若所謂猶含棟梁具。今使"金鍾大鏞在東序",則亦取國家大器,比裴君之重。"冰壺""玉衡",二物清瑩,比裴君之清。"懸清秋",又當氣象之爽時,其清尤甚。

"漢二":《漢》宣帝:"與我共理者,惟良二千石乎?"　趙云:公言其在邊地爲客,以裴君爲政三年於施,可寬吾之愁也。"四岳",《書》:"四岳九官十二牧。""至理"字,《列子》:"均天下之至理。"張湛注:"事物皆均,則理無不至。"郭象《莊子》注:"至理盡於自得。"王康琚《反招隱》詩:"矯性識至理。""二千石",《漢·百官公卿表》:"郡守,秦官。掌治其郡,秩二千石。"

"苦寒"句:羔:一作"絲"。　師云:《小説》:"劉向做彈碁,以獻成帝,帝説,賜青羔裘。"

"霜雪"二句:趙云:"白鹽",夔〈中〉州山。公居白鹽之北,裴君寄

— 541 —

書與公也。"霜雪迴光",言其裘。"龍蚹""銀鉤",言其書,"銀鉤"字,索靖言書曰:"婉若銀鉤。""青羔裘",舊本一作"青絲裘",非。蓋以"青羔"之皮爲身,而錦爲袖。《記》:"羔裘玄冠,不以弔。"夫"羔裘"貴矣,"青羔裘"尤異也。"霜雪迴光"而避之,言"寒"不能侵。

"紫衣"四句:趙云:"紫衣使者",所差來之人。"辭復命",舊本作"辟復命",無意。師民瞻作"辭",方有義也。"才華盛",應言裴君諸子。蓋云:雖將老,而免憂"子孫",以後人相接,有裴君諸子"才華"盛美也。

奉酬薛十二丈判官見贈

忽忽峽中睡,悲風方一醉。
西來有好鳥,爲我下青冥。
羽毛淨白雪,慘澹飛雲汀。
既蒙主人顧,舉翮唳孤亭。
持以比佳士,及此慰楊齡。
清文動哀玉,見道發新硎。
欲學鴟夷子,待勒燕山銘。
誰重斷蚍劍,致君君未聽。
志在麒麟閣,無心雲母屏。
卓氏近新寡,豪家朱門扃。
相如才調逸,銀漢會雙星。
客來洗粉黛,日暮拾流螢。
不是無膏火,勸郎勤六經。
老夫自汲澗,野水日泠泠。
我嘆黑頭白,君看銀印青。
臥病識山鬼,爲農知地形。

卷十三　古詩

誰矜坐錦帳,苦厭食魚腥。
東南兩岸坼,積水注滄溟。
碧色忽惆悵,風雷搜百靈。
空中石白虎,赤節引娉婷。
自云帝里女,噀雨鳳凰翎。
襄王薄行跡,莫學冷如丁。
千秋一拭淚,夢覺有微馨。
人生相感動,金石兩青熒。
丈人但安坐,休辨渭與涇。
龍虵尚格鬬,洒血暗郊坰。
吾聞聰明主,治國用輕刑。
銷兵鑄農器,今古歲方寧。
文王日儉德,俊乂始盈庭。
榮華貴少壯,豈食楚江萍。

【集注】

"奉酬"句:趙云:此篇極難觧,姑以意逆之。似是公泊船處,一美士文采風流,有司馬相如挑卓氏之作。公見其人,又見有搜求其人而去者。"佳士"豈薛丈子弟親戚乎？故及丈人安坐之語,且言國家輕刑以寬之,又言此士俊乂以勉之。嘗觀《太平廣記》,載嚴武一事,云:"武少時任俠于京城,與一軍使隣居。軍使有室女,容色艷絕。武窺見,乃誘至宅。月餘,遂竊以逃。東出闕,將匿於淮、泗間。軍使覺,窮其跡,亦訊其家人,乃暴於官,亦以上聞。有詔遣萬年縣官捕捉,乘遞驛行。數日,隨路已得其踪。武自鞏縣方雇船下,聞制使至,懼不免,乃以酒飲女,中夜乘其醉,觧琵琶絃縊殺之,沈于河。明日使至,搜武之船,無踪,乃已。"公詩意有類於此,當俟博聞。

"忽忽"十句:(陳案:楊,《補注杜詩》《全唐詩》作"揚"。馮登府《三家詩异文疏証》卷二:古楊、揚通。)　　趙云:《後漢》:"忽忽不樂。"曹子建《公讌詩》："好鳥鳴高枝。"《楚辭》："據青冥而攄虹。"晋道壹道人之言雪，曰："先集其慘澹也。""主人顧"，在"好鳥"言之。"主人"者，公也。若"以比佳士"言之，則"主人"者，豈郡刺史之徒邪？"及此慰揚舲"，則逢"佳士"見"好鳥"，可以比之，爲能慰公，欲揚舟而下者矣。劉勰《彌勒石像碑》："似揚舲游水，馳錫登山。"

"清文"二句：《莊子》：庖丁之刀，"刃若新發於硎。" 趙云：上言"佳士"文清，如玉聲之哀，蓋環佩之類。下句言"佳士"之才敏。

"欲學"句：《貨殖傳》："范蠡浮江湖，改姓適齊，爲鴟夷子。"注：顔師古曰："自號鴟夷者，言若盛酒之鴟夷，多所容受，可卷懷，於時張弛。"《陳遵傳》曰："自用如此，不如鴟夷。"

"待勒"句：竇憲勒功燕然山，班固爲之銘。 趙云："范蠡"，號鴟夷子。小說載其以西子而去。李賀《昌谷》詩："刺促成幾人，好學鴟夷子。"用杜公今句四字也。蓋問"佳士"者，以擬欲學范蠡，載西子游五湖乎？莫待如竇固立功勒銘乎？

"誰重"句：一云："口重斬虵劍。" 漢高祖有斬虵劍。

"志在"句：見"今代麒麟閣"注。

"無心"句：《後漢》：鄭弘爲太尉時，"舉將第（倫）[五]倫爲司空，班次在下。正朔朝見，弘曲躬自卑。上遂聽置雲母屏風，分隔其間。由此爲故事"。 趙云：兩句皆是建功立名事。舊本正作"斬蛇劍"，乃漢高祖事，不可在常人言之。

"卓氏"四句：司馬相如初游臨邛，富人卓氏女文君，新寡，善琴，相如因以琴心挑之，遂爲夫婦。

"君看"句：見上"露雨銀章澁"注。

"臥病"句：《九章》有《山鬼》。

"誰矜"句：《漢·百官志》："郎官給錦帳。"

"苦厭"句：趙云：公又述其瀼西山居之事。"黑頭白"，公之自傷。"銀印青"，則佳士也。"銀印"言青，蓋金銀之色晃耀，望之有青熒之光。公於是言其臥病爲農，"錦帳"何足"矜"乎？給"錦帳"，公爲工部員外郎，故云。謝玄暉《在床臥病呈沈黨》詩，前漢《楊惲與孫會宗書》曰："長爲農夫，沒此身矣。"以在夔、楚，故用"山鬼"字。《孫子》有《地形篇》。"食魚腥"，又在夔之事。

"東南"句：(圻，《補注杜詩》《全唐詩》作"坼"。)

"碧色"句：忽：一云"苦"。

"風雷"句：見"滋山朝百靈"注。

"空中"句：石：一云"有"。

"自云"句：里：一云"季"。　　《文選》："我天帝之季女。"

"嘿雨"句：玉帝女，乘鳳凰飛去。

"莫學"句：丁令威也，去家一千年始一歸。

"夢覺"句：見宋玉《高唐賦》并《神女賦》。

"金石"句：李廣射石虎，沒羽。揚子雲："至誠則金石爲開。"《選》賦："琳珉青熒。"　　趙云：十四句，(陳案：指"東南"句以下。)忽有搜求其如"卓氏"之人而去者。"東南兩岸(折)[圻]，(橫)[積]水注滄溟"，必"佳士"者之在舟中。而公有"揚舲"之行，泊船江邊，故道岸圻水注之景。緣"風雷搜百靈"，故水之"碧色"，亦爲之"惆悵"。"娉婷"，指如"卓氏"之人。"白虎""赤節"，以狀來搜求者。"帝里女"，必京師人家之女。一作"帝季女"，則是王家之女矣。"嘿雨"字，取"暮爲行雨"，欒巴"嘿酒爲雨"字。言之"鳳凰翎"，弄玉與蕭史騎鳳而仙事。以巫山神女及秦公主弄玉，比如"卓氏"之人，可以意逆之，爲貴家女矣。張景陽《雜詩》："房櫳無行迹。"江文通《擬張華詩》："蘭徑少行迹。""泠如丁"字，俗語泠丁丁地，蓋匠者之丁，其初出火，頃刻之熱已，則沉泠矣。或者謂言：丁令威，歸家爲沉泠。又《齊諧記》載：桂陽城武丁者，有仙道。忽謂其弟曰："七日渡河，織女諸仙悉還宮。吾已被召。"弟問："何當還？"曰："吾更後三千年，當還耳！"明日失丁所在。兩事皆久去而後歸，爲沉泠者如此。又託爲"卓氏"之人之怨辭。"襄王""行跡"薄，又囑之以莫"如丁"之沈泠也。以"襄王"語所謂"佳士"者，又自比神女，以成"嘿雨"之義。

"俊乂"句：《詩》："濟濟多士，文王以寧。"

"榮華"二句：楚昭王渡江，得一物大如斗，色赤。以問孔子，曰："此萍實也。"　　趙云："丈人"，指薛丈。"但安坐"，古《相逢行》："丈人且安坐，調弦未(選)[遽]央。""江萍"事，楚王渡江，有物觸船，問之孔子，云萍實也。以孺子之歌告王曰："楚王渡江得萍實，大如斗，赤如玉，(陳案：玉，《孔子家語》作'日'。)割而食之，甜如蜜。"今言"豈食楚江萍",則"佳士"者,豈非留滯於蘷?而公言其因此脱去者乎?"輕刑",《周禮》:"刑新國,用輕典。"公《題鄭十八著作虔》詩亦云也,"霈新國用輕刑",可見慰唁佳公子之於"刑",亦"輕"而已。"歲方寧",翻使《國語》:"晉無寧歲。"言"今古歲方寧",如言遭遇"寧歲",前無古後無今,以甚幸之也。《詩》:"發言盈庭。"

暇日小園散病,將種秋菜,督勒耕牛,兼書觸目

不愛入州府,畏人嫌我真。
及乎歸茅宇,旁舍未曾嗔。
老病忌拘束,應接喪精神。
江村意自放,林木心所欣。
秋耕腴地濕,山雨近甚勻。
冬菁飯之半,牛力晚來新。
深耕種數畝,未甚後四隣。
嘉蔬既不一,名數頗具陳。
荆巫非苦寒,採擷接青春。
飛來兩白鶴,暮啄泥中芹。
雄者左翻垂,損傷已露筋。
一步再血流,尚經矰繳勤。
三步六號叫,志屈悲哀頻。
鸞皇不相待,側頸訴高旻。
杖藜俯沙渚,爲汝鼻酸辛。

【集注】
"不愛"二句:《襄陽耆舊記》:"龐德公在沔水上,不入襄陽城。"

"及乎"句:一云"及歸在茅屋"。

"老病"二句:趙云:"真",則真率之謂。平時應接,以禮文蓋偽耳。《漢書》:"高祖適從旁舍來。"《前漢》:"以老病乞骸骨。"《世說》:"使人應接不暇。"

"冬菁"二句:杜田《補遺》:張平子《南都賦》:"酸甜滋味,百種千名。春卵夏筍,秋韭冬菁。蕪菱紫薑,拂撤膻腥。"注:"菁,蔓菁。"

趙云:"飯之半",以"冬菁"飯牛,是其芻之半也。《史記》:"甯戚飯牛於車下。""力"言"新",黃石公《三畧》:"士力日新。"

"損傷"句:露:一云"及"。

"尚經"句:經:一作"驚"。

"杖藜"二句:趙云:十二句,(陳案:指"秋耕"以下。)序所謂"書觸目"也,然因以興焉。"飛來兩白鶴",《古樂府》有〔此〕篇,公三使矣。舊本正作"尚經矰繳勤"。"經",一作"驚"。當以"驚"為正,言既傷而流血矣。"尚"於"矰繳",恐之勤勞也。"鸞皇不相待","鸞皇",超擢高翔之人。"訴高(名)〔旻〕","鶴"豈不能冲天哉?而困於此。阮嗣宗《詠懷》:"對酒不能言,悽愴懷酸辛。"宋玉賦:"寒心酸鼻。"

寫懷二首

右一

勞生共乾坤,何處異風俗。
冉冉自趨競,行行見羈束。
無貴賤不悲,無富貧亦足。
萬古一骸骨,隣家遞歌哭。
鄙夫到巫峽,三歲如轉燭。
全命甘留滯,忘情任榮辱。
朝班及暮齒,日給還脫粟。
編蓬石城東,采藥山北谷。

用心霜雪間，不必條蔓緑。
非閼故安排，曾是順幽獨。
達士如弦直，小人似鈎曲。
曲直吾不知，負喧候樵牧。

【集注】

《寫懷兩首》：趙云：前篇不管世態之曲直，次篇願終契於真如，傷世悼俗甚矣

"冉冉"二句：趙云：《古樂府》：《陌上桑》："盈盈公府步，冉冉幕中趨。"（陳案：幕，《古樂府》作"府"。）《古詩》："行行重行行。"

"鄙夫"二句：趙云："賤"之所"悲"，以"貴"形之，無貴則賤者"不悲"。"貧"之所不足，以"富"形之，無富則貧者"亦足"。"巫峽"在夔州下。公以永泰元年，歲〔在〕乙巳，到雲安，蓋屬夔州；次年來夔，今年又在夔，此之謂"三歲如轉燭"。

"編蓬"二句：《許徵君詢》詩："採藥白雲隈，聊以肆所養。""編蓬"，茅屋也。公後篇："瞿塘石城草蕭瑟。"

"用心"二句：趙云：公嘗爲左拾遺，今爲尚書工部員外郎，乃通籍於"朝班"者，時年五十六，所謂"暮齒"。二者當奉養之原，（陳案：原，《杜詩引得》作"厚"。）而"日給還脫粟"飯而已。"編蓬"，言結茅屋於瀼西。兩〔句〕以成"採藥"之意，言冬採之不必待春也。

"非閼"句：謝靈運詩："居常以待終，處順故安排。"

"曾是"句：謝靈運詩："安排徒空言，幽獨賴鳴琴。"

"達士"四句：趙云：《莊子》："安排去化，乃入於寥天一。"《後漢》：童謠："直如弦，死道邊。曲如鈎，封公侯。"公變用之。"負喧"，《列子·楊朱篇》：宋國有田夫，常衣縕〔廣〕以過冬。暨春冬作，（陳案：冬，《列子》作"東"。）自曝於日，不知天下之有廣廈隩室、綿纊狐狢。謂其妻曰："負日之喧，人莫知者。"

右二

夜深坐南軒，明月照我膝。
驚風飜河漢，梁棟已出日。

群生各一宿,飛動自儔匹。

吾亦驅其兒,營營爲私實。

天寒行旅稀,歲暮日月疾。

榮名何中人,世亂如蟻蝨。

古者三皇前,滿腹志願畢。

胡爲有結繩,陷此膠與漆。

禍首燧人氏,厲階董狐筆。

君看燈燭張,轉使飛蛾密。

放神八極外,俯仰俱蕭瑟。

終契如往還,得匪合仙術。

【集注】

"梁棟"句:《洛神賦》:"若白日之照屋梁。"

"營營"句:趙云:實:一作"室",非。

"榮名"句:何:一作"或"。　《楚辭》云:"薄寒中人。"

"世亂"句:趙云:世之紛亂,如"蟻蝨"之營營也。"或"字,非。

"禍首"二句:"燧人"火化,而爭欲之心生;"董狐"直筆,而是非之端起。故以"燧人"爲"禍首",以"董狐"爲"厲階"。《詩》:"婦有長舌,爲厲之階。"(陳案:爲,《毛詩注疏》作"維"。)

"終契"二句:一云"終然契真如"。合:一云"金"。　趙云:《莊子》:"鼴鼠飲河,不過滿腹。"三皇之前,民未有知結繩之政;後民偽日起,其相附離,若膠漆然。《莊子》曰:"待繩約膠漆而固者,是侵其德也。"又曰:"又奚連連如膠漆纏索,而游乎道德之間哉?"今將與之"結繩",則已相結約而爲"膠漆"矣。"君看燈燭張,轉使飛蛾密",又傷法令之苛明,而投死之多也。此段蓋《莊子》《駢拇》及《馬蹄篇》之義,以撓天下。又曰:"屈折禮樂,以正天下之形。"(陳案:正,《莊子注》作"匡"。)此亦聖人之過也。傷世如此,於是"放神八極"之外,而一"俯"一"仰",莫不氣象"蕭瑟",則淳澆朴散,無處不然也。然則如何而可?亦曰:"終然矣!真如者,西方佛教而已。"舊本正作"終契如往還",於義不明。　師云：北齊邢子才《游仙詩》："安得金仙術，兩腋生羽翼。"

可　歎

天上浮雲如白衣，斯須改變如蒼狗。
古往今來共一時，人生萬事無不有。
近者抉眼去其夫，河東女兒身姓柳。
丈夫正色動引經，酆城客子王季友。
群書萬卷常暗誦，孝經一通看在手。
貧窮老瘦家賣屨，好事就之爲攜酒。
豫章太守高帝孫，引爲賓客敬頗久。
聞道三年未曾語，小心恐懼閉其口。
太守得之更不疑，人生反覆看亦醜。
明月無瑕豈容易，紫氣鬱鬱猶衝斗。
時危可伏真豪俊，二人得置君側否？
太守頃者領山南，邦人思之比父母。
王生早曾拜顏色，高山之外皆培塿。
用爲羲和天爲成，用爲水土地爲厚。
王也論道阻江湖，李也丞疑曠前後。
死爲星辰終不滅，致君堯舜焉肯朽。
吾輩碌碌飽飯行，風后力牧長迴首。

【集注】

"近者"句：夫：一作"眜"。

（"天上"至）"貧窮"十二句：趙云："浮雲"變態，不常然，初"白衣"而變爲"蒼狗"，事之無定如此。譬古今"一時"，而"萬事"之變，不可名狀也。"雲""如狗",《北史・元諧傳》:"雲如蹲狗去鹿。"(陳案:去,《北史》作"走"。)"古往今來",《傳》曰:"四方上下曰宇,古往今來曰宙。""萬事無不有",應詹《與陶侃書》:"其間事故,何所不有。"事變無所不有,何哉?夫婦之際,貴有始終。在"女兒"言之,有"姓柳"者,不喜見其夫,如"抉眼"中之物而去之。東北人方言:"不喜見者,每曰抉眼。"一作"抉眸",非是。人之動作,貴乎有義。在丈夫言之,有"王季友"者,能"正色""引經"。兩事一是一非,此"萬事無不有"也。"王季友",《唐文粹》唯載其詩。觀前篇所云,則王佐之才者。劉向博極群書。梁孝元帝敗,焚圖書十四萬卷,曰:"讀書萬卷,猶有今日。""一通",一本之謂。《後漢・賈逵傳》:"帝令逵自選高才者,教以《左氏》,與簡紙經傳各一通。""在手"字,《詩》:"六轡在手。"《許靖傳》:"五侯九伯,制御在手。""携酒",暗使《揚雄傳》:"好事者載酒肴,從游學。"

"太守"二句:趙云:紀述"季友",且言其逢主人李太守,二人皆王佐才。下句(陳案:指"人生"句。),言人生相得氣合,則勿"疑"。若更"反覆",旁人"看"之亦"醜"矣。《北史・盧賁傳》:"帝言劉昉之徒,皆反覆子。"

"明月"句:師云:《淮南子》:"明月之珠,不能無(類)[纇]。"

"紫氣"句:見三十六卷《劉十判官》詩,張華事。璧與劍,皆以比"季友"。　趙云:珠璧皆有"明月"之稱,在玉謂之無"瑕",在珠謂之無"纇"。舊注非。"豈容易",言難得之。東方朔:"談何容易。""紫氣","鄷城"劍也。

"王生"二句:左太冲《魏都賦》:"培塿之與方壺。"培塿,小堆阜。

杜田《補遺》:《左氏傳》:"部婁無松柏。"杜預注:"部婁,小阜。"《說文》:"培塿,小土山。"《方言》曰:"冢,秦晋間謂之培塿。"　趙云:"王生"之拜太守,"顏色"如仰"高山",餘人真"培塿"也。今齊、魯間,山之小高者名"培塿"。(陳案:"趙云"以下十四字重出,已正。)

"死爲"句:見"方朔"爲"歲星"注。

"致君"句:杜田《補遺》:夏侯注《東方朔畫贊序》:"談者又以先生棄俗登仙,神變造化,靈爲星辰。"此又是奇怪恍惚,不可備論者也。《莊子》曰:"傅說得之,以相武丁。乘東維,騎箕尾,而比於列星。"

趙云:《堯典》:"分命羲叔、和叔,羲仲、和仲,以主四時。"故曰"天爲成"。《書》:"地平天成。"《堯典》又曰:"伯禹作司空,汝平水土。"故曰"地爲厚"。此并言二公。蓋"論道",言其可爲三公。《書》:"三公論道經邦。"《考工記》:"坐而論道,謂之王公。""丞疑",言其可爲宰相。《傳》:"左輔右弼,前疑後丞。""阻江湖",留滯江湖,而阻隔於致身。"曠前後",天子前後,曠闕斯人也。"死爲星辰"事,杜時可論,亦是一端矣。《素問》:黄帝謂岐伯:"願夫子溢志,盡言其事,令終不滅。""致君堯舜",見首篇注。

"吾輩"二句:風后、力牧,黄帝臣。　　杜田《補遺》:《陶淵明集·聖賢群輔録》:"風后受金法,金法言能决理是非。力牧受準,與天老五星知命,窺紀地典。爲黄帝七輔,州選舉,翼佐帝德。"見《論語摘輔象》。又《帝王世紀》:黄帝夢大風,吹天下塵垢皆去。復夢人執千鈞之弩,驅羊數萬群。帝嘆曰:"風大號,令垢去,土后在也,豈有姓風名后者哉?千鈞之弩異力,能遠驅羊萬群,牧民爲善,豈有姓力名牧者哉?乃得風后于海隅,力牧於大澤。"　　趙云:自謂其不逮二公,徒"飽飯"而已。"風后""力牧",黄帝七輔之二人名。"長回首",則有笑"吾輩""飽飯"之意,以形容二公可爲宰輔,當如"風后""力牧"。

觀公孫大娘弟子舞劍器行

并序:大曆二年十月十九日,夔府别駕元持宅,見臨(潁)[潁]李十二娘舞劍器,壯其蔚(跂)[跂]。問其所師,曰:"余公孫大娘弟子也。"開元三載,余尚童稚,記於郾城,觀公孫氏舞劍器渾脱,瀏灕頓挫,獨出冠時。自高頭宜春、黎園二伎坊内人,泊外供奉,曉是舞者,聖文神武皇帝初,公孫一人而已。玉貌錦衣,况余白首,今兹弟子,亦匪盛顔。既辨其由來,知波瀾莫二。撫事慷慨,聊爲《劍器行》。往者吴人張旭,善草書帖。數嘗於鄴縣見公孫大娘舞西河劍器,自此草書常進。豪蕩感激,即公孫可知矣。

　　　　昔有佳人公孫氏,一舞劍器動四方。
　　　　觀者如山色沮喪,天地爲之久低昂。

㸌如羿射九日落,矯如群帝驂龍翔。
來如雷霆收震怒,罷如江海凝清光。
絳脣珠袖兩寂寞,晚有弟子傳芬芳。
臨穎美人在白帝,妙舞此曲神揚揚。
與余問答既有以,感時撫事增惋傷。
先帝侍女八千人,公孫劍器初第一。
五十年間似反掌,風塵傾動昏王室。
梨園弟子散如煙,女樂餘姿映寒日。
金粟堆南木已拱,瞿塘石城草蕭瑟。
玳筵急管曲復終,樂急哀來月東出。
老夫不知其所往,足繭荒山轉愁疾。

【集注】

"壯其"句:(陳案:跂,《四庫全書》本作"踐"。《補注杜詩》《全唐詩》作"跂"。)

"開元"三句:趙云:郾城,穎州屬縣。時乙卯開元三年,公方四歲。吕汲公疑其誤。次公有説,具紀年編次。

"觀者"二句:趙云:"觀者如山",倣《禮記》:夔相之射,觀者如堵。(陳案:射,《禮記注疏》作"圃"。)"天地爲之久低昂",倣《李陵書》:"天地爲陵震動。"

"㸌如"句:(陳案:㸌,《補注杜詩》《全唐詩》作"爍"。) 堯時十日并出,堯令羿射,中九日,日烏皆死,墮其羽翼。

"矯如"句:師云:夏侯玄賦:"又如東方群帝兮,驂龍駕而翱翔。"

"來如"二句:趙云:四句(陳案:指"㸌如"以下四句。)狀舞劍器之妙勢。如成都尹鄭公堂狀騎士揚旗之作:"迴迴偃飛蓋,習習迸流星。來纏風飈急,去擘山岳傾。""驂龍",(晋)劉琬《神龍賦》:"惟天神龍,上帝之馬。"《詩》:"如震如怒。"《選》詩:"秋月懸清光。"

"絳脣"句:《蕪城賦》:"玉(兒經)[兒絳]脣。" 趙云:《序》使"玉兒"。《詩》使"絳脣"。鮑照《蕪城賦》有:"蕙心紈質,玉貌絳脣。"

"珠袖",《序》所謂"玉貌錦衣",亦是矣。"兩寂寞",言公孫大娘已死。

"臨潁"句:李十二娘。

"風塵"句:趙云:指言禄山之亂也。

"梨園"句:薛云:《唐書·志》:"元宗既知音律,又酷愛《法曲》,選坐部伎子弟三百,教於梨園,號皇帝梨園子弟。宮女數百,亦爲梨園弟子,居宜春北苑。" 趙云:禄山亂,"梨園弟子"皆流散。(晋)陸機《隴西行》:"我静如鏡,民動如煙。"或謂《録異記》載:(哉)[吴]王夫差女曰玉,私悦韓重,許爲之妻,事不諧而死。後冥與重命。(陳案:命,《杜詩引得》作"合"。)王欲致重之罪,玉見身於王,夫人出而抱之,正如煙焉。遂公用此事。其説迃。"梨園弟子"如李龜年輩,豈止女人乎?

"女樂"句:趙云:指言李十二娘,又冬月見之也。

"金粟"句:江淹《恨賦》:"拱木歛魂。" 趙云:"金粟堆",在長安明皇泰陵北。《唐舊紀》:玄宗親拜五陵,至睿宗橋陵,見金粟山岡,有龍盤鳳翥之勢,謂侍臣曰:"吾千秋萬歲後,宜葬此。"暨升遐,群臣遵先旨焉。今云"金粟堆南",懷想泰陵也。公《觀曹將軍畫馬圖》詩又曰:"金粟堆南松柏裏,龍媒去盡嗚呼風。"亦言泰陵。"木拱",《左傳》:晋公謂蹇叔曰:"爾墓之木拱矣。"

"瞿塘"句:趙云:歜與李十二娘,俱在夔也。

"玳筵"句:薛云:按《古樂府·今日樂相樂》:"〔行〕綺殿文雅遒,玳筵歡趣密。"又曰歌:"朱脣變,動神舉,洛陽少童邯鄲女。古稱淥水今白紵,催絃急管爲君舞。"(陳案:變、動神,《樂府詩集》作"動""素腕"。)

"老夫"二句:趙云:言其去留未定,徒"足繭荒山"耳。足胝如繭,所謂"重跰累(璽)[繭]"是已。 師云:《淮南子》:楚欲攻宋,墨子聞之,自魯而趨,十日十夜,足重繭而不休息,至於郢。

虎牙行

秋風嶔吸吹南國,天地慘慘無顏色。
洞庭揚波江漢迴,虎牙銅柱皆傾側。

巫峽陰岑朔漠風,峰巒窈窕溪谷黑。
杜鵑不來猿狖寒,山鬼幽憂雪霜逼。
楚老長嗟憶炎瘴,三尺角弓兩斛力。
壁立石城橫塞起,金錯旌竿滿雲直。
漁陽突騎獵青丘,犬戎鏁甲聞丹極。
八荒千里防盜賊,征戍誅求寡妻哭。
遠客中宵淚霑臆。

【集注】

《虎牙行》:虎牙,灘名,嶮絕。蕭銑僭江陵,屯兵於此。　鮑云:虎牙,山名。盛引之《荊州記》:"郡西沂江六十里,南岸有山,名荊(名)〔門〕。北岸有山,名虎牙。二山相對,楚西塞也。"(陳案:引,《通志》作"宏"。)

"秋風"二句:趙云:"秋風",師民瞻本作"北風",是。蓋下皆冬意。江文通《雜擬》:"欻吸鷗鸂悲。"注:"猶俄頃也。"今公用於"風",則謝朓和蕭子良《高松賦》:"卷風飈之欻吸,積霰雪之巖磴。""慘慘無顏色",展用《登樓賦》:"天慘慘而無色。"

"洞庭"句:師云:《楚詞》:"洞庭波兮木葉下。"

"虎牙"句:虎牙、銅柱,并灘名。

"巫峽"二句:杜田《補遺》:是詩以"秋風""吹南國",而"洞庭揚波"以回"江漢",故"銅柱"及"虎牙"山"皆傾側"。"虎牙"乃山,非灘。郭璞《江賦》:"虎牙嵥竪以屹崒,荊門闕竦而盤薄。"注:"虎牙、荊門二山,夾岸相對,江流其中。"《後漢·光武紀》:"田戎、任滿據荊門。"山在南,上合下開,其狀似門。虎牙山在北,石壁色紅,間有白文,類牙。二山楚西塞,在峽州夷陵縣東南。　趙云:洞庭、江漢、虎牙、銅柱、巫峽,雖相去遠,皆南國之地。《詩》:"滔滔江漢,南國之紀。"今冬矣,以風吹之故,其流回轉。舊注以爲二灘名。不知"虎牙"乃山,又不知"銅柱"山之所在。杜田謂銅柱、虎〔牙〕〈山〉皆山矣。按:"銅柱",灘名。虎牙,山名。酈道元注《水經》:"江水又東,逕漢平二百餘里。左自涪陵,東出百餘里,而屆於橫石,東爲銅柱灘,在今涪陵之下。"《水經》正經曰:"江水又東,歷荆門、虎牙之門。"虎牙山又在銅柱灘下。今以"風""吹"故,山與灘勢皆傾倒。"巫峽"雖在南方,以風寒故成"陰岑",而如"朔漠"之氣。

"杜鵑"二句:《楚〔辭〕·九歌》有《山鬼》詩。　趙云:冬時近春,"杜鵑"亦可以來。以風寒故,深藏而不來。杜鵑、猿狖、山鬼,皆南國之物。

"楚老"四句:趙云:南方"炎瘴",今以風寒故,楚之老人翻"長嗟"而"憶炎瘴",與韓退之《箄》詩"皇天何時反炎燠"之意同。"三尺角弓",斗力未多。以風寒故,堅勁難開,如"兩斛"之力。弓言"斛力",《南史》:"齊魚復侯子響,勇力絕人,開弓四斛力。""壁立石城",言白帝城乃山石自然之城。字則《史》:"石城湯池。""金錯旌旗",如金銀纏竿槍之類。

"漁陽"句:禄山反,皆漁陽突騎。漁陽、青丘,屬洛陽。　趙云:《子虛賦》:"秋田乎青丘。"注:"青丘國在海東三百里,齊地也。"自亂離至此,十年"盜賊"未息,"征戍"未散,"誅求未"已,宜"寡妻"之哭,"遠客"之悲。舊注:"青丘屬洛陽。"不知何所據而言。

"犬戎"句:犬戎、吐蕃,時陷京師。

"征戍"二句:趙云:師民瞻作"圍丹極",是。蓋"漁陽突騎",言安、史;"犬戎鏁甲",言吐蕃。公作詩在夔,乃今歲大歷二年。史朝義滅於廣德元年正月,吐蕃是年陷京師於八月,去今四年,而詩及之,蓋追言之,引下"十年防盜賊"之句也。"漁陽突騎",公凡三使,其三言"幽燕之兵",曰:"漁陽突騎猶精銳,赫赫雍王都節制。"又,"漁陽突騎邯鄲兒,酒酣并轡金鞭垂。"今言安、史者,蓋安、史亦用幽、燕兵。《後漢》:光武克邯鄲,置酒高會。謂馬武曰:"吾得漁陽、上谷突騎,欲令將軍將之。"《唐六典》注引蔡邕:"冀州強弩,幽州突騎,天下之精也。"

錦樹行

今日苦短昨日休,歲云暮矣增離憂。
霜凋碧樹行錦樹,萬壑東逝無停留。

荒戍之城石色古，東郭老人住青丘。
飛書白帝營斗粟，琴瑟几杖柴門幽。
青草萋萋盡枯死，天馬跂足隨氂牛。
自古聖賢皆薄命，姦雄惡少皆封侯。
故國三年一消息，終南渭水寒悠悠。
五陵豪貴反顛倒，鄉里小兒狐白裘。
生男墮地要膂力，一生富貴傾家國。
莫愁父母少黃金，天下風塵兒亦得。

【集注】

"今日"句：趙云："今日""昨日"字，《韓詩外傳》："昨日何生，今日何成。"或用《莊子·山木篇》爲証，不知《莊子》："昨日山中之木，以不材生。今主人鴈，以不材死。"無"今日"字連上"昨日"字也。"歲云暮矣"，《詩》："歲聿云暮。"

"霜凋"二句：趙云：上句木葉經"霜"而紅若"錦"，下句"逝者如斯夫"之意也。"碧樹"，《列子》："吳、楚之國有大木焉，其名爲櫾，碧樹而冬生。""萬壑"，顧凱之言會稽："千巖競秀，萬壑爭流。"

"荒戍"二句：趙云：荒城"石色"，謂石城。"東郭"，指夔州之"郭"。前篇云："佇立東城隅。""老人"，公自言。"青丘"，則瀼西之居在東郭，亦名"青丘"乎？與齊地青丘，偶同名耳。

"青草"二句：《莊子》作"氂牛"，音離。　趙云："草枯"，則無以充"天馬"之飼，與"氂牛"無異。公嘗曰："草枯騏驥病"，又曰："試看明年春草長"，皆此意也。《漢書·禮樂志》："天馬來，從西極。"氂牛，則蠻中牛。

"自古"句：伯夷餓死，孔子栖栖，顏回之夭，孟軻之坎軻，皆"薄命""聖賢"也。

"姦雄"句：漢祖之起取侯者，皆屠狗、刀筆之人。

"五陵"二句：五陵，漢帝五陵。　薛云：《史記》：秦囚孟嘗君，君求救於幸姬，姬曰："願得君狐白裘。"已獻昭王。有客能爲狗盜，入秦宮藏，盜得狐白裘，獻之，遂得歸齊。又，《禮》："士不衣狐白。"又，王褒《講德》曰:"千金之裘,非一狐之色。"　　趙云:"五陵豪貴",漢徙貴人與豪俠之家於陵寢地,以壯大之也。"五陵",見上《哀王孫》注。用"豪貴"之事,若韋賢徙平陵;車千秋徙長陵;黄霸平當魏相,徙平陵;張湯徙杜陵;杜周徙茂陵,蕭望之、馮奉世、史丹徙杜陵,所謂五陵之"貴"者。又若《郭解傳》:及徙豪茂陵也,解貧,不中訾,吏恐,不敢不徙。衛將軍爲言:"解家貧,不中徙。"上曰:"解布衣,權至使將軍,此其家不貧。"解徙,諸公送者出千餘萬。此謂五陵之"豪"者。"反顛倒",言其子孫也。"鄉里小兒"四字,挨傍陶淵明:"我不能爲五斗粟折腰,拳拳事鄉里小人。"(陳案:粟,《晋書》作"米"。)

"生男"四句:趙云:此四句亦"閭閻聽小子,談笑覓封侯"之意。《佛書》:"朝生王子,一日墮地,便勝凡人。"(晋)傅玄《豫章行》:"男兒當門户,墮地自生神。""生男"有"膂力"之故,可以用武致功,取"富貴",傾動"家國",與美人容兒"一顧傾人城,再顧傾人國"之"傾"不同。

赤霄行

孔雀未知牛有角,渴飲寒泉逢觚觸。
赤霄玄圃須往來,翠尾金花不辭辱。
江中淘河嚇飛燕,銜泥却落羞華屋。
皇孫猶曾蓮勺困,衛莊見貶傷其足。
老翁慎莫怪少年,葛亮貴和書有篇。
丈夫垂名動萬年,記憶細故非高賢。

【集注】

"孔雀"四句:杜田《補遺》:(稗)〔《埤雅》〕、《博物志》:孔雀尾多變色,〔色〕或紅或黄,有如雲霞無定。人採其尾,有金翠,五年而後成。始生三年,金翠尚少。初春乃生,四月後凋,與花蕊俱〔榮〕衰。雌者不冠,尾短,無金翠,人採其尾以飾扇。必生采,則金翠之色不減。(陳案:扇。必生採,《四庫全書》作"翠拂生翠"。有竄亂。依《杜詩引得》校正。）南人取其尾者，握刀蔽於叢竹潛隱之處，伺過急剪之。若不急斷，回首一顧，無復光彩矣。　　趙云："孔雀"，"赤霄玄圃"往來之物，渴而飲泉。不知"牛有角"，而逢"觝觸"，值非其類也。"赤霄"，《楚詞》："載赤霄而凌太清。"在"孔雀"言之，張茂先《鷦鷯賦序》："彼鷲鶚鵾鴻，孔雀翡翠，或凌赤霄之際，或托絕垠之外。""玄圃"，在崑崙山上之別名，見《葛仙公傳》。"觝觸"，《文子》："兕牛之動以抵觸。"而"觝"字，嵇叔夜《琴賦》："觸巖觝隒。""翠尾金花"，孔雀之羽毛。（晉）左九嬪《孔雀賦》："戴綠碧之秀毛，擢翠尾之脩莖。"鍾會賦："丹口金輔，玄目素規。"

"江中"二句：杜田《補遺》：《爾雅·釋鳥》："鵜鴮鸅。"郭璞注："今之鵜鶘也，沈水食魚，故名洿澤，俗呼爲'淘河'。《曹風》：'維鵜在梁。'陸機疏：'鵜，水鳥，如鴉而極大，喙長尺餘，直而廣，口中正赤，頷下胡大如數升囊。若小澤中有魚，便群共貯水，滿其胡而棄之。令水竭盡，魚在陸地，乃共食之，故曰'淘河'。"《本草》："鵜鶘，大如蒼鵝，頤有皮袋，容二升物，展縮由〔之〕，袋中盛水以養魚。一名'淘河'。身是水沫，唯胸前有兩塊肉，如拳云。昔爲人竊肉入河，化爲此鳥，今猶有肉，因名'淘河'。"《莊子》："魚不畏網，而畏鵜鶘，以其竭澤而取。"《本草》引"竊肉逃河"事，名異而義不當，以《爾雅》注釋爲正。

趙云："嚇"字，《莊子》：鴟得腐鼠，鵷鶵過之。仰而視之，曰："嚇"也。"燕"從江上來，爲"淘河"所疑，意謂"燕"争其魚而"嚇"之。歸華堂之上，負此羞恥，"銜泥却落"焉。"屋"字韻，上使"銜泥"，《古詩》："思爲雙飛燕，銜泥巢君屋。"《史記·平原君傳》："歃血於華屋之下。""孔雀"與"燕"，皆自譬。"牛"與"淘河"，譬見"辱"之子。"華屋"，主人之屋。豈言夔州所依主人，如柏中丞者乎？

"皇孫"句：《孝宣帝紀》："帝初爲皇孫，高材好學，然亦喜游俠，鬥雞走馬，具諳知閭里姦邪，吏治得失。數上下諸侯，常困於遵勺鹵中。"如淳曰："爲人所困辱也。"蓮勺縣有鹽池，縱廣十餘里，鄉人名爲"鹵中"。蓮，音輦。勺，音灼。

"衛莊"句：《成·十七年傳》：（則）〔刖〕鮑牽而（遂）〔逐〕高無咎。齊人來招牽之弟鮑國而立之。仲尼曰："鮑莊子之知，不如葵，葵猶能衛其足。"注曰："葵傾葉向日，以蔽其根。言鮑牽居亂，不能危行言孫。" 趙云：言"衛莊"之所以"見貶"於孔子者，以自"傷其足"也。"皇孫"遭困，所以自寬；"衛莊見貶"，又以自責。

"老翁"二句：趙云："老翁"，自言。"少年"，所見辱之子。"貴和"，《蜀志·諸葛亮傳》："陳壽所上《諸葛亮集》目錄，凡二十四篇，而《貴和》第十一。惜其書不傳。"以亮《貴和》自責，蓋惟不能"和"，必召辱矣。

"丈夫"二句：趙云：此句見公胸懷廓落無宿恨矣。乃顏淵"犯而不校"者乎？《前漢·匈奴傳》：孝文遺匈奴書："朕與單于，皆捐細故。"師古曰："細故，小事。" 師云：公不以"細故"芥蒂於胸次，則與必報睚眥之怨者異矣。

前苦寒二首

右一

漢時長安雪一丈，牛馬毛寒縮如蝟。
楚江巫峽冰入懷，虎豹哀號又堪記。
秦城老翁荊揚客，慣習炎蒸歲絺紛。
玄冥祝融氣或交，手持白羽未敢釋。

【集注】

"漢時"二句：杜田《正謬》：《西京雜記》："漢元封二年，大雪，深數尺，野中鳥獸皆（化）[死]，牛馬蜷縮如蝟。"鮑明遠《出自薊北行》："疾風衝塞起，沙礫自飄揚。牛馬縮如蝟，角弓不可張。"

"秦城"句：師云：杜陵，秦地。公自謂也。

"玄冥"二句："漢時"雪五尺，今"一丈"，加言之也。馬牛"寒縮"爲異，況"虎豹哀號"，又"堪記"矣。"白羽"，言扇。

右二

去季白帝雪在山，今季白帝雪在地。
凍埋蛟龍南浦縮，寒刮肌膚北風利。

楚人四時皆麻衣，楚天萬里無晶輝。
三足之烏足恐斷，羲和送將安所歸。

【集注】

"去秊"八句：趙云："雪在山"，尚少；在地，則多。"南浦縮"，水涸少也。楚地多熱，"四時""麻衣"，以雪爲訝也。"無晶輝"，則雪下之，天如此也。《淮南子》："日中有踆烏。"注："踆，趾也，爲三足烏。"羲和，日御，以雪寒"足""斷"，則羲和馭日車，失其所歸矣。　師云：樂杜云："南浦蟄龍凍。"

後苦寒二首

右一

南紀巫廬瘴不絶，太古以來無尺雪。
蠻夷長老怨苦寒，崑崙天關凍應折。
玄猿口禁不能嘯，白鵠翅垂眼流血。
安得春泥補地裂。

【集注】

"南紀"四句：師云：《古詩》："崑崙香雲際，天關煙氣昏。"　杜田《補遺》：《詩》："滔滔江漢，南國之紀。"説者以江、漢爲"南紀"，非。"南紀"，乃分野名。《(廣)[唐]·天文志》："東循嶺徼，達〔東〕甌閩中，是謂南紀，所以限蠻夷。"　趙云：自江、漢以南，皆謂"南紀"，非特江、漢。"巫廬"，二山名。蓋夔州巫山、江州廬山，皆在"南紀"。郭景純《江賦》："巫廬嵬崛而比嶠。"南國謂炎方，故"瘴不絶"。《前漢·藝文志》：有《太古以來年紀》二篇。《神異經》："崑崙有銅柱焉。其高入天，所謂天柱。圍三千里，周圍如削。銅柱下有回屋、辟方、百丈。"所謂"天關"，豈天柱乎？《列子》："共工氏與顓頊爭爲帝，怒觸不周之山，天柱折"也。

"玄猿"三句:趙云:司馬相如《上林賦》:"玄猿素雌。"陸機《苦寒行》:"玄猿臨岸歎。"張平子《西京賦》:"挂白鵠,聯飛龍。"若實有"玄猿""白鵠"之事,酈道元《水經注》:鄧芝射玄猿。玄猿自拔矢,卷木葉塞射瘡。芝歎曰:"傷物之性,吾其死矣。"鄧德明《南康記》:盧耽仕州爲治中,少學仙術,善解飛騰。每夕輒凌虛歸家,曉則還州。嘗元會至曉,不及朝列。化爲白鵠至閣前,翱翔欲下。威儀以帚掃之,得一隻履。耽驚還就列,内外左右,莫不駭異。《史記·日者傳》:"噤口不能言。"《古樂府·飛鵠行》:"吾欲銜汝去,口噤不能開。"《後漢·馮異傳》:"始垂翅回谿,然奮翼澠池。"(陳案:然,《後漢書》作"終"。)《老子》:"地無以寧,將恐裂。"

右二

晚來江門失大木,猛風中夜吹白屋。
天兵斷斬青海戎,殺氣南行動坤軸。
不爾苦寒何太酷,巴東之峽生凌澌。
彼蒼迴幹人得知。

【集注】

"殺氣"句:師云:《春秋括地圖》:地有四柱,三千六百軸也。
"彼蒼"句:(陳案:幹,《補注杜詩》作"斡"。下注文同。《全唐詩》作"軒"。注:一作"軻",一作"幹"。) 趙云:"青海戎",言吐蕃。木玄虚《海賦》:"又似地軸,挺拔而爭回。"言"苦寒"之故,以"天兵"斬盡"吐蕃","殺氣"所致也。荆州人歌:"巴東之峽巫山長,猿鳴三聲淚霑裳。"《詩》:"彼蒼者天。"言寒氣"酷"甚,天亦爲之回轉幹旋。(陳案:幹,《杜詩引得》作"斡"。)

晚　晴

高唐暮冬雪壯哉,舊瘴無復似塵埃。
崖沉谷没白皚皚,江右缺裂青楓摧。

南天三旬若霧開,赤日照耀從西來。

六龍寒急光徘徊。

照我衰顔忽落地,口雖吟詠心中哀。

未怪及時少年子,揚眉結義黃金臺。

泊乎吾生何飄零,支離委絕同死灰。

【集注】

"舊瘴"句:峽中每嵐瘴起,如塵埃翳天。

"江右"句:(陳案:右,《補注杜詩》《全唐詩》作"石"。)

"南天"句:(陳案:若,《補注杜詩》《全唐詩》作"苦"。) 《舞鶴賦》:"嚴嚴若霧。"

"六龍"句:六龍,日御也。

"揚眉"句:燕昭築黃金臺,以禮郭隗。鮑照:"豈伊白璧賜,特起黃金臺。"

"泊乎"二句:(陳案:泊,《補注杜詩》作"泪"。《全唐詩》作"泊"。一作"泪"。) "支離",言不爲時所用也。《莊子》:"支離疏。"又:"心固可使如死灰。" 趙云:師氏瞻本改舊本"高堂"作"高唐",是。蓋夔州所作,宜使巫山之"高唐"也。"日""從西來",天晚而後見日故也。"六龍",所以駕日車。《淮南子》謂之"六螭"。

復　陰

方冬合沓玄陰塞,昨日晚晴今日黑。

萬里飛蓬映天過,孤城樹羽楊風直。

江濤簸岸黃沙走,雲雪埋山蒼兕吼。

君不見夔子之國杜陵翁,牙齒半落左耳聾。

【集注】

"雲雪"句:師云:鮑照詩:"蒼兕號空林。"

"君不"二句:夔州,古夔子國。杜陵,子美故里。　趙云:"合沓",《洞簫賦》:"薄索合沓。"注:"重沓也。""昨日""今日",《韓詩外傳》:"昨日何生,今日何成。""孤城樹羽",則白帝城上屯戍之旗。太公誓師曰:"蒼兕"云云。

夜　歸

夜來歸來衝虎過,山黑家中已眠臥。
傍見北斗向江低,仰看明星當空大。
庭前把燭嗔兩炬,峽口驚猿聞一箇。
白頭老罷舞復歌,杖藜不睡誰能那。

【集注】

"夜來"八句:(陳案:來,《杜詩詳註》《補注杜詩》作"半"。)　趙云:此篇雄壯渾成。《涅槃經》:"行止眠臥。"公又使"睡眠"字,亦《涅槃經》有:"如人喜眠,睡眠滋多"也。《前漢書》:"王莽時,夏侯勝、邴漢以老病罷。""韋賢以老病罷歸。"豈摘字用乎?《南(使)[史]·蔡興宗傳》:太尉沈慶之曰:"加老罷私門,兵力頓(關)[闕]。"方是兩字全出。《莊子》:"原憲杖藜應門。"

寄柏學士林居

自胡之反持干戈,天下學士亦奔波。
歎彼幽栖載典籍,蕭然暴露依山阿。
青山萬里静散地,白羽一洗空垂蘿。
亂代飄零余到此,古人成敗子何如。
荆揚春冬異風土,巫峽日夜多雲雨。
赤葉楓林百舌鳴,黄泥野岸天雞舞。

盜賊縱橫甚密邇，形神寂寞甘辛苦。
幾時高議排金門，各使蒼生有環堵。

【集注】

"天下"句：避亂奔波，如波之奔。

"歎彼"二句：言年所休庇也。（陳案：年，《補注杜詩》作"無"。）《漢書》："衣冠暴露。"

"荆揚"句：《風土記》："荆揚間，春寒冬暖。"所以爲"異"。

"巫峽"句：神女朝爲雲，暮爲雨。

"黄泥"句：泥：一作"花"。　　天雞，鳥名。謝靈運："海鷗戲春岸，天雞弄和風。"

〔"自胡"〕十四句：趙云：（宋）謝靈運《秋胡四言》："念彼奔波，意慮回惑。"謝靈運《南山》詩："疑此永幽栖。"（陳案：疑，《文選》作"資"。）（晋）嵇康："采薇山阿。"王弼："投戈散地。"既居"散地"，則眼不見"干戈"，此所以"白羽一洗"也。《家語》：子貢言軍旅："赤羽如日，白羽如月。""空垂蘿"，則不見"白羽"，但見"垂蘿"耳。此大歷二年之冬，春則去年十二月，周智光反，據華州。正月，同、華將吏殺智光，傳首闕下。九月，吐蕃寇靈州，又寇邠州。同月，桂州山獠反。斯爲"盜賊縱橫"。或云：別有"盜賊"去夔，爲近史所不載。有因公詩而見者，"鷗雞舞於蘭渚"，而公亦《六絕句》首篇云："竹高鳴翡翠，沙僻舞鷗雞。"今取"舞"字，變云"天雞舞"。

寄從孫崇簡

嵯峨白帝城東西，南有龍湫北虎溪。
吾孫騎曹不記馬，業學尸鄉多養雞。
龐公隱時盡室去，武陵春樹他人迷。
與汝林居未相失，近身藥裹酒長携。
牧叟樵童亦無賴，莫令斬斷青雲梯。

【集注】

"吾孫"二句：杜田《補遺》:《世説》：王子猷爲桓冲騎曹參軍，桓問曰："卿何署?"曰："不知何署。"時見牽馬來，似是馬曹，又〔問〕："所管有幾馬？"曰："何由知其數？"又問："馬死多少？"曰："未知生，焉知死。"　趙云："尸鄉"事，《列仙傳》：祝雞翁，洛陽人，居尸鄉北山下，養雞皆有名字。暮栖樹，晝放散食，欲取呼名即至。販雞及子，得千萬錢，輒置錢去。

"龐公"二句：趙云："龐公"，襄陽人，居峴山。劉表就候之，太息而去。後携妻子，登鹿門山採藥，不反。"武陵"，在今鼎州，即桃源也。《陶淵明集》載：晋太元中，武陵人捕魚，緣溪行，忘路遠近，忽逢桃花林，得一山，山有小口，髣髴若有光。捨船從口入，行數十步，豁然開朗。土地平曠，屋舍儼然。黄髮垂髫，并怡然相樂。見漁人，乃驚。問所從來，便要還家。既出，及郡。詣太守説，即遣人隨往，遂迷不復得路。"盡室"，俗所謂挈家也。《左傳》："盡室以行。"《詩》："豈無他人。"蓋言"崇簡"既如"龐公"携妻子以"隱"，他日人有誤入其境，則如"武陵"之"迷"也。

"莫令"句：《文選》注："仙者以雲而升，謂之雲梯。"　趙云：謝靈運《登石門最高頂》："惜無同懷客，共登青雲梯。"

西閣曝日

凛冽倦玄冬，負暄嗜飛閣。
羲和流德澤，顓頊愧倚薄。
毛髮且自私，肌膚潛沃若。
太陽信深仁，衰氣欻有託。
欹傾煩注眼，容易收病脚。
流離杪木猿，翩僊山巔鶴。
朋知苦聚散，哀樂日已作。

即事會賦詩,人生忽如昨。
古來遭喪亂,賢聖盡蕭索。
胡爲將暮年,憂世心力弱。

【集注】

"凜冽"二句:趙云:梁元帝《纂要》:"冬日玄英,〔亦曰〕玄冬。""負暄",見《寫懷》上篇注。

"羲和"二句:曹子建:"悲風鳴我側,羲和逝不留。重陰潤萬物,何懼歲不周。"(陳案:歲,《曹子建集》作"澤"。)"倚薄",見前注。

"衰氣"句:(陳案:《四庫全書》本作"襄"。形訛。《補注杜詩》《全唐詩》作"衰"。)

"欹傾"二句:(陳案:《四庫全書》本作"歌"。形訛。《補注杜詩》《全唐詩》作"欹"。) 趙云:帝曰"顓頊",見《禮記·月令》。謝靈運詩:"拙疾相倚薄,猶得靜者便。""倚薄",附著之謂。舊本"具自和",師民瞻本作"且自私",是。"欹傾煩注眼",則光采"注眼"之煩眩,而"欹傾"也。

"流離"二句:〔何〕敬祖:"連翩御飛鶴。"謝靈運:"仰看條上猿。"

"朋知"二句:趙云:鳥獸之寒,見日則喜。公"曝日""西閣",非徒取煖快,且有所思念焉。用是知人之情,聚則樂,散則哀。朋友知舊,若聚而復散也。惟其既聚復散,此"哀樂"於一日之間,已自"作"也。舊本作用"知",非。

水閣朝霽奉簡嚴雲安

東城抱春岑,江閣隣石面。
崔嵬神雲白,朝旭射芳甸。
雨檻臥花叢,風牀展書卷。
鈎簾宿鷺起,丸藥流鶯轉。
呼婢取酒壺,續兒誦文選。

晚交嚴明府,矧此數相見。

【集注】

"朝旭"句:謝玄暉有:"雜英滿芳甸。"

"晚交"二句:趙云:去秋有《贈鄭十八賁》云:"異味煩縣尹。"鄭十八者,雲安知縣也。今此詩題云"簡嚴雲安",又是新知縣邪?公詩兩字每使《文選》。嘗《示宗武》曰:"熟精《文選》理。"今又曰:"續兒誦《文選》。"則於《文選》爲精矣。轉,或作"囀"。

晚登瀼上堂

故隋瀼岸高,頗免崖石擁。
開襟野堂豁,繫馬林花動。
雉堞粉似雲,山田麥無壠。
春氣晚更生,江流靜猶湧。
四序嬰我懷,群盜久相踵。
黎民困逆節,天子渴垂拱。
所思注東北,深峽轉脩聳。
衰老自成病,郎官未爲冗。
凄其望呂葛,不復夢周孔。
濟世數嚮時,斯人各枯冢。
楚星南天黑,蜀月西霧重。
安得隨鳥翎,迫此懼將恐。

【集注】

"開襟"二句:趙云:《選》賦:"向北風而開襟。"《莊子》:"似繫馬而止。"

"雉堞"句:薛云:《公羊傳》:"五板而堵,五堵而雉,百雉而城。"

"堞",城牆馬面也。

"黎民"二句:趙云:胡、戎盜賊,犯順爲"逆節"。"天子"皇皇,不得垂衣拱手。

"所思"二句:趙云:"東北",言長安。由峽中轉視高山而往,斯爲"深峽"。

"衰老"句:(陳案:衰,《四庫全書》作"襄"。形訛。《補注杜詩》《全唐詩》作"衰"。)

"濟世"二句:老子其人與骨,皆朽矣。　趙云:公爲尚書工部員外郎,而郎官上應列宿,"未爲冗"矣。謝靈運《發石首城》詩:"欽聖若旦暮,懷賢亦淒其。""不復夢周孔",以不復得用周、孔之道以經濟矣。孔子曰:"甚矣,吾衰也;久矣,吾不復得夢見周公。"吕、葛,太公、武侯,言前時"濟世",非無其人。人與骨,皆朽爲"枯冢"。

"迫此"句:《詩》云:"將恐將懼。"

敬寄族弟唐十八史君

與君陶唐後,盛族多其人。
聖賢冠史籍,枝派羅源津。
在今氣磊落,巧僞莫敢親。
介立實吾弟,濟時肯殺身。
物白諱受玷,行高無污真。
得罪永泰末,放之五溪濱。
鸑鳳有鎩翮,先儒曾抱麟。
雷霆霹長松,骨大却生筋。
一失不足傷,念子孰自珍。
泊舟楚宫岸,戀闕浩酸辛。
除名配清江,厥土巫峽鄰。
登陸將首途,筆札枉所申。

歸朝跼病肺，叙舊思重陳。
春風洪濤壯，谷轉頗彌旬。
我能汎中流，搪突鼉獺瞋。
長年已省拖，慰此貞良臣。

【集注】

"與君"四句：甫自撰《萬年縣君京兆杜氏墓銘》曰："其先係統于伊祁，分姓于唐(社)[杜]。"《春秋傳》云："穆叔謂之世禄，其茲在乎？"《漢・高紀贊》曰：范宣子亦曰："祖自虞以上爲陶唐氏，在夏爲御龍氏，在商爲豕韋氏，在周爲唐杜氏。"注："唐、杜二國名。"

"介立"二句：遠巧僞而"介立"者，史君也。

"物白"四句：《漢》：黃瓊："皭皭者易爲污，嶢嶢者易爲缺。"《四子講德》："青蠅不能穢垂棘。"《詩》："白圭之玷，尚可磨也。"《語》："殺身以成仁。"《馬援傳》："擊武陵五(漢)[溪]蠻夷。"注："雄、樠、酉、潕、辰，所謂五溪。"　趙云：上兩句(陳案：指"物白"二句。)明其得罪之由，以不受污玷而致然也。與"皓皓者易污"之義不同。"五溪"蠻夷，皆盤瓠子孫，今在辰州界。

"鸞鳳"二句：顏延年《詠嵇中散》詩："鸞翮有時鎩。"鎩，所拜切，殘也。劉越石詩："誰云聖達節，知命故不憂。宣尼悲穫麟，西狩涕孔丘。"注："孔子亦抱麟而泣。"　趙云：鎩者，殘羽。《淮南子》："飛鳥鎩羽。""先儒"，孔子。《公羊傳》："哀公十四年春，西狩獲麟。何以書？記異也。孔子曰：'孰爲來哉？孰爲來哉？'反袂拭面，涕泣沾袍。"今云"抱麟"，則前書所紀，或有載"抱麟而泣"也。

"雷霆"四句：趙云：松"骨大"而"生筋"，則"霹"不能盡破。喻唐雖得罪，未能傷，以其"熟"于"自珍"也。

"除名"句：清江，屬施州。

"登陸"二句：趙云："楚宮"，指夔州，蓋襄王所游宫。樂史《寰宇記》於"巫山縣"載"楚宫"之名。施州奇江縣，在夔州南。(陳案：奇，《補注杜詩》作"清"。)《九域志》："在此本州界一百里，(陳案：在此，《杜詩引得》作'北至'。)自界首至夔一百二十五里。"巫山縣則在夔東七十五里,故云"厥土巫峽鄰"。前云"得罪永泰末,放之五溪濱"。"永泰末",則歲在乙巳。"五溪濱",則辰州。今公出峽,乃戊申大歷三年。寄此詩而云"除名配清江",則再貶責矣。

"歸朝"三句:顏延年:"春江壯風濤。"劉越石:"棄置勿重陳。"

趙云:《詩》:"謂天蓋高,不敢不跼。"此"跼"爲不申之義。公言其"歸朝"不得,則思"叙舊",以往春時得一見也。王粲《海賦》:"洪濤奮蕩。"又《西京賦》:"起洪濤而揚波。"

"谷轉"三句:趙云:"谷轉",郭景純《江賦》:"盤渦谷轉。"漢武帝《秋風辭》:"橫中流兮揚素波。"孔融《汝南優劣論》:"頗有蕪菁,唐突人參。"周伯仁謂庾元規曰:"何乃刻畫無鹽,以唐突西施?"任彦昇《謝記室牋》:"惟此魚目,唐突璠璵。"

"長年"句:(陳案:拖,《補注杜詩》同。《全唐詩》作"柂",《杜詩詳註》作"柂"。) 省,視也。"拖"乃正船木。"長年",則川人謂操舟者。

"慰此"句:指言唐史君也。

釋悶

四海十年不解兵,犬戎也復臨咸京。
失道非關出襄野,揚鞭忽是過湖城。
豺狼塞路人斷絕,烽火照夜屍縱橫。
天子亦應厭奔走,群公固合思外平。
但恐誅求不改轍,聞道變孽能全身。
江邊老翁錯料事,眼暗不見風塵清。

【集注】

《釋悶》:趙云:詩六韻,謂之古詩。而中四韻盡對,謂之近體。而字眼不順,句之平側不拘,蓋所謂吳體者乎?

"四海"二句:禄山、思明之亂方已,而吐蕃復陷京城。　　趙云:

自天寶十四載,歲乙未,安禄山反。至廣德元年,歲癸卯,吐蕃復陷京師。此詩二年歲在甲辰春半,已聞車駕歸京師之作,吐蕃之兵未已。禄山於天寶十五載嘗陷京師,而今吐蕃再陷焉,故云。

　"失道"二句:《杜補遺》:《莊子》:"黃帝將見大隗乎具茨之山,至於襄城,七聖皆迷,無所問塗。適遇牧馬童子,而問焉。"《晋》:王敦作逆,明帝騎馬,齎七寶鞭至湖陰,察軍形。軍晝寢,(陳案:軍,《晋書》作"敦"。)夢日遶城,忽驚覺,曰:"營中有黃鬚鮮卑奴來,何不縛取?"命騎追之,不及。　趙云:"犬戎"犯京師,代宗車駕幸陝。"湖城"之句,皆以黃帝言之。"湖城",則黃帝鼎湖所在,今幸陝所經過之地。

　"豺狼"六句:指程元振。時元振用事,媒孽大臣,故吐蕃入寇,以致功臣不肯用命。　趙云:"豺狼",以譬盗賊。張孟陽詩:"盗賊如豺虎。"車駕雖歸長安,而有乞遷洛巡海之説,故云:"天子亦應厭奔走,群公固合思外平。""變孽",指程元振,此猶未知其死也。

卷十四

(宋)郭知達 編

古　詩

八哀詩

并序：傷時盜賊未息，興起王公、李公，歎舊懷賢，終于張相國。八公前後存没，遂不詮次焉。

【集注】

《八哀詩》：王仲宣、張景陽皆作《七哀詩》，《黃鳥》哀三良，亦其義也。　　趙云：《選》有《七哀詩》名，曹子建、王仲宣、張景陽皆作焉。止一首而名《七哀詩》，特取其義耳。注"謂痛而哀，義而哀，感而哀，怨而哀，耳目聞見而哀，口歎而哀，鼻酸而哀"。子建之詩，爲漢末征役別離婦人哀歎；仲宣之詩，專哀漢亂；景陽之詩，雖再賦，前則哀人事遷化，後則哀帝室漸衰。今公八篇，以哀八公，而名《八哀詩》，挨傍《選》詩題目耳。八人皆"故"矣，舊本四篇作"故"字，四篇作"贈"字，誤也。蓋傳本惑公所謂"八公前後存没"之語乎？公特言，"八公""存没"，或前或後，如某甲歿時，某乙猶存，而詩不能詮次其歿之前後耳。《記》曰："我欲作九原。"又曰："死而可作，吾誰與歸？"王公思禮、李公光弼皆良將，公傷盜賊，欲作其死以爲用，故主二公爲首。"興起"者，作之謂矣。至"歎舊懷賢"，則通言下六公。

贈司空王公思禮

司空出東夷，童稚刷勁翮。

追隨燕薊兒,穎銳物不隔。
服事哥舒翰,意無流沙磧。
未甚拔行間,犬戎大充斥。
短小精悍姿,屹然強寇敵。
貫穿百萬衆,出入由咫尺。
馬鞍懸將守,甲外控鳴鏑。
洗劍青海水,刻銘天山石。
九曲非外蕃,其王轉深壁。
飛兔不近駕,鷙鳥資遠擊。
曉達兵家流,飽聞春秋癖。
貿襟日沈靜,肅肅自有適。
潼關初潰散,萬乘猶辟易。
偏裨無所施,元帥見手格。
太子入朔方,至尊狩梁益。
胡馬纏伊洛,中原氣甚逆。
肅宗登寶位,塞望勢敦迫。
公時徒步至,請罪將厚責。
際會清河公,間道傳玉册。
天王拜跪畢,讜議果冰釋。
翠華卷飛雪,熊虎亘阡陌。
屯兵鳳凰山,帳殿涇渭闢。
金城賊咽喉,詔鎮雄所搤。
禁暴晴無雙,爽氣春淅瀝。
巷有從公歌,野多青青麥。
及夫哭廟後,復領太原役。

恐懼祿位高，悵望王土窄。
不得見清時，嗚呼就窀穸。
永擊五湖舟，悲甚田橫客。
千秋汾晉間，事與雲水白。
昔觀文苑傳，豈述廉藺績。
嗟嗟鄧大夫，士卒終倒戟。

【集注】

"贈司"句："思禮"，加守司空，上元二年薨，贈太尉，諡武烈。

"司空"二句：趙云："思禮"，上元元年加司空，次年薨。雖贈太尉，以薨時官稱之。按：《史》：高麗人，故云"東夷"。（陳案：史，指新、舊《唐书》。）下文同。《後漢·鄧禹傳》："父老童稚。"此所先見者。元魏成淹曰："羔裘玄冠不以弔，此童稚所知也。"隋煬帝言薛道衡："我少時與之行役，輕我童稚。"陳孔璋《爲曹洪與魏文帝書》："揮勁翮。"張景陽《七命》："落勁翮。""刷"字，沈休文《和謝宣城》詩："將隨渤海去，刷羽泛清源。"（陳案：海，《謝宣城集》作"瀣"。）

"追隨"二句：銳：一云"脫"。　"思禮"，營州城傍高麗人也。少習戎旅，隨節度使王忠嗣至河西，與哥舒翰對爲押衙。　趙云：按《史》：思禮父爲朔方將軍，思禮習戰鬭，所謂"追隨燕薊兒"。"追隨"字，曹植詩"飛蓋相追隨。""燕薊兒"，猶《山簡傳》所謂"（坐）〔幽〕并兒"。《平原君傳》：毛遂曰："使遂早得處囊中，乃穎脫而出。"

"服事"二句：趙云：按：哥舒翰爲隴右節度使，思禮與中郎將周秘事翰，授右衛將軍關西兵馬使，從討九曲。九曲（按）〔接〕西戎地，"流沙"在其外。"意無流沙磧"，言輕視西戎，不以爲"意"。"無"字，則左太冲詩："志若無東吳。"

"未甚"四句：《左傳》："盜賊充斥。"　杜田《補遺》：《前漢》："嚴延年爲人短小精悍，敏捷于事。"　趙云：按《史》：加金城太守，安祿山反，翰爲元帥，奏思禮赴軍。玄宗曰："河、隴精銳，悉在潼關，吐蕃有釁，惟倚思禮耳。""犬戎"，指吐蕃。　師云：《史記·郭解傳》："解爲人短小精悍。"

"马鞍"句：(陳案：守，《補注杜詩》《全唐詩》作"首"。)

"甲外"句：薛云：《前漢書》："冒頓作鳴鏑，習勒其騎射。"應劭曰："(驍)髐箭。"

"洗劍"二句：思禮以拔石堡城功，除右金吾衛將軍，充關西兵馬使。蔡琰詩："馬鞍懸虜頭。""鳴鏑"，匈奴以射頭曼者。班固爲竇憲《刻燕然銘》。

"九曲"二句：薛云：《唐會要》：景隴四年，贊普請昏，以左衛大將軍楊矩爲送金城公主使。後矩爲節州都督。(陳案：節，《杜詩引得》作"鄯"。)吐蕃厚賂之，因請河西九曲地，爲公主湯沐邑，矩奏與之。吐蕃既得九曲，尤與唐地近，自是復叛。《傳》："以功授右衛將軍關西兵馬使，從討九曲。"　趙云：舊本"出入由"字，應是"猶"字，方有義。"洗劍青海""刻銘天山"，皆言戰勝深入。"青海""天山"，皆西戎地。思禮既從討"九曲"，則"非外藩"矣。"轉深壁"，言吐蕃主迹遠地爲壁壘。

"飛兔"句：杜田《補遺》："飛兔"，古之神馬。兔善走躍，而復能飛以名馬，其駿快可知。《淮南子》："夫待騕褭飛兔而駕之，則世莫乘車矣。"言其難得也。陳孔璋《答東阿牋》："飛兔流星，超越山海。龍驥所不敢追，駑馬可得齊足哉？"《魏志》：吕布有馬名赤兔，能馳城飛塹，故語曰："人中有吕布，馬中有赤兔。"

"鷙鳥"句：十二歲，翰征九曲，思禮後期，欲引斬之，續命使釋之。思禮傳言曰："斬則斬，却喚作何物。"(陳案：傳，《舊唐書》作"徐"。)諸將皆以是壯之。

"曉達"四句：趙云："鷙鳥"，鷹隼之屬。《傳》："鷙鳥之擊。"《月令》："鷹隼早擊。""兵家流"，《漢·藝文志》："兵家者流，凡百八十二家。""《春秋》癖"，晋杜預雖爲將軍，有《左傳》癖。裴楷目夏侯玄云："肅肅如入宗朝中，但見禮樂器。"

"潼關"四句：禄山反，思禮從翰守潼關，密語翰誅國忠，又欲以三千騎劫之。翰不從，遂敗。思禮爲"偏裨"，而謀不見從，翰遂被擒。"元帥"，翰也。萬乘天子，"辟易"播遷。　趙云："辟"，讀從"闢"。"易"，音《周易》之"易"。《項籍傳》："楊喜騎追羽，羽還叱之，喜人馬俱驚，辟易數里。"師古曰："辟易，謂開張而易其本處。"今言明皇乘輿播遷也。蓋至德十五年六月辛卯,(陳案:至德,《舊唐書》作"天寶"。)吐蕃將火拔歸仁執哥舒翰,叛降于賊,遂陷潼關,京師大駭。甲午詔親征,遂幸蜀。"元帥",指翰。"見手格",爲敵手所格而去。

"太子"四句:趙云:"太子",肅宗。七月丁卯,以皇太子爲天下兵馬元帥,北收兵至靈武,裴冕等奉皇太子甲午即皇帝位。"至尊狩梁益",又申言明皇。"纏伊洛",言禄山兵在東京。"中原氣",則長安一帶。

"肅宗"二句:翰既敗,潼關不守。玄宗幸蜀,太子入靈武,圖興復,而群臣勸進,遂即位,以從人望。思禮奔行在。　趙云:《易·繫辭》:"聖人之大寶曰位。""塞望勢敦迫",言"塞"天下之"望",其勢出于裴冕等所"迫"也。

"天王"二句:思禮至行在,上責其不堅守,坐纛,將斬之。會房琯之在蜀,奉太上皇册命至,諫上以爲可收後效,遂釋之。　趙云:言"跪"受房公"玉册"。肅宗初欲誅思禮,以房公可收後效讜直之語,故"冰釋"其所欲誅之意。《莊子》:"渙若冰將釋。"(陳案:"渙若"句,《莊子·庚桑楚》作"冰解凍釋"。)《左傳序》:"渙然冰釋。"

"屯兵"句:師云:理兵鳳翔。

"帳殿"句:天子所在,以帳爲殿,象宫闕臺殿。　師云:言乘輿還南。　趙云:"翠華",天子之旗。《上林賦》:"建翠華之(菱蕤)〔旗〕。""卷飛雪",言其時之在冬。一作"雪中飛",非。《周禮》:"熊虎爲旗。""亘阡陌",言兵旗之多。舊注却是摘字言兵旅,非矣。"屯兵鳳凰山",方是言兵旅也。"帳殿",《曲水聯句》:庾肩吾:"迴川入帳殿,列俎間芳洲。"劉孝綽《曲水宴》詩:"皇心睠樂飲,帳殿臨春渠。"帳殿闢于"涇渭",則在平涼,乃渭州。

"金城"二句:思禮既釋,尋副房琯戰便橋,不利,更爲關内行營節度、河西隴右伊西行營兵馬使,守武功,以控賊,及廣平王收復,思禮入清宫。　師云:《史》:馬援擊五溪蠻夷,進壺頭,搤其咽喉。(陳案:史,當作《後漢書》。)　趙云:金城,唐蘭州郡名,今武功也。《前漢》:昭帝"始元六年,置金城郡。"臣瓚曰:"稱〔金〕,取其堅固也。乃《墨子》金城湯池之意。"師古曰:"一云以郡在京師之西,故謂金城。金,西方之行也。""咽喉"字,史:"中夏爲咽喉。""搤"字,音乙革切。

婁敬:"夫與人鬭,不搤其亢,(抗)〔拊〕其背,未能全勝。今陛下入關而都,按秦之故,此亦搤天下之亢,而拊其背也。"　　杜田《補遺》:揚子雲《解嘲》:"蔡澤,山東之匹夫也。西揖强秦之相,搤其咽,亢其氣。"《新史》:"思禮守武功,此搤金城之咽喉。"

"禁暴"句:(陳案:晴,《全唐詩》作"清"。"一作靖,一作静"。)

"巷有"句:《詩》:"無小無大,從公于邁。"

"野多"句:趙云:《左傳》:"武有七德。"而"禁暴"居其首。事則《本傳》:言其"持法嚴整,士不敢犯"也。"爽氣",借用晋王徽之:"西山朝來,至有爽氣。"今言山川之氣清爽,如雪霰之"淅瀝"。字出《雪賦》。"巷"字,《詩》:"巷無居人。""歌",則歌此也。《莊子》:"青青之麥,生于陵陂。"

"及夫"二句:郭子儀收復兩京,時太廟爲賊所焚,權移神主於大内長安殿,上皇謁廟請罪。及光弼鎮河陽,制以思禮爲太原尹、北京留守、河東節度使。　　趙云:於思禮,詩用"哭廟"字,由思禮先入清宫故也。《新史》:"長安平,思禮先入清宫。乾元二年,代李光弼爲河東節度副大使。"然謂之"復領太原役",則已前亦嘗在太原矣,而史不載,無可考。

"不得"句:上元二年,思禮薨。廣德元年,史朝義滅。痛其不見時"清"也。

"嗚呼"句:《左傳》:"唯是窀穸之事。"

"永擊"句:傷其不得功成身退。(陳案:擊,《補注杜詩》《全唐詩》作"繫"。朱駿聲《説文通訓定聲》:"擊,叚借又爲繫,实爲系。")

"悲甚"句:田横死,賓客聞之,從死者五百人。言思禮賓客尤甚于横。

"千秋"二句:趙云:"汾晋",言河東。前句"復領太原役",必兩次在太原,宜有顯績,歷千年如"雲水"之"白"。

"豈述"句:廉頗、藺相如,古名將。

"嗟嗟"二句:趙云:形容思禮文不足而武有餘。廉、藺名將,豈必書其文采于《文苑傳》乎?《漢史》有《文苑傳》。鄧景山,曹州人,以文吏爲太原尹北京留守太原。一偏將罪當死,諸將各請贖其罪,景山不許。其弟請以身代,又不許。其弟請納馬一匹以贖兄罪,景山許其減死。衆怒曰："我等人命，輕如一馬乎？"遂殺景山。《左傳》："晉靈輒報趙宣子一飯之恩，倒戟于公徒。"

故司徒李公光弼

司徒天寶末，北收晉陽甲。
胡騎攻吾城，愁寂意不愜。
人安若泰山，薊北斷右脇。
朔方氣乃蘇，黎首見帝業。
二宮泣西郊，九廟起頹壓。
未散河陽卒，思明偽臣妾。
復自碣石來，火焚乾坤獵。
高視笑祿山，公又大獻捷。
異王冊崇勳，小敵信所怯。
擁兵鎮河汴，千里初妥帖。
青蠅紛營營，風雨秋一葉。
內省未入朝，死淚終映睫。
大屋去高棟，長城掃遺堞。
平生白羽扇，零落蛟龍匣。
雅望與英姿，惻愴槐里接。
三軍晦光彩，烈士痛稠疊。
直筆在史臣，將來洗箱篋。
吾思哭孤冢，南紀阻歸楫。
扶顛永蕭條，未濟失利涉。
疲薾竟何人，灑涕巴東峽。

【集注】

"司徒"二句:《唐·李光弼傳》:"光弼,營州人,善騎射,能讀班氏《漢書》。少從戎,嚴毅有大略。天寶十三年,郭子儀薦之,堪當閫寄。禄山亂,玄宗幸蜀,肅宗聖兵靈武,授光弼户部尚書兼太原尹。""晉陽",太原。　趙云:光弼加檢校司徒,至德二載尋遷司空。今據爲"司徒"以前事,稱其官耳。按《史》:禄山反,郭子儀薦其能,持節河東節度副大使,知節度事。(陳案:史,指《新唐書》。)"晉陽",河東太原。"北收晉陽甲",言用河東太原兵矣。《傳》雖不著,可以意逆之。"晉陽甲"字,《公羊·定十三年》:"晉趙鞅取晉陽之甲,討君側之惡。"

"胡騎"六句:賊將史思明等四僞帥來攻城,光弼麾下衆不滿萬,皆烏合人。賊以太原屈指可取,光弼伺其急出擊,大破之,斬首十餘萬級。又破思明于嘉山,河北歸順者十餘郡。"朔方",河北。　趙云:"胡騎攻吾城",《傳》言史思明、李立節、蔡希德攻饒陽者矣。(晋)劉琨:長嘯而胡騎退却。《世説》:左太冲作《三都賦》,初意思甚不愜。《傳》:"其安若泰山,危如累卵。""右脅",《佛書》有左脅卧、右脅卧之語。而"斷右脅",挨傍"斷匈奴右臂"言也。觀公《爲華州郭使君進滅殘寇形勢圖狀》云:"平盧兵馬,在賊左脅。"今所謂"右脅",正此義也。《前漢》:高祖"五載而成帝業"。光弼屢戰勝,所以斷"薊北"之脅,蘇"朔方"之氣,使萬民得"見帝業"。

"二宫"二句:至德二載,郭子儀收復兩京,權移神主于大内長安殿,上皇謁請罪。今云二宫,蓋并肅宗言之。"西郊",則上皇自蜀歸京師之郊。"九廟",《往在》詩注。

"未散"六句:乾元二年,爲天下兵馬元帥,與九節度兵圍安慶緒于相州,拔有日矣。史思明自范陽來救,屢絶糧道,光弼身先士卒,苦戰勝之。思明因殺慶緒,即僞位,縱兵河南,賊勢甚熾。光弼議洛不足抗賊,遂檄官吏令避寇,引兵入三城。賊憚光弼,頓兵白馬祠,不敢西犯宮闕。遂戰于中潬西。大破逆黨,賊走保懷州。　趙云:《唐史》:史思明乘勝西鄉,光弼敦陣徐行,趨東京,謂留守韋陟曰:"賊新勝,難與争鋒,欲屈之以計。然洛無見糧,危偪難守,公計安出?"(屈)[陟]曰:"益〈屈〉陝兵,公保潼關,可以持久。"光弼曰:"兩軍相敵,尺寸地必争。今委五百里而守關,賊得地,勢益張。不如移軍河陽,北阻澤、潞，勝則出，敗則守，表裏相應，賊不得西，此猿臂勢也。"遂悉軍趨河陽。賊帥周摯與安太清攻北城，光弼禽周摯及徐璜玉、李秦授矣，惟太清走。思明未知，猶攻南城，光弼驅所俘示之，思明大懼，築壘以拒官軍。太清襲懷州，守之。光弼又降賊二將高暉、李日越，決丹水灌懷州，王師乘城，擒太清、楊希忠，送之京師，獻俘太廟。今云"未散河陽卒"，則方悉軍河陽時也。"偽臣妾"，則思明必嘗偽降。"自碣石來"與"火""獵"皆不載于《傳》，而固有此事也。"碣石"，海畔山，在冀州之域，則兵仍自北來也。"笑祿山"，言思明笑祿山，而自矜也。獻大捷，《傳》所(未)〔謂〕"獻俘"。

"異王"四句："異王"，以非劉氏而王者。　杜田《正謬》：光弼以功封臨淮王，非謂非劉氏而王。"小敵信所怯"，謂北邙之敗也。光武與王鳳等戰，自將步騎千餘前去。諸部喜曰："劉將軍平生見小敵怯，今見大敵勇，甚可怪也。"　趙云："異王"，異姓之王。光弼封臨淮郡王。按：《新史》：在寶應元年封王後，書收許州，破走史朝義。不見怯"小敵"。"鎮河汴"事，若相州、北邙之敗，則魚朝恩爲之，又非可言"小敵"也，又乃在封王之前，當俟博聞。"妥帖"字，《文賦》："或妥帖而易施。"

"青蠅"四句：趙云：《唐史》：相州、北邙之敗，朝恩羞其策謬，故深忌光弼切骨，程元振尤嫉之。二人用事，日謀有以中傷者。及來瑱爲元振讒死，光弼愈恐。吐蕃寇京師，代宗詔入援。光弼畏禍，遷延不敢行。及帝幸陝，猶倚以爲重，數存問其母，以解嫌疑。帝還長安，因拜東都留守，察其去就。光弼以久須詔書不至，歸徐州收租賦爲解。帝令郭子儀自河中輦其母還京。二年，光弼疾篤，奉表上前後所賜實封，詔不許。薨年五十七，詔百官送葬延平門外。"青蠅紛營營"，指魚、程也。"風雨秋一葉"，言其危也。"内省未入朝"，則光弼既當入援京師而不行，又拜東都留守。若遂就之，當由長安朝而後往，正復以内自省過未敢就也。"青蠅"，《詩》篇名，以刺讒也。言讒如"青蠅"之汙物。《論語》："内省不疚。""睫"字韻，孟嘗君"涕淚承睫"。

"平生"：裴啟《語林》曰："諸葛武侯白羽扇，指麾三軍也。"

"零落"句：趙云："高棟"，言爲國之棟幹。"長城"，如李勣之"賢長城"。"平生白羽扇"，以諸葛亮比之。"零落蛟龍匣"，言扇羽"零落"也。"蛟龍匣",應是劍匣。言劍之"蛟龍"在"匣",而"羽扇""零落"于其間。

"雅望"句:(陳案:姿,《四庫全書》本作"婆"。形誤。《補注杜詩》《全唐詩》作"姿"。) 《二十八將論》:"至使英姿茂績,委而不用。"

"惻愴"句:命京兆尹弟五琦監護喪事,塋三原,詔宰臣百官祖送延平門外。《前漢》:"槐里,屬右扶風。" 趙云:《世説》:魏武將見匈奴使,自以形陋,不足以雄遠國,使崔季珪代已,自捉刀立牀頭。既畢,令間諜問曰:"魏王如何?"匈奴使曰:"魏王雅望非常,然牀頭捉刀人,乃英雄也。""槐里"塋地,屬右扶風,今之鳳翔府,正在長安之西。

"三軍"四句:趙云:其代子儀朔方也,營壘士卒麾幟無所更,光弼一號令之,氣色乃益精明。則其死,"三軍""光彩"爲晦暗矣。又云:光弼用兵,謀定後戰,能以少覆衆,治師訓整,天下服其威名,軍中指顧,諸將不敢仰視。則其死,英烈之士思其威衆,痛感不一而止矣。《選》詩:"巖峭嶺稠疊。"下言"史"以"直筆"書光弼功業,不幸遭讒,致公恐懼之事,將來洗浄"箱篋"汙辱,此必當時猶有以相州、北邙之敗,歸罪光弼者矣。《載記·慕容盛》:"時無直筆之史。"《漢書》:"箱篋刀筆之任。"

"吾思"二句:甫避亂荆、衡,故云"南紀"。 趙云:"南紀",楚分。若南下,則歷"南紀",往歸長安,可以哭光弼之冢,今"(冢)[阻]"而不能,故云。

"扶顛"四句:(陳案:利,《四庫全書》本作"秋"。形訛。《補注杜詩》《全唐詩》作"利"。) "巴東峽",在荆州。 趙云:《語》:"顛而不扶。"《西都賦》:"原野蕭條。""未濟",《易》之卦名。"利涉大川"。或曰:"扶顛",言大廈之顛,意若用棟梁比之。《書》:"若涉大川,用汝作舟楫。""利涉",以舟楫比之。然前句已有"大屋去高棟",指爲公句意重疊,不知公正用《論語》"扶顛"字,豈止指爲"扶"大廈之"顛"乎?《左傳》:"本必先顛。"則木之"顛"也。又曰:自下射之"顛"。"杜回躓而顛",則人之"顛"也。《漢史》:"興國救顛。"(陳案:《漢史》,當爲《後漢書》。)《選》:"暴興疾顛。"則"顛"亦不在屋言矣。"疲薾",《莊子》:"薾然疲役。""巴東峽",指夔州。《古詩》:"巴東之峽巫山長。"雲安,夔州屬縣,去州不百五十里,可以言"巴東峽"。舊注爲在"荆州",非。

贈左僕射鄭國公嚴公武

鄭公瑚璉器，華岳金天晶。
昔在童子日，已聞老成名。
嶷然大賢後，復見秀骨清。
開口取將相，小心事友生。
閱書百紙盡，落筆四座驚。
歷職匪父任，嫉邪常力爭。
漢儀尚整肅，胡騎忽縱橫。
飛傳自河隴，逢人問公卿。
不知萬乘出，雪涕風悲鳴。
受詞劍閣道，謁帝蕭關城。
寂寞雲臺仗，飄飄沙塞旌。
江山少使者，笳鼓凝皇情。
壯士血相視，忠臣氣不平。
密論貞觀體，揮發岐陽征。
感激動四極，聯翩收二京。
西郊牛酒再，原廟丹青明。
匡汲俄寵辱，衛霍竟哀榮。
四登會府地，三掌華陽兵。
京兆空柳色，尚書無履聲。
群烏自朝夕，白馬休橫行。
諸葛蜀人愛，文翁儒化成。
公來雪山重，公去雪山輕。

記室得何遜,韜鈐延子荆。
四郊失壁壘,虛館開逢迎。
堂上指圖畫,軍中吹玉笙。
豈無成都酒？憂國只細傾。
時觀錦水釣,問俗終相并。
意待犬戎滅,人藏紅粟盈。
以兹報主願,庶或裨世程。
炯炯一心在,沉沉二豎嬰。
顔回竟短折,賈誼徒忠貞。
飛旐出江漢,孤舟轉荆衡。
虛無馬融笛,悵望龍驤塋。
空餘老賓客,身上媿簪纓。

【集注】

"贈左"句:趙云:舊本作"贈"字,非。《新》《舊史》載武歷職,互有同異。武初以蔭調太原府參軍,事隴右節度使哥舒翰,奏充判官,累遷殿中侍御史。玄宗入蜀,擢諫議大夫。至德初,赴肅宗行在,房琯薦爲給事中。已收長安,拜京兆少尹兼御史中丞。坐琯事,貶巴州刺史。《舊史》却云綿州。久之,遷東川節度使。上皇合劍南爲一道,擢武成都尹、劍南節度使。《舊史》却又云:遷御史大夫,入爲太子賓客,遷京兆尹,爲二聖山陵橋道擢道使。(陳案:《四庫全書》本作"爲一道",《杜詩引得》作"爲二聖山陵橋道"。)《新史》于此封鄭國公,遷黄門侍郎。《舊史》未言其封國,却云:罷兼御史大夫,改兼吏部侍郎,尋遷黄門侍郎耳。復出尹成都、節度劍南。既破吐蕃兵,加檢校吏部尚書。《舊史》于此方云:封鄭國公。永泰初卒,贈尚書左僕射。《新》《舊史》所載互有異同知此。竊觀巴州嚴武賦《光福寺楠木歌》,碑題下云:"衛尉少卿,兼御史嚴武。"夫武在巴州,既有碑證,則《新史》爲是。《舊史》言綿州者,非。官銜謂之衛尉少卿兼御史而已。《舊史》御史中丞降御史也。又《通鑑》上元二年五月載:西川節度使崔光遠與東川節度使李奐，共攻綿州，斬段子璋。而杜公有《嚴中丞枉駕見過》詩，題下注云："嚴自東川除西川，勑令兩川都節制。"乃是寶應元年二月間詩，則夏五月之後，李奐去東川，而後嚴公爲東川節度使。崔光遠去西川，嚴公却自東川除西川，勑命一時指揮，令兩川都節制耳，未是專以兩川合爲一道也。寶應，代宗年號。如此則史云上皇合劍南爲一道，擢武成都尹、劍南節度使，非也。武寶應元年初來成都，而四月歸朝，則在成都才四月而已。又按《通鑑》當年六月壬戌載：以兵部侍郎爲西川節度使。七月癸巳，劍南兵馬使徐知道反，拒武不得進，此武第二次來成都。雖不得進，其官是兵部侍郎，其任只是西川節度使。尤可推見，前日止是勑命一時指揮，合兩川都節制也。中間公有寄嚴大夫詩，題是《九日》，所寄則在六月，以兵部侍郎爲西川節度使，不得進之後，爲御史大夫矣。又按《通鑑》：廣德二年春癸卯載：劍南東、西川爲一道，以黃門侍郎嚴武爲節度使。《舊史》于此稱嚴武破吐蕃，加檢校吏部尚書，封鄭國公。此第三次來成都，方專是和兩川爲一道也。次年，永泰元年四月薨。公詩有："主恩前後三持節"，今哀之詩云："三掌華陽兵"，豈不是寶應元年春初爲兩川都節制，次以兵部侍郎來，雖不得進，而專節度西川。廣德二年，代宗方以東、西川爲一道，而武以黃門侍郎來，斯爲三持節與三掌華陽兵乎？嚴之謫巴州，非綿州，以碑刻證之。嚴公之節度東、西川，或兼或專，以《通鑑》及公詩證之。見《新》《舊史》不足憑，如此。

"鄭公"二句：趙云：子謂子貢曰："汝器也。"曰："何器也？"曰："瑚璉也。"《禮記》："有虞氏之兩敦，夏后氏之四璉，殷之六瑚，周之八簋，蓋宗廟之器也。"武封鄭國公，故以"鄭公"稱之。"瑚（言）[璉]器"，言爲宗廟之器。武，挺之之子，華州華陰人。《爾（程）[雅]》曰："華山爲西岳。"言其降爲武，故云"金天"，而武乃其"晶"也。古帝王之號曰"金天氏"。"晶"，音精。《字書》："精，光也。"《漢史》："天陽之晶。"《選》："晶茄、金晶。"

"昔在"二句：趙云：《本傳》："武，字季鷹，母不爲挺之所答，獨厚其妾英。武八歲，怪問其母，母語之。武以鐵錘就英寢，碎其首。左右驚白挺之曰：'郎君戲殺英。'武曰：'安有大臣厚妾而薄妻者？兒故殺之，非戲也。'父奇之，曰：'真嚴挺之之子！'"此"在童子日，已聞老成名"矣。"雖無老成人,尚有典刑"。

"巍然"二句:"大賢",謂嚴子陵。　趙云:"大賢",指嚴挺之。舊注非是。按:《新史·嚴挺之傳》:"資質軒秀。"《舊史·武傳》:"神氣雋爽。"則見其父,又見其子也。如是,"大賢",挺之明矣。

"開口"二句:甫與武世英,(陳案:英,《補注杜詩》作"舊",《唐詩紀事》作"契"。)嘗醉登武牀,呼斥其父名,而武不忤。　趙云:《莊子》:"開口而笑。"《詩》:"小心翼翼。"《詩》:"不如友生。""開口取將相",《傳》:"遷黃門侍郎,與元載厚相結,求宰相,而事不遂。"是已。"小心事友生",蓋普言其實。舊注拘矣。況《史》云:"最厚杜甫,然欲殺甫者數矣"乎?

"閱書"句:紙:一云"氏"。

"落筆"句:趙云:《後漢》:"王充家貧無書,嘗游洛陽市肆,閱所賣書,一見輒能誦憶。""百紙盡",猶"五行俱下"之義。一作"百氏盡",非。六經諸史,何獨"百氏"乎?《王子敬傳》:"桓溫嘗使書扇,筆誤,因畫作烏駮犢牛,甚妙。"雖畫事,而借字用耳。公《寄李白》:"筆落驚風雨。"又,《古詩》自言云:"觀我落筆中書堂。"

"歷職"二句:(陳案:邪,《四庫全書》本作"雅",形訛。《補注杜詩》《全唐詩》作"邪"。)　武弱冠以門蔭,策名哥舒翰,奏充判官。至德初,肅宗初靖難,大收才傑,武伏節赴行在。宰相房琯首薦才畧,累遷給事中。　趙云:《史》:(陳案:史,指《新唐書》。)武初調太原府參軍事,累遷殿中侍郎史。言其初雖補蔭,而其後致身自得爲侍御史也。按:殿中侍郎史,魏置也,二人,居殿中,伺察非法。所謂"嫉邪"者,御史之職。舊注引武爲"給事中",乃在肅宗時,與"力爭""嫉邪"有何相干?父任,《漢書》:"父任爲郎。"

"漢儀"句:武爲侍御史。

"胡騎"句:趙云:以武爲御史,所以肅清官儀。下句武方爲侍御,直祿山亂,從玄宗入蜀也。光武爲司隸校尉時,三輔束迎更始,見諸將過,皆冠幘而服婦人衣,莫不笑之,或有畏而走者。及見司隸僚屬,皆歡喜不自勝。老吏或垂涕曰:"不圖今日見復漢官威儀。"《劉琨傳》:清嘯而胡騎退却。

"飛傳"句:傳,張戀反。

"逢人"句：趙云：《史》：玄宗入蜀，擢諫議大夫。則天寶末，武在蜀中矣。"飛傳"，即傳遞之報也。"河隴"，則會、蘭、熙、河、洮、岷，入階、文州，西來蜀中之道，蓋肅宗即位靈武，前路梗澁，多由此路來蜀中。有"飛傳自河隴"來，武必問"公卿"爲誰，或問某人在亡。

"受詞"二句："河隴""劍閣""蕭關城"事，《新》《舊史》皆不載。趙云：上兩句言肅宗，七月丁卯，即位靈武。又十月癸未，次彭原郡。在蜀之遠，亦"不知萬乘"所出之的，所以"雪涕""悲鳴"。于是請于玄宗，乞往行在。"蕭關"在原州，謂平涼郡，即今原州。舊注，非。

"寂寞"句：庾信《哀江南》："非無北闕之兵，猶有雲臺之仗。"

"飄飄"句：（陳案：下"飄"字，《補注杜詩》《全唐詩》作"颻"。）趙云：言行宮儀衛草創也。"沙塞"，指河、隴行在之地。

"笳鼓"句：顏延年："窮遠凝聖情。"又，"笳鼓震溟洲。"

"揮發"句：肅宗理兵鳳翔。

"聯翩"句："二宗"，長安、東都。二史皆不載，武收復功。　　趙云：正觀體，言太宗朝事。"岐陽征"，固指鳳朔而道實事，（陳案：朔，《補注杜詩》作"翔"。）然亦《左傳》："成王有岐陽之蒐也。"《史》：至德初，赴肅宗行在，房琯薦爲給事中。已收長安，拜京兆少尹。則中間建議收復，"密論""揮發"之事矣。

"西郊"句：沈休文碑："牛酒日至，壺漿塞陌。""西郊"，謂文王。"牛酒"，謂擊牛醼酒饗士。

"原廟"句：叔孫通："爲原廟。"注："原，重。日至以有廟，（陳案：日至以，《漢書》作'先'。）今更立之。"《修張良廟教》云："可改構棟宇，而修丹青也。"　　趙云："西郊"，長安西郊，二駕還復之所經。至德二年九月癸卯，復京師。十月丁卯，車駕入長安，則已具"牛酒"矣。十二月丙午，上皇至自蜀郡，則又具"牛酒"，謂之再歟。舊注謂"文王"，大非。"原廟丹青明"，則賊陷京師，焚毀九廟，車駕既入，首營建之。"丹青"，宮室之飾。

"匡汲"句：匡衡、汲黯。

"衛霍"句：（陳案：衛，《四庫全書》作"衡"，《補注杜詩》《全唐詩》作"衛"。）　　衛青、霍去病。　　趙云：匡衡、汲黯，言鄭公諫諍如之。既拜京兆少尹，坐房琯事，貶巴州刺史，此"寵"之所"辱"也。衛青、霍去病,言鄭公之能用兵如之。爲東川節度使,遷謫中可"哀"而復"榮"也。"哀榮",則自其生也"榮",其死也"哀",而摘用之。

"四登"二句:既收長安,以武爲京兆少尹,兼御史中丞,時年三十二。後又遷京兆尹,兼御史大夫。"華陽",成都。武以史思明阻兵,不之官。優遊京師,頗自矜大,出爲綿州刺史,遷劍南東川節度使。登發上皇誥,以劍南、兩川合爲一道,拜武成都尹,充劍南節度使。入復求爲方面,拜成都尹。在蜀累年,恣行猛政,威震一方。　趙云:"會府",指京兆府、成都府。鄭公京兆少尹,又爲京兆尹。爲成都尹、劍南節度,又復節度劍南。此爲"四登會府"也。"三掌華陽兵",其事實具于題下注中。《書》曰:"華陽黑水惟梁洲。"則東、西川皆"華陽"。

"京兆"句:色:一云"市"。　張敞爲京兆尹,走馬章臺街。唐詩有"章臺柳"。

"尚書"句:《漢》:哀帝擢鄭公爲尚書僕射,數求見諫諍,上初納用。每見曳革履,上笑曰:"我識鄭尚書履聲。"注:"〔韋〕生曰革。"

趙云:上句又申言兩爲京兆之舊迹。"柳色",章臺柳是已。若作"柳市",非。下句言其在外加檢校吏部尚書,而未嘗以尚書之職見上。

"群鳥"二句:(陳案:鳥,《漢書》作"烏"。《全唐詩》作"烏",《文章正宗》作"鳥"。)　成帝時,御史府中列柏樹,常有野烏。　趙云:上句言爲殿中侍御史,而遷爲別官,故"烏"但"自朝夕"也。下句言爲諫議大夫。漢制:諫議大夫,無常員,皆名儒宿德爲之,隸光禄。張湛爲光禄大夫,數陳正議,常乘白馬。〔光〕武每有異政,輒曰:"白馬生且復諫矣。""休橫行",言其常乘"白馬"矣。今爲別官,則休止馬之橫行也。或曰:"侯景爲亂,乘白馬以青絲爲鞚而應讖。"公詩屢使"白馬"以言賊,則此方只説言嚴公耳。

"諸葛"二句:陳壽言:"蜀人愛亮,雖《甘棠》之詠召公,鄭人之歌子產,未足爲過。"西漢文翁守蜀,召下縣子弟以爲學官,弟子爲除更繇,高者補郡吏,以爲孝弟力田,由是大化,蜀之學于京師比齊魯。

"公來"二句:"雪山",西山。　趙云:四句言鎮成都。諸葛、文翁,皆取其在蜀比之。"雪山",在松、維州外,今威、茂州也。積雪雖夏不消,故號"雪山",及緊與吐蕃爲界。"公來雪山重",言安而不搖,故吐蕃畏公，不敢動搖而輒犯順，所以爲"重"也。"輕重"，亦如《鹽鐵論》言："賢者所在國重，所去國輕。"

"記室"二句：《梁書》："何遜爲建安王記室，王愛文學之士，日與遊宴。又爲盧陵王記室，復隨府于江州。"《晉》：孫楚，字子荆，參石苞驃騎軍事。

"四郊"四句：趙云：上兩句言鄭公所辟幕客，皆美材也。《禮記》："四郊多壘，卿大夫之辱也。""虛館開逢迎"，言開閣以禮士。公孫洪至宰相、封侯。（陳案：洪，《史記》作"弘"。）起客館、開東閣，以延賢人，與參謀議。下兩句則政治優遊可見。

"時觀"二句：前兩句言其車騎之出，非專爲閒遊，終以"問俗"爲事。

"以兹"二句：或：一作"獲"。　趙云："犬戎"，吐蕃。鄭公再節度劍南日，破吐蕃七萬衆于當狗城，遂克鹽川城西。然其意終待盡滅，而人免誅求，家給人足也。"庶獲"，一作"庶或"，非。

"炯炯"句：見"此心炯炯君應識"注。

"沉沉"句：晉侯求醫于秦伯，使醫緩爲之。未至，公夢疾爲二豎子，曰："彼良醫也，懼傷我焉，逃之。"其一曰："居肓之上，居膏之下，若我何？"醫曰："疾不可爲也。在肓之上、膏之下，攻之不可，達之不及，藥不至焉，不可爲也。"公曰："良醫也。"

"顏回"句：顏回二十九蚤死。武終時年四十。《洪範》注："短，未六十。折，未三十。"

"賈誼"句：《褚淵碑》："忠貞允亮。"

"飛旐"句：潘安賦："飛旐翩以啟路。"

"孤舟"句："荆衡"，楚地。　趙云：鄭公死于蜀，靈櫬舟行而歸。陶淵明："或棹孤舟。"

"虛無"四句：（陳案：無，《全唐詩》同。一作"爲"，一作"橫"。驂，《補注杜詩》《全唐詩》作"驪"。）　杜田《補遺》：晉征吳，童謠曰："阿童復阿童，銜刀飛渡江。不畏岸上獸，但畏水中龍。"阿童，王濬小字。武帝因以謠言，拜濬爲龍驤將軍。太康六年卒，葬柏谷山大營塋域，塋垣周四十五里，面別開一門，松柏茂盛。《本傳》所載止此，此非以"龍驤"名墓地也。　趙云：《後漢》：馬融，性好音樂，作《長笛賦》。

今云"虚無馬融笛",則鄭公好"笛"可知矣。"老賓客",公自言也。"媿簪纓",公蓋感歎其因武之辟爲參謀,而官爲工部員外郎,賜緋者也。

贈太子太師汝陽郡王璡

汝陽讓帝子,眉宇真天人。
虬鬚似太宗,色映塞外春。
往者開元中,主恩視遇頻。
出入獨非時,禮異見群臣。
愛其謹潔極,倍此骨肉親。
從容聽朝後,或在風雪晨。
忽思格猛獸,苑囿騰清塵。
羽旗動若一,萬馬肅駸駸。
詔王來射鴈,拜命已挺身。
箭出飛鞚内,上又回翠麟。
翻然紫塞翮,下拂明月輪。
胡人雖獲多,天笑不爲新。
王每中一物,手自與金銀。
袖中諫獵書,扣馬久上陳。
竟無銜橜虞,聖聰矧多仁。
官免供給費,水有在藻鱗。
匪唯帝老大,皆是王忠勤。
晚年務置醴,門引申白賓。
道大容無能,永懷侍芳茵。
好學尚貞烈,義行必露巾。

揮翰綺繡揚，篇什若有神。
川廣不可泝，墓久狐兔隣。
宛彼漢中郡，文雅見天倫。
何以開我悲，泛舟俱遠津。
溫溫昔風味，少壯已書紳。
舊遊易磨滅，衰謝多酸辛。

【集注】

"贈太"句：舊本作"贈"字，非。

"汝陽"四句：讓皇帝憲，本名成器，肅宗長子，立爲太子。以玄宗有討平韋氏之功，懇讓儲位，封寧王。薨，謚讓皇帝。長子，汝陽郡王璡也。書生相太宗，龍鳳之姿，天日之表，又有虬鬚。　趙云：《舊史》無所考證。若《新史》："璡眉宇秀整，性謹潔，善射，帝愛之。"則出于公詩。讓皇帝，睿宗子。玄宗以其有高世行，故追謚讓皇帝。有子十九人，其聞者，璡、莊、琳、瑀。枚乘《七發》："陽氣見于眉宇之間。""天人"，以曹植比之。邯鄲淳見曹植曰："天人也！"植于魏爲陳留王，以比汝陽王。公嘗贈二十韻詩："特進羣公表，天人夙德升。"亦此之謂。"真天人"字，《鄧禹傳》注："衆皆竊言：劉公真天人。""虬鬚似太宗"，蓋實道其事。"塞外"，未知指何地。或曰：其就封汝陽，爲塞外。按：《後漢‧郡國志》："汝南郡，高帝置。雒陽東南六百五十里，有上蔡，則蔡州也。"《唐‧地理志》："蔡州汝南郡，管縣十，其一曰汝陽。"然以汝陽爲塞外，所未安。或別有所主，未見，以俟博聞。

"愛其"句：《新史》採此語。

"勿思"句：江都王力猛格獸。

"苑囿"句：司馬相如《諫獵書》："今陛下好陵阻險，卒然遇逸材之獸，駭不測之地，犯屬車之清塵，豈不殆哉？"

"萬馬"句：《三禮圖》："全羽爲旞，析羽爲（旗）〔旌〕。"〔注〕："皆五采，繫之于旞旗之上。謂注旄于竿首也。"《詩》："駪駪征夫。"注："衆多貌。"

"上又"句：又：一作"入"。

"翻然"二句：趙云："上"，言箭直上。"翠麟"，所騎馬。箭出馬勒外，且既"上"矣，方未射落鴈下之間，又急回轉馬，言其能之捷也。一作"上入"，無義。"紫塞翮"，言鴈。"紫塞"，北塞。崔豹《古今注》："秦所築長城，土皆紫色。漢〔塞〕亦（言）〔然〕。"塞者，所以擁夷狄也。鴈從北方來，謂之"紫塞翮"。或引"鴈塞"事，非。蓋"鴈塞"，乃荆州事。盛弘之《荆州記》："鴈塞北接梁洲汶陽郡，其間東西嶺，屬天無際，云飛風翥，望崖迴翼，唯一處為下。朔雁達塞，矯翮裁度，故名鴈塞，同于鴈門也。""下拂明月輪"，言鴈下而拂弓。

"胡人"二句：《長楊賦》："上將大誇胡人，以多禽獸。令胡人手搏之，自取其獲，上親臨觀焉。""天笑"，天子之笑。　　薛云：《仙傳拾遺》："木公與一玉女投壺，設有不入者，天為之噱嘘。"注："噱嘘，開口而笑也。噱，呼監切。"（陳案：呼監切，《集韻》"之"韻作"於其切"。噱，《海錄碎事》卷十三上作"噞"，則反切正確。）

"王每"二句：趙云：京師常有胡人在焉，天子射獵，必命之獵。

"袖中"二句：漢武帝自擊熊逐獸，相如因上書諫之。伯夷、叔齊，叩武王馬而諫。

"竟無"句：相如《書》："且夫清道而後行，中路而馳，猶時有銜橜之變。"

"官免"四句：趙云：言王雖隨射獵，而有書諫獵。"在藻"字，《詩》："魚在在藻。""水有在藻鱗"，非特止獵，且不魚也。《子虛》《上林賦》，前既叙獵，後又言魚矣。

"晚年"二句：璡歷大僕卿，與賀知章、褚廷誨為詩酒交。天寶又加特進。《漢》："楚元王交，好書，多材藝。少與魯穆生、白生、申公，俱受《詩》于浮邱伯。元王既至楚，以穆生、白生、申公為中大夫。初，元王敬禮申公。穆生不嗜酒，元王每置酒，嘗為穆生設醴。"師古曰："醴，甘酒也，少麴多米，不宿而熟，（陳案：不，《漢書》作'一'。）不齊之也。"

"道大"二句：趙云：言王好賓客。《家語》："道大，無不容。"《莊子》："無能者，無所求。"公言王以"道大"，而容其"無能"，每禮待之。所以"永懷"侍王之"芳茵"也。

"好學"四句：（陳案：行、露，《補注杜詩》《全唐詩》作"形""霤"。）

《山海經·北山經》郝懿行箋疏：行，作"形"。《列子·湯問篇》作"太形山"。）　　趙云：《論語》："有顏回者好學。"《傳》："義形於色。"孔融《薦禰衡表》："思君有神。"

"川廣"二句：張孟陽《七哀詩》："借問誰家墳，皆云漢世主。狐兔窟其中，蕪穢不復掃。"　　趙云：言別後，流落於蜀，欲泝而上見王，則"川廣不可泝"。倣《詩》："漢之廣矣，不可泳思。"

"宛彼"句：王弟瑀，早有才望，偉儀表。天寶十五載，從玄宗幸蜀，封漢中王。

"文雅"句：見"天倫恨莫聚"注。

"何以"六句：趙云：言王弟之美。劉公幹《贈五官中郎將》詩："君侯多壯思，文雅縱橫飛。"《穀梁》："甲乙，天倫，以言兄弟。""泛舟俱遠津"，公泛舟往，漢中王瑀"泛舟"來夔，皆阻于"遠津"，不能"開"，此悲懷也。《詩》："溫溫恭人。"《世說》載："支道林喪其同學法度之後，神氣賁喪，風味轉墜。"《古詩》："少壯不努力。"（周）王褒《與周弘讓書》："年事遒盡，容髮衰謝。"

贈祕書監江夏李公邕

長嘯宇宙間，高才日陵替。
古人不可見，前輩復誰繼。
憶昔李公存，詞林有根柢。
聲華當健筆，灑落富清製。
風流散金石，追琢山岳銳。
情窮造化理，學貫天人際。
干謁走其門，碑版照四裔。
各滿深望還，森然起凡例。
蕭蕭白楊路，徹寶寶珠惠。
龍宮塔廟湧，浩刼浮雲衛。

宗儒俎豆事，故吏去思計。
眕睞已皆虛，跋涉曾不泥。
向來暎當時，豈猶勸後世。
豐屋珊瑚鉤，騏驎織成罽。
紫騮隨劍几，義取無虛歲。
分宅脫驂間，感激懷未濟。
棄歸調絼美，擺落多藏穢。
獨步四十年，風聽九皋唳。
嗚呼江夏姿，竟掩宣尼袂。
往者武后朝，引用多寵嬖。
否臧太常議，面折二張勢。
衰俗凜生風，排蕩秋旻霽。
忠貞負冤恨，宮闕深旒綴。
放逐早聯翩，低垂困炎厲。
日斜鵩鳥日，魂斷蒼梧帝。
榮枯走不暇，星駕無安稅。
幾分漢庭竹，夙擁文侯篲。
終悲洛陽獄，事近小臣敝。
禍階初負謗，易力何深嚌。
伊昔臨淄亭，酒酣託末契。
重叙東都別，朝陰改軒砌。
論文到崔蘇，指盡流水逝。
近伏盈川雄，未甘特進麗。
是非張相國，相扼一危脆。
爭名古豈然，鍵捷欻不閉。

例及吾家詩,曠懷掃氛翳。
慷慨嗣真作,咨嗟玉山桂。
鍾律儼高懸,鯤鯨噴迢遰。
坡陁青州血,蕪沒汶陽瘞。
哀贈竟蕭條,恩波延揭厲。
子孫在如綫,舊客舟凝滯。
君臣尚論兵,將帥接燕薊。
朗詠六公篇,憂來豁蒙蔽。

【集注】

"贈祕"句:趙云:舊本作"贈"字,非。李自北海守罪死,在天寶中,至代宗時贈秘書監,今以所贈官爲題。又曰:江夏李公,所未論也。《後漢·郡國志》:"江夏郡,高帝置。"《唐·地理志》:鄂州曰:"江夏郡,有江夏縣焉。"李,揚州江都人。而云"江夏",以俟博聞。《史》云:杜甫以邕負謗死,作《八哀詩》傷之。此詩六段,自"長嘯宇宙間",至"竟掩宣尼袂",先論人才彫喪。有李公文章,人求其文,奉以金帛,李復以振施而終,嘆其窮也。自"往者武后朝",至"魂斷蒼梧帝",言邕敢言,而以枉貶遵化尉事也。自"榮枯走不暇",至"易力何深嚌",言邕再起再徙,至于罪死也。自"伊昔臨淄亭",至"鯤鯨噴迢遰",公叙與邕論文,而傷邕以文見嫉,且稱美其詩。〈曰〉自"坡陁青州血",至"舊客舟凝滯",則申言邕死,而不得往弔也。末句重懷邕詩,可以解憂。

"長嘯"二句:趙云:"長嘯",嘆嘯之長。不必其若孫登、阮籍之聲。《左傳》:"上陵下替。"

"古人"四句:《唐·文苑傳》:"邕,廣陵江都人。父善,注《文選》。邕少知名,在長安,李嶠、張廷珪并薦詞高行直,堪爲諫官。"

"聲華"二句:趙云:庾信作《宇文順文集序》:"章表健筆,一付陳琳。"

"風流"二句:邕(甲)[早]擅才名,尤長碑頌。中朝衣(觀)[冠],天下寺觀,多出其手。

九家集注杜詩

"情窮"二句：董仲舒言："天人相與之際。"　　趙云：《文選》："見天人際。"

"干謁"四句：杜云：《左氏傳·序》："發凡以言例。"邕雖貶黜在外，人多齎金帛，往求其文。　　趙云："碑版"，謝靈運詩："圖牒復磨滅，碑版誰傳人。"杜預於《春秋》，分凡例。若凡（例）[祀]、凡土功之屬。"森然起凡例"，以邕文有《春秋》體，輕重適當。

"徹寶"句：（陳案：徹寶，《補注杜詩》《全唐詩》作"洞徹"。《全唐詩》：一作"涸轍"。）

"龍宮"二句：杜田《補遺》：《釋氏要覽》："梵言塔婆，唐言高顯，今（裕）[俗]稱爲塔。梵言蘇偷婆，唐言寶塔。梵言窣堵波，唐言墳。梵言浮圖，唐言聚相。"《西域記》："建塔者謂立表，且見塔有三義：一表人勝，二令他生住（陳案：'二令'句，《法苑珠林》卷五十作'二令他信'。）三爲報恩，皆有等級。若初果一級，二果二級，三果三級，四果四級，表超三界也。辟支佛十一級，表未超無明一支。故佛塔十三級，表超十二因緣也。"《度人經》："唯有元始，浩刼之家。部制我界，統乘玄都。"《法華經》："如人以力磨三千大千國土，復盡抹爲塵，一塵爲一刼。"《廣異記》："丁約謂韋子威曰：'郎君終當弃俗，尚隔兩塵。'儒謂之世，釋謂之刼，道謂之塵。"竊詳"浩刼"，雖出道經，子美所稱，恐非也。蓋俗謂塔之一級、二級，爲一刼、二刼，故子美《岳麓道林二寺行》，亦曰："塔刼宮牆壯麗敵"也。若以爲世刼之"刼"，則《玉臺觀詩》，亦使"浩刼"字，乃滕王於調露中任閬州刺史日所造，去子美未百年，豈可言"浩刼"因王造乎？　　薛云：《南史》："阿育王佛滅度後，一日一夜，造八萬四千塔。梵言塔，華言廟也。"王簡棲《頭陁寺碑》："功濟塵刼。"《唐書》：辛替否曰："窮金三修塔廟。"《仙傳拾遺》："昆明池龍宫，有仙方三十六首。"　　趙云：墓間多種"白楊"。得邕之文章，如"寶珠""洞徹"，所以爲"惠"。"龍宫塔廟"，言道觀佛宇，乃神龍宮中所"湧"之宇，或塔、或廟也。"浩刼"，無窮之刼。"龍宫"之"塔廟"，得邕之文，亘歷"浩刼"，而"浮雲"衛護之也。

"宗儒"二句：李玄盛爲酒泉太守，百姓思之，請勒銘，許之。羊祐爲荆州刺史，立碑峴山。百姓見而悲感，號墮淚碑。　　趙云：上句言作《修學校記》《文宣王廟記》之屬。《語》："俎豆之事。"下句使者、太守、縣令替罷,而作《頌政碑》《頌功德碑》之屬。《前漢》:何武"其所居,亦無赫赫名,去後常見思。"謝安爲吳興守,在官無當時與,(陳案:與,《補注杜詩》作"譽"。《廣雅・釋詁四》:"與,譽也。")去後爲人所思。

"眕睐"二句:趙云:"眕睐""皆虛",則其文字便應副之,於一經目間,來人已去,而"虛"於前矣。"跋涉""不泥",又言來人無滯留也。

"向來"二句:(陳案:猶,《補注杜詩》作"獨"。《全唐詩》作"獨"。一作"特"。) 沈休文論:"辭人才子,并標能擅美,獨映當世。是以一時之士,各相慕習也。"(陳案:時,《文選》作"世"。)

"豐屋"二句:《漢・高帝紀》:"賈人毋得衣劉。"師古曰:"劉,織毛若今及罽𦁅之類。" 趙云:"豐屋",大屋。《易》曰:"豐其屋,蔀其家。""珊瑚鉤",屋中之簾鉤,或帷帳之鉤,以爲邕之饋餉。三字,《神仙傳》:"王母以珊瑚鉤擊玉壺而歌。"〔劉〕,音居例切,西胡氀衣也。劉上所織者,麒麟也。

"義取"句:《傳》言"自古鬻文獲財者,未如邕之盛"。 趙云:既有馬,又隨之以寶劍與憑几也。

"分宅"二句:《吳志》:"周瑜推道南大宅以舍孫策,升堂拜母,有無通共。"《史記》:"越石父賢,在縲紲中。晏子出,遭之途,解左驂贖之,延爲上客。" 趙云:邕雖以文受財,而氣義好與,思古人"分宅脫驂"之事,其所"感激",常以未有所濟爲"懷"。趙岐《孟子章指》:"雖千載之間,猶爲感激。"

"衆歸"二句:邕素負美名,頻被貶斥,皆以能文養士,而賈生、信陵之流,執事忌勝,剝落在外。 趙云:衆人歸其能"賙給",在邕身則雖"多藏",而能"擺落"其"穢"也。陶淵明《飲酒詩》:"擺落悠悠談,請從余所之。"

"獨步"二句:邕知名長安中,死天寶初。四十年間,可謂"獨步"。累獻詞賦,甚稱玄宗旨。後因上計中使臨索其新文,以文章徹天聽,故有"九皋唳"云。 趙云:"九皋唳",比之以鶴。《詩》:"鶴鳴于九皋。"《傳》言:"帝封太山,還汴州,詔獻詞賦,帝悅。"

"嗚呼"句:"江夏",黃香。

"竟掩"句:孔子獲麟,反袂拭面,稱吾道窮。或云:"江夏姿",比以"黃香"之無雙。漢人語:"天下無雙,江夏黃香。"然出處無"姿",以俟博聞。

"否臧"句:邕有《批韋巨源謚議》。

"面折"句:初邕爲左拾遺。御史中丞宋璟奏侍臣張昌宗兄弟有不順之言,請付法斷。邕進曰:"璟言事關社稷,望可其奏。"則天始允。璟出,謂邕曰:"子名位尚卑,若不稱旨,禍將不測,何爲造次如是?"邕曰:"不顛不狂,其名不彰。"

"衰俗"六句:邕始與張柬之善,貶富州司户,又貶舍城丞。召還,爲姚崇所嫉,貶括州司馬,徵爲陳州。玄宗東封回,邕於汴獻詞賦,頗自矜,銜爲張説所惡,發陳州贓事,抵死。許人孔璋疏救之,會赦免,貶遵化尉。後於嶺南從中官楊思勗討賊有功,轉括、滑、淄三州刺史,上計京師。邕少有名,累被貶逐,後進不識京洛,聚觀以爲古人。或《傳》:"眉目有異,衣冠望風,尋訪門巷。又中使臨問,索其新文。復爲人陰中,竟不進用。"

"日斜"二句:(陳案:鵬,《補注杜詩》《全唐詩》作"鵬"。) 趙云:邕以忠貞,負寃而貶。天子深居九重,不加省察,所謂"宫闕深旒綴"也。旒冕之垂旒。《唐·地理志》:"嶺南道欽州,管縣五,遵化其一。"此"放逐"在早年,已"聯翩"矣。"炎厲",言遵化。"日斜鵬",言其愁寂如賈誼。"蒼梧",今梧州。帝舜之狩,至蒼梧而死。"魂斷蒼梧帝",則邕"魂斷"於思帝舜之君。(梁)吴筠《酬鮑畿》詩:"依依望九疑,欲謁蒼梧帝。"公詩又云:"縹緲蒼梧帝。"

"榮枯"二句:榮:一作"策"。 李斯:"未知税駕。" 趙云:言一"榮"一"枯"不常,故"走不暇",所以無安穩税駕之地。"榮枯",一作"策枯",意謂扶策枯杖,非是。既言策杖,豈更言"星駕"邪?"税駕"者,止息其駕。《詩》:"星言夙駕"也。

"幾分"句:杜田《補遺》:《漢》:"文帝三年初,與郡守爲銅虎符、竹使符。"注:應劭曰:"銅虎符第一至第五,國家當發兵,遣使者至郡合符,乃聽受之。竹使符,以竹箭五枚,〔長〕五寸,鐫刻篆書,第一至第五。"張晏曰:"符以代古之珪璋,從簡易也。"師古曰:"與郡守爲符者,爲各分其半,右留京師,左以與之。使,音所吏切。" 趙云:邕從楊思勗討嶺南有功,徙澧州司馬。起爲括、淄、滑州刺史,上計京師。以讒出爲汲郡、北海太守是也。

"夙擁"句：魏文侯擁篲以迎朋友。

"終悲"四句：（陳案：敝，《全唐詩》同。一作"斃"。《左傳·襄公二十九年》李富孫異文釋："斃，作敝。"）　邕與柳勣馬一匹，及勣下獄，吉温令勣引邕議及休咎事，遂誅。　趙云："洛陽獄"，《息夫躬傳》："躬用賈惠之流，祝盜。有人上書言躬懷怨恨，非笑朝廷所進用，侯星宿視天子吉凶，與巫同祝詛。上遣侍御、廷尉逮躬，繫洛陽詔獄，欲掠問。躬仰天大呼，因僵仆死。"又，"蔡邕與其叔父質，以中常侍程璜飛章言邕、質以私事請託於劉郃。邕上書，不省。於是下邕、質於洛陽獄，劾以大不敬。以呂强伸請，減死一等，髡鉗。"然公於李公邕詩，用"洛陽獄"字，應以蔡邕比之耳。"小臣敝""事"，晋獻公寵姬曰驪姬，置毒於胙肉中，以誣太子申生。以其胙於犬，犬斃；與小臣，亦斃。邕之竟坐柳勣之累，杖死北海郡。《新史》云："邕以讒媢不得留，出爲汲郡太守。天寶中，左驍衛兵曹參軍柳勣有罪下獄，邕嘗遺勣馬，故吉温使引遣嘗以休咎相語，陰遺賂。宰相李林甫素忌邕，因傅以罪，詔遣祁順之、羅希奭，就郡杖殺之。"故如蔡邕以飛章而下"洛陽獄"，如申生胙肉之事，爲可悲也。"禍階"字，《易》："言語以爲階。"《詩》："惟厲之階。"其"禍"之"階"，端起於"負謗"，而在孤危之中，"易"爲"力"以排之。夫以"易"爲"力"可排之身，而排之者"何"至於"深噬"之乎？此公之所爲傷也。噬，音才詣切。注："嘗至齒也。"《書》：所謂"太保受〔同〕，祭噬。"《禮》：所謂"君執鸞刀羞噬。"今云"深噬"，則直盡之矣。

"伊昔"二句：甫《陪李北海宴歷下亭》詩是。　趙云："臨淄亭"，在齊州。"末契"，陸機《歎逝賦》："託末契於後生，余將老而爲客。"

"論文"句：崔信明、蘇源明，皆以文章擅世。　趙云：潘安仁《楊仲武誄》："日昃景西，望子朝陰。""論文到崔蘇"，公雖無顯注，"崔"豈崔尚者乎？

"指盡"二句：《唐·文苑傳》：楊炯爲盈川令，卒。張子曰："楊盈川文思如縣河注水，酌之不竭。既優於盧昭鄰，亦不減王勃。"

"未甘"句："特進"，李嶠。　趙云：張説曰："李嶠之文如良金美玉，無施不可。"公《壯遊》詩："往者十四五，出遊翰墨場。斯文崔魏徒，以我似班揚。"自注云："崔鄭州尚、魏豫州啓心。""蘇"，豈蘇頲乎？頲與李乂對掌書命，帝曰："前世李嶠、蘇味道，文擅當時，號蘇、李。今朕得頲、乂，何愧前人哉？"又，"景龍後與張說以文章顯，稱望畧等，故時號燕、許大手筆。"按：頲從封泰山還，卒，年五十八。考玄宗封泰山之年，在開元十三年。時杜公亦近二十歲，則亦前此得遊於蘇頲矣。與於十四、五而見崔尚，爲不相戾。

"是非"二句：玄宗東封回，邕於汴累獻詞賦，稱旨頗自矜，自云當居相位。又素輕張説。時説爲中書令，甚惡之。　趙云："相國"，張説。《新史》："邕素輕張説，與相惡。會稽人告邕贓貪枉法，（陳案：稽，《新唐書》作'仇'。）下獄當死，竟減死，貶遵化尉。"公詩蓋言"是"亦"非"，張説以"相國"勢力所能勝，特邕身"危脆"，易於一"扼"耳。

"爭名"句：魏文帝《典論》："文人相輕，自古而然。"

"鍵捷"句：《老子》："善閉者，不用關鍵。"　趙云："鍵"，巨健切。牡鑰也。"欨"，許勿切。有所吹起貌。古語："爭名於朝，爭利於市。"公今云："爭名古豈然，鍵捷欨不閉。"言爭名之説，自古如此，亦當牢閉關鍵，勿誇捷急，勿令開露，方是全身之道。而邕於關鍵則捷急，而欨然"不閉"，所以召禍，深悲之也。

"慷慨"句：《和李大夫》。

"咨嗟"句：郤詵："崑山片玉，桂林一枝。"

"鍾律"二句：趙云：公以詩自負如此。言"例及"，則邕與公比肩，以詩爲常例也。"氛翳"，言讒謗之人。"玉山桂""鍾律""鯤鯨"，皆比其詩。"玉山"之桂，取其秀拔。"鍾律"，取其聲之和雅。"鯤鯨"，取其勢之强壯。

"坡陁"二句：邕塟所。　趙云："青州"，總言山東。《書·禹貢》："海岱惟青州。"《周禮》："正東曰青州。""坡陁青州血"，傷言杖死也。汶水之陽，在魯，今之鄆州。閔子騫："吾在汶上矣。"下句言邕權塟之處。

"哀贈"二句：代宗時，國恩例得贈祕書監。　趙云：邕以讒死。至代宗時，例得贈祕監，此爲"恩波延揭厲"也。邱遲《侍宴》詩："肅穆恩波被。"《詩》："深則厲，淺則揭。""延揭厲"，所延及淺及深，普及之也。

"子孫"二句：（陳案：在，《文苑英華》同。"集作存。"）　《史》："不絕如綫。"（陳案：史，當指《漢書》。）江淹《別賦》："舟凝滯於水濱。"

趙云：上句傷其無後。下句公自傷其流落在雲安，未能扁舟以走。

"朗詠"句：邕有張、桓等五王，洎狄相公《六公詩》。

"憂來"句："盧藏用嘗謂邕如干將莫耶，難與爭鋒，但虞傷缺耳。後卒如其言"。　　趙云：上兩句時多艱，（陳案：指"君臣"二句。）當復如邕者，慷慨陳說，故詠其《六公篇》，可以解憂也。公自注："張、桓等五王，則桓彥範、敬暉、崔玄暉、張柬之、袁恕已，與狄仁傑爲六也。""豁"字，殷浩謂諸子："勿謂吾任方州，豁平昔意。"又：王獻之："使人惋悲，政常隨事豁之耳。"見本朝《淳化法帖》。公於《過郭代公故宅》斷章云："高詠《寶劍篇》，神交付冥漠。"句法同此。《後漢》：張衡《七辯》："予雖蒙蔽，不敏旨趣，敬授教命。"

故秘書少監武功蘇公源明

武功少也孤，徒步客徐兗。
讀書東岳中，十載考墳典。
時下萊蕪郭，忍饑浮雲巘。
負米晚爲身，每食臉必泫。
夜字照熱薪，垢衣生碧蘚。
庶以勤苦志，報兹劬勞願。
學蔚醇儒姿，文包舊史善。
灑落辭幽人，歸來潛京輦。
射策君東堂，宗匠集精選。
制可題未乾，乙科已大闡。
文章日自負，吏祿亦累踐。

晨趨閶闔內,足踏宿昔跰。
一麾出守還,黃屋朔風卷。
不暇陪八駿,虜庭悲所遣。
平生滿樽酒,斷此朋知展。
憂憤病二秋,有恨石可轉。
肅宗復社稷,得無逆順辯。
范煜顧其兒,李斯憶黃犬。
祕書茂松意,再厲祠壇墠。
前後百卷文,枕籍皆禁臠。
篆刻揚雄流,溟漲本末淺。
青熒芙蓉劍,犀兕豈獨剸。
反爲後輩褻,予實苦懷緬。
煌煌齊房芝,事絶萬手搴。
垂之俟來者,正始貞勸勉。
不要縣黃金,胡爲投乳贙。
結交三十載,吾與誰遊衍。
滎陽復冥寞,罪罟已橫罥。
嗚呼子逝日,始泰則終蹇。
長安米萬錢,凋喪盡餘喘。
戰伐何當解,歸帆阻清沔。
尚纏漳水疾,永負蒿里餞。

【集注】

"武功"二句:趙云:源明,京兆武功人,擅名鄉邑,故得直以武功名之,如滎陽言鄭虔也。《新書》:"少孤,寓居徐、兗。"蓋出杜詩言之耳。

"讀書"二句:《新史》:"源明初名預,字弱夫,少孤,寓居徐、兗,工文辭。"

"時下"四句:子路爲親百里負米,源明養不及親,"負米"自爲而已,故"每食""必泫"。　　趙云:"東岳",泰山也。"萊蕪",兗州縣名。"下萊蕪郭",正言其自"東岳"而下也。"泫",則泫然流涕之謂。

"夜字"句:薛公《文士傳》:"侯瑾,字子瑜,家貧傭賃。暮燒柴薪讀書。"　　趙云:"照爇薪",暗用《晋中興書》:"范汪,家貧好學,燃薪寫書。既畢,誦讀亦竟。"

"庶以"二句:趙云:《詩》曰:"哀哀父母,生我劬勞。"源明既喪父母,則勤苦爲學,所以圖報劬勞也。

"學蔚"句:賈山"涉獵書記,不能爲醇儒"。

"文包"句:《左傳·序》:"仲尼因魯史策書成文。"其餘皆即用"舊史"。

"射策"八句:(陳案:吏禄,《全唐詩》同。一作"掾吏"。)　　杜田《補遺》:蔡邕《獨斷》稱:"漢制:天子之書四:一策書,二制書,三詔書。〔詔書〕有三品:其文'告某官如故事',是爲詔書。群臣有所(表必)〔奏〕請,尚書令奏下之,有'制詔,天子答曰:可',以爲詔書。(陳案:以爲,《獨斷》作'亦曰'。)群臣有所奏請,無尚書令奏'制曰'之字,則答曰'己奏如書',亦曰詔書。四曰戒敕。"自魏、晋已後,皆因循以册書、詔敕總名曰"詔"。唐因隋,不改。　　趙云:"辭(友)〔幽〕人",離去東岳也。《本傳》:"源明,天寶間及進士第,更試集賢院。"故云"射策",謂量其小大,署爲甲、乙之科,列而置之,不使彰顯,有欲射者,隨其所取,得而釋之,以知優劣。"吏禄亦累踐,晨趨闐闔内",則史之所謂累遷太子諭德。累遷,則"累(賤)〔踐〕"之義。太子宫在禁内,則"趨闐闔内"之義。"宿昔(研)〔趼〕",言由貧賤中來也。足胝曰"趼"。《莊子》曰:"舍重趼。"

"一麾"句:源明,累遷太子諭德,出爲東平太守,故召爲國子司業。　　薛云:《文選》:"屢薦不入宫,一麾乃出守。"

"不暇"六句:安禄山陷京師,源明以病,不受僞官。　　趙云:《詩》:"我心匪石,不可轉也。"言"麾"去之,遂出爲守。"出守還",史謂出爲東平守,召爲司業也。天子之車,其蓋之裏飾之以黄,是爲"黄屋"。《選》詩:"黄屋非堯心。""黄屋朔風卷",明皇乘輿,以禄山反而出狩。禄山自幽燕反，是爲"朔風卷"。源明既由東平還京，適值天子出狩，不得扈從而留虜庭，每悲恨以遣懷耳。"八駿"，周穆王乘八駿以出遊。禄山陷京師，故爲"虜庭"。又云：源明雅善杜甫、鄭虔。方源明在賊，則"平生滿樽酒，斷此朋知展"，可知矣。

"肅宗"二句：肅宗復兩京，權考功郎中、知制誥。　　趙云：污賊爲"逆"，不污賊爲"順"。

"范煜"句：沈休文《宋書》：范煜爲高祖相國掾，稍遷太子詹事，坐謀反誅。范泰之子。　　趙云：若范煜、李斯，徒有顧憶耳。范煜坐謀反誅，臨刑醉，其子藹亦醉，取地土及果皮以擲煜，呼謂別駕數十聲，曰："父子同死，不能不悲。"此謂"顧其兒"也。

"李斯"句：《李斯傳》：二世二年七月，具斯五刑，論腰斬咸陽市。顧謂其中子曰："吾欲與若，復牽黃犬，俱出上蔡東門，逐狡兔，豈可得？"言汙賊受誅者，惟"祕書"異乎是矣。

"祕書"句：源明後以祕書少監卒。"茂松意"，以不變節於艱危，如松柏不爲風霜所奪。

"再扈"句：（陳案：《文苑英華》同。"集作載從"。）

"前後"四句：言其文美也。"禁臠"事，晋元帝始鎮建業，公私窘罄。每得一豚，以爲珍膳。項上一臠尤美，輒以薦帝，群下未嘗敢食，呼爲"禁臠"。揚雄謂："賦爲童子雕蟲篆刻，壯夫不爲。"然雄竟爲《河東》《長楊》《羽獵賦》，傳於後。故曰"揚雄流"。"溟漲本末淺"，則謂其文之波瀾浩汗，雖溟海之漲，比之猶爲"淺"。　　師云：《書》曰："爲三壇同墠。"謝靈運《海賦》："溟漲無端倪。"

"青熒"二句：吴越王允常取純鉤劍示薛燭，曰："光乎如屈陽之華，沉沉如芙蓉始生於湖。"王褒頌："巧冶鑄干將之樸，水斷蛟龍，陸剸犀兕。"

"反爲"二句：師云：張雄詩："緬懷古哲人。"　　趙云：上句（陳案：指"青熒"二句。）比源明諫諍，能斷割於事。"緬"，彌克切。注："遠也。"此事不見史傳，當以公詩爲正。

"煌煌"二句：（陳案：齊，《補注杜詩》《全唐詩》作"齋"。《莊子·人間世》成玄英疏："齋，齊也。謂心跡俱不染塵境也。"）漢武大興祠祭，齋房生芝而作歌。肅宗時，宰相王璵以祈禬進，勸上興祠禱事，禁中稍崇淫祀。源明數進時政得失。　　趙云：宰相王璵勸興祠禱事，源明曰："王者之於天地神祇，享之以牲幣而已。平日不祈方士，彼淫巫愚祝，妄有關説，甚爲不可。""事絶萬手搴"，則當時佐爲淫祀，指望搴取"房芝"者，非一"手"也。

"不要"二句：〔贙〕，獸名，似犬。　　杜田《正謬》：《爾雅》："贙有力。"注："出西海大秦國，似狗，多力，獷惡。音昡，又音鉉。"《炙轂子》載：《贙銘》曰："爰有獷獸，厥形似犬。飢則馴服，飽則反眼。出于西海，名之曰贙。"　　趙云：下兩句（陳案：指"不要"二句。）且危之也。乳贙，言贙之乳者，猶乳虎也。言佞媚則"黄金"可"縣"，而切直則犯上之怒，不啻投"乳贙"也。"贙"字，沈佺期："且懼威非贙，寧知心似狼。"（陳案：似，《全唐詩》作"是"。）

"結交"句：任彦昇《哭范雲僕射》："結歡三十載，生死一交情。"

"吾與"句：《新史》："一言：源明雅善杜甫、鄭虔。"

（"結交"）八句：趙云：言源明死，公不得一弔酹之。"遊衍"，《詩》："及爾遊衍。""滎陽"，指鄭虔公，自有本注。"橫冑"，橫，去聲。言源明未死間，猶及見肅宗反正之後，時已向"泰"矣。源明死後，時復屯"蹇"。舊注引"是時乘大盜之餘，國用甍屈"。史思明陷洛陽，有詔幸東京，源明以方旱饑，陳十不可以諫，遂罷東幸。却是源明生前事，豈不與今詩相反乎？下句公言其在雲安，不得泝"（污）〔沔〕"歸鄉。甍，音捧。

"尚纏"句：劉公幹："余嬰沉痼疾，竄身清漳濱。"

"永負"句：《蒿里》，送士大夫、庶人挽歌。

故著作郎貶台州司户滎陽鄭公虔

鸂鶒至魯門，不識鍾鼓響。
孔翠望赤霄，愁思彫籠養。
滎陽冠衆儒，早聞名公賞。
地崇士大夫，況乃氣清爽。

天然生知姿,學立游夏上。
神農或闕漏,黃石愧師長。
藥纂西極名,兵流指諸掌。
貫穿無遺恨,薈蕞何技癢。
圭臬星經奧,蟲篆丹青廣。
子雲窺未遍,方朔詣太枉。
神翰顧不一,體變鍾兼兩。
文傳天下口,大字猶在牓。
昔獻書畫圖,新詩亦俱往。
滄洲動玉陛,宣鶴誤一響。
三絶自御題,四方尤所仰。
嗜酒益疏放,彈琴視天壤。
形骸實土木,親近唯几杖。
未曾寄官曹,突兀倚書幌。
晚就芸香閣,胡塵昏埌莽。
反覆歸聖朝,點染無滌盪。
老蒙台州掾,輕泛浙江槳。
履穿四明雪,飢拾楢溪橡。
空聞紫芝歌,不見杏壇丈。
天長眺東南,秋色餘魍魎。
別離慘至今,班白徒懷曩。
春山秦山秀,葉墜清渭朗。
劇談王侯門,野稅林下鞅。
操紙終夕酣,時物集遐想。
詞場竟疏闊,平昔濫推獎。

百年見成無，牢落吾安放。

蕭條阮顔在，世處同世網。

他日放江樓，含棲述飄蕩。

【集注】

"故著"句：《文藝傳》："虔，鄭州滎陽人，天寶初爲協律郎。"

"鶂鶋"二句：(陳案：響，《補注杜詩》《全唐詩》作"饗"。《漢書·禮樂志》顔師古注："饗，讀曰響。") 《莊子·至樂篇》："昔者海鳥止於魯郊，魯侯御而觴之于廟，奏《九韶》以爲樂，具太牢以爲膳。鳥乃眩視憂悲，不敢食一臠，不敢飲一杯，三日而死。此已己養養鳥也，(陳案：已，《莊子注》作'以'。)非以養鳥養鳥也。"海鳥，鶂鶋也。孔子謂："臧文仲不智者，三祀鶂鶋一也。"注："鶂鶋止於魯東門，文仲使國人祀之。"

"孔翠"二句："孔翠"，孔雀翡翠，其志丹霄，然終不免籠樊之愁者，以其質異於衆禽也。故《鵩鳥賦》："彼鷲鶂鵾鴻，孔雀翡翠，或凌赤霄之際，或託絶垠之外。翰羽足以冲天，觜距足以自謂，(陳案：謂，《文選》作'衛'。)然皆負矰嬰繳，羽〔毛〕入貢。何者？〔有〕用於人〈者然〉也。" 趙云：禰衡《鸚鵡賦》："閉以彫籠，剪其羽翼。"(陳案：羽翼，《文選》作"翅羽"。)言鄭公如鶂鶋，如孔翠，翡鍾鼓所能樂之，(陳案：翡，《杜詩引得》作"非"。)彫籠所能拘之。

"滎陽"四句：往者，公在疾，蘇許公頲，位尊望重，素未相識，早愛才名，公自哀問。

"天然"四句："黄石"，古詩也。(陳案：黄，《四庫全書》本作"苦"。形誤。《補注杜詩》作"黄"。詩，《杜詩引得》作"書"。) 薛云：《漢·張良傳》："老父出一編書曰：'讀是則爲王者師。'後十三年，孺子見我濟北穀城山下，黄石即我矣，遂去不見。"世所謂《三略》者，即其書也。此言"黄石愧師長"，名其人耳，非書也。公著《薈蕞》等諸書之外，又撰《胡本草》七卷。 趙云："生知"，《論語》："生而知之者，上也。""學立游夏上"，則以四科文學子游、子夏故也。《本傳》："虔長於地里，山川險易，方隅物産，兵戍衆寡，無不詳。"又云："初，虔追紬故書可誌者，得四十餘篇。國子司業蘇源明，名其書爲《薈粹》。"今公自注作《薈蕞》。按《字書》：稡，子骨切，秭稡也。而秭，蒲骨切。秭稡，禾秀不成聚向上貌。"薈稡"之義，意言聚會稡細之物。若公所用"薈蕞"，是《詩》："薈兮蔚兮。"《左傳》："蕞爾。"薈，烏外切，草多貌。蕞，徂外切，小貌。"薈蕞"之義，意言蕞小之物。二名字不同而義相近，當以公詩爲正。公下又注云："虔著書之外，又撰《胡本草》七卷。"故今所云："神農或缺漏"，以言其於藥石名什，乃《神農本草》之不戴者也。"黃石"，世有黃石公兵書《三略》。

"藥纂"二句：趙云："西極名'，則《胡本草》之謂。《藝文志》："兵家者流。"《論語》："指諸掌。"

"貫穿"二句：趙云：《文賦》："常遺恨以終篇。"公言詩，亦曰毫髮"無遺恨"。《顏氏家訓》載應劭《風俗通》：《太史公記》："高漸離變名易姓，爲人庸保，匿作于宋子。久之，作苦，聞其家堂有擊筑，技癢，不能無出言。""技癢"者，懷其技而腸癢。（陳案：腸，《佩文韻府》引作"腹"。）潘岳《射雉賦》亦〔心〕〔云〕："徒心煩而伎癢。"今《史記》并作"徘徊"，或作"徬徨"，不能無出言，是爲俗寫傳誤。

"圭臬"二句：《新史》："虔集撰當世事，著書八十餘篇，有窺其藁者，告虔私傳撰國史，虔蒼黃焚之，坐謫十年，名其書爲《薈稡》。"孔子作《春秋》，游、夏不能贊。虔私撰國史，是出其上也。《神農》《黃石》《藥纂》《兵流》，皆古書也。言虔無不貫穿，復通游藝、星經、丹青之類。　　趙云："圭臬"，言其善地理。《選》言："陳圭置臬。"圭者，土圭，所以測日景。臬者，表臬，所以度廣狹。王粲《〔游〕海賦》："吐星出日，天與水際。其深不測，其廣無臬。""星經"，又言能天文，二者必欲精，故所以言其"奧"。"蟲篆"，言其書。字雖出揚子雲賦："童子雕蟲篆刻。"而此言"蟲篆"，必謂其篆字耳。"丹青"，又言能畫。《續晉陽〈春〉秋》："戴逵善圖畫，窮巧丹青。"二者其事博，所以言"廣"。

"子雲"句：揚雄，字子雲，少好學，博覽無所不見。

"方朔"句：（陳案：詣，《補注杜詩》《全唐詩》作"諧"。）　　東方朔《上書》："臣年十三學〔書〕，三冬文史足用，十五學擊劍，十六學《詩》《書》，誦二十二萬言，十九學《孫吳兵法》，戰陣之具，鉦鼓之教，亦誦二十二萬言。凡臣朔已誦四十四萬餘言。"　　趙云：上句言奇字與方言，下句虔能知荒遠之所在。東方朔每言其所詣，皆神仙之處，故云"詣""枉",（陳案：兩"詣"字,《補注杜詩》作"指""諧"。）猶太逗枉。王粲《海賦》："章亥所不極,盧敖所不屆。"與今句之勢相似。

"神翰"二句:《杜補遺》:《書苑》曰:"虔善草隸。"吕摠云:"虔書如風送雲收,霞催月上。""鍾兼兩",鍾繇、鍾會也。繇,魏人,字元常,善隸書,行草亦盡其妙。精思學書,臥畫被穿,如廁忘歸。袁昂云:"鍾書有十二種意,外巧妙,實亦多奇。"會,字士季,繇之子也,亦善書。羊欣云:"繇行書,二王之亞。子會,書筋骨謹密,頗有父風。"或曰:兼兩車。按:《後漢》:"吴恢爲南海太守,欲殺青寫書,子祐諫曰:'此書若成,則載之兼兩。'"昔馬援以薏苡被謗,王陽以衣裳徼名,嫌疑之間,先賢所慎。是詩美鄭虔,書翰"體變",非言車也。當以"兼兩""鍾"爲正。　　趙云:"鍾兼兩",杜時可引《書苑》云云,是詩美鄭虔書翰體變,非言車也。田意謂"兼"二"鍾"爲是,然田何必惑"兼兩"之字,謂有出邪？車謂一兩,乃去聲,其"兼兩"亦去聲矣。於鍾字有何說邪？則字變態如鍾,而兼其父子,謂之"鍾兼兩",方可解說。雖然,未敢必也,以俟明識。

"滄洲"四句:宣:一作"寡"。　　虔自寫其詩并畫以獻帝,大署其尾曰:"鄭虔三絕。"　　趙云:"滄州動玉陛",言滄洲隱淪之客,而"動"天子"玉陛"之上。舊本"誤一響",或云善本是"悟"字,言感悟君王,在乎"一響"。《詩》:"鶴鳴于九皋,聲聞于天",是也。今從"悟"字。"寡鶴",獨鶴之謂。舊本正作"宣鶴",師民瞻本又作"宫鶴",皆無義。

"嗜酒"句:虔"嗜酒""疏放",故杜甫贈詩:"賴得蘇司業,時時與酒錢。"（陳案:得,《補注杜詩》作"有"。）蘇司業,源明。　　趙云:"嗜酒"字,出《揚雄傳》。

"彈琴"句:嵇康目送歸鴻,手揮五絃。　　趙云:《莊子》:"示之以天壤。"

"形骸"二句:趙云:《嵇康傳》:"土木形骸。""親近",言親之、近之。如淳于長以外親"親近",蓋言"親近"天子,今言"几杖",則未嘗暫離之意。

"未曾"二句:虔初坐謫,還京師。上愛其材,預置左右,以不事事,更爲置廣文館,以爲博士。聞命,不知廣文曹司何在,宰相曰:"上增國學,置廣文館,以居賢者。令後世言廣文博士自君始,不亦美乎?

"晚就"句:遷著作郎。魚豢《典略》:"芸香,辟紙魚蠹,故藏書臺稱芸臺。"　趙云:虔由廣文博士,遷著作郎,而著作郎即典文簿,故云。

"胡塵"句:(陳案:坱,《四庫全書》本作"坱"。形訛。《補注杜詩》《全唐詩》作"坱"。《補注杜詩》曾曰:"坱莽,廣貌。")

"反覆"二句:值祿反,遣張通儒劫百官,置東都,偽授虔水部郎中。因稱風緩,求市令,潛以密章達靈武,故云。言無一"點"所"染",不煩澆蕩之也。

"老蒙"二句:(陳案:輕泛,《全唐詩》作"泛泛"。一作"遝泛"。)
祿山平,免死,貶台州司戶參軍。　趙云:賊平,與張通叔、王維并囚宣陽里。三人皆善畫,崔圓使繪齋壁。虔方悸死,即極思,祈解於圓。卒免死,貶台州司戶參軍事,故云。

"覆穿"句:東郭先生久待詔公車,貧困。其履行雪中,有上,足跡踐地。"(陳案:《四庫全書》本注文作"《唐史》潛以污"。《杜詩引得》作"履行雪中,有"。亦見《史記·滑稽列傳》。)

"飢拾"句:"四明""楢溪",皆浙江地名。言虔貧困,拾橡而食之。杜田《補遺》:《唐史》:"虔以污祿山偽官,貶台州司戶,四名、楢溪,皆屬台州。"孫綽《天台賦》:"登陸則有天台、四名。"二山相接,〔在〕台州,齊楢溪而直進。　趙云:暗使《列子》:"冬日食橡栗。"

"空聞"句:(陳案:聞,《四庫全書》本作"間"。形訛。《補注杜詩》《全唐詩》作"聞"。)　見上"隱士休歌紫芝曲"注。

"不見"句:《莊子·漁父篇》:"莊子遊乎緇帷之林,坐乎杏壇之上。弟子讀書,孔子絃歌鼓琴。奏曲未必,有漁父者下船而來。"(陳案:莊、必,《莊子注》作"孔""半"。)　趙云:兩句則以四皓於漁父比之。

"天長"二句:《天台賦》:"始〔經〕魑魅之塗,卒踐無人之境。"
趙云:《左傳》:"入山不逢不若,魑魅魍魎,莫能逢旃。"魑魅,山中之物。

"春山"句:(陳案:山,《補注杜詩》《全唐詩》作"深"。)

"劇談"二句：　　鮑明遠："無由稅歸鞅。"　　趙云：公懷思長安時，有"劇談"者在王侯之門，而我"稅""鞅"於林野，不得去也。

"詞場"二句：（陳案：推，《全唐詩》作"吹"。一作"咨"，一作"推"。）　　盧諶："濫吹乖名時。"　　趙云："推獎"，推舉獎借之。公憶鄭之"推獎"已也。舊注詩即是齊宣王使人吹竽，東郭處士雜其間。至文王即位，一一聽之，處士乃逃，方知其濫事。如此，非徒於今句無義，又成甚句法耶？

"百年"二句：（陳案：成無，《補注杜詩》作"存沒"。《全唐詩》作"存歿"。）　　放：一云"做"。

"蕭條"二句：（陳案：顔、世，《補注杜詩》作"咸""出"。）　　"阮咸"，阮熙子，任達不拘，雖處世不交人事。

"他日"二句：（陳案：放、樓，《補注杜詩》《全唐詩》作"訪""悽"。）
著作與今祕書監鄭君審，篇翰齊價，謫江陵，故有"阮咸""江樓"之句。　　趙云："吾安做"，孔子將死，曳杖而歌曰："泰山其頹乎！梁木其壞乎？"子貢曰："泰山其頹，吾將安仰；梁木其壞，吾將安放。"阮籍與其姪咸，共爲竹林之遊。今以"阮咸"比鄭審，故云：空餘"阮咸在"也。舊注，非。"出處同世網"，審謫江陵，公客夔之雲安，斯爲同"出世處"。"江樓"，指江陵之樓。

故右僕射相國張公九齡

相國生南紀，金璞無留礦。
仙鶴下人間，獨立霜毛整。
矯然江海思，復與永路永。
寂寞想土階，未遑箕隸等。
上君白玉堂，倚君金華省。
碣石歲崢嶸，天地自蛙黽。
退食吟大庭，何心記榛梗。
骨驚畏曩哲，鬢變負人境。

雖蒙換蟬冠,右地惡多幸。
敢忘二疏歸,痛迫蘇耽井。
紫綬映暮年,荆州謝所領。
庾公興不淺,黄霸鎮每静。
賓客引調同,諷詠在務屏。
詩罷地有餘,篇終語清省。
一言發陰管,淑氣含公鼎。
乃知君子心,用才文章境。
散帙起翠螭,倚薄巫廬并。
綺麗玄暉擁,錢誄任昉騁。
自我一家則,未闕隻字警。
千秋滄海南,名繫朱鳥影。
歸老守故林,戀闕悄延頸。
波濤良史筆,蕪絶大庾嶺。
向時禮數隔,制作難上請。
再讀徐儒碑,猶思理煙艇。

【集注】

"相國"二句:張九齡,父爲韶州別駕,因家始興,今爲曲江人。九齡幼敏,善屬文,十三以書干廣州刺史王方慶,大嗟賞之,曰:"此子必能致遠。"金玉未成器曰"礦"。言九齡成器早,故不能礦。(陳案:能,《補注杜詩》作"留"。) 杜田《補遺》:《詩》:"滔滔江漢,南國之紀。"說者援是《詩》,以江漢爲"南紀",非也。蓋"南紀"乃非野名。(陳案:非,《補注杜詩》作"分"。)《唐·天文志》云:"東循嶺徼,達〔東〕甌、閩中,是謂南紀。"所以恨蠻夷也。(陳案:恨,《補注杜詩》作"限"。)張相國,曲江人,曲江隸韶州,正嶺徼平越之地,(陳案:平越,《補注杜詩》作"甌粵"。)大抵自江漢以南,皆謂之"南紀",非特江漢而已。《圓覺經》曰:"譬如銷金礦,金非銷故有。雖復本來金,皆以銷成就。一成真金體，無復仍爲礦。"

"仙鶴"四句：（陳案：永路，《補注杜詩》《全唐詩》作"雲路"。）
趙云：以"仙鶴"之譬言之，義又以通貫。"鶴"本仙物，既〔下〕"人間"，整刷〔羽〕翰，固"矯然"有優遊"江海"之思，而復思奮飛，與"雲路"齊"永"。

"寂寞"二句：（陳案：箕隸等，《補注杜詩》《全唐詩》作"等箕穎"。）
堯土階三尺。"想土階"，有致君堯舜之心也。有致君之心，故未遑於箕隸。〔箕〕隸山水，巢父、許由隱地。（陳案：隸，《補注杜詩》作"穎"。）

"上君"二句：九齡登進士第，應拔萃，登乙科，拜校書郎。玄宗在東宮，舉文藻之士，親加策問，九齡對策高第，遷右拾遺。"白玉堂""金華省"，言直登金華之地。　趙云：張公爲校書郎，爲左拾遺、左補闕，爲中書舍人，爲秘書少監、集賢院學士，皆此上"白玉堂"而俯"金華省"也。任昉《爲王思遠辭侍郎表》："敷奏於金華〈省〉之上，進揖於玉堂之下。"（陳案：郎、揖，《古儷府》作"中""讓"。）

"碣石"二句：趙云："碣石"，海畔山。禹常夾行其右。《書》曰："夾右碣石。"是也。"碣石歲崢嶸"，似以比九齡之孤高。鮑明遠《舞鶴》："歲崢嶸而愁暮。"注：《廣雅》曰："崢嶸，高貌。"歲之將盡，猶物之高。今云"碣石歲崢嶸"，言"碣石"之歲歲孤高也。下句言聲之喧雜。時李林甫用事故耳。牛仙客爲尚書，九齡執不可，帝以林甫之言決用之。《國語》："蛙黽之與同渚。"　師云："碣石"，在朔方。斥祿山野蛙黽，以群小在位，九齡言祿山反，帝荒淫不聽，遂去相位。

"退食"二句："大庭"，古致治之國。言九齡雖退，食之間未嘗忘致治。趙云："大庭"，古致治之主。九齡思反淳復樸，如大庭之世，每退食自公。嘗吟詠之，不復記其有猜嫌"榛梗"之事。

"骨驚"二句："鬢"，黑髮變而爲白，以負人事而已。謝玄暉："誰能鬢不變。"　趙云：畏不逮於前人。下句則憂其髮白將老，傷功名之不立。江淹《別賦》："心折骨驚。"

"雖蒙"二句：侍中冠，加貂蟬。九齡爲相，以文雅爲相。知右相李林甫惡之，引牛仙客以傾之，遂罷。　趙云：上句，乃侍中事，豈九齡亦加侍中，而史不載邪？《漢官儀》："侍中冠武弁大冠，亦曰惠文官，（陳案：官，《初學記》作'冠'。）加金璫，附蟬爲文，貂尾爲飾，謂之貂蟬。"下句，以尚書右丞相，罷政事。言九齡在"右地"，以憖惡爲"多幸"。何者？有林甫之嫉，仙客之憾，則得此爲幸矣。

"敢忘"句：疏廣爲太子太傅，謂兄子受曰："吾聞知足不辱，知止不殆，豈如父子相隨出關歸老，不亦善乎？"遂上疏，乞骸骨，公卿設祖道供帳東都門上。（陳案：上，《漢書》作"外"。）

"痛迫"句：趙云：《神仙傳》：蘇仙翁耽，郴縣人，養老至孝。言語虛無，時謂之"癡"。忽辭母云："受性應仙，當違供養。"涕泗欲別。母曰："汝去之後，使我如何存活？"曰："明年天下疫疾，庭中井水，簷邊橘樹，可以代養。井水一升，橘葉一枚，可療一人。"縣東北有山，仙翁有栖遊處，因而得仙。九齡爲工部侍郎、知制誥，乞歸養，詔不許，而致於母死，所痛者迫切於"蘇耽"之留井、橘以代養也。九齡，詔州人。詔西北與郴接，（陳案：詔，《杜詩引得》二"詔"字作"韶"。）才一百八十里，故得以爲言。

"紫綬"二句：初，九齡爲相，薦長安尉周子諒爲監察御史。至是子諒以妄事休咎，上親加詰問，令於朝堂決之。九齡坐引非其人，左遷荆州大督府長史。

"庾公"句：庾亮鎮武昌，諸府吏殷浩之徒，乘月登南樓，我而不覺亮至，（陳案：我，《晉書》作"俄"。）將起避之。亮徐曰："諸君少往，老子於此，興〔復〕不淺。"便據胡牀與浩等談詠。其坦率如此。

"賓客"句：謝靈運："異代可同調。"

"諷詠"句：趙云：《循吏傳》：黃霸獨用寬和爲（至）〔治〕，擢爲揚州刺史、潁川太守，治爲天下第一。自漢興，言治民吏，以霸爲首。"調同"，倒用，故對"務屏"。其字則"屏去俗物"也。

"詩罷"六句：（陳案：言，《補注杜詩》《全唐詩》作"陽"。）　九齡善屬文，有集二十卷。　趙云：言九齡能詩文，有名稱也。"一陽發陰管"，黃鍾之律也。言其詩和而可聽於耳。"淑氣含公鼎"，大亨之和也。言其詩美而可味於口。下兩句則以其文有用之文故也。此詩前押"鬢變負人境"，今又"用才"押"文章境"，蓋所未解。豈"人境"字乃"人景"乎？

"散帙"二句：謝靈運："散帙無所知。"巫、廬，二山名。　趙云：

言開散曲江文帙，神物欻起，其高至并巫、廬之山也。"翠虯"字，揚〔雄〕《解難》："翠虯絳螭之將登乎天。"（陳案：虯，《汉书·杨雄传》作"虬"。）《廣雅》："龍有角曰螭。"既皆龍屬，則"翠螭"可互用也。"倚薄"，相附著也。謝靈運："拙疾相倚薄。""巫廬"，郭景純《江賦》："巫廬嵬崫而比嶠。"巫，則巫山，在夔州。廬，則廬山，在江州。

"綺麗"二句：謝朓，字玄暉，少有美名，爲文綺麗。任昉，字彥升，長於牋誅。　　趙云："綺麗"，陸機《文賦》："或藻思綺合，清麗芊岷。"摘而用之。"擁"，則言其多。"騁"，則言其放。皆集中文字如此也。

"自我"二句：《史記·序》："勒成一家。"《傳序》："隻字之褒。"

"千秋"二句："韶州"，即滄海之南。"朱鳥"，南方之宿。當時謂九齡爲"滄海遺珠"，其有名稱矣。

"歸老"四句：《恨賦》："終蕪絕於異域。"（陳案：於，《文選》作"兮"。）九齡自荆州請歸拜墓，因遇疾，卒年六十八，諡文憲。至德初，上皇在蜀，思九齡先覺禄山面有反相，乃下詔褒贈司徒，仍遣使就韶州致尊。（陳案：尊，《杜詩引得》作"祭"。）　　趙云："守故林"，其在荆州，久之，封始興縣伯，請還展墓也。

"向時"四句：（陳案：儒，《補注杜詩》《全唐詩》作"孺"。）　　《後漢》：徐（雅）[稚]，字儒子，爲南州高士。　　趙云：上兩句言帝眷已衰，難以所"（字）[制]作""上請"於朝也。此豈九齡有爲史之書邪？《後漢》：徐孺子，曲江爲之墓碣，其銘所謂："靈芝無根，醴泉無源"者，是也。公之句意，蓋言昔嘗讀之，而起"煙艇"之興。今再讀之，而已"思理煙艇"，則以慕"徐孺"之高風，故江漢之念不忘也。小舟曰"艇"。　　師云：九齡嘗督洪州，作《徐孺子碑》，載（舟）[於]舟中。

醉爲馬所墜，諸公攜酒相看

甫也諸侯老賓客，罷酒如歌拓金戟。
騎馬忽憶少年時，散蹄迸落瞿唐石。
白帝城門水雲外，低身直下八千尺。

粉堞電轉紫遊韁,東得平岡出天壁。
江村野堂爭入眼,垂鞭嚲鞚凌紫陌。
向來皓首驚萬人,自倚紅顏能騎射。
安知決臆追風足,朱汗駭驪猶噴玉。
不虞一蹶終損傷,人生快意多所辱。
職當憂戚伏衾枕,況乃遲加煩瑣促。
朋知來腆腆我顏,杖藜強起依僮僕。
語盡還成開口笑,提攜別掃清谿曲。
酒肉如山又一時,初筵哀絲動豪竹。
共指西日不相貸,喧呼且覆杯中淥。
何必走馬來爲問,君不見嵇康養生被殺戮。

【集注】

　　"罷酒"句:(陳案:如,《補注杜詩》《全唐詩》作"酣"。)

　　"散啼"句:(陳案:啼,《補注杜詩》《全唐詩》作"蹄"。)

　　"粉堞"句:"粉堞",城堞也。以堊土塗之,故曰粉堞。"韁",以紫絲爲之,故曰紫韁。　　師云:庾信(時)[詩]:"醉來拓金戟。"　　趙云:阮籍詩:"憶昔少年時。"曹子建:"低身散馬蹄。"《古詩》:"白馬紫遊韁。"

　　"安知"二句:"朱汗",血汗。"駭驪",猶步驟也。"噴玉",噴沫如玉。　　杜田《補遺》:《古樂府·驄馬行》:"驄馬鏤金鞍,(拓)[柘]彈落金丸。意欲駭驪走,先作野遊盤。"《穆天子傳》:歌曰:"黄之澤,其馬噴玉,皇人壽穀。"　　師云:王褒詩:"萬里決臆駒。"崔豹《古今注》:"始皇七馬,一名追風"。　　趙云:"決臆",決度於匈臆。"追風",太宗十驥之一名,〈俊〉俊疾之義。"駭驪",崔液《正月十五夜遊》詩:"駭驪始散東城曲,倏忽還逢南陌頭。"

　　"不虞"二句:趙云:"一蹶",王褒:"過都越國,蹶如歷塊。"雖無一字,而意是。"快意",魏文帝《芙〔蓉〕池作》:"遨遊快心意。"

　　"職當"十句:(陳案:加煩、來腆,《補注杜詩》《全唐詩》作"暮加"

"來問"。） 趙云:"衾"字起於〈初〉《詩》:"角枕粲兮,錦衾爛兮。"而摘用之。"遲暮""煩促""杖藜""開口笑""初筵"字,蓋皆有出:《楚辭》:"傷美人之遲暮。"張茂先:"恬曠苦不足,煩促每有餘。"《莊子》:"原憲杖藜應門。"又載《盜跖》云:"開口而笑,一月之中,不過四、五日。"《詩》:"賓之初筵。"是已。"酒肉如山",又倣《左傳》:"有酒如澠,有肉如陵。"

"何必"二句:嵇康著《養生論》,後以事誅。言何必以我"走馬"輕生爲問,正若嵇康"養生"而不免誅戮,則事豈可料乎?

李潮八法小篆歌

蒼頡鳥跡既茫昧,字體變化如浮雲。
陳倉石鼓又已訛,大小二篆生八分。
秦有李斯漢蔡邕,中間作者寂不聞。
嶧山之碑野火焚,棗木傳刻肥失真。
苦縣光和尚骨立,書貴瘦硬方通神。
惜哉李蔡不復得,吾甥李潮下筆親。
尚書韓擇木,騎曹蔡有隣。
開元已來數八分,潮也奄有二子成三人。
況潮小篆逼秦相,快劍長戟森相向。
八分一字直百金,蛟龍盤拏肉屈强。
吳郡張顛誇草書,草書非古空雄壯。
豈知吾生不流宕,丞相中郎丈人行。
巴東逢李潮,逾月求我歌。
我今衰老才力薄,潮乎潮乎奈如何。

【集注】

"李潮"句:(陳案:法,《補注杜詩》《全唐詩》作"分"。)

"蒼頡"二句:"蒼頡",黃帝臣,觀鳥跡而爲文字。自蒼頡之後,"字體"變易如"浮雲",無定體。　　趙云:《孔子》:"不義而富且貴,於我如浮雲。"

"陳倉"二句:周太史籀始剏大篆。(唐)蘁載記:"石鼓文,謂之周宣王獵碣,共十鼓,其文則始籀大篆。"(陳案:蘁載記,(宋)張淏撰《雲谷雜記》卷三作"蘁昻載記"。(宋)葛子方撰《韻語陽秋》作"蘁氏載記"。)漢蔡邕,字伯喈,爲中郎將,正六經于太學石壁,天下摩學。邕大篆,入妙品。小篆者,秦丞相李斯,删古文復篆及史籀之書也。初,諸侯力正,文字異形。秦始皇帝初兼天下,丞相李斯乃奏同之,罷其不與秦文合者。斯作《蒼頡篇》,胡母敬作《博學》,皆取史籀大篆,或頗改,所謂小篆。　　杜田《補遺》:《書苑》云:"八分書,秦羽人上穀王次仲飭隸書爲之,鍾繇謂之章程書。"王愔曰:"王次仲始以(告)[古]書方廣,少減勢,建中初以隸書作楷法,割李斯分,始皇得次仲文,簡略赴急疾之用,甚善之。"《蔡文姬別傳》:"臣父邕言八分書,割程邈隸字,去八法,割李斯小篆,去二分,取八分,故曰八分書。"蔡希總曰:"王次仲以楷法局促,更引而伸之爲八分,故號曰八分書。"懷瓘云:"八法本謂楷書。楷者,法也。漸若八字分散,故名八分。"　　趙云:"陳倉",屬鳳翔。"石鼓"事,其略見韓退之詩:"周綱陵遲四海沸,宣王憤起揮天戈。"又云:"鐫詩勒成告萬世,鑿石作鼓隳嵯峨。"則周宣之物也。其上所篆字,見《東坡詩》注,云:"我車既攻,我馬既同。"又云:"其魚惟何? 惟鱮惟鯉。何以貫之? 惟楊與柳。"此在東坡所見時,云:"惟此六句可讀,餘多不可通。"不知杜公時所見如何也。

"嶧山"二句:"嶧山"碑,李斯書也。爲野火所焚,人惜其文,故以棗木傳刻。《史記》:"始皇二十八年,東行郡國,上鄒嶧山,刻石頌秦德。"

"苦縣"二句:書:一作"畫"。　　《杜詩補遺》:《後漢・桓帝紀》:"延熹八年春,正月,遣中常侍左悺之苦縣,祠老子。"注:"老子,苦縣厲鄉人,屬陳國故城,在今亳州。"《續漢書》:"桓帝夢老子,令中常侍左悺於賴鄉祠之,詔陳相邊韶立祠(謙)[兼]刻石,即蔡邕伯喈八分書也。"又《靈帝紀》:"光和五年,始置鴻都門生。"注:"於鴻都門内置學,其中諸生,皆敕州郡三公舉召能爲尺牘、辭賦及工書鳥篆者。"《書苑》

云："靈帝好書,詔天下尚書於鴻都門,至者數百人。時南陽人師宜官稱八分爲最,大則一字徑丈,小則方寸千言,甚矜其能。"以是考之,疑苦縣"蔡邕書",光和師宜官書也。及詳觀此歌:"嶧山之碑野火焚",謂李斯書也。"苦縣光和尚骨立",謂蔡邕書也。故初言"秦有李斯漢蔡邕",次言"惜哉李蔡不復得",卒言"丞相中郎丈人行",而未嘗一言師宜官。然苦縣之祠,立于桓帝之延熹,而光和靈帝之年號,豈非祠立於延熹,而碑刻於光和乎?延熹至光和,纔十年之近爾。或謂光和爲伯喈書華碑,苦縣老子朱龜碑,未知孰是。　　趙云:李斯、蔡邕,蓋善八分之有名稱者。"苦縣"光和事,杜時可引《後漢》云:次公推公"尚骨立"之語,則以"苦縣"於前時已有蔡邕碑刻,至光和再刻之,幸未失真,而尚有"骨立"爲可貴。蓋公之所以"瘦硬"爲"神",故於"嶧山之碑",則傷"棗木"之"失真";於"苦縣"之碑,則熹"光和"之"尚骨立"也。下句"李蔡不復得",重結上文,豈容光和碑更是師宜官書邪?"書貴瘦硬",一作"畫"字,非。

"惜哉"句:李斯、蔡邕。

"尚書"二句:韓擇木,昌黎人,官工部尚書、散騎常侍,工八分。師蔡邕法,風流閑媚,號伯喈中興。"蔡有鄰",濟陽人,官胄曹參軍,善八分。始拙弱,至天寶中,遂精妙。相、衛間多其筆跡。

"八分"句:百:一作"千"。

"吳郡"二句:張旭,吳郡人,官左率府長史。善草書,言吾見公主、擔夫爭路,而得其意。後又觀公孫氏舞劍器,而得其神。醉輒草書,揮筆大叫,以頭濡墨水中,天下呼爲"張顛"。醒後自視以爲神,人謂之"草聖"。

"豈知"句:(陳案:生,《補注杜詩》《全唐詩》作"甥"。《廿二史考異·漢書一·古今人表》錢大昕按:"生作甥。")

"丞相"句:"丞相",斯。"中郎",邕。"丈人行",尊老之稱。

"巴東"句:巴:一作"江"。

"潮乎"句:(陳案:如,《補注杜詩》《全唐詩》作"汝"。)　　趙云:末句做《項羽歌》:"虞兮虞兮,奈若何"之勢。韓退之《石鼓歌》:"少陵無人謫仙死,才薄將奈(何)[石]鼓何。"蓋又做此句。益見公爲退之所服如此。"巴東",巴,一作"江",非。巴東,言夔州。

別蔡十四著作

賈生慟哭後，寥落無其人。
安知蔡夫子，高義邁等倫。
獻書謁皇帝，志已清風塵。
流涕灑丹極，萬乘為酸辛。
天地則創痍，朝廷當正臣。
異才復間出，周道日惟新。
使蜀見知己，別顏始一伸。
主人薨城府，扶櫬歸咸秦。
巴道此相逢，會我病江濱。
憶念鳳翔都，聚散俄十春。
我衰不足道，但願子意陳。
稍令社稷安，自契魚水親。
我雖消渴甚，敢忘帝力勤。
尚思未朽骨，復覩耕桑民。
積水駕三峽，浮龍倚長津。
揚舲洪濤間，仗子濟物身。
鞍馬下秦塞，王城通北辰。
玄甲聚不散，兵久食恐貧。
窮谷無粟帛，使者來相因。
若憑南轅使，書札到天垠。

【集注】

"朝廷"句：當：一作"多"。

"天地"四句：趙云："當正臣"，言當須正直之臣。舊本作"直臣"，非。劉向："正臣進者，治之表。""賈生"，賈誼，陳治安之策，有"慟哭者一"。《莊子》載：孔子："聞將軍高義。"《列子·説符篇》："爲等倫皆許諾。"《前漢·季布傳》："今瘡痍未瘳。"《詩》："周雖舊邦，其命惟新。"

"巴道"句："巴道"，蜀道。相如《諭蜀文》："巴蜀之士。"

"會我"句：趙云："使蜀見知己"，則郭英乂爲蜀節度使，蔡爲使往見之也。《史記》："士伸於知已。""主人"，言郭英乂。英乂永秦元年閏十月，爲崔旰所殺，所以言"薨"。而蔡著作扶護靈櫬，由舟行以歸秦也。"巴道"，指夔州。舡泊夔州，與公相逢也。

"自契"句：蜀先主得孔明，猶魚之得水也。

"我雖"八句：趙云：《古歌》："帝力何加於我哉！"《老子》云："其人與骨俱朽。"《文子》："積水成海。"《魏都賦》："回淵漼，積水深也。""駕"字，郭景純《遊仙詩》："高浪駕蓬萊。"劉勰《彌勒石像碑》："似揚舲遊水，馳錫登山。"王粲《游海賦》："洪濤奮蕩。"《西京賦》云："起洪濤而揚波。"

"鞍馬"二句："北辰"，北極，象於帝居。　　趙云："下秦塞"，則出陸矣。"北辰"，孔子："譬如北辰。"

"玄甲"句：杜田《補遺》：《竇憲傳》：班固《燕然山銘》："玄甲曜日，朱旗絳天。"注："玄甲，鐵甲也。"《前書》："玄甲，國之玄甲。"（陳案：玄甲，《漢書》作"發屬"。）

"窮谷"四句：趙云："馮"，讀爲憑。"窮谷"，指夔州。"來相因"者，來不斷。借使《漢書》："太倉之粟，陳陳相因"之字。自長安望夔，在北而望南也，故來夔之使爲"南轅"。"南轅"，字出《左傳》。"書札"，《古詩》："客從遠方來，遺我一書札。""天垠"，指夔州以遠，故云"天垠"也。

別李義

神武十八子，十七王其門。

道國洎舒國，實惟親弟昆。
中外貴賤殊，余亦添諸孫。
丈人嗣王業，之子白玉溫。
道國繼德業，請從丈人論。
丈人領宗卿，肅穆古制敦。
先朝納諫諍，直氣橫乾坤。
子建文章壯，河間經術存。
溫克富詩禮，骨清慮不喧。
洗然遇知己，談論淮湖奔。
憶昔初見時，小襦繡芳蓀。
長成忽會面，慰我久疾魂。
三峽春冬交，江山雲霧昏。
正宜且聚集，恨此當離罇。
莫怪執杯遲，我衰涕唾煩。
重問子何之，西上岷江源。
願子少干謁，蜀都足戎軒。
誤失將帥意，不如親故恩。
少年早歸來，梅花已飛翻。
努力慎風水，豈惟數盤飧。
猛虎臥在岸，蛟螭出無痕。
王子自愛惜，老夫困石根。
生別古所嗟，發聲為爾吞。

【集注】

"神武"四句：（陳案：武，《補注杜詩》《全唐詩》作"堯"。洎，《全唐詩》同。一作"及"。） 唐高祖二十二子，止此云"十七王其門"，未詳也。趙王名元慶，第十六子。舒王元名，第十八子。 鮑云：高祖二十二子，道王元慶，舒王元名，衛懷王玄霸，楚哀王智雲，皆先薨。太子建成，巢王元吉，以事誅，詔除籍。故止言十八。太宗有天下，故有十七子封王。　　趙云："神堯"，唐高祖。《史》（陳案：史，指《唐書》。）："高祖二十二子"。今詩云"神堯十八子"，豈以竇皇后所生建成、太宗、玄霸、元吉，而建成、元吉誅，太宗爲皇帝，玄霸在隋時已死，于四子之外，乃有十八子耶？學者尚疑之。然謂"十七王其門"，則又可疑也。又豈以萬妃所生智雲，亦終被害于隋末耶？其所在高祖爲唐皇帝而得封者：元景王荆，元昌王漢，元亨王鄷，元方王周，元禮王徐，元嘉王韓，元則王彭，元懿王鄭，元軌王霍，元鳳王虢，元慶王道，元裕王鄧，元名王舒，靈夔王魯，元祥王江安，元曉王密，元嬰王滕。凡十七子爲得王，而各爲一門者耶？鄒陽《與梁孝王書》："何王之門，而不可曳長裾耶？""道國"，道王也，名元慶，乃第十六子。"舒國"，舒王，名元名，乃第十八子也。而曰"實惟親弟昆"，若言同一母所生。而《史》載：元慶則劉婕妤所生，元名則小楊嬪所生。其母同者，乃宇文昭儀生元嘉及第十九子靈夔，所謂"實惟親弟昆"者，又與《史》不合。然則公當〈失〉親所傳聞，與（親）[《史》]不和，必有能辨之者。

　　"中外"二句：趙云：詳味詩意，則"李義"者，"道國"之裔孫；而公則"舒國"後裔之外孫故也。舊注不省解，却云："公自言杜與李同出於陶唐氏。"是何夢語！蓋前篇《與唐十八使君》詩云："與君陶唐後，"自是杜與唐，何得輒差排爲杜與李乎？

　　"丈人"句：唐制：諸子襲封者，謂之嗣王。

　　"子建"二句：曹子建能文，漢河間王明經術、獻禮樂、〔建〕三雝之教。　　趙云："丈人"，言李義之父。"嗣王業"，則繼嗣前王之業。舊注云云，才有字相犯，便妄引用，非是。"之子"，指李義也。"白玉溫"，使"溫其如玉"也。下句"道國繼德業，請從丈人論"，又以申言"丈人"乃"道國"之論，其能繼"道國"之"德業"者，請從李義之父言之也。"宗卿"，宗正卿也。唐制：宗正寺卿一人，從天子，（陳案：天子，《杜詩詳註》作"三品"。）掌天子族親屬籍，以別昭穆，領陵臺、崇玄二署。"肅穆"字，邱遲詩："肅穆恩波被。""先朝納諫諍"，考其時，當是玄宗。然未敢必也。

　　"憶昔"二句：《文選》："芳蓀紫綺爲上襦。"袴也。　　師云：謝靈運詩:"浥露馥芳蓀。" 趙云:"襦",短衣也。《史記》載:賈誼《過秦論》:"寒者利短褐。"(陳案:短,《史記》作"裋"。)徐廣注曰:"一作短,小襦,音豎。"舊注妄添《選》五言詩爲七字,何輒附會如此。

"莫怪"二句:王仲宣:"但愬〔杯〕行遲。"《解嘲》:"涕唾流〈珠〉沫。" 趙云:"莫怪執(遲)杯遲",以語衆人也。舊注引〔王〕仲宣詩,却是訴主人行杯之遲耳。 師云:孫楚詩:"離樽悲當席。"

"誤失"二句:甫幾不能脱嚴武之暴,又爲郭英乂所不容,有是句。

"少年"二句:趙云:王粲四言詩:"苟非鴻鵰,孰能飛翻。"公於言江亦曰:"(滄浪)〔蒼濤〕鬱飛翻。"

"豈惟"句:《古詩》:"所謂加飱食。"

"猛虎"四句:趙云:數,〔所〕角反。"努力"字,出《吳越春秋》。舊注於"愼風水"注云:"言世若風波。"穿鑒,非是。"猛虎臥在岸,蛟螭出無痕",却有所興寄矣。

"生別"二句:趙云:《楚辭》:"悲莫悲于生别離。""吞"字,韻倒押。"吞聲"字,《恨賦》:"莫不飲恨而吞聲。"

送高司直尋封閬州

丹雀銜書來,暮棲何鄉樹?
驊騮事天子,辛苦在道路。
司直非冗官,荒山甚無趣。
借問泛舟人,胡爲入雲霧?
與子姻婭間,既親亦有故。
萬里長江邊,邂逅一相遇。
長卿消渴再,公幹沈綿屢。
清談慰老夫,開卷得佳句。
時見文章士,欣然澹情素。
伏枕問别離,疇能忍漂寓。

良會苦短促,溪行水奔注。
熊羆咆空林,游子慎馳騖。
西謁巴中侯,艱險如跬步。
主人不世才,先帝常特顧。
拔爲天軍佐,崇大王法度。
淮海生清風,南翁尚思慕。
公宮造廣廈,木石乃無數。
初聞伐松柏,猶臥天一柱。
我病書不成,成字亦多誤。
爲我問故人,勞心練征戍。

【集注】

"丹雀"句:文王之時,赤雀銜書,集于周社。

"暮棲"句:(陳案:棲,《四庫全書》本作"樓"。形訛。《補注杜詩》《全唐詩》作"棲"。)

"與子"句:《詩》:"瑣瑣姻婭。"

"萬里"二句:趙云:"丹雀""驊騮",以比高司直。《尚書中候》曰:"赤雀銜丹書入豐,至於昌前。昌拜,稽首受之。"舊注,非。"驊騮"事,《列子》:"周穆王肆意遠遊,駕八駿之乘。有曰:右服驊騮。"謂之"事天子",則以穆王稱穆天子,有《傳》也。"司直"通籍事主,故以"丹雀"之於文王,"驊騮"之於穆王比之。

"長卿"二句:"長卿",相如,病渴。劉公幹詩:"余嬰沈痼疾",故"寢身清漳濱"。趙云:王無功《病後醮宅》云:"公幹苦沉綿,居山畏不延。"

"伏枕"句:(陳案:問,《補注杜詩》《全唐詩》作"聞"。)

"西謁"二句:閬爲侯中。(陳案:侯,《補注杜詩》作"巴"。) 趙云:巴中侯,封閬州也。

"拔爲"八句:趙云:"拔爲天軍佐",則必嘗佐禁旅之任。"淮海生清風",則必嘗爲揚州等處之官。"南(度)[翁]",南方老人也。《項籍傳》:南公曰:"楚雖三户,亡秦必楚。""公宫",《左傳》:"溝其公宫。"又曰:"楚其公宫。"(陳案:楚,《春秋左傳注疏》作"處"。)凡官府貴處,謂之"公宫"矣。"天一柱",言廊廟之具。《神異經》:"崑崙有銅柱焉,其高入天,所謂天柱。"《列子》:"昔共工與顓〔頊〕帝争,怒而觸不周之山,天柱折其一。""柱"字,則緣荆南有一柱觀,只用一柱,則得合言"天一柱"。此門閬州之爲廊廟氣不足當之。(陳案:門,《補注杜詩》作"非封"。)舊注惑於"公宫"事,却注云:幕府方須材,意以使高言之。非是。

"我病"二句:病:一作"瘦"。　　(陳案:亦多,《補注杜詩》《文苑英華》作"讀亦"。)

"爲我"二句:此時觀末章,則閬州是房琯也。　　趙云:前十句(陳案:指"拔爲"以下十句。)總言"封閬州",方貫此下句。蓋"故人"字,所以指閬州也。我疾所以成"長卿消渴再,公幹沈綿屢"之句。一作"我瘦",非。"書不成",豈干瘦事?

遣　懷

昔我遊宋中,惟梁孝王都。
名今陳留亞,劇則貝魏俱。
邑中九萬家,高棟照通衢。
舟車半天下,主客多歡娱。
白刃讎不義,黄金傾有無。
殺人紅塵裏,報答在斯須。
憶與高李輩,論交入酒壚。
兩公壯藻思,得我色敷腴。
氣酣登吹臺,懷古視平蕪。
芒碭雲一去,鴈鶩空相呼。
先帝正好武,寰海未凋枯。

猛將收西域，長戟破林胡。

百萬攻一城，獻捷不云輸。

組練棄如泥，尺土負百夫。

拓境功未已，元和辭大鑪。

亂離朋友盡，合沓歲月徂。

吾衰將焉託，存没再嗚呼。

蕭條益堪媿，獨在天一隅。

乘黄已去矣，凡馬徒區區。

不復見顏鮑，繫舟卧荆巫。

臨殯吐更食，常恐違撫孤。

【集注】

"昔我"句：宋，古大梁。

"名今"句：陳留，屬汴州。

"劇則"句：貝、魏，州名，在河北劇大。

"邑中"四句：趙云："孝王都"，今之京師汴都是已。"陳留"，在今雖爲京師屬縣，在唐，則今之東京，唐陳留郡也。"貝、魏"，在河北方面，最繁"劇"。"主客"者何？"主"，則本處人；"客"者，遊寄者。《選》詩："朝野多歡娱。"

"殺人"二句：言多豪俠。　　趙云：鮑明遠詩："失意杯酒間，白刃起相讎。"

"憶與"句：高適、李白。

"兩公"二句：《世説》：王濬仲爲尚書令，着公服乘軺經黄公酒壚中，過顧謂後車客曰："吾昔與嵇叔夜、阮嗣宗共酣飲此壚，竹林之遊亦預其末。自嵇康、阮籍云亡，（陳案：云亡，《世説新語》作'嵇生夭、阮公亡'。）便爲時所羈紲，今日視此，雖近邈若山河。"　　師云：鮑照《行路難》："意氣敷腴在盛時。"　　薛云：《爾雅》："蕍，榮也。"郭璞曰："蕍猶敷蕍，亦草之榮也。"

"氣酣"二句：吹：一作"文"。　　"吹臺"，梁王歌臺，今謂繁臺。

左太冲詩："酒酣氣益振。"　　趙云：《西清詩話》《唐史》稱：杜甫與李白、高適同登吹臺，慨然莫測也。質之少陵《昔遊》："昔者與高李，晚登單父臺。"則知非"吹臺"。三人皆詞宗，果登"吹臺"，豈無雄詞傑倡著後世邪？杜田云："予謂蔡氏，蓋謂曾熟讀杜詩爾。（陳案：謂，《杜詩引得》作'未'。）《遣懷》詩不云乎：'昔我遊宋中，惟孝梁王都。名今陳留亞，劇則貝魏俱。憶與高李輩，論交入酒壚。氣酣登吹臺，懷古視平蕪。'此豈非甫與李白、高適，同登'吹臺'邪？"其説是。"吹臺"，在今宋門外，謂之天清寺繁臺是已。於梁孝王時曰"吹臺"，蓋歌吹之臺也。一作"文臺"，非。

"芒碭"二句：（陳案：鷟，《補注杜詩》作"鷔"。《爾雅·釋詁上》郝懿行義疏："鷟，又通作鷔"。）　　《前漢》：高祖隱於芒碭山澤間，吕后與人俱求，常得之。高祖怪，問后，后曰："季所居，上常有雲氣，故從往，常得季。"雲去，乃人亡也，不欲指言之耳。人亡，"鴈鷟""相呼"。

"先帝"四句：玄宗〈拓〉開拓境土，（陳案：拓，《補注杜詩》作"之時"。）如安禄山、王君㚟、張守珪、王宗嗣輩，皆以邊功爲己任，故張説獻《鬭羊》以箴之，而上不之改。

"組練"句：《國語》："吴人大破楚軍。楚之免者，維組練三百而已。"組甲、被練也。

"尺土"句：負：一作"勝"。

"拓境"二句趙云："鴈鷟""相呼"，以興其相寂，如麋鹿遊姑蘇，黍離麥秀之類。玄宗盛時，以"百萬"兵"攻一城"，豈無勝負？但"獻捷"而已，未嘗言"輸"。"組練棄如泥"，則不憚物之費，爭一尺之土，以百夫爲償，則不惜人之命。《莊子》："以天地爲大爐。"末句言政失其和于天地間矣。

"蕭條"二句：一云："蕭條疾益堪，媿獨天一隅。"　　趙云：《詩》："亂離瘼矣。"（陳案：莫，《毛詩注疏》作"瘼"。）《洞簫賦》："薄索合沓。"注云："重沓也"。"朋友"，指言高、李。孔子："甚已，吾衰也。""天一隅"字，《古詩》："各在天一隅。"

"不復"句：顔延年、鮑明遠。鮑嘗作荆州參軍，作《蕪城賦》，以諷宋臨海王。　　趙云："乘黄"，神馬。言高適、李白。顔、鮑，又以申比二公。公嘗與白詩云："俊逸鮑參軍。"則顔乃比高適乎？

"繫舟"二句：荆州、巫峽。

"臨殁"二句：趙云：蓋"恐"違戾撫養高、李二公之"孤"也。此其爲朋友之義。

君不見簡蘇徯

君不見道邊廢弃池，君不見前者摧折桐。
百年死樹中琴瑟，一斛舊水藏蛟龍。
丈夫蓋棺事始定，君今幸未成老翁。
何恨憔悴在山中？
深山窮谷不可處，霹靂魍魎兼狂風。

【集注】

"百年"句：蔡邕取爨下桐爲琴。

"一斛"句：積水成淵，蛟龍生焉。　　趙云：《異苑》：吳平在勾章，州門外忽生一株桐，上有謠歌之聲。平惡而斫之。其後桐自（還）〔遷〕，立於故根上，又聞歌聲，曰："死樹今更青，吳平尋當歸。"桐材所以爲"琴瑟"。言今"死樹"猶可爲之，以譬士終有用也。庾信《擬連珠》曰："日南枯蚌，猶含明月之珠。龍門死樹，尚抱咸池之曲。"舊注，非是。言"蛟龍"終非池中物，則蛟龍固在水，而池中之水，亦有"蛟龍"矣。雖"一斛舊水"，猶可"藏"之。亦以譬士當守所養也。

"丈夫"句：《古詩》："蓋棺事乃也。"（陳案：也，《補注杜詩》作"已"。）

"深山"二句：趙云："君〔今〕幸〔未〕成老翁"，《選》：魏文帝《〈帝〉與吳質書》："時有所慮，乃至通夜不瞑。志意何時，復類昔日。已成老翁，但未白頭耳。"末句以不知有何所恨，而甘心"憔悴"于山中乎？乃陳山中不可住，招之使出矣。此亦宋玉《招魂》之意。

贈蘇四徯

異縣昔同遊，各云厭轉蓬。
別離已五年，尚在行李中。
戎馬日衰息，乘輿安九重。
有才何棲棲，將老委所窮。
爲郎未爲賤，其奈疾病攻。
子何面黧黑，焉得豁心胸。
巴蜀倦剽劫，下愚成土風。
幽薊已削平，荒徼尚彎弓。
斯人脱身來，豈非吾道東。
乾坤雖寬大，所適裝囊空。
肉食哂菜色，少壯斯老翁。
況乃主客間，古來偪側同。
君今下荆揚，獨帆如飛鴻。
二州豪俠場，人馬皆自雄。
一請甘饑寒，再請甘養蒙。

【集注】

"異縣"二句：《古詩》："爲客若轉蓬。"　　趙云：《古詩》："它鄉各異縣。"曹植《雜詩》："轉蓬離本根，飄颻隨長風。"袁陽源《郊古》詩："勤役未云已，壯年徒爲空。迺之古時人，所以悲轉蓬。"（陳案：之，《文選》作"知"。）

"尚在"句：《左傳》：晉秦圍鄭，燭之武夜見秦伯，曰："行李之往來。"注："行李，使人。"

"乘輿"句：天子之門九重。"乘輿"，天子所乘輿，時京師初復。

"爲郎"句：甫爲宣義郎、檢校工部員外郎，非以階官。後篇云："雖爲尚書郎"，可以證矣。

"巴蜀"二句：崔旰之亂。

"幽薊"句：祿山節鎮。

"荒徼"句：時思明未平。

"豈非"句：《儒林傳》：初，梁項生從田何受《(意)[易]》，丁寬爲項生從者，讀《易》精敏，材過項生，遂事何。學從，(陳案：從，《漢書·儒林傳》作"成"。)寬東歸。何謂門人："易已東矣？"師古曰："言丁寬得其法術矣去。"(陳案：矣，《漢書·儒林傳》作"以"。)　　趙云：上兩句，方指言蘇徯。"面黧黑"字，《列子》："面目黧黑。""巴蜀倦剽劫"，則段子璋之亂，又崔旰之亂。燕薊"尚彎弓"，則安之亂雖"已削平"，而猶有盜賊。"彎弓"字，《史》："士不敢彎弓而抱怨。""斯人"，又指蘇徯。在危難之間，脫身來此，蓋亦以道合行於巴中，猶古人所謂"吾道東"也。

"少壯"句：(陳案：斯，《補注杜詩》《全唐詩》作"欺"。《後漢書·左雄傳》李賢注："斯，賤也。")

"況乃"二句：趙云：《左傳》："肉食者鄙。""菜色"，《傳》云："民無菜色。"下兩句言，時之寬舒，則寬舒同。時之"偪側"，則"偪側同"也。《西京賦》："駢〔羅〕[田]偪仄。"公(傳)[專]有詩《偪側行》者，亦用此耳。

"一請"二句：趙云：欲其晦迹，以自全耳。

寄薛三郎中

人生無賢愚，飄飄若埃塵。

自非得神仙，誰免危其身。

與子俱白頭，役役常苦辛。

雖爲尚書郎，不及村野人。

憶昔村野人，其樂難具陳。

藹藹桑麻交，公侯爲等倫。

天末厭戎馬，我輩本常貧。

子尚客荆州，我亦滯江濱。
峽中一臥病，瘧癘終冬春。
春復加肺氣，此病蓋有因。
早歲與蘇鄭，痛飲情相親。
二公化爲土，嗜酒不失真。
余今委脩短，豈得恨命屯。
聞子心甚壯，所過信席珍。
上馬不用扶，每扶必怒嗔。
賦詩賓客間，揮灑動八垠。
乃知蓋代手，才力老益神。
青草洞庭湖，東浮滄海漘。
君山可避暑，況足采白蘋。
子豈無扁舟，往復江漢津。
我未下瞿唐，空念禹功勤。
聽説松門峽，吐藥攬衣巾。
高秋却束帶，鼓枻視清旻。
鳳池日澄旣，濟濟多士新。
余病不能起，健者勿逡巡。
上有明哲君，下有行化臣。

【集注】

"飄飄"句:(陳案:《補注杜詩》《全唐詩》作"飄颻"。)

"役役"句:役役:一作"没没"。

"天末"二句:(陳案:末,《補注杜詩》《全唐詩》作"未"。) 趙云:"雖爲尚書郎",固是實道爲尚書工部員(郎)[外]郎之事,而《木蘭歌》云:"木蘭不用尚書郎。"有此三字也。"具陳",見首篇注。"等倫"字,《列子》全語,《説符篇》載:俠客相與言:"必滅虞氏之家爲等倫。"

皆許諾。"天末"，《選》賦有云："〈玄〉雲斂天末。"《詩》有云："佳人眇天末。""戎馬"，《老子》云："戎馬生於郊。"

"早歲"句：蘇源明、鄭虔是也。

"嗜酒"句：蘇、鄭亦皆"嗜酒"。　　趙云：言其酒以死也。

"每扶"句：趙云：《記》："儒有席上之珍以待聘。""每扶"，一作"忽(非)〔扶〕"，非。蓋"每"字與"必"字相應也。

"乃知"句：可蓋覆當"代"也。《漢書》："功業蓋當。"（陳案：當，《漢書》作"代"。）

"君山"二句：《杜補遺》：《岳州圖經》："洞庭湖在縣西南一里。"《荊州記》云："巴陵南有青草湖，與洞庭湖相連接，周回數百里，日月出沒其中。湖之南有青草山，因以爲名。"《博物志》曰："君山，洞庭之山也。"庾穆之《山記》云："昔秦始皇欲入湘觀衡山，而遇風浪，機敗溺，至此山而免，因號爲君山。"（陳案：山記，《太平御覽》作"湘州記"。）又，《荊州圖經》云："湘君所遊，故曰'君山'。有神，祈之則利涉。"韓退之《黃陵廟碑》載《山海經》曰："洞庭之山，帝之二女居之。"則君山者，因湘君得名，非始皇也。韓碑辨湘君夫人事甚詳，〔此〕不復錄。

"高秋"二句：趙云：十二句（陳案：指"青草"至"鼓枻"句。）蓋公有意於扁舟，儘南而下，陳其所歷所游之處，欲借"薛郎中"所往復"江漢"之舟而往。然"未下瞿唐"外，"空念禹功"。則劉子所爲："美哉！禹功。微禹，吾其魚乎也。"聞"松門峽"之好，則方喫藥而"吐"之，邊"攬衣巾"思去也。松門峽，無所考。（亦）〔豈〕亦如巴峽中有瞿唐灘，當時遂名爲"瞿唐峽"者乎？以俟博聞。"高秋""束帶"而"鼓枻"，則言方是往時矣。《論語》："束帶立於朝。"潘安仁《西征賦》："鼓枻迴輪。"注：郭璞《方言》曰："今江東人呼枻爲軸。"

"鳳池"四句：（陳案：既，《補注杜詩》《全唐詩》作"碧"。）　　趙云："鳳池"，指禁省之地。晉荀勖守中書監侍中，專管機事。及遷尚書令，中有賀者，曰："奪我鳳凰池，諸公何賀焉？""濟濟多士"四字，《詩》之全語。"健者"，指言薛據。蓋有所望之也。"健者"兩字，《後·袁紹傳》：董卓欲廢立，紹勃然曰："天下健者，豈唯董公！"

大覺高僧蘭若

巫山不見廬山遠,松林蘭若秋風晚。
一老猶鳴日暮鐘,諸僧尚乞齋時飯。
香爐峰色隱晴湖,種杏仙家近白榆。
飛錫去年啼邑子,獻花何日許門徒?

【集注】

"巫山"二句:《杜正謬》云:《釋氏要覽》曰:"蘭若者,梵言阿蘭若,唐言無諍。"《四分律》云:"空靜處。"《薩婆〔多〕論》云:"閑靜處。"《智度論》云:"遠離。"《大悲經》"阿蘭若",注云:"離諸惡務。"故數説不同,其實無諍也。　趙云:"廬山遠",廬山惠遠也。"大覺"和尚雖是"巫山"之僧,而比爲"遠"。公往謁之而不遇,故云:"巫山不(離)〔見〕廬山遠。""蘭若",(宮)〔佛〕宮名,蓋梵語耳。

"一老"二句:趙云:漢初入曜隱於淮陽山中,(陳案:入,《補注杜詩》作"應"。)有四皓俱徵,(陳案:有,《補注杜詩》作"與"。)曜獨不至。時人語曰:"南山四皓,不如淮陽一老。"又,管寧書:"惟陛下聽野人山藪之(類)〔願〕,使一老者得盡微命。"若本出,則魯哀公指孔子爲"一老"。

"香爐"句:"香爐峰",廬山勝境,如香爐上有飛泉。

"種杏"句:《神仙〔傳〕》:董奉居廬山治病,重者種杏五株,輕者一株,號董仙杏林。　趙云:公題下注云:"和尚去冬往湖南。"今此乃言"廬山"事,即"隱晴(海)〔湖〕"是江南彭蠡湖,恐"湖南"字誤。"香爐峯"事,遠法《廬山記》:"東南有香爐山,孤峯秀望,(陳案:望,《廬山記》作'起'。)籠氣遊其上,(陳案:'籠氣遊'三字,《廬山記》作'遊氣籠'。)氤氲若煙野。"(陳案:煙野,《廬山記》作"香烟"。)"近白榆",言其所居之高,近乎一辰。(陳案:一,《補注杜詩》作"星"。)《古詩》曰:"天上何所有?歷歷種白玉。"(陳案:玉,《古樂府》作"榆"。)

"飛錫"句:《高僧〔傳〕》:有飛錫而赴齋者。見三十四卷《太陽沙門詩》注。　《杜補遺》:"昔高有峯,(陳案:有,《宋高僧傳》作'僧隱'。)遊五臺，出淮西，擲錫飛空而往西天。"比丘持錫，有威二十五（義）[儀]，凡至（十）[室]中，不得著地，必掛於壁牙。故（遊）[釋]子稱遊行僧爲"飛錫"，安住僧爲掛錫。孫綽《天台賦》云："王喬（空）[控]鶴以冲天，應真飛錫以躡虛。"注："應真，得道人。"

"獻花"句：《高僧傳》：戒行言潔，天女來獻花。（陳案：言，《高僧傳》作"嚴"。）　趙云：言去年"往湖南"也。《天台山賦》"飛錫"注云："得真道之人，執杖而行於虛空，故云飛錫也。""邑子"，同邑之子也。《朱買臣傳》："會邑子嚴助貴幸，薦買臣。""獻花"事，《後分經》載："釋迦初爲净惠仙人時，獻五蓮花於燃燈佛。"此"獻花"之祖也。其後"獻花"於羅漢者，如《法注記》："龍神捧鉢而曲躬，天女獻花而胡跪。""門徒"者，一門之徒屬。如七十二子爲孔門之徒。又《（漢）[後]漢·李固傳》："表舉薦達，例皆門徒。"此皆一門徒屬之義。《佛書》所〈外〉載，（之）[雖外]道之黨類，亦謂之"門徒"。其在佛僧，則謂諸弟子來從者，爲"門徒"矣。

卷十五

(宋)郭知達 編

古　詩

憶昔行

憶昔北尋小有洞,洪河怒濤過輕舸。
辛勤不見華蓋君,艮岑春輝慘么麼。
千崖人無萬壑靜,三步回頭五步坐。
秋山眼冷魂未歸,仙賞心違淚交墮。
弟子誰依白茅室,盧老猶啟青銅鎖。
巾拂香餘搗藥塵,階除灰死燒丹火。
縣圃滄洲莽空闊,金節羽衣飄婀娜。
落日初霞閃餘映,倏忽東西無不可。
松風磵水聲合時,青兕黃熊啼向我。
徒然咨嗟撫遺跡,至今夢想仍猶作。
祕訣隱文須内教,晚歲何功使願果。
更討衡陽董煉師,南遊早鼓瀟湘柂。

【集注】
《憶昔行》:趙云:"憶昔"者,追憶往昔也。鮑照《衰老行》:"憶昔少年時,馳逐好名晨。"故公有《憶昔》之作。止摘兩字爲題,然必目之所親見,身之所親歷者。憶昔先皇巡朔方、憶昔開元全盛日,此紀目之所親見也。今篇"憶昔北尋小有洞",此紀身所親歷也。公在關塞時有《昔遊》篇,與今篇大〔意〕相應,更相發明,具(例)〔列〕于逐段之下。公往尋華蓋君而不見,故前篇謂之《昔遊》,今篇謂之《憶昔》。

"憶昔"二句:《茅君內傳》:"大天之內有玄中之洞三十六所。第一,王屋山之洞,周圍萬里,名曰小有清虛之天。"　趙云:《禹貢》:"底柱析城,至于王屋。"注云:"山在冀州南,河之北。"疏:"王屋在河東垣縣東北。"今云"北尋小有洞",則往王屋,過河而北行也。唐《廣切韻》注:"楚以大舩曰舸。"而類書載《釋名》亦曰:"南楚江湘,凡舩之大者謂之舸。"

"辛勤"二句:趙云:《昔遊》云:"昔謁華蓋君,深求洞宮腳。玉棺已上天,白日亦寂寞。暮升艮岑頂,巾几猶未卻。"參詳二詩之意,蓋公遊王屋,本欲謁"華蓋君",適值君死也。"玉棺上天",則託仙以爲言矣。"華蓋"字,於傳記有三焉:山有名華蓋,則《葛仙公傳》之言崑崙別名也。星有華蓋,則《晉·天文志》云:"大帝上九星曰華蓋,所以覆蔽大帝之座也。"肺爲華蓋,則道家、醫家之說也。今云"華蓋君",應是道號,不知何所取也。舊注引《葛仙公傳》事,則是指崑崙矣。"艮岑",二詩皆言之,的是王屋之處。"么麼",細也。"艮岑"之"青輝",固不細矣,以"華蓋君"之不在,故慘然而細矣。

"千崖"二句:(陳案:人無,《補注杜詩》《全唐詩》作"無人"。)趙云:"千崖""萬壑",則顧愷之之言會稽云:"千巖競秀,萬壑爭流。"下句,則魏文帝《臨高臺》曰:"五(星)〔里〕一顧,六里徘徊"之勢也。曹公《祭橋玄文》:"車過三步,腹痛莫怪。"李陵《別蘇武詩》:"轅馬顧悲鳴,一步一徬徨。"

"秋山"二句:趙云:上句言望"華蓋君",招之而不來也。下句言欲爲"仙賞"之遊,而事與願違,所以悲泣也。宋玉《招魂》有:"魂兮歸來"者凡十二。今言"魂未歸",著"未"字者以反言之也。舊注撰引《招魂》云:"魂來兮未歸。"妄矣。嚴休復《唐昌玉蕊花》詩:"消魂眼冷未逢真",(陳案:眼,《唐詩紀事》作"目"。)豈亦出於杜公耶?當秋時在山中有所望,故云"眼冷"也。"仙賞心違",以"賞心"字貼"心違"也。謝靈運云:"良辰好景,賞心樂事,四者難并。"而所賞之心,乃"仙賞"之心也。《左傳》:"王心不違。"《詩》:"中心有違。"故公屢使寸心違、壯心違、心事違也。羊叔子峴山之碑,謂之"墮淚碑"。

"盧老"句:(陳案:猶,《補注杜詩》《全唐詩》作"獨"。)

"弟子"四句:除:一作"前"。　　趙云:此四句寔道其事。"白茅室",則《莊子》云:"筑特室,席白茅"也。一作"白室",非。"盧老"者,蓋所見之人,應是"華蓋君"親信者,故曰:"獨啟青銅鎖。""巾""拂"是兩物,"階除"亦可作兩字對。公律詩有云曰:"慣看賓客兒童喜,得食階除鳥雀馴。"可見矣。但一本作"階前",非。

"縣圃"四句:舊注:《十洲記》:"崑崙山三角,一角正西曰縣圃臺。其一處有積金,爲天墉城,四千里,城安金臺。""金節羽衣",則以黃金爲屋,鳥羽爲衣。漢武帝拜欒布爲五利將軍,使以羽衣,立茅屋上。注曰:"以鳥羽爲衣,取其神仙飛翔之意。"　　趙云:四句言"華蓋君"當在仙境往來也。《葛仙傳》云:"崑崙,一曰縣圃也。""滄洲",則十州之一洲也。《爾雅》曰:"西北方之美,有崑崙之墟璆琳琅玕也。"則崑崙在西北。《列子》云:"渤海之大壑,名曰歸墟。中有五山,蓬萊其一也。"東有豈可云大海之中有崑崙,滄洲、蓬萊乎?"金節羽衣",則仙人之服御也。"婀娜",美貌。《文選》有:"芝蘭婀娜。"而韓退之《元和聖德頌》有:"旗常婀娜。"亦言其美也。當"縣圃"與"滄洲"空濶之間,乃"華蓋君""金節羽衣"之所往來矣。晚則"落日"之所映,早則"初霞"之所映。其在此時也,(陳案:"映。其在",依《杜詩引得》。《四庫全書》作"往來矣晚",有竄亂。)或東遊"滄洲",或西遊"崑崙","倏忽"然,"無不可"者,言其任意之閑放也。"餘映"字,王仲宣《七哀》詩:"山崗有餘映,巖阿增重陰。"而"霞""映"之勢,則又孔稚圭《北山(後)[移文]》云:"高霞孤映。""閃者",不定之貌。

"松風"四句:作:一作"佐"。　　趙云:四句公自言其在山中之愁寂,而想"華蓋君"于今不忘也。風吹松而鳴,澗水激石而鳴,皆可愁矣。宋玉《招魂》曰:"君王親發兮憚青兕。""兕"必言"青"。則《説文》曰:"兕如野牛,青皮堅緊,可以爲鎧。"《國語》:晋叔向曰:"昔吾先君唐叔射兕于徒林,殪以爲大甲。"韋氏解亦云:"兕似牛而青。"《六韜》:"文王囚羑里,散宜生得黃熊而獻之紂。"舊注云:"成王時,東夷獻黃熊。"按:類書載《周書》云:"成王時,不屠國獻青熊。"未嘗有獻"黃熊"也,蓋(轍)[輒]改以附會其説如此。當其在山中時,聞"松風

638

硐水"之聲,"青兕黃熊"之啼,愁寂不堪,徒有"咨嗟"撫華蓋君之"遺跡",至今夢想猶見之也。舊本"猶作"字作"佐"字。當是"作"字,但音"佐"而已,此南人語音。公詩又曰:"主人送客何用作",自注云:音"佐"。可見矣。公之今句,則言"今""猶作"此夢也。

"祕訣"四句:舊注:董煉師,神仙也。隱於衡陽,"祕訣隱文"。按:《道藏》書中有《隱訣》,其書曰:"大清九宮,其最高者,稱太皇、紫皇、玉皇。" 趙云:此四句,結一篇之義,以爲求仙需得有功行,而傳"祕訣",不見"華蓋君"矣,却思南遊而訪"董煉師"。"討"者,尋訪也,與《昔遊》詩"杖藜望清秋,有興入盧霍"同意。《南史》:梁有胡僧祐者,得以願果爲字也。《真誥》載:紫清真妃詩:"濯足玉天池,鼓枻牽牛河。"庾闡《楊都賦》:"青雀飛艫,餘王鼓枻。"(陳案:王,《藝文類聚》作"皇"。)

魏將軍歌

將軍昔著從事衫,鐵馬馳突重兩銜。
被堅執銳略西極,崑崙月窟東嶄巖。
君門羽林萬猛士,惡若哮虎子所監。
五年起家列霜戟,一日過海收風帆。
平生流輩徒蠢蠢,長安少年氣欲盡。
魏侯骨聳精爽緊,華嶽峰尖見秋隼。
星纏寶校金盤陀,夜騎天駟超天河。
攙槍熒惑不敢動,翠蕤雲旓相盪摩。
吾爲子起歌都護,酒闌插劍肝膽露,
鉤陳蒼蒼風玄武。
萬歲千秋奉明主,臨江節士安足數。

【集注】

《魏將軍歌》：趙云：《古樂府》有《丁都護歌》《臨江王節士歌》，紀述其人，皆謂之"歌"。故公前有《戲作花卿歌》，今又有《魏將軍歌》，乃其例也。

"將軍"二句：別駕亦曰："治中從事。"孔恂爲別駕從事。"銜"，銜勒也。　趙云："著從事衫"，則初爲幕官於元帥府耳。馬勒重銜，則戰馬之謹也。《後漢》："陳衆，人號爲白馬陳從事。"

"被堅"二句：《高祖記》："朕親被堅執銳。"師古曰："被堅，謂甲冑；執銳，謂利兵。"《爾雅》："西至於邠國，謂之西極。"《相如賦》："嶄巖參差。"揚雄《長楊賦》："西壓月窟，東震日域。"　趙云："崑崙"事，郭璞《崑崙丘贊》曰："崑崙月精，水之靈府。惟帝下都，西羌之宇。"則崑崙於中國，固在西矣。而比之月窟，則猶在東也。揚雄："西壓月窟。"注："月窟者，月之所生也。"今云"崑崙月窟東嶄巖"，蓋言"崑崙"在"月窟"之東，其形"嶄巖"然也。公詩句承"畧西極"之下，所以壯其極西之處矣。此四句一段，言將軍立功於西邊也。

"君門"二句："監"，領也。"君門"，羽林禁旅也。漢有羽林軍，《詩》："闞如哮虎。"言其勇也。　趙云：此[四][兩]句言將軍監軍於殿前也。

"五年"二句：門列棨戟也。　趙云："列戟"，貴者之門，蓋所謂棨戟。"過海取風帆"，則有事於"西極"，既了，過西海而還，其"帆"可收矣。所以承"畧西極"之下，則爲過西海。或於一日之中，"過海收帆"，又以形容其速返。戟，謂之"霜戟"；帆，謂之"風帆"，詩家造語，兩句是對也。上句言將軍之驟貴，下句言將軍遠征而速返也。

"平生"四句：趙云："氣欲盡"，則觀將軍之富貴功名而然矣。謝承《後漢書》：竇武上疏曰："奉承詔命，精爽損越。""秋隼"，清秋之隼鳥。凡鷙鳥以秋而健，公後篇曰："秋鷹整翮當雲霄"，是已。"華獄峰尖"之上"見秋隼"，所以比其"骨聳"而"精爽緊"歟。此四句可推見將軍之在長安也。

"星纏"二句：師云：庾愷《白馬篇》："星纏瑪瑙轡。"劉孝標詩："寶校纏障泥。"鮑照詩："金銅飾盤陁。"古注《天官書》："漢中四星曰天駟，旁一星曰王良，旁八星絶漢曰天（演）[潢]。"　趙云："星纏寶校",則倒使顏延年《赭白馬賦》全語。薛夢符引張平子《東京賦》:"龍輈華轙,金鍐鏤錫。方釳左纛,鉤膺玉瓖。"所謂"寶校",此其具第尊卑之制殊耳。"天駟",言將軍之馬,乃御廐之馬也。"超天河",則以帝京之地比天上,以言將軍"夜騎"之,豈若金吾巡邏之事耶。

"攙槍"二句:"攙槍",妖星。"熒惑",火星。"翠蕤雲旆",皆旗也。"相蕩摩",舒閑貌。張衡《西京賦》:"棲鳴鳶,曳雲旆。"相如《子虛賦》:"錯翠華之葳蕤。"又《東都賦》:"望翠華之葳蕤。" 趙云:"攙槍",妖星,以比寇亂。"熒惑",火星,以比強暴。"不敢動",言畏其威也。以承"天駟""天河"之下,故復用天星言之。"翠蕤雲旆",以見將軍所建之旗,皆天兵之儀也。

"吾爲"三句:玄武:一作"玄武暮"。 趙云:"都護",漢官也。漢遣王吉護匈奴南、北兩道,故曰都護。《古樂府》有《丁督護》。督護,即都護也。"鉤陳",星名。《晋·天文志》:"鉤陳六星,在紫宮中。"故天子殿前亦有"鉤陳",所以法天也。"蒼蒼",言其明也。陸倕《石闕銘》云:"把鉤陳。"注:"鉤陳,兵衛之象,故王者把焉。""玄武"者,闕名。《三輔舊事》曰:"未央宮北有玄武闕。"舊本誤以"武"字爲韻,云"風玄武",極無義理,徒誤學者。以"鉤陳"則"蒼蒼",以"玄武"則"暮",言當"酒闌插劍"之時如此。《甘泉賦》:"伏鉤陳(仗)〔使〕當〔兵〕。"注:"爲營陳星也。"

"萬歲"二句:趙云:楚王謂安陵君曰:"寡人萬歲千秋之後,誰與樂此?" 杜田曰:《古樂府》載宋陸厥《臨江王節士歌》曰:"節士慷慨,髮上衝冠。彎弓掛若水,長劍竦雲端。"此兩句,上則言將軍常監軍於殿前,爲宿衛;末則言將軍乃天子之"節士",非特"臨江"王節士比也。舊注謂夔州號臨江軍,非。蓋臨江軍,今屬江西,而夔州則號寧江軍也。

北　風

北風破南極,朱鳳日威垂。
洞庭秋欲雪,鴻鴈將安歸。

十年殺氣盛,六合人煙稀。
吾慕漢初老,時清猶茹芝。

【集注】

"北風"四句:《詩》:"北風其涼。"　　趙云:"南極",言楚地。公在楚,故所見者,此也。因"南極"之下,故承之以"朱鳳"。〔朱鳳〕,南方之鳥也;因"洞庭"之下,故乘之以"鴻鴈"。蓋"鴈",隨陽之鳥也。而"洞庭"乃往衡陽之路,"鴈"本違寒而就溫,今洞庭方"秋"而"欲雪",則又寒矣,又將奚往乎?"朱鳳"在"南極","北風破南極"而"威垂";"鴻鴈"過"洞庭","洞庭秋欲雪"而南歸。皆言值時如此,於是乎失所也。"威垂",無氣象之貌。"鳳"與"鴻鴈",皆公自況。《揚子》:"君子在治若鳳,在亂若鳳。"又云:"鴻飛冥冥,弋人何慕焉。"義與下句相喚,蓋亦公自歎在風塵之際,方旅泊而未得歸矣。舊注"北風破南極",以喻小人道長、君子道消,非是。

"十年"四句:趙云:此戊申大歷三年詩也。自乙未天寶十四年至此,十三年矣。而云"十年殺氣盛",則舉其大數爲詩句耳。"殺氣盛",則安、史雖滅,而吐蕃尚熾也。《記·月令》:"殺氣浸盛。"曹子建詩:"千里無人煙。"末言商山四皓,以秦之亂,避之入山。方漢之初,可以出矣,而"猶茹芝"焉,則以畏禍之心,未能已也。近有《東溪先生集》者,其中有《釋杜詩》十六篇,以《北風》爲第二篇。序云:"《北風》,悲燕寇哀弱王室,禍加臣民。寇來自北,故況北風。"曾不考公賦詩之年辰與處所,直誤以爲安、史之亂。不知此乃大歷三年所作之時也。言吐蕃則可,豈可尚以爲燕寇之亂王室乎?亦又豈有寇自北來之事乎?恐惑後學,故爲辨之。

客　從

客從南溟來,遺我泉客珠。
珠中有隱字,欲辨不成書。
緘之篋笥久,以俟公家須。

開視化为血,哀今徵歛無。

【集注】

"客從"四句:《莊子》:"海運則將徙於南溟。" 趙云:此篇倣"客從遠方來,遺我雙鯉魚"之格,而別生新意也。"珠"所從來不易得,其中若自言之也。任昉《述異記》:"南海鮫人,室水居如魚,其眼泣則出珠。"鮫人,即泉仙也,又名"泉客"。必言"南溟來",非特取譬,乃蔡伯世所謂長沙當"南溟"孔道。蓋公詩雖興寄,亦每感於物而興之,非泛爲比也。 師云:《神異經》:"鮫人織鮫綃於泉室,出以賣之。嘗客主人家,臨去索盤泣珠,以遺主人。"又淮(安)〔南〕王劉安,以一寶珠,四面中有四字,名曰:"刊字珠。"

"緘之"四句:趙云:必用"泉客珠",言其珠從眼泣所出也。至於"化爲血"矣,猶慮公家之"徵斂",無以供之,故哀。世〔有〕《東溪先生集》者,其中有《釋杜工部詩》十六篇。引云:"擬《毛詩》之序,以撮其大要而判釋之,且以爲啟杜詩之關鍵。"以此《客從》爲第三篇。序云:"《客從》,悲遠方貢賦不入中原也。"於上四句注云:"時四方以玉帛貢天子,多爲盜賊所掠,不至王庭。珠小物,可匿以獻也。中'有隱字',字又'不成書',不敢顯書貢天子也。"於下四句注云:"周衰,方物不至,諸侯之國猶通王使之求金。安、史之際,法廢道梗,雖欲徵斂,亦無所矣。"頃同蔡伯世定此詩乃大歷四年潭州作,而東溪又誤以爲安、史之際,是不知安、史至此已滅七年矣,大非也。

白　馬

白馬東北來,空鞍貫雙箭。
可憐馬上郎,義氣今誰見。
近時主將戮,中夜傷於戰。
喪亂死多門,嗚呼涕如霰。

【集注】

　　"白馬"八句：傷：一作"商"。　　　趙云：此篇記事之作。蔡伯世云："乃潭州詩。""主將"，謂崔瓘也。（陳案：瓘，《補注杜詩》作"瑾"。）公自衡州如長沙而逢亂。按：《九域志》："衡州北至州界九十二里，至潭州三百九十里。"（自）[以]公自南而北言之，則所見之"白馬"，爲東北來矣。"空鞍貫箭"，則人亡馬還也。古歌辭每以郎稱騎馬之人，如《折楊柳》云："腹中愁不樂，願作郎馬鞭。出入攏郎臂，踪跡郎膝邊。"（陳案：踪跡，《樂府詩集》作"蹀坐"。）公又嘗曰："馬上誰家白面郎。"大率少年之稱耳。"傷於戰"，一作"商於"者，山名，在虢者。與此潭州之亂無相干，斷不可取。江文通《雜體詩》："日暮浮雲滋，握手淚如霰。"屈原《九章·哀郢》篇："望長楸而太息兮，涕淫淫其若霰。"東溪先生誤以"主將之戮"，爲禄山之亂。蓋禄山叛於天寶十四載，殺於至德元載。而又以"白非戰馬"。昔侯景之亂，舉軍皆白馬青袍，而謂非戰馬，可乎？恐誤學者，不可不辨。　　　師云：按：《唐史》："大歷三年，商州兵馬使劉洽，殺其刺史殷仲卿。"杜所言"商於戰"，豈此歟？

白鳧行

君不見黃鵠高於五尺童，化爲白鳧似老翁。
故畦遺穗已蕩盡，天寒歲暮波濤中。
鱗介腥膻素不食，終日忍飢西復東。
魯門鷄居亦踽蹡，聞道如今猶避風。

【集注】

　　"化爲"句：似：一作"象"。
　　"天寒"句：歲：一作"日"。
　　"魯門"二句：趙云：趙壹詩："披褐懷金玉，蕙蘭化爲芻。"劉琨詩："何意百煉剛，化爲繞指柔。"夫剛之異乎柔，蕙蘭之異乎芻，體性之自然也。剛化爲柔，蕙蘭化爲芻，非其體性之變，而乃事意之易，爲可歎矣。"鵠"與鶴同類，遠舉之物，古人多通言之，故有"黃鵠"，亦有黃鶘。《韓詩外傳》載田饒云："黃鵠一舉千里。"《詩義疏》："鵠大如鵝，長三尺。"此言其飛之遠而形之高大也。《莊子》："鶴脛雖長，斷之則憂；鳧脛雖短，續之則悲。"此言"鵠"高而"鳧"庳也。今公云"黃鵠""化爲白鳧"，"化爲"之義，乃趙壹之"蕙蘭化爲芻"、劉琨之"剛化爲柔"者也。"鵠"高五尺，宜高舉遠引，乃摧藏低回，化作"白鳧"之狀，象"老翁"之傴僂。天寒歲暮，困於波濤之中，忍飢西東，無所投迹，此賢者失所之譬也。《孟子》："五尺之童適市。"魏文帝云："已成老翁，但未頭白耳。"《詩》："遺秉滯穗。"《禮記》："天寒既至。""歲暮"字，起於《詩》。此疊字格也。"鶢鶋"事，《國語》載：海鳥曰爰居，止於魯南門之外三日。臧文仲使国人祭之。展禽曰："祀，國之大節也。無功而祀之，非仁也。今兹海其有災乎？夫廣川之鳥獸，常知避其災也。是歲也，海多大風。"注："爰居之所避也。"詳味此詩前六句，蓋公自況。末兩句，尚念及同志之人，故謂之亦"蹭蹬"。"蹭蹬"，失勢之貌。《海賦》言大鯨失勢之狀曰："蹭蹬窮波，陸死鹽田。"公以魚自喻己之失勢曰："蹭蹬無縱鱗。"今言"爰居"之失勢，則曰："亦蹭蹬"，"聞道如今猶避風"也。

蠶穀行

天下郡國向萬城，無有一城無甲兵。
焉得鑄甲作農器，一寸荒田牛得耕。
牛盡耕，蠶亦成。
不勞烈士淚滂沱，男穀女絲行復歌。

【集注】

　　"天下"二句：時盜賊充斥天下，皆用兵天下。"郡國"，則《後漢》：光武披輿地圖，指示鄧禹曰："天下郡國如是，今始得其一。"

　　"焉得"句：趙云：此暗使顏回之語。《家語》載：回曰："回願得明王、聖主輔相之。使鑄劍戟爲農器，放牛馬於原藪。"

　　"不勞"二句：趙云："烈士"見平日牛不得耕，蠶無所成，則涕淚

"滂沱"。今也見牛耕而"男穀",蠶成而"女絲",則喜而行歌焉。"行歌"字,主"烈士"言之也。舊注引《揚子》言:"政之思斁,而以男子畝、婦人桑爲思,至於行復歌,則人樂其政可知矣。"不亦自爲昏惑之説乎?

折檻行

嗚呼!房魏不得見,秦王學士時難羨。
青襟胄子困泥塗,白馬將軍若雷電。
千載少時朱雲人,至今折檻空嶙峋。
婁公不語宋公語,尚憶先皇容直臣。

【集注】

《折檻行》:趙云:詩句中使"朱雲"事,因取名題也。按:成帝朝,張禹以帝師位特進,甚尊重。雲上書求見,公卿在前。雲曰:"臣願賜尚方斬馬劍,斷佞臣一人,以厲其餘。"上問:"誰也?"對曰:"張禹。"上大怒,令御史將雲下。雲攀殿檻,檻折。雲呼曰:"臣得下從龍逢、比干遊於地下,足矣。"此永泰元年之作,當在四月末、五月間。公方流離下,船歷戎、渝、忠,至雲安縣,而泊船以居,應方及之耳。

"房魏"四句:襟:一作"衿"。　趙云:太宗初为秦王,既平天下,銳意經籍,於宫城之西開文學館,以待四方之士。於是以杜如晦、房元齡,并以本官兼弘文館學士,圖其形狀,且顯爵土,命褚亮爲像贊,藏之書府,號十八學士。給五品珍饍,分爲三番更直,宿于閣下。預入閣者,時人謂之登瀛洲。"青衿",舊本作"青襟",非是。衿,衣系也。襟,交袵也,其物不同。《詩》云:"青青子衿。"貼以"胄子",則《書》云:"命夔教胄子。"注:"胄子,長子也,謂卿大夫子弟也。"《左傳》:"使吾子辱在泥塗。""青衿胄子困泥塗",則學校之廢,非特白屋之子失學,雖貴胄子弟,皆困辱泥塗。按《通鑑》於永泰元年不著日月載云:"自安、史之亂,國子監堂室頹壞,軍士多借居之。祭酒蕭昕上言:'學校不可遂廢。'於大曆元年春正月乙酉,敕復補國子學生,則學校之廢久矣。"而公之詩作於永泰元年蕭昕未上言前矣。魏龐德每戰，常陷陣。與關羽交戰，射羽中額。時德常乘白馬，羽軍謂爲"白馬將軍"，皆憚之。"雷電"，言白馬之駿驟，其先揮霍似之。（陳案：先，《杜詩引得》作"光"。）大意言武人之寵幸，故其威勢如此。

"千載"四句：（陳案：時，《補注杜詩》《全唐詩》作"似"。）　趙云："千載"云者，非謂自漢成帝至唐代宗永泰元年爲"千載"也。若考其年數之寔，才七百六十六年耳。此乃謂"朱雲"者，千載人也。正所以美"雲"之正直，不畏誅謬，雖"千載"之悠悠，少似之者。"至今折檻空嶙峋"，以罪成帝初不能容，而必欲誅之，賴辛慶忌之免冠叩頭流血，以死争而救之，然後得免。至今餘"折檻"之迹存，而竟不能疎抑張禹也。所以引下句，"先皇"則能"容直臣"焉。"嶙峋"，高貌。左太冲《魏都賦》："陛楯嶙峋。""婁公"，則師德也；宋公，則璟也。言互以正直爲心。師德，上元初爲監察御史，其所事者，高宗與武后。《本傳》不載其諫諍事，今因公詩指爲"直臣"而知之。宋璟，歷事武后、中宗、睿宗、明皇，中宗嘉其直臣。後張嘉貞代璟爲相，閱堂按，見其危言讜論，未嘗不失聲歎息。詳味詩意，思治世文物之盛，而聖君有諫諍之臣。致君堯、舜，如房、魏二人，不得而見，則思其上而不得，且思其次，爲學士以文采結主知者。又至欲有所諫諍，小臣如"朱雲"，大臣如"婁公""宋公"，然爲"朱雲"，則成帝本不能容之，惟婁、宋則先皇能容也。大意譏代宗亦不能容"直臣"矣。又按：《通鑑》於永泰元年春載："左拾遺洛陽獨孤及上疏曰：'陛下召裴冕等待制，以備詢問，此五帝盛德也。頃者陛下雖容其直，而不録其言，有容下之名，無聽諫之實。'此忠鯁之人所竊嘆。"觀此，則公詩作於永泰元年爲審，非以譏其有容下之名，無聽諫之實，不若先皇之真能容"直臣"乎？"直臣"字，用成帝"以旌直臣"之語。"　　師云：師德，深沉有度量人，有忤己輙遜避以自免，能以功名始終，故無面折庭争之迹。璟，剛正敢言，其事具載《本傳》。詳此詩意，蓋嘆世無"宋公"之敢言，而亦無"婁公"之容物，不然先朝之臣，特舉此二人，何哉？

朱鳳行

君不見瀟湘之山衡山高，山巔朱鳳聲嗷嗷。
側身長顧求其群，翅垂口噤心甚勞。
下愍百鳥在羅網，黃雀最小猶難逃。
願分竹實及螻蟻，盡使鴟梟相怒號。

【集注】

"君不"八句：趙云：此篇託興君子、小人甚明。《詩》有六義，四曰興。觧者曰："成於物而興焉者也。"（陳案：成，《杜詩引得》作"感"。）公在衡州，"衡山"則眼前所見也，"朱鳳"則衡山上之物也。因其物而有作，乃以爲興矣。《湘江記》曰："遥望衡山如陣雲，沿湘千里，九向九背，乃不復見。"故云："瀟湘之山衡山高。"句則《古歌》云："巴山之峽巫峽長"之勢也。（魏）劉楨詩："鳳凰集南嶽，徘徊孤竹根。"故云："山巔朱鳳聲嗷嗷。"《韻書》云："衆口愁也。"《詩》："哀鳴嗷嗷。""側身長顧求其群"，此以譬君子之無朋也。張平子《四愁詩》："側身東望。"《古詩》："邊馬長顧鳴。"《選》賦："獸顛狂以求群。""翅垂口噤心甚勞"，《後漢·馮異傳》："始垂翅於回溪，終奮翼於澠池。"《史記·日者傳》："噤口不能言。"《古樂府·飛鳥行》："吾欲銜汝去，口噤不能開。"《詩》："勞心忉忉。"所譬君子，復何人哉？蓋公之胷懷也。末句，"盡"，音"儘"。《左傳》："周禮盡在魯矣。"是也。"百鳥"與"黃雀"，皆鳥類之小者，而鳳凰憫之，則憂及小類。鳳凰非"竹實"不食，今欲分之以與"螻蟻"，則憫及微物。"鴟梟"，惡禽也，唯嗜腐鼠。《莊子》以爲"嚇鵷鶵"者。"盡使"之"怒號"，則鳳凰不管其自爭自怒也。四句託"鳳"之憂小類、閔微物、惡凶惡，乃公仁義之心如此。劉楨詩於"鳳凰集南嶽，徘徊孤竹根"之下云："於心有不厭，奮翅凌紫氛。豈不常勤苦，羞與黃雀群。"而公念"黃雀"之雖難逃於"羅網"，爲"鳳"所憫，則公之於劉楨，其心有間矣。"百鳥""黃雀"，譬小類。"螻蟻"，譬微物。鳳凰，譬君子。"鴟梟"，譬小人。此篇非君子、小人之譬甚明乎？此詩乃大歷五年衡州所作之詩也。時亂離日久，賢者思引其類，有爲而不可得也。

惜別行，送向卿進奉端午御衣之上都

蕭宗昔在靈武城，指揮猛將收咸京。
向公泣血灑行殿，佐佑卿相乾坤平。
逆胡冥寞隨煙燼，卿家兄弟功名震。
麒麟圖畫鴻鴈行，紫極出入黄金印。
尚書勳業超千古，雄鎮荆州繼吾祖。
裁縫雲霧成御衣，拜跪題封賀端午。
向卿將命寸心赤，青山落日江潮白。
卿到朝廷説老翁，漂零已是滄浪客。

【集注】

"蕭宗"句：禄山之亂，蕭宗即位靈武。《書》："昔在帝堯。"

"向公"句：天子在外曰行殿。

"麒麟"句：(陳案：圖，《全唐詩》同。一作"閣"。) 言兄弟俱畫像於麒麟閣。

"紫極"句：趙云：天寶十五年七月，以皇太子爲天下兵馬元帥，北收兵至靈武。裴冕奉皇太子即位，是爲蕭宗。明年九月，復京師。向公，無所考其名。"佐佑卿相乾坤平"，言平"乾坤"非獨"卿相"之力，乃"向公""佐佑"之力也。宣帝畫功臣於麒麟閣。《前漢》之《蘇武傳》，使此"麒麟"字。公他篇言"圖畫"處，多使"騏驎"字，具于《句法義例》。

"雄鎮"句：趙云："尚書"鎮荆州，言李之芳也。"繼吾祖"，則公自言杜預也。預在晉爲鎮南大將軍，都督荆州諸軍事。

"向卿"二句：趙云："寸心赤"，倒用"赤心"字，而以"寸心"貼之。字乃典而不虛也。"青山落日江潮白"，言向卿行歷之景物也。句可謂奇矣。　師云：沈約賦："衣若蟬翼，被若雲霧。"

"漂零"句：趙云："滄浪客"，公自言。《漁夫歌》曰："滄浪之水清兮，可以濯我纓。滄浪之水濁兮，可以濯我足。"

醉歌行

神仙中人不易得，顏氏之子才孤標。
天馬長鳴待駕馭，秋鷹整翮當雲霄。
君不見東吳顧文學，君不見西漢杜陵老。
詩家筆勢君不嫌，詞翰升堂爲君掃。
是日霜風凍七澤，烏蠻落照銜赤壁。
酒酣耳熱忘頭白，感君意氣無所惜，
一爲歌行歌主客。

【集注】

《醉歌行》：贈公安顏少府，請顧八題壁。

"神仙"二句：顏氏，公安少府也。　　趙云："神仙中人"。杜田云：《世說》：王恭美姿儀，嘗披鶴氅裘，涉雪而行。孟昶窺見之，曰："此真神仙中人也。"又《語林》曰：王右軍目杜弘冶曰："面如凝脂，眼如點漆，此神仙中人。"今取字以言顏少府也。《揚子》曰："顏氏之子。"今於少府言之。

"天馬"二句：趙云："天馬""秋鷹"，所以比顏。《前漢·禮樂志》："天馬徠，從西極。天馬徠，龍之媒。"劉孝標《絶交論》："蕭拂使其長鳴。""秋鷹"，則如前秋隼矣。"整翮"字，（晉）棗腆《寄石季倫》詩："望風整輕翮，因虚舉雙翰。"翰，去聲。　　師云：范煜："天馬獨長鳴。"張載《鷹賦》："凌風整翮。"

"君不"句：顧況，吴人。

"君不"句：前漢，都長安。後漢，都洛陽。長安在洛陽之西，故前漢謂之西漢。杜公，長安杜陵人也。

"詩家"二句：甫爲醉歌詩，請顧寫也。　　坡云：王子敬過戴安道草堂飲，安道求子敬文，子敬攘臂大言曰："我詞翰雖不如古人，與君一掃素壁。"今山陰草堂碑是，辭翰俱美。　　趙云："辭翰升堂爲君掃",公自言其詩家之詞,與顧君"筆勢"之翰,升顏少府之"堂",各爲之一"掃"也。《世說》注:"辭翰清新。"

"是日"二句:趙云:《子虛賦》:"楚有七澤。""烏蠻",施黔所連之蠻。"赤壁",在黃州,周瑜敗曹操之地。在西,故"銜""落照"於是。杜時可引王德臣《赤壁辨》云有三焉云云,幾二百餘言,爲冗矣。"霜風"之"凍",及"七澤","落照"遠"銜""赤壁",皆詩人因所在而廣之辭。

"酒酣"三句:一本云:"一醉歌行歌主客。" 杜云:《楊惲傳》:"酒酣耳熱,聲嗚嗚而歌秦聲。"末句,"歌主客","主"則顏少府,"客"則公與顧八也。魏文帝《與吳質書》曰:"每至觴酌流行,絲竹并奏,酒酣耳熱,仰而賦詩。當此之時,忽然不自知其樂也。"

歲晏行

歲云暮矣多北風,瀟湘洞庭北雪中。
漁父天寒網罟凍,莫徭射鴈鳴桑弓。
去年米貴闕軍食,今年米賤太傷農。
高馬達官厭酒肉,此輩杼軸茅茨空。
楚人重魚不重鳥,汝休枉殺南飛鴻。
況聞處處鬻男女,割慈忍愛還租庸。
往日用錢捉私鑄,今許鉛錫和青銅。
刻泥爲之最易得,好惡不合長相蒙。
萬國城頭吹畫角,此曲哀怨何時終?

【集注】

"歲云"四句:趙云:《詩》:"歲聿云暮,北風其涼。"《易》:"作結繩而爲網罟,以佃以漁。" 師云:"莫徭",蠻夷。《隋·地理志》:"長沙郡雜有夷〔蜑〕,名曰莫徭。自言其先祖有功,常免征役,故以爲名。"《禮記》:"桑弧蓬矢,〔以〕射四方。"桑弧,即桑弓。

"楚人"二句：烏：一作"肉"。　　舊注云：穀貴則傷民，穀賤則傷農。《孟子》："良人出，則必饜酒肉而後反。"詩意蓋言在位者，不知爲政，但厭酒肉爾已。"《風俗通》："吳楚之人嗜魚鹽，不重禽獸之肉。"

趙云："此輩杼軸"，猶言斯民杼軸。《詩》云："小東大東，杼軸其空。"《廣韻》《玉篇》"軸"作"柚"，機具也。杼，機之持緯者。揚［雄］《方言》："東齊土作謂之杼，木作謂之軸。""南飛"，沈約《聞夜鶴篇》曰："復値南飛鴻，參差共成侶。"

"況聞"六句：許：一云"來"。　　趙云：唐制：授人以口分、世業田，凡授田者，丁歲納粟稻，謂之租。用人之力，不過二十日。不役者，日爲絹三尺，謂之庸。舊注引唐制：盜鑄者死，没其家屬。至天寶間，盜鑄益甚，雜以鐵錫，無復錢形，號公鑄者爲官鑪錢。此天寶時事。今公詩在大歷中作，則大歷私鑄尤多也。"刻泥爲之最易得"，似言以"泥"爲錢模也，故言"易得"。"好"，音好醜之"好"。"惡"，音善惡之"惡"。錢有"好惡"故也。　　師云：江淹《別賦》："割慈忍愛，離邦去里。"張正見《夜感詩》："畫角聲不斷，凄凉懷萬感。"

夜聞觱篥

夜聞觱篥滄江上，衰年側耳情所嚮。
鄰舟一聽多感傷，塞曲三更欷悲壯。
積雪飛霜此夜寒，孤燈急管復風湍。
君知天地干戈滿，不見江湖行路難。

【集注】

"夜聞"句：觱管也。卷蘆爲頭，截竹爲管，出胡地。制法角音。

"君知"二句：地：一作"下"。湖：一作"湘"。　　趙云："觱篥"者，世皆識之。杜時可引樂部幾百餘言，雖無害於義，似爲冗矣。句中之警，在"塞曲三更欷悲壯"，蓋胡笳有《出塞曲》《入塞曲》也。禰衡擊鼓爲《漁陽摻》，撾聲益悲壯。公律詩嘗曰："五更鼓角聲悲壯"，亦用此矣。"急管"，復就觱篥言之也。"君知天地干戈滿"，"君"，則指言吹"籛篥"之人。"江湖行路難",則公自謂也。"行路難",樂府詩題。　　師云:按:龜兹國造籛篥,能作十二音,後轉入中國。(晋)閻邱中詩:"側耳眩歸鴻。"(晋)王讚《聞笛詩》:"凄凉塞曲愁。"曹植賦:"急管間發。"張讚詩:"孤燈乍明滅。"張華賦:"風湍猛惡。"

發劉郎浦

挂帆早發劉郎浦,疾風颯颯昏亭午。
舟中無日不沙塵,岸上空村盡豺虎。
十日北風風未迴,客行歲晚尤相催。
白頭厭伴漁人宿,黄帽青鞋歸去來。

【集注】

"挂帆"句:薛云:《江陵圖經》:"劉郎浦"在石首縣。孫權與劉備成婚於此,因以得名。

"白頭"二句:此公自公安縣欲往岳州所經行之處。"劉郎浦",乃公安之下石首縣也。"岸上空村盡豺虎",乃實道其事。舊注:"言多盗賊。"亦是。蓋張孟陽云:"盗賊如豺虎"也。"北風風未迴",所以儘催船之南行也。"黄帽青鞋歸去來",則雖在江湖,而猶"厭"與"漁人"爲伴,乃欲深藏高隱矣。"歸去來",則陶淵明之詞。

暮秋枉裴道州手札,率爾遣興,寄遞呈蘇涣侍御

久客多枉友朋書,素書一月凡一束。
虚名但蒙寒温問,泛愛不救溝壑辱。
齒落未是無心人,舌存恥作窮途哭。
道州手扎適復至,紙長要自三過讀。

盈把那須滄海珠,入懷本倚崑山玉。
撥弃潭州百斛酒,蕪没瀟岸千株菊。
使我晝立煩兒孫,令我夜坐費燈燭。
憶子初尉永嘉去,紅顏白面花映肉。
軍符侯印取豈遲,紫騮綠耳行甚速。
聖朝尚飛戰鬭塵,濟世宜引英俊人。
黎元愁痛會蘇息,夷狄跋扈徒逡巡。
授鉞築壇聞意旨,頹綱漏網期彌綸。
郭欽上書見大計,劉毅答詔驚群臣。
他日更僕語不淺,明公論兵氣益振。
傾壺簫管黑白髮,儺劍霜雪吹青春。
宴筵曾語蘇子季,後來傑出雲孫比。
茅齋定王城郭門,藥物楚老漁商市。
市北肩輿每聯袂,郭南抱甕亦隱几。
無數將軍西第成,早作丞相山東起。
鳥雀苦肥秋粟菽,蛟龍欲蟄寒沙水。
天下蚪角何時休,陣前部曲終日死。
附書與裴因示蘇,此生已愧須人扶。
致君堯舜付公等,早據要路思捐軀。

【集注】

"寄遞"句:(陳案:遞,《全唐詩》作"近"。一作"遞"。)

"久客"四句:言"友朋"之書,雖多,但蒙"寒溫"之問,而不足極憂也。《孟子》:"志士不忘在溝壑。"

"虛名"句:(陳案:溫,《全唐詩》同。一作"暄"。)

"齒落"二句:趙云:《古詩》:"客從遠方來,中有尺素書。"《詩》雖有"生芻一束",而《南史》何思澄作"名紙一束也。"問""寒溫"者,書牘之常也。《晉》："王獻之常與兄徽之、操之俱詣謝安。二兄多言俗事，獻之寒溫而已。"《論語》："泛愛衆，而親仁。"而晉、宋間遂以朋友爲"泛愛"。殷仲文《桓公九井》詩："廣筵散泛愛。"蓋猶兄弟謂之友于，子孫謂之貽厥，君子謂之凡百。　　洪駒父云："此歇後語也。"子美詩云："山鳥山花吾友于。"韓退之云："誰謂貽厥無基址，未能免俗，何邪？"《漢書》："齒髮墮落。"張儀從楚相飲，門下意張儀盜璧，共笞掠之。其妻曰："子毋讀書游説，安得此辱？"儀曰："視吾舌尚在不？"妻笑曰："在。"儀曰："足矣。""窮途哭"，則《阮籍傳》："時率意獨駕，不由徑路。車跡所窮，輒慟哭而反。"《本傳》元無"途窮"字，而顔延年《五君詠》，其於籍曰："物故不可論，途窮能無慟。"則公所用，蓋取顔延年之字也。此上六句，泛言諸友寄書相慰其老與窮耳。

　　"盈把"二句：元注言裴書勝珠之盈把，倚裴如崑山之玉。　　趙云："滄海珠"，薛夢符引閻立本稱狄仁傑曰："可謂滄海遺珠矣。"狄在公之前，亦自可證，而閻立本有"可謂"之語，則已前固有此語矣。"崑山玉"，則郄詵所謂"崑山片玉"也。"倚"字，《世説》："毛曾與夏侯玄共坐，時人謂兼葭倚玉樹也。""盈把"字，出《文選》。公又云："浩歌淚盈把。""入懷"字，則如："窮鳥入懷。"又云："使金如粟，不以入懷。""珠"與"玉"，以比道州之書。"三過讀"，王筠於書三過五抄。　　師云：《十道志》：道州，即漢封長沙定王子買域之地。

　　"紅顔"句：師云：（梁）簡文帝詩："少年多意態，面白多映肉。"

　　"軍符"二句：阮步兵厨中貯酒數百斛。"紫騧綠耳行甚速"，言真超軼之才也。　　趙云：空得書而不相聚，故"酒"則"撥弃"，而"菊"則"蕪没"也。"晝立""夜坐"，則得書而有所思也。"煩兒孫"者，煩其侍立矣。其所思者何？思其初爲"尉"之少年，且又言其進用而材之俊逸。"軍符"，則爲節度使，爲將帥也。"侯印"，則封侯佩印矣。"紫騧綠耳"，皆駿馬名。則《西京雜記》："文帝自代還，有良馬九，號爲九逸，而其一曰紫騧耳。"《列子》："周穆王駕八駿之馬，而左緑耳。"此"道州手札"，而下至此，專言裴道州有書，因書而思道州昔日爲尉，且言其人俊逸也。

　　"濟世"句：兵戈未息，宜薦才引士，以濟斯世也。

　　"黎元"二句：如用得其人，則黎民"蘇"而"夷狄""息"。　　師云：《後漢》：質帝目梁冀曰："此跋扈將軍也。"

"授鉞"二句：《毛詩》："無然畔援。"鄭注云："畔援，猶跋扈也。"張衡《西京賦》："睢盱跋扈。"齊高祖謂侯景："飛揚跋扈。""徒逡巡"，言其空自遷延，不久掃蕩也。"授鉞築壇"，言用將。《晉·禮樂志》："漢魏故事，遣將出征，符節郎授節鉞於明堂。"《韓信傳》："高祖築壇拜信。"《漢書》："網漏吞舟之魚。"　　師云：沈約詩："孰能振頹綱。"顧和謂王導曰："明公作輔，寧使網漏吞舟，何緣采聽風聲？"（陳案：聲，《晉書》作"聞"。）

"郭欽"二句：趙云："郭欽"事，晉武帝時，匈奴稍因忿恨，殺害長吏，漸爲邊患。侍御史郭欽上疏曰："戎狄強獷，歷世爲患。今西北之方，戎狄雜居，恐百代之後爲患，宜及平吳之功，以復上郡。"帝不許。故干寶有言曰："思郭欽之謀，而寤戎狄有釁也。""劉毅"事，晉武帝嘗顧謂劉毅曰："朕方漢之如何主？"對曰："桓、靈也。"帝曰："朕克己爲理，方之桓、靈，不亦甚乎？"對曰："桓、靈賣官，錢入公府；陛下賣官，錢入私門。以此言之，殆不如也。"

"傾壺"二句：黑：一作"理"。　　師云：《古詩》："舞劍凝霜雪。"

趙云："他日"，前日也。皆謂其非今日耳。《禮記·儒行》：孔子對魯哀公曰："遽數之，不能終其物；悉數之，乃留更僕，未可終也。"注："僕，太僕也。君燕朝，則正位，掌擯相。更之者，爲久將倦，使之相代。""氣益振"字，左太冲詩："酒酣氣益振。""黑白髮"，言飲酒聽樂而寬愁，白髮爲之再黑。一作"理"字，淺矣。"霜雪"，言劍之光。"吹青春"，則豪氣吹之也。自"聖朝尚飛戰鬥塵"至此，言朝廷須才，道州必用，且逗留他日，相會之樂也。

"宴筵"二句：（陳案：子季，《補注杜詩》《全唐詩》作"季子"。）公世孫曰"雲孫"。　　趙云：蘇季子，蘇秦也。兩句句義，言於閑晏筵席之間，曾語及蘇（渙）[渙]侍御，乃六國時蘇秦之遠孫，可比之也。《徐穉傳》："角立傑出。""雲孫"，《爾雅》："子之子爲孫，孫之子爲曾孫，曾孫之子爲玄孫，玄孫之子爲來孫，來孫之子爲晜孫，晜孫之子爲仍孫，仍孫之子爲雲孫。"至是而爲孫者，七世矣，言輕遠如浮雲，故自"季子"至"侍御"，取其最遠者言之。

"市北"二句：　　趙云："定王城"，乃潭州，則"漁商市"亦必是潭州之地。後五篇有聽蘇渙誦詩之作,則蘇在潭州矣。"漁商市"之北,乘"肩輿"而"聯袂",已言與蘇相逐之歡。"定王城"之南,"抱甕""隱几",言蘇之居處。《莊子》載:"子貢南遊於楚,反於晉。過漢陰,見一丈人方將爲圃畦。鑿隧而入井,抱甕而出灌,搰搰然用力甚多,而見功寡。"《孟子》有"隱几而卧",《莊子》有"隱几而坐"也。　師云:《先賢傳》:晉阮籍居市北,而富於車徒,每出肩輿數十里,正聯袂牽裾,飲酣自若。

"無數"二句:(陳案:山東,《補注杜詩》《全唐詩》作"東山"。)趙云:《後漢》:"融爲《大將軍西第頌》,以此頗爲正直所羞。"舊注引上爲去病治第,況無"將軍第"之連文也。"山東起",則班固云:"山西出將,山東出相也。"舊注改作"東山",便引謝安爲證,非是。公亦何拘於"西"對"東"邪？　師云:杜言時危"無數將軍",皆得治"第"宅,勉蘇早起濟世爾。

"鳥雀"二句:舊注:鳥雀方得時,而蛟龍退藏,甫自喻也。　師云:《古樂府》:"秋園足粟菽,鳥雀時來馴。"張融:"潛蛟困寒水。"

"天下"二句:(陳案:蛟,《補注杜詩》《全唐詩》作"鼓"。)　舊注:"部曲",隊伍也。　趙云:兩句又以傷時干戈之未息,以引下句激昂二公之致功名也。自"宴筵曾語蘇季子"至此十二句,所以呈蘇侍御。蘇時在潭州,題云"遞呈"者是也。而詩句則言時之急難,必須蘇君輩爲功名也。　師云:《續漢書》:"大將軍營五部,部有校尉一人。部下有曲,曲有軍候一人。"

"致君"二句:趙云:"致君堯舜上",(魏)應璩《與從弟(居)[君]胄書》:"思致君於有虞,濟蒸民於塗炭。"《古詩》:"先據要路津。"《傳》有云:"捐軀濟難。"末句則結一篇,併以簡二公矣。

奉贈李八丈判官曛

我丈時英特,宗枝神堯後。
珊瑚市則無,騄驥人得有。
早年見標格,秀氣衝星斗。

事業富清機,官曹貞獨守。
頃來樹嘉政,皆已傳衆口。
艱難體貴安,冗長吾敢取。
區區猶歷試,炯炯更持久。
封論實解頤,操割紛應手。
篋書積諷諫,宮闕限奔走。
入幕未展材,秉鈞孰爲偶。
所親問淹泊,汎愛惜衰朽。
垂白亂南翁,委身希北叟。
真成窮轍鮒,或似喪家狗。
秋枯洞庭石,風颯長沙柳。
高興激荆衡,知音爲回首。

【集注】

"我丈"四句:舊注:"驥"不稱其力,稱其德也,故在"人"則"有"之。　趙云:"神堯",唐高祖也。珊瑚生於海中之石上,以鐵網取之。尋常市中所無,惟鬱林郡有"珊瑚市",見(梁)任昉《述異記》。"騄驥"者,騄耳與騏驥。穆天子八駿中有之,故云"人得有"。"騄驥"字,見《文選》。

"頃來"二句:薛云:范煜賦:"秀氣初生也。"　趙云:雷次宗《豫章記》:吴未亡,常有紫氣見牛斗之間,張華問雷孔章。孔章曰:"惟斗牛之間有異氣,是寶物也,精在豫章豐城。"張華遂以孔章爲豐城令。至縣,掘深二丈,得玉匣長八尺。開之,得二劍。其夕牛斗氣不復見。曹顔遠《思友》詩:"精義測神奥,清機〔發〕妙理。""獨守"字,《古詩》:"空牀難獨守。"　師云:庾闡詩:"得親手標格。"李膺書:"清機妙譽。"劉琨表:"獨守之臣。"

"艱難"二句:言於艱難之際,能脱略細務也。　薛云:《文選·文賦》云:"故無取乎冗長。"

"封論"二句:(陳案:封,《補注杜詩》《全唐詩》作"討"。)　趙云："艱難體貴安",言時方艱難,爲政不擾,其大體貴在安静。"冗長吾敢取",凡物之剩者爲冗長。長,音去聲。王恭曰:"平生無長物。"是已。今言爲政,本分之外,其如物之冗長者,吾不取之。"吾"字指李八丈之自言也。《書》:"歷試諸難。"《傳》云:"曠日持久也。"《論語》:"世叔討論之。"《左傳》:"未能操(力)〔刀〕,而使之(對)〔割〕也。""解頤"注:"使人笑不止也。"《莊子》:"得之於心,應之於手。"

"篋書"二句:趙云:兩句通義,言雖有諫書之多,積滿朝篋,而身則不能造宫闕也。上句,以似樂羊"謗書滿篋"之"篋"。"諫"有五,諷諫爲上。《書》:"駿奔走。"

"入幕"二句:材:一作"懷"。　　舊注云:鈞,衡也。《詩》:"秉國之鈞。"　　趙云:上句言其爲判官。"入幕"字,《世説》:"桓宣武與郗超議芟夷朝臣,條牒既定,其夜同宿。明晨起,呼謝安、王(垣)〔坦〕之入,擲疏示之。郗猶在帳内。謝安含笑曰:'郗生可謂入幕之賓矣。'"《史》:"秉鈞當軸。""秉鈞孰爲偶",言其可以爲宰相,孰與之爲匹偶也。

"所親"二句:趙云:此下公自謂矣。《傳》云:"愛其所親也。"《論語》:"泛愛衆而親仁。"前人如殷仲文云:"廣筵散泛愛。"遂以爲朋友之呼矣。謝靈運《富春渚》詩:"赤亭無淹薄。"注引王逸《楚辭》注曰:"泊,止也。薄,與泊同。"

"垂白"二句:趙云:《杜欽傳》:紅陽侯《與欽子業書》曰:"誠哀老姊垂白。"謝靈運詩:"星星白發垂。"《史》:"策名委身。"《項籍傳》:范增説項梁云:南公稱之曰:"楚雖三户,亡秦必楚。"注:"南公,南方之老人〔也〕。"班固《幽通賦》:"北叟頗識其倚伏。"指塞上之父爲"北叟"也。舊注引《淮南子》,遂輒改塞上之人爲"北叟",不知事則用《淮南子》塞上翁失馬,而字則用班固也。　　師云:張載賦:"垂白之叟。"《古詩》:"南翁獨守窮。"《(焉)〔馬〕融傳論》:"得北叟之後福。"

"真成"六句:趙云:《莊子》:"轍中之鮒,呼莊周求斗升之水以活。"是也。孔子纍纍如"喪家狗",見《家語》與《史記》。"秋枯洞庭石",則水落石出,所以爲"枯"也。洞庭、長沙,荆與衡,皆相連之地。當是時之秋也,上則枯洞庭之石,而在此則風飄颯長沙之柳,故其爲"興"於潭之上,則"激"荆;於潭之下,則"激"衡。非以地相連爲言耶?　　師云:江逌詩:"秋枯波始下。"李充《賦》:"風長颯颯。"

別董頲

窮冬急風水,逆浪開帆難。
士子甘旨闕,不知道里寒。
有求彼樂土,南適小長安。
別我舟楫去,覺君衣裳單。
素聞趙公節,兼盡賓主歡。
已結門廬望,無令霜雪殘。
老夫纜亦解,脫粟朝未餐。
飄蕩兵甲際,幾時懷抱寬。
漢陽頗寧靜,峴首試考槃。
當念著白帽,采薇青雲端。

【集注】

"逆浪"句:師云:張綽詩:"逆浪排風舮。"

"士子"句:《內則》:"慈以旨甘。"急於養父母,故不憚道途之寒也。

"有求"二句:趙云:小長安,鄧州,見《十道志》。《光武紀》注:《續漢書》:"涒陽縣有小長安,故城在今鄧州南陽郡西。"今公詩言:"逆浪開帆難",若在潭州言之,"逆浪"則往衡州而南矣。公意蓋言,往鄧州必泝江漢而上,自潭順流至岳,乃泝江、漢。於此深言其難者也。下句有"舟楫去"之語,則以言其離潭先順流矣。"開帆",舟人常語。公詩又曰:"主人錦帆相爲開。"《詩》:"適彼樂土。"

"別我"二句:趙云:《易》:"刳木爲舟,剡木爲楫。"舟楫之利,以濟不通。舊本作:"到我舟楫去。"或曰:"到我",言到及於我,如見訪之義,甚費力矣,別我自分明也。沈約曰:《白馬篇》:"唯見恩義重,豈覺衣裳單。"

"素聞"四句:廬:一作"閭"。　趙云:必知鄧州者也。"已結門廬望"，則董君之往鄧，以"甘旨闕"之故，而離其母之側，故用母望事。齊王孫賈之母謂賈曰："汝朝出而晚來，則吾倚門而望。汝暮出而不還，則吾倚閭而望汝。"舊本作"門廬望"，非。"無令霜雪殘"，囑其早歸也。　　師云："趙"當是辟置董頲者，或恐是荆南兵馬使太常卿趙公。

"漢陽"句：漢陽軍，在岳陽。

"當念"二句：(陳案：采薇，《四庫全書》本作"來微"。形訛。《補注杜詩》《全唐詩》作"采薇"。)　　趙云：《左氏》："老夫耄矣，無能爲也。"謝靈運《〔相〕送方山》詩："解纜及流潮。"(梁)劉孝綽《還渡浙江》詩："解纜辭東越。"江淹《擬謝惠連》詩："解纜候前侶。"《前漢》：公孫弘"脱粟飯"。言脱其穀而已，未甚精細也。《楚辭》："屑瓊蕊以朝餐。""漢陽頗寧静，峴首試考槃"，此兩句以意逆之，則此前"漢陽"必有擾攘之事。今兹"寧静"，故於"峴山"可以"試考槃"也。《詩》："考槃在阿。"漢陽，則漢水之陽。峴首，在襄州，與鄧州相近。公因董君往鄧，故思及之。"白帽"，公嘗使云："白帽應須似管寧。"然考之《管寧傳》，則云"常著皂帽"，而杜佑《通典》做帛帽，豈今《〔三〕國志》本誤耶？以有白帢、白接䍦言之，則"白帽"蓋閒散者之服耳。"采薇"，四皓之事。又伯夷、叔齊采薇首陽。《古詩》："美人在雲端。"　　師云：《寰宇記》：峴山在漢陽縣東十里。羊祜與鄒湛，嘗登此山。""考槃"，言隱于峴山也。《詩》注："考，成也；槃，樂也。爲賢者不見用，則成樂於山谷耳。"子美襄陽人，蓋欲歸隱"峴首"，因董歸鄧而言，宜相念也。

奉送魏六丈佑少府之交廣

賢豪贊經綸，功成空名垂。
子孫不振耀，歷代皆有之。
鄭公四葉孫，長大常苦飢。
衆中見毛骨，猶是麒麟兒。
磊落貞觀事，致君樸直詞。

家聲蓋六合，行色何其微。
遇我蒼梧陰，忽驚會面稀。
議論有餘地，公侯來未遲。
虛思黃金貴，自笑青雲期。
長卿久病渴，武帝元同時。
季子黑貂弊，得無妻嫂欺。
尚爲諸侯客，獨屈州縣卑。
南遊炎海甸，浩蕩從此辭。
窮途伏神道，世亂輕土宜。
解帆歲云暮，可與春風歸。
出入朱門家，華屋刻蛟螭。
玉食亞王者，樂張游子悲。
侍婢豔傾城，綃綺輕霧霏。
堂中琥珀鍾，行酒雙逶迤。
新歡繼明燭，梁棟星辰飛。
兩情顧昤合，珠碧贈於斯。
上貴見肝膽，下貴不相疑。
心事披寫間，氣酣達所爲。
錯揮鐵如意，莫避珊瑚枝。
始兼逸邁興，終慎賓主儀。
戎馬闇天子，嗚呼生別離。

【集注】

"子孫"句：一云："子孫没振耀。"

"家聲"二句：趙云：《易》："君子以經綸。"《左傳》："不可没振。"一作"不振耀"。雖史有震耀都部，(陳案：部，依《後漢書·鄧禹傳》，當作"鄙"。)却非此"振耀"字，又不如没不振之老健也。鄭云魏鄭公也。

《晋中興書》：嵇紹謂其友曰："琅琊王毛骨非常，殆非人臣之相。"今取"毛骨"二字用耳。寶誌見徐陵曰："此兒天上石麒麟。"公詩又曰："盡是天上麒麟兒。""貞觀事"，言鄭公諫諍也。鄭公貞觀（詩）[時]多所獻替。《新史》云："犯顏正諫，議者謂雖賁育不能過"是已。"蓋六合"，字蓋代之意也。《莊子》："今者車馬有行色。"

"遇我"六句：貴：一作"遺"。　　趙云："蒼梧"，則桂州之地。"蒼梧陰"，指言潭州，蓋在桂州之北。《古詩》："主稱會面難。"《莊子》："游刃有餘地。"《左傳》："公侯之子孫，必復其始也。"方其在貧困之中，故思有以"黄金"餽遺之者。舊本"黄金貴"，非，是蓋淺近也。言貴達如在"青雲"之上，自笑其"期"之遠也。

"長卿"八句：趙云：從此辭之"交廣"也。"長卿""病渴"，而公有渴病。公每以自況，學者遂疑今句為公自言。若以為公自言，則文理不貫矣。豈魏君亦有渴疾，故公取以況之乎？上兩句以"長卿"況之，次兩句以"蘇秦"況之，自是分明。《相如傳》："相如口吃而善著書，常有消渴病。"又云："蜀人楊得意為狗監，侍上。上讀《子虛賦》而善之，曰：'朕獨不得與此人同時哉！'得意曰：'臣邑人司馬相如自言為此賦。'上驚，乃召問相如。""渴病"與武帝所言是兩事，非相連載，但相如身上事，此所以比魏佑病而能文，不如相如之遇也。"季子"事，《史記》載：蘇秦未用，黑貂裘弊。又出游數歲，大困而歸，兄弟、嫂妹、妻妾皆竊笑之。此所以比魏佑之有才而困厄也。"尚為諸侯客"，則魏丈"之交廣"，亦是干謁諸侯耳。"獨屈州縣卑"，言其為少府也。"南游炎海甸"，申言其往交廣也。"海甸"，海之郊甸，猶言淮甸也。《選》云："張英風於海甸。"師民瞻本作"海（甸）[句]"，無異。（陳案：異，《杜詩引得》作"義"。）

"窮途"四句：（陳案：伏，《補注杜詩》《全唐詩》作"仗"。）　　趙云：即阮籍至窮途而哭。"世亂"，則亂世之倒用也。"伏神道"，以正直行也。"輕土宜"，言其不懷土也。《詩》："歲聿云暮。""可與春風歸"，言其"鮮帆"，已逼歲暮，其於交廣，同"春風"之歸至也，非謂暮歲去，而春賦時便却還歸耳。（陳案：賦，《杜詩引得》作"風"。）

"綃綺"句：輕：一作"煙"。

"兩情"二句：（陳案：盻，《補注杜詩》《全唐詩》作"盼"。《集韻》

"襧"韻:"盼,或作盻。") 言交廣繁富如斯。 薛云:按:《博雅》:"碧,璵玉也。"司馬相如《子虛賦》曰:"錫碧金銀。"
"下貴"句:相:一作"見"。
"氣酣"句:達:一作"遠"。
"錯揮"二句:趙云:東方朔《十洲記》:"臣故韜隱而赴王庭,藏養生而侍朱門矣。"又如郭景純《遊仙詩》:"朱門何足榮。"《史記》:"盟於華屋之下。"而曹子建云:"平生華屋處,零落歸山丘"也。"蛟螭",則蛟龍螭虎,似龍無角曰螭。《前漢·陳咸傳》:"奢侈玉食。"師古曰:"玉食,美食如玉也。"《晋》:"王衍性豪侈,麗服玉食。"皆特著其奢侈矣。舊注引《洪範》:"惟辟玉食。"故以"亞"言之,模棱之語。"樂張游子悲",語樂張遊子悲,以其爲客故也。《古詩》:"游子暮何之。"《莊子》:"黄帝張咸池之樂於洞庭之野。""傾城",則李延年歌:"北方有佳人,絕代而獨立。一顧傾人城,再顧傾人國。""綃綺輕霧霏",言綃綺輕靡如霧靡也。"綃綺",〔鮫〕人所織,鮫人泉客織輕綃於泉室,出以賣之。"琥珀鍾",以琥珀爲酒鍾。"新歡繼明燭,梁棟星辰飛",言燭焰光明,梁棟如星辰之飛達也。"珠碧贈於斯",言珠碧,則交廣之所有。"氣酣",則有以飲而酣也。左太冲:"酒酣氣益振",是已。《石崇傳》:崇與王愷爭豪,武帝每助愷。嘗以珊瑚樹賜之,高二尺許,世所罕比。愷以示崇,崇便以鐵如意擊之,應手而碎,愷既惋惜。崇曰:"不足多恨。"乃命左右悉取珊瑚樹高三、四尺者六、七株示之。今云:"錯揮鐵如意,莫避珊瑚枝。"必言此則交廣諸侯宜多有此物也。
師云:石崇有"琥珀"酒鍾,自"出入朱門家",至"珠碧贈於斯",皆言當時侯門之盛。中言"玉食亞王者",亦以見時危多僭矣。
"始兼"四句:兼:一作"爲"。 趙云:上兩句,公又戒之以義矣。雖擊碎"珊瑚",氣之逸邁,然賓主之儀,不可不慎也,此贈人以言者乎?"生別離",《楚辭》:"悲莫悲於生別離。"

別張十三建封

嘗讀唐實錄,國家草昧初。

劉裴建首義，龍見尚躊躇。
秦王撥亂姿，一劍揔兵符。
汾晉爲豐沛，暴隋竟滌除。
宗臣則廟食，後祀何疏蕪。
彭城英雄種，宜膺將相圖。
爾惟外曾孫，倜儻汗血駒。
眼中萬少年，用意盡崎嶇。
相逢長沙亭，乍問緒業餘。
乃吾故人子，童丱聯居諸。
揮手灑哀淚，仰看八尺軀。
内外名家流，風神蕩江湖。
范雲堪晚交，嵇紹自不孤。
擇材征南幕，潮落回鯨魚。
載感賈生慟，復聞樂毅書。
主憂急盜賊，師老荒京都。
舊丘復稅駕，大廈傾宜扶。
君臣各有分，管葛本時須。
雖當霰雪嚴，未覺栝柏枯。
高義在雲臺，嘶鳴望天衢。
羽人掃碧海，功業竟如何？

【集注】

"別張"句：趙云：詳味此篇，張建封罷爲幕官，往京師，公與之別。其詩頗慰勞稱美之也。觀"後祀何疏蕪"，以見裴劉之子孫不振。"潮落回鯨魚"，言水之減落，鯨魚無所容，回轉而去，以見建封之罷官。"君臣各有分"，言遇合有數，以見其捨於此而逢於彼。"雖當霰雪嚴"，因紀嚴冬，而比爲威嚴所侵，以見其主公之不相顧。末四句，"雲臺""天衢"，以見其往長安。"掃碧海"，則又望其功業及天下之意。

"嘗讀"二句：草者，未除。昧者，未明。未治之初也。《易·屯》："天造草昧。"

"劉裴"二句：趙云：劉，則文靜。裴，則裴寂。文靜於大業爲晉陽令，裴寂爲晉陽宮監。時唐祖鎮太原，二人察上有大志，又見太宗器度非常，乃與决大計。將發，高祖不察。文靜因裴寂開説，又令寂交於太宗，遂得進議焉。《易》："見龍在田。""龍見尚躊躇"，言高祖初不從也。

"秦王"二句：趙云：秦王，太宗也。言太宗之決意也。《漢書》："高祖發亂反正。"又曰："提三赤劍取天下者，朕也。"（陳案：赤，《史記·韓長孺列傳》作"尺"。）"兵符"，銅虎竹使符。

"汾晉"二句：汾、晉，唐公故鄉，喻若漢祖之豐、沛也。言唐公起自汾、晉，卒能誅滅暴隋。

"宗臣"二句：宗臣，指劉、裴。漢以蕭、曹爲宗臣，所以比之也。"廟食"，是配享於廟。梁竦云："大丈夫生當封侯，死當廟食。"而云"後祀何疏蕪"，則其家祭祀自至於"疏蕪"，蓋以子孫之不顯達也。

"爾惟"二句：建封，劉文靜外孫。"倜儻"，言有不羈之才。趙云："倜儻、汗血"，皆出《前漢·禮樂志》："元狩三年，馬生渥窪水中作。"云："太一况，天馬下。霑赤汗，（沬）〔沫〕流赭。志倜儻，精權奇。""〔霑赤〕汗"注曰："大宛馬汗血霑濡也。"　　師云：《劉文靜傳》："自言系出彭城。"

"相逢"二句：（陳案：作，《補注杜詩》《全唐詩》作"乍"。《書·禹貢中》孫星衍《今古文注疏》引王氏引之云："作，古字爲乍。"）　　趙云：長沙，潭州。時公在潭州，與建封相見。舊注：世緒所業也。

"乃吾"二句：趙云：《史》：此吾故人之子也。《詩》："總角丱兮。"《詩》："日居月諸。"相從之久，自童丱時已與聯日月也。

"揮手"句：（陳案：哀，《補注杜詩》《全唐詩》作"衰"。）

"内外"二句："名家流"，太史公《論六家指要》云："名家儉而善失真。然其控名實不可不察。"《史》云："自與駑駘不同，風神自異。"師云：謝安見王衍曰："風神太秀。"

"范雲"六句：（陳案：晚，《全唐詩》同。一作"結"。）　　趙云：此六句通義,蓋言若逢"范雲"者,則堪託"晚交"。若得山濤者,則"嵇紹"雖喪父而"不孤"。於此既爲幕客,而主人不禮之,故如"鯨魚"之去落潮矣。得無激昂慟哭,欲有陳于朝廷,而又有與主人絶之書乎?《梁書》:范雲初與高祖遇于齊竟陵王子良邸。又接里聞高祖受禪,雲嘗侍讌。高祖謂臨川王宏等曰:"我與范尚書少親善,[申]四海之敬,今爲天下主,此禮既革,汝宜代我呼范爲兄。"二王下席拜,與雲同車還尚書省,時人榮之。雲好節常奇,專趣人之急。少時與領軍長史王畡善,畡亡于官舍,貧無居宅。雲乃迎喪還家,躬營啥斂。則如"范雲"者,堪託"晚交"矣。嵇康又與山濤結神交。康臨誅,爲其子紹曰:"山公在,汝不孤矣。"則如山濤者,而後孤爲可託。按:《建封傳》:字本立,鄧州南陽人,客隱兗州。少喜文章,能辯論,慷慨尚氣,自許以功名顯。李光弼鎮河南,盜起蘇、常間,殘掠鄉縣。代宗召中人馬日新與光弼麾下偕討。建封見中人,請前喻賊,可不須戰。因到賊屯,開譬禍福,一日降數千人,縱還田里,由是知名。則建封之材可見矣。湖南觀察使韋之晋,辟署參謀,授左清道兵曹參軍,不樂職,輒去。則所謂"擇材征南幕",落爲"鯨魚"者乎?"征南"〈將〉,將軍號也。杜預爲征南將軍。韋之晋在湖南,當時必有"征南"之事矣。其入"幕"也,初以"擇材"而用,忽而不樂,職罷。〈容吞舟之巨魚。橫江湖之鱣鯨兮,固將制于螻蟻。〉(陳案:《杜詩引得》無"容吞舟"三句。而有"罷去"。故有"潮落回鯨魚"之譬。"潮落"以譬主人之恩哀。)"鯨魚",以比建封之大力。賈誼與(缺)[屈]原:"彼尋常之汙瀆兮,豈能容吞舟之巨魚?橫江湖之鱣鯨兮,〈能〉固將制于螻蟻。"(陳案:與,《杜詩引得》作"弔"。)如"鯨魚"之回轉而去矣。于是"載感賈生慟",則陳策于朝廷。賈誼言于帝,有痛哭者一,流涕者二,長太息者三,故也。"樂毅"爲燕伐趙,燕惠王疑之,使騎劫代毅。毅畏株,遂降趙。惠王遺毅書,且謝之,毅亦報書焉。夏侯玄見其書,以爲知機合道,以禮終始。"復聞樂毅書",則言建封與其主人絶也。樂毅絶燕,乃諸侯事,可使矣。詳(未)[味]此六句,豈韋之晋與建封之内外兩族,有事契而不能終始之也?

"主憂"四句:復:一作"豈"。　　趙云:《傳》:"主憂臣辱。"《左傳》:"師直爲壯,曲爲老。"兩句言國步如此,勉建封之必往也,故繼之以"舊丘復稅駕,大廈傾宜扶"。言既罷幕府,無使只歸止息於舊丘也。鮑照《結客少年行》:"去鄉三十載,復得還舊丘。"李斯:"吾安所稅駕哉?""傾宜扶",即孔子所謂:"危而不持,顛而不扶,焉用(使)〔彼〕相。"《傳》:"大廈將傾,非一本之支。"摘取參合而爲句也。

"管葛"句:管仲、諸葛亮,世所須也。

"未覺"句:《禹貢》:"杶榦栝柏。"

"羽人"二句:(陳案:如何,《補注杜詩》《全唐詩》作"何如"。何,《廣韻》"歌"韻。如,《廣韻》"漁"韻。衢,《廣韻》"虞"韻。知"如"字是。) 《十洲記》言:"蓬萊山在碧海之中,水皆碧波,曰碧海。"趙云:管仲之于齊威,諸葛亮之於劉先主,君臣相契,蓋皆定分也。賢者之逢聖主,豈足恠哉?又以勉建封之行矣。"栝柏",言建封之材。當霜霰而不枯,乃孔子"歲寒然後知松柏之後凋"之意。《詩》:"如彼雨雪,先集維霰。"漢武帝制策,講聞"高義"久矣。《莊子》載:孔子之語盜趾曰:"聞將軍高義。""雲臺",漢之南宮雲臺。庾信《哀(主)〔江〕南賦》有云:"雲臺仗。"則天子每在"雲臺"矣。如建武三年,光武聞馮魴有才略,徵詣行在所,見於雲臺。又,顯宗諭諸臣之功,畫于雲臺。"高義"之"在雲臺",言聲名上達也。或曰:言其可謂雲臺之棟梁,與下句"嘶鳴望天衢",則以駿馬比之可以致遠也。《文選》:"飛翼天衢。"公於《賀沈八丈東美除膳部員外郎》律詩:"天路牽騏驥,雲臺引棟梁。"即此之謂。是不然,何則?今公止言"高義"在于"雲臺",豈有棟梁之意乎?惟其"高義"達之"雲臺",所以"望天衢"而"嘶鳴",于義自通矣,不在泥公別詩句之相犯也。"羽人",神仙也。以其飛騰,如有羽毛也。《楚辭》:"仰羽人於丹丘,留不死之舊鄉。"謝靈運《入麻源第三谷》詩:"羽人絕髣髴,丹丘徒空筌。"則始用"羽人"字於詩也。"碧海",東方朔《十洲記》:"東有碧海,廣狹浩汗,與東海等。水不鹹苦,正作碧水。""掃碧海",以言其無一塵一芥之汙也,蓋澄清天下之譬乎?以建封爲"羽人",其所望之深矣。

人日寄杜二拾遺 〔高適〕

人日題詩寄草堂,遙憐故人思故鄉。

柳條弄色不忍見,梅花滿枝空斷腸。

身在南蕃無所預,心懷百憂復千慮。

今年人日空相憶,明年人日知何處。

一臥東山三十春,豈知書劍與風塵。

龍鍾還忝三千石,愧爾東西南北人。

【集注】

"人日"句:趙云:高(適)[蜀]州適,於肅宗時以諫議大夫除(陽)[揚]州大都督府長史。李輔國數短毀之,下除太子詹事。未幾,蜀亂。出爲彭州刺史,又遷蜀州。而《新唐史・〔高〕適傳》云:"出爲蜀、彭刺史。"先蜀而後彭,誤矣。

"人日"句:草堂,公所結于浣花。

"遥憐"句:趙云:"人日"字,東方朔《占書》也。歲之八日:"一鷄,二犬,三豕,四羊,五牛,六馬,七人,八穀。其日晴,所主之物育;陰則災。"項羽見秦皆以燒殘,又懷思東歸,曰:"富貴不歸故鄉,如衣錦夜行。"

"柳條"二句,趙云:兩句所以思故鄉也。夫梅柳觸處有之,而思故鄉,則思其時之事矣。(梁)簡文帝《春日》詩云:"桃含可憐紫,柳發斷腸青。"柳"(下思)[不忍]見",而梅"空斷腸",亦此意也。

"身在"四句:人:一作"此"。　趙云:"身在南蕃",指蜀州於國爲"南蕃"。傳有稱爲北蕃也,史有竊爲東蕃,指蜀州之例也。豈當成都改爲南京,而蜀州在成都之南,故爲"南蕃"乎?"百憂""千慮",合使兩出。《詩》:"罹此百憂。"《傳》:"智者千慮,必有一失。"《古詩》:"上有長相憶,下有如飱食。"

"豈知"句:與:一作"老"。

"龍鍾"句:"三千石",任蜀州刺史。(陳案:三,《補注杜詩》作"二"。)

"愧爾"句:杜公前有詩曰:"甫也東西南北人。"謝安高臥"東山"。

趙云:"一臥東山",高君自言也。適,渤海人,少落魄,不治生事,客梁、宋間。杜公又有詩云:"昔者與高李,晚登單公臺。"高爲高適,李爲李白。單父在齊,則適又游齊。今云"東山"者,豈皆在長安之東乎?荆軻好讀書擊劍。又,《項羽傳》:"初學書不成,去學劍。"後人言"書劍",所以爲干謁之具。"風塵",古人或止以言塵埃。陸士衡云:"京洛多風塵。"是也。或以言兵塵。顔之推云:"風塵暗天起。"是也。今此以言兵塵矣。"豈知書劍老風塵",則言所學"書劍",豈知其徒老於兵戈之際耶?舊本正作"與風塵",説者以爲"卧東山三十春",所以不復知有"書劍"之用,且不知有"風塵"之變。此説費力矣。"老風塵",又所以引末句之言,蓋初以"書劍"從事,而至老却遭"風塵",然雖"龍鍾"而還爲太守,有媿於杜公爲"東西南北"之人也。孔子曰:"邱也,東西南北之人也。"則以孔子歷聘比杜公矣。《琴操》載卞和怨歌曰:"空山歔欷涕龍鍾。"(周)王襃《與周弘讓書》曰:"援筆攬紙,龍鍾横集。"則皆以爲涕淚之貌,大率不能收斂之意。故韓退之之言孟郊亦曰:"白首誇龍鍾。"《蘇鶚演義》云:"龍鍾不昌,熾不翹舉之貌。如有籃縷拉搭之類。"二千石,漢刺史之秩。適初爲彭州,今爲蜀州,所以謂之"還忝"也。

追酬故高蜀州人日見寄

并序:開文書帙中,撿所遺忘,因得故高常侍適往居在成都,時高任蜀州刺史,《人日相憶》見寄詩。淚灑行間,讀終篇末,自枉詩已十餘年,莫記存没又六、七年矣。老病懷舊,生意可知。今海内忘形故人,獨漢中王瑀與昭州敬使君超先在,愛而不見,情見乎辭。大曆五年正月二十一日,却追酬高公此作,因寄王及敬弟。

自蒙蜀州人日作,不意清詩久零落。
今晨散帙眼忽開,迸淚幽吟事如昨。
嗚呼壯士多慷慨,合沓高名動寥廓。
歎我悽悽求友篇,感時鬱鬱匡君略。
錦里春光空爛熳,瑶墀侍臣已冥寞。

瀟湘水國旁黿鼉，鄂杜秋天失雕鶚。

東西南北更堪論，白首扁舟病獨存。

獨拱北辰纏寇盜，欲傾東海洗乾坤。

邊塞西蕃最充斥，衣冠南渡多崩奔。

鼓瑟至今悲帝子，曳裾何處覓王門。

文章曹植波瀾闊，服食劉安德業尊。

長笛誰能亂愁思，昭州詞翰與招魂。

【集注】

"并序"：趙云：所云"枉詩"，其"枉"字，謝靈運《酬從弟惠連》云："傾想遲嘉音，果枉濟江篇。"故公又云："昨枉霞上作。"亦此"枉"字也。

"自蒙"六句，開：一作"明"。（陳案：作，《補注杜詩》《全唐詩》作"昨"。《淮南子·天文訓》高誘注："作，讀昨。"）　趙云：傅咸《贈崔伏》詩："人之好我，贈我清詩。"魏文帝《與吳質書》曰："何圖數年之間，零落略盡，言之傷心。"謝靈運《酬從弟惠連》詩："散帙問所知。"《洞簫賦》云："蕭索合沓。"注："言重沓也。"《韓信傳》：信仰視滕公，曰："上不欲就天下乎？何斬壯士！""慷慨"字，《高祖紀》："上乃起舞，慷慨傷懷。""嗚呼壯士多慷慨，合沓高名動寥廓"，言高君有"慷慨"之節、飛動之名也。　師云：謝靈運詩曰："散帙有餘清。"庾闡詩曰："高士苦幽吟。"張潛詩曰："壯士自慷慨。"

"欸我"二句：師云：《小雅·伐木》云："矧伊人矣，不求友生。"顏延之曰："愧乏匡君之大略。"

"錦里"二句：時適已亡。

"瀟湘"二句：趙云：上句（陳案：指"欸我"句。）謂高君"欸我"而"悽悽"，所以有"人日"之寄，斯謂"求友篇"也。《詩》："相彼鳥矣，猶求友聲。"下句對時而感，其志鬱不得伸，其"匡君"之謀略，忝二千石而已，斯為"匡君"之"略"不伸也。《前漢·高祖紀》："安能鬱鬱久居此乎？""錦里春光空爛漫"，"序"所謂"往居在成都、時高任蜀州刺史、《人日相憶》見寄詩"。今於"正月二十一日"方和，所以嘆言成都（詩

[時]景一句也。"錦里"言成都山川景物錯雜如錦,故以謂之"錦里"也。"瑤墀侍臣已冥寞",則適爲刑部侍郎左散騎常侍,乃天子玉墀之從臣,今追言其死而"冥寞"也。"瀟湘水國旁黿鼉",公今和詩之地在潭州,故言。"鄠杜秋天失雕鶚",則久離長安,每當秋時,不見"鄠杜"間縱放雕鶚之樂。"鄠杜",屬長安鄠邑杜陵也。"雕鶚"以秋天而尤健,公又嘗曰"雕鶚在秋天"。

"東西"四句:(陳案:白,《四庫全書》作"自"。形誤。《補注杜詩》《全唐詩》作"白"。)　　(陳案:獨,《全唐詩》作"遙"。一作"猶"。)

趙云:上兩句(陳案:指"東西"二句。)答高君所謂"媿爾東西南北人"之句,且言其"扁舟"在海也。"北辰",以言天子之居,而爲寇盜所纏繞,不得去也。此又指言吐蕃矣,蓋三年寇靈州及邠州,四年冬又寇靈州也。於是"欲傾東海",一"洗乾坤"矣。公又嘗云:"安得壯士挽天河,淨洗甲兵長不用。"

"邊塞"二句,(陳案:充,《四庫全書》本作"先"。形訛。《補注杜詩》《全唐詩》作"充"。)　　"西蕃",土蕃也。"充斥",猶縱橫崩奔避亂也。

"鼓瑟"二句:趙云:上句(陳案:指"邊塞"句。)指言吐蕃。《左傳》:"盜賊充斥。"次句則公之"扁舟"儘欲南下,亦是矣。晉元帝渡江,"衣冠"皆"南渡"。"悲帝子",則公在潭州,故用潭州事以爲悲焉。屈原《九歌·湘夫人篇》:"帝子降兮北渚。""帝子"謂堯女也。堯二女娥皇、女英,隨舜不及,墮於湘水之渚,是爲湘靈。而曰湘靈"鼓瑟"者,由《江賦》有此句,而承用之,世傳以爲然也。爲引下句思漢中王瑀,故因用潭州所"悲"之事以先之。鄒陽《與梁孝王書》:"何王之門而不可曳長裾乎?"今以不見漢中王,故云"何處覓王門"。

"長笛"句:誰能:一云"鄰家"。　　　薛云:《後漢·馬融傳》:有雒客舍逆旅吹笛,融去京師,逾年暫聞,甚悲而樂之,遂作《長笛賦》。

"昭州"句:趙云:上兩句(陳案:指"文章"二句。)以稱羡漢中王。蓋曹植,魏之陳留王也,最能文章。於"文章"言"波瀾",公嘗論詩曰:"毫髮無遺恨,波瀾獨老成"也。劉安,漢之淮南王也,與八公著書,言神仙之事。《古詩》:"服食求神仙,多爲藥所誤。"兩句可見漢中王必能文而好道術也。末句必言"長笛",又以追思高蜀州而及之。向子期作《思舊賦》，以思嵇康。序云："鄰人有吹笛者，發聲寥亮。追思曩昔遊宴之好，感音而嘆，故作賦云。"今言吹"長笛"者是"誰"，乃"能亂"我"愁思"乎？方追思高蜀州聞笛而"愁思"，將散亂之間，憑仗敬昭州與招其魂也。宋玉憫屈原（文）[之]離索，作詞以招之，命曰《招魂》。舊本一作："長笛鄰家亂愁思。""鄰家"字，雖是本出處，而用字偪實，不如"誰能"字之宛轉也。"詞翰"是兩字，《世說》注云："辭翰清新，則有摯虞之妙。"公詩又曰："詞翰兩如神。"

〔杜子美贈蘇渙詩〕

蘇大侍御渙，靜者也，旅於江側，凡是不交州府之客，人事都絕久矣。肩輿江浦，忽訪老夫舟楫，而已茶酒內，余請誦近詩，肯吟數首，才力素壯，詞句動人。接對明日，憶其湧思雷出，書篋几杖之外，殷殷留金石聲。賦八韻記異，亦記老夫傾倒於蘇至矣。

　　龐公不浪出，蘇氏今有之。
　　再聞誦新作，突過黃初詩。
　　乾坤幾反覆，揚馬宜同時。
　　今晨清鏡中，勝食齋房芝。
　　余髮喜却變，白間生黑絲。
　　昨夜舟火滅，湘娥簾外悲。
　　百靈未敢散，風破寒江遲。

【集注】

"蘇大"數句：趙云：謝靈運詩："拙疾相倚薄，還得靜者便。""肩輿"，轎也。王子敬乘平肩輿徑入顧辟彊之園。（陳案：敬入，《晉書》卷八十作"徑入"。）"殷殷"，《詩》："殷其雷。"是也。此序云："賦八韻記異"，而詩止有七韻，不知是"八"字之誤，或詩脫一韻也。然詩意則貫耳。

"龐公"四句：趙云：《後漢》："龐德公，居峴山之南，未嘗入城府。"

蘇氏今有之，言蘇渙，亦不交州府。"黃初"，魏文帝〈也〉年號。文帝爲魏太子，當後漢建安末，在鄴宮，七子從之游，皆能詩。如謝靈運、江文通至，皆擬其作，則其詩之善可知矣。"突過"，言蘇渙新作，如建安七子之流，又過之也。

"乾坤"二句：幾：一作"泊"。　　趙云：言當時有兵革之事，幸天下不至傾覆也。"幾"者，危之辭。揚雄、〔司〕馬相如。漢武帝聞楊得意誦相如《子虛賦》而善之，曰："朕獨不與此人同時哉！"得意曰："臣邑人司馬相如爲此賦。"上驚嘆而召之。言美蘇之文，辭如二公，雖當兵亂之際，幸天下不至於傾覆，則天子宜得如揚、馬者，與之同時而召見也。《東觀漢記》：王丹謂陳遵曰："俱遭世反覆，唯我二人爲天地所遺。"

"今晨"二句：《前漢》："元封二年，芝生甘泉，齋房產草，九莖連葉。"今比渙詩如"房芝"可茹也。

"余髮"二句：生：一作"添"。　　趙云："余髮喜""變白"而爲"黑"，以聞其詩之故。

"昨夜"四句：滅：一作"接"。破：一作"波"。　　（陳案：火滅，《全唐詩》同。一作"接天"，一作"天接"。）　　趙云："湘娥"悲，"百靈"未散，皆以聞其詩而然也。公在潭州，故使潭州事。"湘娥"，所謂帝〔子〕，鼓瑟之湘靈也。宗愨曰："願乘長風破萬里浪。"破，作"波"，非。

送重表姪王殊評事使南海

我之曾老姑，爾之高祖母。
爾祖未顯時，歸爲尚書婦。
隋朝大業末，房杜俱交友。
長者來在門，荒年自餬口。
家貧無供給，客位但箕箒。
俄頃羞頗珍，寂寥人散後。
入怪鬢髮空，吁嗟爲之久。

自陳翦髻鬟,市鬻充杯酒。
上云天下亂,宜與英俊厚。
向竊窺數公,經綸亦俱有。
次問最少年,虬髯十八九。
子等成大名,皆因此人手。
下云風雲合,龍虎一吟吼。
願展大夫雄,得辭兒女醜。
秦王時在坐,真氣驚戶牖。
及乎貞觀初,尚書踐石斗。
夫人常肩輿,上殿稱萬壽。
六宮師柔順,法則化妃后。
至尊均嫂叔,盛事垂不朽。
鳳雛無凡毛,五色非爾曹。
往者胡作逆,乾坤沸嗷嗷。
吾客在馮翊,爾家同遁逃。
爭奪至徒步,塊獨委蓬蒿。
逗留熱爾腸,十里却呼號。
自下所騎馬,右持腰間刀。
左牽紫遊韁,飛走使我高。
苟活到今日,寸心銘佩牢。
亂離又聚散,宿昔恨滔滔。
水花笑白首,春草隨青袍。
廷評近要津,節制收英髦。
北驅漢陽傳,南汎上瀧舠。
家聲肯墜地,利器當秋毫。

番禺親賢領,籌運神功操。
大夫出盧宋,寶貝休脂膏。
洞主降接武,海胡舶千艘。
我欲就丹砂,跋涉覺身勞。
安能陷糞土,有志乘鯨鼇。
或騎鷟騰天,聊作鶴鳴皋。

【集注】

"送重"句:趙云:以"曾老姑"言之,至公則四世也。以"高祖母"言之,至王殊則五世也。故公視王殊爲"重表姪"矣。殊:一作"砅"。

"我之"二句:趙云:此潘安仁"所謂爾親伊姑,我父惟舅"之勢也。

"爾祖"二句:趙云:尚書,王珪也,正觀十年拜禮部尚書。《西清詩話》辨:《唐書·王珪傳》所載:珪微時,母李嘗曰:"兒必貴,然未知所與游者何如人,而試與偕來。"會元齡等過其家,李闚大驚,敕具酒食,歡盡日,喜曰:"二客公輔才,汝貴不疑。"今觀此詩,則珪母杜氏,非李氏也。一說:謂珪之祖僧辯爲梁太尉尚書令,則知珪之母杜氏爲其婦也。《西清詩話》非。

"隋朝"二句:趙云:房元齡、杜如晦於王珪同學於文中子,則"俱交友"可知矣。《唐書》:"王珪始隱居時,與房玄齡、杜如晦善。"

"長者"二句:陳平門多長者車。《隱公十一年傳》:"翩其口於四方。"

"自陳"二句:趙云:"翦髮",言其好客,未必實事。暗使晉陶侃母嘗翦髮,具酒食筵賓客事,以形容之也。

"向闕"二句:此言房、杜二公,見上注。

"次問"二句:虯髯,言太宗。

"下云"二句:趙云:"風雲""龍虎",則《易》:"雲從龍,風從虎"也。

"願展"四句:(大,《補注杜詩》《全唐詩》作"丈"。) 古注:馬援曰:"乃知帝王自有真也。" 趙云:洪龜父云:"老杜《送表姪王評事》詩:'我之曾老姑,爾之高祖母。'從頭如此,叙說都已無意。其後忽云:'秦王時在座,真氣驚户牖。'再論其事,他人更不敢如此道也。"

其説是。然上言"虬髯",則王殊母所見之辭。此言"秦王",云"時在座"之辭,蓋"秦王",太宗也,所以引下句"尚書踐台斗"之事。龜父不省也。《西清詩話》云:一婦人識真主於側,微史缺文而繆誤,獨少陵載之,號"詩史",信矣。

"及乎"二句:(陳案:石,《補注杜詩》《全唐詩》作"台"。)　正觀中,珪以侍中輔政。

"夫人"二句:"夫人"以命婦預輔政。

"六宫"二句:《易·坤卦》:"柔順利正。"

"至尊"二句:《漢》:路温舒《疏》:"至尊與天合符。"魏文帝《與吳質書》:"辭義典雅,足傳于後,此爲不朽矣。"

"鳳雛"二句:趙云:"鳳雛",指尚書之子也。"鳳"言"雛"者,古有《鳳將雛》之曲。言"毛"者,《南史》:謝超宗,靈運孫,鳳之子。超宗作《殷淑儀誄》,帝大嗟賞,謂謝莊曰:"超宗殊有鳳毛,靈運復出五色。"則《傳》載:"天老之鳳五色,備舉出東方君子之國。""非爾曹",則固非貶王"評事"也,以言"非爾"而誰?晋陸雲,字士龍,幼時吴尚書閔鴻見而奇之,曰:"此兒若非龍駒,當是鳳雛。"

"往者"二句:安禄山亂也。　趙云:"嗷嗷",《韻書》:"衆口愁也。"祖出《詩》:"哀鳴嗷嗷。"

"吾客"二句:在:一作"左"。　趙云:左馮翊,同州也。公避寇同州,其事顯矣。

"争奪"二句:趙云:公困於"徒"之"步","塊然"在"蓬蒿"中矣也。《淮南子》曰:"塊然獨處。"劉越石曰:"塊然獨坐。"

"逗留"二句:趙云:王"評事"見公之"逗留"不進,而生熱腸。"逗留不進"四字,出《後漢書》。《顔氏家訓》:"墨翟之徒,世謂熱腹。楊朱之侶,世謂冷(腹)〔腸〕。腸不可冷,腹不可熱,當以仁義爲節文爾。"今云"熱腸",蓋亦方言耳。公又云"熱中腸"也。

"自下"四句:公自注云:昔鄴下童謠曰:"青青御路楊,白馬紫遊韁。"右注:"公言避亂日,鞁白馬,載我使走,免難於危險之中。"趙云:"紫遊韁",則公自注已明。公於此係第二次使"紫游韁",而使自注,亦猶第二次使"昏鴉"而始自注引何遜詩者矣。次公於《句法義例》論之爲詳。

"苟活"二句：懷"輟馬"之恩。庾信《愁賦》曰："誰知一寸心。"

"水花"二句：趙云：公言在潭州，濱於江，故爲"水花"所笑。"青草隨青袍"，以言王評事往南海也。庾信《哀江南賦》云："青袍如草。"

師云：阮紹《泛西池》詩："白首登畫船，反慮水花笑。"水花、水芝，皆蓮也。

"廷評"四句：趙云：《古詩》："先據要路津。""節制收英髦"，言南海節度使幕中要賢材也。"漢陽"，今之漢陽軍也。傳，張戀切，郵馬之謂。《漢·高祖紀》所謂"乘傳"是已。古注爲傳車也，如今之乘驛。瀧，呂江切。《廣雅》云："南人呼湍爲瀧。"韓退之所謂"瀧頭瀧"是已。舮，則《釋名》云："船三百斛曰舮。"自"漢陽"而往，故曰："北驅漢陽傳。"其往也，以有使"南海"之役，故曰："南泛上龍舮。"

"家聲"二句：見"烜赫舊家聲"注。言能自振立，不令委墜。趙云：太史公言："李陵頹其家聲。"《老子》曰："利器不可以示人。"虞詡曰："不逢錯節盤根，何以知利器？"（陳案：知，《後漢書》作"別"。）

"番禺"二句：番禺，縣名。　趙云：番禺，二山名，在廣州。"親賢領"，則必宗室之子爲節度。

"大夫"二句：《杜補遺》言：廣州李大夫。盧，則盧奐；宋，則宋璟，所以比李大夫。《唐舊史》："奐爲南海太守。南海郡利兼水陸，瓌寶山積。劉臣鱗、彭杲相繼爲太守，五府節度皆坐贓死，乃授奐任，貪吏歛迹，人用安之。"又云："自開元四十年廣府節度使清白者四：裴（伸）[仙]先、李朝隱、宋璟及盧奐。"此所以比李大夫於盧、宋，謂之"出"，則又"出"其上也。"寶貝休脂膏"，謂廉潔而不污於貨利也。昔漢孔奮清潔，身處膏脂而未嘗自潤。

"洞主"二句：趙云：廣南有溪洞蠻，其長謂之"洞主"。"降接武"，降，戶江切。《禮記》："堂上接武。"言相繼而"降"也。《杜補遺》：《番禺雜錄》："番商遠國，運寶貨非舶不可。"劉恂《市舶錄》："獨檣舶，深五十餘肘；三木舶，深一百餘肘。肘者，西域以爲度也。船總名曰艘，猶今言幾隻也。"

"我欲"二句：葛洪聞交趾出丹砂，求爲句漏令。至廣州，刺史鄧洪留，乃止羅浮山煉丹。

"安能"二句：趙云："鯨"，海中大魚也。"鼇"，巨鼇也。《列子》所謂"戴五山"者。神仙琴者有騎鯉之事,(陳案:者,《杜詩引得》作"高"。)則"鯨、鼇"爲可"乘",尤可知也。見李白"騎鯨魚"注。《左氏》:"況珠玉乎?寶糞土也。"(陳案:珠、寶,《春秋左傳注疏》作"瓊""是"。)

"或駸"二句:江淹《別賦》:"駕鶴上漢,驂鸞騰天。" 趙云:《詩》:"鶴鳴于九皋,聲聞于天。""聊作鶴鳴臯",則今之詩"聊"如"鶴鳴"也。

詠懷二首

其一

人生貴是男,丈夫重天機。
未達善一人,得志行所爲。
嗟余竟轗軻,將老逢艱危。
胡雛逼神器,逆節同所歸。
河洛化爲血,公侯草間啼。
西京復陷沒,翠蓋蒙塵飛。
萬姓悲赤子,兩宮棄紫微。
倏忽向二紀,奸雄多是非。
本朝再樹立,未及貞觀時。
日給在軍儲,上官督有司。
高賢迫形勢,豈暇相扶持。
疲苶苟懷策,棲屑無所施。
先王實罪己,愁痛正爲兹。
歲月不我與,蹉跎病於斯。
夜看鄜城氣,回首蛟龍池。

齒髮已自料，意深陳苦詞。

【集注】

《詠懷二首》：趙云：此公自潭而往，非特止於衡，蓋欲儘南往矣。何以言之？第一篇曰："夜看鄧城氣，回首蛟龍池。"第二篇曰："飄（飄）[飆]桂水遊，悵望蒼梧暮。"又曰："多憂汗桃源，拙計泥銅柱。"又曰："結託老人星，羅浮展衰步。"又有云："風濤上春沙"，則二月離潭，而上尤明。

"人生"二句：趙云：《列子》載：孔子遊於太山，榮啟期行乎郕之野，鼓琴而歌。孔子問曰："先生所樂何也？"對曰："吾樂甚多。天生萬物，惟人為貴，而吾得為人，是一樂也；男女之別，男尊女卑，故以男為貴。吾既得為男矣，是二樂也；人生有不見日月，不免襁褓，吾既已九十矣，是三樂也。"《莊子》："天機不張。"注："不靈也。"又曰："嗜欲深者天機淺。"

"未達"二句：（陳案：人，《補注杜詩》《全唐詩》作"身"。《荀子·勸學》王先謙集解引郝懿行曰："身猶人也。"）《孟子》："窮則獨善其身，達則兼濟天下。"又曰："得志行乎中國。"又曰："善推其所為而已矣。"

"嗟余"二句：趙云：陸機《嘆逝賦》："余將老而為客。"

"胡雛"二句："胡雛"，安、史也。"逼神器"，陷長安也。《老子》曰："天下神器不可為也。為者敗之，執者失之。"趙云："逆節同所歸"，則言所從其為臣為將者也。許靖《與曹公書》："足下專征之任，凡諸逆節，多所誅討也。"

"河洛"二句：安、史亂，河、洛之間，格鬥尤甚。故云："化為血。"公卿奔竄，故"啼"於"草間"也。

"西京"二句：趙云："西京"，長安也。"復陷沒"，則對河、洛"化血"之辭，故言"復"焉。以其先陷河北，又陷東京，於此又陷西京也。"翠蓋"，天子之車蓋。宋玉《賦》："翠為蓋。""蒙塵"，天子出狩也。《左傳》："蒙塵于外。"正指言明皇。舊注謂：吐蕃陷京師，天子幸陝。自是代宗廣德元年事。下又言"兩宮"，蓋指明皇與肅宗尤明。舊注謬矣。

"兩宫"句：趙云："兩宫",明皇、肅宗。"紫微",蓋言帝座。

"倏忽"二句：趙云：自天寶十四載禄山亂,至今大歷五年,凡十六年,故得以"向二紀"爲稱。"奸雄多是非",則其間有尊君者,有跋扈者,斯爲"多是非"矣。

"本朝"句：趙云：再"樹立",方言代宗也。

"日給"二句：趙云：大歷五年,吐蕃之兵未息,故也。《唐·志》："設屯田,以益軍儲。"又《晉·天文志》："胷觽明則軍儲盈。"注："儲積也。"《孟子》曰："有司莫以告。"《書》："兹用不犯于有司。"

"高賢"二句：趙云：迫于用兵之形勢也。《孟子》："疾病相扶持。"又《語》："危而不持,顛而不扶。"

"疲苶"二句：趙云："疲苶",公自言也。《莊子》："苶然疲役。"今公言其疲勞困苦之身,雖有良策,方在流落"棲屑"間,無所施展也。〔舊〕注却云：言上下顧忌,無所施爲。錯矣。

"先王"二句：《左傳》云："禹、湯罪己,其興也勃然。""愁痛"字,如漢武下哀痛之詔。

"歲月"四句：趙云："歲月不我與",即《論語》："歲不我與。"公嘆其"蹉跎"疾病,而不得進用,以寶劍、蛟龍自比也。"鄷城"事,見"紫氣衝牛斗"注。下句見"蛟龍得雲雨"注。

"齒髮"二句：趙云：言"自料"其齒落髮脱,但意深"詞""苦",爲不能自已耳。

又

邦危壞法則,聖遠益愁慕。
飄颻桂水遊,悵望蒼梧暮。
潛魚不銜鉤,走鹿無反顧。
皭皭幽曠心,拳拳異平素。
衣食相拘閡,朋知限流寓。
風濤上春沙,千里浸江樹。
逆行少吉日,時節空復度。

井竈任塵埃,舟航煩數具。
牽纏加老病,瑣細隘俗務。
萬古同死生,胡爲足名數。
多憂汙桃源,拙計泥銅柱。
未辭炎瘴毒,擺落跋涉懼。
虎狼窺中原,焉得所歷住。
葛洪及許靖,避世常此路。
賢愚誠等差,自愛各馳騖。
羸瘠且何如,魄奪針灸屢。
擁滯僮僕慵,稽留篙師怒。
終當掛帆席,天意難告訴。
南爲祝融客,勉強親杖屨。
結託老人星,羅浮展衰步。

【集注】

"邦危"四句:趙云:時身尚在衡州,欲往而懷嘆也。"桂水",出會稽,禹崩之地。"蒼梧",舜葬之所。以言"聖遠益愁慕"也。

"潛魚"二句:趙云:蓋以自譬。《詩》:"魚潛在淵,或在于渚。"《左傳》:古人有言曰:"鹿死不擇音,鋌而走險,急何能擇?"

"皦皦"二句:趙云:"皦皦",蓋有如"皦日"之"皦",言"幽曠"心自分明也,而乃"拳拳"屈身全生,此所以"異"平素矣。

"衣食"二句:趙云:謝靈運詩:"再與朋知辭。"又《擬王粲詩序》:"家本秦川貴公子孫,遭亂流寓,自傷多情。"

"風濤"二句:趙云:顏延年詩:"春江壯風濤。"《選》詩:"雲中辨江樹。"

"井竈"句:趙云:"任塵埃",則言其居止之處,井與竈不汲不爨,所以"塵埃"。

"萬古"二句:(陳案:同,《補注杜詩》作"一"。) 趙云:言貴賤壽夭,同一死生。"胡爲足名數",自弔其困於形名度數,不敢踰越也。

"多憂"二句："桃源",見"欲問桃花宿"注。　　趙云:桃源,在今鼎州。《陶淵明集》載之甚詳。"多憂"而往,則亦"汙"之矣。"銅柱",《後漢》:馬伏波所建於愛州西南角之極處。按:《寰宇記》:愛州九真郡有銅柱,馬援以表封彊。(爲)〔韋〕公幹爲刺史,欲權鎔貨之。人曰:"使君果壞是,吾屬爲海神所殺矣。"訴之都督韓約。約移書辱之而止。今公詩云:"拙計"而"泥"之,則欲必往也。

"未辭"二句:趙云:兩句通義,言未得遂辭去"炎瘴"之毒,與未停息跋山涉水之恐懼。

"虎狼"二句:師云:徐庶曰:"今虎狼貙虎視中原,不可不備。"趙云:張孟陽詩:"賊盜如豺虎。"今云"虎狼窺中原",此大歷五年詩,四年十一月吐蕃方寇靈州,常謙光擊敗之,然窺中原之意蓋未已也。公死於是年,其歲在庚戌。其後大歷八年,歲在癸丑,十月,吐蕃又寇涇、邠,則當公之未死時,雖不見其爲寇之地,而猶有"窺中原"之意矣。公詩又嘗曰:"北極朝廷終不改,西山盜賊莫相侵。"則吐蕃爲盜賊。今言其有"窺中原"之意,故其所經歷不可爲久住計也。

"葛洪"二句:趙云:《晉書·葛洪傳》:"洪以年老,欲鍊丹以祈壽。聞交趾出丹,求爲句漏令。洪遂將子姪俱行,乃止羅浮山鍊丹。"此洪南行由此路之證也。《三國志·蜀書》:許靖,字文休,漢靈帝時爲御史中丞。避董卓之誅,走至交趾。後以劉璋所招入蜀,仕先主。魏王朗嘗與書曰:"足下周游江湖,以暨南海,歷觀夷俗,可謂偏矣。"此許靖南行亦由此路也。

"賢愚"二句:揚雄曰:"方其有事,則聖賢馳騖而不足也。"

"稽留"句:"篙師",舟人也。

"終當"二句:《選》文:〔木〕玄虛《海賦》:"候勁風,揭長尺;維長綃,掛帆席。"又《選》注謂:"張帆待高風而行。"

"南爲"四句:"祝融峯",地多神仙所居。"老人星",在南極。

趙云:"祝融",神名。"南爲祝融"之地。《晉·志》:"老人一星在弧南,一曰南極。秋分旦見于丙,春分夕没于丁。《茅君內傳》曰:"大天之內,有地中之洞天三十六所。羅浮之洞,周回五百里,名曰朱明曜真之天。"《羅浮山記》曰:"羅浮者,蓋總稱焉。羅,羅山。浮,浮山。二山合體,謂之羅浮。在增城、博羅二縣之境,有神仙所居。"謝靈運

《初發石首城》詩:"游當羅浮行。""親杖屨","展衰步",則欲南往,爲南方"祝融"之"客"也。

卷十六

（宋）郭知達 編

古　詩

送顧八分文學適洪吉州

中郎石經後，八分蓋憔悴。
顧候運爐錘，筆力破餘地。
昔在開元中，韓蔡同贔屭。
玄宗妙其書，是以數子至。
御札早流傳，揄揚非造次。
三人并入直，恩澤各不二。
顧於韓蔡內，辨眼工小字。
分日示諸王，鈎深法更秘。
文學與我遊，蕭疏外聲利。
追隨二十載，浩蕩長安醉。
高歌卿相宅，文翰飛省寺。
視我揚馬間，白首不相棄。
驊騮入窮巷，必脫黃金轡。
一論朋友難，遲暮敢失墜。
古來事反覆，相見橫涕泗。
嚮者玉柯人，誰是青雲器。

才盡傷形體，病渴汙官位。
故舊獨依然，時危話顛躓。
我甘多病老，子負憂出志。
胡爲困衣食，顏色少稱遂。
遠作苦辛行，順從衆多意。
舟楫無根蔕，蛟鼉好爲祟。
況兼水賊繁，特戒風飈駛。
崩騰戎馬際，往往殺長吏。
子干東諸侯，勸勉防縱恣。
邦以民爲本，魚飢費香餌。
請哀瘡痍深，告訴皇華使。
使臣精所擇，進德知歷試。
惻隱誅求情，固應賢愚異。
烈士惡苟得，俊傑思自致。
贈子猛虎行，出郊載酸鼻。

【集注】

"中郎"二句：蔡邕拜中郎將，校書東觀。邕以經籍去聖久遠，文字多謬，俗儒穿鑿，疑誤後學。熹平中，表求正定六經文字，靈帝許之。邕乃自書册於碑，使工刻立於太學門外。《兩京記》："貞觀中，得蔡邕石經數段，邕能八分書。"

"顧侯"二句：（陳案：侯，《補注杜詩》《全唐詩》作"侯"。） "運爐錘"，言能鍛鍊以成一家之書也。 薛云：《莊子》云："皆在爐錘之間耳。" 趙云：《南史》：王僧虔論書云："筆力驚異。"又云："極有筆力。""破"字見首篇注。《莊子》："遊刃恢恢然有餘地。"

"昔在"二句：開元中，韓擇木、蔡有鄰善八分書。 《杜補遺》：張平子《西都賦》："綴以二華，巨靈贔屭。"注："贔屭，作力之皃。贔，平秘切。屭，許備切。" 趙云：公前篇《李潮八分歌》："尚書韓擇木,騎曹蔡有鄰。開元已來數八分,潮也奄有二子成三人。"是已。

"玄宗"四句:明皇師擇木,嘗於彩牋上八分書,賜張說。　《杜補遺》言:明皇精妙於此書也。《書苑》:唐明皇好圖畫,工八分、章草,豐茂英特。初張說爲麗正殿學士,獻詩。明皇自於彩牋上八分書,讚曰:"德重和鼎,功逾濟川。詞林秀發,翰苑光鮮。"所謂"御札流傳"。

"三人"句:韓、蔡、顧三人。

"分日"二句:(陳案:日,《四庫全書》本作"目"。形訛。《補注杜詩》《全唐詩》作"日"。)　顧文學八分外,尤能小字。　趙云:《易》:"鈎深致遠。"

"文學"二句:《文選》:鮑明遠《詠史詩》:"五都矜財雄,三川養聲利。"

"追隨"五句:"視我"如揚雄、司馬相如。　趙云:"浩蕩長安醉","醉"而謂之"浩蕩",言"醉"之放肆也。"間"字,蓋如季孟之間、伯仲之間者,言當二子之中也。

"白首"三句:潘岳詩:"白首同所歸。"　趙云:顧君騎馬來相訪,必脫轡留之。馬謂之"驊騮",轡謂之"黃金",侈言其富貴也。

"嚮者"二句:(陳案:柯,《補注杜詩》《全唐詩》作"珂"。)　"玉柯",鳴珂也,謂馬飾。《杜補遺》:《神農本草》:"珂,貝類,大如鰒,皮黃黑而骨白,以爲馬飾,生南海。"《吳都賦》:"致遠流離與珂玳。"注:"玳,老鵰所化,以裁制刻若馬勒者,謂之珂。玳,珂之璞也。玳,邌、戌二音。"《廣韻》曰:"珂玳,音戌。"劉望曰:"老鵰所化,出日南。"《通典》曰:"老鵰入海爲玳,可截作勒,謂之珂。"兩說有異,未知孰是。晉阮咸,字仲容,性任達,不拘細節。顏延年《五君詠》:"仲容青雲器,實禀生人秀。"　趙云:遲暮,《楚詞》:"傷美人之遲暮。""敢失墜",《左傳》:"行父奉以周旋,弗敢失墜。"

"才盡"句:體:一作"骸"。　杜云:《齊書》:江淹夢得五色筆,由是文章日新。後夢人稱郭璞取之,自後爲詩,絕無美句,時人以爲才盡。又,任昉,字彥昇,以文章見稱。當時無輩,時人稱任筆沈詩。昉聞以爲病,晚節最好詩,欲以傾沈。用事屬辭,不得流便,都下士子慕之,轉爲穿鑿,於是有才盡之談矣。又鮑照,字明遠,文辭贍逸。文帝好文章,自謂人莫能及照。悟其旨爲文,多鄙言累句,咸謂照才盡,實不然也。　　趙云:"傷形體",傷其老病也。《莊子》:"墮爾形體。"

"病渴"句:司馬相如"病渴",李尋"久汙玉堂之署"。　　趙云:公適有此病。

"子負"句:(陳案:出,《補注杜詩》《全唐詩》作"世"。)

"蛟鼉"句:《後漢·方術·王喬傳》:"吏人祈禱,無不如應。若有違犯,亦立能爲祟。"

"崩騰"句:《晋》史臣曰:"邵李郭魏諸將,契闊喪亂之辰,驅馳戎馬之際。"

"往往"句:《前漢·陳勝傳》:"於是諸郡縣苦秦吏暴,皆殺其長吏,將以應勝。"

"子干"二句:(陳案:勸,《全唐詩》同。一作"勤"。)　　《左傳·成十六年》:"卻(隼)[犨]將新軍,且爲公族大夫,以主東諸侯。"

"邦以"二句:趙云:"顔色少稱遂",稱,音去聲,稱意而通遂也。"衆多",衆人也。鄒陽云:"衆多之口。""苦辛",《選》詩:"坎坷長苦辛。""殺長吏",則正言湖南兵馬使臧玠殺其團練使崔瓘,遂據潭州反矣。又云:自"子干東諸侯"十四句,則公贈人以言,有補於時者。《書》曰:"民爲邦本。"《傳》曰:"重賞之下有勇夫,香餌之下有潛魚。"下兩句,言當厚施予,以恤民"爲本"也。

"惻隱"句:當勤恤民困。

"固應"句:不可一概苛急,當存賢愚之用心。　　趙云:"瘡痍"者,民困病之譬也。《前漢·季布傳》:"方今創痍未瘳。"《詩》:"皇皇者華,君遣使臣。"故謂之"皇華使"。"進德",《易》:"君子進德修業。""歷試",《書》:"歷試諸難。"言朝廷所遣使臣,必擇賢者而來,可以告之矣。彼能"惻隱誅求"之"情",賢者固異於愚人矣。

"烈士"句:《禮記·曲禮》:"臨財毋苟得。"

"俊傑"句:趙云:"烈士""俊傑",皆以指言顧文學,所以責望之深矣。

"贈子"二句:陸士衡《樂府·猛虎行》:"渴不飲盜泉水,熱不息惡木陰。惡木豈無枝,志士多苦心。"皆勉其自振立也。

上水遣懷

我衰太平時，身病戎馬後。
蹭蹬多拙爲，安得不皓首。
驅馳四海內，童稚日餬口。
但遇新少年，少逢舊親友。
低顏下色地，故人知善誘。
後生血氣豪，舉動見老醜。
窮迫挫曩懷，常如中風走。
一紀出西蜀，于今向南斗。
孤舟亂春華，暮齒依蒲柳。
冥冥九疑葬，聖者骨亦朽。
蹉跎陶唐人，鞭撻日月久。
中間屈賈輩，讒毀竟自取。
鬱没二悲魂，蕭條猶在否？
崷崒清湘石，逆行雜林藪。
篙工密逞巧，氣若酣杯酒。
謌謳互激遠，回斡明受授。
善知應觸類，各藉穎脱手。
古來經濟才，何事獨罕有。
蒼蒼衆色晚，熊挂玄蛇蚖。
黃羆在樹顚，正爲群虎守。
羸骸將何適，履險顏益厚。
庶與達者論，吞聲混瑕垢。

【集注】

《上水遣懷》：趙云：此洞庭湖上湘江往潭州也。何以明之？句云："嵜崒清湘石，逆行雜林藪"，可見矣。其上水也，是春時，何以明之？公《陪裴使君登岳陽樓》近體詩曰："春泥百草生"，則自洞庭上湘水，乃春時矣。此詩四段，自"我衰太平時"，至"常如中風走"十四句，泛叙其衰病流落之態。自"一紀出西蜀"，至"逆行雜林藪"十四句，專叙其由蜀如楚之事。自"篙工密逞巧"，至"何事獨罕有"八句，因言操舟之神，以起經濟之譬。自"蒼蒼衆色晚"，至"吞聲混瑕垢"八句，專言行路之難，有熊、虎之虞，亦因以譬寇盗之充斥也。

"童稚"句：趙云：言盡室征行，諸子止食粥而已。"童稚"字，《後漢・鄧禹傳》："父老童稚，垂髮戴白，滿其車下。"《左傳》：許公曰："寡人有弟，而使餬其口於四方。"注："餬，粥也。"

"但遇"六句：言"少年"不相知，但以"老醜"見欺而已。李固曰："一日朝會，見諸侍中并皆年少，更無一宿儒大人可顧問，誠可嘆息也。"　　趙云：言"遇新少年"，每"低顏下色"，不敢介亢，"故人"見之者，亦知我以"善誘"爲心耳。顔淵曰："夫子循循然善誘人。""故人"兩字，申言"舊親友"者。"後生血氣豪"，又以言"新少年"如此。血氣字，《論語》："血氣方剛。""老醜"字，倒用阮籍詩："朝爲媚少年，夕暮成醜老。"

"窮迫"二句：傷世態之薄也。朱叔元《與彭寵書》："伯通獨中風狂走，自捐盛時"。　　趙云："窮迫"字，倒用《莊子》"迫窮"。禍患挫曩懷，則挫其平生之豪氣也。如中風走，則爲風狂之人矣。

"一紀"二句：趙云：公自乾元二年入蜀，至大曆五年離蜀而在楚地，乃南斗之分，恰十二年矣。

"暮齒"句："暮齒"，暮年也。顧悦曰："蒲柳常質，望秋先零。"

《杜補遺》：《北史》：韋世康與子弟書曰："耄雖未及，壯年已謝。霜早梧楸，風先蒲柳。"

"聖者"句：（陳案：亦，《全唐詩》同。一作"已"。）

"蹉跎"二句："陶唐"，堯氏，其民無知焉。《山海經》曰："蒼梧之川，其中有九疑山，舜之所葬。"九山相似，行者疑惑，故名之曰"九疑"。　　趙云："聖者"，指虞舜也。"陶唐"，帝堯氏也。"蹉跎陶唐

卷十六 古詩

人",則承舜葬之下。言自"陶唐"以來,時歲"蹉跎",天下之人遭"鞭撻"之苦,其爲"日月"也"久"矣。蓋在國有誅求期會之急,在民有乖爭陵犯之變,斯所以至"鞭撻"也。

"中間"四句:趙云:屈,則屈原。賈,則賈誼。"屈"以大夫上官靳尚之"譖",沉于汨羅;"賈"以絳侯勃、灌嬰之害,謫于長沙。皆眼前楚地之可弔者也。

"鬱没"句:(陳案:没,《全唐詩》同。一作"悒"。)

"篙工"句:"逞巧",操舟者,矜其能也。　　趙云:經"清湘石"而逆行,則公在潭而往矣。

"詞謳"四句:(陳案:遠,《全唐詩》同。一作"越"。斡,《四庫全書》作"幹"。形誤。《補注杜詩》作"斡"。)　　"穎脱",喻敏捷。趙云:"回斡"者,回動斡轉其船也。字則謝惠連《詠牛女詩》:"傾河易回斡。""明受授",則船之首尾相呼,以求水脉,此之謂"受授"。下四句所以起"經濟"之譬也。《易》:"觸類而長之。""穎脱"字,起於毛遂云:"使遂蚤得處囊中,乃穎脱而出,非時其〈有〉末見而已。"(陳案:時,《史記·平原君虞卿列傳》作"特"。)

"古來"二句:趙云:欲求"經濟"天下者,如操舟之妙,何獨"罕有"乎?蓋有"才"難之嘆矣。"經濟"字,《晉·石苞傳》:景帝對宣帝曰:"苞雖細行不足,而有經圖才略。夫貞廉之士,未必能經濟事務。"

"蒼蒼"四句:(陳案:虯,《補注杜詩》《全唐詩》作"吼"。)　　趙云:柳子厚云:"蒼然暮色,自遠而至。"乃此"蒼蒼"之義也。《詩義疏》曰:"熊能攀緣上高樹,見人顛倒投地而下也。"柳子厚作《(熊)〔羆〕說》云:"鹿畏貙,貙畏虎,虎畏羆。"觀公詩意,以"羆"升樹,而守"虎"明矣。黄羆,《爾雅》曰:"羆如熊,黄白文。""爲虎守",爲,音于僞反。若讀從爲作之"爲",則反是虎守羆矣。　　師云:(梁)蕭若静詩:"玄蛇吼古林,蒼熊操窮嶺。"《莊子》:"天之蒼蒼,其正色邪?"

"贏骸"四句:趙云:《詩》:"顏之厚矣。"江淹《恨賦》云:"莫不飲恨以吞聲也。"《左傳》:"國君含垢,瑾瑜匿瑕。"

遣 遇

磬折辭主人，開帆駕洪濤。
春水滿南國，朱崖雲日高。
舟子廢寢食，飄風爭所操。
我行匪利涉，謝爾從者勞。
石間采蕨女，鬻菜輸官曹。
丈夫死百役，暮返空村號。
聞見事略同，刻剝及錐刀。
貴人豈不仁，視汝如莠蒿。
索錢多門户，喪亂紛嗷嗷。
奈何黠吏徒，漁奪成逋逃。
自喜遂生理，花時甘縕袍。

【集注】

　　"磬折"二句：趙云：《莊子·漁父篇》："夫子曲要磬折。"言其恭磬。折者，折腰如磬也。《選》詩云："泛舟越洪濤。"
　　"朱崖"句："朱崖"，南海地名。《漢》：賈捐之罷擊"朱崖"。趙云："朱崖"，海中之洲也。賈捐之請罷擊者。遠言之，則以承"南國"之下也。　　師云：《寰宇記》：《潭州仙宮記》曰：《南岳記》注："丹崖南，即仙人宮。"子美此詩，乃湘州所作，"朱崖"即謂此地作也。如"歌鼓秦人盆"，即非莊子之鼓盆。子美用事類如此。舊注以"罷朱崖"，甚非。彼自在"南海"，子美未嘗往。
　　"飄風"句：乘風而行。《爾雅》："回風爲飄。"
　　"鬻菜"句：(陳案：菜，《四庫全書》本作"莱"。形訛。《補注杜詩》《全唐詩》作"菜"。)　　趙云："鬻市"，一作"鬻菜"。非。"利涉"，即《易》云："利涉大川。"
　　"丈夫"二句：譏役斂煩重也。
　　"聞見"二句："錐刀"，猶刻剝也。《左傳》："錐刀之末。"　　趙云：所聞所見皆似此，應"官曹"之誅求也。及"錐刀"，非止取其大者，雖"錐刀"瑣末猶及之。

"索錢"句：誅求不一。

"漁奪"句："漁"如漁獵，然不以法也。　　趙云："貴人豈不仁，視汝如（蕭）[莠]蒿"，两句通義，言爲"貴人"者，豈是"不仁"，而以"莠蒿"視汝等耶？其"索錢多門户"者，時喪亂之故，所以使"嗷嗷"，紛然之多也。就此"索錢"之中，更有"黠吏"者，以"漁奪"爲事，而成就民之逃竄矣。

"自喜"二句：(陳案：甘，《全唐詩》同。一作"貰"。)　　《語》："衣敝縕袍。"　　趙云："花時"可以單衣，而"甘縕袍"，則所以得遂生理，勝於"逋逃"之民也。

解　遣

減米散同舟，路難思共濟。
向來雲濤盤，衆力亦不細。
呀坑瞥眼過，飛櫓本無蔕。
得失瞬息間，致遠宜恐泥。
百慮視安危，分明曩賢計。
兹理庶可廣，拳拳期勿替。

【集注】

《解遣》：趙注：一作"解憂"。東坡先生云："減米散同舟"至"拳拳期勿替"，杜甫詩固無敵，然自"致遠"以下句，真村陋也。此最其瑕讁，世人雷同，不復譏評，過矣，然亦不能掩其善也。東坡之説如此。然公之意，亦以藉"衆力"而濟險，猶資"百慮"而持危者矣，故曰"理""可廣"也。

"向來"二句："雲濤盤"，灘名，極爲險阻。"衆力"，言得其助。趙云：此言"雲濤"之間，盤轉采出，(陳案：采，《補注杜詩》作

"未",《杜詩引得》作"而"。)乃方言謂之盤灘者乎?舊注恐只是臆度而附會其説。且觀詩句首云:"減米散同舟",則"減"舟中之"米",而"散"與"同舟"之人,乃所以謝其用力也。謝其用力,豈不以盤灘之故耶?蔡琰:"關山阻修兮行路難。"郄鑒值永嘉喪亂,鄉人共餉之。公常攜二小兒往食,鄉人曰:"各自飢困,以君之賢,欲共濟君爾。"恐不能有所存。

"呀坑"句:坑:一作"帆"。　　趙云:"呀坑",如口之呀開者也。一作"呀帆",則無義。

"飛櫓"七句:趙云:"無蔕"字,班孟堅《答賓戲》云:"上無所蔕,下無所根。""致遠""恐泥",《論語》全句。"百慮"與"拳拳",出《易》:"百慮而一致。""得一善,則拳拳服膺而弗失之矣。""勿替",出《詩》:"勿替引之。"

宿鑿石浦

早宿賓從勞,仲春江山麗。
飄風過無時,舟檝敢不擊。
迴塘澹暮色,日没衆星嘒。
缺月殊未生,青燈死分翳。
窮途多俊異,亂世少恩惠。
鄙夫亦放蕩,草草頻卒歲。
斯文憂患餘,聖哲垂象繫。

【集注】

"飄風"二句:(陳案:擊,《補注杜詩》《全唐詩》作"繫"。《説文通訓定聲》:"擊,叚借又爲繫,實爲系。")　　飄,暴風也。　　師云:江逌賦:"賓從告勞。"《老子》曰:"飄風不終朝。"　　趙云:《莊子》曰:"泛乎若不繫之舟。"風而不繫,則流蕩矣。

"青燈"句:"青燈",言無光也。　　趙云:《詩》云:"嘒彼小星。"

"窮途"二句：以"世""亂"故，"恩惠"少而"窮途"多"俊異"也。
趙云："俊異"之士在"窮途"，則膏澤不少於民，（陳案：少，《補注杜詩》作"下"。）而"亂世"少蒙其"恩惠"。即非是"亂世少恩惠"，以致"俊異"之窮。舊注非。

"斯文"二句：聖人作《易》，與民同"憂患"也。其言象，皆示於《象》《繫》。　趙云：《詩》："無衣無褐，何以卒歲。"《易》曰："作《易》者，其有憂患乎？""斯文"之中，以"憂患"之餘而垂世者，《易》也，《象》《繫》之間可見矣。

早　行

歌哭俱在曉，行邁有期程。
孤舟似昨日，聞見同一聲。
飛鳥數求食，潛魚亦獨驚。
前王作網罟，設法害生成。
碧藻非不茂，高帆終日征。
干戈未揖讓，崩迫開其情。

【集注】

"前王"二句："網罟"，先王所以養民也，而後人反以為業。賦斂，所以平民也，而後人反以害民。　趙云：《詩》："行邁靡靡。"有"期程"者，期日之行程也。舊本"潛魚亦獨驚"，師民瞻本作"何獨驚"，是。蓋言"鳥"數數出求食，所以自飽；"魚"既"潛"而猶"驚"，所以求安。而小民利之，羅網其鳥，罟罩其魚，"害"物之"生成"，此公所以反傷"前王"之"設法"也。《易》曰："作結繩而為網罟，以佃以漁。"故公云爾。此直因眼前所見而言之。舊注非是。

"碧藻"四句：以"干戈"未寧，故"崩迫"而情偽日開。　趙云："碧藻非不茂"，又是眼前所見，以為可留連玩愛之物，而迫於"高帆"之"征"也。（梁）劉孝威《渡吉陽洲》詩："幸息榜人唱，聊望高帆開。"

"崩迫開其情",則開放其情懷於"終日"征行之間也。舊注穿鑿。

過津口

南岳自兹近,湘流東逝深。
和風引桂檝,春日漲雲岑。
回首過津口,而多楓樹林。
白魚困密網,黃鳥喧嘉音。
物微限通塞,惻隱仁者心。
瓮餘不盡酒,膝有無聲琴。
聖賢兩寂寞,眇眇獨開襟。

【集注】

"南岳"二句:"南岳",衡山也。"湘流",湘江也。　趙云:酈道元注《水經》云:"湘水又北,逕衡山縣東。山在西南,有三峯。《[山]經》謂之岣嶁山,爲南岳也。"又云:"衡山東南,二面臨映湘川。自長沙至此江湘七百里中,有九背,故漁者歌曰:'帆隨湘轉,望衡九回。'"今公詩言"南岳""近",而繼以"湘流""深",則此之謂矣。

"和風"句:趙云:梁元帝《烏栖曲》云:"沙棠作船桂爲楫,夜渡江南採蓮葉。"

"春日"句:(陳案:雲,《四庫全書》本作"零"。形訛。《補注杜詩》《全唐詩》作"雲"。)

"而多"句:楓,木名。　趙云:阮籍《詠懷》詩:"湛湛長江水,上有楓樹林。"

"白魚"四句:趙云:"白魚",鰷魚也。鰷,音條。乃莊子與惠子游於濠梁之上,而莊子曰:"鰷魚出遊,從容者也。"崔豹《古今注》曰:"白魚小,好群遊,浮水上,名曰白萍。"惟其小而群,則"密網"之所取無遺,斯所以爲"困"也。對"黃鳥喧嘉音",則《詩》所謂"睍睆黃鳥,載好其音"者。"白魚"以群而小,"困"於"密網","物"之所以"塞"者也。

"黃鳥"以和風春日之際,而"嘉音"喧然,"物"之所以"通"者也。"物"之"通塞",雖微不足道,而仁者於"物",每"惻隱"其困塞矣。《孟子》曰:"惻隱之心,仁之端也。"

"瓮餘"四句:傷時無君子,"獨開襟"而已。　　趙云:於此有"酒"可飲,有"琴"可玩,而思"聖"與"賢",兩皆"寂寞",無與言者,則亦"獨開襟"而自適耳。"無聲琴",即陶淵明"有琴而無絃"也。《九歌》曰:"目眇眇而愁予。"王仲宣《登樓賦》:"向北風而開襟。""無聲"字,蓋《禮記》所謂"無聲之樂"。

次空靈岸

泛泛逆素浪,落落展清眺。
幸有舟楫遲,得盡所歷妙。
空靈霞石峻,楓栝隱奔峭。
青春猶無私,白日亦偏照。
可使營吾居,終焉託長嘯。
毒瘴未足憂,兵戈滿邊徼。
嚮者留遺恨,恥爲達人誚。
迴帆覬賞延,佳處領其要。

【集注】

"空靈"二句:栝:一作"枯"。　　師云:張載賦:"霞石駁落。"《古詩》:"峻嶺極奔峭。"　　趙云:謝靈運《七里瀨》詩云:"晨積展遊眺。"又,"徒旅苦奔峭。"李善注云:《淮南子》曰:"岸峭者必陀。"許慎曰:"陀,落也。"謂"楓栝"之木,遮隱欲奔之峭岸間耳。光武謂耿弇曰:"前在南陽,建此大策,常以爲落落難合。"王衍謂王澄曰:"誠不如卿落落穆穆然也。"石勒曰:"大丈夫行事,當礌礌落落。"揚子雲《長楊賦》:"泛泛沸渭。"

"白日"句:爲山嶺障閡,故"偏照"也。

"可使"句:《左傳》:"使營菟裘,吾將老矣。"
"終焉"七句:"長嘯"字,《文選》:成公子安《嘯賦》云:"邈跨俗而遺身,乃慷慨而長嘯。" 趙云:"兵戈",《前漢·戾太子贊》:"正息兵戈。"而庾信《周齊王碑序》云:"夏官以兵戈爲主,(野)[專]謀七德。""嚮者留遺恨,恥爲達人誚",豈公前日經此而不能久住,故有"遺恨"之"留",懷達者所"誚"之"恥",故今則雖上水矣,仍"回帆"以覬(里)[望]賞玩之遷延,而"領""佳處"之"要"也。《司馬相如傳》:"邊關益斥,南至牂柯爲徼。"張揖注曰:"徼,謂以木、石、水爲界者也。"
師云:潘尼詩:"回帆轉高岸,歷日得延賞。"

宿花石戍

午辭空靈本,夕得花石戍。
岸疏開闢水,本雜今古樹。
地蒸南風盛,春熱西日暮。
四序本平分,氣候何迴互。
茫茫天造間,理亂豈常數。
繫舟盤藤輪,杖策古樵路。
罷人不在村,野圃泉自注。
柴扉雖蕪没,農器尚牢固。
山東殘逆氣,吳楚守王度。
誰能扣君門,下令減征賦。

【集注】
"午辭"二句:(陳案:本,《補注杜詩》《全唐詩》作"岑"。) "空靈",在歸州。"花石戍",屬峽州。 鮑云:《唐志》:"潭州有花石戍。"舊注非是。 薛云:右按《歸州圖經》:"空舲峽,東西四十里,在峽州夷陵縣界。"《十道志》:"歸有空舲峽,空靈當作空舲。" 趙云：自《上水遣懷》而下古詩，一一自是上水詩分明。"空靈岸""花石戍"，雖不可考，其地要之皆上湘水耳。舊注輒云："空靈岸在歸州，花石戍在峽州。"非特乖戾，公經行之地，而却是下水矣，豈得前云"汎汎逆素浪"乎？

"岸疏"二句：水：一作"山"。（陳案：本，《補注杜詩》《全唐詩》作"木"。）　自白狗峽至空靈山花石，皆開闢之峽。　趙云："開闢水"字，吳主嘗見吕岱説步隲："言北欲以沙囊塞江，每讀其表，輒獨失笑。此江自開闢以來，寧可以囊塞之乎？""疏"字，則又《江賦》云："巴東之峽，夏后疏鑿之疏也。"一作"開闢山"，則非特無出，而於"疏"字無義。孔稚圭詩："草雜今古色，巖留冬夏（雲）[霜]。"故曰："木雜今古樹。"

"地蒸"四句：趙云：上句言炎方之地蒸鬱，在"南風"之中為"盛"。次句言凡暑熱之日，至"日暮"則須涼。今以炎方之地，故春熱在西，"日暮"而不息也。下兩句宋玉《九辨》云："皇天平分四時兮，竊獨悲此凜秋。"今公蓋言時方當春，在他處亦豈有熱？而今此地熱，則於"四序"為"回互"矣。《海賦》："乖蠻隔夷，回互萬里也。"

"茫茫"句：造：七本作"地"。（陳案：七，《全唐詩》作"地"。）

"罷人"句："罷人"，言民困於征役而罷敝。"不在村"，不安居也。

"吳楚"句：安、史之亂，王命所及者，吳、楚、蜀而已。

"誰能"二句：憫下情，不上達也。　趙云：《易》曰："天造草昧。"前人云："治亂惟冥數耳。"今公云："理亂豈（恒）[常]數"，蓋立為新説者也。意以為在政之得失而已，故下有"柴扉雖蕪没，農器尚牢固"之句，則公之意在於務農重穀矣。"山東"，今之河北。杜牧云："山東，王不得不王，霸不得不霸。"所以指言燕、趙之地。今言"殘逆氣"，則以安、史之亂，雖已定，而大歷三年六月，兵馬使朱希彩殺其節度使李懷仙，猶有"逆氣"存焉。"吳、楚"之間，知所尊"王"，乃當時之事。惟"吳楚守王度"，故欲"扣""門"而與之"減征賦"也。其中使"繫舟"，則起於"泛若不繫之舟"。"杖策"，則太王杖策去邠；又魯仲連杖策而入海。"罷人"，音疲。《周禮》云："以嘉石平罷民也。""柴扉"，范彦龍詩曰："日暮歛柴扉。""農器"，則《史》云："鑄劍戟以為農器。""王度"，《左傳》云："遵我王度。"

早　發

有求常百慮，斯文亦吾病。
以茲朋故多，窮老驅馳併。
早行篙師怠，席掛風不正。
昔人戒垂堂，今則奚奔命。
濤飜黑蛟躍，日出黃霧映。
煩促瘴豈侵，頼倚睡未醒。
僕夫問盥櫛，暮顔覰青鏡。
隨意簪葛巾，仰慚林花盛。
側聞夜來寇，幸喜囊中淨。
艱危作遠客，干請傷直性。
薇蕨餓首陽，粟馬資歷聘。
賤子欲適從，疑悮此二柄。

【集注】

"有求"四句：趙云：《易》曰："易一致而百慮。"孔子曰："天之未喪斯文也。"公之意以爲有所求人，必多爲思慮，然吾以"斯文"自任，衆所共知，而亦爲"吾病"，何也？乃下句云："以茲朋故多，窮老驅馳併"也。蓋人以吾任"斯文"者，多是朋友故舊。今則散在他處，欲見之自是"驅馳"頻"併"也。

"席掛"句："席"，張席，以爲帆風不正不順也。　趙云：《海賦》曰："掛帆席。"蓋以席爲帆故也。又，謝靈運詩："揚帆采石華，掛席拾海月。"

"昔人"句：《傳》曰："千金之子，坐不垂堂。"

"今則"句：杜云：《左傳》："一歲七奔命。"　趙云：方"奔命"於"驅馳"，其與"垂堂"之戒，不爲異乎？《傳》云："罷於奔命"也。

"濤飇"二句:鮑明遠:"騰沙鬱黃霧,飇浪揚白鷗。" 趙云:張景陽詩云:"黑蜧躍重淵。""黑蛟躍",亦此之類。

"煩促"二句:未:一作"還"。 趙云:張茂先詩曰:"恬曠苦不足,煩促每有餘。"言於此困於"煩促",豈是"瘴"欲相"侵"乎?故摧頹倚薄而"睡未醒"也。

"暮顔"二句:"暮顔"衰醜,有愧於對"鏡"。 師云:謝靈運詩:"白髮愧青鏡。"

"隨意"句:(隋)王冑詩云:"庭草無人隨意緑。"

"干請"句:謂有求於人也。

"薇蕨"句:《史記》:伯夷、叔齊事。

"粟馬"句:六國以粟馬資儀、秦,使之歷聘。

"賤子"二句:"二柄",謂采薇及歷聘也。 趙云:一則"餓"以爲高,一則"聘"以爲榮,此"二柄"也。未知所適從,故疑惑而不决矣,此所以重自傷也。《傳》曰:"一國三公,吾誰適從?"《韓非子》有《二柄篇》,曰:"明王之所導制其臣者,二柄而已矣。"雖言刑與德,今公取字用耳。

次晚州

參錯雲石稠,坡陁風濤壯。

晚洲適知名,秀色固異狀。

棹經垂猿把,身在度鳥上。

擺浪散帙妨,危沙折花當。

羈離暫愉悦,羸老反惆悵。

中原未解兵,吾得終踈放。

【集注】

"參錯"句:"雲石"相互雜也。 師云:沈約詩:"煙林雲石稠。"

"坡陁"句:"坡陁",泛濫之貌。 趙云:謝靈運詩:"臨圻阻參錯。"《哀二世賦》云:"登坡陁之長坂。"顏延年詩:"春江壯風濤。"

"秀色"句:言其狀不一也。

"棹經"二句:水漲而舡所經者高也。　　趙云:張載論:"白猿玄豹藏於櫺檻,何以知其垂條於千仞。"則"猿"可謂之"垂"也。(梁)虞騫詩:"澄潭寫度鳥。"(周)庾信《和浮圖》詩:"幡搖度鳥驚。"　　師云:庾闡詩:"垂猿把臂飲。"(梁)蕭子暉詩:"仰雲看度鳥。"

"擺浪"二句:師言:"擺浪"有妨于"散帙","危沙"相過則"折花"相值,皆紀舟行之實。　　趙云:謝靈運詩:"散帙問所知。"

"羇離"二句:"暫愉悅",次晚洲也。"反惆悵",歎行役也。趙云:承"折花"之下,故暫爾"愉悅"也。

"中原"二句:兵"未解"而得"踈放",以不見用於世也。　　趙云:正傷時之擾攘,吾豈得終"踈放"而不憂懼且流落乎?舊注非是。

望　岳

南岳配朱鳥,秩禮自百王。

欻吸領地靈,鴻洞半炎方。

邦家用祀典,在德非馨香。

巡狩何寂寥,有虞今則亡。

洎吾隘世網,行邁越瀟湘。

渴日絕壁出,漾舟清光旁。

祝融五峯尊,峯峯次低昂。

紫蓋獨不朝,爭長嶸相望。

恭聞魏夫人,群仙夾翱翔。

有時五峯氣,散風如飛霜。

牽迫限修途,未暇杖崇岡。

歸來覬命駕,沐浴休玉堂。

三歎問府主,曷以贊我皇。
牲璧忍衰俗,神其思降祥。

【集注】

《望岳》:趙云:岳者,南岳衡山也。按:樂史《寰宇記》:"衡山,在潭州之湘潭縣。以其當翼、軫,度應璣衡也。"而王存《九域志》:"湘潭縣在州南一百六十里。"衡山應又在外矣。今云《望岳》,則將過湘潭望之。

"南岳"二句:《書》:"五月南巡狩,至于南岳衡山。"《釋山》又云:"霍山爲南岳。"衡之與霍,皆一山有兩名,而學者多以霍山不得爲南岳。又云:"漢武帝來始名之。"斯不然矣。衡山,一名霍山,言萬物霍而大也。應劭曰《風俗通》曰:"岳者,稱考功黜陟之,故謂之岳。"四方皆有七宿,各成一形,南方之宿象鳥,故謂之"朱鳥"。《書》:"望〔秩〕于山川。"注:"諸侯境内名山大川,如其秩次望祭之故。五岳牲禮視三公,四瀆視諸侯,其餘視伯子男。" 趙云:《荊州記》曰:"衡山者,五岳之南岳也。下踞離宮,攝位火鄉。赤帝館其巔,祝融託其陽,故號曰南岳。"今云"配朱鳥"者,朱鳥南方之宿故也。蓋井、鬼、柳、星、張、翼、軫七星在南方,而井、鬼爲鶉首,柳爲鶉尾。又曰:鳥帑以上七星總曰朱鳥。《前漢・天文志》曰:"南宮朱鳥,權、衡。"今"南岳",所以"配朱鳥"矣。"秩禮自百王",秩,則《尚書》"咸秩無文"之"秩"。秩者,等也。等秩之禮,其來久矣。故云"自百王"。

"欻吸"二句:地之百靈,顏延年詩:"邑社總地靈。" 趙云:江文通《雜擬》詩:"欻吸鵾雞悲。"注云:"猶俄頃也。"又,謝朓《松風賦》云:"養風飈之欻吸。"則倏忽之義,故對"洪洞"。王褒《四子講德論》云:"洪洞朗天。"則言天地神光,洪洞相通,明朗於天也。又,《洞簫賦》:"風洪洞而不絕。""地靈"字,祖出《大戴禮》,有"集地之靈"。"炎方"字,出《選》。

"邦家"二句:五岳皆載祀典。 趙云:即《書》所謂"黍稷非馨,明德惟馨"也。

"巡狩"二句:自戰國縱橫,而巡守之禮亡矣。虞舜五年一巡狩。趙云:《書・舜典》曰:"五月南巡狩,至于南岳。"故云語曰:"今也"則亡"。

"洎吾"二句:"隘",言"世網"所拘迫也。"行邁",猶行役也。

趙云:公言所以"行邁"者,以"世網"隘窄,故欲曠懷於江湖之上也。《詩》云:"行邁靡靡。"

"渴日"二句:趙云:難逢日霽,以望其峯,於"日"如"渴"也,蓋如渴雨之渴。盛弘之《荊州記》曰:"衡山有三峯極秀。一峯名芙蓉峯,最爲竦傑,自非清霽素朝,不可望見。"又云:"紫蓋峯者,天明輒有一隻白鶴回翔其上。"則望"日"之如"渴"也如此。謝靈運詩曰:"辰策尋絕壁。""清光",則日之清光也。所謂清霽素朝者歟?

"祝融"四句:"祝融",峯名也。朱陵、祝融、紫蓋、石囷、(陳案:囷,《杜詩詳註》作"廩"。)芙蓉,所謂"五峯"也。"爭長",言相峙而立,有如"爭長"也。　趙云:考《衡山記》,其可稱者有芙蓉峯,有紫蓋峯,有石囷峯。而韓退之詩曰:"紫蓋連延接天柱,石廩騰擲堆祝融。"則又有天柱峯、祝融峯,其爲"五峯"矣。舊注輒以"朱陵"字補之爲峯名。此乃《荊州記》云:"衡山、朱陵之靈臺"一句,非言峯也。《左傳》:"滕侯、薛侯來朝爭長。"

"恭聞"二句:"魏夫人",神仙也,主衡山。　薛云:按《真誥》:南岳夫人與弟子言:"東嶽上真卿司命官等左二十二真人坐西,起南向東行。太和靈嬪上真太夫人右十五女真東坐,北起南行。"上真司命南岳夫人,即魏夫人也。　《杜補遺》:"夫人",諱華存,字賢安。晉司徒舒之女也。幼純讀書,喜神仙。其後四仙人降,車從鮮盛。夫人既與仙者遊,盡傳其秘術。咸和八年終,壽八十三。舊傳以謂夫人實不死,以杖代尸而升天。扶桑大帝君授夫人青瓊之板,冊錄之文,治南岳。　趙云:(周)庾信《西門豹廟》詩曰:"恭聞正直祀,良識佩韋心。"

"未暇"句:言爲"行邁"拘限,"未暇"策杖而登"崇岡"。

"歸來"六句:《吳都賦》:"玉堂對霤,石室相距。"注:"皆仙人所居也。"又云:"玉堂,府主所居也。"故有"三歎"之"問",謂世(辭)[亂]俗薄,祀典闕而不舉,欲"贊"之於帝,崇"牲璧",則神必"降祥"於此矣。

趙云:舊注引《吳都賦》,其說是。又云:"玉堂,府主所居。"自爲惑亂矣。既"休玉堂",由此往問"府主",不相妨。末句"牲璧忍衰俗",則"牲"與"璧"之費,"衰俗"不忍具之,而"府主"忍費於"衰俗"之中也。

湘江宴餞裴二端公赴道州

白日照舟師,朱旗散廣川。
群公餞南伯,蕭蕭秋初筵。
鄙人奉末眷,佩服自早年。
義均骨肉地,懷抱慶所宣。
盛名富事業,無取愧高賢。
不以喪亂嬰,保愛金石堅。
計拙百寮下,氣蘇君子前。
會合苦不久,哀樂本相纏。
交遊颯向盡,宿昔浩茫然。
促觴激萬慮,掩抑淚潺湲。
熱雲焦曛黑,缺月未生天。
白團為我破,華燭蟠長煙。
鶗鴂催明星,解袂從此旋。
上請減兵甲,下請安井田。
永念病渴老,附書遠山巔。

【集注】

"白日"四句:"餞",謂"群公"相"餞"也。"南伯",謂道州南邦也。《詩》:"賓之初筵,左右秩秩。"亦整肅貌。　　趙云:此篇鋪叙甚明。"白日照"字,《楚詞》云:"青春受謝,白日照。""群公"字,揚雄《羽獵賦》:"群公常伯,楊朱墨翟之徒。"

"鄙人"二句:"末眷",於裴有親也。"早年",少年也。已自"佩服"其德矣。

"懷抱"句：（陳案：慶，《補注杜詩》《全唐詩》作"罄"。）

"盛名"四句：言宜以功業著"盛名"，使無媿於"高賢"也，無"嬰"於"喪亂"以變名節，宜保之若"金石"之固。子美以骨肉之義，故其所言及此也。　趙云：公自謙之辭，言"盛名"與富貴事業兩件，皆無所取，斯所以愧於"高賢"矣。"高賢"，指言裴端公也。"金石"，謂保身之意耳。舊注非是。

"會合"句：苦：又作"共"。

"促觴"句："促觴"，言行觴急促也。

"掩抑"句：重別而有所感也。

"熱雲"二句：（陳案：焦，《補注杜詩》《全唐詩》作"集"。）　《九歌》："橫流涕兮潺湲。"謝靈運："朝遊窮曛黑。"《古詩》："三五明月滿，四五蟾兔缺。"　師云：袁山松詩："熱雲沸空中。"　趙云：馮衍《答任武達書》曰："敢不陳露宿昔之意。"

"白團"句：師云：《古樂府》："青青林中竹，可作自團扇。"又《古詩》："逶迤搖白團。"以熱困於搖扇，故曰"爲我破"也。

"華燭"句：薛云：按：梁元帝《對燭賦》："長袖留賓待華燭，燭爐落，燭華明。花抽珠漸落，珠懸花更生。"

"鴰鶡"句：杜云：鴰，音括。鶡，音曷。旦鳥，《禮記》注："求旦之鳥。"

題衡山縣文宣王廟新學堂呈陸宰

旄頭慧紫微，無復俎豆事。
金甲相排蕩，青衿一憔悴。
嗚呼已十年，儒服弊于地。
征夫不遑息，學者淪素志。
我行洞庭野，歘得文翁肆。
侁侁胄子行，若舞風雩至。
周室宜中興，孔門未應棄。

是以資雅才，渙然立新意。
衡山雖小邑，首唱恢大義。
因見縣尹心，根源舊宮閟。
講堂非曩構，大屋加塗墍。
下可容百人，牆隅亦深邃。
何必三千徒，始壓戎馬氣。
林木在庭戶，密榦疊蒼翠。
有井朱夏時，轆轤凍階戺。
耳聞讀書聲，殺伐災髣髴。
故國延歸望，衰顏減愁思。
南紀改波瀾，西河共風味。
采詩倦跋涉，載筆尚可記。
高歌激宇宙，凡百慎失墜。

【集注】

"旄頭"二句：（陳案：慧，《補注杜詩》《全唐詩》作"彗"。） "旄頭"，胡星也。"彗"，彗星。"紫微"，帝宮也。胡星彗帝宮，喻祿山亂中原，陷長安也。世亂，"俎豆"之事不講，故云"無復"也。　趙云：按：《晉·天文志》："昴七星，天之耳也。又爲旄頭、胡星。""彗""紫微"，則言其犯帝座也。又曰："紫宮垣十五星，其西蕃七，東蕃八，在北斗北。一曰紫微，大帝之座也，天子之常居也。""彗"字，在《天文志》與孛俱爲妖星之名。雖別爲一星，而今云"旄頭彗紫微"，則言胡星爲妖也。公詩又曰："胡星一彗孛。"是已。此追言安史之亂也。孔子曰："俎豆之事，則嘗聞之矣。"

"金甲"二句：蓋民狃於戰事，不遑學校也。《詩》云："青青子衿。"

"儒服"句：師注云：庾翼詩："儒服一何弊。"

"我行"四句："文翁"，爲蜀郡守，興建學校，以教蜀人，故風俗大變，可比齊、魯。"佽佽"，整肅貌。"胄子"，謂元子以下，至卿大夫子弟後學者。"若舞風雩"而"至"也。《語》曰："風乎舞雩"也。　趙云："文翁肆"字，則揚子所謂書肆，陶淵明所謂講肆也。"佹佹"，整肅貌。"冑子"，《書》曰："命夔典樂，教冑子也。"《論語疏》云："雩者，祈雨之祭名，使童男女舞之，因謂其處爲舞雩。舞雩之處，有壇墠樹木，可以休息，故云'風涼於舞雩'之下也。"今云"若舞風雩至"，則取其義而已。

"周室"四句："周室"，借周以喻唐也。言唐所以"宜中興"，則"孔門"豈可"棄"乎？蓋"君君、臣臣、父父、子子"，百姓日用而不知者，皆在是也。"雅才"，陸宰也。新學資之而成爾。　　趙云：《詩》："任賢使能，周室中興。"然"雅才"，指言陸宰也。字則王充《論衡·自紀篇》有云："士貴雅才而慎興，不用高據以顯達。"　　杜云：《前漢》："杜鄴子林，清静好古，有雅才。"又見《胡廣傳》注："後漢高彪有雅才，而納於言。"

"衡山"二句：世亂而"衡山"能守建學校也。

"因見"二句：《詩》："閟宮，頌僖公能復周公之宇也。"　　趙云：毛曰："閟，閉也。言無事而閉。"鄭氏《箋》云："閟，神也。謂之神宮。"今"舊宮閟"，倒用押韻，且其義大率深閟之謂。

"講堂"六句：學校者，教化之所自也。魯侯能修泮宮，而淮夷攸服，則其所以折暴亂者，"何必三千"之徒。言文德足以服遠也。趙云："講堂"字，《後漢·鮑永傳》："孔子闕里，無故荆棘自除，自講堂至于里門。""非曩構"，則一新之也。"塗墍"字，《書》云："惟其塗墍茨。""三千徒"，指言孔子之弟子也。

"耳聞"二句："聞讀書"之"聲"而樂也。　　趙云：言"聞讀書聲"而樂，彼"殺伐"之"災"，此特覺其"髣髴"而已。蓋"讀書"之氣勝之故也。

"故國"三句：（陳案：改，《全唐詩》同。一作"收"。）　　言能以文德易暴亂也。　　趙云：以"聞讀書聲"而遲延"故國"之"思"，"減""衰顔"自愁。（陳案：自，《杜詩引得》作"之"。）"南紀"字，《唐·天文志》云："東循徼嶺，達〔東〕甌關中，是謂南紀，所以限蠻夷也。""改波瀾"，亦以"聞讀書聲"而洗"波瀾"之氣妖。

"西河"句：《史記》："子夏居西河教授，爲魏文侯師。""共風味"者，言人樂其教也。

"采詩"二句:"尚可記",一云:記奇異"采詩"之官,雖不可達,"載筆"而"記"之,可也。　趙云:兩句言"采詩"之官,"倦"於跋山涉水之勞,而不來采之,則史官之"載筆",尚可"記"陸宰之美也。

"高歌"二句:趙云:《左傳》曰:"奉以周旋,罔敢失墜。"公言我今之"高歌",爲君子者當勿"失墜"也。《詩》:"凡百君子。"此亦以"友于爲兄弟",以"貽厥爲子孫"之比,具于"凡百慎交綏"解。

入衡州

兵革自久遠,興衰看帝王。
漢儀甚照耀,胡馬何倡狂。
老將一失律,清邊生戰場。
君臣忍瑕垢,河岳空金湯。
重鎮如割據,輕權絕紀綱。
軍州體不一,寬猛性所將。
嗟彼苦節士,素於圓鑿方。
寡妻從爲郡,兀者安短牆。
凋弊惜邦本,哀矜存事常。
旌麾非其任,府庫實過防。
恕己獨在此,多憂增內傷。
偏裨限酒肉,卒伍單衣裳。
元惡迷是似,聚謀洩康莊。
竟流帳下血,大降湖南殃。
烈火發中夜,高煙燋上蒼。
至今分粟帛,殺氣吹沅湘。
福善理顛倒,用徵天莽茫。

銷魂避飛鏑,累足穿豺狼。
隱忍枳棘刺,遷延胝跰瘡。
遠歸兒侍側,猶乳女在旁。
久客幸脫免,暮年慙激昂。
蕭條向水陸,汩没隨漁商。
報主身已老,入朝病見妨。
悠悠委薄俗,鬱鬱回剛腸。
參錯走洲渚,春容轉林篁。
片帆左郴岸,通郭前衡陽。
華表雲鳥埤,名園花草香。
旗亭壯邑屋,烽櫓蟠城隍。
中有古刺史,盛才冠巖廊。
扶顛待柱石,獨坐飛風霜。
昨者間瓊樹,高談隨羽觴。
無論再繾綣,已是安蒼黃。
劇孟七國畏,馬卿四賦良。
門闌蘇生在,勇銳白起強。
問罪富形勢,凱歌縣否臧。
氛埃期必掃,蚊蚋焉能當。
橘井舊地宅,仙山引舟航。
此行厭暑雨,厥土聞清涼。
諸舅剖符近,開緘書札光。
頻繁命屢及,磊落字百行。
江摠外家養,謝安乘興長。
下流匪珠玉,擇木羞鸞凰。

我師嵇叔夜，世賢張子房。
柴荆寄樂土，鵬路觀翶翔。

【集注】

《入衡州》：趙云：此篇作五段鋪敍：自"兵革自久遠"，至"寬猛性所將"，言兵戈興起，雖無害於"帝王"之興，但將帥失律，"君臣"含容，以致天下節度，各任其性之"寬猛"，以召亂如下文也。自"嗟彼苦節士"，至"明徵天莽茫"，指言潭帥崔瓘，爲別將臧玠所殺，瓘之苦潔其身，裁制其下之所致，而傷"福善"明證之報不足憑也。自"銷魂避飛鏑"，至"春容轉林篁"，則敍其避難而走也。自"片帆在郴岸"，至"蚊蚋焉能當"，敍其已得脫難入"衡州"，而美衡帥之得人也。自"橘井舊地宅"，至"鵬路觀翶翔"，敍其將往郴州寓居，而終之以觀衡帥之擢用也。

"漢儀"二句：言漢、唐法度未墜，"胡馬"之亂，徒"猖狂"爾。趙云：上兩句言兵革雖不息，徒自歲月之久，而興起其衰謝，自看"帝王"之舉耳。"興衰"，乃興衰撥亂之謂也。《後漢》：光武爲司隸校尉，父老見之，曰："今日復見漢官儀。"今言唐之法度未改，故以比之。"胡馬"，追言安、史之兵也。

"老將"二句："失律"，失法律也。《易》曰："失律，凶。" 趙云：似言哥舒翰之失潼關，房琯之敗于陳濤斜，九節度之敗於相州者也。

"君臣"二句：言避亂出行，城池不守也，故"空金湯"。《左傳》曰："國君含垢，瑾瑜匿瑕。"言有所容也。"金"，謂金城；"湯"，謂湯池也。

趙云：曰"金城湯池"，言城如"金"之堅，池如"湯"之阻。今以君相初含容，姦逆不即誅戮，故使"河岳"之地，雖是金城湯池，失守而"空"自如之也。

"重鎮"句：安、史亂後，天下裂爲藩鎮，賦不上供，"如割據"焉。

"軍州"句：各自爲政也。

"寬猛"句：趙云：於是天下節度，稍自威重，則"如"一方之"割據"，苟或"權""輕"，則"絕"其"紀綱"而不振矣。以時言之，"軍州"所在，"不一"其"體"。以性言之，爲政"寬猛"，"不一"其"性"。苟昧於設施，所以召亂矣。

"嗟彼"二句:《九辨》云:"圓鑿而方枘兮,吾固知其鉏齬而難入。"

趙云:"苦節",指言崔瓘也。按《新史》:"以士行修謹聞。大歷中,爲湖南觀察使。時將吏習寬弛,不奉法。瓘每以禮法繩之,下多怨。"崔瓘以"苦節"爲政,是昧圓枘不入方鑿之義。而公今句,則言鑿宜圓矣。乃於"圓鑿"而"方"之,文異而義同也。《易·節卦》上六:"苦節,貞凶。"《象》曰:"其道窮也。"

"凋弊"句:惜民之彫敝也。《書》曰:"民爲邦本。"　　趙云:言"寡妻"平日遭擾,自從崔太守"爲郡"之後,如兀足者之安於堵牆之下,不復驚動也。文王"刑于寡妻"。

"哀矜"句:趙云:曾子曰:"如得其情,則哀矜而勿喜。"言不妄刑罰。"哀矜"其人,存事體之大常也。其爲士行修謹如此。

"旌麾"句:言非其人也。

"府庫"句:悋財賞也。

"卒伍"句:厚自奉養,而不恤軍旅也。　　趙云:瓘之修謹,既如上所云,然於是委以"旌麾",則"非"其所"任"。蓋爲帥在寬猛適中,施予不吝,豈可過防於"府庫"之費乎？苟自"恕己",則可"獨在此"矣,而"多憂"其費,務從減省,徒"增内傷"而已。於是"偏裨"則"酒肉"之儉,"卒伍"則"衣裳"之"單",遂以召亂,如下文所云也。《三畧》曰:"良將恕己而治人。"曹子建表云:"誠可謂恕己治人,推恩施惠者矣。"

"元惡"二句:薛云:右按《爾雅》曰:"五達謂之康,六達謂之莊。"

《杜補遺》:《史記·列傳》曰:"鄒奭者,齊諸鄒子,亦頗采鄒衍之術以紀文。於時齊王嘉之爲開第康莊之衢。"　　趙云:"元惡",指言臧玠。瓘既以禮法繩裁其下,故有多怨。玠與判官達奚覯忿爭,覯曰:"今幸無事。"玠曰:"欲有事耶？"拂衣去。是夜,以兵殺覯。瓘皇遽走,遇害。玠遂據潭州。"迷是似",言凶惡之人,不識崔帥所爲,本由禮法,而"迷"此之"是似",乃"聚謀"而"洩"發於"康莊"。《詩》:"是以似之。"

"竟流"二句:代宗時,湖南兵馬使臧玠殺其帥崔瓘。

"至今"四句:(陳案:用,《補注杜詩》《全唐詩》作"明"。)　　《九歌》:"令沅湘兮無波。"阮籍:"曠野莽茫茫。"　　趙云:流血、降殃、發

"烈火""分粟帛",皆以言其亂也。《書》曰:"天道福善禍淫。"又曰:"明徵定保。"今以崔帥之謹潔,由禮而被禍,則"福善"之"禮",豈不"顛倒"?"明徵"於"天",豈不"莽茫"乎?

"銷魂"四句:言避亂奔走,危窘如"穿豺狼"間行也。心痛悼喪亂,如忍"棘刺",手足"胝趼"而成"瘡"。　　趙云:江文通《別賦》云:"黯然銷魂,唯別而已。""飛鏑"字,出《選》。"累足",行步驚恐之義。《漢書》:"累足脅息。""豺狼"字,多矣。如豺狼當道。"隱忍",《漢》:史云:"隱忍以就功名。""枳棘",如枳棘非鸞鳳所棲。"遷延",《左傳》云:"遷延之役。""胝",音張尼切。《列子》云:"手足胼胝。""趼",音吉典切。《莊子》云:"百舍重趼。"胝與趼,皆是足瘡之名。

"久客"句:幸於免患也。

"報主"四句:"老"而不可"報主","病"而不可"入朝"。故不免"委"身"薄俗","鬱鬱回剛腸"而已。　　趙云:"激昂"字,王章妻謂章曰:"今在困厄,不自激昂。""暮年"字,魏武《樂府》云:"烈士暮年。"

"參錯"二句:謝靈運:"遡流觸驚急,臨圻阻參錯。"　　趙云:謝靈運詩注:"謂圻岸之險,參差交錯也。""參",音七森切。《學記》:"善待問者如撞鐘,待其從容,然後盡其聲。"《疏》云:"舂,謂擊也。以爲聲之形容,言每一舂,而爲一容,然後盡其聲。"今言其形之悠悠,如鐘聲之"舂容",未便盡也。大曰"洲",小曰"渚"。竹木皆謂之"林篁"叢竹也。

"片帆"句:(陳案:左,《全唐詩》同。一作"在"。)　　郴,地名。

"通郭"句:衡州也。

"旗亭"二句:《杜補遺》:《三代世表》:"會旗亭下"注:"市樓也,立旗于上,故名旗亭。"張衡《西京賦》:"廊開九市,通闤帶闠。旗亭五重,俯察百隧。"注:"旗亭,市門樓。"《魏都賦》:"抗旗亭之嶤嶭。""櫓",城上守御望樓。"城隍",池之無水者。　　趙云:公意往"郴",故具"片帆";而言衡之"左"則"郴岸"。衡在郴州之西北。《九域志》:"郴州西北至本州界,一百三十七里。"則"郴"在衡州之東南,故云"左郴岸"。衡陽,即衡之倚郭縣,故云"通郭前衡陽"也。"坤",在經書音"毗"。《詩》云:"政事一坤遺我。"《晉語》:秦醫和曰:"松柏不生坤。"注云:"濕下也。"而《國語音》云:"音卑。又皮靡反。"今公所用乃側聲之音，於此難講。或云：恐是"雲鳥陣"字之誤。公嘗云："共説摠戎雲鳥陣。"但於"華表"亦無説。

"中有"句：言其愛民蒞事，如古之"刺史"。

"盛才"句：《杜補遺》：顏延年《游蒜山》詩曰："空食疲廊肆。"李善注："廊嵓，廊也，朝廷所在也。"文穎《漢書》注曰："嵓，廊殿下小屋。"

趙云：出武帝制曰："舜遊嵓廊之上。"

"扶顛"二句：（陳案：顛，《補注杜詩》《全唐詩》作"顛"。） 趙云：刺史乃"柱石"之臣。"獨坐"者，御史也。豈公後篇所注"崔侍御漢"者乎？"風霜"，則御史之任。崔篆《御史箴》注曰："簡上霜凝，筆端風起。"又，蘓味道《贈封御史》詩云："風連臺閣起，霜就簡書飛。"元希聲《贈皇甫侍御》詩云："肅子風威，嚴子霜質。"是已。

"昨者"二句：公自言得侍"刺史"，如"間瓊樹"。然陸士衡："四坐咸同志，羽觴不可筭。"注："羽觴，謂其置鳥羽於觴，以急飲也。"趙云：如所謂兼葭倚玉樹也。《晉書・晳傳》："昔周公城洛邑，因流水而(迅)〔汎〕酒。"故《逸詩》云："羽觴隨波流。"張平子《西都賦》："羽觴行而無算。"（陳案：都，《文選》作"京。"）

"無論"句：趙云：《左傳》："繾綣從公。"

"劇孟"句：《前漢・游俠傳》：劇孟以俠顯。吳楚反時，條侯爲太尉，乘傳東討至河南，得劇孟。喜曰："吳楚舉大事而不求據孟，吾知其無能爲已矣。天下騷動，大將軍得之，若一敵國。"

"馬卿"句：司馬相如，字長卿。有《子虛》《上林賦》《哀二世賦》《大人賦》，并載漢史傳。

"門闌"句："蘇生"，侍御渙。

"勇鋭"句：趙云："劇孟""馬卿"，皆以比刺史。"白起"，以比蘇渙。"劇孟"以比其豪，"馬卿"以比其能文。白起，善用兵，事秦昭王。料敵合變，出奇無窮，聲震天下。"門闌蘇生在"，公自注云："蘇生，侍御渙。"則渙在崔公漢之幕。而其人"勇鋭"，用"白起"以比，其可爲將。

"問罪"二句：末章皆美刺史也。 趙云：公於末篇自注云："聞崔侍御漢乞師于洪府，師已至袁州北。"此所謂"問罪""凱歌"者乎？"富形勢"，則以兵之形勢精強也。"懸否臧"，《易》曰："師出以律，否臧凶。"而懸闊，則非"否臧"之凶矣。

"氛埃"二句：趙云："氛埃""蚊蚋"，比臧玠也。

"橘井"二句：上句見"橘井尚高寒"注。下句見"蓬萊如可到"注。

杜田《補遺》：《桂陽列傳》：蘇耽種橘鑿井，以救時疫。病者食橘、飲水即愈。　　趙云："橘井"，在郴州。《神仙傳》：蘇耽將仙，謂其母："以庭前橘葉一片，水一杯，使病者以水服橘葉，病即愈。"斯可見其有"宅"矣。"仙山"，則指言蘇仙所仙之山。按：《水經》載："耽既仙之後，乘白馬而返其所鑿井處，世謂馬嶺山。"公謀欲往郴州，故云"引舟航"也。舊注引"蓬萊如可到"之句，則遂指"仙山"爲東海中之三山矣。非是。

"此行"二句：言親刺史之德，而亡炎暑。　　趙云：此又指言郴州矣。公詩有曰："郴州頗涼冷，橘井尚淒清。"是已。舊注所言，又却是猶説衡州刺史。非是。又無比德之意。

"諸舅"句：言"諸舅"，皆作郡。

"江摠"句：《陳書》：江摠，字摠持。七歲而孤，依于外氏，聰明有至性。舅蕭勵，名重時，尤所鍾愛。常謂摠曰："爾操行殊異，神彩英秀，後之知名，當出吾右。"

"謝安"句：謝安寓居會稽，出則魚弋山水，入則言詠屬文，無處世意。常往臨安山中，坐石室，臨濬谷，悠然歎曰："此亦伯夷何遠！"又與孫綽等汎海，吟嘯自若，放情邱壑。每游賞，必以妓女從也。

趙云：公詩每以崔姓爲舅。"剖符"，近則必有姓崔者爲刺史矣，豈崔侍御渙乎？"頻繁"者，重疊也。"江摠"，則公自比其爲崔氏之甥。"謝安"，則公自比其遊行之興。

"下流"二句："下流"，自言也。言已非珍異，然得所託也。

趙云：《論語》曰："惡居下流而訕上者。"公又謙其爲人特"下流"耳，非是"珠玉"之珍也。《傳》曰："鳥則能擇木，木豈能擇鳥？"《史》又曰："窮猿投林，何暇擇木？"公之意自謙，言其不暇"擇木"，非若"鸑鳳"之非梧桐不棲，故"羞鸑鳳"也。

"我師"句：恬静寡欲，含垢匿瑕也。

"世賢"句：彼掾張勸。

"柴荆"二句："寄"居"樂土"，當曰"觀"刺史爲朝廷拔用也。

趙云:"師嵇叔夜",則公自言其放曠孅散如嵇康。"世賢張之房",公自有本注:"美張勸也。"謝靈運《初去郡》云:"促裝反柴荆。""樂土",指郴州。《詩》云:"適彼樂土。""鵬路",則《莊子》所云"九萬里"者。是也。

風雨看舟前落花,戲爲新句

江上人家桃樹枝,春寒細雨出疏籬。
影遭碧水潛勾引,風妬紅花却倒吹。
吹花困癲傍舟檝,水光風力俱相怯。
赤憎輕薄遮入懷,珍重分明不來接。
濕久飛遲半欲高,縈沙惹草細於毛。
蜜蜂蝴蝶生情性,偷眼蜻蜓避伯勞。

【集注】

"江上句":(陳案:樹,《全唐詩》同。一作"李"。)

"影遭"句:趙云:古樂府《薄命篇》云:"豔花勾引落。"

"水光"句:趙云:庾信《畫屏風》詩:"水光連岸動。"劉孝儀《渡吉陽州》詩曰:"噪鼓揚風力。"

"赤憎"句:(陳案:人,《全唐詩》同。一作"人"。) 趙云:"赤憎",方言也。公嘗云:"輕薄桃花逐水流。"梁武帝《春歌》曰:"階上香入懷,庭中花照眼。""遮"之爲言輒也。如"遮莫鄰雞下五更"之"遮"。

"珍重"句:接:一作"折"。 趙云:師本作"來折"。蓋全篇言落一"花"耳,豈復更言人之不"折"乎?"

"蜜蜂"句:(陳案:性,《全唐詩》同。一作"住"。)

"偷眼"句:師云:《詩·七月》"鳴鵙",《釋文》云:"伯勞也。"蓋此詩末句,與《莊子》:"蟬棲美蔭,不知螳蜋在其後;螳蜋捕蟬,不知黃雀在其後;黃雀不知挾彈者在其後。"同意。

清　明

著處繁花矜是日,長沙千人萬人出。
渡頭翠柳艷明眉,爭道朱蹄齧膝。
此都好遊湘西寺,諸將亦自軍中至。
馬援征行在眼前,葛強親近同心事。
金鐙下山紅粉晚,牙檣捩柂青樓遠。
古時喪亂皆可知,人世悲歡暫相遣。
弟姪雖存不得書,干戈未息苦離居。
逢迎少壯非吾道,況乃今朝更被除。

【集注】

"著處"句:矜是:又云"務足"。

"爭道"句:朱建平善相馬。魏文將出,取馬入。建平曰:"此馬今日死矣。"及將乘,馬惡香,齧帝膝。帝怒,殺之。　　趙云:蕭子暉《冬曉》詩曰:"繁花無處盡,還銷寒鏡中。"舊本"矜"作"務",蔡伯世本作"矜"。是。"朱蹄",則以朱飾其蹄。《左傳》:"衛公馬朱其尾鬣。"舊注"齧膝"事,馬性偶如此。若皆如此,豈不傷人乎?公蓋使王褒《聖主得賢臣頌》曰:"駕齧膝,驂乘旦。"張晏曰:"皆良馬名。"應劭曰:"馬驕有餘氣,常齧膝而行。"(陳案:驕,《杜詩引得》作"驕",《文選》作"怒"。)況上句云:"翠柳艷明眉",則"柳"自明其"眉"。今云"朱蹄驕齧膝",則馬自"齧"其"膝"矣。"爭道"字,本出《左傳》:"宋萬,宋之臣也,與閔公博。""爭道",公今用之,爲善用字也。

"馬援"二句:伏波將軍馬援,征交趾女子徵側。又擊武陵五溪蠻夷。　　趙云:舊本作:"諸將之自軍中至",師民瞻本"之"作"亦",是。作實道其事耳。此以比主帥。

"金鐙"句:粉:一作"日"。

"牙檣"句:《杜補遺》:《古樂府》:劉生詩:"座驚稱字孟,豪雄道姓劉。廣陌通朱邸,大路起青樓。"又,張正見《採桑》詩:"倡妾不勝愁,結束下青樓。"又《文選·美女篇》:"借問女安居,乃在城南端。青樓臨大路,高門結重關。"　　趙云:"青樓",則所袚禊之處,岸上有之也。舊本作"紅粉晚",當作"紅日晚"。"捩柂",轉舡也。

"況乃"句:"袚除",上巳。束晳曰:"周公城洛邑,因流水以泛觴,後人相緣因爲盛集。"　　趙云:《周禮》:"女巫掌歲時,袚除釁浴。"鄭注:"如今三月三日上巳,往水上之類。"唐氣朔大歷五年三月三日清明,以清明值上巳,則"更袚除"之義猶明。

岳麓山道林二寺行

玉泉之南麓山殊,道林林壑爭盤紆。
寺門高開洞庭野,殿脚插入赤沙湖。
五月寒風冷佛骨,六時天樂朝香爐。
地靈步步雪山草,僧寶人人海滄珠。
塔劫宮墻壯麗敵,香廚松道清涼俱。
蓮花交響共命鳥,金牓雙迴三足烏。
方丈涉海費時節,玄圃尋河知有無。
暮年且喜經行近,春日兼蒙暄暖扶。
飄然班白身奚適,旁此煙霞茅可誅。
桃源人家易制度,橘洲田土仍膏腴。
潭府邑中甚淳古,太守庭内不喧呼。
昔遭衰世皆晦跡,今幸樂國養微軀。
依此老宿亦未晚,富貴功名焉足圖。
久爲野客尋幽慣,細學何顒免興孤。
一重一掩吾肺腑,山鳥山花吾友于。
宋公放逐曾題壁,物色分留與老夫。

【集注】

"玉泉"句:"玉泉",地名,山足曰"麓"。

"道林"句:《杜補遺》:盛弘之《荆州記》曰:"長沙西岸有麓山,其下有精舍,左右林嶺環回。泉澗旁有礬石,每至嚴冬,其水不停霜雪。"山足曰"麓",蓋衡山足也。　趙云:謝靈運詩:"林壑歛暝色。"承"道林"字下使"林壑",此詩人之巧也。《子虛賦》:"其山則盤紆岪鬱。"而用"林壑""盤紆",則變張平子《南都賦》:"谿壑錯繆而盤紆"也。

"寺門"二句:"洞庭""赤沙",皆湖名。　趙云:洞庭湖在岳州之前,赤沙湖在永州。《酉陽雜俎》云:"勾容赤沙湖。"今衡山麓寺而云,此廣大之語。而潭州之下流爲洞庭,上流乃永州,湘水所從出,亦可以言矣。正猶夔州《古柏行》云:"雲來氣接巫峽長,月出寒通雪山白。""赤沙湖"對"洞庭野",以《莊子》有云:"黄帝張樂於洞庭之野也。"

"五月"二句:香爐峯也。　趙云:"冷佛骨",舊一作"冷拂骨"。非。不惟不對,而骨却在人言之矣。"朝香爐",直言佛寺香爐耳。"六時天樂朝"之,則壁間所畫之"天樂"也。舊注云:"香爐峯。"却是廬山事矣。

"地靈"句:釋書言:佛得道於"雪山"。

"佛寶"句:(陳案:海滄,《補注杜詩》《全唐詩》作"滄海"。)　言性圓明,而無瑕顙也。　《杜正謬》:《楞嚴經》云:"雪山大力白牛,食其山中腴肥香草。此牛唯飲雪山清水,其糞微細,可和合旃檀。"

趙云:《大戴禮》有"集地之靈"。而顏延年云:"邑社摻地靈。"故對"僧寶"。其字則佛、法、僧爲三寶也。"滄海珠",如閻立本稱狄仁傑曰:"可謂滄海遺珠矣。""步步",如謝希逸作《宣貴妃誄》有:"龍逶遲於步步"。梁元帝《烏棲曲》:"那知步步香風逐。"故對"人人",則曹子建云:"人人自謂握靈蛇之珠。"

"塔劫"二句:趙云:"塔劫",則塔之層劫也。"香廚",則禪刹中有香積廚也。皆實道其事耳。

"蓮花"句:花:一作"池"。　釋書有共命鳥,二首一身。

"金牓"句:"三足鳥",言寺額"金牓"有回鸞反鵲之勢。　《杜補遺》：《阿彌陁經》：" 極樂國常有迦陵頻伽共命之鳥。是諸衆鳥晝夜六時出和雅音。其音演暢五根、六力、七菩提、八聖道分，如是等法。""金牓"，《神異經》："西方有宮，白石爲牆，五色黃門。有金牓而銀鏤，題曰天地少女之宮。"《淮南子》："日中有踆烏。"注云："三足烏也。""雙回三足烏"，蓋言大字之勢如此。相如《大人賦》："亦幸有三足烏爲之使。"此摘而用之。言"金牓"字，勢如日中之烏，飛動炫耀也。

"方丈"二句：《天台賦》："涉海則方丈蓬萊。"《張騫贊》曰："《禹本紀》言河出崑崙，自張騫使大夏之後，窮河源，惡覩所謂崑崙者乎？""玄圃"，乃崑崙也。　　趙云：《史記》："海中有三神山，一曰方丈。"而孫興公《游天台賦序》云："涉海則方丈、蓬萊也。""玄圃"，崑崙山之別名，見《葛仙翁傳》。而"尋河"事，則《禹本紀》言："河出崑崙。自張騫使大夏之後，窮河源，烏覩所謂崑崙者乎？"（陳案：烏，《史記》《漢書》作"惡"。）兩句以言"方丈""玄圃"，遠在何處，皆不可得往，不若今岳麓寺之傍近，可即而居也，故有下句"桃源""橘洲"之興。

"暮年"四句：《楚詞》："寧誅鉏草茅，以力耕乎？"言當"暮年"，欲誅草茅，旁此而居也。

"桃源"句："桃源"，秦人避難之地。"易制度"，言世更變也。

"橘洲"句："橘洲"，在長沙。　　杜云：《武陵圖經》云："橘洲在龍陽縣東北五十里。"《吳志·孫休傳》注載：盛弘之《荆州記》云：李衡，字叔平，仕吳，爲丹陽太守。每欲理產業，妻習氏輒不聽從。衡密遣人於武陵龍陽縣汎洲種甘橘千株，臨死語其子曰："汝母惡吾營家，故貧如此。然吾於武陵汎洲種千頭木奴，不匱汝衣食，後當得千匹絹，亦足用耳。"衡亡後，其子以白其母，母曰："此當是種甘橘也。汝父嘗稱太史言，江陵千株橘，其人與千户侯等，殆謂此矣。然人患無德義，不患於貧，苟能守道，〔用〕兹何爲？"吳末甚盛茂，果獲千縑。晋咸熙中，猶有存者。今此洲上，居民數十家，亦多有橘株，故呼爲"橘洲"。又，《水經注》：龍陽縣之橘洲，長二十里。吳丹陽太守李衡植甘橘於其上，臨死敕其子曰："吾州里有木奴千頭，不匱汝衣食，歲絹千匹。"又，《湘中記》曰：或曰："昭潭無底，橘洲浮。橘洲有二，其一在龍陽，即李衡種甘橘之所；其一在長沙，去州十里。"子美言"橘洲"，乃長沙，非龍陽也。《湘中記》所載，亦長沙橘洲。（漢）張禹"買田"皆"高腴上價"者也。　趙云："桃源"，在今鼎州。《陶淵明集》載：晉太和中，漁父得〔往〕事。"易制度"，言其宮室樓罢，所以"制度"易爲也。舊注非。"橘洲"，在武陵，正亦鼎州。鼎州與潭州，并一帶之地，則公所欲往，皆爲無礙。然"桃源"在鼎州，而"橘洲"亦在鼎，此一州中事矣，則必指武陵之"橘洲"而已。況"桃源"有秦人避地事，而此"橘洲"有李衡種橘事乎？

"依此"句：（陳案：此，《補注杜詩》《全唐詩》作"止"。）　"老宿"，僧之年臘高者。

"久爲"二句：見"何顒興未忘"注。　趙云："潭府"者，曾潭之府也。（梁）張纘《南征賦》云："曾潭水府。"潭州得名，政以其水之潭潭耳。緣有"曾潭水府"字，故得取用潭府。何顒在《後漢·黨錮傳》，乃急義名節之士，與今詩句不相干。或曰：應是周顒，而所傳之誤。周顒，宋人，長於佛理，終日長蔬。雖有妻子，獨處山舍。若作周顒，則於賦"二寺"詩，并"野客尋幽"之下，爲有説。

"一重"句："一重一掩"，山也，有如"吾肺腑"然。　薛云：按：《前漢書》：衛青曰："吾幸得以肺腑，待罪行間。"

"山鳥"句：與之同處，若兄弟也。　《杜補遺》：陶淵明詩："一欣侍溫顔，再喜見友于。"《南史》：劉湛"友于素篤"。《北史》：李謐"事兄，盡友于之誠"。　趙云：《書》："友于兄弟。"而晉以來便用稱兄弟。

"宋公"二句：與一作"待"。　宋之問之貶也，塗經於此，有詩尚在壁間。　趙云：舊本作："分留與老夫。"與，一作"待"。當以"待"爲正。蔡伯世云："作與字，意乃淺近。"是。

舟中苦熱遣懷，奉呈陽中丞通簡臺省諸公

　　魄爲湖外客，看此戎馬亂。
　　中夜混黎甿，脱身亦奔竄。
　　平生方寸心，反掌帳下難。
　　嗚呼殺賢良，不叱白刃散。

吾非丈人特，没齒埋冰炭。
恥以風病辭，胡然泊湘岸。
入舟雖苦熱，垢膩可溉灌。
痛彼道邊人，形骸改昏旦。
中丞連帥職，封内權得按。
身當問罪先，縣實諸侯半。
士卒既輯睦，啓行促精悍。
似聞上遊兵，稍逼長沙館。
隣好彼克脩，天機自明斷。
南圖卷雲水，北拱戴霄漢。
美名光史臣，長策何壯觀。
驅馳數公子，咸願同伐叛。
聲節哀有餘，夫何激衰懦。
偏裨表三上，鹵莽同一貫。
始謀誰其間，回首增憤惋。
宗英李端公，守職甚昭煥。
變通迫脅地，謀畫焉得筭。
王室不肯微，凶徒略無憚。
此流須卒斬，神器資强幹。
扣寂豁煩襟，皇天照嗟嘆。

【集注】

　　"媿爲"四句：謂避臧玠之亂，入衡州也。　　趙云：指言洞庭湖之"外"，則衡州是也。《老子》云："戎馬生於郊。""戎馬亂"，指言臧玠之亂也。事詳見前注。

　　"平生"二句：謂崔瓘見殺也。《晉·張輔傳》："後爲天水故帳下督富整所殺。"徐庶母爲曹公所獲，庶辭先主，指其心曰："本欲與將軍共圖王霸之業者，以此方寸之地也，今已失，老母方寸亂矣。"先主伐吳，張飛臨發，其帳下將張達、范彊殺飛，持其首，順流而奔孫權。亦猶臧玠之殺崔瓘也，故云"帳下難"。前詩亦云："竟流帳下血。"

"嗚呼"句：按：《新史》：瓘爲治不煩苛，人便安之。居澧州二年，增户數萬，詔特進五階，以寵異彊。（陳案：彊，《補注杜詩》作"政"。）

"不叱"句：趙云：舊本"反掌"，蔡伯世本作"反當"，其説是。公自言平生有經世之心，而"反當帳下"有"難"，至於賊"殺賢良"，乃不能一"叱白刃"使"散"，蓋自以爲"媿"矣。"帳下"，指臧玠。"賢良"，指崔瓘也。

"吾非"句：（陳案：人，《杜詩詳註》作"夫"。一作"人"。）

"没齒"句：薛云：按《論語》："管仲奪伯氏駢邑三百，飯疏食，没齒無怨言。"《韓子》曰："冰炭不同器。"

"恥以"二句：趙云：四句通義，言能"叱白刃散"者，"非丈人"之"特"不可，而吾非是此人，徒"没齒"埋於"冰炭"之中矣。"丈人"者，長老之稱。"特"字，即《詩》云："百夫之特。""冰炭"，言不相入。既不能"叱白刃散"，却以"風病辭"，此爲可此也。（陳案：此，《杜詩引得》作"恥"。）但以逃難而來，故自問其"胡然泊"湘江之岸也。《詩》曰："胡然而天也？胡然而帝也？"

"痛彼"二句："痛彼"遇亂而死者。

"中丞"句：《詩》有："方伯連帥之職。"

"身當"二句：謂陽中丞也。封邑"半"於古"諸侯"。　　師曰："中丞"，楊琳。自澧上達長沙"問罪"，見子美後詩注。　　趙云：中丞，陽公也。《舊史》云："衡州刺史陽濟，各出兵討賊玠。"謂"連帥"，乃古之"諸侯"。史有"問罪"之師。《詩》："元戎十乘，以先啓行。"

"士卒"句：薛云：按《春秋左氏傳》：隨武子曰："昔歲入陳，今兹入鄭，民不罷勞，居無怨讟，而卒乘輯睦，事不奸矣。"

"啓行"句：《詩》："爰方啓行。"

"似聞"二句："上游"，江之上流也。　　《杜補遺》：《漢書》：項羽自立爲西楚霸王，使人徙義帝曰："古之帝者，地方千里，必據上游。"乃徙義帝長沙彬縣。　　趙云：即後篇公自注云："楊中丞琳問罪，將士皆自澧上達長沙也。"

"隣好"二句：趙云：所以指言楊中丞琳矣。

"南圖"四句："南圖"，謂圖畫湖南也。"北拱"，謂誅亂鉏暴，以尊王室也。如此則書於"史臣"者"光""美"，而見於策略者爲"壯觀"也。《杜正謬》云："南圖"，蓋《莊子》"鵬飛九萬里而圖南"事。故子美《送嚴公》詩又云："南圖迴羽翮，北極捧星辰"也。　趙云：蓋言南之所圖謀，欲卷盡"雲水"也。劉孝標《辨命論》曰："荆昭德音，丹雲不卷。""北拱"，即孔子云："北辰居其所，而衆星拱之。""戴霄漢"，則所以尊君也。

"驅馳"四句：言"願同伐叛"之，"公子"聲名節槩，足以振激"衰懦"。"衰懦"，猶軟弱也。　趙云："數公子"事，按：《唐書》：澧州刺史楊子琳，道州刺史裴虯，衡州刺史楊濟，各出兵討玠。宗室李勉爲廣州刺史，亦以兵討玠。此謂"數公子"也。《選》云："奉義詞以伐叛。"

"偏裨"二句：薛云：按：《前漢》：馮奉世上書討羌，願益兵，上爲發六萬人，太常千秋將以助焉。奉世以得其衆，不須復煩將，上讓之曰："大將軍出，必有偏裨，又何疑焉？"　趙云：此別説：有"偏裨"之將三人上表，而敷陳不明，同"一貫"耳。如《莊子》："可不可，爲一貫。"著"同"字，則又用同條共貫合之也。

"始謀"二句：趙云：惟其所陳，"一貫"而不明，所以問"誰"在"其間"，爲"始謀"者乎？徒令我"回首""憤惋"也。於是引下句美"李端公"。

"宗英"句：宗室之英秀也。　《杜補遺》：(梁)邵陵王《讓丹陽尹表》曰："臣進非民譽，退異宗英。"又吕温《河間王李恭贊》曰："堂堂河間，仁勇是經。通駿有聲，爲唐宗英。"李肇《國史補》："宰相相呼曰堂老，兩省相呼爲閣老，尚書丞郎相呼曰曹長，郎中員外御史〈補遺〉相呼爲院長，唯御史相呼爲端公。""李端公"，蓋御史也，名勉。見上《入衡州》。　趙云：李勉，爲御史中丞，京兆尹。大歷中，出爲廣州刺史，亦以兵討玠。

"變通"六句：薛云：按：《道德經》云："天下神器，不可爲也。"《杜補遺》：班固《西都賦》："冠蓋如雲，七相五公，與夫州郡之豪傑，五都之貨殖，三選七遷，充奉陵邑。蓋以强幹弱枝，隆上都而觀萬國。"

趙云：李公能"變"而"通"之，於賊兵"迫脅"之"地"，用兵"謀畫"，更得籌計可行乎？《詩》云："國既卒斬。"今此則言終誅斬此"凶徒"也。

"扣寂"二句：趙云：陸士衡《文賦》："課虛無以責有，扣寂寞而求音。"

聶耒陽以僕阻水，書致酒肉，療飢荒江，詩得代懷，興盡本韻。至縣，呈聶令。陸路去方田驛四十里，舟行一日，時屬江漲，泊于方田

  耒陽馳尺素，見訪荒江眇。
  義士烈女家，風流吾賢紹。
  昨見狄相孫，許公人倫表。
  前期翰林後，屈跡縣邑小。
  知我礙湍濤，半旬獲浩溔。
  麾下殺元戎，湖邊有飛旐。
  孤舟增鬱鬱，僻路殊悄悄。
  側驚猿猱捷，仰羨鸛鶴矯。
  禮過宰肥羊，愁當置清醥。
  人非西喻蜀，興在北坑趙。
  方行郴岸靜，未話長沙擾。
  崔師乞已至，澧卒用矜少。
  問罪消息真，開顏憩亭沼。

【集注】

  "耒陽"四句："尺素"，書也。《史·刺客傳》：聶政殺韓相，自死。其姊榮伏屍哭，極哀，死政之旁。晋、楚、齊、衛聞之，皆曰："非獨政能

也,乃其姊亦烈女也。" 趙云:《古詩》:"客從遠方來,遺我尺素書。"舊本"荒江眇",師民瞻本作"荒江渺",是。公又云:"江湖渺霽天。"

"許公"句:《杜補遺》:《南史》:孔休源,字慶緒,爲晉安王長史,武帝敕王曰:"孔休原人倫儀表,當每事師之。"又任彥昇撰《王文憲集序》曰:"國學初興,華夷慕義,經師人表,允茲實望。"

"前期"二句:言聶政之才,宜在翰苑,而反"屈跡縣邑"。 趙云:舊本"前期翰林後",蔡伯世云,(則)[別]本作"前朝",其説是。豈聶之父祖,嘗爲翰林之職乎?

"半旬"句:趙云:一本以上句爲"荒江眇",遂於此句爲"半旬獲浩渺"。 師民瞻云:"浩溔",音以沼切。注云:"大(小)[水]皃。"謝靈運《山居賦》云:"吐泉原之浩溔。"

"麾下"二句:潭州臧玠殺其帥崔瓘,子美避亂而往衡州故也。庾公上武昌,出石頭,百姓看於岸上,歌曰:"庾公上武昌,翩翩如飛鳥。庾公還揚州,白馬引素旟。"乃庾尋亡也。 趙云:舊注雖是而非。"飛旟"字所出,潘安《賦》云:"飛旟飜以啟路。"

"孤舟"六句:張平子:"鬱鬱不得志。"《詩》:"憂心悄悄。"《蜀都賦》:"猨狖騰希而競捷。"又置酒高堂,觴以"清醥"。曹子建:"烹羊宰肥牛。"言聶以"肥羊""清醥",乃見於禮也。 《杜補遺》:曹子建《七啟》云:"乃有春清醥酒,康狄所營。"醥,匹眇切。青白色。揚雄《酒賦》云:"其味有宜城醪釀,蒼梧醥清。"《蜀(獨)[都]賦》云:"觴以清醥,鮮以紫鱗。"醥清,酒也。杜詩一本作"清縹",故兩載之。《詩》曰:"既有肥牸,以速諸父。""禮過宰肥羊",言聶令待遇厚也。

"人非"句:唐蒙通夜郎,徵發巴蜀吏卒,因軍興法,(陳案:因,《史記》作"用"。)誅其渠帥。巴蜀大驚。上聞之,使相如作檄,以責唐蒙,因"喻"巴蜀人,非上本意之事也。

"興在"句:秦將白起破趙四十餘萬軍,遂降秦,白起悉坑之。 趙云:兩句又公自言也。

"未話"句:時臧玠殺崔瓘,長沙擾亂也。

"崔師"四句:聞崔侍御漢"乞""師"于洪府,"師""已至"袁州北,楊中丞"問罪",將士皆自"澧"上達"長沙"。 趙云:公自注甚明。

蔡伯世云:"公避亂竄還衡州,衡州諸將乃嘗寓家衡陽,獨至長沙,還罹此變,尋於江上阻暴水,半旬不食。耒陽聶令具舟致酒肉迎歸,一夕而卒。"則此詩蓋公之絕筆矣。《舊譜》乃云:"還襄漢,卒於岳陽。"尤誤矣。

卷十七

(宋)郭知達 編

近體詩

冬日洛城北謁玄元皇帝廟

配極玄都閟,憑高禁籞長。
守桃嚴具禮,掌節鎮非常。
碧瓦初寒外,金莖一氣旁。
山河扶繡戶,日月近雕梁。
仙李蟠根大,猗蘭奕葉光。
世家遺舊史,道德付今王。
畫手看前輩,吳生遠擅場。
森羅移地軸,妙絕動宮牆。
五聖聯龍袞,千官列雁行。
冕旒俱秀發,旌旆盡飛揚。
翠柏深留景,紅梨迥得霜。
風箏吹玉柱,露井凍銀床。
身退卑周室,經傳拱漢皇。
谷神如不死,養拙更何鄉。

【集注】

"冬日"句:《唐書》:天寶元年,陳王府參軍田同秀上言:玄元皇帝降于丹鳳門之通衢,告錫靈符在尹喜之故宅。上遣使就尹喜宅,遂發得之。乃置玄元廟于大寧坊,親享于新廟。是秋,敬改爲太上玄元皇帝宫。二年,追尊太聖祖玄元皇帝,仍於天下諸郡爲紫極宫。秋,改譙郡紫微宫爲太清宫。　　趙云:玄元皇帝李老君也。

"配極"句:配皇等極。《老子》曰:"是謂配天極。"玄都觀也。閟,閉也,神也。《詩》:"閟宫有侐。"　　《杜正謬》:"玄都",老子觀名。天寶二年,追尊老子爲聖祖玄元皇帝,仍於天下諸郡建紫極宫。

趙云:此首兩句也對。(陳案:也,《杜詩引得》作"已"。)詩家第二字側入謂之正格,如今篇兩句是也。第二句平入謂之偏格,如後篇"諫官非不達,詩義早知名",是也。唐名賢輩詩,多用正格,如公律詩用偏格者,十無二三。沈存中《筆談》嘗論之矣。"配極"之義,《杜補遺》以爲"配紫極",是。蓋紫極,北極也。《晋》:謝安建宫室,"體合辰極",乃其義矣。舊注引《老子》"是謂配天,古之極",輒裁其語。云"是謂配天極",以傅會其説。殊不知"是謂配天",乃是句絶,而"古之極"次之也。以廟在城之北,故曰"配極"。

"憑高"句:《前漢·宣紀》:"詔:池籞未御幸者,假與貧民。"注:"籞者,禁苑。"《前漢書·音義》曰:"折竹以縣繩連之,使人不得往來,謂之籞。"　　趙云:范靖妻沈氏《登樓曲》:"憑高川路近。"則人"憑"其"高"。而杜公以義行語,則言處所"憑"附於"高",故公詩又云:"户牖憑高發興新",又云:"招提憑高岡"也。"玄都",丹臺,仙真之所也,故用"玄都"言"廟"。舊注云"玄都觀",非是。

"守祧"句:《周禮·春官》:"守祧。"注:"遠廟曰祧,遷主之所藏也。"

"掌節"句:《地官》:"掌節。"注:"節,猶信也,行者所執之信。""掌節",掌守邦節,而辨其用。　　趙云:《周禮》:"守祧。"既尊玄元爲聖祖,故監廟者得謂之祧守。必有御賜之信以爲"鎮",故得借"掌節"以爲言。此詩人之功用也。《漢》:景帝詔曰:"禮官具禮儀。"

"碧瓦"二句:劉駿駒詩曰:"縹碧以爲瓦。"班固《西都賦》:"抗仙掌以承露,擢雙立之金莖。"《郊祀志》:"漢武作柏梁、銅柱、承露、仙人掌之屬也。"　　趙云:葛洪《神仙傳》載:蔡少霞夢人託書新宫銘,有云:"碧瓦鱗差,瑶階肪截。""初寒",是十月,題云"冬日來謁"也。字则《風土記》曰："九月九日折茱萸房以插頭，言辟除惡氣而禦初寒。""金莖"，廟中未必有，詩人言之，以壯宫殿之形勢耳。潘安仁《西征賦》："化一氣而甄三才。"

"山河"句：謂户上繪畫若繡也。（梁）沈約《春風詠》："鳴珠簾於繡户。"

"日月"句：雕刻梁棟也。　趙云：吴起言魏有河山之固。《詩》："瞻彼日月。"檀約《陽春歌》曰："白日映雕梁。""碧瓦"在"初寒"之"外"，"金莖"在"一氣"之"旁"，而"繡户"爲"山河"所"扶"，"雕梁"相"近""日月"，皆言廟之高大也。與"日月低秦樹，乾坤繞漢宫"同法。今四句皆言廟之據高，而句法雄大耳。

"仙李"二句：（陳案：蟠，《杜詩詳註》同。《全唐詩》作"盤"。《淮南子·本經訓》高誘注："盤，與蟠通。"）　《神仙傳》："老子姓李，名耳，字伯陽。""盤根大"，故枝葉繁盛，謂唐室以李爲聖祖。　《杜補遺》：老子生，指李樹爲姓，而唐以爲聖祖也，故云。（梁）任昉《述異記》曰："中山有縹李，大如拳，呼仙李。"故陸士衡賦曰："仙李縹而神李紅。"武帝生於"猗蘭殿"。　趙云：此以紀玄元之盛美，言自老子盤根而來，至唐又如蘭之猗猗，爲累世有光也。"仙李"對"猗蘭"，蓋起於《猗蘭操》，孔子所作也。舊注及杜田引漢殿名爲證，非。杜公以李氏之世譬之"猗蘭"，蓋亦孔子所謂蘭爲王者香也。虞翻云："盤根錯節。"（晋）潘安仁作《楊仲武誄》云："伊子之先，奕葉熙隆。"

"世家"二句：《史記》有《老子傳》而無《世家》。《老子道德經》，明皇御注。　趙云：《本傳》曰："老子著書上下篇，言道德之意。"《西京賦》曰："學乎舊史氏。"顔延年《赭白馬賦》云："訪國美人舊史。"（陳案：人，《文選》作"于"。）《孟子》云："今王發政施仁。今王田獵，鼓樂於此。"

"畫手"二句：廟有吴道子畫。張平子《東京賦》："秦政利嘴長距，（陳案：嘴，《文選》作'觜'。）終得擅場。"　鮑云：山谷道人簡王立之曰："凡作詩賦，要以宋玉、賈誼、相如、子雲爲師，略依放其步驟，乃有古風。杜詩云：'畫手看前輩，吴生遠擅場。'蓋古人於能事，不獨求誇時輩，要須前輩中擅場耳。"　趙云：（梁）張瓚《別離賦》曰："太常劉侯，前輩宿達。"又，《選》有"喜誇前輩。""擅場"，蓋取鬥雞之勝者言之。

"森羅"句:《河圖括象》曰:"地有三百六十軸。"

"妙絕"句:言筆跡巧妙冠絕也。　　趙云:《肇論》曰:"萬象森羅。"魏文帝《與吳質書》曰:"公幹五言詩之善者,妙絕時人。"《海賦》云:"又似地軸挺拔而爭迴。""宮牆",則《論語》有"譬之宮牆"。

"五聖"二句:《唐書》:天寶八年上謁太清宮,上聖祖玄元皇帝尊號,爲聖祖大道玄元皇帝。高祖、太宗、高宗、中宗、睿宗五帝,皆加大聖皇帝之字。《禮記》:"天子龍袞。"丘遲畫"功臣名將,雁行有序",謂繪五帝侍從也。　　趙云:荀卿曰:"天子千官。"《詩》:"兩驂雁行。"應劭《漢官儀》載:典職楊喬斜羊柔曰:"柔知丞郡雁行,威儀有序。"

"冕旒"句:《禮器》:"天子之冕十有二旒,諸侯九,上大夫七,下大夫五,士三。"　　趙云:今句正言"五聖"之像。舊注更引諸侯、大夫、士之制,惑後學矣。左思《蜀都賦》:"王褒暐曄而秀發。"

"旌旆"句:儀仗也。　　趙云:"旌旆",旌之有旆也。陸士衡詩:"長旌誰爲旆。""飛揚",於"旌旆"之義,則《選》賦云:"蜺旌飄以飛揚。"

"風箏"句:"風箏",謂製箏挂之風際,風至則鳴也。江淹詩:"玉柱揚清曲。"

"露井"句:《古詩》:"後園鑿井銀作床,金瓶素綆汲寒漿。"(陳案:古詩,《樂府詩集》作"淮南王篇"。)　　趙云:四句寫所見之景物也。"翠柏"在冬,其實與葉皆翠。左九嬪《松柏賦》云:"列翠實之離離。"魏收《庭柏》詩云:"陵寒翠不奪。"是矣。"紅梨",言梨葉得霜而紅也。(梁)庾肩吾《尋周處士》詩云:"梨紅大谷晚,桂白小山秋。""迥",遠也。"深"與"迥",則柏、梨皆非一株矣。"風箏",今內地有之。"玉柱"字,使柳惲《七夕》詩:"秋風吹玉柱。"又參使袁淑《正情賦》曰:"陳玉柱之鳴箏。""露井",露地之井也。湯僧濟詩:"昔日倡家女,摘花露井邊。""銀牀"字,舊注引古,雖是而非。"銀牀"兩字所出,蓋如庾肩吾《侍讌九日》詩:"銀牀落井桐。"庾丹《秋閨》有云:"空汲銀牀井。"

"身退"句:《史》:"老子,周守藏室之史也。修道德,其學以自隱無名爲務。居周久之,見周之衰,乃去。"

"經傳"句:漢文、景,崇黃老教。

"谷神"句:《老子》:"谷神不死。"

"養拙"句:趙云:兩句又以紀玄元之事實。乃杜公因落句自言其身,而起此句。謂老子之引退,爲"周室"日以卑削之故。"卑"字是句之腰,便用作斡旋之字矣。其"經"所"傳"之人,可用之以拱翼"漢皇",指言文、景之間,崇黃老之教也。如此,則老子之道,不亦大乎?故杜公以爲吾之"谷神如不死",則"養拙更何鄉"而可乎?惟以老子之道而已。潘安仁《閑居賦》云:"仰衆妙而絕思,終優游以養拙。""鄉",如所謂"道德之鄉",與"出入無時,莫知其鄉"之"鄉"同義,不必指洛城也。一作"方",亦此義耳,而字不若"鄉"之典。

行次昭陵

舊俗疲庸主,群雄問獨夫。
讖歸龍鳳質,威定虎狼都。
天屬尊堯典,神功協禹謨。
風雲隨絕足,日月繼高衢。
文物多師古,朝廷半老儒。
直詞寧戮辱,賢路不崎嶇。
往者災猶降,蒼生喘未蘇。
指麾安率土,盪滌撫洪鑪。
壯士悲陵邑,幽人拜鼎湖。
玉衣晨自舉,鐵馬汗常趨。
松柏瞻虛殿,塵沙立暝途。
寂寥開國日,流恨滿山隅。

【集注】

"行次"句:唐太宗文皇帝之陵也。

"舊俗"句:"舊俗",謂隋民舊染汙俗。"庸主"煬帝疲困也。

"群雄"句:"獨夫",以失道而無助。《書》:"獨夫紂。""群雄",如李密之流。　　趙云:自此而下,至"賢路不崎嶇",是一段。"庸主""獨夫",指隋煬帝也。"舊俗",謂隋民疲困於庸昏之主。賈誼《過秦論》曰:"向使子嬰有庸主之材,僅得中佐,秦猶未亡也。"《詩》:"懷其舊俗。"(晋)陸機《辨亡論》有曰:"群雄鋒駭。"(陳案:鋒,《辯亡論上》作"蜂"。)

"讖歸"句:讖書也。唐太宗"龍鳳之姿,天日之表"。

"威定"句:《蘇秦傳》:"秦,虎狼之國也"。　　趙云:太宗方四歲,有書生見之,曰:"龍鳳之姿,天日之表。其年幾冠,必能濟世安民。"高祖以爲神,採其語,名之曰"世民"。故曰:"讖歸龍鳳質。"《蘇秦傳》:"秦,虎狼之國也。"太宗之取天下,先定關中,故曰:"威定虎狼都。"改"姿"字爲"質",改"國"字爲"都",詩句如是停等而後可。若"歸"字,取劉琨言:"歷數有所歸"之"歸"。"定"字,取《尚書》:"一戎衣而天下定。"又,《穀梁》:"取威定霸"之"定"。豈不謂之句之領耶?

"天屬"句:父子,"天屬"也。"尊堯典",謂循其典法也。太宗,高祖次子。

"神功"句:謂親定九州也。　　趙云:"尊堯典",謂循高祖之法度,豈亦以高祖爲神堯皇帝,故得用《堯典》字耶?"神功協禹謨",詩人意取帝王之成功,韻自押到,蓋所謂禹成厥功,而《書》有《禹謨》也。舊注"謂親定九州",若如此,却成"協《禹貢》"矣。必謂之"神功",則禹謂之神禹也。"神功"字,(宋)謝靈運得句云:"此語有神功。"見鍾嶸《詩品》所載。

"風雲"句:"風雲"會合,隨馬足而起也。

"日月"句:"日月",謂相繼而明,高祖禪也。　　趙云:上句言"風雲"之會,下句言"繼"高祖之明。"風雲"字,多矣。如:"感會風雲。""絶足"字,魏文帝《與孫權送馬書》曰:"中國雖饒馬,其知名絶足,亦時有之耳。"《登樓賦》:"假高衢而騁力。"

"文物"句:"文物",典章。《左傳》:"文物以紀之。""師古",謂以古爲師也。猶稽古。　　趙云:《尚書》:"事不師古。"

"朝廷"句:太宗之時,"朝廷"多"老儒"。　　趙云:"老儒",如房、杜之屬。太宗爲天策上將軍,寇亂稍平,乃鄉儒官作文學館,收聘賢才。如杜如晦等十八人，分番宿閣下，悉給珍膳。每暇，訪以政事，討論墳籍。在選中者，謂之登瀛洲。及其即位，儒臣之老，如房、杜董，大半在朝爲卿相。

"直詞"二句：太宗納諫容直言，如魏徵之切直，無所不至，而能容之。孫伏伽諫，論元律罪不當死，賜以蘭陵公主園，直百萬。其用人如馬周，咸能盡其才。　　趙云：四句實録也。"賢路不崎嶇"，則不艱於進用。《說苑》：楚令尹虞丘子謂莊王曰："臣爲令尹，處士不升，妨群賢路。"潘安仁詩："在疢妨賢路。"干寶云："師尹無具瞻之貴，而顛墜戮辱之禍日有。"《南都賦》："下蒙籠而崎嶇。"《白鸚鵡賦》云："崎嶇重阻。"

"盪滌"句：謂陶成天下，如"洪鑪"爾。

"壯士"二句：趙云：此六句（陳案：指"往者"六句。）言太宗末年，有日食、太白晝見之"災"，興翠微、玉華之役，高麗、龜兹之戰，相繼用師，則太宗之意，猶欲好大喜功，勤兵於遠。立思方如此，遽爾升遐，故繼之以"壯士悲陵邑"也。《論語》："往者不可諫。"《書》："海隅蒼生。"謝安："其如蒼生何。""災降"字，（始）[使]"皇天降災"。"蘇"字，使"後來其蘇"也。劉向《新序》曰："先王之所以指麾，而四海賓服者，誠德之至也。"《樂緯》云："商湯改制，盪滌故俗。"而《東都賦》云："因造化之盪滌。""盪"，音他浪切；亦上聲，音徒浪切。《詩》："率土之濱。"用對"洪鑪"，如禪家洪鑪上一點雪。荆軻云："壯士一去不復還。"《易》："幽人貞吉。"《西都賦》："三選七遷，充奉陵邑。""鼎湖"事，黄帝鑄鼎，鼎成而仙去，後世名其地爲鼎湖。出《前漢·郊祀志》。

"玉衣"句：上賜霍光玉衣，耿秉死亦賜玉衣。"玉衣"，御服也。

"鐵馬"句：陸佐公："鐵馬千群。"　　趙云："玉衣"，貴人死者珍異之衣。《漢儀注》："以玉爲衣，如鎧狀，連綴之，以黃金爲縷。"太宗雖死矣，"玉衣"如鎧，"晨"則"自舉"。此亦意度鬼神之事。"鐵馬"，非戰莫用。所像〈鐵〉之"鐵馬"，猶"汗"以趨，則太宗勤兵之意，瞑目而未終矣。

"松柏"句：虛：一作"靈"。　　師云：《古詩》："虛殿自生風。"

"塵沙"句：師云：張協詩："塵沙蔽瞑途。"

"寂寥"句：謂太宗躬親戎馬，平一天下，"開國"建社。《易》："開

"流恨"句:趙云:此公自紀其過陵之實也。仲長子昌言曰:"古之葬,松柏、梧桐以識其墳也。"故咏曹植墓詩曰:"髙墳鬱兮巍巍,松柏森兮成行。"(陳案:詠曹植墓詩,《文選》注作曹植《寡婦詩》。)謝靈運《經廬陵王墓下》詩曰:"徂謝易永久,松柏森已行。"可見矣。繁欽《述行賦》曰:"茫茫河濱,實多沙塵。"謝靈運《擬阮瑀》詩曰:"河洲多沙塵,風悲黃雲起。"然則"沙""塵"兩物,可倒用乎?末句重弔其平生"開國"之勤勞。今死,則"寂寥"而"流恨"也。《選》有:"列萬騎于山隅。"

贈韋左丞丈濟

左轄頻虛位,今年得舊儒。
相門韋氏在,經術漢臣須。
時議歸前列,天倫恨莫俱。
鴒原荒宿草,鳳沼接亨衢。
有客雖安命,衰容豈壯夫。
家人憂几杖,甲子混泥塗。
不謂矜餘力,還來謁大巫。
歲寒仍顧遇,日暮且踟躕。
老驥思千里,飢鷹得一呼。
君能微感激,亦足慰榛蕪。

【集注】

"贈韋"句:(陳案:丈,《四庫全書》作"文"。形誤。《補注杜詩》《全唐詩》作"丈"。) 首卷有《贈韋左丞文二十二韻》。 《杜補遺》:按:《唐史》:韋思謙,高宗之時爲尚書左丞,振明綱轄,朝廷肅然。武后時,同鳳閣鸞臺三品。子承慶、嗣立。武后時,嗣立代承慶爲鳳閣舍人黃門侍郎。承慶亦代爲天官侍郎。及知政事，父子并爲宰相，世罕其比。嗣立二子曰恒、曰濟，恒終陳留太守。濟，天寶中授尚書左丞，凡三世居之。濟文雅，頗能修飾政事，所至有治稱。

"左轄"句：《晉・天文志》："轄星傅（珍）[軫]兩旁，主王侯。左轄爲王者同姓，右轄爲異姓。" 《杜正謬》云：《唐六典》云："左右丞，掌管轄省事，糾舉憲章。"《舊史》：劉洎上疏曰："尚書萬機，寔爲政本。〈是以〉二丞方於管轄。〔是以〕八座，比於文昌。"故左丞謂之"左轄"。

趙云：自此至"接亨衢"八句，皆以紀"韋左丞"也。魏、晉以來，"左丞"得彈奏八座，故傅咸云："斯乃皇朝之司直，天臺之管轄。"後人用"左轄"字，義起于此，非是取左"轄星"之名。

"相門"二句：《漢》：韋賢及子玄成，父子皆以"經術"爲"相"。趙云："濟"乃嗣立之子，承慶之侄。嗣立、承慶，并爲宰相，故得引漢韋氏爲言。"相門"字，《魏志・陳思王傳》載：諺云："相門有相。""經術"字，如《史》云："不務經術。"

"時議"二句："天倫"，兄弟也。《穀梁》："兄弟，天倫也。" 趙云：嗣立有二子，恒、濟知名，故有是句。《禮記》："龜爲前列。"

"鴒原"二句：《常棣》："脊令在原，兄弟急難。"注："脊令，雝渠也，飛則鳴，行則搖，不能自舍耳。"《箋》云："雝渠，水鳥。而今在原，失其常處，則鳴求其類，天性也，猶兄弟之急難。"《檀弓》：曾子曰："朋友之墓，有宿草而不哭。"注："宿草，謂陳根也。"《晉》：荀勗守尚書令。勗久在中書，專管機事，及失之，甚惘然悵恨。或有賀之者曰："奪我鳳凰池，諸君賀我耶？" 趙云：《易》："何天之衢，亨。"言濟兄弟是前輩，爲時議所歸。惜其一亡，至于"宿草"已"荒"。然濟由左丞，可以接鳳池'亨衢'，又美其可爲中書之貴也。

"有客"句：《莊子》："知其無可奈何，而安之（者）[若]命。"

"衰容"句：謂以窮達而肥癯，非"壯夫"也。 趙云：公自謂也。《詩》："有客有客。""壯夫"字，出《揚子》。

"家人"句："几"，老者所憑。"杖"，老者所扶持也。"家人憂"其老也，故借言"几杖"。《禮》："大夫致仕，則必賜之几杖。" 趙云：《禮》："七十者杖於家。"以年老須"几杖"，故爲"家人"之"憂"。

"甲子"句：《襄・三十年傳》：晉悼夫人食輿人之城杞者，絳縣人或年長矣,無子而往,與於食。有與疑年,使之年。曰:"臣小人也,不知紀年。臣生之歲,正月甲子朔,四百有四十五甲子矣,其季於今三之一也。"趙孟曰:"武不才,任君之大事,以晉國之多虞,不能用吾子,使吾子辱在泥塗久矣,武之罪也。"

"不謂"二句:陳琳《答張紘書》:"小巫見大巫,神氣盡矣"。亦爲言文章。　　趙〔云〕:《論語》:"行有餘力,則以學文。"正謂矜誇"餘力"之文也。

"歲寒"句:以"顧遇"之禮不改,故云。"歲寒",《論語》:"歲寒,然後知松柏之後凋也。"

"日暮"句:"日暮",謂暮齒也。《漢書》:"日暮途遠。"　　趙云:以公"顧遇",故雖"日暮",猶"踟躅"而不欲行也。《詩》:"搔首踟躕。"

"老驥"句:魏武《樂府》云:"老驥伏櫪,志在千里。"

"飢鷹"句:(陳案:得,《補注杜詩》《全唐詩》作"待"。)　《魏志》:陳登謂呂布曰:"曹公言,待將軍譬如養鷹然,飢則爲用,飽則揚去。"　　趙云:權翼之言慕容垂曰:"猶鷹也,飢則附人,飽則高飛。"鮑照《蕪城賦》有云:"飢鷹厲吻。"劉表有呼鷹臺也。雖"飢"矣,猶待"呼",則不苟就食也。"一呼"字,亦借使"振臂一呼",又"仰天一呼",不必泥。《漢書》注音去聲。

"君能"二句:一云:"折骨效區區。"　　趙云:此又不能無所求之情也。一云:"折骨效區區",又有以報其施矣。"感激"字,祖出趙岐《孟子章指》,曰:"千載聞之,猶有感激。"《選》云:"伊洛榛蕪。"然"一云"之語,非報其施,亦何至言"折骨"也。

投贈哥舒開府翰二十韻

今代麒麟閣,何人第一功?
君王自神武,駕馭必英雄。
開府當朝傑,論兵邁古風。
先鋒百勝在,略地兩隅空。

青海無傳箭,天山早挂弓。
廉頗仍走敵,魏絳已和戎。
每惜河隍棄,新兼節制通。
智謀垂睿想,出入冠諸公。
日月低秦樹,乾坤繞漢宮。
胡人愁逐北,宛馬又從東。
受命邊沙遠,歸來御席同。
軒墀曾寵鶴,畋獵舊非熊。
茅土加名數,山河誓始終。
策行遺戰伐,契合動照融。
勳業青冥上,交親氣概中。
未爲珠履客,已見白頭翁。
壯節初題柱,生涯獨轉蓬。
幾年春草歇,今日暮途窮。
軍士留孫楚,行間識呂蒙。
防身一長劍,將欲倚崆峒。

【集注】

"今代"二句:漢武帝獲麟,作"麒麟閣",以畫功臣像也。當漢宣帝甘露三年,上思股肱之美,乃詔圖畫大將軍霍光等十一人於麒麟閣。漢高祖論功行封,以蕭何功爲"第一"。 趙云:諸本多誤,乃竟以麒麟作騏驎,惟此篇方不誤。蕭何"第一功",所謂"麒麟閣""第一功",各是一端實事,故可爲實對矣。

"君王"二句:《尚書》:"帝德廣運,乃聖乃神,乃武乃文。"《前漢·刑法志》:"高祖躬神武之才,摠攬英雄。"《吴》:張昭曰:"人君能駕馭英雄。" 趙云:"英雄",所以指翰也。"君王"字,《左傳》曰:"與君王哉!"餘見上"君王問長卿"注。《易》:"神武而不殺。"

"開府"二句:《齊職儀》曰:"開府儀同三司,秦漢無文,唐制從一品。"　趙云：此至"和戎"，通四韻，以言翰爲"開府"之事。翰於天寶十一載加開府儀同三司故也。陸瑜《仙人覽六箸篇》："避敵情思巧，論兵勢重新。"

"先鋒"二句：勝：一作"戰"。　劉牢之爲前鋒，百戰百勝，號爲北府兵，敵人畏之。《漢書》：鄂千秋曰："曹參雖有野戰略地之功。"

趙云：如《馬謖傳》："有魏延、吳壹，論者皆言宜令爲先鋒。"《漢·高祖紀》："陳涉遣武臣等略地。"翰嘗攻吐蕃石堡城，遂以赤嶺爲西塞，豈"略地"之事實耶？謂"兩隅"，意其在西北也。

"青海"二句：翰嘗築城於龍駒島，而吐蕃不敢近青海。　趙云：胡人每起兵，則"傳箭"爲號，如今雲南蠻刻牌之類。《薛仁貴傳》："將軍三箭定天山，將士長歌入漢關。""天山"，即祁連山。匈奴謂天爲祁連。"早挂弓"，則不復用。

"廉頗"句：見上"廉頗出將頻"注。

"魏絳"句：魏絳勸晉侯和戎，以爲有五利，公從之。　趙云：廉頗爲趙將，破齊勝魏，功爲多。後免，歸趙。復使伐魏之繁陽，拔之。今公詩以此兩句，繼"早挂弓"之後，此必中間議不用兵，故言"廉頗仍"可以"走敵"，而"魏絳""和戎"之策已行也。惜乎無以考之。

"每惜"二句：趙云：此兩句下至"歸來御席同"，通五韻，以言翰加節度之事。翰十一載冬入朝，十二載春進封涼國公，兼河西節度使。蓋以河隍之久棄，欲得翰收復之，故使之節度河西也。《荀子》："秦之銳士，不足以當威文之節制。"

"智謀"二句：王忠嗣被罪，詔翰入朝，帝虛心待之。　趙云：惟其方往"謀"復河隍，而爲帝所系"想"，則"入"而歸朝，"出"而建節，其榮耀爲"諸公"之"冠"矣。明年遂復河隍。事載編年，可考矣。舊注引王忠嗣事，在復河隍之前，非是。"智謀"，如智者順時而謀，智者不爲愚者謀。

"日月"二句：趙云：此言其收復之效也。按：《傳》云："攻破吐蕃洪濟、大漠門等城，收復黃河九曲，以其地置洮陽郡，築神策、宛秀二軍。"此所謂"日月"所臨，特"低秦樹"，"乾坤"所包，獨"繞漢宮"。"樹"，則"日月低"而親之；"宮"，則"乾坤"匝而"繞"之。蓋宇宙在乎手及，揭天地以趨新之類，乃所謂開廣之句矣。

"胡人"二句：言吐蕃嘗盜積石軍麥，爲翰所破，隻馬無還者。《漢書》注曰："師敗曰北。"《高紀》："當是時，秦兵彊，常乘勝逐北。"漢伐大宛，得天馬，乃作歌曰："天馬來，歷無草。徑千里，循東道。"言翰能以威武，故蠻夷畏服，宛馬復來也。　薛云：《文選》：阮籍詩："天馬出西北，由來從東道。"　趙云：賈誼云："追奔逐北。"此言翰之威武，胡人既愁其攻逐，而西北敗矣；又得宛馬而從東來。舊注引"吐蕃盜麥"事，乃在節度河西前，非是。

"受命"二句：邊沙：一作"軍麾"。　翰屢鎮邊郡。翰嘗來朝，帝命高力士賜宴，詔尚食生擊鹿，取血瀹腸以賜之。　趙云："邊沙遠"，指言河西爲遠。"御席同"，言復河隍而歸，寵宴之盛。此并終"節制"河西後來事。舊注皆在河西節度已前，非是。

"軒墀"二句：《左傳》："懿公好鶴，鶴有秉軒者。"文王將出獵，卜之，曰："所獲非熊、非羆，非虎、非貔，乃霸王之輔也。"　趙云：言翰之貴寵也。如乘軒之"鶴"，明皇得之，如文王之得呂望。杜預注云："大夫乘軒。"而公今云"軒墀"，何也？以待博雅辨之。

"茅土"句：《禹貢》："徐州厥貢惟土五色。"王者，封五色土爲社。建諸侯，則各割其方色土與之，使立社，燾以黃土，苴以白茅。茅取其潔，黃土取王者覆四方。"名數"，謂等其爵位，輕重而爲之名數。故名位不同，禮亦異數。　趙云：此言翰進封西平郡王也。《王莽傳》："先賜茅土。""名數"，《禮》："物有名有數也。"舊注云："名位不同，禮亦異數。"名位自是在人言之，不可合也。

"山河"句：沛公封功臣，誓曰："使黃河如帶，太山若礪，國以永存，爰友苗裔。"於是申以丹書之信，重以白馬之盟。　趙云：陸士衡云："武功侔河功。"（陳案：河功，《文選》作"山河"。）

"策行"二句：（陳案：照，《補注杜詩》《全唐詩》作"昭"。《說文解字》段玉裁注："照，與昭音義同。"）　趙云：此言翰之謀策已行，可以遺落"戰伐"。其所合如"契"，而動於顯煥也。《詩》："昭明有融。"

"勳業"二句：須賈謂范雎曰："不意君能自致於青雲之上。"［謝］靈運詩："託身青雲上。"下句言以氣義結人也。　趙云：此四句而下，通十二句，乃公作詩針線，暗以言自己也。今四句，言翰"勳業"之高，在"青冥"之上，而其待"交親"以"氣概"結之。"勳業"，出《吳志》：

張昭謂孫權曰："爲人後者，貴能負荷先軌，以誠勳業。"又，潘安仁作誄文有曰："勳業未融。""青冥"，猶言青雲也。"交親"，起於《記》，云："非禮不交、不親。"（陳案：記，《四庫全書》作"句"，《杜詩引得》作"記"。禮，《禮記注疏》作"受幣"。）而曹植《贈丁儀》，有云："親交義不薄。"《贈徐幹》云："親交義在敦。"今兩字豈倒用耶？

"未爲"二句：見：一作"是"。　　春申君客三千餘人，其上客皆躡珠履。公自言，未爲翰上客，已"白頭"也。　　趙云："白頭翁"，雖常語，然《漢書》：壺丘三老上書曰："白頭翁教我。"（陳案：壺丘三老，《漢書》作"車千秋"。）又，文虔之禱霽，夜夢見白頭翁曰云云，明日乃霽。句意則使《魏文帝與吳質書》曰："已成老翁，但未白頭耳。"《江表傳》：曾有白鳥集殿前，孫權曰："此何鳥也？"諸葛恪曰："白頭翁。"張昭自以坐中最老，疑恪以鳥戲之。

"壯節"句：公自言"壯節"，有"題柱"志也。《成都記》：昇仙橋，司馬相如初西去，題其柱曰："不乘赤車駟馬，不過此橋。"果以傳車至其處。

"生涯"句：言晚節流離，如"蓬"之轉風也。曹子建詩："轉蓬離本根，飄飄隨長風。何意回飇舉，吹我入雲中。"　　趙云：《莊子》："吾生也有涯。"兩字所合，則王績先用也。

"幾年"二句：主父偃云："日暮途遠。"嵇康《書》曰："若道盡途窮則已耳。"　　趙云：梁元帝："既看春草歇，還見雁南飛。"謝靈運："芳草亦未歇。"

"軍士"句：（陳案：士，《補注杜詩》《全唐詩》作"事"。）　　《晉書》：孫楚，字子荊。才藻卓絕，爽邁不群，多所陵傲，闕鄉曲之譽。年四十餘，始參鎮東軍事。後遷左著作郎，又參石苞驃騎軍事。楚既負其材氣，頗侮易於苞。初至，長揖曰："天子命我參〔卿〕軍事。"因此而嫌隙。遂搆劾參軍之不敬府主。

"行間"句：《吳志》：呂蒙，字子明，年十六，幼隨姊夫鄧當擊賊。時當職吏，以蒙年幼，輕之曰："彼豎子，何能爲此，以肉餧虎耳！"他日與蒙會，又蚩辱之。蒙大怒，持刀殺吏，出。俄而孫策召置左右。魏文帝問趙咨："吳王何等主也？"咨曰："拔呂蒙於行陣。"

"防身"二句：一作："防身有長劍，聊欲倚崆峒。"　　宋玉《賦》："長劍耿介倚天外。"　　趙云：公欲有所冀於翰，故先引以爲言曰：以軍事則能"留孫楚",異乎石苞之不容;以"行間"則"識呂蒙",如孫策者。如此,則我所"防身"之"長劍",亦"欲倚"之於"崆峒"也。"崆峒",取隴右高山,翰所臨之地,以比翰也。

上韋左相二十韻

鳳歷軒轅紀,龍飛四十春。
八荒開壽域,一氣轉洪鈞。
霖雨思賢佐,丹青憶老臣。
應圖求駿馬,驚代得騏驎。
沙汰江河濁,調和鼎鼐新。
韋賢初相漢,范叔已歸秦。
盛業今如此,傳經固絕倫。
豫樟深出地,滄海闊無津。
北斗司喉舌,東方領搢紳。
持衡留藻鑒,聽履上星辰。
獨步才超古,餘波德照鄰。
聰明過管輅,尺牘倒陳遵。
豈是池中物,由來席上珍。
廟堂知至理,風俗盡還淳。
才傑俱登用,愚蒙但隱淪。
長卿多病久,子夏索居頻。
回首驅流俗,生涯似衆人。
巫咸不可問,鄒魯莫容身。
感激時將晚,蒼茫興有神。
爲公歌此曲,涕淚在衣巾。

【集注】

"上韋"句:鮑云:韋見素襲父爵彭城郡公,十三載拜武部尚書,從帝入蜀,詔兼左相。

"鳳歷"句:本注云:見素相公之先人,遺風餘烈,至今稱之。故云:"丹青憶老臣。"公時爲兵部尚書,故云:"聽履上星辰。"《昭·十七年傳》:"秋,郯子來朝,公與之宴。昭子問焉,曰:'少皥氏鳥名官,何也?'郯子曰:'吾祖也,我知之。我高祖少皥摯之立也,鳳鳥適至,故紀於鳥,爲鳥師而鳥名。鳳鳥氏,歷正也。'"注:"少皥,金天氏,黃帝之子。鳳鳥知天時,故以名歷正之官。"《史記》曰:"黃帝名軒轅。"　趙云:或曰:"鳳歷",則少皥之紀耳,而曰"軒轅紀",何耶?豈公誤指爲黃帝也?次公以爲不然。此自是一事,而公所用,則應是黃帝使伶倫截嶰谷竹,聽鳳凰之聲,以爲十二律;而吹十二律,以推十二月;十二月定而歷成矣。不亦謂之"鳳律"乎?(陳案:律,《杜詩引得》作"歷"。)"紀",則言歷之紀也。更俟博雅者推之。

"龍飛"句:自玄宗繼位,至天寶十二載,四十年也。十三載,韋見素爲武部尚書,同中書門下平章事。"龍飛",玄宗即位也。　趙云:登極,謂之"龍飛"。取《易·卦》"九五,飛龍在天"之義。自明皇即位,至天寶十三載,四十三年,而此言四十春,蓋詩家舉其大目耳。"鳳歷"對"龍飛","軒轅紀"對"四十春",用人名對數,尤老手之妙。

"八荒"二句:荒,大也,八方也。張茂先《答何邵》詩:"洪鈞陶萬類。"　趙云:言時之治平也。《莊子》云:"遠在八荒之外。"潘安仁《西征賦》云:"化一氣而甄三才。"《漢》:策:"驅民於仁壽之域。"其下"開""轉"字,可謂妙矣。

"霖雨"二句:高宗命傅説曰:"若歲大旱,用汝作霖雨。"《趙充國傳》:充國以功德,與霍光等列畫未央宮。成帝時,西羌嘗有警,上策將帥之臣,(陳案:策,《漢書》作"思"。)追美充國,迺召揚雄,即充國圖像而頌之。《後漢·胡廣傳》:靈帝思感舊臣,乃圖畫廣及太尉黃瓊于省內,詔議郎蔡邕爲其頌云。　趙云:上句指言用見素爲相也。下句非甫題下自注"見素之先人",則後學無由而見。言"丹青",則應見于圖畫之間也。《前漢書》曰:"上天佑之,爲生賢佐。""老臣"字,多矣。如疏廣曰:"此金者,聖主所以惠養老臣也。"趙充國:"亡踰於老臣者矣。"

"應圖"句:《梅福傳》:"欲以三代之法,取當世之士,猶以伯樂之圖,求麒麟於市,而不可得,亦已明矣。"　趙云:魏曹植《獻文帝馬表》曰:"臣於先帝世,得大宛紫騂馬一匹,形法應圖。"舊注引《梅福傳》,却是"不可按圖求馬"事矣,非干此也。

"驚代"句:張揖注相如《賦》曰:"雄曰騏,雌曰驎,其狀麇身,牛首,狼蹄,一角。"　趙云:此是通句一對,言見素以材而見用也。

"沙汰"句:言爲吏部日也。《北史》:辛雄爲尚書郎。會沙汰郎官,雄與羊琛等八人俱見留。(陳案:琛,《北史》作"深"。)《魏舒傳》:時欲沙汰郎官,非其才者罷之。舒曰:"吾即其人也。"襆被而出。《孫綽傳》:"沙之汰之,瓦礫石〔在後〕。"(陳案:《晉書》無"礫"字。)後事祖并在《北史》辛雄之前。

"調和"句:《説命》:"若作和羹,爾惟鹽梅。"《釋器》云:"鼎絶大者爲鼐。"　趙云:見素爲文部侍郎時也。文部,即吏部,而當時更名耳。"沙汰",乃吏部事。"沙汰"其濁,則清仕流矣。"江河",譬也。下句言爲相時。謂之"新",則由文部侍郎,拜武(帝)[部]尚書、同平章事。

"韋賢"二句:韋賢,字長孺,授昭帝《詩》。宣帝即位,以先帝師,甚見尊重焉。本始三年,代蔡義爲丞相,封扶陽侯。《史記》:范雎,字叔,更名姓曰張禄。王稽載入秦,昭王大悅,即拜雎爲客卿,封應侯,以相秦。　趙云:此兩句言美其爲相也。

"盛業"二句:韋賢兼通《禮》《尚書》,少子玄成復以明經仕,至丞相。故鄒魯諺曰:"遺子黃金滿籝,不如一經。"　趙云:下句兩言如韋、范之盛業也。"傳經故絶倫",則於二相之中,又如韋賢之能傳經。

"豫樟"二句:"豫樟",木良材也。"滄海",百谷之所歸,其洲不可津涯。　趙云:上句以言其材也。"豫樟",珍材,最難長。嵇康曰:"生七年,然後可覺。""深出地",則拔而起矣。下句言其量也。"滄海",《説文》曰:"東海通謂之滄海。"其見於文人,則《甘泉賦》:"東臨滄海。"《西都賦》:"覽滄海之湯湯。""出地",如《易》:"雷出地奮豫。明出地上晉。""無津",雖起於《書》:"若涉大水,其無津涯。"而《選》詩有:"清濟固無津。"

"北斗"二句：《李固傳》："陛下之有尚書，猶天之有北斗也。北斗天之喉舌，尚書亦爲陛下喉舌。斗斟酌元氣，運于四時，尚書出納王命，郊祀志，搢紳者弗道。"李奇曰："搢紳，插笏於紳。紳，大帶也。"臣瓚曰："縉，赤白也；紳，大帶也。"《左氏傳》有"縉雲氏"，師古曰："李云，搢紳是也。"字本作"搢"，插笏於大帶之間，與革之間，非插於大帶也。或作"薦紳"者，亦謂薦笏於紳帶之間，其義同。相如曰："搢紳，先生之徒。" 《杜補遺》：見素，天寶中爲兵部尚書，故曰："北斗司喉舌"，"聽履上星辰"。《康王之誥》曰："太保率西方諸侯入應門左，畢公率東方諸侯入應門右。"時見素爲相，率百官。故云："東方領搢紳。" 趙云：《周禮》云："左九棘，孤卿大夫位焉，群士在其後。"左者，東方之位，爲左相，其秩則孤矣。位在東方之九棘，而領卿大夫群士，不亦謂之"領搢紳"乎？

"持衡"二句：公時兼兵部尚書。鄭崇，哀帝時爲尚書僕射，數求諫争，上納用之。每見曳革履，上笑曰："我識鄭尚書履聲。" 趙云：見素爲吏部侍郎，平判皆誦於口。銓選平允，人多德之。"藻鑒"，是兩字。如晉太康制云："藻鑒銓衡。"又，李重言："銓管九流，品藻清濁也。""持衡"，銓衡之義也。"上星辰"，以言其親帝之旁，猶言上雲霄也。

"獨步"句：任昉曰："勳遂超古。"

"餘波"句：一云："餘波照平隣。" 趙云：此重美其才德也。曹子建云："仲宣獨步於漢南。"《禹貢》："餘波入於流沙。"其義則《左傳》："若波及晉國者，皆君之餘也。"故顏延年《陶徵士詩》有云："泛餘波矣。"《戰國策》：魯仲連遺燕將書有云："名高天下，光照鄰國。"以其超大，故言"獨步"。"照燭傍鄰"，故言"餘波"。此又句法也。《語》："德不孤，必有鄰。"又，《王坦之傳》："江東獨步王文廣。"

"聰明"句：《魏志·方伎傳》：管輅喜仰視星辰，常云："家雞野鵠，猶尚知時，況于人乎？"能明天文，人號之神童。天寶十五載，是年八月，肅宗立，改元至德。十月丙申，有星犯昴，見素言於肅宗曰："昴者，胡也。禄山將死矣。"帝曰："日月可知乎？"見素曰："福應在德，禍應在刑。昴金忌火行，當火位，昴之昏中，乃其時也。既死其月，又死其日，明年正月甲寅，禄山其殪乎。"及禄山死，日月皆不差。管輅善天文地理,今見素所言如此之驗,所謂"聰明過管輅"也。

"尺牘"句:《前漢·游俠傳》:"遵,字孟公。略涉傳記,贍於文辭,惟善書,與人尺牘,主者藏去以爲榮。""倒",猶傾服也。　趙云:見素必善書矣。惜乎史所不載,因公詩見之。

"豈是"二句:《吳志·周瑜傳》《晉書·劉元海傳》并云:"蛟龍得雲雨,非復池中物也。"《禮·儒行》:"儒有席上之珍以待聘。"　趙云:"豈是",出《詩》:"豈是不思。""由來",《易》:"其所由來者,漸矣。"

"廟堂"二句:趙云:此言其宰相之能事畢矣。《吕氏春秋》載述孔子曰:"修之朝廟之上,折衝千里之外。"(陳案:朝廟,《孔子集語》作"廟堂"。)"至理",即至治也。以高宗諱"治",故當曉避改耳。(陳案:曉,《杜詩引得》作"時"。)鍾會欲害嵇康,曰:"幸因釁除之,以淳風俗。"而"還淳",則《選》有"允還""化淳",乃倒用、摘用也。

"才傑"二句:趙云:自此而下,公自謂也。《晉·文苑傳序》:"吉父太沖,江左之才傑。"孔氏注"若時登庸"云:"順是事者,將登用之。""隱淪",見首篇注。

"長卿"二句:(陳案:頻,《全唐詩》同。一作"貧"。)　司馬長卿常有消渴病。"索居",蕭索也。子夏離羣索居,出《禮記》。　趙云:公以二人自比也。

"回首"二句:趙云:此言欲"回首"而驅出"流俗",然爲生之涯,終似衆人也。《孟子》:"同乎流俗。"《揚子》:"賢人則異於衆人矣。""生涯",見上《投贈哥舒翰》注。

"巫咸"二句:《列子》:有神巫自齊來,命曰季咸,知人生死、存亡、禍福、壽夭,期以歲月,卒爲壺丘子所困。《莊子·盜跖》篇:"孔子再逐於魯,削跡於衛,窮於齊,圍於陳蔡,不容身於天下,豈足貴耶?"

"感激"三句:趙云:《孟子章指》曰:"千載聞之,猶有感激。""時將晚",則日暮途遠之義。"蒼茫",荒寂之皃。潘安仁《哀永逝文》有云:"視天日分蒼茫。"《何遜集》載何寘南詩有云:"蒼茫曙月苦。"(陳案:苦,《古詩紀》作"落"。)荒寂之間,而興"有神"也,則感激所致,不自覺如神也。《古詩》:"誰能謂此曲?"宋子侯歌曰:"吾欲竟此曲,此曲愁人腸。"劉越石詩曰:"我欲竟此曲,此曲悲且長。"安仁《楊荆州誄》有云:"涕淚霑襟。"又,《楊仲武誄》云:"涕霑于巾。"沈休文詩有:"寧假濯衣巾。"則參用之矣。"巾",《說文》曰:"佩巾也。"

奉贈太常張卿均二十韻

方丈三韓外,崑崙萬國西。
建標天地濶,詣絕古今迷。
氣得神仙迥,恩承雨露低。
相門清議衆,儒術大名齊。
軒冕羅天闕,琳琅識介珪。
伶官詩必誦,夔樂典猶稽。
健筆凌鸚鵡,銛鋒瑩鷫鷞。
友于皆挺拔,公望各端倪。
通籍踰青瑣,亨衢照紫泥。
靈虯傳夕箭,歸馬散霜蹄。
能事聞重譯,嘉謨及遠黎。
弼諧方一展,班序更何躋。
適越空顛躓,游梁竟慘悽。
謬知終畫虎,微分是醯雞。
萍泛無休日,桃陰想舊蹊。
吹噓人所羨,騰躍事仍睽。
碧海真難涉,青雲不可梯。
顧深慚鍛鍊,才小辱提攜。
檻束哀猿叫,枝驚夜鵲棲。
幾時陪羽獵,應指釣璜溪。

【集注】

"奉贈"句：按《唐書》：均，張説之長子也，九載爲大理卿，後出爲建安太守，歲中召還，再遷太常卿。禄山亂，受僞命，特免死，長流合浦。

"方丈"句：《前漢·郊祀志》："自齊威、宣、燕昭，使人入海求蓬萊、方丈、瀛洲，此三神山者，其地在渤海中。"《魏志》："韓在帶方之南，東西以海爲限。有三種，一曰馬韓，二曰弁韓，三曰辰韓。"

"崑崙"句：《禹貢》注："崑崙在荒服之外，流沙之内。羌髳之屬，皆西戎也。" 趙云：三韓，今日之高麗也，方丈在其外。《水經》云："崑崙在西北，去嵩高五萬里。"《列子》言："三山根不相連著。"《博物志》言："崑崙從廣萬一千里。"

"建標"句：《天台賦》："赤城霞起以建標。"

"氣得"二句：按《唐書》：均弟垍以主壻，玄宗時深恩寵，許於禁中置内宅，侍爲文章，嘗賜珍玩不可勝數，時均亦供奉翰林，垍嘗以所賜示均，均戲謂垍曰："此婦翁與女壻，非是天子與學士也。"

"相門"二句：均、垍俱能文，説在中書，兄弟皆掌綸翰之職。趙云：竊爲之説曰："方丈"，則弱水之所隔；"崑崙"，則炎山之所環，是皆仙聖居集之地。齊威、宣、燕昭王，求方丈而不得，張騫尋河源，而惡睹所謂"崑崙"。四句以譬禁掖之清切，乃神仙之地，惟有仙風道骨，始能遊且承恩寵也。故下云："氣得神仙迥，恩承雨露低。"此指言張均父子。舊史載均兄弟，方其父説在中書時，已掌綸翰之任。今以公詩參之，可謂詩史矣。均，相國之子，故曰："相門清議衆。"舊史言均、垍俱能文，故曰："儒術大名齊。"曹子建云："相門出相。"《荀子》云："儒術行而天下富。"劉頌云："今清議不肅，人不立德。"《穀梁》云："臣不專大名。"

"軒冕"二句：《莊子》："古之所謂得志者，非軒冕之謂也。"《禹貢》："厥貢球琳琅玕。"注："球琳，玉名。琅玕，石而似珠。"《釋地》云："西北之美，有崑崙墟之球琳琅玕焉。"《詩·崧高》："錫爾介珪，以做爾寶。" 趙云：言乘軒衣冕之人，森羅於帝闕，而就其中如"琳琅"，則識張卿之爲"介珪"爾。介珪，大珪也。《詩》云："以其介珪入覲于王。"

"伶官"二句：《邶詩·簡兮·序》："衛之賢者，仕於伶官，皆可以承事王者。"注："伶官，樂官也。"《書》："后夔典樂。" 趙云：此正言其爲太常卿也。舊史載均坐埱，貶建安太守。還遷太常卿。而公詩亦云"贈太常張卿"，詩復用樂事。《新書》止云："均爲刑部尚書，坐埱貶建安，還授大理卿。"乃誤以埱自盧溪司馬，還爲太常。今所取信者，杜公耳。古者採詩而伶官誦之，以諫王焉。太常卿，掌樂者也。張卿以誦詠所採之詩。夔樂之所典，張卿猶更稽考之。

"健筆"句：《後漢》：禰衡有才辨，在黄祖坐上爲《鸚鵡賦》，筆不停綴，文不加點。"凌"，過也。

"銛鋒"句：鵁鶄，水鳥也。膏中瑩刀。 趙云：上句美其能文。庾信作《宇文順文集序》云："章表健筆，一付陳琳。"下句美其才器，如劍之利。王充《論衡》云："足不彊則跡不遠，鋒不銛則割不深。"戴嵩《度關山》詩："劍瑩鵁鶄膏。"揚雄《方言》云："野鳧也。"

"友于"二句："有于"，言兄弟也。《語》："有于兄弟。""公望"各有所歸也。 趙云：此而下至"嘉謨及遠黎"，言均兄弟之貴，且有勳業也。"友于"，見上《裴道州》詩注。《海賦》云："又似地軸挺拔而爭迴。"下句言其兄弟負公輔之望，各有端倪，非過當也。王導嘗謂虞騑曰："孔愉有公才而無公望，丁譚有公望而無公才，兼之者其在卿乎！"《莊子》載孔子曰："終始反覆，不知端倪。"鄭處誨《明皇雜錄》載：上幸張埱宅曰："中外大臣，才堪宰輔者，與我悉數，吾當舉而用之。埱逡巡不言。"上曰："固無如愛婿。"既逾月不拜，埱怏怏，意爲李林甫所排。上嘗曰："吾命宰輔，當徧舉子弟耳。"其後因緣他故，不致大用。此詩所以云，各有"端倪"也。

"通籍"句：《元帝紀》："令從官給事官司馬中者，得爲大父母、父母、兄弟通籍。"應劭曰："籍者，爲二尺竹牒，記其年紀、名字、物色，懸之宮門，案省相應，乃得人也。"謝玄暉："既通金閨籍。"漢給事中，暮入對青瑣門拜，謂之夕郎。"青瑣"，刻爲連瑣而青塗之。

"亨衢"句："亨衢"，亨途也。《後漢·志》注：《漢〔官〕舊儀》曰："天子信璽、六璽，皆以武都紫泥封，青囊白素裹，兩端無縫，尺一板，中約署皇帝。" 趙云："通籍"，通朝見之籍。《漢·元帝紀》："禁中有青瑣門。""亨衢"，祖出《易》："何天之衢亨。"

"靈虬"二句：(梁)陸倕《新漏刻銘》云："靈虬承龍。"（陳案：龍，《文選》作"注"。）言漏刻之體，以龍承之也。　趙云：此言晝夜之接，晚始歸也。"靈虬"，刻漏之體，以龍承之。"箭"，是刻漏浮水之物。《選》云："金徒抱箭。"是也。《書》："歸馬華山之陽。"此李善所謂文雖出彼而意殊，不以文害意也。《莊子》："馬蹄可以踐霜雪。"曹子建《白馬篇》："俯身散馬蹄。"西羌用兵有傳箭。守城之令，亦有夜傳箭。"傳夕箭""散霜蹄"，皆合成之。

"能事"句：《前漢·平帝紀》："越裳重譯，獻〔白〕雉。"師古曰："譯，謂傳言也。道路絶遠，風俗殊隔，故累譯而後乃通。"相如"重譯"納貢。

"嘉謨"句：趙云：此又以美其爲太常卿也。上句，言其所能之事，聞播於"重譯"之蠻夷矣。太常卿，古之宗伯，兼掌禮樂。朝會之際，蠻夷在焉。下句，言其典禮之"謨"，又爲天下所觀，斯乃及遠方之黎庶矣。陳沈炯《爲周洪辭太常表》云："儻九賓闕相，封禪失儀，責以有司，云誰之咎。"則所能之事，豈不係望於蠻夷乎？《書》曰："宗伯掌邦禮，治神人，和上下。"則所陳之"謨"，豈不及黎庶乎？《易》曰："天下之能事畢矣。"《揚子》："謨合皋陶謂之嘉。"

"弼諧"二句：《皋陶謨》曰："謨明弼諧。"《莊·二十年傳》："朝以正班爵之義，帥長幼之序。"　趙云：自此至末句，公自叙。盧諶《答劉琨》四言詩有曰："弼諧靡成，良謨莫陳。"公云"方一展"，"展"則其陳字之義，即是翻用盧諶詩，不用《皋陶謨》，豈不捨祖而用孫乎？"班序"字，出《選》："班序海内。"舊注非是。

"適越"二句：《莊子·逍遥〔遊〕》："宋人資章甫而適越，越人斷髮文身，無所用之。""顛躓"，危困也。鄒陽，齊人。知吳王不可説，是時梁孝王待士，於是陽與枚乘、嚴忌等皆去之梁，從孝王遊。　趙云：公初落魄，嘗"適越"矣。本傳所謂客吳、越、齊、趙間是也。公又嘗"遊梁"矣，古詩《贈李白篇》所謂"亦有梁宋遊"是也。今公雖爲右率府胄曹，然欲展"弼諧"於張卿，而班列次序又不可攀，則復有去而之他之意。將"適越"乎？空如前日之"顛躓"，將"遊梁"乎？竟如前日之"憯悽"。此詩人之意也。若句中用字，《莊子》云："是今日適越而昔至也。"其欲往越，故取有出處兩字言之。《司馬相如傳》："相如因病免,客遊梁。"因其欲往梁,又取有出處兩字言之。舊注雖亦是,而字隔并倒,爲非本出矣。"躓",音致,與跋疐之疐同。"顛躓",起《左傳》:"杜回躓而顛。""憯悽",《選》有:"憯懷慘悽。""憯",音七念切。

"謬知"句:《馬援傳》:初兄之子嚴、敦,并喜譏議。戒之曰:"龍伯高敦厚周慎,口無擇言,謙約節儉,廉公有威。吾愛之重之,願汝曹效之。杜季良豪俠好義,憂人之憂,樂人之樂,父喪致客,數郡畢至。愛之重之,不欲汝曹效也。效伯高不得,猶爲謹飭之士,所謂刻鵠不成,尚類鶩者也;效季良不得,陷爲天下輕薄子,所謂畫虎不成,反類狗者也。" 趙云:公自言其謬誤所知,而事之不成也。

"微分"句:《莊子·田子方篇》:孔子見老聃,孔子出,曰:"丘之道也,其猶醯雞歟?微夫子之發吾覆也,吾不知天地之大全也。"注:"醯雞者,瓮中蠛蠓也。司馬云:酒上之蠛蠓。" 趙云:公自言其受分細微,而局促如此。

"萍泛"二句:萍無根,隨流而已。謝靈運:"蘋萍泛沈深。"《李廣贊》曰:"李將軍恂恂如鄙人,口不能出辭。及死之日,天下知與不知,皆爲流涕。彼其中心誠信於士大夫也。諺曰:桃李不言,下自成蹊。"

趙云:"萍泛",公自譬其無定。"想舊蹊",乃懷念舊日見知之人也。

"吹噓"二句:趙云:舊見知之人也,"〔吹〕噓"之,而爲人"所羨"矣。然至於"騰躍"之便,則仍乖睽如此。

"碧海"句:《十洲記》:"扶桑在碧海之中也。"

"青雲"句:郭璞《游仙詩》:"靈溪可潛盤,安事登雲梯。" 趙云:登雲梯,如涉"碧海"、梯"青雲"之難也。

"顧深"句:《韋彪傳》:"鍛鍊之吏,言深文之吏,入人之罪,猶工冶陶鑄,鍛鍊使之成熟也。"《前漢》:路溫舒曰:"鍛鍊而周納之。" 趙云:舊注非是。或曰:前人以注意作詩爲歲鍛月鍊,豈公自謙,言其爲詩慚於"鍛鍊"乎?公每以詩自負,豈有此理?又於"顧深慚"之下無義。以次公觀之,造刀劍者,"鍛鍊"而後成。張景陽《七命》曰:"楚之陽劍,歐冶所營。銷踰羊頭,(漢)〔鏷〕越鍛成。乃鍊乃鑠,萬辟千灌。"注云:"鍊鑠辟灌,并銷鑄鍛鍊之名。"則"鍛鍊"者,豈刻苦成材之義乎?言張卿恩顧我雖深,而已却自慚"鍛鍊"之未至也。亦未敢專定,以俟博雅者明之。

"才小"句:"提攜",猶挈維之也。　　趙云:言才之小,辱張卿之提攜。此則分明與"鍛鍊"成材而可"提攜"之,其義相應。《禮記》:"長者與之相提攜。"

"檻束"句:吶—一作"巧"。　　《淮南子》:"置猿檻中,巧捷無所肆其能。"鮑明遠詩:"今作檻中猿。"　　趙云:言其有所窘束而不得逞,與"蹭蹬無縱鱗"同意。謝靈運云:"哀猿響南巒。"

"枝鷩"句:魏武帝《樂府》云:"月明星稀,烏鵲南飛。繞樹三匝,何枝可依。"　　趙云:言其"鷩"悸于棲止之間矣。東坡云:"月明驚鵲未安枝。"用此"鷩"字。

"幾時"二句:注《揚雄傳》:"雄十二月從羽獵。""璜",玉也。呂望釣於蟠溪,得"璜"焉,刻曰:"姬受命,呂佐之,報在齊。"　　趙云:孝成帝時羽獵,而揚雄從焉,有羨慕其得近清光之意。末句則言不免歸釣耳。謂之"釣璜溪",公使事爲新語。

敬贈鄭諫議十韻

諫官非不達,詩義早知名。
破的由來事,先鋒孰敢爭。
思飄雲物外,律中鬼神驚。
毫髮無遺恨,波瀾獨老成。
野人寧得所,天意薄浮生。
多病休儒服,冥搜信客旌。
築居仙縹緲,旅食歲崢嶸。
使者求顏闔,諸公厭禰衡。
將期一諾重,欻使寸心傾。
君見途窮哭,宜憂阮步兵。

【集注】

"敬贈"句：趙云：《唐史》有鄭雲逵，爲諫議大夫，乃德宗時。今此與公同時，但無所考其名耳。

"諫官"二句："鄭諫議"雖不得名，必善於"詩"者，下皆"詩"事。　　趙云：《論語》："欲速則不達。"《詩大序》曰："詩有六義焉。"韓退之云："試將詩義授，如以肉貫串。"亦用此也。"知名"，史多云：某人最知名。言爲天子諫諍之官，非不謂之顯達；而於作詩之義，又早歲已有名，此專美之也。下句正言其詩可以"知名"。"不達"，如主父偃宦不達。"早知名"，如潘岳《夏侯諶誄序》云："少知名。"

"破的"二句：言詩句中理如射"破的"。庾翼謂謝尚曰："卿若破的，當以鼓吹相賞。"尚應聲中之，即以副鼓吹給之。　　趙云："破的"，如射之中。"先鋒"，如戰之勇。曹子建詩："控弦破左的。"而王濟與王愷射，一發破的。"先鋒"，見上《投贈哥舒翰》注。"由來"，《易》："其所由來者，漸矣。""孰敢"，如《論語》："孰敢不正。"

"思飄"二句：外：一作"動"。言意思遠到。相如奏《大人賦》，飄飄有凌雲之氣。如律呂和諧，足以驚"鬼神"。　　趙云：此如《文賦》言："神遊萬仞，精騖八極。"舊注非是。"律中鬼神驚"，如李白《烏夜啼》詩，可泣鬼神。舊注又非是。《左氏》："太史登觀臺以望，必書雲物。"《詩序》云："動天地，感鬼神。"

"毫髮"二句：曲盡物理，故無"遺恨"。才思浩瀚，故如"波瀾"。兼詞意壯健，故又言"老成"也。　　趙云：學者如悟此兩句，便會做好詩矣。一篇既好，其中才有一字一句不佳，雖如"毫髮"小之，則心自慊慊有恨矣。舊注所云，却是模稜。"波瀾"，言詞源之浩汗，既有"波瀾"而又"老成"，則不徒爲泛濫矣。蓋"波瀾"則後者容有之，而老成難得也。鮑照《白頭吟》："毫髮言爲瑕，丘山不可勝。"（陳案：言，《鮑明遠集》作"一"。）《文賦》云："常遺恨以終篇。"謝靈運《登池上樓》云："傾耳聽波瀾。"《詩》云："雖無老成人。"

"野人"二句：趙云：自此而下，皆公自敘也。"野人"，公自稱耳。其字如《左氏》："野人與之塊。""得所"字，起於各得其所。"浮生"字，雖起《莊子》，而鮑昭云："浮生旅昭代。"

"多病"句：《莊子》：哀公曰："舉魯國而儒服。"　　趙云：《前漢·

張良傳》:"良多病,未曾持兵。""休儒服",則以多病而欲休罷之。

"冥搜"句:《天台賦》云:"遠寄冥搜。" 趙云:似言欲搜討幽冥之地,"信客旌"所指耳。《周禮》:"公卿大夫,各有所建,而後世通謂之旌。"如言使旌是已。

"築居"句:木玄虚《海賦》:"神仙縹緲,食玉清涯。" 師云:"神仙高縹緲。" 趙云:上句言所居之高遠,蓋接上所謂"冥搜"而至其地也。"縹緲",在宫室言之,則王文考《魯靈光殿賦》:"忽縹緲以響像。"

"旅食"句:鮑明遠《舞鶴賦》:"歲崢嶸而催暮。" 趙云:言爲旅之時,日危而易過。魏文帝云:"旅食南館。"

"使者"句:《莊子·讓王篇》:"魯君聞顏闔,得道之人也,使人以幣先焉。顏闔守陋閭,苴布之衣而自飯牛,終逃魯君之使。" 趙云:以"築居"而在"仙縹緲"之地,故"使者求"之,如"求顏闔"。

"諸公"句:《後漢》:禰衡有才辨,〔尚〕氣剛傲,好矯時慢物。曹操怒之,送與劉表,後侮表,恥不能容,以江夏太守黃祖性急,故送衡與之,後竟爲祖所殺。 趙云:以"旅食"之久,故"諸公厭"之,如禰衡初託曹公,又託劉表,又託黃祖,故云。

"將期"句:辨士曹丘生謂季布曰:"楚人諺曰:得黃金百斤,不如得布一諾。"

"欸使"句:謝玄暉詩:"孰謂勞寸心。" 趙云:《列子》:謂叔龍曰:"吾見子之心矣,方寸之地虚矣。"陸士衡賦有:"吐滂沛乎寸心。"

"君見"二句:阮籍也。顏延年《詠阮步兵》詩:"物故不可論,途窮能無慟。"

奉贈鮮于京兆二十韻

王國稱多士,賢良復幾人?
異才應間出,爽氣必殊倫。
始見張京兆,宜居漢近臣。

驊騮開道路，鵰鶚離風塵。
侯伯知何算，文章實致身。
奮飛超等級，容易失沈淪。
脫略磻溪釣，操持郢匠斤。
雲霄今已逼，台袞更誰親？
鳳穴雛皆好，龍門客又新。
義聲紛感激，敗績自逡巡。
途遠欲何向，天高難重陳。
學詩猶孺子，鄉賦忝嘉賓。
不得同晁錯，吁嗟後郄詵。
計疏疑翰墨，時過憶松筠。
獻納紆皇眷，中間謁紫宸。
且隨諸彥集，方覬薄才伸。
破膽遭前政，陰謀獨秉鈞。
微生霑忌刻，萬事益酸辛。
交合丹青地，恩傾雨露辰。
有儒愁餓死，早晚報平津。

【集注】

"奉贈"句：鮑云：鮮于仲通也。《唐紀》：十年書"劍南節度使鮮于仲通，及雲蠻戰於西洱河，敗績"。（陳案：洱，《新唐書》作"洱"。）不見其爲京兆。豈先爲京兆耶？豈以節度爲京兆耶？開元以來，在位無鮮于姓者。詩有"鮮于萬州"，乃其子也。

"王國"二句：文王《詩》："思皇多士，生此王國。" 趙云：言王者之國，號稱"多士"，而"賢良"無幾也。"賢良"，如《周禮》"以親賢良"之義，非指科目。

"異才"二句：氣宇清爽，有殊於衆人。 趙云：以言鮮于京兆。魏鋋《叙志賦》："無匡時之異才，每瘖瘂以歎息。"《選》有："自前代之間出。"又曰:"山川間出。"王徽之云:"西山朝來,致有爽氣。"

"始見"二句:《張敞傳》:"敞守京兆尹。其治京兆,略循趙廣漢之跡。"爲久任職,漢制出爲二千石,有治狀者,入爲公卿,故曰"近臣"。

趙云:以張敞比之。張,守京兆之有稱者,當時語曰:"前有趙、張。"《孟子》云:"觀近臣以其所爲主。"

"驊騮"二句:猶俊異得路也。　　趙云:以比其俊,言其得路。公每使馬與鷹況人材。

"侯伯"二句:算:一作"等"。　　趙云:此言"侯伯"多矣,而鮮于之"致身",則實以"文章",此微言而含不盡之意。"算"字,雖是《論語》:"何足算也。"而此則顏延年作《陶徵士誄序》有云:"貴賤何算。"《論語》:"事君能致其身。"

"奮飛"二句:趙云:《詩》云:"不能奮飛。"《月令》:"貴賤之等級。"潘安仁《征西賦》有云:"無等級以寄言。"東方朔云:"談何容易。"惟其"奮飛",而超邁於官之"等級",故其離去"沈淪"也,易而不難,故有下句。

"脱略"二句:吕望釣於磻溪。《莊子》:"郢人堊墁其鼻端,若蟬翼,之匠石斲之。(陳案:之,《庄子注》作'使'。)匠石運斤成風,聽而斲之,盡堊而鼻不傷,郢人立而不失容。"　　趙云:"脱略"其釣,則乃起而操郢斤也。江淹《恨賦》:"脱略公卿。"

"雲霄"二句:趙云:密雲曰雲,薄雲曰霄。上公應天上三台。三公一命衮,故得稱衮。"更誰親",言惟我也。

"鳳穴"二句:此言鮮于諸子也。陸雲幼時,閔鴻見而奇之:"此兒若非龍駒,即是鳳雛。"(陳案:即,《晋書》作"當"。)　　趙云:下句言其門下客來者,一番又新矣。李膺有重名,而接士登其門者,號登"龍門"。已暗引入公之自謂矣。

"義聲"二句:"感激",見上《贈左丞》詩。《左傳》〔注〕:"凡敵大崩曰敗績,師徒撓敗之義。""逡巡",退貌。　　趙云:言鮮于之"義聲",雖紛然"感激"之多,而我之"敗績",則自"逡巡"而不進也。《選》有:"雖欲逡巡。"

"途遠"句:遠:一作"永"。　　主父偃曰:"日暮途遠。"

"天高"句:曹植云:"天高聽卑。"劉越石詩:"棄置勿重陳。"

"學詩"句：孺子：一作"子夏"。　　《語》曰："小子何莫學夫詩？"又孔子謂子夏，"始可與言詩"。

"鄉賦"句：趙云：晁錯："以臣錯充賦。""鄉賦"，猶鄉舉。《詩》："鹿鳴燕嘉賓。"　（陳案：忝，《全唐詩》作"念"。一作"忝"。）

"不得"二句：趙云：晁錯對策高第。郄詵對策爲天下第一。自曰："猶桂林一枝，崑山片玉。"此公本傳謂其"舉進士不中"也。

"計疏"句：公有詩云："儒冠多誤身。"乃疑之矣。

"時過"句：謂有歲寒。　　趙云：上句乃憤歎之語，與"文章憎命達，儒術誠難起"同義。下句言時已過矣，則思隱於山林。舊注謂"歲寒"，非是。《禮記》："時過而後學。"《歸田賦》曰："揮翰墨以奮藻。"

"獻納"二句：殿名。　　趙云：《唐書·李林甫傳》載："帝詔天下士有一藝者，得詣闕就選。林甫恐士對詔斥已，即建言士皆草茅，未知禁忌，徒以狂言亂聖聽，請悉付尚書試問，而無一中程者。林甫因賀上，以爲野無留才。"今兩句鋪叙其赴闕就選之語。《西都賦序》："朝夕獻納。""紆"者，縈繫也。"紫宸"殿，在東內大明宮，即內衙之正殿。"中間謁紫宸"，則未對詔問，豈亦見帝乎？

"且隨"句：江淹《別賦》："金閨諸諺。"（陳案：諺，《玉海》作"彥"。）

"方覬"句：公獻三賦，召試集賢院。

"破膽"二句：《劉陶傳》："關東破膽。"《詩》："秉國之均。"陳平曰："我多陰謀，道家所忌。"

"微生"二句：趙云：謝靈運："二三諸彥。"《列子》云："薄於才而厚於命。"（陳案：才，《列子》作"德"。）言公之對詔，意本望高選，而爲林甫所沮，故言"破膽遭前政"。觀其言多士狂惑聖聽，則爲"破膽"矣。《後漢·申屠剛傳》："衆賢破膽。"以"陰謀""秉鈞"，非林甫而何？阮嗣宗《詠懷》云："對酒不能言，悲愴懷酸辛。""忌刻"，林甫忌賢而慘刻也。

"交合"四句：交契在華顯之地。又當沛澤下流之辰，而愁"餓死"者，以時有所不容也。平津侯公孫弘開閣延賢人，故其賓客仰衣食，以喻鮮于。　　趙云："丹青地"，指言爲公卿之地也。《鹽鐵論》云："公卿者，神化之丹青。"此言交遊合聚於"丹青"之地，而獨以"餓死"爲愁，所賴者，在鮮于京兆，如公孫洪爾。（陳案：洪，《史記》作"弘"。）

贈特進汝陽王二十二韻

特進群公表,天人夙德升。
霜蹄千里駿,風翮九霄鵬。
服禮求毫髮,推忠忘寢興。
聖情常有眷,朝退若無憑。
仙醴求浮蟻,奇毛或賜鷹。
清關塵不雜,中使日相乘。
晚節嬉遊簡,平居孝義稱。
自多親棣萼,誰敢問山陵?
學業醇儒富,辭華哲匠能。
筆飛鸞聳立,章罷鳳騫騰。
精理通談笑,忘形向友朋。
寸長堪繾綣,一諾豈驕矜?
已忝歸曹植,何知對李膺。
招要恩屢至,崇重力難勝。
披霧初歡夕,高秋爽氣澄。
樽罍臨極浦,鳧雁宿張燈。
花月窮遊宴,炎天避鬱蒸。
硯寒金井水,簷動玉壺冰。
瓢飲惟三徑,巖栖在百層。
且持蠡測海,況挹酒如澠。
鴻寶寧全秘,丹梯庶可陵。
淮王門下客,終不愧孫登。

【集注】

"贈特"句:(陳案:二十二,《補注杜詩》《全唐詩》作"二十"。脱。)

趙云:《八哀詩太子太師汝陽王璡》曰:汝陽,讓帝子。而舊注又以此爲棣(三秩)〔王琰〕之子,何自眩惑也。此詩在《八哀詩》所贈之先,蓋其"特進"時耳。特進正二品,而太子太師從一品也。

"特進"句:《漢官儀》曰:"諸侯功德優盛,朝廷所敬異者,錫位特進也。"

"天人"句:邯鄲淳見曹植才辨,〔淳〕歸,對其所知,嘆植之才,謂之"天人"。"夙",早也。　趙云:《詩》:"群公先正。"舜"元德升聞"。

"霜蹄"句:武帝謂劉德爲千里駒。師古曰:"言若駿馬,可致千里。"

"風翩"句:《莊子》:"鵬怒而飛,其翼若垂天之雲,搏扶摇而上者九萬里。"　趙云:《莊子》:"馬蹄可以踐霜雪。"

"服禮"句:《左傳》:"服於有禮,社稷之衛。"

"推忠":趙云:言其於禮,無纖毫違背。鮑照《白頭吟》:"毫髮一爲瑕,丘山不可勝。"《詩》:"載寢載興。"

"聖情"二句:不挾貴也。　趙云:言"聖情"獨眷遇之,而王謙抑焉。於"朝退"而"若無憑",恃其貴也。

"仙醴"二句:師古曰:"醴,甘酒。"楚元王敬禮申公等,穆生不嗜酒,王每置酒,常爲穆生設"醴"。曹子建:"浮蟻鼎沸,酷烈馨香。"　趙云:以"聖情"之眷,故神仙之"醴",則有"浮蟻";奇異之毛,則有"鷹",皆"賜"之也。《釋名》曰:"酒則泛齊,浮蟻若萍。"前人集中有《謝賜鷹表》。

"清關"二句:《會稽典録》:"丁(覽)〔寬〕門無雜賓。"劉孝標《論》:"不雜風塵。"《吴志·朱然傳》:"中使日食之物,相望於道。"(陳案:日,《吴志》作"口"。)　趙云:既有殊賜,所以中官"日相乘"矣。"乘"者,一使已到,而又有一使乘駕其上也。"清關塵不雜",則形容其門墻之深嚴。《國語》云:"人神不雜。"《易》云:"剛柔相乘。"

"晚節"句:不以"嬉遊"爲務也。

"自多"句:友愛兄弟也。　趙云:鄒陽云:"晚節末路。"《詩》

云："常棣之華，萼不韡韡。"哀今之人，不如兄弟。

"誰敢"句：《後漢·東平王蒼傳》："帝欲爲原陵，蒼上書諫，帝從而止。" 趙云：似言王之謙抑，表陳其父憲，宿素退讓，不敢當大號之意。蓋明皇既追謚憲爲讓皇帝，乃號其墓爲惠陵。雖既辭其大號，況敢望"山陵"之名乎？舊注所引不相干。

"學業"句：賈山"涉獵書記，不能爲醇儒"。

"辭華"句：殷仲文詩："哲匠感蕭辰。"

"筆飛"二句：美其書翰也。 《杜補遺》：吳質《答太子牋》曰："發言抗論，窮理盡微，摛藻下筆，龍鸞之文，奮矣。" 趙云：上句，言其字有回鸞之勢者。下句，言其文有鳳藻之華。舊注皆指爲"書翰"，非也。

"精理"句：雖"談笑"，皆精于理道。張仲景：有"精理"而無高韻。

"忘形"句：不驕也。

"寸長"句：（陳案：堪，《四庫全書》本作"揕"。形訛。《補注杜詩》《全唐詩》作"堪"。） 寸長：一作"寸腸"。

"一諾"句：趙云：於人之"寸長堪繾綣"，則待之以"一諾"，豈更"驕矜"乎？一作"寸腸"，無義。《選》："宴語談笑。"《左傳》云："慰我友朋。"《莊子》云："寸有所長。"《前漢》："不如得季布一諾。"《左氏》：臧昭伯云："繾綣從公。"而傅長虞《贈何劭·詩序》有云："願其繾綣，而從之末由。""驕矜"，此起《書》云："驕淫矜誇。"而潘岳《河陽縣作》云："害盈猶矜驕。"此倒用也。

"已忝"二句：趙云：曹植爲陳思王，故以比汝陽王。此公自言其身。蓋曹植府中有七才子：曰徐幹，曰劉楨，曰王粲之屬也。"對李膺"，則又以李膺比王，而不敢以杜密自比。蓋密與膺名各相次，其前有李固、杜喬，號李、杜，是時人稱之亦曰李、杜。今蓋言已叨"忝歸"附於曹王，又何敢謂己身姓杜，欲配對姓李之汝陽王乎？

"招要"二句：公自言雖蒙"招要"之恩，而禮意"崇重"，非力所能勝。 趙云：《選》詩："并坐相招要。"

"披霧"二句：衛瓘見樂廣曰：見此人"瑩然若披〔雲〕霧而覩青天也。" 趙云：梁簡文帝《九日》詩："是節協陽數，高秋氣已清。"王子猷云："西山朝來，致有爽氣。"

"樽罍"二句：趙云：設"樽罍"於浦溆之傍，故"凫雁"棲宿於"張燈"之内。"樽罍"，《周禮》："尊皆有罍。""凫"《詩》："弋凫與雁。"皆摘文。"極浦"，《選》詩《湘君歌》云："望涔陽兮極浦。"《南史·韋叡傳》："三更起，張燈達曙。" 師云：謝宣城詩："孤舟泊極浦。"

"花月"二句：猶河朔避暑之會。 趙云：此又繼是春之"花月"，與夏之避暑也。劉希夷《吴中少遊》云："芳洲花月夜。"《選》有："不遑遊宴。"吴《子夜四時歌》："鬱蒸仲暑月，長嘯北湖邊。"《淮南子》云："南方曰炎天。"顔延年《夏夜》云："炎天方埃鬱。"

"硯寒"句：《荆州記》："益陽有金井數百。"古老傳金人以杖撞地，輒便成井。（陳案：古，《補注杜詩》作"故"。）

"簪動"句：鮑明遠："清如玉壺水。" 趙云：惟其"避鬱蒸"，必置清涼之物於前，故硯則寒"金井"之水，而"玉壺"之冰，輝動簪端也。"金井"，非一出處。《西征記》："太極殿上有金井。"又《異物志》："盧陵城中井，亦名金井。"其義則是。"金井"水寒硯，"玉壺"冰動簪，而句法深穩，當如此倒用也。

"瓢飲"句：顔回一"瓢飲"。蔣詡"三徑"。

"巖栖"句：謝靈運詩："栖巖挹飛泉。"《杜補遺》：嵇叔夜《絶交書》曰："堯舜之君世，許由之巖栖。"張升友論曰："黄綺引身巖栖南岳。"（晉）湛方生《七嘆》曰："巖栖先生學道養生，離親絶俗，漱清泉，蔭茂木，慕赤松之清塵，乃湌霞而絶穀。" 趙云：此公自言也。舊注倒矣。《選》賦云："井幹疊而百層。"

"且持"二句：東方朔曰："以蠡測海。"《左傳》曰："有酒如澠。"趙云："挹"字，"不可以挹酒漿"之"挹"。公自謙損，言其窮約辭陋之人，而得從王遊，如持一"蠡測"大海，又況享有"酒"，如澠水之多乎？

"鴻寶"句：《劉向傳》："上復興神仙方術之事，而淮南王有《枕中鴻寶苑秘書》。"

"丹梯"句：謝玄暉《敬亭山》詩："要欲追奇趣，即此陵丹梯。"

"淮王"二句：淮南王善屬文，天下方術之士多往歸焉。 趙云：淮南王有《枕中有鴻寶秘書》。今公以王既不秘其書矣，則可"陵丹梯"而遊仙府矣。謝玄暉詩有："遊宦陵丹梯。"淮南王以比汝陽王。孫登見嵇康，而不許之，曰："君性烈而才儁，其能免乎？"其後康作《幽憤詩》曰:"昔慚柳下,今愧孫登。"言以汝陽無鴻寶之秘,由是得遂其養生,不以嵇康之戮辱,而有愧孫登也。

重經昭陵

草昧英雄起,謳歌歷數歸。
風塵三尺劍,社稷一戎衣。
翼亮貞文德,丕成戢武威。
聖圖天廣大,宗祀日光輝。
陵寢盤空曲,熊羆守翠微。
再窺松柏路,還見五雲飛。

【集注】

"草昧"句:屯難之時也。

"謳歌"句:《孟子》:"謳歌者,不謳歌堯之子,而謳歌舜。"《語》:"天之歷數在汝躬。" 趙云:《易·屯卦》:"天造草昧。"《前漢》:"英雄并起。"劉琨:"歷數有歸。"隋煬失德,而李密、蕭銑、竇建德、王世充各據一方,獨唐合命,則"歷數歸"之謂也。

"風塵"句:(陳案:《四庫全書》本"劍"後有"社"字,涉下句而衍。今刪。) 《漢·高紀》:上曰:"吾〔以〕布衣,提三尺以〔取〕天下。"師古曰:"三尺劍也。"

"社稷"句:《武城》:"一戎衣,而天下大定。" 趙云:以漢高祖、周武王言高祖也。曹元首《三代論》:"漢祖奮三尺之劍。"庾信《獻〈于〉皇祖文皇帝歌辭》雖有曰:"終封三尺劍,長卷一戎衣。"至公"風塵""社稷"之語,可謂開廣矣。

"翼亮"二句:(陳案:成,《補注杜詩》《全唐詩》作"承"。)《書》:"丕顯哉!文王謨。丕承哉!武王烈。" 趙云:此言太宗偃武用文也。《魏志》:高堂隆上疏云:"可使諸王君國典兵,鎮撫皇畿,翼亮帝室。"又,《晉》:"卞壺委質三朝,盡歸翼亮。"任彥升作《竟陵王行狀》:"翼亮孝治,緝熙中教。"《書》:伊尹:"肆嗣王丕承基緒。"孔子云:"修文德以來之。"班固云:"威武者,文德之輔助。"《秦始王本紀》刻石之辭又曰:"武威旁暢,振動四極。"(陳案:王,《史記》作"皇"。)"貞",則《易》云:"天下之動,貞夫一。""戢",則《左傳》:"兵猶火也,不戢將自焚。"此又無一字無來處矣。

"聖圖"句:無不覆燾也。

"宗祀"句:奕葉隆盛也。　　趙云:此却言後王之孝祀也。《宋》:徐爰言邦位曰:"今聖圖重造,舊章畢新。"《孝經》曰:"宗祀文王於明堂。"《易》曰:"廣大配天地。"其上貼"天"字,又宜矣。《淮南子》曰:"光輝萬物。"而古有含英揚光輝。上貼"日"字,則《前漢‧李尋傳》曰:"日者陽之長,輝光所燭,萬里同晷。"又於《建都》詩末句云:"願駐長安日,光輝照北原。"

"陵寢"二句:"陵",山陵。"寢",陵廟。《古詩》:"陵寢暮煙青。"
趙云:鮑照《芙蓉賦》:"繞金渠之空曲。"下句,言兵衛之人,如熊如羆,屯守於"翠微"之際。《書》有:"熊羆之士。""翠微",祖《爾雅》,山頂之名。葱翠杳微之際,取其至高也。

"再窺"二句:天子有孝感,則"五雲"見。見《往在》詩注。　　趙云:曹植《寡婦詩》曰:"高墳鬱兮巍巍,松柏森兮成行。"謝靈運《經廬陵王墓》詩曰:"徂謝易永久,松柏森已行。"可見"陵寢"矣。《孝經援神契》曰:"王者德至,山陵則慶雲出。""五雲"者,乃五色之慶雲也。沈約《宋書》云:"慶雲,五色是已。"

鄭駙馬宅宴洞中

主家陰洞細煙霧,留客夏簟清琅玕。
春酒杯濃琥珀薄,冰漿椀碧瑪瑙寒。
誤疑茅堂過江麓,已入風磴霾雲端。
自是秦樓壓鄭谷,時聞雜佩聲珊珊。

【集注】

"主家"句:公主家幽洞也。

"留客"句:江淹《賦》:"夏簟清兮晝不寐。""琅玕",竹也。《杜補遺》:陶隱居云:"青琅玕",《蜀都賦》所稱青珠是也,乃崑山玉樹名。又《九真經》中太丹名也。《唐本草》:"琅玕有數種,是琉璃之類,火齊寶也。且琅玕有五色,青者爲勝,出巂州以西蠻中及于闐國。"《爾雅》曰:"西北之美貴者,有崑崙之山璆琳琅玕焉。"(陳案:貴,《爾雅》無。)注:"狀如珠。"《山海經》曰:"崑崙山有琅玕樹,其子似珠。"以珠爲"簟",如琅玕色,故云。 趙云:"琅玕",寶樹名,美物也,故詩家多以比竹。今言竹簟之美耳。舊註作"竹"者,既非是。而杜田所引,又作"青琅玕",附會青者爲勝之説。今詩句義直是:主家陰洞煙霧細,留客夏簟琅玕清。而句法深穩,當言"細煙霧""清琅玕"。此又如:硯寒金井水,簟動玉壺冰。

"春酒"句:《本草》:"琥珀,是千年茯苓所化。"言酒色如之。《杜補遺》:李肇《國史補》曰:"松脂入地,千年所化,今燒之,亦作松氣。"開元時,陳藏器注《本草》,〔曰〕:"宋高祖世,寧州貢琥珀枕,搗碎以賜兵士,傅金瘡。"又云:"琥珀出劉賓國,初如桃膠,凝乃成焉。"

趙云:本言"琥珀杯",舊注以爲"酒色",非是。

"冰漿"句:陸機《苦寒行》:"渴飲堅冰漿。" 《杜補遺》:魏文帝《碼碯賦·序》:"碼碯,玉屬也,出自西域。文理交錯,有似馬腦,故其方人,因以名之。"《博雅》曰:"水精,謂之石英、琉璃、珊瑚、玫瑰、夜光、隋侯、琥珀、金精、璣珠也。蜀石、(硬)〔硜〕砹、砗磲、碼碯、砥砆、瑰瑀、瑒石、瑊玏、珂石,次玉也。"(陳案:礫,《廣雅》作"磔"。)《神農本草》云:"碼碯,紅色,亦美石之類,重寶也。生西國玉石間,來中國者,以爲器。"

"誤疑"句:堂:一作"屋"。

"已入"句:陸士衡:"飛陛躡雲端。" 趙云:兩句言在富貴之家,都城之地,而有幽逸之興,故"誤疑"其人自已所結之"茅(屋)〔堂〕",過越"江麓",已深入"風磴"霾藏"雲端"之處也。 師云:鮑照《銅山掘地精》詩:"既類風磴,復象天井。"(陳案:地,《鮑明遠集》作"黄"。并作"風門磴""天井壁"。)

"自是"二句：孔子入見衛靈公夫人南子，自絺帷中再拜，環佩之聲璆然。　　趙云：此言主家本是秦女之樓，而氣象幽邃，壓鄭子真之谷口矣。雖其幽趣"壓鄭谷"，而終自富貴，故"時聞""佩聲"也。《詩》："雜佩以贈之。"《選》有："拂墀聲之珊珊。"

李監宅

尚覺王孫貴，豪家意頗濃。
屏開金孔雀，褥隱繡芙蓉。
且食雙魚美，誰看異味重。
門闌多喜色，女婿近乘龍。

【集注】

《李監宅》：趙云：按：《靈怪錄》：李令問，開元中爲秘書監，左遷集州長史。令問好服翫飲饌，以奢聞於天下。其炙驢罋鵝之屬，慘毒取味，天下言飲饌者，莫不祖述李監，以爲美談。今公詩題《李監宅》，而有"異味重"之句，豈"李監"者，乃李令問乎？開元中左遷集州，今豈自集州歸，賦詩者尚從故稱乎？

"尚覺"二句："王孫"，王者之後，亦相尊敬之稱。《韓信傳》："哀王孫。"　　趙云：《宋書·恩倖傳論》曰："都縣掾吏，并出豪家。"（陳案：都，《宋書》作"郡"。）今李監蓋大富之家，其姓李，又是宗室之富者。首句似言人之所貴者，莫過於"王孫"，然"尚覺王孫"所貴慕"豪家"之意，爲最濃盛。

"屏開"句：(隋)長孫晟貴盛，常畫二孔雀於屏間，以擇婿。

"褥飲"句：趙云：此言其富貴。於"屏"畫"孔雀"，亦富貴家常事。《舊注》所引，在《隋書》并《北史》，并無之。"屏"言"開"，則崔融《新體》云："屏幃幾處開。"又徐彥伯《芳樹》詩云："金鏤畫屏開。"吳均《述夢》詩云："以親芙蓉褥。"而"繡芙蓉"，出崔顥《盧姬篇》云："魏王縿綺十二重，水精簾箔繡芙蓉。"（陳案：縿綺，《樂府詩集》作"綺樓"，《四庫全書》本作"縿綺"，誤。）"隱"者，蔽也。如王維"暮省隱花枝"之"隱"。

"且食"二句：何敬祖："食必四方珍異。"　　趙云：此微誚之也。言我但知"食雙魚"之美耳，誰復顧其"異味"之多也。《古詩》："客從遠方來，遺我雙鯉魚。"《左傳》云："吾食指動，必嘗異味。"

"門闌"二句：《後漢·明帝紀》：勞賜元氏，門闌走卒。　　薛云：《楚國先賢傳》："孫雋與李元禮，俱娶太尉桓焉之女，時人謂桓叔元兩女俱乘龍，言得壻如龍也。"　　趙云：今云"近乘龍"，則公詩下字，輕重可見。舊注引"門闌"事，是蓋《明帝紀》注引《續漢志》云："五伯、鈴下侍閣、（陳案：鈴，《後漢書》作'軨'。）門闌部署、街里走卒，皆有程品，多少隨所典領。"則"門闌"之品，貴家方有之。

重題鄭氏東亭

華亭入翠微，秋日亂清輝。
崩石欹山樹，清漣曳水衣。
紫鱗衝岸躍，蒼隼護巢歸。
向晚尋征路，殘雲傍馬飛。

【箋注】

"重題"句：在新安界。　　鮑云：即駙馬鄭潛曜。

"翠亭"句：《爾雅·釋山》疏：未及頂上，在旁坡陁之處，名曰"翠微"也。　　趙云：左太冲《蜀都賦》云："鬱苾苾以翠微。"注："山氣之青縹者。"陸倕《石闕銘》："上連翠微。"皆言其氣之狀。"入"，則亭勢欲入其間。

"秋日"句：謝靈運："山水含清輝。"　　趙云：秋日之光，亂山之輝也。"入"字、"亂"字，乃詩句之好處。

"崩石"二句：《薛詩》："河水清且漣漪。"水成文曰"漣"。　　趙云："水衣"，水上之青苔，出《說文》。而張景陽《霖雨》詩曰："堂上水衣生。"《選》詩："風斷陰山樹。"又云："山中有桂樹。"

"紫鱗"句：趙云：《蜀都賦》有："鮮以紫鱗。"又云："鏤甲紫鱗。"又有："華魴躍鱗。"參用之也。

題張氏隱居二首

右一

春山無伴獨相求,伐木丁丁山更幽。
澗道餘寒歷冰雪,石門斜日到林丘。
不貪夜識金銀氣,遠害朝看麋鹿遊。
乘興杳然迷出處,對君疑是泛虛舟。

【集注】

"春山"二句:師云:(宋)王籍《入若耶溪》詩:"蟬噪林逾靜,鳥鳴山更幽。"(陳案:宋,《古詩紀》卷九十六作"梁"。《梁書》亦載之。)

趙云:劉越石四言詩云:"獨生無伴"也。《詩》:"伐木丁丁。"公今此句亦喧中有靜矣。

"澗道"二句:陸機《苦寒行》:"凝冰結重澗,積雪被長巒。"謝惠連又有詩云:"落雪灑林丘。" 趙云:在此春時言之,故首句言"春山"。《莊子》:"肌膚若冰雪。"舊注合字,非是也。

"不貪"句:《史·天官書》:"敗軍破國之墟,下積金寶,上皆有氣,不可不察。"(陳案:下積金寶,上,《史記》作"下有積錢,金寶之上"。)以"隱居""不貪",故"夜識"其氣象也。

"遠害"句:伍被諫淮南王曰:昔子胥諫吳王,吳王不用。乃曰"臣今見麋鹿游姑蘇之臺也。" 趙云:古人有《地鏡圖》之書,以觀地下之物,曰:"黃金之氣赤黃,銀之氣夜正白,流散在地。"今言性雖"不貪",而能"夜識金銀"之氣。舊注云:"不以貪故識。"非是。相如《子虛賦》有:"錫碧金銀。"而郭景純《遊仙》詩:"神仙排雲出,但見金銀臺。"《左傳》:"我不以貪為寶。"《傳》云:"全身遠害。""麋鹿"之遊,本在山中。人在山中,則為遠市朝之害矣,故得"朝看麋鹿遊"也。

"乘興"句:言不以"出處"介意也。

"對君"句:《莊子·山木篇》:"方舟而濟於河,有虛船來觸舟,雖有褊心之人不怒。人能虛己以遊世,孰能害之?" 趙云:公言其

"乘興"而來,欲出欲留,"杳然"以迷,蓋對張君如"泛虛舟"耳。舊注却似指張隱居,非是。

右二

之子時相見,邀人晚興留。
霽潭鱣發發,春草鹿呦呦。
杜酒偏勞勸,張梨不外求。
前村山路險,歸醉每無愁。

【集注】

"霽潭"句:《詩·碩人》:"鱣鮪發發。"《釋文》:"鱣,大魚,口在頷下,長二三丈,江南呼爲黃魚,與鯉全異。""發發",盛皃。

"春草"句:"呦呦鹿鳴,食野之苹"。注:"鹿得草,呦呦然鳴,而相呼也。" 趙云:"之子",出《詩》,言此子也。

"杜酒"句:魏武帝《樂府》:"何以解我憂,唯有杜康酒。"(陳案:《文選》無"我""酒"字。)康,造酒者。

"張梨"句:潘安仁《閒居賦》:"張公大谷之梨。"

"前村"二句:趙云:"不外求",言不必求之大谷也。"杜酒""張梨",以人著物言之,此亦使字之一格,須是當體穩貼,又時復用之耳。《北齊》:幼主爲《無愁》之曲,自謂無愁天子。

天寶初,南曹小司寇舅,於我太夫人堂下,累土爲山,一簣盈尺,以代彼朽木,承諸焚香瓷甌,亦甚安矣。旁植慈竹,蓋茲數峰,嶔岑嬋娟,宛有塵外格致,乃不知興之所至,而作是詩

一簣功盈尺,三峯意出群。
望中疑在野,幽處欲生雲。
慈竹春陰覆,香爐曉勢分。
惟南將獻壽,佳氣日氛氳。

【集注】

"天寶"數句:趙云:《周禮·秋官》:"司寇掌邦刑。小司寇者,刑官之貳也。"今公"小司寇舅",則必爲刑部侍郎。土山栽"慈竹",故云"嶔岑嬋娟"。"嶔岑",言山。《前漢》:劉安《招隱士》詩:"嶔岑碕礒。"《後漢》:仇池注引《開山圖》云:"積石嵯峨,嶔岑隱阿。""嬋娟"言竹。《楚辭》:"蔭修竹之嬋娟。"

"一簣"句:(陳案:簣,《補注杜詩》《全唐詩》作"匱"。《廣雅·釋器》王念孫《疏證》:"匱,與簣通。")《論語》:"譬如爲山,未成一簣。"注:"簣,土籠也。"

"三峯"句:猶華嶽之三峯也。 趙云:今句實道土山之"三峯",而《華山記》有云:"其三峯直上,晴霽可覩。"則却有出處,故對"一簣"。舊注非。"盈尺",取盈尺之璧。《世說》載:殷中軍道韓太常曰:"康伯少自標置,居然是出羣器。"

"望中"二句:趙云:《詩》:"君子在野。"又《禮記》:"在野則曰草莽之臣。"(陳案:莽,《禮記》"茅"。)《選》:"河海生雲。"

"香爐"句:廬山有香爐峯。 《杜補遺》:陸機《草木疏》云:"南方生子母竹,今慈竹是也,又謂之孝竹。"漢章帝三年,子母竹生白虎殿前,謂之孝竹,羣臣作《孝竹頌》。此詩序云:"累土爲山,代彼朽木,承諸焚香瓷甌。"非謂廬山香爐峯也。 趙云:兩句并指實事。下句言土山上承"香瓷甌",其"曉"煙勢與春陰分也。

"惟南"句:《詩》:"如南山之壽。"

"佳氣"句:趙云:以土山之南,便可當南山,以獻太夫人之壽也。字取《詩》:"維南有箕。"(宋)顏延之《七繹》有云:"昵賓獻壽,中人奉膳。"張正見《芳樹》詩:"春浮佳氣裏。"(陳案:春,《文苑英華》作"香"。)"氛氳",字祖出《楚辭》。王逸注云:"氛氳,盛皃。"而《雪賦》云:"氛氳蕭索"也。沈約《芳樹》詩云:"氛氳非一香。"

龍 門

龍門橫野斷,驛樹出城來。

氣色皇居近，金銀佛寺開。
往還時屢改，川水日悠哉。
相閱征塗上，生涯盡幾回？

【集注】

《龍門》：在洛陽之南，遠望雙闕對峙，如門然。　趙云：韋述《東都記》云："龍門號雙闕，與大內對峙，若天闕焉。"東都，乃今之西京。《地志》曰："河南縣闕塞山，一名伊闕，而俗名龍門耳。"

"驛樹"句：趙云：言"驛樹"，則相近必有驛，故下云"相閱征塗上"，宜乎有驛矣。

"氣色"句：東都也。

"金銀"句：山有佛寺，金碧照耀，最爲勝概。　趙云：謝惠連《西陵》詩曰："氣色久諧和。"孟浩然《上張吏部》詩："神仙氣色和。"（陳案：氣色和，《孟浩然集》作"餘氣色"。）又《夕次蔡陽館》詩："章陵氣色微。""皇居近"，則言其對大內也。禰衡《表》曰："帝室皇居。""佛寺"，則公古詩謂《遊龍門奉先寺》也。佛家謂其所居之莊嚴，多言金銀七寶。相如《子虛賦》有："錫碧金銀。"郭璞詩："但見金銀臺。"

"往還"四句：（陳案：水，《全唐詩》同。一作"陸"。）　趙云：《列子》有云："入火往還。"《選》有："趣走往還。"陸機云："川閱水以成川。"《選》："積水成川。"《詩》云："悠哉悠哉。"末句蓋言在"龍門"閱視征行之人，盡此"生涯"能幾回也？"生涯"，見《莊子》。

贈李白

秋來相顧尚飄蓬，未就丹砂愧葛洪。
痛飲狂歌空度日，飛揚跋扈爲誰雄？

【集注】

"秋來"句：潘安仁詩："譬如野里蓬，轉流隨風飄。"　趙云：庾信《燕歌行》："千里飄蓬無復根。"舊注雖是，而非字出。

"未就"句：趙云："葛洪"以交趾出"丹砂"，求出爲句漏令。時公有胄曹之命。白以賀知章薦而待詔，然公意以無益於身，不若稚川爲句漏令之能養生也。

"痛飲"二句："跋扈"，强梁也。質帝目梁冀曰："此跋扈將軍也。"趙云：《北史》：齊高歡謂其子曰："侯景專制河南十四年，常有跋扈飛揚之心。""飛揚"之義，如鷙鳥不受絆紲而飛去。"跋扈"之義：扈，竹籬也。每海水潮，海上人於水潮至時，先作竹籬，以使魚之入，潮水既退，小魚獨留，其大者跳跋離扈而出。"飛揚跋扈"，皆强狠不臣之謂。公意謂如吾輩"痛飲狂歌"，亦"空度日"而已，如强狠之輩，"跋扈飛揚"，亦何所爲而自雄？皆不若勾漏令之能養生，爲有益於身也。

與任城許主簿遊南池

秋水通溝洫，城隅集小船。
晚涼看洗馬，森木亂鳴蟬。
菱熟經時雨，蒲荒八月天。
晨朝降白露，遥憶舊青氈。

【集注】

"與任"句：任城屬濟州。

"秋水"四句：《語》："卑宮室而盡力乎溝洫。" 趙云：《詩》："俟我乎城隅。"古有太子洗馬。《月令》有："寒蟬鳴。"

"菱熟"二句：趙云："蒲"當八月，未至於"荒"，其荒者以經時之雨故然耶。此范元實之説。公詩有云："風斷青蒲節，霜埋翠竹根。"乃窮冬事也，推此可見矣。

"晨朝"二句：王獻之臥齋中，有偷人入室，盜物都盡，獻之徐曰："偷兒青氈，我家舊物，可特置之。"偷人驚走。 趙云："白露"降，則《月令》孟秋之候也。承八月下言之，則八月尤是有露。

登兗州城樓

東郡趨庭日，南樓縱目初。
浮雲連海岱，平野入青徐。
孤嶂秦碑在，荒城魯殿餘。
從來多古意，臨眺獨躊躇。

【集注】
　　"東郡"句：兗州，漢之東郡也。
　　"南樓"句：趙云：公在夔峽賦《熱》時有云："何似兒童歲，風涼出舞雩。"則小年在兗州矣。意者，公之父為官於兗，而公隨侍，乃若鯉趨而過庭耳。今次當壯年為布衣時在遊兗。"縱目初"，則追兒童時耳。其下數句皆"縱目"事，末句又言"臨眺"，則今再"臨眺"也。
　　"浮雲"二句：《書·禹貢》曰："海岱惟青州。"又："海岱及淮〔惟〕徐州。"　　趙云："海""岱"是兩字，東海與岱宗也，對青、徐。此言"縱目"之景物，其開廣如此。
　　"孤嶂"句：《秦本紀》："始皇東行郡縣，上鄒嶧山，與諸生刻石頌德，李斯作文。"
　　"荒城"句：王文考《魯靈光殿賦·序》云："恭王餘之所立，遭漢中微，未央、建章之殿，皆見隳壞，而靈光巋然獨存。"
　　"從來"二句：趙云："秦碑"，謂泰山上刻所立石之辭。此兩句則想像之而已。斷句所以結"秦碑""魯殿"，為"古意"；自"趨庭日"至今，為"從來"矣。

劉九法曹鄭瑕丘石門宴集

秋水清無底，蕭然靜客心。
掾曹乘逸興，鞍馬去相尋。
能吏逢聯璧，華筵直一金。
晚來橫吹好，泓下亦龍吟。

【集注】

"劉九"句：趙云：瑕丘，縣名。鄭知縣來而劉宴之也。

"秋水"二句：趙云：上句雖實事，而"無底"字專出，《列子》載："海之東有無底之谷。"沈休文詩題有《新安江水至清淺深見底》，又挨傍而翻用，於字爲典實。　師云：謝宣城詩："江月清無底。"

"掾曹"句：漢制以曹官爲"掾"，如屋之椽也，言有所負荷。

"鞍馬"句：趙云："去相尋"，別作"到荒林"。舊本作"去相尋"，則"荒林"方成對。且二君之宴，公在其間，所以賦詩無專言劉尋趙之義。此蓋劉爲主人也。鮑明遠："鞍馬光照地。"

"能吏"二句：潘岳、夏侯湛每同行，人以爲"聯璧"。　趙云："能吏"，指二公也。"直一金"字，亦挨傍古人云："此劍直百金"，又"壺直百金"者也。班彪《符命論》："飢寒道路，所願不過一金。"《王導傳》："導與朝賢俱制練布端衣，於是士人翕然競服。練遂踴貴，端至一金。"（陳案：端衣，《晉書》作"單衣"。）

"晚來"二句：馬融《長笛賦》："近世雙笛從〔羌〕起，羌人伐竹未及已。龍鳴水中不見已，截竹吹之聲相似。"　《杜補遺》：《後漢》："班超假鼓吹。"注：《古今樂錄》曰："橫吹，胡樂也。張騫自西域傳其法於長安，唯得《摩訶兜勒》一曲，李延年因之，更造新聲二十八解，乘輿以爲武樂，後漢以給邊將。"　趙云："橫吹好"，則當似"龍吟"矣，所以感"龍吟"於"泓下"，以應之也。"橫吹"雖云胡樂，縱非笛，而別是一物，公今只是借字以言橫笛耳。

暫如臨邑，至㟙山湖亭，奉懷李員外，率爾成興

野亭逼湖水，歇馬高林間。
鼉吼風奔浪，魚跳日映山。
暫遊阻詞伯，却望懷青關。
靄靄生雲霧，唯應促駕還。

【集注】

　　"暫如"數句:趙云:臨邑縣,屬齊州。崤,《玉篇》:"助麥〔切〕。"或曰:崤山湖,即鵲山湖,非也。《地志》云:"齊州治歷城。〔歷〕城縣東門外十步有歷水,入鵲山湖。"今公云"如臨邑,至崤山湖",按本朝王存《九域志》:"臨邑去州北百四十里。"而崤字之音,又〔與〕鵲不同,則所謂崤山湖,又別湖之名。

　　"黿吼"句:"黿吼"則風起。

　　"魚跳"句:日暖魚跳躍也。　　趙云:"黿吼"在有風而浪起之時,"魚跳"當日暖"映山"之時也。

　　"暫遊"二句:趙云:"詞伯",指李員外矣。王充《論衡》:"文詞之伯"也。李應在"青闈",故回望。

　　"靄靄"二句:"促駕",猶速駕也。　　趙云:此言景物之可愁矣,故當速駕而返。

卷十八

（宋）郭知達 編

近體詩

奉寄河南韋尹丈人

有客傳河尹，逢人問孔融。
青囊仍隱逸，章甫尚西東。
鼎食爲門户，詞塲繼國風。
尊榮瞻地絶，疏放憶途窮。
濁酒尋陶令，丹砂訪葛洪。
江湖漂短褐，霜雪滿飛蓬。
牢落乾坤大，周流道術空。
謬慙知薊子，真怯笑揚雄。
盤錯神明懼，謳歌德義豐。
尸鄉餘土室，難説呪雞翁。

【集注】

"奉寄"句：甫故廬在偃師，承韋公頻有訪問，故有下句。

"有客"二句：孔融，公自比也。　　趙云：言見問者，河南尹也。李膺問河南尹，（陳案：問，《補注杜詩》作"爲"。）而孔融造門，爲上客。

"青囊"二句：郭璞受業於鄭公，以"青囊"書與之。孔子生於魯，嘗冠"章甫"之冠，長於宋，故衣逢掖之衣。"章甫"，儒冠。　　趙云：孔子嘗曰："丘也，東西南北之人也。"謂其身挾"青囊"而"隱逸"，冠

"章甫"而"西東"。其著仍與"尚"字,則公言河南尹,問人之辭也。

"鼎食"二句:列"鼎"而"食"。"門户",閥閱也。《詩》:"列國之風。"　　趙云:上句,言河南尹之貴。下句,言河尹能詩。

"尊榮"二句:言地望崇重也。阮籍詩:"途窮能無慟。"　　趙云:任彦昇作《竟陵王行狀》,有曰:"地尊禮絶。""疏放",公自謂也。"憶途窮",則又言"河尹"憶問之。

"濁酒"二句:王弘九月九日送酒與陶潛,潛得之便飲,而歸謝混濁酒,聊自適。《晋》:葛洪,字稚川,欲祈遐壽,聞交趾出丹砂,求爲勾漏令。　　趙云:放意於杯酒,故"尋陶令";祈心于遐年,故"訪葛洪"。

"江湖"二句:短:一作"裋"。　　《淮南子》:"霜雪亟集,短褐不完。""褐",毛布。《詩》:"首如飛蓬。"　　趙云:"短褐",并見上《北征》詩注。"飛蓬",言髮飄亂如之。久在"江湖"之間,故云"漂短褐"。髮如"飛蓬",而"霜雪滿",言其白也。竊又謂,"霜雪"非以言髮之白,乃真所謂"霜雪"者。蓋公詩作于潭州,適當冬時,兩句述其羈旅流漾"江湖",故"短褐"爲"江湖"所"漂",犯冒"霜雪",故"飛蓬"之髮,爲"霜雪"所滿。此又可考作詩時節爲冬時甚明。二説以俟明識。

"牢落"二句:趙云:《上林賦》:"牢落陸離。"《易·繫辭》云:"周流六虛。"言天地廣大,而我獨"牢落",雖挾道術,竟於周流之際,成空而無用。《莊子》云:"古之道術,有在於是。"

"謬憗"二句:《後漢·方術傳》:"薊子訓有神異之道,公卿以下侯之者,常數百人。"《解嘲》曰:"子乃以鴟梟而笑鳳凰,子徒笑我玄之尚白,吾亦笑子之病,不遭扁鵲,悲夫!"　　趙云:揚雄注《太玄》,人皆笑之,至以爲可覆醬瓿。惟其"周流道術空",故繼之以今兩句。

"盤錯"二句:虞詡曰:"不遇盤根錯節,何以知利器?"　　趙云:此言韋尹爲政之能。"謳歌",如鄭歌子産,漢歌岑君是也。

"尸鄉"二句:難説:一作"誰話"。　　《後漢·地里志》:"偃師有尸鄉。"《列仙傳》:呪雞翁居尸鄉下,養雞百餘,各有名字,呼名則種別而至。　　趙云:舊本又云:一作"誰話鬭雞翁"。公題下注云:"故廬在偃師"云云,以義詳之,"難説"字當以"誰話"爲正。"鬭雞翁"無義當,以"呪雞翁"爲正。蓋言誰人話及呪雞翁乎?惟我韋丈人而已。

或云：" 難説"，謂難説得到也。衆人難得説到，而韋丈人獨念之，亦有義，然講解費力。

對雨書懷走邀許主簿

東岳雲峯起，溶溶滿太虛。
震雷翻幕鷰，驟雨落河魚。
座對賢人酒，門聽長者車。
相邀愧泥濘，騎馬到階除。

【集注】

"東岳"二句：趙云：《楚詞》云："雲容容兮雨冥冥。"字異而義同。

"震雷"句：《襄·二十九年傳》：公子朝曰："夫子在此，猶燕巢于幕上。"

"驟雨"句：河：一作"溪"。　　趙云：舊本一作"溪魚"，非。蓋"幕鷰"字出《左傳》，不應以溪魚無出處爲對。"河魚"，固言河中之魚，亦以《左傳》有"河魚腹"。疾雨中魚落，今亦有之。

"座對"二句：《魏志·徐邈傳》：鮮于輔云："醉客謂酒清爲聖人，酒濁爲賢人。"陳平家貧，居陋巷，以席爲門，然門外多長者車轍。

趙云："座對賢人酒"，則徒有酒而已，故"聽長者車"之相訪也。既未有過之者，於是"相邀"許簿矣。

"相邀"二句：趙云：《魏都賦》："中逵泥濘。"（陳案：魏，《文選》作"吳"。）《山簡傳》云："時時能騎馬。"《登樓賦》："循階除而下降。"

巳上人茅齋

巳公茅屋下，可以賦新詩。
枕簟入林僻，茶瓜留客遲。
江蓮搖白羽，天棘蔓青絲。
空忝許詢輩，難酬支遁詞。

【集注】

"巳公"二句:趙云:潘安仁《秋興賦序》云:"偃息不過茅屋茂林之下。"蘇子卿云:"可以慰嘉賓。"阮嗣宗云:"可以慰我心。"劉公幹云:"可以薦嘉賓。"下四句乃"可賦"者也。嵇叔夜《琴賦》云:"臨清流,賦新詩。"〔《詩》〕:"衡門之下,可以棲遲。"

"枕簟"句:趙云:"枕簟"字,《禮記》:"斂枕簟。"

"江蓮"句:"白羽",扇也。

"天棘"句:蔓:舊本作"夢"。《杜正謬》:"夢"當作"蔓"。天門冬,荊湘間謂之"天棘"。《抱朴子》及《博物志》皆云:"天門冬,一名巔棘,以其刺故也。"然不載"天棘"之名,豈非方言歟?《本草圖經》云:"天門冬生奉高山谷,今處處有之。春生藤蔓,大如釵股,高至丈餘,葉如茴香,極尖細,而疏滑有逆刺。亦有澀而無棘者,其葉如絲而細散,皆名天門冬。"以此考之,則"天棘"爲天門冬,明矣。一本作"天棘",然《本草》及《爾雅》諸書并無此名,必有博物者能辨之。《冷齋夜話》云:王仲至言:"天棘非煙非霧,自是一種物,曾見一小説,今忘之矣。"高秀實云:"天棘,天門冬也,見《本草》。其枝蔓延,疑'蔓'字非'夢'也。然《本草》:天門冬,一名巔棘。"王元之詩:"水芝臥玉腕,天棘蔓金絲。"則"天棘",蓋柳也。《學林新編》云:天棘蔓青絲。今改"蔓"爲"夢",蓋天門冬,亦名"天棘",其苗蔓生,好纏竹木上,葉細如青絲,寺院庭檻中多植之,可觀。後人既改"蔓"爲"夢",又釋"天棘"爲柳,皆非也。胡仔曰:按《本草》載《抱朴子》云:天門冬,或名巔棘,《冷齋》《學林》二説,遂以爲天門冬,何也? 其引王元之"天棘蔓金絲",又以爲柳,亦何所據? 蔡伯世云:此句最疑學者。或曰:梵語名柳爲"天棘"。又近傳東坡《杜記事實》一篇,(陳案:記,《杜詩引得》作"詩"。)更以王逸少詩云:"湖上春風舞天棘"爲證,因悟"夢"字乃由"舞"字之訛缺,況以上句考之,正應用草木爲對偶,非有奧義也。

趙云:"天棘蔓青絲",其"蔓"字是歐陽文忠家善本。未見善本已前,惑於"夢"字之義,群説紛紛。如洪駒父云:"嘗問於山谷,山谷云不解。又問王仲至,仲至云出異書。"洪覺範作《冷齋夜話》,又引高秀實之言。蔡伯世又以近傳《東坡事實》所引王逸少詩爲證,其説不一。然《東坡事實》乃輕薄子所撰,豈有王羲之詩既不見本集,而不載別書乎?且既使真是王詩,亦何所據而謂之柳乎?此因王元之詩句而添撰也。又有所謂《杜陵句解》者,南中李歇所爲也。且云聞於東坡,云是"天棘弄青絲"。此求"夢"字之説不得,遂取"夢"字同韻之字補之。然"弄"字於"青絲"爲無交涉矣。高秀實之説頗爲是,明矣。杜田亦知引此。余竊謂王元之詩"天棘舞青絲",正是用杜詩,若指言天門冬,亦自有金絲之實。《本草》注又云"葉細似薀而微黄"是也。洪覺範安知王元之不見杜詩善本,知"蔓青絲"之義而用之,乃遂强解之爲柳乎?若山谷、仲至,皆大儒博雅,以不見善本,爲"夢"字所迷,而仲至不爲無可議也。且其題自是《巳上人茅齋》,亦一幽居之僧耳!"茅齋"前有何非煙非霧之異物乎?其言"江蓮摇白羽",亦不過種之盆甕中,而花如"白羽"之摇,以明其雖種於"茅齋"之前,而蓮乃"江蓮"也。則對"天棘蔓青絲",乃是種天門冬,其枝條延蔓,如"青絲"之長,自足以形容幽居之景物,何遠求他物以當"天棘"邪?江之蓮,天之棘,抑亦公自造耳。《孟子》曰:"猶白羽之白。"蕭子範之言馬曰:"韁以紫纚,繫以青絲。"

"空忝"二句:支遁,字道林,講《維摩經》。遁謂衆議無以歷言,許詢設一難,遁不能復通。　　趙云:蓋言我"空忝"爲"許詢"之流,而"難酬"對"支遁",所以美"巳上人"也。

房兵曹胡馬詩

胡馬大宛名,鋒稜瘦骨成。
竹批雙耳峻,風入四蹄輕。
所向無空闊,真堪託死生。
驍騰有如此,萬里可横行。

【集注】
　　"胡馬"二句:漢伐大宛,獲汗血馬,作《西極天馬之歌》。　　趙云:《古詩》:"胡馬嘶北風。"李陵書云:"舉刃指虜,胡馬奔走。"陸士衡《漢高祖功臣頌》曰:"韓王窘執,胡馬洞開。"蓋凡西北之馬,皆謂之胡馬。《漢》：天子初發《易》卜，（陳案：《易》卜，《漢書》作"書《易》"。）曰："神馬當從西北來。得烏孫馬好，名之曰天馬。"及得大宛國汗血馬，益壯，遂更名烏孫馬曰"西極馬"，而以天馬名大宛之馬。如是，則"胡馬"得"大宛名"者，豈不貴乎？

"竹批"二句：劉孝標詩："四蹄不起塵。"　趙云：後魏賈思勰載《相馬經》："耳欲銳而小，如削筒。"則所謂"竹批"矣。故公《李丈人故馬行》又曰："頭上銳耳批秋竹。"魯國黃伯仁爲《龍馬頌》云："雙耳如剡箭。"相馬法不取三贏、五駑。其一贏是大蹄，其一駑是緩耳。而劉義恭《白馬賦》有："竦身輕足。"故公詩於"耳"言"峻"，於"蹄"言"輕"也。

"所向"二句：如高歡之的盧，是可"託死生"也。鄭之小駟，則異於此。　趙云：兩句是一義。如《世說》載劉備之初奔劉表，屯於樊城。表左右欲因會取備，備覺，如廁，便出所乘馬的盧，曰："今日厄，可不努力！"的盧達備意，一踴三丈，得過。又如劉牢之爲慕容垂所逼，策馬跳五丈澗而脫。此其事也。

"驍騰"句：顏延年《赭白馬賦》："藝品驍騰。"

畫　鷹

素練風霜起，蒼鷹畫作殊。
㩳身思狡兔，側目似愁胡。
絛鏇光堪摘，軒楹勢可呼。
何當擊凡鳥，毛血灑平蕪。

【集注】

"素練"二句：風：一作"如"。　趙云："素練"，絹也，因其"畫鷹"，故"風霜起"。若作"如霜"，則止言練之白而已。又"起"字無分付，非是。

"㩳身"句：（陳案：㩳，《補注杜詩》《全唐詩》作"搜"。《杜詩詳注》："搜，當作㩳。"）　"㩳身"，猶竦身也。孫楚《鷹賦》："擒狡兔於平原。"《史記》:"狡兔死,良犬烹。"

"側目"句:(隋)魏彥深《鷹賦》:"立如植木,望似愁胡。" 趙云:懰,音竦,義亦同。鷹事中有"竦翮而升"之語。鷹常傾側其目,故傅玄《賦》曰:"左看若側,右視如傾。"(晋)孫楚《鷹賦》:"深目蛾媚,狀如愁胡。"故公於《王兵馬使二角鷹》詩亦云:"目如愁故視天地。"(陳案:故,本書卷十三作"胡"。)

"絛鏇"二句:"絛鏇",所以繫鷹。 趙云:上句則所畫絆鷹之"絛鏇"也,"光"而"堪擿"取焉;下句則置畫於"軒楹"之間,其勢如真可呼也。孫楚《賦》云:"麾則應機,招則易呼。"魏彥深《鷹賦》:"姦而難有,往不可呼。"(陳案:有,《太平御覽》作"誘"。)

"何當"二句:師云:"凡鳥"以況小人。班固《西都賦》:"風毛雨血,灑野蔽天。" 趙云:陳孔璋《爲曹洪與魏文帝書》有"園囿凡鳥"之語。而吕安見嵇喜,題門作鳳字,訕笑其"凡鳥",則又出于此。"毛血灑"字,亦暗使鷹事。有獻鷹於楚文王者,王時獵雲夢,鷹聳翮而升,須臾毛墮若雪,"血灑"如雨,有大鳥墜地。博物君子曰:"此大鵬雛也。"言其畫之真,有翽翥掣臂,搏噬之志可見矣。公於《楚姜公畫角鷹》落句乃云:"梁間燕雀休驚怕,未必搏風上九天。"則以訕徒有形而無其實者。一曰"何當",一曰"未必",(諸)[詩]人變化之妙如此。

與李十二白同尋范十隱居

李侯有佳句,往往似陰鏗。
余亦東蒙客,憐君如弟兄。
醉眠秋共被,携手日同行。
更想幽期處,還尋北郭生。
入門高興發,侍立小童清。
落景聞寒杵,屯雲對古城。
向來吟橘頌,誰欲討蓴羹?
不願論簪笏,悠悠滄海情。

【集注】

"往往"句:《陳書》:陰鏗,字子堅。五歲能誦詩賦,及長,博涉史傳,尤善五言詩,爲當時所重。　趙云:鏗詩雖見《藝文類聚》,恨無全集可考。

"余亦"二句:師云:子美居齊兖,故云"東(夢)〔蒙〕客"也。趙云:"東蒙",山名,乃《詩》所謂龜蒙之一也。以其在東,故謂之"東蒙"。公在兖州,故曰"東蒙客"。此兩句却不對,不知此格何以謂之近體也。

"醉眠"句:姜肱兄弟,同被而寢。

"携手"句:師云:《詩·衛·北風》:"惠而好我,携手同行。"趙云:前句"憐君如弟兄",故於"共被"中暗使姜肱事。又晋祖逖、劉琨"情好綢繆,共被而寢"。

"還尋"句:列子與北郭生連牆,而不相通。　趙云:"北郭生",指言"范十隱居"也。舊注引《列子》所載,乃南郭生耳。

"入門"二句:趙云:殷仲文詩云:"猶有清秋日,能使高興盡。"鮑照《園中秋散》詩云:"臨歌不知調,發興誰與歡?"黃帝曰:"異哉,小童。"

"落景"二句:趙云:梁元帝《纂要》曰:"晚照謂之落井。"(陳案:井,《杜詩詳註》作"景"。)《列子》:"望之若屯雲焉。"謝靈運詩:"巖高白雲屯。"

"向來"句:張華有橘詩,郭璞有贊,謝惠連有賦。

"誰欲"句:《陸机傳》:机嘗詣侍中王濟,濟指羊酪謂机曰:"卿吳中何以敵此?"答曰:"千里蓴羹,未下鹽豉。"時人稱爲名對。　《杜正謬》:《楚詞》自有《橘頌》,非橘詩、贊、賦也。　趙云:《橘頌》主意言其受命之不遷耳。"蓴"事,即是張翰在齊王冏府,冏時執權,翰憂禍及,因見秋風起,乃思吳中菰菜、蓴羹、鱸魚,曰:"人生貴得適志,何能羈宦數千里以要名爵乎?"遂命駕而歸。俄而冏敗,人以爲見机。今詩意作謂其身與李白、范隱居并吟誦屈原之《橘頌》,守己之有素,又誰肯待倦游,睹秋風而後思"蓴羹"乎? 舊注皆非。

"不願"二句:趙云:惟其前句如此,故無復"簪笏"之願,而欲寄情"滄海"也。

臨邑舍弟書至，苦雨黃河泛溢，堤防之患，簿領所憂，因寄此詩，用寬其意

二儀積風雨，百谷漏波濤。
聞道黃河坼，遥連滄海高。
職司憂悄悄，郡國訴嗷嗷。
舍弟卑棲邑，防川領簿曹。
尺書前日至，版築不時操。
難假黿鼉力，空瞻烏鵲毛。
燕南吹畎畝，濟上没蓬蒿。
螺蚌滿近郭，蛟螭乘九皋。
徐關深水府，碣石小秋毫。
白屋留孤樹，青天失萬艘。
吾衰同泛梗，利涉想蟠桃。
賴倚天涯釣，猶能掣巨鼇。

【集注】

"百谷"句：《老子》："江河爲百谷王。"

"聞道"二句：（陳案：黄，《補注杜詩》《全唐詩》作"洪"。）　趙云："易有太極，是生兩儀"，言天地也。《廣雅》云："天地曰二儀，以人參之，曰三才。"薛道衡《祭江文》："帷蓋靜於波濤。"《西都賦》："帶以洪河涇渭之川。"《選》："東燭滄海。"又，"東臨滄海。"

"職司"句：謂當職司水之官。　師云：《詩》："職司其憂。"

"郡國"句：趙云：《詩》："憂心悄悄。"《後漢》有《郡國志》。《選》詩："衆人何嗷嗷。""職司"，指上位之人也。"郡國"，則水所及者，非一州。

"舍弟"句：趙〔云〕：覽爲主簿，人謂之棲鸞於枳棘。言位卑下。

九家集注杜詩

"尺書"二句：以"版築"夾土而築也。《書》："說築傅巖之野。"
趙云：此言書中云：水遽至，不得即時操版築以防之也。《古詩》："客從遠方來，遺我尺素書。"顏師古注云："今俗言尺書，或言尺牘，乃其遺語耳。"
"難假"句：江淹："方駕黿鼉以爲梁。"
"空瞻"句：《淮南子》云："烏鵲填河。" 趙云：言無是物爲橋梁也。《紀年》曰："周穆王三十七年，東至于九江，比黿鼉以爲梁。"（陳案：比，《竹書紀年》作"架"，《竹書統箋》作"叱"。）古傳七夕鵲爲橋，以渡織女也。
"燕南"句：趙云：《孟子》："畎畝之中。"
"濟上"句：氾濫至於燕南、濟上，皆漂沒也。《莊子》："蓬蒿之間。"
"螺蚌"句：趙云：爲蠃爲蚌。
"蛟螭"句：氾濫，故"螺蚌"在陸，"蛟螭"在霄漢也。 趙云：《選》："或藏蛟螭。"《詩》："鶴鳴于九皋。"
"徐關"二句："徐關""碣石"，皆地名。《書》："碣石入于河。"趙云：燕南、濟上、徐關、碣石，皆齊州近境。後有《送舍弟頻赴齊》詩三首，（陳案：頻，《杜詩詳注》作"穎"，一作"潁"，一作"頻"。《集千家註杜工部詩集》作"穎"。）有曰："徐關東海西。"有曰："長瞻碣石鴻。"可以推見。
"白屋"二句：趙云：上句言屋已漂矣，惟"孤樹"存。下句言"萬艘"乘漲速去，"青天"長遠之間，頃刻之中望之若"失"矣。《吳志·趙咨傳》：魏文帝曰："吳王頗知書否？"咨曰："吳王浮江萬艘，帶甲百萬。"
"吾衰"二句：《山海經》曰："東海有山，名度索，山有大桃，屈蟠三千里，名曰蟠桃。" 趙云：《論語》："甚矣，吾衰也。"《周易》："利涉大川。"齊地接東海，而"蟠桃"在東海，故因水漲而觀"萬艘"去之之速，可以"利涉"，想望之矣。
"賴倚"二句：賴：一作"却"。 《列子》言：龍伯國大人，一釣連六鰲。 趙云：釣鰲，亦東海中事。

過宋員外之問舊莊

宋公舊池館，零落守陽阿。
枉道秪從入，吟詩許更過。
淹留問耆老，寂寞向山河。
更識將軍樹，悲風日暮多。

【集注】

"過宋"句：員外季弟執金吾，見知於代，故有下句。

"宋公"二句：守：一作"首"。　　"阿"，山阿也。　　趙云：伯夷、叔齊，隱于首陽山。《史記》注云："在河東蒲阪，華山之北，河曲之中。"之問乃汾州人，去河中皆晉地，則宜爲首陽矣。舊作"守陽"，則無義。況《詩》有"首陽之巓""首陽之下"，而潘岳詩有"首陽岑"，則"首陽阿"依倣爲熟。或云：公方在齊地，而此便驀大河在晉地，爲可疑。然隔此一篇，是《送蔡希魯還隴右》，則已在長安矣。

"枉道"二句：趙云：凡"枉道"而遊者，猶任其入，況能"吟詩"者，而不許其過乎？則公自負可知矣。蓋以宋公平生好詩故也。

"淹留"二句：趙云："淹留"，駐迹之義，欲"問耆老"員外平日事。"員外"亡矣，其莊空存，對此"山河"徒"寂寞"耳。《楚詞》："胡爲乎淹留。"《莊子》："恬淡寂寞。"《禮記》："秋食耆老。"劉越石云："如彼山河。"《孟子》："乃屬其耆老而告之。"

"更識"二句：馮異每所止舍，諸將并坐論功，異常獨屏樹下，軍中呼爲大樹將軍。　　趙云：公題下自注云云，則以馮異比"員外"之弟也。考之《唐史》，之問有二弟，曰之悌者，史載其以驍勇聞，又曰："長八尺，開元中歷劍南節度使，既坐事流竄，復爲擊蠻摠管。但止附《之問傳》尾，而無正傳，不載其爲金吾將軍，今因公自注見之。之悌既爲金吾將軍，則公題莊舍，指其大樹，宜矣。

夜宴左氏莊

風林纖月落，衣露净琴張。
暗水流花逕，春星帶草堂。
檢書燒燭短，看劍引杯長。
詩罷聞吳詠，扁舟意不忘。

【集注】

"風林"二句：師云：張綽詩："雲哀掛纖月。"庾信詩："獨識净琴意。"　趙云："纖月"，初生月也。古《兩頭纖纖》詩曰："兩頭纖纖月初生。""衣露净琴張"，此句亦似艱閡，蓋言當"月落"之際，衣上有露，而拂於琴以張之，則"净"。《莊子》之名，人名率用〈用〉義理寓言爲之，有"子琴張"，用張琴爲名也。此"琴張"因可使矣。東坡詩云："新琴空高張，絲聲不附木。"亦有"琴張"字。

"暗水"句：師云：孫登詩："暗水度潛溪。"

"春星"句：趙云：《吳都賦》云："帶朝夕之濬池，佩長洲之茂苑。"注云："帶、佩，猶近也。"又，《魏都賦》曰："列宿分其野，荒裔帶其隅。"則"帶"字又可單用，不必以襟帶、佩帶爲類也。

"檢書"二句：看：一作"說"。　〔看劍〕：一作"煎茗"。　師云：《古詩》："看書怯燭殘。"《因話錄》：徐世長看劍飲酒，酒酣舞劍，狂不知止。　趙云：謂之"檢書"，則必尋討事出之類。檢或未獲，宜乎"燒燭"至於短，此理之常然，因"看劍"而豪氣生於此，快飲亦宜"引杯長"矣。東坡有云："引杯看劍話偏長。"正使此句。一作"煎茗"，無義。又作"說劍"，亦未必因之而長引杯。又"說劍"犯《莊子》，不應只用"檢書"爲對。

"詩罷"二句："吳詠"，作吳人詠詩聲也。　趙云：惟其"聞吳詠"，故動扁舟之興。

送蔡希魯都尉還隴右，寄高三十五書記

蔡子勇成癖，彎弓西射胡。
健兒寧鬬死，壯士恥爲儒。
官是先鋒得，材緣挑戰須。
身輕一鳥過，槍急萬人呼。
雲幕隨開府，春城赴上都。
馬頭金匼匝，馳背錦模糊。
咫尺雪山路，歸飛西海隅。
上公猶寵錫，突將且前驅。
漢使黃河遠，涼州白麥枯。
因君問消息，好在阮元瑜。

【集注】

　　"送蔡"句：時哥舒入奏，勒蔡子先歸。
　　"蔡子"句："癖"，好著也。如王濟馬癖，和嶠錢癖。杜預《左傳》癖之義。
　　"彎弓"句：曹子建《白馬篇》："宿昔秉良弓，楛矢何參差。控弦破左的，右發摧月支。"　　趙云：《前漢書》："士不敢彎弓而報怨。""西射胡"，義自分明。舊注却引曹子建詩："控弦破左的，右發摧月支。"左的，自是射的；月支，自是射貼名。假使錯認月支是胡名，亦何干也。
　　"健兒"句：健：一作"男"。　　《世説》："桓車騎使健兒，鼓行劫鈔。"
　　"壯士"句：《酈食其傳》："沛公不喜儒，諸客冠儒冠來者，沛公輒溺其中。"　　趙云："健兒"，强健之兒。非今日黥面者，故對"壯士"。舊注引《世説》，却是項羽目樊噲曰："壯士也。""恥爲儒"，此乃治天下當用長槍、大劍，何用毛錐子之類。舊注非。公嘗有句云："健兒勝腐儒。"

"官是"二句:"先鋒",謂先師衆而行也。"鋒",取鋒銳之義。"挑戰",挑之使戰。如《左傳》云:"致師。"《漢·高祖紀》:項羽謂曹咎曰:"謹守成臯,即漢欲挑戰,勿與戰。"李奇曰:"挑,徒了切。"臣瓚曰:"挑戰撟嬈敵,求戰也。" 趙云:《〔三〕國志》:《蜀·馬謖傳》云:"魏延、吳壹,論者皆言宜令爲先鋒。"

"身輕"二句:輕健如飛鳥。李廣趫健,人目爲飛將軍。"呼",驚呼也。 趙云:前叙其得官之因,今方以美之也。廬陵嘗云:"陳公從易,初得《杜集》,至'身輕一鳥',其下脱一字。因與數官各補之。(陳案:官,《杜詩引得》作'客'。)或云疾、惑云落、或云起、惑云下,莫能定。及得善本,乃'過'字。陳公歎服,雖一字不能到也。"雖然"過"字,蓋使《家語》"見飛鳥過",及《莊子》"猶鳥雀、蚊虻之過乎前"。又張景陽《雜詩》:"人生瀛海内,忽如鳥過目。"而公亦屢使"鳥過"字,如"愁窺高鳥過,諸君猶不至",是亦未之思耳。然兩句好處,尤在"槍急"字,非"身輕"而"槍急",何以致"萬人"之"呼"?

"雲幕"句:幕府,以幕爲府也。《西京雜記》:"成帝設雲幕於甘泉。"

"春城"句:赴:一作"入"。 趙云:此言哥舒入奏也。《唐史》:"天寶十一載,翰加開府儀同三司,冬,入朝。"今公云"春城",豈由冬末而涉春乎?凡大將則有幕府,見《李廣傳》注。《古樂府》:"春城起風色。""開府"字,晋、宋以來官號亦用矣。班固《賦》云:"隆上都而觀萬國"也。

"馬頭"句:《古詩》:"白馬黄金羈,驄馬金絡頭。"

"馱背"句:以馱負錦也。 趙云:"金匼匝",言金絡頭,其狀密而匼匝。鮑照《白紵歌》云:"雕屏匼匝祖帳舒。""馱背"負物,而以錦帕蒙之,此之謂"模糊"。公詩有云:"子璋髑髏血模糊。"亦遮蓋之義。"匼匝""模糊",皆方言。

"咫尺"句:郭義恭《廣志》曰:"西域有白山,通歲有雪,亦名雪山。"班固《贊》曰:"定遠慷慨,專功西遐。坦步葱雪,咫尺龍沙。"注:"言不以爲遠也。"

"歸飛"句:西:一作"青"。 言歸隴右也。 趙云:此謂希魯先勒還隴右,視"雪山""咫尺",不以爲遠,故"歸飛西海隅"也。

"上公"句:"上公",哥舒翰。"寵錫",希魯。

"突將"句:師云:曹植賦:"突將猛快。"　趙云:"上公",言哥舒翰,猶有錫命未已,固當少住。則蔡子"突將",當往爲"前驅"以先歸。舊注亦爲錫賚希魯,非是。《詩》:"爲王前驅。"石季倫《王明君辭》:"前驅已抗旌。"

"漢使"句:"漢使"張騫,窮河源。

"涼州"句:漢桓帝時童謠曰:"小麥青青大麥枯,誰當獲者婦與姑,丈夫何在西擊胡。"　《杜正謬》:(唐)陳藏器《本草》云:"小麥秋種夏熟,受四時氣足,兼有寒溫,麪熟斂冷,宜其然也。河渭以西,白麥麪涼,以其春種,闕二時之氣故也。"以《地理志》考之,"涼州"正在河渭之西,其出"白麥",蓋土地所宜。　趙云:翰爲河西節度使,故言"黃河遠",暗用張騫比之。下句言其地、其時也。公詩《送高書記》亦云:"崆峒小麥熟,且願休王師。"亦言麥以志時矣。

"因君"句:問高"消息"也。

"好在"句:《王粲傳》:陳留阮瑀,字元瑜,少受學於蔡邕。建安中,都護曹洪欲使管紀室,瑀不爲屈。　趙云:此題所謂因寄"高書記"也。"記室",乃書記之任。

春日憶李白

白也詩無敵,飄然思不群。
清新庾開府,俊逸鮑參軍。
渭北春天樹,江東日暮雲。
何時一樽酒,重與細論文?

【集注】

"白也"二句:敵:一作"數"。　趙云:此詩破頭兩句已對。呼人名爲某也,起於《左傳》,而回也、賜也之類,在《論語》尤多。今所謂"白也",却犯《檀弓》:"孔白之母,死而不喪。子思曰:'爲伋也妻者,是爲白也母;不爲伋也妻者,是不爲白也母。'"有此兩字,故對"飄然"。《爾雅》曰:"回風爲飄。"白是人名,飄是風名,方是可對。(晉)成公綏《嘯賦》有云:"心條蕩而無累,志離俗而飄然。"舊正作"詩無敵",雖有仁者無敵,用真儒無敵於天下,用對"不群"字,則史有爽邁不群、逸志不群、獨立不群也。小注又作"無數",則如食力無數、修爵無數。其"無敵"不若"無數"。蓋下言"不群",則已是"無敵"矣,不應更疊意也。今此亦杜公寄言於爲戲,露出消息以示太白,以爲對屬須字有出處,然後爲公之意乎?其云細論文,亦在是也。

"清新"句:《〔爲〕蕭揚州薦士表》:"辭賦清覲。"《陸雲別傳》:"雲亦善爲文,清新不及機。"

"俊逸"句:鮑照,字明遠,爲臨海王參軍。鍾嶸曰:"鮑參軍詩如野鶴鄰雲,良馬走隄,俊逸奔放。"(陳案:鄰,《海錄碎事》作"翻"。)

趙云:《世説》注有云:"文翰清新,自有摯虞之妙。""俊逸",《世説》載:"謝安目支道林,如九方皋相馬,略其玄黃,取其俊逸。"庾、鮑所以比"白"。庾信在周爲開府,鮑照在宋爲參軍。二人本傳及其文集序,與夫諸人議論,如鍾嶸《詩品》,初無"清新""俊逸"之目,則自杜公品之也。今讀其詩信然。

"渭北"二句:事見《昔遊》詩。江淹詩曰:"日暮碧雲合。" 趙云:此以引末句之意。公於凡寄遠及送行,或居此念彼,則於兩句內,分言地之所在。"渭北",指言咸陽。咸陽在終南山之南、渭水之北,故得名。時"白"在會稽,越州也,斯"江東"矣。

"何時"二句:沈休文:"勿言一樽酒,明日難重持。" 趙云:蘇子卿云:"我有一樽酒,欲以贈遠人。"魏文帝著《典論》,有《論文》。而至於庾信詩云:"論文報潘岳,詠史答應璩。"今云"論文"而至於"細",則臻其妙矣,非李、杜莫造也。若兩句之勢,亦孟浩然:"何時一杯酒,重與李膺傾"者矣。(陳案:李膺,《孟浩然集》作"季鷹"。)

贈陳二補闕

世儒多汩没,夫子獨聲名。
獻納開東觀,君王問長卿。
皂鵰寒始急,天馬老能行。
自到青冥裏,休看白髮生。

【集注】

"世儒"句:"汨没",不振之貌。

"夫子"句:趙云:"夫子",指陳補闕。《禮記》:"聲名洋溢乎中國。"

"獻納"句:謝朓詩:"獻納云臺表。"《後漢》:和帝"幸(陳)[東]觀,覽書林,閱篇籍,博選術藝之士,以充其官"。　趙云:《兩都賦序》:"日月獻納。"

"君王"句:司馬相如,字長卿。上讀《(字)[子]虛賦》而善之,曰:"朕獨不得與此人同時哉!"狗監楊得意侍上,曰:"臣邑人司馬相如,自言爲此賦。"上驚,乃召問相如。《左傳》曰:"與君王哉!"《高紀》:韓信曰:"項羽背約而王,君王於南鄭。"《禮記》:"西方有九國焉,君王其終撫諸。"范增曰:"君王爲人,不忍。"又曰:"天下事大定矣,君王自爲之。"

"天馬"句:所謂窮而益堅,老而益壯也。

"自到"二句:言自可致於青霄之上,無以老自怠也。　趙云:大宛國汗血馬,謂之天馬,以其先乃天馬之種也。《楚詞》載:"青冥而攄虹。"

寄高三十五書記 適

歎息高生老,新詩日又多。
美名人不及,佳句法如何?
主將收才子,崆峒足凱歌。
聞君已朱紱,且得慰蹉跎。

【集注】

"歎息"四句:按:《新唐書》:適五十始爲詩,即工,以氣質自高,每一篇已,好事者輒傳之。　趙云:(漢)蔡邕《瞽師賦》曰:"詠新詩以悲歌。""句法",本是佛書有法句、經偈,而詩句之有法亦然。故公於詩句,問其"法如何"。

"主將"四句:(陳案:跄,《四庫全書》作"跪"。形訛。《補注杜詩》作"跄",《全唐詩》作"跎"。)　　趙云:"主將",哥舒翰也。翰爲河西節度使,以適爲掌書記。"崆峒",隴右山名。"足凱歌",言其必勝也。軍捷而還,則奏"凱歌",出《周禮》。"朱紱",雖出《易》,乃"芾"字。而曹子建用則是"朱紱"字。江淹《雜體詩》用"韍"字,義皆同。"朱紱",則賜緋之謂。

送裴二虬作尉永嘉

孤嶼亭何處?天涯水氣中。
故人官就此,絶境興誰同?
隱吏逢梅福,游山憶謝公。
扁舟吾已就,把釣待秋風。

【集注】

"孤嶼"句:"嶼",島嶼也。

"故人"二句:(陳案:興,《補注杜詩》作"與"。《全唐詩》作"興"。一作"與"。)　　趙云:"永嘉",乃唐之温州,倚郭縣,屬江南道。故曰"水氣中"。"孤嶼亭",想是永嘉縣尉司景物。"故人",則指裴二就此。"同境",則指孤嶼亭矣。(陳案:同,《杜詩引得》作"絶"。)

"隱吏"句:《漢》:梅福,九江人,補南昌尉。家居常讀書,養性爲事。至元始中,王莽專政,梅福一朝棄妻子去。(陳案:〈九江人補南昌尉家〉,《漢書》作"九江至今傳以为仙"。)其後見福於會(嵇)[稽]者,更名姓,爲吳市門卒。所謂"隱"於"吏"矣。　　趙云:指言裴二也。

"游山"句:謝安、石,寓居會(嵇)[稽],與羲之遊處,出則漁弋山水,常往臨安山中,坐石室,臨濬谷。雖放情丘壑,然每遊賞,必以妓女從也。　　趙云:"謝公",謂謝靈運爲永嘉守,好遊山水,當時號之謝公。今積穀山南,有謝公巖焉。郡又有東山,公《登東山望海詩》云:"開春獻初歲,白日出悠悠。"可以見其"遊山"之實矣。舊注非。

"扁舟"二句：就：一作"具"。　張翰見秋風起，乃思吳中蓴羹、鱸魚鱠，遂命駕東歸也。　趙云："待秋風"而"把釣"，是時鱸魚可鱠也。張翰，吳郡人，正是吳中事。

城西陂泛舟

青蛾皓齒在樓船，橫笛短簫悲天遠。
春風自信牙檣動，遲日徐看錦纜牽。
魚吹細浪搖歌扇，燕蹴飛花落舞筵。
不有小舟能盪槳，百壺那送酒如泉？

【集注】

"城西"句：趙云：此渼陂也，在鄠縣西五里。後篇有《與源大少府游陂》詩，"應爲西陂好"，可知也。

"青蛾"句：見《大〈人〉食刀詩》注。　《杜補遺》：宋玉《笛賦》曰："〔命〕嚴春，使午子，延長頸，奮玉手，摘朱脣，耀皓齒，吟清商，起流徵。"《朱買臣傳》："詔買臣到郡，治樓船。"　趙云：（宋）南平王《白紵舞曲》曰："佳人舉袖曜青蛾。"相如賦："皓齒粲爛。"

"橫笛"句：（陳案：天遠，《補注杜詩》《全唐詩》作"遠天"。遠，歸《廣韻》上聲"阮"韻，與平聲"船""筵""泉"不合。當作"天"。）　趙云：（隋）江總《梅花落》詩："橫笛短簫悽復咽。"

"春風"句：庾信賦："鐵軸牙檣。"　趙云：古歌辭："象牙作帆檣，綠絲何威蕤。"（陳案：古歌辭，《古詩紀》作《黃淡思歌》。）

"遲日"句：《吳》：甘寧以"錦纜牽"船。隋煬帝"錦纜"龍舟。

"魚吹"二句：以扇自障而歌，故謂之"歌扇"。"搖"，則言"浪"之影也。　師云：劉孝標詩："屢將歌罷扇，回拂影中塵。"

"不有"二句：師云：《古詩》："舟子盪槳遊。"韓奕詩："清酒百壺。"　趙云："槳"，所以隱楫之處。《古詩》："艇子打兩槳。""酒如泉"，倣《左傳》"酒如澠"之語也。

贈田九判官 梁丘

崆峒使節上青霄,河隴降王欵聖朝。
宛馬總肥春苜蓿,將軍祇數漢嫖姚。
陳留阮瑀誰爭長,京兆田郎早見招。
麾下賴君才并入,獨能無意向漁樵。

【集注】

"崆峒"二句:"欵",納欵也。　　趙云:此詩乃哥舒翰獻捷之事。"崆峒",隴右之山名也。翰於天寶八載爲隴右節度使,與吐蕃戰于石堡城,號神武軍。"上青霄",言入朝見天子也。蓋領吐蕃降王以朝矣。

"宛馬"句:大宛國,漢時通。人嗜蒲萄酒,馬嗜苜蓿。後貳師至宛,取善馬,遂採蒲萄、苜蓿種而歸。

"將軍"句:漢:一作"霍"。　　霍去病爲嫖姚校尉。注:"嫖,音頻妙〔反〕。姚,音羊召反。皆勁疾之皃。"今讀音"摽搖"者,非。
趙云:上句,則得吐蕃之馬矣。大宛最出善馬,而吐蕃亦連彼一帶,馬無不善者。"苜蓿",所以飼馬肥。"春苜蓿",則其入朝在春時也。下句,指言翰也。"嫖姚"字,在《漢書》音去聲,而公作平聲使。又常曰:"借問大將誰? 恐是霍嫖姚。"沈存中《筆談》亦嘗論矣。豈杜公傳受爲平聲邪? 無害於義。蓋(周)庾信《畫屏風》詩押飄字韻,末句云:"寒衣須及早,將寄霍嫖姚。"又,(梁)蕭子顯《日出東南隅行》云押霄字韻,而云:"漢馬三萬匹,夫婿仕嫖姚。"

"陳留"句:《王粲傳》:"始文帝爲五官將,及平原侯植,皆好文學。粲與北海徐幹,字偉長;廣陵陳琳,字孔璋;陳留阮瑀,字元瑜;汝南應瑒,字德璉;東平劉楨,字公幹,并相友善。"(陳案:相,《三國志·魏志》作"見"。)　　趙云:以比田九也。"誰爭長",則瑀在七子之中爲勝,太祖辟之,爲軍謀祭酒也。《左傳》:"滕侯、薛侯來朝,爭長。"

"京兆"句:田奉爲郎,(陳案:奉,《太平御覽》卷一百八十七作

"鳳"。)入奏事,靈帝目送之,曰:"堂堂乎張,京兆田郎。""鳳",字秀宗。　　趙云:又以比田九,取其同姓。"見招"字,翻使左太冲詩:"馮公豈不偉,白首不見招。"

"麾下"二句:"麾下",謂軍中旌麾之下。"漁樵",杜公自謂也。

趙云:言主將"麾下",賴田君之才,與諸俊并入,可獨能無意,而甘心向于"漁樵"乎?舊注以公"自謂",公時是布衣,亦豈有便干人提挈,入大將幕之理邪?

贈獻納使起居田舍人

獻納司存雨露邊,地分清切任才賢。
舍人退食收封事,宮女開函近御筵。
曉漏追趨青瑣闥,晴窗點檢白雲篇。
揚雄更有河東賦,唯待吹噓送上天。

【集注】

"獻納"句:武后初置匭,以受四方之書,謂之理匭使,玄宗改爲"獻納使"。　　趙云:唐制,獻納使掌受封事,以獻天子。蓋取《兩都賦序》:"日月獻納"也。《論語》:"籩豆之事,則有司存。""雨露邊",則言天子施恩澤之地。

"地分"句:劉公幹詩:"拘限清切禁。"　　趙云:此言田君之爲起居舍人。起居舍人,從六品上,隸中書省,斯爲禁近矣。

"舍人"句:唐以舍人、給事中知匭事。

"宮女"句:"函",爲匭函也。"宮女開函",以所按"封事"奏御也。趙云:《詩》:"退食自公。"舊注引武后置理匭使,玄宗改爲獻納使。其說是在天寶皆載,(陳案:皆,《杜詩引得》作"九"。)帝以匭聲近鬼故也。舊注又引唐以舍人、給事中知匭事,非是。蓋至德元年,方復理匭使之舊名。至寶應元年,命中書門下擇正直清白官一人知匭,以給事中、中書舍人爲理匭使。今舊注乃以中書舍人當起居舍人,以理匭使爲知匭,以寶應事當天寶,皆非。田公以"起居舍人"爲獻納使。故公詩有"舍人"字矣。

"曉漏"句:"青瑣"門也。范彥龍詩:"攝官青瑣闥,遥望鳳凰池。"

"晴窻"句:薛云:右按:漢武帝《秋鳳詩》曰:"秋風起兮白雲飛。"(陳案:鳳詩,《文選》作"風辭"。)《淮南王安傳》:"武帝每爲報書及賜,常召司馬相如等視草乃遣。" 趙云:漢宫室有青瑣門,刻爲連瑣之狀,而青塗之。"點檢白雲篇",蓋言天子親昵田君如此。

"揚雄"二句:揚雄,成帝時客有薦號文似相如,還上《河東賦》。此子美自比雄也,故有"待吹噓"之句。 趙云:漢成帝追觀先代遺蹤,亦思欲齊其德號。揚雄以爲臨淵羡魚,不如退而結網。上自西岳還,雄上《河東賦》以勸。今公自比於雄,欲有所諷諫,而上《河東賦》。以田君爲"獻納使",有"吹噓"之理。舊注引有薦雄者,考《雄傳》,薦雄時止是《甘泉賦》,乃附舊其説。(陳案:舊,《杜詩引得》作"就"。)

送韋書記赴安西

夫子歘通貴,雲泥相望縣。
白頭無籍在,朱紱有哀憐。
書記赴三捷,公車留二年。
欲浮江海去,此别意茫然。

【集注】

"夫子"二句:(陳案:縣,《補注杜詩》《全唐詩》作"懸"。《説文》:"縣,繫也。"《漢書·西域傳》顔師古注:"縣,古懸字耳。") "雲泥",猶貴賤之遠,如雲之與泥。 趙云:"歘",音許勿切,有所吹起貌,忽然而貴也。詳公詩意,則韋君亦貧困矣,忽然通貴,遂有"雲泥"之隔。揚雄《解嘲》:"當塗者入青雲,失路者委溝渠。"吳蒼《與矯慎書》遂有"乘雲行泥"之語。(晋)丁彬書:"雲泥異途,邈矣懸絶。"(陳案:絶,《集千家註杜工部詩集》作"隔"。)

"白頭"句:"無籍"在朝列也。"籍",如通籍之籍。

"朱紱"句:曹子建:"俯愧朱紱。" 有:一作"即"。 趙云:

上句公自言也。謂無所倚藉,故用對"哀憐"字。或一作"籍",爲通籍之籍,非惟不對,又不連接上句,又不指言誰人。蓋以言韋君則既爲官矣,以言公身則作此詩時未曾有官也。蓋後篇《重過何氏》云:"何路霑微禄,歸山買薄田。"豈不明甚?下句言韋爲書記,則服緋矣。"有哀憐",則言"朱紱"之人"有哀憐"於我。

"書記"句:《采薇》:"豈敢定居,一月三捷。"注:"捷,勝也。三勝謂侵伐戰也。"

"公車"句:東方朔待詔公車。師古曰:"公車令,屬衛尉,上書者所詣。"

"欲浮"二句:公以道不偶時,欲放跡於江海。《論語》:"道不行,乘桴浮于海。" 趙云:三赴戰勝之地,指安西主將也,又以言韋君。"公車留二年",則公自謂。公自負其才,既見韋之通貴,而身留公車,故欲去而之江海矣。公三十九歲之冬上《三大禮賦》,四十歲之春後,方召試得官。此三十九歲已前,未有官詩,蓋嘗有詣公車之事矣。應是《三大禮賦》已前,屢進賦而無報,所以云留于"公車"矣。

陪鄭廣文遊何將軍山林十首

右一

不識南塘路,今知第五橋。
名園依緑水,野竹上青霄。
谷口舊相得,濠梁同見招。
平生爲幽興,未惜馬蹄遥。

【集注】

"陪鄭"句:《東方朔傳》:竇太主曰:"回輿枉路,臨妾山林。"應劭曰:"公主園中有山,謙不敢稱第,故託言山林也。"

"不識"二句:師云:"南塘""第五橋",皆秦川地名。 趙云:此兩句是對。"南塘""第五橋"之名,於《志》在萬年縣郭外之西南。後有《鄭十八虔貶台州司户》而題其居云："第五橋邊流恨水,皇陂岸北結愁亭。"則"第五橋"與皇陂當是目前相近之處。長安皇子陂在萬年縣西南二十五里,以秦葬皇子、起冢陂北原上得名。以皇子陂推之,"第五橋"可見。如是,則"何將軍山林"所過之地矣,故於首句言之。

"名園"句:謝玄暉:"逶迤帶緑水。"

"野竹"句:《北山移文》:"干青霄而直上。" 新添:庾杲之:"汎緑水依芙蕖。"雖其義不同,而必謂以有出處對屬,則摘字當本諸此。

"谷口"句:《前漢·王貢傳》:"鄭子真修身(白)[自]保,成帝時大將軍王鳳以禮聘子真,子真不詘而終。"揚雄曰:"谷口鄭子真,不詘其志,耕于嵒石之下,名震京師。" 趙云:指言"廣文"也。

"濠梁"句:莊子與惠子,同遊濠梁之上。 趙云:相親爲莊、惠也。

右二

百頃風潭上,千章夏木清。
卑枝低結子,接葉暗巢鶯。
鮮鯽銀絲鱠,香芹碧澗羹。
翻疑柂樓底,晚飯越中行。

【集注】

"百頃"二句:師云:謝靈運詩:"風潭寒皎潔。" 趙云:此篇(真)[直]道景物。舊本作"千重",非是。師民瞻本作"章"。《漢·食貨志》注:"大木曰章。""夏木",則言其功用在夏而"清"也。

"卑枝"句:趙云:魏文帝《芙蓉池作》云:"卑枝拂羽蓋。" 師云:《古詩》:"卑枝成屋椽。"

"接葉"句:師云:庾亮《賦》:"接葉巢春語之鶯。"

"香芹"句:謝靈運:"銅陵映碧澗。" 趙云:言所羹之"羹",乃"碧澗"之"香芹"也。 《薛補遺》:"碧澗",地名。(唐)[劉]長卿有《碧澗別墅》詩。

"晚飯"句:趙云:公往時在越州,今言"何將軍山林"之景,似之也。

右三

萬里戎王子，何年別月支？
異花開絕域，滋蔓匝清池。
漢使徒空到，神農竟不知。
露翻兼雨打，開坼漸離披。

【集注】

"何年"句：《張騫傳》："匈奴破月氏王。"師古："月氏，西域胡國也。氏，音支。"

"異花"句：趙云："戎王子"，説者以爲花名，義固然也。下句云"異花"，自分明矣。言"萬里"，則其來遠。言"月氏"，是必"月氏"之物。

"漢使"句：如張騫、李廣利之類。

"神農"句："神農"嘗百草之滋味，而"竟不知"，言多異卉也。

師云："漢使"，如博望侯之得石榴，貳〈則〉師之得苜蓿、胡桃種於"絕域"，而無此"異花"，故曰"空到"。《本草》亦不載，故曰"不知"。

"露翻"二句：揚雄《賦》："配藜四施。"注："配藜，披離也。" 趙云："雨打"雖常語，而《涅槃經》有"風雨所打"。宋玉云："白露下衆草兮，奄梧楸以離披。"（陳案："白露"二句，《楚辭章句》作"白露既下降百草兮，奄离披此梧楸"。）舊注所引，非祖出。

右四

旁舍連高竹，疏籬帶晚花。
碾渦深沒馬，藤蔓曲藏蛇。
詞賦工無益，山林跡未賒。
盡捻書籍賣，來問爾東家。

【集注】

"旁舍"句：趙云：《漢・高祖紀》："高祖適從旁舍來。"

"碾渦"句："碾渦"，碾磴間水渦漩也。

"詞賦"四句：趙云：時公方爲布衣，故曰："詞賦（功）[工]無益。"又言我之蹤跡，亦不遠在"山林"也。《王粲〔傳〕》：〈邕〉蔡邕見而奇之，曰："吾家書籍文章，〔盡〕當與之。"魯有東家丘。"問"舍，蓋問（舍）[答]之問。

右五

　　　　　　賸水滄江破，殘山碣石開。
　　　　　　綠垂風折笋，紅綻雨肥梅。
　　　　　　銀甲彈箏用，金魚換酒來。
　　　　　　興移無灑掃，隨意坐莓苔。

【集注】

"賸水"二句：師云：謝琨詩："小江流剩水。"　　趙云：任彦昇詩："滄江路窮此。"故對"碣石"，《禹貢》地名。"碣石"，以其碣起之石矣。所謂碑碣，蓋取此。"滄江"破而爲"賸水"，"碣石"開而爲"殘山"。"賸水""殘山"，杜公之新語。宋子京得之，于《唐書》中有"殘膏賸馥"之句。"賸"，俗作剩。

"綠垂"二句：趙云：上句義言"風折笋"（茵）[垂]綠，下言"雨肥梅"綻紅。句法以倒言爲老健。

"銀甲"句：《古詩》："十五學彈箏，銀甲不曾卸。"以銀作指甲，取其有聲。

"金魚"句：阮孚爲常侍，以金貂換酒，帝宥之。

"興移"二句：趙云：此尤見其野逸之興。

右六

　　　　　　風磴吹陰雪，雲門吼瀑泉。
　　　　　　酒醒思臥簟，衣冷得裝綿。
　　　　　　野老來看客，河魚不取錢。
　　　　　　秖疑淳朴處，自有一山川。

【集注】

"風磴"句:"磴",石道也。　師云:鮑照詩:"既類風磴,復像天井。"(陳案:"既類"二句,《鮑明遠集》作"既類風門磴,復像天井壁"。)

趙云:〔磴〕,石梯之道也。

"雲門"句:師云:謝光遠:"山近雲門斷。"

"衣冷"句:得:一作"欲"。　趙云:"得"字似問辭,言衣之冷矣,"得裝綿"乎?宜"裝綿"也。

"野老"四句:趙云:丘希範詩:"野老時一望。"《左傳》:"河魚腹疾。""淳朴"者,太古之世也。以其山野,乃"淳朴處"矣。

右七

　　棘樹寒雲色,茵陳春藕香。
　　脆添生菜美,陰益食單涼。
　　野鶴清晨出,山精白日藏。
　　石林蟠水府,百里獨蒼蒼。

【集注】

"茵陳"句:師云:《本草》:經冬茵陳〈經〉不死,因舊茵而生,故曰"茵陳"〈雲〉。

"脆添"二句:趙云:四句連義。"脆添生菜美",言"生菜"非一矣,而"茵陳""春藕"之香脆,又添其"美"也。"陰益食單涼",言鋪"食單"於"棘樹"之下,"陰益"其"涼"也。謂之"〔益〕",則山中已"涼"而又"涼"也〈蓋〉。

"野鶴"四句:出:一作"至"。　"山精",鬼魅。　趙云:"嵇紹昂昂然如野鶴之在雞群。"蜀帝得山精以爲妻。庾信詩:"山精鏤寶刀。""水府",則積水之府。庾信《溫泉碑》云:"貝闕龍宮,沈淪於水府。"

右八

憶過楊柳渚,走馬定昆池。
醉把青荷葉,狂遺白接䍦。
刺船思郢客,解水乞吳兒。
坐對秦山晚,江湖興頗隨。

【集注】

"憶過"句:"渚",洲渚也。荆州有渚宮。

"走馬"句:唐安樂公主作"定昆池",言勝昆明池也。　趙云:皆"何將軍山林"所經。

"醉把"二句:《世說》:"白接䍦",衫也。山簡爲襄陽守,嘗醉習家高陽池。襄陽小兒歌曰:"山公時一醉,逍遥高陽池。日暮倒載歸,酩酊無所知。復乘駿馬去,倒著白接䍦。舉手問葛强,何如并州兒。"

趙云:(陳)祖孫登詩有:"青荷葉日暉。"(陳案:葉,《藝文類聚》卷八十二作"承"。)及《古詩》有:"荷葉何田田。"故合而用之。

"刺船"句:"郢客"善操舟。　趙云:宋玉對問云:"客有歌於郢中者。"可化用"郢客"矣。

"解水"句:"吳兒"善泅。　趙云:南人謂北人爲傖父,北人謂南人爲吳兒,皆常謂也。暗使《晉書》:"夏仲御能隨水爲戲,操柂正檣,折旋中流。繼而賈充以鹵簿妓女繞其船,統若無所聞。充曰:'此吳兒是木人石心也。'"又可證其"解水"之字。

"江湖"句:趙云:言雖在秦地,而其山清幽,有江湖之興也。

右九

床上書連屋,階前樹拂雲。
將軍不好武,稚子摠能文。
醒酒微風入,聽詩静夜分。
絺衣掛蘿薜,涼月白紛紛。

【集注】

"階前"句:趙云:公於《竹》詩亦云:"會見拂雲長。"郭景純《遊仙》詩有:"逸翮思拂霄。"

"將軍"二句:趙云:魏武帝令曰:"往歲造百辟刀五(枝)[枚],先以一與五官將,其餘四。吾諸子中有不好武而好文學,將以次與之。"

"醒酒"句:嵇康四言:"微風動桂。"

"聽詩"句:沈休文:"月華臨静夜。"

"絺衣"句:師云:潘尼賦:"絺衣獨挂於青蘿。"

"涼月"句:趙云:"月白"謂之"紛紛",言其影在薜蘿之間。如此"蘿薜"者,藤蘿與薜荔也。詩人每使薜蘿,謂是兩物,故得倒用,東坡亦嘗摘此爲句云:"九衢人散月紛紛。"

右十

幽意忽不愜,歸期無奈何。
出門流水住,迴首白雲多。
自笑燈前舞,誰憐醉後歌。
秖應與朋好,風雨亦來過。

【集注】

"幽意"句:《古詩》:"幽意無斷絶。"

"歸期"句:趙云:"幽意"所以"不愜"者,以須有"歸期"故也。《世説》云:"左太冲作《三都賦》,初思意甚不愜。"摘而用之。

"出門"二句:白雲多一作"雜花多",非。 趙云:"雜花多",非。"流水住",則又見其處所,當水平慢不流之處,爲平地矣。師云:張潛詩:"山近白雲多。"

"秖應"二句:趙云:"朋好",朋之相好也。顔延年作《陶徵士誄》:"詢諸友好。"此詩十篇,蓋春末夏初之作。有曰:"千章夏木清。"有曰:"茵陳春藕香。"有曰:"醉把青荷葉。"有曰:"巢鷽。"有曰:"肥梅。"有言"芹"、言"笋"也。

重過何氏五首

右一

問訊東橋竹,將軍有報書。
倒衣還命駕,高枕乃吾廬。
花妥鶯捎蝶,溪喧獺趁魚。
重來休沐地,真作野人居。

【集注】

"問訊"句:師云:褚炫詩:"問訊南巷士。"
"將軍"句:趙云:言欲重過主人,所以託爲"問訊"其"竹",而"報"許之也,故有下句速往之義。
"倒衣"句:"倒衣",爲聞"報"而欲遽往,急"命駕"也。如《詩》:"顛倒衣裳。"
"高枕"句:主人無閒,故客至,則安之若"吾廬"也。陶潛:"吾亦愛吾廬。" 趙云:"命駕"字,起於每一相思,千里"命駕",言往之速也。《史》云:"不得高枕而臥。"又《解嘲》有:"庸夫高枕而有餘。"
"重來"句:師云:漢律:吏五日休,下沐。言休息以洗沐也。
"真作"句:趙云:上句言見聞之景物也,而句法則:花枝安妥之際,有鶯捎掠於蝶;溪聲喧沸之中,是"獺趁魚"也。漢制:有官者賜休沐。《張安世傳》:"休沐未嘗出。"今"何氏"山林本"休沐"之地,而"真作野人居",則幽靜可知矣。

右二

山雨樽仍在,沙沈榻未移。
犬迎曾宿客,鴉護落巢兒。
雲薄翠微寺,天清皇子陂。
向來幽興極,步屧過東籬。

【集注】

"山雨"四句：趙云：此言"重來"所見之事：樽、榻皆前日之所設，與樽在而"榻未移"，又見將軍之好客也。"護"字，公嘗使："（蒼）〔蒼〕隼護巢歸。"皆道實事之句。

"雲薄"二句："皇子陂"，陂名也。　　趙云：《長安志》載："翠微宮，在萬年縣外終南山之上。"又云："長安縣南六十里，元和中改爲翠微寺。"時在公死三十餘年之後，而今詩云寺，爲疑。然二縣皆倚郭，雖分縣名，其實相連可亘，不足疑矣。"翠微"既在終南之上，其山之長遠，又屬萬年，或屬長安，只以地界言之，又不足疑。惟宮、寺之名，本出臨時，而宮可謂之寺，寺可謂之宮，於義無害，故公使字偶爾犯邪。當俟博聞者辨之。若《志》所載，止有"北原陂"，（陳案：北原，《杜詩引得》作"皇子"。）在萬年縣西南二十五（年）〔里〕，以秦葬皇子，起冢陂北原上得名，則無"黃子"之稱。舊本作"黃"字，誤矣。公前篇云："今知第五橋"字，而《題鄭十八著作虔》詩云："第五橋邊流恨水，皇陂岸北結愁亭。"正相近之地，則"黃子"當爲"皇子"矣。

"向來"二句：陶潛："采菊東籬下。"　　趙云：言"幽興"之"極"，已自前明，今重來"步屣過東籬"，言其熟也。"屣"，無根之屣，（陳案：屣，《杜詩引得》作"履"。）音所尒切。

右三

落日平臺上，春風啜茗時。
石欄斜點筆，桐葉坐題詩。
翡翠鳴衣桁，蜻蜓立釣絲。
自今幽興熟，來往亦無期。

【集注】

"落日"句：《梁孝王傳》："孝王築東苑，廣睢陽城，大治宮室，爲復道，自宮連屬於平臺三十餘里。"　　師云："〔平〕臺"非長安景，杜因"臺"以用字耳。　　趙云：此〈平〉直言景物耳。"平臺"，應是有平穩之臺，而紀其實。舊注非是。

"石欄"句：趙云：置硯於石欄之上也。

"自今"句:一作"自逢今日興"。

"來往"句:師云:顧況坐於流水上,得桐葉,題詩云:"一入深宫裏,年年不見春。聊題一片葉,寄與有情人。"明日,況於上流,復題,泛於陂中。後十日,復得詩,意答況者。沈約詩:"日色下衣桁。"

右四

頗怪朝參懶,應耽野趣長。
雨抛金鎖甲,苔臥緑沈槍。
手自移蒲柳,家纔足稻粱。
看君用幽意,白日到羲皇。

【集注】

"頗怪"句:樂於安閒,故"懶"於入朝參謁。

"雨抛"二句:"槍""甲",皆器之犀利者。不以功名爲務,故雨霑"苔臥"也。　薛云:右按:車頻《秦書》曰:"苻堅使熊邈造金銀細鎧,金爲綖以縲之。"(陳案:頻,《太平御覽》卷三百五十五作"頖"。)"緑沈",精鐵也。《北史》:"隋文帝賜張斎緑沈槍、甲獸文具裝。"《武庫賦》曰:"緑沈之槍。"　《杜補遺》:嘗博考"緑沈"之義。或以爲漆,或以爲用緑爲飾。義之《筆經》云:"有人以緑沈漆竹及鏤管見遺,藏之多年,實有愛玩。詎必金寶雕琢,然後爲〔貴〕乎?"此以"緑〈貴〉沈"爲漆也。又《廣志》曰:"緑沈,古弓名。劉劭《趙都賦》曰:'其器用,則六弓四弩,緑沈黄間,堂溪魚腸,丁令角端。'"《古樂府·結客少年場行》云:"緑沈明月弦,金絡浮雲轡。"此言"緑沈"皆謂弓也。弩名黄間,以飾之也。弓謂之"緑沈",其亦以緑以爲飾乎?"緑沈槍",疑亦以緑而爲飾。　趙云:"甲"言"金鎖",以金線連鎖之也。苻堅所造,乃其類也。"槍"言"緑沈"〈色〉,以〔緑〕色之物,沈抹其柄也。(苻萇創)〔薛蒼舒〕所引是。(陳案:"苻萇創",《杜詩引得》作"薛蒼舒"。)至引《北史》隋文帝所賜張斎,妄意解爲"精鐵",非也。杜田所引,則可以見弓也、甲也、筆也、槍也。或緑漆之,或緑塗之,皆謂之"緑沈"。

師云:梁簡文帝詩:"吴戈夏服箭,冀馬緑沈弓。"

"手自"二句:趙云:上句以言野趣之真。"蒲柳",一物耳,即所謂楊也。是木有楊、有柳。《爾雅》曰："旄，澤柳；〔楊，蒲柳。〕"（陳案：楊，蒲柳。錯文在"野趣"下，今正。）是也。下句言其野趣之安。"稻粱"，九穀之二物。《詩》云："不能蓺稻粱。"

"看君"二句：陶潛云："羲皇上人。" 趙云：言"到羲皇"，則身"到"其世，即同其人。"到"字最爲著力。韓退之《送僧澄觀》言僧伽塔云："僧伽後出淮泗上，勢到衆佛尤瑰奇。"乃此"到"字矣。

言"白日"字，有雍容閑暇不盡之意，如"落花游絲白日靜"也。

右五

　　到此應嘗宿，相留可判年。
　　蹉跎暮容色，悵望好林泉。
　　何路霑微祿，歸山買薄田。
　　斯遊恐不遂，把酒意茫然。

【集注】

"蹉跎"句："蹉跎"，差跌也。〔"暮容色"〕：衰暮也。

"斯遊"二句：賈誼《（鵩）[鵬賦]》："斯游遂成，卒被五刑。""斯遊"，此游也。謂霑祿買田之事也。以爲李斯，則非。 趙云：時公方爲布衣，當在三十九歲冬之前。蓋次篇《杜位守歲》詩曰："四十明朝過。"（陳案：《杜詩引得》作"杜位守歲"，《四庫全書》本作"趙云時遊"。竄訛。）而公三十九歲之冬方獻三賦，次年方召試得官，授河西尉，不行，爲右率府冑曹也。"斯游恐不遂"，言此游"恐不遂"其意耳。

冬日有懷李白

　　寂寞書齋裏，終朝獨爾思。
　　更尋嘉樹傳，不忘角弓詩。
　　短褐風霜入，還丹日月遲。
　　未因乘興去，空有鹿門期。

【集注】

"寂寞"四句:《昭二年傳》:晋使韓宣子来聘,公享之。賦《角弓》。既享,宴于季氏。有嘉樹焉,宣子譽之。武子曰:"敢不封殖此樹,以無忘《角弓》。"遂賦《甘棠》。宣子曰:"起不堪也,無以及召公。"趙云:晋韓宣子聘魯,公享之。宣子賦《角弓》,蓋言兄弟之國,(宣)[宜]相親也。公前有詩于"白"云:"余亦東蒙客,憐君如弟兄。"故今詩云:"更尋嘉樹傳,不忘角弓詩。"此與"醉眠秋共被",暗使姜肱兄弟事合矣。以事出《昭二年傳》,故云"嘉樹傳"。以在"書齋裏"而思"白",故于讀書之中,"更尋"此"傳"。〈傳〉因"尋"此"傳",故"不忘《角弓》",言兄弟相親之意。東坡《送宋希元》詩云:"它時莫忘角弓篇。"又《題萬松》詩云:"勤勉記取角弓詩。"皆由杜公發之也。

"裋褐"句:《貢禹》:"裋褐不完。"

"還丹"句:《道經》言:"還丹能使人長生不死。" 師云:言自授籙,成功之晚。蓋"白"嘗從北海高天師授道籙於齊州紫極宫。趙云:"裋褐",當以"短"爲正。又杜公《詠懷》云:"賜浴皆長纓,與宴非短褐。"以長對短,其義尤明。"短褐"言"白"之貧,"還丹"言"白"有仙風道骨。其所燒"還丹",可以遲延"日月"。賀知章號曰"謫仙人","白"與道士司馬子微遊,則"還丹"在"白"爲當體。

"未因"句:王子猷乘興訪(載)[戴]安道。

"空有"句:漢陰有鹿門山,龐德公所隱之地。 趙云:公自言無因"乘興"如子猷訪戴而去,徒與"白"有效龐德公隱鹿門山之期約也。

杜位宅守歲

守歲阿戎家,椒盤已頌花。
盍簪喧櫪馬,列炬散林鴉。
四十明朝過,飛騰暮景斜。
誰能更拘束,爛醉是生涯。

【集注】

"守歲"句：王戎，字濬仲，少阮籍二十歲，而籍與之交。籍素與戎父渾爲友。戎年十五，隨父渾在郎舍。籍每適渾，俄頃輒去。過視戎良久，然後出謂渾曰："共卿語，不如與阿戎談。" 趙云：東坡詩云："頭上春幡笑阿咸。"又云："欲喚阿咸來守歲，林烏櫪馬鬪喧譁。"則杜詩善本當是"阿咸"字，衆本皆作"阿戎"，而舊注引王戎事，大誤。意者"杜位"小字"阿戎"也。

"椒盤"句：(周)庾信《正旦》詩："椒花逐頌來。" 趙云：(晉)劉臻妻，元日獻《椒花頌》。舊注非事祖矣。

"盍簪"句：(陳)陰鏗詩云："亭嘶皆櫪馬。"《易》："勿疑朋盍簪。"

"四十"句：趙云："過"，踰過也。公所以感歎，頗有深意。蓋《記》曰："四十曰強而仕。"公於天寶九載三十九歲之冬，預獻明年《三大禮賦》，表云："甫行四十載矣，沈埋盛(則)[時]。"則亦急於仕矣。天寶十載，方召試授官，得河西尉。不行。則所當強仕之年，官猶未定，宜其感嘆之切矣。故下云"飛騰暮景斜"，而撲句付之"醉"也。（陳案：撲，《杜詩引得》作"末"。）《選》有："羽爵飛騰。"以"四十"對"飛騰"，不必以數對數，此公之妙處。"景斜"字，《沈約傳》："景斜乃出。"

與鄠縣源大少府宴渼陂 得寒字

應爲西陂好，金錢罄一飡。
飯抄雲子白，瓜嚼水精寒。
無計回船下，空愁避酒難。
主人情爛熳，持螯翠琅玕。

【集注】

"應爲"二句：《上林賦》："日出東沼，入乎西陂。"《前漢》："曹丘生招權顧金錢。"《吳越春秋》：伍子胥至瀨水之上，謂女子曰："夫人可得一飡乎？"《孔融傳》："一飡之惠必報。"

"飯抄"句："雲子"，雨也。荀子《雲賦》曰："託地而游宇，友風而子雨。"

"瓜嚼"句：薛云：《漢武帝內傳》：王母謂帝曰："太上之藥，有風實雲子。" 師云：漢武帝煉丹成，以成者爲桃實，（陳案：成，《通雅》作"赤"。）白者爲雲子。 趙云："雲子"，指言菰菜飯也。（陳案：菜，《補注杜詩》作"米"。）"西陂"中則有菰矣。宋玉云："主人女炊香菰之飯。"爲菰米之香滑潔白，然後足以當"雲子"之譬。或曰：菰米本黑，不白也。然公詩有云："秋菰爲黑穟，精鑿成白粲。"（陳案：二句本書《行官張望補稻畦水歸》作"秋菰成黑米，精鑿傅白粲"。）則舂之精乃"白"矣。"雲子"，出《漢武帝內傳》。薛蒼舒所引是，舊注非。

"主人"二句：《四愁詩》："美人贈我翠琅玕，何以報之雙玉盤。"趙云："情爛漫"，蓋情多之意。"持苔翠琅玕"，意以篇什當之也矣。

崔駙馬山亭宴集

蕭史幽棲地，林間踏鳥毛。
浟流何處入，亂石閉門高。
客醉揮金椀，詩成得繡袍。
清秋多宴會，終日困香醪。

【集注】

"蕭史"句："簫史"，弄玉夫也。好吹簫，教弄玉作鳳鳴，而作鳳臺。一旦夫妻皆隨鳳去。 趙云："簫史"，秦女弄玉之婿，故得以言"駙馬"。

"林間"句：（陳案：鳥，《補注杜詩》《全唐詩》作"鳳"。）

"浟流"句：泂浟之水也。

"亂石"句：趙云：皆言其"幽棲"。

"客醉"二句：《李白外傳》云：白對明皇撰《樂府新詞》，得宮錦袍。趙云："醉揮金椀"，"詩得繡袍"，皆富貴家事。"揮"者，弃也。既醉而遂以"金椀"與之。史有"揮橐金"者。又，戴嵩詩云："揮金留客坐。"乃此詩"揮金椀"之義。武后使東方虬、宋之問賦詩，先成者得錦袍。亦此得"繡袍"之謂。舊注所引非是,蓋詩意不在此。

"清秋"句:(陳案:清秋,《四庫全書》本作"秋秋"。《補注杜詩》《全唐詩》作"清秋"。)

九月楊奉先會白水崔明府

今日潘懷縣,同時陸浚儀。
坐開桑落酒,來把菊花枝。
天宇清霜净,公堂宿霧披。
晚酣留客舞,鳧鳥共參差。

【集注】

"今日"句:潘岳自河陽轉懷令。

"同時"句:陸雲出補浚儀令,縣居都會之要,爲難理,雲到官肅〔然〕。

"坐開"句:《世説》:"桑落河多美酒。"

"來把"句:《晋陽秋》曰:"陶潛九月九日無酒,宅邊摘菊盈把。望見白衣人至,乃王弘送酒,便飲醉而歸。" 趙云:上句指言兩令之相會也。劉隨喜造酒,熟於"桑落"之辰,故酒得名焉。《水經》載之詳矣。庾信《從蒲使君乞酒》:"蒲城桑落熟,灞岸菊花秋。"又《謝衛王賜桑落酒》詩曰:"停杯待菊花。"蓋桑葉落,則菊花開之時,當桑葉落而酒熟,乃飲酒之候矣。舊注非。

"天宇"句:言氣宇清澈也。

"公堂"句:衛瓘見樂廣曰:"若披雲霧而覩青天。" 趙云:公自言其得見二令。"公堂",則楊奉先之公堂也。

"晚酣"二句:(陳案:參差,《補注杜詩》《全唐詩》作"差池"。)王喬爲鄴令事,"參差"亦包兩令言之。

贈翰林張四學士

翰林逼華蓋，鯨力破滄溟。
天上張公子，宮中漢客星。
賦詩拾翠殿，佐酒望雲亭。
紫誥仍兼綰，黃麻似六經。
內分金帶赤，恩與荔枝青。
無復隨高鳳，空餘泣聚螢。
此生任春草，垂老獨漂萍。
儻憶山陽會，悲謌在一聽。

【集注】

"翰林"句：《蔡邕傳》："擁華蓋而奉皇極。"（陳案：極，《後漢書》作"樞"。）"逼"，言密而帝座。（陳案：而，《補注杜詩》作"邇"。）

"鯨力"句：《杜補遺》：《晋·天文志》曰："大帝上九星曰華蓋，所以覆〔蔽〕大帝之座也。"天子之"華蓋"象之。《古今注》曰："華蓋，皇帝所作也。（陳案：皇，《古今注》作'黃'。）與蚩尤戰于涿鹿之野，常有五色雲氣、金枝玉葉覆之，而作華蓋。"《唐·百官志》："玄宗初置翰林待詔，以張說、張九齡等爲之，掌四方表疏，批荅應和文章。既而又以中書務劇，乃選文學之士，號翰林供奉，分掌制誥書敕。又改供奉爲學士，專掌內命。其後選用益重，而禮遇益親，至號爲內相，又以爲天子私人，內宴則居宰相之下，一品之上。"韋執誼《翰林舊事》曰："翰林院在右銀臺門內，麟德殿西。學士院在翰林院之南。後又置東院於金鑾殿西。隨上所在而遷，取其近便也。故事：中書黃麻爲綸命，重輕之辨，近者所出，獨得用黃麻。有用白麻者，皆在此院。矧此院之置，尤爲切近，左接寢殿，北瞻彤樓，晨趨瑣闥，夕宿嚴衛，密之至也。備待顧問，辨疑釋非。持縑牘，授遣群務，職之重也。" 趙云：又《職林》云："自至德後，天子召集賢學士于禁中草詔，因在翰林待進止，遂以名而置院。"每在禁中，天子所在，皆有待詔之所，斯爲"逼華蓋"矣。"滄溟",又以遊泳寬縱之地,"鯨力破"之,則如宗慤云"願乘風破萬里浪"之"破"。(陳案:風,《南史》作"長風"。)

"天上"句:"公子",公侯之子孫,美張翰林。稱"天上",言非人間。　趙云:凡詩人於姓張者,得曰"張公子",蓋以《前漢·趙皇后傳》有:"張公子,時相見。"如杜牧《贈張祜》亦曰:"誰人得似張公子。"是也。其在禁中,故言"天上"也。舊注非也。

"宮中"句:《漢》:光武引嚴光入論道,太史奏客星犯御座,甚急。
趙云:《博物志》載:後漢人乘槎至天河之側,見飲牛者,使問嚴君,曰:"客星犯斗牛。"而公詩每作張騫爲使尋河事,蓋承用然也。如庾肩吾《奉使江州船中七夕》詩曰:"漢使俱爲客,星槎共逐流。"亦以漢使貼星槎使矣。今詩與張學士,故得用張騫事。舊注非。

"賦詩"二句:"賦詩""佐酒",言侍從宴嘗也。　趙云:"拾翠",在東内大福殿東南。"望雲",在西内景福臺西。以其應和文章,且禮遇内宴。

"紫誥"二句:翰林學士掌制詔。"紫誥",謂以紫泥封詔也。"黃麻",謂寫詞於黃紙上。"似六經",言訓辭深厚如六經也。　《杜補遺》:《隴右記》曰:"武都紫水有泥,其色紫而粘,貢之用封璽書。故詔誥有'紫泥'之美。"《後漢·輿服志》注:《漢〔官〕(書)〔舊〕儀》曰:"天子信璽六,皆以武都紫泥封,青〔布〕囊,白素裏,兩端無縫。"元注:"紫泥封誥。"是以。(陳案:以,《杜詩引得》作"已"。)王子年《拾遺》:"元封元年,浮坅國貢蘭金之泥。此金出湯淵,水常沸,湧金,狀混混若泥,如紫磨之色。以此封誥函及諸宮門,鬼魅不敢干。漢世上將出征及諸使絕國,多以此泥爲印封。衛青、張騫、傅介子、蘇武之使,皆受金泥之璽以封也。"馮鑑《續事始》:"貞觀十年,太宗詔用黃麻紙寫詔勅文。"又,高宗上元三年,詔曰:"勅制施行,既爲永式。比用白紙,多爲蟲蠹。自令以後,尚書省頒下諸司諸州縣并用黃紙。"　趙云:李肇《翰林志》云:"凡賜與、徵召、宣索、處分曰詔,用白麻紙。慰撫、軍旅曰書,用黃麻紙。"又:"南召及清平官書,用黃麻紙。"

"内分"二句:翰林拜命日,賜金荔枝帶。　趙云:楊文公《談苑》載:"腰帶凡金、玉、犀、銀之品。自樞宰、節度使,賜二十五兩金帶。舊用荔枝、松花、御仙三品。雖是本朝名式,然成舊用,(陳案:

成,《杜詩引得》作'稱'。)則亦循唐故事矣。三品以荔枝爲首,本以賜樞宰、節度。"今詩句則言出於殊恩,非常例故也。謂之"荔枝青",言金色之清熒也。公詩又曰:"君看銀印青。"

"無復"句:"高鳳",後漢逸民也。言張翰林已在顯貴,不復與"高鳳"爲偶矣。

"空餘"句:車胤家貧無燈火,以絹囊盛螢火,以照書讀之。《杜正謬》:"高鳳"者,鳳之飛鳴,必在於"高"。如《詩》云:"鳳凰鳴矣,于彼高岡"之類。顔延年《秋胡》詩云:"椅梧傾高鳳,寒谷待鳴律。"元注非是。　趙云:此公自謂也。"高鳳",指言張翰林。舊注非特無義,豈可以人名對聚集之"螢"乎?詩意蓋云:我不能更隨張翰林之高騫,而止"餘泣"於"聚螢"耳。

"此生"二句:"春草",言不實流落漂泛,如萍之在水也。　趙云:此言任春時之草生幾度,更不管年華之去耳。此感慨之言。舊注非是。

"儻憶"二句:"山陽",嵇康所居,乃竹林之會也。向秀經康山陽舊居,作《聞笛賦》。　趙云:向秀《思舊賦序》云:"與嵇〔康〕、吕安居止接近。"公所謂"會"字,蓋嵇、向、吕也。它日,向秀不見嵇康,作《思舊賦》。公今言"儻憶"者,正預指它日隔闊之事,意謂若以"山陽"之會爲可"憶",則今日"悲謌"宜"在一聽",而勿忽之也。

送張二十參軍赴蜀州,因呈楊五侍御

好去張公子,通家別恨添。
兩行秦樹直,萬點蜀山尖。
御史新驄馬,參軍舊紫髯。
皇華吾善處,於汝定無嫌。

【集注】

"好去"句:見前注。

"通家"句:兩家相通來往,言至契熟。此"別恨"所以"添"耳。

趙云:"通家"字,使孔融語。

"兩行"二句:趙云:張二十由秦而趨蜀,其所歷者,"秦樹"與"蜀山"也。"樹直""山尖"語,可謂新奇矣。"直",蓋直木無曲影之直。

"御史"句:謂呈(持)[揚]侍御也。(恒)[桓]典拜侍御史,常乘驄馬。京師畏憚,爲語曰:"行行且止,避驄馬御史。"

"參軍"句:爲張赴參軍也。郗超髯,府中語曰"髯參軍"。　趙云:舊注是。但"紫髯"(子)[字],却因《孫權傳》號"紫髯將軍",可得取而合用之。

"皇華"二句:"皇華",遣使臣之詩也。言張有使才。　趙云:《詩》:"皇皇者華。"兩句正以言楊侍御爲"皇華"之使,乃吾所厚善之人,則於張二十亦必"無嫌",所以薦之也。舊注非是。

陪諸貴公子丈八溝攜妓納涼,晚際遇雨

右一

落日放船好,輕風生浪遲。
竹深留客處,荷淨納涼時。
公子調冰水,佳人雪藕絲。
片雲頭上黑,應是雨催詩。

【集注】

"竹深"二句:趙云:自梁簡文帝來,皆有納涼詩,而陳徐陵詩句有曰:"納涼高樹下。"簡文帝《晚景納涼》詩曰:"鳥棲星欲見,荷淨月應(求)[來]。"

"公子"二句:謝玄暉詩:"秋藕折輕絲。"　薛蒼舒、《杜補遺》皆言,如《家語》"以黍雪桃"之"雪",且引其注云:"雪,拭也。"　趙云:貴家有以蜜或乳糖(伴)[拌]雪而食者,"冰水"言"調",豈亦用香美之物調和之乎？不然,觸冰爲水,爲戲耳。"雪藕絲",蓋雪斷之雪。此是方言。如《家語》,則後人所謂洗雪之雪者矣,非此之謂。

"片雲"二句：趙云：此蓋以爲戲也。雨甚當速歸，而詩不了，則黑雲將欲爲"雨"以"催"之（笑）[矣]。東坡嘗使："纖纖入麥黃花亂，颯颯催詩白雨來。"

右二

雨來霑席上，風急打船頭。
越女紅裙濕，燕姬翠黛愁。
纜侵堤柳繫，幔卷浪花浮。
歸路翻蕭颯，陂塘五月秋。

【集注】

"雨來"二句：急：一作"惡"。　趙云：示《涅槃經》云："風雨所打。"（陳案：示，《杜詩引得》無此字。）亦是方言，蓋江南有謂之打頭風者也。

"越女"二句：越多美女，西施，越女也。《古詩》："燕趙多佳人。"趙云："越女""燕姬"，蓋枚乘《七發》云："越女侍側，齊姬奉後。"而鮑明遠《舞鶴》云："燕姬色沮，巴童心恥"也。

"纜侵"二句：浪起如花也。　趙云：急雨當避，進舟於岸傍，故"侵堤柳"而繫纜也。下句"幔卷"如"浪花浮"之間，蓋雨景中看之也。"卷"字，與梁（間）[簡]文帝《納涼詩》"珠連影空卷"及王勃"珠簾暮卷西山雨"之"卷"同。（陳案：連，《藝文類聚》作"簾"。）

"歸路"二句：趙云：必著稱"月"者，以當"五月"炎天，而遂成"秋"，爲可記錄。（陳案：爲可記錄，《補注杜詩》作"蓋公句法也"。）范元實《詩眼》嘗論其類此者。

白水明府舅宅喜雨 得過字

吾舅政如此，古人誰復過？
碧山晴又濕，白水雨偏多。
精禱既不昧，歡娛將謂何？
湯年旱頗甚，今日醉弦歌。

【集注】

"吾舅"句:喜雨之應"禱",故美其"政"也。

"湯年"二句:(陳案:弦,《全唐詩》同。《杜詩詳註》作"絃"。《説文》:"弦,弓弦也。"《集韻》"先"韻:"絃,八音之絲也。絃,通作弦。")

湯有七年之旱。此詩先"禱","精禱""不昧",即"禱"而得雨也,故有"醉絃歌"之句。《論語》:"聞絃歌之聲。"

陪李金吾花下飲

勝地初相引,徐行得自娛。
見輕吹鳥毳,隨意數花鬚。
細草稱偏坐,香醪懶再沽。
醉歸應犯夜,可怕李金吾。

【集注】

"勝地"四句:趙云:"徐行",所以對"勝地"。其作"余行",非。"吹鳥毳""數花鬚",所以"自娛"。

"細草"二句:趙云:"稱"字,去聲。如公嘗自"偏勸腹腴愧年少""漁父忌偏醒""驥病思偏秣"之義。(陳案:自,《杜詩引得》作"使"。)此飲酒闌珊,而歇於"細草"之上,惟其"偏"可於此"坐",則不思起矣。雖酒盡,亦"懶再沽"也。

"醉歸"二句:漢制:金吾將軍,主徼巡京師。　《杜補遺》:按:韋述《西都新記》曰:"京城街衢,有金吾曉暝傳呼,以禁夜行。惟正月十五日夜,敕許金吾弛禁,前後各一日。"故中書侍郎蘇味道《上元詩》有:"金吾不禁夜,玉漏莫相催"之句。　趙云:此戲"李金吾"也。王襃《洞簫賦》云:"頌有醉歸之歌。""犯夜",亦有所載。《世説》云:"王安期作東海,吏錄犯夜人致。王問何處來?云:'從師受書還,不覺夜。'王曰:'鞭撻甯越以立(爲)[威]名,恐非致化之本。'使吏送歸其家。"薛夢符所引李廣霸陵事,非。言"可怕",則不"怕"之也。與可憚、可但、可能之"可"同。

贈高式顏

昔別是何處,相逢皆老夫。
故人還寂寞,削跡共艱虞。
自失論文友,空如賣酒壚。
平生飛動意,見爾不能無。

【集注】

"贈高"句:趙云:高式之族姪也。見適集。

"昔別"二句:趙云:"是"字可以對"皆"字。一作"人",非是。

"故人"二句:《莊子》:孔子"削跡於衛"。　趙云:"削跡",《莊子》又曰:"削跡捐勢。"則自削藏也。"削跡於衛",則人拂削其跡。今此言"共(難)[艱]虞",則遭人棄逐矣,此所爲"寂寞"也。

"空如"句:(陳案:如,《補注杜詩》《全唐詩》作"知"。)

"平生"二句:趙云:魏文帝《典論》有《論文》一篇。"論文"最爲難事,公與李白詩云:"何時一樽酒,重與細論文。"則李白與公敵體,方能當之。今指高爲"論文"之"友",則必能文者。"友"既相"失","空知""酒壚"所在,不復何人可與共飲也。《相如傳》注云:"壚者,賣酒之處。"無人共飲,則亦沈滯塊處而已。忽一見高式顏,則平生飛揚轉動之意,不能自已也。沈佺期於《李侍郎祭文》云:"思含飛動,才冠卿雲。"

贈比部蕭郎中十兄

有美生人傑,由來積德門。
漢朝丞相系,梁日帝王孫。
蘊藉爲郎久,魁梧秉哲尊。

詞華傾後輩,風雅藹孤騫。
宅相榮姻戚,兒童惠討論。
見知真自幼,謀拙醜諸昆。
漂蕩雲天闊,沈埋日月奔。
致君時已晚,懷古意空存。
中散山陽鍛,愚公野谷村。
寧紆長者轍,歸老任乾坤。

【集注】

"贈比"句:甫從姑之子。(陳案:從,《四庫全書》本作"徒"。形誤。《補注杜詩》《全唐詩》作"從"。)

"有美"句:《詩》:"有美一人。"《漢》:高祖云:"三者皆人傑,吾能用之。"

"由來"句:《書》:"汝方積德。"《漢》:叔孫通禮樂,"百年之積,而後可興"。(陳案:"之積",《漢書》作"積德"。)

"漢朝"句:謂蕭相國何。

"梁日"句:梁武帝姓蕭。　趙云:此篇是正格,破題便對。《詩》:"有美一人。""生人傑",應是"生民傑"。唐太宗名世民,故每改世爲代,改(名)[民]爲人。《孟子》云:"自生民以來,未有如孔子者。"《易》:"其所由來者,漸矣。"詩人多用"積德"字,德裕《周齊王銘》曰:"胄其積德,必有君臨"也。(陳案:"德裕",《杜詩引得》作"庾信"。)此以引下句。

"蘊藉"句:以蘊藉而爲郎也。《東觀漢記》:"桓榮溫恭有蘊藉。"文穎曰:"寬博有餘也。"

"魁梧"句:《周(悖)[勃]傳》:"魁梧奇偉。"一音悟魁,言丘墟壯大之意也。"悟"者,言其可驚悟也。　趙云:《張良贊》曰:"聞張良之智勇,以爲其貌魁梧奇偉。"注:"魁,大兒。梧,言其可驚悟。"雖音去聲,而公作平聲,蓋當時皆讀爲"吾",顏師古自言之矣。司馬相如以貲爲郎;卜式不願爲郎。《書》:"經德秉哲。"

"詞華"二句:趙云:一字從鳥,(陳案:一,《杜詩引得》作"騫"。)虛言切,飛舉之貌也。此屬元字韻中。若其下從馬而爲一字,(陳案:一,《杜詩引得》作"騫"。)却是起虔切,注云:"馬腹縶。又,虧也。"乃屬先字韻。學者多誤,故爲明之。

"宅相"句:《晋》:魏舒少孤,爲外家甯氏所養。甯氏起宅,相宅者云:"當出貴甥。"舒曰:"當爲外氏,成此宅〔相〕。"舒後果爲公。《杜補遺》:《北史·李靈傳》:邢晏稱其甥李繪曰:"如對珠玉宅相之奇,良在此甥。"又《文苑傳》:王褒,字子深,七歲能作文,外祖梁司空愛之,謂賓客曰:"此兒當成吾宅相。"　趙云:蕭兄杜家之外孫,故比之魏舒。

"兒童"句:言方"兒童"時,得蕭兄"惠"以"討論"之益矣。自此而下,公轉入自述之事也。《書序》:"討論墳典。"

"見知"句:潘安仁《懷舊賦序》云:"余十二而獲見知於父(有)〔友〕東越戴侯楊君,遂申之以婚姻。"(陳案:越,《文選》作"武"。)

"謀拙"句:子美與蕭爲姑舅之昆仲也。　趙云:言"見知"於蕭兄,已"自幼"時。而自後"謀拙",則每"愧"諸兄。《書·盤庚》:"予亦拙謀,乃作逸。"

"漂蕩"二句:"雲天闊",言飄蕩而去遼遠也。又"日月奔",謂沈埋而歲月易失也。

"致君"二句:趙云:其"謀拙"者,"飄蕩"於外而不能仕進以"致君"也。(魏)應璩《與從弟君冑書》曰:"思致君於有虞,濟蒸民於塗炭。""懷古",(賦)〔則〕《選》曰:"盼山川而懷古。"又曰:"慨長思而懷古。"其"飄蕩"於外,乃在齊、魯。下句使"山陽""愚谷"事,乃是齊、魯相近之地。《地理志》:"山陽,漢屬兗州,愚公谷在青州臨淄。"考之地圖,青州在兗州東,而臨淄縣在州西北至十里,(陳案:至,《杜詩引得》作"四"。)則"山陽"與"愚谷"相近審矣。既在齊、魯,則爲"雲天闊";既"飄蕩"之久,則爲"日月奔"。"日月"既"奔",則"致君"遂"晚",而徒餘"懷古"之"意""存"耳。

"中散"句:嵇康爲中散大夫,性絶巧好鍛。王戎自言與康居山陽二十年,未嘗見其喜慍之色。《向秀傳》:"嵇康善鍛,秀爲之佐,相對欣然,傍若無人。"　趙云:嵇康居在山陽。初,康貧,與向秀鍛於大樹之下,自贍給。潁川鍾會,貴公子也,精練有才辯,故往造焉。康不爲之禮,而鍛不輟。良久,會去。康謂曰:"何所聞而來?何所見而去?"會以此恨之。譖康於帝,則有東市之刑。公在山陽之間,因"懷古"感慨。

"愚公"句:《列子》:愚公移山,而山北之叟笑之。　　趙云:《韓子》:齊(相)〔桓〕公逐鹿入谷,見一老,問是爲何谷。對曰:"爲愚公谷,以臣名之。"桓公曰:"視公儀狀,非愚人,何爲以愚公名之?"對曰:"臣故畜牸牛,生子大,賣之而買駒。"少年曰:"牛不能生馬。"遂持駒去。傍鄰以臣爲愚,故名愚公。管仲再拜,曰:"此夷吾之過也。使堯在上,咎繇爲理,安有取駒者乎?"舊注所引,豈可謂之"野谷村"哉?公在"愚谷"之間,因"懷古"感慨焉。懷"愚公"之村,則有强者凌轢之思矣。　　杜云:江淹《兔園賦》(陳案:江淹、兔,《文苑英華》卷九十七作"庾信""小"。):"坐帳無鶴,支床有龜。一寸二寸之魚,三竿兩竿之竹。名爲野人之家,是謂愚公之谷。"

"寧紆"二句:陳平以席爲門,門外多長者車轍。陶潛:"王公紆軫。"　　趙云:公在"山陽""愚谷"之間,自以其地僻也,而蕭兄臨之,故有此句。言不煩蕭兄之枉顧,姑"任乾坤"而"歸老",則蕭兄必是向西北,人自此歸矣。感動蕭兄,我亦將自"飄蕩",亡所歸焉。蓋孤憤之辭也。

九日曲江

綴席茱萸好,浮舟菡萏衰。
季秋時欲半,九日意兼悲。
江水清源曲,荆門此路疑。
晚來高興盡,摇蕩菊花期。

【集注】

"綴席"句:《風土記》:俗於九月九日折茱萸房以插頭,言辟邪惡。

趙云:《西京雜記》:九月九日佩茱萸,食〔蓬〕餌,飲菊花酒,云令人長壽。蓋傳自古,莫知其由。今學者但知費長房教桓、景避災厄,令舉家縫茱萸囊繫臂事,而又《風土記》所云,是不知本始也。

"浮舟"句:蓮,莖爲茄,葉爲荷,花爲菡萏,根爲藕。

"季秋"句:一作"百年秋已半"。　　趙云:"一作"之句無義。

"江水"句:《西京雜記》:以水源屈曲,故謂之曲江。

"荊門"句:桓溫以九日宴從事於龍山,孟嘉落帽龍山。在荆州門外也。　　趙云:按《劇談録》:曲江本秦時隑州。隑即碕字,巨依切。唐開元中,疏鑿爲勝景。南即紫雲樓、芙蓉苑;西即杏園、慈恩寺。花卉環列,煙水明媚,都人遊賞,盛于中和上巳節。《九域志》載:"江陵府古跡有落帽臺,乃龍山矣。"今言在"曲江"作重九,而疑是龍山,故曰:"荊門此路疑。"

"晚來"二句:陶潛:九日無酒,折菊盈把。至晚,王弘送酒,遂醉而返。　　趙云:此言日晚"興盡",則"菊花期"約又在明年今日焉。斯爲"搖蕩"矣。殷仲文《九日作》詩:"獨有清秋日,能使高興盡。"

官定後戲贈

不作河西尉,淒涼爲折腰。
老夫怕趨走,率府且逍遥。
耽酒須微禄,狂歌託聖朝。
故山歸興盡,回首向風飆。

【集注】

"官定"句:時免河西尉,爲右衛率府兵曹。　　趙云:此公自贈耳,故云戲也。

"不作"二句:陶潛爲彭澤令,郡遣督郵至縣,吏白:應束帶見之。潛歎曰:"吾不能爲五斗米折腰。"

"老夫"二句:"老夫",自言也。謂州縣有"趨走"之勞,故怕率府閑曹也,得自肆而已。

"耽酒"四句:趙云:天寶九載冬,公預獻《三大禮賦》。明年十載,乃召試文章,初授河西尉,辭不行,更授衛率府兵曹,故得以"老夫"爲稱。謂"須微禄",故無復歸山之"興",但臨風"回首"而已。"興盡",王子猷興盡之義。《選》詩有:"樹頭鳴鳳飈。"

承沈八丈東美除膳部員外,阻雨未遂馳賀,奉寄此詩

今日西京掾,多除南省郎。
通家惟沈氏,謁帝似馮唐。
詩律群公問,儒門舊史長。
清秋便寓直,列宿頓輝光。
未暇申宴慰,含情空激揚。
司存何所比,膳部默悽傷。
貧賤人事略,經過霖潦妨。
禮同諸父長,恩豈布衣忘?
天路牽騏驥,雲臺引棟梁。
徒懷貢公喜,颯颯鬢毛蒼。

【集注】

"今日"二句:府掾四人,同日拜郎。

"通家"二句:趙云:孔融謁李膺,曰:"我乃李君通家子弟也。"《選》詩云:"謁帝承明廬。""馮唐",則公以自比,蓋唐以白首而見文帝,公四十歲,始緣獻賦召試,見明皇也。

"詩律"二句:趙云:上句,公自言其能詩。下句,以言沈東美。謂之"舊史",則"東美"者史官,沈既濟之胄也。

"清秋"句:"寓",寄也。《晉》:"潘岳兼虎賁郎將,寄直于散騎省。"故云"寓直"。

"列宿"句:謂郎官上應"列宿"。　趙云:上以言沈受命之時。"便",平聲。下以言沈爲"膳部",蓋郎官應哀烏之星。

"未暇"句:(陳案:宴,《全唐詩》同。一作"安"。)

"司存"句:"比",屬也。言"司"之所在何屬。

"膳部"句:甫大門,昔任此官。　　趙云:《論語》:"籩豆之事,則有司存。"言沈丈之司,何所比擬乎?公直以比其大父也。蓋公之大父審言,嘗爲此官,故因沈丈而追感矣。公自注"大門",則大父之新稱。師民瞻本直改作"大父"。以俟博聞者訂之。

"禮同"二句:"父長",猶父兄之行也,相尊爾。天子謂同姓諸侯,諸侯謂同姓大夫,皆曰"父"。　　趙云:以尊沈丈之年。"布衣",則公新召試入官,前此蓋"布衣"耳。

"天路"二句:趙云:枚乘《古樂府》云:"美人在雲端,天路隔無期。"而袁彦伯《三國名臣贊》曰:"整轡高衢,驤首雲路。"此"牽騏驥"之謂也。《淮南子》云:"雲臺之高。"高誘注:"高際於雲,故曰雲臺。"袁彦伯《三國名臣贊》,其言魯肅曰:"荷檐杞梓,乃構雲臺。"(陳案:杞梓,《文選》作"吐奇"。)此引"棟梁"之謂也,即非漢之臺名。《傳》云:"驊騮騏驥,天下之良馬也。"陸玩祝曰:"莫傾人棟梁。"以比沈丈得位,而引末句之意。

"徒懷"二句:見"竊效貢公喜"注:"王陽在位,貢禹彈冠。"　　趙云:"貢公喜"字,杜田於首篇止引劉孝標《絕交論》云:"王陽登則貢公喜,罕生逝而國子悲。"爲補舊注之遺。此豈獨出於劉孝標邪?陸機《鞠歌行》云:"王陽登,貢公歡,罕生既没國子歎。"孰謂前人不相依傍歟?此亦注《文選》所不到矣。

卷十九

（宋）郭知達 編

近體詩

奉留贈集院崔于二學士

昭代將垂白，途窮乃叫閽。
氣衝星象表，詞感帝王尊。
天老書題目，春官驗討論。
倚風遺鶂路，隨水到龍門。
竟與蛟螭雜，寧無燕雀喧。
青冥猶契闊，陵厲不飛翻。
儒術誠難起，家聲庶已存。
故山多藥物，勝槩憶桃源。
欲整還鄉旆，長懷禁掖垣。
謬稱三賦在，難述二公恩。

【集注】

"奉留"句：國學、休烈。

"昭代"句："昭"，明也。"昭代"，猶明時。謝靈運："星星白髮垂。"

"途窮"句：公因不第，乃獻賦。阮籍哭途窮。《思玄賦》："叫帝閽。"

"氣衝"句：趙云：揚雄《甘泉賦》："選巫咸兮叫帝閽。""氣衝星象",暗以劍爲喻。《文選》:"上叶星象。"

"詞感"句:公嘗有詩云:"往年文彩動人主。" 趙云:此四句言獻《三大禮賦》也。當天寶九載,時方隆盛。詩〔人〕年三十九歲,雖窮困,自負其才,獻賦,而上悦之,故云。舊注引公詩,非是。蓋此方叙述其獻賦之意,而《莫相疑行》,舊注所云則言獻賦之後,聲聞"輝赫",召試"中書堂",而"文彩"動上也。"昭代",本是昭世字。鮑明遠云:"浮生旅昭世。"唐太宗諱世民,故改"世"爲"代","蓋世"改爲"蓋代","民傑"改爲"人傑"。《杜欽傳》:紅陽侯與欽子業書曰:"誠衰老姊垂白。"

"天老"二句:"春官",宗伯。公常不第于春官。 趙云:此却是方言"試文章",所謂"集賢學士如堵墙,觀我落筆中書堂"時也。舊注所言又非是。蓋有"詞感帝王尊",已言召試之文(子)〔了〕,却接言初赴舉時乎?公于《進封西岳賦表》云:"幸得奏賦,待制于集賢,委學官試文章。"則出"題目"者宰相,而審驗之者禮部矣。三公,謂之卿老,又謂之元老、天老,蓋天子之老也。而黄帝之臣有"天老"焉。

"倚風"句:(陳案:鷁,《補注杜詩》《全唐詩》作"鵙"。《廣韻》"錫"韻:"鷁,水鳥。"《玉篇》:"鷁同鵙。") 《左傳》:"六鵙退飛,過宋都,風也。"公自言不第,若"鷁"之遇風遺路耳。

"隨水"句:《三秦記》:"龍門,魚登者化爲龍。"公不第,故曰"到"也。

"竟與"二句:寧,一作"空"。 言不能自致霄漢,故雜"蛟螭"也。"燕雀",喻小人也。

"青冥"二句:趙云:此六句(陳案:指"倚風"以下。)公以文彩動人主矣。意其遂騰踏進用,止授河西尉,不行,改右衛率府兵曹而已。此公所以嘆也。與《上韋左丞》古詩云:"主上頃見徵,欻然欲求伸。青冥却垂翅,蹭蹬无縱鱗"同意。而舊注乃以自言其不第,其誤以"春官"爲赴舉時,故爾。"倚風遺鷁路",言倚賴風而往矣,反遭回風,而遺失其所往之程路。此乃曲折之句也。"龍門",在河中府。其水湍險,魚登者化爲龍。"隨水到",則隨水到之而已,不能過也。"到龍門"而不過,則猶雜"蛟螭";"遺鷁路"而不進,則不免群燕雀而受其喧也。"寧無",作"空無",非也。"青冥",雲也。祖出《楚詞》。而任彦升《爲王儉文集序》:"勗以丹霄之價,弘以青冥之期。"《詩》:"死生契闊。""凌厲"者,(頸)〔徑〕上跨越之義。劉歆《遂初賦》曰:"登句注以凌厲。"而嵇叔夜承之云:"凌厲中原。""飛翻",則王粲詩曰:"苟非鴻鵾,孰能飛翻。"

"家聲"句:見"(炬)〔烜〕赫舊家聲"注。

"勝槩"句:見"欲問桃花宿"注。　　趙云:"儒術誠難起",乃"儒冠多誤身"之意。"故山",則襄陽也。甫本襄陽人,徙河南鞏縣。其在長安,則居于杜陵。今在長安作詩,而思故山,乃言襄陽矣。"桃源",在今鼎州。襄陽之于鼎,雖隔江而頗近。蓋以《地志》考之,自襄州至鼎界,總無三百里耳。《荀子》:"儒術行,則天下富。"司馬〔子長〕曰:"李陵頽其家聲。"

"欲整"二句:劉楨詩:"誰謂相去遠,隔此西掖垣。"

"謬稱"二句:甫獻三大禮賦出身,"二公"常稱述。　　趙云:"整""斾"字,如劉公幹"整駕"之整。"長懷",則懷崔、于二學士也,蓋集賢院在禁中矣。

故武衛將軍挽歌三首

右一

嚴警當寒夜,前軍落大星。
壯夫思感決,哀詔惜精靈。
王者今無戰,書生已勒銘。
封侯意疏濶,編簡爲誰青?

【集注】

"嚴警"二句:《晉陽〈春〉秋》曰:有星赤而芒角,自東北西南流,投于諸葛亮營,三投,再還,往大,還小,而亮薨。　　趙云:軍事以嚴終,軍中謂之"嚴警"。

"壯夫"二句:趙云:"感決",疑是"敢決"。蓋思其敢決邁往之氣也。或是"感决",欲隨之以死。

"王者"句:鍾士季《檄蜀文》:"王者之師,有征無戰。"

"書生"句:班孟堅爲竇憲作勒《燕然山銘》。　趙云:"無戰""勒銘",言己收將軍之功而享此矣,不得蒙寵加秩而死。

"封侯"二句:李廣不"封侯"。餘見"青簡爲誰編"注。　趙云:謂朝廷"封侯"之意已"疏濶"矣,則將軍無傳以書于信史,雖有"編簡","爲誰"而"青"乎?古者以竹簡寫書,(几)〔凡〕欲書,則先殺其"青",故謂之青簡。

右二

舞劍過人絶,鳴弓射獸能。

銛鋒行悷順,猛噬失蹻騰。

赤羽千夫膳,黃河十月冰。

橫行沙漠外,神速至今稱。

【集注】

"舞劍"句:《高祖紀》:"項莊請以劍舞,因擊沛公。"

"鳴弓"句:曹子建詩:"攬弓捷鳴鏑,驅上彼南山。左挽因右發,一縱兩禽連。"

"銛鋒"四句:趙公:(陳案:公,《杜詩引得》作"云"。)"銛鋒",言舞劍之絶也。"猛噬",言射獸之能也。"蹻",本音巨虐切,而在《唐韻》,又音巨嬌切。注云:"驕也。"《家語》:"赤羽若日,白羽若月。""千夫膳",言所膳者,千兵也。

"橫行"句:所向無前也。

"神速"句:岑彭兵至蜀,公孫述以杖擊地,曰:"是何神也?"趙云:《前漢·季布傳》:"樊噲願得十萬〔衆〕,橫行匈奴中。"公詩意,"武衛將軍"止提"赤羽"之千兵,渡"十月"之冰河,能"橫行"而"神速"矣。兵機以"速"爲神。

右三

哀挽青門去，新阡絳水遥。
路人分雨泣，天意颯風飄。
部曲精仍銳，匈奴氣不驕。
無由覿雄畧，大樹日蕭蕭。

【集注】

"哀挽"二句："哀挽"，哀歌也。《漢書》：霸城門，民間所謂青門也。　趙云：邵平種瓜青門外，其門在東。何以知之？《蕭何傳》云："平種瓜長安城東也。""武衛將軍"蓋絳州人，其柩歸絳，則由城東而去矣。"絳水"出絳山。智伯曰："絳水可以浸安邑。"是已。

"路人"句：諸葛亮亡，人皆野泣。

"天意"句：（陳案：飄，《補注杜詩》《全唐詩》作"飈"。《集韻》"宵"韻："飈，亦作飄，通作猋。"）　《杜補遺》：曹子建作《王仲宣誄》曰："延首歎息，雨泣交頤。"注："雨泣，言泣下如雨。"　趙云：杜田所引是。然曹子建本用《説苑》所云："鮑叔死，管仲舉上袵而哭之，泣下如雨。"

"部曲"句：見二十七卷"部曲異平生"注。

"大樹"句：見十八卷"更識將軍樹"注。

九日藍田崔氏莊

老去悲秋强自寬，興來今日盡君歡。
羞將短髮還吹帽，笑倩傍人爲正冠。
藍水遠從千澗落，玉山高并兩峯寒。
明年此會知誰健，醉把茱萸子細看。

【集注】

"老去"句：宋玉曰："悲哉，秋之爲氣也。"

"興來"句：趙云：《列子》載：孔子嘆榮啟期曰："善乎，能自寬者也。"（宋）鮑照詩云："酌酒小自寬"。王維詩亦云："酌酒與君君自

"寬"也。

"羞將"句:孟嘉九日爲風落帽。

"笑倩"句:趙云:借用"李下不正冠"也。

"藍水"句:《三秦記》曰:"藍田有州,(陳案:州,《陝西通志》作'川'。)方三十里,其水北流,出玉銅鐵石。"

"玉山"句:《前漢·地理志》:"藍田山,出美玉。" 趙云:"藍水""玉山",乃藍田之山水。(秀)[考]之《水經》,灞水,古滋水也,亦名藍谷水。有白馬谷水、勾牛谷水、圁谷水、輞谷水、傾谷水、蓼子澗水等合入之,故曰"遠從千澗(藍)[落]"。藍田山出玉,亦名"玉山"。《述征記》曰:"山形如履車之象,故又名履車山。"

"明年"二句:健,一作"在"。醉,一作"再"。

崔氏東山草堂

愛汝玉山草堂靜,高秋爽氣相鮮新。
有時自發鍾磬響,落日更見漁樵人。
盤剝白鴉谷口栗,飯煑青泥坊底芹。
何爲西莊王給事,柴門空閉鎖松筠。

【集注】

"盤剝"二句:(陳案:粟,《補注杜詩》《全唐詩》作"栗"。) "白鴉谷""青泥坊",皆地名。

"何爲"二句:王維時被張通儒禁在山東北寺,有所歎息,故云。

趙云:考藍田地理,魏置青泥軍於柳城內,俗謂之青泥城,此所謂"青泥坊"也。志雖不載"白鴉谷",應是相近地名。落句及王摩詰者,蓋輞谷在藍田縣,謂之"西莊",則在崔氏草堂之西也。《唐書·鄭虔傳》:安祿山反,遣通儒劫百官,置東都云云。後賊平,與張通儒、王維并囚宣陽里。而《王維傳》止云:"賊平,皆下獄。"則今公詩注所謂"禁在山東北寺"者,初劫置時也。至囚宣陽里者,下獄時也。此詩追言天寶十四載十二月安祿山陷東京事。

對　雪

戰哭多新鬼，愁吟獨老翁。
亂雲低薄暮，急雪舞迴風。
瓢弃樽無綠，爐存似火紅。
數州消息斷，愁坐正書空。

【集注】

"戰哭"句：哭，一作"國"。　　見"新鬼煩冤舊鬼哭"注。　　趙云：借《左氏》"新鬼大"也。

"急雪"句：《洛神賦》："若流風之舞迴雪。"　　趙云：《爾雅》："迴風謂之飄。"而《楚辭》有《悲回風》之篇。

"瓢弃"二句：(陳案：弃，《全唐詩》作"棄"。一作"弄"。似火，《補注杜詩》《全唐詩》作"火似"。)　　趙云：酒謂之醹醁，亦曰綠酒。故沈休文云："憂來命綠樽。"

"數州"二句：時方亂離，故"數州"斷"消息"也。　　趙云：前歲十一月，安祿山反，首陷河北諸郡。今歲十二月，又陷東京，此之謂也。殷浩書空，作"咄咄怪事"四字也。

月　夜

今夜鄜州月，閨中只獨看。
遙憐小兒女，未解憶長安。
香霧雲鬟濕，清輝玉臂寒。
何時倚虛幌，雙照淚痕乾。

【集注】

"今夜"句：時祿山之亂，公奔走(走)〔避〕難，家寄鄜州。　　趙云：天寶十五載夏五月，挺身(越)〔赴〕朝廷，獨轉陷賊中，而懷鄜州耳。

"遙憐"二句:趙云:蓋言"兒女"在鄜州,不能念"長安"之如何,與公之在賊中消息也。此暗使晉明帝事。帝幼而聰哲,爲元帝所寵異。年數歲,嘗坐置膝前。屬長安使來,因問帝曰:"汝謂日與長安孰遠?"對曰:"長安近,不聞人從日邊來,居然可知也。"元帝異之。明日宴群僚,又問之。對曰:"日近。"元帝失色,曰:"何乃問間者之言乎?"(陳案:問間,《世說新語》作"異昨日"。《晉書》作"異間"。)對曰:"舉目則見日,不見長安。"今公于《月夜》詩,而使日事之意,以寓其"兒女"不解"憶長安",可不謂之奇乎? 又以"小兒女"對"憶長安",非老手莫能也。

"香霧"二句:師云:《樂府詞》:"小兒雲鬟側。"王獻之詩:"玉臂薄香殘。"　　趙云:兩句或閨中獨看之語,"香霧"所浥,則"雲鬟濕",以其上承之故也。"清輝"所照,則"玉臂寒",蓋必倚闌憑軒而看故也。

"何時"二句:(乾)[趙]云:江文通《擬王徵》詩:"練藥矚虛幌。""雙照"字,以言月照其夫婦相會之時也。或者謂止是言兩目之"淚",既得還家,則不復有"淚",故月照其"雙""乾"耳。夫"淚"言"雙",固是常語。公詩有云:"封書兩行淚。"又云:"亂後故人雙別淚。"又云:"故憑錦水將雙淚""寂寂繫舟雙下淚"。此則皆言兩目之"淚"。而今詩句法乃云"雙照淚痕",則主言"照"二人"淚痕乾"矣。

遣　興

驥子好男兒,前年學語時。
問知人客姓,誦得老夫詩。
世亂憐渠小,家貧仰母慈。
鹿門攜不遂,鴈足繫難期。
天地軍麾滿,山河戰角悲。
儻歸免相失,見日敢辭遲。

【集注】

"驥子"句：驥子，宗武，公之子也。見《宗武生日》詩注。

"誦得"句：公自謂也。《左傳》："老夫耄矣。"

"家貧"句：嵇叔夜："母兄鞠育，有慈無威。"

"鹿門"句：龐德公攜妻子入鹿門山。隱公襄陽人，故云。

"鴈足"句：《蘇武傳》："鴈足繫書。"一云："鹿門攜有處，鳥道去無期。"　趙云：此蓋公獨轉陷賊中，而書信不通矣。若用一云"鹿門攜有處，鳥道去無期"之句，對"鳥道"，則公尚未脫身歸鄜州也。"鳥道"，言其嶮窄。離長安而趨鄜，乃由"鳥道"矣。

"見日"句：日，一作"爾"。

元日寄韋氏妹

近聞韋氏妹，迎在漢鍾離。
郎伯殊方鎮，京華舊國移。
春城回北斗，郢樹發南枝。
不見朝正使，啼痕滿面垂。

【集注】

"元日"句：趙云：此至德二載之元日，時公四十六年，（陳案：年，《杜詩引得》作"歲"。）春猶在賊。

"迎在"句：濠州鍾離縣。

"郎伯"二句：趙云："鍾離"，在漢乃九江郡之縣也，在唐為濠州。"郎伯殊方鎮"，言作牧于鍾離也。"京華舊國"，言長安也。"移"，則以祿山之亂而奔移也。《莊子》云："殊方偏國。"又云："舊國舊都，望之暢然。"

"郢樹"句：見"宿鳥戀本枝"注。

"不見"二句：趙云：長安城如斗，故曰北斗城。而九江郡古屬揚州，為楚地也。方春回于北斗城之時，乃樹木發"南枝"于郢地之日。以紀元日，且見公在長安，而妹在鍾離也。"越鳥巢南枝"，非專指梅，蓋鬼仙《詠紅梅詩》云:"南枝向暖北枝寒。"自是近世事耳。吳邁遠《樂府詩》云:"春城起風色。""郢"者,楚郢之郢。"不見朝正使",以重紀亂離,四方之使隔絕也。

春　望

國破山河在,城春草木深。
感時花濺淚,恨別鳥驚心。
烽火連三月,家書抵萬金。
白頭搔更短,渾欲不勝簪。

【集注】

"國破"句:劉越石云:"家國破亡,親友凋殘。"

"感時"二句:司馬溫公曰:"牂羊墳首,三星在罶。"言不可久。古人爲詩,貴于意在言外,使人思而得之,故言之者無罪,聞之者足以戒也。近世詩人惟杜子美最得詩人之體。如此詩句,言"山河在",明無餘物矣;"草木深",明無人矣。花鳥平時可娛之物,見之而泣,聞之而悲,則時可知矣。　　趙云:謝靈運有《感時賦》。或者謂花名"感時花",鳥名"恨別鳥",不亦穿鑿乎?

"烽火"二句:趙云:考此詩作于天寶十五載之正月,蓋祿山反于十四載之十一月,至是則"烽火連三月"。惟其"烽火連三月",所以"家書抵萬金"。此詩人之語爲有法也。今學者每見"家書",遂以此句爲辭,非也。

"白頭"二句:趙云:公時四十五歲,故得以"白頭"爲言。如鮑照《行路難》云:"白髮零落不勝冠。"

憶幼子

驥子春猶隔,鶯歌煖正繁。

別離驚節換,聰惠與誰論?
澗水空山道,柴門老樹村。
憶渠愁只睡,炙背俯晴軒。

【集注】

《憶幼子》:字驥子,時隔絶在鄜州。
"鶯歌"句:趙云:"鶯歌",應以其能歌俚詩,遂名之曰"鶯歌"也。
"聰惠"句:趙云:公凡言此三,如"世事與誰論""妙絶與誰論"。
"澗水"二句:趙云:指言鄜州寄家之地。公押"村"字有:"愚公野谷村""月掛客愁村",與此"老樹村",皆匠立村名之語。
"炙背"句:"炙背"者,負暄之義也。

一百五日夜對月

無家對寒食,有淚如金波。
斫却月中桂,清光應更多。
仳離放紅蕊,想像嚬青蛾。
牛女漫愁思,秋期猶渡河。

【集注】

"無家"句:《世說》:寒食去冬至一百五日。
"有淚"句:《漢·樂志》:"月穆穆以金波。" 趙云:《史記》:馮驩彈劍鋏而歌曰:"長鋏歸來兮,胡爲乎無家?"如《載記·慕容熙傳》:"使有司按驗,哭者有淚以爲忠孝,無則罪之。"時公寄鄜州,而身陷賊中,此所以欺其無家。"金波",月也。
"斫却"二句:言月之"清光",爲"桂"所掩也。 《杜補遺》:《世說》:或謂徐孺子曰:"若令月中無物,當極明耳。"與此同意。 趙云:上句暗使吴剛事,語意又暗使徐孺子之意。《酉陽雜俎》載傳云:"月桂高五百丈,有一人常斫之,姓吴名剛,學仙道有過,謫令伐樹,隨創隨合。"雖是杜公之後段成式所撰,而傳者舊矣。徐孺子年九歲,曾月下戲。人語以"月中無物,當極明"。徐曰:"不然,譬如人眼中有瞳子,無此必不明。"或明此句以興姦邪蔽人主之時。(陳案:明、時,《杜詩引得》作"云""明"。)當時楊國忠已死,明皇左右別無姦邪,而杜鴻漸、崔冕之徒,乃至勸太子即位,尊爲太上皇,則姦邪者,其崔、杜之謂乎?雖未必然,而無害于義。

"仳離"二句:謝靈運詩:"想像昆山姿。"　　趙云:《中谷有蓷篇》:"有女仳離。"仳亦離也,音匹婢切。言夫婦失道而離。公因其夫婦隔離,遂借用耳。謝惠連詩謂謝靈運亦曰:"哲兄感仳別,相送越垌。"(陳案:林垌,《文選》作"垌林"。)屈原《遠遊賦》:"思故舊以想像。""紅藥",言寒食時花也。簡文帝《列燈賦》云:"競紅藥之晨舒。"今公以詩作于無家之際,言女方值此"仳離"而花發,亦愁寂而已,可想見其"嚬"也。舊作"青蛾",當爲"青娥",翠眉之謂也。公詩有云:"青蛾皓齒在樓船。"(宋)南平王《白紵舞曲》曰:"佳人舉袖曜青蛾。"李賀《夜坐吟》有云:"鉛華笑妾顰青蛾。"却使杜公字也。

"牛女"二句:趙云:公因日夜所感,故起二星相聚之興,言二星離而終聚,其在我未知其如何耳!"漫",則以不必"愁思",蓋猶有"渡河"之期。事出《齊諧記》,曰:"桂陽城武丁者,有仙道,常在人間。忽謂其弟曰:'七月七日織女渡河,諸仙悉還宫。吾向已被召,不得停,與爾別矣!'弟問:'織女何事渡河?'兄答曰:'織女暫詣牽牛。吾去後〈年〉三千年當還耳。'明日失武丁所在。"《詩》:"將子無怒,秋以爲期。"

大雲寺贊公房二首

右一

心在水精域,衣霑春雨時。
洞門盡徐步,深院果幽期。
到扉開復閉,撞鍾齊及兹。
醍醐長發性,飲食過扶衰。

把臂有多日,開懷無愧辭。
黃鶯度結構,紫鴿下芳菲。
愚意會所適,花邊行自遲。
湯休起我病,微笑索題詩。

【集注】

　　"大雲寺"句:本四首,二首在前卷。
　　"心在"句:清淨境土也。
　　"衣霑"句:趙云:江總《大莊嚴寺碑》云:"俯看驚電,影徹琉璃之道;遙拖宛虹,光遍水精之域。"蓋佛宇莊嚴,皆以金寶故也。下句言一心所在,初欲往之時,乃當春雨(雷)〔霑〕衣之際。
　　"洞門"二句:謝靈運:"平生協幽期。"　　趙云:上句敘所趨詣,盡其"徐步"也。《董賢傳》:"重殿洞門。"注:"門門相當也。言賢僭天子之制。"公後有《題省中院壁》詩云:"洞門對雪常陰陰。"言其幽邃耳。"徐步",如曹植云:"動霜縠以徐步。"
　　"撞鍾"句:趙云:此書實事也。"齊",讀齋,古用此字。《周禮》:"王齊日三舉。"
　　"醍醐"句:《釋經》云:"聞正法,如食醍醐然。"
　　"飲食"句:《杜補遺》:陶隱居云:佛經稱乳成酪,酪成酥,酥成醍醐。醍醐乃酥酪之精液也。《世說》載張世錫之言曰:"桑葚甘香,鴟雞革響。淳酪養性,人無妬心。"(陳案:世、雞,《世說新語》作"天""鴉"。)則"醍醐"之"發性"抑可知矣。此《釋經》所以喻正法也。蓋有"醍醐"之味,能開發真性,過分得此"飲食",以"扶衰"也。
　　"把臂":《絕交論》:"把臂之英。"
　　"開懷"句:趙云:"開懷",如云:"苟莫開懷。"《左氏》:"祝史〔無〕愧辭。"
　　"黃鶯"句:見"新亭結構罷"注。
　　"紫鴿"句:(陳案:芳菲,《全唐詩》作罘罳。一作"芳菲"。)
趙云:《靈光賦》云:"觀其結構。"而左太冲《招隱》詩有:"岧穴無結構。"《楚辭》云:"佩江離之芳菲。"

"湯休"二句:沙門惠休,姓湯氏,善屬文。　　趙云:湯休與鮑照同時,善詩文。以此贊公。　　新添:世尊舉花,迦葉微笑。見《傳燈錄》。

右二

細軟青絲履,光明白氎巾。
深藏供老宿,取用及吾身。
自顧轉無趣,交情何尚新。
道林才不世,惠遠德過人。
雨瀉暮簷竹,風吹青井芹。
天陰對圖畫,最覺潤龍鱗。

【集注】

"細軟"四句:《杜補遺》:《南史》:高昌國,多草木。有草實如繭,〔繭〕中絲如細纑,名爲白氎,國人取織以爲布。仇池翁《贈清涼和尚》云:"會須一洗黃茆瘴,未用深藏白氎巾。"蓋使子美故事,以白氎布爲巾也。"老宿",僧之年老而有宿德者。以供"老宿"之物奉吾身,言其敬也。　　趙云:所以言贊公待之厚,乃交情之不(贊)[替]也。

"道林"句:《晋》:桑門支遁,字道林,有才辨。

"惠遠"句:廬山遠大師有夙德。《前漢·鄭當時傳》:"一死一生,乃知交情。"

"雨瀉"四句:青,一作"春"。　　趙云:"青井",當作"春井",蓋言春時之水井耳。末句則必掛畫龍圖矣。公詩元四篇,其二在古詩《三川觀水漲》之下,蓋作於至德二載之春。何以知之？古詩有春院,此詩有"春雨""春井芹",則可知其爲春。《三川觀水漲》公自注云:"天寶十五年七月中,避寇時作。"是年是月肅宗即位,改元至德,可以知次年之春,爲至德二載也。

喜聞官軍已臨賊寇二十韻

胡虜潛京縣,官軍擁賊濠。
鼎魚猶假息,穴蟻欲何逃。
帳殿羅玄冕,轅門照白袍。
秦山當警蹕,漢苑入旌旄。
路失羊腸險,雲橫雉尾高。
五原空壁壘,八水散風濤。
今日看天意,遊魂貸爾曹。
乞降那更得,尚詐莫徒勞。
元帥歸龍種,司空握豹韜。
前軍蘇武節,左將呂虔刀。
兵氣回飛鳥,威聲沒巨鼇。
戈鋋開雪色,弓矢向秋毫。
天步艱方盡,時和運更遭。
誰云遺毒螫,已是沃腥臊。
睿想丹墀近,神行羽衛牢。
花門騰絕漠,拓羯渡臨洮。
此輩感恩至,羸俘何足操。
鋒先衣染血,騎突劍吹毛。
喜覺都城動,悲連子女號。
家家賣釵釧,只待獻春醪。

【集注】

"胡虜"句:趙云:至德二載,子儀以朔方兵敗安慶緒于澧水,復京師,慶緒奔于陝郡。此之謂"潛京縣",京師之縣也。鮑明遠云:"河陽視京縣。"

"官軍"句:城濠也。

"鼎魚"句:《後漢·方術·謝夷吾傳》:"遊魂假息"也。

"穴蟻"句:"鼎魚""穴蟻",言雖"假息",終不能逃死也。　《杜補遺》:《南史》:邱遲《與陳伯之書》云:"酋豪猜貳,部落攜離,方當繫頸蠻邸,縣首藁街,而將軍魚游沸鼎之中,燕巢於飛幕之上,不亦惑乎?"　趙云:"蟻穴"事,《異苑》曰:"桓謙太元中,忽有人皆長寸餘,悉被鎧持槊,乘具裝馬,從塪中出。緣机登竃,尋飲食之所。或有輒肉,(陳案:輒,《太平御覽》卷九百四十七作'切'。)輒來叢聚。力所能勝者,則以槊刺取,徑入穴。蔣山道士令以沸湯,澆所入處,寂不復出。因掘之,有斛許大蟻,死在穴中。"

"帳殿"句:以帳爲殿。"羅玄冕",言君臣聚謀。

"轅門"句:《周禮》:"以車轅爲門。""照白袍",士皆思用命,不止於營内也。　趙云:"帳殿"者,行在之所,以帳爲殿也。庾肩吾《曲水聯句》曰:"迴川入帳殿,列俎間芳洲。"梁[劉]孝綽《曲水宴》詩曰:"帳殿臨春渠。""羅玄冕",言群臣侍也。《周禮》:"弁師掌王之五冕,皆玄冕朱裏。"雖王者之制,而《三禮圖》載應劭《漢官儀》,以爲卿大夫玄冕。曹子建《責躬》詩曰:"冠我玄冕。"陸士衡詩云:"玄冕無醜士。"則公侯之服。"羅"者,不一其人也。如鮑明遠"扶宫羅將相"之"羅"。"轅門",出《周禮》。雖亦王者之制,而將亦有之,見《項羽傳》。"白袍",則以朝廷之兵,如梁陳慶之所統之兵。梁與魏戰,慶之麾下,悉著白袍,所向披靡。先是洛中謠曰:"名軍大將莫自牢,千兵萬馬避白袍。"言"白袍"之可畏也。公詩又曰:"未使吳兵着白袍。"亦同此矣。

"秦山"句:主出入"警蹕"。

"漢苑"句:言内地漸復也。　趙云:上句言肅宗在鳳翔也。"警蹕",出《前漢》。出稱"警",入稱"蹕",止行人也。"旌旄"者,析羽爲之,九旗之一也。"旄",則幢也。《詩》:"孑孑干旄。"孑孑干旄,言兵往長安,爲入"漢苑"矣。"漢苑"者,上林苑也。

"路失"句:失,一云"濕"。　羊腸坂也,在太行,天下之險也。《光武贊》:"金湯失險。"

"雲横"句:崔豹《古今注》:"高宗有雄雉[之祥],服章多用翟羽,故有雉尾扇。"　趙云:安慶緒弑父之年二月,李光弼敗其衆于太原郡。隋煬帝嘗問崔(續)〔賾〕羊腸坂。賾對有兩處:一在上黨壺關,一在太原北九十里。則今杜公之所謂"羊腸"者,指太原也。"失""險"者,無復有其險也。彼既失太原"羊腸"之險,而我勝矣。"雲横",則天子所在,"雲横"其上。如黄帝與蚩尤戰于涿鹿之野,常有雲氣止於帝上。"雉尾高",舊注所引是。"羊腸"却引太行,非。

"五原"句:五丈原,地名,近長安,時賊敗退,故"壁壘""空"。

"八水"句:關内"八水":一涇,二渭,三滻,四灞,五澤,六浩,七澧,八滈。(陳案:澤,《初學記》作"潦"。)"散風濤",言寇亂漸平。

趙云:上句言賊退而壘空也。"壁壘"字,出《選》。考《長安志》:"長安、萬年二縣之外,有畢原、白鹿原、少陵原、高陽原、細柳原。"正得原之名者,恰有五。若樂遊原,則曰樂陽廟,而亦曰原耳。然則"五原"者,殆指正名之"五原"乎?公古詩中"崆峒五原亦無事",亦此"五原"。舊注便作"五丈原",非是。惟其收復長安,故得言"五原"。"八水散風濤",則言風波止息之意。顏延年詩:"春江壯風濤。"

"今日"二句:《左傳》:"今日之事,我爲政。"《晋》:元帝云:"石勒逋誅〔歷載〕,遊魂縱逸。"亦祖《易》之"遊魂爲變"也。

"乞降"二句:趙云:賊窘則"乞降",黠則"尚詐"。今安賊既爲官軍所"臨",欲望如是不可也。已上言賊被"臨"之狀,已下鋪敍所"臨"之人。

"元帥"二句:時代宗爲元帥,故曰"龍種"。《豹韜》,兵書也。太公《六韜》有《豹韜》,第五篇。　鮑云:"元帥",謂廣平王也。"司空",謂郭子儀也。　趙云:時至德二載七月,以廣平王俶爲天下兵馬大元帥,往收長安。後更名爲豫,是爲代宗。"司空"郭子儀副之,故有此句。天子之子孫謂之"龍種"。如隋文帝子勇,勇子儼,雲昭訓所生,乃雲定興女。帝嘗曰:"皇太子孫何謂生不得其地?"定興奏曰:"天生龍種,所以因雲而出。"

"前軍"句:軍,一作"旌"。　蘇武至海上,仗漢節而毛盡落。言"前軍"皆守節之士。

"左將句":《晋書》:吕虔爲刺史,有佩刀,相者曰:"三公可佩。"虔乃贈别駕王祥,曰:"苟非其人,刀或爲害,以卿有公輔之量,故相與也。"言"左將"皆輔相之才。　趙云:又似言李嗣業。史載,嗣業善用陌刀。高仙芝討勃律時，嘗署嗣業爲左陌刀將，故得稱"左將"。李歸仁之師，果因嗣業以長刀突出斬賊，則公詩雖作于"聞官軍"臨寇之時，而嗣業善刀之名已著，故得用"呂虔刀"也。

"兵氣"句：《羽獵賦》："鳥不及飛，獸不得過。"言其疾也。

"威聲"句：威聲雄重。　《杜補遺》：《北史》：（鼓）[彭]城王勰（征）[從]征沔北，除中軍大將、開府，于是親勒大衆。須臾，有二大鳥從南來，一向行宮，一向幕府，各爲人所獲。勰言于帝曰："始有一鳥，望旗顛仆，臣謂之大吉。"帝戲之曰："鳥之畏威，豈獨軍中之略也？吾亦分其一耳。飛鳥避轅門，兵氣回飛，鳥豈畏威而然乎？"其事類此。

趙云：舊注非是。杜時可《補遺》所引，又穿鑿。蓋公用對"威聲沒巨鼇"，本亦無出處。必取"巨鼇"者何？以"巨鼇"扇贔之物，威聲所加，乃至沒之，此狂賊懾服之意。若用"回""鳥"畏威之（儀）[義]，又犯此句。況既云"鳥"，一向行宮，一向幕府，乃是來集，與"回"義相反。

"戈鋋"句：《東郊賦》："戈鋋彗雲。"注："矛稍也。鋋，音時連切。"

"弓矢"句：言雖微必中也。　趙云："戈""鋋"（爾）[兩]物，《列子》："目將眇者，先睹秋毫。""弓矢"向之，言能中微也。

"天步"句：《詩》："天步艱難。"

"時和"句：趙云：所謂"時和歲豐"。《文選》有云："時之未遭。"又，"遭遇嘉運。"則"時"與"運"之下，可押"遭"字韻也。

"誰云"句：《西京賦》："蕩亡秦之毒螫。"《四子講德論》："秦之時，處位任政者，并施毒螫。"《說文》："螫，行毒也。"

"已是"句：如以湯沃去"腥臊"也。《漢書》："蠻夷腥臊。"　趙云：螫，音施隻切。"腥臊"字，則《國語》：舅犯對晉侯曰："偃之肉腥臊，將焉用之？"而禰衡《鸚鵡賦》："忖陋體之腥臊。""毒螫""腥臊"，皆以蟲、鳥眇之耳。

"睿想"句：言將收復，復坐朝也。"丹墀"，以丹漆塗之。

"神行"句：趙云：蓋言車駕有可還之勢。《書》云："思曰睿。睿作聖。""睿想"，天子之念慮也。"丹墀"者，天子之殿，上以丹塗其墀。"神行"，天子行之也。"羽衛"，葆羽之衛。"牢"，則安而無警矣。

"花門"句：（陳案：漢，《四庫全書》本作"漢"。形訛。《補註杜詩》

《全唐詩》作"漠"。) 《燕山銘》:"經磧鹵絕大漠。"

"拓羯"句:"臨洮",郡名。 趙云:時用朔方、回紇、南蠻、大食之兵。今言"花門",回紇是也。"拓羯",安西是也。"臨洮",即洮州,謂之臨洮郡。"勝絶漠""渡臨洮",言其喜來助順也。

"此輩"二句:(陳案:足,《四庫全書》本作"至"。形訛。《補注杜詩》《全唐詩》作"足"。) 言回紇感恩而助,順其勇鋭,所向無前也。

趙云:至勝賊時,果得回紇以奇兵繚賊背夾攻之。《晉書》:"此輩當束之高閣。""羸俘",尫羸之俘也。"操"者,執俘之謂。

"鋒先"句:太宗平劉武周,躬臨矢石,血巉兩袖。

"騎突"句:"吹毛",言其利也。古有吹毛之劍。 師云:曹植曰:"如劍首之吹一毛,亦何足恃?" 趙云:此對爲最工。先鋒、突騎,皆倒使。"衣染血",《南史》:梁武帝謂張稷,有"衣染天血"之語。佛書:"如吹毛劍。"

"喜覺"四句:(陳案:連,《全唐詩》作"憐"。一作"連"。) 《董卓傳》:"吕布殺卓,馳齎赦書,以令宫殿内外,士卒皆稱萬歲,百姓歌舞于道,長安中士女賣其珠玉衣帶,市酒肉相慶者,填滿街肆。"趙云:蓋舉皆望京師收復,其喜如此。九月癸卯,果復京師也。

喜達行在所三首

其一

西憶岐陽信,無人遂却迴。
眼穿當落日,心死著寒灰。
霧樹行相引,蓮峰望或開。
所親驚老瘦,辛苦賊中來。

【集注】

"喜達"句:更始立光武爲蕭王,悉令罷兵詣行在所。蔡邕《獨斷》曰:"天子以四海爲家,謂所居爲行在所。"時子美自京竄至鳳翔。

"西憶"句:"岐陽",在鳳翔西。《左傳》:"成王有岐陽之蒐。"
"心死"句:《庚桑楚》曰:"心若死灰。"《別賦》:"骨肉悲而心死。"
趙云:"岐陽",乃鳳翔也,名已見於周。《左傳》:"成王有岐陽之蒐。"是也。公在賊中,引首西望,欲知鳳翔行在消息,"無人遂却"自鳳翔回,得以問之也。惟其無人可問,則徒"眼穿""心死"而已。《莊子》:"哀莫大于心死。"
"霧樹"句:霧,一作"茂"。
"蓮峰"句:華山有蓮花峰,一作"連山"。
"所親"二句:奔走憔悴,故"所親"驚其"老瘦"。《漢書》師古曰:"所親,素所親任也。"　趙云:"茂樹""連山",言自出長安眼中之所見。一作"蓮峰",非也。蓋蓮峰乃華山蓮花峰也,豈有却倒過長安之東,經同、華之境而來乎?當以"茂樹""連山"字爲正也。鮑照詩:"連山眇雲霧。"《前漢·張良傳》:"所封皆蕭、曹故人所親愛。"師古注云云,雖不指言親戚,而公之意則所言親戚也。

其二

愁思胡笳夕,淒涼漢苑春。
生還今日事,間道暫時人。
司隸章初覩,南陽氣已新。
喜心翻倒極,嗚咽淚沾巾。

【集注】

"愁思"句:言陷賊久,厭胡笳也。李陵書曰:"胡笳互動,物馬悲鳴。"蔡琰詩:"胡笳動兮邊馬鳴。"
"淒涼"句:《漢儀》注:"養鳥獸者,通名爲苑。"雖"春"而"淒涼",言殘敝也。
"生還"句:《後漢》:班超妹同郡曹壽妻昭,上書請超曰:"丐超餘年,一得生還,復見闕庭。"
"間道"句:"間道",伺間隙之道而行。班超從"間道"到疏勒。
趙云:藺相如使其從者,自秦間道懷璧以歸趙。
"司隸"句:更始以光武行司隸校尉,入落陽。(陳案:落,《集千家註杜工部詩集》作"洛"。)人(司)[見]司隸僚屬,皆(觀)[歡]喜不自勝。老吏或垂泣曰:"不圖今日復見漢官威儀!"由是識者皆屬心焉。

"南陽"句:《後漢·光武紀》曰:望氣者蘇伯阿,爲王莽使至南陽,遙望見舂陵郭,唶曰:"氣佳哉,鬱鬱蔥蔥也!" 《杜補遺》:謝玄暉《始出尚書省》詩:"既通金閨籍,復酌瓊筵醴。""還覩司隸章,復見東都禮。" 趙云:庾信《哀江南賦》:"反舊章于司隸。"

"嗚咽"句:趙云:張平子《四愁詩》曰:"側身北望涕沾巾"也。公使此字屢矣。

其三

死去憑誰報,歸來始自憐。
猶瞻太白雪,喜遇武功天。
影静千官裏,心蘇七校前。
今朝漢社稷,新數中興年。

【集注】

"歸來"句:《楚辭》:"私自憐兮何極?"

"猶瞻"二句:太白山也。"武功",縣名,屬鳳翔。 《杜補遺》:《錄異記》曰:"金星之精,墜于終南圭峯之西,因號爲太白。其精化爲白石,狀如美玉,常有紫氣覆之。玄宗立玄元廟于太寧里臨淄舊邸,取其石琢爲像焉。"餘見《送韋十六評事》:"受詞太白脚。" 趙云:太白山在鄠縣。鄠,則鳳翔之屬縣也。"武功",在唐不屬鳳翔,但近耳。公詩兩句所以顯(行)[言]歸"行在"也。于"太白"言"雪",則"太白"之"雪",冬夏不消。必曰"武功天"者,古語有之:"武功太白,去天三百。"言最高處也。亦以寓親近"行在"之意乎? 增添:《地圖記》:"太白山甚高,上常積雪,半山有雲,如瀑布,則澍雨,人常候驗,如離畢焉。"故語曰:"南山瀑布,不朝則暮。"

"影静"二句:公入朝,鮮當途之交,故言"影静"。"心蘇",言憂釋而"心蘇"也。《前漢·刑法志》:"京師有南北軍屯,武帝内增七校。"注:"中壘、屯騎、步兵、越騎、長水、胡騎、射聲、虎賁,凡八校尉。胡騎不常置,故此言七也。"

"今朝"二句：凡王室中否而再興,謂之"中興"。如周興、漢光武是已。時唐有安史之亂,故云。　　趙云："中興",于《漢書》,"中",音去聲。今公詩律平側不差,所以見去聲,明矣。

得家書

去憑遊客寄,來爲附家書。
今日知消息,他鄉且舊居。
熊兒幸無恙,驥子最憐渠。
臨老羇孤極,傷時會合疏。
二毛趨帳殿,一命侍鸞輿。
北闕妖氛滿,西郊白露初。
涼風新過鴈,秋雨欲生魚。
農事空山裏,眷言終荷鋤。

【集注】

"去憑"四句：〔遊客寄〕,一云"休汝騎"。　　趙云：一云"休汝騎",非。言出遊彼處"客寄"之人,去時憑仗之,日來則爲我附"家書"也。"且舊居",指言寄家在鄜,已是"他鄉",但恐亂離,更有遷徙,故"知消息"而喜(雲)[云]耳。

"熊兒"句：《後漢‧蘇竟傳》云："君執事無恙。"《爾雅》曰："恙,憂也。"《公孫弘傳》："何恙不已?"

"驥子"句："驥子",公之子宗武也。

"臨老"句：謂流離孤苦也。

"傷時"句：以時無交舊也。

"二毛"句："二毛",言鬢毛二色,謂班白也。"帳殿",謂行在所以帳爲殿也。《左傳》：宋襄公曰："不禽二毛。"黃巢之屯八角帳幄,皆象宮殿。

"一命"句：公至行在,授左拾遺。　　趙云：宗武小字"驥子",然則"熊兒"者,豈宗文耶?"二毛"字,出《左傳》。而潘安仁云："始見二毛。"庾肩吾、劉孝綽詩,曾使"帳殿"字。《西都賦》:"乘鸞輿,備法駕。"此詩蓋至德二載七月所作。按,公是歲竄歸鳳翔,授左拾遺,故曰"一命侍鸞輿"也。《左傳》云:"一命而傴。"

"北闕"句:"北闕",帝闕也。"奴氛滿",謂未收復也。

"西郊"句:謂肅殺之威漸生也。　趙云:上句指言安慶緒方熾。"西郊",指言長安西郊也,蓋賊兵之所在。以"白露初"言之,則是年七月明矣。

"眷言"句:一云:"終篇言荷鋤。"　陶淵明《雜詩》:"種豆南山下,草盛豆苗稀。晨興理荒穢,帶月荷鋤歸。"　趙云:上句又以紀秋色之新,而起末句之興。《月令》:"鴻鴈來。"在八月。而此云:"新過鴈",則(按)〔接〕"白露"爲近也。公既遭亂無緒,乃欲歸耕而已。一云"終篇言荷鋤",非是。

奉贈嚴八閣老

扈聖登黃閣,明公獨妙年。
蛟龍得雲雨,鵰鶚在秋天。
客禮容疏放,官曹可接聯。
新詩句句好,應任老夫傳。

【集注】

"奉贈"句:鮑云:嚴武也。至德初,房琯薦爲給事中,收長〔安〕,拜京兆尹,稱閣老,時爲給事中。

"扈聖"句:〔扈聖登〕一云:"今日登。""扈",扈從也。宋忠曰:"三公黃閣。"《禮記》鄭玄注云:"朱門洞啟,當陽兆正色。三公之與天子,禮秩相亞,故黃其閣。"　師云:《唐》:郭承嘏爲給事中,文宗謂宰相曰:"承嘏久在黃扉。"是也。　趙云:徐堅于三公事,載沈約《宋書》云:"三公黃閣。前史無義。臣按《禮記》云:'士韠與天子同,公侯大夫即異。'鄭玄注云云,疑是漢末制也。本朝揚侃撰《職林》,作宋忠所云,未知孰是。"

"明公"句:"明公",相尊美之稱也。蔡文姬謂曹公曰:"明公廄有萬馬。""妙年",少年也。

"蛟龍"句:《吳志》:周瑜上疏孫權曰:"劉備以梟雄之姿,而有關羽、張飛熊虎之將,猥割土地,以資業之。恐蛟龍得雲雨,終非池中物也。"

"鵰鶚"句:"秋天",鷙鳥擊搏之時也。"鵰鶚"在"秋天"得其時矣。　　趙云:上句周瑜言劉備全語,下句應有全出。

"客禮"四句:可,一作"許"。　　趙云:"閣老"尊矣,惟其以"客禮"待公,而容其"疏放",故雖爲"官曹",而卑可"接聯"之。"應任老夫傳",則欲傳則公之好詩句。(陳案:則,《補注杜詩》作"嚴"。)自非知音,何以至此!

留別賈嚴二閣老兩院補闕

田園須暫往,戎馬惜離群。
去遠留詩別,愁多任酒醺。
一秋常苦雨,今日始無雲。
山路時吹角,那堪處處聞。

【集注】

"留別"句:得"聞"字。嚴武、賈至。按:《新書》:"公家寓鄜,彌年(難)[艱]窶,詔許公自往視。"　　趙云:《唐新史·楊綰傳》:"故事舍人年久者爲閣老。"

"田園"句:陶淵明:"歸去來,田園將蕪胡不歸?"

"戎馬"句:《老子》:"戎馬生于郊。"《禮記》:"離群索居。"

"山路"二句:時,一作"晴"。　　"處處聞",言所在有兵也。

趙云:舊本"山路時吹角",然既云"處處聞",當言"晴吹角",蓋言方山路之"晴",稍可喜矣,却值"吹角";既"吹角"矣,又"處處聞",不亦可爲別愁乎?

晚行口號

三川不可到,歸路晚山稠。
落鴈浮寒水,饑烏集戍樓。
市朝今日異,喪亂幾時休。
遠愧梁江總,還家尚黑頭。

【集注】

"三川"句:時"三川"在賊境。《左傳》:"周之亡也,其三川震。"注:"涇、渭、洛水也。"

"饑烏"句:"戍樓",防戍之樓也。戍人欲望遠,故作樓。

"遠愧"二句:江總在陳掌東宮管記,與太子爲長夜飲。後主即位,授尚書令。京城陷,入隋爲上開府,復歸老江南。　趙云:"三川",鄜州縣名。《地理志》注云:"華池水、黑水、洛水所會。"舊注乃引周三川震,却成説長安矣。蓋《國語》云:"西周三川皆震。"注云:"西周,鎬京也。"而"三川"則謂涇、渭、洛。如此,則舊注非。鄜州"三川",所以不可到者,以"山稠"故也。"山稠"而不可到者,時當"喪亂",憂盜賊也。公《北征》詩云:"坡陁望鄜畤,巖谷互出没。夜深經戰場,寒月照白骨。"則舊經殘破矣。"落鴈浮寒水",與"飛鴻滿野"同意。"饑烏集戍樓",與"楚幕有烏"同意。蓋言地經"喪亂",寂乎無人而然也。江總得歸老江南,故曰"遠愧"也。《晉》:王珣爲桓溫掾。溫曰:"王掾當作黑頭公。"

獨酌成詩

燈花何太喜,酒緑正相親。
醉裏從爲客,詩成覺有神。
兵戈猶在眼,儒術豈謀身。
共被微官縛,低頭愧野人。

【集注】

"燈花"句:《西京雜記》云:樊噲問陸賈曰:"自古人君皆云受命于天,有瑞應,豈有之乎?"賈應之曰:"有之。夫目瞤得酒食,燈花得錢財,乾鵲噪而行人至,蜘蛛集而百事喜,小既有徵,大亦宜然。"

"酒綠"句:綠,一作"色"。

"醉裏"二句:如有神助也。公嘗有詩云:"讀書破萬卷,下筆如有神。" 趙云:今公得酒"獨酌",而用"燈花"事,大抵取喜事而已。"醉裏從爲客"者,任從"爲客"而不辭也。有"神"字,多在詩言之,則孔文舉言禰衡之能(章)[文]章曰:"思若有神。"公詩又(篇)[云]:"篇什若有神。"而謝靈運亦云:"此語神助。"

"兵戈"四句:(陳案:共,《全唐詩》同。一作"苦"。) "低頭"言"愧",而不能仰視也。 趙云:《前漢·戾太子贊》:"止息兵戈。"而庾信《周齊王碑序》云:"夏官以兵戈爲主,專謀七德。"《選》詩:"薜蘿君子眼。"(陳案:君子,《文選》作"若在"。)《荀子》云:"儒術行而天下富。"《左傳》有:"野人與之塊。"

收京三首

右一

仙杖離丹極,妖星照玉除。
須爲下殿走,不可好樓居。
暫居汾陽駕,聊飛燕將書。
依然七廟畧,更與萬方初。

【集注】

"仙杖"句:(陳案:杖,《補注杜詩》《全唐詩》作"仗"。《別雅》卷四:"杖,仗也。") 謂大駕出幸也。

"妖星"句:《晉·天文志》:"妖星,一曰慧星,二曰孛星,凡二十一星。"曹子建曰:"凝霜依玉除。"《說文》曰:"除,殿階也。"《西都賦》曰:

"玉除彤庭。"　　趙云：《西都賦》："玉墀彤庭。"改"階"字爲"除"，誤矣。

"須爲"句：《世說》："熒惑入〔南〕斗，天子下殿走。"謂避亂也。

"不可"句：《史記》：公孫卿曰："仙人好樓居。"於是上令長安作蜚廉、桂觀，甘泉作延壽觀焉。　　趙云："好樓居"，出《史記·封禪書》。今公以仙人比天子也。一作："得非羣盜起，難作九重居。"語白，不取。

"暫居"句：(陳案：居，《補注杜詩》《全唐詩》作"屈"。)　　《莊子》："堯往見四子藐姑射之山，汾水之陽。"《釋音》云：案："汾水出太原。"(陳案：音，《補注杜詩》作"文"。)今莊生寓言也。謝靈運《從游京口北固》詩："昔聞汾水（避）〔遊〕，今見塵外鑣。"

"聊飛"句：《史記》：魯仲連乃爲書，約之矢以射城中。〔聊城人或〕讒之燕，燕將懼誅，因保守聊城，不敢歸。齊田單攻聊城，歲餘不下。仲連乃爲書，約之矢以射城中，遺燕將。〔燕〕將見仲連〔書〕，乃自殺也。　　趙云：言京城不勞兵戰，而"駕"可復止。若魯仲連飛書，而聊城自下耳。所以見收復之易也。

"依然"二句：天子"七廟"。　　趙云：兵謀爲之"廟畧"，蓋謀之于廟也。言"廟畧"素定，"更與萬方"一新。"更"，平聲。蓋更始之義。

右二

　　生意甘衰白，天涯正寂寥。
　　忽聞哀痛詔，又下聖明朝。
　　羽翼懷商老，文思憶帝堯。
　　叨逢罪己日，霑洒望青霄。

【集注】

"忽聞"句：漢武帝末年下"哀痛"之詔。

"羽翼"句：《漢》：高祖時，戚夫人以寵將移動太子。呂后用張良計，召四皓，入侍太子朝。上指視戚夫人曰："彼羽翼已成，難動矣。""商老"，四皓隱于商山也。

"文思"句:《堯典》:"放勛欽命文思。"息詞反,(陳案:詞,《杜詩引得》作"嗣"。)又如字。　　趙云:"商老",似言郭子儀副廣平王以成功也。"文思憶帝堯",指言肅宗。蓋公既被詔歸鄜州,乃聞收京,既懷郭公,又憶主〔上〕,皆跂望之心也。不以文害辭,不以辭害意,然後可解。

"叨逢"句:"罪己",詔也。《左傳》:臧文仲曰:"禹湯罪己,其興也勃焉。"

"霑灑"句:霑灑,一作"灑涕"。　　趙云:感〔慰〕而上天也。(陳案:上,《杜詩引得》作"望"。)

右三

　　　　汗馬收宮闕,春城鏟賊壕。
　　　　賞應歌杕杜,歸及薦櫻桃。
　　　　雜虜橫戈數,功臣甲第高。
　　　　萬方頻送喜,無乃聖躬勞。

【集注】

"汗馬"句:(陳案:收,《四庫全書》本作"妝"。形訛。《補注杜詩》《全唐詩》作"收"。)　　《漢·蕭何傳》:"未有汗馬之勞。"

"春城"句:趙云:《古樂府》詩:"春城起風色。"收復京師在九月,而公詩云:"春城鏟賊壕",未詳。豈自九月至正月而定乎?蓋賊在京師不無殘破更易,為之"鏟",則盡削平其迹之義也。

"賞應"句:《詩》:"《杕杜》,勞還役也。"

"歸及"句:歸,一則"福"。　　(陳案:則,《補注杜詩》為"作"。)

《禮·月令》:"仲夏之月,羞以含桃,先薦寢廟。"即櫻桃,今之所謂朱桃者,是也。《前漢·叔孫通傳》:古者有春嘗果。方今櫻桃熟,可獻,顧陛下出,因取櫻桃獻宗廟。上許之。諸果獻由此興也。

"雜虜"二句:武帝為霍去病治第宅也。"甲第",猶言甲乙之次第,謂第一之第也。田蚡治宅甲諸第。　　趙云:《戰國策》:"衛行人燭過,免冑橫戈而進。"

"萬方"二句:《班超傳》:"西域平定,薦勳祖廟,布大喜于天下。"

言"聖躬"受喜報之"頻"而"勞"也。

月

天上秋期近,人間月影清。
入河蟾不沒,搗藥兔長生。
只益丹心苦,能添白髮明。
干戈知滿道,休照國西營。

【集注】

"入河"句:庾肩吾《望月》詩:"渡河光不濕。"

"搗藥"句:傅玄《擬天問》曰:"月中何有?白兔搗藥。"《(玉)〔五〕經〔通義〕》曰:"月中有兔與蟾,何也?月,陰也;蟾,陽也,而與兔并,明陰係陽也。" 薛云:按《後漢》張衡《靈憲序》曰:"月者,陰宗之精,積而成獸,象兔陰之類。其數偶,其後有淪焉。羿請無罪之藥于西王母,(陳案:無罪,《淮南子・覽冥訓》作'不死',《搜神記》作'無死'。疑'罪'字誤。)姮娥竊之以奔月,是爲蟾蜍。" 趙云:公于"河"係之以"蟾",居水之物。《古詩》有云:"採取神藥高山端,白兔搗作蝦蟇丸。"而李白亦云:"白兔搗藥秋復春。"

"干戈"句:(陳案:道,《全唐詩》作"地"。一作"道"。)

"休照"句:時官軍營于"國西"。"休照",爲征夫見月而有感也。

趙云:蓋是年閏八月,方以廣平王爲元帥,收復長安。則閏八月已前,長安以西不能無兵屯處矣。

哭長孫侍御

道爲詩書重,名因賦頌雄。
禮闈曾擢桂,憲府舊乘驄。
流水生涯盡,浮雲世事空。
唯餘舊臺柏,蕭瑟九原中。

【集注】

"名因"句:子雲賦頌,名重漢朝。

"禮闈"句:"禮闈",禮部所設以取士也。(卻)〔郤〕喜對武帝曰:"臣舉賢良對策,(陳案:喜,《晋書》作'詵'。)爲天下第〔一〕,猶(林)〔桂〕林一枝。"

"憲府"句:御史所居之署,漢謂之御史府,亦謂之憲臺。唐龍朔中,改司經局爲桂坊署,爲東宫之憲府。《後漢》:桓典拜侍御史,執法無所回避,常乘驄馬,京師畏憚,爲之語曰:"行行且止,避驄馬御史。"

"流水"二句:趙云:子在川上曰:"逝者如斯夫,不捨晝夜。""浮雲",易散之物,孔子嘗以比不義之富貴。今以"世事"比之,所以悼之也。

"唯餘"二句:時御史府中,列柏樹。《檀弓》:〔晋〕獻文子曰:"從先大夫于九京也。"註:"晋卿大夫之墓地在九原。"原,作"京"字也。

趙云:《漢》:朱博爲御史大夫,其府列柏樹,常有野鳥數千,栖宿其上,晨去暮來,號曰"朝夕鳥"。《檀弓》:"趙文子與叔(舉)〔譽〕,觀乎九原。"註雖云晋地之名,而用于葬處皆可矣。故沈休文云:"誰當九原上,鬱鬱望佳城"也。今詩句云往日御史府所列之柏樹,今則在墓地種之而"蕭(也)〔瑟〕"也。　　新添:潘岳《述哀》:"殯宫已肅(青)〔清〕,松柏轉蕭瑟。"

奉送郭中丞兼太僕卿充隴右節度使三十韻

詔發西山將,秋屯隴右兵。
淒涼餘部曲,煒赫舊家聲。
鵰鶚乘時去,驊騮顧主鳴。
艱難須上策,容易即前程。
斜日當軒蓋,高風卷斾旌。
松悲天水冷,沙亂雪山清。
和虜猶懷惠,防邊不敢驚。

古來於異域，鎮靜示專征。
燕薊奔封豕，周秦觸駭鯨。
中原何慘黷，餘孽尚縱橫。
箭入昭陽殿，笳吟細柳營。
內人紅袖泣，王子白衣行。
宸極妖星動，園陵殺氣平。
空餘金椀出，無復繐帷輕。
毀廟天飛雨，焚宮火徹明。
罘罳朝共落，榆梘夜同傾。
三月師逾整，群胡勢就烹。
瘡痍親接戰，勇決冠垂成。
妙譽期元宰，殊恩且列卿。
幾時回節鉞，戮力掃欃槍。
圭竇三千士，雲梯七十城。
恥非齊說客，甘似魯諸生。
通籍微班忝，周行獨坐榮。
隨肩趨漏刻，短髮寄簪纓。
徑欲依劉表，還疑厭禰衡。
漸衰那此別，忍淚獨含情。
廢邑狐狸語，空村虎豹爭。
人頻墜塗炭，公豈忘精誠。
元帥調新律，前軍壓舊京。
安邊仍扈從，莫作後功名。

【集注】

"奉送"句:英乂。

"詔發"句：《辛慶忌贊》曰："秦漢以來，山東出相，山西出將。"

"秋屯"句：《唐書·郭英乂傳》："英乂，知運之季子。至德初，肅宗興師朔野。英乂以將門子，特見任用，遷隴右節度使。" 趙云：英乂先爲秦州都督，乃加隴右節度使。故云"西山"，正言秦州，不干山西出將事。舊注非是。

"淒涼"二句：燀：一作"烜"。 謂知運先朝，亦爲隴右節度使也。（宋）鮑照《東武吟》："將軍既下世，部曲亦空存。"《漢·光武紀》注："大將軍營有五部，部有三校尉。部下有曲，曲有軍候一人。"李廣行無部曲行伍。司馬子長《（部）[報]任少卿書》曰："李陵既生降，頹其家聲。" 趙云："餘部曲"，餘秦州部曲也。禄山亂，英乂拜秦州都督、隴右採訪使。知運在先朝，先爲隴右節度使，屯西方，戎夷畏憚，故言"舊家聲"。"燀"，音充善切。《史記》："威燀（音）[旁]達。"

"鶡鶚"句：見"鶡鶚在秋天"（住）[注]。

"艱難"二句：言其策畧，足以自取富貴，無難也。 趙云："鶡鶚""驊騮"，所以美英乂也。公多以此譬人材之卓傑。今此言乘時顧主，則又勸之以趨功名之會，而不忘君也。故又有下句。當"艱難須上策"之際，更無難色，而容[易]以往之焉。《詩》："天步艱難。"《史》："周得上策。"東方朔云："談何容易。""前程"字，出《選》。

"斜日"二句：高：一作"歸"。 趙云：言行色也。（梁）簡文帝《雨》詩："儻令斜日照，併欲似浮絲。"又，梁任昉《苦熱》詩："斜日照西垣。"《說（范）[苑]》：翟璜謂田子方曰："吾禄厚，得此軒蓋。"而范彦龍《貽張徐州》詩曰："軒蓋照墟落。"《詩》云："悠悠斾旌。"兩句之勢，蓋用夏侯湛《禊賦》："微雲承軒，清風卷旌。"

"松悲"句：天水郡，漢武元鼎三年置。《秦州地記》云："郡前湖水，冬夏無增涸，因以名焉。"

"沙亂"句：《後漢·明帝紀》："祈連山名，即天山也，一名雪山，在伊州北。" 趙云：秦州有天水縣，又謂之天水郡。樂史《寰宇記》："天水縣有井，四時湛然。昔人避難于此，敵人欲漏其水，左右穿鑿，不得水脈，故云天水。""松悲"，言英乂去而松爲之悲。"沙亂"，似言人馬踐踏，有亂之理。

"和虜"句："和"，和好也。"惠"，恩惠也。

"防邊"句：趙云："和虜"，指言吐蕃也。至德二載，使使來請討賊，且修好。既而侵廓、岷、霸等州，又請"和"也。《語》："小人懷惠。"

"鎮靜"句："專征"，謂受命鉞之賜，得專征討。　趙云：言待之以靜，不時撓之，"(以)[示]"以有必征其侵叛之理。已上叙英乂行色，至隴右者如此。

"燕薊"句：薊縣，燕之所都。《前·志》云："秦舉兵滅燕、薊。"《左傳》："昭王在隨，申包胥如秦乞師，曰：'吳爲封豕長蛇，薦食上國。'"言吳貪害如蛇豕。"封"，大也。"豕"之性善突，故取以喻禄山。

"周秦"句：(陳案：驚，《補注杜詩》《全唐詩》作"鯨"。)　《史》："禄山之亂，賊將高嵩擁兵入沔、隴，英乂僞勞之，既而伏兵發，盡虜其衆。""駭鯨"，言若鯨魚之駭，難禦也。陳琳《檄》云："若駭鯨觸細網。"趙云：天寶十四載十一月，禄山反于幽州，陷河北。十二月，陷東京。十五載六月，陷京師。此所謂奔突幽、薊，而"觸"周、秦也。

"中原"二句：《文選》："上慘下黷。"注："慘，不登貌。"《(衰)[哀]江南賦》："茫茫慘黷。""殘孽"，餘寇也。　趙云：禄山既弑，慶緒復爲寇，此所謂"尚縱橫"也。《選》云："駱驛縱橫。"

"箭入"句：檄書，箭也。

"笳吟"句："笳"者，胡人卷蘆葉吹之，以作樂也，故曰胡笳。張博望入西域，傳其法于西京。李延平更造新聲二十八解，以爲武樂。有《出塞》《入塞》《抑揚》等十曲。新柳營，(陳案：新，《杜詩引得》作"細"。)周亞夫軍營也。　趙云：此一段陷京師時事。"昭陽殿"，漢成帝趙皇后所居。而"箭入"，言禍亂及于宮中也。"細柳營"，周亞夫所營，在長安。言胡人之"笳"，乃在漢營也。

"王子"句：趙云：言雖是"王子"，以避亂之故，隱迹爲"白衣"而行。

"宸極"句："妖星"，見本卷《收京》注。劉越石《表》："宸極失御。"

"園陵"句：陵，一作"林"。　趙云："宸極"者，紫微之宮也。"妖星"，見《晋·天文志》。"殺氣"與園陵平也。

"空餘"句：椀，一作"盌"。　《光武紀》："赤眉焚西京宮室，發掘園林。""金椀出"，見"早時金椀出人間"註。

"無復"句：魏武帝遺令，吾婕妤數人，著于銅雀臺堂上，施六尺床，張總帷。謝玄暉詩："總帳飄井幹。"此言賊凌暴園陵也。　　趙云："金椀"，寢廟及園陵中物。公詩又曰："早時金椀出人間。"漢武崩後，有持"金椀"賣于市之事。"總帷"，總帳，皆靈帳之稱。

"焚宮"句：項羽入咸陽，殺奉降王子嬰，燒其宮室，火三月不滅。

"罘罳"二句：言賊毁宗廟及宮室。《漢書》注：師古曰："罘罳，謂連闕曲閣也，以覆重刻垣墉之處，其形罘罳。一曰屏也。"東觀元壽二年，盜賊并起，燔燒茂陵都邑，火見未央宮。　　薛云：又按《詩》："方斲是虡。"注："椹，謂之虡。升景山，楡林〔木〕，取松柏易直者，斲而虡之。（陳案：斲、虡之，《毛詩注疏》作'斷'、'遷之'。）正〔斲〕于椹上，以爲栭也。"　　趙云："罘罳"，祖出《漢·文帝紀》："七年六月，未央東闕罘罳災。"如淳曰："東闕與其兩旁罘罳皆災也。""罘"，音浮。"楡栭"字，未見全出。字書"栭"止云："木名也。"豈"栭"以"楡木"爲之邪？雖師民瞻善本亦作"楡栭"。薛蒼舒引《詩》："陟彼景山。"注："以爲楡栭，乃掄擇之掄。"其說迂謬。"楡栭"二字甚可疑。若以爲"欀栭"，則"夜"徹明之火，無所不聞，（陳案：聞，《杜詩引得》作"焚"。）吹之"傾"，（陳案：吹，《杜詩引得》作"謂"。）則欀栭又非止"傾"而已，以俟博聞。《青箱雜記》云：《漢書·文帝紀》云："罘罳災。"崔豹《古今註》云："罘罳，屏也。罘者，復也。罳者，思也。臣朝君至屏外，復思所奏之事于其下。"顔師古註云云。又《禮記》云："疏屏，天子廟飾也。"鄭注云："屏，謂之樹，今浮思也。刻之爲雲氣蟲獸，如今闕上爲之矣。"余按：（唐）蘇鶚《演義》稱："罘罳，織絲爲之，輕疏浮虛，象羅網交文之狀，蓋宮殿簷户之間也。"乃引《文宗實録》云："太和中甘露之禍，群臣奉上出殿北門，裂斷罘罳而去。"又杜甫天寶末詩云："罘罳朝共落，楡栭夜同傾。"又引温庭筠《補陳武帝與王僧辨書》云："罘罳晝卷，閶闔晨開"爲證，皆非曲閣屏障之意，反以崔豹、顔師古之徒爲大誤。又案：段成式《酉陽雜俎》稱："士林間多呼殿檐栭護雀網爲罘罳。"其淺誤如此。乃引張揖《廣雅》曰："復思謂之屏。"又王莽性好時日小數，遣使壞渭陵、延陵園門罘罳，曰："使民無復思漢也。"又引魚豢《魏畧》曰"黄初三年，築諸門闕外罘罳"爲證，反以絲網之說爲大謬。余謂二說皆通。以"罘罳"爲網，則結繩爲之，施于宮殿簷楹之間，如蘇鶚之說是也。以"罘罳"爲屏，則刻木爲之，施于城隅門闕之上，如成式之言是也。然就二説之中擇焉，唯段氏之説爲長。案《五行志》註云："罘罳，闕之屏也。"《玉篇》云："罘罳，屏樹門外也。"又云："罘罳，〔兔〕罟也。"但屏上彫刻爲之，其形如網罟之狀，故謂之"罘罳"，音浮思，則取其復思之義耳。漢西京"罘罳"合版爲之，亦築土爲之，每門闕殿舍前皆有焉。于今郡國廳前亦樹之，故宋子京詩云："秋色浄罘罳。"皆其義也。

"三月"二句：趙云："三月"，三易月也。公詩又云："烽火連三月"，亦是此。閏八月初，以廣平王爲天下兵馬元帥。今詩所謂"元帥調新律"是已。逆數閏八月以前，通爲三易月，則當是郭子儀五月及安守忠戰于清渠敗績之後，别訓練士卒，至此師逾整肅，可以擒賊矣。以上十六句，敘安氏父子爲寇，而廣平王往收復京師者如此。

"瘡痍"句：《李廣傳》："大將軍與單于接戰，單于遁走。"

"勇決"句：接此言英乂躬冒矢石，功冠垂成。"垂成"，猶欲成也。

趙云：此微言英乂之敗，而激其再立功也。是年二月，李光弼敗安慶緒于太原，而是時英乂戰于武功，敗績，故有"蒼黄"之譬，（陳案：依正文當作"瘡痍"。）且言其"垂成"也。

"妙譽"二句：趙云：上句美其可以爲相。"且列卿"，則今兼太僕也。

"戮力"句：《成·十三年傳》："戮力同心。""欃槍"，妖星也。《前漢·天文志》："石氏見欃雲如牛。甘氏不出三月，乃生天槍。石氏見槍雲如馬。甘氏不出三月，乃生天欃。"謝宣遠《子房詩》："鴻門銷薄蝕，垓下隕欃槍。"　　新添：《書》："聿求元聖，與之戮力。"《爾雅》曰："慧星爲欃槍。"司馬相如《大人賦》："欃欃槍以爲旌兮，靡屈虹而爲綢。"

"圭竇"句：《儒行》："儒有篳門圭竇。"註："門旁穿墻爲竇，如圭。"《左傳》："篳門圭竇之人。"《僖二十四年》："秦伯送衛于晉三千人，實紀綱之僕。"

"雲梯"句：雲梯，攻城具，高長上與雲齊，可依而立。公輸作雲梯以攻宋，墨子設守宋之備，九攻而墨子九却之。　　趙云：公詩有云："蒼茫城七十，流落劍三千。"今云"三千士"者，使《莊子》："劍士夾門，而客三千餘人也。""七十城"，使燕樂毅下齊七十餘城。

"耻非"句：酈生嘗爲説客，馳使諸侯。漢王使説齊王田廣，一罷歷下兵，首與漢通和。淮陰侯乃夜謀度兵襲齊。齊以酈生賣己，遂烹之。

"甘似"句：《漢·叔孫通傳》：“臣願徵魯諸生，與臣弟子共起朝儀。” 趙云：蓋謂以“圭竇”之貧士，尚有三千而下“七十城”，亦有爲"雲梯"之具者，如我曾無"説客"之談，特爲"諸生"之事而已。蓋自責其無補于戰也。

"通籍"句：此公自言得爲拾遺，通朝籍也。"微班"，言位下也。"通籍"，見《前漢·元帝紀》注。

"周行"句：《詩》："寘彼周行。"箋云："周之列位也。"《後漢》："宣秉拜御史中丞。光武特詔，御史中丞與司隸校尉、尚書令會同，并專席而坐，故京師號曰：‘三獨坐’。"時英又爲中丞。 趙云："周行"，古注謂"周之列位"。而公意却是周徧之行列也。

"短髮"句：寄，一作"愧"。 趙云：上句言同入朝也。倒使"五年以長，則肩隨之"。"漏刻"，出《後漢》："功在漏刻。"下句以言其在有位之列也。"短髮"，倒使《左傳》："髮甚短而心甚長。"

"徑欲"句：《魏志·王粲傳》："粲以西京擾亂，皆不就辟。乃之荆州，依劉表。"

"還疑"句：還疑，一云"能無"。 《後漢·文苑傳》："禰衡，字正平。孔融愛禰衡材，數稱述于曹操。操欲見之，而衡素相輕疾，不肯往。操懷忿，而以其才名，不欲殺之，送與劉表。〔表〕及荆士大夫，先服其才名，甚賓禮之。後復侮慢表，表耻，不能容，以江夏太守黃祖性急躁，故送衡與之，卒爲祖所殺。" 趙云："依劉表"，以王粲自比，却疑諸公如曹操、劉表、黃祖輩"厭禰衡"也。

"廢邑"句：《襄十四年傳》："南鄙之田，狐狸所居，豺狼所嗥。"

"空村"句："村"，言無人。"虎豹争"，盜賊縱橫故也。 趙云：公曰"狐狸""虎豹"，以比盜賊。《後漢》：張綱奉使，埋輪不行，曰："豺狼當路，安問狐狸？"（晋）張孟陽《七哀詩》曰："季世喪亂起，盜賊如豺虎。"

"人頻"句：《仲虺之誥》："有夏昏德，民墜塗炭。"言民之危險，若陷泥墜火。

"公豈"句：趙云：《禮記》：不精不誠，未有能動人也。（陳案：《莊子》作"不精不誠，不能動人"。）

"元帥"二句：鮑云：謂廣平王將復京師也。　趙云："元帥"，指言廣平王俶，是爲代宗。"前軍"，指言李嗣業之軍。時代宗爲元帥，郭子儀副之，而李嗣業爲前軍。"新律"，是師律之律。"舊京"，指言長安。後云"仍扈從"，則望長安收復而車駕復還也。

"安邊"二句：莫作：一云"無使"。　時代宗爲元帥，期于收復。公勉郭令立功名，無後衆人也。《史》："安邊在良將。"

送楊六判官使西蕃

送遠秋風落，西征海氣寒。
帝京氛祲滿，人世別離難。
絶域遥懷怒，和親願結歡。
敕書憐贊普，兵甲望長安。
宣命前程急，惟良待士寬。
子雲清自守，今日起爲官。
垂淚方投筆，傷時即據鞍。
儒衣山鳥怪，漢節野童看。
邊酒排金盞，夷歌捧玉盤。
草肥蕃馬健，雪重拂廬乾。
慎爾參籌畫，從兹正羽翰。
歸來權可取，九萬一朝摶。

【集注】

"帝京"句："氛祲"，不祥之氣。言胡塵污染帝室。

"人世"句：趙云：此篇是至德二年九月前詩，蓋京師猶未復，所謂"帝京氛祲滿"，宜在收京師前。"送遠"，公曾云："皇天悲送遠。"但未見本出。潘安仁有《西京賦》。往吐番，渡青海而去。"祲"，音千鴆切。精氣感祥也。阮孚嘗云："氛祲既澄，日月自朗。"《楚辭》云："憂莫憂于生別離。"句意倣此。

"敕書"句：(陳案：普，《四庫全書》本作"善"。形訛。《補注杜詩》《全唐詩》作"普"。）　贊并，（陳案：并，《補注杜詩》作"普"。）吐蕃主名。

"兵甲"句："望長安"，言欲入寇也。

"宣命"二句：趙云："絶域"，指言吐蕃。李陵《書》云："奉使絶域。""和親"字，起于漢。《左傳》：楚子使椒舉如晋，曰："寡君願結驩于二三君。""贊普"，其俗謂彊雄曰贊，丈夫曰普，故以號君長。按：《唐新史·吐蕃傳》云："至德初，取巂州及威武等諸城，入屯石堡。其明年，使使來請討賊，且脩好。肅宗遣給事中南巨川報聘。然歲内侵，取廓、霸、岷等州及河源、莫門軍。數來請和，帝雖審其譎，姑務紓患，乃詔宰相郭子儀、蕭華、裴遵慶等與盟。"史之所載如是而已。以公詩考之，中國以其懷怒侵叛，而與之和親，所以"敕書憐"其君長欲窺長安之意，而急遣使與和也。詳味"惟良待士寬"一句，爲楊判官而言。"判官"者，必以事閑廢，今欲選良材以爲使，則待之以闊略而用之。故下句有"起爲官"，有"正羽翰"之語。東坡詩有云："試草尺書招贊普。"依倣"敕書憐贊普"也。

"子雲"二句：揚子雲任宦不達，寂寞自守。"起爲官"，以子雲比楊判官也。　趙云：以子雲比之，取之同姓。"清自守"，則微言其閑廢者矣。　新添："自守"字，子雲本傳言："附離丁、董者，或起家至二千石。時雄方草《太玄》，有以自守，泊如也。""爲官"字，子雲《解嘲》曰："意者玄得毋尚白乎？何爲官之拓落也？"

"垂淚"句：言以戎事爲憂，故"垂淚""投筆"，如班超投筆而起，志在功名。

"傷時"句：劉尚深入五溪，軍没。馬援因復請行，時年六十二。帝愍其老，未許之。援自請曰："臣尚能披甲上馬。"帝令試之，援據鞍顧眄，以示可用。　趙云：言其恰欲"投筆"以起，而聞宣命之急，則又亟"據鞍"而往也。

"儒衣"四句：盠，一作"盌"。　揚子《孝至篇》有："假儒衣書。"

蘇武在匈奴中,仗漢節牧羊。"排金盞",一作"盌",爲正。蓋吐蕃嘗獻奉者曰金椀一,碼碯杯一耳,見《舊唐書》。

"草肥"句:蕃,一作"輕"。　　胡人至秋,則"草肥""馬健",思入寇。

"雪重"句:"拂廬",蕃帳名。　　趙云:上兩句蓋孟浩然"草枯鷹眼疾,雪盡馬蹄輕"之勢也。(陳案:孟浩然,《杜詩引得》作"王摩詰"。)　　《杜補遺》:《唐·吐蕃傳》:吐蕃居邏娑川,其城郭廬舍不肯處,(陳案:其,《新唐書》作"有"。)聯氊帳以居,號拂廬。

"慎爾"四句:言當以功名自致遠大也。　　趙云:"正羽翰",所以引末句"九萬一朝搏"也。《莊子》言:"鵬之飛也,搏扶搖而上者九萬里。"扶搖,風名。"羽翰""從兹"而"正",則前此爲不正。既"正羽翰",而搏風九萬里,特在於"一朝",則楊君起于閑廢尤明。

憶弟二首

右一

喪亂聞吾弟,飢寒傍濟州。
人稀吾不到,兵在見何由。
憶昨狂催走,無時病去憂。
即今千種恨,惟共水東流。

【集注】

"喪亂"句:《詩》:"喪亂既平。"

"人稀"句:(陳案:吾,《全唐詩》同。一作"書"。)　　以道路榛梗,人稀少而難行也。

"兵在"句:《孟子》:"何由知吾可也?"

"憶昨"四句:"狂催走",謂避亂出奔如"狂"也。　　趙云:公自言出奔,且往行在所,如狂圖催走。公素多病,則又"無時"而"病去",所以"憂"也。

右二

且喜河南定，不問鄴城圍。
百戰今誰在，三年望汝歸。
故園花自發，春日鳥還飛。
斷絕人煙久，東西消息稀。

【集注】

"且喜"句：安慶緒棄東都走也。
"不問"句：鄴城史思明所據。
"三年"句：《東山》："周公東征也，三年而歸。三章，言其室家之望汝也。"
"故園"句：丘希範《書》："暮春三月，江南草長，雜花生園，群燕亂飛。見故園之旗鼓，感生平于疇昔"也。（陳案：昔，《文選》作"日。"）
"春日"句：言草木禽鳥，尚得其所，而人遭亂離，不得相保耳。
"斷絕"二句：趙云：至德二載十〔月〕，得復東京，所謂"河南定"也。"鄴城"，史思明所據相州是也。東京既復，安慶緒奔于河北。次年四月，賊復振，以相州爲成安府。則公作詩時，官兵當圍相州也，故曰"不問鄴城圍"。今河南已定，鄴城方圍之時，而曰"花自發""鳥還飛"，則言方春之至，草木禽鳥，各得其所，而不預人事耳。

得舍弟消息

亂後誰歸得，他鄉勝故鄉。
若爲心厄苦，久念與存亡。
汝書猶在壁，汝妾已辭房。
舊犬知愁恨，垂頭傍我床。

【集注】

"若爲"句：若：一作"直"。
"久念"句：念：一作"得"。　　趙云：休明之際，則"他鄉"雖樂，不如還家。爲遭亂離,則"他鄉"安處自足居也。"直爲",當以"若"爲正。蓋言"何爲"而我心"厄苦"?久以與弟"存亡"在念故也。"與"字,如主在與在,主亡與亡之"與",故作重字用對"心"字也。

"汝妻"句:李陵《書》:"生妻去室也。"

"舊犬"二句:使陸機"黃耳"事。公又曰:"舊犬喜我歸,低徊入衣裾。"

鄭駙馬池臺喜遇鄭廣文同飲

不謂生戎馬,何知共酒杯。
燃臍郿塢敗,握節漢臣回。
白髮千莖雪,丹心一寸灰。
別離經死地,披寫忽登臺。
重對秦簫發,俱過阮宅來。
留連春夜舞,淚落強徘徊。

【集注】

"不謂"句:《老子》:"戎馬生于郊。"

"燃臍"句:《董卓傳》:"吕布殺卓,使皇甫嵩攻卓弟旻于郿塢,盡滅其族。乃尸卓于市。天時始熱,卓素充肥,脂流于地。守尸吏燃火置卓臍中,光明達旦。"

"握節"句:蘇武仗漢節牧羊,起臥操時,節毛盡花,積十九年還歸。　趙云:"燃臍郿塢敗",言慶緒奔敗如董卓也。"握節漢臣回",言虔自陷賊中回,其後謫台州。公詩又云:"蘇武看羊陷賊庭。"蓋比之如蘇武也。　新添《左傳》:"司馬握節而死。"

"白髮"二句:言爲憂患所困,而心已無物矣,故云"一寸灰"。《莊子》:"心若死灰。"

"重對"句:見二十五卷:"始知秦女善吹簫"註。以"駙馬臺",故云。

"俱過"句：見二十七卷："自須留阮舍"註。　　師云：阮籍謂之大阮，阮咸謂之小阮。廣文與駙馬同姓，故云。

"留連"二句：留連：一作"醉留"。　　一云："醉連春苑夜，舞淚落徘徊。"　　趙云：緣有"寸心"字、"灰心"字，故云："丹心一寸灰。"李商隱云："一寸相思一寸灰。"用杜公之語也。"阮宅"字，或曰：晋阮咸與叔籍居道南，諸阮居道北。公于叔遇姪多用此，如曰："守歲阿咸家。"是也。則阮舍、阮宅，皆以阮咸言之。二鄭同姓，必有少長尊卑。則"阮宅"者，乃指言"駙馬"家乎？

臘　日

臘日常年暖尚遥，今年臘日凍全消。
侵淩雲色還萱草，漏洩春光有柳條。
縱酒欲謀良夜醉，還家初散紫宸朝。
口脂面藥隨恩澤，翠管銀罌下九霄。

【集注】

《臘日》：新添：《稗雅》曰："夏曰清祀，殷曰嘉平，周曰大蠟，亦曰臘。黄衣黄冠而祭祀，息田夫也。"（陳案：稗，《杜詩引得》作"廣"。）案：《史記·始皇本紀》："三十一年十二月，更始臘（月）[曰]嘉平。"蓋因謠歌曰："神仙得者茅初成，帝若學之臘嘉平。"而改從殷號也。

"漏洩"句：有：一作"是"。

"縱酒"句：良：一作"長"。

"還家"句："紫宸"，殿也。

"口脂"二句：唐制：臘日宣賜口脂、面藥及賜宴。　　《杜補遺》：《太平御覽》載《盧公家範》曰："凡臘日，上藻豆及頭膏、面脂、口脂。"

趙云："紫宸"，殿名，在東内大明宮之中，乃内衙之正殿也。舊注是。杜田所引，却是人家下者〔自〕上其物，不以干國家恩賜事。《詩》云："則恩澤乖矣。"

紫宸殿退朝口號

戶外昭容紫袖垂,雙瞻御座引朝儀。
香飄合殿春風轉,花覆千官淑景移。
晝漏稀聞高閣報,天顏有喜近臣知。
宮中每出歸東省,會送夔龍集鳳池。

【集注】

"戶外"句:唐制:"昭容",正二品,係九嬪。

"雙瞻"句:師云:《酉陽雜俎》曰:"今閤門有宮人引百僚。或云自則天,或言因後魏。據《開元禮疏》曰:'晉康獻褚后臨朝不坐,則宮人傳百寮拜。'" 《杜補遺》:按:唐制:天子坐朝,宮人引至殿上。至天祐二年十二月詔曰:"宮嬪女職,本備內任。今後每遇延英坐〔朝〕日,只令小黃門祗候引從,宮人不得出內。" 趙云:"天祐",昭宗年號,朱全忠所立者。杜田所引,可見唐之元制矣。"雙瞻御坐",則應用"昭容"二人為引。謂之"瞻",則回瞻也。 新添:紀瞻與王導等勸進,帝猶不許,使韓績徹去御座。瞻叱績曰:"帝座上應星宿,敢有動者斬。"

"香飄"二句:景:一作"日"。 趙云:宋有"合殿"之名。《荀子》云:"天子千官。"《博物志》:"海上有風山,春風所出。"鮑照《悲哉行》有"羈人感淑景"之句。 師云:謝宣城曰:"淑景近花多。"

"晝漏"句:稀:一作"聲"。

"天顏"句:言近臣密邇清光。

"宮中"句:師云:按《唐六典》:"左拾遺門下,右拾遺中書。"此言"東省",蓋門下也。《傳》言子美拜右拾遺,史氏之誤。

"會送"句:集:一作"到"。 "夔龍",舜之良臣。夔典樂,龍納言。"鳳池",荀勗為中書令。及罷,云:"奪我鳳凰池。" 趙云:上句,言"晝漏"之所以"稀聞",以閣之高,而傳之遠也。《吳越春秋》載采葛婦詩曰:"群臣拜舞天顏舒。""近臣",則言左右親近之臣,蓋指貂璫者耳。"東省"事,唐制:左拾遺隸門下省,而門下省在東,故曰"東省"。唐之初,門下省在左延明門東南,中書省在右延明門西南。此在西内者耳。至高宗居大明宮,兩省曹僚隨便安置。故宣政殿前,東廊曰日華門,其東有門下省;西曰月華門,其西有中書省焉。今公所謂"歸東省",則日華門東之門下省也。故後篇《答岑補闕》有曰:"我往日華東"也。題是"紫宸殿退朝",而"紫宸殿"在東内大明宮之中,故云。

曲江二首

右一

一片花飛減卻春,風飄萬點正愁人。
且看欲盡花經眼,莫厭傷多酒入唇。
江上小堂巢翡翠,花邊高冢臥麒麟。
細推物理須行樂,何用浮名絆此身。

【集注】

"一片"四句:范元實《詩眼》嘗云:或問余:"東坡有言,詩至于杜子美,天下之能事畢矣。考之前人,固未有如老杜。後世安知無過老杜者?"余曰:"如'一片花飛減却春',雖使聖人復詠落花,决然更無好語。" 趙云:元實之言是也。秦少游號稱善辭曲,嘗云:"落紅萬點愁如海。"以爲佳句,乃使"風飄萬點正愁人"者也。

"江上"四句:花:一作"苑"。 (陳案:苑,《四庫全書》本作"花"。形誤。《補注杜詩》作"苑"。) 《西京雜記》:"五柞宮西青梧觀柏樹下,有石麒麟二枚,是秦始皇驪山墓上物。" 趙云:兩句(陳案:指"江上"二句。)皆記眼前所見也。冢前有石麒麟,蓋富貴之家。"臥",則冢之荒廢矣。故公落句有感焉。舊本"花邊",師民瞻本取"苑邊高冢",是。蓋芙蓉苑之"邊"也。《前漢》:楊惲《報孫會宗書》曰:"人生行樂耳,須富貴何時?"

右二

朝回日日典春衣,每日江頭盡醉歸。
酒債尋常行處有,人生七十古來稀。
穿花蛺蝶深深見,點水蜻蜓款款飛。
傳語風光共流轉,暫時相賞莫相違。

【集注】

"朝回"二句:陳遵:"日出醉歸。" 趙云:《宋·元凶劭傳》:"日日自出行軍。"王元長《古意》:"思淚點春衣。"

"酒債"二句:《古詩》:"人生不滿百,常懷千歲憂。晝短苦夜長,何不秉燭遊?"

"穿花"二句:趙云:老杜不拘以數對數,如"四十明朝過,飛騰暮景斜",亦是此格。沈存中乃以八尺曰尋,倍尋曰常,謂亦是數目,故對"七十",何逗鑿如此?"深深"字,《莊子》:"其息深深。""款款"字,司馬遷云:"效其款款之愚。"

"傳語"二句:趙云:張若虛《春江月》云:"請語風光催後騎,併將歌舞向前溪。"馮小憐《春日》詩:"傳語春光道,先歸何處邊?"今公所謂"傳語",正參用此語,以"風光"在我輩,當共其"流轉",相與賞玩,"莫相"違戾。此豈語同舍之省郎乎?謝玄暉云:"日華川上動,風光草際浮。"南齊王檢詩:"風光承露照,霧色點蘭暉。" 師云:按杜子美祖審言詩《春日京中有懷》云:"寄語洛城風日道,明年春色倍還人。"以此見子美詩,有祖風也。

曲江對酒

苑外江頭坐不歸,水精春殿轉霏微。
桃花細逐楊花落,黃鳥時兼白鳥飛。
縱飲久判人共弃,懶朝真與世相違。
吏情更覺滄州遠,老大悲傷未拂衣。

【集注】

　　"苑外"二句：春：一作"宮"。　　趙云："苑外"者，芙蓉苑之外也。"曲江"在苑北。文宗嘗誦公詩曰："江頭宮殿鎖千門。"思復昇平事，而修紫雲樓、綵霞亭，日復增創。以此觀之，則天寶、至德時所謂"春殿轉霏微"，雖不可考知其名，而意可推矣。月宮謂之"水精宮"，今以言"春殿"，蓋以狀其清幽也。或云：即殿名。

　　"桃花"二句：趙云：黃魯直詩云："野水漸添田水滿，晴鳩卻喚雨鳩歸。"（陳案：漸，《山谷集》作"自"。）用此格也。

　　"吏情"二句：吏：一云"舍"。　　（陳案：舍，《補注杜詩》《全唐詩》作"含"。）　　謝玄暉："復叶滄洲處。"（陳案：叶、處，《文選》作"協""趣"。）《古樂府》："老大徒悲傷。"　　趙云：揚雄《檄靈賦》曰："世有黃公者，起于滄洲，清神養性，與道逍遥。"

曲江對雨

城上春雲復苑牆，江庭晚色靜年芳。
林花著雨燕脂落，水荇牽風翠帶長。
龍武新軍深駐輦，芙蓉別殿漫焚香。
可時詔此金錢會，暫醉佳人錦瑟旁。

【集注】

　　"江庭"句：（陳案：庭，《補注杜詩》《全唐詩》作"亭"。）　　年：一作"天"。　　沈休文《二月三日》詩："年芳俱在斯。"

　　"林花"二句："荇"，水草也，相連而生，故如"翠帶"。　　趙云："苑牆"，又言芙蓉苑之牆也。　　師云：杜審言《過義陽公主山池》詩："綰雲青條弱，牽風紫蔓長。"（陳案：雲，《全唐詩》作"霧"。）

　　"龍武"二句：開元二十六年，析左右羽林軍，置左右龍武軍，以左右萬騎營隸焉。芙蓉城，連曲江城。　　師民瞻云：《舊史官·志》："左右龍武軍。"（陳案：舊史官，當作《舊唐書》。）注："太宗選飛騎之尤驍健者，別署百騎，以爲翊衛之備。武后加置千騎，中宗加置萬騎，分爲左右營。自開元以來,與左右羽林軍,名曰'北門四軍'。開元二十七年,改爲左右龍武軍。"唐始祖諱虎,故唐太宗修《晋史》,李延壽修《南北史》,舊書皆易"虎"爲"武",以避之。如稱"琥珀"爲"武珀","白虎"爲"白武"之類是矣。"龍武"軍,本龍虎軍,亦避唐諱也。　趙云:兩句意言車駕唯"深駐""曲江",不復幸芙蓉苑,則"别殿""焚香"爲"漫"耳。初,玄宗以萬騎軍平韋氏,改爲左右龍武軍,皆用唐之功臣子弟,制若宿衞兵。是時良家子避征戍者,亦皆納資隸軍,分日更上,如羽林。此在《新唐史·兵志》,最爲易考。

"可時"二句:(陳案:可,《補注杜詩》《全唐詩》作"何"。)　詔:一作"重"。暫:一作"爛"。　　(陳案:旁,《補注杜詩》作"傍"。)《杜補遺》:《開元天寶遺書》云:"内庭嬪妃每至春時,各于禁中結伴擲金錢爲戲。"又,《酉陽雜俎》:"梁時荆州掾爲雙陸賭金錢。"　趙云:似言錫錢爲宴。《劇談録》載:"開元中,都人遊賞曲江,盛于中和、上巳節。即錫宴臣僚,會于山亭,賜太常教坊樂。"推此則謂賜"金錢"爲宴也。"金錢"字,止是言錢。如《前漢》:"曹丘生數招權,顧金錢。"不必真是黄金爲錢者。公《宴渼陂》云:"應爲西陂好,金錢罄一餐。"亦此"金錢"之謂也。《杜補遺》所引,却是黄金爲錢者矣。"醉佳人"傍者,賜太常教坊樂也。"錦瑟"字,崔灝《渭城少年行》曰:"渭城橋頭酒新熟,金鞍白馬誰家宿。可憐錦瑟箏琵琶,玉堂清酒就君家。"則"錦瑟"者,寶瑟、瑶瑟之謂也。或曰:是佳人名,如青琴、瑟玉、絳樹、緑殊之類。李商隱作《錦瑟》詩,其詞曰:"錦瑟無端五十絃,一絃一柱思華年。"説者云:"令狐綯之妾名如青琴、瑟玉、絳樹、緑珠之類。"亦不明據。又况是後來事,不可引。若言教坊樂器,則自有"錦瑟"矣。

早朝大明宫呈省寮友　賈至

銀燭朝天紫陌長,禁城春色曉蒼蒼。
千條弱柳垂青鎖,百囀流鶯滿建章。
劍佩聲隨玉墀步,衣冠身染御爐香。
共沐恩波鳳池裏,朝朝染翰侍君王。

【集注】

"早朝"句：新賀。（陳案：《補注杜詩》作"新添"，署名"賈至"。）

"百囀"句：（陳案：滿，《補注杜詩》作"遶"。）

"衣冠"句：（陳案：染，《補注杜詩》作"惹"。）

奉和賈至舍人早朝大明宮

五夜漏聲催曉箭，九重春色醉仙桃。
旌旗日暖龍蛇動，宮殿風微燕雀高。
朝罷香煙攜滿袖，詩成珠玉在揮毫。
欲知世掌絲綸美，池上于今有鳳毛。

【集注】

"奉和"句："舍人"先世"掌絲綸"。

"五夜"句：《顏氏家訓》云："或問一夜何故五更？更何所訓？"答曰："魏漢已來，謂爲甲乙丙丁戊五夜。又云一二三四五，皆以五爲節。更，歷也，經也，鼓凡五更爾。"（陳案：鼓凡，《顏氏家訓》作"故曰"。）

"九重"句：重：一作"天"。　天子之門九重。《漢武故事》：西王母齎其桃七枚獻帝。帝欲留核種之，王母笑曰："此桃一千年生〔花〕，一千年結實，人壽幾何？"遂止。西王母指東方朔曰："此桃三熟，此兒已三偷也。"　趙云："春色"著"桃"，如酣"醉"然。

"旌旗"四句：東坡曰："杜甫也，七言偉麗者，此句是也。"　趙云：余竊謂夏文莊"硯中旗影動龍蛇"，師川"旌旗不動御爐香"，皆剽杜也。然工倔可見矣。硯水之中，可見"旌旗"之影，動如"龍蛇"，而御爐香豈于"旌旗"動不動乎？或者穿鑿以"燕雀高"比小人得位，則"龍蛇動"何所比乎？後學妄論杜詩有如此者。"香煙"雖是香之煙，而（爾）〔兩〕字是實，故可對"珠玉"。

"欲知"二句：有：一作"得"。　《禮記》："王言如絲，其出如綸。"　《杜補遺》：《世說》：王敬倫風姿似父，作侍中，加授桓公〔公〕服。從大門入，桓公望之曰："大奴固〔自〕有鳳毛。"大奴，王劭也。

(梁)鍾嶸《詩品》曰:"何晏、孫楚、張翰、潘尼等,并得虬龍片甲,鳳凰一毛。"《山海經》曰:"丹穴之山有鳥焉,五彩而文,其名鳳。" 趙云:賈至,曾之子。曾于睿宗末年及開元初,再爲中書舍人。後與蘇晋同掌制誥,皆以文辭稱,時號蘇賈焉。玄宗幸蜀,時至拜起居舍人。帝曰:"昔先天誥命,乃父爲之辭,今兹命册,又爾爲之。兩朝盛典,出卿家父子,可謂繼美矣。"故云。"鳳毛",有兩事:《南史》載:謝超宗者,謝鳳之子,作《殷叔儀誄》,帝大嗟賞,謂謝莊曰:"超宗殊有鳳毛。"而"池上"字,又使荀勖"奪我鳳凰池"事。

同　前 王維

絳幘雞人送曉籌,尚衣方進翠雲裘。
九天閶闔開宫殿,萬國衣冠拜冕旒。
日色纔臨仙掌動,香煙欲傍衮龍浮。
朝罷須裁五色詔,佩聲歸到鳳池頭。

【集注】

《同前》:新添。

同　前 岑參

雞鳴紫陌曙光寒,鶯囀皇州春色闌。
金鎖曉鐘開萬户,玉階仙仗擁千官。
花迎劍佩星初落,柳拂旌旗露未乾。
獨有鳳凰池上客,陽春一曲和皆難。

【集注】

《同前》:新添。
"金鎖"句:(陳案:鎖,《補注杜詩》作"闕"。)

宣政殿退朝晚出左掖

天門日射黃金榜，春殿晴曛赤羽旗。
宮草微微承委珮，鑪煙細細駐遊絲。
雲近蓬萊常好色，雪殘鳷鵲亦多時。
侍臣緩步歸青瑣，退食從容出每遲。

【集注】

"天門"句：崔融詩："金榜照晨光，銅鉤起夕涼。"
"春殿"句：以赤鳥羽爲旗也。　趙云：《前漢·禮樂志》曰："天門開，詄蕩蕩。"《神異經》云："西方有宮，金牓而銀樓，題曰'天地少女之宮'。""赤羽旗"，如《周官》"析羽爲旌"。《家語》："赤羽若日，白羽若月。""詄"，音跌。
"宮草"句：微微：一作"霏霏"。　《曲禮》："主佩垂，則臣佩委。"
"鑪煙"句："遊絲"，蛛絲之遊散者，香煙似之。
"雲近"二句：好：一作"五"。　"蓬萊"，殿名。"鳷鵲"，樓名。
趙云：蓬萊殿在紫宸殿之後，皆大明宮中也。"鳷鵲"，漢官名，（陳案：官，《補注杜詩》作"觀"。）在甘泉宮。謝玄暉詩云："金波麗鳷鵲，玉繩低建章。"則借漢宮觀名，以比當時之禁掖。
"侍臣"句："青瑣"，門也。以青畫戶邊鏤中，天子制也。
"退食"句：趙云："青瑣"，漢（名）[門]名，在未央宮。今以借用，如范彥龍："攝官青瑣闥。"《詩》："退食自公。"

題省中院壁

掖垣竹埤梧十尋，洞門對雪常陰陰。
落花遊絲白日静，鳴鳩乳燕青春深。

卷十九　近體詩

腐儒衰晚謬通籍，退食遲回違寸心。
袞職曾無一字補，許身愧比雙南金。

【集注】

"掖垣"句：師云：西掖垣在中書省。劉公幹《贈徐幹》詩："誰謂相遠去，隔此西掖垣。""坿"，音婢。百畝爲坿。又增也，厚也。

"洞門"句："洞門"，猶洞戶也。　《杜正謬》："對雪"當作"對雷"。左太冲《吳都賦》云："增岡重阻，列真之宇。玉堂對雷，石室相距。"注："欄雷相接也。"蓋是時有鳴鳩、乳燕、落花、遊絲之語，乃春深時，非可言"對雪"，殆傳寫之誤爾。《董賢傳》："重殿洞門"。注："洞門，謂門門相當也。"　趙云："掖垣"者，禁掖之垣牆也。"坿"字，在字書，(手)[音]避移反。附也，助也，補也，增也。引《詩》云："政事一坿益我。"云"坿"，厚也。今公"竹坿"，則側聲矣。惟《晉語》：(陳案：語，《四庫全書》本作"論"。形誤。《杜詩引得》作"語"。)秦醫和曰："松柏不生坿。"注："坿，下濕也。"而《國語》："音卑，又皮靡反。"方是側聲，"卑"而有所當生之義。所謂"對雪常陰陰"，蓋爲大明宮直終南山，每清天霽景，視終南山如指掌云。此"對"終南之"雪"也。《正謬》云："對雪，當作對雷。"非是。蓋"對雷"自此"玉堂"。凡是堂殿，前有天井，乃爲"對雷"。鄭玄《禮記注》曰："堂前有承雷。"是已。若在"洞門"言之，則第一重門，豈對雷耶？又對承雷，則明快矣，豈"陰陰"耶？杜云："落花、乳燕，乃春深時，非可言雪。"蓋終南崇山，雖春深而有積"雪"未消爾。

"落花"二句：(梁)簡文帝《春日》詩："落花隨燕入，遊絲帶蝶驚。""乳燕"，雛燕也。　趙云：兩句如東坡先生之說，豈不謂之偉麗耶？(隋)蕭慤《春賦》云："落花無限數，飛鳥排花渡。"庾信《燕歌行》云："洛陽遊絲百丈連。"又云："數尺遊絲即橫路。""遊絲"于春時，空中自有之，蓋野馬之類，天地之氣也，即非蛛絲，學者多誤指之矣。《月令》："季春之月，鳴鳩拂其羽。"《疏》云：案《釋鳥》云："鷝鳩，鶻鵃。"郭景純云："鷝，音九物反。鵃，音嘲。鶻鵃似山鵲而小，青黑色，短尾，多聲。"孫炎云："鶻鵃，一名鳴鳩。《月令》所云是也。"如此，則止是鶻鵃，乃季春之鳥矣，即非喚雨之勃鳩。學者復多誤指，雖黃魯直亦誤

— 875 —

用云："欲雨鳴鳩日永。"若以唤雨之鳩爲"鳴鳩"，則四時皆鳴，何乃言"青春深"乎？"乳燕"字，承用之熟，在杜公前，則鮑照《詠採桑》詩："乳燕逐草蟲，巢蜂拾花蕊"也。

"腐儒"句：《黥布傳》："上置酒，對衆折隨何曰：'腐儒！爲天下安用腐儒哉？'"（即）[師]古云："腐者，爛敗，言無所堪任。"通籍"，見上注。

"退食"句：趙云：《漢書》：高祖云："腐儒幾敗乃公事！"《詩》云："退食自公。""寸心"，起于《列子》：文摯謂叔龍曰："吾見子之心矣，方寸之地虛矣。"而促用"寸心"，則陸士衡《文賦》有："吐滂沛乎寸心。"方生出"寸心"字也。若使"違"字，則《詩》云："中心有違。"《左傳》云："王心不違"也。

"袞職"句：《詩》："袞（則）[職]有闕，仲山甫補之。"注："袞，君之上服。補之，善補過也。"

"許身"句：《古詩》："美人贈我綠綺琴，何以報之雙南京？"言所報重也。　趙云：公前爲拾遺，故用"補""袞"事，不必泥出處是仲山甫而爲宰相事也。"一字補"，蓋挨傍《春秋序》云。"袞"之一字，若"華袞之贈"，故對"雙南金"。三字出《文選》："美人贈我雙南金。"

春宿左省

花隱掖垣暮，啾啾棲鳥過。
星臨萬户動，月傍九霄多。
不寢聽金鑰，因風想玉珂。
明朝有封事，數問夜如何。

【集注】

"花隱"四句：趙云："隱"者，隱蔽之也。字起于揚雄《蜀都賦》曰："蒼山隱天。"漢宮千門萬户。潘岳《書》曰："長自絕乎塵埃，迢遊身乎九霄。"而沈休文《遊沈道士館》云："銳意三山上，託慕九霄中。"今言"九霄"之間，月色明徧爲"多"也。或曰：以"九霄"比禁掖，爲其在"左省"作詩,故所云如此。

"不寢"二句:"玉珂",馬鳴珂也。　　趙云:兩句主下句,"有封事"而欲上,故"聽"開門,且想朝馬之鳴珂也。"玉珂"者,以玉爲珂,富貴事也。

"明朝"句:言事也欲其密,故封之以達。

"數問"句:趙云:唐制:左拾遺六人,從八品上,掌供奉諷諫。大則廷議,小則上封事,故曰"有封事"。《詩》:"夜如何其?夜未央。夜未艾,夜向晨"者也。

送翰林張司馬南海勒碑

冠冕通南極,文章落上台。
詔從三殿去,碑到百蠻開。
野館濃花發,春帆細雨來。
不知滄海上,天遣幾時回。

【集注】

"送翰林"句:相國製文。

"冠冕"句:"通",猶通西南夷也。

"文章"句:謂相國製文也。　　趙云:"冠冕",指言張司馬。"南極",指言南海之地。

"詔從"句:唐有"三殿"學士。

"碑到"句:趙云:大明宫中有麟德殿,在仙居殿之西北。此殿三面,亦以三殿爲名。李肇《翰林志》曰:"翰林院在麟德殿西廂重廊之下,門東向。"故曰"詔從三殿去"者,自翰林壁經三殿而出也。舊注非。

"野館"二句:趙云:既云往"南海",則用"帆"矣。木玄虛《賦》云:"維長綃,掛帆席。"是已。以春時往,故曰"春帆"。公又曰:"冥冥細雨來"者。

"不知"二句:趙云:此句暗用《博物志》:"有人乘槎至海,犯斗牛"

事。杜公每用,却多指爲張騫云。

晚出左掖

畫刻傳呼淺,春旂簇仗齊。
退朝花底散,歸院柳邊迷。
樓雪融城濕,宮雲去殿低。
避人焚諫草,騎馬欲雞棲。

【集注】

"畫刻"句:趙云:衛宏著《漢儀》,使夜漏起,宮衛傳呼以爲備。陸倕以其所載爲未詳。謂"傳呼淺",則在"畫",不若夜之遠也。

"春旂"句:"春旂",言羽衛也。

"避人"二句:趙云:如魏陳群之削草,又高士廉奏議,未嘗不焚藁也。《詩》云:"雞栖于塒。"舊注引《文選》:"雞登栖而歛翼。"非是。

曲江陪鄭八丈南史飲

雀啄江頭黃柳花,鵁鶄溪鵜滿晴沙。
自知白髮非春事,且盡芳樽戀物華。
近侍即今難浪跡,此身那得更無家。
丈人文力猶强健,豈傍青門學種瓜。

【集注】

"曲江"句:趙云:應是鄭虔。虔爲著作,所謂"南史",以《左氏》齊南史稱之。

"鵁鶄"句:(陳案:溪,《補注杜詩》作"灂"。《全唐詩》作"灘"。)

"自知"句:《歸去來》:"農人告予以暮春,將有事乎西疇。"

"且盡"句:趙云:"春事"嬉遊賞玩,皆年少之所宜,故"白髮非春事"矣。舊注非是。

"近侍"二句：趙云：上句，所以自戒。(陳案：戒，《杜詩引得》作"戚"。)下句，所以自喜。蓋公性真率，平昔放浪，今爲"近侍"，故"難浪跡"。前此一身轉徙賊中，寄家鄜州，嘗有詩曰："無家對寒食。"今既復聚，故喜而曰"那得更無家"也。

"丈人"二句：(陳案：文，《全唐詩》同。一作"才"。) 邵平種瓜"青門"，號邵平瓜。 趙云：阮籍《詠懷》有云："昔(門)[聞]東陵瓜，近在青門外。"注引《(使)[史]記》："邵平者，故秦東陵侯，秦破，爲布衣。貧，種瓜於長安城東，故俗謂之東陵瓜。"又注云：《漢書》曰："霸城門，民間所謂青門。"則長安城東門也。

送賈閣老出汝州

西掖梧桐樹，空留一院陰。
艱難歸故里，去住損春心。
宮殿青門隔，雲山紫邏深。
人生五馬貴，莫受二毛侵。

【集注】

"送賈"句：趙云：此送賈至也。前篇有《嚴賈二閣老兩院補闕》。公自注云："嚴武、賈至也。"至爲汝川，《唐史》不載。

"西掖"二句：喻賈之德，猶足庇覆一院。 趙云："至"于至德中歷中書舍人，而中書舍人隸中書省，在月華門西，故曰"西掖"。

"艱難"二句：趙云："至"，河南洛陽人。唐以河南府汝州隸都(幾)[畿]採訪使，故云。

"宮殿"句："青門"，長安東城門也。"隔""青門"，謂賈出汝州也。

"雲山"句："邏"，塞也，取巡邏之義。 《杜補遺》："紫邏"，山名也。謹按：《九域志》："汝州梁縣有三山：一霍陽，二崆峒，三紫邏。"非以"巡邏"爲義。

"人生"句：見二十五卷"五馬有光輝"注。

"莫受"句:潘岳《秋興賦》:"予三十有二,始見二毛。"二毛者,斑白也。　　趙云:"五馬",太守事。本出《漢官儀》:"太守五馬。"蓋天子六馬,而諸侯則五馬故也。《漫叟詩話》云:《古樂府·陌上桑》云:"五馬立踟躕。"用"五馬"作太守事,自西漢時始然。古乘駟馬車,至漢時,太守出則增一馬。事見《漢官儀》。《潘子真詩話》云:《禮》:"天子六馬,左右驂。三公九卿,駟馬。右騑。"漢制:九卿則中二千石,亦右驂。太守則駟馬而已。其有功德,加秩中二千石,如王成者,乃有右騑。故以"五馬"爲太守美稱。　　師云:《古今風俗》:"王逸少出,出守永嘉,庭列五馬,繡鞍金勒,出即控之,故永嘉有五馬坊。"

送鄭十八虔貶台州司户,傷其臨老陷賊之故,闕爲面〔別〕,情見於詩

鄭公樗散鬢成絲,酒後常稱老畫師。
萬里傷心嚴譴日,百年垂死中興時。
倉惶已就長途往,邂逅無端出餞遲。
便與先生應永訣,九重泉路盡交期。

【箋注】

"送鄭"句:趙云:按《唐史》:"虔遷著作郎。禄山反,遣張通儒劫百官置東都,僞授虔水部郎中,因稱風緩求攝市令,潛以密章達靈武。賊平,與張通、王維并囚宣陽里。三人皆善畫,崔圓使繪齋壁,虔等方悸死,即極意祈解于圓,卒免死,貶台州司户參軍事。"《莊子》曰:"闕然數日不見。""闕爲面別",若言闕然爲"面別"也。

"鄭公"句:(陳案:成,《全唐詩》同。一作"如"。)　　《莊子》有"樗"散之材。言不合世用也。

"酒後"句:虔善畫,常獻詩畫及書于明皇,御批號爲三絶。趙云:《莊子》謂"樗"曰"散木"也,故相承用"樗散"焉。"畫師"之句,亦猶王維詩云:"夙世謬詞客,前身老畫師。"(陳案:老,《王右丞集箋注》作"應"。)

"萬里"二句:時初復京師。虔以汙賊貶。

"便與"二句:言交契之期,死生不替者也。江淹《別賦》:"寫永訣之情。"

題鄭十八著作文

台州地闊海冥冥,雲水長和島嶼青。
亂後故人雙別淚,春深逐客一浮萍。
酒酣懶舞誰相拽,詩罷能吟不復聽。
第五橋東流恨水,皇陂岸北結愁亭。
賈生對鵩傷王傅,蘇武看羊陷賊庭。
可念此翁懷直道,也霑新國用輕刑。
禰衡實恐遭江夏,方朔虛傳是歲星。
窮巷悄然車馬絕,案頭乾死讀書螢。

【集注】

"題鄭"句:(陳案:文,《杜詩詳註》作"丈"。一作"文"。)

"台州"二句:"台州",鄭貶所。　趙云:台州臨海郡,本海州也。

"春深"句:以虔貶,故稱"逐客"。秦李斯在"逐客"中上書。

"第五"二句:"第五橋""皇陂",皆長安廊外送別之地。　趙云:皇子陂,在萬年縣西南二十五里。"第五橋",未詳。公《過何將軍山林》詩云:"今知第五橋。"蓋于此與鄭送別之地。"水"謂之"恨水";"亭"謂之"愁亭",乃一時傷心之言。

"賈生"二句:(陳案:鵬,《四庫全書》作"鵬"。形訛。《補注杜詩》作"鵬")　趙云:上句以言虔遷謫也,下句以言虔為賊所刦,而不附賊也。

"可念"二句:((陳案:翁,《全唐詩》同。一作"心",一作"公"。)

《周禮·秋官》大司寇之職:"一曰:刑新國用輕刑。"(陳案:輕刑,

《周禮注疏》作"輕典"。）　　趙云：惟其"直道"而不附賊，故得免死而從貶也。

"禰衡"句：見本卷《送郭子丞》詩。

"方朔"句：夏侯孝若《東方朔畫贊》云："神變造化，靈爲星辰。"注："俗謂方朔爲太白星精。"　　趙云：上句以言虔素才俊，嘗憂有欲殺之者矣。觀其初，集掇當世事著書八十餘篇，有窺其藁者，上書告虔私撰國史，虔倉黃焚之，由協律郎坐謫十年。其于賊平被囚也，幾死而貶，則虔嘗以死爲憂矣。下句以言虔多技能，如"方朔"而不得親用。《博物志》載：《神仙傳》曰："傅説上據辰尾爲箕宿，歲星降爲東方朔。傅説死後有此宿，東方生，無歲星。"今公云"方朔""是歲星"，蓋用此説。而夏侯孝若爲朔《畫贊序》乃云云，却成"方朔"死而爲"星"矣。舊注止知引此，非是。

"窮巷"二句：車胤聚"螢""讀書"。　　趙云：虔既謫去矣，則平昔過從者，車音絕，而所居"讀書"之處，空餘死"螢"也。

端午日賜衣

宮衣亦有名，端午被恩榮。
細葛含風軟，香羅疊雪輕。
自天題處濕，當暑著來清。
意內稱長短，終身荷聖情。

【集注】

"端午"句：師云：按《唐會要》："開元二十五年，上以端午日賜宰臣，丞相、尚書兩省官衣服各一襲。"

"自天"四句：情：一作"明"。　　趙云："自天"，出《詩》《書》。"當暑"出《論語》。其他甚明。末句語法稍深。蓋言天子之"意內"，又稱量群臣身材"長短"而賜之，使有實用而非止虛賜，此所以"終身荷聖情"也。

贈畢四曜

才大今詩伯，家貧苦宦卑。
飢寒奴僕賤，顔狀老翁爲。
同調嗟誰惜，論文笑自知。
流傳江鮑體，相顧免無兒。

【集注】

"贈畢"句：《玉臺後集》載曜詩二首。

"才大"二句：晋有八伯，以擬八儁。"伯"，如侯伯之伯。　趙云："伯"，宗師之稱也。字起於《論衡》，有云："周長生文辭之伯，文人之所共宗。"而變化用之耳。《新唐書》云："王、楊爲之伯，燕、許擅其宗。"亦用此字也。

"同調"二句：謝靈運詩："誰謂古今殊，異代可同調。"　趙云：魏文帝《典論》有《論文》篇，爲無"同調"，故"論文"亦"自知"而已。公詩："文章千古事，得失寸心知。"亦此之謂也。

"流傳"句：江文通、鮑明遠。

"相顧"句：(陳案：免，《四庫全書》本作"兔"。形訛。《補注杜詩》《全唐詩》作"免"。下二"兔"字同。)　伯道"無兒"。"兔無兒"者，言各有子也。　趙云：言既然無"同調"以共"論文"，則多所能江、鮑體之文章，止流傳于其子耳。江，謂江淹；鮑，謂鮑照。二人最能文。唐〔中〕宗嘗曰："蘇環有子，李嶠無兒。""相顧兔無兒"，意言各有子以傳世業，即非伯道"無兒"事。師民瞻本"江鮑體"作"江左體"，亦是。言江左，則不止指二人也。

酬孟雲卿

樂極傷頭白，更長愛燭紅。
相逢難衮衮，告別莫怱怱。

但恐天河落，寧辭酒盞空。
明朝牽世務，揮淚各西東。

【集注】

"更長"句：（陳案：長，《全唐詩》同。一作"深"。）

"相逢"二句："衮衮"，見上《醉時歌》注。　趙云："相逢"既難得相繼，故不可"忽忽"爲別也。（晋）王濟云："張（漢）[華]説漢史，衮衮可聽。"張芝云："匆匆不暇草書"也。　新添：《史記·龜筴傳》有云："陰陽相錯，忽忽疾疾。"《顔氏家訓》云："世中書翰多稱匆匆，相承如此，不知所由。案許慎《説文》云：'匆者，州里所建之旗也，象其柄，有三斿。雜帛，幅半異，所以趨民。故怱遽者稱爲匆匆。'"（陳案：匆、匆匆，《顔氏家訓》作"匆""匆匆"。）

"但恐"句：鮑明遠："夜移河漢落。"

"寧辭"句：孔融："罇中酒不空。"　趙云："天河"謂之落，如鮑照詩。"酒盞"謂之"空"，飲盡而"空"也。舊注所引，正與此"空"字不同。

"明朝"二句：趙云：《前漢》："儒者通世務。""揮淚"字，起于《家語》："公文伯卒，敬妻曰：'二三子無揮淚。'"而蘇子卿曰："淚下不可揮。"公蓋參使。

奉贈王中允 維

中允聲名久，如今契闊深。
共傳收庾信，不比得陳琳。
一病緣明主，三年獨此心。
窮愁應有作，試誦白頭吟。

【集注】

"共傳"句：《周書》：庾信，字子山，先與徐陵并爲梁抄撰學士。後仕周，聘于東魏，文章辭令，盛爲鄴下所稱。信雖位望通顯，常有鄉關之思。

"不比"句：琳避難冀州，袁紹使典文章，作檄以告劉備，言曹公失德，不堪依附，反譏曹公父子。後紹敗，曹公得琳，愛其才而不之責。

趙云：庾信爲梁東宮學士。侯景之亂，梁簡文帝使率宮中文武千餘人，營于朱雀航。及景至，信以衆先退，奔于江陵。梁元帝承制，除信御史中丞。"共傳收庾信"，以言肅宗憐維，失其死罪，止下遷太子中允，此所謂"收"也。陳琳作檄謗詈曹公。〔曹公〕得之，愛之而不咎。維在賊中，禄山大宴凝碧池，悉召梨園諸公合樂。工皆泣。維聞悲甚，賦詩痛悼，則異乎陳孔璋在袁紹時，詈及曹父祖矣，故曰"不比得陳琳"也。

"窮愁"二句：虞卿窮愁著書。《白頭吟》，以人情樂心而壓故也。（陳案：心，《杜詩引得》作"新"。） 趙云：禄山以天寶十四載反，十五載陷京師，安慶緒殺其父自立，至至德二載而後京師復焉。方維在賊時，以藥下利，陽瘖。維既以不欲污賊而病，其心三年，唯在明主，故云。《白頭吟》，文君所賦。今公所用，止言當老而吟賦爾。

奉陪鄭駙馬韋曲二首

其一

韋曲花無賴，家家惱殺人。
緑尊雖盡日，白髮好禁春。
石角鉤衣破，藤枝刺眼新。
何時占叢竹，頭戴小烏巾。

【箋注】

"韋曲"句：師云：丁廣詩："群花正無賴。"

"緑尊"二句：（陳案：緑，《補注杜詩》作"渌"。） 禁：一作"傷"。

趙云：《古詩》："白楊多悲風，蕭蕭愁殺人。"公用愁"殺人"矣，此外更變曰："秋江思殺人。"又曰："高樓思殺人。"今云"惱殺人"，亦其變也。"渌樽雖盡日"，一本又作"須盡日"。"白髮好禁春"，一本又作

"不禁春",皆有義。"須盡日",當對以"好禁春"。言既老矣"好禁",奈"春"而行樂也。"不禁春",則對以"雖盡日"。言雖有"盡日"之酒,而老人却"不禁"春思也。沈休文《和謝宣城》詩云:"憂來命淥樽。"

"藤枝"句:枝:一作"蘿"。

其二

野寺垂楊裏,春蛙亂水間。
美花多映竹,好鳥不歸山。
城廓終何事,風塵豈駐顔。
誰能共公子,薄暮欲俱還。

【集注】

"春蛙"句:(陳案:蛙,《補注杜詩》《全唐詩》作"畦"。)

"城廓"四句:趙云:言城中多"風塵",徒催人老耳,所以"誰"肯與"公子",以迫于暮色,便"欲俱還"也。蓋上欲留連之意。

寄左省杜拾遺 岑參

聯步趨丹陛,分曹限紫微。
曉隨天仗入,暮惹御香歸。
白髮悲花落,青雲羨鳥飛。
聖朝無闕事,自覺諫書稀。

奉答岑參補闕見贈

窈窕清禁闥,罷朝歸不同。
君隨丞相後,我往日華東。
冉冉柳枝碧,娟娟花蕊紅。
故人得佳句,獨贈白頭翁。

【集注】

　　"我往"句:往:一作"住"。　　"補闕",官有左右。左屬門下省,右屬中書省。　　趙云:"補闕"、拾遺,在《百官志》皆隸門下省,而門下省在日華門之東。杜公爲左拾遺,則所謂"我往日華東"矣。于參言"君隨丞相後",則當往尚書省。豈參爲補闕,而兼爲諸部中官邪?不然,紀當時參不坐省,而隨丞相實事耳。舊注所引,據楊侃《職林》所載,蓋按《唐史》:"門下省有左補闕六人,從七品上;左拾遺六人,從八品上。掌供奉諷諫,大事廷議,小則上封事。"其注云:"武后時,垂拱元年置補闕、拾遺,左右各二員。"《新史》所載如此,則"左屬門下省,右屬中書省",豈武后時耶?然因解"隨丞相後"而言之,則丞相又却是尚書省矣。恐惑後學,不得不辨。參于史無傳,其詩集杜確序之,止云:"自補闕遷起居郎。"起居郎,又却隸中書省也。俟博者辨之。

　　"冉冉"四句:《古詩》:"冉冉孤生竹。"(玉)[王]景玄《翫月城西門》詩云:"娟娟似娥眉。"(陳案:王景玄,《文選》作"鮑明遠"。)五臣注曰:"娟娟,明媚皃。"

送許八拾遺歸江寧覲省,甫昔時嘗客遊此縣,於許生處乞瓦棺寺維摩圖樣,志諸篇末

　　詔許辭中禁,慈顔赴北堂。
　　聖朝新孝理,祖席倍輝光。
　　內帛擎偏重,宮衣著更香。
　　淮陰清夜驛,京口渡江航。
　　春隔鷄人晝,秋期燕子涼。
　　賜書誇父老,壽酒樂城隍。
　　看畫曾飢渴,追蹤限森茫。
　　虎頭金粟影,神妙獨難忘。

【集注】

"詔許"二句:《詩》:"焉得諼草,言樹之背。""背","北堂"也。"北堂",母氏也。一云:"天詔辭中禁,家榮赴北堂。"

"聖朝"二句:"祖席",飲錢也。漢《祖二疏》:一云:"行子倍恩光。" 趙云:"行子倍恩光"爲正。蓋"孝理"者,以孝治天下也。"恩光",則恩之光也,"輝光"則不對。

"淮陰"二句:(陳案:清,《全唐詩》同。一作"新"。衣,《補注杜詩》《全唐詩》作"夜"。) 趙云:淮陰,楚州。京口,潤川。蓋往江寧經歷之地。

"春隔"四句:"雞人",宮中司曉者。言許方歸寧,尚隔雞人報曉爾。 一云:"竹引趨庭曙,山添扇枕涼。十年過父老,幾日賽城隍。" 趙云:方春而歸,隔聞宮中報曉也。《周官·雞人》:"夜呼旦以叫百官。""秋期燕子涼",其返自秋爲期也。一作:"竹引趨庭曙,山添扇枕涼。""趨庭",則《論語》:"孔子嘗獨立,鯉趨而過庭。""扇枕",則黃香事也。然于"趨庭"而言"竹引",似乎無義。豈其庭下實有竹耶?又下句一作:"賜書誇父老,壽酒樂城隍。"却不上"十年過父老,幾日賽城隍"辭語老當,有含蓄之意。(陳案:不上,《杜詩引得》作"不及"。)蓋謂"十年"不見"父老"而過之,又必謁廟以爲榮也。

"虎頭"二句:"虎頭",維摩相也。"金粟",釋有金粟地。 《杜正謬》:《歷代名畫記》曰:"顧愷之,字長康,小字虎頭。(昔)[晋]陵無錫人,曾于瓦棺寺北殿畫維摩詰,畫訖,光耀月餘。"《發迹經》云:"凈名大士,是往古金粟如來。"《世說》注、僧肇注《維摩經》曰:"維摩經者,秦言凈名,蓋名身之大士。"今觀子美元題所云,則"虎頭金粟影",乃顧愷之所畫維摩圖也,元注則謬矣。 趙云:歐陽率更于《藝文類聚》載《世說》:"愷之爲虎頭將軍,在甘蔗門中。"(陳案:門,《世說新語》作"問"。)而洪駒父云:"顧愷之,小字虎頭。維摩詰是過去金粟如來,蓋據《歷代名畫記》耳。"《世說》是劉義慶之書,宋于晋未遠,當可考信,而《歷代名畫記》則後人爲之也。以俟博聞。杜田所引與駒父同。

因許八奉寄江寧旻上人

不見旻公三十年,封書寄與淚潺湲。
舊來好事今能否,老去新詩誰與傳。
碁局動隨幽澗竹,袈裟憶上泛湖船。
聞君話我爲官在,頭白昏昏只醉眠。

【集注】

"不見"四句:趙云:此至德二載詩,公年四十六歲。逆數三十年,則公十六、七歲耳。《揚雄傳》:"時有好事者,載酒肴從遊學。"故對"新詩"。其字蔡邕《薴師賦》:"詠新詩以悲歌。"

"碁局"四句:《杜補遺》:《釋氏要覽》云:"袈裟者,從色彰稱也。梵言迦邏沙曳,華言不正色。"《四分律》云:"一切上色衣不得蓄。"當壞作"迦沙"。葛洪撰《字苑》,方添衣字,言道服也。《大業經》:"迦沙名離染服。"如《幻三昧經》云:"無垢衣,又名忍辱鎧,又名蓮花衣。謂不爲欲泥所染。"(陳案:欲,《杜詩引得》作"淤"。)

至德二載,甫自京金光門出,道歸鳳翔,乾元初從左拾遺移華州掾,與親故別,因出此門,有悲往事

此道昔歸順,西郊胡正煩。
至今殘破膽,猶有未招魂。
近得歸京邑,移官豈至尊。
無才日衰老,駐馬望千門。

【集注】

"此道"二句:公昔自賊中間道歸行在也。
"至今"二句:(陳案:猶,《全唐詩》作"應"。一作"猶"。)　　言履

艱危,膽破魂飛也。宋玉有《招魂》文。　　趙云:上句言其逃賊,欲之行在,是爲"歸順"。在金光門道出,故曰"此道昔歸順"也。"西郊胡正煩",則言當"歸順"時,正值胡在"西郊"之煩多也。"殘"者,餘也。《漢書》云:"谷永破膽。"宋玉有《招魂》一篇,以招屈原之魂也。

"移官"句:言"移"外官,非出天子意也。

"無才"二句:趙云:上兩句言既得返長安,以拾遺爲官,而移華州掾,本非至尊之意,特以自貽伊戚耳。蓋公以論房琯有才,不宜廢免,坐此而貶耳。"駐馬望千門",則徬徨不忍去,凝望于宮禁也。謂之"千門",使"千門萬户"之語。

寄高三十五詹事_適

安隱高詹事,兵戈久索居。
時來如宦達,歲晚莫情疏。
天上多鴻鴈,池中足鯉魚。
相看過半百,不寄一行書。

【集注】

"安隱"二句:(陳案:隱,《補注杜詩》《全唐詩》作"穩"。《資治通鑑·唐紀十三》胡三省注:"隱,讀曰穩。")　　子夏離群索居。

"時來"二句:如:一云"知"。　　言無隨世態也。

"相看"二句:蘇武繫書鴈足。《古詩》:"呼童烹鯉魚,中有尺素書。"古人言音信多,以此二(咸)〔物〕,或謂之鱗羽。　　趙云:"安隱",安穩字也,出佛書:"世尊安隱否。""兵戈",出《戾太子傳贊》。"鴻鴈",則常惠事。公于乾元初,從左拾遺,移華州掾。方未移時,豈不與高詹事相見乎?及其既移華州,旋于二年秋七月半,棄官居秦,有《寄彭州三十五》詩三十韻,則此詩在秦州寄,高尚爲"詹事"時詩也。

路逢襄陽少府入城,戲呈楊員外綰

寄語楊員外,山寒少茯苓。
歸來稍暄暖,當爲斸青冥。
醱動神仙窟,封題鳥獸形。
兼將老藤杖,扶汝醉初醒。

【集注】

"路逢"句:甫赴華州日許,寄員外茯苓。

"山寒"句:《杜補遺》:《史記·龜筴傳》云:"茯苓,所謂茯靈者,在兔絲之下,狀如飛鳥之形。新雨已,天清淨無風,以夜捎兔絲去之,即以篝燭此地。""篝,籠也。""謂燃火而籠罩其上。火滅記其處。明日乃掘取,入地四尺至七尺,得矣。茯靈者,千歲松脂也"。餘見《補遺》。《嚴氏(其)〔溪〕放歌行》:"知子松根長茯苓。"

"歸來"句:〔稍暄〕,一云"侯和"。　　(陳案:侯,《補注杜詩》作"候"。)

"當爲"句:茯苓,松脂所化,斸之乃得。

"醱動"句:世言華山多茯苓,"神仙"所居之地。

"封題"句:茯苓似鳥獸形者爲上。

題鄭縣亭子

鄭縣亭子澗之濱,戶牖平高發興新。
雲斷岳蓮臨大路,天晴宮柳暗長春。
巢邊野雀群欺燕,花底山蜂遠趁人。
更欲題詩滿青竹,晚來幽獨恐傷神。

【集注】

"鄭縣"二句:言臨亭多發新興也。

"雲斷"句：見蓮峰，望忽開。注："路，一作道。"

"天晴"句：趙云："澗之濱"，澗水濱也。鮑照詩："發興誰與歡。""（兵）[岳]蓮"，（脂）[指]言蓮花峰也。"大路"，蓋言官道耳。《詩》云："遵大路。"是也。一作"大道"。《古詩》有"青樓臨大道"，然不成詩之聲律。蔡興宗引《晉書》："檀道濟從（俗代）[劉裕]伐姚泓，至潼關，姚鸞屯大路，以絕道濟糧路。"遂指"大路"爲陝、華地名，穿鑿矣。夫岳峰所臨，豈專是地名之"大路"乎？若"長春"，則指言長春宮也。在同州朝邑縣。去此雖百里，皆華山所臨，故廣言之也。

"巢邊"四句："野雀""欺燕"，"山蜂""趁人"，皆感時而作。故"幽獨"而"傷神"也。　　趙云：上兩句舊注云"皆感時而作"，非也。此道實事，而偶似譏耳。蓋公以論房琯有才不宜廢，乃天子怒之而出，當時無嫉之者。

望　岳

西岳崚嶒竦處尊，諸峰羅列如兒孫。
安得仙人九節杖，拄倒玉女洗頭盆。
車箱入谷無歸路，箭栝通天有一門。
稍待秋風涼冷後，高尋白帝問真源。

【集注】

"西岳"句：〔"崚嶒"〕：一云"稜危"。　　　華岳也。

"諸峰"句：列：一作"（列）[立]"。　　（陳案：列，《全唐詩》作"立"。一作"列"。如，《杜詩詳註》作"似"。一作"如"。）　　言序列而不敢與岳爭長也。　　趙云：沈休文詩："崚峭起清障。"張景陽《七命》："瓊獻崚嶒"也。"竦"，則如宋武帝《登竹樂山》詩曰："竦石頓飛輈。"范雲《登三山》詩曰："叢崿竦復垂。"庾肅之《山贊》曰："岷閬天竦"也。後漢張昶《華山碑》云："山莫尊于岳，澤莫盛于瀆。"

"安得"二句："仙人"有"九節杖"。筇杖亦九節。"玉女洗頭盆"，因山形而名。　　《杜正謬》：《集神錄》："明皇玉女者，（陳案：皇，《太平廣記》卷五十九作'星'。)居華山,服玉漿,白日昇天。今山中頂石龜,其廣數畝,高三仞,其側有梯磴,達背,建玉女祠。祠前有五石臼,號曰'玉女洗頭盆'。其中水色碧綠澄澈,雨不加溢,旱不加耗。"張平子《思玄賦》云:"戴太華之玉女兮,召洛浦之宓妃。"即明皇玉女也。

趙云:此篇皆使華岳上之名稱,有"仙人九節杖",有"玉女洗頭盆",有"車(相)[箱]"谷,有"箭栝"峰,皆處所也。《正謬》所引載《太平廣記》。

"車箱"句:師云:《寰宇記》:"華陰縣車箱谷,在西南二十五里,深不可測。祈雨者,以石投其中,有一鳥飛出,應時獲雨。"

"稍待"二句:"白帝",西方之帝也。　　趙云:"箭栝"峰,則《華山記》云:"箭栝峰上有穴,才見天,攀緣自穴而上,有至絕處者。"又按:《記》云:"山頂上有靈泉二所。一名蒲地,一名太上泉池。"此豈所謂"真源"乎?劉孝儀《和昭明太子鍾山講解》詩云:"降道訪真源。"

至日遣興奉寄兩院遺補二首

其一

去歲茲辰捧御牀,五更三點入鵷行。
欲知趨走傷心地,正想氤氳滿眼香。
無路從容陪語笑,有時顛倒著衣裳。
何人錯憶窮愁日,愁日愁隨一線長。

【集注】

"五更"句:(晉)王沈詩:"幸參鵷鷺行。"

"欲知"句:此言爲華掾"趨走",參謁郡將也。

"正想"句:御爐香煙也。

"何人"二句:一云:"白日愁隨一線長。"　《歲時記》云:"宮中以紅線量入影,(陳案:入,《杜詩引得》作'日'。)至日日影添一線。"

坡云:《唐雜錄》謂"宮中以女工揆日之長短,冬至後日晷漸長,此當日增一線之功。"黄魯直云此説爲是。　　師云:今考《輦下歲時記》《荆楚歲時記》及徐諧《歲時廣記》,并不載此説。子美《小至》詩"刺繡五文添弱線",即非以線量日影也。蓋以刺繡之工添線,爲日晷之準則耳。　　(楚)[趙]云:《詩》:"東方未明,顛倒衣裳。""何人",如言"别人"。蓋謂别人錯思憶我"窮愁"之日,殊不知我"愁日"之"愁",則"隨一線長",正在此冬至日也。一作"白日愁隨一線長",其句不貫于上。

其二

憶昨逍遥供奉班,去年今日侍龍顔。
麒麟不動爐煙上,孔雀徐開扇影還。
玉几由來天北極,朱衣只在殿中間。
孤城此日堪腸斷,愁對寒雲雪滿山。

【集注】

"憶昨"二句:《漢》:"高祖隆準而龍顔。"　　趙云:拾遺掌供奉、諷諫,故曰"供奉班"。按:楊侃《職林》載:"補闕、拾遺,武太后垂拱中置,二人,以掌供奉、諷諫。自開元以來,猶爲清選。左右補闕各二人,供奉者各一人。左右拾遺亦然。"夫謂之清選,可以言"逍遥"矣。

"麒麟"二句:趙云:"麒麟"者,香爐狀也。"孔雀"者,爲扇之物也。

"玉几"句:《周禮》:"王左右玉几。"

"朱衣"句:趙云:言至日受賀之儀。謂之"由來""只在",所以懷想至尊也。《周禮·司几筵》曰:"左右玉几。"《論語》曰:"北辰,居其所而衆星拱之。""北極",即北辰也。"玉几"設於左右,從來在宸扆之前,今以在外,則不能瞻覿之矣。《唐·禮樂志》:"元正受賀,皇帝服衮冕。冬至則服通天冠,絳紗袍。"而在《禮記》内,則"韠君朱"之下,注云:"天子諸侯,玄瑞朱裳。"則絳紗袍可以言"朱衣"矣。"只在殿中間",亦言居其所也。

"孤城"二句:《舞鶴賦》:"水塞長河,云滿群山。"　　趙云:但以在外,不預朝賀,而懷之耳,故有"腸斷"之嘆。

得弟消息二首

其一

近有平陰信，遙憐舍弟存。
側身千里道，寄食一家村。
烽舉新酣戰，啼垂舊血痕。
不知臨老日，招得幾人魂？

【集注】

"近有"二句：師云：鄭州平陰縣，本漢肥城縣。隋大業二年，改爲平陰縣，屬濟州。　趙云："平陰"，于唐舊屬濟州，州廢于天寶十三載，乃屬鄆州。公前《憶弟》詩曰："喪亂聞吾弟，飢寒傍濟州。"雖是十四載禄山反後詩，蓋猶追遠道，故名耳。

"側身"句：言避難不得正行也。

"烽舉"二句："烽"，燧也。有寇則舉。　趙云：《淮南子》載："魯陽公與韓戰，戰酣日暮，援戈而麾之，日爲之反三舍。""血痕"，蓋使淚盡繼之以"血"也。

其二

汝懦歸無計，吾衰往未期。
浪傳烏鵲喜，深負鶺鴒詩。
生理何顔面，憂端且歲時。
兩京三十口，雖在命如絲。

【集注】

"浪傳"句：《西京雜記》："乾鵲噪而行人至。"

"深負"句：見"鴒原（鶯陌）[荒宿]草"注。

"雖在"句：趙云："浪傳"，烏鵲雖噪，而人不歸也。《詩》云："鶺鴒在原,兄弟急難。"公詩又曰:"待汝嗔烏鵲,拋書示鶺鴒。"亦此義矣。謝靈運《發石首城》詩:"寸心若不亮,微命察如絲。"

寄高適

楚隔乾坤遠,難招病客魂。
詩名惟我共,世事與誰論。
北闕更新主,南星落故園。
定知相見日,爛漫倒方樽。

【集注】

《寄高適》:新添。

卷二十

(宋)郭知達 編

近體詩

秦州雜詩二十首

右一

滿目悲生事,因人做遠遊。
遲迴度隴怯,浩蕩及關愁。
水落魚龍夜,山空鳥鼠秋。
西征問烽火,心折此淹留。

【集注】

"滿目"二句:趙云:延篤《與李文德書》:"吾誦伏羲氏之《易》,煥兮爛兮其滿目。"《史記》:"因人成事。"《楚辭》有《遠遊》賦。

"浩蕩"句:及,一作"入"。

"水落"句:秦有"魚龍"川。

"山空"句:《禹貢》所謂"鳥鼠同穴"者是矣。"鳥鼠",谷名也。

《杜補遺》:《太平御覽》載關中諸水云:《水經注》云:"有一水出天水縣,西山人謂小隴山,其水出五色魚,俗以爲龍,而莫敢採捕。謂是水爲魚龍水。"又,《爾雅·釋鳥》云:"鳥鼠同穴,其鳥爲鵌,其鼠爲鼵。"郭璞注:"鼵,如人家鼠而短尾。鵌,似鵽而小,黃黑色。穴入地三四尺,鼠在內,鳥在外。在隴西首陽縣鳥鼠同穴山中。" 趙云:按:《水經》:"渭水有汧水入焉,有二源:一水出五色魚,俗不敢捕,因謂是水爲魚龍水,亦名魚龍川。然則魚龍者,魚之龍也。"汧水在今隴州。又按:《唐·地理志》:"鳥鼠同穴山,在渭州之渭源。"今公詩題謂之《秦州雜詩》,而用"魚龍夜""鳥鼠秋",蓋舉秦、隴一帶事耳。

"西征"二句:《別賦》:"心折骨驚。"　　趙云:潘岳有《西征賦》。"烽火",則時有吐蕃之亂也。《史記》:"李牧謹烽火。"《楚辭》云:"又胡爲乎淹留。"

右二

　　秦州城北寺,勝跡隗囂宮。
　　苔蘚山門古,丹青野殿空。
　　月明垂葉露,雲逐度溪風。
　　清渭無情極,愁時獨向東。

【集注】

"秦州"二句:《後漢》:"隗囂,據隴西天水郡。"〔今城北〕寺,即囂故居。

"月明"句:趙云:言月色明白于"垂葉"之"露"也。

右三

　　州圖領同谷,驛道出流沙。
　　降虜兼千帳,居人有萬家。
　　馬驕珠汗落,胡舞白題斜。
　　年少臨洮子,西來亦自誇。

【集注】

"州圖"二句:"同谷",縣名。"流沙",地名。　　師云:天水、隴西、同谷三郡,道通西域,故曰"出流沙"。

"降虜"二句:趙云:同谷郡在唐乃成州,隸山南西道採訪。今公所賦"秦州詩",乃隴右道,而云"州圖領同谷",何也?此因在"秦州",更欲西往,而賦成州詩也。公于乾元中竟寓居"同谷"縣。

"馬驕"二句:題:一作"蹄"。　　西戎有白題蠻。　　《杜補遺》:傅玄《乘輿馬賦》曰:"揮沫成露,流汗如珠。"一本"珠"作"朱",蓋汗血也。故子美《醉爲馬所墜,諸公携酒相看》,有"朱汗駸驔猶噴玉"之句。《南史》:"白題國王,姓支,名稽毅,其先蓋匈奴之別種胡也。漢灌嬰斬匈奴白題一人是也。在滑國東。"《裴子野傳》:"武帝時,西北遠邊有白題及滑骨,(陳案:骨,《南史·梁书·裴子野传》作'国'。)遣使由岷山道入貢,此二國歷代弗賓,莫知所出。子野曰:'漢穎陰侯斬胡白題將一人。'服虔注云:'白題,胡名也。'" 趙云:服虔注云:"謂之白題,題者,額也。其俗以白塗至其額,故以此得名。舞則頭偏,頭偏則白題亦斜矣。《漢·郊祀歌》:"太一況,天馬下。霑赤汗,沫流赭。"赤之與赭,非朱而何?

"年少"句:"臨洮",郡名也。 趙云:今之洮州也。洮洲在秦州之西,故云"西來亦自誇","誇"其"年少"耳。

右四

鼓角緣邊郡,川原欲夜時。
秋聽殷地發,風散入雲悲。
抱葉寒蟬静,歸山獨鳥遲。
萬方聲一槩,吾道竟何之?

【集注】

"鼓角"八句:戎馬之際,天下皆有"鼓角"聲,人方以武事爲急,"吾道"何所施乎? 趙云:此篇詠"鼓角"也。"抱葉寒蟬静,歸山獨鳥遲",當"秋""欲夜"之景,則聞"鼓角"鳴聲,爲可傷矣。時東有(案)[安]史之(辭)[亂],西有吐蕃之警,故曰:"萬方聲一槩。"《楚辭》曰:"一槩而相量。"孔子云:"吾道其非耶?""何"之字,祖雖出《莊子》:"茫乎何之""忽乎何適",而謝靈運《初發石首城》詩云:"苕苕萬里帆,茫茫終何之?"而今公用"竟何之"也。

右五

南使宜天馬,由來萬匹强。
浮雲連陣没,秋草徧山長。
聞説真龍種,仍殘老驌驦。
哀鳴思戰鬬,迥立向蒼蒼。

【集注】

"南使"二句:阮籍詩:"天馬出西北,由來從東道。"《杜補遺》:《前漢·張騫傳》:武帝發書《易》,卜曰:"神馬當從西北來。"得烏孫馬,好,名曰"天馬"。及得大宛汗血馬,益壯,更名烏孫馬曰"西極馬",宛馬曰"天馬"。"渥涯天馬"事,詳見《沙苑行》《驄馬行》元注。

趙云:此篇專賦"天馬"也。

"浮雲"二句:趙云:此以形容馬之多也。

"聞説"句:"天馬","龍種"也。

"仍殘"句:見"驌驦一骨獨當御"注。 趙云:"龍種",正言"天馬"乃神龍之種。《左傳》:"唐成公如楚,有兩驌驦。"《酉陽雜俎》載:"肅霜,本俊鳥,而馬形如之。""殘"者,餘也。唐人語,以餘爲殘。末句蓋言所餘之"驌驦",以遺而不用于戰,故"哀鳴思戰鬬"也。豈非公自况耶?使當時用公如張鎬,則廟謨神筭,必能破賤矣。

"迥立"句:(陳案:向,《四庫全書》本作"迥"。形訛。《補注杜詩》《全唐詩》作"向"。)

右六

城上胡笳奏,山邊漢節歸。
防河赴滄海,奉詔發金微。
士苦形骸黑,旌疏鳥獸稀。
那堪往來戍,恨解鄴城圍。

【集注】

"城上"二句:趙云:"胡笳",胡人卷芦葉吹之,名曰胡笳。李陵

《書》云:"胡笳互動。"蘇武在匈奴中,持"漢節"臥起。"胡笳奏",言用兵以禦吐蕃也。時吐蕃既侵陷州郡,又欲請和,而爲之通使也。

"防河"二句:(陳案:微,《全唐詩》同。一作"徽"。)　《杜補遺》:《續唐書》《通典》:羈縻州,有金微州,隸振武軍。　趙云:"防河赴滄海",則吐蕃雖旋請和,而出入不常,則河又不可不防矣。"滄海"豈指青海邪?考之地理,洮州之北河州,河州渡河則鄯州,鄯州之北則青海也。若《杜補遺》所引金微,其説是。蓋《僕固懷恩傳》:"正觀二十年,鐵勒九姓大酋領率衆降,分置瀚海、燕然、金微、幽陵等九都督府,別爲蕃州,以僕骨歌濫拔延爲右武衛大將軍金微都督。"今云"發金微",則防河之士自"金微"而發也。

"士苦"四句:"鄴城",史思明所據"恨"解圍者。言士苦于征戍,而"恨"賊之未平也。　趙云:言士卒勞苦,故"形骸黑"。"旌疏鳥獸稀",一説謂旌旗疏零,其上所畫之"鳥獸"稀少矣。《周禮》曰:"熊虎爲旗,鳥隼爲旟。"此乃"鳥獸"之義,以暗言戰不勝而士卒勞苦,旌旗彫疏。然恐杜公不敢變"旌旟"二字爲"旌",變熊虎鳥隼四字爲"鳥獸"。一説謂"旌"之羅列疏遠,鳥驚獸駭而"稀"。然"旌"多(彫蜜)[稠密],則方有鳥驚獸駭之理,而"稀"則未必然。二説如此,以俟博者辨之。惟師民瞻本作"林疏鳥獸稀",亦于戍兵無説。豈以戍兵過往殘伐林木而"稀"耶?末句正言西邊既苦吐蕃之戰,而"鄴城"之"圍",既"圍"復"解",史賊猶未平,則役戍疲于往來,所以爲"恨"。

右七

莽莽萬重山,孤城山谷間。
無風雲出塞,不夜月臨關。
屬國歸何晚,樓蘭斬未還。
煙塵一長望,衰颯正摧顏。

【集注】

"孤城"句:山:一作"石"。

"無風"二句:《杜補遺》:鮮道康《齊地記》曰:"齊有不夜城,自古者有日夜中照于東境,故萊子立此城,以不夜爲名。"是詩云"不夜",蓋月之時如晝也。　　趙云:風飄則雲散,故云"出塞",以其"無風"。"月臨關",所以"不夜"。《神仙傳》:"王母所居,寶樹萬條,瑶幹千尋,無風而音韻自響。"江洪《詠薔薇》詩:"不搖香已亂,無風花自飛。""不夜",杜田所引是。其事已載《前漢・地理志》注中矣。或曰,今秦州有無風塞、不夜城。蓋亦後人因杜詩而爲之名也。

"屬國"二句:蘇武歸漢,爲典屬國。《傅介子傳》:先是龜兹、樓蘭常殺漢使者,介子持節,使誅斬樓蘭王,安歸,首懸之北闕。　　趙云:指言往吐蕃之使也。公之意尚怒吐蕃之或叛或欲和,而思〔使〕者"斬"之也。

"衰颯"句:(陳案:衰,《四庫全書》本作"哀"。形誤。《補注杜詩》《全唐詩》作"衰"。)

　　右八

聞道尋源使,從天此路迴。
牽牛去幾許,宛馬至今來。
一望幽燕隔,何時郡國開。
東征健兒盡,羌笛暮吹哀。

【集注】

"聞道"句:張騫尋河源。

"牽牛"句:《博物志》:昔有人乘查泛河,忽忽不知晝夜,至一處,多見織女,有一丈夫,牽牛渚次,飲之。歸問嚴君平。君平曰:"某日客星犯牛女。"

"宛馬"句:見"宛馬摠肥春苜蓿"注。　　趙云:時遣使與吐蕃和,云"尋源使",則借張騫以爲言也。《博物志》載"乘槎"事,以爲後漢時人,而公屢使作張騫。〈度〉庾肩吾《奉使江州船中七夕》詩曰:"漢使具爲客,星槎共遂流。"亦以漢使貼星槎事使,蓋《因話錄》所謂詩家承襲也,故繼曰"牽牛去幾許",正用來乘槎者至天河,逢見"牽牛"丈夫。"宛馬至今來",則望吐蕃既和,而西域皆通貢也。

"一望"二句:時"幽、燕"在賊,竟"郡國"未寧也。

"東征"二句:士多死亡,哀憤之氣,形兹"羌笛"也。　　趙云:以"幽、燕"未平,"郡國"未開,故"健兒"皆"東征",聞"羌笛"而可哀也。

右九

　　今日明人眼,臨池好驛亭。
　　叢篁低地碧,高柳半天青。
　　稠疊多幽事,喧呼閱使星。
　　老夫如有此,不異在郊坰。

【集注】

　　"叢篁"二句:"低地""高柳半天",是亦傷君子沈下位也。公之命意,多有如此者。　　趙云:"叢篁""高柳",止道實景,舊注穿鑿。蓋"篁"之與"柳",合用分君子、小人?觀下句云"稠疊多幽事",正言有池、有竹、有柳爲"幽事",豈有譏誚乎?

　　"稠疊"句:"稠疊",猶重疊也。　　趙云:謝靈運《過始寧墅》詩云:"巖峭嶺稠疊。"

　　"喧呼"句:時亂,民喜見使者,故喧呼。《晉·志》:"流星,天使也。"《〔後〕漢》:李郃指使星,以示二使。　　趙云:指往來使吐蕃者。

　　"老夫"二句:(陳案:坰,《補注杜詩》《全唐詩》作"坰"。《龍龕手鑑》:"坰,坰的俗字。")　　"有此",謂有此亭也。

右十

　　雲氣接崑崙,涔涔塞雨繁。
　　羌童看渭水,使客向河源。
　　煙火軍中幕,牛羊嶺上村。
　　所居秋草静,正閉小蓬門。

【集注】

　　"雲氣"四句:趙云:崑崙山乃"河源"所出,《秦州詩》而言"雲氣接崑崙",崑崙雖云去嵩高五萬里,而大率在西方之遠地,爲張大之語,則"雲氣"可接爲不足怪,如夔州《古柏》而云:"月出寒通雪山白"也。

既云"雲氣接崑崙",故又曰"使客向河源"。"涔"字,積雨曰涔,出《淮南子》。又做《前漢》:"頭痛涔涔"也。"羌童看渭水",似言吐蕃之兵窺覬渭水,而朝廷使客如張騫之向往"河源"也。《史記》:司馬遷雖云:烏睹所謂河源者哉!(陳案:烏,《史記·大宛列傳》作"惡"。)子長蓋以"崑崙"之遠,非人跡所能即至,若詩家則用其美事爾。

右十一

蕭蕭古塞冷,漠漠秋風低。
黃鵠翅垂雨,蒼鷹飢啄泥。
薊門誰自北?漢將獨征西。
不意書生耳,臨衰厭鼓鞞。

【集注】

"漠漠"句:風:一作"雲"。

"黃鵠"句:薛云:《文選》:"黃鵠一遠別,千里顧徘徊。"

"蒼鷹"句:亦作傷也。

"薊門"句:鮑照有《出自薊門北》。 趙云:"薊門",指言安、史也。出自"薊門北",樂府有之,不獨鮑照耳。"誰自北",則公問收復燕、薊者誰也。

"不意"二句:(陳案:衰,《四庫全書》本作"襄"。形訛。《補注杜詩》《全唐詩》作"衰"。) 厭:一作"見"。 趙云:指言往吐蕃之人。漢有征西將軍。

右十二

山頭南郭寺,水號北流泉。
老樹空庭得,清渠一邑傳。
秋花危石底,晚景臥鐘邊。
俯仰悲身世,溪風爲颯然。

【集注】

"山頭"二句:師云:《寰宇記》:秦州天水縣有水,一派北流入長安縣界。

"晚景"句:邊:一作"前"。

"俯仰"二句:颯:一作"肅"。　　趙云:"秋花"在"危石"之底,"晚景"照"臥鐘"之邊,皆道實事。蓋寺有"臥鐘"故也。鮑明遠《詠史》詩:"身世兩相棄。"《蘭亭序》云:"俛仰之間,已爲陳迹。"

右十三

傳道東柯谷,深藏數十家。
對門藤蓋瓦,映竹水穿沙。
瘦地翻宜粟,陽坡可種瓜。
船人近相報,但恐失桃花。

【集注】

"傳道"句:趙云:公後有《示姪佐》詩,自注云:"佐草堂在東柯谷。"則"東柯谷"乃秦州境中之地。

"對門"句:(陳案:藤,《四庫全書》本作"蘿"。形訛。《補注杜詩》《全唐詩》作"藤"。)

"瘦地"句:師云:崔融詩:"瘦地秋草頭。"(陳案:頭,《杜詩引得》作"短"。)

"陽坡"句:《杜補遺》:毛文錫《茶譜》云:宣州宣城縣,有塢如山,其東爲朝日所燭,號曰陽坡,其茶最勝,太守常(薦)[薦]于京洛人事,題曰:"陽坡橫紋茶。"是詩所謂"陽坡",其亦以日所燭故歟。　　趙云:此言"東柯谷"中之"瘦地"與"陽坡"也。種"粟"當在肥地,而"瘦地翻"自"宜粟",言"東柯谷"中之地,無不好者。"陽坡",向陽之坡,如所謂陽崖、陽岡、陽陸、陽林也。或云:秦州有"陽坡""瘦地",豈後人因杜爲名矣?若元稹詩:"陽地自尋蕨,村沼且漚營。"亦地名乎?"種瓜"正要日照。阮籍詩曰:"昔日東陵瓜,今在青門外。五色曜朝日,子母相鈎帶。"可見矣。

"船人"二句:"桃花",水也。俗以三月水爲桃花水。　　趙云:"東柯谷"雖不可考,意者自"秦州"必乘水而往。末句用"桃花"字,意以"東柯谷"爲桃源也。"船人"報"恐失桃花",則公欲往不往之際矣。

舊注以爲"桃花水",誤矣。蓋〔失〕桃花水之候,則水尤肥漲,何損于行船乎？又〔前〕篇云:"漠漠秋雲低,秋花危石底。"後篇云:"邊秋陰易夕,地僻秋將盡。"皆秋時詩耳,與三月桃花水,尤不相干。"桃花",言桃源也。

右十四

萬古仇池穴,潛通小有天。
神魚人不見,福地語真傳。
近接西南境,長懷十九泉。
何時一茅屋,送老白雲邊。

【集注】

"萬古"二句:《世説》:"仇池有地穴,通小有洞天,中有神魚,食之者仙"。　鮑云:按《唐·志》:"成州同谷縣有仇池,與秦城接壤。"

東坡云:趙德麟曰:"仇池,小有洞天之附庸也。"王仲至曰:"吾常奉使過仇池,有九十九泉石,萬山環之。可以避世,如桃源。"　《杜補遺》:《茅君内傳》:"大天之内,有玄中洞三十六所。第一,王屋山之洞。周回萬里,名曰小有清虛之天。第二,委羽之洞。周回萬里,名曰大有穴之天。"(陳案:穴,《白孔六帖》作"空明"。)故子美《憶昔》云:"北尋小有洞"之句。　趙云:此篇賦仇池也。并見《送韋十六評事》詩注。

"神魚"句:(陳案:人,《杜詩詳註》作"今"。一作"人",一作"久"。)

"福地"句:《仙經》有福地、鎮地,皆以名山或洞府为之也。
薛云:按《道書》有"三十〔洞〕[六]洞天,有七十二福〔地〕"。

"近接"四句:趙云:公詩所謂"通小有""十九泉""神魚"事,皆是紀實,但不見《仇池記》考之耳！"福地",則凡名山,多有福地。世〔有〕《福地記》。

右十五

未暇泛滄海,悠悠兵馬間。
塞門風落木,客舍雨連山。

阮籍多行興,龐公隱不還。
東柯遂疏懶,休鑷鬢毛班。

【集注】

"塞門"句:一云:"塞風寒落木。"

"龐公"句:見"昔者龐德公"注。　趙云:前篇云"防河赴滄海",則"滄海"專指西海也。"阮籍行多興",按:《魏氏春秋》曰:"籍時率意獨駕,不由徑路,道跡所窮,慟哭而反。"今言"多興",則紀以初行時也。"龐公隱不還",龐德公携妻子隱於鹿門山,采藥不返。"隱不還",正欲慕之也。

"東柯"二句:《杜補遺》:《南史》:"鬱林王年五歲,戲高帝傍,帝令左右鑷白髮,問王:'我誰耶?'答曰:'太翁。'帝笑曰:'豈有爲人作曾祖而拔白髮乎?'即擲鏡鑷。"　趙云:此句言得遂"東柯谷"之隱,則凡事"疏懶",亦不暇"鑷鬢毛"矣。

右十六

東柯好崖谷,不與衆峰群。
落日邀雙鳥,晴天卷片雲。
野人矜險絶,水竹會平分。
採藥吾將老,童兒未遣聞。

【集注】

"野人"二句:趙云:"野人矜險絶",則"東柯"之人,自矜其地"險絶",此已含蓄可避世之患,將與"野人"分"水竹"之景也。《九辯》云:"皇天平分兮四時。"

右十七

邊秋陰易夕,不復辨晨光。
簷雨亂淋幔,山雲低度牆。
鸕鷀窺淺井,蚯蚓上深堂。
車馬何肅索,門前百草長。

【集注】

"不復"句:鮑照詩:"曉星正寥落,晨光復泱漭。" 趙云:陶淵明:"恨晨光之熹微。"鮑照詩在後。

"鼫鼠"二句:深,一作"高"。 "鼫鼠窺淺井",無食也;"蚯蚓上深堂",室空也。 趙云:以積雨久陰而然也。

"車馬"二句:(陳案:肅,《補注杜詩》《全唐詩》作"蕭"。《說文通訓定聲》:"蕭,叚借爲肅。") 趙云:暗使張仲蔚所居,蓬蒿滿門,寂無"車馬"事。

右十八

地僻秋將盡,山高客未歸。
塞雲多斷續,邊日少光輝。
驚急烽常報,傳聲檄屢飛。
西戎外甥國,何得近天威。

【集注】

"山高"句:(陳案:客,《全唐詩》同。一作"夜"。)

"塞雲"二句:江淹《恨賦》:"遙風忽起,白日西匿。隴雁少飛,代雲寡色。"(陳案:遙,《文選》作"搖"。)又,"秋日蕭索,浮雲無光。"

"驚急"二句:鮑明遠:"羽檄起邊亭,烽火入咸陽。" 《杜補遺》:《光武紀》:"王朗移檄。"注:《說文》曰:"檄,以木簡爲書,長尺二,以徵召也。"《魏武奏事》曰:"若有急,則插以雞羽,謂之羽檄。""烽事",見《送從弟亞赴安西判官》"連山暗烽燧"補遺。 趙云:"客未歸"者,公自謂也。"烽",謂烽候。甘氏《天文占》曰:"敵至,則舉烽火十丈。"如今井桔橰火錘其頭,若警備急,然火其頭,放之權重本低,則末仰見烽火也。"飛檄"字,潘安仁《關中詩》云:"飛檄秦郊,告敗上京。"漢高祖曰:"吾以羽檄徵天下兵。"

"西戎"二句:《左傳》曰:"天威不違顔咫尺。" 薛云:按:《唐書》:"景龍四年,以金城公主下嫁吐蕃。乾元元年,肅宗以幼女寧國公主下嫁回紇。"《爾雅》曰:"妻之父爲外舅。"郭璞曰:"謂我舅者,吾謂之甥,然則亦呼壻爲甥。"《孟子》曰:"帝館甥于貳室。"是也。《唐書》:"贊普奉表言甥舅。"　　趙云:指言吐蕃爲贊普尚主也。"近天威",言其敢有窺帝都之心。

右十九

鳳林戈未息,魚海路常難。
候火雲峯峻,縣軍幕井乾。
風連西極動,月過北庭寒。
故老思飛將,何時議築壇?

【集注】

"鳳林"二句:師云:《寰宇記》:"陝州有鳳林十道者,潞州上黨縣,有魚子坡。"按:《肅宗紀》:"至德二載,安慶緒陷陝郡。九月,陷上黨。"

"候火"句:烽候之火,夏雲多奇峯。

"縣軍"句:"縣軍",謂路險阻縣之,使下也。鄧艾伐蜀,縣軍深入。　　幕:一作"暮"。　　《杜補遺》:《周禮》:"挈壺氏,掌挈壺以令軍事。(陳案:事,《周禮注疏》作'井'。)凡軍事,縣壺以聚槖。"《易》曰:"井收勿幕。"　　趙云:郭子儀取"魚海"五城,乃此"魚海"也。"候火",烽候之火也。言烽燧在雲峯峭峻之上。謝靈運詩:"滅跡入雲峯。"《禮》:"挈壺氏,掌挈壺以令軍事。"其説是。"井收勿幕",解者以"井"口曰收。勿幕,則勿遮幕之。今公但使其字意,言軍旅之衆,飲井者多,而所幕之"井乾",其縣示軍中之器,以表此"井"也。舊注"縣軍"字,偶相犯耳。

"風連"二句:趙云:上句因吐蕃之亂,下句因幽、薊之師,而所感也。

"故老"二句:李廣,飛將軍。

"何時"句:漢高祖築壇,拜韓信爲大將。

右二十

唐堯真自聖,野老復何知。
曬藥能無婦,應門幸有兒。

藏書聞禹穴，讀記憶仇池。
爲報駕行舊，鵷鷯在一枝。

【集注】

"唐堯"二句：《莊子》："所謂帝力，何有於我哉？" 趙云："唐堯"，謂肅宗也；"野老"，公自謂也。

"應門"句：(陳案：幸，《全唐詩》同。一作"亦"。) 李令伯《表》："內無應門五尺之童。"《世說》："荀使叔慈應門，慈明行酒。"(陳案：《四庫全書》本作"荀淑使叔明"，有錯亂。今依《世說新語·德行》正之。) 趙云：此以實事道懷耳。

"藏書"句：司馬遷年十歲誦古文，二十四而南遊江淮，上會稽，探禹穴，窺九疑。

"讀記"句：憶一作"悟"。 《杜補遺》：《後漢·西南夷傳》："白氏居河池，一名仇池。"注云："在今成州上禄縣南。"《仇池記》曰："仇池百頃，壁立千仞，自然樓櫓却敵之狀，分起調均，竦起數丈，有踰人功。"(陳案：起，《後漢書》注文作"置"。)

"爲報"二句：見"卑棲但一枝"注。 趙云："藏書聞禹穴"，言"禹穴""藏書"也。其地在南，"聞"之而已，未可遽往，以引下句"讀記憶仇池"。"仇池"，在同谷郡，公有欲往之意，故"讀記"而懷之。"仇池"，隴右之福地，前篇可見。"駕行"，指言平日同禁省之人。朝臣，故謂之"駕鷺行"也。"鵷鷯一枝"，公自謂也。出《莊子》："鵷鷯巢於深林，不過一枝。"

月夜憶舍弟

戍鼓斷人行，邊秋一鴈聲。
露從今夜白，月是故鄉明。
有弟皆分散，無家問死生。
寄書長不達，況乃未休兵。

【集注】

"戍鼓"句:戍樓鼓也。

"邊秋"句:言孤也。

"露從"二句:師云:江淹《別賦》:"隔千里兮共明月。"子美工於用字,析而倒言之。故其語勢尤健,如"別來頭併白,相見眼終青"之類是也。

"有弟"二句:〔分散〕一作"羈旅"。　亂離流落,故"無家"也。

趙云:此篇七月中所作也。《月令》:"孟秋之月,涼風至,白露降。"今云"露從今夜白",是已。公之二弟,方賊亂時,一在濟州,一在陽翟,故言"皆分散"也。"無家問死生",又指其弟"無家"耳。《左傳》:鄭莊公云:"寡人有弟,不能和協,而使餬其口於四方。"《史記》:馮驩彈劍鋏而歌曰:"長鋏歸來乎,〈居〉無以為家。"一作:"有弟皆羈旅。"非。

宿贊公房

杖錫何來此,秋風已颯然。
雨荒深院菊,霜倒半池蓮。
放逐寧違性,虛空不離禪。
相逢成夜宿,隴月向人圓。

【集注】

"宿贊"句:京師大雲寺主,謫此安置。

"放逐"句:性安窮達,不以"放逐"而違耳。

"虛空"句:釋經以禪宗為空門。

"相逢"二句:師云:《古詩》:"隴頭圓月白。"　趙云:"虛空"字,指言其所"放逐"之地,在空寂之處。《莊子·徐無鬼篇》曰:"逃虛空者,聞人足音而喜。"是已。夫有道之人,豈以"放逐"而遂改其性?況其空寂之處,正亦是禪家所宜矣。

911

東　樓

萬里流沙道，征西過此門。
但添新戰骨，不返舊征魂。
樓角臨風迥，城陰帶水昏。
傳聲看驛使，送節向河源。

【集注】

"萬里"句："流沙"，地名。老子西涉流沙而不返。

"征西"句：晉、漢有征西將軍官。

"但添"二句：一作："但添征戰骨，不返死生魂。"　趙云："流沙"，則自秦州而西往也。師民瞻本作"西行過此門"，是。蓋泛言西行之人，出此西門耳，與"征魂"不相犯。

"樓角"四句：趙云："樓角"，樓之邊角也。"臨風迥"，以言其高。言及"城陰"，則樓傳於城上。何遜詩："城陰度塹黑。"末句又以言遣使與吐蕃和。時吐蕃旋戰旋請和，故爾。又暗用張騫奉使尋河源事，所以比使者如張騫也。

雨　晴

天水秋雲薄，從西萬里風。
今朝好晴景，久雨不妨農。
塞柳行疏翠，山梨結小紅。
胡笳樓上發，一雁入高空。

【集注】

《雨晴》：一作"秋霽"。

"天水"句：（陳案：水，《全唐詩》同。一作"外"，一作"際"，一作"永"。）　秦為天水郡。

"從西"句：趙云：指言秦州之"天水"也。陸士衡《前緩聲歌》云："長風萬里舉。"

"久雨"句：以得時也。

"塞柳"四句：趙云：行，音杭。張祜詩："萬人齊指處，一雁落寒空。"句法亦與此同，蓋惟"一雁"字方好。

寓　目

一縣蒲萄熟，秋山苜蓿多。
關雲常帶雨，塞水不成河。
羌女輕烽燧，胡兒制駱駝。
自傷遲暮眼，喪亂飽經過。

【集注】

《寓目》趙云：《左傳》："得臣與寓目焉。"

"一縣"二句：西域人好飲蒲萄酒，馬食苜蓿。貳師伐宛，將種歸中國也。　　《杜補遺》：《永徽圖經》曰："葡萄生隴西、五原、燉煌山谷，今處處有之。苗作藤蔓，而極大盛者。一、二本綿被山谷間，花極細，而黃白色，其實有紫白二色，而形之圓銳，亦二種。又有無核者。"謹按：《史記》："大宛以葡萄爲酒，張騫使西域，得其種而還種之，中國始有，蓋北果之最珍者。"《神農本草》云："苜蓿，味苦平，無毒。主安中利人，可久食。"陶隱居云："長安中乃有苜蓿園。北人甚重此，南人不甚食之，以其無味故也。"《廣韻》載：《史記》云："大宛國，馬嗜苜蓿。漢使所得，種於離宮。"又，《玉篇》云："《漢書》劉賓國多苜蓿，宛馬所嗜。"本作"目宿"。　　趙云：此篇題名《寓目》，皆實道其事。葡萄，果名。苜蓿，草名。二物本西北所有，因張騫自大宛帶種歸中國，故近西之地多有之。苜蓿以飼馬，關陝人亦食之。薛令之詩曰："朝日上團團，照見先生槃。槃中何所有？苜蓿長闌干。"是也。（梁）[劉]孝儀《北使還與永豐侯書》曰："馬銜苜蓿，嘶立故墟。人獲葡萄，歸種舊里。"則二物西北之產明矣。

"羌女"句：輕：一作"搖"。
"胡兒"句：制：一作"掣"。
"自傷"二句：趙云："關雲""塞水""羌女""胡兒"，皆所"寓目"之事。"烽燧"，一物二名。燃火曰烽，舉煙曰燧。《楚詞》云："傷美人之遲暮。"阮籍《詠懷》云："西遊咸陽中，趙李向經過。""飽"，饜也。蓋如石勒謂李陽云："卿亦飽孤毒（乎）[手]。"公詩又云："老樹飽經霜。"

山　寺

野寺殘僧少，山園細路高。
麝香眠石竹，鸚鵡啄金桃。
亂石通人過，懸崖置屋牢。
上方重閣晚，百里見纖毫。

【集注】

"麝香"句："麝"，鹿也。
"上方"二句：趙云：此篇實道山寺之景物耳。"石竹"，山中繡竹花也。"麝香""鸚鵡"，言僧家所養者。"上方"，言在山上之方境也。〔亂石〕，一作"亂水"。

即　事

聞道花門破，和親事却非。
人憐漢公主，生得渡河歸。
秋思拋雲鬟，腰肢勝寶衣。
群凶猶索戰，回首意多違。

【集注】

"聞道"句：前有《留花門》詩。

"人憐"二句:《杜補遺》:按:《唐史》:回紇,自肅宗即位,遣使請助討賊祿山。太子葉護自將四千騎來在所,命同王師進收長安。嚴莊挾安慶緒,隨棄東京,北渡河。回紇遂大掠東都三日,府庫窮殫。葉護還京師,帝遣群臣,勞之長樂。帝坐前殿,召葉護升階,席宴且勞之。葉護頓首言:"留兵沙苑,臣歸料馬,以收范陽,除殘盜。"乾元元年,回紇請婚,許以幼女寧國公主下嫁。明年,可漢死,公主以無子得歸。

"秋思"四句:趙云:公主以秋八月,自回紇還。今云"愁思拋雲鬢,腰肢賸寶衣。"則猶以無緒而不事梳沐,且亦癯瘦也。然首兩句云:"聞道花門破,和親事却非。"則若使有犯順之作,中國與戰而破之,所以失"和親"之好。然于新、舊史皆無所考。其後犯順,自是寶應二年,相去公主之歸,乃四年矣,而又無破之之事。豈公主纔歸之後,便爲寇,而中國能破敗之邪?末句則意與首句尤相應。蓋初爲和親之因,以藉其來助,和親既非而索戰,則所以藉之之意又違矣。觀代宗即位,又使劉清潭徵兵以脩舊好,却先爲史朝義誘之而爲寇,斯乃意違之證,但非公主纔歸之後耳。俟明識辨之。《後漢》:陳蕃上書曰:"群凶側目,禍不旋踵。"《魏公九錫文》曰:"群凶覬覦,連城帶邑。"

遣懷

愁眼看霜露,寒城菊自花。
天風隨斷柳,客淚墮清笳。
水净樓陰直,山昏塞日斜。
夜來歸鳥盡,啼殺後棲鴉。

【集注】

"愁眼"八句:趙云:此詩直道事實,末句感物以爲興耳。

天 河

常時任顯晦,秋至輒分明。
縱被浮雲掩,終能永夜清。
含星動雙闕,伴月落邊城。
牛女年年渡,何曾風浪生。

【集注】

《天河》:師云:揚泉《物理論》:"水之精氣上浮,宛轉隨流水,名曰天河也"。　新添:《毛詩》:"倬彼雲漢,昭回于天。"箋云:"雲漢,謂天河也。天河,水氣也。精光轉運於天而倬然。"

"常時"二句:輒:一作"轉"。　　(陳案:輒,《全唐詩》同。"一作最,一作轉"。)　　天河至秋則顯見,人目爲銀河。　　師云:庾亮詩:"天河秋轉明。"

"縱被"二句:(陳案:浮,《補注杜詩》《全唐詩》作"微"。)　〔終能〕一作"當非"。　　賢人雖則爲群小所"掩",然終不害其明(其)[也]。　　趙云:師民瞻本"輒"字作"轉",極是。蓋秋已前非無天河也,但或顯或晦,非若秋時之轉爲"分明"耳。而《選》有云:"寧顯寧晦。"頷聯兩句,雖實道其事,若以爲寄興,亦可蓋言小人終不能"掩"君子也。

"牛女"二句:《世説》:"牽牛、織女二星,七夕渡河相聚。"　　趙云:天河在上,所臨之處,詩人皆可想。"含星動雙闕",則言長安帝闕。"伴月落邊城",却指秦州之城。"雙闕",祖出《先聖本紀》,曰:許由欲觀帝意,曰:"帝坐華堂面雙闕,君之榮願亦足矣。"其(餘)[後]《古詩》:"雙闕百餘尺。"鮑昭《結客少年行》云:"雙闕似雲浮。"《史記》:士(篇)[焉]曰:"邊城少寇。"而《長楊賦》:"永無邊城之警。"曹子建《白馬篇》:"邊城多警急。"河與星謂之"動",昔漢武時,星辰影動摇。河漢與月皆謂之"落",鮑遠明《翫月》詩云:"夜移冲漢落。""牛女渡河"事,出《齊諧記》曰:"武丁者事。"

初　月

光細弦初上，影斜輪未安。
微升古塞外，已隱暮雲端。
河漢不改色，關山空自寒。
庭前有白露，暗滿菊花團。

【集注】

《初月》：趙云："初月"者，才出之月也，非如鈎新月之謂，與《成都府》古詩"初月出不高"同義矣。

"光細"二句：初：趙作"豈"。　　（陳案：初，《全唐詩》作"豈"。一作"初"，一作"欲"。）　　師云：《小雅》："如月之恒。"箋云："月上弦而就盈。"李隅《賦》："波水蕩而月輪斜。"此蓋譏肅宗始明而終暗也。

趙云：《易·乾鑿度》曰："月三日成魄，八日成光。"在《尚書》"三日謂之朏"。則言其始出也。（齊）虞羲《詠秋月》云："初生似玉鈎，裁滿如團扇。"所謂"初月"者，有始生之月，有才出之月。始生之月，乃似玉鈎之月也，在古人止謂之新月。（梁）蕭綸有《詠新月》詩，是已。其成光之際，則名曰"弦"。今歷家每於八日標爲上弦。《釋名》論月曰："弦，半月之名也。其形一傍曲，一傍直，若張弓弦也。"既爲半月之名，亦非止名新月矣。（梁）何遜《望初月》云："初宿長淮上，破鏡出雲明。"狀之爲破鏡，亦以言月之半，而題曰"初月"，則以才出之月名"初月"也。今公所賦亦然，非謂三日已後，八日以前之月也。（梁）庾肩吾《望月》詩曰："渡河光不濕，移輪轍詎開。"在月言"光"與"輪"，此八日以後之月。今公詩首句云："光細弦豈上，影斜輪未安。"蓋亦以月〔於〕八日成光，光成則名上弦矣。而光之"細"，則以其初出也。豈是上弦之"光"乎？崔豹《古今注》云："漢明帝作太子時，樂人以歌四章，贊太子之德。一曰日重光，一曰月重輪，三曰星重曜，四曰海重潤。"則"輪"字專以言月，不必於滿而後爲"輪"也。庾肩吾詩："星流時入暈，桂長欲侵輪。"劉孝綽詩："輪光缺不滿，扇影出將圓。"（陳案：滿，《藝文類聚》卷一作"半"。）謂之欲侵，謂之光缺，則不必於滿而後爲"輪"矣。今公以月之初出,其影尚斜,將欲滿而成"輪",但"未安"而全露也。

"微升"二句:言易落也。　《杜補遺》:是詩,肅宗乾元初,子美在秦州避亂時作。"微升古塞外",喻肅宗即位於靈武也。"已隱暮雲端",喻肅宗爲張后與李輔國所蔽也。按:《唐史》:肅宗即位於靈武,立淑妃張氏爲后。后善牢籠,稍稍預政事,與中人李輔國相助,多以私謁撓權,徙太上皇西内,譖寧王俠賜死,皆其謀也。及肅宗大漸,挾越王係謀危太子,卒以誅死。　趙云:《月賦》云:"升清質之悠悠。"月之初出,自低而升高,故曰"升"。今公詩云"微升古塞外",則言才出之月明甚。蓋成魄之月才出,便在天半,不假言"升"也。與《成都府》古詩云"初月出不高"同意。爲是秦州賦詩,故著言"古塞外"。李陵曰:"塞外草衰。"有"塞外"字,而上貼之以"古",爲"古塞外"。枚乘詩曰:"美人在雲端。"有"雲端"字,而上貼之〈之〉以"暮",爲"暮雲端",此又詩人之工也。世傳魏道輔云:"意主肅宗也。如《韓詩》:'煌煌東方星。'洪興祖謂其順宗時作乎?'東方'謂憲宗在儲也。"杜田因而立論,則好爲穿鑿者矣。蓋以月言人君,已不爲善取譬,況自至德之遠,(陳案:遠,《杜詩引得》作"元"。)逮乾元之元,肅宗即位已三年矣,豈得以月之"微升"比即位乎?

"河漢"二句:趙云:言月才出時便隱,惟"河漢"不以月之朓朒弦望,而輒"改"其卓彼之"色","關山"當此時亦"空自寒"也。

"庭前"二句:趙云:"白露",則以著言初秋時矣。蓋《月令》:"孟秋之月,白露降"也。"團"字韻,則《詩》云:"零露溥兮。"雖止"溥"字,而《(玄)[選]》載謝玄詩:"猶霑餘露團。"又江文通云:"簷前露已團。"則用"團"字。張景陽詩:"輕露栖叢(匊)[菊]。"謝惠連《擣衣》詩:"白露滋園菊。"

歸　燕

不獨避霜雪,其如儔侶稀。
四時無失序,八月自知歸。
春色豈相訪?衆雛還識機。
故巢儻未毀,會傍主人飛。

【集注】

《歸燕》：此詩公託意以自喻。自東樓下，皆有所感而作。然以前賢措意，皆措一時之興，（陳案：措，《杜詩引得》作"起"。）故不敢妄生意思，曲爲穿鑿也。

"四時"二句：言"四時"迭運，自得其序，而以炎涼往來者，乃燕之"自知"爾。　趙云：蓋燕之歸當八月，似將"避霜雪"而往。今又爲"儔侶稀"而"歸"，則據所見之燕，其去在衆燕之後矣。所謂"四時無失序，八月自知歸"，此亦暗有事意。《周書·時訓》曰："立秋之日，涼風至，後五日白露降，後五日寒蜩鳴，後五日玄鳥歸。"故燕之歸，（故）[不]失"四時"之序也。

"春色"四句：趙云：上句乃問燕之辭，言明年春色之時，豈却"相訪"乎？蓋有不"相訪"，而往別家爲巢之理。"衆雛還識機"，言別家容有害之者，"衆雛""識機"，以我不致害之，自再"相訪"也。末句結之云，此代燕之爲言也。　師云：禰衡《鸚鵡賦》："憫衆雛之無知。"

擣　衣

亦知戍不返，秋至拭清砧。
已近苦寒月，況經長別心。
寧辭擣衣倦，一寄塞垣深。
用盡閨中力，君聽空外音。

【集注】

《擣衣》：謝惠連有《擣衣》（石）[詩]。

"亦知"二句："砧"，擣衣石也，"秋至"拭"砧"，作寒衣也。

"已近"二句：經：一作"驚"。　言征伐之苦，不保其死生。

"寧辭"二句：（垣，《四庫全書》本作"坦"。形誤。《補注杜詩》《全唐詩》作"垣"。注文同。）　師（古）[云]：《古詩》："閨中有一婦，擣衣寄遠人。""垣"，城牆也。"塞垣"，邊城也。

"用盡"二句：砧聲也。

促　織

促織甚微細，哀音何動人。
草根吟不穩，牀下夜相親。
久客得無淚，故妻難及晨。
悲絲與急管，感激異天真。

【集注】

"促織"句：秋蟲也。

"久客"二句："久客""故妻"，皆羈苦易感者也。　　趙云："牀下夜相親"，則婦女及小兒子多置於"牀下"也。小説載，宮人以金籠盛之，蓋有（知）〔之〕矣。沈休文《宿東園》詩有云："樹頂鳴風飇，草根積霜雪。"（陳案：雪，《文選》作"露"。）〔《詩》〕："十月蟋蟀，入我牀下。"

新添：《王褒傳》："蟋蟀俟秋唫。"師古注："今之促織也。"《毛詩》："十月蟋蟀，入我牀下。"蓋自野而宇，自户而牀，（淺）〔箋〕謂"著將寒有漸，非卒來也"。若云"取而置之牀下"，則失"夜相親"之意矣。

"悲絲"二句：絲，一作"絃"。　　絲管之感人，不若蟲聲之自然也。　　趙曰：暗用《晉書》："絲不如竹，竹不如肉，以其漸近自然。"故絲管之聲，不若蟲聲之"天真"也。

螢　火

幸因腐草出，敢近太陽飛。
未足臨書卷，時能點客衣。
隨風隔幔小，帶雨傍林微。
十月清霜重，飄零何處歸？

【集注】

"幸因"二句:《月令》:"腐草化爲螢。""太陽"之光,固非"螢火"之"近"。"近"喻小有才,而侵侮大德者。西晉傅咸《螢火賦》云:"雖無補於日月兮,期自竭於陋形。當朝陽而戢景兮,必宵昧而是征。"韋承慶《直(沖)[中]書省》詩云:"螢光向日盡,蚊力負山疲。" 趙云:(梁)蕭和《螢光賦》云:"見晨禽之曉征,悲扶桑之吐曜。"(梁)沈旋詩云:"雨(堕)[墜]弗虧光,陽昇反奪照。"則螢火之不敢傍日飛矣。

"未足"六句:趙云:用車胤事。蓋聚螢之多,然後可以照字也。庾信:"書卷滿牀頭。"又,"天寒舟坂客衣單。"(梁)朱超:"可念無端失林鳥,此夜逆風何處歸?"

蒹 葭

摧折不自守,秋風吹若何?
暫時花戴雪,幾處葉沈波。
體弱春風早,叢長夜露多。
江湖後搖落,亦恐歲嗟跎。

【集注】

"摧折"句:生質衰脆,不能"自守"。

"暫時"句:(陳案:戴,《全唐詩》同。一作"載"。《廣雅·釋言》王念孫疏證:"載,通作戴。")

"幾處"句:言非歲寒之質也。

"體弱"句:〔風〕一作"甲",一作"苗"。 師云:沈約賦:"挺春甲而前生。"

"江湖"二句:亦:一作"尺"。 (陳案:嗟,《補注杜詩》作"蹉"。) 趙云:末句是費解。蓋言今在秦州所見之"蒹葭"已"搖落"矣,尚餘時月之光景。"江湖"之上,其物在後"搖落","亦恐"當歲之暮,有可傷之意。《九辯》:"草木搖落而變衰。"曹子建詩曰:"白日忽嗟跎。"言其晚也。

苦　竹

青冥亦自守,軟弱强扶持。
味苦夏蟲避,叢卑春鳥疑。
軒墀曾不重,剪伐欲無辭。
幸近幽人屋,霜根結在兹。

【集注】

　　"青冥"二句:猶强自振立也。　　趙云:《楚辭》:"據青冥而攄虹"也。"青冥",雲霄間之貌。蓋指"苦竹"在高山上者,而言"苦竹"本野生之物,宜在高山之上。其物叢生,"軟弱"則然矣。
　　"幸近"二句:質雖疲軟,然得其託,亦足以保其生生矣。　　趙云:《莊子》:"夏蟲不可語於水。"(陳案:可、水,《莊子注》作"可以""冰"。)《周禮》:"仲春〈初必以薪爲之〉。"(陳案:此處有竄誤。《杜詩引得》作"仲春羅春鳥"。)方言種人家"軒墀"者,亦"不重"而"剪伐"之,若在"幽人"之家,方有保護"結""根"之理。

除　架

束薪已零落,瓠葉轉蕭疏。
幸結白花了,寧辭青蔓除。
秋蟲聲不去,暮雀意何如?
寒事今牢落,人生亦有初。

【集注】

　　《除架》:瓜架也。
　　"束薪"二句:趙云:西人方言,直謂之"除架",如甜瓜之謂收園也。瓜架之初,必以薪爲之,今瓜已摘,而架上之薪零落矣。"瓠",即瓜也。《毛詩》有"瓟葉"字。

"幸結"二句：趙云：瓜初花，其色白。"結白花"，則爲瓜實矣。實既結，則其"蔓"可"除"。

"秋蟲"二句：架除而蟲鳥失棲托也。

"寒事"二句：言未生之初，則作架以盛之，纔結花則有將實之望，而其意稍怠矣。故"架"壞則"除"去，而不修也。亦猶人事銳始而怠終爾。　　趙云：賦詩在秦州，意言"寒事今牢落"，則爲客之不堪如此。然"人生"未嘗無"初"，則公之初，在太平之時，文采動上，聲譽（垣）[烜]赫，本不如是之"牢落"也。《上林賦》云："牢落陸離。"《左傳》："夫魯有初。"而謝靈運《會吟行》云："會吟自有初。"

夕　烽

夕烽來不近，每日報平安。
塞上傳光小，雲邊落點殘。
照秦通警急，過隴自艱難。
問道蓬萊殿，千門立馬看。

【集注】

"夕烽"八句：(陳案：問，《補注杜詩》《全唐詩》作"聞"。《説文通訓定聲》："問，叚借爲聞。")　　師云：長安者，(陳案：者，《杜詩引得》作"有"。)蓬萊殿東内，紫宸殿之北，觀此則時可知矣。　　趙云：《光武紀》："修烽燧。"注甚悉。"烽"，則有一炬、二炬、四炬者。(陳案：者，《四庫全書》作"志"。形誤。《錦繡萬花谷》前集卷三十八作"者"。)每日初夜舉一炬，謂之平安火，餘則隨寇多少而爲差，乃"警急"之"報"矣。餘見《秦州雜詩》及《寓目》詩注。此篇前四句言"平安"之"報"，後四句言"警急"之"報"。時吐蕃或侵害、或請和故也。"警急"，出《前漢書》，而曹子建《白馬篇》："邊城多警急，胡虜數遷移。""過隴"而"艱難"，則安、史之兵，猶出没隴上矣。"蓬萊殿"，在東内大明宫。"千門"，則所謂千門萬户也。

秋　笛

清商欲盡奏，奏苦血霑衣。
他日傷心極，征人白骨歸。
相逢恐恨過，故作發聲微。
不見秋雲動，悲風稍稍飛。

【集注】

《秋笛》：一作"吹笛"。
"清商"二句：五音惟"商"爲最悲，蓋"商"主秋，而有寥落之意也。
趙云：笛一曲謂之"奏"。方笛之吹商聲，所不堪聞，而今欲"盡奏"，以全其曲，則聞者宜有"霑衣"之"血"，淚盡繼之以"血"也。庾信《哀江南賦》："望赤岸而霑衣。"江文通詩："零淚霑衣裳。"
"他日"二句：趙云：今日聞商聲而"霑衣"猶可也，它日士有死于戰，而以"白骨"歸時，猶聞此詩，尤"傷心"之"極"矣。
"相逢"二句：趙云：於此"相逢"吹笛之人，所吹每"恐恨過"，故意作"發聲"微細，以泄其恨。此與平時吹笛不同矣。"相逢"兩字，主聽吹笛者言之，則公自云也。
"不見"二句：言笛聲哀切，風雲亦爲之悽慘也。　師云：《古詩》："角聲起蒼野，秋雲愁不飛。"　趙云：言不獨人愁而已，雖天亦愁，故"雲動"而風飛也。"不見"者，言豈可見之乎？（陳案：可，《杜詩引得》作"不"。）古詩歌行，多言"君不見"，而此直行"不見"，（陳案：行，《杜詩引得》作"云"。）其字起于鮑明遠。

送　遠

帶甲滿天地，胡爲君遠行？
親朋盡一哭，鞍馬去孤城。

草木歲月晚,關河霜雪清。

別離已昨日,因見古人情。

【集注】

　　"帶甲"句:盜賊充斥,時方用兵也。　　趙云:《史記》:"蘇秦帶甲數十萬。"《莊子》:"原憲歌《商頌》,聲滿天地。"

　　"親朋"句:《楚辭》:"悲莫悲於生別離。"(陳案:於,《楚辭章句》作"兮"。下引同。)

　　"別離"二句:師云:胡毋潛詩:"只因君別我,再見古人情。"趙云:"別離"非獨今日,已是"昨日"如此矣。此所以"見古人情"也。《楚辭》曰:"悲莫悲於生別離。"則"古人"之"情",直不可見哉?"昨日"字,出《莊子》并《韓詩外傳》。

觀　兵

北庭送壯士,貔虎數尤多。

精銳舊無敵,邊隅今若何?

妖氛擁白馬,元帥待彫戈。

莫守鄴城下,斬鯨遼海波。

【集注】

　　"北庭"句:燕太子送別荆軻於易水上,軻歌曰:"壯士一去不復還。"

　　"貔虎"句:《書》:"如虎如貔。"　　《杜補遺》:《爾雅》:"貔,白狐,其子,豰。"注:"一名執夷,虎豹之屬。"《詩》曰:"獻其貔皮。"陸機疏云:"貔似虎,或曰似熊。一名白狐,遼東人謂之白羆。"《炙轂子》載《貔銘》曰:"《書》稱猛士,如虎如貔。"亦豹屬也。又曰:"執夷白狐"之云,似是而非。　　趙云:此篇自北遣兵來之詩。"貔虎",出《書》,蓋猛獸也。

　　"精銳"二句:"精銳",猶勇敢也。　　趙云:此詩人望其必勝而憂之之辭。《戰國策》：季良謂魏王曰："恃兵之精銳,而欲攻邯鄲。"

"妖氛"二句：趙云：兩句難解。似言吐蕃所乘者,乃賊之"白馬",妖孽氛氣擁逐而來,"元帥"所以待"北庭"之"彫戈"而敵之。(陳)徐陵《移齊文》有"剪妖氛""窮巢穴"之語。《南史》："侯景爲亂,乘白馬,青絲爲轡,以應讖。"《左傳》：晉謀元帥,趙衰曰："郤縠可。"《古鼎銘》云："王命尸臣,官此枹邑。賜爾和鑾,黼黻彫戈。"　師云：《國語》："秦穆公橫彫戈,出見晉使者。"

"莫守"二句：言當誅魁渠也。　趙云：史明公據"鄴城",圍之未"下"。(陳案：明公,《杜詩引得》作"思明"。)公意謂可緩"鄴城"之"圍",且於"遼海""斬鯨",則以吐蕃爲急也。"鯨"以譬吐蕃之强暴。《左傳》："誅戮而作京觀,謂之封鯨鯢。"一云：言不獨守鄴,當覆其巢穴也。

廢 畦

秋蔬擁霜露,豈敢惜凋殘。
暮景數枝葉,天風吹汝寒。
綠霑泥滓盡,香與歲時闌。
生意春如昨,悲君白玉盤。

【集注】

"秋蔬"四句：趙云："蔬"以秋時而"擁霜露",自然"凋殘"矣,吾豈敢惜之也？然口腹之供,所以不忍其"凋殘",故于"暮景"之中,"數"其"枝葉"餘幾也。故又自憫夫因"數"菜蔬之餘幾,而有"天風"之"寒",是亦豈得已哉！君子之貧爲可傷也。

"綠霑"四句：趙云：上兩句所以紀"秋蔬"之"凋殘","泥滓"又見多雨之意。末句言"蔬"當春時"生意"茂,以供采掇,猶如昨日,則今之"凋殘",不足於食,於我何足道哉！其登於"玉盤"者,遂空矣,爲可"悲"也。"君"字,蓋專言君王也。應劭《漢官儀》曰："封禪壇有白玉盤。"在至尊言之,尤爲當體。"如昨"字,《選》詩有"昔日如昨"。又,

"千年別如昨"。　　師云:如李白詩:"少時不識月,呼作白玉盤。"

不　歸

河間尚征伐,汝骨在空城。
從弟人皆有,終身恨不平。
數金憐俊邁,總角愛聰明。
面上三年土,春風草又生。

【集注】

"總角"句:見"總角草書又神速"注。

"從弟"六句:趙云:此篇公之"從弟"有死,而寄骨於其處者,但無所考其名字耳。"數金憐俊邁","數"應是上聲。"數金"兩字未解,以俟博聞。

天末懷李白

涼風起天末,君子意如何?
鴻鴈幾時到,江湖秋水多。
文章憎命達,魑魅喜人過。
應共冤魂語,投詩贈汨羅。

【集注】

"天末"句:趙云:白於至德二載,坐永王璘而謫夜郎。今公在秦州懷之,而遂謂之"天末"。各天一方,可云"天末"矣。

"涼風"二句:《月賦》:"雲斂天末。"　　趙云:《(西)[東]京賦》曰:"眇天末以遠期。"而陸士衡承之云:"佳人眇天末。"《擬古》詩又云:"遊子眇天末,遠期不可尋。"

"鴻鴈"二句:趙云:兩句似通句,言書信耳。問"鴻鴈幾時"可

"到"於白之處,"江湖秋水"既"多",則"鴻鴈"游泳,其到恐遲也。《莊子》:"秋水時至。"

"文章"二句:趙云:意與"儒冠多誤身"同。蓋窮者而後工于文,故"文章"反"憎命達"也。舜投四罪以禦"魑魅"。魑魅,厲鬼也。"喜人過",則欲害之矣,以譬小人害君子之意。時白被罪流放,故云。

"應共"二句:指屈原也。　　趙云:此比白於賈誼也。屈原其死为冤也,誼過汨羅有《吊屈原賦》。劉越石四言詩:"永負冤魂。"

獨　立

空外一鷙鳥,河間雙白鷗。
飄颻搏擊便,容易往來游。
草露亦多濕,蛛絲仍未收。
天機近人事,獨立萬端憂。

【集注】

"空外"二句:師云:張華詩:"漠漠江水平,低飛雙白鷗。"

"飄颻"二句:趙云:《爾雅》曰:"飄颻謂之猋。"蓋風之狀也。而後人用之,則如《選》云:"落葉飄颻。"又云"羅衣何飄颻"也。此言"白鷗"往來,蓋不知"鷙鳥"之將"搏擊",此可為寒心矣。公後篇《寄賈六嚴八》詩,戒其為文為詩,莫傳於衆,而曰"浦鷗防碎首,霜鶻不空拳"。則公今詩應有所憂之人乎?(晋)孫盛騰牋桓溫曰:"進無鳳皇來儀之美,退無鷹鸇擊搏之困。"公今却用"搏擊"字,則《翟方進傳》:"搏擊豪强,京師畏之。"

"草露"四句:趙云:此道"獨立"時景兩句,或曰:"露下衆草,則將殺草;蛛絲未收,則將羅物。"皆有殺意。此并是"天機",如"人事"之多患,宜公有"萬端"之"憂"也。

日　暮

日落風亦起，城頭烏尾訛。
黃雲高未動，白水已揚波。
羌婦語還哭，胡兒行且歌。
將軍別換馬，夜出擁彫戈。

【集注】

　　"日落"二句：《杜正謬》："烏尾"當作"烏外"，殆傳印之誤。按：《後漢‧五行志》：桓帝時，京師童謠曰："城上烏，尾畢逋。"蓋言處高利獨食，不與下共，謂人主多聚斂也。訛者，斜也。（陳案：斜，《毛詩注疏》作"動"。）

　　"黃雲"二句：趙云：皆言風也。"黃雲"以"高"，故雖有風而"未動"；"白水"以在下，故得風而先"揚波"。《淮南子》："黃泉之埃，上爲黃雲。"而謝靈運《擬阮瑀》詩云："河洲多沙塵，風悲黃雲起。"江文通《古別離》云："黃雲蔽千里，遊子何時還。""白水"，言白色之水，此晉文公所謂有如"白水"是也。《列女傳》：津吏女歌曰："水揚波兮杳冥冥。"《少司命》云："衝風至兮水揚波。"《西京賦》曰："起洪濤而揚波。"

　　"羌婦"四句：（陳案：換，《全唐詩》同。"一作上，一作換駿"。）

　　趙云："羌婦""胡兒"，蓋秦州有寄處者耳，與前篇"羌女輕烽燧，胡兒制駱駝"同義。"將軍"以敵人識其所乘舊馬，所以"換馬"，愈自慎重，故"夜出"以"彫戈"擁衛。"彫戈"字，見本卷《觀兵》詩注。《李廣傳》："暫騰而上胡兒馬上。"（陳案：馬上，《史記》無"上"字。）

空　囊

翠柏苦猶食，晨霞朝可飡。
世人共鹵莽，吾道屬艱難。
不爨井晨凍，無衣牀夜寒。
囊空恐羞澀，留得一錢看。

【集注】

"翠柏"二句:《杜補遺》云:《楚辭》曰:"山中人兮採杜若,飲石泉兮飯松柏。"(陳案:採、飯,《楚辭章句》作"芳""蔭"。)又,《列仙傳》:"仙人偓佺,食松柏之實。"《楚辭》曰:"飡六氣而飲沆瀣,漱正陽而飡朝霞。"注:《陵陽子明經》云:"春食朝霞者,日始出赤氣也;秋食淪漢者,(陳案:漢,《經典釋文》作'陰'。)日沒後赤黃氣也;冬食沆瀣者,北方夜半氣也;夏食正陽者,南方日中氣也。"相如《大人賦》云:"會食幽都,吸沆瀣兮餐朝霞。"《真誥》:九華真妃曰:"日者霞之實,霞者日之精,君唯聞服日實之法,未知餐霞之精也。夫餐霞之經甚秘,致霞之道甚易。此謂體生玉光霞映上清之法也。" 趙云:"晨霞",師民瞻作"明霞",是。蓋不應言"晨"而又言"朝"也。 新添:上注不必拘"晨""朝"之複也。如宋玉《高唐賦》云:"旦爲朝云。"豈非旦、朝爲複耶?《大人賦》:"吸沆瀣兮餐朝霞。"嵇中散《琴賦》:"餐沆瀣兮帶朝霞。"顏延年《五君詠》云:"中散不偶世,本自餐霞人。"

"世人"二句:趙云:此兩句承上句之義。公雖貧困,而所食所飲,皆神仙之物,亦以自志其清如此。此無它,以世人共"鹵莽"不明,而吾道適值"艱難"不遂也。字則《莊子》云:"耕而鹵莽之,其實亦鹵莽而報予。"孔子云:"吾道其非邪?"《詩》:"天步艱難。"

"不爨"句:《晋書》:"樵蘇不爨,清談而已。"

"無衣"句:《詩》:"無衣無褐,何以卒歲?"

"囊空"二句:趙云:暗用趙壹云:"文籍雖滿腹,不如一囊錢。"父老獻劉寵以錢,而寵留一大錢也。 新添:《前漢·灌夫傳》:"平生毀程不識不直一錢。"

病　馬

乘爾亦已久,天寒關塞深。
塵中老盡力,歲晚病傷心。
毛骨豈殊衆,馴良猶至今。
物微意不淺,感動一沈吟。

【集注】

"塵中"二句：趙云：此篇暗使田子方事之意。田子方出遊于野，見病馬焉。問之御者，對曰："此故公家畜也。罷而不爲用，故出放之。"曰："少盡其力，而老弃其身，仁者不爲也。"命束帛贖之。出《韓詩外傳》。《琴賦》云："愀愴傷心。"

"毛骨"四句：趙云：公於駿馬，每言其狀之義，（陳案：義，《杜詩引得》作"異"。）而此云"毛骨豈殊衆"，則詩人之言，因以所見而感興，不必拘系也。庾亮登樓曰："老子於此〔處〕，（復）〔興〕復不淺。"《古詩》云："馳情整巾帶，沈吟聊躑躅。"又如《南史·王琳傳》有云："沈吟不决。"

蕃　劍

致此自僻遠，又非珠玉裝。
如何有奇怪，每夜吐光芒。
虎氣必騰上，龍身寧久藏。
風塵苦未息，持汝奉明王。

【集注】

"又非"句：師云：曹植《七啟》："步光之劍，華藻繁縟。綴以驪龍之珠，錯以荆山之玉。"

"如何"二句：師云：張載《劍歌》："奇怪兮難名。"李陽詩："夜劍焕光芒。"

"虎氣"四句：趙云：雷次宗《豫章記》曰："吳未（忘）〔亡〕，恒有紫氣見斗牛之間。張華問雷孔章，孔章曰：'是寶物也，精在豫章豐城。'令至縣，掘獄得二劍。其夕斗牛氣不復見。孔章乃留其一，匣而進之。劍至，光曜煒燁，焕若雷發。後張華遇害，此劍飛入襄城水中。孔章臨亡，戒其子恒以劍自隨。後其子爲建安從事，經淺瀨，劍忽於腰間躍出，遂見二龍相隨焉。"用對"虎氣"。按：《越絶書》曰："闔閭冢在吳縣昌門外，葬以磐郢、魚腸之劍。葬三日，白虎居上，號曰虎丘。"

亦無"虎氣"字。於虎曰"氣",於龍曰"身",豈公因事而自造語耶?以俟博聞。又,《世説》:"王喬墓有盜發之,有一劍停在空中,作龍吟虎吼,復飛上天。"

銅　瓶

亂後碧井廢,時清瑶殿深。
銅瓶未失水,百丈有哀音。
側想美人意,應非寒甕沈。
蛟龍半缺落,猶得折黃金。

【集注】

"亂後"四句:趙云:《孟子》曰:"掘井九仞,而不及泉,猶爲廢井也。"此必"銅瓶"之製巧妙,所以知其爲宮殿中汲井之物矣。方時清平,"瑶殿"深邃,而宫人出汲,想像其"銅瓶"離水欲上時,有滴水之音也。

"側想"四句:(陳案:非,《全唐詩》同。一作"悲"。)　趙云:四句言"銅瓶"乃是不用於汲,而留於世者,非是沈在井底所得。"側想美人"之意,可以推見。然井中或得斷釵遺珥,有"黄金""蛟龍"之狀,則有之矣。　師云:"蛟龍",蓋瓶上刻鑄之象,今雖"缺落",猶可準"折黄金",則其工巧可知。

觀安西兵過赴關中待命二首

右一

四鎮富精鋭,摧鋒皆絶倫。
還聞獻士卒,足以静風塵。
老馬夜知道,蒼鷹饑著人。
臨危經久戰,用急始如神。

【集注】

　　"四鎮"句：言多勇銳也。《晉·職官志》："四鎮通於柔遠。"《通典》："鎮東將軍，漢末魏武爲之；鎮南，後漢末劉表爲之，魏張魯、晉杜阮凱并爲之；鎮西，鄧艾爲之；鎮北，〈南〉魏明帝大和中，劉靖、許允并爲之。宋時四鎮與中軍爲雜號。"　《杜正謬》：唐武后時，右鷹揚衛將軍王孝傑擊吐蕃，大破其衆，復取四鎮，更置安西都護府於丘玆，以兵鎮守。又，《唐志》："四鎮都督府：龜玆、于闐、焉耆、疏勒也。"是詩所謂"四鎮"，非鎮東、鎮西之類，古詩題云。　趙云：《戰國策》：季良謂魏王曰："恃兵之精銳，而欲攻邯鄲。"

　　"摧鋒"句：能"摧鋒"陷陣也。　趙云：諸葛亮與關羽書曰："未及髯之絶倫逸群也。"

　　"老馬"句：齊桓公失道，管仲使隨老馬而得出，以老馬多智也。

　　"蒼鷹"句：《晉·載記》：權翼言："慕容垂猶蒼鷹也，饑則附人，飽則高飛。"　趙云："老馬"譬其慣熟，"蒼鷹"譬其俊快，以言所獻之兵也。

　　"臨危"二句：急：一作"意"。　精熟戰陣，用意若神。　趙云：此以言去兵。"臨危"，又以結"老馬"之義；"用急"，又以結"蒼鷹"之義也。

右二

　　奇兵不在衆，萬馬救中原。
　　談笑無河北，心肝奉至尊。
　　孤雲隨殺氣，飛鳥避轅門。
　　竟日留歡樂，城池未覺喧。

【集注】

　　"奇兵"句：《史》："兵以正合，以奇勝。""不在衆"者，用師克在和，"不在衆"也。

　　"萬馬"句：蔡琰謂曹公曰："明公厩有萬馬。"　趙云：公作此詩在秦州，時乾元二年也。三月，史思明殺安慶緒，九月又陷東京，又陷齊、汝、鄭、滑四州，則兵之用救中原也。

"談笑"句:言"談笑"可以却敵也。

"心肝"句:言至誠也。　　趙云:史思明據相州,河北一帶素已陷沒,今言安西兵之精鋭,主將於"談笑"之間,可以蔑無河北。左太冲《詠史》詩:"長嘯激清風,志若無東吴。"東坡云:"已覺談笑無西戎。"則又出於杜也。魯仲連談笑却秦軍。

"孤雲"二句:《杜補遺》:《周禮·掌舍》:"掌王之會同之舍。設車宮轅門。"注:"王行止宿險阻處,次車以爲藩,則仰車以其轅表門。"《項籍傳》:"將入轅門。""飛鳥避"事,見上"兵氣回飛鳥"注。蔡琰《胡笳詩》:"殺氣朝朝衝(寒)[塞]門。"

"竟日"句:歡樂,一作"(歡)[觀]樂"。

"城池"句:言軍令整肅,不囂亂也。

送人從軍

弱水應無地,陽關已近天。
今君渡沙磧,累月斷人煙。
好武寧論命,封侯不計年。
馬寒防失道,雪没錦鞍韉。

【集注】

"弱水"句:《書》:"弱水既西。"以其力不能載物,故謂之"弱水"。"無地",字用《楚詞》:"下崢嶸而無地。"

"陽關"句:"陽關",地名。　　趙云:"無地",言水多也。"近天",言山高也。"弱水""陽關",蓋在西邊。　　師云:言境土皆入漢矣。

"今君"二句:趙云:"沙磧",即所往之道。曹子建詩:"千里無人煙。"

"好武"句:志於功名故也。

"封侯"句:有功即封矣。　　趙云:言其從軍乃緣"好武",於是用命之秋,故不"論命"。有功者"封侯",漢制也。"不計年",所以激發之矣。　　新添:顔駟對漢武帝曰:"文武好文,而臣好武。"

"馬寒"二句：趙云：又所以戒之自重。《韓子》曰："桓公伐孤竹，返而失道。管仲曰：'老馬之智可用也。'乃放老馬而隨之，遂得道焉。"今公詩意，言"馬寒""雪没"，亦用此也。　　師云：梁簡文帝詩："寶馬錦鞍韉。"

野　望

清秋望不極，迢遞起曾陰。
遠水兼天净，孤城隱霧深。
葉稀風更落，山迥日初沉。
獨鶴歸何晚，昏鴉已滿林。

【集注】

"清秋"二句：（陳案：曾，《補注杜詩》作"層"。《説文通訓定聲》："曾，叚借爲層"）　　趙云："清秋"所以"望不極"者，以"迢遞"之處"起曾陰"也。（晋）陸沖詩："曾巒有曾陰。"（陳案：二"曾"字，《補注杜詩》作"層"。）（梁）江淹詩："曾陰萬里生。"

"孤城"句：范彦龍《效古》詩言："霧失交河城。"

"獨鶴"二句：譏小人衆多也。　　趙云：末句亦道實事耳。舊注所言未必然，蓋如"夜來歸鳥盡，啼殺後栖鴉"，亦豈有譏乎？"獨鶴"字，謝玄暉《敬亭山》詩："獨鶴方朝唳，飢鼯此夜啼。""昏鴉"字，則公嘗自引何遜詩："昏鴉接翅歸。"

送靈州李判官

羯胡腥四海，回首一茫茫。
血戰乾坤赤，氛迷日月黄。
將軍專策略，幕府盛才良。
近賀中興主，神兵動朔方。

示姪佐

多病秋風落,君來慰眼前。
自聞茅屋趣,只想竹林眠。
滿谷山雲起,侵籬澗水懸。
嗣宗諸子姪,早覺仲容賢。

【集注】

《示姪佐》:佐草堂在東柯谷。

"多病"句:趙云:《左傳》云:"風落山也。"

"自聞"二句:趙云:《後漢》:"王霸隱居,止茅屋蓬戶。"以與姪詩,故對"竹林",因寔事以寓意。竹林七賢之遊,阮嗣宗與阮仲容叔姪與其二,故末句又及之。

"嗣宗"二句:嗣:一作"阮"。　《晋》:阮咸,字仲容,籍之姪也。籍,字嗣宗。

佐還山後寄三首

右一

山晚浮雲合,歸時恐路迷。
澗寒人欲到,村黑鳥應栖。
野客茅茨小,田家樹木低。
舊諳疎懶叔,須汝故相携。

【集注】

"山晚"句:湯休詩:"日暮碧雲合。"

"舊諳"二句:趙云:末句又以嵇康自處。嵇康云:"性復疏懶。"

右二

白露黃粱熟，分張素有期。
已應春得細，頗覺寄來遲。
味豈同金菊，香宜酌綠葵。
老人他日愛，正想滑流匙。

【集注】

"白露"八句：(陳案：酌，《補注杜詩》《全唐詩》作"配"。) 趙云："黃粱熟"於秋初"白露"降之時也。言粟而用到"金菊"，取其物之同時，其色之皆黃也。"香宜配綠葵"，則以"葵"爲羹矣。潘安仁《閑居賦》有："綠葵含露。" 師云：謝莊賦："南山香黍，滑流杯匙。"

右三

幾道泉澆圃，交橫落慢城。
葳蕤秋菜少，隱映野雲多。
隔沼連香芰，通林帶女蘿。
甚聞霜薤白，重惠意何如。

【集注】

"交橫"句：(陳案：慢城，《補注杜詩》《全唐詩》作"幔坡"。坡，《廣韻》"戈"韻。"城"字失韻。)

"葳蕤"句：(陳案：菜，《補注杜詩》《全唐詩》作"葉"。) 菜少：一作"菜色"。 相如《子虛賦》云："錯翡翠之葳蕤。"

"甚聞"二句：(陳案：何如，《補注杜詩》《全唐詩》作"如何"。何，《廣韻》"戈"韻。"如"字失韻。) 趙云："秋葉少"，則日夜零落矣。前篇云："葉稀風更落。"一作"菜色"，非。 師云：(梁)王均《賦》："(霸)[霜]薤露葵，蓺滿中圃。"

從人覓小胡孫許寄

人説南州路，山猿樹樹懸。
舉家聞若駭，爲寄小如拳。
預哂愁胡面，初調見馬鞭。
許求聰慧者，童稚捧應癲。

【集注】

"舉家"句：若駭：一云"共愛"。　（陳案：駭，《全唐詩》同。一作"共愛"。《集千家註工部詩集》作"欸"。《杜詩詳註》作"咳"。《説文》："駭，驚也。""咳，小兒笑也。""欸，訾氣也。""駭"字合於詩義。）

"爲寄"句：師云：《南越志》："廣夷之山多小樹，玃立如拳。"（陳案：樹，《杜詩引得》作"猴"。）

"預哂"句：趙云：（晉）傅玄《鷹賦》："狀如愁胡。"

"許求"二句：師云：（齊）王融曰："駐吏以鑠城，猶猿猱之見馬鞭，望頓而逃。"

秋日阮隱居致薤三十束

隱者柴門内，畦蔬繞舍秋。
盈筐承露薤，不待致書求。
束比青芻色，圓齊玉筯頭。
衰年關鬲冷，味暖併無憂。

【集注】

"隱者"四句：柴：一作"荆"。　《卷耳》："不盈頃筐。"《挽歌辭》："薤上朝露何易晞。"（陳案：辭，《四庫全書》作"亂"。形訛。《淵鑑類函》作"辭"。）　趙云："薤"性暖。《本草》載："能調中，補不足。"

"衰年"二句：(陳案：衰，《四庫全書》作"襄"。形訛。《補注杜詩》《全唐詩》作"衰"。)　　併：一作"復"。　　趙云：薤性暖，《本草》載能調中補不足。

秦州見敕目，薛三璩授司議郎，畢四曜除監察，與二子有故，遠喜遷官，兼述索居，凡三十韻

大雅何寥闊，斯人尚典刑。
交期余潦倒，才力爾精靈。
二子身同日，諸生困一經。
文章開突奧，遷擢潤朝廷。
舊好何由展，新詩更憶聽。
別來頭併白，相見眼終青。
伊昔貧皆甚，同憂歲不寧。
栖遑分半菽，浩蕩逐流萍。
俗態猶猜忌，妖氛忽杳冥。
獨慙投漢閣，俱議哭秦庭。
還蜀祗無補，囚梁亦固扃。
華夷相混合，宇宙一羶腥。
帝力收三統，天威揔四溟。
舊都俄望幸，清廟肅惟馨。
雜種雖高壘，長驅甚建瓴。
焚香淑景殿，漲水望雲亭。
法駕初還日，群公若會星。
宮臣仍點染，柱史正零丁。
官忝趨栖鳳，朝回歎聚螢。

喚人看騕褭,不嫁惜娉婷。
掘劍知埋獄,提刀見發硎。
侏儒應共飽,漁父忌偏醒。
旅泊窮清渭,長吟望濁涇。
羽書還似急,烽火未全停。
師老資殘寇,戎生及近坰。
忠臣辭憤激,烈士涕飄零。
上將盈邊鄙,元勳溢鼎銘。
仰思調玉燭,誰定握青萍。
隴俗輕鸚鵡,原情類鶺鴒。
秋風動關塞,高臥想儀形。

【集注】

"秦州"數句:敕:一作"除"。（陳案:授,《四庫全書》作"援"。形訛。《補注杜詩》《全唐詩》作"授"。）

"大雅"二句:師云:《史記》:"《大雅》言王公大人,德逮黎庶。"《詩》:"雖無老成人,尚有典型。"

"交期"二句:趙云:上兩句引言雅道之久喪,賢人之幸存。下兩句一以自述,一以言二子。"大雅"字,非謂《詩》之《大雅》,蓋以雅者,正也。大雅正之道,在人言之耳。傅毅《舞賦》曰:"攎予意以洪觀兮,（陳案:洪,《文選》作'弘'。）繹精靈之所束。"嵇康《書》曰:"足下舊知吾潦倒麄疏,不切事情。" 新添:董允自歎不及費褘,曰:"人才力相懸,若此甚远。"

"二子"句:（陳案:身,《補注杜詩》作"陞"。《全唐詩》作"聲"。一作"陞"。） "文章"二句:"突奧",深邃兒。《荀子》:"突奧之內,枕簟之上。" 趙云:言"二子"由"諸生"而登朝廷也。"一經"字,韋賢云:"遺子黃金滿籯,不如教子一經。""潤朝廷"字,如"富潤屋,德潤身"之"潤"。

"別來"句:《古詩》:"相看俱白頭。"

"相見"句：阮籍善爲青白眼。見佳客，則爲青眼；見俗客，即爲白眼。

"同憂"句：崴：一作"心"。

"棲遑"二句：劉孝標《絶交論》："莫肯費其半菽，罕有落其一毛。""流萍"，與流落如萍之在水，（陳案：與，《杜詩引得》作"謂"。）任其漂泊也。　　趙云：《漢》《史》：項羽曰："歲飢人貧，卒食半菽。"

"獨慙"句：見"子雲識字終投閣"注。

"俱議"句：吳入郢，申包胥求救於秦，秦兵未出，包胥哭於秦庭者七日，勺水不入於口。

"還蜀"二句：司馬相如"還蜀"。梁孝王怒，鄒陽下獄，陽從獄中上書，王立出之。　　趙云：自"舊好何由展"，至此十四句，雜言交好之舊，今老昔貧之事，流落遭亂之故。其後四句，一句說己，一句說二子也。"頭併白"，鄒陽云：古語："白頭如新。""歲不寧"，《左傳》："晉無寧歲"之義。

"華夷"二句：言胡兵亂華也。

"帝力"句：薛云：《漢書》："三統謂天地人，即夏商周之三正也。"

"舊都"句：顔延年《車駕幸京口》詩："春方動宸駕，望幸傾五州。"

"清廟"句：《詩·清廟》注："謂有清明之德者之宫也，天有清明之德，而文王象之，故以名詩。"《書》云："明德惟馨。"

"雜種"句：雖：一作"難"。　　（陳案：壁，《全唐詩》作"壘"。一作"壁"。）　　《漢書》："羌胡雜種，類不一也。""高壁"，言壁壘尚高深也。

"長驅"句：《高祖紀》："若高屋之上建〈注同〉[瓴]水。"言其勢順，而易爲力。"建"，上聲。

"法駕"二句：言帝初收復，還宫日，百官之輳於朝者，若聚星焉。

趙云：自"華夷相混合"，至此十二句，言安、史之亂陷二京，而肅宗收復，駕還長安宫殿之事，（郡）[群]臣之朝也。《莊子》云："帝力何加於我哉！""三統"，周得天統，商得地統，夏得人統。"收三統"，言天地人皆歸之也。《左傳》："天威不違顔咫尺。"《莊子》："舊國舊都，望之暢然。""望幸"，則司馬相如云："泰山梁父，設壇場望幸也。""舊都"，指言長安。"望幸"，言車駕還也。"清廟肅惟馨"，言再見宗廟

— 941 —

也。"雜種",指言安、史。《史》有"高壁深壘"。《晉書》有"卷甲長驅"。

"宮臣"句:"宮臣",謂薛受司議也,屬東宮。

"柱史"句:畢受御史。老聃爲柱下史。"點染""零丁"言未盡其才也。

"朝回"句:歎:一作"欲"。　車似聚螢。(陳案:似,《杜詩引得》作"允"。)

"喚人"二句:張易之《出塞行》:"驊裹青綠騎,娉婷紅粉粧。"

"掘劍"二句:鄭城劍事。《莊子》:"庖丁觧牛十九年,而刀刃若新發硎。"　趙云:自"宮臣仍點染",至此八句,因言群臣之下,記述二子官職,且美之也。司儀郎,東宮之官,以比給事中。"點染"者,爲文字也。此以言薛璩。畢除監察,故以柱史言畢。"零丁",介獨之兒。監察御史知朝堂左右廂,而含元殿西南有栖凰閣,閣下即朝堂,則"趨栖凰"者,又以言畢曜也。"朝回歎聚螢",似言薛璩仍不廢讀書。蓋東宮官屬,多以經教授,以讀書爲事爾。"喚人看驊裹,不嫁惜娉婷",以言二公初不自眩鬻,以駿馬、以佳人爲喻。"掘劍知埋獄,提刀見發硎",以言二公稍因遷用,而後見其才也。

"侏儒"句:東方朔云:"臣朔飢欲死,侏儒飽欲死。"

"漁父"句:屈原曰:"衆人皆醉,惟我獨醒。"漁父曰:"何不餔其糟而啜其醨?"

"長吟"句:師云:言志在長安也。

"羽書"句:以鳥羽插檄書上,馳告四方,故云"羽書"。高祖曰:"吾以羽檄征天下兵。"

"烽火"句:"烽",燧也。"未全停",尚有餘烽也。

"元勳"句:(陳案:溢,《四庫全書》本作"隘"。形訛。《補注杜詩》《全唐詩》作"溢"。)　"銘"功鐘鼎也。

"仰思"二句:握:一作"淬"。　《孟子》:"仰而思之。"《爾雅》:"四時調,謂之玉燭。"(陳案:調,《爾雅注》作"和"。)"調玉燭",猶變理也。"青萍",劍名也。陳孔璋《荅東阿王牋》:"君侯體高俗之才,秉青萍干將之器,拂鍾無聲,應機立斷。"

"隴俗"句:《鸚鵡賦》:"命虞人於隴坻,閉以彫籠,剪其羽翅。"

"原情"句:趙云:自"侏儒應共飽",自此十二句,引言二子,一句轉入自述,又轉入傷時兵亂未已,思平定,而終之以人不已知,且敦友誼也。末句則以懷二子之情結之。"侏儒應共飽",以言二公猶未甚顯拔,與"侏儒""共飽"耳。"漁父忌偏醒",公自比屈原之放逐也。"旅泊窮清渭,長吟望濁涇",公在秦而憶長安故也。謂之"窮清渭",則窮其上流,所以言秦。潘安仁《西征賦》云:"北有清渭濁涇。""戎生及近坰""上將盈邊鄙",則時又有吐蕃之患矣。"羽書""烽火",皆兵事。《史記》:"李牧息烽火。"《左傳》:"師直爲壯,曲爲老。"然相承而用,皆以宿師爲"老"耳。《老子》云:"戎馬生於郊。""隴俗輕鸚鵡",公自況也。"原情類鶺鴒",指與二公如兄弟之急難也。"鶺鴒",鳥名,首擧而尾應。《詩》云:"鶺鴒在原,兄弟急難。"

"秋風"二句:趙云:詩作於秦川,故云"關塞"。《晋·謝安傳》:高崧曰:"卿屢違朝旨,高臥東山。""想儀形",則想望其風彩也。

寄彭州高三十五使君適、虢州岑二十七長史參三十韻

故人何寂寞,今我獨淒涼。
老去才難盡,秋來興甚長。
物情尤可見,詞客未能忘。
海內知名士,雲端各異方。
高岑殊緩步,沈鮑得同行。
意愜關飛動,篇終接混茫。
擧天悲富駱,近代惜盧王。
似爾官仍貴,前賢命可傷。
諸侯非弃擲,半刺已翶翔。
詩好幾時見,書成無信將。
男兒行處是,客子鬭身強。
覊旅推賢聖,沈綿抵咎殃。

三年猶瘧疾，一鬼不銷亡。
隔日搜脂髓，增寒抱雪霜。
徒然潛隙地，有覷屢鮮粧。
何太龍鍾極，于今出處妨。
無錢居帝里，盡室在邊疆。
劉表雖遺恨，龐公至死藏。
心微傍魚鳥，肉瘦怯豺狼。
隴草蕭蕭白，洮雲片片黃。
彭門劍閣外，虢略鼎湖傍。
荆玉簪頭冷，巴牋染翰光。
烏麻蒸續曬，丹橘露應嘗。
豈異神仙宅，俱兼山水鄉。
竹齋燒藥竈，花嶼讀書床。
更得清新否，遥知對屬忙。
舊官寧改漢，淳俗本歸唐。
濟世宜公等，安貧亦士常。
蚩尤終戮辱，胡羯漫猖狂。
會待妖氛静，論文暫裹粮。

【集注】

"寄彭"句：時患瘧疾。

"秋來"句：潘安仁有《秋興賦》。　趙云：此篇四句，始叙既不見故人，又身老且愁也。"才盡"字，有兩事：鮑照文辭贍逸，而文帝自謂其文人所莫及，照遂爲鄙言累句，時人以爲"才盡"，其實不然。又，江淹夢丈夫自稱郭璞，曰："吾有筆在卿處多年，可以見還。"淹乃探懷中五色筆授之。自是文絶無美句，人謂之"才盡"。又，任昉晚好著詩，用事過多，属辭不得流便，於是有"才盡"之歎矣。

"詞客"句："詞客"，謂高、岑也，俱以詩名世。

"雲端"句:彭在蜀,虢在南山。

"高岑"二句:沈休文、鮑明遠,言高、岑可與沈、鮑齊驅也。

"舉天"句:富嘉謩爲文,皆以經典爲本,時人欽慕,文體爲之一變。駱賓王嘗作《帝京篇》,當時以爲絶(喝)[唱]。

"近代"句:盧照鄰、王勃也。照鄰爲鄧王典籤,王重其文。勃六歲能文,與二兄才相類,人謂之王氏三珠樹。"悲""惜",言各以才不容於世。

"前賢"句:傷上四人也。

"諸侯"二句:刺史,古之諸侯。庾亮《與郭游書》曰:"別駕與刺史,同流王化於萬里,〔任〕居刺史之半,安可非其人也?"《漢·周昌傳》:"陛下獨奈何中道而棄之諸侯乎?"

"詩好"二句:趙云:自"物情尤可見",至"書成無信將"十六句,因言思二公,轉入稱美之,又以"近代"文人比以爲意,又言二子做官而終以懷之,而欲寄書也。"物情",言世態因"物情"之可見其轉薄,所以"未能忘""詞客"也。"海内"字,如武帝謂吾丘壽王曰:"子自謂海内寡二。"枚乘樂府詩云:"美人在雲端。"(陳案:樂府詩,《玉臺新詠》作"雜詩"。)"意愜關飛動,篇終接混茫",以言二子之詩,其妙如此。《世說》:"左太冲作《三都賦》,初思意甚不愜。"謝靈運《還湖中作》:"慮淡物自輕,意愜理無違。""篇終",則《答賓戲》曰:"孔終篇於西守。"(陳案:守,《文選》作"狩"。)《文賦》曰:"常遺恨以終篇也。""飛動"字,沈佺期於《李侍郎祭文》云:"思合飛動,才冠卿雲"也。"混茫"字,出《莊子》:"古之人在混茫之中也。"富、駱、盧、王,皆文士而不容於世者,以言高、岑作貴官,則比四子爲差得意者矣。"諸侯"以言高適,"半刺"以言岑參,則參必爲今之通判。《漢書》云:"別駕任居刺史之半"也。二人皆以詩名,故曰:"詩好幾時見。""書成無信將",則公在秦州,欲寄書於彭與虢也。

"男兒"二句:《史記·范雎傳》:穰侯謂王稽曰:"得無與諸侯客子俱來呼?"

"羈旅"句:孔、孟皆"羈旅"也。

"一鬼"句:《南史·劉損傳》:劉伯龍將營什一之方,忽見一鬼在傍,拊掌大笑,伯龍歎曰:"貧窮故有命,乃復爲鬼所笑。"遂止。

"隔日"二句:此皆瘧之狀也。

"徒然"二句:俗言避瘧鬼,必伏於幽隙之地,不而即畫易容(兄)〔兒〕。

"何太"句:薛云:按《廣韻》:"龍鍾,竹名。"世言"龍鍾",取此義也。謂其年老,如竹之枝葉搖曳,而不能自禁持也。　新添:《青箱雜記》云:"古語有二聲合爲一字者,如不可爲叵,而已爲耳,蓋起于西域二合之(首)〔音〕也。龍鍾切爲癃,潦倒切爲老,謂人之癃老者,以龍鍾、潦倒目之,音義取此。"《蘇鶚演義》謂:"龍鍾有似反字之音,而呼者當如呼頭爲骷髏,呼脛爲橄定,而世之學者,殆不曉龍鍾、潦倒之意,二三其説,雜然不一。"

"于今"句:趙云:自"男兒行處是",至下句"洮雲片片黄"二十句,轉入公自述其飄泊疾病之事也。"羈旅推賢聖",言"賢聖"皆如此,不獨我也。"沈綿抵咎殃",言其病也。世言"瘧疾"有鬼,故與"瘧疾"而言"一鬼"焉。韓退之有《遣瘧鬼》詩,是已。世言避瘧鬼於閑隙之處,且塗畫面目。而瘧有未效,故于"潛隙地"言"徒然",於"屢"新"粧"言"有覘"。覘者,憗也。《論語》:"如豈徒然哉。"《詩》:"有覘面目。"病則"龍鍾"而"妨"出入。卞和《怨歌》有云:"空山欷歔涕龍鍾。"又(周)王褒《與周弘讓書》云:"援筆攬紙,龍鍾橫集。"則言涕洟之狀。韓退之《醉留東野》云:"東野不得官,白首誇龍鍾。"謂之誇,則放縱之兒。今云"龍鍾",則不健而蹭蹬之意也。

"肉瘦"句:"豺狼",類食暴者。

"隴草"二句:趙云:"盡室在邊疆",若非尚在秦州寄居,則已在同谷寄居矣。"無錢",庾信《擬連珠》云:"智中無學,猶手中無錢。"《左傳》:"盡室以行也。"劉表、龐公事。《後漢》:"龐公者,南郡襄陽人也。居峴山之南,未嘗入城府。荆州刺史劉表數延請,不能屈。表歎息而去。後遂携妻子登鹿門山,因採藥不返。"公蓋以龐公自比,言其將隱不復仕也。"心微傍魚鳥",以言其隱於山水間之事也。嵇康:"遊山水,觀魚鳥,而心甚樂之。"簡文帝云:"每覺魚鳥自來親人。"可以見矣。"肉瘦怯豺狼",言荒山窮谷中,所以"怯豺狼"。或云:以比盜賊。"隴草""洮雲",則恐已在同谷,洮於同谷爲近也。

"虢略"句:虢有湖城,乃"鼎湖"也。　薛云:《史記》:"黄帝採首山之銅，鑄鼎於荊山下，鼎成，乘龍而升天，號鼎湖。"

"更得"二句：言吟詩也。　　趙云：自"彭門劍閣外"至此，以言二公爲官之地也。彭州謂之"彭門"。《漢·郡國志》注："渝縣前有兩石對如關，號曰彭門。""虢略"，言在鼎湖之傍。"荊玉"，正此荊山之玉。荊山，乃在虢、華間也。"荊玉簪頭冷"，爲岑參而言。"巴牋染翰光"，爲高適而言。巴牋，蜀牋也。"烏麻""丹橘"，雖兩處皆有之，而"烏麻"似言蜀地，"丹橘"似言虢中。於"烏麻"言"蒸續曬"，蓋服胡麻之法，九蒸九曝也。"新清否"，言二子之才思"新清"也。"對屬忙"，則詩貴對屬之工矣。

"濟世"二句：毛遂右手招十九人，歃血曰："公等碌碌，所謂因人成事者也。"《家語》：榮啟期曰："貧者，士之常。"

"蚩尤"二句：《史記》："蚩尤最暴，皇帝伐之也。""胡羯"，安、史。

"會待"二句：(陳案：妖，《補注杜詩》《全唐詩》作"祅"。《資治通鑑·漢紀十六》胡三省注："祅，與妖同。")　　《孟子》："行者有裹糧。"言往論文也。　　趙云：自"舊官寧改漢"至末句，言賊必平而反聚也。"舊官寧改漢"，此所謂不圖今日復見漢官威儀，言安、史雖亂，而舊典不改矣。"濟世宜公等"，言二子。"安貧亦士常"，公自言也。"蚩尤"且終取"戮辱"，況"胡羯"敢漫浪爲亂乎？

寄岳州賈司馬六丈、巴嚴八使君兩閣閣老五十韻

衡岳啼猿裏，巴州鳥道邊。
故人俱不利，謫宦兩悠然。
開闢乾坤正，榮枯雨露偏。
長沙才子遠，釣瀨客星懸。
憶昨趨行殿，殷憂捧御筵。
討胡愁李廣，奉使待張騫。
無復雲臺仗，虛修水戰船。
蒼茫城七十，流落劍三千。

畫角吹秦晉，旄頭俯澗瀍。
小儒輕董卓，有識笑符堅。
浪作禽填海，那將血射天。
萬方思助順，一鼓氣無前。
陰散陳倉北，晴熏太白巓。
亂麻屍積衛，破竹勢臨燕。
法駕還雙闕，王師下八川。
此時霑奉引，佳氣拂周旋。
貔虎開金甲，麒麟受玉鞭。
侍臣諳入仗，廄馬解登仙。
花動朱樓雪，城凝碧樹煙。
衣冠心慘愴，故老淚潺湲。
哭廟悲風急，朝正霽景鮮。
月分梁漢米，春得水衡錢。
內蘂繁於纈，宮莎軟勝綿。
恩榮同拜手，出入最隨肩。
晚著華堂醉，寒重繡被眠。
辔齊兼秉燭，書枉滿懷牋。
每覺升元輔，深期列大賢。
秉鈞方咫尺，鍛翮再聯翩。
禁掖朋從改，微班性命全。
青蒲甘受戮，白髮竟垂憐。
弟子貧原憲，諸生老伏虔。
師資謙未達，鄉黨敬何先。
舊好腸堪斷，新愁眼欲穿。

翠乾危棧竹,紅膩小湖蓮。
賈筆論孤憤,嚴詩賦幾篇。
定知深意苦,莫使衆人傳。
貝錦無停織,朱絲有斷絃。
浦鷗防碎首,霜鶻不空拳。
地僻昏炎瘴,山稠隘石泉。
且將棊度日,應用酒爲年。
典郡終微眇,治中實棄捐。
安排求傲吏,比興展歸田。
去去才難得,蒼蒼理又玄。
古人稱逝矣,吾道卜終焉。
隴外翻投迹,漁陽復控弦。
笑爲妻子累,甘與歲時遷。
親故行稀少,兵戈動接聯。
他鄉饒夢寐,失侶自迍邅。
多病加淹泊,長吟阻靜便。
如公盡雄俊,志在必騰騫。

【集注】

　　"寄岳"句:(陳案:閣閤,《補注杜詩》作"閣"。《全唐詩》作"閣"。《說文》:"閣,門旁戶也。""閤,所以止扉也。"《正字通》:"閤,與閣同。")　師云:按:賈至,至德中以中書舍人慰安蒲人,不法,貶岳州司馬。嚴武,至德中以給事中坐房琯事,貶巴州刺史。

　　"衡岳"句:趙云:盧照鄰《巫山高》云:"莫辨啼猿樹,徒看神女雲。"

　　"巴州"句:趙云:《南中八志》曰:"交趾郡治龍編縣,自興古鳥道四百里。蓋以其險絕,獸猶無蹊,人所莫由,特上有飛鳥之道耳。"沈約《憨塗賦》:"依雲邊以知國,極鳥道以瞻家。"李白《蜀道難》亦云:

"西連太白有鳥道"也。

"開闢"句：趙云：言收復二京矣。

"榮枯"句：趙云：言二公不得受聖恩，而謫去也。

"長沙"句：趙云：賈誼謫於長沙。《西征賦》云："賈生，洛陽之才子。"所以比"賈司馬"。

"釣瀨"句：趙云：自首句至此，言二公之謫也。嚴陵釣於七里瀨。嘗與光武同宿，而以足加帝腹。太史占云："客星犯帝座。"所以比嚴君。

"憶昨"句：天子幸行，所止曰"行殿"。　　趙云：自此已下二十句，皆公自言在鳳翔所見，以至收復二京時事也。肅宗即位靈武，而駐蹕於鳳翔，公自賊中竄身至鳳翔見帝也。

"殷憂"句：趙云："殷憂"，出《詩》。"殷"，訓多也。

"討胡"二句：趙云：時吐蕃既侵陷諸州郡，而又請和，故討之未捷，則愁"李廣"；使之未還，則待"張騫"。

"無復"二句：趙云：言行宮草創，故不嚴整法仗也。庾信《哀江南賦》云："猶有雲臺之仗。"漢武帝作昆明池，以習水戰，"虛修"戰船，則亦以吐蕃之故也。

"蒼茫"句：酈食其馮軾下齊七十餘城。

"流落"句：《莊子‧說劍》："昔趙文王喜劍，劍士夾門，而客三千餘人，日夜相擊於前。"　　趙云："蒼茫"者，不安之皃。城有未復者，爲不安也。"流落"，則士卒苦戰有散落者矣。

"畫角"句："吹"：一作"歌"。　　"晉"：一作"塞"。

"旄頭"句："澗瀍"，水也。在伊門間。　　趙云：此言安、史。《前漢‧天文志》："昴爲旄頭，胡星也。"　　師云：時秦雍太原，皆用兵。

"小儒"二句：（陳案：符，《晉書‧載記第十三》作"苻堅"。"字曰艸付"。）　　趙云："小儒""有識"，公自謂也。董卓廢立，凶暴無道，以尚書韓馥等爲刺史。馥等到官，與袁紹十餘人，各興義兵，同盟討卓。"苻堅"事，違衆伐晉，遂至破敗，故爲"有識"所笑。指安、史也。

"浪作"句：《山海經》曰："發日之山，（陳案：日，《山海經》作'鳩'。）有鳥名精衛，赤帝之女。往遊東海，溺而死，不返，化爲精衛，常取西山木石，以填东海。"

"那將"句：《商本紀》："帝乙無道，爲偶人，謂之天神。與之博，令人爲行。偶人不勝，乃僇辱之。爲革囊盛血，仰而射之，命曰射天。獵於河渭之間，暴雷，震死。"　　趙云：言安、史不知量也。

"萬方"二句：言得衆助，故所向無不勝也。《左傳》：曹劌曰："夫戰，勇氣也，一鼓作氣。"　　趙云：《（亦）[易]》曰："天之所助者，順也。"《莊子》："舉之無前，運之無旁。"

"陰散"二句：陳倉郡，陳寶鳴雞在焉，北近長安也。"太白"，山名。　　趙云：言將復京師也。"陳倉"，鳳翔之屬縣，其北乃長安。太白山在鳳翔。"陰散""晴熏"，則妖氛除而佳氣生也。　　師云：皆屬鳳翔，言肅宗駐蹕鳳翔也。

"亂麻"二句：《武五子贊》："秦始皇即位三十九年，内平六國，外攘四夷，死人如亂麻，暴骨長城之下。"衛地，河北相、衛間也。《杜預傳》："今兵威已振，勢如破竹，數節之後，皆迎刃而解。"燕地，范陽，禄山巢穴也。　　趙云：言王師之勝賊於衛，又將臨賊之窟穴也。

"法駕"句：天子還京也，《西都賦》："乘鸞輿，備法駕。"

"王師"句：見"八水散風濤"注。　　趙云：自"法駕還雙闕"而下十八句，言車駕還長安府見之事也。《先聖本紀》曰："許由欲觀帝意，曰：'帝坐華堂，面雙闕，君之榮願亦得矣。'""八川"，涇、渭、灞、滻、鄷、鄗、潦、潏，長安水名。長安既復，而車駕已還，則"王師"又"下八川"，以守東京也。

"此時"二句：《光武紀·論》："望氣者，蘇伯阿爲王莽使至南陽，望見舂陵，郭啽曰：'氣佳哉，鬱鬱葱葱然。'"　　趙云：公爲拾遺，《唐·百官志》曰："左拾遺六人，從八品上，掌供奉諷諫。"故云"霑奉引"。"佳氣"，佳哉！安城而"周旋"不散也。（陳案："佳氣"，佳哉！安城，《杜詩引得》作"佳气拂長安城"。）

"貔虎"句：（陳案：甲《全唐詩》同。一作"匪"。《杜詩詳註》："《刊》作匪，非。"）　《書·牧誓》："如虎如貔。"蔡文姬詩曰："金甲耀日光。"

"麒麟"句：《涼州記》："咸寧二年，發張駿陵，得鞭，飾以珊瑚。"晋明帝以七寶鞭，與賣食嫗，即"玉鞭"。或有之，但未之所出也。"

趙云："麒麟"，以言御馬。今按蘇鶚《杜陽〔雜〕編》："代宗常賜郭子儀九花虬馬并紫玉鞭轡。"則有"玉鞭"明矣。又：上嘗幸興慶宮，於複壁間得寶匣，匣中獲玉鞭。鞭末有文，云"軟玉鞭"，即天寶中異國所獻。光可鑑物，節文端嚴。雖藍田之美，不能過也。屈之則頭尾相就，舒之則頭尾如繩。雖以斧鑽鍛斫，終不傷缺。上歎爲異物，遂以聯蟬繡爲囊，碧玉絲爲鞘。此"玉鞭"事也。

"侍臣"二句：《杜補遺》云：《唐六典》"乘黃廄"注："《淮南子》云：'天下有道，飛黃伏皁。'""乘黃"，獸名，龍翼馬身，黃帝乘之而"仙"，後因以名"廄"。　　趙云：前云"無復雲臺仗"，則以行宮禮數未全。今則法仗復備，皆"侍臣"所舊"諳入"者矣。　　師云：杜子美爲爲拾遺，賈、嚴爲給舍，皆爲侍臣"奉引"也。（晋）曹攄詩："侍臣先入仗。"

"花動"二句：江淹詩："碧樹露芊芊，生煙紛漠漠。"　　趙云：此又以紀景物之勝。馮衍《顯志賦》："伏朱樓而四望。"言"雪"，則車駕還長安，乃十月。叙其所見矣。"碧樹"，則江淹云："碧樹先秋落。""凝"字，如顏延年云："空城凝寒雲。"

"衣冠"句：顏延年詩："衣冠終冥漠，陵邑轉蔥青。"

"故老"句：《九歌》："橫流涕兮潺湲。"　　趙云：此則喜極而感也。

"哭廟"句：見"及夫哭廟後"注。

"朝正"句："朝正"，元旦朝會也。　　趙云："哭廟"，以成"故老淚潺湲"之實。"朝正"，以成"衣冠心慘愴"之實。　　師云：此言"法駕"還京師時。

"月分"句："梁漢"間所出貢米，月分廩給也。　　師云：謝承《後漢書》："章帝分梁漢儲米給民。"

"春得"句：趙云：上句言百官廩給之足，下句則又言蒙賜予之優。《漢》：宣帝本始二年春，以水衡錢爲平陵徙民起第宅。應（邵）〔劭〕曰："水衡與少府，皆天子私藏爾。"縣官公作當仰給司農，今出"水衡錢"，言宣帝即位，爲異政也。

"內藥"句："內藥"，宮花也。

"宮莎"句：（陳案：莎，《全唐詩》同。一作"花"。《杜詩詳注》："俗本作花，非。"《玉篇》："莎，草也，薃。"）　　趙云：此又以言春時之景物。

"恩榮"句：入：一作"處"。　　《書》：皋陶曰："拜手稽首。"《禮》："五年以長，則肩隨之。"　　趙云：自此而下二十句，公言其初與賈、嚴同在禁掖，而賈、嚴被遣，獨留在班。既敍述其身矣，且有懷二子，故腸斷眼穿也。

"晚著"四句：趙云："著"，音直略切。"翺齊"，并翺而行也。"書柱"，在禁掖時往來書尺也。　　師云：此言與賈、嚴通班聯時事。

"每覺"二句：趙云：所以極言二公才器，可爲宰輔也。

"秉鈞"句：《詩》："秉國之均。"

"鍛翮"句：顏延年《詠嵇中散》云："鸞翮有時鍛。"　　趙云：言爲宰輔不遠，而乃謫去，如鳥之"鍛翮"也。《史》言："執樞秉鈞。""鍛"，音所介切。《淮南子》云："飛鳥鍛羽。"注云："鍛，殘羽也。"江文通《擬鮑照》詩云："鍛翮由時至。"

"禁掖"句：改，一作"換"。

"青蒲"句：受：一作"就"。　　《漢》：元帝疾，史丹以親密侍疾，候上寢，直入臥內，頓首伏"青蒲"諫。

"白髮"句：左太冲："馮唐豈不偉，白首不見招。"　　趙云：公以拾遺爲職，常有諫諍之心，故用"青蒲"事。"白髮"字，謝靈運詩："青青白髮垂。"

"弟子"句：見"難甘原憲貧"注。

"諸生"句：（陳案：伏，《全唐詩》同。一作"服"。《說文通訓定聲》："服，叚借爲伏。"）　　見"諸儒引伏虔"注。　　趙云：公以"貧"自比"原憲"，以"老"比"伏虔"也。《莊子》：原憲居魯，子貢往見，曰："嘻，先生何病？"應之曰："憲聞之，無財謂之貧，學而不能行謂之病。憲，貧也，非病也。"子貢逡巡而有愧色。以其孔門之列，故曰"弟子"。"伏虔"事，《本傳》雖無"老"文，而《傳》云："少以清苦建志，入太學受業，有雅才。"公蓋自比爲虔之"老"者也，以其入太學受業，故曰"諸生"。

"師資"二句：趙云：公以它人侍之以"師資"，然自謙爲未達。《老子》曰："善人，不善人之師；不善人，善人之資。"孔子於季康子饋藥，曰："丘未達，不敢嘗也。"下句言"鄉黨"之人，將敬父兄而已乎？抑先敬有道德之人也？《孟子》載：孟季子問公都子曰："鄉人長于伯兄一歲，則誰敬？"曰："敬兄。""酌則誰先？"曰："先酌鄉人。"兩句皆參取字，出以爲語耳。

"舊好"二句：謝靈運："楚人必昔絕，越客腸今斷。"鮑明遠："行子心腸斷。"　趙云：公懷二公也。

"翠乾"二句：湖：一作"池"。　趙云：自此而下二十句，以言嚴、賈所居之地，所成之制作，因戒之以防患，而終之以天理難喻也。"危棧竹"，以指嚴八之巴州，在棧閣之外也。"小湖蓮"，以指賈六之岳州，多陂湖，有蓮也。湖，一作"池"，非。

"賈筆"句：韓非作《孤憤》，屬賈司馬。

"嚴詩"句：屬嚴使君。　趙云：賈曰"筆"，以能文。嚴曰"詩"，以能詩。《南史》有"三筆六詩"，故也。

"貝錦"句：《詩》云："萋兮斐兮，成是貝錦。"言譖人不已也。

"朱絲"句：趙云："貝錦"，以喻讒也。鮑照詩："直如朱絲絃。"鍾子期死，伯牙絕絃。公詩句歎二子無知音，而戒之也。　師云：言直道不行，爲讒人所譖。

"浦鷗"二句：趙云：謂二子如"浦鷗"，言官如"霜鶻"，既"不空拳"，期於必中，則鷗當有"碎首"之防，（陳案：鶻，《補注杜詩》作"鷗"。）戒之至也。

"地僻"二句：趙云：上句言岳州近南爲有"瘴"矣，下句言巴州在亂山間也。謝靈運詩："巖峭嶺稠疊。"

"且將"句：趙云：既戒之以勿使所作詩傳播，恐因掇禍，而"炎瘴"之地，亂山之間，復何爲哉？以"蓂""酒"爲事而已。

"典郡"句：嚴使君也。

"治中"句：《晉・職官志》："州置別駕、治中、從事。"　趙云："治中"，"治"從平聲。二公既在禁掖而出，斯爲"微眇""弃捐"矣。

"安排"二句：趙云：《莊子》："安排去適，乃入于寥天一。"（陳案：適，郭象《莊子注》作"化"。）莊子爲漆園吏而放傲，故時呼之爲"傲吏"。"求傲吏"，則"安排"之理，求之於是人也。陶淵明作《歸去來辭》曰："田園將蕪胡不歸。"言二公之"比興"，但展舒其"歸田"之思，則可矣，皆所以（成）[戒]之也。《詩》：三曰比，四曰興。顏延年詩：

"我故非傲吏。"

"去去"二句:趙云:"去去"之語,如去國之義。《古詩》云:"去去復去去。"《莊子》曰:"天之蒼蒼,其正色耶?""理又玄",則前所謂天理難喻也。玄者,玄妙之玄。《老子》曰:"玄之又玄。"

"古人"二句:"終",窮也。吾道窮於此乎? 趙云:自此而下十二句,轉入公自敍述羈旅之迹。言"古人"不復見,則若終身於隱淪矣。《漢書》:高祖曰:"吾亦從此逝矣。"孔子曰:"吾道其非邪?"史云:"有終焉之志。"(陳案:史,當爲《國語·晉語四》。)

"隴外"二句:趙云:上句,實紀其寓居也。下句,指言安慶緒再盛也。《匈奴傳》:"控弦之士十萬。"子美言棄官居秦"隴",而"漁陽"復阻兵也。

"親故"句:時亂而離散,故"親故""稀少"。

"兵戈"句:接迹聯屬,言充斥也。

"多病"二句:趙云:謝靈運《始寧墅》詩:"拙疾相倚薄,還得靜者便。" 師云:張協書:"養病日多,亦愛靜便。"

"如公"二句:趙云:此言二公不久當復用也。一作云:"公如盡憂患,何事有陶甄。"句法費力,非是。然不應押兩"騫"乎。

寄張十二山人彪三十韻

獨臥嵩陽客,三違潁水春。
艱難隨老母,慘澹向時人。
謝氏尋山屐,陶公漉酒巾。
群兇彌宇宙,此物在風塵。
歷下辭姜被,關西得孟鄰。
早通交契密,晚接道流新。
靜者心多妙,先生藝絕倫。
草書何太古,詩興不無神。

曹植休前輩，張芝更後身。
數篇吟可老，一字買堪貧。
將恐曾防寇，深潛託所親。
寧聞倚門夕，盡力潔殘晨。
踈懶爲名誤，驅馳喪我真。
索居猶寂寞，相遇益愁辛。
流轉依邊徼，逢迎念席珍。
時來故舊少，亂後別離頻。
世祖修高廟，文公賞從臣。
商山猶入楚，源水不離秦。
存想青龍秘，騎行白鹿馴。
耕巖非谷口，結草即河濱。
肘後符應驗，囊中藥未陳。
旅懷殊不愜，良覿眇無因。
自古皆悲恨，浮生有屈伸。
此邦今尚武，何處且依仁。
鼓角凌天籟，關山信月輪。
官塲羅鎮磧，賊火近洮岷。
蕭索論兵地，蒼茫鬭將辰。
大軍多處所，餘孽尚紛綸。
高興知籠鳥，斯文起獲麟。
窮秋正搖落，迴首望松筠。

【集注】

　　"獨卧"句：陽，一作"雲"。

　　"艱難"二句：趙云：此言張山人自"潁水"而隱"嵩陽"，與母同在也。"違"者，離也。《吕氏春秋》載："戎夷者，違齊如魯。"言卧于"嵩陽"而離潁,已三年也。《左傳》云:"險阻艱難,備嘗之矣。"

"謝氏"句:謝靈運好登山,常著木屐,上山則去前齒,下山則去後齒。

"陶公"句:陶潛在家,酒熟,取頭上葛巾漉酒,畢,還復著之。

"群兇"二句:若使之遇時,則必能自致,因寇亂,故"在風塵"。

趙云:此言其雖"屐"與"巾",亦因艱亂而弃也。"此物"字,出《選·古詩》,言奇樹曰:"此物何足貴,但感別經時。"《後漢》:陳蕃上疏曰:"群凶側目,禍不旋踵。"

"歷下"句:(陳案:辭,《四庫全書》本作"亂"。形訛。《補注杜詩》《全唐詩》作"辭"。)　見"醉眠秋共被"注。

"關西"句:見"芬芳孟母鄰"注。　趙云:自此至"盡力潔殂晨",自述其初離齊地,與張相見(芬)[於]"關西"爲鄰居,乃迤邐鋪陳張山人之能書能詩,且以逃寇侍母也。《後漢》:姜肱有兄弟四人,居貧,作一大布被而共之。公之諸弟在濟州,言"辭姜被",則別其弟之時也。孟子之母爲孟子擇鄰,今翻言"得孟鄰",則公"關西"之居,必近張山人。山人有母,故云"孟鄰"。

"早通"四句:趙云:九流有道家者流。謝靈運詩:"拙疾相倚薄,還得靜者便。"傅武仲《舞賦》云:"姿絶倫之妙態。"

"草書"句:"何太古",一作"應甚苦"。

"曹植"二句:趙云:曹植以終言其詩之"神",張芝以終言其草書之"古"。《選》有云:"喜謗前輩。"又(梁)張纘《別離賦》曰:"太常劉侯,前輩宿達。"佛書有前身、今身、後身之説。

"數篇"四句:師云:鐘嶸評陸機詩云:"驚心動魄,幾於一字千金。"　趙云:《老子》:"將恐歇。"鍾繇云:"張樂於洞庭之野,鳥值而高翔,魚聞而深潛。"見本朝《淳化法帖》也。

"寧聞"句:薛包事母至孝,凡出入必有時,未嘗違也。至期,母必倚門望之,包必至矣。　趙云:《戰國策》:齊王孫賈之母謂賈曰:"汝朝出而晚來,則吾倚門而望汝。"舊注所引在後矣。

"盡力"句:束晳《補亡·南陔詩》云:"馨爾夕膳,潔爾晨飧。"

"踈懶"句:嵇康《書》云:"性復踈懶。"

"驅馳"句:趙云:自此至"亂後別離頻",又自序其流落與張相別也。

"索居"句：猶：一作"尤"。　《禮》："離群索居。"

"相遇"句：江淹《擬嵇康詩》："鍾鼓或愁辛。"　趙云：《漢書·揚雄傳》："惟寂寞，自投閣。"師民瞻本取"尤寂寞"，是。《詩》云："邂逅相遇。"

"流轉"句：〔徼〕：一作"境"。　師云："時子美居秦。"

"逢迎"句：《儒行》："儒有席上之珍，以待聘。"

"世祖"句：《後漢》："光武立高廟于洛陽，四時祫祀。高帝爲太祖，一歲五祀。"

"文公"句：《左傳》："晉侯賞從亡者，介之推不言祿。"　趙云：自此至"囊中藥未陳"，言肅宗反正，張山人雖隱者，亦可施其術也。

"商山"句：見"羽翼懷商老"注。

"源水"句：（陳案：源，《全唐詩》同。一作"湍"。《杜詩詳註》作"渭"。一作"源"。）　離：一作"知"。　見"欲問桃花宿"注。

趙云："商山"，指言四皓隱處。"源水"，指言桃源。"商山"在商州。張儀說楚絕齊而交秦，請獻商於之地六百里於楚。其後，止云六里。楚王怒，使屈匄擊秦而敗。"商山"即商於之地也。"桃源"在武陵，今之鼎州，秦人避地之所。謂如商山可隱，縱使猶或入爲楚地，而桃源者，雖避地於此，然其地終是秦地焉。以譬張山人之隱淪，當此肅宗之時，皆唐宇宙之内耳。師民瞻本作"渭水不離秦"。夫渭水，長安八水之一，與七水俱在秦矣，獨於"渭"言"不離秦"，似無意義。

"存想"句："青龍"，道家存想之術。

"騎行"句：周義真入龍嶠山，見羡門子乘白鹿而行。

"耕巖"句：《揚子》："谷口鄭子真，耕于巖石之下。"

"結草"句：河上公，不知姓，"結草""河濱"，讀《老子》。漢景帝親問道，以《素書》授帝。　趙云：言張山人之"耕巖"，儻非似鄭子真之"谷口"，則所結茅屋，必如河上公之在"河濱"矣。

"肘後"句：葛稚川有《肘後方》數卷。《神仙傳》："張道陵弟子趙昇，七試皆過，乃授《肘後丹經》。"

"囊中"句：《後漢》："王和平，性好道術，自以當仙，孫邕少事之。會和平病歿，邕葬之。有書百餘卷、藥數囊，悉以送之。後人言其尸解，邕恨不取其仙藥寶書。"

"旅懷"二句：謝靈運："引領冀良覿。"　　趙云：自此至"餘孽尚紛綸"，公言旅寓與張公相遠，而時猶未清，尚在兵戈，蓋安慶緒猶在也。左太冲《三都賦》："初意思不愜。"《雪賦》："傷後會之無因。"

"浮生"句：《易》："屈伸相感，而利生焉。"

"此邦"句：今：一作"全"。

"何處"句：《語》："依於仁。"　　趙云：《古詩》云："土風尚其武。"

"鼓角"句：《莊子》云："汝聞地籟而未聞天籟。"

"關山"句：(陳案：信，《全唐詩》同。一作"倚"。)　　《古今注》："有月重輪。"　　趙云：地籟則比竹是已。"天籟"，則衆竅是已。古有《關山月》之曲。王褒詩云："無復漢地關山月。"

"官場"二句：場：一作"壕"。　　"洮岷"，地名，屬隴右。　　趙云："官場"，言官之戰場也。一作官壕。"鎮磧"字未詳。用對洮岷，乃洮州、岷州，則鎮、磧是兩字也。

"蕭索"二句：兵：一作"功"。　　趙云：陸瑜《仙人覽六箸篇》："避敵情（畏）[思]巧，論兵勢重新。""蒼茫"，荒寂之皃。

"高興"句：潘岳《秋興賦》："猶池魚籠鳥，而有江湖山藪之思。"

"斯文"句：趙云：此兩句一以譬張山人之不得已，一以言張山人之著書。如孔子《春秋》起于獲麟，太史公《史記》亦然。

"窮秋"二句：趙云：言相思之時，正值秋之"搖落"。而望彼"松筠"，能保歲寒，亦因時以寓意也。宋玉云："草木搖落而變衰。"

寄李十二白二十韻

昔年有狂客，號爾謫仙人。
筆落驚風雨，詩成泣鬼神。
聲名從此大，汩没一朝伸。
文彩承殊渥，流傳必絕倫。
龍舟移棹晚，獸錦奪袍新。

白日來深殿,青雲滿後塵。
還山優詔許,遇我宿心親。
未負幽棲志,兼全寵辱身。
劇談憐野逸,嗜酒見天真。
醉舞梁園夜,行歌泗水春。
才高心不展,道屈善無鄰。
處士禰衡俊,諸生原憲貧。
稻粱求不足,薏苡謗何頻。
五嶺分蒸地,三危放逐臣。
幾年集鵩鳥,獨泣向麒麟。
蘇武先還漢,黃公豈事秦。
楚筵辭醴日,梁獄上書辰。
已用當時法,誰將此義陳。
老吟秋月下,病起暮江濱。
莫怪恩波隔,乘槎與問津。

【集注】

"昔年"二句:賀知章,會稽人,自號四明狂客。見白文章,乃歎曰:"子謫仙者也。"

"筆落"二句:驚:一作"聞"。　　趙云:《白別傳》曰:"白初自蜀至京師,賀知章聞其名,首訪之。見其《烏栖曲》,歎曰:'此詩可以泣鬼神。'""筆落"字,《王子敬傳》:"桓溫嘗使書扇,筆誤落,因畫作烏駮牸牛之妙。"(陳案:"之",《晉書》作"甚"。)公借字用耳。今云"驚風雨",言其如風雨之快疾,爲可驚也。孟浩然詩:"刻燭限詩成。"

"聲名"二句:史記:知章言白於玄宗,召見金鑾殿,奏頌一篇。賜食,帝爲調羹,召供奉翰林。(陳案:史記,爲《新唐書》。)

"文彩"二句:(陳案:絕,《四庫全書》本作"編"。形訛。《補注杜詩》《全唐詩》作"絕"。)　　帝常召白爲樂章,白已醉,援筆成文,婉麗精巧,無留思。帝愛其才,數宴見。　　趙云:"絕倫"見上注。

"龍舟"句:趙云:范傳正《李翰林新墓碑》曰:"玄宗泛白蓮池,公不在宴。明皇歡既洽,召公作序。白既被酒於翰苑中,命高力士扶以登舟。"今句蓋言停舟以待白至。

"獸錦"句:《白外傳》:"李白作樂,上賜以錦袍。"　　趙云:武后時,使東方虬、宋之問輩賦詩。東方虬詩成,賜以錦袍矣,之問繼進,而詩尤工,於是奪錦袍以賜之。故用此兩字,言非特初賜,而又加奪之者也。

"白日"二句:師云:鮑照《舞鶴賦》:"逸翩後塵。"注言飛之疾,塵反居後。此言致身(享)[亨]衢,"青雲"在下也。　　趙云:上句則《易》所謂晝日入宮之意。(陳案:"入宮",《周易注疏》作"三接"。)下句言其貴寵,致身"青雲"也。應瑒與桓玄書:"敢不策馳,敬尋後塵。"

"還山"句:(陳案:"還山",《補注杜詩》《全唐詩》作"乞歸"。)白爲高力士所譖,自知不爲親近所容,懇求還山,帝賜金放還也。

"遇我"句:宿:一作"夙"。　　白與子美等八人,爲苑中八仙。趙云:公與李白平生相好,於公集中屢有與白詩可見矣。舊注云八仙者,子美豈在其中邪?

"未負"二句:(陳案:未,《四庫全書》本作"永"。形誤。《補注杜詩》《全唐詩》作"未"。)　　負:一作"遂"。　　趙云:謝靈運詩:"資此永幽棲,豈伊年歲別。"《老子》云:"寵辱不驚。"

"劇談"二句:趙云:《世說》:人問支道林曰:"何處來?"云:"今日與謝守劇談一出來。"揚雄家貧,嗜酒。

"醉舞"句:謝莊《雪賦》:"梁王不悅,游于兔園。"今汴州乃梁園故地。　　趙云:(梁)沈約《九日》四言詩曰:"葉浮楚水,草折梁園。"

"行歌"句:孔子行歌於泗水之上。"泗水",今泗州是也。　　趙云:泗水、梁園,皆白之所曾遊也。

"才高"二句:趙云:(魏)應璩《書》有云:"意不宣展。"(宋)謝靈運詩:"折麻心莫展。"孔子曰:"德不孤,必有鄰。"《左傳》曰:"親仁善鄰。""善無鄰",蓋言無有善之而爲鄰者,此道之所以屈也。

"處士"二句:趙云:此以比白也。《鸚鵡賦·序》云:黃祖之子射,賓客大會。有獻鸚鵡者,舉酒於衡前曰:"禰衡士,(陳案:'衡',《初學記》作'處'。)今日無用娛賓,願先生賦之。""原憲",孔門弟子,故謂之諸生。

"稻粱"句:(陳案:不,《補注杜詩》《全唐詩》作"未"。) 《廣絕交論》:"分鴈鶩之稻粱。"

"薏苡"句:趙云:馬援征交趾,載薏苡種還。人謗之,以爲明珠大貝。此言永王璘反,而譖者以白與其謀也。

"五嶺"二句:(陳案:分,《補注杜詩》《全唐詩》作"炎"。) 見"雲山分五領,風雨多三苗"注。(陳案:二句,《野望》作"雲山兼五岭,風壤帶三苗"。) 趙云:夜郎與廣南相接,故用"五嶺"字。《書》:"竄三苗於三危。""三危"在西,故特以比之。

"幾年"句:(陳案:集,《補注杜詩》《全唐詩》作"遭"。) 賈誼作長沙王傅,不得志,有鵩集於舍上,遂作《鵩賦》。

"獨泣"句:王翰《古蛾眉愁》曰:"朝朝泣對麒麟樹,堵下蒼苔日漸斑。"(陳案:"朝朝""堵",《全唐詩》《樂府詩集》作"朝晡""樹"。) 趙云:孔子見麟而泣,曰:"出非其時,吾道窮矣。"王翰與公同時人,豈遂用其詩乎?

"蘇武"句:見"握節漢臣回"注。 趙云:此以比白之得還,比武則先也。《白傳》云:"會赦,還潯陽。"

"黃公"句:趙云:"黃公",四皓之一者,避秦隱居商山。比白之不妄從永王璘也。

"楚筵"句:趙云:以言白在永王璘時,如穆生見楚王,待之不設醴,知幾而辭行也。

"梁獄"句:趙云:以言白在永王璘時,如梁孝王下鄒陽於獄,而鄒陽上書也。此皆永王璘本待白之薄,而白豈與其謀哉?

"已用"二句:趙云:言白之無罪,當時不能省察,遂以白爲與謀,而施之以法。誰人用"辭醴"與獄中"上書"爲之陳說也?白會赦放還,乃普天之恩也。朝廷元未知白之本不污耳,故以此明之。按《白傳》:永王璘辟爲府僚佐。璘敗兵,白逃歸彭澤,又赦還潘陽,(陳案:"潘",《補注杜詩》作"潯"。)坐事下獄。後宋若愚將兵赴河南,道潯陽,釋白因,辟爲參謀。

"莫怪"二句:趙云:上兩句蓋公自言具如此。末句蓋言如白之才器,當蒙上知,而"恩波"頓隔,欲上天與問之也。公於老吟病起之中,思念白而起無怪之感。無怪,則本可怪之矣。(梁)丘遲《侍宴應召詩》曰:"參差別念舉,肅穆恩波被。""乘槎"事,見《博物志》:"孔子使子路問津。"又宋之問《明河記》曰:"明河可望不可親,願得乘槎一問津。"(陳案:"記",《全唐詩》作"篇"。)

卷二十一

(宋)郭知達 編

近體詩

蜀　相

丞相祠堂何處尋？錦官城外柏森森。
映階碧草自春色，隔葉黃鸝空好音。
三顧頻煩天下計，兩朝開濟老臣心。
出師未捷身先死，長使英雄淚滿襟。

【集注】

《蜀相》：趙云：孔明在《蜀志》，固云丞相亮矣。而"蜀相"兩字，如《吳志‧嚴峻傳》云："峻嘗使至蜀，蜀相諸葛亮深善之。"故以"蜀相"爲題。

"丞相"二句：《蜀‧諸葛亮傳》："先(生)[主]建安二十六年即帝位，册亮爲丞相，録尚書事。""祠堂"，孔明廟也。成都府城，亦呼爲錦官城，以江山明麗錯雜如錦也。廟有古柏，武侯手植之。　趙云：或以其有錦官，如銅官、鹽官之類，其説亦是。不然，止取"錦"而已，何以更有"官"字乎？亮祠堂前有古柏，世傳亮手植，既無所據，亦未必然。若《夔州絶句》云："武侯祠堂不可忘，中有松柏參天長。"豈亦是手植乎？庚子嵩目和嶠："森森如千丈松，雖磊砢有節目，施之大廈，有棟梁之用。"今於"柏"言"森森"亦可矣。

"映階"二句：空：一作"多"。　江文通《別賦》："春草碧色。"《詩‧泮水》："懷我好音。"王僧達詩："楊園流好音。"　趙云：兩句見公來此祠廟時，乃"春"也，故即春之景物言之，謂其人已忘，而物空"自春"耳。"空"與"自"兩字句法，起於何遜《行經孫氏陵》詩："山鶯空曙響，壟月自秋暉。"其後丁仙芝《霍國公主舊宅》云："林閑花自落，門閉水空流"也。若"春色"字，則《選》詩云："春色滿皇州。"

"三顧"句：《本傳》云：時先主屯新野，徐庶謂先主曰："諸葛孔明，臥龍也，將軍豈願見之乎？"先主曰："君與俱來。"庶曰："此人可就見，不可屈致也，將軍宜枉駕顧之。"由是先主遂詣亮，凡三往乃見。又亮上疏曰："先主不以臣卑鄙，猥自枉屈，三顧于草廬之中。"言先主之自見亮，亮爲先主而仕，皆爲天下大計也。　　趙云："頻煩"，數數之義。字則如晉庾亮《辭中書令表》曰："頻煩（者）[省]闥，出總六軍。"又如元魏彭城王勰曰："臣猥何人，頻煩寵授？"其見于詩，則如（亮）[庾]信《奉和法筵應詔》詩云："覉臣從散木，無以預頻煩。"（陳案：頻煩，《庾子山集》作"中天"。）又，潘尼《贈張仲治》詩："張生拔幽華，頻煩登二宮。"

"兩朝"句：先主于永安病篤，召亮屬以後事，謂亮曰："君才十倍曹丕，必能安國立定大事。若嗣子可輔，輔之；如其不才，君可自取。"亮泣曰："臣敢竭股肱之力，效貞信之節，繼之以死。"又亮《表》云："興漢室，還於舊都，此臣所以報先帝而忠陛下之職分也。""兩朝"，謂先主及禪也。　　趙云：張華《游俠篇》云："信陵西反魏，秦人開濟疆。""開"，開豁其謀。"濟"，謂濟遂其事。"兩朝開濟"，以言孔明之事，主其"開濟"者，乃孔明所以爲"老臣"之心也。趙左師觸龍曰："老臣賤息舒祺最少。"《晉書·桓宣傳》稱宣"開濟篤素"。

"出師"二句：未捷：一云"未用"，又云"未戰"。　　閔其志不遂也。《本傳》云："十二年春，亮悉大衆，由斜谷出，據武功五丈原，與司馬宣王對於渭南，相持百餘日。其年八月，亮疾卒於軍。"　　趙云：悼之深矣。亮有《出師表》。《選》有云："涕淚沾襟。"而"滿襟"，則"盈襟"之變也。

卜　居

浣花流水水西頭，主人爲卜林塘幽。

　　　　已知出郭少塵事，更有澄江銷客愁。
　　　　無數蜻蜓齊上下，一雙溪鶒對沉浮。
　　　　東行萬里堪乘興，須向山陰上小舟。

【集注】

　　《卜居》：屈原作《卜居》一首。原往太卜鄭詹伊家，卜己宜何所居，因述其詞。《成都記》：草堂寺，府西七里、浣花亭三里，寺極宏麗，有名僧履空居其中。杜員外居處逼近，常恣游焉。　　鮑云：上元元年，歲次庚子，公年四十九，在成都。劍南節度使裴冕，爲卜成都西郭浣花溪作草堂居焉。所謂"主人爲卜林塘幽"是也。前注爲嚴武，非是。

　　"浣花"句：流，一作"之"。　　浣花，溪名。

　　"主人"句：主人，嚴武也。　　趙云：世傳崔寧妻任國夫人，逢一異僧，濯其袈裟於是溪，鮮花滿水，因得名浣花溪。學者以爲然，殊不知崔寧者，崔旰也。公於永泰元年離成都，正聞喪亂，（陳案："喪"，《杜詩引得》作"其"。）而公之卜居先在今春，已有浣花之名，舊矣。公之居在水之東岸江流曲處，公詩所謂"田舍清江曲"是也。其址既蕪沒，本朝呂汲公鎮成都日，想像典型於西岸佛舍，曰："梵安寺之旁，爲草堂焉。"又詩所謂"主人"，學者多指爲嚴武，大非也。嚴武鎮蜀之歲月，（矣且）[已具]《西郊》篇注，又"主人"之云，豈可便指府尹邪？或地主或所館置之人，皆可呼矣。《列子》云："逆旅之主人。"《莊子》云："主人之鴈。"《史》載：太公就齊封而行遲，主人曰："客何懶也。"觀此，則主人之義明矣。

　　"已知"二句：（梁）張纘《啟》："常願卜居幽，僻屏避諠塵。"謝玄暉詩："澄江淨如練。"曹子建詩云："誰與銷愁？"　　趙云：爲才卜居，所以有"已知"之語。孟浩然："平田出郭少，盤坂入雲長。"陶淵明云："閑居三十載，遂與塵事冥。""客愁"字，黃魯直嘗云："客愁非一種，歷亂如蜂房。"意其止出於杜公，而祖出未見，以俟博聞。

　　"無數"二句：趙云：雖"無數""一雙"字，至易至熟，若無所出，而"無數"字，如《禮》云"哭踊無數"，及云"修爵無數"也。"一雙"字，如賜虞卿白璧一雙也。"蜻蜓""上下"，今水面多然，乃二月已有之矣。

（梁）簡文帝《晚春》詩曰："花留蛺蝶粉，竹翳蜻蜓珠。"此"蜻蜓"之見于前人也。《吳都賦》云："溪鶒鸀鳿，泛濫其上。"此"溪鶒"之見於前人也。彼"溪"字加"鳥"，"鶒"字以敕在"鳥"傍，出乎俗字耳。按：《雜談錄》："唐河南伊闕縣前大溪，每僚佐有入臺者，即水中先有小灘漲出，石礫金沙，澄澈可愛。丞相牛僧儒爲尉，一旦報灘出，翌日邑宰與同僚，列筵于亭上觀之。有老吏云：'此必分司御史，非西臺之命。若是西臺，溪上當有溪鶒雙立。'僧孺自負，因舉酒曰：'既能有灘，何惜一雙溪鶒？'宴未終，俄而有溪鶒雙下。不旬日，拜西臺監察。"又若"齊""上下""沉浮"，其"上下"字，神農時，雨師至崑崙山，隨風而上下；"沉浮"字，雖祖出《詩》云："泛泛揚（州）[舟]，載沉載浮。"而連字則《吳都賦》之言魚云："（葦）[葺]鱗鏤甲、噞喁沉浮"，亦（使）[欲]使學者知公無兩字無來處矣。

　　"東行"二句：上：一作"入"。　　蜀有萬里橋，在浣花之東，昔孔明送吳使至此曰："萬里之行，從此始矣。"因是得名。"乘興"，欲倣王子猷月夜泛舟，謁（載）[戴]安道也，故有下句。"山陰"，王子猷所居之地。　　趙云：公言或"乘興"之間，則徑須要向往"山陰"倣王子猷乘舟矣。"向"字與上"向草堂"之"向"義同。公身在成都，便欲往吳地之"山陰"，似乎大遠，蓋以因"萬里"之名而起興故耳。

一　室

一室他鄉遠，空林暮景懸。

正愁聞塞笛，獨立見江船。

巴蜀來多病，荆蠻去幾年。

應同王粲宅，留井峴山前。

【集注】

　　"一室"二句：遠：一作"老"。　　《後漢》：陳蕃曰："大丈夫處世，當掃除天下，安事其一室乎？"江文通詩："秋日懸清光。"　　趙云：張景陽《雜詩》："鳴鶴聆空林。"《古詩》："他鄉各異縣"也。

"正愁"二句：趙云："塞笛"，指言白帝城上笛也。

"巴蜀"二句：年：一作"千"。 《成都記》：其西即隴之南首，故曰隴蜀。以與巴接，復曰"巴蜀"。"荆蠻"，荆楚也。《詩》："謂之蠻荆。"太史公："余讀春秋古文，乃知中國之虞，與荆蠻、句吳，兄弟也。"

趙云：公自同谷入蜀，之梓，之閬，又自蜀來夔，故云"巴蜀"。而樂史《寰宇記》載"山自裂以表巴、蜀分界"事，則巴與蜀相連之地也。公雖在秦，每欲適楚；今至夔矣，自問其自此將適荆州，在幾何年也。王粲詩云："終適荆與蠻。"指言荆南也。

"應同"二句："峴山"，荆楚也。今屬襄陽，有井在焉。人呼爲仲宣井，云王粲故宅也。 趙云：公本襄陽人，又從荆南欲歸襄州矣。

梅 雨

南京西浦道，四月熟黃梅。
湛湛長江去，冥冥細雨來。
茅茨疏易濕，雲霧密難開。
竟日蛟龍喜，盤渦與岸回。

【集注】

《梅雨》：《杜補遺》：周處《風土記》云："夏至前雨，名黃梅雨。沾衣服皆敗（點）〔黦〕。"又，《埤雅》云："今江湘二浙，四五月間，梅欲黃落，則水潤土溽，柱礎皆汗，蒸鬱成雨，其霖如霧，謂之梅雨。沾衣服皆敗（汗）〔汙〕。"故自江以南，三月雨謂之迎梅，五月雨謂之送梅。"

趙云：川中雖亦有此雨，而土人未識其名，今公因見有此"梅雨"而著之。

"南京"句：（陳案：西，《全唐詩》同。一作"犀"。） 玄宗幸蜀，改成都，置尹視二京，號爲南京。 《杜正謬》：肅宗至德二年，以蜀郡爲南京，鳳翔爲西京，西京爲中京，非玄宗置。 趙云：公詩不妄作，多記實以詔天下後世，庶乎信而可傳。且"南京西浦道"之句，本是言成都"西浦道"，公欲著見成都，改爲"南京"，用在詩句中，如《進艇》首句云"南京久客耕南畝"也。《説文》云："浦，水濱也。""西浦"，蓋江水西邊之浦溆，如《〔野〕望》云"南浦清江萬里橋"，是已。蓋謂之浦上，則公所居正在此矣，豈非所謂"西浦"乎？一本作"犀浦"，蓋惑於今日成都屬縣之郫有犀浦（鋪）〔鎮〕，殊不思下有"長江"之句，則犀浦道無江；又有"茅茨""易濕"之句，則指言所居；又有"（高）〔蛟〕龍喜""盤（温）〔渦〕"之句，則言終日所見之江如此，豈是犀浦乎？

"湛湛"二句：阮籍詩："湛湛長江水，上有楓樹林。"隋煬帝《江都夏》詩："梅黄雨細麥秋（横）〔輕〕，楓樹蕭蕭江水平。"　　趙云：句有"長江"字，乃所以見"西浦"者，"長江"之浦也。宋玉《九辯》云："江水湛湛兮上有楓。"（陳案：江水湛湛，《招魂》作"湛湛江水"。）"細雨"，乃所謂梅雨也。《楚詞》云："容容兮雨冥冥。"（陳）張正見詩云："細雨濯梅林。"

"茅茨"二句："茅茨"，以茅覆屋也。庾信《小園賦》："穿漏兮茨茨。"　　趙云：上句乃所以指言其所居。"茅茨"字，起於堯土堦三尺，茅茨不剪。其在常人言之，則如《羅舍别傳》云："桓宣武以爲别駕，以官廨寺喧擾，非静默所處，乃于城西池小州上，立茅茨之屋。"（見）〔是〕已。"疏"字、"濕"字，則上漏下濕之義。《列子》曰："虹蜺也，雲霧也，皆天之積氣也。"而于陰重言之，則衛瓘言樂廣云："每見此人，瑩然若開雲霧而覩青天。"《易》云："密雲不雨。""茅茨"以"疏"而易"濕"，已爲可傷，而雲霧尚密，則雨意未已，其爲況如何也？

"竟日"二句：《鮑子歌》曰："蛟龍騁兮方遠遊。"郭璞《江賦》："盤渦谷轉，凌濤山積。"　　趙云：人以雨而憂屋漏，蛟龍得雨而喜，則爲異於人矣。公所居之上有百花潭，則宜有"蛟龍"矣。《高唐賦》云："盤岸巑岏。"則岸亦盤矣，故言"與岸回"也。公於夔州有詩云："盤渦鷺浴底心性。"蓋龍之藏、鷺之浴，以"盤渦"爲樂也。

爲　農

錦里煙塵外，江村八九家。
圓荷浮小葉，細麥落輕花。
卜宅從兹老，爲農去國賒。
遠慚句漏令，不得問丹砂。

【集注】

《爲農》:趙云:揚惲云:"長爲農夫,没此生矣。"故爲農名詩,非管仲"農之子〔常〕爲農"也。

"錦里"句:《華陽國志》:"錦江織錦,濯其中則鮮明,故命曰錦里。"公居在近郊,無氛埃,故云"煙塵外"。

"卜宅"二句:顔延年詩:"去國還故里,幽門樹篷藜。"《曲禮》:"大夫士去國。" 趙云:《左傳》:晏子云:"非宅是卜,維鄰是卜。"摘用之耳,故對"爲農"。任昉《泛長溪》詩:"絶物甘離群,長懷忽去國。"去王國也。本於王粲詩:"復棄中國去,遠身適荆蠻。"

"遠慚"二句:《晉·葛洪傳》:"(字)[洪]字稚川,從祖玄。吴時學道得仙,號曰'葛仙公'。其煉丹秘術,悉得真法,以年老,欲煉丹砂以期遐壽,聞交址出丹,求爲句漏令。帝以洪資高,不許。洪曰:'非欲爲榮,以有丹砂。'帝從之。"

有　客

幽棲地僻經過少,老病人扶再拜難。
豈有文章驚海内,謾勞車馬駐江干。
竟日淹留佳客坐,百年粗糲腐儒飡。
莫嫌野外無供給,乘興還來看藥欄。

【集注】

《有客》:趙云:《詩》:"有客有客,(白)[亦]白其馬。"故取兩字爲題。

"幽棲"句:"幽棲",所居之地也。"經過",往還也。以所居之地"幽棲",少往還也。謝叔源《游西池》詩:"逍遥越城外,願言履經過。"(陳案:外、履,《文選》作"肆""屢"。)往還也。〔謝靈運〕詩:"資此永幽棲,豈伊年歲别。" 趙云:阮籍《詠懷》詩曰:"趙李相經過。"舊注引謝叔源,在後矣。

"老病"句:趙云:《前漢書》:"有以老病罷。"

"豈有"二句：《詩》："寘之河之干兮。"注："干，涯也。"（梁）范雲詩："江干遠樹浮。"（陳案：遠樹，《杜詩詳注》作"雲氣"。）　　趙云："車"言"駐"，則如北齊劉逖《秋朝野望》詩云："駐車憑險岸，飛蓋立平湖。""馬"言"駐"，則魏文帝"駐馬書鞭"，作《臨渦》之賦也。《漢》：武帝云："海內寡二。"梁元帝《烏棲曲》云："共泛江干瞻月華。"

"竟日"二句：劉安《招隱詩》云："攀援桂枝兮聊淹留。"又《詩》："于焉佳客。"又，"我有嘉客。"《楚辭》云："又何足以淹留。""粗糲"，粗衣糲食也。"腐儒"，見《題省中壁》詩注。　　趙云：《戰國策》：嚴仲子進百金于聶政，曰："以爲夫人粗糲之費。"

"莫嫌"二句：趙云：蓋公告客之辭，言客若不以"野外"荒涼，無可供給爲"嫌"，但"乘興"來看"藥欄"也。《左傳》云："敢不供給。"王子猷云："乘興而來。"

狂　夫

萬里橋西一草堂，百花潭水即滄浪。
風含翠篠娟娟靜，雨裛紅蕖冉冉香。
厚祿故人書斷絶，恒飢稚子色淒涼。
欲填溝壑唯疏放，自笑狂夫老更狂。

【集注】

《狂夫》：趙云：《左傳》："狂夫阻之。"題意主詩末句之義。

"萬里"句：一：一作"新"。　　公築居浣花里，在"萬里橋"之西。"萬里橋"事，見下句詩注。

"百花"句：《成都記》："杜員外別業，在百花潭。臺猶在。"　　趙云：按樂史《寰宇記》云：萬里橋，亦名篤泉橋，乃星橋之一也。以諸葛亮故名。其後，明皇至蜀，過此橋，問名于左右，對曰："萬里橋。"上歎曰："一行嘗謂朕更二十年，因有難，巡遊至萬里之外，此是也。"橋今在城南門外，西即浣花溪，公之草堂在焉。"百花潭"，浣花之上游。公言此潭即是孔子所聞《孺子歌》云"滄浪之水"也。草堂之側，有此萬里橋、百花潭,可以爲詩對。故公又云"萬里橋西宅,百花潭北莊",所謂恰好處不放過矣。

"風含"句:謝靈運詩:"緑娟娟清漣。"(陳案:娟娟、漣,《文選》作"篔媚""漣"。)

"雨裛"句:趙云:"翠篠",竹也。"紅蕖",荷花也。"娟娟",好妙之兒。《古詩》云:"娟娟新月體。""冉冉",漸多之兒。《選》詩云:"柔條紛冉冉。"又云:"冉冉孤生竹。"

"厚禄"二句:(陳案:厚,《四庫全書》本作"原"。形誤。《補注杜詩》《全唐詩》作"厚"。)　上言交態薄也。　趙云:史云:"無使素湌之人,久尸厚禄。"(陳案:史,當爲云《漢書》。)《古詩》云:"羽書時斷絶。"

"欲填"二句:公以狂自隱耳。《舊史》言:"公於成都浣花里,結廬枕江,與田畯野老相狎蕩,嚴〔武〕過之,有時不冠,其傲誕如此。"趙云:上句言將"欲填溝壑"而死矣,却唯只是"疏放"而不管,此所以爲"狂"也。下句所以成不憂"填溝壑",而但"疏放"之句。舊注却云"與田畯野老〈相狂〉相狎",非矣。

賓　至

患氣經時久,臨江卜宅新。

喧卑方避俗,疏快頗宜人。

有客過茅宇,呼兒正葛巾。

自鋤稀菜甲,小摘爲情親。

【集注】

《賓至》:趙云:《左傳》云:"賓至如歸。"

"患氣"二句:《舊史》:"所謂結廬枕江也。"(陳案:舊史,指《舊唐書》。)　趙云:庾信《夜聽擣衣》云:"臨江愁思歌。""卜宅",見《左傳》。

"喧卑"二句:趙云:鮑照《舞鶴賦》云:"歸人寰之喧卑。"《詩》云:

"宜民宜人。" 師云:《古詩》:"喧卑避俗居。"(陳案:避,《杜詩詳注》作"厭"。)江總詩:"山路目疏快。"(陳案:路、目,《杜詩詳注》作"豁""自")

"有客"二句:諸葛亮葛巾羽扇,指揮三軍。 趙云:《古詩》曰:"呼兒烹鯉魚。"

"自鋤"二句:趙云:蓋言手自鋤治者,稀疏之"菜甲"。因有客而小摘其嫩者,爲情意親密也。 師云:謝靈運《永嘉記》:"百卉正發時,聊以小摘供日。"

王十五司馬弟出郭相訪,兼遺營茅堂貲

客裏何遷次,江邊正寂寥。
肯來尋一老,愁破是今朝。
憂我營茅棟,携錢過野橋。
他鄉唯表弟,還往莫辭遥。

【集注】

"兼遺"句:(陳案:茅,《四庫全書》本作"牙"。形訛。《補注杜詩》作"草",《全唐詩》《成都文類》作"茅"。)

"客裏"二句:趙云:《玉臺後集》載:楊令公令陳後主妹樂昌公主作詩,其詩云:"今日何遷次,新官對舊官。"

"肯來"二句:《杜補遺》:漢初,應曜隱於淮陽山中,與四皓俱徵,曜獨不至。時人語曰:"南山四皓,不如淮陽一老。"曜,即應劭八代祖也。又管寧《書》曰:"唯陛下聽野人山藪之願,使一老者得盡微命。" 趙云:"一老",公自謂也。祖出《左傳》:"魯哀公(誅)[誄]孔子曰:'天不憖遺一老。'"杜田所引是。又謂無祖也。 新添:以今考之,《詩·十月之交》曰:"不憖遺一老,俾守我王。"趙豈不見乎?

"憂我"二句:趙云:沈休文詩:"茅棟嘯愁鴟。"崔豹詩:"野橋行路斷。"

"他鄉"二句:趙云:《古詩》:"他鄉各異縣。"

堂　成

背郭堂成蔭白茅，緣江路熟俯青郊。
榿林礙日吟風葉，籠竹和煙滴露梢。
暫止飛烏將數子，頻來語燕定新巢。
旁人錯比揚雄宅，懶惰無心作解嘲。

【集注】

"《堂成》"：趙云：魏中山恭王兖疾病，令官屬曰："男子不死於婦人之手，亟以時成東堂。"堂成，〔輿〕疾往居之。

"背郭"句：以白茅覆屋也。

"緣江"句：趙云：《易》："藉用白茅。"而今所言，則《莊子》"築特室，蓆白茅"爲近。謝玄暉《和徐都曹》詩："結軫青郊路。""青郊"者，春麥蓋地，青青然也，非謂"東郊"爲"青郊"。

"榿林"二句："榿"，木名也。不材，可充薪而已，惟蜀地最宜種。竹有籠筅名。　趙云："榿林""籠竹"，正川中之物。二物必于公卜居處先有之矣。

"暫止"二句：止：一作"下"。　趙云："暫下"，一作"暫止"。"止"字不如"下"字之穩。《列子》云："鷗鳥舞而不下。"賈誼于鳳皇亦曰："覽德輝而下之。""飛烏將數子"，"將"字，起於鳳皇將九子也。（陳案：藪，《補注杜詩》《全唐詩》作"數"。）"定"字，大則王者有定都，凡居者有定居，方可敵"將"字。"燕巢"，起於《左傳》："燕巢于幕。"

"旁人"二句：《揚雄傳》："有田一頃，（陳案：頃，《後漢書》作'壇'。）有宅一區，世世以農桑爲業。哀帝時，丁傅、董賢用事，雄方草《太玄》。或嘲雄以玄尚白，而雄解之，號曰《解嘲》。"左太冲《詠史》詩："寂寂揚子宅，門無卿相輿。寥寥空宇內，所講是玄虛。"

田 舍

田舍清江曲,柴門古道傍。
草深迷市井,地僻嬾衣裳。
櫸柳枝枝弱,枇杷樹樹香。
鸕鷀西日照,曬翅滿魚梁。

【集注】

《田舍》:趙云:陶淵明有《田舍》二首。

"田舍"二句:曲:亦作"上"。　　趙云:孟浩然云:"悠悠清江水,水落沙嶼出。"蓋公之草堂,在水東岸之曲處。今成都土人謂胡蘆灘者,乃其處也。西岸梵安寺之草堂,特本朝呂汲公爲(師)[帥]日,想像典刑爲之耳,本非在西岸也。"柴門古道傍",則舊趨溫江之路。杜元凱注《左傳》"篳門圭竇之人"云:"篳門,柴門也。"

"草深"二句:趙云:有禪師儼云:"法堂前草深一丈。""迷市井",則其傍有市矣。《揚子》云:"市井相與言。"

"櫸柳"二句:"櫸柳",木名。"枇杷",果也。　　趙云:孟浩然"燕子家家入,楊花處處飛"之勢也。"櫸柳""枇杷",川中多有之。《蜀都賦》云:"其園則(林)[有]林檎、枇杷。"《古詩》:"枝枝自相對。"庾信:"樹樹秋聲。"

"鸕鷀"二句:"鸕鷀",水鳥也。蜀人以之捕魚。　　趙云:杜臺卿《淮賦》云:"鸕鷀吐雛于八九,鸂鶒銜翼而低昂。"陶侃母責其爲"魚梁吏"而寄鮓。

進 艇

南京久客耕南畝,北望傷神卧北窗。
晝引老妻乘小艇,晴看稚子浴清江。
俱飛蛺蝶元相逐,并蒂芙蓉本自雙。
茗飲蔗漿携所有,瓷甖無謝玉爲缸。

【集注】

《進艇》：趙云：《孔叢子》之書，有《小爾雅》一篇。其中《廣器》有云："小船謂之艇。"故公詩中言"小艇"，而以《進艇》名篇。

"南京"二句：明皇幸蜀，號成都，爲南京置尹，比兩都。　趙云：與上篇"南京西浦道"之用"南京"意同。"北望"，望中原也，此其所以"傷神"也。

"俱飛"二句：趙云："元相逐""本自雙"，因道實事而爲新語也。

"茗飲"二句：趙云：羊衒之《洛陽伽藍記》曰：彭城王勰，戲謂王肅曰："明日顧我，爲君設邾莒之飡，亦有酪奴。"因此復號"茗飲"爲酪奴。宋玉《招魂》云："〔濡〕〈鼈〉鼈炮羔有蔗漿。""瓷罌無謝玉爲缸"，言以"瓷罌"盛之而已，不須謝讓富貴家之玉缸也。范曄《宦者傳論》有云："或稱伊、霍之勳，無謝於往載。"而鮑照《喜雨奉敕作》云："無謝堯爲君，何用知柏皇。"

西　郊

時出碧雞坊，西郊向草堂。
市橋官柳細，江路野梅香。
傍架齊書帙，看題檢藥囊。
無人競來往，疏懶意何長。

【集注】

《西郊》：趙云：《易》："密雲不雨，自我西郊。"

"時出"二句：《漢·郊祀志》："宣帝時，或言益州有金馬、碧雞之神，可醮祭而致，遣王襃持節而求之。"故成都有"碧雞坊"。《成都記》："草堂去府西七里。"　趙云：益州在漢，以王陽叱馭，過九折阪言之，則黎雅之側，益州刺史之治在焉。成都本曰蜀郡，隸益州，其後曰益州。蜀郡又改名成都，意其貪"碧雞"之美名，故成都有"碧雞坊"，今在城北。公"草堂"在浣花溪之上，而浣花溪在府西七里，則所謂"西郊"也。"草堂"固是公野居之名，其在秦州，亦嘗於西枝村尋草堂地矣。《北山移文》云："鍾山之英，草堂之靈。"其先，（梁）簡文帝《草堂傳》曰："汝南周顒，昔經在蜀，以蜀草堂寺林壑可懷，乃於鍾嶺雷次宗學館立寺，因名草堂，亦號山茨。"

"市橋"二句：《成都記》："市橋水中有石犀。蓋吳漢爲賊將延岑所破之處。"　　趙云："江路"，循江之路矣。孟浩然《早發魚流潭》云："日出氣象分，始知江路闊。"又云："愁隨江路盡。"又云："江路苦遷回。"《晉·陶侃傳》：侃見柳，曰："此武昌官柳也。""梅"，在官曰官梅，臨江則曰江梅，在野則曰野梅。"柳"言細，則漢有細柳營也。"梅"言香，則（梁）簡文帝《梅花賦》云："香隨風而遠度。"梁元帝詩："梅氣入風香。"

"傍架"二句：檢：一作"減"。　　趙云：庾信《詠懷》詩："穀皮兩書帙。"《戰國策》："侍醫夏無且以藥囊提荆軻。""檢藥囊"，一本作"減藥囊"，非是。

"無人"二句：競：一作"與"，一作"覺"。　　趙云：舊本作"競來往"，又"競"，一作"與"，俱非是。荆公本作"覺來往"，且曰："下得覺字好也。"載在《鍾山語錄》。（梁）徐〔悱〕婦《題甘蕉示人》曰："夕泣已非疎，夢啼真太數。唯當夜枕知，過此無人覺。"（陳案：甘蕉，《古詩紀》卷一百四作"甘蕉葉"。）又，（梁）簡文帝《冬曉》詩之言婦人亦云："會是無人覺，（陳案：覺，《藝文類聚》作'見'。）何用早紅粧。"庾信《奉和言志》詩："來往金張館。"嵇康云："性復疎嬾。"《古詩》云："仙人騎白鹿，髮短耳何長。"

所　思

苦憶荆州醉司馬，謫官樽俎定常開。
九江日落醒何處，一柱觀頭眠幾回。
可憐懷抱向人盡，欲問平安無使來。
故憑錦水將雙淚，好過瞿塘灩澦堆。

【集注】

《所思》：趙云：張平子《四愁詩》曰："我所思兮。"又《古詩》有云："所思在遠道。"

"苦憶"句：崔吏部漪。

"謫官"句：官：一作"居"。俎：一作"酒"。　趙云：崔公蓋自吏部，而謫爲荆州司馬也。其人必好飲者，故以"醉司馬"戲名之。

"九江"二句：《禹貢》："九江孔殷。"《地理志》："九江在今廬江潯陽縣南，皆東合爲九道。"《潯陽記》："有九江，之一曰烏江，二曰蜯江，三曰烏白江，四曰嘉靡江，五曰畎江，六曰源江，七曰廩江，八曰隄江，九曰菌江。"荆州路畔有一柱觀，在山上，土人呼爲木履觀。（梁）劉孝綽《江津寄劉之遴》詩："經過一柱觀，出入三休臺。"　《杜補遺》：《渚宮故事》："宋臨川王義慶代江夏王鎮江陵，於羅公州上立觀，甚大，而唯一柱。又於城東北陵清署臺。"元注："一柱觀，在荆州路郡山上。"以故事考之，非在山上也。　趙云："九江"在潯陽郡，今之江州也。樂史《寰宇記》云："潯陽，古之苗國。《禹貢》：'荆、揚二州之境，'蓋彭蠡以東爲揚州之域，九江以西即荆州之域。"以此言之，"九江"看落日處，則在荆州也。

"可憐"四句："瞿塘"，峽名。"灩澦"，石名也，在水中。《荆州記》："灩澦如馬，瞿塘莫下。灩澦如象，瞿塘莫上。蓋舟人以爲水則也。"　《杜補遺》：《古樂府》："淫預大如袱，瞿塘不可觸。"唐子輿父域，出守巴西而卒。子輿奉喪歸巴東，有淫澦（名）[石]，高二十許丈，及秋至，則纔如馬。（陳案：馬，《南史》作"見焉"。）傍有瞿塘大灘，行旅忌之，部伍至此，石猶不見。子輿撫心長叫，其夜五更，水忽退減，安流而行，人爲之語曰："淫預如襆本不通，瞿塘水退緣唐公。""灩澦"，《古樂府》作"淫預"。　趙云：謝靈運詩："歡娛寫懷抱。"公所居浣花溪，亦曰濯錦江。志言"濯錦以此水則色鮮明"，此"錦水"之義也。

江　村

清江一曲抱村流，長夏江村事事幽。

自去自來堂上燕，相親相近水中鷗。
老妻畫紙爲棋局，稚子敲針作釣鈎。
多病所須唯藥物，微軀此外更何求。

【集注】

《江村》：趙云：孟浩然《永嘉浦館送張子容》云："江村日暮時。"

"清江"二句：趙云："清江"，是眼前江水之清也。舊注引却是施州清江縣矣。沈佺期《樂府·有所思》云："坐看長夏曉，秋月坐羅帷。"（陳案：曉，《藝文類聚》作"晚"。）《吳志》：張承言吕岱曰："何其事事快也？"而陶淵明詩云："晨夕看山川，事事悉如昔。"

"自去"四句：來：一作"歸"。　趙云：公於閑居詩，每道實事耳。"燕"之"自去來"，"鷗"之"相親近"，禽鳥"幽"而自適也。"妻"爲"碁局"以弈，兒作"釣鈎"以釣，妻子"幽"而閑逸也。此之謂"事事幽"。

"多病"二句：何：一作"無"。　趙云：張良"多病"。王充《論衡》有云："道家以服食藥物，輕身益氣。"陸士衡詩："不惜微軀退，但懼蒼蠅前。"《詩》云："亦又何求。"而"更何求"字，如（梁）簡文帝《水月》詩云："萬里若消蕩，一相更何求。"盛弘之《荆州記》載：夷道縣乞人謂女子曰："爲何所須？"女子曰："所須之物，願此山下有水。"《晉書》："此外蕭然無辦。"

江　漲

江漲柴門外，兒童報急流。
下床高數尺，倚杖没中洲。
細動迎風燕，輕搖逐浪鷗。
漁人縈小楫，容易扳船頭。

【集注】

"江漲"二句：趙云："柴門"，見前《田舍》詩注。

"下床"二句:趙云:鮑明遠《東武吟》:"倚杖牧雞豚。"
"容易"句:趙云:"扳船頭",川中舟人之語也。"扳"有兩音,其音蒲撥切,義則回也。乃回船頭耳。

野 老

野老籬前江岸迴,柴門不正逐江開。
漁人網集澄潭下,賈客船隨返照來。
長路關心悲劍閣,片雲何意傍琴臺。
王師未報收東郡,城闕秋生畫角哀。

【集注】

《野老》:趙云:字出丘希範詩:"村童忽相聚,野老時一望。"又,(梁)簡文帝《曲水詩序》:"都人野老,雲集霧散。"
"漁人"二句:趙云:"澄潭",則所謂百花潭矣。"返照",落日也。《纂要》云:"日西落,光返照于東,謂之返景也。"
"長路"句:"劍",門也。"閣",棧道也。
"片雲"句:見《琴臺》詩注。 趙云:上句回念其初來蜀時,道路之難也。鮑照《堂上歌行》云:"萬曲不關心,一曲動情多。""琴(堂)〔臺〕",則司馬相如琴臺也。蓋公自比其如"片雲"之飄蕩,"何事"來蜀中親近相如舊所居乎?"何事",一作"何意",不如"何事"之快。
"王師"二句:公自注:"南京同兩都,得云城闕也。" 趙云:去歲乾元二年之秋,史思明陷東京及齊、汝、鄭、滑四州,乃今之"東郡"。今復秋矣,而"王師"未報收復,所以悲也。惟國都而後有"城闕"。《詩》云:"在城闕兮。"陸士衡《擬古詩》云:"名都一何綺,城闕鬱盤桓。"成都既改為南京,故公自注以為得稱"城闕"。

雲　山

京洛雲山外，音書靜不來。
神交作賦客，力盡望雲臺。
衰疾江邊臥，親朋日暮迴。
白鷗元水宿，何事有餘哀。

【集注】

"京洛"四句：(陳案：雲，《補注杜詩》《全唐詩》作"鄉"。)　"賦客"，謂宋玉也。山濤、阮籍爲"神(矣)[交]"，喻不涉形迹，以神交也。《成都記》：望鄉臺，蜀王秀所筑。　趙云："京洛"，言長安與洛陽也。字則陸士衡詩云："京洛多風塵。"長安，則班固所謂西都，張平子所謂西京。洛陽，則班固所謂東都，張平子所謂東京。望長安、洛陽之音書而不來，故"神交"作"賦客"而已。"作賦客"，指言班固與張平子也。舊注差排作宋玉，悮矣。"望雲臺"，亦所以望"京洛"也。楚工之言弓曰："臣之精力盡於此矣。"

"衰疾"四句：趙云："親朋日暮迴"，則來相看者"日暮"必歸，爲可傷矣，故末句托之"白鷗"以見興。蓋言我之臥病於"江邊"，如"白鷗"本自"水宿"，何苦而哀也。《古詩》："慷慨有餘哀。"曹子建《七哀詩》："悲歡有餘哀。"公詩凡使者，通此三焉。

遣　興

干戈猶未定，弟妹各何之？
拭淚沾巾血，梳頭滿面絲。
地卑荒野大，天遠暮江遲。
衰疾那能久，應無見汝期。

【集注】

"干戈"二句:言避亂奔散,不知其所適也。　趙云:公有諸弟一妹,以"干戈"之際,各避亂而他之。古詩中所謂"有弟有弟在遠方",又云"有妹有妹在鍾離"是也。《列子》載楊朱云:"弟妹之所不親。"《莊子》:"茫乎何之?忽乎何適?"謝靈運《初發石首城》(諸)〔詩〕:"(茗茗)〔苕苕〕萬里帆,茫茫終何之?"陶潛:"胡爲皇皇欲何之?"

"拭淚"二句:(陳案,巾,《全唐詩》作"襟"。一作"巾"。)　趙云:上句言以思憶而痛悼也。"拭淚"字,劉孝威《春宵》詩:"回釵桂反鑷,拭淚繞春綫。"下句言自歎其老也,故末句有難得相見之句。

"衰疾"句:(陳案:衰,《四庫全書》本作"哀"。形誤。《補注杜詩》《全唐詩》作"衰"。)

"應無"句:期:一作"時"。

北　鄰

明府豈辭滿,藏身方告勞。
青錢買野竹,白幘岸江皐。
愛酒晉山簡,能詩何水曹。
時來訪老病,步屧到蓬蒿。

【集注】

《北鄰》:趙云:潘尼《應令》詩:"聖朝命方岳,爪牙司北鄰。"

"明府"二句:《後漢·張湛傳》:"明府"注:"郡〔守〕所居曰府。明府者,尊高之稱。韓延壽爲東郡太守,門卒謂之明府,亦其義也。"《詩》:"不敢告勞。"　趙云:"明府",所以指言"北鄰"之人也。蓋有(言)〔官〕之人,不太守則縣令也。謝靈運《還舊園》詩云:"辭滿豈多秩,謝病不待年。""辭滿"者,辭去盈滿也,蓋知足之義。兩句則言"北鄰"之人,豈是"辭滿",故"藏身"而"告勞"乎?

"青錢"二句:劉隗岸幘大言,意氣自若。　趙〔云〕:作"青錢",

蜀人謂見錢也。"幘",謂之"白幘",則白編巾、白帢、白帽之義。《楚辭》云:"朝馳騁乎江皋。"(陳案:馳騁,《楚辭》作"騁騖"。)

"愛酒"二句:《山簡本傳》云:簡優游卒歲,唯酒是耽。郡民荆土豪族,有佳園池,簡每出嬉游,多之池上,〔置酒〕輒醉,名之曰"高陽池"也。《梁》:何遜,字仲言,八歲能詩賦。沈約愛其文,嘗謂遜曰:"吾每讀卿詩,一日三復,猶不能已。"其爲名流所稱如此。爲安武王參軍兼水部郎,初遜文章,與劉孝綽并見重于世,世謂之何劉。

"時來"二句:《三輔決録》注曰:"張仲蔚隱身不仕,所居蓬蒿没人。"　趙云:《宋書》曰:"袁粲爲丹陽尹,嘗步屧白楊郊野間。"

南　鄰

錦里先生烏角巾,園收芋粟不全貧。
慣看賓客兒童喜,得食階除鳥雀馴。
秋水纔深四五尺,野航恰受兩三人。
白沙翠竹江村暮,相送柴門月色新。

【集注】

《南鄰》:趙云:左太冲《詠史》詩云:"南鄰擊鐘鼓,北里吹笙竽。"

"錦里"句:巾之有"角"者。郭林宗遇雨而角折,人皆折角以傚之。　薛云:右按:《晋史》:羊祜與從弟琇書曰:"既定邊事,當角巾東路,爲容棺之墟。"

"園收"句:粟,一作"栗"。　《史記》:卓氏曰:"吾聞汶山之下沃野,下有蹲鴟。"注:"大芋也。"《成都風俗記》曰:"大飢不飢,蜀有蹲鴟。"　趙云:舊本作"芋栗",非是。"芋"與"粟",所收之多,可謂之"園收",若"栗"於園中,不過一兩樹耳。

"慣看"句:趙云:魏野詩云:"兒童不慣見車馬,走入蘆花深處藏。"則今"慣看"而"喜"矣。"賓客"字,如《漢書》:"賓客滿門。"

"得食"句:言忘機也,類狎鷗翁。　趙云:緣置食在"階除"間,而"鳥雀"得之以食,所以馴擾。舊注所言爲賸義。《登樓賦》有"循階除而下降」也。《左傳》:「有如鷹鸇之逐鳥雀」也。

「秋水」二句:綫:一作「雖」。䑽:一作「艇」。　師云:庾肩吾詩:「野航淚溪渚。」　趙云:世多惑於《釋名》云:「自關而東,方舟或謂之航。」豈有「恰受兩三人」乎?一本作「艇」。「艇」乃去聲,公《進艇》云:「晝引老妻乘小艇。」沈存中又云:「當作艇。艇,小舟也。」此甚費力。《詩》云:「誰謂河廣,一葦杭之。」如今言一葉舟也。杭,即航也。一葦猶謂之杭,則「野杭」者,不必言其大也。(宋)鮑令暉詩有曰:「桂吐兩三抹,蘭開四五葉。」(陳案:抹,《玉臺新詠》作「枝」。)

「白沙」二句:送:一作「對」。柴門:一作「離南」。(陳案:離南,《補注杜詩》作「籬門」。)　趙云:皆道其實。曾子曰:「白沙在泥,與之俱黑。」(陳案:俱,《大戴禮記》作「皆」。)(陳)張正見詩曰:「翠竹梢雲自結叢。」杜預《左傳》:「篳門圭竇。」注云:「今之柴門也。」(陳案:圭,《左傳》作「閨」。)「相送」,當作「相對」。別本「柴門」,一作「離南」,非是。

赴青城縣出城都寄陶王二少尹

老被樊籠役,貧嗟出入勞。
客情投異縣,詩態憶吾曹。
東郭滄江合,西山白雪高。
文章差底病,回首興滔滔。

【集注】

「老被」句:一云:「老恥妻孥笑。」

「客情」二句:吾:一作「君」。　趙云:「異縣」,指言「青城」也。《古詩》:「他鄉各異縣。」公以旅貧之故,不免有所「投」矣。「吾曹」,指言「二少尹」也。首句一作「老被樊籠役」,不若「老恥妻孥笑」之爲快。「吾曹」,一作「君曹」,尤爲費力。

「東郭」句:滄江:一作「滄浪」。　蜀城之東,(一)[二]水合流。

「西山」句:西山近接維松,上有積雪,經夏不消。　趙云:上句言成都之境。舊注云:"蜀城之東,二水合流而南下,土人謂之合水。"是。蓋今有合江亭,取此以爲名矣。公必用此以言"成都",則公居浣花江上,其水十餘里,遂合城北江矣。此"滄江"指浣花江言之也。任彥升詩:"滄江易成響。""西山",則松、維州之外山也。"滄江"方對"白雪",一作"滄浪",非。

"文章"句:趙云:"差",去聲。"差",病校也。(陳案:校,《杜詩詳注》作"除"。《廣韻》"卦"韻:"差,病除也。"《方言》卷三戴震疏证:"差、瘥古通用。"則通"瘥"。《説文》"瘥,瘉也。"差,讀 chài。知趙注有誤。)蓋公尚投"異縣"以干求,自悼雖有"文章",可"差"得何"病"乎?如蘇東坡謂"一字不堪煮"之類。

"回首"句:趙云:"回首"望家,"興滔滔"而散漫矣。《論語》云:"滔滔者,天下皆是也。"

因崔五侍御寄高彭州 適

百年已過半,秋至轉飢寒。
爲問彭州牧,何時救急難。

【集注】

"百年"四句:趙云:傷哉!君子之貧也。《易》:"則思過半矣。"《書》:"外有州牧侯伯。"《詩》:"兄弟急難。"

野望因過常山仙

野橋齊度馬,秋望轉悠哉。
竹覆青城合,江從灌口來。
入村樵徑引,嘗果栗皺開。
落盡高天日,幽人未遣回。

【集注】

"野望"句:(陳案:山,《補注杜詩》《全唐詩》作"少"。) 趙云:北齊劉逖有《秋朝野望》詩,則"野望"兩字亦前人語矣,故公屢有"野望"之目。"少仙",應是言縣尉也。縣尉謂之少府,而梅黃爲尉,(陳案:黄,《杜詩引得》作"福"。)有神仙之稱。

"野橋"二句:趙云:上句,言"齊度馬",非是,當作"齊馬度",蓋言下馬而與馬齊度橋也。晉謠云:"五馬齊渡江,一馬化爲龍。"乃言人與馬齊度江水。今公詩句,則言人與馬齊度橋上,特挨傍馬齊渡而取字用耳。《詩》:"悠哉悠哉。"而單使則如謝玄暉詩云:"耳目暫無擾,懷古信悠哉。"

"竹覆"二句:青城山,名"灌口",地名。昔秦守李冰疏鑿離堆,以灌蜀土,因而得名。

"入村"二句:(陳案:皺,《成都文類》同。《全唐詩》作"皺"。一作"園"。) 趙云:"栗皺"如蝟刺之包者。"栗"新出而嘗之,所以開其"皺"而取之。此亦七月末、八月初時矣。

"落盡"二句:趙云:"(南)[高]天",則秋時之"天",方可言"高"。"幽人",指言常少仙也。

出　郭

霜露晚凄凄,高天逐望低。
遠煙鹽井上,斜景雪峰西。
故國猶兵馬,他鄉亦鼓鼙。
江城今夜客,還與舊烏啼。

【集注】

《出郭》:趙云:孟浩然詩:"平田出郭少,盤坂入雲長。"則公之前有此"出郭"兩字,故(云)[公]詩又曰:"已知出郭少塵(市)[事]。"又曰:"出郭眺細岑。"此篇與《野望因過常少仙》詩相連,學者遂指爲"出"青城之"郭"。以詩考之,(領)[頷]聯有不合者,況下篇是《過南鄰朱山人水亭》，乃是（陳）[成]都浣花溪，居之南鄰，豈不可專爲成都詩乎？成都諸城門，唯二東門曰大東郭、小東郭，則此詩公既來城中，却自城中出東郭門，繞城歸浣花溪上矣。領聯可以推見所望之處，斷章可以見歸宿於所居也。

"遠煙"句：《蜀都賦》："家有鹽井泉。"

"斜景"句：趙云：學者執此詩接青城詩下，遂謂"鹽井""雪峰"，指青城所接蕃地景物如此，云西山之後有土鹽一種，則有"鹽井"矣，殊不知西山土鹽，乃取於崖縫之間，非煮井所爲者。雖雪山在青城望之爲近，然浣花溪上詩，公每言西山，則成都何處而不見邪？以其四時雪不消，故曰"雪峰"。今以"遠煙鹽井上"言之，則成都唯出大東郭，則東望簡州一帶，可以遠見"鹽井"之煙，西望西山，落日乃在其上，且謂之"遠煙"，尤見其義矣。

"故國"句：公，長安人。

"他鄉"句：亦：一作"正"。　趙云：上句言史朝義，下句言段子璋。是年五月（中）[戊]戌，史朝義殺其父思明而襲偽位，尚在公之故鄉，不無兵馬也。四月壬午，劍南東川節度兵馬使段子璋反，西川節度使崔光遠遣牙將花驚定平之，斬其首。定既勝，乃大掠東州，至天子聞之而怒，則至八、九月間，驚定之兵方息。公在成都，可謂之"他鄉"聞有此"鼓鼙"也。公欲歸鄉，則有思明之兵；今在蜀中，則新有段子璋及花驚定之（辭）[亂]，是以歎耳。《孟子》所謂"故國"者，非謂有喬木之謂也。吳大帝授孫慮大將軍詔，有云寵以兵馬之勢也。《古詩》："他鄉各異縣。"《禮記》："鼓鼙之聲。"

"江城"二句：師云：鮑照詩："認得舊烏棲。"子美言"（無）[烏]"得不悲也。　趙云："江城"，指言成都。公詩有曰："鼓角動江城。"又曰："獨宿江城蠟炬殘。"皆指成都。大抵濱江州郡，可謂之"江城"，公詩言之不一矣。謂"今夜客"，則自此歸浣花溪上之客也。平時逐夜所聞之"烏"，今夜復聞之於夜，則古樂府有"烏夜啼"也。以"烏"屬之"江城"，則《前漢書》有"城上烏尾畢逋"也。"啼"字，在人言之，號也，泣也，蓋泣而有聲者。公感亂而與"烏"俱"啼"，其傷至矣！

過南鄰朱山人水亭

相近竹參差，相過人不知。
幽花欹滿樹，小水細通池。
歸客村非遠，殘樽席更移。
看君多道氣，從此數追隨。

【集注】

"過南鄰"句：趙云：此篇公歸草堂時所作也。所謂"南鄰"，豈仍是前者錦里先生乎？

"相近"八句：（陳案，欹，《全庫全書》本作"歌"。形訛。《補注杜詩》《全唐詩》作"欹"。）　　趙云："竹參差"之句，用（陳）賀修《夾池脩竹》詩，云"綠竹影參差"也。（陳案：修，《文苑英華》同，《藝文類聚》作"循"。）"歸客"，公自言也。曹子建《公讌》詩："飛蓋相追隨。"

恨　別

洛城一別三千里，胡騎長驅五六年。
草木變衰行劍外，兵戈阻絕老江邊。
思家步月清宵立，憶弟看雲白日眠。
聞道河陽近乘勝，司徒急爲破幽燕。

【集注】

"洛城"二句：別：一作"去"。　　因避亂入蜀。　　趙云：安祿山于天寶十四年乙未十一月反，慶緒殺祿山，史思明殺慶緒，陷東京，（維）[繼]亂中原，至庚子上元元年爲六年矣。公有田園在洛陽，故指洛爲家。

"草木"二句：言道路險阻，不可歸也。　　趙云：上言時已秋矣，而行於"劍外"也。宋玉《九辨》曰："草木搖落而變衰。""兵戈"字，祖出《戾太子贊》。

"聞道"二句：趙云："司徒"，李光弼也。乾元二年，歲在（乙）〔己〕亥，十月李光弼及史思明戰于"洛陽"，敗之。若以此所謂"河陽近乘勝"，不應至次年七、八月而後言矣。上元元年六月，李光弼及史思明戰于懷州，敗之，於七、八月爲近。亦恐傳聞之悞，而公言之，與《傷春》詩注："巴蜀（避）〔僻〕遠，今已收京，而尚賦傷春耳。""幽、燕"，史思明窟穴，蓋其於是年四月更國號大燕，改元順天，自稱應天皇帝。

寄賀蘭銛

朝野歡娛後，乾坤震蕩中。
相隨萬里日，總作白頭翁。
歲晚仍分袂，江邊更轉蓬。
勿云俱異域，飲啄幾回同。

【集注】

"朝野"句：張景陽詩："昔在西京時，朝野多歡娛。"

"乾坤"句：趙云："朝野歡娛"，指安禄山未反前也。黃魯直《過睢陽廟》云："乾坤震蕩風雲晦，愁絶宗臣陷賊時。"用公下句四字。

"相隨"二句：曹丕《書》："已成老翁，但未白頭耳。"（陳案：書，《文選》作"昔日"。）　趙云：上句於言與賀蘭同來"萬里"橋之日也，若作道里之"萬里"，則自長安來蜀不當著此字也。又以言"萬里"推之，則自新津歸成都府矣。

"江邊"句：見前注。　趙云：謝惠連詩："分袂澄湖陰。"曹植詩："轉蓬離本根，飄飄隨長風。"袁陽源《效古》詩乃云："廼知古時人，所以悲轉蓬。"

"勿云"句：《古詩》："與君俱異域。"

"飲啄"句：趙云："俱異域"，尤見賀蘭之別在他處矣。"飲啄"，則又以鳥爲譬矣。《莊子》云："澤雉十步一啄，百步一飲。"言身雖各"異域"，至于須"飲"須"啄"，則皆同之。

寄楊五桂州譚,因州參軍段子之任

五嶺皆炎熱,宜人獨桂林。
梅花萬里外,雪片一冬深。
聞此寬相憶,爲邦復好音。
江邊送孫楚,遠付白頭吟。

【集注】

"五嶺"句:五嶺有桂,故以桂得名。見《野望》詩注。

"宜人"句:(柾)[杜]田《補遺》:《山海經》云:"桂林八樹,在賁禺東。"注:"八樹成林,言其大也。"賁禺,即今之南海番禺。陳藏器云:"桂林"嶺因桂得名,從嶺以南際海,盡有桂樹,唯柳、象州最多。趙云:廣南之地,皆在五嶺外。五嶺,則大庾嶺、騎田嶺、都龐嶺、萌渚嶺、越城嶺也。又《詩》:"宜民宜人。"

"梅花"二句:趙云:廣東多梅。"萬里外",或云自成都言之,實在一萬里之外。或云以萬里橋言之。又況明皇言一行,謂:"朕行千里之外。"廣南難有"雪",既有"梅花"可玩矣,又有"雪""深",所以有下句之寬懷也。

"聞此"二句:趙云:《古詩》:"下言長相憶。"顏淵問"爲邦"。《詩》云:"懷我好音。"

"江邊"二句:(陳案:付,《補注杜詩》作"附"。《諸子平議·管子四》俞樾按:"付、附,古字通用。") 趙云:"孫楚",指言"段子"也,往爲桂林之"參軍",而孫楚常爲驃騎將軍石苞之參軍,故以比之。"附白頭吟",則公自以其詩爲《白頭吟》也。《白頭吟》,祖事出《西京雜記》。雖是司馬相如將聘妾,文君作《白頭吟》,相如乃止。然其後遂入樂府爲題,如鮑照所作:"直如朱絲繩,清如玉壺冰。何慚宿昔意,猜恨坐相仍。"則意在責交好之有始終者也。

逢唐興劉主簿弟

分手開元末,連年絕尺書。
江山且相見,戎馬未安居。
劍外官人冷,關中驛騎疏。
輕舟下吳會,主簿意何如?

【集注】

"分手"句:開元二十九年,改天寶,至十四載,禄山反。

"連年"句:趙云:"分手"字,起於沈約。一云:"平生少年日,分手易前期。"一云:"分手桃林崖,望別峴山嶺。"《古詩》云:"呼兒烹鯉魚,中有尺素書。"

"戎馬"句:"戎馬"之際,奔走避亂,未安所止也。　趙云:"未安居",則安慶緒既死,而史思明復熾。"戎馬"字,出《老子》。

"劍外"二句:(陳案:驛,《四庫全書》本作"繹"。形訛。《補注杜詩》《全唐詩》作"驛"。)　趙云:上句言"主簿"之爲冷官也。唐人以祠部無事,謂之冰廳。趙璘云:"言其清且冷也。"此亦冷官之義矣。下句又言諸相見無書信也。何以知"驛騎"之爲寄書信?陸凱《寄范曄》詩:"折梅逢驛使,寄與隴頭人。"

"輕舟"句:謂當下吳都會之地。

"主簿"句:趙云:上句則公自言其欲往兩浙也,故下句問劉君之意以爲"何如"。"吳會",言會計之會,指會稽也。

和裴迪登新津寺寄王侍郎

何限倚山木,吟詩秋葉黄。
蟬聲集古寺,鳥影度寒塘。
風物悲遊子,登樓憶侍郎。
老夫貪佛日,隨意宿僧房。

【集注】

"何限"句：限：一作"恨"。

"蟬聲"二句：趙云：謂之"集"，則非一"蟬"矣。下一"集"字，方可與"度"字敵。

"風物"二句：（陳案：樓，《補注杜詩》作"臨"。）　趙云：上句以言其遊寄，下句則公題下句云："王時收蜀"也。

"老夫"二句：杜田《補遺》：《金光明經》云："佛日大悲，滅一切門。"（陳案：門，《補注杜詩》作"闇"。）又云："無上佛日，大光普照。"又云："佛日清净，滿足莊嚴；佛日暉暉，放千光明。"別本"佛"，作"費"、作"賞"，皆非。　趙云：大（低）[抵]公所佛寺詩，或贈僧詩，必用佛書中字也。　師云：《古詩》："貪佛不貪僧。"

敬簡王明府

葉縣郎官宰，周南太史公。
神仙才有數，流落意無窮。
驥病思偏秣，鷹愁怕苦籠。
看君用高義，恥與萬人同。

【集注】

"葉縣"句：《後漢》：王喬爲葉令，有神術。（則）[明]帝云："郎官上應列宿，出宰百里。"

"周南"句：顏延（平）[年]詩："周南悲昔老，留滯感遺氓。"　趙云：上句指王喬爲縣令，以比王明府也。王喬，顯宗世爲葉令，時謂即古仙人王子喬也。下句取太史公留滯"周南"，以自比也。

"神仙"二句：趙云：上句以終"葉縣郎官宰"之句，下句以終"周南太史公"之句。凡詩一句說此，一句說彼；或一句（詩）[說]人，一句（己）[說]己，謂之雙紀格。

"驥病"句：師云：張協賦："老馬偏其芻秣。"

"鷹愁"句：趙云：此兩句則又以"驥"自比，而望君之"偏秣"；以

"鷹"自比,而不願局促於"籠"中也。

"看君"二句:看君:一云"看歸"。　　趙云:言王明府之"高義",其待公也高出萬人之上也。字出《吳越春秋》:伍子胥謂要離曰:"吳王聞子高義,唯一臨之。"曹子建《美女篇》:"佳人慕高義。"

重簡王明府

甲子西南異,冬來只薄寒。
江雲何夜静,蜀雨幾時乾。
行李須相問,窮愁豈自寬。
君聽鴻鴈響,恐致稻粱難。

【集注】

"甲子"句:言西南寒暑,有"異"中土也。

"江雲"句:静:一作"盡"。

"蜀雨"句:《楚詞》:"泥汙后土兮,何時乾?"(陳案:《楚辭·九辯》作"后土何時而得漧"。)　　趙云:此四句蓋實道其事,言雖天道以六甲運行,而"西南"寒暑有"異"中原,故"冬來只薄寒",而多雨又可厭矣。故公詩又曰:"蜀星陰見少,江雨夜來多。"是已。

"行李"句:盧諶詩:"簡才備行李。"　　趙云:《左傳》:燭之武謂秦伯曰:"行李之往來。"説者以"李"爲古之"使"字,"行李"言行人也。公望"王明府"遣人來問。

"窮愁"句:自:一作"有"。　　趙云:所以"須"遣人來"問",無他,以我之"窮愁"日甚,無"自寬"時也。《家語》:孔子之言榮榮期,明"能自寬者也"。一本作"有寬",非。望"王明府"之來"問",則豈在新津,而"王明府"乃縣令乎?《史記》:"虞卿以窮愁而著書。"

"君聽"二句:見一卷"各有稻粱謀"注。　　師云:二詩末語,皆有求於王也。　　趙云:以"鴻鴈"自況,正有望于"稻粱",所以終其"(不)[須]相問"之意。《廣絶交論》云:"分鴈鶩之稻粱。"

建都十二韻

蒼生未蘇息,胡馬半乾坤。
議在雲臺上,誰扶黃屋尊?
建都分魏闕,下詔闢荊門。
恐失東人望,其如西極存。
時危當雪恥,計大豈輕論?
雖倚三階正,終愁萬國翻。
牽裾恨不死,漏網荷殊恩。
永負漢庭哭,遙憐湘水魂。
窮冬客江劍,隨事有田園。
風斷青蒲節,霜埋翠竹根。
衣冠空穰穰,關輔久昏昏。
願枉長安日,光輝照北原。

【集注】

《建都十二韻》:趙云:此篇今歲上元元年九月已後之作。句言"窮冬",則十二月也。按:《新史》:"肅宗至德二載,以蜀都爲南京,鳳翔爲西京,西京爲中京。上元元年九月,以京兆府爲上都,河南爲東都,鳳翔府爲西都,江陵府爲南都,太原府爲北都。"又按:《舊史・肅宗紀》:"上元元年九月,以荊州爲南都,州曰江陵府,官吏制置同京兆。"所以知公之詩,作於九月已後,所聞已審之時矣。舊注以"蜀都爲南都",非是。如杜田《正謬》,雖知引上所云,然其意專在正舊注"以蜀都爲南都"之謬,遂用此《建都篇》,止言"荊州爲南都"而作,又非矣。觀全篇,正包籠東南西北皆在焉,具解于後。

"胡馬"句:半天下。

"議在"句:《後漢》:"議功于雲臺。"

"誰扶"句:言誰爲安王室也。"黃屋",天子車蓋。　　趙云:廟堂之(求)[上]，求所以"尊"王之術也。《書》云："海隅蒼生，罔不率俾。"（陳案：蒼生，《尚書注疏》作"出日"。）古注："言蒼然而生。"則謂草木之屬。而《晋書》：高崧戲謝安曰："安石不出，將如蒼生何？"則以"蒼生"爲百姓矣！"胡馬"於東，則言史思明之兵；於西，則言吐蕃及西原蠻之兵。是歲，吐蕃陷郭州，西京蠻寇邊也。（陳案：京，依上文，當作"原"。）故曰"半乾坤"。"雲臺"，後漢台名。今公所云"議"，則廟謨之説也。"黄屋"，天子車之飾，以引下句"建都"之"議"，爲尊王者也。

"恐失"二句："東人"，謂關中父老也。時明皇在蜀，故云"西極存"。　趙云："(門)[荆]門"，以言南都。"東人望"，以言東都。"西極存"，以言西都，而篇末之句以言北都也。"建都分魏闕"，凡謂之"都"，則有王者之制焉，斯爲分"魏闕"矣。其建都也，"下詔闢荆門"，所以爲南都。除京兆府爲上都之外，河南府爲東都，自漢已然矣。而又置南都、西都、北都，實爲異事。"恐失東人望"，指言河南府之人不服，而有觖望之心也。"其如西極存"，却言以鳳翔爲西都，則所以爲"西極"之重，斯能保其"存"。

"時危"句："恥"，國恥也。梁惠王曰："寡人恥之，願比死者一洒之。"

"計大"句：趙云："雪"者，洗雪之雪。魯公享孔子，"以黍雪桃"。是。下句則公亦"議"建都之議，爲無益"輕"發耳。

"雖倚"二句：《漢書》應劭注："泰階，天之三階也。上階爲天子，中階爲諸侯、爲公卿大夫，下階爲士、庶人。""三階正"，則是太平；反，則覆也。　趙云：《東方朔傳》云："願陳泰階六符。"注云。時肅宗即位已五年，"三階"不爲不"正"矣，而尚未平，所以"愁萬國"之"飜"也。

"牽裾"二句：（陳案：荷，《全唐詩》同。《補注杜詩》作"辱"。）《前漢·志》："網漏吞舟之魚。"　趙云：此以下六句，公自謂也。公嘗爲拾遺，其職諍諫，故有"牽裾"之語。魏文帝欲遷冀州事以實河南，（陳案：事，《補注杜詩》作"士"。）辛毗諫。帝不[答]而起，遂引帝裾。公既以言房琯有才，不宜廢免，肅宗怒，欲終罪甫，以張鎬之救，止放歸。許於鄜州看其妻孥，由是亦疏之矣，故公云然。

"永負"二句:《賈誼傳》:可爲痛苦,屈原沈湘。　趙云:兩句通義。公以賈誼自比也。誼建治安之《策》,有"痛哭者一"。使"漢庭"字貼之,則本傳云:"漢庭公卿,無出其右"也。"魂",指言屈原也。誼謫長沙,過汨羅之水,有《賦》吊屈原。

"窮冬"二句:(陳案:江劍,《全唐詩》同。一作"劍外"。)　師云:陳琳詩:"二年江劍外。"　趙云:《唐錄》載:"太平公主田園偏于近甸,貨殖流於江(劍)[淮]。"見本朝《太平御覽》。此杜公已前事也,又未知復有祖出否耳? 陶淵明:"田園將蕪,胡不歸?"

"風斷"二句:師云:以況節士不得伸其志。　趙云:兩句以成田園之義,言其田園景物有如是也。

"衣冠"句:言衣冠雖多,而不濟危難。《貨殖傳》:"天下穰穰,皆爲利往。"

"關輔"句:(陳案:輔,《四庫全書》作"轉"。形誤。《補注杜詩》《全唐詩》作"輔"。)　久:一作"遠"。　趙云:兩句則公之難深矣。"衣冠""穰穰",雖多亦奚以爲?"關輔""昏昏",風塵歷年不鮮也。庾信云:"昏昏如生霧。"久,一作"遠"。非。

"願柱"二句:願柱:一作"唯駐"。　趙云:"長安日",正用晉明帝所言:"日近,長安遠;日遠,長安近。"故有此三字也。"照北原"之義,蓋以太原府爲北都,而陷於史思明。帝日之光所宜照之矣。柱,一作"駐"。非。

歲 暮

歲暮遠爲客,邊隅還用兵。
煙塵犯雪嶺,鼓角動江城。
天地日流血,朝廷誰請纓?
濟時敢愛死,寂莫壯心驚。

【集注】

"煙塵"二句:趙云:此篇專言吐蕃之亂也。今歲上元元年,歲在庚子,吐蕃陷郭州,則其兵熾於西山一帶。西山近接松、維,上有積雪,人謂之雪山。"鼓角動江城",言其震驚成都。"江城",言成都也。

"天地"句:謂多戰鬥也。

"朝廷"句:趙云:《揚子》:"川谷流人之血。""請纓"字,終軍願請長纓以係虜。

"濟時"二句:(陳案:愛,《四庫全書》作"受"。形誤。《補注杜詩》《全唐詩》作"愛"。) 趙云:公自悼其有"濟時"之志,而"壯心"已銷故也。

和裴迪登蜀州東亭,送客逢早梅,相憶見寄

東閣官梅動詩興,還如何遜在揚州。
此時對雪遙相憶,送客逢春可自由。
幸不折來傷歲暮,若爲看去亂鄉愁。
江邊一樹垂青發,朝夕催人自白頭。

【集注】

"東閣"二句:《梁書·何遜傳》:"不見揚州事。" 趙云:題云"東亭",而詩云"東閣",但皆蜀州之"東"耳,(何)[可]以謂之"亭",可以謂之"閣",特一臨眺之所也。"梅"屬於"官",故曰"官梅",與官柳之義同。"動詩興",指言裴迪。後人多用作杜公"動詩興",誤矣!何遜在《梁書》卒于廣陵王記室。舊注所云固然矣,而以公詩逆之,用比裴君,則何遜遊於揚,裴君寄於蜀,其《詠早梅詩》同也。蓋古人詠"早梅",唯傳何遜一篇,而其"梅"是"官梅"耳。見歐陽率更《藝文類聚》及徐堅《初學記》中,其題止曰:"(梁)何遜《詠早梅詩》。"詩曰:"兔園標物序,驚時最是梅。銜霜當路發,映雪擬寒開。枝橫卻月觀,花遶凌風臺。知應早飄落,故逐上春來。"詩首云"兔園",則以梁孝王之園比之,必在揚州太守園中也。又云卻月觀、凌風臺,應是園中之臺觀名。按:樂史《寰宇記》載揚州事,有風亭、月觀、吹臺,乃宋徐湛之所營,而何遜梁人,在徐湛之後,豈在後更有此名乎?

"此時"二句：春：一作"花"。　　趙云：上句言裴迪登"東亭"之際憶我，所以有"見寄"之作。下句又言裴迪之見梅也。謂之"送客逢花"，則"東亭"應在蜀州城東，必矣。一作"逢春"，非是。蓋後句有"亂春愁"也。

"幸不"二句：鄉：一作"春"。　　趙云：言裴君"幸不折"梅以相寄，若"折來"，則使我"傷歲暮"矣。曹子建《幽思賦》："感歲暮而傷心"也。若何更欲往"看"乎？苟欲往"看"之，則起春思撩亂矣。此皆遭時艱難，流離於外，雖見花而感，亦詩人之情也。"春愁"，一作"鄉愁"，非。蓋"梅"非專是長安有之，無見"梅"思鄉之義。

"江邊"二句：（陳案：青，《補注杜詩》《全唐詩》作"垂"。）　　趙云：言我草堂"江邊"，亦有"一樹"將"發"，又將"傷歲暮"而"亂春愁"，則"頭""白"可知。

寄贈王十將軍承俊

將軍膽氣雄，臂懸兩角弓。
纏結青驄馬，出入錦城中。
時危未受鉞，勢屈難爲功。
賓客滿堂上，何人高義同？

【集注】

"寄贈"句：趙云：詩言"錦城中"，則指成都城内。題謂之"寄贈"，莫可考何地寄之。豈在浣花溪上馳往（地）[城]内，便可謂之"寄"乎？觀後卷嚴武與公詩云《寄題杜二錦江野亭》，則自府中馳詩於浣花溪，可謂之"寄"矣！

"將軍"二句：趙云：孫子荆《書》曰："并敵一向，奪其膽氣。"師云：謝承《後漢書》："邴丹膽氣過人。"

"時危"二句：趙云：賜斧"鉞"然後征。"受鉞"，則爲大將矣。

"賓客"二句：趙云：言"王將軍"之"賓客"，皆武人耳，豈有"膽氣"期於爲（如）[功]，如王君之高誼者乎？此微言之耳！"賓客滿堂"四字,出《漢書》,於《王莽傳》《陳遵傳》皆有之。"高義"字,祖出《莊子·盜跖篇》,而曹子建《美女篇》云:"佳人慕高義。"

遊修覺寺 前遊

野寺江天豁,山扉花竹幽。
詩應有神助,吾得及春遊。
徑石相縈帶,川雲自去留。
禪枝宿衆鳥,漂轉暮歸愁。

【集注】

"詩應"句:《杜補遺》:《南史》:謝惠連族兄靈運,每有篇章,對惠連輒得佳句。嘗於永嘉西堂思詩,終日不就,忽夢見惠連,即得"池塘生春草"之句,大以爲工。常云:"此語有神助,非吾語也。"

"徑石"句:相:一作"深"。　師云:吳筠《賦》:"山川縈帶,勝概亦多。"

"川雲"句:自:一作"晚"。

"禪枝"句:師云:盧諶《遊山寺》詩:"棲鴿遶禪枝。"

"漂轉"句:趙云:"禪枝"字,庾信《周新州安昌寺碑》云:"禪枝四靜,慧窟三明。"而孟浩然《東寺》詩亦云:"禪枝怖鴿栖。"公於佛寺詩,或贈僧詩,多須用佛家書字,斯爲當體。

後　遊

寺憶新遊處,橋憐再渡時。
江山如有待,花柳更無私。
野闊煙光薄,沙暄日色遲。
客愁全爲減,捨此復何之?

【集注】

"花柳"句:趙云:言"遊"者,皆得見之,無所"私"也。

"野闊"句:(陳案:闊,《補注杜詩》《全唐詩》作"潤"。)

題新津北橋樓 得郊字

望極春城上,開筵近鳥巢。

白花簷外朶,青柳檻前梢。

池水觀爲政,廚煙覺遠庖。

西川供客眼,唯有此江郊。

【集注】

"望極"二句:趙云:《古樂府》云:"春城起風色。"

"池水"句:澄清而不撓也。

"廚煙"句:"遠庖",言其仁也。　趙云:公眼前所見而寓意也。《漢書》云:《書》稱"水曰潤下。"政令順時,則水得其性,此之謂潤下。今唯見"池水",則於是可貼以爲"政"字矣。其意則又顧子與子華遊東池,子華曰:"水有四德,池爲一焉。沐浴群生,澤水萬世,仁也;揚清激濁,滌蕩塵穢,義也;弱而難勝,勇也;導江疏河,變盈流謙,智也。"顧子曰:"我得汝于池上矣!"《孟子》曰:"見其生,不忍見其死;聞其聲,不忍食其肉,是以君子遠庖廚也。"

奉酬李都督表丈早春作

力疾坐清曉,來詩悲早春。

轉添愁伴客,更覺老隨人。

紅入桃花嫩,青歸柳葉新。

望鄉應未已,四海尚風塵。

【集注】

"力疾"二句:趙云:"力疾",祖出《越語》:范蠡曰:"宜爲人客,剛[彊]而力疾。"其後見於史,則晉卞壺拒蘇峻,"力疾帥左右苦戰"。又,《載記》:"姚弋仲求見石虎,虎力疾見之。"又《南齊》:"世祖力疾召樂府奏正聲伎。"盧照鄰詩序中亦曾使矣。"來詩",一本作"來時",非。身既"疾"矣,而所得之詩多"悲早春",故"添愁""覺老"也。

"望鄉"二句:趙云:以"四海""風塵"切於"望鄉"也。時東則有史思明,西則有吐蕃,故云。成都有望鄉臺,此"望鄉"字所祖。

登　樓

花近高樓傷客心,萬方多難此登臨。
錦江春色來天地,玉壘浮雲變古今。
北極朝廷終不改,西山寇盜莫相侵。
可憐後主還祠廟,日暮聊爲梁甫吟。

【集注】

《登樓》:趙云:此在閬中,已聞代宗車駕還長安之作,又言吐蕃陷松、維、保州事。舊本在成都往新津詩中,遂指爲"登"新津樓,而妄説紛紛,正如《古柏行》乃夔州詩,實言其氣接巫峽長,而有廣大之語,以爲説者矣。

"花近"二句:趙云:《古詩》:"西北有高樓。"謝靈運詩:"客心非外獎。"(陳案:《文選》作"王粲"。)又有《登臨海嶠》詩。

"錦江"二句:色來:一作"水流"。　師云:言"錦江春色",自天地以來,常如此;而"玉壘浮雲",則變態,"古今"不同。　趙云:兩句可謂雄麗含蓄之句,乃傷時多難而景物不移也。成都江曰"錦江",謂以其水濯錦,則錦色愈明也。《蜀都賦》曰:"包玉壘而爲宇。"句云:"玉壘,山名也,湔水出焉,在成都西北。"一作"錦江春水流天地",此或於"登"新津樓,見成都江之來也,便不如"錦江春色來天地"之含蓄,而蔡伯世取之,非矣。公又曰:"錦江春色逐人來。"於義則"春色"

之來，在"天地"中一氣浩大，不可名狀，時無古無今，皆有變態如"浮雲"。《選》詩云："春色滿皇州。"《論語》云："於我如浮雲。"

"北極"二句：時崔旰起"西山"。　　趙云："北極"者，北辰也。《語》曰："譬如北辰，而衆星拱之。"則朝廷之尊安如此。"寇盜"，指言吐蕃。蓋去年十月，吐蕃陷京師。十五日，聞郭子儀軍至，衆驚潰。子儀復長安。則朝廷似乎"改"矣，而車駕已還，此其"終不改"也。而十二月，吐蕃陷松、維、保三州，成都大震，則來"相侵"矣。故公告之以"朝廷"如"北極"，"終不改"移，爾吐蕃特"（盜）[寇]盜"耳，無用"相"侵犯也。以此相應頷聯兩句，見"登樓"時望全蜀氣象如此。舊注"崔旰起兵於西山"，非是。崔旰反在永泰三年，歲在乙巳，相去三年，不相干矣。或云：既在閬中作詩，而詩及"錦江""玉壘"，何也？蓋公初爲未聞已收宮闕，遂有《傷春五首》（於）[與]《城上》之作；今此已聞車駕之復矣，"登樓"遠望，感去年吐蕃又陷松、維、保州（故）[事]，故詩主言蜀中之大疆界也。

"可憐"二句：趙云：按：《資治通鑑》：廣德元年十二月丁亥，車駕發陝州。左丞顏真卿請先謁陵廟，然後還宮，元載不從。真卿怒曰："朝廷豈堪相公再壞耶！"載由是銜之。所載如此而已，代宗竟謁陵廟與否，無所考也。以意逆之，公於二年春作《傷春》詩，時尚未與車駕當年十二月已還京師矣，（陳案：與，《杜詩引得》作"知"。）故"傷"之而有作。後聞有承宏之事，所以言"朝廷終不改"。又聞顏真卿之請，所以有"還祠廟"之句。今以爲閬中所作，自謂灼然矣。公託言後主之"還祠廟"，又自謂諸葛可以爲之輔也。考《後主傳》及《諸葛亮傳》，并無"祠廟"之文，唯《後主傳》注載：禪謂亮曰："政由葛氏，祭即寡人。"（陳案：即，《太平御覽》作"則"。）斯以"祠廟"爲事矣。諸葛作《梁甫吟》，意在訕罪晏子之爲相，今公以諸葛自處而爲其"吟"，所以罪元載乎？《梁甫吟》之詞曰："步出齊城門，遙望蕩陰里。里中有三墳，纍纍正相似。問是誰家冢？田疆古冶子。力能（拂）[排]南山，文能絕地理。（陳案：絕、理，《樂府詩集》作'絕''紀'。）一朝被讒言，二桃殺三士。誰能爲此謀？國相齊晏子。"

春　歸

苔逕臨江竹，茅簷覆地花。
別來頻甲子，歸到忽春華。
倚杖看孤石，傾壺就淺沙。
遠鷗浮水靜，輕燕受風斜。
世路雖多梗，吾生亦有涯。
此身醒復醉，乘興即爲家。

【集注】

《春歸》：趙云：此言"歸"時當"春"也，非謂春色之歸至，又非謂春色之歸往也。

"苔逕"二句：趙云：言竹生"苔徑"而"臨江"，花倚"茅簷"而"覆地"耳。古《燕歌行》云："楊柳覆地亦千條。"又云："桃抽覆地春花舒。"非"花"落而在"地"也。題云"春歸"，蓋言久出，當時而"歸"，非言春色歸往。若誤認題意，遂有落花之義。下句云"歸到忽春華"，可見矣。

"別來"句：見"甲子混泥塗"注。

"歸到"句："忽"，輕忽也。（陳案：歸到忽，《全唐詩》作"倏忽"。一作"歸到"。忽，《全唐詩》作"又"。）　趙云："別來"者，"別"上句之"竹"與"花"也。公於《四松》古詩曰："別來忽三歲，離立如人長。"與此同義。公初自成都遊梓、閬，踰三歲焉，故於"甲子"得謂之"頻"。"歸到"，則言歸成都也。"忽春華"，言倏忽之間是"春"。公於《四松》詩又云："避賊今始歸，春草滿（滿）［空］堂。"乃此"忽春華"之義矣。《左傳・襄三十年》：絳縣人云："臣生之歲正月甲子朔，四百有四十五甲子矣。""春華"字，如："摘藻絕春華。"（陳案：絕，《文選・贈河陽》作"豔"。）

"世路"句：師云：曹毗《賦》："念世路之多梗。"

"吾生"句：《莊子》曰："吾生也有涯。"　趙云：鮑明遠詩："倚杖牧雞豚。"

"此身"句:此身:一作"且應"。

歸 雁

春來萬里客,亂定幾年歸?
腸斷江城雁,高高正北飛。

【集注】

《歸雁》:趙云:(陳)徐陵《答尹義》言曰:"歸(曰)[雁]銜蘆。"此"歸雁"字所出。

"春來"句:春:一作"東"。

"高高"句:正:一作"向"。　趙云:"萬里",言萬里橋也。自西川來東川,所以爲"東來"之"客"。今歲廣德元年,史朝義死,思明父子僭號凡四年滅。公喜之,爲"亂定"矣,然尚留於梓。"江城",指言梓州。"雁"以春而北"歸",公之"歸"亦向北而不能,宜有"斷腸"之興矣。

三 絶

右一

楸樹馨香倚釣磯,斬新花蕊未應飛。
不如醉裡風吹盡,可忍醒時雨打稀。

【集注】

《三絶》:此《三絶》,皆愍交道凋敝,風俗衰薄也。初章言新合之情不能久,則莫若不見之也。次章言疏(藪)[數]之無常也。三章言莫若以歲寒自守也。公當亂離之際,奔走流落,而無上下之交故也。於詩(寺)[者],率皆如此。　趙云:世有《天廚禁臠》者,洪覺範之書也,謂此爲遺音句法,且曰:"子美詩言山間野外,意在凯刺風俗。

如《三絶句》詩,是也。"余謂不然,且解于后。

"斬新"句:師云:劉孝標賦:"斬新鼎物。"

"不如"二句:(陳案:風吹,《全唐詩》同。一作"春風"。可,《全唐詩》同。一作"何"。)　趙云:"斬新"字,通方言也。"雨打"字,即常語。《涅槃經》云:"風雨所打"。洪覺範云:"上兩句言後進暴貴,可榮觀也;後兩句言其恩重才薄,眼見其零落,不若未受恩眷之時。'雨'比天恩,以'雨'多故,致花易壞也。"又云:"小人之愚弄朝廷,賢人、君子不見其成敗則已,如眼見其敗,亦不能不爲之歎息耳,故曰:'可忍醒時雨打稀。'"如此,則又自爲兩説矣。蓋"楸"者,梓木也,與梗、楠、豫章同義真材,(陳案:義,《杜詩引得》作"爲"。)不可比之後進也。若必欲比興,則公以自況矣。如楸梓之"馨香","倚釣磯"間曠之地,其花方新,未便飛落。既不得收用,且於"醉裡"(尭)[風]過而落盡,不忍在"醒時"爲雨所摧打而稀少,則"雨"乃所以譬患難,豈得却謂之天恩乎?觀其謂之"雨打",則非佳意矣。

右二

門外鸂鶒久不來,沙頭忽見眼相猜。
自今已後知人意,一日須來一百迴。

【集注】

"門外"四句:趙云:洪覺範云:"上兩句言貪利小人,畏君子之覬其短也;後兩句言君子以蒙養正,瑜瑾匿瑕,山藪藏疾,不發其惡,而小人來革面諂諛,不能媿恥也。"余謂此篇正有"狎鷗"之意,彼以"鸂鶒"爲小人,亦何所取義乎?"一日""來一百迴",亦豈有諂諛之意乎?

右三

無數春笋滿林生,柴門密掩斷人行。
會須上番看成竹,客至從嗔不出迎。

【集注】

"無數"四句:趙云:蜀人於"竹"言"上番",則"成竹",又曰上筹笋;下番則不成竹,亦曰下筹笋。覺範斷此全篇云:"言惟守道〔爲〕歲寒也。看筍成竹,謂之觀其成材則可,豈有守道之意乎?"

客　至

舍南舍北皆春水,但見群鷗日日來。
花徑不曾緣客掃,蓬門今始爲君開。
盤飱市遠無兼味,樽酒家貧只舊醅。
肯與鄰翁相對飲,隔籬呼取盡餘杯。

【集注】

《客至》:喜崔明府見過。

"但見"句:見:一作"有"。

"花徑"二句:言尋常惟爲鷗鳥往來,未常有"客至"。今也方除剪蓬蒿,以待君子也。

"盤飱"二句:師云:《前漢》:陳遵食不兼味。陶侃詩:"新釀接舊醅。"　趙云:《左傳》:"盤飱寘璧。"(陳案:飱,《左傳》作"飧"。《漢書·高後紀》顏師古注引韋昭云:"熟食曰飱。"《左傳·昭公五年》杜預注:"熟食爲飧。"兩字義同。)《易》:"樽酒簋貳。"潘岳作《夏侯湛誄》有云:"重珍兼味。"

遣意二首

右一

囀枝黃鳥近,汎渚白鷗輕。
一徑野花落,孤村春水生。
衰年催釀黍,細雨更移橙。
漸喜交遊絶,幽居不用名。

【集注】

"細雨"句:(陳案:更,《全唐詩》同。一作"夜"。)

"漸喜"二句:陶淵明:"歸去來兮,請息交以絕遊。"

右二

簷影微微落,津流脉脉斜。

野船明細火,宿雁聚圓沙。

雲掩初弦月,香傳小樹花。

鄰人有美酒,稚子夜能賒。

【集注】

"宿雁"句:圓:一作"寒"。

"野船"六句:夜:一作"也"。　　趙云:"野船",一本作"野松",非是。蓋此夜景矣。"初弦"字,庾肩吾《江州七夕》詩:"初弦值早秋。""香"謂之"傳",(梁)(注)[王]訓《咏舞》云:"衣香十里傳"也。"小樹"字,《法華經》有云:"小樹枝。""夜能賒",一作"也能賒",蓋由北人稱"也"爲"夜",是以悞改耳。

卷二十二

(宋)郭知達 編

近體詩

琴　臺

茂陵多病後，尚愛卓文君。
酒肆人間世，琴臺日暮雲。
野花留寶靨，蔓草見羅裙。
歸鳳求皇意，寥寥不復聞。

【集注】

《琴臺》：《成都記》：琴臺院，以司馬相如"琴臺"得名，而非相如舊臺。舊臺在浣花溪正路，金花寺北廂，號海安寺。梁蕭藻鎮蜀，增建樓臺，以備遊觀。元魏伐蜀，下營於此。掘爲塹，得大甕二十餘口，蓋所以響琴也。隋蜀王秀更增五臺，并舊爲六。

"茂陵"二句：相如居茂陵，常病渴。文君，臨邛卓文女，少寡，好音，相如以琴心挑之，文君夜奔相如，相如與歸成都。

"酒肆"句：相如既歸成都，家居徒四壁立。乃之臨邛，賣車騎酤酒，文君當壚，生自滌器於市也。　趙云：言以"酒肆"爲營生之具。爾《莊子》有《人間世》篇。

"琴臺"句：趙云：江文通《擬休上人》詩云："日暮碧雲合。"

"野花"二句：趙云：沈佺期《梨園亭侍宴》云："野花飄御座，河柳拂天杯。"以"花"譬"寶靨"花鈿也，親"野花"如卓文君所"留"之鈿。"蔓草"，則《詩》云："野有蔓草。"草之色綠，如"見"其"裙"。或以白樂天"裙腰"細草言之,其義亦通。

"歸鳳"二句:《杜補遺》:徐陵《玉臺新詠》載相如《琴歌》曰:"鳳兮鳳兮歸故鄉,遊遨四海求其皇。時未通遇無所將,何悟今日升斯堂。有艷淑女在此房,室邇人遐愁我腸,何緣交頸爲鴛鴦。"又曰:"凰兮凰兮從我栖,得託字尾永爲妃。交情通體心和怡,中夜相從知者誰?雙與俱起翻高飛,無感我心使予悲。"　　趙云:夫相如以文章冠世,固美矣,而此段終非美事。"寥寥不復聞",言行媒婚姻,乃所聞者;而挑之使奔,自相如之死,如此者未之聞矣。爲賢者諱,《春秋》之義,今句其微言責之者乎?

漫成二首

右一

野日荒荒白,春流泯泯清。
渚蒲隨地有,村徑逐門成。
只作披衣慣,常從漉酒生。
眼前無俗物,多病也身輕。

【集注】

"野日"二句:日:一作"月"。　　(陳案:春,《全唐詩》同。一作"江"。)　　趙云:(周)王褒《送葬》詩云:"寒近邊雲黑,塵昏野日黃。"

"渚蒲"二句:趙云:(梁)簡文帝《晚春》詩:"渚蒲變新節。"公詩又曰:"渚蒲芽白水荇青。"

"只作"二句:陶潛:"以巾漉酒。"　　趙云:言有酒之家,必從之求酒飲也。

"眼前"二句:《杜補遺》:《世說》云:嵇、阮、山、劉在竹林酣飲,王戎後往。阮步兵曰:"俗物已復來敗人意。"則子美眼邊"無俗物",宜其雖"病"而"身輕"也。

右二

江皋已仲春,花下復清晨。
仰面貪看鳥,迴頭錯應人。
讀書難字過,對酒滿壺頻。
近識峨眉老,知余懶是真。

【集注】

"江皋"句:謝靈運詩曰:"日麗江皋。"又詩:"仲春喜遊遨。"

"近識"二句:東山隱者。　趙云:《楚詞》:"朝馳騁兮江皋。"其後謝玄暉使"幽客滯江皋"。"清晨",出子建詩。

春　水

三月桃花浪,江流復舊痕。
朝來没沙尾,碧色動柴門。
接縷垂芳餌,連筒灌小園。
已添無數鳥,爭浴故相喧。

【集注】

《春水》:"三月"句:江人以三月水爲桃花水。

"江流"句:言復漲也。　趙云:《韓詩章句》於"溱與洧,方涣涣兮",注云:"謂三月桃花水下時也。"

"碧色"句:《古詩》:"春水似挼藍。"

"已添"二句:趙云:《古詩》曰:"寄語故林無數鳥,會入群裏比毛衣。"崔植《苦寒行》云:"但聞寒鳥喧。"

江　亭

坦腹江亭暖,長吟野望時。

水流心不競,雲在意俱遲。
寂寂春將晚,欣欣物自私。
故林歸未得,排悶強裁詩。

【集注】

"江亭"句:王羲之東牀"坦腹"。

"寂寂"句:趙云:桓溫云:"爲爾寂寂,文景笑人。"

"欣欣"句:陶淵明《賦》:"木欣欣以向榮。"

"故林"句:趙云:王仲宣《七哀詩》:"飛鳥翔故林。"

"排悶"句:排,去也。　趙云:周弘讓《答王襃書》云:"排愁破涕。"

村　夜

風色蕭蕭暮,江頭人不行。
村舂雨外急,鄰火夜深明。
胡羯何多難,樵漁寄此生。
中原有兄弟,萬里正含情。

【集注】

"風色"句:趙云:一本作:"蕭蕭風色暮。"則錯字眼矣。又一本作:"(蕭蕭)[肅肅]風色暮。"却無義矣。師民瞻本作:"風色蕭蕭暮。"是。上官儀《初春》詩:"風色翻露文,雪花上空碧。"

"村舂"句:趙云:可謂善道事矣。孟浩然:"鄰杵夜聲急。"亦詩人偶合,蓋物理當然。李商隱云:"渠濁村舂急。"則分明是使杜公之句。

"胡羯"二句:趙云:"胡羯",指言史朝義也。是年三月,史朝義弑其父思明而襲位,改元顯聖。　(陳案:樵漁,《杜詩詳註》同。一作"漁樵"。從平仄律和內容來看,二者相同。)

"萬里"句:趙云:王仲宣《公讌》詩曰:"今日不極歡,含情欲待誰?"而江文通《登廬山香爐峯》詩:"臨風默含情。"

早　起

春來常早起，幽事頗相關。

帖石防隤岸，開林出遠山。

一丘藏曲折，緩步有躋攀。

童僕來城市，餅中得酒還。

【集注】

《早起》：趙云：《孟子》："早起，施從良人之所之。"

"春來"二句：趙云："頗相關"，出於梁元帝："別罷花枝不共攀，別後書信不相關"也。蕭綜《悲落葉》詩："悲落葉，何時還？宿昔并根本，無復一相關。"陳後主云："風流豈云盡，嬌態強相關。"

"一丘"二句：趙云："一丘"對"緩步"，此不拘以數對數，詩之老成者也。《漢書》：班固書曰："夫嚴子者，棲遲於一丘，〔則〕天下不易其樂。"故其後謝鯤云："一丘一壑，自謂過之。""緩步"字，如《傳》云："緩步而拯溺。"

畏　人

早花隨處發，春鳥異方啼。

萬里清江上，三年落日低。

畏人成小築，褊性合幽棲。

門逕從榛草，無心待馬蹄。

【集注】

《畏人》：趙云：《選》詩曰："客子常畏人。"故公得以爲題。

"萬里"二句：年：一作"峯"。　　趙云：公所居在萬里橋西。

"褊性"句：趙云：謝靈運詩："資此永幽棲。"

"門逕"句：門逕：一作"逕沒"。

"無心"句:待:一作"走"。

可　惜

花飛有底急,老去願春遲。
可惜歡娛地,都非少壯時。
寬心應是酒,遣興莫過詩。
此意陶潛解,吾生後汝期。

【集注】

"花飛"二句:趙云:"有底",唐人語其"甚底事"也。韓退之詩云:"有底忙時不肯來。"

"可惜"二句:趙云:《孟子》:"霸者之民,驩虞如也。"而詩人用之,如:"朝野多歡娛。"《古詩》:"少壯不努力。"

"寬心"四句:趙云:以"酒"對"詩",詩人皆然。陶淵明所以高世者,此二物而已。公恨不與之同時,故曰"後""期"也。

落　日

落日在簾鈎,溪邊春事幽。
芳菲緣岸圃,樵爨倚灘舟。
啅雀爭枝墜,飛蟲滿院遊。
濁醪誰造汝?一酌散千憂。

【集注】

"芳菲"二句:趙云:"芳菲"之"圃","緣岸"而爲;"樵爨"之"舟","倚灘"而泊。此於義本是"緣岸芳菲圃,倚灘樵爨舟",而句法藏巧,故云。

"啅雀"二句:(陳案:雀,《四庫全書》本作"崔"。形訛。《補注杜詩》《全唐詩》作"雀"。）　　趙云：蓋道實事，與《夏夜歎》所謂"虛明見纖毫，羽蟲亦飛揚"同。

"濁醪"二句：一酌：一作"酌罷"。　　東方朔曰："夫積憂者，得酒而解。"　　《杜補遺》：《東方朔別傳》：武帝幸甘泉，長平坂道中有蟲，赤如肝，頭目口齒悉具。朔曰："此謂怪氣，是必秦獄處也。夫積憂者，得酒而解。"乃取蟲，置酒中，立消。　　趙云：《魏都賦》云："清酤如濟，濁醪如河。""一酌散千憂"，"一"可以敵"千"，乃詩語之工也。一作"酌罷"，非。

獨　酌

步屧深林晚，開樽獨酌遲。
仰蜂粘落蕊，行蟻上枯梨。
薄劣慙真隱，幽偏得自怡。
本無軒冕意，不是傲當時。

【集注】

"步屧"二句：趙云：《宋書》：袁粲爲丹陽尹，嘗步屧白楊郊野間，道遇一士人，便呼與酣飲。

"仰蜂"二句：（陳案：蕊，《全唐詩》作"絮"。一作"蘂"。）　　行，音杭。　　趙云："蜂粘花蕊"，是也。一作"落絮"，非。"行蟻"，成行之蟻。

"薄劣"句：趙云："薄劣"，謝靈運詩："彼美丘園道，喟焉傷薄劣。"

"本無"句：薛云：《莊子》曰："今之所謂得志者，軒冕之謂也。"

遠　遊

賤子何人記，迷方著處家。
竹風連野色，江沫擁春沙。

種藥扶衰病,吟詩解嘆嗟。
似聞胡騎走,失喜問京華。

【集注】

《遠遊》:趙云:《楚詞》有《遠遊》篇。

"迷方"句:趙云:《記》曰:"所遊必有方。""迷方",則漫行而不知所定止也。鮑照《擬古》云:"南國有儒生,迷方獨淪誤。"此之謂"著處家"矣。或作"迷芳",非是。

"似聞"二句:"失喜",言出於不自覺。　趙云:"胡騎走",謂史朝義之兵稍衰者也。

徐　步

整履步青蕪,荒庭日欲晡。
芹泥隨燕觜,花蘂上蜂鬚。
把酒從衣濕,吟詩信杖扶。
敢論才見忌,實有醉如愚。

【集注】

"整履"句:履:一作"屐"。

"荒庭"句:晡,向午也。　趙云:晡,日晚也。《淮南子》:"日至于悲谷,是謂晡時。"

"芹泥"二句:趙云:公此數篇詩,皆道景爲新句。前篇云:"仰蜂粘落蘂,行蟻上枯梨。"今云:"芹泥隨燕觜,花蘂上蜂鬚。"真冠絶古今矣。

"敢論"句:賈誼以"才見忌"。

"實有"句:潛德於酒也。

寒　食

寒食江村路，風花高下飛。
汀煙輕冉冉，竹日净暉暉。
田父要皆去，鄰家閑不違。
地偏相識盡，雞犬亦忘歸。

【集注】

"寒食"句：路：一作"落"。

"田父"句：父：一作"舍"。　　趙云："要"，音平聲。言有招要，則皆去也。

"鄰家"句：閑：一作"問"。　　趙云：言"鄰家"之問贈，亦"不違"而受之。如《左傳》"衛出公以弓問子貢"之"問"。舊本作"閑"，非。

"地偏"二句：歸：一作"機"。　　趙云：陶潛："心遠地自偏。"

高　柟

柟樹色冥冥，江邊一蓋青。
近根開藥圃，接葉制茅亭。
落景陰猶合，微風韻可聽。
尋常絕醉困，臥此片時醒。

【集注】

《高柟》：趙云：此應是下篇古詩"風雨所拔"之"柟"矣。

"江邊"句：劉先主所居，籬角一樹，遠望若車蓋。

"落景"句：趙云：凡木日景晚照不全照頂，止照其旁，故"陰"少。今"柟"以高大，則其旁枝葉濃茂，故云。

惡〔樹〕

獨遶虛齋徑,常持小斧柯。
幽陰成頗雜,惡木翦還多。
枸杞因吾有,雞棲奈如何。
方知不材者,生長漫婆娑。

【集注】

《惡〔樹〕》:(陳案:《四庫全書》本作"惡"。《補注杜詩》《全唐詩》作"惡樹"。)

"常持"句:趙云:《六韜》云:"兩葉不去,將成斧柯。"

"幽陰"二句:趙云:《管子》云:"士懷耿介之心,不蔭惡木之枝。""惡木"尚能恥之,況與惡人同處!陸士衡《猛虎行》云:"熱不蔭惡木陰。惡木豈無陰,志士多苦心。"(陳案:不蔭、無陰,《文選》作"不息""無枝"。)即用《管子》矣。"翦"字,則《甘棠》云:"勿翦勿拜。"

"枸杞"二句:汝:一作"爾"。　趙云:以"惡木"蔽障,而"枸杞"不生,因公"翦"去雜陰而有也。"翦"去木枝,似妨"雞棲",故云"奈汝何"。

"方知"二句:《莊子》言:櫟社之樹,匠伯不顧。弟子問之,匠伯曰:"彼散木也,無所可用,故能若是之壽也。"　趙云:《莊子》云:"昨日山中之木,以不才生也。"

石　鏡

蜀王將此鏡,送死置空山。
冥寞憐香骨,提攜近玉顏。
衆妃無復嘆,千騎亦虛還。
獨有傷心石,埋輪月宇間。

【集注】

《石鏡》:《成都記》:武都山精,化爲女子,蜀王開明納爲妃。無幾物故。王哀之,取武都山土,築爲之塚,蓋地數畝,以石鏡表其門。

"冥寞"句:趙云:"蜀王"於"冥寞"之中,憐此女子之香骨也。"冥寞",亦取謝惠連《祭古塚文》:"號之爲冥寞君"也。

"提携"句:《選》:"美者顔如玉。" 趙云:"提携""此鏡",以近女子之"玉顔"也。

"衆妃"二句:趙云:上句言昔日專寵"衆妃",皆有嗟嘆,今既死矣,則無"復嘆"。下句言人已葬矣,送葬之千騎"虛還"而已。

"獨有"二句:(陳案:月,《全唐詩》同。《補注杜詩》作"玉"。)見《石筍行》注。 趙云:"埋輪",借"張綱埋輪",爲熟字也。"月宇",似言容月之宇,如藻珠宫、廣寒宫之義,以比"埋"鏡月處。然非深解,以俟明識。

聞斛斯六官未歸

故人南郡去,去索作碑錢。
本賣文爲活,翻令室倒懸。
荆扉深蔓草,土銼冷疏煙。
老罷休無賴,歸來省醉眠。

【集注】

"聞斛"句:趙云:此豈前篇所謂斛斯融者乎?《絶句》云:"南鄰愛酒伴。"而自注云:"斛斯融,吾酒徒。"又自閬中再歸成都,則有《過故斛斯校書莊》以弔矣。

"故人"二句:趙云:"南郡",今夔、巫之間。酈道元注《水經》云:"秦兼天下,置立南郡。自巫而上,皆其域也。"夫爲人"作碑",而至遠"去索""錢",爲可傷矣。其求碑之人,又可鄙矣。此公詩句之奇也。

"本賣"二句:《唐書》:"以文獲財,未有如李邕者。"《左傳》:"室如懸罄。"《孟子》:"猶解倒懸。" 師云:管輅《射覆》云:"室家倒懸,門户衆多。藏精育毒,得秋乃化,此蜂窠也。"工部用史中字,非用事也。他倣此。　　趙云:"爲活",蜀人方言。"倒懸",言其室中飢餓,不啻"倒懸",急於飲食之爲解也。

"荆扉"二句:蜀人呼釜爲"銼"。　　趙云:沈休文詩云:"荆扉新且故。"《詩》云:"野有蔓(蔓)[草]。"

"老罷"二句:趙云:《蔡興宗傳》:太尉沈慶之曰:"加老罷私門,兵力頓闕。"則言"老"而"罷"也。應是常語。故公又云:"老罷知明鏡,悲來望白雲。"

絶句漫興九首

右一

眼見客愁愁不醒,無賴春色到江亭。
即遣花飛深造次,便覺鶯語太丁寧。

【集注】

《絶句漫興九首》:趙云:題名"漫興",蓋書眼前之景而漫成耳,別無譏誚。

"眼見"二句:見:一作"前"。　　趙云:言所見之"客愁",如睡如醉而"不醒"也。下句言"春色"既無所倚賴,而"到江亭"矣。時三月春暮,故有下句之可愁也。

"即遣"二句:飛:一作"開"。覺:一作"教"。　　趙云:即便"遣花飛"去,此所以爲春之"造次"也。一本作"遣花開",非是。"造次",率爾之義。"鶯"亦惜花之"飛",而其語"丁寧"稠疊也。師民瞻本作第九首。

右二

手種桃李非無主,野老墻低還是家。
恰似春風相欺得,夜來吹折數枝花。

【集注】

"手種"二句：趙云："野老"，公自稱也。言親手"種桃李"之人，固自有主，因"牆低"可盡見他家之"桃李"，即還是我家無異矣。此足見公之不泥意於分彼此也。

"恰似"二句：趙云：方藉見鄰家"桃李"以爲翫，而"春風相欺"，"吹折數枝"矣。

右三

熟知茅齋絶低小，江上燕子故來頻。
銜泥點污琴書内，更接飛蟲打著人。

【集注】

"熟知"四句：熟：一作"耐"。　　趙云：此篇專言"燕"也，只道實事，無所諷。"銜"字，俗旁著口，非。

右四

二月已破三月來，漸老逢春能幾回？
莫思身外無窮事，且盡生前有限杯。

【集注】

"二月"句：趙云："破"字下得奇。沈佺期《度安海入龍編》詩云："別離頻破月，容鬢驟催年。"亦此"破"之義。

"莫思"二句：張翰詩："使我有身後名，不如即時一杯酒。"　　趙云：以張翰句翻起新意、新語也。

右五

腸斷春江欲盡頭，杖藜徐步立芳洲。
顛狂柳絮隨風去，輕薄桃花逐水流。

【集注】

"腸斷"二句：趙云：上句王維所謂"行到水窮處"也。

"顛狂"二句："柳絮""桃花"，非久固之物，故"隨風""逐水"，無有定止。亦譏以勢利相交也。　　　趙云：作爲狂怪之語，別無所譏。

右六

懶慢無堪不出村，呼兒日在掩柴門。
蒼苔濁酒林中靜，碧水春風野外昏。

【集注】

"懶慢"二句：趙云："懶慢"而無所堪任，所以"不出村"，乃嵇康性疏懶而有"七不堪"是也。"柴門"，杜元凱注《左傳》："篳門，柴門也。"陶淵明《歸去來》云："門雖設而常關。"

"蒼苔"二句：趙云：此句法大似"落花游絲白日靜，鳴鳩乳燕青春深"；而驟然誦之，初不覺也。

右七

糝逕楊花鋪白氈，點溪荷葉疊青錢。
筍根稚子無人見，沙際鳧雛傍母眠。

【集注】

"點溪"句：疊：一作"纍"。

"筍根"二句：（陳案：際，《補注杜詩》《全唐詩》作"上"。）　　洪覺範《冷齋夜話》云："筍根雉子無人見"，世人不解何等語。唐人《食筍》詩曰："稚子脱錦綳，駢頭玉香滑。"則"稚子"爲"筍"明矣。贊寧《雜誌》曰："竹根有鼠，大如貓，其色類竹，名竹豚，亦名稚子。"　　趙云："筍根雉子"，則雉雞之子，出《古樂府》，有"雉子班"，固用對"鳧雛"。《西京雜記》："太液池，其間鳧雛鶴子，佈滿充積。"雉性好伏，况其子之身小，在筍之傍，難見亦可知。緣世間本有作"稚子"，故起紛紛之說。予問韓子蒼，子蒼曰："筍名稚子，老杜〔之意也〕，不用《食筍》詩亦可。覺範之說如此。夫既謂之'筍根稚子'，則'稚子'別是一物，豈仍舊却是筍邪？"諸説皆非，而贊寧穿鑿尤甚。蜀中竹間有鼠大如貓，成都人豈不皆知之，且識之邪？

右八

舍西柔桑葉可拈，江畔細麥復纖纖。
人生幾何春已夏，不放香醪如蜜甜。

【集注】

"舍西"二句：趙云："葉可拈"，則三月時，葉繁茂，可引手而"拈"之也。

"人生"句：魏武《短歌行》："對酒當歌，人生幾何。"

"不放"句：趙云："如蜜甜"，則《家語》載：童兒之歌，萍實曰"甜如蜜"也。"不放"者，不放脱之謂。

右九

隔户楊柳弱嫋嫋，恰似十五女兒腰。
誰謂朝來不作意，狂風挽斷最長條。

【集注】

"隔户"二句：趙云：(宋)鮑明遠詩："翩翩燕弄風，嫋嫋柳垂道。"又，(陳)徐陵《折楊柳》云："嫋嫋河隄柳，依依魏主營。"《琅琊王歌》："新買五尺刀，懸著中梁柱。一日三摩挲，劇於十五女。"

"狂風"句：趙云：師民瞻本作第一首。

戲爲六絶

其一

庾信文章老更成，凌雲健筆意縱橫。
今人嗤點流傳賦，不覺前賢畏後生。

【集注】

《戲爲六絶》：趙云：此六篇皆言文章之難事，公雖謂之"戲"，而中有刀尺矣。

"庾信"二句：《周書》："庾信，字子山，有盛才，文采綺艷，爲世人所尚，謂之庾體。宿學後生競相模範，作《哀江南賦》，尤爲麗絶，至今行於世。"　　趙云：《詩》云："雖無老成人，尚有典刑。""老成"者，以年則老，以德則成也。"文章"而"老更成"，則練歷之多，爲無敵矣，故公詩又曰："波瀾獨老成"也。司馬相如作《大人賦》，武帝讀之，飄然有凌雲之氣。庾信作《宇文順文集·序》曰："章表健筆，一付陳琳。"

"今人"二句：趙云："嗤點"，嗤笑點檢之也。干寶《晉紀·摠論》有云："蓋共嗤點，以爲灰塵而相詬病矣。"陸機《豪士賦》云："巍巍之盛，仰邈前賢。洋洋之風，俯冠來籍。""後生"，則孔子曰："後生可畏，焉知來者之不如今也。""後生"，言在後時所生，不必以年少爲"後生"也。今人"嗤點"其"賦"，則亦公自謂矣。庾信生於前，故謂之"前賢"。公生於後，故謂之"後生"。此又反其本傳中語也。

其二

楊王盧駱當時體，輕薄爲文哂未休。
爾曹身與名俱滅，不廢江河萬古流。

【集注】

"楊王"二句：楊炯、王勃、盧照鄰、駱賓王，以文辭馳名，號爲四傑。　　《杜補遺》《唐史》：李敬玄重楊炯、盧照鄰、王勃、駱賓王，必當顯貴。裴行儉曰："士之致遠，先器識，後文藝。勃等雖有文才，而浮躁淺露，豈享爵禄之器哉？"　　趙云：楊炯不伏王勃，而畏盧照鄰，嘗曰："媿在盧前，恥居王后。"炯意欲云"盧楊王駱"，而公今云"楊王盧駱"，則公語中已見品第矣。四子之文，大率浮麗，故公之以爲"輕薄爲文"，而"哂"之"未休"也。孔子曰："是故哂之。"下一"哂"字，而許與見矣。唐人《玉泉子》之書載：王、楊、盧、駱有文名，人議其疵曰："楊好用古人姓名，謂之點鬼簿；駱好用數對，謂之算博士。"然則，公以之爲"當時體"，亦豈過爲抵排之説哉！

"爾曹"二句：趙云：鮑明遠《升天行》云："何時與爾曹，啄腐共吞腥？"《老子》曰："名與身孰親？"《列子》曰："仁義使我先身而後名者也。""與名俱滅"字,則宋之問云:"《南史》之筆,漏而不書。東嶽之魂,與名俱滅。"

其三

縱使盧王操翰墨,劣於漢魏近風騷。
龍文虎脊皆君馭,歷塊過都見爾曹。

【集注】

"縱使"二句:謂"漢、魏"文雖"近《風》《騷》",未識其大全爾。
趙云:此篇又再舉盧、王二人,言"漢、魏"之文,去古未遠,終有《風》《騷》之氣,而照鄰與勃,轉爲"輕薄"之文,以文比之爲"劣"。
"龍文"二句:信君皆得逸才也。　杜田《補遺》:《前漢·西域傳》:孝武之世,蒲梢、龍文、魚目、汗血之馬,充於黃門。"注:"四駿馬名也。"又,《禮樂志》:"《天馬歌》:'天馬倈,出泉水,虎脊兩,化若神。"(陳案:神,《漢書》作"鬼"。)注:"馬毛色如虎脊者,有兩也。"　趙云:文章之妙,如"龍文虎脊"之馬,皆可充君王之"馭",然或"過都"而蹶,則猶不爲良馬。"爾曹",指盧、王也。王褒《聖主得賢臣頌》:"過都越國,蹶若歷塊。"

其四

才力應難跨數公,凡今誰是出群雄?
或看翡翠蘭苕上,未掣鯨魚碧海中。

【集注】

"才力"二句:趙云:"數公",指庾信、楊、王、盧、駱與夫漢、魏諸人也。自衆人觀之,"才力"未易超跨之。"出群"字,《世說》:殷中軍道韓太常曰:"康伯少自標置,居然是出群器。""群"字,亦指"數公"。而"出群雄",則蓋自負矣。
"或看"句:薛云:郭景純:"翡翠戲蘭苕,容色更相鮮。"言珍禽在芳草間,交相輝映,以比文章。苕者,華也。
"未掣"句:言今之爲文者,止得小巧而已。　趙云:此兩句言"數公"者,不過文采華麗而已,公所自負其"出群雄"者,如"掣鯨魚"

於"碧海",非釣手之善,氣力之雄,安能然哉？"蘭苕"事,郭景純《遊仙》詩云云,具見薛注。郭止言珍禽芳草,交相輝映,而公取用言文章也。"鯨魚"有力,最難得者。木玄虛《海賦》云:"魚則橫海之鯨。"潘岳《西征賦》曰:"貫腮屬毛,掣三牽兩。"(陳案:屬毛,《文選》作"罥尾"。)此無一字無(字)〔來〕處矣。東方朔《十洲記》曰:"東有碧海,廣狹浩汗,與東海等。水不鹹苦,正作碧色。"

其五

不薄今人愛古人,清詞麗句必爲鄰。
竊攀屈宋宜方駕,恐與齊梁作後塵。

【集注】

"不薄"二句:趙云:此公之志也。"古人",則指言"屈宋"也。《論語》:"必有鄰。""爲鄰"字,如天與地"爲鄰"也。

"竊攀"二句:屈原、宋玉,文才足以"方駕"并驅。齊梁詩體格輕麗,文之失,始於"齊梁"也。　趙云:言公竊自追攀屈原、宋玉,宜與之并駕矣。"恐與"字,如孔子謂子貢曰:"汝與回也,孰愈之？""與",言恐共"齊梁"之人,皆作"屈宋""後塵"爾。一云:公所以必追逐"屈宋"者,唯恐不超過"齊梁",而翻與之作"後塵",蓋"齊梁"詩體格輕麗,公所不取也。亦皆有義。劉孝標《〔廣〕絶交論》云:"方駕曹王。"謂曹植、王粲。"方",言并也。"後塵",應瑒《與桓玄書》曰:"敢不策馳,敬尋後塵。"(陳案:玄,《文選·張景陽〈七命〉注》作"元則",即桓範。)

其六

未及前賢更勿疑,遞相祖述復先誰。
別裁僞體親風雅,轉益多師是汝師。

【集注】

"未及"二句:趙云:陸機《豪士賦序》云:"巍巍之盛,仰邈前賢。"此兩句功用,可敵陸機《文賦》云:"必所擬之不殊,乃闇合乎曩篇。雖杼軸於予懷,怵他人之我先。"則公之意矣。唐乾封郊祀詔曰:"其後遞相祖述,禮儀紛雜。"而在文章言之,則沈休文作《謝靈運傳論》:"異軌同奔,遞相師祖。"李善注《文選》亦曰:"諸引文證,皆舉先以明後,以示作者必有所祖述也。"然則,祖述者文,人烏能輒己邪？故雖孔子亦曰:"祖述堯舜。"豈專自己出哉！

"别裁"二句:薛云:《南史》:"徐陵多變舊體,有新意。"又,《北史》:"庾信,父肩吾,與徐陵并爲東宫學士,文詞綺麗,世號徐庾體。"

趙云:"裁"字,即孔子"不知所以裁之"。《謝靈運傳論》文曰:"延年之體裁明密。"凡文章皆有"體"。《文賦》曰:"其爲體也屢遷。"嵇康曰:"才士并爲之賦頌,其體製風流,莫不相襲。"公今指言浮華者,謂之"僞體",故裁約之,以近《風》《雅》。亦無常師,多求之前人,以取其所長乃爲"師"耳。"汝師"者,自謂之辭。

江　漲

江發蠻夷漲,山添雨雪流。
大聲吹地轉,高浪蹴天浮。
魚鱉爲人得,蛟龍不自謀。
輕帆好去便,吾道付滄洲。

【集注】

"江發"句:蜀水之源,皆出夷地。

"大聲"句:《海賦》:"又似地軸挺拔而争迴。"　　趙云:揚子雲:"或問大聲。"

"高浪"句:《海賦》:"浮天無岸。"《遊仙詩》:"高浪駕蓬萊。"

"魚鱉"二句:《七發》:"横暴之極,魚鱉失勢。"　　趙云:公於《溪漲》詩亦曰:"蛟龍亦狼狽。"而况"鱉"與"魚"？

"輕帆"二句:公以道之不行,故有乘桴之意。

晚　晴

村晚驚風度，庭幽過雨霑。
夕陽薰細草，江色映疏簾。
書亂誰能帙？杯乾可自添。
時聞有餘論，未怪老夫潛。

【集注】

"夕陽"句：趙云：江淹《別賦》："陌上草薰。"

"未怪"句：趙云：緣王符著《潛夫論》，故云然。

朝　雨

涼氣晚蕭蕭，江雲亂眼飄。
風鴛藏近渚，雨鷰集深條。
黃綺終辭漢，巢由不見堯。
草堂樽酒在，幸得過清朝。

【集注】

"涼氣句"：(陳案：晚，《全唐詩》同。一作"曉"。)

"江雲"句：趙云：(周)庾信詩曰："細塵障路起，驚花亂眼飄。"

"黃綺"二句：趙云：黃公、綺公者，乃四皓中二人。既避秦矣。以漢高祖欲易太子之故，一出而定太子；又且入山，是爲"辭漢"。(晋)庾闡《閒居賦》曰："黃綺結其雲樓，漁父欣其濯足。"故公逸詩又云："黃綺未稱臣"也。"巢由"，巢父、許由也。嵇康《高士傳》曰："巢父，堯時隱人，年老，以樹爲巢，而寢其上，故人號爲巢父。堯之讓許由，由以告巢父。巢父曰：'汝何不隱汝形，藏汝光？非吾友也。'乃擊其膺而下之。許由悵然不自得，乃遇清冷之水，洗其耳，拭其目，曰：'嚮者聞言，負吾友。'遂去，終身不相見。"豈非皆"不見堯"耶？題是"朝雨",而言此者,蓋引下句"草堂"之興。

"草堂"二句:趙云:言不必如黄、綺之入山,巢、由之深隱,"草堂幸有樽酒",可以"過"此雨朝。乃詩人之高興,不必泥雨與晴也。謝惠連《翫月》詩:"悟言不知罷,從夕至清朝。"

送韓十四江東省觀

兵戈不見老萊衣,歎息人間萬事非。
我已無家尋弟妹,君今何處訪庭闈。
黄牛峽静灘聲轉,白馬江寒樹影稀。
此别還須各努力,故鄉猶恐未同歸。

【集注】

"兵戈"句:見"休覓綵衣輕"注。

"歎息"句:趙云:"兵戈"字,祖出《戾太子傳贊》。《列女傳》:"老萊子行年七十,著五色采〔衣〕於親側。"干戈阻隔,父母妻子離散,故未嘗見之也。以此一端言之,則"萬事"皆非有如是也。

"我已"二句:趙云:韓君東省,豈不足喜?而公難之,則艱亂之故,在所疑也。束皙《補亡詩》云:"眷戀庭闈。"注言:"親之所居也。"

"黄牛"二句:江陵縣有白馬洲。　趙云:"黄牛峽",韓所經之地。"白馬江",蜀州江名,今所稱亦然,乃韓與公爲別之處。盛弘之《荆州記》曰:"宜都西陵峽中,有黄牛山,江湍迂回,塗經信宿,猶望見之。行者語曰:'朝發黄牛,暮宿黄牛。三日三暮,黄牛如故。'"此則取其經歷艱苦之處言之。公詩凡寄遠及送行,或居此念彼,必兩句分言地之所在。今將經峽而往,乃自蜀州爲別,故有"黄牛""白馬"之句焉。舊注引爲"江陵",非是。

"此别"二句:(陳案:還,《全唐詩》作"應"。一作"還"。)　同一作"堪"。　趙云:此以別而流落爲懷矣。《吴越春秋》載越人之歌曰:"行行各努力。"《古詩》:"遊子悲故鄉。"(陳案:悲,《文選》作"戀"。)今指言長安,意者韓亦長安人。"同歸",一作"堪歸",非。蓋

"同"字與"各"字相應也。

贈杜二拾遺 蜀州刺史高適

傳道招提客，詩書自討論。
佛香時入院，僧飯屢過門。
聽法還應難，尋經剩欲翻。
草玄今已畢，此後更何言？

【集注】

"傳道"句："招提"，見上《登龍門奉先寺》注。

"詩書"句：趙云：《論語》："世叔討論之。"

"佛香"句：《杜補遺》云：《維摩經》曰："如人入薝蔔林，唯齅薝蔔，不齅餘香。若入此室，但聞佛功德之香，不樂聞辟支佛功德香也。"

"僧飯"句：趙云：言燒"佛香"之際，杜公時入於院中。當僧之齋飯，杜公"屢過"其門。此所謂"招提客"矣。

"聽法"句：支遁與許詢同講《維摩經》，互爲設難。

"尋經"句："翻"，譯也。《莊子》曰："翻十二經。" 趙云：舊注所引非是。《莊子》言孔子"繙十二經以説《老子》"。其云繙者，委屈敷衍之謂，非翻譯之義也。十二經者，以爲六經六緯，非佛十二部經。

"草玄"二句：揚子雲作《太玄經》《解嘲序》，時方草《玄》。

酬高思君相贈

古寺僧牢落，空房客寓居。
故人供祿米，鄰舍與園蔬。
雙樹容聽法，三車肯載書。
草玄吾豈敢，賦或似相如。

【集注】

"酬高"句：(陳案：思，《補注杜詩》《全唐詩》作"使"。)　　高適。

"古寺"二句：趙云："牢落"，《上林賦》："牢落陸離。"注："猶遼落也。"

"故人"句："祿米"，俸廩。

"鄰舍"句：趙云：此實道其事爾。"故人"，豈正是"高使君"邪？

"雙樹"句：釋書云：佛説法於祇園樹下。

"三車"句：趙云：《法華經》：有牛車，有鹿車，有羊車，以比三乘也。

"草玄"二句：趙云：此答高君來詩之意。《揚雄傳》："孝成帝時，客有薦雄文似相如者。"今公詩姑以著書則不敢，爲"賦"則能之耳。

草堂即事

荒村建子月，獨樹老夫家。
雪裏江船渡，風前逕竹斜。
寒魚依密藻，宿鷺起圓沙。
蜀酒禁愁得，無錢何處賒。

【集注】

《草堂即事》：趙云：孔德璋《北山移文》云："鍾山之英，草堂之靈。"李善引(梁)簡文帝《草堂傳》曰："汝南周顒，昔經在蜀，以蜀草堂寺林壑可懷，乃於鍾嶺雷次宗學館立寺，因名草堂，亦號山茨。"今公所建茅屋，取此"草堂"兩字名之，蓋有所據也。

"荒村"二句：肅宗上元中，大赦。去年號，止稱元年，以十一月爲歲首，月以斗所建辰爲名，故有"建子月"。　　趙云：此詩正以紀著事始，既著朝廷改月號之始，又著其所居之處，止有"獨樹"，豈不可謂之詩史乎？(周)王襃《送葬》詩："平原看獨樹，高亭望列村。"

"雪裏"六句：趙云：六句皆實道景與事矣。"圓沙"者，禽鳥"宿"於沙上，其有隱沙之跡必"圓"，如魚没痕圓之義。"無錢"字，庾信《擬連珠》曰:"胷中無學,如手中無錢。"

廣州段功曹到,得楊五長史書,功曹却歸,聊寄此詩

衛青開幕府,楊僕將樓船。
漢節梅花外,春城海水邊。
銅梁書遠及,珠浦使將旋。
貧病他鄉老,煩君萬里傳。

【集注】

"衛青"句:見上《送高三十五書記》注。

"楊僕"句:漢征南越,以楊僕爲樓船將軍。　趙云:上句,指言廣州節度使之幕,而"楊五長史"者,幕中之人也。下句,指楊長史也,以"楊僕"比之。

"漢節"二句:趙云:上句,指言楊也。漢遣使者,必持節。大庾嶺,古云多"梅花"。廣州在嶺外,故言"梅花外"。下句,指言廣州也。《古樂府》云:"春城起風色。"廣州東南至海四十里,故云"海水邊"。

"銅梁"二句:"銅梁"、玉壘,皆成都地名。廣州、合浦出珠。"使將旋",言段功曹將還廣州也。　趙云:上句,指言楊自廣有"書"來成都也。《蜀都賦》云:"於東則負銅梁。"下句,指言段功曹之還也。"珠浦",乃合浦,今之廉州。廣州,乃廣南東路,廉州乃西路,相去之"遠"。楊長史豈在廉州乎?故云"珠浦使"也。　《杜補遺》云:合浦,廉州郡名。《方輿記》曰:"合浦水,去浦八十里,有瀾洲,其地産珠。"(陳案:瀾,《太平寰宇記》作"圍"。)《郡國志》云:"合浦,海曲出珠,號曰珠池。"《嶺表録異》云:"廉州邊海中有島,島上有大池,謂之珠池。每歲刺史親監珠户入池採老蚌,割取蛛以充貢。"

"貧病"二句:趙云:公自言也。公本家長安而(蜀)[寓]居於蜀,則"他鄉老"矣。

得廣州張判官叔卿書，使還，以詩代意

鄉關胡騎遠，宇宙蜀城偏。
忽得炎州信，遥從月峽傳。
雲深驃騎幕，夜隔孝廉船。
却寄雙愁眼，相思淚點懸。

【集注】

"鄉關"二句："蜀城"，因隨龜行而築，故勢斜紆不正。　趙云："鄉關"，指言長安也。"胡騎"，指言史朝義之兵也。言"鄉關"以胡騎之阻，故去之"遠"也。下句言其寓居於"宇宙"内，在"蜀城"之偏僻也。舊注非是，當如陶淵明"心遠地自偏"耳。

"忽得"句：廣在南，故謂之"炎州"。　趙云：《楚詞》云："嘉南州之炎德。"

"遥從"句：夷陵有明月峽。　趙云：樂史《寰宇記》於渝州之巴縣云："有明月峽，以山壁有圓穴如月明之。"（陳案：明，《杜詩引得》作"名"。）舊注引非是。蓋夷陵，峽州也，《地理志》無之。

"雲深"句：霍去病爲驃騎將軍。

"夜隔"句：劉惔爲丹陽尹，張憑詣惔，惔留宿，明日乃還船。須臾，惔出傳教求張孝廉船，召同載之。　（載）[趙]云：上句言廣南節度使之幕，而"張判官"者，幕中之人也。"雲深"，則自成都望之，然矣。下句言"張判官"，用張憑比之。"夜隔"，則阻隔之"隔"，蓋不見張，而空望之之意。

送段功曹歸廣州

南海春天外，功曹幾月程。
峽雲籠樹小，湖日落船明。
交趾丹砂重，韶州白葛輕。
幸君因估客，時寄錦官城。

【集注】

"送段"句：(陳案：廣，《四庫全書》作"廉"。形誤。《補注杜詩》《全唐詩》作"廣"。)

"南海"四句：落：一作"蕩"。　　趙云："峽"與"湖"皆歸廣南所歷之地也，故言"峽雲""湖日"之景。一作"蕩船明"，是。蓋妙在"蕩"字，乃日在"湖"中而倒射"船"中蕩漾也。

"交趾"二句："白葛"，葛布。　　趙云："交州"出"丹砂"。葛稚川求爲岣嶁令，以"丹砂"之故也。

"幸君"句：(陳案：估，《全唐詩》作"旅"。一作"估"。)

魏十四侍御就弊廬相別

有客騎驄馬，江邊問草堂。
遠尋留藥價，惜別到文場。
入幕旌旗動，歸軒錦繡香。
時應念老疾，書跡及滄浪。

【集注】

"有客"二句：公所築也。　　趙云：桓典爲御史，京師畏之。常乘驄馬，人爲之語曰："行行且止，避驄馬御史。"故以言魏侍御也。

"遠尋"二句：(陳案：到，《全唐詩》同。一作"倒"。《呂氏春秋·愛類》）畢沅新校正："古倒字皆作到。"）　　趙云：上句言遠遠見尋，因留買藥之資。《後漢》："韓伯休賣藥，口無二價。"摘字用耳。下句公自以其居爲"文場"。《杜預贊》云："元凱文場，稱爲武庫。"

"入幕"句：入王儉幕爲蓮花池。

"時應"二句：趙云：四句(陳案：指"入幕"四句。)，魏君必爲幕客，但不見在何處。謝安謂郗超曰："卿可謂入幕之賓矣。"末句則公自以其居爲漁父之"滄浪"也。

徐九少君見過

晚景孤村僻,行軍數騎來。
交新徒有喜,禮厚媿無才。
賞靜憐雲竹,忘歸步月臺。
何當看花藥,欲發照江梅。

【集注】

"晚景"四句:趙云:唐以"少尹"爲行軍長史,若有節度使,即謂之行軍司馬。"交新"固是實事,而"新"字於"交"言之,則白頭如新也。

"賞靜"二句:趙云:此言徐少尹賞翫幽靜,而又"忘歸"之實,蓋公所居有"臺"焉。

"何當"二句:趙云:徐君之好尋幽如此,"何當"再來看"梅"之"欲發",而其"花""照江"者乎?杜公本言"照江"之"梅",而後人一例使,以到處梅花爲"江梅",余所不省也。

范二員外邈、吳十侍御郁,特枉駕,闕展待,聊寄此作

暫往比鄰去,空聞二妙歸。
幽棲誠簡略,衰白已光輝。
野外貧家遠,村中好客稀。
論文或不媿,肯重欸柴扉。

【集注】

"暫往"句:比,近也。

"空聞"句:衛瓘與尚書郎索靖,俱善草書,時人號爲"一臺二妙"。

趙云:"比鄰"字,《前漢·孫寶傳》:"祭竈請比鄰。""二妙",以言范二、吳十耳。"空聞"其"歸",則序所云是也。

"幽棲"二句:謝靈運詩:"資此永幽棲。"范彥龍《贈張徐州》詩:

"軒蓋照墟落,傳瑞生光輝。"

"論文"二句:范彥龍詩:"有客欸柴扉。"魏文帝《典論》有《論文》篇。

王十七侍御掄許携酒至草堂,奉寄此詩,便請邀高三十五使君同到

老夫臥穩朝慵起,白屋寒多煖始開。
江鸛巧當幽徑浴,鄰雞還過短牆來。
繡衣屢許携家醞,皂蓋能忘折野梅。
戲假霜威促山簡,須成一醉習池回。

【集注】

"老夫"二句:趙云:《禮記》:大夫"自稱曰老夫"。《左傳》:"牽率老夫。"

"江鸛"二句:鸛:一作"鶴"。 趙云:一作"江鶴",非是。蓋川中則多有"鸛"爾。庾肩吾《東曉》詩:"鄰雞聲已傳,愁人竟不眠。"

"繡衣"二句:趙云:上句,指言王侍御許"携酒"也。漢侍御有繡衣直指。劉悚每云:"見何次道飲,令人欲傾家釀。"下句,指高使君。《後漢書》:"二千石,皂蓋、朱兩幡也。""能忘折野梅",此有邀之之意。字則陸凱詩云:"折梅逢驛使,寄與隴頭人。"

"戲假"二句:趙云:"霜威",御史風霜之任也。元希聲《贈皇甫侍御赴成都》四言詩:"蕭子風威,嚴子霜質"也。"習池",所以成山簡之語,《襄陽記》曰:"峴山南習郁大池,依范蠡養魚法,種楸、芙蓉、菱茨。"山季倫每臨此池,輒大醉而歸。常曰:"此我高陽池也。"城中小兒歌之曰:"山公何所往?來至高陽池。日夕倒載歸,酩酊無所知。"

王竟携酒，高亦同過 用寒字

臥疾荒郊遠，通行小逕難。
故人能領客，携酒重相看。
自愧無鮭菜，空煩卸馬鞍。
移罇勸山簡，頭白恐風寒。

【集注】

"自愧"句：趙云：一作"畦菜"，非是。鮭，音户皆切。晋人以魚爲"鮭菜"也。《南史》：庾杲之清貧自業，食唯有韭葅、瀹韭、生韭雜菜。任昉戲之曰："誰謂庾郎貧？食鮭嘗有二十七種。"謂三種韭。（陳案：瀹，《南史·列傳》作"瀟"。）

"移罇"句：（陳案：罇，《杜詩詳註》作"樽"。一作"時"。）

少年行二首

右一

莫笑田家老瓦盆，自從盛酒長兒孫。
傾銀注瓦驚人眼，共醉終同臥竹根。

【集注】

"莫笑"二句：趙云：《楊惲傳》："田家作苦。""老瓦盆"，蓋川人以多年之物曰"老"。東坡云："老櫛隨我久。"亦倣杜公"老瓦盆"之例矣。揚雄之言鴟夷曰："盡日盛酒，人復借酤。"

"傾銀"二句：瓦：趙作"玉"。　杜田《補遺》《酒譜》云：老杜"共醉終同臥竹根。"蓋以"竹根"爲飲器，事見《江淹集》。然徧閱江集，并無"竹根"事，唯庾信《報趙王賜酒》詩曰："如聞傳上命，定是賜中樽。野爐然樹葉，山杯捧竹根。"此以"竹根"爲飲器也。　趙云："銀""玉"皆盛酒之器。公詩有云："指點銀缾索酒嘗。"又云："瓷罌無謝玉爲缸。""銀""玉",貴富家之物,所以指言"少年"也。舊本作"注瓦",非特疊字,而與"銀"字豈相類乎?此詩乃"少年"携酒器過"田家",而"田家"語"少年"之所云,故言或"(輕)[傾]"之於"銀",或"注"之於"玉"。非不"驚人眼"也,其與"田家"自"瓦盆"中喫酒,而"共"於一"醉","終同臥"在"竹根"之傍耳。"竹根"字,《古詩》云:"徘徊孤竹根。"杜田之説,以"竹根"爲飲器。夫"竹根"固是酒杯矣,酒杯既空,豈可謂之"臥"乎?又别是一物,與"傾銀注玉"不相接,雖"傾銀注瓦",亦不接矣。

右二

巢燕養雛渾去盡,江花結子已無多。
黄衫年少來宜數,不見堂前東逝波。

【集注】

"巢燕"二句:趙云:此句蓋八月時也。

"黄衫"二句:(陳案:逝,《四庫全書》本作"游"。形訛。《補注杜詩》《全唐詩》作"逝"。) 言行樂當及時也。 趙云:"黄衫",應是唐人富貴家之物。觀《明皇雜録》,載貴妃姊虢國夫人,恩傾一時。大治第宅,棟宇之盛,世無與比。其所居本韋嗣立舊宅,韋氏諸子亭午方偃息於堂廡間,忽見一婦人衣黄披衫,降自步輦,有侍婢數十,笑語自若。謂韋氏諸子曰:"聞此宅欲貨,其價幾何?"韋氏降階言曰:"先人舊廬,所未忍捨。"語未畢,有工人數百,登西廂撤其瓦木。以此推之,公所謂"黄衫",其黄披衫乎?若今或單或袷,蓋上之服矣。

野人送朱櫻

西蜀櫻桃也自紅,野人相贈滿筠籠。
數回細寫愁仍破,萬顆匀圓訝許同。
憶昨賜霑門下省,退朝擎出大明宮。
金盤玉筯無消息,此日嘗新任轉蓬。

【集注】

"西蜀"四句：趙云：且以見"櫻桃"之爛熟矣。

"憶昨"四句：唐制：賜近臣櫻桃，有宴。"轉蓬"，自言流落如"〔風〕[蓬]"之隨風，任其轉徙也。　杜田《補遺》：(唐)李綽《歲時記》云："四月一日，內園進櫻桃，寢廟薦訖，頒賜各有差。"　趙云：公嘗爲拾遺，通籍於朝，故"霑""櫻桃"之"賜"也。初在門下省，有宴，故享"金盤玉筯"之"嘗"矣。其餘仍許携去，故云"擎出"也。"轉蓬"，則公傷其流落。字則曹植《雜詩》曰："轉蓬離本根。"而袁陽源《效古》詩："乃知古時人，所以悲轉蓬"也。

即　事

百寶裝腰帶，真珠絡臂韝。
笑時花近眼，舞罷錦纏頭。

【集注】

"百寶"二句：《馬后傳》："蒼頭衣綠韝。"注："韝，臂衣也，以縛左右手，於事便也。"　新添：《東方朔傳》："董君綠幘傅韝。"韋昭注："韝形如射韝。"餘如上所引注。

"笑時"二句："錦纏頭"，以賞歌舞者。開元時，富人王元寶常會賓客，元寶富於財而無文采，親友問曰："昨日宴會，有何佳談？"元寶視屋角良久，曰："但費錦纏頭耳。"　趙云：此篇贈女人之"舞"者，直道其事耳。

贈花卿

錦城絲管日紛紛，半入江風半入雲。
此曲祇應天上有，人間能得幾迴聞？

【集注】

"錦城"二句：趙云：曹子建四言："長袖隨風，悲歌入雲。"

"此曲"二句：薛云：白樂天詩注：《霓裳曲》，開元中西涼府節度使楊敬述造。又，鄭愚《津陽門詩》注："葉法善嘗引上入月宮，聞仙樂。及歸，但記其半，遂於笛中寫之。會楊敬述進《婆羅門曲》，與其聲調相符，遂以月中所聞爲散序，以敬述所進爲腔。"《宣室志》："元宗夢仙子十輩，御卿雲而下，列於庭，各執樂器而奏之。其度曲清越，殆非人世也。及樂闋，有一仙子前曰：'陛下知樂乎？此神仙紫雲之曲也。'"

趙云："此曲祇應天上有"，亦詩人誇張之語。若以薛所引證，"天上有"，亦無害於義。然四句《古歌辭》所載：林鍾宮水調入破第二云："錦庭絲管曉紛紛，半入靈山半入雲。此曲多應天上去，人間那得幾回聞？"（陳案：去，《樂府詩集》同。《全唐詩》作"出"。）莫能考所以，當俟博聞。

少年行

馬上誰家白面郎，臨階下馬坐人牀。
不通姓字麤豪甚，指點銀缾索酒嘗。

【集注】

"馬上"句：一作"騎馬誰家薄媚郎"。

"臨階"句：趙云："白面郎"，蓋言其富貴少年者耳。李白亦云："白玉誰家郎。"或作"薄媚郎"，非是。夫"薄媚"施之娘可也。

"不通"二句：趙云：《吳志》：孫權言甘寧曰："此人雖麤豪，有不如人意時，然其計略，大丈夫也。"（陳案：計，《吳志》作"較"。）"索酒"字，暗用顏延之"好騎馬，〔遨〕遊里巷，據鞍索酒"也。

蕭八明府實處覓桃栽

奉乞桃栽一百根，春前爲送浣花村。
河陽縣裏雖無數，濯錦江邊未滿園。

【集注】

"河陽"二句:潘岳爲河陽令,種桃李花,人號曰:"河陽一縣花。"趙云:"河陽",蓋以比"蕭八"所治之縣也,非華陽則成都矣。

從韋二明府續處覓錦竹

華軒藹藹他年到,錦竹亭亭出縣高。
江上舍前無此物,幸分蒼翠拂波濤。

【集注】

"華軒"二句:趙云:"華軒",軒檻之軒。《選》云:"珥筆華軒。""他年",則一、二年前也。今公所"覓"非華陽縣廨,則成都縣廨。題云"韋二明府",則指言知縣明矣。

"江上"二句:趙云:《古詩》之言奇樹曰:"此物何足貴,但感別經時。""拂波濤"三字,恐其爲釣絲竹矣。

憑何十一少府邕覓榿木栽

草堂塹西無樹林,非子誰復見幽心?
飽聞榿木三年大,與致溪邊十畝陰。

【集注】

"憑何"句:(陳案:何,《四庫全書》本作"河"。形誤。《補注杜詩》《全唐詩》作"何"。)

"飽聞"句:趙云:蜀人以榿爲薪,則"三年"可燒。

憑韋少府班覓松樹子栽

落落出群非櫸柳,青青不朽豈楊梅。
欲存老蓋千年意,爲覓霜根數寸栽。

【集注】

"落落"句:杜篤《首陽山賦》:"長松落落。"

"青青"句:《莊子》云:"受命於地,惟松柏獨正,(陳案:正,《莊子》作'也'。)在冬夏青青。" 杜田《補遺》:《本草》:"楊梅味酸,乾作屑,止吐酒,多食令人發熱。生青熟紅,肉在核上,無皮殼。其樹如荔枝,而葉細。生江南、嶺南,四五月熟。"(唐)孟詵云:"楊梅和五藏,滌腸胃。"《上林賦》:"楊梅櫻桃,羅乎後宮,列於北園。" 趙云:兩句皆指言"松"也。《世說》載:殷中軍謂韓太常曰:"康伯少自標置,居然是出群器。"《左傳》云:"死且不朽。""櫸柳",則蜀中所謂櫸木也。公嘗云:"櫸柳枝枝弱。"則"櫸"不若"松"之落落矣。"楊梅",其栽易蛀,故不若"松"之"不朽"。

"欲存"二句:趙云:《抱朴子》有:"天陵偃蓋之松,與天齊其久,與地等其長。"(陳案:久、長,《藝文類聚》作"長""久"。)故云:"老蓋千年意。"

又於韋處乞大邑瓷盌

大邑燒瓷輕且堅,扣如哀玉錦城傳。
君家白盌勝霜雪,急送茅齋也可憐。

【集注】

"扣如"句:哀:一作"寒"。

"君家"二句:趙云:"大邑",卭州屬縣,出瓷器,今猶然也。"哀玉",一作"寒玉",非。

詣徐卿覓菓栽

草堂少花今欲栽,不問綠李與黃梅。
石筍街中却歸去,果園坊裏爲求來。

【集注】

"草堂"二句:《西京雜記》:"初修上林苑,群臣遠方各獻名菓,制爲美名,以標奇麗。"李十五種,内有"緑李"。

"石筍"句:見本詩注。

"果園"句:趙云:"石筍街",在今府城之西,則往公草堂之路。"果園坊",難考。公詩又云:"邛州崔録事,聞在果園坊。"公自注云:"坊名,在成都。"

贈別何邕

生死論交地,何由見一人。
悲君隨燕雀,薄宦走風塵。
綿谷元通漢,沱江不向秦。
五陵花滿眼,傳語故鄉春。

【集注】

"生死"二句:《鄭當時傳》:"一死一生,乃見交情。"

"悲君"句:《公孫弘傳》:"鴻漸之翼,困於燕雀。"

"薄宦"句:陸士龍:"飄飄冒風塵。"《竇融傳》:"拔起風塵之中。"

"綿谷"句:綿谷縣,屬利州,通漢水。

"沱江"句:"沱江",在蜀城北三十里,水不入"秦"。（陳案:秦,《四庫全書》本作"春"。形訛。《補注杜詩》《全唐詩》作"秦"。）

趙云:此上句說"何邕"之去,必是去利州,而邕必是漢上之人也。下句公自言其在成都也。"沱江",在蜀城北,自是可以向秦。"不向秦",尚留蜀中,勢不能去,則公有懷故鄉之念矣。

"五陵"二句:趙云:惟其有"不向秦"之感,故末句又重言之。"五陵",見上《哀王孫》注。馮少鄰《春日》詩:"傳語春光道,先歸何處邊?"

贈別鄭煉赴襄陽

戎馬交馳際,柴門老病身。
把君詩過日,念此別驚神。
地闊峨眉晚,天高峴首春。
爲於耆舊内,試覓姓龐人。

【集注】

"戎馬"二句:趙云:《老子》:"戎馬生於郊。"《選》云:"羽檄交馳。"《漢書》每云:"以老病罷。"

"念此"句:《别賦》:"使人意奪神駭,心折骨驚。"

"地闊"二句:趙云:上句公自言其在蜀也。峨眉山,在成都之西南。下句言"鄭煉"之"赴襄陽"也。峴首山,在襄州,羊叔子《墮淚碑》所在也。

"試覓"句:龐德公,隱于鹿門,屬襄陽也。

重贈鄭煉

鄭子將行罷使臣,囊無一物獻尊親。
江山路遠羈離日,裘馬誰爲感激人。

【集注】

"鄭子"二句:趙云:言"罷使臣",則鄭君必在幕中而罷去也。其親必在襄陽,故稱其貧,而無"一物"以"獻"也。

"江山"二句:言雖清潔,不爲人所知也。　趙云:言乘肥衣輕之人,有"誰""感激"而憐鄭之貧也。"感激",見上注。

卷二十三

（宋）郭知達 編

近體詩

奉和嚴中丞西城晚眺十韻

汲黯匡君切，廉頗出將頻。
直詞才不世，雄略動如神。
政簡移風速，詩清立意新。
層城臨暇景，絕域望餘春。
旗尾蛟龍會，樓頭燕雀馴。
地平江動蜀，天闊樹浮秦。
帝念深分閫，軍須遠筭緡。
花羅封蛺蝶，瑞錦送麒麟。
辭第輸高義，觀圖憶古人。
征南多興緒，事業闇相親。

【集注】

"汲黯"句：汲黯，漢武時以切諫，不得久留內，遷爲東海太守。武帝曰："古有社稷之臣，如汲黯近之矣。"

"廉頗"句：《史記》：廉頗，趙之良將，頻爲趙將兵，伐齊攻魏。

"直詞"二句：趙云：上句，以結"汲黯"之直言。下句，以結"廉頗"之雄略，以比嚴中丞也。

"政簡"句：（陳案：政，《四庫全書》本作"致"。形訛。《補注杜詩》

《全唐詩》作"政"。）　《史記》：大公封於齊，五月而報政。周公曰："何疾也？夫政不簡不易，民不有近；平易近民，民必歸之也。"《詩》："美教化，移風俗。"

"詩清"句：新添：《文選·序》云："老莊之作，管孟之流，蓋以立意爲宗，不以能文爲本。"

"層城"二句：（陳案：暇，《全唐詩》同。一作"媚"。《四庫全書》作"意景"，衍"意"字。《補注杜詩》《全唐詩》作"景"。）　言獨與京畿遠絕。陵答蘇武書曰："陵先將軍，〔功〕略蓋天地，義勇冠三軍，徒失貴臣之意，勁身絕域之表。"（陳案：勁，《文選》作"到"。）見《文選》。

"旗尾"句：《周禮》曰："蛟龍爲旗。"《文選》：韋孟《諷諫詩》："四牡龍旗。"翰注："謂封爲諸侯，故得服黼黻，建龍旗。"（陳案：旗，《文選》作"旂"。）

"樓頭"句：趙云："大廈成，而燕雀相賀"之意，出《淮南子》。

"地平"二句：趙云：此兩句張大城上所望之遠也。

"帝念"二句：趙曰：馮唐曰："上古王者之遣將也，跪而推轂，曰：'閫以內者，寡人制之；閫以外者，將軍制之。'""軍須"，師旅之費。漢武元狩四年，初筭緡錢。李斐曰："緡，絲也，以貫錢。一貫千錢，出筭二十。"師古曰："謂有儲積錢者，計其緡貫而稅之。"

"花羅"二句：趙云：言嚴公入貢，不忘朝延也。"蛺蝶""羅"，"麒麟""錦"，亦蜀中當時實事。

"辭第"二句：趙云：《霍去病傳》：上為治第，令（親）〔視〕之。對曰："匈奴未滅，無以家爲。"《吳越春秋》載：伍子胥見要離曰："吳王聞子高義。"《馬援傳》："顯宗圖畫建武中名臣烈將于雲臺。（陳案：烈，《後漢書》作'列'。）東平王蒼觀圖，言于帝曰：'何故不畫伏波將軍像？'帝笑而不言。"

"征南"二句：趙云：又以杜預比嚴公也。晉杜預作征南將軍，收滅吳之功，平生事業最著。如策仁右之事、（陳案：仁，《杜詩引得》作"隴"。）議皇太子之服、造新歷、建河橋、造欹器、陳農事，皆其事業也。

"興緒"，興況意緒也。

嚴中丞枉駕見過

元戎小隊出郊坰，問柳尋花到野亭。
川合東西瞻使節，地分南北任流萍。
扁舟不獨如張翰，白帽應兼似管寧。
寂寞江天雲霧裏，何人道有少微星？

【集注】

"嚴中丞"句：自注：嚴自東川除西川。敕令兩川都節制。　趙云：按：《通鑒》于廣德二年春癸卯載，劍南〔東〕西川爲一道，以黃門侍郎嚴武爲節度使。

"元戎"句：《詩·六月》篇："元〔戎〕十乘，以先啟行。"《爾雅》云："邑外謂之郊，林外謂之坰。"《書》："王出郊。"《詩》："在坰之野。"

"川合"句：見公自注。

"地分"句：流：一作"孤"。　謂長安有南杜、北杜也。　趙云：此一句公自言矣。自蜀望長安，則長安爲北，而蜀爲南也。舊注非。

"扁舟"句：趙云：此下四句皆公之自言。晋張翰，字季鷹，本傳別無"扁舟"之文，唯云爲齊王冏曹掾，因見秋風起，思吳中菰菜蓴羹蘆鱸鱠，遂命駕歸吳而已。既歸閑適，必有"扁舟"之樂也。

"白帽"句：師云：《南史·和帝紀》："百姓皆著下屋白紗帽。"趙云：《魏志》："管寧青龍中徵命不至，居海上，常著皂帽、布襦袴。"杜佑《通典·帽門》載："管寧在家常著皂帽。"（陳案：皂，《通典》作"帛"。）又却是匹帛之"帛"。今言"白帽"，亦應似之也。

"寂寞"二句：（陳案：寞，《四庫全書》作"寛"。形誤。《補注杜詩》《全唐詩》作"寞"。）　寂寞：一作"今日"。　趙云："少微星"，公自謂也。《隋·天文志》："少微四星，在太微西。一名處士星。"《晋書·隱逸傳·謝敷》："初月犯少微，占者以隱士當之，俄而敷死。"

江畔獨步尋花七絕句

右一

江上被花惱不徹,無處告訴只顛狂。
走覓南隣愛酒伴,經旬出飲獨空牀。

【集注】

"走覓"二句:自注云:"斛斯融,吾酒徒。" 趙云:以"出飲"之故,其家所寢之"牀"遂"空"也。《古詩》云:"蕩子遊不歸,空牀難獨守。"公用此意。

右二

稠花亂蘂裹江濱,行步欹危實怕春。
詩酒尚堪驅使在,未須料理白頭人。

【集注】

"稠花"句:趙云:裹,一作"畏",無義。蓋兩岸并有花,斯爲"裹"也。司空圖云:"千英萬蕚裹枝紅。"蔡伯世《正異》:"裹"或作"畏",乃字缺訛,當從"裹"。

"詩酒"二句:趙云:尚可當"詩酒"之役也。李靖:"尚堪一行。"《晉書》:桓溫謂王徽之曰:"卿在府日久,當須料理。" 新添:王羲之云:"若蒙驅使,關隴巴蜀,皆所不辭。"太陽子好飲,常醉。或問之,曰:"晚學俗態未除,以酒自驅。"

右三

江深竹静兩三家,多事紅花映白花。
報答春光知有處,應須美酒送生涯。

【集注】

"江深"二句:趙云:江水之深,竹色之静,又止"兩三家"而不喧闃,此自足佳矣,故彼"紅花""百花"相映爲"多事"也。此皆公出新句。《莊子》云:"富則多事。"或云:公江上尋花,見"江深竹静"處,又紅、白花相映爲愜意,"多事"則多謝之義也,故又有下句云。

"應須"句:《莊子》曰:"吾生也有涯,而知也無涯。"

右四

東望小城花滿煙,百尺高樓更可憐。
誰能載酒開金盞,喚取佳人舞繡筵。

【集注】

"東望"句:(陳案:小,《補注杜詩》《全唐詩》作"少"。《群經評議·春秋左傳三》俞樾按:"古字少與小通。") 《梁益記》云:"少城,張儀城也。" 趙云:"少城",府中第二重小城,張儀所筑也。

薛云:左太冲《蜀都賦》:"亞以少城,接乎其西,市廛所舍。"

"誰能"句:(陳案:盞,《補注杜詩》作"盞"。《全唐詩》作"鎖"。)

《揚雄〔傳〕》:"好事者多載酒肴,從雄游學。"(陳案:《後漢書》無"多""雄"二字。)

"喚取"句:《古詩》:"燕趙多佳人,美者顏如玉。"《漢·李夫人傳》:李延年歌曰:"北方有佳人,絕世而獨立。"(陳)徐陵《舞詩》曰:"低鬟向綺席,舉袖拂花黄。"

右五

黄師答前江水東,春光懶困倚微風。
桃花一笑開無主,可愛深紅愛淺紅。

【集注】

"黄師"二句:(陳案:答,《補注杜詩》《全唐詩》作"塔"。) 趙云:"黄師答",紀眼前之實也。下句言在"春光"之中,"懶困"倚風而立也。

"桃花"二句:(陳案:笑,《補注杜詩》《全唐詩》作"簇"。) 愛:一作"映"。 趙云:"深紅""淺紅",二種之中,"愛淺紅"則多,則公之風韻高矣。一作"映淺紅",於義無取。

右六

黃四娘家花滿蹊,千朵萬朵壓枝低。
留連戲蝶時時舞,自在嬌鶯恰恰啼。

【集注】

"黃四"二句:趙云:東坡云:此詩(前之)〔見子〕美清狂野逸之態,故僕喜書之。昔者齊、魯有大臣,史失其名,"黃四娘"獨何人哉!乃託于詩以不朽,可使覽者一笑。"花蹊",亦"桃李不言,下自成蹊"中來也。

"留連"二句:趙云:《北史》:王晞謂盧思道曰:"卿輩亦是留連之一物。""自在",則佛書多有之。《玉臺後集》載:上官儀詩云:"戲蝶流鶯聚窗外。"江摠云:"梅花落處隱嬌鶯。""恰恰"字,如王無功之言"恰恰(言)〔來〕"也。

右七

不是愛花即欲死,只恐花盡老相催。
繁枝容易紛紛落,嫩蕊商量細細開。

【集注】

"不是"二句:趙云:上句意言判一"死"而酷"愛花",如韓退之亦有"都將命乞花"之句。今言"不是"謂"〔愛〕花即"是就"死","只恐花盡",所以"愛花",又恐"老"之將至爾。此皆杜公狂放之新語也。

"繁枝"二句:蕊:一作"葉"。　　趙云:"容易""商量",與上篇"告訴""報答""喚取""流連""自在",皆使俗字,不失爲佳。

春水生二絕

右一

二月六夜春水生,門前小灘渾欲平。
鸂鶒鸂鵝莫漫喜,吾與汝曹俱眼明。

【集注】

"春水"句:趙云:孫權云:"春水方生。"而"春水生"三字連出,則杜預云:"方春水生,難于久駐。"

"門前"句:灘:一作"籬"。

"鸂鶒"二句:趙云:二禽皆水鳥,見"水生"而喜,公語之以"與汝曹俱眼明",則公可謂與物委蛇,而同其波矣。

右二

一夜水高二尺强,數日不可更禁當。

南市津頭有船賣,無錢即買繫籬傍。

【集注】

"數日"句:趙云:"禁當"字,亦蜀中語。

"無錢"句:"無錢"字,見上《草堂即事》注。

春夜喜雨

好雨知時節,當春乃發生。

隨風潛入夜,潤物細無聲。

野徑雲俱黑,江船火獨明。

曉看紅濕處,花重錦官城。

【集注】

"春夜"句:宜雨則曰"喜雨",厭雨則曰苦雨,曰愁霖。自魏、晋而下,或賦或詩皆云然。曹植、張協、謝莊、謝惠連、鮑照、庾信,皆有"喜雨"詩。

"好雨"句:《管子》曰:"五政時,春雨乃見。"

"當春"句:乃:一作"及"。　趙云:《爾雅》曰:"春爲發生。"

"隨風"二句:言如膏也。　趙云:范元實所謂"聖人復生不可改"矣。

"曉看"二句:趙云:(梁)簡文帝《賦得入階雨》云:"漬花枝覺重。"(獨)[蜀]人以江山明媚,錯雜如繡,故多呼"錦官城"也。

江頭五詠

丁　香

丁香體柔弱,亂結枝猶墊。
細葉帶浮毛,疏花披素豔。
深栽小齋後,庶近幽人占。
晚墮蘭麝中,休懷粉身念。

【集注】

"江頭"句:王筠有才名,沈約重之,約于郊居作齋閣,請筠爲《草木十詠》,書之于壁,皆直寫之辭,不加篇題。約曰:"此詩指物呈形,無假題署。"

"丁香"句:《尚書》注:"墊,弱也。"以其體之柔弱而如墊也。凡物之下隨,皆可云"墊"也。

"庶近"句:"幽人去兮曉猿驚",見《北山移文》。(陳案:幽,《文選》作"山"。)《易》:"幽人貞吉。"

"晚墮"二句:趙云:末句言結實而"墮蘭麝"中,俱以體香相類,雖不念"粉身"可也。

麗　春

百草競春花,麗春應最勝。
少須好顏色,多漫枝條賸。
紛紛桃李枝,處處惣能移。
如何貴此重,却怕有人知。

【集注】

"百草"二句:(陳案:花,《補注杜詩》《全唐詩》皆作"華"。) 趙云:"春華"者,春之光華也。如《文選》:"摘藻捰春華。" 師云:顧愷知詩:"麗春絶衆卉。"(陳案:知,《杜詩引得》作"之"。)

"紛紛"二句:趙云:此篇深美"麗春",故翻以"桃李"爲不足貴。阮嗣宗《詠懷》詩:"夭夭桃李花,灼灼有輝光。"

"如何"二句:蔡伯世《正異》:"如何貴此重",當作"種",舊作"重",乃缺文也。 趙云:言珍貴"麗春"深重,恐別人因我而來移取,甚于"桃李"也。

梔 子

梔子比衆木,人間我未多。
於身色有用,與道氣傷和。
紅取風霜實,青看雨露柯。
無情移得汝,貴在映江波。

【集注】

《梔子》:《漢書》曰:"梔茜蘭。"注:"梔,支子也。"《木草》曰:"支子,一名木丹。"(齊)謝朓有《墻北梔子〔樹〕》詩。(梁)簡文帝有《詠梔子花》詩。

"梔子"二句:"梔子",一名薝蔔,花六出,天下之至香。《維摩經》云:"如入薝蔔林中,惟臭薝蔔香,不臭餘香。" (陳案:我,《補注杜詩》《全唐詩》作"誠"。)

"於身"句:趙云:蜀人取其色,以染帛與紙,故曰"色有用"。

"與道"句:梔性大寒。其花可食,可傷氣。《本草》。

"紅取"二句:趙云:"實"經"霜"則"紅","雨露"潤則"柯""青"。

"無情"二句:趙云:謝朓《墻北梔子樹》詩曰:"有美當階樹,霜露未能移。還思照綠水,君階無曲池。"其後(梁)簡文帝詩曰:"素華偏可喜,〔的〕的半臨池。"則因謝朓以"無曲池"爲歉,而自言其"的的"然有"池"之可"臨"矣。公今云:"無情移""汝"于它處,"貴在映江波"。則又以有"江波"之可"映",蓋又勝于"臨池"者乎?

溪 鵝

故使籠寬織,須知動損毛。
看雲莫悵望,失水任呼號。
六翮曾經剪,孤飛卒未高。
且無鷹隼慮,留滯莫辭勞。

【集注】

《溪鵝》:《異物志》:"溪鵝,水鳥。毛有五色,食短菰。其在溪中,無毒氣。"

"故使"四句:(陳案:悵,《四庫全書》本作"帳"。形誤。《補注杜詩》《全唐詩》作"悵"。) 趙云:左太沖《詠史》詩曰:"習習籠中鳥,舉翮觸四隅。"今"溪鵝"以羽毛之好,則"寬"爲之"籠",以防"損"其"毛"。既以"籠"養之,則"看雲""悵望","失水""呼號",宜矣。

"六翮"句:薛云:《韓詩外傳》曰:"鴻舉千里,恃六翮耳。(陳案:恃,《韓詩外傳》作'恃'。)背上之毛,腹下之毳,益一把飛,不爲加高;損一握飛,不爲加下。"《魏志·崔琰傳》:"鳥能遠飛者,六翮之力也。"(宋)謝惠連《溪鵝賦》:"摧羽翮翩翩。"

"且無"二句:(陳案:隼,《四庫全書》本作"集"。形訛。《補注杜詩》《全唐詩》作"隼") 趙云:"溪鵝"在"籠",不得高飛,然免"鷹隼"之患,則雖"留滯",可"莫辭"勞倦也。此公自況,蓋退在野居,不爭名宦,亦自無患矣。"卒",音"猝",師民瞻正作"猝"字。 新添:《選》:謝玄暉詩:"常恐鷹隼擊。"《月令》云:"鷹隼早鷙。"《太史公自序》云:"留滯周南。"《魏志》:夏侯玄云:"官無留滯。"

花 鴨

花鴨無泥滓,階前每緩行。
羽毛知獨立,黑白太分明。
不覺群心妬,休牽衆眼驚。
稻粱霑汝在,作意莫先鳴。

【集注】

"花鴨"四句：趙云：此篇于物則記實，于義則自況。"無泥滓"，則比其潔也；"每緩行"，則比其雍容也。"羽毛""獨立"，則自比其不群也。"黑白""分明"，則自比其文采之明著也。《選》云："奮迅泥滓。"《老子》曰："遺物而立于獨。"諸葛亮謂張溫："其人于清濁太明，善惡太分。"《後漢·朱浮傳》："豈不粲然黑白分明矣。"

"不覺"四句：霑：一作"知"。　師云："羽毛""獨立"，"黑白""分明"，則起"群心"之"妬"，爲衆目之"驚"，但"稻梁"霑足，則無憂"先鳴"矣，此美自況也。　趙云："稻梁"，見上注。陸龜蒙所謂"能言鴨"。夫鴨之"鳴"，多欲呼食也。既有"稻梁"，乃戒之無用"先鳴"。亦飽食緘言以終之處亂之道，此公之自警也。

野　　望

西山白雪三城戍，南浦清江萬里橋。
海內風塵諸弟隔，天涯涕淚一身遙。
唯將遲暮供多病，未有涓埃報聖朝。
跨馬出郊時極目，不堪人事日蕭條。

【集注】

"西山"二句：按《新史·高適傳》：上皇還京，復分劍南爲兩節度，百姓弊於調度，而西山三城列戍。適上疏論之，不納。"萬里橋"，見上"卜居"注。　趙云："西山"，在松、維州之外。維州，今之威州是也。冬夏有雪，號爲雪山，所以控帶吐蕃之處。詩吐蕃方入寇，（陳案：詩，《杜詩引得》作"時"。）故須防"戍"矣。高適上疏，可證"三城"置"戍"之始。舊本作"三年"，非。

"未有"句：（陳案：報，《補注杜詩》《全唐詩》作"答"。《玉篇》："報，答也。"）

"海內"二句：公以離亂，一身入蜀，兄弟遂相隔也。

"不堪"句：《魏書》曰："州里蕭條。"又，曹子建詩："原野何蕭條。"又，潘安仁《西征賦》："街里蕭條，邑居散逸。"

官池春鴈二首

其一

自古稻粱多不足,至今溪鶒亂爲群。
且休悵望看春水,更恐歸飛隔暮雲。

【集注】

"自古"二句:趙云:《韓詩外傳》:田饒謂魯哀公曰:"黃鵠止君園(地)〔池〕,啄君稻粱。"

"且休"二句:趙云:公前《溪鶒》篇以自況,則取其身文采。今《春鴈》詩乃尊"鴈"而鄙"溪鶒",則又〔取〕"鴈"之孤〈孤〉。(陳案:孤,《杜詩引得》作"高"。)詩人變化,豈有拘礙哉?

其二

青春欲盡急還鄉,紫塞寧論尚有霜。
翅在雲天終不遠,力微矰繳絶須防。

【集注】

"青春"二句:趙云:"鴈"違寒就温,其來也,避地北之塞而來(陳案:塞,《杜詩引得》作"寒"。),至春而歸。北寒,即北地之寒也。崔豹《古今注》曰:"秦築長城,土色皆紫,故云紫塞。"鮑明遠《蕪城賦》:"北走紫塞雁門。"謝靈運詩:"季秋邊朔苦,旅鴈違霜雪。"

"翅在"二句:《莊子》云:"黃帝得之,以登雲天。"故對"矰繳"。"矰",音"憎",弋射矢也。"繳",音"灼",生絲縷也。此見公避患之意。《西都賦》:"矰繳(根)〔相〕纏。"鄭玄曰:"結繳于矢謂之矰。"《漢·張良傳》:高祖歌曰:"鴻鵠高飛,一舉千里。雖有矰繳,尚安所施?"

水檻遣興二首

其一

　　去郭軒楹敞，無村眺望賒。
　　澄江平少岸，幽樹晚多花。
　　細雨魚兒出，微風燕子斜。
　　城中十萬戶，此地兩三家。

【集注】

　"水檻"句：趙云：舊本作"遣心"，師民瞻作"遣興"，是。蓋"遣心"，不可謂之新語，謂之生可也。

　"去郭"二句：趙云：《倉頡篇》曰："敞，高顯也。"李尤《高安館銘》云："增臺顯敞。"是已。有林木而后謂之"村"，惟其無"（才）[村]"，所以"眺望"遠也。

　"澄江"二句：晚：一作"絕"。　《選》（君）[云]：謝玄暉："澄江靜如練。"

　"城中"二句：陳子昂上書曰："十萬戶受其福。"（陳案：受，《陳拾遺集》作"賴"。）

其二

　　蜀天常夜雨，江檻已朝晴。
　　葉潤林塘密，衣乾枕席清。
　　不堪祗老病，何得尚浮名。
　　淺把涓涓酒，深憑送此生。

【集注】

　"蜀天"二句：（陳案：晴，《四庫全書》來作"時"。形訛。《補注杜詩》《全唐詩》作"晴"。）　新添：黎雅州，蜀之西蕃，地多雨，故名漏天。此公所以有"常夜雨"之句。

"不堪"二句:(陳案:祇,《補注杜詩》作"秪"。《全唐詩》作"秖"。一作"支"。《成都文類》作"祗"。祇,通秖。秪,同秖。作副詞"只"用,四字相同。)　趙云:"秖"字,起于《詩》:"誠不以富,亦秖以異。"箋云:"秖之爲言適也。"(陳案:秪,《詩集傳》作"祇"。)據韻書,只是平聲,無作入聲者。

"淺把"二句:趙云:"淺""深"兩字,其意工矣。

屏跡二首

其一

用掘存吾道,幽居近物情。
桑麻深雨露,燕雀半生成。
村鼓時時急,漁舟箇箇輕。
杖藜從白首,心跡喜雙清。

【集注】

"用掘"句:(陳案:掘,《補注杜詩》作"拙"。下二"掘"字同。掘、拙古音通假。)　《莊子》曰:"夫子固掘于用大矣。"《閑居賦序》:和長輿謂潘安仁:"掘用于多。"孔子曰:"參乎!吾道一以貫之。"《家語》:"吾道非耶?"

"幽居"句:顏延年詩:"側同幽人居,郊扉常晝閉。"

"桑麻"二句:陶淵明詩:"相見無雜言,但道桑麻長。"《孟子》:"雨露之所潤,非無萌蘖之生焉。"《陳勝傳》曰:"燕雀安知鴻鵠之志?"

"杖藜"句:趙云:《莊子》:"原憲杖藜而應門。"

"心跡"句:師云:謝靈運《齋中讀書》詩:"昔余居京華,未嘗廢丘壑。矧乃歸山川,心跡雙寂寞。"

其二

晚起家何事，無營地轉幽。
竹光團野色，舍影漾江流。
失學從兒懶，長貧任婦愁。
百年渾得醉，一月不梳頭。

【集注】

"晚起"二句：新添：《禮記·内則》云："孺子早寢晏起。"又，《漢書》云："可以早寢而晏起。"公意謂"屏跡"，可以"晚起"也。又，嵇康與山濤云："〈晝〉臥喜晚起，而當關呼之不置。一不堪也。"

"竹光"二句：蔡伯世《正異》："圖"，當作"團"。"山"，常作"舍"。（陳案：常，《杜詩引得》作"當"。）　趙云：東（城）[坡]先生常計此二詩，（陳案：計，《杜詩引得》作"寫"。）其"舍影漾江流"，作"山影漾江流"。跋云：此東坡居士詩也。或者曰：此杜子美《屏跡》詩，居士安得竊之？居士曰："夫禾、黍、穀、麥，起于神農、后稷，今家有倉廩，不予而取輒爲盜，被盜者爲失主，若必從其初，則農、稷之初也。今考其（考）[詩]，字字皆居士實錄，是則居士詩也，子美安得禁吾有哉？"嗚呼！先生之詼諧如此，且見深服杜公之善道士實矣。（陳案：士，《杜詩引得》作"事"。）然"山隱"乃一作"舍"字，（陳案：隱，《杜詩引得》作"影"。）是。蓋成都豈有"山"耶？

"失學"二句：嚴玄兒懶，失學，婦愁，長飢。《漢書·陳平傳》："固有美如陳平，而長平者乎？"

"百年"二句：趙云：嵇康《絕交書》云："頭面常一月、十五日不洗。"蓋用此意也。

寄題杜二錦江野亭 _{成都尹嚴武作}

漫向江頭把釣竿，懶眠沙草受風湍。
莫倚善題鸚鵡賦，何須不著鵕鸃冠。

腹中書籍幽時曬,肘後醫方靜處看。

興發會能馳駿馬,終須重到使君灘。

【集注】

"莫倚"句:禰衡爲黃祖之子射作《鸚鵡賦》,筆不停綴,文不加點。

"何須"句:《佞幸傳》曰:"孝惠時,郎侍中皆冠鵔鸃冠。"《音義》:"鵔鸃,鳥名也,以羽毛飾于冠。" 《杜補遺》:《南越志》:"增城縣多鵔鸃,山雞也。毛色鮮明,五采眩曜。"又,《淮南子》曰:"鵔鸃,雉也。"孔毅父《續世說》(文)[云]:"嚴武爲成都尹,與甫有舊,待遇甚隆,結廬于浣花。賦詩訪之,甫多不冠,故武有此句。" 趙云:杜公之才如禰衡之俊,而剛直隱淪,不喜仕宦,決不肯爲侍中,而冠鵔鸃,〔廁〕佞臣之列也。故嚴公勸之,不必倚恃才如禰衡,而鄙鵔鸃,而不著也。

"腹中"句:郝隆七月七日曬腹于庭中,人問之,曰:"我曬腹中書爾。"

"肘后"句:《葛洪傳》:洪自號抱朴子,抄《金匱藥方》一百卷,《肘後要急方》四部。

"興發"句:趙云:此兩句乃是嚴公自云。

"終須"句:(陳案:重,《杜詩詳註》作"直"。一作"重"。) 趙云:"使君灘",應是浣花相近。《水經》于巴郡枳縣有云:"楊亮爲益州,至此而覆,懲其波瀾。蜀人至今猶名之爲使君灘。"豈名偶同乎?

奉酬嚴公寄野亭之作

拾遺曾奉數行書,懶性從來水竹居。

奉引濫騎沙苑馬,幽棲真釣錦江魚。

謝安不倦登臨費,阮籍焉知禮法疏。

枉沐旌旗出城府,草茅無逕欲教鋤。

【集注】

"拾遺"句:(陳案:奉,《補注杜詩》《全唐詩》作"奏"。) 杜公曾任左拾遺,在肅宗至德二年也。是年春,宿左省。詩云:"明朝有封事,試問夜如何。"

"奉引"句:《杜補遺》云:《唐六典》:"補闕、拾遺,武后垂拱中,置二人,以掌供奉諷諫。"注云:"左右補闕、拾遺,掌供奉諷諫,扈從乘輿。"子美至德二年,肅宗授左拾遺。明年收京,扈從還長安,故公詩每言"奉引"侍祠扈蹕事也。　　趙云:"拾遺"既掌供奉,則騎馬以"奉引"。《後漢·劉聖公傳》:"李松奉引馬驚,奔觸北宮鐵柱,三馬皆死。"顏延年《赭白馬賦》曰:"弭雄姿以奉引。"(陳案:雄姿,《四庫全書》作"引婆"。誤。《文選》作"雄姿"。)"沙苑馬",言官所(破)[牧]馬也。

"謝安"句:趙云:《晉書》:"謝安于東山營墅,樓館林竹甚盛。每攜中外子姓〔往〕來遊集,(陳案:姓,《晉書》作'姪'。)肴饍亦屢費百金。"此"登臨費"之義也。又,"安寓居會稽,與王羲之處,出則漁弋山水。每往臨安山中,放情于丘壑。"今言"費",則以嚴公有載酒移厨之"費"矣。

"阮籍"句:嵇康《絕交書》:"阮嗣宗與物無傷,唯飲酒過差。至爲禮法之士所繩,疾之如〔仇〕讎。""阮籍",則公以自比也。

"枉沐"二句:枉沐:一作"今日"。無:一作"荒"。　　趙云:屈原《卜居賦》云:"寧誅鉏草茅,以力耕乎?""無",一作"荒",非。

中丞嚴公雨中垂寄見憶一絕,奉答二絕

其一

雨映行雲辱贈詩,元戎肯赴野人期。

江邊老病雖無力,強擬晴天理釣絲。

【集注】

"中丞"句:一云:《嚴公雨中見寄一絕,奉答兩絕》。

"雨映"句:雲:一作"宮"。　　宋玉《賦》:"朝爲行雲。"《易》:"雲行雨施。"　　趙云:山谷云:只此"雨映"兩字,寫出一時景物,句便雅健。余然後(時)[曉]句中當無虛字,此范元實之説也。"行雲",或以爲"行宫"。師民瞻云:明皇嘗幸蜀,故稱行宫之名。則嚴公"雨中",必在明皇望日所幸之地,(陳案:望,《杜詩引得》作"往"。)尚有行宫之名存,在此處寄詩也。按:《通鑒》:"永泰元年,玄宗之離蜀也,以所居行宫爲道士觀。"縱使嚴公時在此作詩寄杜,杜公亦安敢尚(日)[目]之爲行宫乎?蔡伯世改作"行官",謂送詩使人,實無義理。若謂之"雨映行雲",意自足也。

"元戎"句:《六月》:"元戎十乘。"注:"夏后氏曰鈎車,先正也。商曰寅車,先疾也。周曰元戎,先良也。"《左傳》:"晋文公乞食于野人,與之塊。"此蓋借用字。一(元)[云]:"元戎欲動野人知。"非是。

其二

何日雨晴雲出溪,白沙青石光無泥。
只須伐竹開荒徑,拄杖穿花聽馬嘶。

【集注】

"白沙"句:光無泥:一云"先無泥"。 (陳案:光,《全唐詩》作"光"。一作"洗"。朱駿聲《説文通訓定聲》:"先,叚借爲洗。")

"只須"句:《古詩》:"誅(字)[茅]開小徑。"

"拄杖"句:趙云:聽嚴公之馬嘶。此又終前篇"肯赴野人期"之意。"馬嘶",一作"鳥啼",無意思。"先"字去聲讀。

謝嚴中丞送青城山道士乳酒一缾

山缾乳酒下青雲,氣味濃香幸見分。
鳴鞭走送憐漁父,洗盞開嘗對馬軍。

【箋注】

"山缾"句:新添:《酒經》:"空桑穢(飲)[飯],醖以稷麥,以成醇醪,酒之始也。烏(酒)[梅]女麴胡昆反,甜乳九投,(陳案:甜乳,《北堂書抄》作'甜醨'。)澄清百品,酒之終也。"

"鳴鞭"句：趙云：謝惠連詩："鳴鞭適太阿。""漁夫"，公自謂也。公前篇有"理釣絲"之句，《莊子》有《漁父》篇。

"洗盞"句：公自注：軍州為驅使騎為"馬軍"。　趙云：以"漁父"對"馬軍"，字為工矣。

嚴公仲夏枉駕草堂，兼攜酒饌 得寒字

竹裏行廚洗玉盤，花邊立馬簇金鞭。
非關使者徵求急，自識將軍禮數寬。
百年地闢柴門迥，五月江深草閣寒。
看弄漁舟移白日，老農何有罄交歡。

【集注】

"嚴公"句：一云：《鄭公枉駕攜饌訪水亭》。

"竹里"二句：（陳案：鞭，《補注杜詩》《全唐詩》作"鞍"。）　薛云：按：《古樂府·對酒行》："金樽清俊滯，玉盤亞來親。"（陳案：行，《文苑英華》無此字。俊滯，《文苑英華》作"復滿"。）又，《白馬行》："白馬黃金鞍，蹀躞柳城前。"又，《輕薄篇》："象（狀）[牀]沓繡被，玉盤傳騎食。"《文選》：徐敬業詩云："鮮車鴛華轂，汗馬躍金鞍。"　趙云：應（邵）[劭]《漢官儀》曰："封禪壇有白玉盤。"《漢武內傳》曰："西王母以七月七日降帝宮，命侍女索桃。須臾，以玉盤盛桃七枚。"又，《古詩》曰："美人贈我雙玉盤。"

"非關"二句：嵇康《書》云："阮籍為禮法之士所繩，賴大將軍保持之耳。"　趙云：上句遣"使者"求賢事。《莊子》載："顏闔守陋閭，苴布之衣，而自飯牛。魯君之使者至，顏闔自對之。使者曰：'此顏闔之家歟？'闔對曰：'是也。'使者（至）[致]幣，顏闔曰：'恐聽者謬，而遺使者罪，不若審之。'（是）[使]者還，反審之。復求之，則不得矣。"公詩以嚴公來時，自先遣"使者"通報，非是求之"急"也。"自識將軍禮數寬"，則《廉頗傳》云："不知將軍寬之至此矣。"

"百年"二句：趙云："百年地闢"，以久荒蕪之地，今才"闢"而立

"柴門"於此。隣里絶鮮,所以幽迴也。"五月"非寒之時,以"草閣"臨深江,所以"寒",與"因驚四月雨聲寒"同。

"看弄"二句:趙云:"看弄漁舟",則以言嚴公也。"移白日",則"終日"也。"老農",公自言也。字則孔子曰:"吾不如老農。"《語》曰:"何有于我哉?"《漢〔書〕》曰:"郭解入關,賢豪交歡。" 《苕溪漁隱》曰:"律詩之作,用字平側,世固有定體,衆共守之。然不若時用變〔體〕,如兵之出奇,變化無窮。杜公此篇,即七言律詩之變體也。韋蘇州詩:'南望青山滿禁闈,曉陪鴛鷺正差池。共愛朝來何處雪,蓬萊宫裏拂松枝。'如上嚴公《寄題錦江亭》詩:'漫向江頭把釣竿',亦是變體。"唐人如此甚多,學者不可不知。

嚴公廳宴,同詠蜀道畫圖 得空字

日臨公館静,畫列地圖雄。
劍閣星橋北,松州雪嶺東。
華夷山不斷,吴蜀水相通。
興與煙霞會,清罇幸不空。

【集注】

"日臨"二句:《禮記》:曾子問云:"公館復,私館不復。"光武(投)〔披〕輿地圖,指示鄧禹。

"劍閣"二句:《華陽記》:李冰造七星橋,上應七星。劍閣在劍州,乃蜀之門户,即"星橋"之北也。吴漢伐公孫述,光武謂曰:"安軍宜在七星間。"蓋謂是也。 趙云:《七域志》于威州云:"南去雪嶺二百六十里。""松州",即今之威州。故在"雪嶺東"矣。此兩句已盡蜀道地理。

"華夷"二句:趙云:蜀道地理連〔南〕詔、西羌,錦江直下經楚通吴。此兩句又以終言蜀道地理。

"興與"二句:趙云:謝朓《與江水曹詩》:"山中(正)〔上〕芳月,故人清罇賞。"孔融曰:"罇中酒不空。"

奉送嚴公十韻入朝

鼎湖瞻望遠，象闕憲章新。
四海猶多難，中原憶舊臣。
與時安反側，自昔有經綸。
感激張天步，從容靜塞塵。
南圖回羽翮，北極捧星辰。
漏鼓還思晝，宮鶯罷囀春。
空留玉帳術，愁殺錦城人。
閣道通丹地，江潭隱白蘋。
此生那老蜀，不死會歸秦。
公若登台輔，臨危莫愛身。

【集注】

"鼎湖"二句："鼎湖"，黃帝事。陸佐公《石闕銘》："象闕之制，其來已遠。春秋設舊章之教，經禮垂布憲之文。"　《杜補遺》：《風俗通義》："魯昭公設兩觀于門，是謂之闕。"《爾雅》曰："觀謂之闕。"《釋名》曰："闕在兩傍中間，闕然爲道也。"（陳案：間，《釋名》作"央"。）《博雅》曰："象觀，闕也。"《周禮》："縣治象之法于象魏。"故"闕"，或謂之"象闕"，謂之魏闕。《南史》：何胤曰："闕者，謂之象魏。象者，法也。魏者，當塗而高大也。"　趙云：上句以言肅宗之上昇，下句以言代宗之初立，止承用此兩句，更與下"憲章新"尤爲顯然也。

"中原"句：趙云："舊臣"，指嚴公。嚴公既自朝廷來蜀，今憶之而〔召〕歸，斯爲"中原""舊臣"矣。

"與時"二句：《周禮》："無敢反側。"光武云："令反側子自安。"《易》云："君子以經綸。"

"感激"句：《詩》"天步艱難。"《三國·吳志》"清天步而歸舊物。"

"南圖"二句：《莊子》："夫鵬九萬里而圖南。"　趙云：上句言嚴

— 1064 —

公入朝,如鵬之圖南也。下句言嚴公入奉天子,如孔子所謂"北辰居其所,而衆星拱之"也。

"漏鼓"二句:趙云:其得君常"思"日晝而朝見,亦晝日三接之義。公到闕日,正夏時,故公"鶯罷囀春"也。(陳案:公,《杜詩引得》作"宮"。)

"空留"二句:《唐·藝文志》有《玉帳經》一卷",兵書也。　趙云:"玉帳"者,大帥、將軍之帳。言嚴公之歸朝,而"空留玉帳"之"術",則"錦城人""愁"而思戀之也。

"閣道"二句:趙云:天子殿上謂之"丹墀"。一説:禁中謂之彤庭,言"丹地"也。張正見《艷歌》云:"執戟趨丹地,豐貂入建章。"下句,公自言其在草堂。蓋堂之前臨浣花江,近百花潭,故謂之"江潭"。《爾雅》曰:"苹,萍也,其大者曰蘋。"屈原《湘夫人》詞曰:"登白蘋兮騁望。"柳惲詩曰:"汀州採白蘋。""隱"於白蘋洲渚間,言"蘋"之多也。

"公若"二句:言當殺身以成仁也。　趙云:末句之意,所謂贈人以言者。《論語》:"危而不持,顛而不扶,則將焉用彼相矣?"

酬別杜二 嚴武

獨逢堯典日,再覿漢官時。

未效風霜勁,空慙雨露私。

夜鍾清萬户,曙漏拂千旗。

并向斜庭謁,俱承別館追。

斗城憐舊路,渦水惜歸期。

峰樹還相伴,江雲更對垂。

試回滄海棹,更妬敬亭詩。

祇是書應寄,無忘酒共持。

但念心事在,未肯鬢毛衰。

最悵巴山裏,清猿惱夢思。

【集注】

"獨逢"二句：堯將遜於位，讓于虞舜，作《堯典》。時代宗初立，蓋取虞舜作《堯典》之義。

"未效"二句：趙云："未效風霜勁"，正以嚴爲御史大夫也。御史，"風霜"之任。《傳》："雨露之所潤。"

"斗城"二句：長安故城，城南爲南斗形，北作北斗形，故號曰斗城。《三輔黄〈鳳〉書》。(陳案：〈鳳〉書，《杜詩引得》作"圖"。)

"但念"句：(陳案：念，《補注杜詩》《全唐詩》作"令"。)

與嚴二歸奉禮別

別君誰暖眼，將老病纏身。
出涕同斜日，臨風看去塵。
商歌還入夜，巴俗自爲隣。
尚媿微軀在，遥聞盛禮新。
山東群盗散，闕下受降頻。
諸將歸應盡，題書報旅人。

【集注】

"商歌"二句：《紀瞻傳》曰："臣聞易失者時，不再者年。故古之志士義人，負鼎〔趣〕走，商歌于市，誠欲及時效其忠規，名傳不朽。""爲隣"，見上注。

送嚴侍郎到綿州，同登杜使君江樓宴 得心字

野興每難盡，江樓延賞心。
歸朝送使節，落景惜登臨。
稍稍煙集渚，微微風動襟。

重船依淺瀨,輕鳥度曾陰。
檻峻背幽谷,窻虛交茂林。
水花散遠近,月彩靜高深。
城擁朝來客,天橫醉後參。
窮途衰謝意,苦調短長吟。
此會共能幾,諸孫賢至今。
不勞朱戶閉,自待白河沈。

【集注】

"野興"二句:王子猷訪戴,"乘興而來,興盡而反"。工部返其意。趙云:延展所賞之心也。謝靈運:"良辰美景,賞心樂事。"

"落景"句:宋玉"悲秋"云:"登山臨水送將歸。"謝靈運有《登臨海嶠》詩。

"稍稍"二句:趙云:《選》有"煙渚"字。"風"言"動襟",則宋玉《風賦》曰:"披襟而當之"也。

"重船"二句:趙云:"淺瀨",出《文選》。王仲宣詩:"巖阿增重陰。"

"檻峻"二句:《詩》云:"出自幽谷。"《蘭亭記》:"茂林修竹。"

"水花"二句:(陳案:水,《補注杜詩》《杜詩詳注》作"燈"。)　花:一作"光"。　趙云:《左傳》:"量地遠近。"謝玄暉詩:"瞻望極高深。"

"天橫"句:曹子建云:"參橫斗沒。"言夜深也。

"窮途"二句:趙云:阮籍哭窮途。(周)王褒《與周弘讓書》:"年事遒盡,容髮衰謝。"《選》有:"永嘯長吟","短歌微吟"。

"諸孫"句:趙云:指言"杜使君"于公為孫行也。

"不勞"二句:薛云:《左傳》:晉文謂舅犯曰:"所不與舅氏同心者,有如白水。"遂沈璧于河。　趙云:"朱戶",謂綿州州治也。"白河沈",言天河之沈隱,夜艾也。天河曰銀河,其白可知。宋之問《明河篇》曰:"水精簾外轉逶迤,倬彼昭回如練白。"則名之為"白河"何疑焉?薛注非是。　新添:陳遵每大飲,賓客滿堂,輒關門,取客車轄投井中,雖有急,終不得去。末句用此意。

奉齊驛重送嚴公四韻

遠送從此別，青山空復情。
幾時杯重把，昨夜月同行。
列郡謳歌惜，三朝出入榮。
江村獨歸處，寂寞養殘生。

【集注】

"奉齊"句：（陳案：齊，《補注杜詩》《全唐詩》作"濟"。）　驛去綿州三十里。

"遠送"二句：趙云：謝玄暉《銅雀臺》詩："芳襟染淚迹，嬋娟空復情。"

"三朝"句："三朝"，武士明、肅、代也。（陳案：士，《補注杜詩》作"仕"。）

巴西驛亭觀江漲，呈竇使君二首

其一

宿雨南江漲，波濤亂遠峰。
孤亭凌噴薄，萬井逼春容。
霄漢愁高鳥，泥沙困老龍。
天邊同客舍，携我豁心胷。

【集注】

"孤亭"句：見"直氣森噴薄"注。

"萬井"句：趙云：《學記》曰："善待問者如撞鐘，叩之小則小鳴，叩之大則大鳴，待其從容，然後盡其聲。"注云："從，讀如'富父舂戈'之

'春'。春,謂擊也,以爲聲之形容。言鐘之爲體,必待其擊。每一舂爲一容,然後盡其聲。"公于江漲言"舂容",則借字以言水撞擊之狀。如《古詩》者有云:"舂容轉林篁。"借字以言其行之悠悠,如鍾聲一"舂"一"容"之未便盡也。　師云:《古詩》:"相聚得舂容。"

"霄漢"二句:"宿雨"以致"高鳥"之愁泥沙,以致老龍之困,此言小人在位,而君子沈困也。

"天邊"二句:趙云:"竇使君"亦是客,同在驛亭中者,故云。

其二

轉驚波作怒,即恐岸隨流。
賴有杯中物,還同海上鷗。
關心小剡縣,傍眼見揚州。
爲接情人飲,朝來減片愁。

【集注】

"賴有"二句:陶淵明詩曰:"天運苟如此,且進杯中物。"《列子》云:"海上人好鷗鳥,其父欲取玩之,明日,鷗鳥舞而不下。"

"關心"二句:王子猷居山陰,雪夜訪戴安道,安道時在剡縣,便乘小舟詣之。公欲東遊,因觀江漲而若"見揚州"也。

又呈竇使君

向晚波微綠,連空岸脚青。
日兼春有暮,愁與醉無醒。
漂泊猶杯酒,踟躕此驛亭。
相看萬裏別,同是一浮萍。

【集注】

"向晚"二句:《文選》:"春草碧色,春水綠波。送君南浦,傷如之何!"

遣　憂

亂離知又甚,消息苦難真。
受諫無今日,臨危憶古人。
紛紛乘白馬,攘攘看黃巾。
隋氏留宮室,焚燒何太頻。

【集注】

"亂離"二句:《詩》云:"亂離瘼矣,爰其適歸?"言"亂離"實甚,雖聞其"消息",而不"真"也。

"受諫"句:《禮記》:"天子齋戒受諫。"

"紛紛"二句:(陳案:看,《補注杜詩》作"著"。《杜詩詳注》:"著,一作看。"《瀛奎律髓》作"着"。)　《後漢》:靈帝時,鉅鹿人張角自稱"黃天",其部師有三十六萬人,皆著黃巾,同日反叛。王審知乘白馬,履行陣,望者披靡,號"白馬將軍"。　師云:張湛,光武時朝,(陳案:時,《後漢書》作"臨"。)或有惰容,湛輒陳諫其失。常乘白馬,帝每見湛,輒言:"白馬生且復諫矣。"

"隋氏"二句:如項羽"燒秦宮室,三月火不滅"之類。唐太宗入洛,觀隋宮殿,歎曰:"逞侈心,窮人欲,無亡得乎!"撤端門樓,焚乾陽殿。

早　花

西京安穩未?不見一人來。
臘月巴江曲,山花已自開。
盈盈當雪杏,豔豔待春梅。
直恐風塵暗,誰憂客鬢催?

【集注】

"直恐"句:(陳案,恐,《補注杜詩》《全唐詩》作"苦"。)

巴　山

巴山遇中使,云自陝城來。
盜賊還奔突,乘輿恐未回。
天寒召伯樹,地闊望仙臺。
狼狽風塵裏,群臣安在哉?

【集注】

"天寒"二句:《詩·甘棠》:"美召伯也。"漢武立望仙臺。
"狼狽"二句:"狼狽",見上《北征》。　《補遺》:《漢書·主父偃傳》云:徐樂、嚴安與偃俱上書,書奏,上召見三人,謂曰:"公皆安在,何相見之晚也!"

收　京

復道收京邑,兼聞殺犬戎。
衣冠却扈從,車駕已還宮。
尅復誠如此,扶持在數公。
莫令回首地,慟哭起悲風。

【集注】

"復道"二句:時肅宗尅復京師,公聞之。故有此詩。王洙序公詩云:"明年收京,扈從還長安。"
"衣冠"二句:按:《肅宗紀》云:"至德二年十二月丙午,上皇天帝至自蜀,凡從蜀郡從三品以上,予一子官。四品以下,與一子出身。""宮",即興慶宮也。

"扶持"句:時王室再造,賴子儀、光弼數公。詩意言京師"尅復",實"數公""扶持"之力也。

巴西聞收京,送班司馬入京

聞道收京廟,鳴鸞自陝歸。
傾都看黃屋,正殿引朱衣。
劍外春天遠,巴西敕使稀。
念君經世亂,匹馬向王畿。

【集注】

"聞道"二句:(陳案:京,《補注杜詩》《全唐詩》作"宗"。) 《漢書·司馬相如傳》云:"鳴玉鸞。"言京廟即收,天子鳴鸞,自陝而歸也。
"傾都"二句:《漢·高祖紀》曰:"紀信乘王車,黃屋左纛。"注:"謂天子車,以黃繒爲蓋裏。"又,《文選》范曄詩云:"黃屋非堯心。"
"匹馬"句:《周禮·職方氏》:"方千里曰王畿。"

送司馬入京

群盜至今日,先朝忝從臣。
歎君能戀主,久客羨歸秦。
黃閣長司諫,丹墀有故人。
向來論社稷,爲話涕霑巾。

【集注】

"久客"句:公詩又有"不死會歸秦"之句。
"黃閣"二句:丞相、宰輔政事之堂曰"黃閣"。《文選》劉孝標《廣絕交論》云:"綵組雲臺者摩肩,趨走丹墀者叠跡。"《前漢》:班婕妤退處作賦云:"俯視兮丹墀,思君兮履綦。"

"爲話"句:《文選》張平子《四愁詩》云:"側身北望涕霑巾。"又,潘安仁《懷舊賦》云:"步庭廡以徘徊,涕泣流而霑巾。"

花　底

紫萼扶千蘂,黄鬚照萬花。
忽疑行暮雨,何事入朝霞。
恐是潘安縣,堪留衛玠車。
深知好顔色,莫作委泥沙。

【集注】

"恐是"二句:潘岳爲河陽令,植桃李花,人號曰"河陽一縣花"。衛玠,(左傳)[在群]伍中有異,乘白羊車所至,看者如堵,號爲壁人。

柳　邊

只道梅花發,那知柳亦新。
枝枝摠到地,葉葉自開春。
紫燕時翻翼,黄鸝不露身。
漢南應老盡,灞上遠愁人。

【集注】

"枝枝"二句:古人爲歌詩,使"枝枝""葉葉"字,尚質而不文也。如曹子建《豔歌》:"枝枝自相植,葉葉各相當。"至子美是詩,用此字,遂脱去俗韻,真典石成金手也。(陳案:典,《杜詩引得》作"點"。)

城　上

草滿巴西綠，空城白日長。
風吹花片片，春動水茫茫。
八駿隨天子，群臣從武皇。
遥聞出巡守，早晚遍遐荒。

【集注】

"草滿"二句：趙云：按《新唐書・地理志》："閬州本龍州巴西郡，以避玄宗諱(致)[改]焉。"

"八駿"句：趙云：《列子》："穆王命駕八(歲)[駿]之(其)[乘]。"其云"隨天子"，則穆王謂之穆天子也。

"群臣"句：趙云：漢武帝也。帝初幸汾陽，(陳案：陽，《杜詩引得》作"陰"。)至洛陽，始秦幸郡縣，(陳案：秦，《杜詩引得》作"巡"。)寖尋于泰山矣。其所巡幸，周萬八千里，群臣之從可知也。

"遥聞"二句：趙云：代宗廣德元年十月，吐蕃寇奉天、武功，丙子車駕幸陝州。戊寅，吐蕃陷京師。末句不敢言天子蒙塵，始以"巡守"微言之耳。而云遍"巡守"，則以巴閬僻遠，雖今歲猶未知車駕去歲便歸長安之實，但傳聞或議北上蕭關，或欲東巡滄海，且又欲徙洛陽也。《尚書》："五載一巡守。"

翫月呈漢中王

夜深露氣清，江月滿江城。
浮客轉危坐，歸舟應獨行。
關山同一照，烏鵲自多驚。
欲得淮王術，風吹暈已生。

【集注】

"翫月"句:王名瑀,讓皇帝之子,汝陽王璡之弟也。

"浮客"二句:浮:一作"游"。　《後漢書》云:"茅容避雨樹下,危坐愈恭。"

"關山"句:趙云:"照"字,舊一本作"點",非也。"照"字乃出《月賦》"千里共明月"之意。

"烏鵲"句:《古樂府》:"月明星稀,烏鵲南飛。遶樹三匝,何枝可棲?"

"欲得"二句:《淮南子》:"月隨灰而暈缺。"注云:"以蘆灰環月,缺其一面,暈亦隨而缺。"　杜田:《古樂府》:(宋)王褒《關山月》云:"天寒光轉白,風多暈欲生。"

漢州王大錄事宅作

南溪老病客,相見下肩輿。
近髮看烏帽,催蔞煮白魚。
宅中平岸水,身外滿牀書。
憶爾才名叔,含悽意有餘。

陪王漢州留杜綿州,泛房公西湖

舊相恩追後,春池賞不稀。
闕庭分未到,舟楫有光輝。
豉化蓴絲軟,刀鳴鱠縷飛。
使君雙皁蓋,灘淺正相依。

【集注】

"舊相"二句:房琯相肅宗,以事責官,出爲漢州刺史。"湖",琯所鑿也。　　趙云:按《新唐書》:"房琯于乾元元年以宰相貶出爲邠州刺史。政聲流聞,召拜太子賓客,遷禮部尚書,爲晉、漢二州刺史。""恩追後",則指言于"恩追"而未行之間,其必數數遊"湖"。此"追"道其實也。

"闕庭"二句:趙云:言"未到"天子"闕庭",且于此遊"湖",而當承恩命時,則"舟楫"爲"有光輝"矣。《東京賦》云:"闕庭神麗。"《書》高宗云:"用汝作舟楫。"

"豉化"二句:(陳案:軟,《補注杜詩》《全唐詩》作"熟"。)　　《世說》:王武子前有羊酪,問陸雲:"吳中何以敵此?"雲曰:"千里蓴羹,但未下鹽豉。"(陳案:雲,《世説新語》作"機"。)　　《杜補遺》:《本草》云:"蓴生水中,葉以鳧葵,(陳案:以,《補注杜詩》作'似'。)採莖堪啖。花黃白。三月至八月,莖細如釵股,通名絲蓴。"　　趙云:"蓴鱠",言湖中所有也。

"使君"句:趙云:"雙皂蓋",言王、杜二"使君"也。漢制:"中二千石、二千石皆皂蓋,朱兩轓。"出《後漢‧輿服志》。

舟前小鵝兒

鵝兒黃似酒,對酒愛新鵝。
引頸嗔船逼,無行亂眼多。
翅開遭宿雨,力小困滄波。
客散曾城暮,狐狸奈若何。

【集注】

"舟前"句:漢州城西北角官池作。　　趙云:"官池",即房公湖。琯未爲漢州刺史,止謂之官池。後人以其池經房公修之,故名之曰房公湖。

"鵝兒"八句:趙云:此篇甚明,不須強注。"鵝兒黃似酒",蓋自公始爲之譬也。東坡詩云:"小舟浮鴨綠,大杓瀉鵝黃。"乃用此意。項羽歌云:"虞兮虞兮奈若何?"

得房公池鵝

房相西亭鵝一群,眠沙泛浦白于雲。
鳳凰池上應回首,爲報籠隨王右軍。

【集注】

　"房相"四句:趙云:"鵝"有鳳池之望,恐爲"王右軍""籠"去,此蓋公以自興也。"鳳池"事,荀勗罷中書令,爲尚書,人賀之,乃曰:"奪我鳳凰池,何賀我耶?""右軍"事,王羲之性愛鵝,見山陰道士有群鵝,爲寫《道德經》,遂"籠"鵝而歸。今公詩意,蓋以興己之不必望趨華近,已甘從高人所愛,而隨之以飲啄也。

全國高等院校古籍整理研究工作委員會規劃項目

九家集注杜詩

下冊

（宋）郭知達 ◎ 編　陳廣忠 ◎ 校點

北京师范大学出版社集團
BEIJING NORMAL UNIVERSITY PUBLISHING GROUP

安徽大学出版社

卷二十四

(宋)郭知達 編

近體詩

戲作寄上漢中王二首

其一

雲裏不聞雙鴈過，掌中貪見一珠新。
秋風嫋嫋吹江漢，只在他鄉何處人。

【集注】

"戲作"句：王新誕明珠。

"雲裏"二句：趙云：《會稽典錄》曰："虞同少有孝行，爲日南太守，常有雙鴈宿止廳上。"《幽明錄》："張華言入九館之人，所見癡龍，初一珠食之，天地等壽。""鴈"言"雲裏"，則（魏）應璩詩曰："朝鴈鳴雲中。""珠"言"掌中"，則佛書有云："如掌中珠。" 新添：詩謂久無音問，以王新得子故也。《漢》：使謂單于曰："天子於上林射得鴈，鴈足有蘇武繫書。"《三輔決錄》：孔融見韋元將，與其父書曰："不意雙珠，生於老蚌。"

"秋風"二句：趙云：屈原《湘夫人》篇云："嫋嫋兮秋風。""吹江漢"，則公作此詩時在夔州也。公故於夔州，每用"江漢"，則二水所經，會于荊渚之下。"秋風嫋嫋"，〔方〕"吹江漢"之際，是何處人在此"他鄉"？所以自述也。

其二

　　謝安舟楫風還起,梁苑池臺雲欲飛。
　　杳杳東山携漢妓,泠泠脩竹待王歸。

【集注】

　　"謝安"二句:(陳案:雲,《補注杜詩》《全唐詩》作"雪"。)　　趙云:"謝安"以比漢中王。安嘗與孫綽等汎海,風起浪湧,諸人并懼,安吟嘯自若,人咸服其雅量。《西京雜記》曰:"梁孝王好宫室苑囿之樂,築兔園。"謝靈運《雪賦》:"歲將暮,時既昏。寒風積,愁雲繁。梁王不悦,遊於兔園。俄而微霰零,密雪下。"

　　"杳杳"二句:泠泠:一作"陰陰"。　　《杜補遺》:《續漢書》:"梁孝王兔園多植竹,即所謂脩竹園。"《地志》云:"孝王東苑,方三百里,園苑中有鴈池、脩竹園。"　　趙云:上句戲言"漢中王"方在舟中,其携妓東山之興,尚"杳杳"然,又所以成"謝安舟楫"之句。"脩竹待王歸",又所以成"梁苑池臺"之句。

投簡梓州幕府簡韋十郎官

　　幕下郎君安隱無,從來不奉一行書。
　　固知貧病人須棄,能使韋郎跡也疏。

【集注】

　　"投簡"句:新添。
　　"幕下"句:趙云:"隱",讀從"穩"。佛書:"問訊世尊安隱否?"
　　"固知"二句:孟浩然詩:"不才明主棄,多病故人疏。"亦此意。

答揚梓州

　　悶到房公池水頭,坐逢揚子鎮東州。
　　却向青溪不相見,回船因載阿戎遊。

【集注】

"答揚"句:(陳案:揚,《全唐詩》作"房"。一作"楊"。)

"悶到"四句:趙云:"青溪",應地名偶同,不然指水之青碧爲"青溪",若"緑水""白水"之義。《古詩》云:"青溪如委黛。""載阿戎遊",必是紀其"載"兒以"遊"也。阮籍謂王渾曰:"共卿言,(陳案:共,《晋書》作'與'。)不如與阿戎談。""阿戎",王戎也,渾之子。

贈韋贊善别

扶病送君發,自憐猶不歸。
秖應盡客淚,復作掩荆扉。
江漢故人少,音書從此稀。
往還二十載,歲晚寸心違。

【集注】

"自憐"句:《詩》:"式微式微,胡不歸?"

"秖應"二句:(陳案:淚,《四庫全書》本作"浪"。形誤。《補注杜詩》《全唐詩》作"淚"。) 趙云:"客淚",言爲"客"之"淚"也。雖(宋)[送]人之際,其身亦"(察)[客]",(胡)[故]爾。沈休文《宿東園》詩云:"荆扉新且故。"

"歲晚"句:趙云:"寸心"字,本於《列子》,載龍叔謂文摯曰:"吾見子之心矣,方寸之地虚矣。"《左傳》云:"王(必)[心]不違。"又,《文選》:庾信《愁賦》云:"且將一寸心,能容萬斛愁。"又(稽)[嵇]叔夜《幽憤詩》:"事與願違,遘兹淹留。"又,張季鷹《秋日北園》詩:"旅途驚歲晚,歸興與心違。"

送李卿煜

王子思歸日，長安已亂兵。
霑衣問行在，走馬向承明。
暮景巴蜀僻，春風江漢清。
晉山雖自棄，魏闕尚含情。

【集注】

"王子"二句：趙云："王子"，指李煜也。時有吐蕃之亂。

"霑衣"句：趙云：十月，代宗出幸陝也。

"走馬"句：趙云：漢承明殿在未央宮。《霍光傳》："太后幸未央承明殿。"是已。此兩句併言李煜所以去之事。漢武帝詔嚴助居"承明之廬"。

"暮景"二句：趙云：歲暮之時，"僻"在"巴蜀"。公每有意爲荆楚之遊，預言其當春時，在"江漢"間矣。故云。

"晉山"二句：趙云：按《宣室志》載："唐故尚書李公銑鎮北門時，有道士尹君者，隱晉山，不食粟，嘗餌柏葉。"與今公在蜀詩，全不相干。按：《新唐書·地理志》："閬州，晉安縣。"下注云："本晉城，避隱太子諱更名。"此所謂"晉山"乎？以俟博聞。"魏闕"，天子之闕也。魏者，大也，所謂象魏。是已。《莊子》云："身在江湖之上，而心馳魏闕之下。"江文通詩云："臨風默含情。"此兩句公自言其身在外，而心常在朝廷也。

絕　句

江邊踏青罷，迴首見旌旗。
風起春城暮，高樓鼓角悲。

【集注】

"江邊"二句:趙云:或云:"江邊踏青",乃成都事。每以三月三日出郊,言踐踏青草,故謂之"踏青"。是不知處處皆然。孟浩然《大隄行》云:"歲歲春草生,踏青三兩日。"又豈特川中邪？　新添:注:(唐)李綽《輦下歲時記》:"上巳,賜宴群臣於曲江,傾城人物於江頭禊飲踏青。"

"風起"句:趙云:《古樂府》:"春城起風色。"

九日登梓州城

伊昔黄花酒,如今白髮翁。
追歡筋力異,望遠歲時同。
弟妹悲歌裏,朝廷醉眼中。
兵戈與關塞,此日意無窮。

【集注】

"伊昔"句:《月令》云:"菊有黄華。"費長房謂桓景曰:"九月九日,可登高飲菊花酒,以除災。"

"追歡"句:《禮記》:"老者不以筋力爲禮。"

"兵戈"句:趙云:"兵戈",以言格戰;"關塞",以言屯戍。時吐蕃之亂,既與之戰,且有防守也。

九日奉寄嚴大夫

九日應愁思,經時冒險艱。
不眠持漢節,何路出巴山。
小驛香醪嫩,重巖細菊斑。
遥知簇鞍馬,回首白雲間。

【集注】

"經時"句:《左傳》曰:"險阻艱難,備嘗之矣。"

"不眠"二句:《蘇武傳》:"匈奴徙武北海上,(枚)[杖]漢節牧羊,臥起操持,節旄盡落。" 趙云:武爲明皇、肅宗山陵橋道使,故云"不眠持漢節"也。下句則公自言,蓋公時方在梓,久客而欲"出"耳。《蜀都賦》云:"東則左綿、巴中,百濮所充。"蓋自綿而東乃巴也。

"遥知"二句:趙云:此言"九日"所遇之景物也。於此遥想其"簇鞍馬",而"回首白雲"以望之,此嚴武所謂"杜二見憶"者也。

巴嶺答杜二見憶 嚴武

臥向巴山落月時,兩鄉千里夢相思。
可但步兵偏愛酒,也知光禄最能詩。
江頭赤葉楓愁客,籬外黄花菊對誰?
跋馬望君非一度,冷猿秋鴈不勝悲。

【集注】

"臥向"二句:趙云:嚴、杜相去千里,各在一涯而夢想也。蓋亦"千里共明月"之意。

"可但"句:阮籍聞步兵廚多美酒,營人善釀,求爲校尉。

"也知"句:謝光禄,名莊,字希逸,七歲能屬文。所著文字四百餘首,行於世,仕至光禄大夫。

"江頭"句:《楚詞》:"湛湛江水兮上有楓。"

"籬外"句:張季鷹:"黄花如散金。"

"跋馬"二句:(陳案:跋,《容齋隨筆》同。《補注杜詩》《全唐詩》作"跂"。) 薛云:此詩洪覺範謂之"骨含蘇李體"。

懷　舊

地下蘇司業，情親獨有君。
那因喪亂後，便有死生分。
老罷知明鏡，悲來望白雲。
自從失詞伯，不復更論文。

【集注】

《懷舊》：趙云：此篇與下《所思》《不見》二篇，蓋同時作。何者？公於三人，平生之所善。蘇源明已死，而追悼之，題則曰《懷舊》。鄭虔貶台州，而聞其消息，題則曰《所思》。李白久不見，而近不得其音信，故題曰《不見》。"懷舊"，晉潘安仁追悼楊肇父子，嘗作《懷舊賦》。故公倚以爲題。

"地下"二句：趙云："司業"，即源明也。公於下自注"地下"字云：王隱《晉書》載：蘇韶見其弟節云："卜商、顏淵，今爲地下修文郎。"天寶間，源明自東平太守，召爲司業，其後以秘書少監卒。今云"司業"，則其當時聲稱之著也。

"那因"二句：喪：一作"衰"。有：一云"作"。　趙云："喪亂"，一作"衰亂"；"便有"，一云"便作"，皆非。蓋時雖"亂"而非"衰"；"便作"不若"便有"之快。

"老罷"二句：趙云：《南史・蔡興宗傳》：太尉沈慶之曰："加老罷私門，兵力頓闕。""知明鏡"，則因"明鏡"而知其"老罷"之狀也。李陵與蘇武詩："仰視浮雲馳。"又蘇武別弟詩曰："仰視浮雲翔。"

"自從"二句：趙云：王充《論衡》有云："文詞之伯。""論文"，見魏文《典論》。

所　思

鄭老身仍竄，台州信所傳。

爲農山澗曲，臥病海雲邊。
世已疏儒素，人猶乞酒錢。
徒勞望牛斗，無計斸龍泉。

【集注】

《所思》：得台州鄭司戶虔消息。

"鄭老"二句：所：一作"始"。　　趙云：《古樂府》有云："有所思。"而《古詩》云："所思在遠道。"虔遷著作郎，以安祿山之汙，免死，貶台州司戶參軍。

"爲農"二句：趙云：《前漢》：楊惲云："願爲農夫，没此生矣。"謝玄暉有《在郡臥病呈沈尚書詩》："臥病對爲農。"公古詩亦云："臥病識山鬼，爲農知地形。"

"世已"二句：趙云：虔好飲而貧乏。公嘗與詩云："賴有蘇司業，時時與酒錢。"故今言："人猶乞酒錢。"所以拈出舊語也。

"徒勞"二句：《晉書》：張華寶劍事。蓋以劍比鄭公之在台州，如〔劍〕埋土中。雖遠望其有衝牛斗之氣，而無由掘顯之也。台州、豐城，皆在江南，故得用之"龍泉"劍名。《水經注》：《晉太康地理志》曰："縣有龍泉，可以砥礪刀劍，特堅利。是以龍泉之劍，爲楚寶也。"又，《越絕書》曰："楚王令人之吳越，見鷗冶子、干將，使爲鐵劍三枚。一曰龍泉，二曰太阿，三曰工市。"

不　見

不見李生久，佯狂真可哀。
世人皆欲殺，吾意獨憐才。
敏捷詩千首，飄零酒一杯。
匡山讀書處，頭白好歸來。

【集注】

《不見》：近無李白消息。　　趙云：《漢·文帝紀》云："吾久不見賈生。"公倚以爲題。

"不見"二句：趙云：箕子避紂，而被髮"佯狂"。《唐新史》載："白以永王璘之累，長流夜郎。會赦，還潯陽，坐事下獄。"（陳案：唐新史，當作《新唐書》。）

"世人"二句：趙云：潯陽之役，蓋亦衆人"欲殺"之證乎？

"敏捷"二句：趙云：《漢書》："嚴延年爲人短小精悍，敏捷於事。"（齊）陸厥《與沈約書》云："揚脩敏捷。"謝惠連《雪賦》云："憑雲升降，從風飄零。"王僧孺《致仕表》云："堇蕣朝采，飄零已及。""酒一杯"，《素問》云："飲以美酒一杯。" 新添：張翰曰："使我有身後名，不如生前一杯酒。"

"匡山"二句：白始隱岷山，後客任，居徂徠山，而并不載"匡山"。《杜補〔遺〕》：范傳正《李白新墓碑》云："白厥先避仇，客居蜀之彰明，太白生焉。"彰明有大小匡山，白讀（詩）〔書〕於大匡山，有讀書（詩）〔臺〕尚存。其宅在清廉鄉，後廢爲僧坊，號隴西院，蓋以太白得名，院有太白像。唐綿州刺史高忱及崔令欽記。所謂"匡山"，乃彰明之大匡山，非匡廬也。 趙云：詩意，則公既在蜀，而白舊有"讀書處"，欲招其"歸來"也。

題玄武禪師屋壁

何年顧虎頭，滿壁畫瀛洲。
赤石山林氣，青天江水流。
錫飛常近鶴，杯渡不驚鷗。
似得廬山路，真隨惠遠遊。

【集注】

"題玄"句：今梓州中江縣，古玄武縣。

"何年"二句："虎頭"，僧相也。 《杜正謬》云：《歷代名畫記》曰："顧愷之，字長康，小字虎頭。多才氣，尤工丹青。傳寫形勢，莫不絶妙。曾於瓦棺寺北殿，畫維摩詰像。畫訖，光照月餘日。" 趙云：洪駒父嘗云："顧愷之，小字虎頭。維摩詰，是過去金粟如來。故《乞瓦棺寺北殿摩詰》之詩卒章云：'虎頭金粟影，神妙極難忘。'"（陳案：極，《補注杜詩》作"獨"。）乃注云："虎頭，僧相；金粟，金地。"此殊可笑也。洪之說如此。以"虎頭"爲愷之小字，蓋本《古今畫錄》所云耳。然歐陽率更作《類書》，于《甘蔗門》載《世說》曰："顧愷之爲虎頭將軍。"《世說》即（宋）劉義慶之書，其去晉爲未遠，而歐陽率更所據全書中引用，但更不見晉人別作"虎頭"將軍者。一稱小字，一是官號，當俟博物者辨之。"瀛洲"，神仙十洲中之一名也。

"赤石"二句：（陳案：石山，《補注杜詩》《全唐詩》作"日石"。）此皆言所畫之景物也。　　"水"，一作"海"。

"錫飛"句：《天台賦》："振金策之鈴鈴。""飛錫"，杖也，又云："高真飛錫以躡虛。"（陳案：高，《文選》作"應"。）注云："得真道之人，執錫杖，而行於虛空，故雲飛也。"　　《杜補遺》《圖經》載："舒州潛山最奇絶，而山麓尤勝。誌公與白鶴道人欲之，同請於梁武帝。帝以二人悉具靈通，俾各以物識其地，得者居之。道人云：'某以鶴止處爲記。'誌公云：'某以卓錫處爲記。'已而鶴先飛去，至麓將止，忽聞空中錫飛聲，遂卓於山麓。道人不懌，然以前言不可食，乃各於所識之地築室焉。"今之山祖寺、靈仙觀，即其故地也。（陳案：山，《杜詩引得》作"三"。）

"杯渡"句：《高僧傳》："杯渡"者，不知其名姓，常乘木杯渡河，因名焉。佛圖澄變化詭異，圖澄在石勒時，以爲海鷗。　　《杜正謬》云：《傳燈錄》云："劉宋時，杯渡者，不知姓名，常乘木杯渡水。止宿一家，有金像。求之弗得，因竊以去。主人追之，至孟津，浮木杯渡河。無假風棹，輕疾如飛。"　　趙云："錫飛""杯渡"，則必畫僧之登山渡水者。以"不驚鷗"字貼之，取《列子》狎鷗之意。

"似得"二句：趙云：言所畫之趣，似是"廬山路"，可以尋"惠遠"大師也。

聞官軍收河南河北

劍外忽傳收薊北,初聞涕泣滿衣裳。
却看妻子愁何在？漫卷詩書喜欲狂。
白日放歌須縱酒,青春作伴好還鄉。
即從巴峽穿巫峽,便下襄陽向洛陽。

【集注】
　　"聞官"句：趙云：史朝義已滅,漸復河南、河北矣。故公遠聞而賦詩也。
　　"劍外"二句：(陳案：泣,《補注杜詩》《全唐詩》作"淚"。)《漢》：高祖徙燕將臧荼爲燕王,都薊。薊,即幽州薊縣。唐分十道,薊爲漁陽,屬河北道。　師云：唐寶應元年,諸將擊史朝義,朝義走河北,遂克東都。十一月,朝義幽州守將李懷光斬其首,(陳案：光,《舊唐書》作"仙"。)表獻,河北平。
　　"却看"二句：趙云：公每憂喪亂而"妻子"流離,既聞收"薊北",則天下有平定之理,所以"却看妻子"而不知其"愁"之所在。下句謂讀書之際,聞已收"薊北",得與"妻子"有長聚（慶）[之]慶,所以"漫卷"之而"喜欲狂"也。
　　"白日"二句：(陳案：日,《全唐詩》同。一作"首"。)　"放歌""縱酒",即"喜欲狂"之意。
　　"即從"二句：公自注云："余田園在東京。"　趙云：此公之意欲離蜀還鄉矣。

涪江泛舟送韋班歸京 得山字

追餞同舟日,傷心一水間。
飄零爲客久,衰老羨君還。
花雜重重樹,雲輕處處山。
天涯故人少,更益鬢毛斑。

【集注】

"追餞"二句：趙云："同舟"而濟。《古詩》云："相望一水間。""心"，一作"春"。

"飄零"二句：(吳)韋曜自陳"衰老"，求去侍、史二官。

"花雜"二句：雜：一作"遠"。　梁元帝《春日》詩："春情處處多。"何遜詩："客子行行倦，年光處處華。"

"天涯"二句：韋班歸京，公猶在蜀，則"天涯故人"鮮少矣，憂思朋舊而鬢斑也。

春日梓州登樓二首

右一

　　行路難如此，登樓望欲迷。
　　身無却少壯，跡有但羈栖。
　　江水流城郭，春風入鼓鞞。
　　雙雙新燕子，依舊已銜泥。

【集注】

"行路"句：《古樂府》有《行路難》篇。

"身無"四句：趙云：正月，史朝義雖滅，而三月党項羌寇同州，郭子儀敗之于黃堆山。兵戈猶未可已，所以有"鼓鞞"。《樂記》："聽鼓鞞之聲，則思將帥之臣。"

"雙雙"二句：《古詩》："思爲雙飛燕，銜泥巢君堂。"

右二

　　天畔登樓眼，隨春入故園。
　　戰場今始定，移柳更能存。
　　厭蜀交游冷，思吳勝事繁。
　　應須理舟楫，長嘯下荆門。

【集注】

　　"天畔"二句:春:一作"風"。　　公前篇自注云:"余田園在東京。"

　　"戰場"二句:更:一作"豈"。　　趙云:"故園"之下云"戰場",則又指"東京"而言。是時史朝義已滅,戰場雖定,而"故園"經盜賊,所"移"之"柳",豈"更能存"乎?"更"字,乃疑辭也。

　　"厭蜀"二句:公久居蜀,"交游"少。前詩有"天涯故人少"之句,意欲遊兩浙也。張翰在洛,因"秋風起而思吳"。

　　"應須"二句:《杜補遺》云:袁(崧)[山松]《宜都山川記》曰:"南崖有山,名荊門;北崖有山,名虎牙。二山相對,有象門也。"

遣　憤

　　聞道花門將,論功未盡歸。
　　自從收帝里,誰復總戎機。
　　蜂蠆終懷毒,雷霆可震威。
　　莫令鞭血地,再濕漢臣衣。

【集注】

　　"聞道"二句:趙云:"花門",回紇也。壬寅寶應元年,回紇請助國討賊。次歲癸卯廣德元年,史朝義自縊死。

　　"自從"二句:趙云:言既復"帝里",誰人總兵柄乎?恐回紇恃功難制,而作逆也。

　　"蜂蠆"二句:《左傳》曰:"君無謂邾小,蜂蠆有毒,況國乎?"趙云:"蜂蠆",言回紇也。公於此疑回紇,其比之爲蜂蠆,詩人眇之之辭也。"雷霆",以言人君之威。《賈山傳》云:"人主之威,非特雷霆也。震之以威,豈有不摧折者哉?"言欲制回紇,必須以"威""震"之。

　　"莫令"句:師云:任昉書:"鞭血四海,流離無所。"

送〔竇〕九歸成都

文章亦不盡,竇子才縱橫。
非爾更苦節,何人符大名。
讀書雲閣觀,問絹錦官城。
我有浣花竹,題詩須一行。

【集注】

"送九":(陳案:送九,《補注杜詩》《全唐詩》作"送竇九"。)

"非爾"二句:(陳案:苦,《杜詩詳注》同。一作"持"。) 《晉》:王獻之年七、八歲,學書,羲之密從後掣其筆,不得。嘆曰:"此兒後當有大名。"《易·節卦》:"苦節不可貞。"

"讀書"二句:《文選·東京賦》:"起甘泉,結雲閣,觀南山。"注云:"二世起雲閣,欲與南山齊。又起觀於南山巔。"

贈裴南部

塵滿萊蕪甑,堂橫單父吟。
人皆知飲水,公輩不偷金。
梁獄書應作,秦臺鏡欲臨。
獨醒時所嫉,群小謗能深。
即出黃沙在,何須白髮侵。
使君傳舊德,已見直繩心。

【集注】

"贈裴"句:聞袁判官自來,欲有按問。

"塵滿"二句:(陳案:吟,《補注杜詩》《全唐詩》作"琴"。二字用韻皆合。) 范丹,字史雲,爲萊蕪令,清貧。人歌曰:"釜中生魚范萊蕪,甑中生塵范史雲。"宓子賤,爲單父宰,彈琴不下堂而治。

"人皆"二句:鄧攸爲吳郡載米之官,惟飲吳水而已。直不疑爲郎,同舍郎告歸,誤持同舍郎金去。金主意不疑,不疑買金償之。後知非,金主大慚,稱爲長者。

"梁獄"二句:"作",去聲。　師云:(鄭)[鄒]陽獄中上書梁孝王,出之。《西京雜記》:"秦始皇有方鏡,照見心膽。女子有邪心者,照之即膽張心動,始皇輒殺之。"

"已見"句:《古詩》:"清如玉壺冰,直若朱絲繩。"

奉送崔都水翁下峽

　　無數涪江筏,鳴橈捴發時。
　　別離終不久,宗族忍相遺。
　　白狗黃牛峽,朝雲暮雨祠。
　　所過憑問訊,到日自題詩。

【集注】

"無數"二句:"筏",海中舟,編竹木爲之。大曰筏,小曰桴。橈,楫也。

"白狗"二句:"白狗""黃牛",皆峽名。言崔都水所經從之地。宋玉《高唐賦·序》:夢巫山之經,曰:"妾旦爲朝雲,暮爲行雨。旦朝視之,如言。故爲立廟,號曰朝雲。"

鄺城西原送李判官兄、武判官弟赴成都

　　憑高送所親,久坐惜芳辰。
　　遠水非無浪,他山自有春。
　　野花隨處發,官柳著行新。
　　天際傷愁別,離筵何太頻。

【集注】

"遠水"二句：趙云："遠水非無浪"，以言其行路之苦辛；"他山自有春"，言去當春時，觸處皆可行樂，故有下句。

"野花"二句：官：一作"妖"。　　江總《侍宴瑤泉殿》詩云："野花不識采，旅竹本無行。"《陶侃傳》：侃性敏察，嘗課諸營種柳。都尉夏施盜官柳，植之於己門。侃後見駐車，問曰："此是武昌西門前柳，何因盜來此種？"施謝罪。

題郪縣郭三十二明府茅屋壁

江頭且繫船，爲爾獨相憐。
雲散灌壇雨，春青彭澤田。
頻驚適小國，一擬問高天。
別後巴東路，逢人問幾賢。

【集注】

"雲散"二句：師云：《博物志》云："太公爲灌壇令。武王夢婦人，當道夜哭。問之，曰：'吾是東海神女，嫁於西海神童，我行必有大風疾雨。今爲灌壇令當道，廢我行。'武王覺，召太公問之。果有疾風暴雨，從太公邑外而過。"又，吳叙《雨賦》云："紆灌壇之神馭，爲高唐之麗質。"（陳案：叙、爲，《事類賦》作"淑""儼"。）陶潛爲彭澤令，郭明府乃"郪縣"令，"灌壇"、彭澤，皆令事。故子美見之於詩，以贈行也。

"頻驚"句：《孟子》："滕，小國也。"

客　夜

客夜何曾著，秋天不肯明。
入簾殘月影，高枕遠江聲。
計拙無衣食，途窮仗友生。
老妻書數紙，應悉未歸情。

【集注】

"客夜"二句：(陳案：夜，《補注杜詩》《杜詩詳注》作"睡"。) 魏文帝《行旅》詩曰："漫漫秋夜長，烈烈北風涼。展轉不能寐，披衣起彷徨。" 趙云：睡著、天明，通中國之常語。實道其事，而句可謂詣理矣。

"入簾"句：入：一作"捲"。

"計拙"二句：《管子》曰："衣食足而知榮辱。"顏延年《詠阮籍》詩云云。《詩》："雖有兄弟，不如友生。"

陪王侍御宴通泉東山野亭

江水東流去，清罇日復斜。
異方同宴賞，何處是京華。
亭影臨山水，村煙對浦沙。
狂歌過於勝，得醉即爲家。

【集注】

"江水"二句：趙云：《文選·長歌行》："百川東赴海，何時復西歸。"(齊)謝朓《與江水曹詩》："山中上芳日，故人清罇賞。"又，(梁)劉苞《望夕雨詩》："清罇久不薦，淹留遂待君。"賈誼《鵩賦》云："(唐)〔庚〕子日斜"也。

"異方"二句：趙云：史曰："秀異產於異方。"又云："進各異方。"庾信《烏夜啼》："御史府中何處宿。"《文選》："昔余遊京華。"注云："京華，帝都也。"

"狂歌"句：(陳案：於，《全唐詩》作"於"。一作"形"。) 趙云："過於"字，如"過乎恭""過乎儉"之義。豈言踰"過於"勝絶者乎？

客　亭

秋窗猶曙色，落木更天風。
日出寒山外，江流宿霧中。
聖朝無棄物，老病已成翁。
多少殘生事，飄零已轉蓬。

【集注】

"落木"句：天：一作"高"。

"聖朝"二句：成：一作"衰"。　趙云：《老子》："長善救物，故無棄物。"（陳案：長，《老子》作"常"。）（陳）徐陵《別毛永嘉》詩："嗟余今老病，此別恐長離。"此蓋公不怨天、不尤人之意，與孟（離）[浩]然"不才明主棄，多病故人疏"之語有間矣。以謂聖世才無大小，皆量能適用，無棄擲者。而公亦自歎其老矣，不能用也。《王粲傳》：魏太子《與吳質書》云："行年長大，所懷萬端。已成老翁，但未白頭耳。"

"多少"二句：（陳案：已，《補注杜詩》《全唐詩》作"似"。）　趙云：曹植《雜詩》曰："轉蓬離本根，飄颻隨長風。類此客遊子，捐軀遠從戎。"而袁陽源《效古》詩云："迺知古時人，所以悲轉蓬。"按：《淮南子》曰："聖人觀轉蓬而爲車。"此借用其字，以言人之飄零，如"蓬"之"轉"也。

行次鹽亭縣，聊題四韻，奉簡嚴遂州蓬州兩使君、咨議諸昆季

馬首見鹽亭，高山擁縣青。
雲溪花淡淡，春郭水泠泠。
全蜀多名士，嚴家聚德星。
長歌意無極，好爲老夫聽。

【集注】

"雲溪"二句：趙云："花淡淡"，以其在"雲溪"，故也。陸士衡《文賦》："音泠泠而盈耳。"又，宋玉《風賦》云："清清泠泠，愈病析酲。"

"全蜀"句：《蜀都賦》："近則江漢炳靈，世載其英。鬱若相如，皭若君平。王褒曄煜而秀發，揚雄含章而挺生。"《禮》云："聘名士。"

"嚴家"句：陳仲弓從諸子造荀季和，太史奏："賢人聚。"故人號爲德星聚。

"長歌"二句：趙云：三嚴，或以爲嚴震之昆季。按：《唐史》："震，梓州鹽亭人。西川節度使嚴武署押衙。武卒，罷歸。"今公聞嚴武再鎮蜀，自閬歸成都，過此而見嚴氏，則非嚴震家矣。更俟博聞。

倚　杖

看花雖郭內，倚杖即溪邊。
山縣早休市，江橋春聚船。
狎鷗輕白日，歸鴈喜青天。
物色兼生意，淒涼憶去年。

【集注】

《倚仗》：鹽亭縣作。鮑照詩："倚杖牧雞豚。"

"看花"句：（陳案：內，《全唐詩》同。一作"外"。《杜詩詳注》："一作外，非。"）

"山縣"二句：趙云："山縣早休市"，道事的當。蓋如小市常爭米矣。

"狎鷗"二句：狎：一作"野"。〔日〕：一作"浪"。　《列子》有"狎鷗"翁。言忘機，故物亦不懼。　趙云：言可"狎"之"鷗"，遊泳乎"白日"之中，而不知光景之可重也。勝"一作浪"遠矣。

泛江送魏十八倉曹還京，因寄岑中允參、范郎中季明

遲日深江水，輕舟送別筵。
帝鄉愁緒外，春色淚痕邊。
見酒須相憶，將詩莫浪傳。
若逢岑與范，為報各衰年。

【集注】

"遲日"句：《詩》："春日遲遲。"　（陳案：江，《全唐詩》作"春"。一作"江"。）

"帝鄉"二句：公詩無一日而忘朝廷，故望"帝鄉"每生"愁緒"。對"春色"妍媚而下"淚"，則其憂國之心可見矣。

"見酒"二句：趙云："見酒須相憶"，言別後他日事也。下句公蓋自負其詩如此。郭受與公詩云："新詩海內流傳困。"（陳案：困，《九家集注杜詩》作"遍"。《全唐詩》作"久"。）豈能遏其傳哉？

送路六侍御入朝

童稚情親四十年，中間消息兩茫然。
更為後會知何地，忽漫相逢是別筵。
不分桃花紅勝錦，生憎柳絮白於綿。
劍南春色還無賴，觸忤愁人到酒邊。

【集注】

"童稚"二句：趙云：《鄧禹傳》："父老童稚，垂髦戴白，滿其車下。"言與"路"相得於總角時也。

"不分"二句：趙云：《天廚禁臠》者，洪覺範之書也。以"不分桃花紅勝錦，生憎柳絮白如綿"，謂之比興格。且曰："錦""綿"色"紅""白"而適用。朝廷用真材，天下福也。惟真材者忠正，小人諂諛似忠，詐

許似正,故爲子美所"不分"而"憎"之。不知於"桃花""柳絮"何所據,而便比諂諛詐訐之小人乎?杜公造爲新語,其云"不分""生憎",乃所以深言其"紅""白"也。

"劍南"二句:趙云:"桃花"之深紅,"柳絮"之釅白,正是"春色"放蕩無所藉賴者,飜是"觸忤"愁人,斷送令到於"酒邊",以散其"愁"。然所以"愁"者,以"別筵"故也。　〈據〉新添:"無賴"字,見《異聞集》:"織女斜河,亦復無賴。"

泛江送客

二月頻送客,東津江欲平。
煙花山際重,舟楫浪前輕。
淚逐勸杯落,愁連吹笛生。
離筵不隔日,難得易爲情。

【集注】

"二月"六句:新添:以"送客"之故,而勸之酒,"淚"所以下,"吹笛"以爲樂。今"吹笛"而"愁""生",亦是別情感動爾。馬融去京踰年,有洛客逆旅"吹笛",暫聞之,甚悲感。又,《文選·向子期〈思舊賦〉》云:"鄰人有吹笛者,發聲寥亮,追想曩昔遊讌之好,感音而嘆。"

"淚逐"句:(陳案:落,《全唐詩》作"下"。一作"落"。)

"離筵"二句:(陳案:難,《補注杜詩》《全唐詩》作"那"。)　"離筵",祖餞之筵也。頻曰"送客"亦難乎?其爲情哉!

上牛頭寺

青山意不盡,袞袞上牛頭。
無復能拘礙,真成浪出遊。
花濃春寺静,竹細野池幽。
何處鶯啼切?移時獨未休。

— 1099 —

【集注】

"上牛"句:師云:《寰宇記》:山在梓州郪縣西南二里,高一里,形如牛頭,四岸孤絶,俯臨州郭,上有長樂寺。樓閣煙花,爲一方勝景。

"青山"二句:趙云:王濟云:"張華説史,衮衮可聽。"蓋言已遊"青山"多矣,其意不盡,乃相續而"上牛頭"也。

望牛頭寺

牛頭見鶴林,梯逕繞幽林。
春色浮山外,天河宿殿陰。
傳燈無白日,布地有黃金。
休作狂歌老,回看不住心。

【集注】

"牛頭"二句:一作:"秀麗一何深","梯逕一何深。"(陳案:《補注杜詩》《全唐詩》無"梯逕一何深"句。幽林,《補注杜詩》《全唐詩》作"幽深。")　陸士衡《赴洛詩》:"離思一何深。"

"春色"二句:浮:一作"流"。宿:一作"没"。　趙云:言殿之高,若與"天河"相接。此與《慈恩寺塔》云"七星在北户"同意。"宿",一作"没",蓋不若"宿"字之自然。公詠《〔宿〕江〔邊〕閣》有云:"白雲巖際宿。"(陳案:白,《九家集注杜詩》作"薄"。)與此同義。

"傳燈"二句:釋書以燈喻法,謂能破暗也。六祖相傳一法,故云"傳燈"。釋書有《傳燈錄》,皆言傳法事。　趙云:謂長明燈也。止借釋書"傳燈"字用。"白日"亦有燈,故云"無白日。"又,《佛書》:"祇陀太子以黄金側布給孤長者園中,而延佛居住。"故凡言佛宇,謂之"金地"。又,江寧縣寺有晋長明燈,歲久不滅,火色變青而不熱。隋文帝平陳,訝其遠,至今猶在。

"休作"二句:《佛書》有"不住相,常住相"。　趙云:公止摘"不住"兩字,爲"不住心"義。取於"無所住,而生其心"也。

上兜率寺

兜率知名寺，真如會法堂。
江山有巴蜀，棟宇自齊梁。
庾信哀雖久，何顒好不忘。
白牛車遠近，且欲上慈航。

【集注】

"兜率"二句：《佛書》有"兜率天宮"，故取以名寺。"真如"，禪理也。　趙云："真如"，《佛書》云："真際也。"故每題佛寺、紀佛僧，多用《佛書》中字。

"江山"二句：趙云："江山"自有巴、蜀時便"有"之。此乃使羊叔子所謂"自有宇宙來，便有此山"之義。齊、梁好佛，佛（宙）〔宇〕當時齊、梁時所建。

"庾信"句：（陳案：雖，《四庫全書》本作"離"。形訛。《補注杜詩》《全唐詩》作"雖"。）　庾信作《哀江南賦》。　趙云：其所以"哀"者，以金陵瓦解而竄身荒谷。公自喻也。

"何顒"句："何顒"，後漢人，尚氣節。感友人之義，而爲之復父讎。與李膺善。後爲宦官所陷，亡匿汝南間，所至皆親其豪傑。趙云：公蓋言己身流離於外，有庾信之"哀"，而"不忘"交好。如何顒者，有拯之心也。然學者多疑其上佛寺詩而及此，斯亦有所感乎？

"白牛"二句：薛云：清涼禪師《般若經·序》曰："般若者，（若）〔苦〕海之慈航，昏衢之巨燭也。"　《杜補遺》云：《法華經·譬喻品》曰："有大白牛，肥壯多力，形體殊好，以駕寶車。"蓋喻大乘也。

望兜率寺

樹密當山逕，江深隔寺門。
霏霏雲氣重，閃閃浪花飜。

不復知天大，空餘見佛尊。

時應清盟罷，隨喜給孤園。

【集注】

"霏霏"二句：《楚辭·九章》曰："霰雪紛其無垠兮，雲霏霏而承宇。"《海賦》："蜦像暫曉而閃屍。"

"不復"二句：《老子》云："天大地大"也。佛言："天上天下，惟我獨尊。"

"隨喜"句：釋書"給孤園"，又"給孤長者"。　趙云：前便引"祇陀太子求給孤獨長者園，以延佛居止"，故今佛宇亦稱"給孤園"。

甘　園

春日清江岸，千甘二頃園。

青雲羞葉密，白雪避花繁。

結子隨邊使，開筒近至尊。

後於桃李熟，終得獻金門。

【集注】

"千甘"句：《襄陽記》：李衡於武陵龍陽洲上種甘千樹，臨死勅兒曰："吾州里有千頭木奴。"《史記·蘇秦傳》："使我有雒陽負郭（仁）〔二〕頃田，安能佩六國相印？"（陳案：田、安，《史記·蘇秦列傳》作"負郭田""豈"。）

"青雲"二句：郭樸《柑贊》："花染繁霜，葉鮮翠藍。"（陳案：樸、柑、花，《藝文類聚》卷八十七作"璞""柚""實"。）　趙云：本言密葉如雲，白花如雪，而變其語，乃云"雲羞""雪避"，此公新奇之句。

"開筒"句：蜀柑向時歲入貢。

"終得"句：公自託意於末句也。

數陪章梓州泛江,有女樂在諸舫,戲爲艷曲二首

其一

上客回空騎,佳人滿近船。
江清歌扇底,野曠舞衣前。
玉袖凌風并,金壺隱浪偏。
競將明媚色,偸眼艷陽年。

【集注】

"數陪"句:趙云:一本作"李梓州",非是。蓋後有"陪章留後"也。

"上客"句:趙云:客既登船,遣騎空回也。《史記·平原君傳》:"毛先生至楚,而使趙重於九鼎,遂以爲上客。"

"佳人"句:《選》詩:"燕趙多佳人,美者顏如玉。"

"江清"句:以扇自障而歌,故謂之"歌扇"。　新添:庾肩吾詩:"願以重光曲,承君歌扇塵。"

"玉袖"句:趙云:"凌風并"立,想女樂不一其人矣,所以成"佳人滿近船"之句。

"偸眼"句:年:一作"天"。　趙云:鮑明遠《學劉公幹體》詩:"朔風吹朔雪,(陳案:朔風,《藝文類聚》卷二作'胡風'。)千里度龍山。集君瑤臺裏,飛舞兩楹前。茲辰自爲美,當避艷陽年。艷陽桃李節,皎潔不成妍。"今公意蓋謂佳人自衒其美色,"偸眼"視春光,以争相勝之意。

其二

白日移歌袖,青霄近笛牀。
翠眉縈度曲,雲鬢儼分行。
立馬千山暮,迴舟一水香。
使君自有婦,莫學野鴛鴦。

【集注】

"青霄"句：師云：蔡琰詩："林近柳陰。"

"翠眉"句：《古詩》："度曲翠眉低。"

"使君"二句：師云：《古樂府・陌上桑・羅敷行》："使君自有婦，羅敷自有夫。"李梓州有"女樂"，故公以此戲之。又，《文選》曹子建詩："中有孤鴛鴦，哀鳴求匹偶。"（陳案：偶，《曹子建集》作"儔"。）

登牛頭山亭子

路出雙林外，亭窺萬井中。
江城孤照日，山谷遠含風。
兵革身將老，關河信不通。
猶殘數行淚，忍對百花叢。

【集注】

"路出"二句：趙云：《佛書》云："佛説法於雙林樹下。"故公題佛宇，每用"雙樹""雙林"字。下句言"亭"之高，可以窺井邑（舊）[萬]家也。

"江城"二句：山：一作"春"。　揚子雲《羽獵賦》云："山谷謂之風㶿。"

"兵革"二句：趙云：時吐蕃猶盛。

"猶殘"二句：對花垂淚，亦傷時之意也。《項羽傳》："歌數闋，泣數行下。"

陪李梓州、王閬州、蘇遂州、李果州四使君登惠義寺

春日無人境，虛空不住天。
鶯花隨世界，樓閣寄山巔。
遲暮身何得，登臨意惘然。
誰能解金印，蕭鼓共安禪。

【集注】

　　"陪李"句:趙云:師民瞻本作"章梓州",是。

　　"春日"二句:蓋取佛書"不住相",謂天運無常,以成四時。師云:庾信賦:"心遊不住之天。"　　趙云:孫綽《天台賦序》:"踐無人之境。"《杜牧之傳》:"若涉無人之地。"

　　"鶯花"二句:寄:一作"倚"。　　趙云:言當春時,處處有"鶯花"。"世界"字,又取佛書中語也。《爾雅·釋名》:"山頂曰巔。"

　　"遲暮"二句:言身老而未有所得也。

　　"誰能"二句:一云:"三軍將五馬,若箇合安禪。"　　趙云:此二句蓋諷四刺史:"誰能解"所佩之"金印",而相與"安禪"聖?按:陶潛解綬去職。又,温遂嘗爲邑宰,解印綬而去。

送何侍御歸朝

　　舟楫諸侯餞,車輿使者歸。
　　山花相映發,水鳥自孤飛。
　　春日垂霜鬢,天隅把繡衣。
　　故人從此去,寥落寸心違。

【集注】

　　"送何"句:章梓州泛舟筵上作。

　　"舟楫"二句:趙云:上句指言章梓州作泛舟之筵也。下句言何侍御歸朝也。

　　"山花"二句:趙云:簡文帝云:"山川相映發。"義雖不同,而以字語之,熟用之也。

　　"天隅"句:趙云:《前漢》:"暴勝之衣繡衣,持斧,爲直指使者。"又,漢侍御使繡衣持斧。言與何侍御"把""衣"爲別也。

　　"故人"二句:去:一作"遠"。　　《選》:《文賦》云:"吐滂沛乎寸心。"《詩》:"中心有違。"

江亭送眉州辛別駕昇之 得蕪字

柳影含雲幕,江波近酒壺。
異方驚會面,終宴惜征途。
沙晚低風蝶,天晴喜浴鳧。
別離傷老大,意緒日荒蕪。

【集注】

"柳影"二句:幕:一作"重"。　趙云:"雲幕",言"幕"之如"雲"也。字則漢成帝"設雲幕於甘泉宮"。

"異方"二句:趙云:李少卿《書》云:"異方之樂,祇令人悲。"又,史云:"秀異產於異方。""終宴"字,則曹子建詩:"公子敬愛客,終宴不知疲"也。

"別離"二句:《文選》:《長歌行》云:"少壯不努力,老大徒傷悲。"

涪城縣香積寺官閣

寺下春江深不流,山腰官閣迥添愁。
含風翠壁孤雲細,背日丹楓萬木稠。
小院迴廊春寂寂,浴鳧飛鷺晚悠悠。
諸天合在藤蘿外,昏黑應須到上頭。

【集注】

"小院"句:春:一作"清"。

"諸天"二句:釋書有"諸天"字,皆言勝樂事。公之末章,因以見志也。　趙云:蓋言其高而近天爾。

戲題寄上漢中王三首

右一

西漢親王子,成都老客星。
百年雙白鬢,一別五秋螢。
忍斷杯中物,秖看座右銘。
不能隨皁蓋,自醉逐浮萍。

【集注】

"戲題"句:時王在梓州,初至斷酒,《不飲》篇有戲述。　趙云:漢中王名瑀,讓皇帝之子,汝陽王璡之弟。始封隴西郡公,從明皇幸蜀,至河池,封漢中王。

"西漢"二句:高祖起漢中,今王封漢中王,故云"西漢親王子"也。《後漢》:"嚴陵與光武同宿。"而史占云:"客星犯帝座。"(陳案:史,當指《後漢書》。)公蓋自言身在"成都"爲客也。

"百年"二句:秋:一作"飛"。　趙云:公自言其老,久與漢中王別,而方再得相見。"五秋螢",蓋是別後五見螢火矣。

"秖看"句:陶潛云:"天運苟如此,且進杯中物。"崔子玉作《座右銘》。此蓋公言不必斷酒,却只拘守《座右銘》爲誡也。

"不能"二句:"皁蓋",指"漢中王"之爲梓州也。言王既"斷酒",故不能隨其車蓋,而自醉如"浮萍"之漂泊也。

右二

策杖時能出,王門異昔遊。
已知嗟不起,未許醉相留。
蜀酒濃無敵,江魚美可求。
終思一酩酊,净掃鴈池頭。

【集注】

"策杖"二句:房玄齡"策杖"謁太宗於河北。下句,謂其"斷酒"也。　　趙云:《吳越春秋》云:"太王避狄,杖策去邠。"《史記》云:"魯連子却秦君,平原君欲封之,遂策杖而去。"鄒陽曰:"何王之門,而不可曳長裾乎?""王門異昔遊",言王之"斷酒"爾。

"已知"二句:趙云:"已知"漢中王"嗟"我來見時,不肯起去,意在求飲,而緣王"斷酒","未許"留"醉"也。

"蜀酒"二句:《蜀都賦》:"觴以醇清,一醉累月。"又云:"嘉魚出於丙穴。"

"終思"二句:廣漢郡有金鴈池。古老相傳云:"有金鴈一雙,隱於此池,日暖則見其影。"　　趙云:天后時,高嶠詩云:"駕言尋鳳侣,乘歡俯鴈池。"則往時素有此名,於池可以泛指爲"鴈池"矣。又兒童歌山簡曰:"日夕倒載歸,酩酊無所知。"

右三

　　群盜無歸路,衰顔會遠方。
　　尚憐詩警策,猶憶酒顛狂。
　　魯衛彌尊重,徐陳略喪亡。
　　空餘枚叟在,應念早升堂。

【集注】

"群盜"二句:趙云:上句,指言僕固懷恩以吐蕃、回紇、党項之兵入寇也。

"尚憐"二句:《文賦》:"立片言以居要,在一篇之警策。"(陳案:在,《藝文類聚》作"乃"。)　　《杜補遺》:"警",驅動貌。"策",可以擊馬。謂"片言"光益一篇,亦猶以策擊馬,得其警動。又,曹子建《應詔》詩:"僕夫警策,平路是由。"蓋言以策而驅其馬,使之疾行也。其後(梁)鍾嶸《詩品》曰:"陳思贈弟、仲宣《七哀》、公幹《思友》、阮籍《詠懷》、《謝》靈運《鄴中》、士衡《擬古》、陶公《詠貧》之製,惠連《擣衣》之作,斯五言之警策者也。"　　趙云:"尚憐""猶憶",蓋主漢中王言之。"詩警策""酒顛狂",公自主其身而言也。

"魯衛"二句：漢中王兄弟俱重鎮。魏文帝《與王粲書》："〔徐〕、陳、應、劉，一時俱逝。何數年之間，零落殆盡？"徐幹、陳琳、應瑒、劉楨。　　趙云：上句公引"魯衛之政兄弟"之語。下句言王之賓客多"喪"也。

"空餘"二句："枚叟"，公自喻也。　　趙云：《雪賦》云："召鄒生，延枚叟。"《語》："由（矣）[也]升堂矣。"

陪章留後侍御宴南樓

絕域長夏晚，茲樓清宴同。
朝廷燒棧北，鼓角滿天東。
屢食將軍第，仍騎御史驄。
本無丹竈術，那免白頭翁。
寇盜狂歌外，形骸痛飲中。
野雲低渡水，簷雨細隨風。
出號江城黑，題詩蠟炬紅。
此身醒復醉，不擬哭途窮。

【集注】

"絕域"二句：趙云：李陵《書》："出征絕域。"今公借而用之。沈佺期《古樂府》："坐看長夏晚。"亦此意也。

"朝廷"句：謂在大散之北也。張良說高祖，"燒絕棧道"。　　趙云：因"宴南樓"而望長安也。張良"燒絕棧道"。今摘其字用之，言地理耳。

"鼓角"句：滿，一作"漏"。　　趙云："漏天"在黎州，蜀之西蕃，地多雨，故名"漏天"。則梓州當在其東，所以形容其地也。蔡伯世《正異》："漏天"乃地名，在雅州，以其地多雨也，居梓州之西。正文訛作"滿"。

"屢食"句：趙云：公自言其食于"章留後"之宅，以"留後"同主兵，故云"將軍"。"第"字,霍去病"爲驃騎將軍,辭第"也。

"仍騎"句:見上"御史舊乘驄"注。　　趙云:"留後"之官,亦"御史"也。

"本無"二句:言無"丹竈"之術以延年也。　　《杜補遺》:江文通《別賦》:"華陰上士,服食還仙。術既妙而猶學,道以寂而未傳。守丹竈而不顧,鍊金鼎而方堅。駕鶴上漢,驂鸞騰天。暫遊萬里,少別千年。"　　趙云:魏文帝云:"已成一老翁,但未頭白耳。"字如壺關三老云:"夢白頭翁教臣"也。

"寇盜"二句:言以酒而自隱爾。《莊子》:"索我形骸之内。"《蘭亭記》有"放浪形骸之外"。

"出號"二句:趙云:夜傳號令,此節度府之事也。當"出號"之時,宴中方明燭而"題詩"。又是紀實也。

"此身"二句:阮籍以酒自隱,故得免當世之難。常出不由徑,遇途窮則慟哭而返。公自言取籍之自隱於酒,不效其"哭途窮"也。顏延年詠之云:"窮途能無慟。"

臺　上 得涼字

改席臺能迥,留門月復光。
雲霄遺暑濕,山谷進風涼。
老去一杯足,誰憐屢舞長。
何須把官燭,似惱鬢毛蒼。

【集注】

"改席"二句:趙云:"改席",則自南樓移於"臺上"也。"留門",且未閉城門也。《詩》:"月出之光。"

"雲霄"二句:《月令》云:"土潤溽暑。"溽,濕也。以臺高而在"雲霄"之間,不知暑氣之失去也。揚子雲《射獵賦》:"山谷爲之風猋。"(陳案:射,《揚子雲集》作"羽"。)

"老去"二句:張翰云:"不如生前一杯酒。"《詩》云:"屢舞佸佸。"

《蜀都賦》:"紓長袖而屢舞。"《吕氏春秋》:韓子曰:"長袖善舞。"

"何須"二句:《後漢》:"巴祇爲揚州刺史,不然官燭。"以"章留後"之宴,故云"官燭"也。

送王十五判官扶侍還黔中 得開字

大家東征逐子回,風生洲渚錦帆開。
青青竹筍迎船出,白白江魚入饌来。
離别不堪無限意,艱危深仗濟時才。
黔陽信使應稀少,莫怪頻頻勸酒杯。

【集注】

"大家"句:《後漢》:扶風曹世叔妻班彪之女名昭,字惠姬。和帝數召入宫,令皇后、貴人師事焉,號曰大家。其子穀爲陳留長,大家隨至官,作《東征賦》,述其經歷。　趙云:"大家",指言王判官母,以班氏比之也。

"風生"句:隋煬帝以錦爲帆。

"青青"二句:白白:一云"日日",一云"旦旦"。　《杜補遺》:《楚國先賢傳》:孟宗母食筍,冬月無之,宗入林中哀號,筍爲之生。《後漢》:姜詩并妻龐氏,并至孝。母好飲江水,嗜魚鱠,又不能獨食。夫婦常力作鱠,呼鄰母共食之。舍側忽有湧泉,味如江水,每旦輒出雙鯉,以供母膳。王判官侍母"還黔中",故有此句。

"莫怪"句:(陳案:莫,《四庫全書》本作"萬"。形誤。《補注杜詩》《全唐詩》作"莫"。)　頻頻:一作"頻煩"。

隨章留後新亭會送諸君

新亭有高會,行子得良時。
日動映江幕,風鳴排檻旗。

絶葷終不改，勸酒欲無詞。
已墮峴山淚，因題零雨詩。

【集注】

"新亭"二句：《高祖本紀》云："漢王入彭城，置酒高會。"謝靈運詩："良時不見遺。"

"已墮"二句：《晉·羊祜傳》："襄陽百姓於峴山祜平生遊憩之所建碑，望其碑者，莫不流涕。杜預因名爲墮淚碑。"《詩》云："零雨其濛。"

倦 夜

竹涼侵臥內，野月滿庭隅。
重露成涓滴，稀星乍有無。
暗飛螢自照，水宿鳥相呼。
萬事干戈裏，空悲清夜徂！

【集注】

"竹涼"二句：趙云：《漢書》："引入臥內。"又，王敦謂石崇曰："誤入卿內。"《古詩》云："秋涼野月白。"

"重露"二句：師云：崔融詩："秋天零重露。"曹孟德云："月明星稀。""有無"者，星明滅之狀也。

"暗飛"二句：《晉》：傅咸《螢火賦·序》："余曾獨處，顧見螢火，熱以自照。"（陳案：熱，《西晉文紀》作"執"。）《蜀都賦》："雲飛水宿。"

《杜補遺》：師曠《禽經》："陸鳥曰棲，水鳥曰宿。"又云："凡鳥朝鳴曰嘲，夜鳴曰咳。林鳥以朝嘲，水鳥以夜咳。今林棲之鳥多朝鳴，水宿之鳥多夜叫。咳，音夜。字見《龍龕手鏡》。"

"萬事"二句：有感時之志，而不見用於時，故徒悲"清夜"之徂往也。　趙云：時吐蕃之兵方熾也。

悲　秋

涼風動萬里，群盜尚縱橫。
家遠傳書日，秋來爲客情。
愁窺高鳥過，老逐衆人行。
始欲投三峽，何由見兩京。

【集注】

"家遠"二句：傳：一作"待"。　　此二事皆情意之極者。

"愁窺"二句：言鳥東西南北，尚有所適，老者尚爲"衆人行"，亦悲時不遇也。　　趙云：《家語》："見飛鳥過。"《詩》："有鳥高飛。"

"始欲"二句：師云：此公謀下峽也。

對　雨

莽莽天涯雨，江邊獨立時。
不愁巴道路，恐濕漢旌旗。
雪嶺防秋急，繩橋戰勝遲。
西戎甥舅禮，未敢背恩私。

【集注】

"莽莽"二句：趙云：於雨言"莽莽"，可謂新奇矣。蓋猶於日言"野日荒荒白"。"江邊獨立"，其所思者遠矣。意見下句。

"不愁"二句：趙云："巴道路"，自綿而東也。時治兵禦吐蕃，公之意謂，雖往來巴山之"道路"，而不以爲"愁"，惟"恐濕漢"之"旌旗"矣。

"雪嶺"二句：趙云："雪嶺"，在松、維州之外，即西山也。"繩橋"，以岷江湍急，不可爲梁，乃以竹繩而爲之，駕虛以渡，故號"繩橋"。

"西戎"二句：言父尚公主，則子爲甥，中國爲舅氏也。　　趙云：《孟子》："帝館甥於貳室。"《爾雅》曰："謂我舅者，吾謂之甥。"初，中宗景龍三年，以雍王守禮女爲金城公主，以妻贊普。其後，玄宗開元間，遣使入朝，奉表言"甥"，言先帝"舅"云云。今公言望其敦"甥舅"之"禮"，而勿"背"焉。　　師云：時吐蕃陷松州，今言不"背恩私"，蓋識失在中國也。

警　急

才名舊楚將，妙略擁兵機。
玉壘雖傳檄，松州會解圍。
和親知計拙，公主漫無歸。
青海今誰得，西戎實飽飛。

【集注】

《警急》：時高公適領西川節度。　　趙云："警急"者，言可"警"之"急"也。字祖出《漢書》，而（魏）〔曹〕植《白馬篇》、（梁）劉孝威《結客少年場》，皆曰："邊城多警急。"

"才名"二句：以美高適也。　　趙云：考《適傳》：自諫議大夫除揚州大都督長史、淮南節度使，此所謂"楚將"也。

"玉壘"二句："傳檄"，言吐蕃入寇，檄書相聞也。"松州"正控吐蕃。　　趙云：《蜀都賦》："包玉壘而爲宇。"《傳》曰："三秦可傳檄而定也。"言高公爲節度，可以傳羽檄而解"松州"之"圍"也。廣德元年，吐蕃取隴右。十二月，遂亡松、維、保三州。公詩在未亡"松州"之前。

"和親"二句：趙云：《唐史》：永泰元年乙巳，吐蕃方請和，繼而又叛。時議必再有請嫁公主爲"和親""計"者，故公云爾。餘見《留花門》"公主歌黃鵠"注。

"青海"二句：上句見《贈哥舒〈翰〉開府》詩注。"飽飛"，見《送高適》詩注。　　趙云：《新史》：景龍時，吐蕃厚餉使者楊矩，請河西九曲爲公主湯沐。（短）〔矩〕表請與其地。九曲者，水甘草良，宜畜牧，近與唐接。自是益張雄，易入寇。則"青海"亦爲其所有矣。公既以吐蕃既有"青海"，宜其勢如鷹之"飽"而飛揚，不就縶紲也。

王　命

漢北豺狼滿，巴西道路難。
血埋諸將甲，骨斷使臣鞍。
牢落新燒棧，蒼茫舊築壇。
深懷喻蜀道，慟哭望王官。

【集注】

　　"漢北"二句：趙云："漢"與"巴"相連，蓋吐蕃入寇之地。《吴都賦》云："矜巴、漢之阻，則以爲襲險之右。"可以見"巴""漢"之連矣。漢之北，則褒、斜也。巴之西，則綿、漢、成都也。
　　"血埋"二句：趙云：廣德元年，使李之芳、崔倫往聘吐蕃，留不遣。虜破邠州，入奉天，天子幸陝。"使臣"，指李之芳、崔倫。曰"骨斷"，則憂懼而骨欲折之義也。
　　"牢落"二句："燒棧"事，見上注。漢王齋戒設壇，拜韓信爲大將軍。　　趙云：時雍王适爲兵馬元帥，郭子儀副之；而禦奉天之寇，委之子儀，則"舊築壇"，指郭令公也。
　　"深懷"二句：(陳案：道，《補注杜詩》《全唐詩》作"意"。)　　時段子璋反於東川，適與崔光遠逆戰斬之，光遠不戢兵，遂大掠，至有斷士女腕取金者，故民怨而"望王官"之至也。　　趙云：司馬相如有《喻蜀檄》，公止取"喻蜀"字，以言蜀父老"望王官"之至也。舊注作段子璋反事，自是上元二年高適爲蜀州刺史時，況今篇又不關涉高適。

征　夫

十室幾人在？千山空自多。
路衢唯見哭，城市不聞歌。
漂梗無安地，銜枚有荷戈。
官軍未通蜀，吾道竟如何？

【集注】

"十室"句:《論語》:"十室之邑。"

"路衢"二句:民〔苦〕征戍,故多悲哭,豈復有笑歌之事?

"漂梗"句:用民如榛梗爾,漂泊不遑寧處也。　趙云:此句公自言爾。

"銜枚"句:《漢紀》:"章邯夜銜枚擊項梁定陶。"顏師古曰:"銜枚者,止言語謹嚻,欲令敵人不知其來也。《周官》有銜枚氏,其狀如箸橫銜之。"

送元二適江左

亂後今相見,秋深復遠行。
風塵爲客日,江海送君情。
晉室丹陽尹,公孫白帝城。
經過自愛惜,取次莫論兵。

【集注】

"風塵"二句:趙云:公自言其遭戰之時,而飄泊於外也。下句又言送元之"適江左"也。

"晉室"二句:溫嶠爲丹陽尹。　趙云:"丹陽",潤州也。丹陽置尹,在晉室爲然。今"元二"必是往潤州爲守,則舟行必經"白帝城"而下也。城乃公孫述所築。

"取次"句:元嘗應孫吳科舉。"論兵"字出《古樂府》。

章梓州水亭

城晚通雲霧,亭深到芰荷。
吏人橋外少,秋水席邊多。

近屬淮王至,高門薊子過。
荆州愛山簡,吾醉亦長歌。

【集注】

"章梓"句:時漢中王兼道士席謙在會,同用荷字韻。

"近屬"二句:趙云:《前漢》:淮南王劉安於"近屬"中最賢,而有學者,故以比漢中王。《後漢》:薊子訓有神異之道,流名京師,士大夫皆承風嚮慕之。此言席道士,又以尊"章梓州"能致異人也。

"荆州"二句:趙云:"荆州"以比梓州。山簡都督荆、湘、交、廣四州諸軍事,荆土豪族有佳園池,簡出嬉遊多之池上,置酒輒醉。兒童歌之曰:"山公出何許?往至高陽池。日夕倒載歸,酩酊無所知。時時能騎馬,倒著白接籬。舉鞭白葛強,何如并州兒?"葛強家在并州,簡愛將也。"吾醉亦長歌",則欲效兒童之爲歌爾。

送陵州路使君赴任

王室比多難,高官皆武臣。
幽燕通使者,岳牧用詞人。
國待賢良急,君當拔擢新。
佩刀成氣象,行蓋出風塵。
戰伐乾坤破,瘡痍府庫貧。
衆寮宜潔白,萬役但平均。
霄漢瞻佳士,泥塗任此身。
秋天正搖落,回首大江濱。

【集注】

"王室"二句:時方急於賞功,故武臣在高位。　　趙云:自安史之亂,通九年,亦可謂"多難"矣。

"幽燕"二句:趙云:乾元二年,禄山父子僭號,凡三年而滅。廣德元年,史思明父子僭號,凡四年而滅。安史既平,幽燕路通矣,使命可以往來也。《書》:"覲四岳群牧。"是也。"詞人"者,文詞之人,指言"路使君"也。

"佩刀"二句:上句見"左相吕虔刀"注。(陳案:相,《九家集注杜詩》作"將"。)皂蓋行春。(陳案:春,《杜詩詳注》作"縣"。)　趙云:時方吐蕃之亂,道路"風塵",而刺史之蓋出"風塵"以往也。

"戰伐"二句:"乾坤破",所在殘弊也。《前漢·季布傳》:"瘡痍未瘳。"

"衆寮"二句:師(蓋)[云]:蓋譏當時在位者貪暴,取於民有偏也。趙云:此四句以誡其公爲政,可謂贈人以言也。

"霄漢"二句:趙云:"佳士",又以指路君。"泥塗",則公自言也。

薄　暮

江水最深地,山雲薄暮時。
寒花隱亂草,宿鳥擇深枝。
舊國見何日,高秋心苦悲。
人生不再好,鬢髮白成絲。

【集注】

"宿鳥"句:擇,一作"探"。　趙云:史云:"鳥則擇木,木豈能擇鳥?"(陳案:史,指《左傳·哀公六年》。)

"舊國"二句:《莊子》云:"舊國舊邦,望之暢然。"《漢書》云:"秋高馬肥。"(梁)簡文帝《九日》詩:"是節協陽數,高秋氣〔已〕清。"

"鬢髮"句:白,一作"自"。

東津送韋諷攝閬州錄事

聞說江山好,憐君吏隱兼。

寵行舟遠客,惜別酒頻添。
推薦非承乏,操持必去嫌。
他時如按縣,不得慢陶潛。

【集注】
　　"聞説"二句:《晋》:孫綽嘗鄙山濤而謂人曰:"山濤吾所不鮮,吏非吏,隱非隱。"
　　"寵行"句:(陳案:客,《補注杜詩》《全唐詩》作"泛"。)
　　"不得"句:"陶潛"爲彭澤縣令。

惠義寺送王少尹赴成都 分得峰字

莓莓谷中寺,娟娟林表峰。
欄干上處遠,結構坐來重。
騎馬行春徑,衣冠起暮鍾。
雲門青寂寞,此別惜相從。

【集注】
　　"惠義寺"句:(陳案:《全唐詩》《杜詩詳注》無"分"字。《補注杜詩》《集千家註杜工部詩集》同郭本。)

西山三首

右一

夷界荒山頂,蕃州積雪邊。
築城依白帝,轉粟上青天。
蜀將分旗鼓,羌兵助鎧鋋。
西戎背和好,殺氣日相纏。

【集注】

"夷界"二句：《成都記》："西山冬夏積雪不消。"　趙云：唐松、維二州。維，今之威州一帶皆號"西山"，與吐蕃分界。其山最高，故云"夷界荒山頂"。

"築城"二句：依：一作"連"。　公孫述號白帝，城在夔州。李白"蜀道難，難於上青天"，言其"轉粟"之難也。　趙云：高山之上築城，所以"轉粟"之難，如"上青天"。《秦州記》曰："金城郡，漢元六年置。"應劭曰："初築城得金，故名。"鄒陽《上吳王書》曰："轉粟流輸，千里不絕。"《晉史》："披雲霧而睹青天。""依"，則依如之也。

"蜀將"二句：鎧鋋：一作"井泉"。　趙云：以吐蕃陷松、維、保三州，其勢迫蜀，故分"旗鼓"以禦之。下句，蓋言僕固懷恩與之爲寇也。按：《唐史》：廣德二年七月，僕固懷恩以吐蕃、回紇、党項等兵數十萬人入寇。"井泉"字無義。

"西戎"二句：時吐蕃陷隴右。　趙云：以吐蕃背先帝時盟好，而爲寇不已，"殺氣"日相纏結矣。

右二

　　辛苦三城戍，長防萬里秋。
　　煙城侵火井，雨雪閉松州。
　　風動將軍幕，天寒使者裘。
　　漫山賊營壘，迴首得無憂。

【集注】

"辛苦"二句：明皇還蜀後，分東西兩川爲兩節度，西山列"防""秋"。三戍民罷於役，高適論之，不聽。

"煙城"句：（陳案：城，《補注杜詩》《全唐詩》作"塵"。）　蜀有火井縣。

"雨雪"句：趙云："松州"已陷，閉於"雨雪"之中。按：《唐·地理志》：松州以地産甘松，故名。

"風動"二句：幕：一云"蓋"。　趙云：廣德元年，吐蕃没松州，是時既遣將以禦敵，又遣使以和親，故有是句。"幕"，謂戍幕，一作

"蓋",非是。

"漫山"二句:漫,平聲。言賊壘之多也。

右三

子弟猶深入,關城未解圍。
蠶崖鐵馬瘦,灌口米船稀。
辯士安邊策,元戎決勝威。
今朝烏鵲喜,欲報凱歌歸。

【集注】

"子弟"二句:趙云:"子弟",言充兵之人也。《漢書》:"解平城之圍。"

"蠶崖"二句:"蠶崖"關、"灌口",地名。 趙云:"蠶崖",則"西山"之關隘處也。雪多草枯,故馬不足充戰而瘦。"灌口",在今永康軍,亦近西川,以漕運之多而不繼,故"船稀"。

"辯士"二句:"元戎",元帥也。《史》:"決勝千里之外。" 趙云:《莊子》曰:"子之談類辯士。"(陳案:類,《莊子注》作"似"。)《前漢·車千秋贊》:"此乃所以安邊境。"

"今朝"二句:《西京雜記》:"乾鵲噪而行人至。" 趙云:《周禮》:"奏凱歌"也。《傳》:"王師大凱,奏雅歌。"

薄 遊

淅淅風生砌,團團日隱牆。
遥空秋鴈滅,半嶺暮雲長。
病葉多先墜,寒花只暫香。
巴城添淚眠,今夕復清光。

【集注】

《薄遊》:趙云:夏侯湛作《東方朔畫讚·序》云:"以爲濁世不可以

富樂也，故薄遊以取位。"又，謝靈運《初去郡》詩："薄遊似邴生。"公自秦入西蜀，自蜀而來東川，浮遊不定，故以此爲題。

"淅淅"二句：日：一作"月"。　　謝靈運："淅淅振條風。"班婕妤《扇詩》："團團似明月。"　　趙云：（梁）何遜詩曰："的的帆向浦，團團日隱洲。"惟其日晚，晚則低而"隱牆"。舊注輒改"日"作"月"，殊不知下句有"秋鴈滅""暮雲長"，則日晚之景也。

"病葉"二句：《秋興賦》："槁葉多殞。"　　趙云：上句意義在"病"字與"先"字。舊注引《秋興賦》"槁葉多殞"，非是。

"巴城"二句：眠：一作"月"。（陳案：眠，《補注杜詩》《全唐詩》作"眼"。）　　趙云：公於鄜州《月〔夜〕》詩云："何時倚虛幌，雙照淚痕乾。"則以還家而淚乾。今以"薄遊"無定，見月而"添淚"也。此句方是言"月"，然不必有"月"字，而義自明，以"今夕清光"字見之矣。

卷二十五

（宋）郭知達 編

近體詩

送梓州李使君之任

籍甚黃丞相，能名自潁川。
近看除刺史，還喜得吾賢。
五馬何時到，雙魚會早傳。
老思筇竹杖，冬要錦衾眠。
不作臨岐恨，唯聽擧最先。
火雲揮汗日，山驛醒心泉。
遇害陳公殞，于今蜀道憐。
君行射洪縣，爲我一潸然。

【集注】

"送梓"句：公自注：故陳拾遺，射洪人也，篇末有云。　洙曰："拾遺陳子昂，常爲縣令。段簡收繫，憂憤死獄中。射洪，梓州之屬縣也。"

"籍甚"十六句：（陳案：潁，《四庫全書》本作"隸"。形訛。《補注杜詩》《全唐詩》作"潁"。）　洙曰：《漢》："黃霸爲潁川太守，治爲天下第一，後代丙吉爲丞相。"　趙曰：《漢官儀》："太守五馬。"蓋天子六馬，而諸侯五馬也。《古樂府》："客從遠方來，遺我雙鯉魚。呼兒烹鯉魚，中有尺素書。""筇竹"與"錦"，皆蜀中我出，公從李使君求此二物也。　　洙曰:《京房傳》:"舉最當遷徙。"(陳案:《漢書》無"徙"字。)〔師古曰〕:"以課最被舉。"

王閬州筵奉酬十一舅惜別之作

　　萬壑樹聲滿,千崖秋氣高。
　　浮舟出郡郭,別酒寄江濤。
　　良會不復久,此生何太勞。
　　窮愁但有骨,群盜尚如毛。
　　吾舅惜分手,使君寒贈袍。
　　沙頭暮黃鶴,失侶亦哀號。

【集注】

　　"萬壑"十二句:《後山詩話》:杜牧云:"南山與秋色,氣勢兩相高",最爲警絶,而子美纔用一句云:"千崖秋氣高",語益工。　　鶴曰:"時吐蕃、党項與僕固懷恩之亂方殷,故有'群盜尚如毛'之句。"

閬州奉送二十四舅使自京赴任青城

　　聞道王喬舄,名因太史傳。
　　如何碧雞使,把詔紫微天。
　　秦嶺愁回馬,涪江醉泛船。
　　青城漫污雜,吾舅意凄然。

【集注】

　　"閬州"句:鶴曰:青城縣,屬蜀州。
　　"聞道"八句(陳案:舄,《四庫全書》本作"寫"。形訛。《補注杜詩》《全唐詩》作"舄"。下注文同。)　　洙曰:《漢》:王喬爲葉令,每朔望自縣詣臺朝。明帝怪其來數,令太史伺望之。言其臨至,有雙鳧飛來。於是舉羅張之,得一隻寫焉。」　定功曰:《漢書》:"方士言益州有金馬碧雞,可祭祀致也。宣帝使王襃往祀焉。"鄭曰:"秦嶺,在秦州之東。"

放　船

送客蒼溪縣,山寒雨不開。
直愁騎馬滑,故作泛舟迴。
青惜峯巒過,黃知橘柚來。
江流大自在,坐穩興悠哉。

【集注】

"送客"八句:(陳案:大,《全唐詩》同。一作"天"。)　鮑曰:《唐志》:"蒼溪縣,屬閬州。"　葛常之曰:"五言律詩,(陳案:言,《韻語陽秋》作'字'。)於對聯中十字作一意,詩家謂之'十字格'。如老杜《放船》詩云:'直愁騎馬滑,故作泛舟迴。'《對雨》詩云:'不愁巴道路,恐失漢旌旗。'《江月》詩:'天邊長作客,老去一霑巾。'是也。"　鮑曰:"青惜峯巒過,黃知橘柚來",舟行湍移,景物如畫,雖速而不言速也。　吳子良《荊溪林下偶談》:錢起云:"山來指樵火,峯去惜花林。"不若子美"青惜峯巒過,黃知橘柚來"。

奉待嚴大夫

殊方又喜故人來,重鎮還須濟世才。
常怪偏裨終日待,不知旌節隔年回。
欲辭巴徼啼鶯合,遠下荊門去鷁催。
身老時危思會面,一生襟抱向誰開?

【集注】

"奉待"句：鶴曰：按《唐紀》："上元二年建丑月，以嚴武爲成都尹。"今公待其至詩云："不知旌節隔年回。"乃次年正月也。又按：《舊史》：武出爲綿州刺史、劍南東川節度使，兼御史中丞，上皇誥以"劍南兩川合爲一"，拜武成都尹，兼御史大夫，充劍南節度，此當在乾元二年，裴冕爲尹之前。蓋上皇以上元元年七月移居西内，已不復預國事矣。武嘗三鎮蜀，在乾元裴冕之前爲一，是年爲二，廣德二年表公爲參謀時，爲三也。寶應元年成都作。

"殊方"八句：洙曰："偏裨"，謂諸將校也。　　希曰："偏裨"字，見《漢書·馮奉世傳》。　　趙曰：《淮南子注》："鷁，大鳥也。畫其象，著船首，以禦水患。"　　夢弼曰：公聞嚴武至，欲辭蜀之巴峽，下楚之荆門以迓之也。

奉寄高常侍

汶上相逢年頗多，飛騰無那故人何。
總戎楚蜀應全未，方駕曹劉不啻過。
今日朝廷須汲黯，中原將帥憶廉頗。
天涯春色催遲暮，别淚遥添錦水波。

【集注】

"奉寄"句：鶴曰：高適爲西川節度使，禦吐蕃，師出無功，亡松、維等州，以嚴武代還，用爲刑部侍郎、左散騎常侍。

"汶上"八句：洙曰：《地理志》："汶水，出泰山萊蕪。"蜀亦有汶川，出西山。　　趙云：高適先除淮南節度，後爲西川節度，故言"總戎楚蜀"。　　修可曰："方駕"，并駕也。與方舟之"方"同。《廣絶交論》："逎文麗藻，方駕曹〔王〕。"言"曹劉"，乃曹植、劉楨也。　　洙曰："不啻"，猶過多也。《家語》："何翅惠哉？"《漢書》："汲黯在朝，淮南寢謀。"言黯之材，足以折衝千里也。《史記》：廉頗，趙之良將也。漢文帝嘗歎曰："吾獨不得廉頗、李牧爲將，豈憂匈奴哉？"

— 1126 —

奉寄章十侍御

淮海維揚一俊人，金章紫綬照青春。
指麾能事回天地，訓練强兵動鬼神。
湘西不得歸關羽，河內猶宜借寇恂。
朝覲從容問幽側，勿云江漢有垂綸。

【集注】

"奉寄"句：公自注：時初罷梓州刺史，東川留後，將赴朝廷。
鶴曰：按《唐史》："是年嚴武再鎮蜀，因小忿，召梓州刺史章彝，殺之。"公是詩却言其"罷梓州，將赴朝廷"，豈非將行時爲武所殺？又按：彝去年夏方守梓，未應得代，當是其時欲入奏也。
"淮海"八句：(陳案：俊，《四庫全書》本作"俟"。形訛。《全唐詩》《補注杜詩》作"俊"。)　〔關羽〕此人所諱者。　（來）[洙]曰：章彝，揚州人。　趙曰："指麾"所能之事，雖"天地"亦可回，誇大言之。　歐公曰：時段子璋反，章討平之，故云。　洙曰：蜀將關羽，字雲長。先主收江南諸郡，拜羽爲襄陽太守、盪寇將軍，駐江北。先主西定益州，拜羽督荆州事。《後漢》：寇恂，字子翼。光武收河內，拜恂爲太守。後移潁川，又移汝南太守。潁川盜（賦）[賊]群起，（內）[車]駕南征，恂從至潁川，盜賊悉降，百姓遮道曰："願從陛下復借寇君一年。"迺留恂。　黃曰：美章彝善守東川，恐如關羽、寇恂不得去也。　希曰：《文選・沈約〈恩倖論〉》："明揚幽側，惟才是與。"
晁曰："江漢垂綸"，公自言也。

將赴荆南寄別李劍州弟

使君高義驅今古，寥落三年坐劍州。
但見文翁能化俗，焉知李廣未封侯。
路經灔澦雙蓬鬢，天入滄浪一釣舟。
戎馬相逢更何日，春風回首仲宣樓。

【集注】

"將赴"句：鶴曰：公仕蜀，連往來梓、閬間，將欲出峽，遊荆楚，後竟不果。

"路經"二句：語特悽愴。

"使君"八句：洙曰：《前漢·循吏傳》：文翁爲蜀郡太守，仁愛好教化。見蜀地僻陋，有蠻夷風，乃選郡縣小吏開敏有材者，遣詣京師，受業博士，數歲皆成就還歸。文翁又修起學宮於成都市中，招下縣子弟，以爲學宮弟子，繇是大化。文翁終於蜀，吏民爲立祠堂，歲時祭祀不絶。至今巴蜀好文雅，文翁之化也。《李廣傳》：廣〔與從〕弟子蔡，俱爲郎。蔡積功，武帝封爲樂安侯。廣不得爵邑，官不過九卿。（爲）〔廣〕之軍士及士卒，或取封侯。廣嘗與望氣王朔言之。朔曰："將軍自念豈嘗有恨者乎？"廣曰："吾爲隴西守，羌嘗反，吾誘降者八百餘人，詐而同日殺之，至今恨獨此事。"朔曰："禍莫〔大〕於殺已降，此乃將軍之所以不得侯者也。"　趙曰："灔澦"堆，在巫峽之口。"滄浪"，則漁夫所歌。滄浪之水在楚地，公時欲南下也。　洙曰：《魏》："王粲，字仲宣，以西京擾亂，乃之荆州，依劉表。"嘗登城樓做賦，故云"仲宣樓"。

奉寄別馬巴州

勳業終歸馬伏波，功曹非復漢蕭何。
扁舟繫纜沙邊久，南國浮雲水上多。
獨把魚竿終遠去，難隨鳥翼一相過。
知君未愛春湖色，興在驪駒白玉珂。

【集注】

"奉寄"句：公自注：時甫除京兆功曹，在東川。　鶴曰：按：公傳云：公流落劍南，結廬成都西郭，召補京兆功曹參軍，不至。會嚴武節度劍南東西川，往依焉。又按：《唐紀》云："上元二年建丑月，以嚴武爲成都尹。"以是知公之除"功曹"，在是年冬也。時草堂方成，道路多梗,而嚴武又來,是以不赴也。

"勳業"八句:(陳案:鳥,《全唐詩》同。一作"烏"。)　謂不能就"別",知必爲我來也。"春湖"豈所居?或巴州景物也。　洙曰:"馬伏波",謂馬巴州也。"蕭何",公自謂也。《後漢》:馬援少有大志,以功名自許,封伏波將軍。　修可曰:《劉貢父詩話》云:杜詩"功曹非復漢蕭何"。按曹參嘗爲功曹,非蕭何也。王定國云:《高祖紀》:"何爲主吏。"孟康注曰:"主吏,功曹也。"貢父之言誤矣。二說皆非。按:《吳志》:虞翻爲孫策功曹。策曰:"孤有征討事,未得還府,卿復以功曹,爲吾蕭何,守會稽耳。"　洙曰:《前漢·王式傳》注:《驪駒》,逸詩篇名也,見《大戴禮》。客欲去,歌之,其詞云:"驪駒在門,僕夫具存。驪駒在路,僕夫整駕。""珂"者,馬勒飾也。

泛　江

方舟不用楫,極目總無波。
長日容杯酒,深江淨綺羅。
亂離還奏樂,飄泊且聽歌。
故國流清渭,如今花正多。

【集注】

"方舟"八句:趙云:"方舟",并船也。字出《爾雅》。　〔大〕觀曰:"深江淨綺羅。"言江花色淨如"綺羅"也。　夢弼曰:末句,公思長安之景物也。

陪王使君晦日泛江就黃家亭子二首

山豁何時斷?江平不肯流。
稍知花改岸,始驗鳥隨舟。
結束多紅粉,歡娛恨白頭。

非君愛人客，晦日更添愁。

有徑金沙軟，無人碧草芳。
野畦連蛺蝶，江檻俯鴛鴦。
日晚煙花亂，風生錦繡香。
不須吹急管，衰老易悲傷。

【集注】

"陪王"句：鶴曰："王使君"，謂閬州守也。唐以正月晦日爲令節。

南　征

春岸桃花水，雲帆楓樹林。
偷生長避地，適遠更霑襟。
老病南征日，君恩北望心。
百年歌自苦，未見有知音。

【集注】

《南征》：此等不忍再讀。

久　客

羈旅知交態，淹留見俗情。
衰顏聊自哂，小吏最相輕。
去國哀王粲，傷時哭賈生。
狐狸何足道，豺虎正縱橫。

【集注】

"羈旅"八句：洙曰：《漢書》：翟公書其門曰："一貧一富，乃知交態。"漢末西京擾亂，王粲去，而依劉表於荆州。賈誼，文帝時《上政事疏》，云："可爲痛哭者一。"《張綱傳》："豺狼當路，安問狐狸？"

春　遠

蕭蕭花絮晚，菲菲紅素輕。
日長唯鳥雀，春遠獨柴荆。
數有關中亂，何曾劍外清。
故鄉歸不得，地入亞夫營。

【集注】

"日長"二句：語近而去。

"數有"四句：鶴曰：按史：是年吐蕃雖退，而二月黨項、羌寇京兆之富平縣。（陳案：史，《舊唐書》《新唐書》皆作"史實"。）故云："數有關中亂。"　　趙曰："亞夫營"在長安，公之故鄉也。漢文帝時，周亞夫軍細柳，以備胡。

暮　寒

霧隱平郊樹，風含廣岸波。
沉沉春色靜，慘慘暮寒多。
戍鼓猶長擊，林鶯遂不歌。
忽思高宴會，朱袖拂雲和。

【集注】

"朱袖"句：洙曰：《周禮》："大司樂奏雲和之琴瑟。"注："雲和，地名。以其產良材而中爲琴瑟也。"

愁　坐

高齋常見野，愁坐更臨門。
十月山寒重，孤城水氣昏。
葭萌氏種迥，左檐犬戎存。
終日憂奔走，歸期未敢論。

【集注】

"葭萌"二句：(陳案：氏，《四庫全書》本作"氏"。形誤。《全唐詩》《集千家註杜工部詩集》，皆作"氏"。)　　鮑曰："蒹萌"，屬利州，見《唐志》。"左檐"，當做"武檐"，見《成都記》。(陳案：檐，《補注杜詩》《全唐詩》作"擔"。)

雙　燕

旅食驚雙燕，銜泥入此堂。
應同避燥濕，且復過炎涼。
養子風塵際，來時道路長。
今秋天地在，吾亦離殊方。

【集注】

《雙燕》：禹偁曰："此詩子美托物比己意。"　　鶴曰：公有意於出峽。

"應同"句：自喻。　　夢符曰：《左傳》：子罕曰："吾儕小人，皆有闔廬，以避燥濕寒暑。"

— 1132 —

百　舌

百舌來何處？重重秖報春。
知音兼衆語，整翮豈多身。
花密藏難見，枝高聽轉新。
過時如發口，君側有讒人。

【集注】

《百舌》：十朋曰："百舌者，反舌。能反覆其舌，隨百鳥之音，春囀夏止。"

"百舌"八句：山谷曰：余讀《周書·月令》云："反舌有聲，佞人在側。"乃解老杜《百舌》詩"過時如發口，君側有讒人"之句。　鮑曰：按《周書·月令》，乃周公時訓也。云："芒種之日，螳螂生。又五日，鵙始鳴。又五日，反舌無聲。是謂陰息。反舌有聲，佞人在側。"

地　隅

江漢山重阻，風雲地一隅。
年年非故物，處處是窮途。
喪亂秦公子，悲涼楚大夫。
平生心已折，行路日荒蕪。

【集注】

"江漢"八句：洙曰：謝靈運《擬魏公子鄴中詩·序·王粲》（陳案：公，《文選》作"太"。）："家本秦州，貴公子孫，遭亂流寓，自傷情多。"（陳案：州，《文選》作"川"。）"楚大夫"，屈原、宋玉也。

遊子

巴蜀愁誰語，吳門興杳然。
九江春草外，三峽暮帆前。
厭就成都卜，休爲吏部眠。
蓬萊如可到，衰白問群仙。

【集注】

《遊子》：趙云：公時欲南下，而尚在"巴蜀"，故是篇有留滯之歎。

"巴蜀"八句：（陳案：《補注杜詩》《全唐詩》作"誰"。）　趙云："九江""三峽"，正是南下之所歷也。　洙曰：《史記》："嚴君平避世賣卜於成都市中。"《晋書》：畢卓爲吏部郎，比舍郎釀熟，卓因醉，夜至其甕間，盜飲之，爲掌酒者所縛，明旦視之，乃畢吏部也。　趙曰：公意也厭住成都，（陳案：也，《杜詩引得》作"已"。）言休爲酒而"眠"，更留滯於此。非止南下遊吴而已，"蓬萊"仙山可〈比〉到，則亦往矣。

歸夢

道路時通塞，江山日寂寥。
偷生惟一老，伐叛已三朝。
雨急青楓暮，雲深黑水遙。
夢歸歸未得，不用楚辭招。

【集注】

"偷生"二句：紀事有情，孰不愛。（陳案：注文《集千家註杜工部詩集》同，《杜詩引得》作"紀事有情，百讀不厭"。）

"雨急"四句：趙曰：楚地多"楓"。此言南下之景。"黑水"在鄂、杜之間，（陳案：鄂，《補注杜詩》作"鄠"。）去長安爲近。

江亭王閬州筵餞蕭遂州

離亭非舊國，春色是他鄉。
老畏歌聲短，愁從舞曲長。
二天開寵餞，五馬爛生光。
川路風煙接，俱宜下鳳凰。

【集注】

"離亭"八句：（陳案：短，《全唐詩》作"斷"。一作"短"，一作"繼"。從，《全唐詩》作"隨"。一作"從"。）　洙曰：《後漢》：蘇章遷冀州刺史，故人爲清河太守。章行部案其姦（賦）[贓]，乃請太守設酒肴，陳平生之好，太守喜曰："人皆有一天，我獨有二天。"　師曰："閬"與"遂"皆屬蜀道，故云"川路風煙接"。昔蕭史跨鳳而去，王喬乘雙鳧飛來，皆神仙人，故"風""俱宜下鳳凰"，以美二公不凡也。　洙曰：賈誼《賦》："鳳凰翔于千仞兮，覽德輝而下之。"《漢》："黃霸爲潁川太守，是時鳳凰神爵數集郡國，潁川尤多。"此以美二公爲郡之治效也。

絕句二首

遲日江山麗，春風花草香。
泥融飛燕子，沙暖睡鴛鴦。

江碧鳥逾白，山青花欲然。
今春看又過，何日是歸年。

【集注】

"遲日"四句：富貴氣象。

滕王亭子

君王臺榭枕巴山,萬丈丹梯尚可攀。
春日鶯啼修竹裏,仙家犬吠白雲間。
清江碧石傷心麗,嫩蘂濃花滿目班。
人到于今歌出牧,來遊此地不知還。

寂寞春山路,君王不復行。
古牆猶竹色,虛閣自松聲。
鳥雀荒村暮,雲霞過客情。
尚思歌吹入,千騎把霓旌。

【集注】

《滕王亭子》:公自注:亭在雲臺觀內,(陳案:雲,《補注杜詩》作"玉"。)王曾典此州。　夢弼曰:滕王,元嬰高祖之子也。調露年間,任閬州刺史,在閬州有亭,洪州有閣,又有碧落碑。

"春日"二句:以亭在觀內,故有下句。

"嫩蘂"句:(陳案:班,《補注杜詩》《全唐詩》作"斑"。《廣雅·釋詁一》王念孫疏証:"班,與斑通。")

"寂寞"四句:《葉夢得詩話》:老杜《滕王亭子》詩云:"粉牆猶竹色,虛閣自松聲。"若不用"猶"與"自"兩字,則餘八字凡"亭子"皆可用,不必滕王也。此皆工妙至到,人力不可及。

玉臺觀二首

中天積翠玉臺遙,上帝高居絳節朝。
遂有馮夷來擊鼓,始知嬴女善吹簫。
江光隱見黿鼉窟,石勢參差烏雀橋。

更有紅顏生羽翰,便應黃髮老漁樵。

【集注】
　　"玉台"句:公自注:滕王造。　　趙曰:"觀"在高處,其中有臺,號曰"玉臺"也。
　　"遂有"二句:雖是江境,語有神雋。因以"觀"內有滕王亭子,故有"鼓""簫"之句。
　　"江光"句:(窟,《四庫全書》本作"窘"。形誤。《補注杜詩》《全唐詩》作"窟"。)
　　"更有"句:"翰"作去聲。今人以爲訝,未必敢用也。
　　"便應"句:洙曰:《列子·周穆王》:"築臺號中天之臺。"《漢·禮樂志》:"遊閶闔,觀玉臺。"注:"上帝之所居。"　　修可曰:顏延年詩:"攢素既森藹,〔積〕翠亦蔥菁。"(陳案:菁,《文選》作"芉"。)注:"松柏重布曰積翠。"　　洙曰:曹植《洛神賦》:"馮夷鳴鼓,女媧清歌。""馮夷",乃河伯。《列仙傳》:"蕭史教秦女弄玉吹簫,作鳳凰鳴。""嬴",秦姓也。《淮南子》:"烏鵲塡河成橋,而渡織女。"

　　浩刦因王造,平臺訪古遊。
　　綵雲簫史駐,文字魯恭留。
　　宮闕通群帝,乾坤到十洲。
　　人傳有笙鶴,時過北山頭。

【集注】
　　"綵雲"二句:又極典重。
　　"宮闕"二句:水心觀宇。
　　"人傳"二句:趙云:《道書》:"惟有元始,浩刦之家。"梁孝王有"平臺"。又以"魯恭"比滕王也。以詩意推之,滕王必有文書遺跡在焉。
　　洙曰:《道書》中有《十洲記》,皆言神仙境土。《列仙傳》:"周靈王太子晉,好吹笙,作鳳鳴,嘗乘白鶴,駐緱氏山頭。"

渡　江

春江不可渡，二月已風濤。
舟楫欹斜疾，魚龍偃臥高。
渚花張素錦，汀草亂青袍。
戲問垂綸客，悠悠見汝曹。

喜　雨

南國旱無雨，今朝江出雲。
入空纔漠漠，灑迥已紛紛。
巢燕高飛盡，林花潤色分。
晚來聲不絕，應得夜深聞。

【集注】

"南國"二句：趙曰："南國"，指荊楚也。　　安石曰：《記》云："天降時雨，山川出雲。"故可言"江出雲"也。

送韋郎司直歸成都

竄身來蜀地，同病得韋郎。
天下兵戈滿，江邊歲月長。
別筵花欲暮，春日鬢俱蒼。
爲問南溪竹，抽稍合過墻。

【集注】

"竄身"句：甫以避難奔走入蜀，故言"竄身"。劉公幹《贈五官》

詩:"余因沈痼疾,(陳案:因,《文選》作'嬰'。)竄身清漳濱。"

"同病"句:"韋亦避難者,故言用"同病"。《吳越春秋》:子胥曰:"子不聞河上歌乎? 同病相憐,同憂相救。"

"春日"句:一作:"春鬢色俱蒼。"

"爲問"句:竹:一作"笋"。 "南溪",即浣花溪之南也。

"抽稍"句:公自注:余草堂在城都西郭浣花里。

將赴城都草堂途中有作,先寄嚴鄭公五首

得歸茅屋赴城都,真爲文翁再剖符。
但使閭閻還揖讓,敢論松竹久荒蕪。
魚知丙穴由來美,酒憶郫筒不用沽。
五馬舊曾諳小徑,幾迴書札待潛夫。

【集注】

"將赴"句:此詩廣德二年春作。嚴武先鎮蜀,甫依之。武入朝,蜀亂,甫遂去之梓、閬。公聞武再鎮蜀,故欲復歸"草堂"也。

"真爲"句:真:一作"直"。 昔文翁爲蜀郡太守,故以比嚴武也。《說文》:"符,信也。漢制:以竹長六寸,分而相合。"文帝二年,初與郡守爲銅虎符、竹使符。音義曰:"銅虎符,第一至第五發兵,遣使至郡合符,符合乃聽受之。竹使符,以竹長五寸,鐫刻篆書,亦第一至第五符者。左留京師,右以與之。"《東觀記》:岸賓士議,(陳案:岸賓士,《東觀漢紀》作"韋彪上"。)二千石賓上,(陳案:賓上,《東觀漢紀》無二字。)皆以選出,刻符典千里也。

"但使"句:此甫喜復歸,得與鄰里相受也。

"敢論"句:此甫不敢以私己之園林久廢不治爲念也。

"魚知"句:由:舊作"猶"。 《後漢·郡國志》:"漢中郡沔陽縣西有丙穴。"酈道元《水經》:"丙穴出嘉魚,常以二月出,十月入。水泉懸注,魚木穴下還入水,(陳案:木、還,《水經注》作'自''透'。)穴口向丙,故曰丙穴。"《寰宇記》:興州順政縣東南七十里,有大丙山、小丙

山,其崖北有穴,方員二丈餘,其穴有水潛流,土人相傳名丙穴。《周地圖》云:其穴向丙,因以爲名。沮水經穴間而過,或謂之大丙水。每春三月上旬,有魚長八九寸,或二三日連綿縱穴出,相傳名嘉魚也。段成式《酉陽雜俎》:"丙穴魚,食乳水,食之甚温。"《神農本草》亦云:"嘉魚味甘,食之令〔人〕肥健悦澤。此乳穴中小魚,常食乳水,〈水〉所以益人。"

"酒憶"句:(陳案:用,《四庫全書》本作"同"。形訛。《補注杜詩》《全唐詩》作"用"。) "郫",賓彌切。一作"笙"。甫思嚴武先待我之厚,醉我以"郫筒"之酒。而甫不須"沽"也。《成都記》:"郫縣以水得名,居人以筒釀酒,蜀王佐宇所都"。《華〔陽〕風俗録》:"郫人刳竹之大者,傾春釀於筒,閉以藕絲,苞以蕉葉,信宿香達於竹外,然後斷之以(戲)〔獻〕,俗號郫筒。"夢弼謂此説非也。"郫筒"乃酒器也。郫出大竹,土人截以盛酒,故號"郫筒"。故李商隱詩云:"錦石爲棊子,郫筒當酒缸。"(陳案:爲,《全唐詩》作"分"。郫筒當酒缸,《四庫全書》本作"郫當作酒",誤。)是也。

"五馬"句:甫謂武昔嘗過余之草堂也。餘見前注。

"幾迴"句:"潛夫",甫自比也。

處處青江帶白蘋,故園猶得見殘春。
雪山斥候無兵馬,錦里逢迎有主人。
休怪兒童延俗客,不教鵝鴨惱比鄰。
習池未覺風流盡,况復荆州賞更新。

【集注】

"處處"句:《爾雅·釋草》:"萍之大者曰蘋。"

"故園"句:"故園",指成都草堂也。"園",或作"國"。(陳案:園《杜詩引得》作"居"。)

"雪山"句:謂西山之亂靖也。

"錦里":謂嚴武再鎮成都也。《戰國策》:田光造燕,(陳案:燕,《戰國策》作"焉"。)太子跪而逢迎,却行爲道。

"休怪"二句："比",頻脂切,近也。甫於武有故舊之好,而能如此,則甫之厚德與夫慎重可見矣。

"習池"二句:武每訪草堂,酣飲賦詠,故甫自比之"習池"。"荆州",則以比武之來宴,"賞"復無窮也。按:《晉》:山簡鎮襄陽,諸習氏者,荆士豪族,有佳園(地)〔池〕,簡每出〔遊〕戲,(陳案:戲,《晉書》作"嬉"。)多於池上,輒醉而歸,名之曰高陽池。

竹寒沙碧浣花溪,菱刺藤梢咫尺迷。
過客徑須愁出入,居人不自解東西。
書籤藥裹封蛛網,野店山橋送馬蹄。
肯藉荒庭春草色,先判一飲醉如泥。

【集注】

"竹寒"二句:寒:一作"青"。沙:一作"水"。菱:一作"橘"。言有留堂之久,宜其荒蕪也。

"過客"二句:解,佳買切,曉也。以蓬蒿之僻也。

"書籤"句:(陳案:裹,《四庫全書》本作"裏"。形訛。《補注杜詩》《全唐詩》作"裹"。)　籤,千廉切,驗也。

"野店"句:言"橋"與"店",空送馬啼於道中往來而已,蓋甫不在草堂故也。

"肯藉"二句:"判",普官切。《後漢・周澤傳》:澤爲太常,清潔循行,盡敬宗廟,常臥病齋宮。其妻闚問所苦,澤怒以妻干犯齋禁,遂收〈言〉詔〔獄〕。時人爲之語曰:"生世不諧,作太常妻,一歲三百六十日,三百五十九日齋,一日不齋醉如泥。"余按:稗官小說:"南海有蟲無骨,名曰泥。在水中則活,失水則醉,如一塊泥然。"

常苦沙崩損藥欄,也從江檻落風湍。
新松恨不高千尺,惡竹應須斬萬竿。
生里祇馮黃閣老,衰顔欲赴紫金丹。

三年奔走空皮骨,信有人間行路難。

【集注】

"新松"句:"新松",甫指手植四松也。按:集有"四松"詩云:"霜骨不甚長",是也。

"惡竹"句:甫歸故林,竹之惡者斫之,護其新美者。按:集有詩曰:"今晨去千竿。"又曰:"步堞萬竹疏。"是也。

"生里"句:甫言生計皆仰于嚴武也。《國史補》:"兩省相呼爲國老。"

"衰顏"句:《丹陽》(陳案:陽,《贈李白》作"書"。):抱陽山人《大藥證》:"煉粉爲鉛,化汞爲塵,自然伏火,去鈆取丹,更入華池,還源反色,再入神室,更養火六十日,成紫金火丹。若人服食,化腸爲筋,變髓凝骨,自然不死。"

"信有"句:古詩有《行路難》篇。

錦官城西生事微,烏皮几在還思歸。
昔去爲憂亂兵入,今來已恐鄰人非。
側身天地更懷古,迴首風塵甘息機。
共說總戎雲鳥陣,不妨遊子芰荷衣。

【集注】

"錦官"句:〔官〕:或作"里"。　王荆公作"錦〈公〉(宮)〔官〕生事城西微"。甫言薄有常產也。

"烏皮"句:謂以"烏皮"爲几也。謝朓《詠烏皮隱几》詩:"蟠木生附枝,彫刻豈無施。(陳案:彫刻,《謝宣城集》作'刻削'。)曲躬奉微用,取承終宴疲。"

"昔去"二句:恐經亂離,而人物變易也。

"側身"二句:甫言厭奔走也。

"共說"句:"總戎",謂嚴武爲元帥也。太公《六韜》曰:"既以被山而處,必爲雲鳥之陣,陰〔陽皆〕備。"又曰:"以車騎分爲雲鳥之陣。所謂烏雲者，烏散而雲飛，變化無窮者也。"

"不妨"句："遊子"，甫自謂也。甫欲參軍謀，不妨吾逸態，而衣"芰荷"之衣也。屈原《離騷》篇："製芰荷以爲衣，集芙蓉以爲裳。"

別房太尉墓

他鄉復行役，駐馬別孤墳。
近淚無乾土，低空有斷雲。
對棋陪謝傅，把劍覓徐君。
唯見林花落，鶯啼送客聞。

【集注】

"別房"句：閬州太守，名房琯，字次律，河南人。常與嚴武等人交結，貶邠州刺史，上元元年爲漢州刺史，寶應二年拜刑部尚書。在路遇疾，廣德六年卒於閬州僧舍，年六十七也。按：《唐書》：上皇入蜀，琯建議請分諸王鎮天下，其後賀蘭進明以此讒之肅宗，琯坐是，卒廢。不專以陳陶敗之也。司空圖《房太尉漢中詩》曰："物望傾心久，匈渠破膽頻。"注："謂祿山初見分鎮詔書，拊膺嘆曰：'吾不得天下矣。'"圖博學多聞，嘗謂朝廷且修史，其言必有自來。今《唐書》不載此語，惜哉！不爲一白之也。

"近淚"句：言淚多而濕之也。

"對棋"句：甫自言昔嘗對房太尉圍棋，如陪謝安石也。《晋》：謝安，字安石，薨贈太傅。初，符堅入寇，諸將退敗，堅以于淮肥。（陳案：以，《晋書》作"次"。）加安征討大都督。姪謝玄入問計，安指受將帥，各當其任。玄等既破堅，有驛書至。安方對客圍棋，看書既竟，使攝於床上，了無喜色，棋如故。

"把劍"句："把劍"，甫以季札自比，將欲掛之於房太尉之墓。出劉向《新序》：延陵季子西聘晋，帶寶劍以過徐君，徐君觀劍不言，而色欲之。季子有上國之使，而未獻也，其心許之。致使於晋反，則徐君已死，於使以劍帶徐君墓樹而去。

自閬州領妻子卻赴蜀山行三首

汨汨避群盜,悠悠經十年。
不成向南國,復作遊西川。
物役水虛照,魂傷山寂然。
我生無倚著,盡室畏途邊。

【集注】

"自閬"句:鶴曰:公出峽之計未遂,聞嚴武再鎮成都,遂歸草堂。
"汨汨"八句:趙云:"物役水虛照",言身爲物所役,水亦徒相"照",不得優游觀賞之也。　洙曰:《漢書》注:"地著,謂安土也。"
趙曰:《左傳》:"盡室以行。"《莊子》:"夫畏途者十殺一人,則父子兄弟相戒也。"

長林偃風色,迴復意猶迷。
衫裛翠微潤,馬銜青草嘶。
棧縣斜避石,橋斷却尋溪。
何日兵戈盡,飄飄愧老妻。

【集注】

"棧縣"二句:婉轉語。　洙曰:"棧",謂蜀中閣道也。

行色遞隱見,人煙時有無。
僕夫穿竹語,稚子入雲呼。
轉石驚魑魅,抨弓落狖鼯。
真供一笑樂,似欲慰窮途。

【集注】

"行色"二句:得高下之趣。　洙曰:《莊子》:"車馬有行色。"

"抨弓"句:趙曰:"抨",披耕切,訓〔擊〕彈也。　洙曰:"狖",猿屬。"鼯",鼠也。

山　館

南國晝多霧,北風天正寒。
路危行木杪,身遠宿雲端。
山鬼吹燈滅,廚人語夜闌。
雞鳴問前館,世亂敢求安?

【集注】

"南國"二句:蘇曰:張茂先:"北風凜洌,天色正寒。游子不歸,吾心如割。雖有尺書,吾不能達。"

"路危"二句:洙曰:鮑明遠詩:"雲端楚山見,林表吳岫微。"

"山鬼"二句:趙曰:《楚詞》有《山鬼》篇。此山館乃楚地矣。(晋)傅玄詩:"廚人進藿茹,有酒不盈杯。"

贈王二十四侍御契四十韻

往往雖相見,飄飄媿此身。
不關輕絺冕,俱是避風塵。
一別星橋夜,三移斗柄春。
敗亡非赤壁,奔走爲黃巾。
子去何瀟灑,余藏異隱淪。
書成無過鴈,衣故有懸鶉。
恐懼行裝數,伶俜臨疾頻。

曉鷺工迸淚,秋月解傷神。
會面嗟黧黑,含悽話苦辛。
接輿還入楚,王粲不歸秦。
錦里殘丹竈,花溪得釣綸。
消中祇自惜,晚起索誰親。
伏柱聞周史,乘槎伏漢臣。
鴛鴻不易狎,龍虎未宜馴。
客即掛冠至,交非傾蓋新。
由來意氣合,直使性情真。
浪跡同生死,無心恥賤貧。
偶然存蔗芋,幸各對松筠。
麄飯依他日,窮愁怪此辰。
女長裁褐穩,男大卷書勻。
漰口江如練,蠶崖雪似銀。
名園當翠巘,野棹沒青蘋。
屢喜王侯宅,時邀江海人。
追隨不覺晚,款曲動彌旬。
但使芝蘭秀,何煩棟宇鄰。
山陽無俗物,鄭驛正留賓。
出入并鞍馬,光輝參席珍。
重遊先主廟,更歷少城闉。
石鏡通幽魄,琴臺隱絳脣。
送終惟糞土,結愛獨荊榛。
置酒高林下,觀碁積水濱。
區區甘累趼,稍稍息勞筋。

網聚粘圓鯽，絲繁煮細蒪。
長歌敲柳瘦，小睡憑藤輪。
農月須知課，田家敢忘勤。
浮生難去食，良會惜清晨。
列國兵戈暗，今王德教淳。
要聞除獮貐，休作畫麒麟。
洗眼看輕薄，虛懷任屈伸。
莫令膠漆地，萬古重雷陳。

【集注】

"不關"句：《倉頡篇》："紱，綬也。"《說文》："〔冕者〕，大夫以上冠也。"

"俱是"句：甫以左拾遺，出爲華州功曹，而遂自罷官，若"輕紱冕"者。"風塵"之警，不得不避亂也。

"一別"句：《華陽地志》："李冰守蜀，造橋七，上應斗魁七星。"

"三移"句：以志時也。斗杓隨時而指於昏，指東則爲春矣，"三移"則三年矣。《春秋運斗樞》曰："北斗七星，第一名天樞，第二至第四爲魁，第五至第七爲杓。"杓即"柄"也。

"敗亡"句：言潼關之敗，兩京遂陷，其禍酷烈，殆非"赤壁"之比也。阮元瑜《爲曹公作書與孫權》曰："昔赤壁之役，遭罹疫氛，燒船自還，以避惡地，非周瑜水軍所能控抑也。江陵之守，物盡穀殫，無所復據，徒民還師，又非周瑜所能敗也。"（陳案，控抑，《文選》作"抑挫"。）

"奔走"句："爲"，于僞切。"黃巾"以喻祿山也。《後漢·皇甫嵩傳》："鉅鹿張角，十餘年間，衆徒十餘萬，遂置三十六方，方猶將軍號也。靈帝中平元年，一時俱起，皆著黃巾爲標幟，時人謂之黃巾。"《蜀·鄧芝傳》："涼州逆賊數千人，自號黃巾。"（陳案：鄧，《三國志·蜀志》作"劉"。）又，《鄭玄傳》："會黃巾寇青部，避地徐州。"

"子去"句："子"，指王侍御也。

"余藏"句：甫因奔走避寇，遂成"隱淪"，非本志也。餘詳見前注。

"書成"句：言欲寄書而乏使也。《蘇武傳》：昭帝即位，匈奴與漢和親，漢使復至匈奴。常惠請其守者，與俱得夜見漢使，具自陳通教使者，謂單于："言天子射上林中得鴈，足有係帛書，言某等在某澤中。"（陳案：某等，《漢書》作"武等"。）故范彥龍詩："寄書雲中鴈，爲我西北飛。"

"衣故"句：公自叙其貧也。《荀子》："子夏貧，衣如懸鶉。"

"恐懼"句：數，色角反。

"伶俜"句：伶，郎丁切；俜，普丁切。失所貌。

"曉鶯"二句：春鶯秋月，人所賞翫。而"鶯"所"工"者，在於迸人之"涙"。"月"所鮮者，在於傷人之"神"，則以亂離疾病之所感也。

"會面"句：《李斯傳》："禹鑿龍門，股無（胈）〔胈〕，脛無毛，手足（時）〔胼〕胝，面目黧黑。"

"含悽"句：謝靈運《廬陵墓下》詩："含悽託廣州。"（陳案：託，《文選》作"泛"。）《古詩》："坎坷長辛苦。"是也。

"接輿"句：言甫自蜀適荆、衡，故以"接輿"爲比也。"接輿"，楚人。《論語》："楚狂接輿。"是也。

"王粲"句：自喻不得歸長安之故鄉，故又以"王粲"爲比也。謝靈運《擬魏公鄴公詩·序》（陳案：魏公鄴公，《文選》作"魏太子鄴中"。）云："王粲本秦川貴公子孫，遭亂流寓，自傷情多。"詩曰："整裝辭秦川，秣馬赴楚壤。"

"錦里"句：言去錦城之久，空"殘"煉藥之爐矣。

"花溪"句：言浣溪之人，得我前日所遺之"釣綸"矣。

"消中"句："消中"，甫自謂有消渴之病也。

"晚起"句："索"，蘇各切。謂流寓索居，而無骨肉之"親"也。或謂求索。求索之"索"，亦通也。

"伏柱"：柱史，比王公之爲侍御也。劉向《列仙傳》："李耳，字伯陽，陳人也。生於殷時，爲周柱下史，好揲精氣。轉爲守藏史。"（陳案：揲，《列仙傳》作"養"。）王康琚詩："老聃伏柱史。"

"乘槎"句："乘槎"，豈非美王侍御，嘗使吐蕃乎？餘見"槎上似張騫"注内。（陳案：槎，《夔府秋日詠懷》作"查"。）

"鴛鴻"二句：言王侍御不可得而親近，如"鴛鴻""龍虎"之莫能狎馴也。《古樂府》:"莫狎鴛鴻侶。"曹植曰:"嗟龍虎之未馴。"

"客即"二句:時王侍御守漢州,甫自秦亭棄拾遺而來,今一見之,有如舊相識也。《晉》:"葛洪掛冠不仕。"《孔叢子》:"孔子與程子相遇於途,傾蓋而語。"《鄒陽傳》:"白頭如新,傾蓋如故。"

"浪跡"二句:言共遭亂離,而爲心友,(陳案:心,《杜詩引得》作"密"。)真可以託死生,而不以甫之貧賤爲辱者也。

"女長"句:"長",如字。

"男大"句:兩聯通義。言粗糲之飯,依如他日。所以窮愁者,在乎"女長""男大",則婚嫁之事,來相迫矣。

"湔口"句:湔,普崩切,又普冰切。此以下,言王侍御之所居也。樂史《寰宇記》:李冰擁江作湔口。湔堰,在導江縣。又云:湔口在彭州。或云:湔口,岷江所經。謝玄暉詩:"澄江静如練。"

"蠶崖"句:王洙云:"蠶崖"關在西山。　黃庭堅云:"蠶崖在茂州,帶雲山。"《魯書》云:"蠶崖在松州。"

"名園"句:蠏,魚塞切。

"屢喜"句:"王侯宅",統言王侍御與嚴鄭公也。

"時邀"句:甫自謂常爲嚴鄭公、王侍御顧遇也。

"但使"句:甫期與王侍御心德之芬芳,有如"芝蘭"之"秀"也。《易》曰:"同心之言,其臭如蘭。"是也。或謂:《晉》:謝玄答叔父安曰:"子弟譬如芝蘭玉樹,欲使其生於庭階耳。"

"何煩"句:甫草堂在成都浣花里,王侍御所居在導江縣,故有是句。陶潛《答鮑參軍》四言詩:"歡心孔洽,棟宇惟鄰。"(陳案:鮑,《陶淵明集》作"龐"。)

"山陽"句:言王侍御之門下無俗客也。向秀與嵇康爲竹林之遊,經康所居之山陽,作《思舊賦》,云:"濟黃河以泛舟兮,經山陽之舊居。"阮籍謂王戎曰:"俗物以復來敗人意。"

"鄭驛"句:又以鄭莊比王侍御之禮賢也。《史記》:"鄭莊爲太子舍人,嘗置驛馬於長安諸郊,請謝賓客,夜以繼日。"

"出入"句:鮑照詩:"鞍馬光照地。"

"光輝"句:《儒行》:"儒有席上〔之〕珍以待聘。"

"重遊"句:"先祖廟",今在南門外。

"更歷"句:"少城",張儀所築也。

"石鏡"句:蜀王葬其妃,徇以"石鏡"。

"琴臺"句:"琴臺",乃司馬相如彈琴之所。餘并見前注。

"送終"二句:此兩聯又寓意。〔傷〕鄭公之死,朋舊凋喪。今幸寓王侍御禮待之隆,可以駐足也。

"置酒"二句:此聯以下,甫自叙其依王侍御也。或者又謂此以結下句。初以"石鏡""送終",今墓中之人已"糞土"矣。以琴"結"夫婦之好,今則徒生荆棘矣。既往之事爲可弔,則"置酒""觀碁"以遣懷耳。

"區區"句:"趼",古典切,足瘡也。《莊子》:"百舍重趼而不〔敢〕息。"

"網聚"句:"蓴",音純,水菜也。此聯又言歸浣花草堂之樂也。餘見前注。

"長歌"句:"瘦",於郢切,謂鐏也,瘤也。曹植詩:"我有柳瘦瓢。"是也。

"小睡"句:"藤輪",謂車也。鮑照詩:"花蔓引藤輪。"是也。

"田家"句:"忘",無放切。

"要聞"句:"㺎",烏八切;"貐",勇主切。"㺎貐",獸名,喻盜賊也。《爾雅·釋獸》:"㺎貐,類貙,虎爪,食人,飛走。"郭璞注:"貙大如狗,文如狸。"《淮南子·本經註》:"㺎貐爲害,堯使羿殺之,萬民皆喜。"(陳案:註,當作"訓"。所引爲原文,非注文。)

"休作"句:但以除"㺎貐"爲心,不必志於畫形"麒麟"閣上也。餘見"今代麒麟閣"注。

"洗眼"句:"輕薄",言交道之不終者。甫蓋有激而云耳。

"莫令"二句:甫望王侍御者至甚矣。《後漢》:陳重與雷義爲友,時人語曰:"膠漆自謂堅,不如雷與陳。"

卷二十六

(宋)郭知達 編

近體詩

寄董卿喜榮十韻

聞道君牙帳,防秋近赤霄。
下臨千雪嶺,却背五繩橋。
海內久戎服,京師今晏朝。
太羊曾爛熳,宮闕尚蕭條。
猛將宜嘗膽,龍泉必在腰。
黃圖遭污辱,月窟可焚燒。
會取干戈利,無令斥候驕。
居然雙捕虜,自是一嫖姚。
落日思輕騎,秋天憶射鵰。
雲臺畫形像,皆爲掃氛妖。

【集注】

"寄董"句:(陳桼:喜,《補注杜詩》《全唐詩》作"嘉"。)

"月窟"句:謂宮殿。

"聞道"二十句:洙曰:"牙帳",則元帥建牙旗於帳前也。　鶴曰:"防秋近赤霄",言列戍西山三城之高也。　洙曰:"雪嶺",即西山。"繩橋",在岷江。《史記》:越王句踐反國,苦身勞思,飲食嘗膽,不忘會稽之(起)[恥]。"龍泉",楚王劍名也。　趙曰:書有《三輔黄圖》,言秦漢宮苑制度。　　洙曰:《長楊賦》:"西壓月窟。"《西域傳》:"斥候百人,五分之,夜擊刁斗自衛。"《漢》:光武拜馬武捕虜將軍,明帝〔初〕復拜武捕虜將軍,霍去病爲嫖姚校尉。　　修可曰:《北史》:斛斯光,(陳案:斯,《北史》作"律"。)工騎射,嘗射一大禽,形如車輪,〔旋轉〕而下,乃鵰也。刑子高曰:"此直射鵰手,當時號爲落鵰都督。"　　趙曰:漢明帝圖畫二十八將於南宮雲臺。

寄司馬山人十二韻

關内昔分袂,天邊今轉蓬。
驅馳不可說,談笑偶然同。
道術曾留意,先生早擊蒙。
家家迎薊子,處處識壺公。
長嘯峨嵋北,潛行玉壘東。
有時騎猛虎,虛室使仙童。
髮少何勞白,顏衰肯更紅?
望雲悲轗軻,畢景羨冲融。
喪亂形仍役,淒涼信不通。
懸旌要路口,倚劍短亭中。
永作殊方客,殘生一老翁。
相哀骨可換,亦遣馭清風。

【集注】

"道術"二十句:洙曰:《後漢·方術傳》:"薊子訓有神異之道。既到京師,公卿以下候之者,坐上常數百人。""費長房爲市(椽)〔掾〕。市中有老翁賣藥,懸一壺於肆頭。及市罷,輒跳入壺中。市人莫之見,惟長房於樓上觀之,異焉。因往再拜,翁乃與俱入壺中。"　　趙曰:《史記》云:"搖搖懸旌,無所終薄。"《莊子》曰:"夫列子御風而行,

— 1152 —

泠然善也。"

寄李十四員外布十二韻

名參漢望苑,職述景題輿。
巫峽將之郡,荆門好附書。
遠行無自苦,内熱比何如。
正是炎天闊,那堪野館疏。
黄牛平駕浪,畫鷁上凌虛。
試待盤渦歇,方期解纜初。
悶能過小徑,自爲摘嘉蔬。
渚柳元幽僻,村花不掃除。
宿陰繁素柰,過雨亂紅蕖。
寂寂夏先晚,泠泠風有餘。
江清心可瑩,竹冷髮堪梳。
直作移巾几,秋帆發弊廬。

【集注】

"寄李"句:公自注:新除司議郎萬州別駕。雖尚伏枕,已聞理裝。

"名參"十二句:洙曰:《漢》:博望苑,武帝爲戾太子置之,使通賓客,從其所好。　夢弼曰:"司議",太子武官也。(陳案:武官,《杜詩引得》作"官屬")以李布新除司議郎,故用博望苑事。　洙曰:《後漢》:周景爲豫州刺史,辟陳蕃爲別駕。蕃不就,景題別駕輿曰:"陳仲舉座也。"　洙曰:"内熱"字,出《莊子》。"黄牛",峽名。
修可曰:"畫鷁"者,船頭畫爲鷁,以厭水神。　洙曰:郭璞《江賦》:"盤渦谷轉。"

歸　來

客裏有所適,歸來知路難。
開門野鼠走,散帙壁魚乾。
洗杓開新醞,低頭著小冠。
憑誰給麴蘗,細酌老江干。

【集注】

"客裏"八句:(陳案:適,《全唐詩》作"過"。一作"適"。)　　本作"低頭拭小盤"。一作"著小冠"。〔東坡〕先生云:"著小冠"勝。　洙曰:謝元暉詩:"散帙問所知。"注:"帙,書衣也。"沈曰:郭璞注:"衣書中蟲,今人謂之壁魚。"　　定功曰:"壁魚",白魚也。俗傳"壁魚"入道經函中,因蠹食神仙字,身有五色,人得而吞之,可致神仙也。

王錄事許修草堂貲不到聊小詰

爲嗔王錄事,不寄草堂貲。
昨屬愁春雨,能忘欲漏時。

【集注】

"王錄"句:其題可備口實,其詩可刪。

寄邛州崔錄事

邛州崔錄事,聞在果園坊。
久待無消息,終朝有底忙。
應愁江樹遠,怯見野亭荒。
浩蕩風塵外,誰知酒熟香。

【集注】

"聞在"句:洙曰:果園坊在成都。

過故斛斯校書莊二首

此老已云歿,鄰人嗟未休。
竟無宣室召,徒有茂陵求。
妻子寄他食,園林非昔遊。
空餘繐帷在,淅淅野風秋。

【集注】

"過故"句:公自注:老儒艱難時,病于庸蜀。歎其歿後,方授一官。　鶴曰:即斛斯六,乃草堂之鄰,公所謂酒伴者。

"此老"四句:極是恨意。後來作者,皆不簡及,齊步驟略近。(陳案:皆不簡及,齊步驟略近。《集千家註杜工部詩集》作:"皆不及簡,齋步驟略近。")

"竟無"二句:洙曰:《漢》:"文帝召賈誼於宣室。"司馬相如病免,家居茂陵,武帝使所忠往取其書,至則相如已死。問其妻,曰:"長卿未死時,爲一卷書。言有使來求書,奏之。"於是所忠奏焉。天子異之。其遺書言封禪事。謝元暉詩:"茂陵將見求。"

燕入非傍舍,鷗歸秖故池。
斷橋無復板,臥柳自生枝。
遂有山陽作,多慚鮑叔知。
素交零落盡,白首淚雙垂。

【集注】

"燕入"四句:又悲於他作。

"遂有"四句:洙曰:向秀與嵇康爲竹林之游,後經山陽嵇康之居,作《思舊賦》。鮑叔與管仲交。管仲曰:"生我者父母,知我者鮑叔。"劉孝標《絕交論》:"素交盡,利交興。"

立秋日雨院中有作

山雲行絕塞,大火復西流。
飛雨動華屋,蕭蕭梁棟秋。
窮途愧知己,暮齒借前籌。
已費清晨謁,那成長者謀。
解衣開北户,高枕對南樓。
樹濕風涼進,江喧水氣浮。
禮寬心有適,節爽病微瘳。
主將歸調鼎,吾還訪舊邱。

【集注】

"立秋"句:廣德三年秋,成都府幕中作。

"窮途"十二句:洙曰:張良願"借前"箸以"籌"之。　趙曰:公謂晚年得預嚴府參謀也。　趙曰:"禮寬心有適",謂嚴武待以禮數之"寬"。"病微瘳",公素有肺病也。　洙曰:"主將",謂嚴武也。公相期,武還朝秉政。曰:"吾當遂歸計也。"　希曰:"舊邱",指長安故居也。

附 **軍城早秋** 鄭國公嚴武作

昨夜秋風入漢關,朔雲邊雪滿西山。
更催飛將追驕虜,莫遣沙場匹馬還。

【集注】

"昨夜"句:借漢以言唐也。

"朔雲"句:"西山",即雪山也。謂其冬夏常積雪故也。

"更催"句:《漢》:"匈奴常號李廣爲飛將軍。""驕虜",指吐蕃也。

"莫遣"句:此戒之之辭也。《春秋·公羊傳》:"匹馬隻輪無反者。"

奉　和

秋風嫋嫋動高旌,玉帳分弓射虜營。

已收滴博雲間戍,更奪蓬婆雪外城。

【集注】

"秋風"句:嫋,奴鳥切,長弱貌。《九歌》:"嫋嫋兮秋風。"

"已收"句:"滴博",屯雪之地。名"雲間",以言其高也。

"更奪"句:"蓬婆",城名也。按《編年通載》:廣德二年,嚴武破吐蕃于當狗城,克鹽州城。《吐蕃傳》:天寶二年已前,王昱兵次蓬婆嶺。

院中晚晴懷西郭茅舍

幕府秋風日夜清,澹雲疏雨過高城。

葉心朱實堪時落,階面青苔先自生。

復有樓臺銜暮景,不勞鐘鼓報新晴。

浣花溪裏花饒笑,肯信吾兼吏隱名。

【集注】

"葉心"句:堪者,不甚也。

"肯信"句:趙曰:《汝南先賢傳》:"鄭欽〔去〕吏隱於蟻陂之陽。"

（陳案：欽，《藝文類聚》作"敬"。）　　夢弼曰：《晋》："山濤吏非吏，隱非隱。"

到　村

　　碧澗雖多雨，秋沙先少泥。
　　蛟龍引子過，荷芰逐花低。
　　老去參戎幕，歸來散馬蹄。
　　稻梁須就列，榛草即相迷。
　　蓄積思江漢，頑疏惑町畦。
　　暫酬知己分，還入故林棲。

【集注】
　　"老去"六句：久有意出〔蜀〕，不曉人事分爾。我殆"幕"中有不合故。
　　"碧澗"十句：鄭曰："先"，先見切。　　洙曰：曹子建詩："俯身散馬蹄。"　　蒼舒曰：《莊子》："彼且爲無町畦，亦與之爲無町畦。"

宿　府

　　清秋幕府井梧寒，獨宿江城蠟炬殘。
　　永夜角聲悲自語，中天月色好誰看。
　　風塵荏苒音書絕，關塞蕭條行路難。
　　已忍伶俜十年事，彊移棲息一枝安。

【集注】
　　"清秋"句：魏明帝詩："雙梧生空井。"（陳案：空，《補注杜詩》作"枯"。）詩家用"井梧"，自此始也。

"已忍"句:伶,郎丁切。俜,普丁切,失所貌。 甫遭亂奔走,自廣德二年,逆數至天寶十四載,凡"十年"矣。

"彊移"句:甫時遇嚴武,募爲參謀,時"一枝"之"安"也。《莊子·逍遥遊》篇:"鷦鷯巢於深林,不過一枝。"

遣悶奉呈嚴公二十韻

白水魚竿客,清秋鶴髮翁。
胡爲來幕下,秪合在舟中。
黄卷真如律,青袍也自公。
老妻憂坐痺,幼女問頭風。
平地專攲倒,分曹失異同。
禮甘衰力就,義忝上官通。
疇昔論詩早,光輝仗鉞雄。
寬容存性拙,翦拂念途窮。
露裛思藤架,烟霏想桂叢。
信然龜觸網,直作鳥窺籠。
西嶺紆村北,南江繞舍東。
竹皮寒舊翠,椒實雨新紅。
浪簸船應坼,杯乾甕即空。
藩籬生野徑,斤斧任樵童。
束縛酬知己,蹉跎效小忠。
周防期稍稍,太簡遂匆匆。
曉入朱扉啟,昏歸畫角終。
不成尋別業,未敢息微躬。
烏鵲愁銀漢,駑駘怕錦幪。

會希全物色,時放倚梧桐。

【集注】

"白水"句:"魚竿",自比太公。

"胡爲"二句:仕宦失志,不能決絕如此。

"信然"二句:不得志之語。

"周防"句:信憂讒之態可念。

"時放"句:即"據高梧而瞑",(陳案:高,《莊子·養生主》作"槁"。)但增"桐"字,迥異。　　趙曰:"上官",指嚴武。公在幕府,得關通於"上官"矣。　　洙曰:"龜觸網",用《史記·龜策傳》:"神龜抵網,而遭漁者得之。"(陳案:神,《史記》作"使"。)"鳥窺籠",用潘岳《秋興賦》:"池魚籠鳥,而有江湖山藪之思。"　　師曰:"西嶺""南江",述浣花里之景也。　　洙曰:"束縛"者,言性本疏散也。　　大觀曰:"別業",指草堂也。　　夢弼曰:"物色",謂形容之老。公有望於嚴武,俾得遂"倚桐"之適也。

送舍弟頻赴齊州三首

岷嶺南蠻北,徐關東海西。
此行何日到,送汝萬行啼。
絕域惟高枕,清風獨杖藜。
危時暫相見,衰白意都迷。

【集注】

"送舍"句:(陳案:頻,《全唐詩》一作"穎",一作"潁"。)

"岷嶺"二句:趙曰:"徐關",齊地也。言弟自岷蜀起,發而之齊耳。

風塵暗不開,汝去幾時來?
兄弟分離苦,形容老病催。
江通一柱觀,日落望鄉臺。
客意長東北,齊州安在哉!

【集注】

"江通"二句:鄭曰:荆州有"一柱觀",土人呼爲木履觀。　洙曰:成都有"望鄉臺",乃隋蜀王秀所創也。

諸姑今海畔,兩弟亦山東。
去傍干戈覓,來看道路通。
短衣防戰地,匹馬逐秋風。
莫作俱流落,長瞻碣石鴻。

【集注】

"諸姑"八句:鶴曰:按:公作《范陽太守盧氏墓誌》:"盧氏所出,有適會稽賀撝。"(陳案:有,《杜詩詳注》作"曰"。)會稽,瀕於海也。趙曰:"齊州"近海,則是山東矣。　洙曰:趙武靈王好胡服,士該知"短衣"。(陳案:該知,《補注杜詩》作"皆"。)　洙云:劉孝標《廣絕交論》:"附麒驥之旄端,軼歸鴻于碣石。"注:"海之畔山也。"

嚴鄭公階下小松 得霜字

弱質豈自負,移根方爾瞻。
細聲聞玉帳,疏翠近珠簾。
未見紫烟集,虛蒙清露霑。
何當一百丈,欹蓋擁高簷。

【集注】

"細聲"句：聞：一作"隱"。

嚴鄭公宅同詠竹 得香字

綠竹半含籜，新梢纔出牆。
色侵書帙晚，陰過酒罇涼。
雨洗涓涓淨，風吹細細香。
但令無翦伐，會見拂雲長。

【集注】

"風吹"句：孫季昭《示兒編》云：花竹亦有無"香"者，世所共知，櫻桃初無"香"。　退之云："香隨翠籠擎初重。"則以"香"言之。"竹"與枇杷本無香。子美云："風吹細細香"，"枇杷樹樹香"，則皆以"香"稱之。至於太白又以柳爲"香"。其曰："白門柳花滿店香。"是也。若夫荊公《梅詩》有云："少陵爲爾添詩興，可是無心賦海棠。"豈謂海棠無"香"，而不賦乎？

"但令"句：（陳案：但，《四庫全書》本作"伹"。形誤。《補注杜詩》《全唐詩》作"但"。）

奉觀嚴鄭公廳事岷山沱江畫圖十韻 得忘字

沱水臨中座，岷山赴此堂。
白波吹粉壁，青嶂插雕梁。
直訝杉松冷，兼疑菱荇香。
雪雲虛點綴，沙草得微茫。
嶺雁隨毫末，川蜺飲練光。
霏紅洲蘂亂，拂黛石蘿長。

暗谷非關雨，丹楓不爲霜。
秋成玄圃外，景物洞庭傍。
會事功殊絕，幽襟興激昂。
從來謝太傅，邱壑道難忘。

【集注】

　　"沱水"二十句：夢弼曰：《禹貢》："岷山導江，東別爲沱。"《寰宇記》："沱水在成都府新繁縣。"《誠齋詩話》云：老杜《山水圖》云："沱水臨中座，岷山赴此堂。白波吹粉壁，青嶂插雕梁。"此以"畫"爲真也。
　　曾吉父云："斷崖韋偃樹，小雨郭熙山。"此以真爲"畫"也。
洙曰："秋成"，一作"秋城"。"太傅"，謝安也。安雖受朝廷，寄東山之志，始末不渝。
　　"會事"句：(陳案：會，《補注杜詩》《全唐詩》作"繪"。)

晚秋陪嚴鄭公摩訶池泛舟

湍駛風醒酒，船回霧起隄。
高城秋自落，雜樹晚相迷。
座觸鴛鴦起，巢傾翡翠低。
莫須驚白鷺，爲伴宿清溪。

【集注】

　　"晚秋"句：公自注：池在府内，蕭摩訶所開，因是得名。
　　"湍駛"句：鄭曰："駛"，苦(史)[夬]切，疾貌也。
　　"爲伴"句：趙曰："清溪"，公指浣花西爾。

陪鄭公秋晚北池臨眺

北池雲水闊，華館闢秋風。

獨鶴先依渚，衰荷且映空。
采菱寒刺上，踏藕野泥中。
素楸分曹往，金盤小徑通。
萋萋露艸碧，片片晚旗紅。
杯酒霑津吏，衣裳與釣翁。
異方初豔菊，故里亦高桐。
搖落關山思，淹留戰伐功。
嚴城殊未掩，清宴已知終。
何補參軍乏，歡娛到薄躬。

【集注】
"陪鄭"句：鶴曰：公在嚴武幕中，自《遣悶有作奉呈》後，如《詠竹》《泛舟》《觀岷圖畫》至《北池臨眺》，皆分韻賦詩，其（靖）[情]分稠密如此。而史謂嚴武中頗銜之，不知何所本而云。

"獨鶴"句：（陳案：先，《杜詩詳注》作"元"。一作"先"。）

"何補"句：本中曰："何補參軍乏"，一作"參軍事"。

初　冬

垂老戎衣窄，歸休寒色深。
漁舟上急水，獵火著高林。
日有習池醉，愁來梁甫吟。
干戈未偃息，出處遂何心。

【集注】
"垂老"八句：鶴曰：按：是年十月，嚴武攻吐蕃鹽川城，克之。公在幕府，故亦衣"戎衣"也。　　趙曰："日有習池醉"，謂陪嚴出也。

"愁來梁甫吟","吟"以諸葛亮自比也。(陳案:吟,《補注杜詩》作"公"。)

正月三日歸溪上有作,簡院內諸公

野外堂依竹,籬邊水向城。
蟻浮仍臘味,鷗泛已春聲。
藥許鄰人劚,書從稚子擎。
白頭趨幕府,深覺負平生。

【集注】

"蟻浮"句:謂酒也。《南都賦》:"醪敷徑寸,浮蟻若萍。"《釋名》:"酒有沉池,浮蟻在上。"(陳案:沉池,《釋名·釋飲食》作"汎齊"。)(周)庾信《謝賜酒》詩:"浮蟻對春開。"

"鷗泛"句:《南越志》:鷗,水鳥也。"在漲海中,隨潮上下。三月,風至乃去"。

"藥許"句:公之不吝如此。按:集有"天寒劚茯苓"之句,謂以鐵錐"劚"地,而得之也。

"書從"句:言文書多任"稚子"也。

"白頭"二句:公自嘆老,而猶參嚴鄭公故人之"幕府"也。

敝廬遣興奉寄嚴公

野水平橋路,春沙映竹村。
風輕粉蝶喜,花暖蜜蜂喧。
把酒宜深酌,題詩好細論。
府中瞻暇日,江上憶詞源。
跡忝朝廷舊,情依節制尊。
還思長者轍,恐避席為門。

【集注】

"府中"二句:邀其過我語,涉進退頗自負。

"跡忝"四句:趙曰:《隋·文藝》云:"筆有餘力,詞無竭源。"(陳案:藝,《隋書》作"學"。) 鶴曰:嚴武時尹成都,節制兩川。 洙曰:陳平家負郭窮巷,以席爲"門",然門外多"長者"車轍。 趙曰:公欲枉嚴公之駕,故用陳平事以激之。

春日江村五首

農務村村急,春流岸岸深。
乾坤萬里眼,時序百年心。
茅屋還堪賦,桃源自可尋。
艱難昧生理,飄泊到如今。

【集注】

"乾坤"二句:使人無復思致,故不可及。

迢遞來三蜀,蹉跎又六年。
客身逢故舊,發興自林泉。
過懶從衣結,頻遊任履穿。
藩籬頗無限,恣意向江天。

【集注】

"迢遞"八句:趙曰:蜀郡、廣漢郡、(捷)[犍]爲郡,爲"三蜀"。 鶴曰:公以乾元二年冬入蜀,至是"六年"矣。 洙曰:董衣威"衣百結衣"。 (陳案:衣威,《補注杜詩》作"京威"。) 夢弼曰:《莊子》:"衣敝履穿,貧也,非憊也。"本一作:"藩籬無限景,恣意買江天。"

種竹交加翠，栽桃爛熳紅。
經心石鏡月，到面雪山風。
赤管隨王命，銀章付老翁。
豈知牙齒落，名玷薦賢中。

【集注】

"種竹"八句：洙曰："石鏡""雪山"，皆在蜀中。注見前。《漢官儀》："尚書令、僕、丞、郎，月（結）〔給〕赤管大筆一雙。"公時爲檢校尚書工部郎，故云。　鶴曰：公爲工部員外郎，賜緋魚袋。考《漢·表》："銀章青綬。"注："銀印，背〔龜〕紐，其文曰章，謂刻曰某官之章。"唐雖無賜印者，公謂"銀章"，特指魚袋而言耳。　趙曰："銀章"方賜。〔朱，朱服也〕。（陳案：朱，《四庫全書》本作"來"。形誤。《補注杜詩》作"朱，朱服也"。）故次篇有"垂朱紱"之句。

扶病垂朱紱，歸休步紫苔。
郊扉存晚計，幕府媿群材。
燕外晴絲卷，鷗邊水葉開。
鄰家送魚鱉，問我數能來。

【集注】

"扶病"句：洙曰："紱"，古蔽膝也。象冕服，以韋爲之。　希曰：《漢·韋賢傳》："黻衣朱紱。"師古注："朱紱爲朱裳，畫爲亞文也。亞，古弗字，故因謂之紱。又作黻。"

群盜哀王粲，中年召賈生。
登樓初有作，前席竟爲榮。
宅入先賢傳，才高處士名。
異時懷二子，春日復含情。

【集注】

"群盜"八句:"群盜""中年",皆不必事實政是作者。　　洙曰:漢末王粲以西京擾亂,之荆州。嘗思歸,作《登樓賦》。故《先賢傳》載:"荆州有王粲宅。"《漢》:文帝以賈誼爲長沙王太傅,歲餘,思誼。徵至宣室,因問以鬼神事。帝不覺前席,曰:"我久不見賈生,自以爲過之,今不及也。"

絕句六首

日出籬東水,雲生舍南泥。
竹高鳴翡翠,沙僻舞鶤鷄。

【集注】

"日出"四句:(陳案:南,《補注杜詩》《全唐詩》作"北"。"南"字失對,"北"字是。)　　夢弼曰:翡,〈翠〉[赤]羽雀。翠,青羽雀。《上林賦》注:"鶤鷄,黄白色,長頸赤喙。"

藹藹花蘂亂,飛飛蜂蝶多。
幽棲身嬾動,客至欲如何。

鑿井交椶葉,開渠斷竹根。
扁舟輕褭纜,小徑曲通村。

急雨捎溪竹,斜暉轉樹腰。
隔巢黄鳥并,翻藻白魚跳。

【集注】

"急雨"句:(陳案:竹,《補注杜詩》《全唐詩》作"足"。)

舍下筍穿壁，庭中藤刺簷。
地晴絲冉冉，江白草纖纖。

江動月移石，溪虛雲傍花。
鳥棲知故道，帆過宿誰家。

絕句四首

堂西長笋別開門，塹北行椒却背村。
梅熟許同朱老喫，松高擬對阮生論。

【集注】

"堂西"二句：宛曲有趣。

"梅熟"二句：公自注："朱""阮"劍外相知。　　趙曰："（成）[行]椒"，蓋成行者。

欲作魚梁雲覆湍，因驚四月雨聲寒。
青溪先有蛟龍窟，竹石如山不敢安。

【集注】

"欲作"四句：洙曰："覆"，一作"復"，去聲。　　趙曰："魚梁"，乃劈竹積石，橫截中流以取魚。而溪下有"蛟龍窟"，故未"敢安"也。

兩箇黃鸝鳴翠柳，一行白鷺上青天。
窗含西嶺千秋雪，門泊東吳萬里船。

【集注】

"兩箇"四句：此"千秋""萬里"，是甚氣槩，非苟也。　　洙曰："西嶺"，即西山也。冬夏常積雪。　　鶴曰：公在浣花，未嘗不繫舟也。　　趙曰：公之志，每欲南下。今言所"泊"門外之"船"，乃欲往

"東吳萬里"之"船"也。《漫叟詩話》云：詩中有拙句，不失爲奇作。若退之逸詩云："偶上城南土骨堆，共傾春酒兩三杯。"子美詩云："兩個黃鸝鳴翠柳，一行白鷺上青天。"是也。

藥條藥甲潤青青，色過棕亭入草亭。
苗滿空山慙取譽，根居隙地怯成形。

陪李七司馬早江上觀造竹橋，即日成，往來之人，免冬寒入水，聊題短作，簡李公

伐木爲橋結搆同，褰裳不涉往來通。
天寒白鶴歸華表，日落青龍見水中。
顧我老非題柱客，知君才是濟川功。
合歡却笑千年事，驅石何時到海東？

【集注】

"陪李"句：鶴曰：此詩當是公在蜀州作。詳見後篇《高使〔君〕自成都回》題下注。

"合歡"句：如此下"合歡"字，誰曉？頗疑其誤。

"驅石"句：夢弼曰：橋前二柱曰"華表"，故以"白鶴"爲言也。"青龍"爲喻橋影。然《朝野僉載》：河北道"趙州有石橋，甚工。則天時默啜破趙〔定〕州，至石橋，馬跪地不進。但見青龍臥橋上，奮迅而怒，乃遁去。" 洙曰：成都有升遷橋。相如初西去，題其柱，曰："不乘駟馬車，不復過此橋。"《書》："若濟巨川，用汝作舟楫。" 趙曰：言與賓客落橋之成而歡飲，因"笑"往事之勞，徒"驅石"以下"海"也。

洙曰：秦始皇作石橋，欲過海，看日出處。有神人能驅石下海，石去不速，神輒鞭之，石皆流血。

觀作橋成，月夜舟中有述，還呈李司馬

把燭橋成夜，迴舟客坐時。
天高雲去盡，江迥月來遲。
衰謝多扶病，招邀屢有期。
異方乘此興，樂罷不無悲。

李司馬橋了，承高使君自成都回

向來江上手紛紛，三日成功事出群。
已傳童子騎青竹，摠擬橋東待使君。

【集注】

"李司馬"句：鶴曰：時高適守蜀州，而攝成都。故云"自成都回"。按：《九域志》："成都在蜀州之東。"故詩中云"橋東待使君。"又知公是詩在蜀州作也。

"已傳"二句：洙曰：《後漢》："郭汲爲并州牧。始至行部，有童兒數百，騎竹馬，道次迎拜。"

江上值水如海勢，聊短述

爲人性僻耽佳句，語不驚人死不休。
老去詩篇渾漫與，春來花鳥莫深愁。
新添水檻供垂釣，故著浮槎替入舟。
焉得詩如陶謝手，令渠述作與同遊。

【集注】

"焉得"句：(陳案：詩，《補注杜詩》《全唐詩》作"思"。) 陶淵明、謝靈運。

寄杜位

近聞寬法離新州,想見歸懷尚百憂。
逐客雖皆萬里去,悲君已是十年流。
干戈況復塵隨眼,鬢髮還應雪滿頭。
玉壘題書心緒亂,何時更得曲江遊。

【集注】

《寄杜位》:公自述:"位"京中有宅,近西曲江,詩尾有述。

"近聞"八句:(陳案:已,《四庫全書》本作"也",《補注杜詩》《全唐詩》作"已"。)　　夢弼曰:"新州"屬廣南道。公之侄杜位貶"新州",時朝廷寬其罪,移之於近郡。按:集有《杜位宅守歲》詩。當是明年,"位"即被謫,故云"已是十年流"也。　　洙曰:"玉壘",濁之坊名。(陳案:濁,《集千家註杜工部詩集》作"蜀"。下同。)　　趙曰:"玉壘",在濁州青城縣。公時自城都過青城,因寄此詩。　　夢弼曰:"曲江"在長安,爲勝遊之地。"杜位"有宅,近焉。

題桃樹

小徑升堂舊不斜,五株桃樹亦從遮。
高秋總餒貧人實,來歲還舒滿眼花。
簾戶每宜通乳燕,兒童莫信打慈鴉。
寡妻群盜非今日,天下車書正一家。

【集注】

"高秋"句:(陳案:餒,《全唐詩》作"餧"。一作"餒"。)

舍弟占歸草堂檢校聊示此詩

久客應我道，相隨獨爾來。
孰知江路近，頻爲草堂迴。
鵝鴨宜長數，柴荆莫浪開。
東林竹影薄，臘月更須栽。

【集注】

"久客"句：(陳案：我，《補注杜詩》《全唐詩》作"吾"。《楚辭·漁父》舊校："吾，一作我。") 猶云"我道"。蓋是。

"柴荆"句：省是語。(陳案：省是語，《集千家註杜工部詩集》作"省事語佳"。)

暮登西安寺鐘樓寄裴十迪

暮倚高樓對雪峰，僧來無語自鳴鐘。
孤城反照紅將斂，近市浮烟翠且重。
多病獨愁常闃寂，故人相見未從容。
知君苦思緣詩瘦，太白交遊萬事慵。

【集注】

"暮登"句：(陳案：西，《補注杜詩》作"四"。《全唐詩》："四，一作西。")

"僧來"句：(陳案：無，《全唐詩》《杜詩詳注》作"不"。無，平聲。不，入聲，爲佳。)

"孤城"句："返照"，夕陽也。

"多病"句："闃"，古臭切。闃，僻靜也。《易》："窺其户，闃其無人。"注："闃，寂也。"

"故人"句："從容"，歇曲也。

"知君"句:思,去聲。
"太白":(陳案:白,《補注杜詩》《全唐詩》作"向"。) 李白有《戲贈甫》詩:"借問年來何瘦生?只爲從前作詩苦。"(陳案:年來何,《李太白集注》作"因何太"。)

觀李固請司馬弟三水圖三首

簡易高人意,匡牀竹火爐。
寒天留遠客,碧海掛新圖。
雖對連山好,貪看絶島孤。
群仙不愁思,冉冉下蓬壺。

【集注】

"觀李"句:(陳案:三,《補注杜詩》《全唐詩》作"山")。
"群仙"句:有味外味。
"冉冉"句:夢弼曰:《淮南子》:"匡牀弱席,非不寧。"許慎注:"匡,安也。"

方丈渾連水,天台總映雲。
人間長見畫,老去恨空聞。
范蠡舟偏小,王喬鶴不群。
此生隨萬物,何處出塵氛?

【集注】

"人間"二句:自傷足力之不繼也。上句亦足媿人之不能往也。
"范蠡"四句:夢弼曰:孫綽《天台賦》:"涉海則有方丈、蓬萊,登陸則有四名、天台。皆古聖之所由化,神仙之所窟宅。"(陳案:古、由、神,《文選》作"玄""遊""靈"。) 洙曰:范蠡爲越破吳,功成名遂,乃乘扁舟,泛江湖,變姓名,適齊,爲鴟夷子。 趙曰:其圖必畫"舟"

與"鶴",故以范蠡、王喬比之。"王喬鶴"事,注見前。

　　　　高浪垂翻屋,崩崖欲壓牀。
　　　　野橋分子細,沙岸繞微茫。
　　　　紅浸珊瑚短,青懸薜荔長。
　　　　浮查并坐得,仙老暫相將。

【集注】

"浮查"二句:總是好語。　　夢弼曰:《王子年拾遺記》:"堯時有巨查,浮於西海。查上有光,若星月。查浮四海,十二年一周天。名曰貫月查,又曰挂星查。羽仙棲息其上。"

散愁二首

　　　　久客宜懸旆,興王未息戈。
　　　　蜀星陰見少,江雨夜聞多。
　　　　百萬傳深入,寰區望匪他。
　　　　司徒下燕趙,收取舊山河。

【集注】

"司徒"二句:望李光弼之深。光弼爲檢校司徒,追收河北。寶應元年進封臨淮王。

　　　　聞道并州鎮,尚書訓士齊。
　　　　幾時通薊北,當日報關西。
　　　　戀闕丹心破,霑衣皓首啼。
　　　　老魂招不得,歸路恐長迷。

【箋注】

"聞道"二句:"并州",太原也。乾元中,李光弼徙河陽,王思禮代爲河東節度。是時,〔遷〕兵部尚書,其後加司空,則《八哀詩》以稱之,以"司空王公"是也。上元二年思禮以薨。

"幾時"句:謂平定史之亂也。(陳案:定,《杜詩引得》作"安"。)

"當日"句:謂長安以西也。

"老魂"二句:屈原有《招魂》篇。

至　後

冬至至後日初長,遠在劍南思洛陽。
青袍白馬有何意,金谷銅駝非故鄉。
梅花欲開自不覺,棣萼一別永相望。
愁極本憑詩遣興,詩成吟詠轉淒涼。

【集注】

"梅花"二句:語極有興。

"冬至"四句:夢弼曰:金谷園、銅駝陌,豈非"洛陽"故鄉行樂之勝境乎？劉禹錫《楊柳詞》云:"金谷園中鶯亂飛,銅駝陌上好風吹。"是也。

撥　悶

聞道雲安麴米春,纔傾一盞即醺人。
乘舟取醉非難事,下峽銷愁定幾巡。
長年三老遥憐汝,捩柂開頭捷有神。
已辦青錢防顧直,當令美味入吾脣。

【集注】

《撥悶》:一作"贈嚴二〈作〉別駕"。

"聞道"八句:夢弼曰:雲安縣屬夔州,今爲雲安軍。《東坡志林》:退之詩曰:"百年未滿不得死,且可勤買抛青春。"《國史補》云:"酒有郢之富(水)〔春〕、烏程之若(不)〔下春〕、滎陽之土窟春、富平之石凍春、劍南之燒春。"杜子美亦云:"聞道雲安麯米春,才傾一盞即醺人。"裴硎作《傳奇》,(陳案:硎,《東坡志林》作"鉶"。)記裴航事,亦有酒名松醪春。乃知唐人名酒多以"春",則"抛青春"亦必酒名也。　　趙曰:東坡詩:"麯米春香并舍聞",蓋出于此。"長年三老",川中呼舟師之名。　　夢弼曰:峽中以篙師爲"長年",柂工"三老",今俗謂之翁。

洙曰:"開頭",一作"鳴鐘",(陳案:鐘,《集千家註杜工部詩集》作"鐃"。)皆行船貌。初行船曰"開頭"。鄭曰:挼,練結切。拗挼也。"

趙曰:川人不以準折,一色見錢爲"青錢"。

登　高

風急天高猿嘯哀,渚清沙白鳥飛迴。
無邊落木蕭蕭下,不盡長江袞袞來。
萬里悲秋常作客,百年多病獨登臺。
艱難苦恨煩霜鬢,潦到新亭濁酒杯。

【集注】

"風急"句:王洙曰:宋玉云:"天高而氣清。"潘安仁:"勁風淒急。"

"無邊"句:洙曰:《江賦》:"尋之無邊。"《楚詞》:"洞庭波兮木葉下。"又,"風颯颯兮木蕭蕭。"

"不盡"句:洙曰:謂不舍晝夜,故云"不盡"。

"萬里"句:洙曰:宋玉"悲秋"。

"百年"句:洙曰:相如"多病",臥於茂陵。

"潦到"句:(陳案:到,《補注杜詩》《全唐詩》作"倒"。《說文》段玉裁注:"到,今倒字。")　　嵇康曰:"〔濁〕酒一杯,潦倒麁(味)〔疏〕。"

九 日

去年登高郪縣北,今日重在涪江濱。
苦遭白髮不相放,羞見黃花無數新。
世亂鬱鬱久爲客,路艱悠悠常傍人。
酒闌却憶十年事,腸斷驪山清路塵。

【集注】

《九日》:廣德元年秋閬州作。　　鶴曰:是年秋,公自梓暫往閬州,冬復至梓州。

"去年"八句:鶴曰:"郪縣",屬梓州。涪江水東南,合梓州之射江。　　孫曰:"驪山",指舊日明皇遊幸也。

秋 盡

秋盡冬行且未迴,茅齋寄在小城隈。
籬邊老却陶潛菊,江上徒逢袁紹杯。
雪嶺獨看西日落,劍門猶阻北人來。
不思萬里長爲客,懷抱何時獨好開。

【集注】

《秋盡》:鶴曰:是年秋,公自梓州歸成都,迎家。冬,再往梓州。

"秋盡"八句:(陳案:冬、小、思、獨,《補注杜詩》《全唐詩》作"東""少""辭""得"。開,《四庫全書》本作"看",韻誤。《補注杜詩》《全唐詩》作"開"。)　　鶴曰:成都大城西有"小城"。　　洙曰:《典略》云:"劉松、袁紹在河朔,於三伏之際,酣飲避暑,號爲河朔飲。"

野　望

金華山北涪水面,仲冬風日始凄凄。
山連越嶲蟠三蜀,水散巴渝下五溪。
獨鶴不知何事舞,饑烏似欲向人啼。
射洪春酒寒乃綠,目極傷神誰爲攜。

【集注】

"金華"句:(陳案:北,《全唐詩》同。一作"南"。)　趙曰:金華山、涪水,皆射洪縣也。

"山連"二句:鄭曰:嶲,悉委切。《唐韻》:郡名。《十州志》:漢置越嶲郡,以隸三蜀。　洙曰:東西兩川及梁,謂之三蜀。　〔杜田曰:左太沖《賦》注:"三蜀,蜀郡、廣漢、犍爲也。"　洙曰:越嶲,郡名也。當南蠻之要。李德裕置蜀(日)〔田〕、置屯,以制蠻寇。五溪,蜀交耻。馬援征五溪蠻。　鄭曰:巴、渝二州。　《十州記》:太清四年,武陵王於巴陵置楚州,隋改爲渝州。(陳案:《野望》已載於卷二十三。本詩由《補注杜詩》《全唐詩》補入。)

老　病

老病巫山裏,稽留楚客中。
藥殘他日裹,花發去年叢。
夜足霑沙雨,春多逆水風。
合分雙賜筆,猶作一飄蓬。

【集注】

"合分"句:趙曰:《漢官儀》:"尚書令、僕、臣、郎,月給赤管大筆一雙。"公嘗爲尚書工部郎,故云。

卷二十七

(宋)郭知達 編

近體詩

去　蜀

五載客蜀郡,一年歸梓州。
如何關塞阻,轉作瀟湘遊。
萬事已黃髮,殘生隨白鷗。
安危大臣在,不必淚長流。

【集注】

"萬事"句:《毛詩》:"黃髮兒齒。"
"安危"二句:《漢》:陸賈曰:"天下安,注意相;天下危,注意將。"

放　船

收帆下急水,卷幔逐回灘。
江市戎戎暗,山雲淰淰寒。
荒村無徑入,獨鳥怪人看。
已泊城樓底,何曾夜色闌。

哭嚴僕射歸櫬

素幔遂流水,歸舟返舊京。
老親如宿昔,部曲異平生。
風送蛟龍雨,天長驃騎營。
一哀三峽暮,遺後見君情。

【集注】

"哭嚴"句:趙云:嚴公再尹成都,乃封鄭國公,加檢校吏部尚書。永泰元年四月卒,賜尚書左僕射。

"素幔"二句:"舊京",故國也。 趙云:"歸櫬"舟行,故曰:"素幔隨流水。"盧子諒《贈崔溫》詩:"北眺沙漠隨,南望舊京路。"(陳案:隨,《文選》作"垂"。)

"老親"二句:如:一作"知"。 按:《新史》:武卒,母哭且曰:"今而後,吾知免爲官婢矣。"又云:"言部曲有異于存日也。"(宋)鮑照《東武吟》:"將軍既即世,部曲亦罕存。"《後漢》:"光武〔紀〕"注:"大將軍營有五部、三校尉,部下有曲,曲下有軍侯一人。" 趙云:言嚴公有母在,弃之而去,其母之健尚如"宿昔"耳。公既死,"部曲"無主,宜乎"異平生"也。馮衍《答任武書》曰:"敢不陳露宿昔之意。"故對"平生",字則《論語》:"久要不忘平生之言。"

"風送"句:見上"蛟龍得雲雨"注。

"天長"句:《晉書》:"齊獻王攸遷驃騎將軍。時驃騎當罷營兵,數千人戀攸恩德,不肯去。""蛟龍",以譬嚴公。

"一哀"二句:趙云:言悲哀之極,而江山亦爲之動色。所以遺傳于後世者,見嚴公有恩德于公之情如此也。

宴戎州楊使君東樓

勝絕驚身老,情忘發興奇。

坐從歌妓密，樂任主人爲。
重碧拈春酒，輕紅劈荔枝。
樓高欲愁思，橫笛未休吹。

【集注】

"勝絕"二句：趙云：此篇破頭便對，蓋言"勝"雖"絕"矣，而"驚"見在之，"身"則"老"也。"情"雖"忘"矣，而"發"所對之"興"則"奇"也。《禮記》云："忘身之老"也。鮑照《園中秋散》詩云："臨歌不知調，發興誰與歡。"

"坐從"二句：《語》云："不圖爲樂之至於斯"也。

"重碧"二句：拈，一作"酤"。（陳案：劈，《補注杜詩》《全唐詩》作"擘"。）　曹子建《七啟》："蒼梧縹清。"注："縹，深碧色。"《蜀都賦》："旁挺龍目，側生荔枝。"　趙云：舊本"拈春酒"，作"酤"字，非。今就其字誤而言之。"酤"，當與《論語》"沽酒市脯"之"沽"同。（陳案：餔，《論語注疏》作"脯"。）又按：《詩·伐木》篇："有酒湑我，無酒酤我。"按：毛、鄭解此兩句不同。毛云："湑，茜〔之也〕，音所六切，沛之也。酤，一宿酒也。"其謂有酒則須沛茜使清而後飲，無酒則雖一宿未清者亦飲，乃王之厚意也。鄭云："酤，買也。"王有酒則沛茜之，王無酒則酤買之，其意以爲族人陳王之恩厚於我曹。雖以俀，言王之盛意。然豈有天子而酤酒乎？詩人必不如此窮相，此鄭之失也。今杜公詩之"酤"字，若用毛萇"一宿曰酤"言之，則不成詩句。用鄭元"酤買"言之，二千石設筵，必有公帑，豈亦沽酒乎？舊本作"拈"字以爲正。據元稹《元日》詩云："羞看稚子先拈酒。"白樂天《歲假》詩云："歲酒先拈辭不得。"則"拈"酒乃唐人語也。而杜公又云："門外柔桑葉可拈。"又云："試拈禿筆掃驊騮。"亦"拈"之意。"拈"與"擘"，皆在主及賓身上言之。《詩》云："爲此春酒，以借眉壽。""荔枝"，見于《上林賦》。食"荔枝"而飲"春酒"，蓋煮酒也。謂之"重碧"，以酒之色言之也。"輕紅"，亦言"荔枝"之顏色也。其後山谷在戎州有詩云："試傾一杯重碧色，快剝千顆輕紅肌。"觀此則可見杜公"重碧""輕紅"之義。後學又以"重碧""輕紅"爲二妾名，尤可鄙笑。豈不見梁簡文帝《梁塵》詩云："依帷濛重翠，帶日聚輕紅。""輕紅"，爲"荔枝"膜粉紅也。若以名其包色,(陳案:包,《杜詩趙次公先後解輯校》作"皮"。)則惑誤學者。　　師云:"戎州",今叙州。"重碧",叙州公庫酒名。"輕紅",叙州倅園荔子名。

"樓高"二句:趙云:"樓高"而"愁思"欲生,何"横笛"之未肯甘休以增愁也。公《月夜憶舍弟》云:"况乃未休兵。"與此句法同。

渝州候嚴六侍御不到,先下峽

聞道乘驄發,沙邊待至今。
不知雲雨散,虚費短長吟。
山帶烏蠻闊,江連白帝深。
船輕一柱過,留眼共登臨。

【集注】

"聞道"二句:趙云:《後漢》:桓典爲侍御史,有威名。常乘驄馬,人號爲驄馬御史。

"不知"句:宋玉《高唐賦》:"湫兮如風,淒兮如雨。風止雨霽,雲無處所。"王粲詩曰:"風流雲散,一別如雨。"　　趙云:(隋)江摠《別袁昌〔州〕》詩:"不言雲雨散,更似東西流。"

"虚費"句:古詩有《短長吟》。

"山帶"句:巂州西有烏、白蠻。

"江連"句:公孫述以永安爲白帝城,在夔州之側。

"船輕"二句:(陳案:"船輕"句,《杜詩詳注》《全唐詩》作"船過一柱觀"。)　　留眼:一作"留滯"。　　(梁)劉孝綽《江津寄劉之遴》:"經過一柱觀,出入三休臺。"餘見上卷"江通一柱觀"注。

聞高常侍亡

歸朝不相見,蜀使忽傳亡。

虚歷金華省,何殊地下郎。
致君丹檻折,哭友白雲長。
獨步詩名在,秖令故舊傷。

【集注】

"聞高"句:忠州作。　鮑云:高適也。《本傳》:紀廣德元年後,(陳案:紀,《補注杜詩》作"繼"。)言召爲刑部侍郎、左散騎常侍。

"歸朝"四句:江淹《上建平王書》:"升降承明之闕,出入金華之殿。"《世說》:"顔回爲地下修文郎。"　趙云:班固《叙傳》:"鄭寬中、張禹入說《尚書》《論語》於金華殿。"注:"在未央宮。"適爲左散騎常侍而亡,故曰"虚歷金華省"也。王隱《晋書》載:蘓韶已死,見其弟節。韶云:"顔回、卜商,今爲地下修文郎。韶亦一人也。"

"致君"二句:趙云:"折""檻",言高之諫諍也。觀《唐史》載:"適遷侍御史,擢諫議大夫,負氣敢言,權近側目。""致君",見首篇注。〔《前漢》〕:朱雲上書,願請尚方斬馬劍,斷佞臣一人。上問:"誰也?"對曰:"安昌侯張禹。"上大怒,御史將雲下,雲攀殿檻,檻折,雲呼曰:"臣得下從龍逢、比干遊於天下足矣,未知聖朝何如耳?"《禮記》曰:"朋友,〔吾〕哭于寢門之外。"(陳案:于,《禮記》作"諸"。)

"獨步"二句:適有詩名于時。又,曹子建《與楊祖德書》曰:"僕少好文章,迄至于今二十五。(陈案:二十五,《曹子建集》作"二十有五年"。)然今世作者,可略而言:昔仲宣獨步於漢南,孔璋鷹揚於河朔。"又,《南史》:"王筠,字元禮。沈約謂筠文章之美,可謂後來獨步。""秖"字,音支適(也)〔切〕。

宴忠州使君姪宅

出守吾家姪,殊方此日歡。
自須遊阮舍,不是怕湖灘。
樂助長歌逸,杯饒旅思寬。

昔曾如意舞,牽率慨爲看。

【集注】

"出守"句:"出守",守土也,刺史是也。《古詩》:"一麾乃出守。"

"殊方"句:《文子》云:"殊方偏國。"

"自須"句:阮咸與叔父籍爲竹林之遊。咸與籍居道南,諸阮居道北,北阮富而南阮貧。公自比阮籍,而目"(忠)[州]"爲阮咸也。

"不是"句:"忠州"下惡灘也。

"樂助"句:逸:一作"送"。

"杯饒"句:一作"林饒放思寬"。

"昔曾"二句:(陳案:慨,《補注杜詩》《全唐詩》作"強"。) 趙云:王戎嘗以如意起舞。《左氏傳》:"牽率老夫。"

禹　廟

禹廟空山裏,秋風落日斜。
荒庭垂橘柚,古屋畫龍蛇。
雲氣生虛壁,江聲走白沙。
早知乘四載,疏鑿控三巴。

【集注】

《禹廟》:忠州作。

"禹廟"四句:《招魂》:"仰觀刻桷,畫龍蛇。" 趙云:《書·禹貢》:"厥包橘柚錫貢。"公於《東屯茅屋》詩有云:"山險風煙僻,天寒橘柚垂。"而兩句之勢,則盧照鄰《文翁講堂》有詩云:"空梁無鷰雀,古壁有丹青"也。

"雲氣"二句:生虛壁:一作"噓青壁"。 趙云:"生虛壁",當作"噓青壁"字爲正。蓋"噓"字新且工矣。又"青壁"對"白沙",亦工。

"早知"句:按:《史記·河渠書》云:《夏書》曰:"禹治洪水十三年,三過家不入門。陸行載車,水行載舟,泥行蹈橇,山行即橋。"橋,一作輦"。（陳案：即、輦，《史記》作"乘""樺"。）《書·益稷》曰："予乘四載。"

"疏鑿"句：疏鑿：一作"流落"。　《華陽國志》曰："武王克商，對其子宗姬于巴。故漢末益州牧劉璋以墊江以上爲巴郡，江州至臨江爲永寧郡，朐忍至魚腹爲固陵郡，巴遂分矣。璋復改永寧爲巴郡，以固陵爲巴東，徙龐（義）〔羲〕爲巴西太守，是爲'三巴'。"郭璞《江賦》："巴東之峽，夏后疏鑿。"　趙云：今按：樂史《寰宇記》於《渝州記》云："閬、白二水東南流，三曲如巴字，是爲三巴。"則非有分其地之定名，當俟博聞訂之。

題忠州龍興寺所居院壁

忠州三峽內，井邑聚雲根。
小市常爭米，孤城早閉門。
空看過客淚，莫覓主人恩。
淹泊仍愁虎，深居賴獨園。

【集注】

"忠州"句：《蜀都賦》："經三峽之崢嶸。"注："三峽，巴東永安縣，有高山相對，〔相〕去可二十丈，左右崖甚高，人謂之峽，江水過其中。"

趙云：杜公言"三峽"者，以明月峽爲首；巴東、巫峽之類爲中；東突峽爲盡矣。今忠州在渝州之下、夔州之上，斯乃杜公所謂"三峽內"也。

"井邑"句："雲根"，言石也。張協詩云："雲根臨八極。"蓋取五岳之雲，觸石而出。則石者，雲之根也。唐人詩多指"雲根"爲石用之。

"小市"二句：趙云：兩句雖實道其事，而"早閉門"字，《戰國策》有"邊境早閉晚開"也。

"空看"二句：　趙云：公寓僧寺，居而無顧之者，故有是句。

"淹泊"二句：《金剛經》："給孤獨園。"　趙云：言"淹泊"，則滯留於龍興寺之居也。

旅夜書懷

細草微風岸,危檣獨夜舟。
星垂平野闊,月湧大江流。
名豈文章著,官因老病休。
飄零何所似,天地一沙鷗。

【集注】

"細草"二句:趙云:"細草",春時也。《荀子》:"微風過之。"王仲宣詩:"獨夜不能寐。"

"星垂"二句:王仲宣:"大江流日夜。"(陳案:王仲宣,《文選》作"謝元暉"。) 趙云:東方璆嘗與盧照鄰分韻有:"汹湧大江流。"公換一"月"字,點鐵成金矣。

"官因"句:(陳案:因,《全唐詩》同。一作"應"。)

"飄零"二句:趙云:"飄零"字,公使多矣。《雪賦》:"從風飄零。"在人言之,取物爲譬也。謝安内集,謂諸子姪曰:"白雪紛紛何所似?"

別常徵君

兒扶猶杖策,臥病一秋强。
白髮少新洗,寒衣寬摠長。
故人憂見及,此別淚相忘。
各逐萍流轉,來書細作行。

【集注】

"兒扶"二句:趙云:《吴越春秋》云:"太王杖策而去邠。"字書注:"細木杖曰策。"

"白髮"二句:趙云:"白髮"以病而少,新洗沐也。"寒衣"以病而寬長也。曹子建詩云:"瘦覺衣寬長,愁知酒淺淡。"

"故人"二句：趙云："故人"，言常徵君也。雖"別"而俱不能"淚"，所以成"相忘"也。

"各逐"二句：趙云：屬其委屈也。《漢書》言"細書成文，一札十行"。

十二月一日三首

右一

今朝臘月春意動，雲安縣前江可憐。
一聲何處送書雁，百丈誰家上水船。
未將梅蕊驚愁眼，要取楸花媚遠天。
明光起草人所羨，肺病幾時朝日邊。

【集注】

"百丈"句：（陳案：水，《全唐詩》同。一作"瀨"。）　趙云："百丈"，牽船蔑。內地謂之筥，音彈。

"未將"二句：（陳案：要，《全唐詩》同。一作"更"。）　趙云：言眼前寔事，蓋"梅"未開而"楸"有花也。其句法可謂新奇矣。

"明光"二句："明光"，殿名也。《漢》：王商欲借以避暑者。"起草"，作制誥也。相如病肺，多渴，遂臥病于茂陵。　趙云：《後漢書》："郎奏事明光殿，下筆爲詔誥，出語爲命令。""日邊"，言帝都也。《晉》：明帝云：只聞人自長安來，"不聞人從日邊來。"後人遂以"日邊"爲帝都。

右二

寒輕市上山煙碧，日滿樓前江霧黃。
負鹽出井此溪女，打鼓發船何郡郎。
新亭舉目風景切，茂陵著書消渴長。
春花不愁不爛漫，楚客唯聽棹相將。

【箋注】

　　"新亭"二句：趙云：《晋·王導傳》：洛京傾覆，中州士人避亂江左者十六七。每至暇日，邀出新亭飲宴。周顗中坐而歎曰："風景不殊，舉目有江山之異。"上句以避亂流落，所寓如"新亭"之景物。"茂陵"，則公自比于相如之有肺疾也。

　　"春花"二句：趙云："楚客"，則公自指爲楚地之客也。"聽棹相將"，則任船所往何處看花也。

右三

　　即看燕子入山扉，豈有黃鸝歷翠微。
　　短短桃花臨水岸，輕輕柳絮點人衣。
　　春來準擬開懷久，老去親知見面稀。
　　他日一杯難强進，重嗟筋力故山違。

【集注】

　　"即看"四句：趙云：方"十二月一日"作詩，而有"燕子""黃鸝""桃花""柳絮"之言，何也？此義在末句"他日一杯難强進"也。皆逆道其事爾。

　　"春來"四句：（陳案：久，《補注杜詩》《全唐詩》作"準"。）　趙云：于"山"謂之"違"。《家語》：孔子云："違山十里，猶聞蟪蛄聲"也。

又　雪

　　南雪不到地，青崖霑未消。
　　微微向日薄，脈脈去人遥。
　　冬熱鴛鴦病，峽深豺虎驕。
　　愁邊有江水，焉得北之朝。

【集注】

"南雪"句:《風土記》云:"南方無雪。"

"青崖"句:霽:一作"露"。　趙云:當做"霽"爲正。但雲不濃,所以"不到地",而止著"青崖"爾。顏延年詩:"〔貌〕盻覿青崖,衍漾觀綠疇。"

"愁邊"二句:趙云:末句蓋言當"愁"之際,觀"江水"止是朝東入海,安得折而之"北"? 我乘此水以歸長安也。

奉漢中王手札

國有乾坤大,王今叔父尊。
剖符來蜀道,歸蓋取荆門。
峽險通舟過,江長注海奔。
主人留上客,避暑得名園。
前後緘書報,分明饋玉恩。
天雲浮絕壁,風竹在華軒。
已覺良宵永,何堪駭浪翻。
入期朱邸雪,朝傍紫微垣。
枚乘文章老,河間禮樂存。
悲秋宋玉宅,失路武陵源。
淹薄俱崖口,東西異石根。
夷音迷咫尺,鬼物傍黃昏。
犬馬誠爲戀,狐狸不足論。
從容草奏罷,宿昔奉清罇。

【集注】

"國有"二句:"王",讓皇帝之子,代宗之叔父也。

"剖符"句：言以漢中之封，來蜀作守也。前有詩，公自注云："王時在梓州者乎？"

"歸蓋"句：由荊門軍取道而往也。

"峽險"二句：（陳案：奔，《四庫全書》本作"門"，與"荊門"字重韻。《補注杜詩》《全唐詩》作"奔"。）　《書》："江漢朝宗於海。"亦百川"注海"之義也。

"主人"二句：劉松、袁紹于河朔三伏之際，爲避暑之飲。

"前後"二句：趙云：上句言得"漢中王手札"。"饌玉"，則《前漢》陳咸"奢侈玉食"。《晉》：王〔父〕[武]子"鮮衣玉食"之義。（陳案：鮮衣，《晉書》作"麗服"。）言美食如玉，却非《洪範》"惟辟玉食"也。

"天雲"二句：趙云：觀"絶壁"之"天雲"，對"華軒"之"風竹"。言在名園中如此也。

"已覺"二句：（陳案：堪，《補注杜詩》《全唐诗》作"看"。）　趙云：上句言時已秋矣。秋江浪平故也。《海賦》："驚浪雷奔，駭水迸集。"

"入期"二句：唐制：諸侯各置邸京師，故有邸吏、"朱邸"。言"邸"有朱户。　趙云：以"雪"時爲"期"，而至京也。謝元暉詩："朱邸方開，效蓬心於秋寶。"《晉書》："紫宮垣，一曰紫微，大帝之座，天子所居也。"

"枚乘"二句：《西京雜記》："枚乘文章敏疾，長卿制作淹遲，皆盡一時之譽。"（陳案：乘，《西京雜記》作"皋"。）又按：《漢書·景十三王〔傳〕》："河間獻王德，武帝時來朝獻雅樂。"又云："立博士，修禮樂，被服儒術。"　趙云：上句，公自言也。梁孝王時，枚乘在諸文士之間，年最爲高，故謝靈運《雪賦》："召鄒生，延枚叟"也。次句，指"漢中王"也。《傳》曰："河間之功，江夏之略，可爲宗室標的者也。"（陳案：《傳》，當作《新唐書》。）

"悲秋"句：《哀江南賦》："誅茅宋玉之宅。"宋玉《九辨》云："悲哉，秋之爲氣也！蕭瑟兮，草木摇落而變衰。"　趙云：宋玉宅在歸州。言王今在歸州。又如"悲秋"之"宋玉"也。

"失路"句：見上"如逢武陵路"注。

"淹薄"二句：趙云："崖口""石根"，言巴峽之地如此。漢中王在下流,爲東;公在夔,爲西也。

"夷音"二句:傍:一作"倚"。　楚俗語言多"夷音"。又:《蕪城賦》:"木魅山鬼,昏見晨趨。"　趙云:上句,則夔之南與蠻相接,不爲不遠。而夔、巴有蠻音,故公詩屢有"夷音""蠻語""蠻歌"之句。《左傳》:"天威不違顏咫尺。"言近也。今言在夔于"咫尺"之間,語音不同,所以不省而迷也。下句,一作"傍",當以"倚"爲正。《正史》云:"妖禽孼(孤)[狐],得夜乃爲不祥。"(陳案:正史,當作《新唐書》。)此"倚黃昏"之意也。

"犬馬"句:曹子建《表》:"不勝犬馬戀主之情。"《張綱傳》:"豺狼當道,安問狐狸?"　趙云:言其有懷君之意也。

"從容"二句:趙云:此言"漢中王""草奏"既罷,當奉飲宴,蓋在昔日常如此也。(梁)劉苞《望夕雨》詩云:"清罇久不荐,淹留遂(侍)[待]君。"

贈崔十三評事公輔

飄飄西極馬,來自渥洼池。
颯颯寒山桂,低徊風雨枝。
我聞龍正直,道屈爾何爲。
且有元戎命,悲歌識者知。
官聯辭冗長,行路洗欹危。
脫劍主人贈,去帆春色隨。
陰沈鐵鳳闕,教練羽林兒。
天子朝侵早,雲臺杖數移。
分軍應供給,百姓日支離。
黠吏因封己,公才或守雌。
燕王買駿骨,渭老得熊羆。
活國名公在,拜壇群寇疑。

冰壺動瑤碧,野水失蛟螭。
入幕諸彦聚,渴賢高選宜。
騫騰坐可致,九萬起于斯。
復進出矛戟,照然開鼎彝。
會看之子貴,歎及老夫衰。
豈但江曾決,還思霧一披。
暗塵生古鏡,拂匣照西施。
舅氏多人物,無慚困翮垂。

【集注】

"飄飄"句:《漢·郊(士)[祀]歌》:"天馬來,自西極。"(陳案:自,《史記》作"從"。)

"來自"句:趙云:以言"崔"有天馬之妙足,而所從來之遠也。"渥洼池",見《沙馬行》注。

"颯颯"二句:寒:一作"定"。　趙云:當作"寒山"。《楚辭》云:"桂樹叢生兮山之幽。"《選》詩:"桂枝生自直。"則桂枝不宜"低徊"。今"桂"所以"低徊"者,"風雨"之故也。以喻崔評事之美材,而用于邊徼之小官。"颯"音習。《唐韻》云:"颯颯,大風也。"此四句長扇對。

"我聞"二句:趙云:"崔"如"龍"之"直",而屈在幕府僚屬,故公怪而問之。《詩》:"好是正直。"

"且有"二句:趙云:"元戎",節度使也。以"元戎"命之而有行役,不能無"悲歌",惟識者"知"之。

"官聯"句:《文賦》:"固無取乎冗長。"　趙云:"崔評事"于"元戎"之僚屬,可"辭冗長"矣。

"行路"句:(陳案:欹,《四庫全書》本作"歌",形訛。《補注杜詩》《全唐詩》作"欹"。)　當開公正之路。　趙云:以舟行,則免之"欹危"之苦也。

"脫劍"句:季札"脫劍"掛樹,以贈徐君。　趙云:"主人",指"元戎"也。解劍"贈"人,亦理之常。如伍子胥解劍以贈漁父。舊注非是。

"陰沈"句：陸左公《石闕銘》："蒼龍玄武之制，銅雀鐵鳳之功。"（陳案：左、雀，《文選》作"佐""爵"。） 趙云："鐵鳳闕"，言帝都也。

"教練"句：《宣帝紀》："羽林孤兒。"注："天有羽林，〔大軍之〕星。林，喻若林木之盛；羽，言羽翼鷙擊之意，故以名武官焉。"《百官表》："取從軍死事者之子，養羽林官，教以五兵，號曰羽林孤兒。"

"天子"二句：（陳案：杖，《補注杜詩》《全唐詩》作"仗"。《別雅》卷四："杖，仗也。"《資治通鑑·魏紀十》胡三省注："杖，與仗同。"）趙云：言天子多難，其"朝侵早"以訓兵練卒，故所御非一處，而"數移""雲臺"之"仗"也。光武圖二十八將于"雲臺"。

"分軍百姓"句："支離"，言不親也。

"黜吏"二句：《老子》："知其雄，守其雌。" 趙云："封"，厚也。蓋言貪吏乘之，以封植其己；廉吏閔之，而柔克。公正美崔公之才，守雌柔之道，不乘勢利剝，以私于封己，則爲可尚爾。"黜吏"字，出《前漢》詔書。《國語》：叔向曰："引党以封己。"《晉》：王導謂"孔愉有公才而無公望"。

"燕王"句：燕昭王以千金市駿骨。

"渭老"句：見"田獵舊非熊"，又見"熊羆載呂望"注。

"活國"二句：孫楚曰："愛民活國。"高祖築"壇""拜"韓信。

"冰壺"句：鮑照詩："清如玉壺冰。"

"野水"句：趙云：上句以言"元戎"胷中如"冰壺"之清；下句則蛟龍得雲雨，終非池中物也。

"入幕"句："入幕"，見上句。《別賦》："金閨之諸彥。" （陳案：聚，《全唐詩》作"集"。一作"聚"。）

"渴賢"三句：趙云：方當"渴賢"，而崔君宜應"高選"，必能"騫勝"如鵬之"九萬"里矣。

"復進"二句：（陳案：照，《補注杜詩》《全唐詩》作"昭"。《說文》"火"部段玉裁注："照，與昭音義同。"） 趙云：言崔君"復"於此"進"，而"出"其胸中之"矛戟"，則"昭然"銘功於"鼎彝"也。

"會看"二句：《左傳》："老父耄矣，無能爲也。"《詩》："江有沱，之子歸。"

"豈但"句：《孟子》："沛然若決江河。"

"還思"句:衛瓘見樂廣曰:"若披雲霧而上青天。"(陳案:上,《晉書》作"睹"。)　　趙云:"豈"(時)[特]平時與崔相談論,如江河之"決",又"思""一披""霧"以相見也。

"暗塵"二句:趙云:公蓋自負其有美質,而久無識者。此所以美崔君而責望之也。

"舅氏"二句:趙云:"舅氏"之家多有人材,必應如上所言,奪勝富貴之事也。今日尚爾行役,"無慚"困若也。崔蓋公之表弟。

長江二首

其一

眾水會涪萬,瞿唐爭一門。
朝宗人共挹,盜賊爾誰尊。
孤石隱如馬,高蘿垂飲猿。
歸心異波浪,何事即飛翻。

【集注】

"眾水"句:"涪""萬",峽中二郡名。

"瞿唐"句:"瞿唐"爲三峽之門。

"朝宗"二句:趙云:《禹貢》:"江漢朝宗於海。"水以其"朝宗",人共挹取。若"盜賊"者,敢有犯順之爲,將欲使"誰尊""爾"乎?

"孤石"二句:張華詩:"象馬誠可驗,波神亦露機。"蓋言灩澦如"馬","瞿唐"莫下也。

"歸心"二句:趙云:言水之波"飛翻"而流去,"歸心"未便得往,"何事"即效其"飛翻"乎?

其二

浩浩終不息,乃知東極臨。
眾流歸海意,萬國奉君心。

色借瀟湘闊,聲驅灩澦深。
未辭添霧雨,接上遇衣襟。

【集注】

"浩浩"二句:臨:一作"深"。　趙云:言水之萬折,深東至于三峽,則其來已遠,可以知"東極"將逼"臨"也。

"衆流"二句:"衆流"之所以(尊)[導]"海",亦"萬國"之所以"奉君"之"心"也。

"色借"句:趙云:"瀟湘",在潭州。三峽之水,下入洞庭,與"瀟湘"相連,故云"色借"。

"聲驅"句:深:一作"沈"。

"未辭"句:趙云:江海不讓衆流,以爲大。雖"霧雨"之細,亦可以益其流。

"接上"句:遇:一作"過"。　趙云:舟中之人,"接"于其"上",則先經過于"衣襟"間也。此必是微雨而作,實道其事耳。《選》詩:"白露霑衣襟。"

哭台州鄭司户蘇少監

故舊誰憐我,平生鄭與蘇。
存亡不重見,喪亂獨前途。
豪俊何人在,文章掃地無。
羈遊萬里闊,凶問一年俱。
白日中原上,清秋大海隅。
夜臺當北斗,泉路著東吳。
得罪台州去,時危棄碩儒。
移官蓬閣後,穀貴没潛夫。
流慟嗟何及,銜冤有是夫。

道消詩發興,心息酒爲徒。
許與才雖薄,追隨跡未拘。
班揚名甚盛,嵇阮逸相須。
會取君臣合,寧詮品命殊。
賢良不必展,廊廟偶然趨。
勝決風塵際,功安造化鑪。
從容詢舊學,慘淡閟陰符。
擺落嫌疑久,哀傷志力輸。
俗依綿谷異,客對雪山孤。
童稚思諸子,交期列友于。
情乖清酒送,望絕撫墳呼。
瘧癘殀巴水,瘡痍老蜀都。
飄零迷哭處,天地日榛蕪。

【集注】

"穀貴"句:王符著《潛夫論》。

"交期"句:(陳案:期,(宋)林帥蒧編《天臺前集卷上》同。《補注杜詩》作"朋"。《集千家註杜工部詩集》作"情"。) 《詩》:"友于兄弟。"

承聞故房相公靈櫬,自閬州啓殯,歸葬東都,有作二首

右一

遠聞房太尉,歸葬陸渾山。
一德興王後,孤魂久客間。
孔明多故事,安石竟崇班。

他日嘉陵涕,仍霑楚水還。

【集注】

"承聞"句:趙云:房琯摘漢州刺史,(陳案:摘,《補注杜詩》作"謫"。下同。)召而死于道,贈太尉。

"遠聞"句:舊作"太守"。

"歸葬"句:山在伊、洛間。昔辛有適伊川,見披髮而祭者,言此地當夷,後爲"陸渾"之戎所有,因得名。

"一德"二句:同德以舉王業也。(陳案:舉,《補注杜詩》作"興"。)伊尹《咸有一德》。下句言房公摘死,久殯閬州。

"孔明"句:《蜀志》:陳壽與荀勖等定故蜀丞相《諸葛孔明故事》二十四篇以進。(陳案:諸葛孔明,《三國志・蜀志》作"諸葛亮"。)

"安石"句:謝安薨時六十六,帝三日臨于朝堂,賜秘器、朝服,贈太傅,諡曰"文靖"。及葬,加殊禮,依大司馬桓溫故事。

"他日"二句:涕:一作"淚"。　　趙云:"靈櫬"自"閬州"起發,則由嘉陵江而下,故也。

右二

丹旐飛飛日,初傳發閬州。

風塵終不解,江漢忽同流。

劍動新身匣,書歸故國樓。

盡哀知有處,爲客恐長休。

【集注】

"丹旐"句:"丹旐",銘旌也。《寡婦賦》:"飛旐翩以啓路。"

"風塵"二句:趙云:時吐蕃未息也。蓋"靈櫬"所經,自江、漢而下,故曰"同流"。

"劍動"句:趙云:師本作"親身",方有義。

"爲客"句:趙云:公因聞房公"靈櫬"之歸,有感于中而發此言也。

雲安九日鄭十八攜酒陪諸公宴

寒花開已盡,菊蕊獨盈枝。
舊摘人頻異,輕香酒暫隨。
地偏初衣裌,山擁更登危。
萬國皆戎馬,酣歌淚欲垂。

【集注】

"寒花"二句:(陳案:菊,《四庫全書》本作"萄"。形誤。《補注杜詩》《全唐詩》作"菊"。蕊,《補注杜詩》《全唐詩》作"蘂"。《正字通》:"蕊,俗蘂字。") 趙云:凡及秋之花,皆謂之"寒花"也。

"舊摘"二句:趙云:〔上句〕言舊時採菊花之人,"頻"改易〈上句〉而不同,見公所逢"九日"之地不一也。

"地偏"句:陶潛:"心遠地自偏。"《秋興賦》:"御裌衣。"

"山擁"句:《風俗記》:"九日登高以禳災。"

答鄭十七郎一絕

雨後過畦潤,花殘步履遲。
把文驚小陸,好客見當時。

【集注】

"花殘"句:(陳案:履,《全唐詩》作"屐",《唐詩品彙》作"屧"。)

"把文"句:"小陸","雲間陸士龍"。

將曉二首

右一

石城除擊柝,鐵鏁欲開關。

鼓角悲荒塞,星河落曙山。
巴人常小梗,蜀使動無還。
垂老孤帆色,飄飄犯白蠻。

【集注】

"石城"句:趙云:"擊柝",以言驚夜,曉則除之。
"星河"句:(陳案:曙,《全唐詩》同。一作"曉"。)
"巴人"句:謂段子璋反也。　　趙云:謂之"小梗",亦不甚稱駭也。史不載,舊注非是。
"蜀使"句:趙云:吐蕃未息,所以"蜀使"無還也。
"飄飄"句:趙云:末句"白蠻",亦以荊地靠溪洞一帶為蠻矣。舊作"百蠻",非。

右二

軍吏回官燭,舟人自楚歌。
寒沙蒙薄霧,落月去清波。
壯惜身名晚,衰慚應接多。
歸朝日簪笏,筋力定如何?

【集注】

"軍吏"句:"官燭"字,見上句。
"舟人"句:項籍聞軍中四面皆"楚歌"。
"落月"句:趙云:天曉月落,不復有影在水中。
"壯惜"四句:趙云:四句公自言其衰老也。"歸朝日"事"簪笏",恐筋力之不堪爾。

懷錦水居止二首

其一

軍旅西征僻,風塵戰伐多。

猶聞蜀父老,不忘舜謳歌。

天險終難立,柴門豈重過。

朝朝巫峽水,遠逗錦江波。

【集注】

"軍旅"兩句:趙云:永泰元年,僕固懷恩誘吐蕃等寇奉天,京師大震,帝自將苑中,急召郭子儀,屯涇陽,故云"西征"。

"猶聞"句:猶:一作"獨"。　司馬相如有《難蜀父老》文。

"不忘"句:《孟子》曰:"謳歌者,不謳歌堯之子,而謳歌舜。"

"天險"句:劍門,天設之險也,無(徒)[德]不可恃。　趙云:憂吐蕃能犯蜀之險也。《易》曰:"天險,不可升。"

"柴門"句:謂思草堂不可再到。

"朝朝"二句:"錦江"水與"巫峽"相通也。　趙云:重懷成都之意。"水"徒相通,而不能即返焉。

其二

萬裏橋西宅,百花潭北莊。

層軒皆面水,老樹飽經霜。

雪嶺界天白,錦城曛日黃。

惜哉形勝地,回首一茫茫。

【集注】

"萬裏"二句:浣花草堂,在"萬裏橋"西,地有"百花潭"。　趙云:舊本作"橋南",非是。公詩"萬裏橋西一草堂","百花潭"北即滄浪。

"層軒"句:宋玉《招魂》云:"高堂邃宇,幽檻層軒。"

"老樹"句:趙云:《四時纂要》:"冬瓜飽霜後收之。"(梁)吳筠《行路難》曰:"洞庭水上一株桐,經霜觸浪困嚴風。"

"雪嶺"二句:"雪嶺",吐蕃中山。"曛日",晚日也。

"惜哉"二句:張孟陽《劍閣銘》曰:"形勝之地,匪親勿居。"趙云:以西山尚有屯戍,恐蜀受其禍,故歎惜"形勝"之"地",

子　規

峽裏雲安縣,江樓翼瓦齊。
兩邊山木合,終日子規啼。
眇眇春風見,蕭蕭夜色淒。
客愁那聽此,故作傍人低。

【集注】

《子規》:趙云:"子規"與杜鵑是兩種,其形、聲各不同。於《杜鵑行》古詩注,言之詳矣。

"終日"句:"子規",杜鵑也。公有《杜鵑行》云:"涪萬無杜鵑。"雲安有杜鵑,此可見矣。　坡云:"非親到其處,不知此詩之工也。"

"眇眇"四句:淒:一作"棲"。一云:"故傍旅人低。"　此四句道盡"子規"之妙,每于"春風""眇眇"之際,"夜色""蕭蕭"之時,"客愁"聞此,能不悲感耶?故"傍旅人低"之句,非〔是上〕既有"客愁"字,不應更言旅人也。

立　春

春日春盤細生菜,忽憶兩京梅發時。
盤出高門行白玉,菜傳纖手送青絲。
巫峽寒江那對眼,杜陵遠客不勝悲。
此身未知歸定處,呼兒覓紙一題詩。

【集注】

"春日"二句:趙云:食"生菜",立春之事也。按:《齊人月令》曰:"凡立春日,食生菜不可過多,取迎新之意。"(陳案:人,《天中記》作

"民"。)下句,則"立春"在去年之冬,當"梅發時"也。"兩京",東京、西京也。

"盤出"二句:趙云:于公"高門"也。"行白玉",行玉盤也。公吟《廢畦》詩,亦曰:"悲君白玉盤。""行",則如《麗人行》:"水精之盤行素鱗"也。(晋)成公綏《洛禊賦》:"或振纖手,或濯素足。"此上四句之一段。(陳案:之,《杜詩引得》作"是"。)《古詩》云:"蘆菔白玉縷,生菜青絲盤。"

"巫峽"二句:趙云:言"巫峽"傍江地〈土〉寒,眼前不見此菜,宜乎其"悲"矣。

"呼兒"句:《古詩》:"呼童烹鯉魚。"

漫　成

江月去人只數尺,風燈照夜欲三更。
沙頭宿鷺聯拳静,船尾跳魚撥剌鳴。

【集注】

"江月"二句:趙云:嘗聞士大夫云:東坡先生有言:"杜子美'江月去人只數尺',不若孟浩然'江清月(自)[近]人'之不費力。此公論不可廢也。"(梁)虞騫詩曰:"月光移數尺。"

"沙頭"二句:静,一作"起"。撥,一作"跋"。　"撥剌",躍而有聲也。　薛云:按《漢書》:張平子《賦》:"控飛狐之撥剌兮,射噃塚之封狼。"(陳案:控、飛、狐,《文選》作"彎""威""弧"。)　趙云:"聯拳",相并相續之貌。字則沈約《郊居賦》云:"雌霓聯拳。"用對"撥剌"爲稱。　《杜補遺》云:張衡《賦》"撥剌"下注云:"剌,音力達反。撥剌,張弓聲。"李白《酬贈魚》詩亦云:"雙鰓呀呷鰭鬛張,跋剌銀盤欲飛去。"一作"鱍鱳"。

南　楚

南楚青春異,暄寒早早分。

無名江上草，隨意嶺頭雲。
正月蜂相見，非時鳥共聞。
杖藜方躍馬，不是故離群。

【集注】

"南楚"二句：趙云：公在夔而言"南楚"，則夔在戰國爲楚地。"寒"盡而"暄"生矣。

"正月"二句：趙云：《易》："萬物皆相見。"而公于"蜂"言之，句意兩新。

"杖藜"二句：(陳案：方，《補注杜詩》《全唐詩》作"妨"。朱駿聲《説文通訓定聲》："方，叚借爲妨。")　趙云："躍馬"，則言官身而在諸人之間，則必騎馬。今也"杖藜"而獨往，乃放曠使然，不是故爲"離群"也。《莊子》："原憲藜杖應門。"蔡澤曰："吾躍馬食肉四十年，亦足矣。"《禮記》云："離群索居。"

移居夔州郭

伏枕雲安縣，遷居白帝城。
春知催柳別，江與放船清。
農事聞人説，山光見鳥情。
禹功饒斷石，且就土微平。

【集注】

"春知"二句：與：一作"已"。　趙云：言"春知"人之離居，故"催柳"之發生，以供行人爲"別"也。詩家于相別必用"柳"事，蓋古有《折楊柳》之曲，多言離別也。下句言春江"清"且平，供其泛"船"耳。

"禹功"二句：淞峽皆因開鑿而成，故少平土，惟夔州稍平耳。《左傳》："劉子歎禹之功。"江文通《雜擬》云："海濱饒奇石。"

船下夔州郭宿，雨濕不得上岸，別王二十判官

依沙宿舸船，石瀨月娟娟。
風起春燈亂，江鳴夜雨懸。
晨鐘雲外濕，勝地石堂煙。
柔櫓輕鷗外，含情覺汝賢。

【集注】

"依沙"二句：謝靈運有："回溪石瀨，茂林修竹"詩。鮑照《翫月》："娟娟似娥眉。"

"勝地"句：趙云："石堂"，應是夔州佳處，空望其"煙"，故題中所謂"不得上岸"也。

"柔櫓"二句：(陳案：情，《全唐詩》作"淒"。一作"情"。) 趙云："柔櫓"，今舟人所謂(欸)[軟]櫓者也。言船櫓在"輕鷗"之外，忽忽隨行，不得如鷗之游漾，所以"含情"而"覺"鷗之勝已也。《書》曰："不自滿，假惟汝賢。"

入宅三首

右一

奔峭背赤甲，斷岸當白鹽。
客居媿遷次，春酒漸多添。
花亞欲移竹，鳥窺新捲簾。
衰年不敢問，勝槩欲相兼。

【集注】

"奔峭"二句：(陳案：岸，《補注杜詩》作"涯"。《全唐詩》作"崖"。《蜀中廣記》作"厓"。) 謝靈運詩："孤客傷逝湍，行旅苦奔峭。"(陳

案:行,《文選》作"徒"。)"赤甲""白鹽",瞿唐峽口二山名。　　趙云:"赤甲",本"岬"字。(陳案:岬,《四庫全書》本作"呷"。形誤。《補注杜詩》作"岬"。)按《水經》云:"江水東南,經赤岬西。"注云:"是公孫述所造。因山據勢,周迴七里一百四十步,東高二百丈,西北高一千丈。南連白帝山,甚高大,不生樹木,其石悉赤,故名。"又云:"江水又東,經廣溪峽。"注云:"斯乃三峽之首也。其間三十里,傾巖倚木,厥勢殆交。北岸山上有神淵,淵北有白鹽崖,高可千餘丈。土人見其高白,故名之。"

"客居"二句:(陳案:酒,《全唐詩》同。一作"色"。)　　"次",舍也,猶遷居也。《左傳》:"凡師一宿爲舍,再宿爲信,過信爲次。"趙云:樂昌公主詩:"今日何遷次。"

"衰年"句:(陳案:問,《補注杜詩》《全唐詩》作"恨"。)

右二

亂後居難定,春歸客未還。
水生魚復浦,雲暖麝香山。
半頂梳頭白,過眉拄杖斑。
相看多使者,一一問函關。

【集注】

"亂後"二句:趙云:言又見"春"矣,以居止言不定,(陳案:言,《杜詩引得》作"之"。)而尚"未還"故鄉,有所感發耳。

"水生"二句:"魚復",白帝舊名。　　《杜補遺》云:《後漢·郡國志》:"巴郡:魚復,古之庸地。《左氏·文十年》:'魚人逐楚師。'是也。"《夔州圖經》:"麝香山,在州東南百二十五里,以其出麝香,故名。"

"半頂"句:趙云:白髮之所存者,僅"半頂"耳。

"過眉"句:(陳案:拄,《四庫全書》本作"掛。形訛。《補注杜詩》《全唐詩》作"拄"。)

右三

宋玉歸州宅,雲通白帝城。

吾人淹老病，旅食豈才名。

峽口風常急，江流氣不平。

只應與兒子，飄轉任浮生。

【集注】

　　"宋玉"二句："歸州"有"宋玉"宅，今亡矣。下句見《白帝城樓》詩注。

　　"吾人"二句：趙云：漢：宣帝歌曰："泛濫不止兮，愁吾人。"故對"旅食"。其字則祖魏文帝"旅食南館"也。"吾人"乃自言也。所以"淹老病"而"旅食"，"豈"坐"才名"之故耶？

　　"峽口"二句：趙云：以"風""急"之故，"江流"之洶湧，如人之"氣不平"也。

赤　甲

卜居赤甲遷居新，兩見巫山楚水春。

炙背可以獻天子，美芹由來知野人。

荊州鄭薛寄詩近，蜀客郪岑非我鄰。

笑接郎中評事飲，病從深酌道吾真。

【集注】

　　"炙背"二句：嵇康《書》："野人有快炙背，而美芹子者，欲獻之至尊，雖區區之意，亦已疏矣。"　　趙云：《列子》：宋國有田夫，自曝于日，不知天下有綿纊狐貉，謂其妻曰："負日之暄，人莫自知者，以獻吾君，將有重賞。"里之富室告之曰："昔人有美戎菽、甘枲莖芹萍子者，對鄉豪稱之。鄉豪取而嘗之，蜇于口，慘于腹。衆哂而怨之，其人大慙。"

　　"荊州"二句：（陳案：詩，《全唐詩》作"書"。一作"詩"。）　　四人者，皆公之故舊。　　趙云：四人者，鄭監審、岑參。公《夔州詠懷》詩題云："奉寄鄭監審詩。"注云："鄭在江陵。"所以寄詩近。岑參作嘉州刺史，所以謂之蜀客。其二人不敢妄考。

"笑接"二句：趙云："評事"，則崔評事也。"郎中"，未有所考。"道吾真"，則以吾爲真率也。

上白帝城二首

右一

江城含變態，一上一回新。
天欲今朝雨，山歸萬古春。
英雄餘事業，衰邁久風塵。
取醉他鄉客，相逢故國人。
兵戈猶擁蜀，賦歛強輸秦。
不是煩形勝，深慙畏損神。

【集注】

"江城"二句：朝暮雲煙，變化態度多端也。《楚辭·思美人篇》曰："觀南人之變態。"

"山歸"句：趙云：公（思）[詩]"歸"字有二義：一則"歸至"之"歸"，如"春從沙際歸"，是也。一則"歸往"之"歸"，如"春歸何（去）[處]尋"，是也。

"英雄"句：白帝城，公孫述所筑，後爲劉備屯戍之地，改名曰永安。趙云："（言）[英]雄"，指言白帝也。公孫述自號"白帝"，筑爲此城。

"衰邁"句：公自言也。

"兵戈"二句：（陳案：强，《全唐詩》同。一作"尚"。） 上句謂段子璋之徒未靖也。 趙云：言崔旰之亂也。永泰元年閏十月，劍南兵馬使崔旰反，殺其將郭英乂。明年，張獻誠及崔旰戰於梓州，敗績。斯爲"兵戈""擁蜀"也。下句謂國用不足，多"賦歛"耳。

"不是"二句：趙云：張孟陽《劍閣銘》云："地之形勝，匪親勿居。"意則以不是憚煩此地之"形勝"而難上，以"兵戈"猶在畏懼，而"損"吾之"神"爾。

右二

　　白帝空祠廟,孤雲自往來。
　　江山城宛轉,棟宇客徘徊。
　　勇略今何在,當年亦壯哉。
　　後人將酒肉,虛殿日塵埃。
　　谷鳥鳴還過,林花落又開。
　　多慙病無力,騎馬入青苔。

【集注】

　　"白帝"二句:舊注:公孫述廟在白帝城。
　　"江山"二句:趙云:此篇甚明。言"江山"之間,其城"宛轉","棟宇"之下,"客"于此"徘徊"也。句法可謂新奇矣。
　　"勇略"二句:言述始爲王莽導江卒正。更始時起兵討宗成、王岑之亂,破之,遂有蜀土,僭立爲帝,爲光武所誅。　趙云:"勇略今何在",即前篇"英雄餘事業"也。
　　"後人"二句:凡舟人往來皆祀之爾。《孟子》:"必有酒肉。"

愁

　　江草日日喚愁生,巫峽泠泠非世情。
　　盤渦鷺浴底心性,獨樹花發自分明。
　　十年戎馬暗萬國,異域賓客老孤城。
　　渭水秦山得見否?人今罷病虎縱橫。

【集注】

　　《愁》:强戲爲吳體。
　　"巫峽"句:一作"春峽"。　趙云:言水自"泠泠"之聲也。一作"春峽",非。蓋豈可言夏峽、秋峽乎?

"盤鍋"句:(陳案:鍋,《補注杜詩》《全唐詩》作"渦"。) 郭璞《江賦》云:"盤渦谷轉。"

"獨樹"句:(周)王褒《送葬》詩云:"平原看獨樹。"

"十年"句:自安史亂後,天下不安者十餘年。

"異域"句:公本北人而寓南國,故云"異域。"

"渭水"二句:"渭水秦山",皆關中風物也。時方罷弊,賊寇充斥,而公不能往,故云"得見否"。 趙云:"渭水秦山",則言長安也。"虎縱橫",言盜賊也。王粲詩云:"盜賊如豺虎。"雖吐蕃亦盜賊爾。"罷",音"疲"。

江雨有懷鄭典設

春雨闇闇塞峽中,早晚來自楚王宮。
亂波紛披已打岸,弱雲狼籍不禁風。
寵光蕙葉與多碧,點注桃花舒小紅。
谷口子真正憶汝,岸高瀼滑限西東。

【集注】

"春雨"二句:謂"旦爲朝雲,暮爲行雨"也。 趙云:"楚王宮",指言高唐也。《高唐賦》云:"楚襄王與宋玉遊于雲夢之臺,望高唐之觀。"今言塞滿"峽中"之雨,旦暮皆是楚王高唐宮來。或以"塞"爲"關塞"之"塞",謂白帝城連峽爲塞峽,義不通。

"亂波"二句:趙云:于"波"言"紛披",于"雲"言"狼籍",此公之新奇者。"打岸"字,應是方言。如風吹船,謂之打頭風。劉禹錫《金陵懷古》詩:"潮打空城寂寞回。"淳于髡云:"杯盤狼籍。"

"寵光"二句:趙云:《蓼蕭篇》:"既見君子,爲龍爲光。"注云:"龍,寵也。"箋云:"爲寵光,言天子恩澤光耀,被及己也。"(魏)鍾會《孔雀賦》:"五色點注,華羽參差。"天雨之施"蕙葉",有"寵光"之義。其于"桃花"才小開苞,有"點注"之狀,使字不亦新乎?

"谷口"二句:滑:一作"闊"。 揚子雲曰:"谷口鄭子真不屈其志,爲耕巖石之下。"(陳案:爲耕,《漢書》作"耕於"。)以比"鄭典設"也。夔有灢水,出山谷間,土人名之曰"灢"。又分左右,曰瀼東、瀼西。公有《阻雨不得歸瀼西》《甘林》,(宮)[公]在瀼西,鄭必在瀼東矣。

雨不絶

鳴雨既過漸細微,映空搖颺如絲飛。
階前短草泥不亂,院裏長條風乍稀。
舞石旋應將乳子,行雲莫自濕仙衣。
眼邊江舸忽忽促,未得安流逆浪歸。

【集注】

"鳴雨"二句:《古詩》:"密雨如散絲。"(陳案:古,《文選》作"雜"。)

"階前"二句:趙云:蓋以"長條"之垂,本自稠密,因風"颺"之,乍成稀疏。

"舞石"句:《湘川記》:"零陵有石燕,雨過則飛,如生燕。"(陳案:川,《藝文類聚》作"中",《天中記》作"州"。《瀛奎律髓》作"川"。)

"行雲"句:謂高唐神女也,注見前詩。　趙云:此公于夔峽間所賦"雨"詩,而夔峽去湘潭爲近,又高唐正在其處,方使石燕、神女事。此之謂當體。"莫"字,非"莫勿"之"莫"。蓋言"莫"是"自濕仙衣"乎?乃問之之辭也。

"眼邊"二句:(陳案:忽忽,《補注杜詩》《全唐詩》作"何忽"。)

得:一作"待"。

崔評事弟許相迎不到,應慮老夫見泥雨怯出,必愆佳期,走筆戲簡

江閣要賓許馬迎,午時起坐自天明。
浮雲不負青春色,細雨何孤白帝城。

身過花間霑濕好,醉于馬上往來輕。
虛疑皓首衝泥怯,實少銀鞍傍險行。

【集注】

"崔評"句:趙云:《楚辭》曰:"與佳期兮夕張。"謝玄暉詩:"佳期悵何許。"

"細雨"句:李陵《書》:"陵雖孤恩,漢亦負德。"今多用"辜負"字,俗子相承爾。

晝 夢

二月饒睡昏昏然,不獨夜短晝分眠。
桃花氣暖眼自醉,春渚日落夢相牽。
故鄉門巷荊棘底,中原君臣豺虎間。
安得務農息戰鬥,普天無吏橫索錢。

【集注】

"二月"二句:趙云:中春氣候昏,令人多睡,不獨夜短,晝亦分其半,以眠爾。司馬遷《悲士不遇賦》:"昏昏罔覺內生毒。"庾信:"蕭索無真氣,昏昏有欲心。"(陳案:蕭、欲,《庾子山集》作"索""俗"。)《後漢》:邊韶爲弟子所嘲曰:"懶讀書,晝日眠。"

"桃花"二句:趙云:"桃花"在暖日中,薰灼人目,已有醉悶。(陳案:有,《杜詩引得》作"是"。)"春渚日落",而"夢"已"相"牽挽,不自由矣。

"故鄉"二句:(陳案:間,《補注杜詩》《全唐詩》作"邊"。) 上句言盜賊之多,閭里殘弊也。 趙云:不歸之(棘)[久],而生"荊棘"矣。如"姑蘇臺上荊棘滿""銅駝〔在荊棘中〕"是也。"豺(虛)[虎]",以言盜賊。雖吐蕃亦盜賊爾。

"安得"二句:時多暴賦橫斂也。 趙云:"吏"乘軍須之勢,至於暴橫求索,此爲可傷也。《晝夢》詩而後段及此,公之用心可見矣。

熟食日示宗文宗武

消渴遊江漢,羈栖尚甲兵。
幾年逢熟食,萬里逼清明。
松柏邙山路,風花白帝城。
汝曹催我老,迴首淚縱橫。

【集注】

"消渴"二句:趙云:公自志其病也。"遊江漢",則江水、漢水近荆南而合矣。《詩》云:"滔滔江漢,南國之紀。""甲兵",又言吐蕃未息也。夔實楚地,近接荆南,故云"遊江漢"。

"幾年"二句:秦人呼寒食謂"熟食"日,言其不動煙火,〔預〕辦食物過節也,亦云"禁煙節"。

"松柏"二句:《杜補遺》:《十道志》曰:"邙山在洛陽縣北十里。"楊佺期《洛城記》曰:"邙山,古今東洛九原之地也。"俗以寒食省墳,子美先塋在邙,而其身留寓白帝,于寒食不能展省也,故有此句。

又示兩兒

令節成吾老,他時見汝心。
浮生看物變,爲恨與年深。
長葛書難得,江州涕不禁。
團圓思弟妹,行坐白頭吟。

【集注】

"令節"二句:趙云:"令節",指言寒食。"成吾老",明老者之情不堪也。言汝輩今日年少,未知老者之情。他日後長大,見汝之心,如我今日也。

"長葛"二句:趙云:"長葛""江州",意是其弟妹所在,特未可妄考也。

"團圓"句:(陳案:妹,《四庫全書》本作"姝"。形訛。《補注杜詩》《全唐詩》作"妹"。)

"行坐"句:"白頭吟",蓋老而爲詩耳。其本出于司馬相如,將聘茂陵女爲妾,文君作《白頭吟》以諷之。沈約《宋書》載:古辭《白頭吟》曰:"淒淒重淒淒,嫁娶不須啼。愿得一心人,白頭不相離。"其後鮑照輩作《白頭吟》,則譏交道不終矣。

卷二十八

(宋)郭知達　編

近體詩

陪諸公上白帝城頭,宴越公堂之作

此堂存古製,城上俯江郊。
落構垂雲雨,荒郊蔓草茅。
柱穿蜂溜蜜,棧缺燕添巢。
坐接春杯氣,心傷艷蘂梢。
英靈如過隙,宴衎願投膠。
莫問東流水,生涯未即抛。

【集注】

"陪諸"句:"越公",楊素也。有堂在城上,畫像尚存。

"落構"二句:(陳案:郊,《補注杜詩》作"堦"。《全唐詩》作"階"。)

趙云:雲頹而下,雨落于空,皆有"垂"之義。黃魯直詩云:"太史鑠窓雲南垂。"蓋出於此。

"柱穿"二句:趙云:"柱穿"字,《宋·劉秀之傳》:"丹陽聽事上,柱有一穿。"

"英靈"二句:(陳案:衎,《四庫全書》本作"術"。形誤。《補注杜詩》《全唐詩》作"衎"。《玉篇》:"衎,樂也。") 《古詩》:"以膠投漆中。" 趙云:"英靈",指言公孫述。楊素如"過隙",則歎其已逝。《莊子》云:"人生如白駒之過隙。"言一時"英靈","如過隙"之駒而逝亡,則今日"宴衍",當願如"投膠"于漆,結綢繆之好也。

"莫問"二句:趙云:言不須問"東流水",而使欲順流南下,(陳案:使,《杜詩引得》作"便"。)我此地生涯,亦"未即"拋棄而去也。

傷春五首

右一

天下兵雖滿,春光日自濃。
西京疲百戰,北闕任群凶。
關塞三千里,煙花一萬重。
蒙塵清路急,御宿且誰供。
殷復前王道,周遷舊國容。
蓬萊足雲氣,應合總從龍。

【集注】

"傷春"句:時避寇在蜀作。

"天下"二句:春光:一作"青春"。　趙云:上句謂廣德元年,吐蕃陷京師,車駕幸陝。

"西京"二句:趙云:吐蕃留京師,聞郭子儀軍至,驚潰。子儀遂復長安。下句謂程元振、魚朝恩之徒。按:史載柳伉《疏》:"吐蕃犯順,罪由元振,請斬之,以謝天下。"以元振等弄權,故呼爲"群凶"。

"關塞"二句:趙云:公在蜀,望乘輿所在,隔"三千里""關塞"之遠。以春時,故言"煙花""萬重"也。

"蒙塵"句:《左傳》:"蒙塵于外。"

"御宿"句:且:一作"有"。　趙云:"御宿",乃帝御所宿也。漢以爲地名,見揚雄《校獵賦》。

"殷復"句:商之中宗、高宗,能恢復前王之道。

"周遷"句:趙云:成王營洛,平王東遷,此所以爲"周遷舊國容"也。

"蓬萊"二句:《易》:"雲從龍。""雲"以比群臣,"龍"以比天子。言群臣合從駕出,幸也。　　趙云:"蓬萊"殿也。公正憂群臣有徇身而辭亂者,(陳案:亂,《杜詩引得》作"難"。)故言"合""從龍"也。

右二

鶯入新年語,花開滿故枝。

天清風卷幔,草碧水通池。

牢落官軍速,蕭條萬事危。

鬢毛元自白,淚點向來垂。

不是無兄弟,其如有別離。

巴山春色靜,北望轉逶迤。

【集注】

"天清"句:清:一作"青"。

"牢落"二句:言國家遭難,事勢蕭條危殆,故公每憂之。

"鬢毛"二句:"元(字)[自]"與"向來",皆言前時,搃如此,非止今日也。

"不是"二句:言雖有兄弟,而爲喪亂阻隔,不得相保耳。《詩》:"雖有兄弟。"《語》:"君子何患乎無兄弟也。"

"巴山"二句:"巴山",言蜀之山。長安在蜀之北,故"北望""逶迤"也。

右三

日月還相鬭,星辰屢合圍。

不成誅執法,焉得變危機。

大角纏兵氣,鉤陳出帝畿。

煙塵昏御道,耆舊把天衣。

行在諸軍闕,來朝大將稀。

賢多隱屠釣,王肯載同歸?

【集注】

"日月"二句:〔屢合〕:一云"亦屢"。　韋昭曰:"星相擊爲鬭。"
趙云:《晉·天文志》云:"元帝太興四年二月癸亥日鬭。漢高祖七年月暈,圍參、畢七重。"此則日、月、星辰有争鬭淩犯之義也。如此皆主兵革。

"不成"二句:趙云:"執法",雖出於《晉·天文志》:"南宫,南四星,名執法。"應在下如御史之官,而非今句之謂。李善於《辨命論》"宋公一言,法星三徙"之下,注引《廣雅》曰:"熒惑謂之罰星,或謂之執法。"今此指熒惑而言也。蓋公之意,以訊程元振之徒,熒惑人主。時柳伉上書:"吐蕃犯順,罪由程元振用事,請斬之,以謝天下。"庾信《賦》:"頻來險轍,亟極危機。"(陳案:來、極,《杜詩引得》作"乘""拯"。)

"大角"二句:《天文志》:"大角者,天(上)〔王〕之帝〈座〉庭,其兩旁曰攝提。"蓋京師兵又滿,故曰"纏兵氣"。《魏都賦》云:"兵纏紫微。"　趙云:"鉤陳",亦星名。《西都賦》云:"周以鉤陳之位,衛以嚴更之署。"注:"鉤陳,王者法之,主行宫也。"今隨車駕出狩,故曰"出帝畿"。

"煙塵"句:黃道也。

"耆舊"句:一本作:"固無牽白馬,幾至著青衣。"　趙云:天子從"御道"經行而出,爲"煙塵"所"昏"。下句,言父老不欲車駕之出,皆牽挽帝衣也。"煙塵"字,孫子荆《書》:"煙塵俱起,震天駭地。"《三國志》注多引《襄陽耆舊傳》。"天衣"字,借小説《郭翰傳》云:"天衣本非針線爲耳。"(陳案:耳,《太平廣記》作"也"。)

"行在"句:言軍士稀少。

"來朝"句:言藩鎮不朝,吐蕃陷京師,天子幸陝。諸鎮畏程元振、魚朝恩讒構,莫肯奔命,朝廷所恃者,郭子儀一人而已。

"賢多"二句:言"賢"避地,隱於"屠釣"。"王"能爲文王"載"吕望事乎?任彥昇《爲蕭揚州薦士表》:"隱鱗卜祝,藏器屠保。"　趙云:公亦微自見意矣。吕望釣于渭川,文王載之以歸,而舉伐紂之兵。若"屠"事,則如朱亥殺晋鄙,而奪兵符者。大意言"屠釣"中有人,亦不必泥事實也。

右四

再有朝廷亂,難知消息真。
近聞王在洛,復道使歸秦。
奪馬悲公主,登車泣貴嬪。
蕭關迷北上,滄海欲東巡。
敢料安危體,猶多老大臣。
豈無嵇紹血,霑洒屬車塵。

【集注】

"近聞"二句:聞:一作"傳"。歸:一作"通"。　謂傳者不一也。
趙云:詳此篇,尤見車駕出幸東都,"傳"之未審也。
"蕭關"句:漢武〔帝〕北出蕭關。
"滄海"句:秦始皇帝"東巡"海上,銘石勒功。
"敢料"二句:趙云:上兩句亦所傳(臣)〔聞〕,以爲車駕或議"北上""蕭關",或"欲東巡""滄海",兩皆迷惑而不定也。如此則"敢料安危體"乎?朝廷尚有老臣,可與議也。
"豈無"二句:豈:一作"得"。　《晉書·忠義傳》:嵇紹以天子蒙塵,承詔馳詣行在所。值王師敗績于蕩陰,百官及侍衛莫不散潰,唯紹儼然端冕,以身捍衛。兵交御輦,飛箭雨集。紹遂被害於帝側,血洒御服,天子深哀歎之。及事定,左右欲浣衣,帝曰:"此嵇侍中血,不可去也。"司馬相如《諫獵書》云:"犯屬車之清塵。"

右五

聞說初東幸,孤兒却走多。
難分太倉粟,競棄魯陽戈。
胡虜登前殿,王公出御河。
得無中夜舞,宜憶大風歌。
春色生烽燧,幽人泣薜蘿。
君臣重修德,猶足見時和。

【集注】

"聞說"二句：《宣帝紀》注："取從軍死事者之子養羽林，官教以五兵，號曰羽林孤兒。少壯者令從軍。" 趙云：此篇聞官軍逃亡之詩。"却走"，則退却而走也。

"難分"句：《漢》："太倉之粟，紅腐而不可食。"

"競棄"句：魯陽公與韓戰酣，日暮，援戈（而）麾之，日爲之反三舍。 趙云：言其既"走"，則雖有"太倉"之"粟"，難與之也。"戈"以麾戰，而反"棄"之，爲可痛矣。

"胡虜"句：吐蕃陷京師也

"王公"句："出"，奔也。

"得無"二句：得無：一作"忍爲"。 （陳案：宜，《全唐詩》作"誰"。一作"宜"。） 趙云：《晉》：祖逖與司空劉琨，雄豪著名，同辟司州主簿，情好綢繆。共被而寢，中夜聞雞鳴起舞，曰："此非惡聲。"每語世事，或中宵起坐。相謂曰："若四海鼎沸，豪傑并起，吾與足下，相避中原耳。"《漢》：高祖《大風歌》云："大風起兮雲飛揚，安得猛士兮守四方。"言誰復憶省《大風歌》中有思猛士之語乎？

"春色"句：見《悲青坂》詩注。

"幽人"句：言賢者泣于草野爾。 趙云："幽人"，公自謂也。方春之時，而唯有"烽燧"，此"薜蘿"之中，"幽人"無如之何，所以但"泣"而已。

"君臣"二句：巴閬僻遠，傷春罷，始知春前已收宮闕。 趙云：末句尤見公之經濟矣。

暮春題瀼西新賃草屋五首

右一

久嗟三峽客，再與暮春期。
百舌欲無語，繁花能幾時。
谷虛雲氣薄，波亂日華遲。

戰伐何由定,哀傷不在兹。

【集注】

"久嗟"二句:趙云:樂史《寰宇記》:"渝州有三峽之名,曰:西峽、巴峽、巫峽。明月峽在夔州之西,即西峽矣。"公客于夔,故云。

"百舌"二句:趙云:反舌無聲,在芒種後十日。今謂之"欲無語",則暮春之時也。

"戰伐"二句:趙云:"戰伐"未"定",乃公之深所"哀傷"者。其爲時,當暮春而在僻遠之草屋乎?"兹"者,指言草屋。《語》:"文不在兹乎?"

右二

此邦千樹橘,不見比封君。
養拙干戈際,全生麋鹿群。
畏人江北草,旅食瀼西雲。
萬里巴渝曲,三年實飽聞。

【集注】

"此邦"二句:(陳案:此邦,《杜詩詳注》同。一作"北郊"。) 趙云:"千株"之"橘","不見"從來道,可以"比封君"乎?《前漢·食貨志》云:"蜀漢江陵千樹橘,其人皆與千户侯等。"言夔之多"橘"也。李衡種柑橘千樹,號千頭木奴。

"畏人"二句:言其客路萍跡,無定計也。 趙云:《古詩》:"〔客子〕常畏人。"魏文帝云:"旅食南館。""畏人"在於"江北"之草間,"旅食"在於"瀼西"之雲裏,此公之自歉也。

"萬里"二句:《前漢·禮樂志》:"巴渝鼓員三十六人。"注云:"巴渝之樂,因此始也。" 趙云:"巴",即今之巴州。"渝",即今之恭州。《漢》:"高祖得巴渝之人,與之定三秦。其後有巴渝之樂。"公自永泰元年八月至雲安縣,今大曆二年,爲三年也。

右三

採雲陰復白,錦樹曉來青。

身世雙蓬鬢,乾坤一草亭。

哀歌時自短,醉舞爲誰醒。

細雨荷鋤立,江猿吟翠屏。

【集注】

"採雲"二句:趙云:"錦樹曉來青。"言前日因花發如"錦",今此春暮,密葉已穊,故"青"也。

"身世"二句:趙云:上句言身已老,雙鬢如"蓬"矣。下句言天地之間,有此瀼西一"草亭"也。非以爲喻。

"哀歌"二句:趙云:言"歌"不終其曼聲,而忽然短住。緣古詩有《長歌行》《短歌行》,故也。

"細雨"句:陶潛詩曰:"晨興理荒穢,帶月荷鋤歸。"

"江猿"句:《〔游〕天台山賦》:"橫臂立之翠屏。"(陳案:橫,《文選》作"搏"。)《長門賦》:"玄猿嘯而長吟。"

右四

壯年學書劍,他日委泥沙。

事主非無禄,浮生即有涯。

高齋依藥餌,絶域改春華。

喪亂丹心破,王臣未一家。

【集注】

"壯年"句:項籍少時學書不成,去學劍。

"他日"句:公自嘆其流落。言不用于時爾。

"浮生"句:《莊子》:"吾生也有涯。"

"絶域"句:謝玄暉有《高齋》詩。李陵:"奉使絶域。""春華",春之光華也。

"喪亂"句:"丹心",赤心也。

"王臣"句：《詩》："率土之濱，莫非王臣。""未一家"，言未混一也。《禮記》："聖人以天下爲一家也"。

右五

> 欲陳濟世策，已老尚書郎。
> 不息豺虎鬬，空慚鴛鷺行。
> 時危人事急，風逆羽毛傷。
> 落日悲江漢，中宵淚滿牀。

【集注】

"欲陳"二句：趙云：《晉·石苞傳》：宣帝曰："貞廉之士，未必能經濟世務。"公官是尚書工部員外郎，故云："已老尚書郎。"《木蘭歌》云："木蘭不用尚書郎。"

"不息"二句：（陳案：不，《杜詩詳註》同。一作"未"。）趙云："豺虎"，以言盜賊。王粲詩云："盜賊如豺虎。"公曾任左拾遺，籍占朝列，故云"鴛鷺行"。《古詩》云："廁跡鴛鷺行。"

"時危"二句：趙云："時危人事急"，又暗結"不息豺虎鬬"之句。"風逆羽毛傷"，又暗結"鴛鷺行"之句。上句言理，下句比興也。

"落日"二句：趙云：或曰：《禹貢》："荊及衡陽爲荊州，江漢朝宗於海。"（陳案：爲，《尚書·禹貢》作"惟"。）孔氏云："二水經此州而入海。"公詩於夔州，每言"江漢"，則亦以其切近荊楚矣。

承聞河北諸道節度入朝歡喜口號絕句十二首

右一

> 祿山作逆降天誅，更有思明亦已無。
> 洶洶人寰猶不定，時時戰鬬欲何須。

【集注】

"承聞"句：趙云：自程元振用事，來瑱、李懷讓以上將誅斥，裴冕、李光弼以元勳被譖，方帥由是携解。吐蕃入寇，詔集天下兵，無一士奔命者。今聞諸道節度入朝，歡喜可知也。

"禄山"四句：趙云："禄山""思明"，蓋追言之也。安禄山父子僭位凡三年，而滅在乾元二年也。史思明父子僭位四年，而滅在廣德元年也。是歲七月，吐蕃入寇，故有下句。

右二

社稷蒼生計必安，蠻夷雜種錯相干。
周宣漢武今王是，孝子忠臣後代看。

【集注】

"蠻夷"句：《漢書》："羌胡雜種。"種類不一也。

"周宣"句：言除去暴亂如"孝武"，恢復帝業如"周宣"也。

"孝子"句：趙云：此篇望諸節度之忠孝也。"錯相干"字，衛玠云："非意相干，可以理遣。"

右三

喧喧道路多謌謠，河北將軍盡入朝。
始是乾坤王室正，却交江漢客魂銷。

【集注】

"喧喧"四句：〔多謌〕：一作"好童"。　趙云：公因"喜"諸"節度入朝"，而傷其流落，未有還闕朝王之期。"魂銷"，則所以重歎也。舊注云："望朝廷徵用。"豈公本意哉？

"始是"二句：(陳案：始，《全唐詩》同。一作"自"。交，《全唐詩》同。一作"教"。)

右四

不道諸公無表來，茫然庶事遣人猜。

擁兵相學干戈鋭,使者徒勞百萬迴。

【集注】

"不道"四句:不:一作"北"。　　吐蕃之亂,諸道節度無一救援者,朝廷遣使敦諭,竟不至。　　趙云:諸節度雖亦通"表"于朝,然不肯入覲,此爲可"猜"也。公爲詩,探其心意,且爲寬法以待之,《春秋》之義也。

右五

鳴玉鏘金盡正臣,修文偃武不無人。

興王會静妖氛氣,聖壽宜過一萬春。

【集注】

"鳴玉"句:《西征賦》:"飛翠緌,拖鳴玉。"以出入禁門者衆矣。

"修文"句:《書》:"乃偃武修文。"

"興王"二句:趙云:"鳴玉鏘金",言諸節度使貴。(陳案:使,《補注杜詩》作"之"。)稱爲"正臣",則公待之以忠義,"喜"其入朝也。劉向云:"正臣進者,治之表。"《國語》:"興王賞諫臣。"(陳)徐陵《移齊文》有"剪妖氛,空巢穴"之語。(陳案:空、穴,《藝文類聚》作"窮""窟"。)

右六

英雄見事若通神,聖哲爲心小一身。

燕趙休矜出佳麗,宮闈不擬選才人。

【集注】

"英雄"二句:言不役天下,以奉一人也。

"燕趙"句:《古詩》:"燕趙多佳人,美者顔如玉。"

"宮闈"句:趙云:"喜"河北諸節度入朝,却防其媚悦,而獻其"佳麗",故預爲戒。"才人",宮中之爵號。唐制:才人,正二〔千石〕。

右七

抱病江天白首郎,空山樓閣暮春光。

衣冠是日朝天子，草奏何人入帝鄉。

【集注】

"抱病"句：馮唐，白首尚爲郎。　　趙云：公晚年爲尚書員外郎，所謂"白首郎"也。

"空山"句：趙云："空山樓閣"，指白帝城，城上有白帝樓也。

"草奏"句：趙云："草奏"之語，公有所激爾。　　（陳案：人，《全唐詩》作"時"。一作"人"。）

右八

澶漫山東一百州，削成如按抱青丘。
苞茅重入歸關內，王祭還供盡海頭。

【集注】

"澶漫"句：趙云："山東"，今日之河北也，唐謂之山東。古云山東出相，山西出將，則以太行山爲言耳。

"削成"句："削"，平也。顏延年《充使》詩："入河起陽峽，踐華因削成。"又，《西山經》曰："太華之山，削成而四方。"相如《子虛賦》："秋田乎青丘。"

"苞茅"二句：趙云：《左傳》：齊威公問罪楚國，曰："汝貢苞茅不入，王祭不供，無以縮酒。"（陳案：威、汝，《左傳》作"桓""爾"。）言諸道皆入貢也。

右九

東逾遼水北滹沱，星象風雨喜共和。
紫氣關臨天地闊，黃金臺貯俊賢多。

【集注】

"東逾"句：趙云："遼水"，在今營平長城之外。在漢曰玄菟郡。按：《後漢·郡國志》："玄菟郡：高句驪，遼山，遼水所出。"注引《山海經》曰："遼水出白平山。"以地圖觀之，是爲中國之極東。"逾遼水"，則又自營平而往矣。《後漢·光武紀》："至滹沱河無船，遇冰合，得過。"注:"《山海經》云:'大戲之山,滹沱之水出焉。'"今在代州繁畤縣,是爲河北之北。今云"北滹沱",則極燕、趙之地,廣而言之也。舊本作"呼沱"。師民瞻本作"滹沱",是。

"星象"句:(陳案:雨,《補注杜詩》《全唐詩》作"雲"。)

"紫氣"句:趙云:指言函谷關也。周時尹喜爲關吏,望其上有"紫氣",云當有聖人入,隨而老子來。今公借言"紫氣"臨關,而"天地"闊遠,以見天地混一也。

"黃金"句:燕昭王置千金於"臺"上,以延天下之士,故稱爲"黃金臺"。　趙云:"臺"在燕地,昭王所築,以禮郭隗,而繼得樂毅也。幽、燕既平,盡屬王化,其"黃金臺"上,"賢""俊"復集也。

右十

漁陽突騎邯鄲兒,酒酣并轡金鞭垂。

意氣即歸雙闕舞,雄豪復遣五陵知。

【集注】

"漁陽"句:見十一卷《漁陽》詩注。"漁陽突騎","邯鄲"遊俠,其豪俊勇決,古有名稱。　趙云:"漁陽",燕州也。"漁陽突騎"四字,則漢光武克邯鄲,置酒高會,從容謂馬武曰:"吾得漁陽、上谷突騎,欲令將軍將之。"蔡邕曰:"冀州強弩,幽州突騎,天下之精也。""邯鄲",趙州也。"邯鄲兒",見如"幽并兒"之類爾。

"酒酣"句:高祖過沛,留置酒,"酒酣"。

"意氣"句:"雙闕",即帝闕也。

"雄豪"句:"五陵",漢之"五陵",亦豪俠所聚之地。　趙云:《西都賦》:"南望杜霸,北眺五陵。"注:《漢》:所葬之七陵。據《賦》分作兩句,言"陵"之在北者曰"五陵",謂燕、趙"雄豪"所以歸向"帝闕"之意,皆爲王臣也。

右十一

李相將軍擁薊門,白頭惟有赤心存。

竟能盡說諸侯入,知有從來天子尊。

【集注】
　　"李相"句：趙云："李相"，則節度使之稱相公者。"將軍"，則節度使之稱"將軍"者。"擁薊門"，乃河北諸道節度矣。
　　"白頭"句：舊本作"白頭雖老赤心在"。師民瞻本作"白頭惟有赤心存"。〔是〕。公自謂也。
　　"竟能"二句：趙云：畢竟能"盡"喜悅"諸侯"之"入"朝者，蓋"天子""從來"有至尊之勢也。

　　右十二
　　　　十二年來多戰場，天威已息陣堂堂。
　　　　神靈漢代中興主，功業汾陽異姓王。

【集注】
　　"十二"句：趙云：天寶十四載，安禄山反，接之以史思明，又接之以吐蕃，至今歲大曆二年春，凡"十二年"矣。至今春兵息。
　　"天威"句：《左傳》："天威不違顏咫尺。"《孫子》云："堂堂之陣。"

得舍弟觀書，自中都已達江陵。
今茲暮春月末，行李合到夔州。
悲喜相兼，團圓可待，賦詩即事，情見乎辭

　　　　爾到江陵府，何時到峽州？
　　　　亂離生有別，聚集病應瘳。
　　　　颯颯開帝眼，朝朝上水樓。
　　　　老身雖付託，白骨更何憂。

【集注】
　　"亂離"句：趙云："生有別"，則《楚辭》云："悲莫悲于生別離。"（陳案：于，《楚辭章句》作"兮"。）《書》："若藥不瞑眩，厥疾弗瘳。"（陳案：不，《尚書》作"弗"。）

"颯颯"句:(陳案:帝,《補注杜詩》《全唐詩》作"啼"。)
"老身"句:(陳案:雖,《補注杜詩》《全唐詩》作"須"。)

喜觀即到,復題短篇二首

右一

巫峽千山暗,終南萬里春。
病中吾見弟,書到汝爲人。
意答兒童問,來經戰伐新。
泊船悲喜後,欵欵話歸秦。

【集注】

"終南"句:"終南",山名,在長安,言去家萬里也。
"病中"二句:始爲亂離所隔,莫知其生死。及書〔到〕,方知弟生存也。
"意答"二句:或云:"戰伐塵。"謂其自"戰伐"風塵中來。"兒童"之必喜而勞問也。
"欵欵"句:話:一作"議"。

右二

待爾嗔烏鵲,拋書示鶺鴒。
枝間喜不去,原上急曾經。
江閣嫌津柳,風帆數驛亭。
應論十年事,撚絕始星星。

【集注】

"待爾"二句:趙云:《西京雜記》曰:"乾鵲噪而行人至。"言待其弟來,怒"烏鵲"之不實也。《詩》云:"鶺鴒在原,兄弟急難。"
"枝間"二句:趙云:上句以成"嗔烏鵲"之句。"嗔"之者何?以其

"喜不去",恐徒成妄也。下句以成"拋書"示弟之句。"示"之者何？以其急難之"曾經"也。

"江閣"句："嫌"其隔望眼也。

"風帆"句："數"其期程也。

"應論"二句：趙云：舊本"然絕",一作"撚絕",當以"撚絕"爲正。"星星",言鬚之白。《南史》:《韻語》詩云："鈆膏染鬢,欲以媚側室。青青不改久,星星行復出。"(陳案：鈆膏、鬚鬢,改,《南史》作"陸展""白髮""解"。)

喜聞賊盜蕃寇總退口號五首

右一

蕭關隴水入官軍,青海黄河卷塞雲。
北極轉愁龍虎氣,西戎休縱犬羊群。

【集注】

"蕭關"句：趙云："蕭關",在靈州之傍。"隴水",則隴州之水。"入官軍",則吐蕃退而"官軍"盡入其居矣。

"青海"句："青海",在西,吐蕃之地。"黄河",則自積石而往。"卷塞雲",則無復戰陣,而邊塞之"雲"卷散矣。餘見"君不見青海頭"注。

"北極"二句：上句,《漢·高祖紀》：范增說項羽曰："吾使人望漢王氣,其上皆爲龍虎,〔成〕五色。" 趙云："北極"者,指帝座而言也。

右二

贊普多教使入秦,數通合好止煙塵。
朝廷忽用哥舒將,殺伐虛悲公主親。

【集注】

"贊普"句:"贊普",吐蕃主帥。

"數通"句:(陳案:合,《補注杜詩》《全唐詩》作"和"。) 按:《新史·傳》:至德三載,吐蕃使使來,請討賊,且修好,肅宗遣使報聘。

"朝廷"二句:趙云:此篇四句通一段事。開元二十八年,吐蕃金城公主薨,遣使來告,因請和,而明皇不許。後二年,帝以哥舒翰節度隴右。翰攻拔石堡,(吏)[更]號神武軍。又擒其相,又破洪濟。翰雖有功,而結吐蕃之怨深矣。其後祿山之亂,邊侯空虛,故吐蕃得乘隙暴掠。則公之意,不美"朝廷"之用翰,以招"殺伐"矣。是則國家"虛悲公主"之死而已。

右三

崆峒西極過崑崙,駝馬由來擁國門。
逆氣數年吹路斷,蕃人聞道漸星奔。

【集注】

"崆峒"句:趙云:"崆峒",在西郡之西,而"崑崙"又在"崆峒"西極之西。今公此句,詩人廣大其言,謂其從化之地遠也。

"逆氣"二句:趙云:劉越石《答盧諶》四言詩云:"裹糧携弱,匍匐星奔。"又,劉孝標《廣絕交論》云:"靡不望影〔星〕奔。"

右四

勃律天西采玉河,堅昆碧盌最來多。
舊隨漢使千堆寶,少答胡王萬匹羅。

【集注】

"勃律"二句:趙云:"勃律""堅昆",皆西羌國名。"勃律天"之"西",乃"采玉河"所在,應是于闐國也。"碧盌",出"堅昆"國。

《杜補遺》云:晉平居誨爲張鄴使于闐(國)[判]官,作《行程記》云:"玉河在于闐城,其源出崑山,西流千餘里,至于闐界,乃流爲三河:(陳案:流,《禹貢錐指》作'疏'。)白玉河、綠玉河、烏玉河。五、六月,大水暴漲,則玉隨流而至,秋水退,乃可采。"薛夢符引《唐書》:"于闐國,距京師九千七百里。有玉河,國人夜視月光盛處,必得美玉。堅昆國在唐爲黠戛斯,匈奴西鄙也。地當伊吾之西,焉耆北山之旁。"

"舊隨"二句:趙云:"舊"日以"千堆寶""隨漢使"入貢,而中國所答者,特"萬匹羅"爾。夫以蠻夷入貢之多,而中國賜遺之不費,自非服化從義而然乎?

　　右五
　　今春喜氣滿乾坤,南北東西拱至尊。
　　太歷二年調玉燭,玄元皇帝聖雲孫。

【集注】

"今春"四句:《爾雅》:"四氣和,謂之玉燭。"(陳案:氣,《爾雅注疏》作"時"。)《疏》云:"四時和氣,温潤明照,故曰玉燭。"李巡云:"人君德美如玉,而明若燭。是知人君德輝動于内,和氣應于外,統而言之,謂之玉燭。"《爾雅·釋親》:"孫之子爲曾孫,曾孫之子爲玄孫,玄孫之子爲來孫,來孫之子爲晜孫,晜孫之子爲仍孫,仍孫之子爲雲孫。"注:"言輕遠如浮雲,七世孫也。"唐以老子爲聖祖,封玄元皇帝,故曰"聖雲孫"。

即　事

　　暮春三月巫峽長,晶晶行雲浮日光。
　　雷聲忽送千峰雨,花氣渾如百和香。
　　黄鶯過水翻迴去,燕子銜泥濕不妨。
　　飛閣卷簾圖畫裏,虛無只少對瀟湘。

【集注】

"暮春"句:《語》云:"暮春者,春服既成。"盛弘之《荆州古歌》云:"巴東三峽巫峽長,猨鳴三聲淚沾裳。"

"晶晶"句：浮：一作"無"。　　陶淵明詩："晶晶川上平。"

"雷聲"二句：趙云：《莊子》："淵嘿而雷聲。"（陳案：嘿，《莊子注》作"默"。）梁孝元帝《經巴陵》詩："柳條常拂岸，花氣〔盡〕薰舟。"《神仙傳》曰："淮南王爲八公張錦繡之帳，燔百和之香。"又，《古詩》："博山爐中百和香，鬱金蘇合與都梁。"（陳案：與，《文苑英華》作"及"。）

"飛閣"二句：趙云：雖眼前之山水如"畫圖"，而"虛無"空闊，只欠"瀟湘"相對也。《上林賦》："乘虛無與神俱。"

見螢火

巫山秋夜螢火飛，簾疏巧入坐人衣。
忽驚屋裏琴書冷，復亂簷邊星宿稀。
却繞井欄添箇箇，偶經花蕊弄輝輝。
滄江白髮愁看汝，來歲如今歸未歸。

【集注】

"巫山"二句：趙云："簾"之疏闊，"螢火"入于坐客之"衣"也。公詩又有"時能點客衣"之句。

送十五弟侍御使蜀

喜弟文章進，添余別興牽。
數杯巫峽酒，百丈内江船。
未息豺狼鬭，空催犬馬年。
歸朝多便道，搏擊望秋天。

【集注】

"喜弟"二句：　趙云：《南史》：丘靈鞠在沈深坐，見王儉詩。深曰："王令文章大進。"曰："何如我未進時。"

"數杯"二句:水自渝上合者,謂之"內江"。自渝由戎、瀘上蜀者,謂之外江。　　趙云:上水乃使"百丈",然今云"內江船",豈非使東蜀乎?

"未息"句:言戰爭也。

"空催"句:以自稱其年,故從卑賤。《晉》:陶侃臨終"上表",曰:"臣猶謂犬馬之齒,尚可少延。"

"歸朝"二句:"便道",間道也。《前漢·趙充國傳》曰:"將軍引兵便道西并進,使虜聞東、北方兵并(進)〔來〕。"　　杜田云:《舊唐史》:"桓彦範爲中丞,舉楊嶠爲御史。嶠不樂搏擊之任,彦範曰:'爲官擇人,豈待情願?'遂引爲右臺御史。"是詩送"待御"弟"使蜀",故云。

暮　春

臥病擁塞在峽中,瀟湘洞庭虛映空。
楚天不斷四時雨,巫峽常吹千里風。
沙上草閣柳新闇,城邊野池蓮欲紅。
暮春鴛鷺立洲渚,挾子翻飛還一叢。

【集注】

"臥病"二句:趙云:言"瀟湘、洞庭"之景"虛映空",而我"病""臥""峽中",不得往觀也。梁簡文〔帝〕詩:"春色映空來。"

"楚天"句:《古詩》:"地近漏天經細雨。"(陳案:經細,《古代詩話》作"終歲"。)

"巫峽"句:巫峽多風。　　趙云:(陳)陰鏗《晚泊五洲》詩:"遥然一柱觀,欲輕千里風。"

"挾子"句:趙云:《韻書》曰:"叢,聚也。""一叢",則"鴛鷺"與"子"爲一聚爾。

晴二首

右一

久雨巫山暗,新晴錦繡紋。
碧知湖外草,紅見海東雲。
竟日鶯相和,摩霄鶴數群。
野花乾更落,風處急紛紛。

【集注】

"新晴"句:江山晴明,風物鮮麗,若"錦繡"也。

"碧知"句:趙云:洞庭湖之"外",遂連青草湖也。《選》云:"春草碧色,春水綠波。"

"紅見"句:趙云:言日出之處"紅""雲"也。兩句以言峽中之"晴",不亦開廣乎?

"竟日"二句:《淮南子》曰:"鳴鵠背負蒼天,膺摩赤霄。"(陳案:鳴、蒼,《淮南鴻烈解》作"鴻""青"。)此摘用之也

右二

啼烏爭引子,鳴鶴不歸林。
下食遭泥去,高飛恨久陰。
雨聲衝塞盡,日氣射江深。
回首周南客,驅馳魏闕心。

【集注】

"啼烏"二句:趙云:有《烏夜啼》曲。《易》曰:"鳴鶴在陰。"

"下食"二句:趙云:上句言"烏",下句言"鶴"。《漢·高祖紀》:"鴻鵠高飛,一舉千里。"

"日氣"句:(陳案:江,《四庫全書》本作"紅"。形誤。《補注杜詩》《全唐詩》作"江"。)

"回首"二句:趙云:太史公曰:"余留滯周南,不得從郊祀之事。"公自言"留滯",于太史公之在"周南"也。《莊子》:"身在江湖之上,心馳魏闕之下。"(陳案:馳,《莊子注》作"居"。)蓋天子之門,而"闕"謂之象魏。　薛云:《文選》:謝靈運詩:"仲連輕齊組,子牟眷魏闕。"

雨

始賀天休雨,還嗟地出雷。
驟看浮峽過,密作渡江來。
牛馬行無色,蛟龍鬭不開。
干戈盛陰氣,未必自陽臺。

【集注】

"還嗟"句:《易》曰:"雷出地奮,豫。"

"驟看"二句:浮:一作"巫"。　趙云:"浮峽"對"渡江"。作"巫峽"字,非。

"牛马"二句:《莊子》:"秋水時至,不辨牛馬。"

"干戈"二句:《月令》:"陰氣太盛,戎兵乃來。"蓋言因"陰氣""盛"而多雨,非自"陽臺"而來也。　趙云:惟是峽中詩,用"陽臺"爲當體。神女曰:"妾在巫山之陽,高丘之阻。旦爲行雲,暮爲行雨。朝朝暮暮,陽臺之下。"又《稽神異苑》載:《述征記》曰:"蕭捴遇洛神女,後逢雨,認得香氣,曰:'此雲雨從巫山來。'"

月三首

右一

斷續巫山雨,天河此夜新。
若無青嶂月,愁殺白頭人。

魍魎移深樹,蝦蟆動半輪。

故園當北斗,直指照西秦。

【集注】

"天河"句:"天河",銀漢也。《廣雅》云:"天河,謂之天漢。"

"愁殺"句:趙云:《古樂府》有"愁殺人"之句。

"魍魎"句:月明,則"魍魎"遁逃也。《左傳》:"入山不逢不若,魑魅魍魎。"

"蝦蟆"句:趙云:"蝦蟆"、白兔,皆月中之物。

"故園"二句:(陳案:北,《四庫全書》本作"圯"。形誤。《補注杜詩》《全唐诗》作"北"。指,《全唐诗》同。一作"想"。) "北斗",辰極也。 趙云:一說長安城有南斗、北斗之像;一云,長安上直北斗。《廣雅》云:"北斗樞爲雍州。"故公又有詩曰:"北斗故臨秦。"

右二

併照巫山出,新窺楚水清。

羈栖愁裏見,二十四迴明。

必驗升沉體,如知進退情。

不違銀漢落,亦伴玉繩橫。

【集注】

"併照"二:趙云:"併照"字,當作"併點"。舊本"照"字淺近,著一"點"字,可謂新奇也。

"羈栖"二句:趙云:此又公不拘數對數之格。"羈栖"之"愁",對"二十"有"四",其勢暗敵。指見在夔歷望夜,凡"二十四迴"也。

"必驗"二句:謂不遠弦、望也。 趙云:月初出曰"升";既落曰"沉"。"升"則進之道,"沉"則退之理也。

"不違"二句:鮑明遠:"夜移衡漢落。"謝靈運:"玉繩低建章。" 趙云:"河漢落",則月將"落"矣。"玉繩",星名。凡夜深,則"玉繩低也。(月)[言]月隨"銀漢"而"落",伴"玉繩"而低,乃望夜之月也。 《杜補遺》云:《河圖括地象》曰:"河精上爲天漢。"《抱朴子》

曰:"河漢者,天之水也,隨天而轉入地下過。"故公言"落"。

右三

萬里瞿塘峽,春來六上弦。
時時開暗室,故故滿青天。
爽合風襟静,高當淚臉懸。
南飛有烏鵲,夜久落江邊。

【集注】

"萬里"句:峽:一作"月"。　　趙云:指言夔州也。

"時時"句:君子不欺"暗室"。

"故故"句:若披雲霧而覩"青天"。

"爽合"二句:趙云:公以羈旅在外,傷時感舊也。宋玉《風賦》:"披襟當之。"

"南飛"句:曹孟德詩:"月明星稀,烏鵲南飛。遶樹三匝,何枝可依?"

園

仲夏流多水,清晨向小園。
碧溪搖艇閬,朱果爛枝繁。
始爲江山静,終防市井喧。
畦蔬繞茅屋,自足媚盤飧。

【集注】

"仲夏"四句:趙云:"碧溪搖艇閬",以成"仲夏流多水"之句;"朱果爛枝繁",以成"清晨向小園"之句。

"自足"句:趙云:"媚"者,宜也。《詩》:"媚于天子。"又,(梁)沈約《悲哉行》曰:"旅遊媚年春,年春媚遊人。"《左傳》:"盤飧寘璧。"(陳案:飧,《左傳·僖公二十三年》作""飧。)

歸

束帶還騎馬,東西却渡船。
林中才有地,峽外絕無天。
虛白高人靜,喧卑俗累牽。
他鄉悅遲暮,不敢廢詩篇。

【集注】
"束帶"四句:夔州居山水間,在峽中,故號爲稍平,然狹隘多石。盧仝詩:"低頭雖有地,仰面輒無天。"
"虛白"二句:《莊子》云:"虛室生白。"注:"人人能虛心遊世,則純白備于內。"鮑明遠《舞鶴賦》:"歸人寰之喧卑。"

諸葛廟

久遊巴子國,屢入武侯祠。
竹日斜虛寢,溪風滿薄帷。
君臣當共濟,賢聖亦同時。
翊戴歸先主,并吞更出師。
蟲蛇穿畫壁,巫覡醉蛛絲。
欻憶吟梁父,躬耕也未遲。

【集注】
"久遊"句:今夔州,古"巴子國"。
"溪風"句:阮嗣宗《詠懷》云:"薄帷鑒明月。"
"并吞"句:亮《出師表》云:"有并吞中國之志。"
"巫覡"句:薛云:《國語·楚》:觀射父曰:"民之精爽不〔攜〕貳,齊肅衷正,則〔明〕神〔或〕降之。在男曰覡,在女曰巫。"此言廟弊,"〔巫覡〕醉"于"蛛絲"中也。 趙云:合用"巫覡"字,則張衡《東京賦》

云:"巫覡操茢"也。

"欸憶"二句:欸:一作"欻"。　　亮耕南陽,作《梁父吟》。"也未遲",一作"起未遲"。　　趙云:末句公感孔明《梁父吟》事,方切思歸"耕"而"起"耳。舊本作"也未遲",非。蓋却成方欲"躬耕"也。

豐子至

櫨梨纔綴碧,梅杏半傳黃。
小子幽園至,輕籠熟梣香。
山風猶滿把,野露及新嘗。
欲寄江湖客,提攜日月長。

【集注】

"櫨梨"二句:纔:一作"且"。　　趙云:言"幽園"之果,一則"纔綴碧",一則"半傳黃",未可摘也。

"野露"句:《記》:"天子嘗新。"

"欲寄"二句:(陳案:欲寄,《全唐詩》同。一作"欹枕"。)　　趙云:言"豐子"所摘來之"熟梣",正欲"寄"遠,而恨道路之長,費時日也。《古詩》云:"涉江采芙蓉,蘭澤多芳草。采之欲遺誰,所思在遠道。"公蓋取此意也。

舍弟觀歸藍田迎新婦示兩篇

右一

汝去迎妻子,高秋念却迴。
即今螢已亂,好與鴈同來。
東望西江永,南遊北户開。

卜居期静處，會有故人杯。

【集注】

　　"即今"二句：趙云："螢已亂"，當是三、四月。聞"鴈"同來，所以結"高秋念却迴"之語。

　　"東望"句：舊本作"西江水"，師本作"西江永"。蓋"永"字方與下句"開"字相對。"西江"者，楚人指蜀江之名。《莊子》："激西江之水。"《疏》云："蜀江從西來，故謂之西江。"公欲泛舟南下，今在夔，爲楚之上游，則"西江"之盡處，在其東，故"東望"其"永"。《詩》云："江之永矣，不可方思。"

　　"南遊"句：趙云：既成"南遊"，則"北户"之"開"矣。《吳都賦》云："開北户以向日。"

　　"卜居"二句：趙云：既至彼，則"卜居"必期幽靜之處，當有"故人"相訪共飲也。屈原有《卜居》篇。《南史》有云："性好靜處。"謝朓《離夜》詩："山川不可夢，況乃故人杯。"

右二

楚塞難爲別，藍田莫滯留。
衣裳判白露，鞍馬信清秋。
滿峽重江水，開帆八月舟。
此時同一醉，應在仲宣樓。

【集注】

　　"楚塞"二句：別：一作"路"。　　趙云：客寓"楚塞"，"塞"兄弟之情，"難"乎其爲"別"也。舊本作"難爲路"，無意義。既知離別之"難"，故祝以無"留滯"而即迴耳。

　　"衣裳"二句：判：協平聲。　　趙云："白露"降，則秋時矣。

　　"應在"句：趙云：王粲，字重宣，(陳案：重，《三國志·魏志》作"仲"。)劉表時在荆州，因登樓而作《賦》。其後因指荆州樓爲"仲宣樓"。則梁元帝詩："夕返仲宣樓。"蓋約其弟迴時，相會荆州也。

季夏送鄉弟韶陪黃門從叔朝謁

令弟尚爲蒼水使,名家莫出杜陵人。
比來相國兼安蜀,歸赴朝廷已入秦。
捨舟策馬論兵地,拖玉腰金報主身。
莫度清秋吟蟋蟀,早聞黄閣畫麒麟。

【集注】

"令弟"二句:"杜陵"有南、北杜,最爲"名家"。　　趙云:《吳越春秋》:"禹登衡岳,血白馬以祭。夢見赤繡衣男子,稱玄夷蒼水使者,曰:'聞帝使文命于斯,故來候之。'"一本自注云:"韶比兼開江使,通成都外江水峽舟檝。"(陳案:水,《補注杜詩》作"下"。)

"比來"二句:杜鴻漸以"相國"入"蜀",平崔旰之亂,尋表旰爲節度使還朝。

"捨舟"二句:潘安仁《西征賦》:"拖鳴玉,以出入禁門者衆矣。""腰金",橫金帶。　　趙云:上句云二人同行,可以"論兵"矣。下句專言叔父"黃門"也。

"莫度"句:閣:一作"閤"。　　潘安仁爲黃門,作《秋興賦》,云:"蟋蟀鳴乎軒屏。"下句見:"扈聖登黃閣。"又見"今代麒麟閣"注。

趙云:"蟋蟀"字,見《毛詩》。而阮籍《詠懷》詩云:"開秋兆涼氣,蟋蟀鳴牀幃。感物懷殷憂,悄悄令心悲。"此爲"吟蟋蟀"也。按:鄭玄注《禮記》:"三公之與天子,禮秩相亞,故黃其閣以示謙,不敢斥天子。宜是漢舊制也。"漢武帝畫功臣於麒麟閣上。

熱三首

右一

雷霆空霹靂,雲雨竟虛無。

炎赫衣流汗,低垂氣不蘇。
乞爲寒水玉,願作冷秋菰。
何似兒童歲,風涼出舞雩。

【集注】

"雷霆"二句:趙云:"雷霆""霹靂"字,如《穀梁傳》云:"陰陽相薄,感而爲雷,激而爲霆。"又,何休《公羊》注云:"雷疾甚爲震。"而《五經通義》云:"震與霆皆霹靂也。""虛無"字,《上林賦》:"乘虛無,與神俱。"其後《文賦》云:"課虛無以責有"也。

"乞爲"二句:趙云:"寒水玉""冷秋菰",非有定名也。蓋言"寒水"中之"玉""冷秋"時之"菰"耳。句法蓋庾信《和樂儀同苦熱》云:"思爲鸞翼扇,願借明光宮"也。

"風涼"句:趙云:《魏志》:"賈逵自爲兒童戲弄,常設部伍。""舞雩"事,則《論語》云:"冠者五六人,童子六七人,浴乎沂,風乎舞雩,詠而歸。"

右二

瘴雲終不滅,瀘水復西來。
閉户人高臥,歸林鳥却迴。
峽中都似火,江上只空雷。
想見陰宮雪,風門颯踏開。

【集注】

"瘴雲"二句:"瀘水"在夔之上流。諸葛亮云:"五月渡瀘。"蓋大渡河水從南荒炎瘴中流出故也。

"閉户"句:孫敬閉門讀書,諸葛亮"高臥"南陽。

"歸林"句:趙云:人"閉户"而"高臥","鳥"不安而又飛,其"熱"又甚矣。

"想見"句:《孟子》:"齊宣王見孟子于雪宮。"故使"陰宮雪"也。

右三

朱李沈不冷,雕胡炊屢新。

將衰骨盡痛，被暍味空頻。
欻翕炎蒸景，飄飄征戍人。
十年可解甲，爲爾一霑巾。

【集注】

"朱李"二句：魏文帝《書》："浮甘瓜于清泉，浸朱李于寒水。"沈休文："長袂屢以拂，彫胡方自炊。"

"被暍"句：暍，一作"褐"。　　趙云："暍"，音於歇切，傷暑也。故禹扇"暍"，武王亦扇"暍"。今方"被暍"而有"沉"水之"朱李"，新炊之"彫胡"，其味"空頻"，不能食也。舊本作"被褐"，無義。

"欻翕"二句：（陳案：戍，《杜詩詳注》同。一作"伐"。）　　欻：許律切。　　趙云："欻翕"，義即"欻吸"也。字則江文通《擬王維》詩云："欻吸鵾鷄悲。"（陳案：《四庫全書》本作"維"，誤。《文選》《江文通集》作"微"。）又謝朓《高松賦》云："卷風飇之欻吸。"

返　照

楚王宫北正黄昏，白帝城西過雨痕。
返照入江飜石壁，歸雲擁樹失山村。
衰年肺病唯高枕，絶塞愁時早閉門。
不可久留豺虎亂，南方實有未招魂。

【集注】

"楚王"四句：趙云："返照"字，梁元帝《纂要》云："光返照于東，謂之返景。"公詩又曰："孤城返照紅將歛。""歸雲"字，則如陸士衡："歸雲難寄音。""失"字，鮑照詩："霧失交河城"也。

"衰年"四句：宋玉作《招魂》篇云："魂兮歸來，南方不可以止些。"　　趙云：公自言也。客于南楚，魂魄飛越，"實"爲"未招"也。

示獠奴阿段

山木蒼蒼落日曛,竹竿裊裊細泉分。
郡人入夜爭餘瀝,豎子尋源獨不聞。
病渴三更迴白首,傳聲一注濕青雲。
曾驚陶侃胡奴異,怪爾常穿虎豹群。

【集注】

"竹竿"句:以竹引裊也。(陳案:裊,《補注杜詩》作"水"。)

"郡人"二句:趙云:詳味此詩意,水源在遠,以筒引水,而使郡人分取之。其水咽塞,或滲漏而不通快,故"郡人"止"爭餘瀝"耳。惟"阿段"者,"獨"能尋"源",修筒水而至焉。

"病渴"句:趙云:公病渴,賴此水爲多也。

"傳聲"句:趙云:修筒之後,水來之聲,自傳聞矣。"濕青雲",言水筒之"源"流高遠也。

"曾驚"二句:此詩全篇皆引"泉"事。　薛夢符云:《晉書·陶侃傳》:"媵妾數十,家僮千餘。"《世說》:王修齡曰:"若飢,自當問謝仁祖索食,不須陶胡奴米船。"注:"胡奴,陶範小字。"侃《別傳》曰:"範,侃第十子也。"　師云:陶侃有十七子,見《本傳》者止九人。唯《袁宏傳》載:"胡奴於密室抽刀逼宏,以宏作《東征賦》,皆載過江諸公名德,而不及侃。宏窘急,遂口占六句答之,胡奴乃止。"亦不見"穿虎豹群"事。"胡奴"名惟見于此。　趙云:薛夢符既引"胡奴,陶範小字",可以見"胡奴"乃侃之子也。而於"阿段",似無相干。余逆其意,陶侃奴僕之多,其子"胡奴"必有所稱異之者。如今日"阿段"能"穿虎豹群"以尋水源,其在陶侃家僮之中,亦必有可異者矣。意似如此,而事未顯見,以俟博聞。

簡吳郎司法

有客乘船自忠州,遣騎安置瀼西頭。

古堂本買藉疏豁,借汝遷居停宴遊。
雲石熒熒高葉曙,風江颯颯亂帆秋。
却爲姻婭過逢地,許坐曾軒數散愁。

【集注】

"遣騎"句:前詩注:所謂瀼東、"瀼西"者。

"借汝"句:趙云:借吳"司法"自舟中遷來以"居",而我甘心停止"宴遊"也。

"雲石"二句:(陳案:曙,《全唐詩》同。一作"曉"。) 趙云:腹聯兩句,以言"瀼西""古堂"所見之景物也。

"却爲"句:《詩》:"瑣瑣姻婭。"按:《爾雅》:"婦之父母,婿之父母,相爲姻婭。"

"許坐"句:趙云:"吳郎"與公爲"姻婭"之家,既借"古堂"與之"居",乃爲我相過從之〈北〉[地]耳,應仍"許"我"坐"于"層軒",數數"散""其""愁"也。

又呈吳郎

堂前撲棗任西鄰,無食無兒一婦人。
不爲困窮寧有此,祇緣恐懼轉須親。
即防遠客雖多事,便插疏籬却甚真。
已訴徵求貧到骨,正思戎馬淚盈巾。

【集注】

"堂前"二句:《前漢·王吉傳》:東家棗樹垂吉庭中,其妻取棗啖吉。吉知之,乃去婦。東家欲伐樹,吉乃還婦。里語曰:"東家棗完,去婦復還。" 趙云:公之樂易,則告"吳郎",以"一"任西家之"婦"取"棗"也。

"不爲"二句:趙云:言探斯"婦"之情,蓋"困窮"所致,又告"吳郎",當念其"恐懼",宜更"親"之。此兩句,其上句有遺秉、滯穗,資寡婦之利之意。下句則有見竊笱,而又擲與之同科。可見公之用心,使其在廟堂,澤及天下可知矣。

"即防"二句:防:一作"知"。使:一作"便"。　趙云:言雖任鄰婦取"棗",然"吳郎"以"遠"方而來,謂"多事"之不可測,亦須藩籬以防寇盜,不害爲"眞"爾。

"已訴"二句:(陳案:訴,《四庫全書》本作"訢"。《補注杜詩》《全唐詩》作"訴"。)　趙云:末句,言取"棗"之鄰婦,已告訴爲"徵求"所困而"貧到骨"。下句,乃公聞其"徵求"之語,"正思"因"戎馬"所致,而"淚"霑"巾"也。

卷二十九

(宋)郭知達 編

近體詩

七月一日題終明府水樓二首

右一

高棟曾軒已自涼,秋風此日灑衣裳。
翛然欲下陰山雪,不去非無漢署香。
絕壁過雲開錦繡,踈松夾水奏笙簧。
看君宜著王喬履,真賜還疑出尚方。

【集注】

"高棟"二句:《招魂》:"高堂邃宇,檻層軒〔些〕。"劉公幹詩:"涕泣灑衣裳。" 趙云:《春秋緯書》:"高棟深宇,以避風雨。"何遜《閨怨》詩:"曉河沒高棟,斜月半空城。"(齊)王儉《後園餞從兄》詩曰:"茲夕復何夕,念別開曾軒。"張茂先《答何劭》詩:"穆如灑清風。"

"翛然"二句:"陰山",匈奴山名,其地四時常有冰雪。又,尚書郎,漢置四人,口含雞舌香,以其奏事對答,欲使氣息芬芳爾。 趙云:"陰山"多雪,而夔地七月,有類於此耳。《莊子》:"翛然而往,洞然而來"也。(陳案:洞,《莊子》作"侗"。)"漢署"者,省署也。公爲尚書工部員外郎,其在省,自應有含"香"之制,但以爲客不能"去"也。

"絕壁"句:夔峽路有錦繡巖。

"踈鬆"句:(陳案:夾,《全唐詩》同。一作"隔"。) 於"松"言

"笙簧",即天籟是已。

"看君"二句:終明府,功曹也,兼攝(奏)[奉]節令,故有此句。佇觀奏即"真"也。已上自注。《後漢》:王喬爲葉令,有神術,每月朔,嘗自縣詣臺朝。帝怪其來數,而不見車騎,密令大史望之。言其臨至,有雙鳧從東南來。舉羅張之,果得雙鳧。(陳案:鳧,《補注杜詩》作"舃")。乃招尚方診視,則四年中所賜尚方官屬履也。《前漢·百官公卿表》:"尚方,主作禁器物。"師古曰:"尚方,少府之屬官也,作供御之器物。"

右二

宓子彈琴邑宰日,終軍棄繻英妙時。
承家節操尚不泯,爲政風流今在兹。
可憐賓客盡傾蓋,何處老翁來賦詩。
楚江巫峽半雲雨,清簟疏簾看弈碁。

【集注】

"宓子"句:潘正叔詩:"宓生化單父,子奇蒞東阿。" 趙云:《吕氏春秋》曰:"宓子賤治單父,身不下堂,彈琴而治之。"

"終軍"句:終軍年十八,選爲博士。初,軍從濟南,當詣博士,步入關。關吏與軍繻。軍問:"以此何爲?"吏曰:"爲復傳還,當以合符。"軍曰:"丈夫西遊,不復傳還。"棄繻而去。後爲謁者,行郡國,建節東出關。關吏曰:"此使者乃前棄繻生也。"貼以"英妙"字,則潘安仁《西征賦》云:"終童山東之英妙,賈生洛陽之少年"也。

"承家"句:趙云:以成"終軍"之句。

"爲政"句:趙云:以"宓子彈琴宰邑",美終明府也。

"可憐"句:《鄒陽傳》曰:"古語:'白頭如新,傾蓋如故。'何則?知與不知也。"文穎曰:"傾蓋,猶交蓋,駐車也。" 趙云:上句言終明府之相見,皆是"傾蓋"如故之賓也。

"何處"句:公自謂也。魏文帝曰:"已成老翁,但未頭白爾。"

"楚江"句:用宋玉《高唐賦》事。 趙云:乃實道其事。如公詩又云:"楚山不斷四時雨,巫峽長吹千里風。"是也。

"清簟"句:謝元暉詩云:"珍簟清夏室。"江淹《賦》云:"夏簟清兮晝不暮。"魏文帝《書》:"彈碁間設,終以博弈。"

送李八秘書赴杜相公幕

青簾白舫益州來,巫峽秋濤天地迴。
石出倒聽楓葉下,櫓搖皆指菊花開。
貪趨相府今晨發,恐失佳期後命催。
南極一星朝北斗,五雲多處是三台。

【集注】

"巫峽"句:趙云:蓋言"秋濤"之勢,可以迴轉"天地"也。

"石出"二句:(陳案:皆,《補注杜詩》《全唐詩》作"背"。《杜詩詳注》:"一作皆,非。")　趙云:"石出",言灩澦之石也。商人語曰:"灩澦如袱,瞿唐莫觸。灩澦如馬,瞿唐馬下。(陳案:馬,《杜詩引得》作'莫'。)灩澦如鼇,瞿唐舟絕。灩澦如龜,瞿唐莫窺。"載樂史《寰宇記》。"石出"則行之候也,必以"楓葉下"。"菊花開"時,爲言蓋九月之間爾。

"南極"二句:《晉·天文志》:"北極,最尊之星也。天運無窮,三光(曜)[迭]曜,而晨星不(故)[移]。故語曰:居其所,而衆星拱之,人君之象也。""五雲",五色雲也。"三台",上台、中台、下台也。　趙云:"南極一星",言李秘書,以其在楚而往。"北斗",指言長安,蓋上直"北斗",而號北斗城也。《晉·天文志》云:"三台六星,兩兩而居,三公之位也。在人曰三公,在天曰三台。"指言杜相公矣。

秋日夔州詠懷寄鄭監_審李賓客_{之芳}一百韻

絕塞烏蠻北,孤城白帝邊。
飄零仍百里,消渴已三年。

雄劍鳴開匣,群書滿繫船。
亂離心不展,衰謝日蕭然。
筋力妻孥問,菁華歲月遷。
登臨多物色,陶冶賴詩篇。
峽束滄江起,巖排石樹圓。
拂雲霾楚氣,朝海蹴吳天。
煮井爲鹽速,燒畬度地偏。
有時驚疊嶂,何處覓平川。
溪鵝雙雙舞,獼猿疊疊懸。
碧蘿長似帶,錦石小如錢。
春草何曾歇,寒花亦可憐。
獵人吹戌火,野店引山泉。
喚起搔頭急,扶行幾屐穿。
兩京猶薄產,四海絕隨肩。
幕府初交辟,郎官幸備員。
瓜時猶旅寓,萍泛苦夤緣。
藥餌虛狼藉,秋風洒靜便。
開襟驅瘴癘,明目掃雲煙。
高宴諸侯禮,佳人上客前。
哀箏傷老大,華屋艷神仙。
南內開元曲,常時弟子傳。
法歌聲變轉,滿座涕潺湲。
弔影夔州僻,回腸杜曲煎。
即今龍廄水,莫帶犬戎羶。
耿賈扶王室,蕭曹拱御筵。

乘威滅蜂蠆,戮力效鷹鸇。
舊物森猶在,凶徒惡未悛。
國須行戰伐,人憶止戈鋋。
奴僕何知禮,恩榮錯與權。
胡星一彗孛,黔首遂拘攣。
哀痛絲綸切,煩苛法令蠲。
業成陳始王,兆喜出于畋。
宮禁經綸密,台階翊戴全。
熊羆載吕望,鴻鴈美周宣。
側聽中興主,長吟不世賢。
音徽一柱數,道里下牢千。
鄭李光時論,文章并我先。
陰何尚清省,沈宋欻聯翩。
律比崑崙竹,音知燥濕絃。
風流俱善價,愜當久忘筌。
置驛常如此,登龍蓋有焉。
雖云隔禮數,不敢墜周旋。
高視收人表,虛心味道玄。
馬來皆汗血,鶴唳必青田。
羽翼商山起,蓬萊漢閣連。
管寧紗帽静,江令錦袍鮮。
東郡時題壁,南湖日扣舷。
遠遊凌絕境,佳句染華牋。
每欲孤飛去,徒爲百慮牽。
生涯已寥落,國步尚迍邅。

衾枕成蕪沒,池塘作棄捐。
別離憂怛怛,伏臘涕漣漣。
露菊班豐鎬,秋蔬影澗瀍。
共誰論昔事,幾處有新阡。
富貴空回首,喧爭懶著鞭。
兵戈塵漠漠,江漢月娟娟。
局促看秋燕,蕭疏聽晚蟬。
雕蟲蒙記憶,烹鯉問沈綿。
卜羨君平杖,偷存子敬氈。
囊虛把釵釧,米盡折花鈿。
甘子陰涼葉,茅齋八九椽。
陣圖沙北岸,市暨瀼西巔。
羈絆心常折,棲遲病即痊。
紫收岷嶺芋,白種陸池蓮。
色好梨勝頰,穰多栗過拳。
敕廚惟一味,求飽或三鱣。
兒去看魚筍,人來坐馬韉。
縛柴門窄窄,通竹溜涓涓。
塹抵公畦稜,村依野廟壖。
缺籬將棘拒,倒石賴藤纏。
借問頻朝謁,何如穩晝眠。
誰云行不逮,自覺坐能堅。
霧雨銀章澀,馨香粉署妍。
紫鸞無近遠,黃雀任翩翾。
困學違從眾,明公各勉旃。

聲華夾宸極，早晚到星躔。
懇諫留匡鼎，諸儒引服虔。
不逢輪鯁直，會是正陶甄。
宵旰憂虞軫，黎元疾苦駢。
雲臺終日畫，青簡爲誰編。
行路難何有，招尋興已專。
由來具飛楫，暫擬控鳴弦。
身許雙峰寺，門求七祖禪。
落帆追宿昔，衣褐向真詮。
安石名高盡，昭王客赴燕。
途中非阮籍，查上似張騫。
披拂雲寧在，淹留景不延。
風期終破浪，水怪莫飛涎。
他日辭神女，傷春怯杜鵑。
淡交隨聚散，澤國遶迴旋。
本自依迦葉，何曾藉偓佺。
鑪峰生轉眄，橘井尚高褰。
東走窮歸鶴，南征盡跕鳶。
晚聞多妙教，卒踐塞前愆。
顧愷丹青列，頭陀琬琰鐫。
衆香深黯黯，幾地肅芊芊。
勇猛爲心極，清羸任體孱。
金篦空刮眼，鏡象未離銓。

【集注】

"絶塞"句：巂州以西有烏、白蠻。

"孤城"句:公遜述更魚復縣爲"白帝"城。(陳案:遜,《後漢書》作"孫"。)　　趙云:上句指言雲安縣也。白帝城,而夔州在其邊。自此兩句,至"陶冶賴詩篇"十二句,公鋪叙以自述。

"飄零"二句:司馬相如有"消渴"病。　　趙云:公自中原入蜀,往來東、西蜀間,又自蜀南下,可謂"飄零"矣。以病久住雲安,又移居于"夔",所以謂之"飄零仍百里"也。謝惠連《雪賦》有曰:"從風飄零。"若在人言之,則如庾信《枯樹賦》有云:"山河(沮)[阻]隔,飄零離別。"(陳案:隔,《庾子山集》作"絶"。)

"雄劍"句:雷煥得雙劍于鄧城,"劍"有雌雄。　　趙云:《烈士傳》曰:"楚王夫人常于夏納涼而抱鐵柱,心有所感,遂懷孕,後産一鐵。楚王命鏌鎁鑄此精爲雙劍,三年乃成。劍一雌一雄。"詳見上注。雷煥劍事,并無"雌雄"字。

"群書"句:一云:"所向皆窮轍,餘生且繫船。"　　《漢》:劉向"博極群書"。今則"書"在舟中也。

"亂離"句:《詩》:"亂離瘼矣。""不展",謂憂心如結也。　　趙云:《選》云:"意不宣展。"又,詩云:"折麻心莫展。"此化而用之也。

"衰謝"句:名迹消泯也。　　趙云:(周)王褒《與周宏讓書》:"年事遒盡,容髮衰謝。"《晋書》:"此外蕭然無辦。"

"筋力"二句:《陶徵士誄》云:"菁華隱没,芳流歇絶。"注:"菁華,猶英華也。"《禮記》云:"老者不以筋力爲禮。"

"登臨"二句:"登"高"臨"遠,多有景物,所以象其變態者,有"詩"以陶成之爾。"陶",如陶者之埏埴;"冶",如工冶之容鑄。　　薛云:按(梁)鍾榮評曰:"阮嗣宗詩,其源出于《小雅》,無彫蟲之工。而《詠懷》之作,可以陶性靈、發幽思。"　　趙云:宋玉曰:"登山臨水。"兩字合用,則謝靈運有《登臨海嶠》詩,故對"陶冶"。其字則出《顔氏家訓》之言文章曰:"陶冶性靈,從容諷諫。"已上十二句是一段。

"峽束"四句:(陳案:潮,《補注杜詩》作"朝"。《全唐詩》作"朝"。一作"潮"。)　　趙云:舊本作"滄江"字,而師民瞻本作"(潜)[蒼]江","石樹"作"古樹",是。自"峽束蒼江起",至"野店引山泉"十六句,所以鋪陳多物色者也。"拂雲霾楚氣",所以成"古樹圓"之句。言樹木"拂雲"而高,爲"楚氣"所"昏霾"之。"潮海蹴吴天",所以成"蒼江起"之句。言江流朝宗于"海",其勢若蹴踏吳國之"天"也。

"煮井"句:《蜀都賦》曰:"濱以鹽池。"注:"鹽池,出巴東北新井縣。水出地如湧泉,可煮以爲鹽。"新井在今閬中,而夔亦有鹽泉,今大寧監是也。

"燒畬"句:峽土瘠确,暖氣晚達,故民燒地而耕,謂之火耕,亦謂之畬田也。　　趙云:"度",音度越之"度",言燒畬所至,"度"過其地之偏處也。

"有時"句:沈休文詩:"山嶂遠重疊。"任彦升詩:"疊嶂易成嚮。"趙云:公于《劍門》詩曰:"意欲剗疊嶂。"

"何處"句:峽中絶無"平川"。　　趙云:《玉臺後集》載沈君攸《采蓮》詩云:"平川映曉霞,蓮舟泛浪華。"

"獼猴"句:"疊疊",重疊貌。　　趙云:"疊疊",在前人使作平字。如魏文帝《善哉行》云:"還望故鄉,鬱何疊疊。"張孟陽《七哀詩》云:"北芒何疊疊,高陵有四五。"公今用作上聲。

"碧蘿"二句:黃牛峽出"錦石",圓如錢,上有五綵花紋。　　趙云:下兩句體物之語。公嘗以藻荇爲翠帶,荷葉爲青錢,乃其義也。此有"錦石"字,尤見前句"石樹"爲"古樹"爾。

"春草"句:謝靈運詩:"芳草亦未歇。"

"寒花"句:張景陽詩:"寒花發黃彩。"　　趙云:上句,雖倣〔謝〕詩,而字則梁元帝《藥名詩》云:"況看春草歇,還見(之)[鴈]南飛。""花"之"可憐",如梁簡文帝《春日》詩:"桃含可憐紫,柳發斷腸青。""亦可憐",蓋翻用此意。"寒花"在秋日"亦"爲"可憐"也。

"獵人"二句:趙云:"火"謂之"戍火",則有屯戍在"白帝〔城〕"也。"獵人"至其上故爾。峽民依山而居,故鮮水,常以竹"引山泉"而飲。已上十六句一段。

"喚起"句:《西京雜記》:"武帝過李夫人,就(耴)[取]玉簪搔頭。自此後,宮人搔頭,皆用玉,玉價倍貴。"此"搔頭"乃抓頭耳。　　趙云:言寝睡之中,被人喚起,頭方煩癢,以簪搔之,不停手,而頗急。而公自注:"何遜云:'金粟裏搔頭。'"此自是詠婦人之詩,而公引之,所以表見"搔頭"字所出。

"扶行"句:公自注云:"諸阮云:'一生能著幾屐?'"阮孚好屐,屐客有詣孚，正見自蠟屐，因自嘆曰："未知一生能著幾屐？"神色自閑暢。公自注"幾屐"，此非時露消息，以其詩無兩字無來處耶？

"兩京"二句：公有田在韋杜。《語》："四海之内皆兄弟也。""絶隨肩"，言無故舊相隨也。　　趙云：上句則公於洛陽、長安，皆有物業。下句則嘆無交遊相隨。《禮記》："五年以長，則肩隨之。"

"幕府"二句：《班固傳》云："幕府新開，廣延群俊。"　　趙云：指言節度府幕也。前此嚴公爲東、西川節度使，辟公爲參謀。《漢》："衛青開幕府。"注引《漢官儀》云："始自衛青就北幕拜大將軍，因開幕府。"

"瓜時"句："瓜時"，見《左傳》。

"萍泛"句：（陳案：寅，《補注杜詩》《全唐詩》作"黉"。朱駿聲《說文通訓定聲》："寅，即黉字之古文。"）　　謝靈運詩："蘋萍泛沈深。"

"藥餌"句：謝靈運詩："藥餌情所止，衰疾忽在斯。"陸賈"名聲籍甚"。注言："狼籍甚盛。"

"秋風"句：趙云：《楚詞》："嫋嫋兮秋風。"謝靈運："拙疾相倚薄，還得静者便。"

"開襟"句：王洙曰：峽多嵐嶂，氣候蒸濕，故多"瘴癘"。憂愁鬱結者，易爲所困，故必"開襟"以驅之。王仲宣《登樓賦》："向北風而開襟。"

"明目"句：掃：一作"拂"。　　史："明目張胆。"（陳案：史，《杜詩詳註》作《唐書》。）顔延年詩："城闕生雲烟。"　　趙云："明目"字，借字《書》"明四目"也。已上十二句一段。

"高宴"二句：《古詩》："主人愛上客"。　　趙云：自"高宴諸侯禮"，至"滿座涕潺湲"八句，因實道赴藩侯之宴會，而感傷所聞之曲。唐之藩鎮，乃古之"諸侯"。其爲"宴"也，乃"諸侯"之禮。"上客"，則公自謂也。

"哀筝"句：魏文帝《書》："哀筝順耳。""傷老大"，則摘使"老大徒傷悲"中字。

"華屋"句：曹子建《箜篌引》："平生華屋處。"謝靈運："華屋（淠）[非]蓬居。"《古詩》："金屋羅神僊。"

"南内"四句："都督柏中丞筵，聞梨園子弟李仙奴歌"。已上公自注。《明皇雜錄》：天寶中，上命宮中女子數百人爲梨園弟子，皆居宜春北院。上素曉〔音〕律〈度〉。時有馬仙期、李龜年，〈流廢江南〉，知律度。安禄山自范陽入覲，獻白玉簫管數百事，皆陳于梨園。自是音響，殆不類人間。其後，李龜年流廢江南，每遇良辰勝景，爲人歌闋。座上聞之者，莫不掩泣而罷酒。有梨園《法曲》及《霓裳曲》。言"南内"，則明皇初居興慶宫，謂之"南内"也。　　趙云：已上八句一段。

"弔影"句：言獨客夔州，旁無親舊，惟與"影"相"弔"，自憐而已。李令伯《陳情表》："煢煢孑立，形影相弔。"　　趙云："形影相弔"，出于曹子建《表》。注引李令伯之言，在後矣。

"迴腸"句：宋玉《高唐賦》曰："感心動耳，迴腸傷氣。"司馬遷《書》云："腸一日而九回。"　　趙云：公在長安，家于"杜曲"。故懷"杜曲"，而"迴腸"煎熬也。自"弔影夔州僻"，至"鴻鴈美周宣"二十四句，言身處夔州，（面）〔而〕心思王室，因喜用賢伐叛，王業中興也。

"即今"二句："兩京龍廐門、苑馬門也。渭水流苑門内。"已上公自注。"犬戎"，吐蕃也。謂陷京師。　　趙云：公在夔州，不知中原消息，故憂疑之，以今"龍廐"門邊之水，"莫"也爲"犬羊"所羶汙乎？或又云："莫"者，止之之辭。

"耿賈"句：《後漢》：二十八將耿弇、賈復也。《贊論》曰："耿賈之洪烈。"又云："翼扶王室。"

"蕭曹"句：蕭曹之功，尊拱漢室。

"乘威"句：《左傳》：魯公卑邾不設備而御之。臧文仲曰："君其無謂邾小，蜂蠆有毒，况國君乎？"　　趙云："蜂蠆"，以（壁）〔譬〕吐蕃也。"乘威"，則望如上句四公者"滅"之也。《選》云："乘靈風而扇威。"

"戮力"句：《左傳》：季文子使太史克，對曰："先大夫臧文仲，教行父事君之禮。"曰："見無禮於其君者，誅之，如鷹鸇之逐鳥雀也。"趙云：此句又以屬大臣。《書》："聿求元聖，與之戮力。"《左傳》："戮力一心"也。

"舊物"二句：《哀·元年傳》："祀夏配天，不失舊物。"《左傳》："子家亦無悛志。"注："悛，改悟也。"　　趙云：庾信云："凶徒瓦解。"

"國須"二句：言人厭兵革也。《光武紀》："道未方古，亦止戈之武焉。"《東都賦》:"戈鋋彗雲。"〔注〕:"〔鋋〕,矛稍也。" 趙云:歐陽率更作類書,有"戰伐"門,故對"戈鋋"。字"鋋",音時連切,小矛也。

"奴僕"二句:《前漢·衛青傳》:"人奴之生,得無笞罵足矣。"《公孫洪傳·贊》曰:"衛青奮於奴僕。"(陳案:洪,《史記》作"弘"。)言以"恩"而假"奴僕",以"權"任人之生也。(陳案:生,《補注杜詩》作"失"。) 趙云:此則當"戰伐"之時,必有武夫悍卒立功而蒙寵者。然公爲此句,無所畏憚,蓋亦有痛悼其弊爾。或云:此句似專指言安祿山,不合付以兵柄也。

"胡星"句:《前漢·天文志》:"昴曰旄頭,胡星也。"張晏曰:"彗,所以除舊布新也,孛氣似彗也。" 趙云:此兩句又憫蒼生,同受其禍矣。《漢·天文志》又曰:"彗孛飛流,日月薄食。"是已。

"黔首"句:秦始皇更民名曰"黔首",謂首之黑也。應劭曰:"黔,黎黑也。"《鄒陽傳》:"以其能越攣拘之語。"《漢·曹襃傳》:"諸寮拘攣,難與圖始。"注:"拘攣,猶拘束。"潘安仁《西征賦》:"陋吾人之拘攣。"

"哀痛"句:(陳案:絲,《四庫全書》本作"兹",《補注杜詩》《全唐詩》作"絲"。) 《前漢·西域傳·贊》:"武帝末年,遂棄輪臺之地,而下哀痛之詔。"《禮·緇衣》子曰:"王言如絲,其出如綸。王言如綸,其出如綍。"

"煩苛"句:《漢》:"高祖約法三章,掃除煩苛。" 趙云:兩句言代宗之美。上句則言詔書切至也。

"業成"句:《詩·七月》:"陳王業也。"言因時之變,陳王業之艱難,以警時君也。 趙云:以成王比代宗也。

"兆喜"句:《齊世家》:太公望吕尚,以漁釣于周。(陳案:于,《補注杜詩》作"干"。)西伯將出獵,卜之,曰:"所獲非熊非羆,非虎非貔,所獲乃霸王之輔。"果遇太公于渭。

"宮禁"二句:《梁竦傳》:"宮省事密,莫有知者。""台階"事,見《建都》詩注。 趙云:此又(神)〔申〕言大臣之扶王室如此。《易》曰:"君子以經綸。""台階",星也。《晉·天文志》:"三台六星,兩兩而居。"又曰:"三台爲三階也。"傅曰:劉琨《與段匹磾盟文》云:"古先哲王,貽厥後訓,所以翊戴天子。"(陳案:翊,《淵鑑類函》作"翼"。)

"熊羆"二句:"美"其能勞來旋定安集也。　　趙云:前句止云"兆喜出于畋",則方往求賢。今云"熊羆載吕望",則果得賢而歸矣。"鴻鴈美周宣",則又用中興之主,以美代宗。《鴻鴈》,《詩》篇名。其《序》曰:"美宣王也。"

"側聽"句:《烝民》:"任賢使能,周宣中興焉。""側聽",諦聽也。

趙云:自"側聽中興主",至"不敢墜周旋"十六句,言王室中興,本乎得賢,而下句"鄭"與"李",乃所謂賢者,故吟詠而思之。"中興主"字,緊結"美周宣"之句。"側聽"字,則陸士衡《洛道中作》云:"側聽悲風響。"顏延年《夏夜》詩:"側聽風薄木。"

"長吟"句:王吉云:"欲治之主不世出。"曹子建曰:"不世之賢。"

趙云:"長吟",則《選》有"永嘯長吟"也。

"音徽"句:(梁)劉孝綽《江津寄劉之遴》詩:"經過一柱觀,出入三休臺。"　　趙云:"一柱觀"在荆州。〔事載〕《渚宫故事》。見前《渝州》詩云:"船經一柱觀。"注:"此言其數通音問也。"陸士衡《擬古》詩云:"歡友時過過,迢迢匿音徽。"(陳案:時過過,《文選》作"蘭時往"。)

"道里"句:自注:"鄭在江陵,李在夷陵。"　　趙云:"下牢"關在峽州,所以言夷陵也。《傳》曰:"四方之貢賦,道里均焉。""道里千",相去千里也。

"鄭李"四句:趙云:四子皆以美"鄭、李"也。"陰",則陰鏗。"何",則何遜。"沈",則沈佺期。"宋",則宋之問。"陰""何"前代,而二公比之,彼尚"清省",未爲富艷。"沈、宋"近代,欻然迢逐,與之相"聯翩"也。字則《文賦》云:"浮藻聯翩,若翰鳥縹繳,而墜層雲之峻也。"

"律比"句:《前漢·律歷志》:"黄帝使伶倫大夏之西,崑崙之陰,取竹嶰谷,斷兩節,間而吹之,以爲黄鍾之宫。"

"音知"句:伯牙彈琴,意在山,子期曰:"巍巍乎!"意在水,子期曰:"蕩蕩乎!"子期死,伯牙遂絶絃。　　《杜正謬》云:劉孝標《廣絶交論》曰:"撫絃徽音,未達燥濕辨響。"(陳案:辨,《文選》作"變"。)又,《韓詩外傳》:趙王曰:"夫時有燥濕,絃有緩急。徽指推移,不可記也。"(陳案:徽指,《韓詩外傳》作"柱有"。)

"風流"句:王衍、樂廣,見重于時,天下言"風流"者,惟王、樂爲首,見《晉書》。"善價"字,《論語》:"求善價而沽諸。"

"愜當"句:《文賦》:"誇目者尚奢,愜心者貴當。"王弼《明象》曰:"猶筌者所以在魚,〔得魚〕而忘筌。" 趙云:此上四句,以言二公之文章。

"置驛"句:鄭當時,孝景時爲太子舍人,每五日洗沐,常置驛馬長安諸郊,請謝賓客,夜以繼日,至明旦,常恐不徧。《儒行》:"其自立有如此者。"

"登龍"句:李膺獨持風義,(陳案:義,《後漢書》作"裁"。)以聲名自高。士有被其容接者,名爲登龍門。 趙云:上句以言"鄭監"之好客,下句以言"李賓客"之待士。《左氏》曰:"某人有焉。"

"雖云"句:《左傳》:"名位不同,禮亦異數。""隔",猶不同也。

趙云:"隔禮數",公自謙,以爲與二公位貌相隔絕也。(陳案:貌,《杜詩引得》作"望"。)又,任彥昇《哭范僕射》詩云:"平生禮數絕,式瞻在國楨。"

"不敢"句:《左傳》:"奉以周旋,罔敢失墜。" 趙云:已上十六句一段。

"高視"句:曹子建《與楊德祖書》曰:"足下高視於上京。"楊德祖《答牋》云:"自周章于省覽,何遑高視哉?" 趙云:任彥昇撰《王文憲集序》曰:"經師人表,允茲寔望。""人表"者,言人倫之表也。自"高視收人表",至"佳句染華牋"十二句,或併言二公,或分言之。"收人表",則收歛之而在己也。

"虛心"句:《老子》:"虛其心,實其腹。"又云:"玄之又玄,衆妙之門。" 《杜補遺》:顔延年《五君詠》云:"探道好淵玄。""味",若味道之腴之"味"。

"馬來"二句:"汗血馬",詳見上注。《永嘉記》:"青田有雙白鶴,年年生子,長便去。"鮑明遠詩:"獨鶴方朝唳。" 趙云:以"馬"比二公,則皆"汗血"。以"鶴"比二公,則必"青田"。於"馬"言"來"字,則《漢》樂歌曰:"天馬來。"(陳案:來,《漢書》作"徠"。)《晉書》:"聞風聲鶴唳"也。

"羽翼"句:趙云:以言"李賓客",蓋"賓客"者,太子官也。故用"商山"四皓,事見《張良傳》。

"蓬萊"句：《西都賦》："脩塗飛閣,自未央而連桂宫。"又云："瀛洲方壺蓬萊,皆起乎中天。"（陳案：天,《文選》作"央"。）　　趙云：此句以言"鄭監"。"鄭監"者,秘書監也,故用"蓬萊"字。《後漢書》曰："學者稱東觀爲老氏藏室,道家蓬萊山。"唐秘書監,掌圓書秘記,即漢之東觀也。今言爲秘書監,乃在蓬萊山,而其地與漢之宫閣相連,皆在禁中故也。公後有《寄題鄭監湖上亭》詩,又云："暫阻蓬萊閣,終爲江海人。"

"管寧"句：見《嚴中丞枉駕〔見〕過》詩注。

"江令"句：《陳書》："江總爲尚書令,能屬文。"其文集有《山水衲袍賦》。　　趙云：二公之官,一則在東宫,一則在禁省,而皆出于外。言其閑曠,則如"管寧"之戴〈著〉"紗帽"；其宴游,則如"江[總]"之著"錦袍"。《江總傳》不載之"錦袍"事,其文集自有《山水衲袍賦》,其《序》云："皇儲監國餘辰,勞謙終宴,有令以衲袍降賜。何以奉揚恩德,因題此賦。"語有："裁縫則萬墊縈體,針縷則千巖映目。埒符彩于雕煥,并芬芬於菊蘭。"則"袍"之華麗可知。今公云"錦袍",則以其華麗如"錦"〈舷〉也。

"東郡"句：《南史》：柳惲詩云："亭皋木葉下,隴首秋雲飛。"琅琊王（蟲）[融]見而嗟賞,因"題"于"壁"。

"南湖"句："舷",船唇也。"扣",擊也。郭璞《江賦》："採菱以扣舷。"《選》：《賦》："鳴根扣船。"《説文》曰："根,高木也。"以長木扣舷,爲聲而歌也。又驚魚令入網也。　　趙云：上句似專言"李賓客",以成"江令錦袍"之句。下句似專言"鄭監",以成"管寧紗帽"之句。何以知之？其後有《寄題鄭監湖上亭三首》,又有《暮春陪李尚書過鄭監湖亭泛舟一首》,又有《重泛鄭監前湖一首》,以是知"南湖日扣舷"者,專言"鄭監"也。

"遠遊"句："遠遊",履名。《洛神賦》曰："踐遠遊之文履。"《古詩》云："足下雙遠遊。"是也。

"佳句"句："華牋",蜀郡彩牋也。　　趙云：《楚詞》有《遠遊賦》。《世説》：孫興公作《天台賦》,以示范榮期。每至佳句,則曰："是我輩語。"上十二句一段。

"每欲"句：謝惠連《雪賦》："瞻雪鴈之孤飛。"

"徒爲"句:江淹詩:"撫枕懷百慮。"又云:"歲暮百慮交。" 趙云:自"每欲孤飛去",至"蕭疏聽晚蟬"十八句,因言二公之遊賞,欲往從之而不得,爲思慮之所牽役爾。江總《秋日登廣州城南樓》詩:"不及孤飛鴈,獨在上林中。"《易》云:"一致而百慮。"

"生涯"句:"生涯",言己之生計也。"寥落",無所成也。

"國步"句:"尚"舊作"乃",師民瞻取作"尚"。《桑柔》詩:"國步斯頻。"《易》:"屯如邅如。"難行不進之貌。 趙云:《莊子》:"吾生也有涯。"王無功詩:"人世何勞隔,生涯故可知。"謝元暉《京路夜發》詩云:"曉星正寥落。"班固《幽通賦》:"迍邅與蹇連兮,何艱多而智寡。"

"衾枕"二句:"平生多病,卜築遣懷"。已上自注。"國步"亂離,故寢處宴安之地,皆"蕪没"而"棄捐"也。 趙云:《詩》:"角枕粲兮,錦衾爛兮。"謝靈運:"池塘生春草。"

"别離"句:"怛怛",傷慘不安貌。 趙云:《楚詞》:"悲莫悲兮生别離。"《詩》:"憂心忡忡。"又,"勞心怛怛"。是也。

"伏臘"句:"臘"者,夏曰家平,(陳案:家,《補注杜詩》作"嘉"。)殷曰清祀,周曰大蜡,漢改爲臘。"伏臘",人所以祭祀,公所以感也。《史記》:"秦德公始爲伏。" 《杜補遺》:《歷忌釋》及《左傳》《風俗通》等三百餘言,却成"伏"與"臘"門類之書。夏之有"伏",冬之有"臘",乃歲時之常也。《禮記》有"烝嘗伏臘",(陳案:烝,《禮記》作"蒸"。)而何至支離引證之多耶?《詩》云:"泣涕漣漣。"

"露菊"句:《西征賦》:"徘徊豐鎬。"《秦紀》:"豐鎬之間,帝王之都也。"

"秋蔬"句:蔬:一作"菰"。 "豐鎬"在長安,"澗瀍"在洛陽,皆公生涯所在之鄉也。 趙云:公前所謂"兩京猶薄産"也。鄷、鎬是兩字,周文王都鄷,武王都鎬是也。澗、瀍二水名。《禹貢》云:"東北會于澗瀍。"《洛誥》云:"我乃卜澗水東、瀍水西,惟洛食。"

"共誰"二句:《風俗通》:"南北曰阡,又謂之冢。" 趙云:"新阡",以言墳墓。《前漢》:"原涉名其母墓曰南陽阡。"是也。

"富貴"句:言"富貴"外物,轉頭即陳迹耳。

"喧争"句:趙云:劉琨云:"常恐祖生先吾著鞭也。"

"兵戈"二句:時天下亂離,惟"江漢"可以避難。鮑明遠《翫月》

詩："娟娟似蛾眉。" 趙云："兵戈"字，《前漢·戾太子傳·贊》。《詩·〔序〕》："文王之道，被于南國，美化行乎江漢之域。"公在夔，于江漢之水爲近，故可以"月"系之。《選》詩有云："生烟紛漠漠。"又云："娟娟新月體。"今摘而用之。

"局促"句："局促"，言不得自肆也。"秋燕"，言欲歸而未得也。仲長統云："人事可遣，何爲局促？" 趙云：漢景帝曰："局促如轅下駒。"（陳案：景、促如，《史記》作"武""趣效"。）

"蕭疏"句：宋玉《九辨》云："蟬寂寞而無聲。" 趙云：謝惠連《泛南浦至石帆》云："蕭疏野取生，逶迤白雲起。"（陳案：取，《藝文類聚》作"趣"。）

"雕蟲"句：揚子雲曰：童子雕蟲篆刻，俄而曰："壯夫不爲也。"

"烹鯉"句：《古詩》云："客從遠方來，遺我雙鮮魚。（陳案：鮮，《玉臺新咏》作'鯉'。）呼兒烹鯉魚，中有尺素書。" 趙云：言二公記憶其能詩，又數遣人致書尺，以問其病體也。"沈綿"者，久疾之狀。王無功《久客病歸》詩云："沈綿赴漳浦。"

"卜羨"句：嚴君平，卜筮于成都市。以爲卜筮者賤業，而可以惠人。有邪惡非正之問，則依蓍龜爲言利害，各因勢導之，以善從吾言者，已過半矣。日閱數人，得百錢，足自養，則閉肆下簾，而授《老子》。又，阮修宣子常〔步行〕，以百錢掛杖頭，至酒店，便獨酣飲。

"偷存"句：趙云：言被寇盜之餘，所存無幾。《晉》：王獻之夜臥齋中，而有偷人入室，盜物都盡。獻之徐曰："偷兒，青氈我家舊物，可特置之。"群盜驚走。

"囊虛"二句：趙云：公自言貧窶之狀也。"把釵釧""拆花鈿"，皆言貨易之爾。（陳案：貨，《補注杜詩》作"賣"。）"囊虛"，即錢囊空虛也。

"甘子"二句：趙云：指言瀼西茅屋也。"陰涼"對"八九"，此又不拘以數對數之證耳。

"陣圖"句：《桓溫傳》：初，諸葛亮造八陣圖於魚復。平沙之上，疊石爲八行，相去二丈。溫見之，謂之常山蚘勢。

"市暨"句：自注：八陣圖、"市暨"，夔人語也。江水橫通山谷處，方人謂之"瀼"。

"羈絆"句：江淹《別賦》曰："心折骨驚。"

"棲遲"句：趙云：言平昔每爲事物羈絆，故其心常折。今得"棲遲"，可以養病而痊愈也。《莊子》云："予病少痊。"

"紫收"句：一云："紫秧岷下芋。" 《前漢·貨殖傳》：蜀卓氏曰："吾聞岷山之下，沃野千里。下有蹲鴟，至死不飢。"師古曰："蹲鴟，謂芋也。" 趙云：蓋其種自"岷嶺"來爾。

"白種"句：池：一作"家"。 趙云："陸池蓮"，師民瞻本取之，乃陸地所開之"池"也。

"色好"二句：《蜀都賦》："紫梨津潤，樏栗鏬發。"（陳案：鏬，《文選》作"罅"。） 趙云：上四句，皆記"瀼西"草堂所有。

"勑廚"二句：趙云：《王羲之傳》有："一味之甘，割而分之。"《楊震傳》："雀銜三鱣魚，飛集講堂。""鱣"，一音善。

"兒去"句：一云："俗異鄰蛟室。" 《詩》云："敝笱在梁。"又云："毋發我笱。"注云："捕魚梁也。"故合使"魚笱"字。

"人來"句：一云："〔朋〕來坐馬轣。" 《戰國策》云：蘇秦少與張儀爲友。秦在趙爲相，儀至趙，使人白秦。秦心激之，令儀於城東門外，坐以破馬轣，進之鹿食。（陳案：鹿，《戰國策》作"麤"。）儀憤乃西入秦。昭王善之，拜爲相。儀歎曰："馬轣之事，乃至是乎？""人來坐馬轣"，言貧無坐席也。

"縛柴"二句："縛柴"爲門也。"通竹"以引泉爾。淵明詩泉"涓涓"而始流。

"塹抵"句：（陳案：抵，《補注杜詩》《全唐詩》作"抵"。抵，《説文》"側擊也"。《集韻》"紙"韻"或作抵"。） 自注："京師農人指田遠近多云幾稜。稜，岸也，音去聲。"

"村依"句：《晁錯傳》："鑿太上廟堧垣。"師古曰："堧者，内垣之外游地也。〔"堧"，音〕人緣反。 趙云：公又有自注："廟堧者，廟外垣餘地也。"按《申屠嘉傳》："晁錯爲内史，門東出不便，更穿一門南出者，太上皇廟堧垣也。"

"缺籬"句："拒"，猶言補塞也。

"借問"二句：趙云：自此已下八句，又言其嬾不出任也。（陳案：任，《補注杜詩》作"仕"。）邊孝先，腹便便。嬾讀書，晝日眠。

"誰云"句:《(誰)[語]》曰:"古者言之不出,恥躬之不逮也。"

"自覺"句:馬援曰:"大丈夫窮當益堅,老當益壯。"

"霧雨"句:趙云:公時已朱紱銀章,既不服之久,所以昏"澁"也。公詩又有"銀章破在腰"之句。

"馨香"句:趙云:公時爲尚書工部員外郎,今不在省中,徒言其官署之美,謂之"馨香"者,以其含香握蘭也。一謂之"蘭省",亦謂之"畫省"。以粉塗畫,故言"粉署"。

"紫鸞"二句:趙云:上句以譬高材之人,則不論"遠""近"而往。下句則公自謙,以"黃雀"之小,徒任卑飛而已。公又有《聽許十一誦詩》云:"紫鸞自超詣。"可見矣。梁簡文《望月》詩:"可憐無遠近,光照悉徘徊。"又,《戰國策》:劇辛曰:"黃雀俯啄白粒,仰棲茂樹,鼓翅奮翼,自以爲與人無爭;不知公子王孫,左挾彈,右攝丸,以其頭爲的。晝游茂樹,夕調酸鹹爾。"

"困學"二句:上句,言與俗俯仰而已。孔子拜下,違衆。麻冕,從衆。又,《楊惲傳》:"方當盛漢之隆,願勉旃,無多談。"言子當自勉勵,以立功名,不須多爲我言也。　趙云:自"困學違從衆",至"青簡爲誰編"十二句,因言己之局促,而勉二公之爲功名也。《揚子》曰:"困而不學,斯爲下矣。"(陳案:揚子,當爲《論語》。)

"聲華"二句:上句言"李鄭""聲華",足以夾輔"宸極"。下句取郎官象列星,諸侯象四七,宰相法三台,皆"星躔"。"早晚",言非久拔用之也。　趙云:《謝安傳》:"宫室體宸極。"

"懇諫"二句:《匡衡傳》:諸儒語曰:"無說《詩》,匡鼎來。匡說《詩》,解人頤。"服虔曰:"言匡且來也。"應劭曰:"鼎,方也。"師古曰:"服、應二說是。"《傳》載匡言"日食"事甚切到。《後漢·儒林傳》:"服虔少以清苦建志,入太學受業。善著文,舉孝廉。"　趙云:以言二公也。

"不逢"二句:逢:一作"過"。　趙云:若留"匡鼎"而引"服虔",則亦不過用"鯁直"以進,當爲"正陶甄"之化耳。《史》云:"樂軟熟,而憎鯁直。"

"宵旰"二句:趙云:《前漢·傳》:"宵衣旰食。"《傳》曰:"舉賢良,問民疾苦。"

"雲臺"二句：趙云：既能如上兩句，解天子之"憂"，救黎庶之"苦"，則功名成之矣，可畫像于"雲臺"，而書名于史册也。《馬援傳》："顯宗圖畫建武中名將列臣于雲臺。""青簡"者，殺竹青爲簡也。《杜補遺》：《後漢》："（無）[吳]祐父恢爲南海大守，殺青簡寫書。"注："殺青，以火炙簡，令汗，取其青易書。"劉向《别録》："治青竹作簡書，謂之青簡。"蓋出《文選》劉孝標《書》李善注。

"行路"二句：趙云：自"行路難何有"至末句，蓋叙述其將離夔，而往從二公，南下歷訪佛寺，尋問佛法以終老也。《古詩》有《行路難》。

"由來"句：木元虚《海賦》："飛迅鼓栧。"

"暫擬"句：《西域傳》："控絃者十餘萬。"　趙云：此兩句通義，言"栧""飛"之疾，如箭之往也。韓退之有"劈箭疾"。《匈奴傳》有"控絃之士"。

"身許"二句：《杜補遺》云：《釋氏要覽》云：曹溪在韶州"雙峯寺"下，昔晉武侯曹叔良宅也。又云：按佛書，毗婆尸佛、尸棄佛、毗舍浮佛、拘留孫佛、拘那含牟尼佛、迦葉佛、釋迦牟尼佛，謂之天〈台〉[竺]"七祖"。其所說七偈，乃禪源也。自達磨至慧能，謂之中華六祖。與子美同時，先後人耳。　趙云：謂之"門求"，則所求之法門也。

"落帆"二句：（陳案：褐，《四庫全書》作"謁"。形誤。《補注杜詩》《全唐詩》作"褐"。）　趙云：于彼"帆""落"，乃是"宿昔"之願。"落帆"，即收帆也。其"衣褐"之身，專爲依向"真詮"也。《天台賦》："被毛褐之森森。"《孟子》："皆衣褐捆屨。""褐"者，布衣也。"真詮"，佛法也。

"安石"句：（陳案：盡，《補注杜詩》《全唐詩》作"晋"。）　自注："鄭高簡，得謝太傅之風。"

"昭王"句：自注："李宗親，有燕昭之美。燕，周之裔。"　趙云：以"安石"比"鄭"，以"燕昭"比"李"。言所經，當與"鄭李"相會。

"途中"句：阮籍時率意獨駕，不由徑路，車跡所窮，輒痛哭而反。

"查上"句：《因話録》：《漢書》載："張騫窮河源。"言其奉使之遠也。"乘槎"事，見張華《博物志》。二句公自謂也。

"披拂"句：拂：一作"晤"。　衛瓘見樂廣曰："（螢）[瑩]然若披雲霧而覩青天也。"

"淹留"句：劉安《招隱士》詩云："〔攀〕援桂枝兮聊淹留。"　　趙云：一相見，別當相別也。《選》云："步幽蘭以披拂。"一作"披晤"，非。"披拂"，乃兩字，故對"淹留"。《離騷經》云："又何可以淹留。"

"風期"二句：趙云：兩句通義。言我之"風期"，必"破浪"而往，告爾"水怪"毋爲孽也。《南史》：宗慤曰："願乘長風，破萬里浪。"孔子曰："水之怪龍、罔象也。"《海賦》："其垠則有天琛水怪、鮫人之室。"《江賦》："揚鬐掉尾，噴浪飛涎。"

"他日"句：宋玉有《神女賦》。廟在巫山。

"傷春"句：《蜀都賦》："鳥生杜鵑之魄。"《華陽風俗錄》。　　趙云：既申言其離夔州，而于巫峽"辭神女"之日，當在暮春"杜鵑"鳴時也。

"淡交"句：《禮》："君子之交淡如水。"

"澤國"句：言地多陂澤，故云"澤國"。　　趙云：此二句又申言，二公"交"友，當如水之"淡"，可"聚"可"散"，不必戀著。如小人之甘，不忍離也。江陵而往，皆水澤之國矣。言其別二公之後，而淹留於江漢也。

"本自"句：王簡栖《頭陁寺碑》："以法師景行大迦業，故以頭陁爲稱首。"佛大弟子也。

"何曾"句："藉"：去聲。　　《列仙傳》：偓佺，槐里采藥父也。食松實，形體生毛數寸，能飛行，逐走馬。《甘泉賦》云："雖方征僑與偓佺兮，猶髣髴其若夢。"　　趙云："迦葉"，磨竭陁國人，姓婆羅門。于七佛之外，爲天竺二十五祖之首。具見《傳燈錄》。偓佺以松子遺堯，不服。時受服者皆三百歲。白樂天詩曰："海山不是吾歸處，歸即應歸兜率天。"亦言事佛，而不學仙也。

"鑪峰"句：(陳案：昐，《全唐詩》同。《補注杜詩》作"盼"，《集千家註杜工部集》作"昈"。)　　廬山東南有香鑪山，孤峯突起，遊氣籠其上，氛氳若香煙焉。

"橘井"句：神仙蘇耽種橘鑿井，以救鄉里之疫病者，以井泉服一橘葉即已。　　趙云："鑪峯"在江州，蓋名山也。周景〔式〕《廬山記》曰："匡俗，周威王時生而神靈。盧于此山，稱盧君，故山取號焉。"酈道元據《列仙傳》云："耽，郴州人，則橘井在郴也。其井在馬嶺山上，故云高寨也。"嵇康《四言》曰:"組帳高寨。"今在此借用耳。匡俗之"鑪峯",一水而下,故云"轉盼"。公嘗有詩曰:"轉盼拂宜都。""鑪峯"在江州,"橘井"在郴州,路既不同,未得見之,爲"尚高寨"也。

"東走"句:見《卜居》詩:"歸羨遼東鶴"注。

"南征"句:《馬援傳》云:"吾在浪泊、西里間,虜未滅之時,下潦上霧,毒亂薰蒸,仰視飛鴈,跕跕墜水中。(陳案:鴈、墜,《後漢書》作'鳶'、'墮'。)卧念少游平生時語,何可得也?"　趙云:《搜神〔後〕記》:遠東城門華表柱,忽有白鶴來集。歌曰:"有鳥有鳥丁令威,去家千年今來歸。""南征",向南而行也。(梁)張纘有《南征賦》。此上四句,蓋公之所欲遊行者。

"晚聞"二句:"妙教",釋典也。《釋書》云:"能修其教,足以追塞宿業也。"　趙云:言晚年所聞,多在于"妙教",而畢竟欲踐履之,以"塞"前日之愆過也。《莊子》云:"若丘之晚聞道也。"《天台山賦序》云:"卒踐無人之境。"

"顧愷"句:《晋》:"顧愷之尤善丹青,圖寫特妙。謝安深重之,以爲有蒼生以來,未之有也。"

"頭拖"句:(陳案:拖,《文選》作"陀"。)　《姓氏英賢録》云:"王(中)[巾],字簡栖,作《頭拖寺碑文》。頭陁寺者,沙門釋惠宗之所立也。敢寓言于雕篆,庶肸霱乎衆妙。""琰琬",鐫碑也。　《杜補遺》:《釋氏要覽》云:梵言杜多,漢言抖擻,謂三毒之塵,能坌汙心,此人能振掉除去。今頭陁,稱呼之誤也。　趙云:上句言寺之畫,下句言寺中之碑。愷之常畫瓦棺寺維摩詰像最有名。公以佛寺之畫,當求如愷之者而觀之。寺中之碑,求如簡栖者而作之。

"衆香"句:《法華經》云:"曉燒衆名香。"《天台賦》云:"衆香馥以揚烟。"

"幾地"句:潘岳《耤田賦》:"蟬冕穎以灼灼兮,碧色肅其芊芊。"(陳案:耤,《文選》作"藉"。)　趙云:上句又以言佛寺,如衆香國之"香",其深"黯黯"。《維摩經》曰:"上方界分,過四十二恒河沙佛土。有國名衆香,佛號香積。"潘岳《在懷縣作》曰:"稻載肅仟仟。"注云:"與芊芊同。"

"勇猛"句:佛書:"勇猛精進。"

"清羸"句:《陳書》:姚察居憂,齋素日久。後主見察柴瘠,爲之動容,勅曰:"卿羸瘠如此,齋菲累年,不宜一飯,有乖將攝"也。　趙云:兩句通義。言心極于聞道,而不管病體之羸弱也。《顧野王傳》:"體素清羸。"

"金篦"二句:一云:"平等未離銓。"　《涅槃経》云:"如目盲人爲治目,故造詣良醫,即以金篦刮其眼膜。"　趙云:《法苑珠林》載一實事:後周張元,其祖喪明。元憂泣,因讀《藥師經》云:"盲者得視之言,遂命僧誦經七日,夢一翁以金篦療其祖目,曰:'三日必差。'"又,《維摩經》云:"如鏡中像。"詩句蓋言求聽佛法之論,若"金篦"雖可以"刮"眼中之膜,而執"鏡中"之"像",以爲實有,則"未離"銓量之間。公于此又高一著,而遺行役之累也。

贈李八秘書別三十韻

往時中補右,扈蹕上元初。
反氣凌行在,妖星下直廬。
六龍瞻漢閣,萬騎略姚墟。
玄朔迴天步,神都憶帝車。
一戎纔汗馬,百姓免爲魚。
通籍蟠螭印,差肩列鳳輿。
事殊迎代邸,喜異賞朱虛。
寇盜方歸順,乾坤欲宴如。
不才同補袞,奉詔許牽裾。
鴛鷺叨雲閣,騏驎滯玉除。
文園多病後,中散舊交疏。
飄泊哀相見,平生意有餘。
風煙巫峽遠,臺榭楚宮踈。

觸目非論故，新文尚起予。
清秋彫碧柳，別浦落紅蕖。
消息多旗幟，經過嘆里閭。
戰連唇齒國，軍急羽毛書。
幕府籌頻問，山家藥正鋤。
台星入朝謁，使節有吹噓。
西蜀災長弭，南翁憤始攄。
對敵抗士卒，乾没費倉儲。
勢藉兵須用，功無禮忽諸。
御鞍金騕褭，宫硯玉蟾蜍。
拜舞銀鈎落，恩波錦帕舒。
此行非不濟，良友昔相如。
去榜依顏色，沿流相疾徐。
沈綿疲井臼，倚薄似樵漁。
乞米煩佳客，鈔詩聽小胥。
杜陵斜晚照，潏水帶寒淤。
莫話清溪髮，蕭蕭白映梳。

【集注】

"往時"二句："扈"，扈從也。"蹕"，鳴蹕也。天子之出，鳴蹕以清道。《後漢·輿服志》："蘭台令史，皆執蹕以督整車騎，謂之護駕。"

趙云：首兩句指言"李秘書"也。唐制：補缺、拾遺有左有右，掌供奉、諷諫、扈從、乘輿。今云"往時中補右"，則在中爲右補闕矣。《王立之詩話》載：潘子真云："杜詩有'往時中補右，扈蹕上元初'，然少陵罷拾遺，時是至德後，李太冲以年譜考之，信然。子真以爲'扈蹕'主上之初元耳。"杜時可《補遺》亦云：天寶十五載丁酉七月，肅宗即位于靈武，改至德元載。是時子美自賊中竄歸鳳翔，拜左拾遺，而扈從乘輿也。乾元元年己亥，移華州司功。乾元二年，棄官，自秦入蜀。上元元年辛丑、二年壬寅，并在蜀郡。以此考之，"扈蹕上元初"，非年號也。王定國謂"扈蹕"于上之元初，乃至德元載耳。若在梓州《寄題草堂》云："經營上元始，斷手寶應年。"自當作年號。杜乃以天寶十五載爲丁酉，比之《編年通載》差太歲一年，其下遞相差。蓋《編年通載》：元寶十五載，乃丙申也。然諸公云云，于講"上元初"三字，頗是，但不知何故，却以爲子美自言乎？是不省悟杜公乃爲左拾遺，而此云"中補右"，則言"右補闕"耳。却豈是杜公耶！又不省悟下段云："不才同補袞"，是說與"李秘書"同在補袞之職也。如此，則非"李秘書"爲右補缺，而公爲右拾遺乎？謂之"往時"，則追言至德初之事也。

"反氣"句："反氣"，謂寇賊之氣也。天子所幸謂之"行在"。趙云：肅宗即位靈武，駐蹕于鳳翔，故謂之"行在"。"反氣"，指言安禄山也。

"妖星"句：陸（幾）[機]詩云："厭直承明廬。" 趙云："直廬"，則從官所直之廬。（梁）蕭子雲有《歲暮直廬賦》。"妖星"，亦指言（哉）[賊]，其名曰慧，曰孛。備載《晋·天文志》。

"六龍"句：（陳案：閣，《全唐詩》作"闕"。一作"殿"。）《易》："時乘六龍，以御天也。"蕭何作漢宮闕。

"萬騎"句：蔡邕《獨斷》曰："大駕備千乘萬騎。"《帝王世紀》曰："瞽瞍之妻曰握登，生舜于姚墟，故得姓于姚氏曰。"（陳案：曰，《補注杜詩》作"也"。）趙云：上句言乘輿在鳳翔，而瞻望長安之缺。下句則先遣騎兵畧河中府而靜之矣。"六龍""萬騎"，皆在天子言之。謂之"漢缺"，則漢之舊都宮缺也。河中府，則漢之蒲坂，舜所都也。（陳案：注文三"缺"字，《杜詩引得》皆作"闕"。）

"玄朔"句：迴：一作"巡"。 《詩》："天步艱難。"

"神都"句：武后以東郡爲"神都"。時天子尚在蜀，故言"憶"。又，《後漢·輿服志》言："北斗攜龍角，〈角〉爲帝車也。" 趙云：車駕十月還長安。"玄朔"，則玄冬之朔。"神都"，則天子所居，乃神明之都也。"憶帝車"者，非止憶望皇上之車而已。詩兩句通義，言冬之朔望。"迴天步"者，以神明之都，憶望"帝車"之故也。

"一戎"句：《書》："一戎衣，而天下大定。"公孫宏："臣愚駑，無汗馬之勞。"（陳案：宏，《史記》作"弘"。）

"百姓"句：《左傳•昭元年》：劉子曰："美哉禹功，明德遠矣！微禹，吾其〈爲〉魚乎？"　　趙云：此專言肅宗親治兵，以平禍亂。《光武紀》："百萬之家，可使爲魚。"已上說車駕之還京。

"通籍"句："通籍"，注："籍者，爲二尺竹牒，記其年紀、名字、物色，懸之宮門。案省相應，乃得入。""蟠螭"，謂印鼻鈕上文也。《晉陽春秋》曰："重光照洞微上，蟠螭文隱起。"（陳案：重，《學林》卷四引作"璽"。微，作"徹"。）　　薛云：右按：《漢舊儀》："天子六璽，皆玉螭虎鈕也。"

"差肩"句：（陳案：列，《四庫全書》本作"引"，《補注杜詩》《全唐詩》作"列"。）　　趙云：此兩句方言李補闕之扈從。"鳳輿"，指言乘輿。與諸侍從之臣，肩相摩，而羅列于其側也。

"事殊"句：高祖崩，呂産欲危劉氏。周勃（爲）[與]丞相陳平、朱虛侯劉章，共誅諸呂，遂奉天子法駕，迎代王于代邸，立爲孝文帝。

"喜異"句："朱虛"，朱虛侯劉章也。　　趙云：兩句通義。肅宗以皇太子爲天下兵馬元帥，北收兵至靈武。裴冕等奉皇太子即皇帝位。與漢文帝從代王入爲天子，事體不同。故著"殊"字與"異"字也。

"寇盜"句：謂歸降納欵也。

"乾坤"句："宴如"，言寧靜也。　　趙云：此兩句結肅宗還京，而禍亂削平也。

"不才"句：謂作拾遺也。

"奉詔"句：《魏•辛毗》：文帝欲徙冀州士家十萬户實河南，毗諫，帝怒，不答，起入，毗隨而引其裾。　　趙云：《詩》："袞職有闕，惟仲山甫補之。"公爲左拾遺，與補闕之職，皆是掌供諷諫，故云"同補袞"，云"許牽裾"也。諸公說杜詩者，不知詳味詩意，便以謂首句"中補右"，爲公之爲"〔右〕拾遺"，不知讀至此，却乃云"同補袞"，以爲何義耶？

"鵷鷺"句：《古詩》："側迹鵷鷺行。"謂侍從列也。潘安仁："高閣連雲。"

"騏驎"句：〔玉除〕：一作"石渠"，謂李秘書也。　　趙云：上句又申言其在朝，與李秘書同列也。下句却指李秘書如"騏驎"駿馬，留滯于石渠，而不遷擢也。"玉除"字，當以"石渠"爲正。蓋下文押"除"字也。漢東觀"石渠",正是校書之所,其指言李秘書尤明。

"文園"句:《司馬相如傳》:"相如有消渴病,嘗爲孝文園令。"

"中散"句:(稽)[嵇]康爲中散大夫。　趙云:上句,又以司馬相如自比其消渴也。下句,又自比爲(稽)[嵇]康,與呂安、向秀,爲交最善,而今隔絕,所以嘆其疏也。

"飄泊"四句:除:一作"虛"。　趙云:"飄泊哀相見",則公自言其與李秘書,昔日同侍從之班,其後"漂泊"。知再會聚於夔,(陳案:知,《杜詩引得》作"及"。)相與道"平生",其意氣固"有餘"也。故下有"巫山""楚宫"之句。"楚宫虛",一作"除",宜以"除"爲正。蓋上已押"朱虛"韻矣。"觸目"非"除",則亦蕩除而不存也。

"觸目"二句:(陳案:觸,《四庫全書》本作"解"。形誤。《補注杜詩》《全唐詩》作"觸"。)　趙云:上句則嘆李秘書之外,滿目皆非故舊,不可與"論",故事不可與言,〔非〕故地〔可論〕。舊注便引顔延年《詠阮步兵》詩,云:"物故不可論。"此義自說阮嗣宗口不評論、〔臧〕否人物,何干此事？恐惑學者。下句又言李秘書之文,尚能"起予"也。孔子曰:"起予者,商也。"

"清秋"二句:此兩句紀與李秘書相見之時。

"消息"句:《高祖紀》:"張旗幟於山上,爲疑兵。"

"經過"句:爲經喪亂,"里閭"多彫敝也。　趙云:上句爲大歷二年秋九月,吐蕃寇靈州,又寇邠州。又言兵所過,無不殘擾。公之鄉里爲近,可爲慨嘆也。

"戰連"句:《僖公五年》:晉侯假道於虞以伐虢。宫之奇諫曰:"虢,虞之表也;虢亡,虞必從之。此所謂輔車相依,唇亡齒寒者,其虞、虢之謂乎？"

"軍急"句:魏武帝《奏事》曰:"若有急,則插羽于檄,謂之羽檄。"　趙云:唇齒之國,既被其害,宜乎檄書之奔馳也。

"幕府"句:自注云:"山劍元帥杜相公,初屈幕府,參籌畫。相公朝謁,今赴後期也。"

"山家"句:自注云:"秘書比卧青城山中。"　趙云:"相公",杜鴻漸也。永泰元年,歲在乙巳,崔旰殺郭英义,西蜀大亂。次歲命鴻漸以宰相兼成都尹,充山劍川副元帥、劍南西川節度使,以鎮撫之。

既而今歲大曆二年,請入覲,許之。問"籌""鋤""藥"之句,公自有本注。蓋杜相公自到任後,雖頻有屈致李秘書充"幕府"之命,而李侯方且在青城山中,"鋤""藥"不起也。

"台星"二句:(陳案:使,《四庫全書》本作"便",形誤。《補注杜詩》《全唐詩》作"使"。)　　趙云:"台星入朝",正言杜相公之入覲,必薦舉之也。

"西蜀"二句:(陳案:弭,《四庫全書》本作"餌"。形誤。《補注杜詩》《全唐詩》作"弭"。)　　趙云:上句憂吐蕃能爲"西蜀"之患。前年陷松、維州,"西蜀"不爲不被其災。若能弭除"西蜀"之災,而後可以"攄""南翁"之"憤"。公客于楚,故以"南翁"自謂也。《前漢・項籍傳》:南公稱曰:"楚雖三户,亡秦必楚。"注:"南公,南方之老人也。"今字雖用"〔角〕〔南〕翁",〔實〕此義矣。

"對敭"句:《益稷》曰:"時而颺之。"注:"〔颺,道〕揚舉也。"《畢命》:"對揚文、武之〔光〕命。"注:"揚,舉也。"《詩》:"對揚王休。"

"乾沒"句:張湯始爲小吏乾沒,與長安富賈田甲、魚翁叔之屬交私。　　趙云:其"對敭"之所抗舉,必以"士卒"爲言者,爲其"乾沒"而"費"廩食也。"乾沒",謂成敗也。或者直爲是陸沈兩字,言乾地沈沒其利爾。今公所用,疑出于此。

"勢藉"二句:趙云:上既云"乾沒費倉儲",則當去兵而後食可省。然兵未可去,故云"勢藉兵須用"。公之意,以杜相公必有策,以減兵而省食也。下句言朝廷得杜相公,必有厚"禮"矣。《左傳》:"皋陶庭堅,不祀忽諸。"

"御鞍"二句:《漢書・音義》曰:"騕褭者,(陳案:應劭注作'要裹'。)神馬也。赤喙,黑身,與飛兔同。明君有德則至。"《西京雜記》:"晉靈公塚甚瑰壯,四角皆以石爲獬犬。棺器無復形兆,尸猶不壞。孔竅中皆有金玉。其他器物,朽爛不可别。惟有玉蟾蜍一枚,大如拳,腹空,容五合水,光潤如新玉。"

"拜舞"句:"銀鉤",字也,猶言詔書也。

"恩波"句:《西京雜記》言:"秘閣圖書,皆表以牙籤,覆以錦帕。"

趙云:四句則朝廷所以寵賜相公之物。"金騕褭",賜之以馬也。武帝鑄金爲馬蹄,故駿馬得謂之"金騕褭"。"玉蟾蜍",賜之以硯滴也。"拜舞銀鈎落",所以成"宮硯玉蟾蜍"之句。既"拜舞"以受賜,則用之揮染,而字畫如"銀鈎"之落矣。素(素[索]靖《論書》曰:"腕若銀鈎,漂若驚鸞。"(陳案:腕,《晉書》作"婉"。)"恩波錦帕舒",所以成"御鞍金騕褭"之句。蓋"恩波"所及,併"御鞍"而賜焉,於是又蒙覆之以"錦帕"也。(梁)丘遲《侍宴》詩云:"肅穆恩波被。"

"此行"二句:(陳案:如,《補注杜詩》《全唐詩》作"於"。) 趙云:言李相繼隨杜趨朝,"非"不有"濟",如同舟共濟之義。李爲杜之"良友",宿昔最相得,則必推薦之矣。又所以成"使節有吹噓"之句。"相於"字,出《選》。

"去棹"二句:趙云:以言李之舟行也。

"沈綿"句:《馮衍傳》:"兒女常自操井臼。"

"倚薄"句:趙云:公以言其臥病也。病之"沈綿",則不能服"井臼"之事。"井",汲也;"臼",舂也。《古列女傳》載:周南之妻曰:"親操井臼。"謝靈運詩云:"拙疾相倚薄,還得靜者便。"言留滯于夔,即是倚依止薄,如樵夫、漁父然也。

"乞米"句:"乞"字,公自注:"去聲。"

"鈔詩"句:"小胥",小吏也。 趙云:自我求人,謂之"乞";自人與我,謂之"乞",則音"氣"也。《詩》云:"於焉佳客。"(陳案:佳,《毛詩注疏》作"嘉"。)即嘉客也。《周禮》有"小胥"之官。雖是官名,今言乃胥(史)[吏]也。

"杜陵"句:漢宣帝葬杜陵,去長安南五十里。

"潏水"句:"潏",音决,水名也。《上林賦》"豐鎬潦潏"之"潏"杜陵潏水,公之故里。"潏水"在長安縣南十里,東自萬年縣界流入。

"莫話"二句:趙云:四句因李君之行趨長安,遂起懷鄉之念。"青溪",言溪水之色青爾。謝莊詩云:"清溪如委黛。"

寄劉峽州伯華使君四十韻

峽內多雲雨,秋來尚鬱蒸。
遠山朝白帝,深水謁夷陵。

遲暮嗟爲客,西南喜得朋。
哀猿更起坐,落鴈失飛騰。
伏枕思瓊樹,臨軒對玉繩。
青松寒不落,碧海闊逾澄。
昔歲文爲理,群公價盡增。
家聲同令聞,時論以儒稱。
后當臨朝肅,多才接迹昇。
翠虛捎魍魎,丹極上鶌鵬。
宴飲春壺酒,恩分夏簟冰。
雕章五色筆,紫殿九華燈。
學并盧王敏,書偕褚薛能。
老兄真不墜,小子獨無承。
近有風流作,聊從月繼徵。
放蹄知赤驥,捩翅服蒼鷹。
卷軸來何晚,襟懷庶可憑。
會期吟諷數,益破旅愁凝。
雕刻初誰料,纖毫欲自矜。
神融躍飛動,戰勝洗侵凌。
妙取筌蹄棄,高宜百萬層。
白頭遺恨在,青竹幾人登。
回首追談笑,勞歌跼寢興。
年華紛已矣,世故莽相仍。
刺史諸侯貴,郎官列宿應。
潘生驂閣遠,黃霸璽書增。
乳贙號攀石,飢鼯訴落籐。

藥囊親道士，灰劫問胡僧。
憑久烏皮綻，簪稀白帽稜。
林居看蟻穴，野食待魚罾。
筋力交彫喪，飄零免戰兢。
皆爲百里宰，正似六安丞。
姹女縈新裹，丹砂冷舊秤。
但求椿壽永，莫慮杞天崩。
煉骨調情性，張兵撓棘矜。
養身終自惜，伐叛必全懲。
政術甘疏誕，詞場愧服膺。
展懷詩頌魯，割愛酒如澠。
咄咄寧書字，冥冥欲避矰。
江淮多白鳥，天地有青蠅。

【集注】

"峽内"二句：《高唐賦》云："旦爲朝雲，暮爲行雨。"應璩書："處涼臺而有鬱蒸之煩。" 趙云：上句，普言三峽一帶之地，與忠州三峽内同義。下句，謂楚地之多熟也。

"遠山"句：見上《白帝城》詩注。

"深水"句：謁：一作"出"。 峽山有"夷陵"縣。（陳案：山，《補注杜詩》作"州"。） 趙云：上句，說夔州，蓋公之所在也。下句，說峽州，劉使君之所在也。"謁"字，或作"出"，非。蓋水至"夷陵"而愈"深"，所以謂之"謁"，用對"朝"字爲工耳。

"遲暮"二句：《易》："西南得朋。" 趙云：上句所以成在"白帝"城句。下句所以成望"夷陵"之句。《楚詞》："傷美人之遲暮。"陸士衡《嘆逝賦》："託末契于後生，余將老而爲客。""得朋"，指言劉使君。大抵四川皆在中州之西南，文人於恰好處不放過。一句說夔，一句說峽，此亦雙紀格。

"哀猿"二句：趙云：上句，謂聞猿嘯之聲悲哀，不覺起坐。"更"，平聲。下句，則以譬其身如"鶡"之落，而困於飛翔也。

"伏枕"句：江淹《古別離》云："願一見顏色，不異瓊樹枝。"言思"劉使君"也。

"臨軒"句：〔玉繩〕，星名。謝元暉詩："玉繩低建章。" 趙云："伏枕"，公言其病也。"瓊樹"，指言劉使君。"漢李陵贈蘇武詩曰："思得瓊樹枝，以解長渴飢。" 《杜補遺》：《世說》：王戎云："太尉夷甫，神姿高徹，如瑤林瓊樹，自是風塵外物。"下句則思劉〔使〕君"臨軒"而坐，直至"玉繩"星見爾。

"青松"句：《莊子》云："松柏在冬夏青青。"何敬祖詩："青青陵上松，亭亭高山柏。光色冬夏茂，根柢無凋落。"言"劉使君"之歲寒也。

"碧海"句：《十洲記》："扶桑在碧海之中。" 趙云：東方朔《十洲記》："東有碧海，廣狹浩汗，與東海等。水不鹹苦，正作碧色。"此言"劉使君"之寬量也。

"昔歲"二句：尚文之世，"群公"皆馳譽得時，則其"價""增"矣。趙云：此追言前朝也，所以引下句。

"家聲"二句：趙云：此言劉使君祖宗"家聲"，與公祖審言同休令之聞望，當時士論，皆以大儒名歸之。

"后當"句：（陳案：《補注杜詩》《全唐詩》作"太后當朝肅"。）趙云："太后"，指言則天〈之〉也。

"翠虛"二句：趙云：言多才進用，如在"翠虛""丹極"之間，於是棄捐不才，如之"捎魍魎"；進用賢者，如"鶠鵬"搏扶九霄間。"捎"字，《東京賦》云："捎魍魎。"注云："捎，殺也。""上"字，則《莊子》："搏扶搖而上者九萬里。"是也。

"宴飲"二句：（陳案：飲，《補注杜詩》《全唐詩》作"引"。） 酒：一作"滿"。 頒冰也。江淹賦："夏簟清兮晝不寐。" 趙云：言"太后"朝所寵賜如此。"春壺酒"，則《詩》："（春）〔清〕酒百壺"也。一作"春壺滿"，非是。蓋以"酒"對"冰"方當。

"雕章"句：江淹夢得五色筆，由是文藻日新。 《杜補遺》云：齊蕭愨秋夜賦詩云："芙蓉露下落，楊柳月中疏。"高林以爲斯文"彫章"間出。又，《文選》：任彥升作《王文憲集序》曰："公述作不倦，事該軍國，豈特彫章縟采而已哉！"

"紫殿"句：《西京雜記》："元日燃九華燈于南山上，照見百里。"謝元暉詩："紫殿肅陰陰。"　　趙云：彫鏤章句所用之筆，即"五色筆"也，而"彫章"之作，在於"紫殿"夜宴之時。《前漢·成帝紀》曰："神光降集紫殿。"蓋漢殿名也。

"學并"句：《唐·文苑傳》："盧照齡與楊炯、王勃、駱賓王以文詞齊名，海內稱爲王、楊、盧、駱，號爲四傑。"

"書偕"句：褚遂良、薛稷也。褚遂良之書，得王逸少之體。稷外祖魏徵家，多褚書，稷銳意摹學，時無及者。　　趙云：詳此詩，豈言劉伯華之祖，與公之祖審言乎？故謂之"并"與"偕"也。《記》云："名與功偕，事與時并。"

"老兄"二句：言"伯華"所學，真不墜其家世，惟已不克負荷先業也。　　趙云：劉毅與劉裕樗蒲，毅既得雉，裕曰："老兄試爲卿答。"於是成盧。故對"小子"。《語》曰："吾黨之小子。"

"近有"二句：繼：一作"窾"。　　趙云："風流作"，言其詩之風流，用對"月繼"，則月月相繼而徵索之。"月繼"字，師民瞻本作"月窟"。杜田《補遺》作"月窾"，引顏延年《宋郊祀歌》："月窾來賓，日際奉土。"注："窾，窟也。"一作"峽"，未知孰是。

"放蹄"句：《列子》：周穆王有"赤驥"。

"掾翅"句：《鸚鵡賦》曰："蒼鷹鷙而受紲。"此皆言文才俊逸也。趙云：皆取神駿快疾。謂劉之詩，如馬行鷹飛之馳騁神速也。

"卷軸"二句：趙云：恨其寄詩卷之遲。我之懷抱，欲憑詩以驅遣爾。故有下句。

"會期"二句：趙云："會"數欲數吟詠，而用"破旅愁"之鬱結也。

"雕刻"句：料：一作"觧"。　　《揚子》：或問："雕刻衆形，匪天歟？"曰："以其不雕刻也。如物刻而雕之，焉得力而給諸？"

"纖毫"句：趙云：言其詩"雕刻"之妙，"誰"能輕"料"之？此蓋以造化言之也。又謂其"纖毫"皆妙，而可矜誇。故公前有詩云："毫髮無遺恨。"亦此意用。

"神融"二句：《杜補遺》云：《列子》曰："心凝形釋，骨肉都融，不覺形之所倚，足之所履，隨風東西，猶木葉幹殼，竟不知風乘我耶？我乘風耶？""神融躍飛動"，蓋亦取《列子》"骨肉都融""隨風東西"之意用之耶？"又，《韓子》云：昔子夏見曾子曰："何肥？"對曰："戰勝，故肥。"曾子曰："何謂也？"對曰："吾入見先王之道義，則榮之；出見富貴，又榮之。兩者戰于胸中，未知勝負，故臞。今先王之義勝，故肥。"　　趙云：公于論詩嘗曰："飛動摧霹靂。"今"蹴飛動"，亦是此義。"洗侵凌"，則凡作詩者，不敢與"戰"而"侵凌"之也。

"妙取"句："得魚忘筌""得兔忘蹄"之義。

"高宜"句：言格致高遠也。　　趙云：上句言其詩之不拘泥。下句言其詩之不卑淺也。史："一士止百萬之師。"（陳案：史，指《舊唐書》《新唐書》。）

"白頭"二句："青竹"，青簡也。猶書於青簡者，能幾人？　　趙云：所謂"登""青竹"，則專主文章而言之。《文賦》："嘗遺恨以終篇，豈懷盈而自足？"前史有《文藝傳》《文苑傳》，（陳案：文苑，《四庫全書》本作"又如"。《杜詩引得》作"文苑"。）又如司馬相如、揚雄、王褒等，班班載于史冊，皆以文稱矣。

"回首"二句：趙云：蓋以追懷"劉使君"之"談笑"，故徒勞歌詠，而跼蹐起居之間也。《選》："宴語談笑。"又，"以當談笑。"《詩》："載寢載興。"

"年華"二句：嵇康《書》曰："世故煩其慮，七不堪也。"（陳案：煩，《嵇中散集》作"繁"。）　　趙云：公自入仕，遭安史之亂，又有吐蕃之兵，則"世故""相仍"，如草莽之多矣。

"刺史"句：翟方進奏曰："古選諸侯，賢者以為州伯。今部刺史居牧伯之位，秉一州之統，請罷刺史，置州牧。"　　趙云：今之"刺史"，乃古之"諸侯"之"貴"也。

"郎官"句：《〔後〕漢》：明帝館陶公主，為子求郎，帝不許，賜錢一千萬。曰："夫郎官上應列宿，出宰百里，非其民，則民受其殃。"

"潘生"句：一云："潘安雲閣遠。"是。

"黃霸"句：黃霸為潁川太守，治為天下第一。天子下詔，賜關內侯，黃金百斤。《循吏傳》："二千石有治效者，輒報璽書勉勵，增秩賜金。"　　趙云：潘安仁《秋興賦序》云："以太尉掾，寓直於散騎之省。高閣連雲，陽景罕曜。"下句，以"劉使君"比"黃霸"也。

"乳贊"二句：趙云：此而下則公自敘述，而終之以末句之嘆傷也。

"乳贙"，舊注："乳虎也。"非是。"贙"音昡。杜時可引《爾雅》："贙，有力。"注："出西海大秦國，似狗，多力獷惡。又音鉉。"《炙轂子》載《贙銘》曰："爰有獷獸，厥形似犬。飢則馴服，飽則反眼。出于西海，名之曰昡。"其說是。然夔州未必有之，而公使此者，蓋亦山中之物耳。前乎杜公，則如沈佺期嘗云："且懼威非贙，寧知心是狼"也。"乳贙"號叫而"攀石"，"鼯"以"訴""飢"而"落藤"，此皆道夔州山居事。

"藥囊"二句：趙云：上句以其病之故，求服食于"道士"。秦始皇侍醫，以"藥囊"提荊軻。下句〔以〕世故之多，形乎憂懼，遂有"胡僧"之"問"矣。　《杜補遺》云：漢武帝穿昆明池，極深，悉見墨灰，以問東方朔。朔曰："臣愚，不足以知之，請問西域胡人。"至後漢明帝，特有外國人入來，舉以問之，云："此是天地大劫將盡，劫灰之餘也。"

"憑久"句："烏皮"，几也。

"簪稀"句：管寧常著"白帽"。　　趙云：上句以老嬾之故。"烏皮"者，几也。　《杜補遺》云：(齊)謝朓有《詠烏皮几》詩曰："蟠木生附枝，刻削豈無施。取則龍文鼎，三趾獻光儀。曲躬奉微用，聊成終宴疲。"下句以髮少之故，著白紗帽也，管寧常戴之。

"林居"句：焦贛《易林》曰："蟻封戶穴，大雨將集。"《博物志》："蟻知欲雨。"

"野食"句："魚罾"，魚網也。待罾中所得之魚爲饌爾。

"筋力"二句：趙云："筋、力"兩字。"交"，當作"皆"，言皆"彫喪"。因避難而眼中不見戰伐事，故得免憂懼也。《詩》："戰戰兢兢。"

"皆爲"二句："皆"字，師民瞻本作"昔"字，而趙本又作"旹"字，蓋古"時"字也。此所以成"郎官列宿應"之句。蓋言身爲"郎官"，當其時，自可爲"百里宰"矣，然正如桓譚之出耳。《後漢》："桓譚數以言事忤旨，出爲六安丞。"

"姹女"二句：(陳案：裏，《四庫全書》本作"裹"。形訛。《全唐詩》《杜詩詳注》作"裏"。)　《杜補遺》：漢魏真人《參同契》曰："河上姹女，靈而最神。得火則飛，不染垢塵。"(陳案：染，《周易參同契考異》作"見"。)真一子注云："河上姹女，即是真汞也。"漢真人《大丹訣》曰："姹女隱在丹沙中。"注："姹女，汞也，是天地之至寶。""丹沙"，乃七十二石之至尊。　　趙云：此下言修煉之事，以成"藥囊親道士"之句。

欲以大藥而養性爾。

"但求"句:《莊子》:"上古有大椿者,以八千歲爲春,八千歲爲秋。"

"莫慮"句:《列子》:"杞國有人憂天崩墜,身無所寄。" 趙云:"亦求長年也。"

"煉骨"句:《養生論》曰:"脩性以保神,安心〔以〕全身。"《文子》曰:"太上養神,其次養形。"

"張兵"句:《徐樂傳》:"奮棘矜。"師古曰:"棘,戟也。矜者,棘之把。時秦鑄兵器,故但有戟之把耳。"(陳案:鑄,《補注杜詩》作"銷"。)

"養身"二句:(陳案:身,《補注杜詩》《全唐詩》作"生"。叛,《全唐詩》作"數"。一作"叛"。) 嵇康有《養生論》云:"善養生者,清虛靜泰,少思寡欲。"又《七發》云:"伐性之斧。"上四句,皆養生之理。"伐叛"者,言外物之害性,不可不懲戒也。

"政術"二句:顏子得一善,則拳拳服膺。 趙云:公自謙其于政事,疏拙誕妄;不若"劉使君"於"詞場",雖知"服膺",尤切自愧也。

"展懷"句:(陳案:頌,《杜詩詳註》作"誦"。一作"頌"。) 魯諸侯而有《頌》者,以其德之可歌頌也。

"割愛"句:"平生所好,消渴止之"。已上自注。《左傳》齊侯投壺,相者曰:"有酒如澠,有肉如陵。寡君中此,與君代興。"亦中之。

"咄咄"句:《世說》:殷浩廢在長安,終日書空,作"咄咄怪(字)〔事〕"四字。

"冥冥"句:《揚子》曰:"鴻飛冥冥,弋人何(慕)〔篡〕焉。"《淮南子》曰:"雁銜蘆以避矰繳。"上句言不以世俗爲怪,下句則又有遠引之意。

"江淮"二句:(陳案:淮,《補注杜詩》《全唐詩》作"湖"。) 《詩》云:"青蠅,以喻讒人。" 鮑云:上句與"白鷗波浩蕩"同意。 杜田《補遺》:"白鳥"有二說:一說謂鷗鷺之類。《詩》言:"白鳥翯翯。"是也。喻賢者之潔白,而弃置江湖間。一說謂"白鳥",蚊蚋也,以譬則小人。(陳案:則,《杜詩引得》作"喻"。)言賢者居亂世,欲隱而爲蚊蚋所噆,欲出則爲"青蠅"所汙,是無逃於天地之間矣。蚊蚋謂之"白鳥"者,按《大戴禮·夏小正》注:"白鳥羞丹鳥。(陳案:白、丹,《大戴禮記·夏小正》作'丹''白'。)丹鳥者,丹良也;白鳥者,蚊蚋也;羞,進也。

凡有翼者爲鳥。"崔豹《古今注》曰:"螢,一名丹良,一名丹鳥,腐草爲之,食蚊蚋也。" 趙云:此言在江湖之間,天地之內,無所逃蚊蠅之害也。亦寓意,以言小人之多者乎!

王十五前閣會

楚岸收新雨,春臺引細風。
情人來石上,鮮鱠出江中。
鄰舍煩書札,肩輿強老翁。
病身虛俊味,何幸飫兒童。

【集注】

"楚岸"二句:趙云:上兩句言所會之地。"引"字,如江摠《秋日登廣州城南樓》詩:"秋城韻晚笛,危樹引清風。"

"情人"二句:趙云:"情人",言會中之人。鮑明遠《翫月城門》詩:"迴軒駐輕蓋,留酌待情人。""鮮鱠",言薦食之味。枚乘《七發》云:"鮮鯉之鱠。"

"鄰舍"句:趙云:"王十五"者,必公之鄰也。

"肩輿"句:《司馬相如傳》注云:"札,木簡之薄小者。時未多用紙,故給札以書。"陶淵明:"使二子乘肩輿。"

"病身"二句:趙云:以"病"不能食,"虛"其"雋美"之味。則持之以歸,燕及兒輩也。"俊"當作"雋"。

寄韋有夏郎中

省郎憂病士,書信有柴胡。
飲子頻通汗,懷君想報珠。
親知天畔少,藥餌峽中無。

歸檝生衣臥，春鷗洗翅呼。
猶聞上急水，早作取平途。
萬里皇華使，爲僚記腐儒。

【集注】

"書信"句：藥名也。

"飲子"二句：《四愁詩》："何以報之明月珠。" 杜田《補遺》：仇池翁曰："沈佺期《迴波辭》云：'姓名雖蒙齒録，袍笏未復牙緋。'子美用'飲子'對'懷君'，亦'齒録'、'牙緋'之比也。"又，《古今詩話》云："古之文章，自應律度，末以音韻爲主。（陳案：末，《詩人玉屑》作'未'。）自沈約增崇韻〔學〕之後，浮巧之語，體製漸多。始有磋對、假對、雙聲疊韻之類。如'自珠邪之狼狽，（陳案：珠，《詩人玉屑》作"朱"。）致赤子之流離。'不惟朱對赤，邪對子，而狼狽、流離，乃獸名對鳥名，所謂假對。子美以'飲子'對'懷君'，亦假對。"按：《本草》："柴胡爲君，味苦平，以之爲湯，皆通表裏爾。"

"親知"二句：峽俗信鬼，病則禱祠，而不服藥。故"峽中""藥餌"絕少。

"歸檝"二句：趙云：以上水更不須"檝"，所以"生衣而臥"。"生衣"，謂水生衣也。下句以紀其來時也。

"猶聞"二句：趙云：蓋言韋君"上""水"也。

"萬里"二句：《詩》："皇皇者華，君遣使臣也。"《文·七年傳》：荀林父曰："同官爲僚。"《漢》：高祖罵酈食其曰："腐儒！幾敗吾事。"

寄常徵君

白水青山空復春，徵君晚節旁風塵。
楚妃堂上色殊衆，海鶴階前鳴向人。
萬事糾紛猶絕粒，一官羈絆實藏身。
開州入夏猶知冷，不似雲安毒熱新。

【集注】

"白水"二句:"徵君"者,以其曾爲朝廷禮聘而不起,故謂之"徵君"也。　趙云:言"徵君"本在"白水青山"之間,今以其出,故"空復春"也。蓋使"蕙帳空兮夜鶴怨"之意。下句謂其"晚節"末路,乃傍(塵)"〔風〕塵",出而爲官也。

"楚妃"二句:"海鶴"非階墀之物,而今"鳴向人"者,非本意也,以言"徵君""晚節"爾。　趙云:兩句皆以喻"徵君"。上句,言"徵君"如"楚妃"之妍,有絶衆之色。下句,言"徵君"如"海鶴"之高,非階墀物爾。

"萬事"句:《賈誼賦》:"糾錯相紛。"

"一官"句:趙云:"絶粒",獨絶糧也。蓋言其愁病疾苦,無所不有矣。猶更有"絶"粒糧之患,則其困可知。"一官羈絆",以成"旁風塵"之句。

"開州"二句:(陳案:猶知冷,《補注杜詩》《全唐詩》作"知涼冷"。)趙云:開州必"徵君"官於彼矣。

寄岑嘉州

不見故人十年餘,不道故人無素書。
願逢顔色關塞遠,豈意出守江城居。
外江三峽且相接,斗酒新詩終自疏。
謝朓每篇堪諷詠,馮唐已老聽吹噓。
泊船秋夜經春草,伏枕青楓限玉除。
眼前所寄選何物,贈子雲安雙鯉魚。

【集注】

"寄岑"句:趙云:岑參也。詩乃吳體,故不拘詩眼。

"不見"二句:《古詩》云:"遺我雙鯉魚,中有尺素書。"

"願逢"句:江淹詩:"願一見顔色。"

"豈意"句：公自注云："州據蜀江外。"顏延年："一麾乃出守。"

"外江"二句：師云：王導曰："今日病肺，與友人斗酒，新詩稍疏。"趙云："江城"，即言嘉州。下臨大江、吳水，（陳案：吳，《補注杜詩》作"汶"。）自敍歷瀘連夔，故云與"三峽""相接"。史云："隻雞斗酒。"《選》云："示我新詩。""終自疏"，言不與岑同"詩""酒"之樂也。

"謝朓"二句：（陳案：詠，《補注杜詩》《全唐詩》作"誦"。）謝朓，字元暉，有詩載在《文選》。　　趙云：言岑之詩，如"謝朓"篇篇可"諷詠"也。"馮唐"老，尚爲郎，公以自比，而"聽"有"吹噓"之者。

"泊船"二句：趙云：公初至雲安，是去年秋時，故云"泊船秋夜"。今又見春矣，故云"經春草"。"伏枕"，則公病肺而卧也。"青楓"，言楚地多楓樹。"限玉除"，則公念還闕也。曹子建《贈丁儀》云："凝霜依玉除。"

"眼前"二句：趙云：上句使"素書"字，末句使"雙鯉魚"字，皆一意也。

峽中覽物

曾爲掾吏趨三輔，憶在潼關詩興多。
巫峽忽如瞻華日，蜀江猶是見黃河。
舟中得病移衾枕，洞口經春長薜蘿。
形勝有餘風土惡，幾時迴首一高謌。

【集注】

"曾爲"二句：趙云："三輔"者，京兆、馮翊、扶風也。長安爲京兆，同州爲馮翊，華州爲扶風。公曾爲華州功曹，故云。"潼關"于唐，則華州之華陰也。華州所賦之詩，即"潼關"之"詩興"矣。

"巫峽"二句：（陳案：日、是，《補注杜詩》《全唐詩》作"嶽""似"。）"巫峽"之高，"蜀江"之長，可以比"華岳"與"黃河"。蓋亦在峽中"覽物"，而思華州也。

"舟中"二句：謝靈運詩："想見山阿人，薜蘿若在眼。"　　趙云：

言其初得病于雲安,舟中而移。"衾枕"于客居屋舍之下,"洞口"亦所居雲安之地也。

"形勝"二句:"峽"中雖號"形勝"之地,而"風土"不類中原也。

趙云:張孟陽《劍閣銘》云:"形勝之地,匪親不居。"意言"幾時"離此三峽險惡之地而去,可以"首"望之,寫胷懷而浩歌也。

憶鄭南玭

鄭南伏毒寺,瀟灑到江心。
石影銜珠閣,泉聲帶玉琴。
風杉曾曙倚,雲嶠憶春臨。
萬里滄浪水,龍蛇只自深。

【集注】

"憶鄭"句:趙云:"玭",音蒲眠切,珠名也。韻書正作"蠙"。《禹貢》"蠙珠"是已。(唐)柳玭作《家訓》者,亦此"玭"字也。或云:"鄭南",地名。"玭",人名,居于此。意者,公之族人,行卑,故不著姓,而特言其名爾。師民瞻本削去"玭"字。又,首句舊云"鄭南伏毒寺",極難解,具于後。

"鄭南"二句:趙云:舊本"伏毒守"難解。師民瞻作"手",亦無義。一作"寺",却似有理。蓋寺名"伏毒",而在江心。

"石影"二句:"琴",亦有《三峽流泉操》。 趙云:"石影""泉聲",言其處所之景物也。"玉琴",言泉聲如玉琴之聲也。江淹《去故鄉賦》:"撫玉琴兮何親?"

"風杉"二句:趙云:倚"風杉",臨"雲嶠",此所以謂之"憶"也。

"萬裏"二句:(陳案:滄浪,《全唐詩》同。一作"蒼茫"。) 水:作"外"。 趙云:舊本作"滄浪外",師民瞻本作"水"字,是。"滄浪之水清兮,可以濯我纓。"蓋言"滄浪"之水,徒爲"龍蛇"深藏之窟宅,不似"鄭南"江心之可到也。

懷灞上游

悵望東陵道,平生灞上游。
春濃停野騎,夜宿敞雲樓。
離別人誰在,經過老自休。
眼前今古意,江漢一歸舟。

【集注】

"悵望"句:《蕭何傳》:邵平者,故秦東陵侯。種瓜長安城東,世謂東陵瓜。阮籍詩:"昔聞東陵瓜,近在青門外。" 趙云:指言長安東門外。

"平生"句:趙云:灞水在萬年縣東二十里,北流入渭,則"東陵道",乃所以往"灞上"也。

"春濃"二句:趙云:懷昔之游者也。

"離別"二句:趙云:昔所與同游之人,既已"離別",復誰存在者?又身已"老"矣,"經過"亦自罷休也。阮籍詩云:"西游咸陽中,趙李相經過。"

"眼前"二句:趙云:正懷"灞上"而欲"歸"。蓋言"眼前"有"今古"無窮之"意",特在一舟,從"江漢"以"歸"也。謝元暉云:"天際識歸舟。"

雨

萬木雲深隱,連山雨未開。
風扉掩不定,水鳥去仍回。
蛟館如鳴杼,樵舟豈伐枝。
清涼破炎毒,衰意欲登臺。

【集注】

"風扉"二句:(陳案:去,《全唐詩》作"過"。一作"去"。) 趙云:"風扉",舟中之門也。"水鳥去仍回",乃舟中所見矣。

"蛟館"句:《江賦》云:"蛟人織綃于泉室。"

"樵舟"句:(陳案:枝,失韻,《補注杜詩》《全唐詩》作"枚"。)《詩》云:"遵彼汝墳,伐其條枚。""樵舟"以雨之故,不能採樵。故云"豈伐枚"也。此又成"連山雨未開"之句。

晚　晴

返照斜初徹,浮雲薄未歸。
江虹明遠飲,峽雨落餘飛。
鳧鴈終高去,熊羆覺自肥。
秋分客尚在,竹露夕微微。

【集注】

"返照"二句:徹:一作"散"。　趙云:《纂要》云:"日將落曰薄暮。日西落,光返照於東,謂之返景。"(隋)康孟《詠日》云:"光泛扶桑海,返照若華池。"師本以"徹"作"散",非是。日光將收藏,不可言"散"也。《語》:"于吾如浮雲。""返照"言"斜",則賈誼云:"庚子日斜"也。"雲"言"未歸",謝靈運《游南亭》詩:"雲歸日西馳。"李善引曹子建詩:"朝雲不歸山,霖雨成川澤。"蓋雨則雲出,晴則雲歸也。今爲其薄薄尚在,故云"未歸"。

"江虹"二句:遠:一作"近"。　《楚詞》:"虹霓紛其朝霞兮,夕淫淫而霖雨。"《漢》:燕王旦謀反,大虹下于宮中,飲井水竭。

"峽雨"二句:喻避世之士,能高舉遠引也。

"鳧鴈"句(陳案:鴈,《全唐詩》同。一作"鶴"。)

"熊羆"句:喻貪暴者,賊民以自豐也。　趙云:既"晴"矣,故"鳧鴈"高飛而去。"熊羆"亦以"晴"而便于求食也。

"秋分"二句:言"秋分"而"尚"留滯于他方耳。

夜　雨

小雨夜復密，迴風吹早秋。
野涼侵閉户，江滿帶維舟。
通藉恨多病，爲郎添薄游。
天寒出巫峽，醉别仲宣樓。

【集注】

　　"小雨"二句：《爾雅》云："小雨謂之霢霂。"又云："迴風曰飄。"
　　趙云：張協詩云："密雨如散絲。"以言小雨也。《楚詞·九歌》之一有"乘迴風兮"。阮嗣宗《詠懷》："回風吹四辟。"（陳案：辟，《漢魏六朝百三家集》作"壁"。）
　　"野涼"二句：趙云：已"閉户"矣，涼氣透入，此之謂"侵閉户"。蓋用孫敬"閉户讀書"字也。"江"以雨而水添，故謂之"滿"。用陶潛"春水滿四澤"字也。"維舟"字，則如任彦升詩序云："贈郭桐廬出溪口見候，余既未至，郭乃維舟久之。"言江水添，而有"維舟"在岸也。
　　"通藉"二句：（陳案：藉，《補注杜詩》《全唐詩》作"籍"。朱駿聲《說文通訓定聲》："藉，叚借又爲籍。"）　公"通籍"朝省，晚得渴病，嘗爲尚書工部郎。　趙云：《前漢·元帝紀》注："籍者，爲二尺竹牒，記其年紀、名字、物色，懸之宮門，按省相應乃得入。"公前者爲左拾遺，蓋當通禁省之籍矣。《張良傳》："良多病，故未嘗持〈兵〉將。"（陳案：持，《史記》作"特"。）司馬相如以訾爲郎。"薄游"，則夏侯湛作《東方朔畫贊·序》云："以爲濁世不可富樂也，故薄游以取位。"又，孫綽子云："或問賈誼不遇漢文，將退耕于野乎？薄游于朝乎？"蓋言〈薄〉薄游宦也。
　　"天寒"二句：趙云：公以冬時出峽，即可到荆州。又乘醉而别仲宣樓，以歸長安也。《禮記》："天寒既至，霜雪既降。"梁元帝《出江陵縣還》詩云："朝出屠羊縣，夕返仲宣樓。"

更　題

　　只應踏初雪,騎馬發荆州。
　　直怕巫山雨,真傷白帝秋。
　　群公蒼玉珮,天子翠雲裘。
　　同舍晨趨侍,胡爲淹此留。

【集注】

　　"只應"二句:趙云:此篇又想像之詩。公以初雪爲期,離荆州而歸長安,然尚在夔州。

　　"直怕"二句:趙云:乃"巫山""白帝"之側,故"怕"其多雨。而當秋時,尤爲可傷也。

　　"群公"句:趙云:後四句乃思帝闕之事。《晉公卿禮秩》曰:"特進、尚書令、僕射、中書監令,皆珮水蒼玉。"韓退之:"峩峩進賢冠,耿耿水蒼珮。"亦謂此也。

　　"天子"句:宋玉《賦》云:"主人之女,爲承日之華,上翠雲之裘。"(陳案:爲、上,《藝文類聚》作"翳""披"。)此宋玉誇誕之言,今公直言天子矣。

　　"同舍"二句:言"同舍"皆在侍從,而嘆已之淹留也。《離騷經》云:"又何足以淹留?"

峽　隘

　　聞說江陵府,雲沙静眇然。
　　白魚如切玉,朱橘不論錢。
　　水有遠湖樹,人今何處船。
　　青山若在眼,却望峽中天。

【集注】

"聞說"句：今之荊州也。

"雲沙"句：江鄉水國，眼界空闊，故"雲沙"之淨，而眇無涯際也。

"白魚"句：崔豹《古今注》曰："白魚好群游，浮水上，名曰白萍。""如切玉"，言其白也。

"朱橘"句：以其多而賤也。

"水有"二句：趙云：言"江陵"以水言之，"有""遠"湖邊之"樹"，而所謂欲往"江陵"之人，其船今在"何處"？乃公自言也。

"青山"二句：趙云：舊本作"各在眼"，師民瞻本"若在眼"。蓋言往"江陵"，則必經巫山峽。若巫峽之"青山""在眼"，"却"仰望"峽中"之"天"矣。意謂巫峽高峻而極窄，才能見"天"也。謝靈運詩："想見山阿人，薜蘿君在眼。"

存沒口號二首

右一

席謙不見近彈碁，畢耀仍傳舊小詩。
玉局他年無限笑，白楊今日幾人悲？

【集注】

"有沒"句：（陳案：沒，《補注杜詩》《全唐詩》作"殁"。）

"席謙"句："席謙"，吳人，善彈碁。

"畢耀"句："畢耀"，善爲小詩，見《玉臺集》。

"玉局"句：薛云：按：《道藏》："成都地神涌出，扶一玉局。"今之玉局觀，是也。

"白楊"句：陶潛《挽歌》云："蔓草何茫茫，向楊亦蕭蕭。"（陳案：蔓，《陶淵明集》作"荒"。） 《杜補遺》：《后漢·梁翼傳》注：《藝經》曰："彈碁，兩人對局。白、墨碁各六枚。先列碁相當，更先彈也。"詳見《酉陽雜俎》云：《世說》言："彈碁起自魏室，粧奩戲也。"《典論》云：

"予于他戲弄之事,少所善,(陳案:善,《藝文類聚》作'喜'。)唯彈碁,略盡其巧。"彈碁起于魏明帝。按:史稱梁冀能"彈碁",則後漢有之,非起于于魏也。　　趙云:末句言"幾人"爲之"悲",特有我而已。

右二

鄭公粉繪隨長夜,曹霸丹青已白頭。
天下何曾有山水,人間不解重驊騮。

【集注】

"鄭公"四句:自注:"高士滎陽鄭虔,善畫山水。曹霸善畫馬。"
趙云:此篇一"存"一"歿"也。"山水"言鄭虔之畫,"驊騮"言"曹霸"之畫。末句言無人珍重而藏其畫也。或曰:"何曾有山水",止言鄭"歿"更無人會畫"山水"耳,於義亦通。

日　暮

牛羊下來夕,各已閉柴門。
風月自清夜,江山非故園。
石泉流暗壁,草露滿秋原。
頭白燈明裏,何須花燼繁。

【集注】

"牛羊"句:夕:一作"久"。　　《詩》云:"日之夕矣,牛羊下來。"
"風月"四句:〔滿秋原〕:一作"滴秋根"。　　趙云:舊本作"滴秋根",字生,而"秋原"則與"暗壁"敵也。
"頭白"二句:趙云:《西京雜記》言陸賈云:"乾鵲噪而行人至,蜘蛛集而百事喜,目瞤得酒食,燈花得錢財。"(陳案:瞤,《西京雜記》作"瞤"。)世俗以爲燈花結,必有喜事。今句蓋言"頭白"矣,何以喜爲?故不須燈燼繁結也。

秋日寄題鄭監湖上亭三首

右一

> 碧草違春意,沅湘萬里秋。
> 池要山簡馬,月靜庾公樓。
> 磨滅餘篇翰,平生一釣舟。
> 高唐寒浪減,鬖髿識昭丘。

【集注】

"碧草"句:《別賦》云:"春草碧色。"

"沅湘"句:"沅""湘",二水名。　趙云:"碧草"者,春時事也。今經秋草枯,故謂之違背"春意"。江陵之下,接洞庭、沅湘,爲言"萬里秋",故廣言之。

"池要"句:見"習(其)[池]未覺風流盡"注。《語》云:"久要不忘平生之言。"

"月靜"句:《晉》:庾亮在武昌,諸佐吏殷浩之徒,乘秋夜共登南樓,俄而不覺亮至。諸人將起而避之,亮徐曰:"諸君少住,老子于此興復不淺。"便據胡床,與浩等談詠竟夕。　趙云:以習家池比"鄭監"之湖,以當日府帥比"山簡"。下句,直比"鄭監"之樓,爲庾亮樓矣。

"磨滅"句:趙云:(比)[此]下四句,公自言也。《(其)[書]·序》:"其餘錯亂磨滅。"

"平生"三句:趙云:以上句"一釣舟",引落句:高唐峽水入冬而"浪減",則可以行,故能"鬖髿望昭丘"而識之。王粲在荊州,作《登樓賦》,云:"北彌陶牧,西接昭丘。"注引《荊州圖經》曰:"當陽東南七十里,有楚昭王墓。"公時在夔,言水退,則下荊南矣。

右二

> 新作湖邊宅,還聞賓客過。

　　　　自須開竹逕,誰道避雲蘿。
　　　　官序潘生拙,才名賈誼多。
　　　　捨舟應卜地,鄰接意何如?

【集注】

　　"新作"四句:趙云:"自須開竹逕",承"賓客過"之下。蓋亦暗使蔣詡"開逕"事爾。既"開竹逕",則其"逕"顯豁,豈是隱避于"雲蘿"之間者乎?

　　"官序"句:潘岳《閑居賦》:"拙者,絕意乎寵榮之事。"

　　"才名"句:《本傳》言:誼年少,頗通諸家之書。文帝詔爲博士,每詔令議下,諸老先生未能言,誼盡爲之對。　　趙云:潘岳云:"嘗讀《汲黯傳》,至司馬安四至九卿,而良史書之,題以巧宦之目。嘆曰:'巧(識)〔誠〕有之,拙亦宜然。'"潘生以比"鄭監"。蓋言其材器可以超遷,而止如潘生之"拙"也。其言"官序",爲安仁自述:其"八徙官而一進階,再免,一除名,一不拜,遷職者三而已矣"。斯爲"官序"也。《西征賦》云:"賈生,洛陽之才子也。"言誼"才名",而貼之以"多",則士衡"患才多"也。

　　"舍舟"二句:(陳案:何如,《補注杜詩》作"如何"。王仁煦《刊謬補缺切韻》"過、蘿、多、何"歸三十三"歌"韻,"如"歸九"魚"韻。"如"字誤。)　　公之意,欲往江陵,故有"鄰接"之問。

右三

　　　　暫阻蓬萊閣,終爲江海人。
　　　　揮金應物理,拖玉豈吾身。
　　　　羹煮秋蓴滑,杯迎露梅新。
　　　　賦詩分氣象,佳句莫頻頻。

【集注】

　　"暫阻"句:(陳案:阻,《全唐詩》同。一作"住"。)　　見上"蓬萊漢閣連"注。

　　"終爲"句:鄭君爲秘書監,即漢之東觀。《後漢書》曰:"學者稱東觀爲道家蓬萊山。"鄭君罷退,斯"江海"之"人"矣。《莊子》曰:"就藪澤,處閑曠,釣魚閑散,(陳案:散,《莊子注》作'處'。)此江海之士,避世之人也。"謝靈運《憶山中》詩曰:"韓亡子房奮,秦帝魯連恥。本自江海人,忠義感君子。"

"揮金"二句:《西征賦》:"飛翠緌,拖鳴玉,以出入禁門者,衆矣。"《漢》:(蘇)〔疏〕廣爲太子太傅,兄子受爲少傅。廣謂受曰:"吾聞知足不辱,知止不殆。豈如父子相隨出關,歸老〔故鄉〕,不亦善乎?"上疏乞骸骨。上賜黃金二十斤,皇太子贈以五十斤。廣既歸鄉里,日令家設酒食,請族人故舊,相與娛樂。或勸廣買田宅,爲子孫計。廣曰:"吾豈老〔誖〕不念子孫哉?賢而多財,則損其志;愚而多財,則益其過。此金者,聖主惠老臣,故樂與鄉黨宗族共之,不亦可乎?"族人悅服。張景陽《詠二疏》詩:"昔在西京時,朝野多歡娛。藹藹東都門,群臣祖二疏。朱軒耀金城,供帳臨長衢。達人知止足,遺榮忽如無。抽簪解朝衣,散髮歸海隅。行人爲隕涕,賢哉此丈夫。揮金樂當年,歲暮不留儲。顧謂四座賓,多財爲累愚。清風激萬代,名與天壤俱。咄此蟬冕客,君紳宜見書。"

"羹煮"二句:(陳案:梅,《補注杜詩》《全唐詩》作"菊"。)"蕈",菜也,見"張翰願歸吳"注。陶淵明詩:"秋菊有佳色,裛露掇其英。泛此忘憂物,遠哉道世情。一觴雖獨進,杯盡壺復傾。"

"賦詩"二句:趙云:公言鄭君"賦詩","分"得我吟詠之"氣象",則"佳句""莫"也"頻頻"有之乎?此"莫"字,與"行雲莫自濕僊衣"之"莫"同。

謁真諦寺禪師

蘭若山高處,煙霞嶂幾重。
凍泉依細石,晴雪落長松。
問法看詩妄,觀身向酒慵。
未能割妻子,卜宅近前峯。

【集注】

"蘭若"句:"若",以者切。"蘭若",寺名。

"凍泉"二句:趙云:"雪"以晴日所照,自高松而墜下也。

"問法"句:妄:一作"忘"。

"未能"二句:費長房,棄妻子,以從壺公。　趙云:(宋)周顒長於佛理,于鍾山西立隱舍,終日長蔬。雖有"妻子",獨處之。此于"卜宅""近"寺爲可證。舊引費公事,非。

覆舟二首

右一

巫峽盤渦曉,黔陽貢物秋。
丹砂同隕石,翠羽共沈舟。
羈使空斜景,龍居閟積流。
篙工幸不溺,俄頃逐輕鷗。

【集注】

"巫峽"句:《江賦》:"衝巫峽以迅激。"又:"盤渦谷轉。"

"黔陽"句:《書》云:"各貢方物。""黔陽",今黔州也。

"丹砂"二句:趙云:"丹砂""翠羽",則所貢之物也。故因其物,以寓沈覆之辭。《僖·十六年》:"隕石于宋五。"鄒陽曰:"積羽沈舟"。蓋言雖至輕之物,所積既多,可以"沈舟"也。

"羈使"句:羈旅也。

"龍居"句:"龍居",寶之所聚也。　趙云:上句形容押綱船之使者,船覆無聊之意盡矣。下句則罪龍之爲孽。

"篙工"二句:言其能泅爾。

右二

竹宮時望拜,桂館或求仙。

姹女凌波日，神光照夜年。
徒聞斬蛟劍，無復爇犀船。
使者隨秋色，迢迢獨上天。

【集注】

"竹宫"句：《前漢·禮樂志》："正月上辛，用事甘泉圜丘，昏祠至明。夜常有神光如流星，止集于祠壇。天子自竹宫而望拜，百官侍祠者數百人，皆肅然動心。"

"桂館"句：《前漢·郊〈之〉祀志》：公孫之人曰："仙人可見，（陳案：之人，《漢書》作'卿'。）上往常遽，以故不見。今陛下可爲館如緱氏城，置脯棗，神人宜可致。仙人好樓居。于是長安創飛廉、桂館。"師古曰："二館名也。" 趙云：詳味此篇，蓋因祠享而"貢物"也。上四句言祠享，下四句言"覆舟"。

"姹女"二句：趙云：上句以言神女之降。下句則上所謂"神光"如流星，是已。桓帝時童謠云："河間姹女能數錢。"曹子建《洛神賦》："凌波微步，羅襪生塵。""照夜"字，多矣。若珠璧之光"照夜"，故用對"凌波"。此四句言祠享而神降之也。

"徒聞"句：荆佽飛得寶劍，渡江中流，兩巨蛟繞舟，幾没。佽飛拔劍斬蛟而濟。

"無復"句：《晋》：温嶠宿牛渚磯下，爇犀以照水怪，須臾見奇形異狀者。兩句蓋言恨無"劍"以"斬"蛟龍，無"犀"以照水怪，皆憤怒之辭耳。

"使者"二句：趙云：舊注引張騫兩字，亦是。蓋從江中至帝闕，故暗用此字。

秋　清

高秋蘇肺氣，白髮自能梳。
藥餌憎加減，門庭悶掃除。

杖藜還客拜,愛竹遣兒書。
十月江平穩,輕舟進所如。

【集注】

"藥餌"句:謝靈運詩:"藥餌情所止,衰疾忽在斯。"
"門庭"句:陳蕃云:"大丈夫當掃除天下,安事一室?" 趙云:《傳》云:"門庭遠于萬里。""加減"字,醫方多有。漢高祖約法三章,掃除煩苛。
"杖藜"二句:《莊子》云:"原憲杖藜應門。"王子猷愛竹也,遣兒書,則題字于竹上。
"十月"二句:趙云:末句,欲離夔南下也。

哭王彭州掄

執友驚淪殁,斯人已寂寥。
新文生沈謝,異骨降松喬。
北部初高選,東堂早見招。
蛟龍纏倚劍,鸞鳳夾吹簫。
歷職漢廷久,中年胡馬驕。
兵戈闇兩觀,寵榮事三朝。
蜀路江干窄,彭門地里遙。
解龜生碧草,諫獵阻青霄。
頃壯戎麾出,叨陪幕府要。
將軍臨氣候,猛士塞風飆。
井漯泉誰汲,烽疏火不燒。
前籌自多暇,隱几接終朝。
翠石俄雙表,寒松竟後彫。

贈詩焉敢墜，染翰欲無聊。
再哭經過罷，離魂去住銷。
之官方玉折，寄葬與萍漂。
曠望涯涯道，霏微河漢橋。
夫人先即世，令子各清標。
巫峽長雲雨，秦城近斗杓。
馮唐毛髮白，歸興日蕭蕭。

【集注】

"哭王"句：趙云：此詩二十韻，首兩句驚嘆其死，自"新文生沈謝"，至"隱几接終朝"十一韻，鋪敘王彭州之平生。自"翠石俄雙表"，至"令子各清標"六韻，叙王彭州之歿後。末四句，公自嘆其留滯，老不得歸長安，因王君之喪而感傷也。

"執友"二句：《禮記》："交遊稱其義也，執友稱其仁也。" 趙云："執友"厚愛尤切于交游矣。《語》曰："斯人也，而有斯疾也。"《文選》："山河寂寥"，"晨暮寂寥。"

"新文"二句：沈約、謝靈運，六朝之能文者。赤松子、王喬也。王君平謂茅盈曰："子有異骨，可學仙。" 趙云：魏文帝《芙蓉池作》云："壽命非松喬。"以"松、喬"言之，想見王君人物有僊風道骨者。"生"若生起之"生"，蓋言王之"新文"，可以生起"沈、謝"于已死之後也。

"北部"二句：趙云：言其初官，得京畿尉也，故用"北部"事。曹操年二十，舉孝廉，爲郎，除洛陽北部尉。舊注"漢有北部太守"。豈有才起身而遂爲太守乎？煬帝嘗謂侍臣曰："天下皆謂朕承藉緒餘而有四海，設令朕與士大夫高選，亦當爲天子矣。""東堂早見招"，言其得進見天子也。《晋》：郤詵遷雍州刺史，武帝于東堂會送。問詵曰："卿自以爲何如？"詵對曰："臣舉賢良對策，爲天下第一，猶桂林之一枝，崑山之片玉。"可以見"東堂"，乃帝所臨幸，以延賢傑之處也。本朝宋敏求作《河南志》，引山謙之《丹陽記》云："東堂、西堂亦魏制，周之小寢也。"左太冲《詠史》詩云："馮公豈不偉，白首不見招。"今公翻用之。

公又嘗曰:"京兆田郎早見招。"言得用之"早"矣。

"蛟龍"二句:舊注引宋玉《大言賦》曰:"長劍耿介倚天外。" 趙云:言禁從之地變化者,如"蛟龍"纏繞所倚之"劍"。今王君所佩之劍,謂之"倚劍",則在天子之旁矣。秦有簫史者,善"吹簫",秦穆公以女弄玉妻焉,遂教弄玉"吹簫"作鳳鳴而仙去。豈非言王君爲宗室女夫乎?

"歷職"二句:"職",任也。"胡馬驕",謂安史之亂也。　趙云:方以帝戚爲侍從,而值祿山之亂也。《漢書》云:"漢庭公卿,無出其右。"《選》云:"胡馬嘶北風。"

"兵戈"二句:(陳案:閭,《全唐詩》同。一作"聞"。榮,《補注杜詩》《全唐詩》作"辱"。)　《東京賦》:"建象魏之兩觀"。　趙云:"兩觀",天子之觀闕。孔子誅少正卯于兩觀之下。是已。言天寶十五載,祿山犯京師也。"寵辱",則《老子》:"寵辱若驚"也。"三朝",言王君事明皇、肅宗與當日之代宗三朝。雖實事,然漢有書曰《三朝記》,則字字不爲無所出。

"彭門"句:"彭門",地名,屬彭州。　趙云:言王君之出守。

"解龜"二句:謝靈運詩:"解龜在景平。"注云:"解去所珮龜印也。"　趙云:"生碧草",言"龜"之閑,其上生蘚。司馬長卿有上《諫獵書》也。"青霄",言丹禁深遠,如霄漢然。此言王君已自彭州替罷,而有封事于朝,雖上而不報也。

"頃壯"二句:趙云:此言嚴武節度東、西川,提兵而出,辟王君爲幕客也。武之初來,以一時敕命,指揮兩川都節制。既還朝,而第二次來,雖阻徐知道反不進,然止西川節度而已。其後辟杜公爲參謀時,即是第三次來,兼領東、西川節度,其戎麾可爲盛壯矣。公在幕府參謀,謂之"叨陪幕府要",則王彭州亦在焉,而公陪之矣。

"將軍"二句:(陳案:猛,《杜詩詳注》同。一作"壯"。)　趙云:上句指言總戎之人,下句指戰伐之士。"臨氣候"者,用兵之氣候,蓋風角、鳥占、孤虛之事。"風飆",戰鬭謂之"風飆",而猛士"塞"之也。高祖:"安得猛士守四方。"

"井渫"二句:渫:趙作"漏"。　《易》:"井"之九三:"井渫不食,爲我心惻,可用汲。"注:"潔已而不見用也。"　趙云:"渫"當做

"漏"。"泉誰汲""火不燒",此狀"風(塵)[飇]"既"塞",而用兵閑暇之事。凡軍旅所在,必先論井泉。凡有警急,必頻舉烽燧。井漏液而泉不汲,烽燧稀舉而"火"不用"燒",則無事矣。言王君善爲參謀而然。

"前籌"二句:《漢》:張良"願借前箸而籌之"。《孟子》:"隱几而臥。"《老子》:"飄風不終朝。"　趙云:"接終朝",公自以其"叨陪"王君于"幕府"之日而"多暇",日日得相接也。

"翠石"二句:蔡伯皆"樹碑表墓"。(陳案:皆,《杜詩引得》作"喈"。)　趙云:品官之高者,其死立雙石爲"表",以言主人嚴鄭公之死也。《語》曰:"歲寒,然後知松柏之後彫。"言王君于主人交情,如"寒松"之不替,然亦終于"後彫",亦所言其死也。

"贈詩"二句:趙云:言不敢以其死,(耳)[而]廢詩篇之"贈",然"染翰"之間,自痛悼而其情"無聊"矣。

"再哭"二句:橋元見曹操曰:"天下將亂,安生民者,其在君乎?"後元死,操經過元墓,輒愴悽致祭,感其知己也。江文通《別賦》:"黯然銷魂。""去住",言去者有思念之心,住者有憂念之意,故皆"銷""魂"也。　趙云:"再哭"之意,言己嘗哭嚴公靈襯矣,今又再哭其幕中之王君也。

"之官"二句:蕭望之:"便道之官。"王褒云:"死如玉折。"　趙云:追悼其才赴任,而遂如"玉折""萍漂"者,又傷念其寄殯,若萍泛之未安也。

"曠望"二句:趙云:《漢·禮樂志》:《天馬篇》云:"天馬徠,循東道。"此所謂"道"也。謂王之亡如龍馬,不可復見矣。烏鵲填河以度牛女,謂王之魂,當在仙境也。

"夫人"二句:(陳案:先,《四庫全書》本作"老",《補注杜詩》《全唐詩》作"先"。)　趙云:以寔道其事,此皆於死者,可歎念也。

"巫峽"二句:見"雲雨多雲雨"注。"杓",斗極也。　趙云:上句公言身之在夔,下句公懷長安之遠。"長雲雨",公挨傍神女云:"妾在巫山之陽,高丘之阻。旦爲朝雲,暮爲行雨"也。"秦城",則長安城,謂之北斗城。

"馮唐"二句:趙云:此公自歎其留滯空老,不得"歸"長安,蓋因王君之喪而感傷也。

夔府書懷四十韻

昔罷河西尉,初興薊北師。
不才名位晚,敢恨省郎遲?
扈聖崆峒日,端居灩澦時。
萍流仍汲引,樗散尚恩慈。
遂阻雲臺宿,常懷湛露詩。
翠華森遠矣,白首颯淒其。
拙被林泉滯,生逢酒賦欺。
文園終寂寞,漢閣自磷緇。
病隔君臣議,慚紆德澤私。
揚鑣驚主辱,拔劍撥年衰。
社稷經綸地,風雲際會期。
血流紛在眼,涕泗亂交頤。
四瀆樓船汎,中原鼓角悲。
賊濠連白翟,戰瓦落丹墀。
先帝嚴靈寢,宗臣切受遺。
恒山猶突騎,遼海競張旗。
田父嗟膠漆,行人避蒺藜。
總戎存大體,降將饒卑詞。
楚貢何年絕,堯封舊俗疑。
長吁翻北寇,一望卷西夷。
不必陪元圃,超然待具茨。
凶兵鑄農器,講殿闢書帷。

廟筭高難測，天憂實在茲。
形容真潦倒，答效莫支持。
使者分王命，群公各典司。
恐乖均賦斂，不似問瘡痍。
萬里煩供給，孤城最怨思。
綠林寧小患，雲夢欲難追。
即事須嘗膽，蒼生可察眉。
議堂猶集鳳，正觀是元龜。
處處喧飛檄，家家急競錐。
蕭車安不定，蜀使下何之？
釣瀨疏墳籍，耕巖進弈棋。
地蒸餘破扇，冬暖更纖絺。
豺遘哀登楚，麟傷泣象尼。
衣冠迷適越，藻繪憶遊睢。
賞月延秋桂，傾陽逐露葵。
大庭終反樸，京觀且僵尸。
高枕虛眠晝，哀歌欲和誰？
南宮載勳業，凡百慎交綏。

【箋注】

"夔府"句：(四，《四庫全書》本作"二"。誤。《補注杜詩》《全唐詩》作"四"。)　趙云：此篇謂之"書懷"，公鋪叙其初賜官逢亂，至在夔州，仍以避亂之故。首尾所言，惟傷時憂國者爾。自"昔罷河西尉"，至"戰瓦落丹墀"十四韻，先言肅宗時至代宗時，皆有兵亂。自"先帝嚴靈寢"，至"答效莫支持"十韻，專追言肅宗上昇，付受代宗事。自"使者分王命"，至"蜀使下何之"八韻，言遣使，當在寡誅求、除盜賊之事。(陳案：當在，《杜詩引得》作"撫綏"。)自"釣瀨疏墳籍"，至"凡百慎交綏"八韻，言身在夔府之事。

"昔罷"二句：趙云：公于天寶九載末，獻《三大禮賦》，預言明年之事。明年，詔試文章，方參列選序，受河西尉，不行。至十四載，方得免河西尉，爲右衛率府兵曹。（陳案：尉，《杜詩引得》作"衛"。）是歲十一月，安祿山反于幽州，則所爲"薊北"也。"薊北"用對"河西"，蓋鮑明遠詩云："出自薊北門"也。

"不才"二句：趙云：公自中原入蜀，已五年。嚴武再爲東、西川節度，辟公參謀，方爲尚書工部員外郎，故云"敢恨"其遲也。

"扈聖"二句：趙云：言初在鳳翔爲拾遺，與今日寓居夔州也。"崆峒"（山）[在]岷洮，秦築長城之所起處，而渭州實當其名，（陳案：名，《杜詩引得》作"南"。）古平涼也。肅宗初幸平涼，又治兵靈武，再過平涼。公爲左拾遺，扈從乘輿矣。"灩澦"石，在瞿塘江中，言居夔州也。

"萍流"二句：趙云：言代宗永泰元年，召爲京兆功曹也。公自中原入蜀，若萍之無根，任漂流矣，"仍"爲人"汲引"。字則劉向云："更相汲引，不爲比周。""萍流"字，（晋）夏侯湛《浮萍賦》曰："既澹淡以順流。"又曰："流息則寧。"故用對"樗散"。《莊子》曰："吾有大樹，人謂之樗。其大本擁腫，而不中繩墨；其小枝卷曲，而不中規矩。立之途，匠者不顧。"言如"樗"之散材矣，而尚蒙"恩慈"。謂除京兆功曹，乃君王之"恩慈"也。

"遂阻"二句：趙云："阻雲臺宿"，則公以病不得起而歸直也。"雲臺"，漢南宮之臺名，顯宗畫二十八將于南宮雲臺，是也。"宿"，直宿也。《後漢·鍾離意傳》："樂崧家貧，爲郎，常獨直宿臺上，無被枕也。"《湛露》，周詩篇名，天子燕諸侯之詩也。"懷《湛露》詩"，則不得預宴爲"懷"矣。

"翠華"二句：趙云："翠華"，天子之旗也。《南都賦》云："望翠華之葳蕤。"故對"白首"也。如左太冲詩云："馮公豈不偉，白首不見招。""遠矣"，如《莊子》："君自此遠矣。"故對"淒其"。《詩》云："淒其以風。"又謝靈運云："懷賢亦悽其。"

"文園"二句：趙云：司馬相如爲漢文帝茂林園令，故得稱"文園"。"漢閣"，指言揚子云也，著書于天祿閣上。公以二人自況。"終寂寞"，在相如雖無此事，特言以"文園"而不顯用，"終寂寞"耳。"磷緇"字，祖出《論語》："磨而不磷，涅而不緇。"今以"磷緇"爲平聲，則謝靈運《過始寧墅》詩：“磷緇謝清曠，疲薾漸貞堅。”

“病隔”二句：趙云：公被召命，以病不行。不參預國論，徒荷私恩也。“君臣議”字，如《戰國策》：顏率謂齊王致九鼎之途，曰：“梁之君臣，謀之暉臺之下，少海之上；楚之君臣，謀之葉庭之中。”乃其意矣。“德澤”字，如漢武帝制云：“德澤洋溢，施乎方外”也。

“揚鑣”二句：趙云：言乘輿不備，天子騎馬而出，所以爲“主辱”矣。“鑣”，馬銜也。“揚鑣”，出《選》。范睢云：“主(辱)[憂]臣辱，主辱臣死。”《漢書》：“諸將拔劍擊柱。”蓋忠義之心，爲之憤怒，思“拔劍”慷慨，以撥遣“年衰”也。

“社稷”二句：趙云：此兩句懷羨之辭。《論語》有“社稷焉”。“經綸”字，出《易》。《漢書》：“感會風云。”

“血流”二句：趙云：時以吐蕃之難，用兵不息也。自代宗即位之初，寶應元年史思明父子滅，而吐蕃寇秦、成、渭三州。是歲臺州賊袁晁乘亂據浙東。次年，廣德元年吐蕃陷隴右諸州、河東，天子憂皇，駕幸陝，而京師遂陷矣。及京師既復而車駕還，十二月又陷松、維州。廣德二年僕固懷恩以吐蕃、回紇、黨項兵入寇，朝廷大震。是歲西原蠻又陷邵州。次年，永泰元年吐蕃又寇邊，掠涇、汾，躪鳳翔，入醴泉、奉天，京師大震。是歲劍南兵馬使崔旰反，殺其帥郭英乂。次年，大歷元年吐蕃又陷原州。今歲九月，寇靈州，又寇邠州。今此詩乃今歲二年之作，則“血流”者此也。《尚書》：“血流漂杵。”又揚子雲：“川谷流人之血。”謝靈運詩：“想見山阿人，薜蘿若在眼。”《漢》：東方朔云：“吳王泣下交頤。”

“四瀆”二句：趙云：“樓船”，大舟也，所以載兵運糧。漢有樓船將軍，治水戰之兵。而公用“樓船”字，于《大食寶刀》云：“太常樓船聲嗷嘈。”《送李大夫赴廣州》云：“樓船過洞庭。”皆大船之義。“鼓角悲”，蓋兵或戰或戍，“鼓角”自悲矣。舊注云：“人心悲憤，故鼓角之聲亦悲耳。”

“賊壕”二句：《左傳》有(長)[赤]翟、白翟也。　　趙云：“白翟”在西，有赤翟，有白翟，宜吐蕃之連矣。“戰瓦落丹墀”，此言陷京師時事。《後漢》：“昆陽之戰，屋瓦皆落。”“丹墀”者，天子之軒墀，以丹塗之也。

"先帝"二句：(陳案：切，《四庫全書》本作"靈"。誤。《補注杜詩》《全唐詩》作"切"。)　切：一作"虛"。(陳案：靈寢，《補注杜詩》作"靈，一作虛"。)　趙云：上句指言肅宗也。《蕭何傳》："一代宗臣。""受遺"，受領遺命也。《公孫洪傳·贊》云："受遺則霍光、金日磾。"

"恆山"二句：趙云：肅宗上昇，以遺命付與代宗，而史朝義未滅，則"恆山"猶爲"突騎"矣。"恆山"，言河北，安、史之巢穴也。"遼海"者，遼東，亦連安、史起兵之地。

"田父"二句："膠漆"，所以爲弓，言誅求之多，則"田父"以供輸爲"嗟"。"蒺藜"者，鐵蒺藜，所以禦馬，所在布蒺藜于地，而行人避之。

"總戎"四句：(陳案：封，《四庫全書》本作"風"，《補注杜詩》《全唐詩》作"封"。)　趙云："總戎"者，元帥也。時代宗以雍王括爲天下兵馬大元帥，德宗是已。《孟子》："或從其大體。""降將飾卑詞"，代宗即位之次年，廣德元年，史朝義兵敗，其將李懷仙斬其首降也。史氏既滅，于是欲問河北、山東貢賦，自甚年絕至于今。託言"楚貢"，則齊威公伐楚，(陳案：威，《左傳·僖公四年》作"桓"。)責之曰："爾貢包茅不入，王祭不供"也。"堯封舊俗疑"，則河北、山東，蓋皆王土，其尊君戴上之俗，既更變亂，可"疑"其忘之也。董仲舒云："堯舜之俗，比屋可封"。"疑"，謂時無好善之民，故以可"封"爲"疑"。

"長吁"二句：趙云："北寇"，指言安、史也。其亂幸已滅息，則傾翻之良不易，此爲可吁歎。今則有"西夷"之禍，"一望"思欲卷掃之也。

"不必"二句：趙云：上句言己身，以譬"不必"再朝列也。《葛仙公傳》云："崑崙，一曰玄圃。"〔玄圃〕者，非以言列仙之地乎？下句《莊子》載："黃帝將見大隗于具茨之山，至于襄城之野，七聖皆迷，遇牧馬童子，問塗焉。"今公心激怒，望帝親征卷掃之。所以借黃帝言之。

"凶兵"二句：凶：一作"休"。　《老子》："兵者，兇器也。"趙云：此兩句則公之望太平如此。以"凶器"爲農器，《傳》所謂"銷鋒鏑"者也。《漢書·東方朔傳》："文帝集上書囊爲殿幃。""講殿"，若成帝時鄭寬中、張禹朝夕入說《尚書》《論語》于金華殿中。　新添云：四句言爲治去亂之道，不必引求古先聖之虛無玄妙之說，在務德去兵，納諫崇儉而已。

"廟筭"二句：假意以議時無善謀者。　　　趙云：公之意以爲欲望太平而"鑄農器""闢書幃"，此事係于廟堂諸公之謀筭，然其高論"難測"，獨天子之"憂"，每在此耳。此與後篇《諸將》詩云："獨使至尊憂（旰食）[社稷]，諸君何以（蒼）[答]昇平"同義。

"形容"二句：（陳案：持，《四庫全書》本作"技"。形誤。《補注杜詩》《全唐詩》作"持"。）　　此公之自傷於無補也。嵇康《書》："潦倒麁疏。""答效"，猶報國也。

"使者"二句：趙云：謂諸節度各以王命，而爲有司當以誅求刻薄爲戒也。漢有"繡衣使者"。《羽獵賦》云："群公常伯，揚朱、墨翟之徒。"《雲漢》詩："群公先正。"

"恐乖"二句：趙云："均賦斂"之義出于《周官》。又孔子曰："不患寡而患不均。"喪亂之際，公私窘急，所分之命，所典之司，必未至于"均賦斂""問瘡痍"也。故以乖"賦斂"之均，爲恐"瘡痍"，以言民傷。《漢書》："瘡痍未瘳。"而"問"，則所謂問民疾苦也。"不似"，言不得似有"問瘡痍"者。

"萬里"二句：趙云：上句則率土之濱，莫不貢賦。下句"孤城"，指言夔州。公雖寓居，而眼前所見，當爲之傷矣。

"綠林"二句：趙云：上句憂嘯聚之盜賊。《後漢·劉玄傳》："諸亡命共攻離鄉聚，藏于綠林中。""綠林"山，今在荆州當陽縣東北。下句憂藩鎮之跋扈。《韓信傳》："信初之國，有告信反。上患之，用陳平謀，僞遊雲夢。信果來朝，遂擒以歸。"公意以信可以計"追"，而鎮藩一跋扈，雖欲"追"而不至矣。

"即事"二句：趙云：上句成"雲夢欲難追"之句。蓋禄山叛，河北諸將節度不朝，寧不"嘗膽"爲戒耶？越句踐既脱會稽之難，思有以報吳，飲食必"嘗膽"。下句成"綠林寧小患"之句。《列子》載："郄雍能視盜，察眉知之，千無一遺者。"公意言"蒼生"爲盜賊之情，可得于眉睫間，但當撫綏之，則不爲耳。

"議堂"二句：（陳案：正，《補注杜詩》作"貞"。《全唐詩》作"正"。《説文通訓定聲》："貞，叚借爲正、爲定。"）　　《蜀都賦》："議殿爵堂。"　　趙云：議論之堂也。"猶集鳳"，又申言廟堂諸公，如"鳳"之"集"。欲除上所陳之患，但以正觀爲"龜鑑"也。"集鳳"，借史書"鳳鳳集"於某所。"元龜",則又借用《無逸》爲"元龜"也。

"處處"二句:左太沖詩:"邊城苦鳴鏑,羽檄飛京都。"張景陽云:"常懼羽檄飛。""急競錐",言誅求之細。江淹書云:"(盡)〔競〕錐刀之利。"

"蕭車"二句:《漢・蕭育傳》:"哀帝時,南郡多盜賊,拜育爲太守。上以育耆舊名臣,乃以三公使車,載育入殿中受策。"注云:"使車,三公奉使之車,若安車也。" 趙云:蕭育乘安車所往,正是南郡。今公"車"云"安不定",言使者之"車",不得如蕭育之"安",蓋其"安"無定所也。"不定"字,如《左傳》:"納而不定。"《莊子》:"神(色)〔生〕不定"也。"蜀使",如李(郃)〔郃〕善知天星,知二使入蜀也。又司馬相如爲郎使蜀。今公句云:"蜀使下何之",以言盜賊禍亂之多,使者無定住也。"何之"字,《楚詞》:"浮雲兮容與,道余兮何之?"陶潛《歸去來詞》云:"胡爲遑遑欲何之?"

"釣瀨"二句:《後漢》:"嚴陵被羊裘釣澤中。"後人名其釣處爲嚴陵瀨焉。《揚子》:"谷口鄭子真不詘其志,耕於巖石之下,名震于京師。"此公以自比也。"疏墳籍""進奕棋",言其閒曠而然。

"地蒸"二句:言夔之風土多暄也。語當暑,珍絺綌。

"豺遘"二句:(陳案:登,《四庫全書》本作"金"。形誤。《補注杜詩》《全唐詩》作"登"。) 趙云:王仲宣詩:"西京亂無象,豺虎方遘患。"此之謂"豺遘",其有《登樓賦》,乃是登荆州之樓,此之謂"登楚","哀登楚"者,哀登楚之人也。《史記》:魯哀公西狩獲麟,孔子見之,掩袂拭面曰:"吾道窮矣。""象尼"者,孔子之生,其父母禱之于尼丘山,故名丘,字仲尼。而傳記又載孔子之首,象其山。

"衣冠"二句:越人斷髮文身,以衣冠適之,則迷矣。《漢》:武帝祀后土于睢水之上。 趙云:言欲離夔而南下,且未能即然,所以用"適越"事形容之。《莊子》曰:"宋人(之)〔資〕章甫而適諸越,越人斷髮文身,無所用之也。""睢",音雖。地在南都,昔之宋州也。 《杜正謬》:《文選・陳孔璋〈爲曹洪與魏文帝書〉》曰:"過高唐者,效王豹之謳;游睢渙者,學藻繪之綵。"李周翰注:"睢、渙二水名,其人多文章,又能織藻繢錦綺,天子郊廟御服出焉。"《尚書》所爲"厥篚織文"也。公少年嘗游宋,故云"憶游睢"。

"賞月"二句:沈休文:"春光發隴首,秋風生桂枝。" 趙云:此正見公作詩之時,三秋皆"秋桂"也,非八月不足當之。"延"則延賞也。曹子建《表》:"若葵藿之傾太陽。""葵""傾陽",而吾心亦"逐"之也。

"大庭"二句:《莊子》載:"大庭氏與赫胥氏、栗陸氏"相連,不著年載,大率至德之世,反淳復樸也。《左傳·宣十二年》:楚子曰:"古者明王伐不敬,取其鯨鯢而封之,以爲大戮,于是乎有京觀,以懲淫慝。"

趙云:公意欲席卷西夷也。

"高枕"二句:趙云:"高枕"字,言不得"高枕"而臥。邊孝先弟子嘲之曰:"懶讀書,晝日眠。"左太冲:"哀歌和漸離,謂若傍無人。"今乃言無"和"我者也。又:"陽春白雪,曲高和寡。"亦此意。

"南宮"二句:《後漢》:"永平中,顯宗追感前世功臣,乃圖畫二十八將于南宮雲臺。"《詩》:"凡百君子,各敬尔儀。"(魏)應德璉《建章臺集詩》:"凡百敬爾位,以副飢渴懷。"《左傳·文十二年》:"晋人、秦人出戰,交綏。"杜預注云:"《司馬法》曰:逐奔不遠,則難誘;從綏不及,則難陷。然則,古名退軍爲綏。秦、晋志未能堅戰,短兵未致,爭而兩退,故曰交綏。"今公意,蓋言欲"載勳業"于"南宮"者,則無使志之不堅,猶戰者之"交綏"焉。

送李功曹之荆州充鄭侍御叛官重贈

曾聞宋玉宅,每欲到荆州。
此地生涯晚,遥悲水國秋。
孤城一柱觀,落日九江流。
使者雖光彩,青楓遠自愁。

【集注】

"送李"句:(叛,《補注杜詩》《全唐詩》作"判"。《說文》桂馥義证:"叛,又借判字。")

"曾聞"二句:杜時可《補遺》:按:余知古《渚宮故事》曰:"庾信因侯景之亂,自建康遁歸江陵,居宋玉故宅,在城北三里。《哀江南賦》:

'誅茅宋玉之宅,穿逕臨江之府。'"子美在夔《詠懷古跡》云:"搖落深知宋玉悲。"江山故宅空文藻。又《移居入夔州宅》云:"宋玉歸州宅,雲通白帝城。"(陳案:移居入夔州宅,《九家集注杜詩》作"入宅"。)疑歸州亦有"宋玉宅",非止于"荆州"也。　趙云:今公專主荆州宅而言之爾。韓愈爲荆州法曹,詩亦云:"宋玉亭邊不見人。"(陳案:亭,《五百家注昌黎文集》作"庭"。)

"此地"二句:趙云:王褒《與周弘讓書》云:"還念生涯,繁憂總集。"又王無功(世)[詩]:"人世何勞隔生涯。"故可知"水國"指言"荆州",其字則《周禮》云:"水國用龍節。"句意言其秋時在"荆州"也。

"孤城"二句:趙云:"一柱觀",《渚宫(中)[故]事》:宋臨川王義慶鎮江陵,于羅公洲上立觀,惟一柱也。"九江",與荆州水相連矣。公前有詩曰:"九江落日醒何處,一柱觀頭眠几回。"亦言"荆州"也。

"使者"二句:趙云:上句即《詩》所爲"皇皇者華",君遣使臣也。送之以禮樂,言"遠"有光華之意。爲"判官"于幕府,則必出使,故以"使者"目之。下句又是"楚"(字)[事]。宋玉云:"湛湛江水兮上有楓,目極千里兮傷春心。"

上卿翁請修武侯廟,遺像缺落,時崔卿權夔州

大賢爲政即多聞,刺史真符不必分。
尚有西郊諸葛廟,臥龍無首對江濆。

【集注】

"大賢"句:趙云:言多有傳聞之善政也。

"刺史"句:漢制:除刺史,則"分銅虎符、竹使符"。師古曰:"謂各分其半,右留京師,左以與之。""真符不必分",則言其權爲州也。

"尚有"句:《易》云:"自我西郊。"孔明有祠在夔州。

"臥龍"句:徐庶謂先主曰:"諸葛孔明,臥龍也。"《易》:"見群龍無首,吉。"

孤　雁

孤雁不飲啄，飛鳴聲念群。
誰憐一片影，相失萬重雲？
望盡似猶見，哀多如更聞。
野鴉無意緒，鳴噪自紛紛。

【集注】

《孤雁》：公值喪亂，羈旅南土，而見于詩者，志嘗在于鄉井，故託意于"孤雁"也。末章則訊不知我而譊譊者。

"孤雁"二句：趙云：一作"聲聲飛念群"，是。"飛鳴""念群"，則於下句"鳴噪自紛紛"相犯也。

"誰憐"二句：趙云：范元寔《詩眼》云："嘗愛崔途《孤雁》詩云：'几行歸塞盡'者八句。豫章先生使余讀老杜'孤雁不飲啄'者，然後知崔途之無奇。"范之說如此。今全載其詩云："幾行歸塞盡，念爾何獨之。暮雨相呼失，寒塘欲下遲。渚雲低間渡，關月泠遙隨。未必逢矰繳，孤飛可自疑。"庶學者知之也。其中公用"相失"字，而崔用"相呼失"，蓋在"孤雁"自當使"失"字。梁簡文帝《賦〔得〕隴坻雁初飛》詩亦云："霧暗早相失，沙明還共飛。"

"野鴉"二句：趙云：末句則言"野鴉"之"紛紛"，不若"孤雁"之"獨鳴"，爲有意也。豈有不知我，而"譊譊"之意耶？

遣　愁

養拙蓬爲戶，茫茫何所開。
江通神女館，地隔望鄉臺。
漸惜容顏老，無由弟妹來。
兵戈與人事，回首一悲哀。

【集注】

"養拙"二句:趙云:《禮記》:"儒有蓬戶甕牖,貧者之居也。"士而至于蓬門,則亦爲生之"拙"者矣。又繼之以茫然無所"開",其愁可知,故作詩以遣之爾。

"江通"句:見"神女峰娟妙"注。

"地隔"句:見"日落望鄉臺"注。　趙云:兩句蓋言夔州也。"神女館"在巫山,"望鄉臺"在成都,隋蜀王秀所築,見《成都記》。

"漸惜"句:傷時不可再也。

"無由":以道路阻隔故爾。《列子》載:楊朱曰:"弟妹之所不親。"

"兵戈"二句:史云:"棄絕人事。"(陳案:史,指《晋書》。)

奉寄李十五秘書二首 文疑

右一

避暑雲安縣,秋風早下來。
暫留魚復浦,同過楚王臺。
猿鳥千崖窄,江湖萬里開。
竹枝歌未好,畫舸莫遲回。

【集注】

"避暑"四句:趙云:"避暑雲安縣",李秘書留身雲安度夏也。"秋風早下來",約李秘書早自"雲安"來夔也。既來矣,則囑其于"魚復浦"而少駐,公欲與之同南下也。"魚復",乃漢縣舊名,今之奉節縣也。"楚王臺",則《高唐賦》所爲"游于雲夢之臺"是已。

"猿鳥"四句:《竹枝歌》,巴渝之遺音,惟峽人善唱。　趙云:梁簡文帝《經琵琶峽》詩:"千崖共隱天。"末句蓋速其來而出峽矣。《竹枝歌》,夔峽人歌之未好,則離出夔峽聽好音也。

右二

行李千金贈,衣冠八尺身。

飛騰知有策,意度不無神。
班秩兼通貴,公侯出異人。
元成負文彩,世業豈沈淪。

【集注】

"行李"四句:趙云:《左傳》:"行李之往來。""千金贈",則見其贐行之多。"衣冠八尺身",實道其頎然而長也。"飛騰"字,"飛英聲而騰茂實"也。

"班秩"四句:趙云:唐制:秘書郎,從六品上,所以謂之"通貴"。《左傳》:"公侯之子孫,必復其始。"李秘書必宗室之子矣。末句又見李秘書,世以經學相傳。蓋《漢》:"韋賢,其先韋孟,少子元成,皆以經術名家。賢常曰:'遺子黃金滿籝,不如一經。'而元成少好學,脩父業,爲相七年,守正持重不及父,賢而文采過之。"

即　事

天畔群山孤草亭,江中風浪雨冥冥。
一雙白魚不受釣,三寸黃柑猶自青。
多病長卿無日起,窮途阮籍幾時醒。
未聞細柳散金甲,腸斷秦川流濁涇。

【集注】

"江中"句:《楚辭·九歌》:"雷填填兮雨冥冥。"

"一雙"句:《史記·周本紀》:"武王渡河中流,白魚躍入王舟中。"

"多病"句:(陳案:長,《杜詩詳注》作"馬"。一作"長"。)　謝靈運云:"有疾象長卿。"

"窮途"句:趙云:公以司馬長卿自況,則亦病消渴也。《魏氏春秋》曰:"籍時率意獨駕,不由逕路。車迹所窮,輒痛苦而反。"貼之以"幾時醒",則籍沈醉于酒,一飲六十日也。

"未聞"句:周亞夫細柳營。蔡文姬詩:"金甲耀朝日。"(陳案:朝日,《後漢書》作"日光"。)

"腸斷"句:公有弟妹在"秦川"也。　　趙云:時京畿有兵戎,故用"細柳"事。亞夫所營之地"秦川",言長安。潘安仁《西京賦》云:"北有清渭濁涇。"公懷鄉之句也。《詩》:"涇以渭濁。"

卷三十

(宋)郭知達 編

近體詩

灩澦

灩澦既没孤根深，西來水多愁太陰。
江天漠漠鳥雙去，風雨時時龍一吟。
舟人漁子歌回首，古客胡商淚滿襟。
寄語舟航惡年少，休翻鹽井橫黃金。

【集注】

《灩澦》：趙云：按：酈道元注《水經》云："魚復水門之西，江中有（抓）[孤]石，爲滛預石。冬出水三十餘丈，夏則没，亦有裁出矣。"今公句云："灩澦既没孤根深"，爲之"既没"，（至）[指]夏時而言。語曰："灩〔澦〕如（洑）[袱]，瞿唐不觸。灩澦如馬，瞿唐不下。灩澦如鼈，瞿唐舟絶。灩澦如龜，瞿唐莫窺。"見本朝樂史《寰宇記》。

"灩澦"句：此峽西人以"灩澦"如爲水候，（陳案：後，《杜詩引得》作"候"。）既〔没〕尤漲，不可下也。　薛云：《古樂府》"灩〈如〉[澦]"作"滛澦"，其詞曰："滛澦大如袱，瞿唐不可觸。金沙浮轉多，桂浦忌經過。"

"西來"句：言陰氣太盛也。　趙云："太陰"字，出不一，若在水言之，則(吳)楊泉《五湖賦》曰："太陰之所秘，玄靈之所游"也。（陳案：脱"泉""五"二字。秘，《藝文類聚》作"毖"。）

"江天"四句：雙：一作"飛"。　　（陳案：古，《補注杜詩》《全唐詩》作"估"。) 　　趙云:"龍""吟"未必可聞,而水之深積,想其如此矣。庾信《泛江》云:"春江(夏)[下]白帝,畫舸向黃牛。日落江楓靜,龍吟澗上游。"(宋)謝莊《侍宴蒜山》詩:"霧罷江天分。""舟人漁子歌回首",言其習水而輕之也。句出《海賦》。"估客胡商淚滿襟",以水之泛張,不行則滯流,(陳案:流,《杜詩引得》作"留"。)行則憂有傾沈之患,所以泣也。《古樂府》詩有《估客樂》之曲。

　　"寄語"二句:趙云:此即言販鹽之"惡年少"者,不顧(言)[危]亡而欲行舟,必沈溺弃"鹽"于水,人"橫"費"黃金"也。梁元帝《古意》詩中有:"惡少年,伎能專自得。"公於《摘倉耳》詩又曰:"寄語惡少年,黃金且休擲。"(介)[蓋]惟"惡少年"而後多"黃金"矣。"翻鹽井"者,"翻"出其物而他往也。舊注引《蜀都賦》:"家有鹽井之泉。"用證"鹽井"字則可,若講此句之義,却成煎"鹽井"家"橫金"也,恐後學未(誤)[悟],更爲詳之。

白　帝

白帝城頭雲若屯,白帝城下雨翻盆。
高江急峽雷霆鬬,翠木蒼藤日月昏。
戎馬不如歸馬逸,千家今有百家存。
哀哀寡婦誅求盡,慟哭秋原何處村。

【集注】

　　"白帝"句:趙云:首句乃師民瞻本,舊作"白帝城中雲出門",非,蓋用對"雨翻盆"。而字出《列子》,言化人之(羽)[宮]曰:"望之若雲屯焉。"謝(廷詠)[靈運]詩:"巖高白云屯。"使此"屯"(事)[字]也。

　　"白帝"句:雲行而雨施(汝)[爾]。"翻盆",言其勢之(孟)[猛]暴。

　　"高江"句:江爲峽所束,(哉)[故]波聲若"雷霆"也。

　　"翠木"句:(陳案:蒼,《全唐詩》同。一作"長"。)

　　"戎馬"句:戎:一作"去"。

"千家"句:言殘敝也。

"哀哀"二句:民死于(没)[役],故多"寡婦"。暴賦橫歛,故多"誅求"。此言軍旅之際,民不聊生也如此。　　趙云:《老子》:"天下有道,則戎馬生于郊。"《載記·慕容寶傳》:眭邃曰:"宜令郡縣,遂千家爲一堡。"(陳案:遂,《晋書》作"聚"。)《管子·度地篇》:"百家爲里,里十爲術。"

黃　草

黃草峽西船不歸,赤甲山下人行稀。
秦中驛使無消息,蜀道兵戈有是非。
萬里秋風錦江水,誰家別淚濕羅衣。
莫愁劍閣終堪據,聞道松州已被圍。

【集注】

"黃草"四句:鮑云:崔寧之亂,郭英乂犯寧家室,寧逐之。是也。以大義責之,則寧以偏裨逐大將,非也。　　趙云:"黃草峽",在涪州峽之西。"赤甲山下人行稀",諸本皆做"行人稀"。〔非是。〕蔡伯世本作"人行稀",以爲公律詩四(詠)[韻]盡對者凡十篇,以此其一焉。水行之船不歸陸,行之人稀少,此所以致(宜)[疑]道路之(更)[梗]塞也。故望"秦中"之"驛使",則"無消息"。聞"蜀道"之"兵戈",或謂或非,(陳案:謂,《杜詩引得》作"是"。)乃未敢必料也。蔡伯世謂是時蜀中多故,冬日池〔詩〕,公自注曰:"傳蜀官軍自圍普遂。"(陳案:官,《杜詩引得》作"舊"。)可見也。

"萬里"句:(陳案:錦江,《補注杜詩》《全唐詩》作"吹錦"。)《成都記》:濯錦江,秦相張儀所以作笮橋,東下〔枕〕水,舊錦里城基址猶在。此水濯錦即鮮明,故號錦水。

"誰家"句:《古詩》:"被服羅衣裳。"

"莫愁"句:張孟陽《劍閣銘》:"興實在德,險以難恃。"

"聞道"句:松州在西山,吐蕃南之鄙。(陳案:南之鄙,《杜詩引得》作"之南鄙"。)　　　趙云：上兩句承"蜀道兵戈"之下而起思。"秋風"，(圍)[言]"萬里"橋之"秋風"，"(警)[錦]水"正在其下。"誰家別淚"，則行兵出(息)[戍]，與夫避難逃禍者，爲有別離矣。末句蓋(謂)[云]：勿謂"劍閣"之險可恃，而(難)[欲]割據，雖"松州"在"劍閣"之內，已有圍之者矣。其戒守土之臣，勿生異意乎？若是大歷三年詩，則當年漢州刺史楊子(彬)[琳]反于成都，可以講"劍閣"堪據之義。更(事)[俟]博聞者辨之。

吹　笛

吹笛風山秋月清，誰家巧作斷腸聲？
風飄律呂相和切，月傍關山幾處明？
胡騎中宵堪北走，武陵一曲想南征。
故園楊柳今搖落，何得愁中却盡生？

【集注】

"吹笛"二句：(陳案：風山秋月，《補注杜詩》作"秋山風月"。)鮑明遠："離聲斷客情。"又，"行子心腸斷"。

"風飄"句：馬融《〔長〕笛賦》："律呂既和，切聲互降。"(陳案：切、互，《文選》作"哀""五"。)

"月傍"句：向秀月夜聞笛，作《思舊賦》。

"胡騎"句：言笛聲怨切，能動鄉思，胡人聞之，皆走北矣。　　杜云：《晋》："劉琨，并州刺史，嘗爲胡騎所(爲)[圍]，琨乘月登樓〈之〉清嘯，賊聞之，皆悽然長歎。中夜吹胡笳，(陳案：吹，《晋書》作'奏'。)則又流涕噓希，有懷土之意，遂弃圍而去。""胡騎"，指史朝義之兵未息。朱家云："季布不北走胡，〔則〕南走越也。"

"武陵"句：王徽之聞桓伊善笛，一日相逢于江次，未然相識，謂伊曰："聞君善笛，請爲我一弄。"伊已貴顯，素聞徽之名，(更)[便]爲據胡床，三弄而去之。已，賓主竟不言。"武陵"事未切，故考之。

"故園"二句：趙云：一本"曲盡生"，無義。緣笛有《折楊柳》之曲，故思感也。元注:"《折楊柳》《落梅花》,曲名。"

垂　白一作《白首》

垂白馮唐老,清秋宋玉悲。
江喧長少睡,樓迥獨移時。
多難身何補,無家病不辭。
甘從千日醉,未賦七哀詩。

【集注】

"垂白"句:師云:梁誨云:"馮唐垂白,老冀晚達。"(陳案:老,《補注杜詩》作"尚"。)餘見三十三卷《元日示武宗》詩注。

"江喧"二句:趙云:師民瞻本云:"白首馮唐老。"今公以自比"白首"爲郎也。宋玉《九辨》:"悲哉秋之爲氣也。""樓迥獨移時",句法可謂奇矣,蓋不必言"登"字、"倚"字。此篇全對。

"多難"句:(陳案:補,《四庫全書》本作"浦",《補注杜詩》《全唐詩》作"補"。)

"未賦"句:(陳案:賦,《補注杜詩》《全唐詩》作"許"。)趙云:公入蜀,攜妻孥而來。今句云"無家病不辭",豈專以故鄉爲"家"者乎?非若馮讙曰"無以爲"也。末句"千日醉",舊句注云:"山中有酒,飲者一醉千日。劉玄石飲之,千日乃醒。"《七哀》詩舊注云:"曹子建、王仲宣、張孟陽,皆有此作也。"師云:《選》有向注:"曹子建等《七哀》,謂痛而哀,義而哀,感而哀,恐而哀耳。目間見而哀,口歎而哀,鼻酸而哀。曹子建爲漢末征役別離婦人哀歎,故賦此詩。仲宣則哀漢室之亂,孟陽則前哀人事之變遷,〈之哀王仲宣哀〉。(陳案:'之哀'句,《補注杜詩》作'後哀王室之漸亂'。)故其題皆曰七哀。"

草　閣

草閣臨無地,柴扉永不關。

魚龍迴夜水,星月動秋山。

夕露清初濕,高雲薄未還。

汎舟慙小婦,飄泊損紅顏。

【集注】

"草閣"二句:《頭佗寺碑》:"飛閣逶迤,下臨無地。"范彥龍云:"有客欸柴扉。" 趙云:及,"下崢嶸而無地,上寥廓而無天。"(陳案:及,《杜詩引得》作《楚辭》。)

"魚龍"二句:《杜補遺》:按:酈〔道〕元《水經》〔注〕:"魚龍以秋日爲夜。龍秋分而降,蟄寢于淵,故以秋日爲夜也。"且并舉"魚龍寂寞秋江冷"之句云:此二句皆秋時,是以子美言"魚龍迴夜水""魚龍寂寞秋江冷"也。《漢武帝故事》曰:東方朔云:"星辰動,庶民勞之應。漢武元光中,天星大動,上以謂星搖民勞之妖,問董仲舒,對曰:'是。'"

"夕露"四句:夕:一作"久"。清:一作"晴"。 趙云:言將欲南下,斯"汎舟""漂泊"矣。恐其小兒之婦,以我"漂泊"之故,愁損"紅顏",此我所以慙愧之乎?《古樂府》有大婦、中婦、小婦之句。觀今句,則前詩所謂"無家病不辭"者,直念故鄉之無"家"者矣。

江 月

江月光於水,高樓思殺人。

天邊長作客,老去一霑巾。

玉露團清影,銀河没半輪。

誰家挑錦字?滅燭翠眉顰。

【集注】

"江月"二句:(陳案:於,《全唐詩》同。一作"如"。) 庾肩吾詩:"樓上徘徊月,(空)〔窓〕中愁思人。" 趙云:《古詩》:"蕭蕭愁殺人。"(梁)施榮泰詩:"娥媚誤殺人。"(陳案:媚,《樂府詩集》作"眉"。)

"天邊"句:長:一作"秋"。

"玉露"句：謝惠連："團團滿葉露。"謝元暉："猶霑餘露團。"

"誰家"二句：滅燭：一作"燭滅"。 《別賦》："織錦曲兮泣已盡，回文詩兮影獨傷。" 趙云：古有織錦《回文詩》，其序曰："竇韜秦州被徙沙漠，其妻蘇氏。方韜臨去，別蘇誓不更娶。至沙漠便娶。其婦蘇氏織錦端中作《迴文詩》贈之。"（陳案：韜，《晉書》作"滔"。）

洞　房

洞房環珮冷，玉殿起秋風。
秦地應新月，龍池滿舊宮。
繫舟今夜遠，清漏往時同。
萬里黃山北，園陵白露中。

【集注】

《洞房》：趙云：此而下曰《宿昔》，曰《能畫》，曰《鬭雞》，曰《歷歷》，曰《洛陽》，曰《驪山》，曰《提封》，通八篇，蓋一時所作。定爲秋七月者，以今篇云"玉殿起秋風"，則公在夔感"秋風"之起，追念往昔所作，乃七月也。

"洞房"二句：趙云：此篇思長安而懷帝闕也。言"洞房"之所以"環珮冷"者，以"玉殿起秋風"之時也。《楚辭》："姱容修態亘洞房。"（陳案：能，《楚辭章句》作"態"。）而《上林賦》："累臺生成，巖窔洞房。"（陳案：生，《文選》作"增"。）"玉殿"字，未見所出。李白亦云："玉殿長愁不記春。"

"秦地"二句：興慶宮，明皇潛龍之地也，有"龍池"在焉。 趙云：《長安志》："龍池，在興慶宮躍龍門南，本是平地，自垂拱、載初後，因雨水流潦成小池。後又引龍首渠支分溉之，日滋以廣。（平）[至]神龍、景龍中，彌亘數頃，澄澹皎潔，（淑）[深]至數丈。常有雲氣，或見黃龍出其中。"今云"舊宮"，指興慶宮也。

"繫舟"二句：（陳案：時同，《四庫全書》本作"同時"。誤。《補注杜詩》《全唐詩》作"時同"。） 趙云：此公將更南下，已入舟矣。所

"繫舟"之處，今夜去"秦地"爲"遠"，而想象"清漏"與往時無異，特不得聞之也。蓋欲言宮漏矣。

"萬里"二句：（陳案：園，《四庫全書》本作"團"。形訛。《補注杜詩》《全唐詩》作"園"。）　《東方朔傳》："微行始出，北至池陽，西至黃山。"　趙云：尤見懷長安之心切矣。舊注脫誤。按：《傳》云："武帝微行，（在）[而]至黃山。"（而）[晉]灼曰："黃山，宮名，在槐里。蓋右扶風槐里縣有黃山宮，孝惠二年所起。"揚雄《羽獵賦·序》："旁南山而西，至長（安）[楊]五柞，北繞黃山，瀕渭而東。"則"黃山"在南山之下矣。今公句則實道"（困）[園]陵"在此地之北也。

宿　昔 詠天寶中事

宿昔青門裏，蓬萊仗數移。
花嬌迎雜樹，龍喜出平池。
落日留王母，微風倚少兒。
宮中行樂秘，少有外人知。

【集注】

"宿昔"八句：柳芳《傳信記》：天寶中，興慶宮小龍遊于宮垣溝水中。　趙云："青門"，長安之東門。《漢書》："霸城門，民間所謂青門也。""蓬萊"，殿名。（大）[在]東內大明宮紫宸殿之北。"仗數移"，所以引下龍池之句。"花嬌迎雜樹"之"花"，則桃、李、梨、杏之屬。沈約《登高望春詩》："春風搖雜樹，葳蕤綠且丹。"舊注引"木芍藥"，不可謂之"雜樹"。"龍喜出平池"，應是言太液池耳。按：東內蓬萊殿後含涼殿，後有太液池。《景龍文館記》："中宗登〈極〉[清]暉閣，遇雪，令學士賦詩。宗楚客曰：'太液天爲水，蓬萊雪作山。'"推此可見矣。"落日留王母，微風依少兒。""王母"，以言楊貴妃；"少兒"，以言妃之諸姨。《漢武帝內傳》："西王母與上元夫人降帝。少兒，則衛夫人也。"《衛青傳》："衛媼長女君孺，次女少兒。〔次女〕則子夫。"子夫者，衛皇后也。　薛云：《前漢書》："周仁爲人陰重，以是得幸，入臥內。

于後宮秘戲,仁常侍帝旁,終無所言。"《後漢·梁疏傳》:"宮省事秘,莫有知者。"

能　畫

能畫毛延壽,投壺郭舍人。
每蒙天一笑,復似物皆春。
政化平如水,皇恩斷若神。
時時從抵戲,亦未雜風塵。

【集注】

"能畫"八句:(陳案:政,《四庫全書》本作"切"。形訛。《補注杜詩》《全唐詩》作"政"。從,《補注杜詩》《全唐詩》作"用"。)　《西京雜記》:"杜陵畫工毛延壽,善爲人形,醜好老少,必得其真。"又云:"武帝時,郭舍人(則激食)〔善投〕壺,以竹爲矢,不用棘也。古之投〔壺〕,取其中而不求其還,故〈中〉實小豆〔於〕中,惡其矢躍而出也。郭舍人則激矢令還,一矢百餘反,謂之爲驍。言如博之(豎碁)〔擊梟〕于(軰)〔掌〕中,爲驍傑也。每爲帝投壺,輒賜金帛。"　《杜補遺》:《仙傳拾遺》曰:"木公與玉女投壺,有不入者,天爲之嚇噓。"注云:"開口而笑也。"嚇,呼監切。又,《太平御覽》載《神異傳》:"東王公與玉女投壺,投而不接,天爲之笑。開口流光,今電是也。"　趙云:"物皆春",則《莊子》"與物爲春"之語也。末句"抵戲",則角觝之戲也。兩兩相當,角力鬬伎,在漢有之矣。"亦未雜風塵",言至用"抵戲"而止,不甚"雜"民俗之"風塵"事也,豈美其不微行者乎?

鬬　雞

鬬雞初賜錦,舞馬既登牀。
簾下宮人出,樓前御曲長。

仙遊終一閟,女樂久無香。
寂寞驪山道,清秋草木黃。

【集注】

"鬭雞"句:趙云:陳翰《異聞集》載:玄宗好鬭雞,人以弄雞爲事,貧者至弄假雞。有賈昌者,以善養雞蒙寵。(尚)〔當〕時爲之歌:"生兒不用識文字,鬭雞走犬勝讀書。賈家小兒年十三,富貴榮華代不如。能令金巨期勝負,白羅秀衫隨軟輿。"推此,則"賜錦"可知矣。舊注楊國忠始以"鬭雞"供奉。傳中初無此語也。

"舞馬"句:既:一作"解"。　明皇嘗令教舞馬四百蹄,目之爲某家驕,其曲謂之《傾杯樂》,奮首鼓尾,無不應節。又施三層木牀,乘馬于上,抃轉如飛。安禄山亂,馬散落人間。　鮑云:東城父老傳明皇以乙酉生,而喜鬭雞,兆亂之象也。

"簾下"二句:(陳案:曲,《全唐詩》作"柳"。一作"曲"。)　鄭處誨《明皇雜錄》云:"上每賜宴酺,則御勤政樓。金吾及四軍將士,盛列旗幟,披黃金甲,或衣或服錦綉。太常陳樂,教坊大陳尋橦、走索、金劍、(陳案:金,《明皇雜錄》作'丸'。)角抵、鬭雞。又令宮人〔數〕百,飾以珠翠,衣以錦綉,自幃中擊雷鼓爲樂。又引大象、犀牛入場,或拜或無(陳案:《明皇雜錄》作'舞'。《周禮・地官・鄉大夫》鄭玄注:故書舞爲無。杜子春'無'讀爲'舞'。),動中音律。正月望夜,又御勤政樓,觀燈作樂。貴臣戚里,官設看樓。夜闌,令宮女于前樓歌舞以娛之。"

"仙遊"四句:言不復行幸也。　趙云:舊本"樓前御柳長",一作"御曲長",當以爲是。蓋方貫上下句也。"仙遊"言及明皇遊昇矣,宜"女樂"之久"無香"也。《秋風辭》:"草木黃落兮雁南飛。"

鸚鵡

鸚鵡含愁思,聰明憶別離。
翠衿渾短盡,紅嘴漫多知。

未有開籠日,空殘宿舊枝。
世人憐復損,何用羽毛奇?

【集注】

"鸚鵡"八句:趙云:此篇多使禰衡《賦》中字意。"聰明"字,則"才聰明以識機"也。"憶別",則"眷西路而長懷,望故鄉而延佇"。又曰:"痛母子之永隔,哀伉儷之生辭"也。(陳案:辭,《文選》作"離"。)"翠衿""紅嘴"字,則"紺趾丹嘴,綠衣翠衿"也。"渾欲短",則"顧六翮之殘毀,雖奮(性)〔迅〕其焉如"也。"漫多知",則"豈言語以階亂,將不密以致危"也。"未有開籠日",則"閉以雕籠,剪其翅羽"也。"空殘宿舊枝",則"想崑山之高峻,思鄧林之(符)〔扶〕疏",而轉入"離鳥悲舊林"之意也。末句言"羽毛〔奇〕",則"雖同族于羽毛,故殊智而異心"也。(陳案:故,《文選》作"固"。)舊注雖引而不全。

歷　歷

歷歷開元事,分明在目前。
無端盜賊起,忽已歲時遷。
巫峽西江外,秦城北斗邊。
爲郎從白首,臥病數秋天。

【集注】

"歷歷"八句:(陳案:秋,《四庫全書》本作"衣"。形訛。《補注杜詩》《全唐詩》作"秋"。)　趙云:《古詩》:"天上何所有,歷歷種白榆。""巫峽西江外",自言其所在之處。蜀江至荆楚處,〔楚〕人名之曰"西江"。《莊子》:"激西江之水。"疏云:"蜀江從西來,謂之西江。""巫峽"在"西江"上游,故曰"外"。"秦城北斗邊"(乃)〔一〕句,乃懷長安也。長安城謂之"北斗"城。末句,秦用馮唐,"白首""爲郎"。(陳案:秦,依《史記·馮唐列傳》,當作"漢"。)　薛云:《後漢》:張衡《思玄賦》:"尉龍眉而郎潛兮,逮三葉而遘武。"注:《漢武故事》曰:上至郎署,見一老郎,鬢皓白。問:"何時爲郎,何其老也?"對曰:"臣姓顏名駟,文帝時爲郎。文帝好文而臣好武,景帝好美而臣貌醜,陛下好少而臣已老,是以三葉不遇也。"上感其言,擢爲會稽都尉。

江　上

江上日多雨,蕭蕭荊楚秋。
高風下木葉,永夜攬貂裘。
勳業頻看鏡,行藏獨倚樓。
時危思報主,衰謝不能休。

【集注】

"高風"句:《楚辭》:宋玉《九辯》:"洞庭波兮木葉下。"
"勳業"句:惜功名未遂,而身先老。
"時危"二句:趙云:上四句言景物,下四句乃言公之懷抱。"勳業頻看鏡",所以惜老之衰。"行藏獨倚樓",則其所念深矣。《三國志·張昭傳》:"以成勳業。"(方)[潘]安(成)[仁]《西征賦》:"孔隨時以行藏。"庾信《詠懷》:"匣中取明鏡,披圖自照看。"(周)王褒《與周公讓書》:"年事逍盡,容髮衰謝。"《漁隱叢(石)[話]·序》:昔一詩客,(陳案:一,《漁隱叢話》作"有"。)嘗以神聖(公)[工]巧四品,分類古今詩句,爲說獻半山老人。老人得之,未及觀,遽問客曰:"如老杜'勳業頻看鏡,行藏獨倚樓'之句,當如何品?"客無以對,遂以其說還之,曰:"嘗鼎(以)[一]臠,他可知矣。"則知詩之不可分門纂集,蓋出此意也。

中　夜

中夜江山靜,危樓望北辰。
長爲萬里客,有愧百年身。
故國風雲氣,高堂戰伐塵。

胡雛負恩澤,嗟爾太平人。

【集注】

"危樓"句:顔延年:"起觀辰漢中。"

"有愧"句:(陳案:愧,《四庫全書》本作"醜"。形訛。《補注杜詩》作"愧"。《全唐詩》作"媿"。)　鮑明遠:"争先萬里途,各事百年身。"

"故國"句:《史記》:"風雲,天〔地〕之客氣也。"

"胡雛"二句:"胡雛",禄山也。《晋·載記》:石勒倚嘯東門,王衍見其異之。顧謂左右曰:"向者胡雛,吾觀其聲,視有奇〔志〕,恐將爲天下患。"馳遣收之,會勒已去。　趙云:"北辰"居其所,衆星拱之。"望北辰",則望君王之意。"胡雛",當是史朝義之亂未除,而〔公〕興感亂皆自禄山也。曹植詩云:"〔門〕有萬里客,問君何鄉人。""高堂戰伐塵',言其所居"高堂"之上,亦染"戰伐"之"塵"也。蓋公念其流落"萬里",首因安禄山之亂所致。"萬里"思而傷之,凡爲"太平"之"人",皆被此禍也。

江　漢

江漢思歸客,乾坤一腐儒。
片雲天共遠,永夜月同孤。
落日心猶壯,秋風病欲蘇。
古來存老馬,不必取長途。

【集注】

《江漢》:趙云:《書》:"荆及衡陽,惟荆州。江、漢朝宗于海。"《注》云:"江水、漢水,經此而入海。"

"江漢"八句:趙云:劉貢父云:"楊大年不喜杜公詩,謂之村夫子詩。嘗有鄉人以杜詩强大年,大年不服。鄉人因曰:'公試爲我續杜句。'舉'江漢思歸客',大年以爲屬對。(陳案:以,《杜詩引得》作

— 1329 —

'亦'。）鄉人徐舉'乾坤一腐儒'，大年默然，似少屈也。然則杜詩之全者，讀之未覺其超絕，至闕一字，少一句而補之，乃爾天冠地屨矣。"
"老馬"事，《韓子》曰："管仲、隰朋從桓公伐孤竹，春往而冬反，迷惑失道。管仲曰：'老馬之智可用也。'乃放老馬而隨之，遂得道焉。"公之意，蓋此比于老馬，雖不能取長途，而猶可以知道解惑也。又嘗曰："老馬夜知道。"亦此之謂。

洛　陽

洛陽昔陷沒，胡馬犯潼關。
天子初愁思，都人慘別顏。
清笳去宮闕，翠蓋出關山。
故老仍流涕，龍髯幸再攀。

【集注】

"洛陽"八句：趙云：天寶十四載，歲在（癸丑）[乙未]，十一月，安禄山反，陷河北諸郡。十二月，陷東京，所謂"洛陽昔陷沒"也。次年六月，遂陷潼關，京師大駭，所謂"胡馬犯潼關"也。是年甲午，詔親〔征〕遂幸蜀，所謂"天子初愁思，都人慘別顏"也。"清笳去宮闕，翠蓋出關山"，則（顏）[言]車駕之出如此也。明年九月，復京師，又復東京。丁卯，〔車駕〕入長安。十二月丙午，上宮之自蜀郡，（陳案：宮之，《杜詩引得》作"皇至"。）此所謂"故老仍流涕，龍髯幸再攀"也。"龍髯"（是）[事]：黃帝采首山之銅，鑄鼎于荊山之上。鼎既成，龍垂胡髯，下迎黃帝。帝上騎，群臣、後宮從七十人，龍乃上天。餘小臣不得上，乃悉持龍髯，拔墮黃帝之弓。百姓仰望，帝既上天，抱其弓與龍髯而號。故後代因名其處曰"（項胡）[鼎湖]"，其弓曰"烏號"。

驪　山

驪山絕望幸，花萼罷登臨。

地下無朝燭,人間有賜金。
鼎湖龍去遠,銀海雁飛深。
萬歲蓬萊日,長懸舊羽林。

【集注】

　　"驪山"二句:趙云:此(云)[篇]專言上皇山陵事也。"驪山",華清宮所在也。本太宗之湯泉宮,在(陵)[臨]潼縣,西去長安五十里。(長安)[明皇]歲幸焉。"花萼"者,樓名。取《詩》人"棠棣"之義。帝時登樓,聞諸王音樂,咸召升樓,同(康)[榻]宴謔。相如《封禪文》:"太山梁父,設壇場望幸。"師古曰:"幸,臨幸也。"謝靈運有《登臨海嶠詩》。

　　"地下"二句:趙云:"朝",音朝覲之"朝"。凡"朝"在早,則秉燭而"朝"。今"地下"幽(閣)[閟],無朝見之"燭"。舊注既誤以朝夕之"朝"字,而引陶潛詩:"幽室一已閉,千年不復朝。"則不復見晨朝之義,何干"燭"事? 又引《劉向傳》:"秦始皇帝葬于驪山之阿,人膏爲燈燭,水銀爲江海,黃金爲鳧雁。"拆"朝"與"燭"爲二字,大非。今人間"賜金",則生時賜予,留在人間,空有此金耳。

　　"鼎湖"二句:趙云:此却正言其上昇。何遜《行經孫氏陵》詩:"銀海終無浪,金鳧會不飛。"

　　"萬歲"二句:"蓬萊",殿名。"羽林",星名。漢有羽林軍。趙云:句又似難解。蓋言天子如"日"之明。平時蓬萊殿中之"日",懸于殿中,今則"懸"在"舊羽林"中。舊日充宿衛之兵,今則守護陵寢也。

提　封

提封漢天下,萬國尚同心。
借問懸車守,何如儉德臨?
時徵峻乂入,草竊犬羊侵。

願戢兵猶火,恩加四海深。

【集注】

"提封"句:《前漢・地理志》:"秦分天下作三十六郡。漢興,復開置。提封田一萬萬四千五百一十三萬六十四百五頃。"《東方朔傳》:"提封頃畝。"師古曰:"亦謂之提舉,四方之內摠計其數也。"

"借問"二句:"懸車"束馬,言至嶮也。言以嶮守,莫若守之以"儉德"也。吳起對魏文:"在德不在嶮。"以此。

"時徵"四句:草竊:一作"莫慮"。(陳案:戢,《補注杜詩》《全唐詩》作"戒"。《廣韻》"緝"韻:"戢,止也。"《左傳・宣公十二年》杜預注:"戢,藏也。"合於文義。注引《左傳》作"戢"。)　　趙云:此篇公崇德息兵之作。使公居廟堂,得行其志,天下不亦受其賜乎?"懸車"字,所謂束馬懸車,言必欲得形勝之地,使敵人束馬懸車,而後得入。如此而後可以守,則莫若臨之以"儉德"也。《書》:"慎乃儉德。"舊本正作"草竊犬羊侵",一作"莫慮犬羊侵",當以"莫慮"爲正,義方通貫。夫中國之所召亂者,蓋自取之也。《詩・〔序〕》:"小雅盡廢,則四夷交侵,中國微矣。"故召亂者,嘗起于人君之奢(衆)〔縱〕,則廢國事而竭民財。廢國事,則無備;竭民財,則多怨。如是而不有外侮乎?《左傳》:"兵猶火也,弗戢將自焚。"(陳案:弗戢、自,《四庫全書》本作"不職""士",依《左傳注疏》校改。)《孟子》曰:"故推恩足以保四海。"

白　露

白露團甘子,清晨散馬蹄。
圃開連石樹,船渡入江溪。
憑几看魚樂,迴鞭急鳥栖。
漸知秋實美,幽徑恐多蹊。

【集注】

"白露"八句:(陳案:知,《四庫全書》本作"如"。形訛。《補注杜詩》《全唐詩》作"知"。） 趙云：《月令》："白雲降。"（陳案：雲，《月令》作"露"。）曹子建《名都篇》："清晨復來還。"又："俯身散馬蹄。""圃開連石樹"，則"圃"之所開，當"連石樹"。"船渡入江溪"，則"船"之所渡，在入江之"溪"。《莊子》："從容是魚樂也。"《黄石公兵書》："樹杌者，鳥不棲。""迴鞭急鳥栖"，則自"清晨"至晚而歸矣。"多蹊"字，暗使"桃李不言，下自成蹊"。

孟 氏

孟氏好兄弟，養親惟小園。
承顔胝手足，坐客强盤殗。
負米力葵外，讀書秋樹根。
卜鄰慙近舍，訓子學先門。

【集注】

"孟氏"六句：趙云："好兄弟"，如唐人詩有"蕭氏賢夫婦，（也）〔茅〕家好弟兄"，亦此也。"承顔胝手足"，則勤勞于"小園"之事以"養"也。乃孟子所謂"竭力耕田以供子職"之意。《莊子》："禹手胼足胝。"《左傳》有"盤殗寘璧"。貼以"强"字，則若"强飯"之"强"。"負米"字，（之米事之禄）〔子路負米〕也。"力葵"者，〔致〕力于治"葵"也，所以承"惟小園"之句。或云："力葵"，一作"夕葵"。此惑于以"夕"對"秋"矣。

"卜鄰"二句：趙云：題是《孟氏》，故使孟家本事。《列女傳》："孟軻母，其舍近墓。孟子之少也，嬉戲爲墓間之事。踴躍築埋，孟母曰：'此非所以居子也。'乃去，舍市傍。其子嬉戲爲賈衒之事。母又曰：'此非所以居子也。'復（頭）〔徙〕舍學宮之旁。其子嬉遊，乃設俎豆，揖讓進退。母曰：'其可以居吾子矣。'遂居。"《左傳》："非宅是卜，唯鄰是卜。"公自謙言：子之"卜鄰"，我（纔）〔慙〕爲"近舍"。蓋以子之母能教訓其子，傚學"先門"也。

吾 宗 衞倉曹崇簡

吾宗老孫子，質樸古人風。
耕鑿安時論，衣冠與世同。
在家常早起，憂國願年豐。
語及君臣祭，經書滿腹中。

【集注】

"吾宗"句：(陳案：簡，《補注杜詩》《全唐詩》作"簡"。)
"質樸"句：《魏志·毛玠傳》："君有古人之風，故賜君古人之服。"
"耕鑿"六句：(陳案："祭"，《補注杜詩》《全唐詩》作"際"。《孝經·士章》邢昺疏："祭者，際也。人神相接，故曰際也。"《廣雅·釋言》："祭，際也。") 《趙一傳》："文籍雖滿腹，不如一囊錢。"(陳案：一，《後漢書》作"壹"。) 趙云：《莊子》："鑿井而飲，耕田而食。"而孟浩然曾使，故對"衣冠"。末句蓋言凡論語之間，及于君臣尊卑之祭，必用其腹中之書，而證明之也。"腹中""書"，暗用郝隆"曬腹中書"之語。又，"邊孝先，腹便便，五經笥"。

第五弟豐獨在江左，近三四載寂無消息，覓使寄此二首

右一

亂後嗟吾在，羈州見汝難。
草黃騏驥病，沙晚鶺鴒寒。
楚設關城險，吳吞水府寬。
十年朝夕淚，衣袖不曾乾。

【集注】

"亂後"八句：（陳案："州"，《補注杜詩》作"栖"。《全唐詩》作"樓"。）　《史記·楚世家》："肅王四年，蜀伐楚，取茲方，于是楚爲（扞）[扞]關以拒之。"注：李熊說公孫述曰："東守巴郡，距扞關之口。"

趙云："草黄騏驥病"，公自謂也。成"亂後嗟吾在"之句。"沙晚鶺鴒寒"，憫其弟之寒也。《詩》："鶺鴒在原。"以成"羈栖見汝難"之句。"楚設關城險"，公言其身之（際）[所在]。"吳吞水府寬"，言五弟豐之所在。"楚"，則夔州爲楚之地。"關險"，則白帝城地，夔之險矣。"吳"，則江左。至吳而積水之多，故云"水府寬"。劉勁《趙都賦》："其東則有天浪水府，百川是理"。木玄虛《海賦》云："爾其水府之内，極深之庭。"鮑明遠《與（内）[妹]書》曰："曾潭水府。"

右二

聞汝依山寺，杭州定越州。
風塵淹別日，江漢失清秋。
影著啼猿樹，魂飄結蜃樓。
明年下春水，東盡白雲求。

【集注】

"聞汝"四句：趙云："豐"在〔江〕左，傳聞而未審，故今云"聞汝依山寺"。其"杭州"邪？豈"定"是"越州"邪？兵戈謂之"風塵"，蓋言風動塵起故也。（齊）顏之推《古意》詩："風塵暗天起。""江、漢"，二水名。"失清秋"，則言我秋時在此，而不見其弟，爲相失也。舊本一作"共清秋"，非。

"影著"二句：《杜補遺》：陳藏器云："車螯，是大蛤，一名蜃。能吐氣爲樓臺，海中春夏間，依約島淑〈中〉，常有此氣。"《埤雅》云："蜃，嘘氣成樓臺，高鳥倦飛，就之以息，氣輒吸之，俗謂之蜃樓。"　趙云："啼猿樹"，公自言其所在之處，故云"影著"。盧照鄰《巫山高》云："莫辨啼猿樹，徒看神女雲。""結蜃樓"，指言"豐"之所在之處，故思之而"魂飄"。《前漢·天文志》："海旁蜃氣象樓臺。"公詩有每一句言己，一句言彼者。前篇云："楚設關城險"，以言己之在楚；"吳吞水府寬"，以言弟之在吳。又如《憶李白》云:"渭北春天樹",則言己在咸陽;"江東日暮雲",則言白在會稽。似此體格非一。

"明年"二句:趙云:"東盡白雲求",又所以成"杭州定越州"之句。

巫峽弊廬奉贈侍御四舅別之澧朗

江城秋日落,山鬼閉門中。
行李淹吾舅,誅茅問老翁。
赤眉猶世亂,青眼只途窮。
傳與桃源客,人今出處同。

【集注】

"江城"四句:趙云:屈原《九歌》有《山鬼》一篇,乃楚(事)[地]之事。"巫峽"已屬楚地矣。《左傳》:"行李之往來。"又曰:"一(箇)[介]行李。""行李淹吾舅",言盧侍御之駐留也。屈原決于鄭瞻尹曰:"寧誅鋤草茅以力耕乎?""老翁",則公自謂也。字則魏文帝曰:"皆成老翁,但未頭白耳。"

"赤眉"二句:趙云:光武平"赤眉"之亂。阮籍善爲青白眼,青眼待佳客,白眼待俗客。"途窮"輒慟哭,亦阮籍事也。

"傳與"二句:(陳案:與,《補注杜詩》《全唐詩》作"語"。) 趙云:"桃源",在朗州,即今之鼎(周)[州]也。"四舅"之"澧、朗",故因以問"桃源"客也。"人",則公自謂。"桃源"事,見《陶淵明集》。石季倫《王明君詩》:"傳語後世人,遠嫁難爲情。"(陳案:詩,《文選》作"辭"。)

溪　上

峽內淹留客,溪邊四五家。
古苔生迮地,秋竹隱疏花。

塞俗人無井,山田飯有沙。
西江使船至,時復問京華。

【集注】

"古苔"句:迮:一作"濕"。

"塞俗"句:峽俗多引泉,或水以自給也。

"西江"二句:心未嘗忘王室也。　趙云:"淹留客",公自謂也。(事)〔字〕則《離騷經》:"又何足以淹留。"舊本"古苔",師民瞻本作"古茗",是。蓋葦茗,溪上之物。〔迮地〕,一作"濕地",不工。郭璞《遊仙》詩作:"京華遊俠窟。"謝靈運《齊中讀書》詩:"昔余遊京華。"以今人承用之熟,遂不考按,故爲出之。

樹　間

岑寂雙柑樹,婆娑一院香。
交柯低几杖,垂實礙衣裳。
滿歲如松碧,時同待菊黃。
幾迴霑葉露,乘月坐胡床。

【集注】

"岑寂"句:鮑明遠《舞鶴賦》:"去帝鄉之岑寂。"

"交柯"六句:(陳案:實,《四庫全書》本作"寳"。形訛。《補注杜詩》《全唐詩》作"實"。)　《前漢·趙廣漢傳》:"滿歲爲真。"《尹翁歸傳》亦云。《晉書》:庾亮在武昌,佐吏殷浩之徒,乘秋夜共登南樓。俄而亮至,諸人將避之,亮曰:"諸君少住,老子于此處,興復不淺。"便處胡床,談詠竟坐。(陳案:處,《晉書》作"據"。)《晉·劉琨傳》:"琨乃乘月登樓清嘯。"　趙云:"滿歲如松碧",周滿一歲,冬夏青青如"松"也。橘熟于九月,則爲待"菊黃"矣。

八月十五夜月二首

右一

滿目飛明鏡,歸心折大刀。
轉蓬行地遠,攀桂仰天高。
水路疑霜雪,林棲見羽毛。
此時瞻白兔,直欲數秋毫。

【集注】

"滿目"八句:(陳案:逢,《補注杜詩》《全唐詩》作"蓬"。《墨子·耕柱》孫詒讓閒詁:"蓬、逢通。") 月中有"白兔",以其明輝,無所不照,故可"數秋毫"。 趙云:延篤《與李文德書》:"吾誦伏羲氏之《易》,煥兮爛兮其滿目。""歸心",則與《選》詩:"邊馬有歸心。"公詩首句多便對。"明鏡",以言月之圓也。庾信《磨鏡》詩:"明鏡如曉月。"《古詩》:"藁砧今何在?山上復有山。何當大刀頭,破鏡飛上天。"(陳案:藁,《藝文類聚》作"藳"。)吳兢《樂府古題要解》曰:"藁砧今何在,藁砧,趺也,問夫何處也。山上復有山,重山爲出字,言夫出不在也。何當大刀頭,〔刀頭〕有鐶,問夫何時當還也。破鏡飛上天,言月半鈌當還也。"今乃八月十五夜月,故稱之爲"明鏡",則月圓矣。"轉蓬行地遠",公以蓬譬身也。曹植《雜詩》:"轉蓬離本恨,飄飄隨長風。類此客遊子,捐軀遠從戎。"而袁陽源《效古》詩:"勤役未云已,壯年徒爲空。迺(到)〔知〕古時人,所以悲轉蓬。"劉安《招隱士》云:"桂樹(縱)〔叢〕生兮山之陰,攀〔援〕桂枝兮長淹留。"(陳案:陰、長,《楚辭章句》作"幽""聊"。)

右二

稍下巫山峽,猶銜白帝城。
氣沈全浦暗,輪仄半樓明。
刁斗皆催曉,蟾蜍且自傾。

張弓倚殘魄,不獨漢家營。

【集注】

"稍下"六句:(陳案:頃,《補注杜詩》《全唐詩》作"傾"。朱駿聲《説文通訓定聲》:"頃,實即傾之古文。") 《後漢》:張衡《靈憲》云:"月,陰精之(忠)[宗],積而成獸,象蟾兔,陰之類,有憑〈故〉焉者。羿請不死之藥于王母,其妻姮娥竊之,託身于月,故名蟾蜍。" 趙云:"稍下""猶銜",言月也。如上篇《月》詩"併點巫山出,新窺楚水清"也。"氣沈全浦暗",以成"稍下巫山峽"之句。峽水中有"浦"也。"輪仄半樓明",以成"猶銜白帝城"之句,城上有樓也。"刁斗",則兵戍處皆有之,事出《李廣傳》。

"張弓"二句:軍營有偃月明。 趙云:時方有吐蕃交兵,則張弓于夜,皆倚曉月之"殘魄","不獨"漢營爲然,雖虜營亦然。"倚"字,宋玉"長劍倚天外"之"倚"。

十六夜翫月

舊挹金波爽,皆傳玉露秋。
關山隨地闊,河漢近人流。
谷口樵歸唱,孤城笛起愁。
巴童渾不寐,半夜有行舟。

【集注】

"舊挹"八句:趙云:《前漢·樂志》:"月穆穆以金波。"沈約《謝賜甘露啟》:"玉聚珠聯。"(隋)盧思道《(合)[賀]甘露表》:"玉散珠(簾)[連]。"而相承云:"金風玉(六)[露]。"如李密詩:"金風蕩佳節,玉露凋晚林。"古有《關山月》之曲。"河漢近人流",舊注引魏文帝:"仰看明月光,天漢回西流。"可證"流"字也。沈約《秋(葉)[夜]》詩:"巴童暗理瑟。"魏文帝《善哉行》曰:"悠悠川流,不息行舟。"(陳案:悠悠、不息,《文選》作"湯湯""中有"。)

十七夜月

秋月仍圓夜，江村獨老身。
捲兼還照客，倚杖更隨人。
光射潛斗動，明方宿鳥頻。
茅齋倚橘柚，清切露華新。

【集注】

"秋月"八句：(陳案：兼，《補注杜詩》《全唐詩》作"簾"。杖，《四庫全書》本作"伏"。形訛。《補注杜詩》《全唐詩》作"杖"。斗，《補注杜詩》作"蚪"，《集千家註杜工部詩集》作"蚪"，《杜詩詳注》作"虬"。方，《補注杜詩》《全唐詩》作"翻"。) 趙云：鮑明遠詩："倚杖牧雞豚。"《蜀都賦》："下高鵠，出潛(斗)〔虬〕。"舊注引謝靈運詩："潛(斗)〔虬〕媚幽姿"，在後矣。"宿鳥"字，出《文選》。謂之鳥，則無定名。舊注引魏(文)〔武〕帝《樂府》："月明星稀，烏鵲南飛。繞樹三匝，何枝可依？"全不相干。

傷　秋

林辟來人少，山長去鳥微。
高秋收畫扇，久客掩柴扉。
嬾慢來時櫛，艱難帶減圍。
將軍猶汗馬，天子尚戎衣。
白將風颭脆，殷檉曉夜稀。
何年減豺虎，似有故園歸。

【集注】

"高秋"句:〔收畫扇〕:一云"藏羽扇"。　班姬《詠扇詩》:"常恐秋風至,涼飇奪炎熱。棄捐篋笥中,恩情中道絕"。(陳案:風,《古樂府》作"節"。)

"嬾慢"句:(陳案:來,《補注杜詩》《全唐詩》作"頭"。)　嵇康《書》:"嬾與慢相成"。

"艱難"句:謝靈運:"腰帶准疇昔,不知今是非。"沈約《與徐勉書》:"老病百日數(圍)[句],革帶常應移孔,以手握臂,率計月少半分。"

"將軍"句:(陳案:猶,《全唐詩》同。一作"思"。)　趙云:吐番之禍未息也。公孫(共)[弘]云:"臣愚魯,無汗馬之勞。"

"天子"句:《書》:"一戎衣,天下大定。"

"白將"二句:(陳案:將,《補注杜詩》《全唐詩》作"蔣"。《莊子·天地》陸德明釋文:"將,一本作蔣。"殷,《四庫全書》本作"檄"。形訛。《補注杜詩》《全唐詩》作"殷"。)　"白蔣",茭草。"殷檉",檉柳。

"何年"二句:(陳案:減,《全唐詩》:"一作滅。")　王仲宣詩:"豺虎方遘患。"張孟陽詩:"季葉喪亂起,賊盜如豺虎。"

秋　峽

江濤萬古峽,肺氣久衰翁。
不寐防巴虎,全生狎楚童。
衣裳垂素髮,門巷落丹楓。
常在商山老,兼存翊贊功。

【集注】

"衣裳"句:《秋興賦》:"素髮颯以垂領。"

"門巷"句:謝靈運:"曉霜楓葉丹。"

"常恠"二句:(陳案:在,《補注杜詩》《全唐詩》作"怪"。當用異體字"恀"。)　　趙云:"全生狎楚童",言爲客于外,年老而不敢恃,雖童稚亦狎熟,免其猜忌爲害,乃所以"全生"也。"商山老",四皓也。四皓雖隱乃出,而從侍太子,高祖一見,太子遂定。既隱而出,此爲可恀。此亦孟浩然"頗嫌四皓曾多事,出爲儲王定是非"之意。公棲遲峽中老矣,蕭索如隱者,而實非隱也。以四老人避秦、漢不仕,真隱也。卒能一出于漢,有"翊贊"之功。公自嘆已流落不爲世用,然不能忘有爲之志。此忠臣畎畝不忘君也。

秋興八首

其一

玉露凋傷楓樹林,巫山巫峽氣蕭森。
江間波浪兼天湧,塞上風雲接地陰。
叢菊兩開他日淚,孤舟一繫故園心。
寒衣處處催刀尺,白帝城高急暮砧。

【集注】

"玉露"句:李密詩:"金風蕩佳節,玉露凋晚林。"
"巫山"句:張景陽:"荒楚鬱蕭森。"
"江間"六句:兩:一作"重"。　　郭泰機詩:"皎皎白素絲,織爲寒女衣。良工秉刀尺,棄我忽若遺。"　　趙云:阮籍詩:"湛湛長江水,上有楓樹林。""巫山",以言山。"巫峽",以言水。夔以白帝城爲"塞",故云"塞上"。"叢菊兩開他日淚",此句涵蓄。蓋公于夔州見菊者二年矣。方"叢菊"之"兩開",皆是"他日"感傷之"淚"也。

其二

夔府孤城落日斜,每依南斗望京華。
聽猿實下三聲淚,奉使虛隨八月查。
畫省香爐違伏枕,山樓粉堞隱悲笳。
請看石上藤蘿月,已映洲前蘆荻花。

【集注】

"夔府"句:日:一作"月"。

"山樓"句:"堞",城堞也。"粉"謂篩以堊土。胡人卷蘆葉吹之爲"筎"。

"請看"二句:趙云:"南斗",師民瞻作"北斗"。蓋長安上直北斗。《宜都山川記》:"峽中猿鳴至清,諸山谷傳其響。行者歌曰'巴中三峽猿鳴悲,猿鳴三聲淚霑衣'。""八月查"事,載《博物志》。世亦傳張騫"奉使"尋河事,而不見爲傳記。公屢使爲張騫,蓋承用之熟也。庾肩吾《奉使江州船中七夕》詩:"漢使俱爲客,星槎共逐流。"今公雖有理州之役,若"奉使"然,而不到天上爲"虛隨"矣。省署以粉畫之,謂之"畫省",亦謂"粉署"。《初學記》載:應劭《漢官儀》:"尚書郎入直臺廨中,給女侍史二人,皆選端正,指使從直。女侍史執香爐燒薰,以從入臺中,給使護衣服,奏事明光殿。"省中"違(服)〔伏〕枕",則違去"畫省"香爐者,以"伏枕"之故也。"山樓粉堞",指白帝城。末句想像扁舟之往如此。《北山移文》:"秋桂遺風,春蘿罷月。"

其三

千家山郭靜朝暉,日日江流坐翠微。
信宿漁人還汎汎,清秋燕子故飛飛。
匡衡抗疏功名薄,劉向傳經心事違。
同學少年多不賤,五陵衣馬自輕肥。

【集注】

"日日"句:日日:一作"一日"。　　(陳案:流,《補注杜詩》《全唐詩》作"樓"。)

"信宿"二句:《詩》:"汎汎揚舟。"　　趙云:"江樓坐翠微",樓在山間也。《爾雅》:"未及上〈曰〉翠微。"〔注〕:"以其氣然也。"(梁)張率《長相思》云:"望雲去去遠,望鳥飛飛滅。"江摠《別袁昌州》:"黃皓飛飛遠,青山去去愁。"　《杜補遺》:左太冲《蜀都賦》:"觸石吐雲,鬱薆薆以翠微。"注:"翠微,山氣之輕縹者。"陸倕《石闕銘》:"上連翠微。"〔注〕:"天邊氣也。"

— 1343 —

"匡衡"二句：趙云："功名薄"，公自言其爲左拾遺時，雖有諫諍如"匡衡"，而緣此帝不加省以出。比之，則"功名薄"也。"劉向"講論五經于石渠。公言其心事，欲如劉向之"傳經"于朝，而乃違背不偶也。"心事違"，出《左傳》："王心不違。"又，史云："事與願違。"（陳案：史，指《晋書》。）

"同學"二句：薛云：《文選》：范彥龍《贈張徐州》詩："田家採樵去，（陳案：採樵，《文選》作'樵採'。）薄暮方來歸。還聞稚子說，有客欵柴扉。儐從皆珠玳，裘馬悉輕肥。軒蓋照墟落，傳瑞生光輝。"又，"劍騎何翩翩，長安五陵間"。 趙云："五陵衣馬"，言貴公子也。《西都賦》："北眺五陵。"言長陵、安陵、陽陵、茂陵、平陵，皆高貴豪傑之家所居。《語》："乘肥馬，衣輕裘。"

其四

聞道長安似奕棋，百年世事不勝悲。
王侯第宅皆新主，文武衣冠異昔時。
直北關山金鼓振，征西車馬羽書遲。
魚龍寂寞秋江泠，故國平居有所思。

【集注】

"聞道"句："奕棋"，互勝負也。《左傳·襄二十五年》："今甯子視君，不如弈棋。"

"百年"句：勝：一作"堪"。

"王侯"句：以喪亂而易主也。左太冲："濟濟王城內，赫赫五侯居。"《古詩》："長衢羅夾巷，王侯多第宅。"

"直北"句：河北尚用兵。

"魚龍"二句：秦有"魚龍"川。 杜云：《草閣》《秋興》詩，乃夔州所作，豈可言秦之"魚龍"川乎？ 趙云："直北關山金鼓振"，言夔州之北用兵，乃隴右、關輔間也。舊注便云："時河北尚用兵。"考之大歷二年，豈有此事乎？"征西車馬羽書馳"，此所云"西"，專指吐蕃。"征西"者，將軍之號。《晋書》："征西起于漢代。"舊本元作"羽書遲"，師民瞻本作"羽書馳"，是。或曰：言"羽書遲"，則望其奏克捷之功也。

雖有義，但費力耳。"羽書"者，羽檄也。《漢》：高祖曰："吾以羽檄召天下兵。"（陳案：召，《漢書》作"徵"。）注："檄，尺有二寸之木，插羽于其上，取其疾也。""有所思"字，《古樂府》詩題也。句末言"魚龍"，直以夔峽積水之府，有"魚龍"焉。

其五

蓬萊宮闕對南山，承露金莖霄漢間。
西望瑤池降王母，東來紫氣滿函關。
雲移雉尾開宮扇，日繞龍鱗識聖顏。
一臥滄江驚歲晚，幾回青瑣點朝班。

【集注】

　　"蓬萊"二句：漢武帝置金露盤。《西都賦》："抗仙掌以承露，擢雙立之金莖。軼埃壒之混濁，鮮顥氣之清英。"　　趙云："蓬萊"，殿名，在東內大明宮，正"對南山"。"金莖"，注："孝武帝作柏梁銅柱，承露仙人掌之屬。"所謂"金莖"，即銅柱也。

　　"西望"句：《漢武帝內傳》："七月七日，西王母降。漢武帝夜忽見天西南，如有白雲起，俄頃，王母至。"

　　"東來"句：《老子傳》注：《列仙傳》曰："關令尹喜，周大夫也。老子西遊，喜先見其氣，知真人當過，物色而迹之，果得老子。亦知其奇，為著書。与老子俱之流沙之西，服巨勝实，莫知其所終。"　　趙云："瑤池"，則《神仙傳》載："王母所居宮闕，在崑崙（山）[之]圃，閬風之苑，玉樓十二，瓊華之闕，左帶瑤池，右環翠水。"又，"周穆王觴王母於瑤池之上"。"望瑤池"，則"望"其自"瑤池"而降也。又有載："尹喜所占見紫氣滿於關上。""瑤池"在西極，故云"西望"。老子自洛陽而入函谷，故云"東來"。

　　"雲移"四句：（陳案：鎖，《補注杜詩》《全唐詩》作"瑣"。《資治通鑑·晉紀一》胡三省注："瑣，與鎖同。"點，《全唐詩》作"照"。一作"點"。）　　趙云：言君王御朝，而諸公入朝也。崔豹《古今注》："商高宗有雊雉之祥，服章多用翟羽，故有翟尾扇。"《韓非》云："夫龍之為蟲也，柔可狎而騎也。然其喉下有逆鱗徑尺，若人有嬰之，則必殺人。

人主亦有逆鱗，說者能無嬰人主之逆鱗，則幾矣。""雲移雉尾"，則皇帝御朝，初以扇幛之，而開扇則如"雲"之"移"。《帝堯本紀》："望之如雲，就之如日。"天子之相曰雲日之表。"雲移"則見"日"，故云"識聖顏"。"一卧滄江"者，公自謂也。"幾回青瑣照朝班"，則想望省中諸公之朝也。"青瑣"者，漢未央宮中門名。應劭曰："黃門郎每日暮，向青瑣門拜，謂之夕郎。"散騎常侍范雲《與王中書》詩："攝官青瑣闥，遥望鳳凰池。"大抵皆禁從事也。《左傳》："朝以正班爵之序。"

其六

瞿唐峽口曲江頭，萬里風煙接素秋。
花萼夾城通御氣，芙蓉小苑入邊愁。
珠簾繡柱圍黃鶴，錦纜牙檣起白鷗。
回首可憐歌舞地，秦中自古帝王州。

【集注】

"瞿唐"二句："瞿唐""曲江"，雖南北萬里相遠，而秋止一色也。

趙云："瞿唐峽口"，則公今所在之處。"曲江頭"，則公故鄉長安之景。梁元帝《纂要》："秋亦曰素秋。""曲江"，在昇道坊，有流水屈曲，謂之"曲江"。司馬相如賦："臨曲江之隑洲。"蓋其所也。

"花萼"句：見"白日雷霆夾城仗"注。

"芙蓉"句：見"青春波浪芙蓉園"注。"花萼"樓、"芙蓉"園，皆長安宮禁故事。　　趙云："花萼"樓，在南內興慶宮。"夾城"，在修德坊。"芙蓉"苑，在敦化坊與立政坊相接，本隋氏離宮。大抵興慶宮、夾城、芙蓉苑，皆接"曲江"。"通御氣"，則以南內為主耳。本遊幸之地，今乃有"邊愁"入于其間，以紀吐蕃之亂，嘗陷京師故也。

"珠簾"句：昭陽殿，織"珠"為"簾"，風至則鳴，如珩珮之聲。

"錦纜"句：趙云：上句蓋言繡棄作雙鶴，圓狀而用黃綫繡為"鶴"也。乃所謂鞠豹盤鳳之類。舊注引黃鶴樓，在漢陽軍，非是。下句則"芙蓉"苑中有水，可以泛舟故也。公嘗曰："青春波浪芙蓉園。"

"回首"二句：謝元暉《鼓吹曲》："江南佳麗地，金陵帝王州。"

其七

昆明池水漢時功,武帝旌旗在眼中,
織女機絲虛月夜,石鯨鱗甲動秋風,
波漂菰米沈雲黑,露冷蓮房墜粉紅,
關塞極天唯鳥道,江湖滿地一漁翁,

【集注】

"昆明"句:初,武帝欲征昆明夷,爲有滇河,乃作池以習水戰,因而得名。

"織女"二句:《西京雜記》:"昆明池,刻玉石爲鯨,每至雷雨,鯨常鳴吼,鬐尾皆動。漢世祭之以祈雨,往往有驗。"《西都賦》:"集乎豫章之宇,臨乎昆明之池。左牽牛右織女,似雲漢之無涯。" 杜云:《西都賦》注:"武帝鑿昆明池,于左右作牽牛、織女,以象天河。" 趙云:漢武帝元狩三年,鑿昆明池象之,以習水戰。《〔西南夷〕傳》:"越巂昆明國,有滇池,方三百里。漢使求身毒國,而爲昆明所閉,今欲伐之,故作昆明池象之,以習水戰。"在(常)〔長〕安西南,周回四十里,則所謂"昆明池水漢時功"也。《食貨志》又曰:"時粵欲與漢用船戰,遂乃大修昆明池,樓船高十餘丈,旗幟加其上。"下句則汎言池中之景物矣。

"波漂"二句:趙云:上句言"菰"之多,其望之長遠黯黯如"雲"之"黑"也。"菰米"事,在《周禮》,曰:"魚宜菰。"鄭玄云:"菰,彫胡也。"賈公彥云:"今南方見有菰米。"宋玉諷楚王曰:"主人之女,爲臣炊彫胡之飯,烹露葵之羹。"宋玉,楚人也,蓋以彫胡爲珍,則"菰米"本南方之物,而移種于是池矣。"沈雲黑"字,杜田引唐《本草圖經》:"菰,又謂之茭白,歲久者中心生白薹,如小兒臂,謂之菰手。其薹中有黑者,謂之茭鬱。至後結實,乃彫胡米也。""沈雲黑",其茭鬱乎?故子美《行官張望補稻畦水歸》詩有"秋菰成黑米"之句。穿鑿非是。蓋薹中有黑,則黑在實之中間,豈望而可見乎?若秋菰成黑米,自是已爲米,則可見其黑也。"蓮房墜粉紅",《正謬》謂蓮實上花葉墜也。《爾雅》:"荷,芙蕖。其華菡萏,其實蓮,其中'的'。"郭璞注:"蓮,謂房也。的,房中子也。"

"關塞"二句：趙云："關塞"，指白帝城之塞。"鳥道"，則一帶皆高山，故得稱"鳥道"。"一漁翁"，公自謂也。

其八

昆吾御宿自逶迤，紫閣峰陰入渼陂。
香稻啄餘鸚鵡粒，碧梧棲老鳳凰枝。
佳人拾翠春相問，仙侶同舟晚更移。
綵筆昔遊干氣象，白頭吟望苦低垂。

【集注】

"昆吾"二句：《杜補遺》：揚雄《校獵賦序》："武帝廣開上林，南至（立）[宜]春、鼎湖、御宿、昆吾。"晋灼曰："昆吾，地名，有亭。"師古曰："御宿在樊川西。"　趙云：此篇紀其舊遊"渼陂"之事。師古曰："御宿在樊川西。"以今《長安志》考之，在萬年縣西南四十里。孟康注《漢書》曰："爲離宮別觀，禁御不得使人，往來遊觀，止宿其中，故曰御宿。""自逶迤"，想今上如此，（陳案：上，《杜詩引得》作"尚"。）而引下句。"渼陂"，大率皆終南山一帶之下耳。"紫閣峰"，終南山之峰名。終南山，以鄠縣言之，在東南二十里，"渼陂"在縣西五里。

"香稻"二句：趙云：其昔日所見如此。《秦記》："初，長安謠云：'鳳皇止阿房。'苻堅遂於阿房城植桐數萬株。"可見種桐之事。貼以"鳳凰枝"，則《莊子》："鳳凰非梧桐不栖"也。因言梧桐，而以鳳事飾之。　沈存中："'紅稻啄餘鸚鵡粒，碧梧棲老鳳凰枝。'此蓋語反而意寬。韓退之《雪》詩：'舞鏡鸞窺沼，行天馬渡橋。'亦效此體，然稍牽強，不若前人之語渾也。"（陳案：寬，《夢溪筆談》作"全"。）沈之說如此。蓋以杜公詩句，本是"鸚鵡啄餘紅稻粒，鳳凰棲老碧梧枝"，而語反焉。韓公詩句，本是"窺沼鸞舞鏡，渡橋馬行天"，而語反焉。韓公詩從其不反之語，義雖分明，而不可誦矣，却是何聲律也？若杜公詩則不然，特紀其舊遊"渼陂"之所見，尚餘"紅稻"在地，乃宮中所供"鸚鵡"之餘粒。又觀所種之"梧"，年深即"老"，却"鳳凰"所栖之"枝"。既以"紅稻""碧梧"爲主，則句法不得不然也。

"佳人"四句:(陳安:遊,《全唐詩》同。一作"曾"。)　　趙云:言其昔日之實事。"拾翠",起于曹子建《洛神賦》。而用"拾翠"字,則《玉臺前集》載費昶《春郊望美人》詩:"芳郊拾翠人,迴袖掩芳春。"《後集》載虞茂《衡陽王齋閣奏妓》詩:"拾翠天津上,迴鸞鳥路中"也。"春相問",方春時遊賞,佳人更相問勞也。"仙侣同舟",用郭、李事。末句公蓋言其昔日曾携"綵筆"題詩,干歷其"氣象",今則老矣,正"白頭"中吟詠而望之,其頭苦于"低垂"。公有《渼陂行》,又有《渼陂西南臺》詩,又《與源大少府宴渼陂》詩云:"飯抄雲子白,瓜嚼水精寒。"則爲"綵筆昔遊"矣。卓文君有《白頭吟》。

社日兩篇

右一

九農成德業,百祀發光輝。
報效神如在,馨香舊不違。
南翁巴曲醉,北鴈塞聲微。
尚想東方朔,詼諧割肉歸。

【集注】

"九農"句:少皞氏以九扈爲九農正。

"百祀"句:共工氏有子曰勾龍,能平水土,故祀以爲社。《左傳》:"盛德者,必百世祀。"　　趙云:"成德業",則《七月》之詩,皆農田事,而謂之陳王業也。勾龍以農事而"成"王者之"德業",則百世"祀"之,于是乎"發光輝"矣。

"報效"句:《語》:"祭神如神在。"

"馨香"句:《左傳》所謂"馨香無讒慝"也。

"南翁"二句:趙云:"南翁巴曲醉",公自言。其在夔州,得稱"南翁"。世言巴曲渝舞,又曰巴渝之音者,以漢高祖所嘗貴之也。應劭《風俗通》:"巴有賨人剽勇,漢高祖爲漢王時,募取賨人,定三秦。閬中有渝水,賓人左右居,銳氣喜舞。高祖樂其猛銳,數觀其舞,後令樂府習之,可見矣。""北鴈塞聲微",則秋時鴈北鄉矣。

"尚想"二句:趙云:"東方朔"事:伏日,詔賜從〔官〕肉。太官丞日晏不來,朔獨拔劍割肉,謂其同官曰:"伏日當早歸,請受賜。"即懷肉去。"詼諧"字,《東方朔傳‧贊》:"朔之詼諧也。"《王立之詩話》云:老杜《社日》詩:"尚想東方朔,詼諧割肉歸。"然《漢書》所載"朔","乃伏日也"。立之之意,遂指杜公以伏日事爲"社日",微言其誤矣。是不知杜公之語,以爲若使"東方朔"當此日而分肉,想見其亦"詼諧"而先割肉以歸,不亦善使事乎？　　鮑云:按:《十二諸侯年表》:"秦德公二年,初作伏(時)〔祠〕社,磔狗四門。"則祠社用伏日矣。此詩用伏日事,何疑？

右二

陳平亦分肉,太史竟論功。
今日江南老,他時渭北童。
歡娛看絕塞,涕淚落秋風。
鴛鷺迴金闕,誰憐病峽中。

【集注】

"陳平"八句:趙云:"陳平"事:里中社,平爲宰,分肉甚均。里父老曰:"善!陳孺子之爲宰乎!"平曰:"嗟乎!使平得宰天下,亦如此肉矣。""太史竟論功",則史氏竟論列其所載天下建立之"功"也。公以爲陳平之不如,故起此歎,以引下句。"江南",則大江之南岸也。"渭北",則咸陽也。咸陽在終南之南、渭水之北,公皆有家焉。《春日憶李白》詩云:"渭北春天樹,江東日暮雲。"正在咸陽所作也。句云"他時渭北童",則言其爲童時,"社日"在咸陽也。"絕塞",指夔以白帝城爲"塞"矣。其土之人"歡娛",我所看者,在此"絕塞";而我方流落於此,故"涕淚"在"秋風"之中落也。"鴛鷺",言侍從貴人也。"金闕",天子之闕。言貴人之自"金闕"回者,誰念我乎？公嘗爲拾遺,蓋侍從之列矣。(晋)嵇含《社賦‧序》曰:"社之在世,尚矣。自天子至于庶人,莫不咸用。"則是日群臣集于"金闕"爲社,而句所以言"鴛鷺迴金闕"也。

秋野五首

右一

　　　　秋野日蔬蕪,寒江動碧虛。
　　　　繫舟蠻井絡,卜宅楚村墟。
　　　　棗熟從人打,葵荒欲自鋤。
　　　　盤飧老夫食,分減及溪魚。

【集注】

"秋野"句:謝玄暉:"邑里向蕪蔬。"(陳案:蕪蔬,《文選》作"疏蕪"。)

"繫舟"句:《蜀都賦》:"岷山之精,上爲井絡。"

"卜宅"句:夔,古楚附庸也。

"棗熟"句:從:一作"行"。

"葵荒"句:自:一作"且"。

"盤飧"二句:趙云:左太冲《蜀都賦》注:"爲東井星之維絡。"着"蠻"字,則凡全蜀皆"井絡",而公今居夔,則爲"蠻井絡"。其下云"楚村墟",是已。夔者,楚之附庸,而楚在春秋爲蠻夷也。"棗熟從人打",則又前所題《桃樹》云:"今秋摠餧貧人實。"《呈吳郎》云:"堂前撲棗任西鄰。"見愛人及物矣。末句亦實道其事。

右二

　　　　易識浮生理,難交一物違。
　　　　水深魚極樂,林茂鳥知歸。
　　　　吾老甘貧病,榮華有是非。
　　　　秋風吹几杖,不厭此山薇。

【集注】

"難交"句：(陳案：交，《集千家註杜工部詩集》《全唐詩》作"教"。交，《大戴禮記》作"教"，古字通。)

"水深"二句：見公詩"林茂鳥有歸，水深魚知聚"注。

"吾老"四句：舊本"此"作"北"。　夷、齊隱於首陽山，採薇而食之。　趙云：上兩句通義，所以引下句。蓋言"浮生"之"理"，不難識也。以"一物"不可"違"其性言之，則"浮生"之"理"得矣。"一物"不可"違"者，何也？"水深魚極樂"，〔水淺〕則魚不樂矣。"林茂鳥知歸"，林淺則鳥不歸矣。以是推之，吾衰老矣。自安於貧病，而無它念，正以"榮華"非不美也，而有"是"與"非"焉。"吾老"字，師民瞻本作"衰老"，是。蓋兩字方對"榮華"。末句又結一篇之義，"不厭"採薇而食，此其所以安"貧病"與！

右三

禮樂攻吾短，山林引興長。
掉頭紗帽側，曝背竹書光。
風落收松子，天寒割蜜房。
稀疎小紅翠，駐屐近微香。

【集注】

"禮樂"二句：嵇康《書》："儕類見寬，不攻其過。"又云："至爲禮法之士，所繩疾之如讎。"又云："有入山林，而不及之論，遊山澤，觀魚鳥，心甚樂之也。"

"掉頭"句：《莊子·在宥篇》："爵躍掉頭。""紗帽"，見"管寧紗帽淨"注。

"曝背"句："竹書"，古簡册。　趙云：《晋書》：桓溫詣謝安，值其理髮。安性遲緩，久而方罷，使取幘。溫曰："令司馬著帽進。"觀此，則帽爲閒散之服矣。《列子》：宋國有田夫，東作自曝於日，顧謂其妻曰："負日之暄，莫有知者，以獻吾君，將有重賞。"此"曝背"之義也。貼以"竹書"，則所讀竹簡之書。暗用郝隆七月七日曬"腹中書"事。

"風落"四句：趙云：班固《終南頌》："蜜房溜其巔。"左太冲《蜀都賦》:"蜜房郁毓被其阜。"杜時可引《埤雅》言:"蜂有兩衙應潮,其王所在,眾蜂環繞如衛。採取萬芳釀蜜,其房如脾,故曰蜂房,又謂之蜜脾。"末句蓋言秋花,故"小紅翠",謂之"稀疎"也。

右四

遠岸秋沙白,連山晚照紅。
潛鱗輸駭浪,歸翼會高風。
砧響家家發,樵聲箇箇同。
飛霜任青女,賜被隔南宮。

【集注】

"連山"句:《海賦》:"波如連山。"
"潛鱗"句:《海賦》:"駭浪暴灑,驚波飛薄。"
"歸翼"句:趙云:三《易》之名,商曰《連山》。"潛鱗輸駭浪",蓋言潛魚以深爲樂,而峽水之深,則輸寫"駭浪"。《淮南子》云:"河水九折注海,而流不絕者,有崑崙之輸也。"則此"輸"之謂矣。"歸翼會高風",乃翼乎如鴻毛遇順風之義,而"會"(拆)[則]所謂風雲之"會"。舊注引魏文帝云:"適與飄風會。"却成吹散之矣。
"砧響"句:謝惠連:"欄高砧響(祭)[發],檟長杵聲哀。"
"樵聲"句:峽山樵人常唱《大昌歌》,以弔柳青,每聲闋即呼柳青,然不知所爲也。
"飛霜"二句:《淮南子》:"霜神青女。"注云:"青女,天神,主霜雪。"《後漢》:"樂崧,嘗直南宮,家貧無被,帝聞而嘉之,詔太官賜尚書郎已下食,并給帷被。"公雖爲郎,而在外,故云"隔"爾。

右五

身許麒麟畫,年衰鴛鷺群。
大江秋易盛,空峽夜多聞。
逕隱千重石,帆留一片雲。
兒童解蠻語,不必作參軍。

【集注】

"身許"句：見"今代麒麟閣"注。

"年衰"句：公晚方登朝籍。　　趙云："麒麟"，漢閣名，在未央宮。《漢宮殿疏》曰："天禄閣、麒麟閣，蕭何造以藏秘書。"《蘇武傳》："甘露三年，單于始入朝。上思股肱之美，迺圖畫其人於麒麟閣，唯霍光不名，至蘇武，凡十一人。"《古詩》："厠迹鴛鷺行。"

"帆留"句：趙云："帆留一片雲"，公欲南下，已理舟，準備帆席，而未行也。

"兒童"二句：《世說》："郝隆爲南蠻參軍。上巳日，作詩曰：'娵隅（濯）[躍]清池。'桓溫問：'何物？'答曰：'蠻名魚爲娵隅。'溫曰：'何爲作蠻語？'隆曰：'千里投公，始得一蠻府參軍，那得不蠻語也！'"

詠懷古跡五首

右一

支離東北風塵際，漂泊西南天地間。
三峽樓臺淹日月，五溪衣服共雲山。
羯胡事主終無賴，詞客哀時且未還。
庾信平生最蕭瑟，暮年詩賦動江關。

【集注】

"支離"句：《莊子·人間世》："支離疏。"注云："形體支離不全貌。"

"漂泊"句："漂泊"，無定止也。　　趙云：上句追言安禄山之亂，時在賊中。或往河陽，或趨行在，或居秦，或居同谷，是爲"東北風塵際"也。下句言其入蜀，往來東、西川，且在夔也。

"三峽"句："三峽"，瞿唐、巫山、黄牛也。　　趙云："三峽"，所載名不同也。（日）[明]月峽在渝州，所謂西峽；其二則巴峽、巫峽，詳見

《忠州》詩解。今專言其在夔,蓋夔上游,則〔明〕月峽,下游則巴峽、巫峽,故言"三峽"。若言"樓臺",則指白帝城之屬。不必恭州之〔明〕月峽,今三峽中亦有明月峽。蓋石壁有一竅圓透見天,其明如月,故以名峽也。

"五溪"句:"五溪",蠻夷所居,馬援所征之地。"衣服",言異服也。"共雲山",言與之雜居。　　薛云:按《後漢》:"武威將軍劉尚擊武陵五溪蠻夷。"注:酈元注《水經》云:"武陵有五溪蠻,皆槃瓠之子孫也。五溪謂雄溪、樠溪、酉溪、潕溪、辰溪。土俗雄作熊,樠作朗,潕作武,在今辰州界。"

"羯胡"句:祿山負恩,無所倚賴。

"詞客"句:公自言傷時也。

"庾信"二句:《周書》:庾信,字子山,雖位望通顯,常有鄉關之思,乃作《哀江南賦》,以致其意,其辭略云:"壯士不還,寒風蕭瑟。"趙云:末句公方更欲南下,文章必遍於江南,則以信自比,宜矣。

右二

搖落深知宋玉悲,風流儒雅亦吾師。
悵望千秋一灑淚,蕭條異代不同時。
江山故宅空文藻,雲雨荒臺豈夢思。
最是楚宮俱泯滅,舟人指點到今疑。

【集注】

"搖落"句:《九辯》云:"悲哉秋之爲氣也,蕭瑟兮草木搖落而變衰。"又曰:"竊獨悲此凜秋。"

"風流"句:趙云:"風流儒雅"字,合兩處所出。《晉書》:"天下言風流,以樂廣、王衍爲首。"《漢書》:"儒雅則公孫洪、董仲舒。"此與《丹青引》合用"文采風流"同格。"吾師"字,《左傳》:"鄭子產不毀鄉校曰:'是我師也。'"而著人名以言"吾師",則羊祜曰:"蘇廣是吾師也。"公又嘗用云:"李陵蘇武是我師。"

"悵望"句:謝靈運:"洒淚眺連閣。"(陳案:閣,《文選》作"岡"。)

"蕭條"句:漢武帝見相如《上林賦》,"恨不與之同時"。

"江山"句:《哀江賦》:"誅茅宋玉之宅。"

"雲雨"句:(爲)[宋]玉曾賦"陽臺"事,"朝雲""行雨",是也。

趙云:上句專言歸州之宅。玉歸州有宅,荆州又有宅。余知古《渚宫故事》曰:"庾信因侯景之亂,自建康遁歸江陵,居宋玉故宅。宅在城北三里,故其《賦》云:'誅茅宋玉之宅,穿逕臨江之府。'"此荆州宅之證也。公移居夔州《入宅》詩:"宋玉歸州宅,雲通白帝城。"此歸州宅之證也。今公尚在夔,所賦詩則江山故宅者,言其歸州宅耳。"荒臺",則《高唐賦》:"昔者楚襄王與宋玉遊於雲夢之臺,望高唐之觀。"注:"雲夢,楚藪也,在南郡華容縣,其中有臺館。"今謂之"雲雨荒臺",則《賦》下文云:王夢見一婦人,曰:"妾,巫山之女也,爲高唐之客。妾在巫山之陽,高丘之阻,旦爲朝雲,暮爲行雨。朝朝暮暮,陽臺之下。"旦朝視之,如言,故爲立廟,號曰"朝雲"。"陽臺",即"雲夢臺"也。玉所言"朝雲""行雨",託興以言夢中事。公詩句則言"荒臺"之"雲雨",蓋誠有之,豈是"夢思"乎?

"最是"二句:疑神女之事也。

右三

群山萬壑赴荆門,生長明妃尚有村。

一去紫臺連朔漠,獨留青冢向黄昏。

畫圖省識春風面,環珮空歸月夜魂。

千載琵琶作胡語,分明怨恨曲中論。

【集注】

"群山"四句:薛云:《圖經》:昭君臺在興山山南二里。漢掖庭待詔。王嬙,字昭君,南郡秭歸人。舊經云:邑人憫昭君不回,立臺以祭焉。今有昭君村。又:《琴操》:"昭君伏毒而死,單于葬之。胡中多白草,而此冢獨青。" 趙云:按《歸州圖經》:"王昭君,南郡秭歸人,興山縣有昭君村,有香溪。"止云:"昭君所遊耳。"謂因昭君,草木皆香,蓋未必然。江淹《恨賦》:"若夫明妃去時,仰天太息。紫臺稍遠,關山無極。搖風忽起,白日西匿。隴鴈少飛,代雲寡色。望君王兮何期?終蕪絶兮異域。"李善注:"紫臺,猶紫宫也。蓋言天子之居矣。"

"獨留青塚",則言昭君之墓也。太白詩:"生乏黃金枉圖畫,死留青塚使人嗟。"

"畫圖"二句:趙云:公言在"圖畫"中得"識"昭君之美,態如"春風"之"面"。杜時可引《西京雜記》:漢元帝後宮頗多,不得常見,乃使畫工圖其形,案圖召幸。宮人皆賂畫工,昭君自恃其兒,獨不與,乃惡圖之。及後匈奴入朝,選美人配之,昭君之圖當行。及入辭,光彩射人,悚動左右。天子方重失信外國,悔恨不及。畫工毛延壽等皆同日弃市。"却是當時毛延壽所畫事,延壽以不得金之故,畫美爲惡,豈于今所言"春風面者"乎?"環珮空歸月夜魂",又狀言"魂"在月中往來而歸也。"環珮"者,美人所服也。陸機《日出東南行》:"金雀垂藻翹,瓊珮結瑶璠。"是已。

"千歲"二句:薛云:《釋名》:"推手向前曰琵,却手向後曰琶,因以爲名。"　趙云:舊注:昭君適匈奴,在路愁怨,遂於馬上彈琵琶以寄其恨,至今傳之,名《昭君怨》。不知何所據,此蓋牽於世俗所傳。昭君自能彈琵琶者,若魯交詩:"一曲琵琶馬上彈,恨聲飛入單于國。"是已。所謂《昭君怨》者,自是時人賦樂府曲以之爲名。石季倫《王明君詞·序》曰:"王明君者,本王昭君,以觸文帝諱,改焉。匈奴盛,請婚於漢,元帝以後宮良家子昭君配焉。昔公主嫁烏孫,令琵琶馬上作樂,以慰其道路之思,其送明君亦必爾也。其造新曲,多哀怨之聲,故叙之於紙云爾。"詳味此序,則馬上彈琵琶者,乃所送昭君之人也,豈昭君自彈邪?故唐史官吴競作《樂府古題要解》,亦取之以爲據。若於"琵琶"謂之"胡語",則"琵琶"本胡中之樂,故一名胡琴也。

右四

蜀主窺吴幸三峽,崩年亦在永安宫。
翠華想像空山裏,玉殿虛無野寺中。
古廟杉松巢水鶴,歲時伏臘走村翁。
武侯祠屋長鄰近,一體君臣祭祀同。

【集注】

"蜀主"二句:劉先主以孫權襲關羽之故,東征三吳,爲吳將陸遜所破於秭歸。步歸魚復,改爲永安,遂卒於永安。《本傳》云:"孫權聞先主住白帝,甚懼,遣使請和。"此"窺吳幸三峽"之意也。又云:章武三年夏,四月癸巳,先主殂于永安宫。

"翠華"句:"翠華",車蓋。"想像",猶髣髴。　　趙云:"翠華",天子之旗。《上林賦》:"建翠華之葳蕤。"

"玉殿"句:山有臥龍寺,先主祠在焉。　　趙云:班固《楚辭·序》:"多稱虛無之語。"而曹子建:"詣虛無,求列仙。"(陳案:詣,《曹子建集》作"疑"。)

"古廟"二句:《前漢·楊惲傳》:"田家作苦,歲時伏臘,烹豚炰羔。"

"武侯"二句:自注:"殿今爲寺廟,在宫東。"　　趙云:王褒《講德論》:"君爲元首,臣爲股肱。明其一體,相待而成。"

右五

諸葛大名垂宇宙,宗臣遺像肅清高。
三分割據紆籌策,萬古雲霄一羽毛。
伯仲之間見伊吕,指揮若定失蕭曹。
福移漢祚難恢復,志决身殲軍務勞。

【集注】

"諸葛"二句:漢以蕭何爲"宗臣",以(官)[功]業爲時所宗尚也。言孔明勳烈見於後世者,亦可擬蕭何。　　趙云:《晋書》:胡威曰:"大人清高,何得此絹?"

"三分"句:當時孔明多"籌策"。陸士衡《辨亡論》:"故遂割據山川。"

"萬古"句:言聲名飛揚,獨步萬古。

"伯仲"二句:謂功垂成而亮斃。　　趙云:言孔明在二公之間也。"伯仲之間"字,魏文帝《典論》:"傅毅之於班固,伯仲之間耳。""指揮若定"字,《前漢》:陳平之言楚、漢曰:"誠能去兩短,集兩長,天下指麾即定矣。"其後用之於大臣,則使庾信《周齊王碑》:"一朝指麾,六合大定。""失蕭曹",則亮有吞魏之志,功未成而薨。其"指揮"初"未定"也,使其事定,則一掃中原,坐(通)[吞]江右,天下混一,雖曹參、蕭何之功,亦隱失矣。"見伊吕",其"見"字,則桓彝一見王導云:"向見管夷吾之見。""失蕭曹",其"失"字,則鮑明遠詩"霧失交河城"之"失"。此兩字詩句之腰,最爲難著。

"福移"二句:趙云:舊本"福移",師民瞻本作"運移",是。《本傳》注載《魏氏春秋》:"亮使至,問其寢食及其事之繁簡。使對曰:'諸葛公夙興夜寐,罰二十以上皆親擎。所噉之食不至數升。'宣王曰:'亮將死矣。'"

送田四弟將軍將夔州柏中丞命,起居江陵節度、陽城郡王衛公幕

離筵罷多酒,起地發寒塘。
迴首中丞座,馳牋異姓王。
燕辭楓樹日,鴈度麥城霜。
空醉山翁酒,遥憐似葛强。

【集注】

"送田"句:一作:《夔州府送田將軍赴江陵》。

"迴首"句:見"周行獨座榮"注。

"馳牋"句:見《八哀詩》臨淮王詩注。

"燕辭"二句:趙云:"起地發寒塘",言田將軍所起發之地,在夔州"寒塘"。"迴首中丞座",辭"中丞"而行,猶"迴首"顧戀也。"中丞"言"座",則御史中丞謂之獨座也。"異姓王",則漢有異姓諸侯王也。"田"之行在秋八月,故曰"燕辭楓樹日",言燕之去。"鴈度麥城霜",言鴈之來。言"楓樹",則楚地多楓。宋玉云:"江水湛湛兮上有楓。"而阮籍云:"湛湛長江水,上有楓樹林。""麥城",未見所出,應是楚之名。 新添:"麥城",出《三國志·吕蒙傳》:"蒙取關羽荊州,自知

孤窮,乃走麥城,欲入蜀,而潘璋斷其路。"則知杜公送客往江陵,其陸路當經由"麥城"也。

"空醉"二句:趙云:句以山簡比柏中丞,以葛强比田將軍。《晋書》:山簡鎮襄陽,郡民有佳園池。簡每出嬉游,多之池上,置酒輒醉,名之曰高陽池。時有童兒歌曰:"山公出何許?往至高陽池。日夕倒載歸,酩酊無所知。時時能騎馬,倒著白接羅。舉鞭向葛彊,何如并州兒?"彊家在并州,簡愛將也。

九月一日過孟十二倉曹、十四主簿

藜杖侵寒露,蓬門啓曙煙。
力稀經樹歇,老困撥書眠。
秋覺追隨盡,來因孝友偏。
清談見滋味,爾輩可忘年。

【集注】

"藜杖"八句:爲"忘年"之契也。　趙云:"藜杖",即倒使"杖藜"字。《莊子》:"原憲杖藜應門。""秋覺追隨盡",自言其所"追隨"之處已"盡",不能再往,即今所來孟氏之家,因重其兄弟"孝友"偏篤也。末句"清談"謂之"滋味",亦《漢書》所謂篤公之"論將帥",(陳案:《漢書》作"馮唐與論將帥"。知"篤"字誤。)有"味"哉。故韓退之《送窮文》:"語言無味。"亦出於此。禰衡始弱冠,孔融年四十,爲"忘年"交。

過客相尋

窮老真無事,江山已定居。
地幽忘盥櫛,客至罷琴書。
挂壁移筐果,呼兒問煮魚。

時聞繫舟楫,及此問吾廬。

【集注】

"挂壁"句:筐:趙作"留"。

"呼兒"句:《文選》《樂府》:"呼兒烹鯉魚。"　（陳案:問,《全唐詩》同。一作"間"。）

"時聞"二句:陶潛:"吾亦愛吾廬。"　趙云:"挂壁"字,摘使《晉書》:"陶侃少時漁於雷澤,嘗網得一織梭,以挂于壁。""移留果",則壁間轉所儲留之"果"也。末句公自言凡有"舟楫"過往,必來見之也。此篇有兩"問"字,"問賣魚"應錯,然不可妄填改也。

孟倉曹步趾領新酒、醬二物滿器,見遺老夫

楚岸通秋屐,胡床面夕畦。
藉糟分汁滓,甕醬落提攜。
飯糲添香味,朋來有醉泥。
理生那免俗,方法報山妻。

【集注】

"孟倉"句:趙云:(晉)夏侯湛《愍桐賦》:"詰朝之暇,步趾前廡。"

"藉糟"句:劉伶《酒德頌》:"枕麴藉糟。"《漢·樊儵傳》:"歲獻甘醪。"高注:"醪,醇酒,汁滓相將也。"

"朋來"句:《論語》:"有朋自遠方來。"

"理生"二句:趙云:上句(陳案:指"楚岸"句。)言"孟倉曹"之"步趾"。此句(陳案:指"胡床"句。)公自言其當"孟倉曹"相訪之時如此也。鄭康成注《周禮·酒正》二曰"醴齊"云:"醴,猶體也,成而汁滓相將。"如今恬酒矣。舊注引《樊儵傳》注,已在其後。《周禮》:"醬用百有二十甕。"故倒用"甕醬"。"飯糲添香味",以言其"醬"。"朋來有醉泥",以言其"酒"。阮咸語曰:"未能免俗。"

課小豎鉏斫舍北果林，枝蔓荒穢，淨訖，移牀三首

右一

病枕依茅棟，荒鉏淨果林。
背堂資僻遠，在野興清深。
山雉防求敵，江猿應獨吟。
洩雲高不去，隱几亦無心。

【集注】

"課小"句：一云《秋日閑居》。
"山雉"句：《詩》："雉鳴求其牡。"
"洩雲"句：見"洩雲蒙清晨"注。
"隱几"句：《莊子》："南郭子綦隱几，嗒焉似喪其耦。"注："心形兩忘也。" 趙云：沈休文詩："茅棟嘯愁鴟，背堂資僻遠。"言"果林"在堂之後也。"果林"枝蔓荒穢，則藏雉而有鬭敵之處。"雉"性强而善鬭。潘安仁《射雉賦》："脫群之俊，擅場挾兩。"（陳案：脫，《文選》作"逸"。）言不但欲專一場而已。又挾兩雌，乃所謂"雉"之"求敵"也。舊注引《詩》，却是"求偶"，豈"求敵"之意邪？"江猿應獨吟"，"應"字平聲，亦以"鉏"斫"果林"，則"猿"來者少，應有"獨吟"者而已。末句"洩雲"字，"洩"，私烈反，官韻作"渫"。《魏都賦》："窮岫渫雲，日月常翳。"謝玄暉《敬亭山》詩："渫雲已漫漫，多雨亦淒淒。"而公詩又曰："洩雲無定姿。"却仍用"洩"字也。陶（無心矣而吾之出岫）[潛云："雲無心而出岫。"]"雲"之"不去"，爲"無心"矣。而吾之"隱几"，亦"無心"矣。

右二

衆壑生寒早，長林卷霧齊。
青蟲懸就日，朱果落封泥。

薄俗防人面,全身學馬蹄。

吟詩坐回首,隨意葛巾低。

【集注】

"朱果"句:封:一作"成"。　　以"泥""封"其接枝也。

"薄俗"四句:趙云:"朱果落封泥",園家愛惜好果,以"泥""封"之。言"朱果"熟而色赤。"落封泥",所"封"之"泥",久而自落之。"薄俗防人面",使人面獸心之義,蓋言"薄俗"之可"防"也。舊注引《左傳》"人心不同,如其面焉"。止是"面"之不同耳,於"防"字無義。"全身學馬蹄",取《莊子‧馬蹄篇》,所謂"馬蹄可以踐霜雪,毛可以禦風寒。齕草飲水,翹足而陸,此馬之真性也"。

右三

籬弱門何向,沙虛岸只摧。

日斜魚更食,客散鳥還來。

寒水光難定,秋山響易哀。

天涯稍曛黑,倚杖更徘徊。

【集注】

"沙虛"句:只:一作"自"。

"天涯"句:謝靈運詩:"朝遊窮曛黑。"

峽口二首

右一

峽口大江間,西南控百蠻。

城欹連粉堞,岸斷更青山。

開闢多天險,防隅一水關。

亂離聞鼓角,秋氣動衰顏。

【集注】

"峽口"句:間:一作"闊"。

"西南"句:施、黔連五溪之蠻也。

"開闢"句:天設之險也。言險因"開闢"而設通爾。

"亂離"二句:趙云:"城欹連粉堞",言山上白帝城也。"防隅一水關",言峽口有鐵鎖爲關防也。"防隅"字,當是"防虞"。"鼓角",蓋城上防戍所擊吹者。以身當"亂離"之際聞之,所以感動"衰顏"也。

右二

時清關失險,世亂戟如林。
去矣英雄事,荒哉割據心。
蘆花留客晚,楓樹坐猿深。
疲薾煩親故,諸侯數賜金。

【集注】

"去矣"二句:當公孫述、劉備之際,變爲要衝。

"疲薾"二句:趙云:阮籍臨廣武而嘆曰:"時無英雄,使豎子成名。"末句一本公自注云:"主人柏中丞,頻分月俸。"蓋節度、郡守,古諸侯也。故所(谓)[貽]之金得稱"賜金"。

村 雨

雨聲傳兩夜,寒事颯高秋。
挈帶看朱紱,開箱覩黑裘。
世情只益睡,盜賊敢忘憂。
松菊新霑洗,茅齋慰遠遊。

【集注】

"開箱"句:蘇季子不得用,貂裘弊黑。

"世情"四句:趙云:公時服緋,故用"朱紱"字。"挈帶看朱紱,開箱覷黑裘",以雨之故,恐其浥醲故也。"朱紱",在《易》用"朱韍"字,在《左傳》用"朱芾"字,雖通於"紱",而用"朱紱"字,則韋賢《〔諷〕諫詩》"黼衣朱紱"也。"世情只益睡",亦以雨悶思及"世情",惟"睡"而已。然時方"盜賊","敢忘"禍亂之"憂"乎?

寒雨朝行視園樹

柴門雜樹向千株,丹橘黃甘此地無。
江上今朝寒雨歇,籬中秀色畫屏紆。
桃蹊李徑年雖故,梔子紅椒艷復殊。
鏁石藤梢元自落,倚天松骨見來枯。
林香出實垂將盡,葉蒂辭枝不重蘇。
冬日恩光蒙借貸,清霜殺氣得憂虞。
衰顏動覓藜牀坐,緩步仍須竹杖扶。
散騎未知雲閣處,啼猿僻在楚山隅。

【集注】

"籬中"句:中秀:一作"邊新"。

"桃蹊"句:《李廣〔傳〕·贊》:諺曰:"桃李不言,下自成蹊。"師古曰:"蹊,徑道也。"

"梔子"句:復:一作"色"。

"倚天"句:(陳案:倚,《全唐詩》同。一作"到"。)

"葉蒂"句:(陳案:葉,《四庫全書》本作"萊"。形訛。《補注杜詩》《全唐詩》作"葉"。)

"冬日"句:(陳案:冬,《補注杜詩》《全唐詩》作"愛"。)　《左傳》云:"冬日可愛。"

"清霜"句:《釋名》云:"霜者,喪也。其氣慘毒,物皆喪也。"
"衰顏"句:管林家貧,坐"藜牀"欲穿,爲學不倦。(陈案:林,《補注杜詩》作"寧"。)
"緩步"句:費長房投"竹杖"於葛陂,化龍而去。
"散騎"二句:潘安云:《秋興賦・序》:"寓直于散騎之省,高閣連雲。"　趙云:江南種"橘",江北成枳,則甘橘自是楚地之所有耳,故曰:"北地無。"舊本"籬中秀色",又云"籬邊新色"。師民瞻作"籬邊秀色"。是。"元自""見來"之語,皆言其久遠如此矣。東坡詩:"面骨向人元自白,眉毛覆眼見來烏。"(陳案:面骨向人元自白,《東坡全集》作"面頰照人元自赤"。)蓋出如此耳。謝玄暉詩:"桃李成蹊徑。"舊注止有"蹊"字,是不知捨祖而取孫矣。(梁)孔翁歸《班婕妤》詩:"恩光隨妙舞。"《月令》:"仲秋之月,殺氣浸盛。"末句公以流落在外州,別無官署之意。潘安仁爲虎賁中郎將,其《秋興賦・序》云。今公以別無官署,故言"未知雲閣處",止在"啼猿"之地耳。《文選》江淹《上書》曰:"大王惠以恩光,顧以顏色。"

偶　題

文章千古事,得失寸心知。
作者皆殊列,名聲豈浪垂。
騷人嗟不見,漢道盛於斯。
前輩飛騰入,餘波綺麗爲。
後賢兼舊制,歷代各清規。
法自儒家有,心從弱歲疲。
永懷江左逸,多病鄴中奇。
騄驥皆良馬,騏驎帶好兒。
車輪徒已斲,堂構惜仍虧。
謾作潛夫論,虛傳幼婦碑。

緣情慰漂蕩,抱疾屢遷移。

經濟慙長策,飛棲假一枝。

塵沙傍蜂蠆,江峽繞蛟螭。

蕭瑟唐虞遠,聯翩楚漢危。

聖朝兼盜賊,異俗更喧卑。

鬱鬱星辰劍,蒼蒼雲雨池。

兩都開幕府,萬寓插軍麾。

南海殘銅柱,東風避月支。

音書恨烏鵲,號怒怩熊羆。

稼穡分詩興,柴荆學土宜。

故山迷白閣,秋水憶黃陂。

不敢要佳句,愁來賦別離。

【集注】

《偶題》:趙云:此篇二十二韻,首論文章,而終之以流落懷念故國。

"文章"二句:趙云:言"文章""垂"不朽之事,其得其失,蓋吾心自知之。禪家嘗云:"如人飲水,冷暖自知。"亦此之謂。《文選》:"吐滂沛乎寸心。"夫自"寸心"而出,豈不自知哉!

"作者"二句:言以"文章""名",必有所長也。　趙云:孔子曰:"作者七人矣。"故凡有所興作,得相承謂之"作者"。"作者""殊列",若曰:某人能詩,某人能賦,某人能文,是之謂"殊列"。亦豈有無其實而有其"名"哉?

"騷人"二句:漢"文章"深厚,有古人之風。　趙云:上句,指屈原、宋玉。文章之祖,起於《騷》。"嗟不見",則屈、宋遠矣。下句,則前漢先有司馬遷、相如,後有劉向、揚子雲、王(貶)[褒]之屬。後漢有班固父子、張平子之屬也。"嗟不見"字,如"愛而不見,搔首踟躕"。"盛於斯",則倒用"於斯爲盛"也。亦以言惟漢爲盛,傷今不如也。

《前漢·公孫洪》等贊曰："漢之得人，於茲爲盛。"《文選》：范彦龍《倣古》："漢道日休明。"

"前輩"二句：趙云：《選》："喜謗前輩。"則楚、漢已來，載在典册，皆"前輩"也。"飛騰"字，使"飛英聲、騰茂實"也。《書》："餘波入于流沙。"《文賦》："或藻思綺合，清麗芊眠。"亦摘字用。"文章"至于"綺麗"，乃《騷》《雅》之末流，故謂之"餘波"。舊（句）[注]："綺麗，騷人之作。"非是。

"後賢"句：或作"利"，（陳案：利，《杜詩引得》作"例"。）作"列"，後之"作者"，兼《騷》之體也。

"歷代"句：趙云：此言後輩兼取"前輩"之所"利"，（陳案：利，《杜詩引得》作"列"。）以爲規範。乃公所謂"遞相祖述"也。已上普言之耳。

"法自"二句：趙云：公自謂也。言"文章"之"法"，自是吾"儒家"者流所有，而吾之用"心"，已自弱冠時，疲苦至今也。如公之家，則又累世"儒"矣。蓋其祖審言，已有文稱也。

"永懷"二句：趙云：公蓋以謝靈運、鮑明遠爲"懷"，又以劉公幹自恃也。（陳案：恃，《杜詩引得》作"比"。）"江左"，則嵇、阮、鮑、謝之徒。《文選》多取焉，故公"永懷"之。舊本注云："鄴，魏所都。文帝好文，故作者多尚奇。"江文通云："關西鄴下，既已罕同。河外江南，頗爲異法。"按：江文通《雜擬詩·序》固有此語，（陳案：擬，《文選》作"體"。）舊注因其有"鄴下"兩字，引用却便云"文帝好文，故作者多尚奇"，以附會爲"鄴中奇"。非是。按：魏文帝好文，其在"鄴"也。有七子皆能文，乃王粲、徐幹、陳琳、阮瑀、劉楨、孔融、應瑒。而劉楨者多病，所謂"余嬰沈痼疾，竄身清漳濱"。謝靈運擬其詩，《序》云："劉楨卓犖偏人，而文最有氣，所得頗經奇。"則"多病"者，指劉楨，爲"鄴中"之"奇"也。公亦"多病"，故專以自比。

"驊騮"四句：趙云：言文士必有佳子，而自嘆其子之文，不逮於己也。"驊耳""騏（驎）[驥]"是二馬，而皆良馬。"騏驎"之子，仍是"騏驎"，故云"帶好兒"。如輪扁者，妙於斲輪，而不能傳其子。事見《莊子》："臣不能以喻臣之子，臣之子亦不能以受之於臣，是以行年七十，而老斲輪。""堂構"之"虧"，則《書》："若考作室，既底法，厥子乃弗肯堂,矧肯構?"然則,題爲《偶題》,豈公有所感,而作此詩耶?

"謾作"二句:趙云:此文嘆其"文章"如此,而自流傳也。《後漢》:"王符,字節信,隱居著書三十餘篇,以譏當時失得,不欲章顯其名。故號曰《潛夫論》。"曹操與楊修讀《曹娥碑》,陰有八字曰:"黃絹幼婦,外孫齏臼。"修即解得。操行三十里乃悟,云:"黃絹,色絲,絕字也。幼婦,少女,妙字也。外孫,女子之子,好字也。齏臼,受辛之器,辭字也,言絕妙好辭。"與楊合。操曰:"有智無智,校三十里。"

"緣情"句:《文賦》:"詩緣情而綺靡。"

"經濟"二句:《莊子》:"鷦鷯巢於深林,不過一枝。"左太沖:"巢林栖一枝,可爲達士模。"唐李義府始召見,太宗遂令詠鳥。其末句:"上林多許樹,不過一枝栖。"(陳案:過,《唐語林》作"借"。)帝曰:"吾將全樹借汝,豈惟一枝。"

"塵沙"二句:"蜂蠆""蛟螭",皆毒物也。言避患難不暇爾。趙云:言其製作,"緣情"而生,以"慰漂蕩"耳。"抱疾屢遷移",又申言"漂蕩"之實。曹子建《離思賦》:"余抱疾以賓從,扶衡軨而不移。""經濟慙長策",雖爲自謙,蓋亦自傷於不用也。《晋・石苞傳》:景帝言苞曰:"雖細行不足,而有經國才畧。夫貞廉之士,未必能經濟世務。""飛樓""一枝",以鳥爲喻,又以成"屢遷移"句。賈誼云:"振長策而馭宇內。""蜂蠆""蛟螭",言其所樓一於夔州之地如此也。(陳案:一,《補注杜詩》作"託"。)

"聖朝"句:胡虜爲中原之亂也。

"異俗"句:公北人而在南,故呼楚人爲"異俗"。"喧卑",囂雜貌。趙云:歎治古之不復見,傷戰爭之不能安。治古,莫過於"唐、虞",故以"唐、虞"爲言。戰爭,莫切於項羽與漢高祖,故以"楚、漢"爲言。舊注於"唐、虞"下注:沈休文《論》:"虞夏以來,遺文不覩。"(陳案:來,《文選》作"前"。)于"楚、漢"下注:江文通《雜體詩・序》:"夫楚謠漢風,既非一骨。"已隔"漂蕩""遷移",居峽之後,豈却尚言"文章"邪?又與下段不接。蓋公已自"緣情慰漂蕩"而下,轉入悼已傷時之事矣。"唐、虞"既"遠",而"楚、漢"可傷,其在今日,則"聖朝"雖"聖",乃兼有"盜賊"。蓋前有安、史,今有吐蕃也。《周禮》本俗六有曰:"除盜賊。"(陳案:本俗六有,《周禮注疏》作"荒政十有二"。)鮑明遠《舞鶴賦》：「陋人寰之喧卑。」

「鬱鬱」二句：趙云：上句又以嘆其埋鏟，下句又以言其潛隱。蓋言如「劍」之埋而未呈，如蛟龍之在「池」而未出也。雷次宗《豫章記》載豐城劍事，或曰：「劍上有七星之狀。」公於《暝》詩云：「正枕當星劍。」是已。理固有之，而未見所出。唯薛燭觀純鉤之劍曰：「觀其文，則列星之行。」然亦不分明有「星辰」字。周瑜言劉備曰：「蛟龍得雲雨，終非池中物。」

「兩都」二句：趙云：上句則前此吐蕃陷東京，又陷京師，又掠涇、邠，蹕鳳翔，入醴泉、奉天。時京師大震，則兩都曷嘗不置軍營，而「開幕府」邪？下句則天下皆用兵矣。

「南海」二句：《匈奴傳》：「東胡強而月氏盛。」　趙云：在「南」亦有侵犯者。如廣德二年，西原蠻陷邵州。大曆二年，桂州山獠反。是已。「銅柱」，則馬援征南時，立「銅柱」而勒功於其上也。「殘」，則幸餘此物耳。「月支」胡，在漢爲梗，今以比吐蕃。寇自西而來，犯順於東，故「東風避」之。詩人行語，如《李大夫自長安赴廣州》而云：「南斗避文星」也。

「音書」句：《西京雜記》：「乾鵲噪而行人至。」《文選》：魏武帝《短歌行》：「月明星稀，烏鵲南飛。」

「號怒」句：《苦寒行》：「熊羆對我蹲。」　趙云：禍亂之際，道路阻塞，家信不通，「恨烏鵲」之不信也。下句言在夔山居之所有也。

「稼穡」句：役于營生，不暇吟詩。

「柴荆」句：習其風俗。　趙云：謝靈運《初去郡》詩：「促裝反柴荆。」《周禮》有「土宜」之法。

「故山」二句：「白閣」「黃陂」，關中山水。　趙云：「皇陂」作「黃陂」，其字非是。（陳案：其，《杜詩引得》作「黃」。）舊注云：「皆關中山水。」雖是而莫稽。「白閣」，則終南山相附之山名。公《渼陂西南臺》詩又云：「顛倒白閣影。」是已。「皇陂」，則皇子陂也。公於《重過何氏》詩云：「雲薄翠微寺，天清皇子陂。」又《贈鄭十八虔》詩：「第五橋東流恨水，皇陂岸北結愁亭。」是已。舊本二詩於《過何氏》詩中，「皇」亦作「黃」，誤，當作「皇」。今以「白」對「皇」。此「廚人具雞黍，稚子摘楊梅」之格。

"不敢"二句：趙云："賦別離"，則言去鄉國之遠也。《楚辭》："悲莫悲於生別離。"《世說》載：孫興公作《天台賦》成，以示范榮期。每至佳句，輒云："應是我輩語。"公詩嘗曰："爲人性癖耽佳句，語不驚人死不休。"而今却曰："不敢要佳句。"則詩人變化，各有所主，豈可拘哉？

雨　晴

雨時山不改，晴罷峽如新。
天路看殊俗，秋江思殺人。
有猿揮淚盡，無犬附書頻。
故國愁眉外，長歌欲損神。

【集注】

"雨時"二句：時：一作"晴"。　　言陰晴在雨，而不在"山"也。

"秋江"句：（陳案：秋，《四庫全書》本作"殊"。誤。《補注杜詩》《全唐詩》作"秋"。）

"有猿"句：《荊州記》："巴山之峽巫山長，猿鳴三聲淚霑裳。"

"無犬"句：附：一作"送"。

"故國"二句：趙云：言或"雨"或"晴"，"山"不變改。而"晴"之既"罷"，則"峽"又"如新"也。"天路看殊俗"，言身在長安，乃"天路"之人，而却來此"看殊俗"也。枚乘詩："美人在雲端，天路杳無期。"庾信《廣化公墓銘》："化被殊俗，威行鄰境。"非《詩·大序》國異政，家殊俗"中字也。《古詞》有"愁殺人"。陸士衡《赴洛》詩："親友贈予邁，揮淚廣川陰。"陸機有犬曰黃耳，在洛中，使附書歸江左。

晚晴吳郎見過北舍

圃畦新雨潤，愧子廢鉏來。
竹杖交頭拄，柴扉掃徑開。

欲栖群鳥亂，未去小童催。

明日重陽酒，相迎自撥醅。

【集注】

"圃畦"八句：(陳案：撥，《補注杜詩》《全唐詩》作"醱"。)　　趙云：費長房投"竹杖"於葛陂，化龍而去。"未去小童催"，此亦道實事耳。"新雨"，一作"佳雨"，非。蓋不必如是方爲奇也。

解悶十二首

右一

草閣柴扉星散居，浪翻江黑雨飛初。

山擒引子哺紅果，溪友得錢留白魚。

【集注】

"浪翻"句：鮑照："浪翻揚白鷗。"

"溪友"句：友：一作"女"。　　趙云：庾信《寒園即目》詩："寒園星散居，搖落小村墟。""溪女"，一作"友"。當以"女"爲正。蓋公嘗使"溪女"字。如云："負鹽出井此溪女。"豈亦用神仙張道陵降"十二溪女"有此字者乎？

右二

商胡離別下揚州，憶上西陵故驛樓。

爲問淮南米貴賤，老夫乘興欲東遊。

【集注】

"憶上"句：西：一作"蘭"。

"爲問"二句：(陳案：米，《四庫全書》本作"來"。形訛。《補注杜詩》《全唐詩》作"米"。)　　趙云：此篇亦道實事。恰有一"胡商""下揚州"而來別，其人曾與公同上蘭陵"驛樓"，乃追言之也。末句則因其行,而問"淮南米"價,公欲南下也。舊本"東遊"作"東流","西陵"又作"蘭陵"。師民瞻本作"東遊"。是。并取"西陵"字,亦是。然"蘭陵"在楚州,荀卿曾爲蘭陵令。"西陵"則在鄴。曹操云:"望吾西陵。"取次是曾相見處耳。

右三

一辭故國十經秋,每見秋瓜憶故丘。
今日南湖采薇蕨,何人爲覓鄭瓜州?

【集注】

"一辭"四句:自注:"今鄭祕監審。" 趙云:"何人爲覓鄭瓜州",則鄭監必實有"瓜州"之命,或舊曾守"瓜州",尚有此稱。緣主"鄭"作詩,故首句言:"每見秋瓜憶故丘。"以引"瓜州",爲疊二"瓜"字,乃詩人之老句也。"瓜州",一作"袁州",非。蓋不著此"瓜"字,則與上句不相干也。"憶故丘"事,公長安人,長安之東門曰青門,故侯邵平種瓜於此,時號邵平瓜。一作"憶故侯",於義亦通,大抵公懷鄉之語耳。

右四

沈范早知何水部,曹劉不待薛郎中。
獨當省署開文苑,兼泛滄浪學釣翁。

【集注】

"沈范"句:"沈范",謂沈約、范雲。
"曹劉"句:水部郎中薛據。
"獨當"二句:趙云:何遜與薛據,俱是"水部"之官。而何遜能詩,早爲沈約、范雲所知。若薛據者,恨不與曹子建、劉楨同時,而言二人"不待"之也。末句言"薛"在省部時,已擅文章而"開文苑"。《後漢》有《文苑傳》。公在荆南有江湖之樂,斯爲"學釣翁"乎?《漁父》所謂"滄浪"之水也。

右五

李陵蘇武是吾師,孟子論文更不疑。

一飯未曾留俗客，數篇今見古人詩。

【集注】

"李陵"句：世之言五言詩，始于"蘇武""李陵"。

"孟子"三句：校書郎孟雲卿。　　趙云：五言詩起於"李陵""蘇武"。今《文選》所載："良時不再至"，又"骨肉緣枝葉"等篇，是也。蓋寶公之所服膺，豈不曰"是吾師"乎？"孟子論文更不疑"，指孟雲卿之能文。魏文帝《典論》有《論文》一篇。末句又專言"孟"矣。

右六

復憶襄陽孟浩然，清詩句句盡堪傳。

即今耆舊無新語，謾釣槎頭縮項鯿。

【集注】

"復憶"四句：（陳案：鯿，《四庫全書》本作"編"。形訛。《補注杜詩》《全唐詩》作"鯿"。）　　"浩然"，開元時人。詩云："梅花殘臘月，柳色半春天。鳥泊隨陽鴈，魚藏縮項鯿。"又云："試垂竹竿釣，果得查頭鯿。"鯿，魚也。楚人云長腰粳米、縮頭鯿魚爲美味也。皮日休詩："憨憨莫笑襄陽住，爲愛南陽縮項鯿。"　　趙云：習鑿齒《襄陽耆舊傳》："漢水中鯿魚甚美，常禁人捕。以槎斷水，因謂之槎頭鯿。宋張敬兒爲刺史，齊高帝求此魚。敬兒作六槽船置魚而獻，曰：'奉槎頭縮項鯿一千八百頭。'"而"浩然"詩兩用之，言"浩然"已死，今"耆舊"之間，不能復造"新語"以言鯿魚，但"謾釣"之而已。

右七

陶冶性靈存底物，新詩改罷自長吟。

孰知二謝將能事，頗學陰何苦用心。

【集注】

"陶冶"句：顏氏之推《家訓》論"文章"曰："陶冶性靈，從容諷諫。"

"孰知"句：玄暉、靈運。

"頗學"句：趙云："孰知"者，"稔孰"之"孰"，古用此字，非"孰何"

之"孰"也。公自言其稔孰知謝靈運、謝惠連,將此作詩爲"能事",而我亦以爲"能事"也。《易》:"天下之能事畢矣。""陰",則陰鏗;"何",則何遜。"苦用心",則不苟且爲之矣。《莊子》曰:"天王之用心。"《古詩》:"晨風懷苦心。"陸士衡云:"志士多苦心。"

右八

不見高人王右丞,藍田丘壑漫寒藤。
最傳秀句寰區滿,未絶風流相國能。

【集注】

"不見"四句:趙云:"王右丞",王維也。有別墅在藍田,所謂"輞川"也。右丞能詩,見有集行于世。其弟"相國"縉,亦能詩。時見數篇于摩詰集中。縉《本傳》亦云:"少好學,與兄維俱以名聞。"

右九

先帝貴妃今寂寞,荔枝還復入長安。
炎方每續朱櫻獻,玉座應悲白露團。

【集注】

"先帝"四句:謝玄暉:"玉座猶寂寞,況乃妾身輕。" 《杜補遺》:《唐史遺事》云:乾元初,明皇幸蜀回,適嶺南進荔枝。上感念楊妃,不覺悲慟迨絶。高力士于御座旁,設位享之,上稍蘇息。 趙云:此篇專憶明皇時進"荔枝"事。東坡云:"天寶歲貢,取之涪。以其由子午道進,所以知其爲涪也。當時貢荔枝,雖是涪州,特以涪州比廣南路,尤可生致,而廣南之獻,則在唐爲歲獻之常矣。"今末句云:"炎方每續朱櫻獻",則併及廣南言之。左太冲《蜀都賦》云:"朱櫻春熟,素柰夏成。"《禮記·月令》:"仲夏之月,天子嘗黍,羞以含桃,先薦寢廟。"《漢》:惠帝常出離宮,叔孫通曰:"古者有春嘗果,方今櫻桃可獻,願陛下出,因取櫻桃獻宗廟。"上許之。諸果獻由此興。今云"朱櫻獻",則亦南方之所貢也。"玉座應悲",自楊妃死,今明皇見"荔枝"入貢,追念而悲矣。

右十

憶過瀘戎摘荔枝,青楓隱映石逶迤。
京中舊見君顏色,紅顆酸甜只自知。

【集注】

"憶過"四句:(陳案:中舊,《全唐詩》同。一作華"應"。) 《杜補遺》云:《扶風記》云:"此木以荔枝爲名者,以其結實時,枝弱而蒂牢,不可摘取,以刀斧劙取其枝,故以爲名。閩中四郡所出,肌肉甚厚,甘香瑩白。廣、蜀荔枝,小酸而肉薄,其精好者僅比閩之下品。劙,音利。" 趙云:"荔枝",蜀中有之,而"瀘、戎"爲多。"舊見君顏色","君"字指言"荔枝"也。其亦王子猷君竹之義乎?公于它物,則爾、汝之矣。"紅顆酸甜只自知",却言今所嘗食,有酸有甜,"自知"之也。

右十一

翠瓜碧李沈玉甃,赤梨葡萄寒露成。
可憐先不異枝蔓,此物娟娟長遠生。

【集注】

"翠瓜"句:"玉甃",井也。魏文帝《書》:"浮甘瓜於清泉,沈朱李於寒水。"

"可憐"二句:趙云:"此物"字,祖出《左傳》,而《選》詩之言庭樹曰:"此物何足貴,但感別經時。"則凡所主之物曰"此物",今應言"荔枝"也。瓜、李、梨、葡萄,備言一歲之果。言同是果實,"可憐"先與荔枝不異"枝蔓",他處所有;而"此物"長於遠地,"娟娟"然生,所以嘆異"荔枝"之爲物也。此篇與后篇,皆不犯"荔枝"字,而意義自明。

右十二

側生野岸及江蒲,不熟丹宮滿玉壺。
雲壑布衣鮐背死,勞生重馬翠眉須。

【集注】

"勞臸"句:臸,讀作"人"字。　《杜補遺》云:歐本"勞臸"寫作"勞人","重馬"作"害馬","眉疏"作"眉須"。左思《蜀都賦》曰:"邛竹緣嶺,菌桂臨崖。旁挺龍目,側生荔枝。布綠葉之萋萋,結朱實之離離。"按:楊貴妃嗜荔枝,必欲生致之。乃置騎曉夜傳送至京師,色味猶未變。當是時布衣賢士,不能搜訪駟召,至于老死山谷之間;以貴妃"須"荔枝之故,反勞人害馬,力求於數千里之外。子美所以作是詩也。武后所撰字,一生為人,當作"勞人"。　趙云:"江蒲",則自戎夔而下,以畝為"蒲",今官私契約皆然,因以押韻。師民瞻本作"江浦",非是。"不熟丹宮滿玉壺",所以求之安故耳。(陳案:《杜詩引得》作"言其不生長安故耳"。)"丹宮",神仙之宮,以比禁苑之地。"玉壺"者,珍貴之器,以言至尊之奉。惟其"不熟丹宮"而"滿玉壺",所以求之于遠也。魯直云:善本是"勞人重馬翠眉須"。蓋言勞苦人力,重疊馳馬,只為"翠眉"之人所"須",乃指言貴妃矣。況"須"字與"壺"字同韻,而"疏"字為失韻,則魯直之說,信而有證也。"勞人",雖祖于《詩》云:"勞人草草。"其後如梁大同二年,地生白毛,長二尺,孫盛以為"勞人"之異。"重馬",《史記·始皇紀》有曰:"河魚大上,輕車重馬東就食。"司馬貞謂:"言時之災異,魚大上於河岸,故人駭異而去,就食于東。"則"重馬"者,重疊馬而行也。"雲壑",則孔德璋《北山移文》云:"誘我松桂,欺我雲壑。""鮐背",則老者之狀。《詩》曰:"黃髮鮐背。"又曰:"鮐背兒齒。"

復愁十二首

右一

人煙生處僻,虎跡過新蹄。
野鶻飜窺草,村船逆上溪。

【集注】

《復愁》句：趙云：前題曰"解悶"，而此題曰"復愁"。悶既解之以詩矣，而又有可愁之事也。

"人煙"句：一云"遠處"。　　趙云：曹子建詩："千里無人煙。"

右二

　　釣艇收緡盡，昏鴉接翅稀。
　　月生初學扇，雲細不成衣。

【集注】

"釣艇"四句："初學扇"，謂未甚圓也。"不成衣"，言"細"也。趙云：公於"有待至昏鴉"之下自注："何遜云：'昏鴉接翅歸。'"然今改一"稀"字，意義遂與遜詩不同矣。於"月"言"扇"，于"雲"言"衣"，如劉希夷《佳人春遊》云："池月憐歌扇，山雲愛舞衣。"又李義府《堂堂詞》云："鏤月成歌扇，裁雲作舞衣。"今公所用，又爲新矣。

右三

　　萬國尚防寇，故園今若何？
　　昔歸相識少，早已戰場多。

【集注】

"萬國"四句：趙云："故園"，指言長安也。"昔歸相識少"，言往時自外而歸，已自"相識少"矣，今又可知也。"早已戰場多"，又言京都之地，早時已自爲"戰場"，至于今也。豈不以安、史亂於前，而吐蕃亂於後邪？

右四

　　身覺省郎在，家須農事歸。
　　年深荒草徑，老恐失柴扉。

【集注】

"身覺"四句：（陳案：郎，《四庫全書》本作"邪"。形訛。《補注杜詩《全唐詩》作"郞"。) 趙云：上句言覺得"省郎"之身在也。此牛僧儒所謂"見在身"矣。公爲尚書工部員外郎，故云。次句指言長安之家。公在瀼西，已親稼穡矣，則得歸長安本家，亦"須"以"農事"往也。末句蓋言，離去故國多年，其所居必荒蔓草，而老身又"恐失柴扉"，而不得返也。

右五

金絲鏤箭鏃，皂尾製旗竿。
一自風塵起，猶嗟行路難。

【集注】

"金絲"句：鏤：一作"縷"。
"皂尾"句：製：一作"掣"。
"一自"二句："金絲箭""皂尾旗"，皆胡服也。 趙云：首兩句蓋貴將之物，平時所用，至"風塵起"而未息，則亦厭之矣，所以有"行路難"之"嗟"也。（隋）顏之推《古意》詩："歌舞未終曲，風塵暗天起。""行路難"，古樂府有此名。

右六

正觀銅牙弩，開元錦獸張。
花門小前好，此物棄沙場。

【集注】

"正觀"四句：前：一作"箭"。 趙云：詳此詩末句，"銅牙弩""錦獸張"，乃正觀、開元所以賜蠻夷者。"花門"回紇恃其有助順討安賊之功，輕"小箭好"，而"銅牙弩""錦獸張"者，棄之於"沙場"也。師民瞻本却取"一作：小箭好"，則無義矣。 《杜補遺》：《唐六典》注：《釋名》曰："弩，怒也。有怒勢也。其柄曰臂，似人臂也。鈎弦曰牙，似牙齒也。牙外曰郭，爲牙之規郭也。合名之曰機，如門户樞機，開闔有節也。"《書》曰："若虞機張。"則所謂"錦獸張"者，亦弩之物耳。又《南越志》云："龍川，唐時常有銅弩牙流出水，皆銀黄雕鏤，取之製弩。父老云：'其地蓋越王弩營也。'"

右七

今日翔麟馬,先宜駕鼓車。
無勞問河北,諸將角榮華。

【集注】

"今日"四句:趙云:薛蒼舒云:按《唐志》:"翔麟,廄名。""先宜駕鼓車",則公欲息兵休戰矣。《漢》:文帝朝有獻千里馬者,帝命以"駕鼓車"。末句,"問"者,餽問之"問"。言此馬不老勞問遺"河北",徒使"諸將"角勝于"勞華"而已。此公恨"諸將"不勤王之甚。"角"字,舊(正)〔本〕作"覺",非。

右八

任轉江淮粟,休添苑囿兵。
由來貔虎士,不滿鳳皇城。

【集注】

"任轉"四句:(陳案:貔,《四庫全書》本作"貊"。形訛。《補注杜詩》《全唐詩》作"貔"。） 趙云:"休添苑囿兵",則代宗嘗自治兵於苑中,長安城中必添兵矣。公意在息兵,以不添兵爲上。而"任轉""粟",則但欲長安足食也。《書》云:"如虎如貔。""鳳皇城",則秦穆公女吹簫,鳳降其城,因號丹鳳城。其後言京都之城曰鳳城者,承用此也。李嶠單題《城》詩云:"獨下仙人鳳,群驚御史烏。"亦用此鳳事也。

右九

江上亦秋色,火雲終不移。
巫山猶錦樹,南國且黃鸝。

【集注】

"江上"四句:趙云:〔"火雲"當已秋而不移,則餘熱猶在矣。(隋)盧思道《納涼賦》云:"陽風溰其長扇,火雲赫而四舉。"末句,蓋言秋時在夔,則〕(陳案:前注文與《右八》同,當有錯簡。依《杜詩引得》補正。)見"巫山"之樹猶是"錦樹"。及盡南下,則在春時,且却聽"黄鸝"也。樹變青而丹,謂之"錦樹"。公詩又言:今朝"碧樹行錦樹"也。

右十

> 每恨陶彭澤,無錢對菊花。
> 如今九日至,自覺酒須賒。

【集注】

"每恨"四句:趙云:檀道鸞《續晉陽秋》曰:"陶潛九月九日無酒,於宅邊摘菊盈把,久望見白衣人,乃王弘送酒,即便就酌而歸。"末句言"酒須賒",則公無錢沽之矣。庾信云:"胷中無學,猶手中無錢。"

右十一

> 病減詩仍拙,吟多意有餘。
> 莫看江摠老,猶被賞時魚。

【集注】

"病減"四句:趙云:此篇惟末句難解。謂之"被""魚",則被服之"被";"魚"應是魚袋之"魚"。唐有賞緋魚袋,有賜緋魚袋。然公官銜則賜緋魚袋者,安得謂之"賞時魚"乎?按:《江摠傳》:"摠尤工五言、七言。"則公詩首句為言作詩,而末及江摠,蓋公亦喜其詩矣。

右十二

> 胡虜何曾盛,干戈不肯休。
> 閭閻聽小子,談話覓封侯。

【集注】

"胡虜"四句:(陳案:話,《全唐詩》同。一作"笑"。) 趙云:此篇公蓋憤生事邀(公)[功],濫冒榮寵者矣。苟能盡命致死,則可以一戰而滅之,惟其延歲月以用兵,反以為"胡虜"之盛。蓋其意在於己身之富貴,所以雖"閭閻小子",亦說取"封侯"耳。師民瞻本"談話"作"談笑",亦通。

諸將五首

右一

漢朝陵墓對南山，胡虜千秋尚入關。
昨日玉魚蒙葬地，早時金盌出人間。
見愁汗馬西戎逼，曾閃朱旗北斗閒。
多少材官守涇渭，將軍且莫破愁顏。

【集注】

"諸將"句：趙云：按《編年通載》："今歲二月，吐蕃雖遣使來朝，而九月又陷原州。"公詩蓋責"諸將"之不力戰，追言前事以諷之。第五篇獨美嚴公，蓋公第三次來成都時，先破吐蕃于當狗城，〔克〕鹽川城西，此所以深望"諸將"如之也。

"漢朝"句：張孟陽《七哀詩》："北邙何疊疊，高陵有四五。借問誰家墳，皆云漢世主。恭文遙相望，原陵鬱膴膴。"

"昨日"句：《西京雜記》：長安大明宮宣政殿，每夜見數十騎，衣鮮麗，遊往其間。高宗使巫劉明奴、王湛然問其所由。鬼曰："我是漢楚王戊太子，死葬於此。"明奴等曰："按《漢書》，戊與七國反，誅死無後，焉得有子葬於此？"鬼曰："我當時入朝，以路遠不從坐。後病死，天子於此葬（死）〔我〕，《漢書》戊有遺誤耳。"明奴因宣詔，與改葬。鬼喜曰："我昔日亦是近屬豪貴，今在天子宮內，出入不安，改卜極幸甚。我死時，天子歛我玉魚一雙，今猶未朽，必以此相送，勿見奪也。"明奴以事奏聞，及發掘，玉魚宛然，自是其事遂絕。

"早時"句：孔氏《志怪》曰：盧充家西有崔少府墓，充一日見一府舍，入門進見少府。少府欲充與小女爲婚，女生男。三月三日山陰水戲，忽見崔氏抱兒還充，又與盌并贈詩一首。充取兒盌及詩，女忽不見。充詣市賣盌，崔女姨曰："我妹之女，〔未〕嫁而亡，贈以金盌，著棺中。"云。　　杜田《補遺》云：沈炯，字初明，爲魏所虜。嘗獨行，經漢武通天臺，爲表奏之。陳已思鄉之意，其畧曰："甲帳珠簾，一朝零落。

茂陵玉盌,遂出人間。"竊詳是詩首句云:"漢朝陵墓對南山",即"盌出人間",乃茂陵事也,但"金""玉"字異耳。元注引"盧充""金盌"事,恐不類,姑兩存之,必有能辨者。　　趙云:此四句所以激怒"諸將"也。漢朝天子之陵、大臣之墓,多"對南山"、"千秋"萬歲,以爲固矣。而"胡虜"尚能"入關",不無侵掘也。題是《諸將》,止言將臣之貴者,常蒙"玉魚"之賜,且有"金盌"在墓而出,皆人臣事耳。止用"出人間"三字,全出已見,有發墓之意,不必泥"金盌"止是女人之事也。師民瞻本作"出人寰"。蓋爲後句改"北斗(閑)[間]",爲"北斗間"而然也。

"見愁"二句:(陳案:汗,《四庫全書》本作"汙"。形訛。《補注杜詩》《全唐詩》作"汗"。閑,《全唐詩》作"殷"。注:"殷,於顔切,紅也。一作閑。")　　子美父名"閑",集中兩處用"閑"字,皆非。是謂吐蕃踐河隴,陷京師也。　　趙云:前四句言既有胡虜之禍,發掘冢墓矣。今繼有吐蕃之難,而"諸將"不知憤激,速來長安禦戎也。《東京賦》云:高祖"杖朱旗而建大號。""北斗",言長安。長安號北斗城也。"諸將"所以"汗馬"者,以"西戎"之"逼"也。然"閃朱旗"於北斗城中,而翻閑暇焉,則以不措意於勤王,及犬戎之既去,爲不及事也。蔡伯世本改作"北斗殷"。師民瞻本改作"北斗間"。蓋皆牽于杜公名"閑",必不使"閑"字,而以意改耳。《左傳》曰:"左輪朱殷。"以血染之,而後殷也。"朱旗"之"閃",何至殷北斗乎?若"北斗間",則"間"字語弱,別無含蓄之意。又乃指其所之辭,亦與"逼"字不敵矣。兼自"閑"字,公亦嘗使,曰:"翩翩戲蝶過閑慢。"(陳案:翩翩、閑、慢,《小寒食舟中作》作"娟娟""閑""幔"。)不可改"閑"字作別字。今所云"北斗閒",皆臨文不諱。如韓退之父名卿,而退之豈不使卿字邪?

"多少"句:《漢》:"材官蹶張。"皆武臣也。

"將軍"句:趙云:上六句皆是已往之事,已責之矣。今此言費"材官"以"守涇渭"之水,則深防寇賊之禍,爲"將軍"者"且莫破愁顔"而爲樂也。高適嘗言於明皇曰:"監軍諸將,不卹軍務,以倡優、蒲塞相娛樂。"(陳案:塞,《新唐書》作"簺"。)則公今有"且莫破愁顔"之戒,宜矣。

右二

韓公本意築三城,擬絶天驕拔漢旌。

豈謂盡煩回紇馬,翻然遠救朔方兵。
胡來不覺潼關隘,龍起猶聞晉水清。
獨使至尊憂社稷,諸君何以答升平?

【集注】

"韓公"二句:《匈奴傳》:"天之驕子。"　薛云:《唐》:吕温《三受降城碑》:"默啜強暴,朔方大總管韓國公張仁愿請築三城,奪據其地,中宗詔許。於是六旬雷動,三城岳立。"

"豈謂"二句:言築城以備蕃寇,而蕃反爲唐平難也。　《杜補遺》云:韓國公張仁愿于河北築三受降城,自是突厥不敢踰山牧馬。

趙云:"回紇"者,匈奴之種也,故亦得稱"天驕"。公于《留花門》詩亦曰:"花門天驕子,飽食氣勇決。"是已。"拔漢旌","拔"字使《韓信傳》"拔趙幟,立漢幟"之"拔"。"擬絕天驕拔漢旌",蓋言"三城"之"築",所以止匈奴寨拔漢家之旗矣。彼"回紇"者,"豈謂"國家煩其兵馬,"救朔方"兵之困敗,以助討賊邪? 蓋至德元載閏八月,廣平王俶爲天下兵馬元帥,郭子儀副之,以朔方、安西、回紇、南蠻、大食兵討安慶緒。其後,"回紇"恃功,侵擾中國。此公之所以嘆也。

"胡來"句:謂禄山陷關也。

"龍起"句:謂肅宗起于靈武也

"獨使"二句:趙云:"潼關"非不"隘"也,而胡來不覺其"隘",蓋以失守也。此以譏哥舒翰之敗。當時"諸將"不能盡忠竭節,獨貽天子之憂,乃有煩"回紇"兵之事。其後賊既已平,"諸君"有何功效而報答哉? 此責其圖享高爵厚禄者矣。必言"回紇馬",則其戰每在騎戰也。故公常云:"渡河不用船,千騎常撇烈。"又云:"京師皆騎汗血馬"也。言"晉水清",則河北者,晉地也,乃安賊所起之地。肅宗"龍"飛,而"晉水"復"清"矣。

右三

洛陽宮殿化爲烽,休道秦關百二重。
滄海未全歸禹貢,薊門何處盡堯封。
朝廷袞職誰争補? 天下軍儲不自供。

稍喜臨邊王相國,肯銷金甲事春農。

【集注】

　　"洛陽"句:曹子建詩:"洛陽何寂寞,宮殿盡燒焚。"
　　"休道"句:(陳案:百,《四庫全書》本作"不"。形訛。《補注杜詩》《全唐詩》作"百"。)　　張孟陽《劍閣銘》:"秦得百二,併吞山河。"注:"言百二,謂以二萬之衆,足以當百萬,得形勢也。"　　趙云:謂舉烽燧於殿上也。《前漢》:田肯賀高祖曰:"陛下治秦中。秦,形勝之國,帶河阻山,縣隔千里,持戟百萬,秦得百二焉。"今云"百二重",則既百二,而又得百二也。舊注引張孟陽《劍閣銘》,是爲無祖。
　　"滄海"二句:(陳案:盡,《全唐詩》同。一作"覓"。)　　言爲盜賊所奄有也。　　趙云:"滄海",指言山東。"薊門",指言河北。《古詩》云:"出自薊北門。"《禹貢》,則《尚書》篇。董仲舒云:"堯、舜在上,比屋可封。"今言"何處"是"堯"可封之民,亦以爲吐蕃所陷也。
　　"朝廷"二句:趙云:上句,舊本作"雖多預",師民瞻本作"誰爭補",是。《詩》曰:"袞職有闕,〔維〕仲山甫補之。"今不能然,公是以罪之也。下句,則公亦歎其無如之何之辭,言郡國不修貢賦,須上求索而後供,非以其職而"自供"者也。
　　"稍喜"句:王縉也。《文中子》曰:"何必鄰邊?"　　趙云:若以公此句爲指王縉,則縉自廣德二年同平章事之後,於大曆二年前,豈嘗出而"鄰邊"乎?《新書》既脫略,則無所考也。
　　"肯銷"句:蔡文姬詩:"金甲耀日光。"

右四

　　回首扶桑銅柱標,冥冥氛祲未全銷。
　　越裳翡翠無消息,南海明珠久寂寥。
　　殊錫曾爲大司馬,總戎皆插侍中貂。
　　炎風朔雪天王地,只在忠臣翊聖朝。

【集注】

　　"越裳"句:《前漢·西域傳贊》:"孝武之世,覬犀布玳瑁,則建朱崖七郡。自是之後,明珠、文甲、通犀、翠羽之珍,盈於後宫。"顏師古注云:"昔周公相成王,越裳氏重九譯,而獻白雉。譯曰:'吾受命之日久矣。天之無烈風淫雨,意中國有聖人乎?盍往朝之?'"　　趙云:"扶桑",以言王國之東。"銅柱",以言王國之南。馬援南征,建"銅柱標"以勤功伐。(晋)阮孚云:"氛祲既澄,日月自朗。"頷聯兩句,所以結"氛祲"未銷之所致也。"翡翠",蓋白雉之類耳。

"南海"句:《賈琮傳》:"交趾土多珍異產,明璣、翠羽、犀、象、瑇瑁、異香、美木之屬,莫不自出耳。"　　趙云:"明珠"多出于"南海",如交趾產明璣,合浦出大珠也。

"殊錫"句:東晋石勒侵阜陵,詔加王導大司馬,假以黃鉞。

"總戎"句:《漢》:"侍中冠,武弁大冠,亦曰惠文冠,加璫,附蟬爲文,貂尾爲飾也。"

"炎風"二句:言天子冒"風""雪"於外,所賴者,"忠臣"而已。

趙云:此深責諸君徒享高爵厚恩,而不能輸忠者也。以"殊錫"言之,則有爲"大司馬"者矣。以"總戎"言之,則有爲侍中者矣。此借前代之事,以比之也。"炎風",言南方之地。"朔雪",言北方之地。《詩》曰:"普天之下,莫非王土。"故曰"天王地"。公詩句之意,蓋以莫非王土,當修職貢。必欲其來,在"忠臣"翊贊天子耳。

右五

錦江春色逐人來,巫峽清秋萬壑哀。
正憶往時嚴僕射,共迎中使望鄉臺。
主恩前後三持節,軍令分明數舉杯。
西蜀地形天下險,安危須仗出群材。

【集注】

"錦江"二句:殷仲文詩:"獨有清秋日,能使高興盡。"又:"爽籟驚幽律,哀壑叩虛牝。"顧愷之云:"千嵓競秀,萬壑爭流。"

"正憶"句:嚴武。

"共迎"句:"望鄉臺",在成都之北。

"主恩"句:按《武傳》:"兩鎮蜀,一刺綿州。"

"西蜀"二句:《劍閣銘》曰:"形勝之地,匪親勿居。" 趙云:嚴武鎮蜀,辟公爲參謀。"望鄉臺",在成都之北,長安使來所經之地。公隨嚴僕射共登此臺,以迎中使。故曰:"正憶往時嚴僕射,共迎中使望鄉臺。"此又以人名對處所之格。"三持節",則言嚴公第一次寶應元年正月來,敕命權令兩川都節制,四月召還。第二次於六月,却專以節度西川來,阻徐知道反,不得進。第三次廣德二年,朝廷方正以兩川合一節度,而武以黃門侍郎來,至永泰元年四月盡日薨。其詳具于《八哀詩》題下所解也。舊注云:"兩鎮蜀,一刺綿。"非是。"軍令分明數舉杯",言其治軍整肅,所以不妨"舉杯"之頻數也。後句深美嚴公甚明。"安危",則安其危也。公於《八哀》之言武云:"公來雪山重,公去雪山輕。"正此意矣。

九日五首

右一

重陽獨酌杯中酒,抱病豈登江上臺。
竹葉於人既無分,菊花從此不須開。
殊方日落玄猿哭,舊國霜前白鴈來。
弟妹蕭條各何往?干戈衰謝兩相催。

【集注】

《九日》句:趙云:舊本題下注云:"闕一首。"非也。其一在成都詩中,今選補之。

"重陽"句:獨酌:一作"少飲"。

"抱病"句:豈:一作"起"。

"竹葉"句:張景陽《七命》:"乃有荊南烏程、豫北竹葉。浮蟻星沸,飛華萍接。""竹葉",酒名也。

"菊花"句:《荊楚歲時記》:"九日登高,飲菊花酒。" 趙云:舊本作"豈登",師民瞻本取"起登"字,是。"竹葉"者,酒名也。張華《輕薄篇》曰:"蒼梧竹葉清,宜城九醞酒。"首句云:"獨酌杯中酒。"又却云:"竹葉於人既無分。"則公以病肺斷酒,雖"酌"而竟不飲也。故公别篇又云:"潦倒新停濁酒杯。"

"殊方"句:《後語》:宋玉曰:"子獨不見玄猿乎?"

"舊國"句:漢武太子婚,得白鷹于上林,以爲贄。

"弟妹"二句:"干戈"與衰老相逼也。　　趙云:《文子》云:"殊方偏國。""玄猿哭",則峽中多猿。古歌云:"巴山之峽巫山長,猿啼三聲淚霑裳"也。《上林賦》曰:"玄猿素雌。"而《晉書·五行志》"射妖"云:"蜀車騎將軍鄧芝,征涪陵,射玄猿。猿自拔矢,卷木葉塞射瘡。芝嘆曰:'傷物之性,吾其死矣。'"斯乃"玄猿"之事實,用對"白鷹"。則沈存中云:"北方有白鷹,似鷂而小,色白,秋深則來,來則霜降。河北人謂之霜信。杜甫詩曰:'(故)[舊]國霜前白鷹來',即此也。"舊注云:"漢武太子婚,得白鷹于上林,以爲贄。"不知據何書而言然?此自是唐高宗咸亨中事,止云會苑中獲"白鷹"耳。若《新語》曰:"梁君出獵,見白鷹,欲自射之。道上有驚鷹駭者,梁王怒,命射此人,其御諫之而止。"斯乃"白鷹"之事實。

右二

舊與蘇司業,兼隨鄭廣文。
採花香泛泛,坐客醉紛紛。
野樹欹還倚,秋砧醒却聞。
歡娛兩冥漠,西北有孤雲。

【集注】

"舊與"句:源明。

"兼隨"句:虔。

"野樹"句:(陳案:欹,《全唐詩》作"歌"。一作"欹"。)

"歡娛"句:言蘇、鄭俱亡,而又流落也。顏延年:"衣冠終冥漠。"

"西北"句:魏文帝:"西北有浮雲。"　　趙云:前四句言當時之事;後兩句則公述其今日在夔之況;末句"歡娛",則以二人死而"冥漠";今日在夔之"歡娛",則以流落寄寓而"冥漠"。故云"兩"也。"西北有孤雲",則懷望長安也。"漠",一作"寞"。

右三

　　　　舊日重陽日,傳杯不放杯。
　　　　即今蓬鬢改,但媿菊花開。
　　　　北闕心長戀,西江首獨回。
　　　　茱萸賜朝士,難得一枝來。

【集注】

"但媿"句:愁見節物也。

"北闕"句:"北闕",帝都也。

"茱萸"二句:唐制:九日賜宴及"茱萸"。　　趙云:"北闕",在前漢未央宫殿,雖南嚮,而上書、奏事、謁見之徒,皆詣北闕。又《關中記》曰:"未央宫,東有蒼龍闕,北有玄武闕。"所謂"北闕"也。"西江首獨回",則意欲下荆渚也。《莊子》云:"激西江之水。"疏云:"蜀江謂之西江,以其從西來,此在楚人指之爲西江矣。"末句所以成"戀""北闕"之句。

右四

　　　　故里樊川菊,登高素滻原。
　　　　他時一笑後,今日幾人存。
　　　　巫峽蟠江路,終南對國門。
　　　　繫舟身萬里,伏枕淚雙痕。
　　　　爲客裁烏帽,從兒具緑樽。
　　　　佳辰對羣盗,愁絶更堪論。

【集注】

"故里"句:"樊川"在杜曲。

"登高"句:滻水也。

"他時"二句:言節物依然,而人事更變也。　　趙云:"樊川""素滻",皆指言長安也。"樊川"在長安萬年縣南三十五里。《十道志》曰:"其地即杜陵之樊鄉。漢高祖至櫟陽,以將軍樊噲灌廢丘之功爲最,賜噲食邑于此,故曰樊川。""滻"水在長安萬年縣東北,流四十里入渭。其謂之"素滻",潘安仁《西征賦》云:"南有玄灞素滻,北有清渭濁涇。"

"巫峽"四句:"巫峽""終南",相去萬里,於流落之際,而又"伏枕",則羇苦可知矣。

"伏枕"句:(陳案:淚,《四庫全書》本作"浪"。形訛。《補注杜詩》《全唐詩》作"淚"。)

"爲客"二句:沈休文:"賓至下塵榻,憂來命綠樽。"

"佳辰"二句:對:一作"帶"。　當盜賊充斥道路,阻絕於異鄉,逢此佳節,固多"愁"懣也。　趙云:上句言其在夔之地,次句又言長安,乃其懷憶之情也。"爲客裁烏帽","爲"音去聲。平時疏散,往往不巾,其"裁烏帽",以爲客而已。"烏帽",未見所出。公又曰:"烏帽拂塵青螺粟。"惟《管寧傳》云:"常著皁帽耳。"東坡云:"時見烏帽出復沒。"應却出于杜也。

右五

風急天高猿嘯哀,渚濤沙白鳥飛迴。
無邊落木蕭蕭下,不盡長江衮衮來。
萬里悲秋常作客,百年多病獨登臺。
艱難苦恨繁霜鬢,潦倒新停濁酒杯。

【集注】

"風急"八句:(陳案:本詩見於卷二十六。本文"濤",彼文作"清"。彼注文六次用"王洙曰",與本詩異。)　趙云:潘安仁云:"勁風淒急。"宋玉云:"天高而氣清。"四字兩出,合使方工。《楚詞》有"風颯颯兮木蕭蕭"。其"下"字,使《楚辭》:"洞庭波兮木葉下。""潦倒"字,"濁酒杯"字,并出嵇康,蓋云:"潦倒粗疏。"又曰:"濁酒一杯"也。若"潦倒"義,則《北史·崔瞻傳》云:"自天保以後,重吏事,謂容止醞藉者爲潦倒,瞻終不改焉。"(陈案:瞻,《北史》作"贍"。藉,作"籍"。)

如此,則"潦倒"亦非不佳之語,故公又曰:"多材依舊能潦倒。"

九日諸人集于林

九日明朝是,相要舊俗非。
老翁難早出,賢客幸知歸。
舊采黃花賸,新梳白髮微。
謾看年少樂,忍淚已霑衣。

【集注】

"九日"二句:非昔日遊賞之地。

"老翁"六句:趙云:"九日明朝是",則八日詩也。舊本反在"九日"詩下,非。《世說》曰:"過江諸人,每暇日輒相要出新亭,藉草飲宴。""賢客幸知歸",言知所歸往,以言其集于林之謂也。"賸"字,俗作"剩",非。

卷三十一

(宋)郭知達 編

近體詩

宗武生日

小子何時見？高秋此日生。
自從都邑語，已伴老夫名。
詩是吾家事，人傳世上情。
熟精文選理，休覓綵衣輕。
凋瘵筵初秩，欹斜坐不成。
流霞分片片，涓滴就徐傾。

【集注】

　　《宗武》句："宗武"，小名驥子。夔州籍中有《宗武生日》，蓋老杜入蜀而家在鄜州。武時尚幼，此時已能誦書，乃又越數年而作也。
　　"已伴"句：《禮》："自稱曰老夫。"
　　"熟精"句：新添：梁昭明太子集古人文詞詩賦爲《文選》，李善嘗受《文選》於曹憲，後遂解注《文選》十六卷。
　　"休覓"二句：《小雅》："賓之初筵，左右秩秩。"箋云："筵，席也。秩，肅敬也。"《海賦》："爲凋爲瘵。"
　　"流霞"二句：趙云：《王立之詩話》云：《宗武生日》詩載在夔州詩中，非也。當是家在鄜州時，故曰："小子何時見。"自入蜀後未嘗別也。"自從都邑語"，所謂前年學語時，蓋老杜與家俱在長安時也。

"已伴老夫名"者,老杜既有盛名於時,則人皆知其有是子,故曰:"人傳世上情"也。"凋瘵筵初秩",則以一生喻一筵會也。某年月日時已幾歲,謂之"凋瘵"之初可也。《詩》箋云:"秩秩,肅敬也。"然臨時用之,與此意不同。"流霞分片片,涓滴就徐傾",雖止是言飲酒,然用項曼"去家三十年"止日旁事,(陳案:三十,《抱朴子》作"十"。)則其身在行、在家、在鄜州決矣。又有《示宗武》一首,恐非是一時詩也。王立之說如此,而次公以其說未是。此乃公送嚴武至綿,已別而少住間,遂有徐知道之叛,單身如梓,則爲不見"宗武"矣。"前年學語時",則才三歲耳。今云"熟精《文選》理",則已能誦書。自至德二載至寶應元年,已六年,則宗武九歲矣,宜其能誦詩書也。《詩》云:"賓之初筵,左右秩秩。"今句云:"凋瘵筵初秩",則以"凋瘵"才始,如"筵"之"初秩",豈謂之臨時用之,與《詩》句不同邪？東坡詩云:"君今秩初筵,我已迫旅酬。"亦以"初筵"比事之始矣。"都邑"字,張平子《西京賦》云:"都邑遊俠,趙、張之倫。"故對"老夫"。"詩是吾家事",則公之祖審言,已有詩名。公詩嘗曰:"續兒誦《文選》。"則"熟精《文選》理"者,所以責望於"宗武"也。公詩使字,多出《文選》,蓋亦前作之菁英,爲不可遺也。公又曰:"遞相祖述復先誰。"則公之詩法,豈不以有據而後用邪？"綵衣"事,《列女傳》曰:"老萊子孝養二親,行年七十,妻兒自娛,著五色采衣。"此雖孝子悅親之事,而亦僅同戲侮。"休覓綵衣輕",則公所望其子者,在學而已。末句"流霞"事,在《抱朴子》:乃是項曼都自言到天上,過紫府,仙人以"流霞"一杯飲之,輒不飢渴。以帝前失儀,而謫河東,號之爲"斥仙人"。王立之止云"項曼",舊注又誤爲"曼卿",故表出之。

夜

露下天高秋水清,空山獨夜旅魂驚。
疏燈自照孤帆宿,新月猶懸雙杵鳴。
南菊再逢人臥病,北書不至雁無情。

步簷倚杖看牛斗,銀漢遥應接鳳城。

【集注】

《夜》:一云:"秋夜客舍。"

"露下"句:江淹《別賦》:"露下地而騰文。"宋玉《九辯》云:"泬寥兮天高而氣清。"

"空山"句:杜云:王仲宣《七哀詩》:"獨夜不能寐。"

"北書"句:范彦龍:"寄書雲間鴈,爲我西北飛。"

"步簷"二句:簷:一作"蟾"。 趙云:"疏燈自照孤帆宿,新月猶懸雙杵鳴",句法蓋言"疏燈自照"之夜,正是"孤帆"泊宿,"新月"未没而"猶懸",正是江春之杵"雙""鳴"也。下一對言南國菊花已再"逢"矣,而人正"臥病";北地書問不通,乃"鴈無情"傳至也。"北地",以言長安,故末句又有"鳳城"之語。"步簷",舊作"步蟾",當以"步簷"爲正。而字又作"櫚""檐"。《上林賦》云:"步櫚周流。"李善注曰:"步櫚,步廊也。"謝惠連詩:"房櫳引傾月,步檐結清風。"劉孝綽《望月》詩云:"微光垂步檐。"庾信詩:"步櫚朝未掃。"互用此也。

上白帝城

城峻隨天壁,樓高更女牆。
江流思夏后,風至憶襄王。
老去聞悲角,人扶報夕陽。
公孫初恃險,躍馬意何長。

【集注】

《上白帝城》:白帝城,公孫述所築,後爲劉備屯兵之地,改名永安。

"城峻"句:趙云:天然自立之石壁也。

"樓高"句:徐敬業《登琅邪城》云:"登陴起遐望。"注:"陴,女墻。"

增添:崔豹《古今注》:"女墻,城上小墙也,亦名睥睨,言於墻上睥睨人也。"

"江流"句:《禹貢》:"岷山導江,東別爲沱。"《左傳》:"劉子見河洛而思禹功。"

"風至"句:宋玉《賦》:楚襄王遊於蘭臺之宫,宋玉、景差侍,有風颯然而至,王乃披襟而當之,曰:"快哉,此風!"

"公孫"二句:左太冲《蜀都賦》:"公孫躍馬而稱帝,劉宗下輦而自王。" 師云:公孫述而恃蜀地險衆附,自立爲王,號成家。

宿江邊閣

暝色延山徑,高齋次水門。
薄雲巖際宿,孤月浪中翻。
鸛鶴追飛静,豺狼得食喧。
不眠憂戰伐,無力正乾坤。

【集注】

"暝色"句:謝靈運:"林壑斂暝色。"

"薄雲"二句:蘇云:何遜《入西塞示南府同僚》詩云:"薄雲巖際出,初月波中上。"子美此詩,雖因舊而益妍,正類獺髓補痕也。

"鸛鶴"四句:(陳案:静,《全唐詩》同。一作"盡"。) 趙云:"孤月浪中翻",自是浪湧而月翻也。舊注引《舞鶴賦》:"星翻漢回,曉月將落。"與此義不同。

別崔漣因寄薛據、孟雲卿

志士惜妄動,知深難固辭。
如何久磨礪,但取不磷淄。
夙夜聽憂主,飛騰急濟時。

荆州遇薛孟，爲報欲論詩。

【集注】

《別崔》句：內弟澳赴湖南幕職。

"志士"四句：（陳案：淄，《論語注疏》《全唐詩》作"緇"。注文同。）《語》："不曰堅乎？磨而不磷；不曰白乎？涅而不淄。"喻君子雖在濁亂，不能汙也。謝靈運："緇磷謝清曠，疲薾慚貞堅。"

"夙夜"四句：趙云：《古詩》云："志士惜日短。""志士"本"惜妄動"，而受知之深，則雖"固辭"。此以言"澳"赴幕職於湖南也。《左傳》："磨厲以須。"蓋言如何以久磨礱淬礪，便以爲利乎？所貴尚者，取"磨"不"磷"，涅不"緇"而已。《選》云："羽爵飛騰。"《魏書》："安其濟時。"

武侯廟

遺廟丹青落，空山草木長。
猶聞辭後主，不復臥南陽。

【集注】

《武侯廟》：《成都記》：諸葛公廟，在先主廟故宅城西，復立素像。先主廟西院，即武侯廟。前有雙大柏，古峭可愛。人云："諸葛手植。"內有裴令公所著碑，柳僕射書，相國段公古柏文。

"遺廟"四句：趙云："丹青"，所以飾廟者也。成都先主廟，附以武侯祠堂，其"丹青"則存。故公於《古柏行》，追言成都先主廟之實，則曰："窈窕丹青戶牖空。"今此廟中"丹青"剥落，故云。陶潛云："孟夏草木長。""辭後主"，則建興五年率諸軍北駐漢中，臨發，上表辭行，而竟死於軍中。今云"猶聞"，則想望其風采猶在也。亮家於南陽之鄧縣，在襄陽城西二十里，號曰"隆中"。今云"不復臥南陽"，傷其已死也。

八陣圖

功蓋三分國,名成八陣圖。
江流石不轉,遺恨失吞吳。

【集注】

《八陣圖》:武侯推演兵法,作《八陣圖》,咸得其要。《桓溫傳》:"初,諸葛亮造八陣圖於魚復平沙之上,壘石爲八行,相去二丈。溫見之,謂此常山蛇勢也,文武皆莫能識之。"

"功蓋"句:"三分",謂吳、魏、蜀。《蜀記》曰:"三分我九鼎。"

"名成"二句:《杜補遺》云:劉禹錫《嘉話録》:"夔州西市,俯臨江〔岸〕,沙石下有諸葛亮八陣圖。箕張翼舒,鵝行鸛勢,聚石分布,宛然尚存。峽水大時,三蜀雪消之際,㵲湧瀑瀁,(陳案:瀑,《唐語林》作'滉'。)可勝道哉! 大木十圍,枯槎百丈,破磑巨石,隨波奔流而下,則聚石爲堆者,斷可知也。及乎水落川平,萬物皆失故態。諸葛(亮)〔陣〕圖小石之堆,標聚行列,依然如是者,僅六七百年,迨今不動。"

趙云:"功蓋三分國",指言武侯之功,蓋覆之也。按:桑欽《水經》云:"江又東,逕諸葛圖壘南。"酈道元注曰:"石磧平曠,望兼川陸,有亮所造八陣圖。東跨故壘,皆累細石爲之。自壘西去,聚石八行,行間相去二丈,因曰八陣。既成,自今行師,庶不覆敗。皆圖兵勢行藏之權,自後深識者所不能了。今夏水漂蕩,歲月消損,高處可二三尺,下處磨滅殆盡。"酈道元之說如此。今公詩云:"江流石不轉。"則據當時所見者言之。自杜公至今又數百年,行客云:方水落時,於石磧就視,則茫茫然一磧耳。及登高而望,乃隱隱見其行列。然則,武侯製作,不亦近於神異乎? 習鑿齒曰:"齊桓一矜其功,而叛者九國。曹操暫自驕伐,而天下三分。"

"遺恨"句:東坡先生云:僕嘗夢見人,云是杜子美,謂僕:世人多誤會吾《八陣圖》詩云:"江流石不轉,遺恨失吞吳。"世人皆以爲先主、武侯欲與關羽復仇,故恨不能滅吳。非也。我意本謂吳、蜀,脣齒之國,不當相圖。晉之所以能取蜀者,以蜀有吞吳之意,以此爲恨耳。

此理甚長。然子美死僅四百年,而猶不忘詩,區區自列其意者,此真書生習氣也。

奉送韋中丞之晉赴湖南

寵渥徵黃漸,權宜借寇頻。
湖南安背水,峽內憶行春。
王室仍多故,蒼生倚大臣。
還將徐孺榻,處處待高人。

【集注】

"寵渥"二句:趙云:黃霸、寇恂,皆以比韋中丞。《前漢·循吏傳》:"黃霸爲潁川太守,戶口歲增,治爲天下第一,徵守京兆尹。"今言天子之"寵渥",有徵召黃霸之命,漸將至矣。《後漢·寇恂傳》:"車駕南征,恂從至潁川,百姓遮道曰:'願從陛下復借寇君一年'。""權宜借寇頻",則事從"權宜",而如"借"寇恂者頻數,言民情之不已也。

"湖南"二句:《後漢·鄭弘傳》:"太守行春。"任彥升詩:"涿令行春返,冠蓋溢川坻。"《謝夷吾傳》:"行春乘柴車。"

"王室"四句:(陳案:榻,《補注杜詩》同。《全唐詩》作"子"。一作"榻"。)　陳蕃爲徐穉下榻。　趙云:"湖南安背水",言韋之去。"峽內憶行春",言韋之離此,而公有所懷憶也。韓信"背水而陣"。"大臣",指中丞也。"徐孺子",則比韋以陳蕃,而待高人如"孺子"也。

謁先主廟

慘澹風雲會,乘時各有人。
力侔分社稷,志屈偃經綸。
復漢留長策,中原仗老臣。

雜耕心未已，歐血事酸辛。
霸氣西南歇，雄圖歷數屯。
錦江元過楚，劍閣復通秦。
舊俗存祠廟，空山立鬼神。
虛簷交鳥道，枯木半龍鱗。
竹送清溪月，苔移玉座春。
閶闔兒女換，歌舞歲時新。
絕域歸舟遠，荒城繫馬頻。
如何對搖落，況乃久風塵。
孰與關張幷，功臨耿鄧親。
應天才不小，得士契無鄰。
遲暮堪帷幄，飄零且釣緡。
向來憂國淚，寂寞洒衣巾。

【集注】

《謁先主廟》句：《成都記》曰：「先主廟，府南八里，惠陵東七十步。齊高帝夢益州有天子鹵簿，詔刺史博罿修立而卑小。（陳案：博，《太平寰宇記》作'傅'。）後至長沙，王鍾改更，及構四面壇屋，置守墓户五百。」

"慘澹"句：《古詩》：「藹藹風雲會，佳人一何繁。」劉植說李軼書：「以龍虎之姿，遭風雲之時」，時中興二十八將，論曰：「咸能感會風雲，奮其智勇。」

"力俸"二句：趙云：君臣之遇，每以"風雲"為言也。今題是《謁先主廟》，而云"慘澹風雲會，乘時各有人"，似泛言吳、魏君臣之相遇，亦各有人矣。故引下句。"力俸分社稷"，言氣力俸等，則"分社稷"而為主。"分"，乃三分之"分"。"志屈偃經綸"，則指言劉、葛之志不得申，所以偃仆"經綸"也。

"復漢"二句："復漢"，謂欲興劉氏也。"老臣"，孔明也。《蜀志》：建安二十五年，魏文帝稱尊號，改年曰黃初。或傳聞漢帝見害，先主

— 1399 —

乃發喪制服,譙周等上言曰:"大王襲先帝軌迹,亦興於漢中。又大王出自孝景皇帝、中山靖王之胄,宜即帝位,改元章武,以諸葛亮爲丞相。"　　趙云:"復漢",言先主欲興劉氏而稱漢,其所留之"長策",則留於後主,取"中原"仗諸葛"老臣"也。《過秦論》:"振長策而馭宇内。""老臣",在後主言之,爲前朝之老臣。《戰國策》:"左師觸龍,自稱老臣。"

"雜耕"二句:趙云:"老臣"之下,於是言葛葛亮五丈原之事。亮《本傳》言:後主建興十二年春,亮悉大衆由斜谷,據武功五丈原,與司馬宣王對於渭南。亮每患糧不繼,使己志不申,是以分兵屯田,爲久駐之基。耕者雜於渭濱居民之間,故曰:"雜耕心未已。""心未已",則未事了而死也。公之意,以亮未成功而死矣。又遭"歐血"之謗,故曰:"歐血事酸辛。"阮嗣宗《詠懷》詩:"對酒不能言,悽愴懷醉辛。"按:元注:亮與宣王,相持百餘日。其年八月,亮病,卒于軍。《魏書》:"亮糧盡勢窮,憂恚歐血,卒。"臣松之以爲,亮在渭濱,魏人躡迹,勝負之形,未可測量。而云"歐血",蓋因孔明亡而自誇大也。夫以孔明之畧,豈爲仲達"歐血"乎?及至劉琨喪師,與晉元帝箋亦云:"亮軍敗歐血。"此則引虛記以爲言。其云入谷而卒,緣蜀人入谷發喪故也。

"霸氣"二句:譙周云:"西南數有黃氣。"　　趙云:今葛亮已死,中原莫圖,則"霸氣"所以"歇"也。《書》曰:"天之歷數在汝躬。""歷數"不在,斯爲"屯"矣。

"錦江"二句:言拓地至秦、楚。　　趙云:"錦江""劍閣",蜀國之地也。"過楚""通秦",則言其本可以混一而不能焉,則所以傷之也。

"空山"句:立:一作"泣"。

"虚簷"二句:交:一作"扶"。　　趙云:此是夔州先主廟,在山中,故云"虚簷交鳥道"。"鳥道",則山中之嶮道也。"交"字,一作"扶",非。"枯木半龍鱗",又是眼前實景。謂之"枯木",非止一物也。舊注却引成都諸葛廟前古柏,又引習隆、尚充等上表後主,乞與諸葛亮立廟於沔陽事,非徒以諸葛事解先主廟,而地理錯亂,惑於學者矣。又況《古柏行》,亦自是夔州,非成都也。

"竹送"二句:趙云:"清溪",亦是廟前實事。"玉座",指言先主神座也。謝玄暉《銅雀臺》詩:"玉座猶寂寞,況乃妾身輕。"

"閭閻"二句：趙云：此言夔州之人，所事先主者如此。舊注却引《成都記》，"以四月祀、十二月祈禱"事，誤矣。

"絕域"四句：宋玉曰："草木搖落而變衰。"謝玄暉《辭隨王牋》："皁壤搖落，對之惆悵。岐路東西，或以嗚唈。"《晉•總紀論》："悠悠風塵。" 趙云：自"絕域歸舟遠"已下，至"寂寞灑衣巾"，公言其身之流落，而因先主廟，乃即諸葛亮之功以自比，而感歎也。李陵云："出征絕域。""歸舟"，指言欲歸長安。謝惠連云："天際識歸舟。"言"遠"，則相去之遠。今暫留此，故於"荒城"之中，頻"繫馬"而謁此先主廟也。"搖落"，秋時也。"況乃久風塵"，則嘆其遭兵戈亂離而對之也。

"孰與"二句：（陳案：孰，《補注杜詩》作"埶"。《全唐詩》作"熟"。一作"勢"。《資治通鑑》胡三省注："古字孰、熟通。"） 趙云：此蓋弔亮，于是問其"孰與關張并？"先主之臣多矣，諸葛之外，亦稱"關、張"焉。今言諸葛與關羽、張飛之才器，"孰與""并"乎？言不可"并"矣。徵士傅幹曰："劉備寬仁有度，能得人死力；諸葛達治知變，正而有謀，而爲之相。張飛、關羽，勇而有義，皆萬人之敵，而爲之將。此三人者，皆人傑。以備之畧，三人佐之，何謂不濟？"蓋當時有三傑之稱，然終不可"并"也。"功臨耿鄧親"，則功評品以惟與"耿、鄧親"矣。《後漢•論》云："寇、鄧之高勳，耿、賈之鴻烈。" 蓋所以佐光武之中興者也。

"應天"句：應：一作"繼"。 《蜀志》：譙周等上言："臣聞聖王先天而天，不違後天，而奉天時。故應際而生，與神合契，願大王應天順民。"

"遲暮"句：張良運籌帷幄。

"飄零"句：《詩•何彼穠矣》："其釣維何，維絲伊緡。"

"向來"二句：謝靈運《廬陵王墓下作》："洒淚眺連崗。" 趙云：《傳》曰："得士者昌，失士者亡。"在先主言，所謂士者，專指諸葛亮而已。舊注不省，至引"諸葛爲股肱，法正爲謀主，關羽、張飛、馬超爲爪牙，許靖、糜竺、簡雍爲賓友，不亦贅乎？""應天"，一作"繼天"。雖有義而非。蓋"應天"字，乃初起而王者也。兩句之義，蓋公有經綸之心，于是因言先主、諸葛，而思其身之可以（作）[佐]王者矣。吐蕃尚熾,兵戈未息,則運籌必有人焉。既不得用,則亦隱于漁釣而已。故接之以"遲暮堪帷幄,飄零且釣緡"。《楚詞》云:"傷美人之遲暮。"末句尤見公之志矣。

白鹽山

卓立群峰外,蟠根積水邊。
他皆任厚地,爾獨近高天。
白牓千家邑,清秋萬估船。
詞人取佳句,刻畫竟難傳。

【集注】

"卓立"二句:趙云:"卓立"字,熟矣。其亦起于顏淵云:"如有所立,卓爾。"虞詡云:"盤根錯節。"《文子》曰:"積水成海。"《魏都賦》曰:"回淵漼,積水深"也。

"他皆"六句:估:一作"古"。 (陳案:難,《杜詩詳注》作"誰"。一作"難"。) 趙云:《西京賦》云:"跼高天而蹐厚地"也。"白牓",則言縣額以白爲牌耳。末句蓋言欲以"佳句"專詠"白鹽"之狀,雖加"刻畫",終難傳播,所以重言于"難"措辭也。《晋》:庾元規語周伯仁曰:"諸人皆以君方樂。"周曰:"樂毅邪?"元規曰:"不爾,方樂令。"周曰:"何乃刻畫無鹽,唐突西施?"

灔澦堆

巨石水中央,江寒出水長。
沈牛答雲雨,如馬戒舟航。
天意存傾覆,神功接混茫。
干戈連解纜,行止憶垂堂。

【集注】

"巨石"句：石：一作"積"。　《蒹葭》詩："宛在水中央。"

"沈牛"句：楚俗：祈石而獲雨，必"沈牛"以答神貺。

"如馬"句：坡云：《三巴録》："灧澦如象，舟船莫上。灧澦如馬，舟船莫下。"長年三老，常以此候之。張華詩云："象馬誠可驗，波神亦露機。"永叔以爲絶唱，有包蓄之法。

"天意"句：《選》云："翦焉傾覆。"

"神功"句：《莊子・繕性》："古之人在混茫之中，與一世而得澹漠焉。"

"干戈"二句：趙云："巨石"，言積石之巨者。世言："灧澦如馬。"爲其有"戒"，乃"天意"之"存傾覆"也。公論詩曰："篇終接混茫。"蓋行語用字，當皆如此。末句用"垂堂"字，因慮"傾覆"之"戒"而及之。《史》曰："千金之子，坐不垂堂。"而"干戈"之變，"解纜"之危，二者相連，可不慎乎？

瞿塘懷古

西南萬壑注，勍敵兩崖開。
地與山根裂，江從月窟來。
削成當白帝，空曲隱陽臺。
疏鑿功雖美，陶鈞力大哉！

【集注】

"削成"句：蜀魚復縣，公孫述更名白帝，自後爲重鎮。

"疏鑿"句：郭景純《江賦》："巴東之峽，夏后疏鑿。"

白帝城樓

江度寒山閣，城高絶塞樓。

翠屏宜晚對，白谷會深遊。
急急能鳴鴈，輕輕不下鷗。
夷陵春色起，漸擬放扁舟。

【集注】

"翠屏"句：《天台賦》："摶壁立之翠屏。"注："石屏風如壁立。"
"急急"四句：趙云："白谷"，疑是夔州谷名。公于《課伐木》云："終朝飯其腹，持斧入白谷。"又《南極》詩亦云："西江白谷分"也。《莊子》："主人之鴈，其一能鳴，其一不能鳴。""不下鷗"字，《列子》："海上之人，有好鷗鳥者。每旦從鷗鳥遊，鷗鳥之至者百，往而不止。其父曰：'吾聞鷗鳥從汝遊，汝取來吾玩之。'明日之海上，鷗鳥舞而不下也。""夷陵"，峽州也。公蓋期春時"扁舟"往矣。

寄杜位

寒日經簷短，窮猿失木悲。
峽中為客恨，江上憶君時。
天地身何往，風塵病敢辭。
封書兩行淚，霑灑裹新詩。

【集注】

《寄杜位》：頃者，與"位"同在故嚴尚書幕。
"窮猿"句：《晉書》："窮猿奔林，豈暇擇木？"
"峽中"六句：　趙云："窮猿失木悲"，道眼前事，因以興也。"峽中"多猿。《淮南子》曰："猿貁顛蹶而失木"也。孟浩然云："還將兩行淚，遙寄海西頭。"

冬　深

花葉隨天意，江溪共石根。

早霞隨類影,寒水各依痕。
易下楊朱淚,難招楚客魂。
風濤暮不穩,舍棹宿誰門。

【集注】
"花葉"八句:依:一作"流"。　　趙云:"花葉隨天意",似言冬深矣,其"花葉"不若春夏之盛,亦隨"天意"而已。"江溪共石根",則江與溪,皆"共石根"而流也。"早霞隨類影",言其變態不常,隨所類之影而呈現也。"寒水各依痕",則舊痕有定所,而依之也。"楊朱"泣歧路,謂可以南,可以北。公之流落,困于歧路,故云爾。宋玉哀屈原,憂愁山澤,魂魄飛散,其命將落,故作《招魂》。今云"難招楚客魂",則以屈原自比也。末句則公欲南下,以歲暮而未成行也。此篇有兩字"隨"字,公必不重用,然皆不可〔改〕,以俟明識。

不　寐

瞿塘夜未黑,城內改更籌。
翳翳月沈霧,輝輝星近樓。
氣衰甘少寐,心弱恨知愁。
多壘滿山谷,桃源無處求。

【集注】
"瞿塘"句:(陳案:未,《補注杜詩》《全唐詩》作"水"。)
"翳翳"句:張景陽詩:"翳翳結繁雲。"
"心弱"句:〔知愁〕:一作"和愁"。
"多壘"句:《曲禮》:"四郊多壘。"
"桃源"句:趙云:"氣衰"則"少寐"而甘之。心既弱矣,恨其"知愁",則恐以愁而尤弱也。《晉史》云:"吾平生不識愁,今始解愁矣。"此"知愁"之義,舊本作"和愁",非。是時干戈未息,故云。"多壘滿山谷",非若"桃源"之可以避地,而問"桃源"何處?則以仙境難造也。

"桃源"在武陵縣,今之鼎州,《陶淵明集》載。此亦公欲南下,故及之。

奉送十七舅下邵桂

絶域三冬暮,浮生一病身。
感深辭舅氏,別後見何人。
縹緲蒼梧帝,推遷孟母鄰。
昏昏阻雲水,側望苦傷神。

【集注】

"絶域"句:《東方朔傳》:"三冬文史足用。"
"感深"句:《渭陽》詩:"我送舅氏。"
"縹緲"句:《檀弓》:"舜葬于蒼梧之野。"謝玄暉:"雲去蒼梧野。"
"側望"句:張平子《四愁詩》:"側身東望涕霑巾。"(陳案:巾,《文選》作"翰"。)《蜀都賦》:"望之天迴,即之雲昏。" 趙云:《莊子》曰:"其生兮若浮。""蒼梧",桂州也。虞舜死于蒼梧之野。"蒼梧帝",指言虞舜,以述"十七舅"所往之處也。字出(梁)吳均《酬鮑畿》詩:"依依望九疑,欲謁蒼梧帝。"何平叔《景福殿賦》曰:"(侔)[偉]孟母之擇鄰"也。今云"推遷孟母鄰",則"孟母"指言"十七舅"之母。意者,公本與"十七舅"鄰居,今其去,則"孟母"所以與鄰之意,"推遷"而往矣。

送覃二判官

先帝弓劍遠,小臣餘此生。
蹉跎病江漢,不復謁承明。
餞爾白頭日,永懷丹鳳城。
遲遲戀屈宋,渺渺臥荆衡。
魂斷航舸失,天寒沙水清。

肺肝若稍愈,亦上赤霄行。

【集注】

"先帝"二句:(陳案:帝,《全唐詩》同。一作"皇"。)　　黄帝葬于橋山南,空棺無屍尸,唯劍舄在。《前漢·郊祀志》:"黄帝采首山銅,鑄鼎于荆山下。鼎既成,有龍垂胡髯下迎黄帝。帝上騎,餘小臣不得上。"　　趙云:此篇詩意,直是送覃判官往長安矣。"先帝",言肅宗也。公始以三賦受寵于玄宗,又事肅宗,即今專言肅宗,則以下"不復謁承明"推之,而以"先帝"上昇比黄帝也。故云"弓劍遠"事。當如《世說》曰:"王子喬墓在(金)[京]陵。戰國時,人有盜發之者,都無所見。唯有一劍,停在空中。"又如《異苑》曰:"晋惠帝元康三年,武庫火燒孔子履、高祖斬白蛇之劍。咸見此劍穿屋飛去,莫知所向。""弓"與"劍",蓋皆人君服御之物。既以黄帝之弓,比先帝之弓,則或以仙人王子喬之劍,或以漢高祖之劍,比先帝之劍,亦自爲當體矣。故知"弓劍"應是兩事也。《前漢·郊祀志》云:上曰:"黄帝不死,有冢何也?"或對曰:"黄帝以僊上天,群臣葬其衣冠。"元無"劍"字,而舊注乃以"弓劍"并爲黄帝事,不知何所據邪?

"蹉跎"二句:《選》云:"鯨魚失流而蹉跎。"《前漢·嚴助傳》:"君厭承明之廬。"張晏曰:"承明之廬,在石渠閣外。直宿所(指)[止]曰廬。"曹子建《贈白馬王彪》詩曰:"謁帝承明廬。"應休璉《百一詩》:"問我何功德,三入承明廬。"　　趙云:公于肅宗爲拾遺,則常謁帝矣。

"餞爾"二句:趙云:"丹鳳城",指言長安帝城也。秦穆公女弄玉吹簫,鳳集其城,因號"丹鳳城"。李嶠《城》詩云:"獨下仙人鳳,群驚御史烏。"正用此事,而公詩亦屢使。然用于長安,方爲親切,則杜公之詩是也。近世文人作詩作辭,便用京師爲鳳城,亦無謂矣。

"遲遲"二句:屈原、宋玉。

"魂斷"四句:《七命》:"掛歸翮於赤霄之表。"　　趙云:"戀屈宋""臥荆衡",所以言其在楚地也。"屈",則屈原;"宋",則宋玉。"荆",則荆渚;"衡",則衡山也。"魂斷航舸失",言望覃二判官之去"航",黯然作别而"魂斷"也。"亦上赤霄行",則有意於歸長安而見君矣。"赤霄"字,《楚詞》云:"載赤霄而淩太清。"乃字之祖也。

夜宿西閣，曉呈元二十一曹長

城暗更籌急，樓高雨雪微。
稍通綃幕靄，遠帶玉繩稀。
門鵲晨光起，牆烏宿處飛。
寒江流甚細，有意待人歸。

【集注】

"遠帶"句：謝玄暉："玉繩低建章。"注："玉繩，星名。"

"門鵲"二句：起：一作"喜"。　《杜補遺》：謝玄暉詩："金波麗鳷鵲，玉繩低建章。"鳷鵲，門名也。故曰"門鵲"。"牆"掛帆木，而"烏"泊其上，故子美《公安送李二十九》詩，又有"牆烏相背發"之句。《過南嶽入洞庭》詩，亦曰："莫怪啼痕數，危牆逐夜烏"也。然子美《發潭州》詩又云："牆燕語留人。"詩不特"牆烏"而已。故《燕子來舟中作》斷句云："暫語航牆還（永）[起]去，穿花落水益霑巾。"鳷鵲，又觀殿名。　趙云：此篇爲義本明，特公使字有三可疑，而尋繹其義，則明矣。"綃幕"字，如言天之六幕也。《禮樂志》：《天門歌》云："紛紜六幕浮大海。""綃幕"，則又言天之色，其薄如"綃"，故云"綃幕靄"。若言所懸之"綃幕"，則無義矣，故對"玉繩"。于天"綃幕"之"靄"，而帶星"玉繩"之色稀微，乃一體事，以言夜深將"曉"矣，故有下句。"門鵲"，則門之鵲也。如城鵲之類。義在"起"字，可以見其爲門前之"鵲"。字本《莊子》曰："鵲上高城之絕，而巢于高樹之顛。城壞巢折，淩風而起。故君子之在世也，得時則蟻行，失時則鵲起。""鵲"以"晨光"而"起"，故其義在"起"字。杜田引謝玄暉詩："金波麗鳷鵲。"以"鳷鵲，門名"也，故曰"門鵲"，大爲非是。蓋鳷鵲本殿名，其所從入之門，因亦得名鳷鵲門也。謝玄暉之詩，其言月色之所麗，豈專指門邪？倘使杜公用鳷鵲專爲門，乃是天子宮殿事，今夜宿夔州之西閣，豈可用天子宮殿事乎？又鳷鵲爲殿名，特屋上作鳷鵲之形，而門名又因之而已，何至截鳷鵲字，便爲"門鵲"之真者乎？"牆"而係之以"烏"，公屢使矣。此"烏"非真是屋上烏之"烏"也,特檣竿上刻爲烏形,以占風耳。晉令車駕出入,相風在前。正是刻烏于竿上,名之曰相風。(晉)傅玄《相風賦》云:"棲神烏于竿首,俟祥風之來征。"是已。船之檣竿,其上刻烏,乃相風之義。(陳)陰鏗《廣陵殿送北使》詩云:"亭嘶背櫪馬,檣轉向風烏。"于義尤明。故公有云:"檣烏相背發""危檣遂夜烏"。而今云"檣烏宿處飛",杜時可不省,乃云"檣掛帆木,而烏泊其上"。假是真烏泊檣上,何至"背發"與"夜"相"逐",而於"宿處飛"乎?況公詩又有曰:"燕子逐檣烏",逐檣上之刻烏而飛也。

西閣口號呈元二十一

山木抱雲稠,寒江繞上頭。
雪崖纔變石,風幔不依樓。
社稷堪流涕,安危在運籌。
看君話王室,感動幾銷憂。

【集注】

"社稷"句:賈誼上書陳政事:"可爲流涕者。"
"安危"句:張良:"運籌帷幄之中。"
"看君"二句:趙云:"上頭"、下頭,是方言處所之上下耳,非高上之上也。"雪崖纔變石",言雪下漫崖,變其石色爲白也。"風幔不依樓",言風吹"幔"簸蕩,而不得著于"樓"也。東方朔:"銷憂者,莫若酒。"

有 歎

壯心久零落,白首寄人間。
天下兵常鬭,江東客未還。
窮猿號雨雪,老馬泣關山。

武德開元際,蒼生豈重攀。

【集注】

《有歎》:傳蜀官軍自圍普、遂。

"壯心"句:魏武帝樂府曰:"烈士暮年,壯心不已。"

"窮猿"句:《晋書》:"窮猿奔林。"(陳案:奔,《晋書》作"投"。)

"老馬"句:管仲曰:"老馬之智可用也。"（陳案:泣,《全唐詩》作"怯"。一作"泣"。)

"武德"二句:趙云:"武德",高祖年號。"開元",明皇年號。所以追念祖宗之盛時也。

西閣雨望

樓雨霑雲幔,山寒著水城。
逕添沙面出,湍減石稜生。
菊蘂淒疏放,松林駐遠情。
滂沱朱檻濕,萬慮傍簷楹。

【集注】

"滂沱"句:《詩》:"俾滂沱矣。"

"萬慮"句:沈休文:"細鳥傍簷飛。"(陳案:細,《天中記》作"夕"。)

趙云:"雲幔",則帶雲之幔,以"西閣"高故也。"逕添沙面出,湍減石稜生",可謂奇語矣。"逕"之所以"添",以水落而"沙面出"也。"湍減"則石露,而其"稜"自生也。"簷楹",簷邊之柱。傍倚"簷楹",固有所思矣。

不離西閣二首

右一

江柳非時發,江花冷色頻。
地偏應有瘴,臘近已含春。
失學從愚子,無家任老身。
不知西閣意,肯別定留人?

【集注】

"地偏"句:陶潛詩:"心遠地自偏。"

"無家"句:任:一作"住"。 《傳》:"何恤乎無家。"

"肯別"句:留:一作"何"。 趙云:疊二"江"字,即謝靈運"江南倦歷覽,江北曠周旋"之勢也。末句所謂新語,言"西閣"之意,"肯"令我別乎?莫定要"留人"也。一作"何人",無義。

右二

西閣從人別,人今亦故亭。
江雲飄素練,石壁斷空青。
滄海先迎日,銀河倒列星。
平生耽勝事,吁駭始初經。

【集注】

"江雲"句:練:一作"葉"。

"石壁"句:《杜補遺》:"空青"字,從古詩,人無敢使者,惟子美此詩及李太白使之,而句法又相類。太白詩云:"林煙橫積素,山色倒空青。"

"滄海"四句:趙云:"從人別",則以成前篇"肯別"之意。"人今亦故亭","西閣"所以任"從人"別之而去者,以人之身亦如一"故亭"而已。"素練",一作"素葉",無義。在"滄海"之先,已"迎日"矣,以見

"西閣"高,而見日之早。"星河"未没而見日出,所以吁嗟駭愕于始初經臨也。

送鮮于萬州遷巴川

京兆先時傑,琳琅照一門。
朝廷偏注意,接近與名藩。
祖帳排舟數,寒江觸石喧。
看君妙爲政,他日有殊恩。

【集注】

《送鮮于》句:(陳案:川,《補注杜詩》《全唐詩》作"州"。) 《杜補遺》:按:盧東美撰《鮮于氏冠冕頌序》曰:"昪廣德中爲尚書都官郎,出守萬州,轉巴州,皆有理稱。三世爲郎,故冠冕爲海内盛族。"

"京兆"句:《杜補遺》:鮮于萬州,名昪,仲通之子也,天寶末爲京兆尹。弟叔明,字晋乾,元中亦爲京兆尹。長安歌曰:"前尹赫赫,具瞻允若;後尹熙熙,具瞻允斯。"

"琳琅"句:《杜補遺》:《世說》:"有人詣王太尉,遇王安豐、大將軍、丞相在座,別屋見季允、平子,還語人曰:'今日之行,觸目見琳琅珠玉。'"

"朝廷"句:天下安,注意相。

"祖帳"句:《疏廣傳》:"設祖道供帳。" (陳案:排,《全唐詩》同。一作"維"。)

"看君"二句:《蜀都賦》:"觸石吐雲。" 趙云:自萬遷巴,故云"接近"。《公羊》云:"太山之雲,觸石而出"也。

西閣三度期大昌嚴明府同宿不到

問子能來宿,今疑索故要。

匣琴虛夜夜,手板自朝朝。
金吼霜鐘徹,花催蠟炬銷。
早鳧江檻底,雙影謾飄颻。

【集注】

《西閣》句:趙云:《唐・地理志》:夔州雲安郡,本信州巴東郡,管縣四,"大昌"其一也。本朝端拱二年,以此縣隸大寧監。

"問子"二句:趙云:"索"者,尋索之"索"。"要"如要君之"要"。"問子"自能來此"宿"矣,而不來者,蓋"疑"以我尋索,"故要"我也。

"匣琴"二句:薛云:按《南史》:"庾道敏善相手板。"《世說》:"王子猷以手板拄頰,云:'西山朝來,致有爽氣。'"　趙云:上句則期之不來,遂廢彈琴,故"虛夜夜"。下句則言嚴明府自持"手板"以入官府,于"朝朝"也。

"金吼"二句:薛云:右按《山海經》:"豐山之鐘,霜降自鳴。"(陳案:之,《山海經》作"九"。)豐山,今在鄧州南陽縣北三十里。又,(梁)劉孝威《燭詩》:"浮光燭綺席,凝滴汗垂花。"(陳案:席,《藝文類聚》作"帶"。)　趙云:兩句則以待嚴君至曉也。鐘以曉而霜氣侵之,故謂之"霜鐘"。古"蠟"字,惟有"臘"耳,今杜公所用,即非俗字也。

"早鳧"二句:王喬鳧舄。　趙云:句言雖以早來,已爲"謾"矣。"鳧""影"事,即《後漢》王喬爲葉令者也。

曉望白帝城鹽山

徐步移班杖,看山仰白頭。
翠深開斷壁,紅遠結飛樓。
日出清江望,暄和散旅愁。
春城見松雪,始擬進歸舟。

【集注】

"紅遠"句:紅:一作"江"。

"日出"句：清：一作"寒"。

"春城"句：顔延年詩："山明望松雪。"

"始擬"句：趙云："紅遠"對"翠深"，方爲工。又，下句已有"清江望"矣。"日出"對"暄和"，"清江望"對"散旅愁"，自是不對。而公詩氣渾成，蓋不拘也。《古樂府》詩："春城起風色。"謝惠連云："天際識歸舟。"而公則以必歸長安爲"歸舟"矣。

西閣二首

右一

巫山小摇落，碧色是松林。

百鳥各相命，孤雲無自心。

層軒俯江壁，要路亦高深。

朱紱猶紗帽，新詩近玉琴。

功名不早立，衰疾謝知音。

哀世無王粲，終然學越吟。

【集注】

"巫山"二句：宋玉《九辯》："草木摇落而變衰。"《燕歌行》："草木摇落露爲霜。" 趙云："小摇落"，則七月也。言楚地暖，其"摇落"也，小小而已。 （陳案：是，《全唐詩》作"見"。一作"是"。）

"百鳥"句：《杜補遺》：《周書·時訓》曰："鵙始鳴。"《通卦驗》曰："鵙，伯勞也。鳴者，相命也。" 薛云：右按：王粲《登樓賦》："鳥相鳴而舉翼。"注：《大戴禮·夏小正》曰："鳴〈也〉者，相命也。"

"孤雲"句：陶淵明《詠貧士》詩云："萬族各有託，孤雲獨無依。"又，《歸去來去辭》云："雲無心而出岫。"佛書有"自心""他心"，公乃參合用矣。

"層軒"：《招魂》："高堂邃宇，檻層軒些。"

"要路"句：《選》："先據要路津。" 趙云："要路亦高深"，則雖要衝之路,亦在"高深"間,此可以見其皆山行而已。然"江壁"字對"高深",則公詩往往有不拘如此。

"朱紱"二句:趙云:"朱紱"則朝服,而"紗帽"則隱者之巾。公官雖省郎,而身世閒曠,故云"朱紱猶紗帽。""詩"與"琴"俱不廢,故云"新詩近玉琴"也。張華《答何劭》云:"良朋[貽]新詩。"江淹《去故都賦》:"撫玉琴兮何親?"

"衰疾"句:趙云:謝靈運詩云:"衰疾忽在斯。"

"哀世"二句:(陳案:無,《全唐詩》作"非"。一作"無"。)趙云:爲在西閣,故使登樓事。《魏》:王粲,字仲宣,山陽人。獻帝西遷,從至長安。以西京擾亂,乃之荆州,作《登樓賦》,蓋懷土之作也。故其賦有云:"鍾儀幽而楚奏,莊舄顯而越吟。"今公自謙,以爲雖不是"王粲",而在西閣中,有同粲之登樓。又身爲尚書郎,非不顯矣,于此懷思故鄉,有如舄之"吟"也。《史記》曰:昔陳軫適〈楚〉還秦,秦惠王曰:"子去寡人之楚,亦思寡人不?"陳軫對曰:"昔越人莊舄仕楚執珪,有頃而病。楚王曰:'舄故越之鄙細人也,今任楚執珪,富貴矣,亦思越不?'中(射之士)[謝]對曰:'凡人之思故,在其病也。彼思越則越聲,不思越則楚聲。'使人往聽之,猶尚越聲也。今臣雖棄逐之楚,豈能無秦聲者哉!"

右二

懶心似江水,日夜向滄洲。
不道含香賤,其如鑷白休。
經過凋碧柳,蕭索倚朱樓。
畢娶何時竟?消中得自由。
豪華看古往,服食寄冥搜。
詩盡人間興,兼須入海求。

【集注】

"日夜"句:謝玄暉詩:"既懽懷禄情,復叶滄洲趣。""滄洲"乃十洲之處。　《杜補遺》:東方朔《十洲記》:漢武帝見王母,言八方巨海之中,有祖洲、瀛洲、元洲、炎洲、長洲、充洲、鳳麟洲、聚窟洲、流洲、生洲也。

"不道"句:尚書郎"含"雞舌香,以其奏事、答謝,欲使氣芬芳。

《杜補遺》:應劭《漢官儀》曰:"始桓帝時,侍中刁存年老口臭,上出雞舌香與含之。頗辛螫,疑有過,賜毒藥,歸舍辭訣家人,哀泣不知其故。僚友取其藥驗之,無不嗤笑。"尚書郎含雞舌香,始于此也。

"其如"句:《杜補遺》:《南史》:鬱林王年五歲,戲高帝傍。令帝左右鑷白髮,問王:"我誰邪?"答曰:"太翁。"帝笑,謂左右曰:"豈有爲人作曾祖,而拔白髮乎?"即擲鏡鑷。

"經過"句:趙云:阮籍詩:"西遊咸陽中,趙李相經遇。"舊本作"調碧柳",或者遂曰"調和也"。言見柳之慣,而與之和熟也。後之詞人,亦有弄柳調花之句。大段費力。師民瞻本作"凋碧柳",則通下句一義,蓋言秋時也。況公詩又有曰:"清秋凋碧柳。"

"畢娶"句:謝靈運謂子尚曰:"男娶女嫁畢,敕斷家事,勿復相關。"

"消中"句:趙云:雖實事,而相如有此疾也。

"服食"句:《選》:"服食求神仙。"《天台賦》:"遠寄冥搜。"

"詩盡"二句:趙云:"豪華",一本誤作"蒙華",而舊注遂云:"蒙叟著《南華經》。"大段非是。庾信《見遊春人》詩云:"長安有狹斜,金穴盛豪華。"而唐人在公之前,則虞世南《門有車馬客》云:"財雄重交結,戚里擅豪華。"《選》詩云:"服食求神仙。"古往今來熟矣,故對"冥搜"。末句公方欲南下,故有"入海"之語。

卜 居

歸羨遼東鶴,吟同楚執珪。
未成遊碧海,著處覓丹梯。
雲障寬江北,春耕破瀼西。
桃紅客若至,定似昔人迷。

【集注】

《卜居》：屈原作《卜居》一首。原往太卜鄭詹尹家，卜己宜何所居，因述其詞。

"歸羨"句：《續搜神記》曰：遼東華表柱，有鶴集其上，曰："有鳥有鳥丁令威，去家千年今始歸。城郭如故人民非，何不學仙冢纍纍。"

"吟同"句：趙云："歸羨遼東鶴"，則嘆其不得"歸"故鄉也。《史記》曰："莊舄，故越之鄙細人也，爲楚執珪，病而尚猶越聲。"本出無"吟"字，而王粲《登樓賦》云："莊舄顯而越吟"也。今云"吟同楚執珪"，又以言其懷鄉矣。世有《名賢詩話》，載本朝熙寧初張侍郎掞，以二府成詩，賀王文公。公和曰："功謝蕭規愧漢第，恩從隗始詫燕臺。"示陸農師。陸曰："蕭規曹隨，高帝論功，蕭何第一，皆攄故實。而從隗始，初無恩字。"公笑曰："子善問也。韓退之《鬭雞聯句》：'感恩慙隗始。'若無據，豈當對'功'字邪？"次公謂今"楚執珪"越聲，本無"吟"字，而公用王粲賦足之。此作詩用字祖法，王文公蓋自得此刀尺耳。

"未成"二句：謝靈運詩："躧步陵丹梯。"謝玄暉詩："即此陵丹梯。"　　趙云：按《十洲記》云："東有碧海，廣狹浩汗，與東海等。水不醎苦，正作碧色。""著處覓丹梯"，則甫好山遊也。

"雲障"二句：趙云："雲障"，以言山聳雲而障蔽。"寬江北"，則夔江之北。其山稍遠，爲"寬"矣。夔人有江南、"江北"之稱。今蓋自赤甲而遷此"江北"，乃"瀼西"之地。"瀼"者，水名，音讓。

"桃紅"二句：昔：一作"晉"。　　趙云：句使武陵事，見《陶淵明集》，今則公以其所居爲桃源也。

玉腕騮

聞說荆南馬，尚書玉腕騮。
頓驂飄赤汗，跼蹐顧長楸。
胡虜三年入，乾坤一戰收。
舉鞭如有問，欲伴習池遊。

【集注】

《玉腕騮》:江陵節度衛公馬也。

"頓驂"句:《漢》《天馬歌》:"天馬下,霑赤汗。"

"跼蹐"句:《詩·正月》注:"跼,曲也。蹐,累足也。"曹子建《名都篇》:"走馬長楸間。"　趙云:"跼蹐"兩字,而對"頓驂",豈或頓止,或驂駕,亦是兩字乎？又恐公之不拘也。

"胡虜"二句:趙云:此言馬之功矣。天寶十五載,安禄山陷京師。至德二載,復京師。"衛公"之馬,豈正于此時得用乎？

"舉鞭"二句:趙云:《襄陽記》:峴山南習郁大魚池,山簡每臨此池,飲輒大醉而歸。常曰:"此我高陽池也。"城中小兒歌之曰:"山公去何遠,來至高陽池。日夕倒載歸,酩酊無所知。時時能騎馬,倒著白接羅。舉鞭向葛强,何如并州兒？"强蓋其愛將也。今句所云,蓋用山簡騎馬,以比"衛公",而身比葛强矣。

見王監兵馬使,說近山有白黑二鷹,羅者久取,竟未能得。王以爲毛骨有異他鷹,恐臘後春生,鶱飛避暖、勁翮思〔秋〕之甚,眇不可見,請余賦詩,詩二首

右一

雲飛玉立盡清秋,不惜奇毛恣遠遊。
在野只教心力破,千人何事網羅求？
一生自獵知無敵,百中爭能恥下韝。
鵬礙九天須却避,兔經三窟莫深憂。

【集注】

"雲飛"四句:(陳案:千,《全唐詩》同。一作"干",一作"於"。)

趙云：如"雲"之"飛"，如"玉"之"立"，皆言其"白"。至"清秋"之"盡"，則序所謂"臘後春生"，"騫飛避暖"矣，故有下句"不惜奇毛恣遠遊"也。"在野只教心力破，千人何事網羅求"，兩句通義。蓋序云"羅者竟未能得"也。言"鷹""在野"，虛費"千人""網羅"之心力矣。師民瞻本"千人何事"，則俗所謂干他甚事之義，却成公不許人求之矣。不必泥"千人"不對"在野"也。

"一生"二句：《史·滑稽傳》注："韝，臂捍也。"《東觀〔漢〕記》："太守桓虞署趙（勒）〔勤〕爲督郵，貪令自去。虞嘆曰：'善吏如使良鷹，下韝命中。'"　　趙云："鷹"，所以用獵也。謂其野鷹，故云"自獵"。庾信詩："野鷹能自獵，江鷗解獨漁。""知無敵"，則自人言之，決知其"無敵"也。今詩句言"鷹"之"百中"，自與其類"爭能"，而"恥"下調縱之"韝"也，亦以野鷹之故耳。

"鵬礙"二句："鵬"事見《莊子》。馮諼曰："狡兔所以免于死者，有三窟。今爲君一窟矣。"　　趙云：蓋大言之，而亦"鷹"之實事。《孔氏志》曰：楚文王少時，雅好田獵，天下快狗名鷹畢聚焉。有人獻一鷹，曰："非王鷹之儔。"俄而雲際有一物，凝翔飄颻，鮮白而不辨其形。鷹見之，于是竦翮而升，矗若飛電。須臾，物墮如雪，血灑如雨。良久，有一大鳥墮地而死。度其兩翅，廣數十里。喙邊有黃，衆莫能知。時有博物君子曰："此大鵬雛也。始飛焉，故爲鷹所制。"文王乃厚賞獻者。"鷹"之任，正以搦兔。"莫深憂"，則言如狡兔者，自能免其死，何用"憂"爲？以喻姦人之幸免歟？抑亦張綱所謂"豺狼當道，安問狐狸"之意邪？

右二

　　黑鷹不省人間有，度海疑從北極來。
　　正翮摶風超紫塞，立冬幾夜宿陽臺。
　　虞羅自各虛施巧，春鴈同歸必見猜。
　　萬里寒空秖一日，金眸玉爪不凡材。

【集注】

"黑鷹"二句：趙云："北極"，北方之極也。《爾雅》有四極，曰："東至于泰遠,西至于邠國,南至于濮鈆,北至于祝栗,謂之四極。"北方肅殺之氣,故"鷹"多生于北。如孫楚云:"生井陘之巖阻。"是已。舊注《春秋元命苞》云:"瑶光爲鷹。"意以瑶光爲北斗之名。北斗與北極不同矣。又,星,氣爲之而已,豈得謂之"從"彼來乎?

"正翮"二句:(陳案:立,《杜詩詳注》作"玄"。一作"立"。) 趙云:"正翮",則整翮之謂。"立冬",則《月令》:"某日立冬。""紫塞",北方之塞也。崔豹《古今注》曰:"秦所築長城,土色皆紫,漢塞亦然,故稱紫塞。""立冬"字,師民瞻本作"玄冬",字出梁元帝《纂要》:"冬曰玄冬。"然以"正翮"對之,別無所出處。宋玉《朝雲賦》:"陽臺之下。"言"鷹"在峽中,實道其事。

"虞羅"句:(隋)魏彦深《鷹賦》:"何虞者之多端,運橫羅以羈束。"

"萬里"二句:雁門有紫疆城,草皆色紫,曰"紫塞"。 趙云:"虛施巧",則未能得矣。次句又序所謂"臘後春生,奪飛避暖",故云與"雁同歸"北塞,而"鷹"有"見猜"之理矣。又所以成"超紫塞"之句也。

鷗

江浦寒鷗戲,無他亦自饒。
却思翻玉羽,隨意點春苗。
雪暗還須浴,風生一任飄。
幾群滄海上,清影日蕭蕭。

【集注】

"江浦"八句:(陳案:寒,《四庫全書》本作"戲",涉下文而誤。《補注杜詩》《全唐詩》作"寒"。) 浴:一作"落"。 趙云:"無他",言無他憂虞也,所以亦"自饒"縱而浮泛。下句又言"鷗"以浮泛"江浦"爲未饒縱,又"思"明年之春田有新苗,"翻玉羽"而"點"之,斯爲飛翻之隨意矣。下得"點"字,不亦奇乎?"浴"于"雪"中,固是鷗性之耐寒,"風生"而"飄",是一事。《南越志》曰:"江鷗,一名海鷗,在漲海中隨潮上下，常以三月風至，乃還洲嶼。頗知風雪，(陳案：雪，《藝文類聚》作'雲'。)若群飛至岸，渡海者以此爲候。"故又有末句"滄海"之語。

猿

裊裊啼虛壁，蕭蕭掛冷枝。
艱難人不免，隱見爾如知。
慣習元從衆，全生或用奇。
前林騰每及，父子莫相離。

【集注】

"嬝嬝"八句：虛：一作"雲"。　　趙云：《宜都山川記》：峽中猿鳴至清，諸山谷傳其響，行者歌曰："巴東三峽猿鳴悲，猿鳴三聲淚霑衣。"此"啼"之事也。張載《論》曰："白猨玄豹，藏于櫺檻，何以知其接垂條于千仞？"此"掛"之事也。又蕭詮詩："掛藤疑欲飲，艱難人不免。"兩句似難解，豈言道路艱難，人所不免，而有出有處，是爲"隱見"。然不知"隱見"之機，若"猿"則知之也。蓋"猿"之便捷，常隱茂林之中。公又曰："猿捷長難見。"若《莊子》有"見巧之狙"，則"猿"之可羅者，斯或隱或見，"猿"蓋"如知"之乎！若其便捷之慣，衆猿皆如此。次句言其于便捷之中，得以全生，如搏矢避弓之事。末句又深言其意矣。

黃魚

日見巴東峽，黃魚出浪新。
脂膏兼飼犬，長大不容身。
筒桶相沿久，風雷肯爲神。

泥沙卷涎沫,回首恨龍鱗。

【集注】

"日見"句:《荆州記》:"巴東三峽巫峽長。"

"脂膏"句:韓愈《叉魚》詩:"飼犬驗今朝。"　《杜補遺》:《鹽鐵論》曰:"荆山之下,以玉抵鵲。江陵之人,以魚飼犬。"又,王充《論衡》曰:"鍾山之下,以玉抵鵲。彭蠡之濱,以魚飼犬。"

"筒桶"四句:"筒桶",捕魚器也。　(陳案:桶,《全唐詩》同。"一作筩,一作筲"。《說文通訓定聲》:"桶,叚借爲筩"。《玉篇》:"筲,椽。"與此義異。)　趙云:"筒桶"散布江中以繫餌,觀其没以爲驗,而隨其困以取之也。"風雷肯爲神",蓋不肯爲"神"也。若"龍"者,則"風雷"爲之"神"矣。"黃魚"徒大似"龍鱗",乃不能起"風雷",此所以爲可恨也。

白　小

白小羣分命,天然二寸魚。
細微霑水族,風俗當園蔬。
入肆銀花亂,傾箱雪片虛。
生成猶拾卵,盡取義何如。

【集注】

"白小"句:《易》曰:"物以羣分。"

"生成"二句:《西京賦》:"攫胎拾卵,蚳蝝盡取。"(陳案:攫,《文選》李善注本作"獲",六臣注本作"攫"。)　趙云:取"白小""生成"之物,遂猶"拾卵"而"盡取"矣。蓋言"白小"之微細,所當宥也。

麂

永與清溪別,蒙將玉饌俱。

無才逐仙隱，不敢恨庖廚。
亂世輕全物，微聲及禍樞。
衣冠兼盜賊，饕餮用斯須。

【集注】

"永與"八句:《文·十八年傳》:"縉雲氏有不才子,天下之民以比三凶,謂之饕餮。"注:"貪財爲饕,貪食爲餮。" 趙云:(梁)王筠《侍宴餞臨川王北伐》四言詩曰:"玉饌駢羅,瓊漿泛溢。""無才逐仙隱",則仙家嘗乘鹿車,或騎鹿也。"亂世輕全物,微聲及禍樞",似言聖世猶不至于暴殄天物,而亂世"輕"全生之"物",才聞鹿鳴之"微聲",則"禍"隨之矣。或曰:"鹿好其類,聞鳴則聚。"故人學爲其鳴以致之。柳子厚所謂"楚之南有獵者,爲鹿鳴以感其類。伺其至,發火而射之"。是已。末句言"衣冠"之人,行如"盜賊",惟知"饕餮"而已。故使人多害生物,用以充庖,止在"斯須"之間焉。然則公之仁心于"物",又不避忌諱矣。

雞

紀德名標五，初鳴度必三。
殊方聽有異，失次曉無憨。
問俗人情似，充庖爾輩堪。
氣交亭育際，巫峽漏司南。

【集注】

"紀德"句:史有"紀德"之碑。《韓詩外傳》:田饒曰:"夫雞,平頭戴冠,文也;足傅距,武也;見敵而鬭,勇也;得食相呼,義也;鳴不失時,信也。雞有五德,君猶烹而食之,其所由來近也。"

"初鳴"句:《禮》:文王世子:"雞初鳴,衣服,至寢門。"

"殊方"句:《晉》:祖逖與劉琨同寢,中夜聞雞鳴,蹴琨曰:"此非惡聲。"因起舞。

"失次"句:《詩·雞鳴》:"匪雞則鳴,蒼蠅之聲。"《後漢》:"應門失守,關雎刺世。" 趙云:"度必三",則《史記》所謂"雞三號"也。"必三"字,出《禮記》喪服、大傳。公在夔爲"殊方",而"聽"雞"鳴","有異"于中原之它日,則以雞多失鳴之"次",而天既"曉"矣,殊無憗[赧]也。此"失"字,乃陳壽《三國志》所謂"失旦之雞"者矣。舊注引詩,非是。

"充庖"句:《禮》:"充君之庖。"

"氣交"二句:趙云:孔子云:"入國而問俗。"《禮記》:"何謂人情?""爾輩"字,出《選》。蓋言以雞"充庖"者,皆風俗人情之常爾。又引末句意。言雞之所以"充庖",以其生息之繁,蓋一氣之所"亭育"也。(梁)劉孝綽《謝給藥啟》:"一物之微,遂留亭育。"方氣所交,以"亭育"萬物之際,其在"巫峽"之地,爲泄漏其"司南"之氣,則于此雞之多,可以"充庖"而足也。《晉·輿服志》有"司南車"。其用之于義理,如(梁)劉勰《文心雕龍·體性篇》有云:"文之司南,用此道也。"則言文之指迷,如司南車焉。今公又借字以言"氣"之司于南方耳。所見如此,更俟明識。然今公此篇已上數篇,大率皆作惱語,以含深意耳。

別蘇徯

故人有遊子,棄擲傍天隅。
他日憐才命,居然屈壯圖。
十年猶塌翼,絕倒爲驚呼。
消渴今如此,提攜媿老夫。
豈知臺閣舊,洗拂鳳凰雛。
得實翻蒼竹,棲枝把翠梧。
北辰當宇宙,南岳據江湖。
國帶煙塵色,兵張虎豹符。
數論封內事,揮發府中趨。

贈汝秦人策，莫鞭轅下駒。

【集注】

《別蘇徯》：赴湖南幕。

"故人"二句：李陵詩："遊子暮何之。"又，"各在天一涯"。

"十年"句：陳琳《檄》："忠義之佐，垂頭塌翼。"

"絕倒"句：昔琅琊王澄，每聞衛玠言，輒歎息絕倒。故時人爲之語曰："衛玠談道，平子絕倒。" 趙云："他日"，前日也。前日嘗憐愛蘇之"才命"，以爲必超騰矣，而今"居然"猶"壯圖"之"屈"也。《尹文子》曰："形之與名，居然別矣。""絕倒"義，蓋氣絕而欲倒也。故笑亦謂之"絕倒"。

"消渴"句：(陳案：此，《全唐詩》作"在"。一作"此"。) 司馬相如常有消渴病。

"提攜"句：《禮》："長者與之提攜。"

"洗拂"句：蜀龐統號鳳雛。《易林》："鸞者鳳之雛。"

"得實"二句：趙云：公自言其有"消渴"之病，不能"提攜"蘇徯爲"媿"也。下四句遞相〔接〕，惟其以不能"提攜"爲"媿"，故"豈"更知其能以"臺閣"之"舊"，而先獎拂"鳳凰"之"雛"也。公曾爲左拾遺，是爲"臺閣舊"。古有《鳳將雛》之曲。蘇乃公故人之子，故目之爲"鳳凰雛"。《莊子》曰："鳳凰非梧桐不棲，非練實不食。"謂竹實之白如練也。

"兵張"句：《杜詩傳》："發兵皆以虎符。"

"數論"二句：趙云：上句(陳案：指"北辰"句。)，言帝都。《語》曰："北辰居其所，而衆星共之。"是已。次句(陳案：指"南岳"句。)，言湖南。"據"者，以蘇徯往爲幕客，故指其地而言。是時干戈未息，故云"國帶煙塵色"。三字蓋如庾信《詠懷詩》云："馬有風塵氣，人有關塞衣"也。(陳案：有，《庾子山集》作"多"。)虎符、豹符，則所以發兵也。惟其如此，而蘇徯往爲幕客，則"數論"其湖南封內之事，于府趨之間發揮之也。古樂府《陌上桑》曰："盈盈公府步，冉冉府中趨。"

"贈汝"句：(陳案：汝，《全唐詩》作"爾"。一作"汝"。《經籍籑詁》"語"韻："汝作爾。") 《文·十三年傳》：秦伯使士會行，繞朝贈之以策,曰:"子無謂秦無人,吾謀適不用也。"

"莫鞭"句:《灌夫傳》:上怒内史曰:"今日廷論,局促效轅下駒。"

趙云:夫"策"所以撾馬。"贈汝秦人策",則勸之以必行。"駒"所以駕轅。"莫鞭轅下駒",則戒之以無妄舉矣。

月　圓

孤月當樓滿,寒江動夜扉。
委波金不定,照席綺逾依。
未缺空山靜,高懸列宿稀。
故園松桂發,萬里共清輝。

【集注】

"委波"句:《前漢・樂志》云:"月穆穆以金波。"

"照席"句:江淹詩:"綺席生浮埃。"　　趙云:"委"于"波"中,則蕩漾而金色"不定"。"照"席上,則與綺繡相"依"。"委"字與"照"字,皆"月"身上字。《月賦》云:"委照而吳業昌。"此所謂"委照","委"下其"照"也。"波金"字,"金波"之倒也,"席綺"字,"綺席"之倒也。《六韜》曰:"紂時婦人以文綺為席。"

"故園"二句:桂:一作"菊"。　　《古詩》:"千里共明月。"又:"清輝溢天門。"　　趙云:"未缺",言月之尚圓。《記》云:"三五而盈,三五而缺。""高懸",言月之著象。"列宿稀",則月明星稀也。謝莊《月賦》:"隔千里兮共明月。"沈約《望秋月》云:"清輝懸洞房。""松桂",一作"松菊",非。

中　宵

西閣百尋餘,中宵步綺疏。
飛星過水白,落月動沙虛。

擇木知幽鳥,潛波想巨魚。
親朋滿天地,兵甲少來書。

【集注】

"西閣"句:《西京賦》:"巨獸百尋。"八尺曰"尋"。

"中宵"句:《天台賦》:"曒日炯晃于綺疏。"陸機:"振風薄綺疏。"《選》賦云:"照文虹于綺疏。"注:"窗也。"

"擇木"句:《家語》曰:"鳥能擇木,木豈能擇鳥?"《詩》:"鳥鳴嚶嚶,出自幽谷。" 趙云:"動"字,公屢使,如:"星臨萬户動""寒江動夜扉"。今云"落月動沙虛",只一"動"字,爲有精神矣。

"潛波"句:《古詩》:"潛虯思餘波。"《漢書》:"巨魚縱大壑。"

白帝樓

漠漠虛無裏,連連睥睨侵。
樓光去日遠,峽影入江深。
臘破思端綺,春歸待一金。
去年梅柳意,還欲攪邊心。

【集注】

"漠漠"句:陸機詩:"街巷紛漠漠。"

"連連"句:見本卷上《白帝城》詩。

"臘破"句:《古詩》:"客從遠方來,遺我一端綺。"

"去年"二句:《詩》:"祇攪我心。"(陳案:祇,《毛詩注疏》作"衹"。衹,《廣韻》"支"韻:"地衹,神也。"毛傳:"衹,適也。"祇,《說文》:"敬也。"《毛詩》鄭玄箋:"祇,適也。"二字本義不同,而可通。) 趙云:"睥睨",城上女牆也。"侵",則"侵""虛無"之裏,言其高也。《韓子》云:"世有百金之馬,無一金之鹿"也。"臘破思端綺",所以禦寒,且爲新服。"春歸待一金",所以充費,且以爲賞,故有末句"梅柳"之興。

送王十六判官

客下荆南盡,君今復入舟。
買薪猶白帝,鳴櫓已沙頭。
衡霍生春早,瀟湘共海浮。
荒林庾信宅,爲仗主人留。

【集注】

"鳴櫓"句:已:一作"少"。　　江陵吴船至,泊于郭外"沙頭"。
"衡霍"四句:趙云:頷聯蓋言舟未行,尚在白帝城下"買薪",而"沙頭"猶欠此舟"鳴櫓"而泊也。師民瞻作"已沙頭"。句及"衡霍""瀟湘",則王判官所經往之地,當以郴、衡爲止乎?衡、霍,以公之時言之,則一山而受二名。厥後皮日休作《霍山賦》,上之朝廷,以正"霍"之本地,乃在壽州,故其駢邑曰霍山。其《賦》中云:"自漢之後,乃易我號,而歸于衡。"公今所謂"衡霍",則當時言衡山,猶曰"衡霍",故封"瀟湘"。"瀟湘",則湘江也。"衡霍""瀟湘",其處自江陵而往。則王判官者,豈非將往彼,而後止乎?于"衡霍",言"生春早",則送之之日,探言之也。"庾信",南陽新野人。父肩吾,文學獨步江南。信仕梁,值侯景之亂,奔于江陵,則于江陵有舊宅焉。"主人",則王所至江陵之處主人也。

奉送卿二翁節度鎮軍還江陵

火旗還錦纜,白馬出江城。
嘹唳吟笳發,蕭條别浦清。
寒空巫峽曙,落日渭陽明。
留滯嗟衰疾,何時見息兵。

【集注】

"火旗"句:龍旗九旒,(陳案:旗,《補注杜詩》作"旂"。)以象大火,諸侯所建。鳥旟七旒,以象鶉火,州里〔所建〕。吳甘寧以"錦"維舟。

"白馬"句:趙云:"火旗",朱旗也。"還錦纜",則軍從舟中歸矣。隋煬帝爲"錦纜龍舟",乃天子事,而甘寧亦嘗爲"錦纜",則富貴家事而已。龐德好騎"白馬",號"白馬"將軍,以比"卿二翁"也。

"嘹唳"四句:(陳案:明,《全唐詩》同。一作"情"。) 趙云:"吟笳",軍中之所吹也。"別浦",則舟經之處也。"寒空巫峽曙",說夔州,公之在也。"落日渭陽明",說長安,所以懷鄉,又暗有"卿二翁"者,乃公舅翁之義也。師民瞻作"渭陽情",不必如此。

"留滯"二句:歎其"留滯"于夔,而懷望長安也。

閣　夜

歲暮陰陽催短景,天涯霜雪霽寒宵。
五更鼓角聲悲壯,三峽星河影動搖。
野哭幾家聞戰伐,夷歌是處起漁樵。
臥龍躍馬終黃土,人事音書漫寂寥。

【集注】

"歲暮"句:謝靈運《雪賦》:"歲將暮時既昏。"鮑照《舞鶴賦》:"歲崢嶸而催暮。"又,"窮陰殺節,急景凋年"。

"五更"二句:《顔氏家訓》:問:"一夜何故五更?"曰:"更,歷也,經也。" 《杜補遺》:《西清詩話》云:"作詩用事,要如釋語;水中著鹽,飲水乃知鹽味。此說,詩家秘密藏也。如子美'五更鼓角聲悲壯,三峽星河影動搖'。人徒見陵轢造化之工,不知乃用故事也。禰衡撾《漁陽摻》,其聲悲壯。《漢武故事》:'星辰影動搖,東方朔謂民勞之應。'則善用故事,如繫風撲影,豈有跡耶?"

"野哭"句:夫子惡野哭者。非其所而哭,曰野哭。

"夷歌"句:是:一作"數"。 《蜀都賦》曰:"陪以白狼,夷歌成章。"

"臥龍"句:"臥龍",謂孔明也。郭外有孔明廟。"躍馬",謂公孫述也,城有白帝祠。此二人蜀之英雄,言不免歸于"土"。

"人事"句:音書:一作"依依"。 《蜀都賦》:"公孫躍馬而稱帝。" 趙云:英雄皆不免于死,人事依依,何至漫自"寂寥"乎?一云:"人事音塵。"無義。

白帝城最高樓

城尖徑仄旌旆愁,獨立縹緲之飛樓。
峽坼雲霾龍虎睡,江清日抱黿鼉遊。
扶桑西枝對斷石,弱水東影隨長流。
杖藜歎世者誰子,泣血迸空回白頭。

【集注】

"城尖"二句:仄:一作"冀"。 《海賦》:"神仙縹緲。"

"扶桑"句:(陳案:對,《全唐詩》同。一作"封"。) 日出暘谷,浴于咸池,拂于扶桑。《山海經》云:"大荒之中,暘谷上有扶桑,十日所浴,九日居下枝,一日居上枝,皆戴烏。"

"弱水"句:薛云:《淮南子》:"弱水出自窮石。"注:"窮石在張掖北,其水弱,不能勝羽。"

"杖藜"二句:趙云:"徑仄",舊作"徑昃",已誤。又作"徑冀",無義。"旌旆愁",則城上屯戍之旗也。"縹緲",高遠不明之貌。《魯靈光殿賦》云:"忽縹緲以響像。"公所用主此。領聯言峽壁開坼,而雲氣"霾龍虎"之睡;江水澄清,而日光"抱黿鼉"之遊。腹聯則爲張大之語,以見樓之"最高"也。"扶桑"在東,故望見其向西之枝,且與"斷石"相對隔也。道書言:"蓬萊隔弱水三十萬里。"以"弱水"在東,所以言"東影"。非《禹貢》之弱水,此與"朱崖著毛髮,碧海吹衣裳"之格相類。《莊子》云:"原憲杖藜應門。""誰子",蓋誰氏之子省文也。

覽鏡呈柏中丞

渭水流關內,終南在日邊。
膽銷豺虎窟,淚入犬羊天。
起晚堪從事,行遲更覺仙。
鏡中衰謝色,萬一故人憐。

【集注】

"渭水"句:《西都賦》:"帶以洪河、涇、渭之川。"

"終南"句:《詩》:"終南何有。"毛萇曰:"終南,國之名山。"(陳案:國,《補注杜詩》作"周"。)《西都賦》:"表以太華,終南之山。"是也。

"膽銷":《南都賦》:"豺虎肆虐。"

"鏡中"二句:趙云:首兩句,則懷望長安。頷聯兩句,則傷逢時之艱也。腹聯兩句,則傷其衰老。而下聯兩句,則求"憐"於"柏中丞"也。"渭水""終南",言長安也。晉明帝云:"只聞人從長安來,不聞人從日邊來。"故凡言帝都者,以"日邊"言之。吐蕃以"犬羊"之資,輒犯中原,為盜賊窟穴,于此所以"膽銷"。其為"豺虎"之地,而恨其不安本國"犬羊"之天也。凡仕有官守者,必早起。"起晚"矣,可堪"從事"乎?仙者身輕步疾,老而"行遲"矣,那"更覺"為"仙"乎?豈因"覽鏡"見衰,而遂歎其終不能"仙"矣乎?

西閣夜

恍惚寒空暮,逶迤白露昏。
山虛風落石,樓靜月侵門。
擊柝可憐子,無衣何處村。
時危關百慮,盜賊爾猶存。

【集注】

"恍惚"八句：趙云：舊本作"寒山暮"，師民瞻本作作"寒空暮"，是。蓋下有"山"字也。《老子》曰："恍兮惚兮，其中有物。""寒空暮"上著"恍惚"字，亦新矣。"逶迤"字，多矣。如："紆餘逶迤"也。白帝上有屯戍，則每夜有"擊柝"之役。《列子·楊朱篇》載：公孫朝謂子產曰："若欲以辭說亂我之心，不亦鄙而可憐哉？"（隋）江總《南還尋草市宅》詩云："無人訪語默，何處叙寒温。"《易》云："一致而百慮。"

瀼西寒望

水色含群動，朝光切太虛。
年侵頻悵望，興遠一蕭疎。
猿掛時相學，鷗行炯自如。
瞿塘春欲至，定卜瀼西居。

【集注】

"水色"八句：（陳案：卜，《四庫全書》本作"下"。形訛。《補注杜詩》《全唐詩》作"卜"。）　趙云："朝"，音陟遥切，言晨朝之"光"也。陶潛云："日入群動息。"故對"太虛"。《天台賦》云："太虛寥廓"也。"年侵"字，陸機《豫章行》云："前路既已多，後塗隨年侵。"末句公雖有是言，而次年之春初，猶在"西閣"。其遷居，則先在赤甲，方移"瀼西"。

陪柏中丞觀宴將士二首

右一

極樂三軍士，誰知百戰場。
無私齊綺饌，久坐密金章。
醉客霑鸚鵡，佳人指鳳凰。

幾時來翠節,特地引紅糚。

【集注】

"極樂"四句:趙云:言其安樂而無戰也。(梁)何遜《輕薄篇》曰:"象牀沓繡被,玉盤傳綺食。""金章",銅印也。銅章墨綬,縣令之章飾。而公今言,則指將士之金帶耳。鮑明遠詩云:"開壤襲朱綬,左右佩金章。"此乃言金帶也。

"醉客"四句:趙云:上兩句是宴中之事。杜田云:"鸚鵡",杯名。雕刻海螯而爲之,像鸚鵡形。昔人以之勸酒,并爲罰爵。且又引《南海異物志》云:"鸚鵡螺,狀如覆杯,形如鳥頭,向其腹視之,似鸚鵡,故以爲名。"又引《酉陽雜俎》云:"梁宴魏使,酒至鸚鵡杯,徐君房飲不盡,屬魏肇師曰:'海螯蜿蜒,尾翅皆張。非以爲玩,亦以爲罰。'今日直不得辭。"田以爲酒杯名,是矣。既引《南海異物志》之說,則螺自名"鸚鵡",又却先自云"雕刻海螺爲之,像鸚鵡形",自相矛盾。大率以其螺爲貴,其次刻像之耳,而田不能斷也。"佳人指鳳凰",則筵上或畫圖,或繡帳之上有之,而"佳人"共指而言說也。杜田云:"佳人指鳳凰",疑是秦女弄玉吹簫,乘鳳凰飛去事,不敢強釋之。又非是。筵乃"柏中丞""宴將士",使妓耳,豈有弄玉之事耶?末句使"紅糚"字,尤可見矣。梁簡文帝《從軍行》曰:"紅糚來起迎。"

右二

　　繡段裝簷額,金花帖鼓腰。
　　一夫先舞劍,百戲後歌樵。
　　江樹孤城遠,雲臺使寂寥。
　　漢朝頻選將,應拜霍嫖姚。

【集注】

"繡段"四句:趙云:上句則樂工之飾,下句則工所擊之"鼓"。"歌樵",則戲爲夔峽樵歌之音也。公《閣夜》詩曰:"夷歌是處起漁樵。"是已。舊本作"歌樵",(陳案:樵,《補注杜詩》作"鐎"。)乃引《李廣傳》注刁斗曰:"以銅作鐎。"然考之韻書:"音焦,溫器也,三足而有柄。"別無歌義。今校定"歌譙",是蓋軍中之樂。

"江樹"四句:趙云:謝朓詩:"雲中辨江樹。""雲臺使寂寥",豈久無使命之來乎?且引末句而以"霍"比"中丞"也。

漢中王報韋侍御蕭尊師亡

秋日蕭韋逝,淮王報峽中。
少年疑柱史,多術怪仙公。
不但時人惜,祇應吾道窮。
一哀侵疾病,相識自兒童。
處處鄰家笛,飄飄客子蓬。
强吟懷舊賦,已作白頭翁。

【集注】

"秋日"四句:趙云:"淮王",則漢淮南王安。其人賢,以比漢中王也。"柱史",以言韋侍御。老聃爲周柱下史,而韋以少年爲之,故疑其不似聃也。"仙公",以言蕭尊師。仙公疑有多術以延生,(陳案:疑,《補注杜詩》作"宜"。)而死,故怪之也。《神仙傳》有葛仙公。

"不但"六句:趙云:《左傳·序》云:"反袂拭面,稱吾道窮也。""鄰家笛",使向秀聞笛事。秀《思舊賦·序》:"于時日薄虞淵,寒冰淒然。鄰人有吹笛者,發聲寥亮。追想曩昔遊讌之好,感音而嘆,作賦也。""客子蓬",則公自嘆其飄零也。

"强吟"二句:趙云:《懷舊賦》,潘安仁所作,以懷楊肇父子。蓋懷二人也。公今所懷王、蕭二人,可借用矣。壺關三老上書云:"白頭翁教臣也。"

南　極

南極青山衆,西江白谷分。
古城疎落木,荒戍密寒雲。

歲月虵常見，風飆虎或聞。
近身皆鳥道，殊俗自人群。
睥睨登哀柝，蝥弧照夕曛。
亂離多醉尉，愁殺李將軍。

【集注】

"南極"六句：（陳案：梟，《四庫全書》本作"象"。形訛。《補注杜詩》《全唐詩》作"梟"。或，《全唐詩》同。一作"忽"。） 趙云：按：《晉‧天文志》："南極在井、柳之中，正是南方之星。"故公于夔州詩可用矣。"西江"，指蜀江。蓋楚人以蜀江爲西江也。

"近身"二句：趙云：《南中八志》曰："交趾郡治龍編縣，自興古鳥道四百里。蓋以其險絕，獸猶無蹊，人所莫由，特上有飛鳥之道耳。"而用"鳥道"字，則沈約《愍塗賦》："依雲邊以知國，極鳥道以瞻家"也。《莊子》："以馭人群。"

"睥睨"二句：睥睨，城上小城也，于此可以瞻視。言白帝城上有屯戍故也。舊本"矛弧"，善本作"蝥弧"，是。《左傳》："取蝥弧以登。"乃鄭之旗名也，方可對"睥睨"。若作"矛弧"，即是兩物，必不以對"睥睨"之一名矣。言"照夕曛"，則旗爲〔日所〕照。謝靈運詩："夕〔曛〕嵐氣陰。"

"亂離"二句：趙云：公以"李將軍"自比。李廣飲還，至亭，霸陵尉醉，呵止廣。《傳》中言"霸陵尉醉"則已，可使"醉尉"字。而杜田又引《南史‧何敬容傳》："謝郁作書戒之。"其說亦是，但不細看《廣傳》耳。

搖　落

搖落巫山暮，寒江東北流。
煙塵多戰鼓，風浪少行舟。
鵝費羲之墨，貂餘季子裘。
長懷報明主，臥病復高秋。

【集注】

"揺落"四句：趙云：此大歷二年詩。是年九月，吐蕃寇雲〔川〕[州]，又寇邠州，郭子儀屯于涇陽。又桂州山獠反，則爲"煙塵多戰鼓"矣。孫子荆《書》："煙塵俱起，震天駭地。"

"鵝費"二句：趙云：公以"羲之"自比。"羲之"性愛鵝，山陰道士養好鵝，因求市之。道士云："爲寫《道德經》，當舉群相贈耳。"羲之欣然寫畢，籠鵝而歸。然公不解書，于題于義爲不切，學者頗疑之。豈適會見鵝而起句，或有此事而公紀實耶？抑嘆其貧，于鵝則必以字換之，于衣則止餘獘裘而已耶？《戰國策》："蘇秦仕趙，趙王資貂裘、黄金，使說秦。書十上而說不行，黑貂之裘獘。"今云"貂餘季子裘"，言貧如蘇子矣。

季秋江村

喬木村墟古，疎籬野蔓懸。
素琴將暇日，白首望霜天。
登俎黄柑重，支牀錦石圓。
遠遊雖寂寞，難見此山川。

【集注】

"素琴"句：趙云：言將琴往"江村"，當"暇日"也。
"支牀"句：出《史記·龜筴傳》。

卷三十二

(宋)郭知達 編

近體詩

季秋蘇五弟纓江樓夜宴崔十三評事、韋少府姪三首

右一

峽險江驚急,樓高月迥明。
一時今夕會,萬里故鄉情。
星落黃姑渚,秋辭白帝城。
老人因酒病,堅坐看君傾。

【集注】

"樓高"句:(陳案:迥,《四庫全書》本作"迴"。形訛。《補注杜詩》作"迥",《全唐詩》作"迥"。漢印作"迥"。《說文》:"迥,遠也。")

"星落"句:趙云:"黃姑渚",天河之別名也。

右二

明月生長好,浮雲薄漸遮。
悠悠照邊塞,悄悄憶京華。
清動杯中物,高隨海上查。
不眠瞻白兔,百過落烏紗。

【集注】

"明月"二句：宋玉《九辯》云："何氾濫之浮雲兮，猋壅蔽此明月。"

"悠悠"句：(陳案：邊《全唐詩》同。一作"遠"。)　《月賦》："外素質之悠悠。"(陳案：外、素，《文選》作"升""清"。)

"清動"句：鮑云：陶淵明詩："天運苟如此，且進杯中物。"

"高隨"句：事見"查上覓張騫"注。

"不眠"句：劉孝綽《月》詩："攢柯伴玉蟾，植叢映金兔。"

"百過"句："烏紗"，帽也。　趙云：月中有兔，其傳尚矣。《楚辭·天問》曰："夜光何德，死則又育？厥利維何，而顧兔在腹？""烏紗"，帽也。杜佑《通典·帽門》載矣。

　　右三

　　　　對月那無酒，登樓況有江。
　　　　聽歌驚白鬢，笑舞拓秋窗。
　　　　樽蟻添相續，沙鷗并一雙。
　　　　盡憐君醉倒，更覺片心降。

【集注】

"尊蟻"句：子建《七啟》："盛以翠樽，酌以雕觴。浮蟻鼎沸，酷烈馨香。"

"更覺"句：片：一作"我"。　《詩》："我心則將。"　趙云：《選》有"白發生鬢。"公詩又云："百年雙白鬢。"〔"秋窗"〕，張協《玄武館賦》云："春牖左開，秋窗右豁。""樽蟻"，言酒之浮蟻也。末句當以"片心"爲正，方有功矣。

送孟十二倉曹赴東京選

　　　　君行別老親，此去苦家貧。
　　　　藻鏡留連客，江山憔悴人。

秋風楚竹冷，夜雪夔梅春。
朝夕高堂念，應宜綵服新。

【集注】

"藻鏡"二句：《杜補遺》："藻鏡"，猶藻鑒也。故子美《上韋左相》詩又有"持衡留藻鑒"之句。《晉》：太康四年制曰："藻鑒銓衡。"又，《唐舊史》："許子儒長壽中爲天官侍郎，居選部，不以藻鏡爲意。"趙云：題"送""赴東京選"，故用"藻鏡"事。既是赴"選"，則須等候，"藻鏡"之所取，非旬日之事，故云"留連客"也。"江山憔悴人"，則客遊所歷，雖"江山"之勝，亦爲"憔悴"人。

"秋風"四句：趙云："秋風楚竹冷"，說孟倉曹所起發之地，在夔也。"夜雪夔梅春"，言孟倉曹所往之時，逢"雪"于"夔"也。夔縣，今西京屬縣。西京，則唐所謂東京也。末句又申言其別，親老思之也。《列女傳》曰："老萊子孝養二親，行年七十，嬰兒自娛，著五色采衣。""楚竹冷""夔梅春"，謂之雙紀格。

憑孟倉曹將書覓土婁舊莊

平居喪亂後，不到洛陽岑。
爲歷雲山問，無辭荊棘深。
北風黃葉下，南浦白頭吟。
十載江湖客，茫茫遲暮心。

【集注】

"南浦"句：文君作《白頭吟》。　薛云：《楚詞》："余交手兮東行，送美人兮南浦。"（陳案：余，《楚辭章句》作"子"。）

"十載"二句：趙云：前四句託"孟倉曹"往問莊居之荒蕪何如，後四句則公言其在夔時候與處所也。"黃葉下"，變用"木葉下"。《白頭吟》，雖是文君以相如晚年置妾而有此作，其後爲樂府，則言君臣、朋友顧遇之不終。而公今所用，又止以其老年白頭所吟耳。《楚詞》云：

"傷美人之遲暮。"

耳聾

生年鶡冠子,歎世鹿皮翁。
眼復幾時暗,耳從前月聾。
猿鳴秋淚缺,雀噪晚愁空。
黃落驚山樹,呼兒問朔風。

【集注】

"生年"句:《杜補遺》:《後漢·輿服志》:"武冠加雙鶡尾在左右,謂之鶡冠。五官、虎賁、羽林皆冠之。""鶡"者,勇雉也。其鬭無已,一死乃止。故趙武靈王爲冠以表武士,是詩所謂"鶡冠子"者。楚人隱居深山中,衣敝履穿,以鶡爲冠,莫測其名,因服成號,著書言道家事,馮諼嘗師事之,後顯于趙。"鶡冠子"懼其薦己,遂與之絶。

"歎世"句:趙云:《前漢書·藝文志》有稱《鶡冠子》一篇。師古云:"以鶡鳥羽爲冠也。"《列仙傳》:"鹿皮翁者,菑川人也。少爲府小吏,工巧,舉手能成器械。岑山上有神泉,人不能至。小吏白府君,請木工斧斤三十人,作轉輪懸閣,意思樸至。數十日,梯道四門成。上其顛,作茅舍,留止其旁。"

"猿鳴"四句:趙云:"猿鳴秋淚缺,雀噪晚愁空。"以"耳聾"之故,而幸其不聞也。末句但見山木葉"黃落",而不聞風聲,所以"呼兒"而問。宋玉《九辯》云:"悲哉!秋之爲氣也。蕭瑟兮,草木黃落而變衰。"曹子建有《朔風篇》。

小園

由來巫峽水,本是楚人家。
客病留因藥,春深買爲花。

秋庭風落果,瀼岸雨頽沙。
問俗營寒事,將詩待物華。

【集注】

"由來"八句:(陳案:買,《四庫全書》本作"滿",《補注杜詩》《全唐詩》作"買"。)　趙云:此篇蓋須水以爲用之詩也。楚城居高而下,取江水最爲艱得,故以爲咏矣。"客病留因藥",則"藥"須水以洗濯,故留水者"因藥"也。"春深買爲花",則花須水以灌沃,故"買"水者爲花也。後兩句則縱言眼前之秋景矣。末句又"營"人家備冬寒之俗事,而不廢吟咏也。

自瀼西荆扉且移居東屯茅屋四首

右一

白鹽危嶠北,赤甲古城東。
平地一川穩,高山四面同。
煙霜淒野日,秔稻熟天風。
人事傷蓬轉,吾將守桂叢。

【集注】

"白鹽"四句:趙云:首兩句以引下句耳。"平地一川",蓋在白鹽山之北,而赤甲城之東故也。謝靈運《詩序》有云:"石門新營所住,四面高山。"

"煙霜"二句:趙云:(周)王褒《送葬》詩云:"寒近邊雲黑,塵昏野日黄。"(陳案:寒,《藝文類聚》作"塞"。)公嘗使云"野日荒荒白"也。周勃領北軍,誅諸吕,是日天風大起,而《古詩》"枯桑知天風"也。

"人事"二句:劉安《招隱士》:"桂樹叢兮山之幽。"　趙云:曹植《雜詩》曰:"轉蓬離本根。"

右二

東屯復瀼西，一種住青溪。
來往皆茅屋，淹留爲稻畦。
市喧宜近利，林僻此無蹊。
若訪衰翁語，須令賸客迷。

【集注】

"來往句"：（陳案：皆，《全唐詩》同。一作"兼"。）
"市喧"句：西居近市。《易·巽》："爲近利，市三倍。"
"若訪"二句：趙云："青溪"，非〔水〕名也，水色之青而已。謝莊詩曰："青溪如委黛。"公于成都《浣花》詩亦曰"青溪"，可見矣。"無蹊"，馬季長《長笛賦》有云："間介無蹊，人迹罕到。""此無蹊"，"此"字則指"東屯"與"瀼西"也。如曹子建云："置酒此河陽"之"此"。"須令賸客迷"，則承"無蹊"之下，言"賸客"添"迷"也。

右三

道北馮都使，高齋見一川。
子能渠細石，吾亦沼清泉。
枕帶還相似，柴荊即有焉。
斫畬應費日，解纜不知年。

【集注】

"道北"六句：帶：一作"席"。　　趙云："渠"字、"沼"字，此以字之重字爲輕字，以體爲用者也。"枕帶還相似"，言枕山帶水也。一作"枕席"，淺矣。"柴荊"亦是兩字，蓋言荊扉、柴扉之義。而字則謝靈運《初去郡》云："促裝反柴荊。""即有焉"，又言"馮都使"與己俱有"柴荊"以居也。

"斫畬"二句：《杜補遺》：楚俗燒榛種田曰"畬"，先以刀芟治林木，曰"斫畬"。其刀以木爲柄，刃向曲，謂之畬刀。畬，音式車反。
趙云：言方移居"東屯"，爲農夫之事，而從事于"斫畬"，則欲扁舟儘南下之意,且輟止矣。故"解纜"未知其幾何時也。"斫畲"兩字,是楚人語。又,《農書》云:"按荊楚多畲田。先縱火燎爐,候經雨下種。歷三歲,土脉竭,不可復樹藝,但生草木,復燎旁山。"劉禹錫適連州,《畲田行》曰:"何處好畲田?團團漫山腹。鑽龜得雨卦,上山燒卧木。"(陳案:漫,《劉賓客文集》作"縵"。)又云:"下種暖灰中,乘陽坼牙蘗。蒼蒼一雨後,苕穎如雲發。"白居易《子規歌》云:"畲田有粟何不啄?"燒榛,種田也。《爾雅》:"一歲曰菑,二歲曰新,三歲曰畲。"《易》曰:"不菑。""畲",皆音餘。畲田凡三歲,方可復种,蓋取"畲"之義也。燎,音餉,爇火燎草也。爐,音盧,火燒山界也。

右四

牢落西江外,參差北戶間。
久遊巴子宅,卧病楚人山。
幽獨移佳境,清深隔遠關。
寒空見鴛鷺,回首憶朝班。

【集注】

"幽獨"句:謝靈運:"幽獨賴鳴琴。"顧愷之云:"漸入佳境。"

"寒空"二句:(陳案:憶,《全唐詩》同。一作"想"。) 趙云:《吳都賦》云:"開北戶以向日,齊南冥于幽都。"注:"言日南人開北戶向日,以就明。則以南為幽都,亦如中國之見北也。"公居于夔,乃楚地,與荊渚、吳、越相近矣。故得言"西江外""北戶間"也。公詩又云:"東望西江永,南遊北戶開"矣。"隔遠關",則指言白帝城之"關"。末句,公嘗為左拾遺,通籍而朝,故見"鴛鷺"而"憶朝班"也。

題柏大兄弟山居屋壁二首

右一

叔父朱門貴,郎君玉樹高。

山居精典籍,文雅涉風騷。

江漢終吾老,雲林得爾曹。

哀絃繞白雪,未與俗人操。

【集注】

"叔父"句:郭景純:"朱門何足榮。"

"郎君"句:趙云:謝道蘊云:"一門叔父,則有阿大中郎。"魏、宋以來,貴人之子曰"郎君"。叔姪則亦父子,故可使"郎君"。"朱門"字,雖是常語,祖出東方朔《十洲記》,曰:"臣故韜迹而赴王庭,藏養生而待朱門矣。"謝安嘗戒約子姪,因曰:"子弟亦何預人事,而正欲使其佳?"玄答曰:"譬如芝蘭玉樹,欲使其生于庭階耳。"

"山居"四句:趙云:《書·序》云:"秦滅(三)[先]代典籍。"《選》有云:"同祖《風》《騷》。"《詩》云:"美化行乎江漢之域。"又云:"滔滔江漢,南國之紀。"公欲適荆楚而南,故云"終吾老"也。

"哀絃"二句:《杜補遺》:"哀絃",琴也。《記》曰:"哀以立廉,廉以立志。君子聽琴瑟之聲,則思志義之臣。"又枚乘《七發》:"龍門之桐,高百尺而無枝。使班爾斲斬以爲琴,野繭之絲以爲絃,孤子之鉤以爲隱,九寡之珥以爲犳,師堂操張,伯牙爲之歌,此亦天下之至悲也。子能强起而聽之乎?"注:"犳,音的。鉤、珥皆寶也。隱、犳皆琴上飾,取孤子、寡婦之寶而用之,欲其聲多悲哀。九寡,九度寡也。"《琴錄》曰:"琴曲有《幽蘭》《白雪》《風入松》《烏夜啼》,俗人非知音者,故未可與之操。" 趙云:宋玉曰:"《陽春》《白雪》之曲,唱彌高而和彌寡。"于哀絃之中,所彈者《白雪》,非俗人所能也。 薛云:右按:宋玉對楚襄王問,曰:"客有歌郢中者,其始《下里巴人》,國中屬而和者數千人;其爲《陽春》《白雪》,國中屬而和者數十人而已。"又《文選》:鮑照詩:"蜀琴抽《白雪》,郢曲繞《陽春》。"

右二

野屋流寒水,山籬帶薄雲。

靜應連虎穴,喧已去人群。

筆架霑窗雨,書籤映隙曛。

蕭蕭千里馬,箇箇五花文。

【集注】

"蕭蕭"二句:趙云:末句以駿馬比柏之"兄弟"矣。公嘗曰:"五花散作雲滿身。"《詩》云:"蕭蕭馬鳴。""箇箇",指言"五花文"之"箇箇",非謂馬一匹爲一"箇"也。郭隗曰:"古之人君,有以千金使涓人求千里馬者。"又,漢文帝時,有獻千里馬者。

暝

日下四山陰,山庭嵐氣侵。
牛羊歸徑險,鳥雀聚枝深。
正枕當星劍,收書動玉琴。
半扉開燭影,欲掩見清砧。

【集注】

"山庭"句:謝靈運:"夕曛嵐氣侵。"(陳案:侵,《文選》作"陰"。)

"牛羊"句:《詩》:"牛羊下來。"《北征賦》:"日晻晻其將暮,覩牛羊之下來。"

"正枕"四句:"星劍",劍上有星文也。"玉琴",以玉爲琴徽也。趙云:"星劍",則劍上有七星之象也,非是氣衝牛,斗之謂。江淹《去故鄉賦》:"撫玉琴兮何親。"末句"扉""欲掩見清砧",則欲更掩其"半扉"之時,見己家之"清砧",蓋時秋矣。

茅堂檢校收稻二首

右一

香稻三秋末,平田百頃間。

喜無多屋宇，幸不礙雲山。
御裌侵寒氣，嘗新破旅顏。
紅鮮終日有，玉粒未吾慳。

【集注】

"御裌"句：《秋興賦》："籍莞蒻，御裌衣。"（陳案：裌，《文選》作"袷"。）

"嘗新"句：《禮》："天子以嘗新。"

"紅鮮"二句：趙云："御裌侵寒氣"，言雖"御"裌衣矣，而"寒氣"猶侵之，則山居故也。"紅鮮"，似言魚也。"玉粒"，則春稻爲米，其白如玉矣。亦不必泥蘇秦米貴于玉事。

右二

稻米炊能白，秋葵煮復新。
誰云滑易飽，老藉軟俱勻。
種幸房州熟，苗同伊闕春。
無勞映渠盌，自有色如銀。

【集注】

"稻米"八句：《杜補遺》：魏文《車渠盌賦》："車渠，玉屬也。多纖理縟文，生于西國，其俗寶之。惟二儀之普育，何萬物之殊形。料珍怪之上美，無茲盌之獨清。苞華文之光麗，發符彩而揚榮。理交錯以連屬，似將離而復并。"又，（梁）陸倕《蠡杯銘》曰："用邁羽杯，珍逾渠盌。實同蠡測，形均樸滿。"（陳案：樸，《漢魏六朝百三家集》作"撲"。）又，《廣雅》曰："車渠石，次玉也。" 趙云："滑"字，與"滑流匙"同義。"老藉軟俱勻"，與"軟炊香飯緣老翁"同義。"房州熟""伊闕春"，蓋稻名也。末句言不必用"渠盌"盛之，此飯其色自"如銀"矣。

朝二首

右一

清旭楚宮南，霜空萬嶺含。
野人時獨往，雲木曉相參。
俊鶻無聲過，飢烏下食貪。
病身終不動，搖落任江潭。

【集注】

"清旭"八句：陸士衡："戢翼江潭。" 趙云："清旭"，清朝也。《江賦》云："視氛祲于清旭。"（陳案：視氛，疑誤。《北堂書鈔》卷第一百三十八作"觀雰"。）"楚宫"，則楚王之宫也。"霜空"，言帶霜之空也。"朝"未甚有行人，故"野人時獨往"耳。末句，蓋公欲南下而未能也。《易》云："寂然不動。"屈原既放于"江潭"。或云：蘇東坡謂"子美詩外尚有事在"，故其"病身"曾不搖蕩，而不隨草木之"搖落"也。

右二

浦帆晨初發，郊扉冷未開。
村疏黃葉墜，野靜白鷗來。
礎潤休全濕，雲晴欲半回。
巫山冬可怪，昨夜有奔雷。

【集注】

"礎潤"二句：《淮南子》云："山雲蒸，柱礎潤。"江淹："山雲潤柱礎。"

"巫山"二句：〔趙云〕："浦帆"，帆，音去聲。今官韻亦收矣。師民瞻本疑之，乙其字爲"帆浦"，非是。然夔州詩而云"浦帆"，何也？蓋題是《朝》，詩句云："浦帆晨初發，郊扉冷未開。"兩句通義，言方此晨朝之際，想江浦之中，其帆起發，而郊居之家，以冷而"未開"其扉也。

顔延年《贈王太常》詩曰:"郊扉嘗晝閉。""礎"者,柱下之礫石也。"礎潤休全濕","休"者,罷也。言礎石之"潤",經夜稍乾而半濕矣。"雲晴欲半回",言朝既晴霽,其宿雲半斂而回去也。"奔雷",公兩使矣,出《三都賦》。

晚

杖藜尋晚巷,炙背近墻暄。
人見幽居僻,吾知拙養尊。
朝廷問府主,耕稼學山村。
歸翼飛棲定,寒燈亦閉門。

【集注】

"杖藜"二句:嵇康《書》:"野人有快炙背而美芹子者,欲獻之至尊,雖有區區之意,亦已疏矣。"公又嘗有句云:"炙背可以見天子。"(陳案:見,《赤甲》作"獻"。)

"耕稼"句:趙云:此句法難解。蓋言朝廷以務農重穀之事問"府主",故亦化而"學山村""耕稼"也。然此等句法,學者不可傚之也。舜自"耕稼"、陶漁以至爲帝。

"歸翼"二句:曹子建:"歸鳥赴喬林,翩翩厲羽翼。"陸士衡:"願假歸鴻翼,翻飛游江汜。" 趙云:棲鳥以枝定爲安,故詩人每用"定"字。如公今云:"歸翼飛棲定。"如白樂天:"風枝未定鳥難棲。"如李商隱:"棲鳥定寒枝。"然三"定"優劣,必有能辨者。原其所出,則(周)庾信云:"鳥寒栖不定"也。

夜二首

右一

　　白夜月休弦,燈花半委眠。
　　號山無定鹿,落樹有驚蟬。
　　暫憶江東鱠,兼懷雪下船。
　　蠻歌犯星起,重覺在天邊。

【集注】

"暫憶"句:張翰憶鱸鱠。
"兼懷"句:王子猷訪戴安道。
"蠻歌"二句:趙云:當此"白夜",于月休隱,其所見者弦之狀,與"燈花半委"落之際眠卧也。"重覺在天邊",言其遠也。

右二

　　城郭悲笳暮,村墟過翼稀。
　　甲兵年數久,賦斂夜深歸。
　　暗樹依巖落,明河繞塞微。
　　斗斜人更望,月細鵲休飛。

【集注】

"城郭"八句:樂府:"月明星稀,烏鵲南飛。"　趙云:"賦斂夜深歸",言村落之民,入市供官"賦斂",以夜深而後歸也。"暗樹依巖落",言葉也。《傳》曰:"木落糞本。"亦遂言葉矣。天漢謂之"明河",故宋之問有《明河篇》也。"繞塞微",則夜深矣。故末句又有"斗斜""月細"之語。"鵲休飛"者,休停其飛也。"月細"而不甚明,此鵲飛之所以"休"也。

東屯月夜

抱疾漂萍老,防邊舊穀屯。
春農親異俗,歲月在衡門。
青女霜楓重,黃牛峽水喧。
泥留鬬虎跡,月挂客愁村。
喬木澄稀影,輕雲倚細根。
數驚聞雀噪,暫睡想猿蹲。
日轉東方白,風來北斗昏。
天寒不成寐,無夢有歸魂。

【集注】

"抱疾"四句:趙云:"東屯"所以得名者,"防邊"而屯戍之地也。言"抱"疾病而如"飄萍"之"老",在屯積"舊穀"以防邊之處也。《古詩》云:"泛泛江漢萍,飄蕩水無根。"《論語》曰:"舊穀既没。"《禮記·王制》:"民生其間者異俗。"然公所用,乃如匡衡云"成、湯所以化異俗,而懷鬼方"者。蓋公中原人,而遠客於夔,故稱之爲"異俗"。公于《俳諧體》詩又云:"異俗吁可怪。"《詩》:"衡門之下。"

"青女"句:"曉霜楓葉丹"。"青女",霜神名。

"泥留"四句:趙云:《淮南子》曰:"青女出,以降霜。"盛弘之《荆州記》曰:"宜都西陵峽中,有黄牛山,江湍迂回,塗徑信宿,猶望見之。行者語曰:'朝發黄牛,暮宿黄牛。三日三暮,黄牛如故。'"後兩句當秋木葉落,故謂之"稀影"。"輕雲倚細根",則山中有雲,故"倚"喬木之"細根"也。

"數驚"二句:趙云:皆以月明之故也。月照樹白,則雀驚而"噪"。猿以有照,不得久睡,故"暫"而已。

"天寒"二句:趙云:上兩句可謂奇矣。

東屯北崦

盜賊浮生困,誅求異俗貧。
空村惟見鳥,落日未逢人。
步壑風吹面,看松露滴身。
遠山回白首,戰地有黃塵。

【集注】

"落日"句:未:一作"不"。　《登樓賦》:"白日忽其西匿,鳥相鳴而舉翼。原野闃其無人,征夫行而未息。"

"步壑"四句:趙云:人之所以爲"盜賊"者,以"浮生"之"困"也。《管子》曰:"衣食足而知榮辱。"諺云:"盜賊起于貧窮。"觀下句則所以招"盜"之因也。公豈不知政哉?《莊子》:"其生若浮。"其後鮑照詩:"浮生旅昭代。"戰塵,謂之"黃塵"者,以其塵起之多,茫茫然黃也。曹子建云:"大風隱其四起,揚黃塵之冥冥。"

雲

龍自瞿唐會,江依白帝深。
終年常起峽,每夜必通林。
收穫辭霜渚,分明在夕岑。
高齋非一處,秀氣豁煩襟。

【集注】

"龍自"八句:自:一作"以"。　趙云:公自言其見雲之處。句謂初在"霜渚"中,"收穫"至,"辭"出時,乃見雲在"岑""分明"也。"高齋非一處",則人家皆有"高齋"可以登覽。謝玄暉有《郡内高齋閒坐答呂法曹》詩。

月

四更山吐月，殘夜水明樓。
塵匣元開鏡，風簾自上鈎。
兔應疑鶴髮，蟾亦戀貂裘。
斟酌姮娥寡，天寒耐九秋。

【集注】

《月》：趙云："四更"所見之"月"，而有"開鏡"之句，則乃月滿之狀，必十五夜也，豈九月之望夜乎？于一更、二更、三更爲雲遮也。"塵匣"之"鏡"，至"四更"，在樓上忽見之，所以有作。既在夔州群山之中，故謂之"山吐月"。

"四更"二句：趙云：此篇首兩句，古今絶唱。東坡先生深曉"吐"字之義，故取下句爲五韻，以賦五詩。自一更至五更，皆曰"山吐月"。又有句云："明月翳復吐。""月"言"吐"字，出費昶《省中夜聞擣衣》詩云："閶闔下重關，丹墀吐明月。"蓋吐露其光之謂。"殘夜水明樓"，言夜將盡矣。登樓看月，其明照于水，而水光照樓。句法如此，不亦奇乎？

"塵匣"二句：《古詩》："纖纖似玉鈎，娟娟若峨眉。"謝玄暉："風簾入雙燕。" 趙云：上句說"月"。《古詩》有云："破鏡飛上天。"又梁簡文帝云："形同七子鏡。"則"鏡"以比"月"矣。"塵匣"字，則取"鏡"以言之。鮑明遠《擬古》詩有云："明鏡塵匣中，寶琴生網絲"也。若全句之勢，則又庾信《鏡》詩云："玉匣聊開鏡，輕灰暫拭塵"也。信直用之于"鏡"，而公則以比"月"爲工矣。謂之"元開"，則驚喜之詞也。下一"元"字，可以見一更、二更、三更，雖有"月"而雲遮之也。下句言樓上之"簾"，已自掛起，則可以分明看"月"也。（陳）蕭詮詩："珠簾半上珊瑚鈎"也。

"兔應"二句：趙云：上句則公自言其老，下句言其貧。"鶴髮"，老者之狀。庾信《竹杖賦》云："余老矣，鶴髮雞皮。""貂裘"，使蘇季子黑貂裘也。

"斟酌"二句:見"九秋驚鴈序"注。　《杜補遺》:《後漢・天文志》注:張昭載《靈憲》之言曰:"月陰精之宗,有憑焉者。羿請不死之藥于西王母,其妻姮娥竊之以奔月,是名蟾蜍。"又,阮嗣宗《詠懷》詩:"悦懌若九春。"李善注云:《春秋元命苞》曰:"陽氣成于三,故一時三月;陽氣終于九,故三月一時,凡九十日。"宋衷曰:"四時皆象,此不獨春也。""九秋",以九十日言之。　趙云:"斟酌"者,想料之也。鮑明遠《和王丞》詩:"斟酌高代賢。"《玉臺後集》載董思恭《王昭君》詩:"斟酌紅顔盡,何勞鏡裏看。"公于《舟中出江陵》云:"經過憶鄭驛,斟酌旅情孤。"皆爲想料之義。以"九秋"言之,則秋之三箇月將盡矣,所以知其爲九月之望夜猶明。李商隱云:"姮娥却悔偷靈藥,碧海蒼天夜夜心。"亦有誚"姮娥寡"之意。

獨坐二首

右二

竟日雨冥冥,雙崖洗更青。
水花寒落岸,山鳥暮過庭。
煖老須燕玉,充飢憶楚萍。
胡笳在樓上,哀怨不堪聽。

【集注】

"竟日"句:《楚詞》云:"容容兮雨冥冥。"

"煖老"句:唐寧王有煖玉鞍,又有煖玉杯,以爲飲器,不煖而自熱。

"充飢"句:《家語》:楚昭王渡江,有一物,大如斗,圓而赤,取之以問孔子,曰:"此萍實也。吾昔過陳,聞童謠曰:'楚王渡江得萍實,大如斗、赤如日,剖而食之甜如蜜。'"

"胡笳"二句:趙云:"燕玉",以言婦人也。《古詩》云:"燕趙多佳人。美者顔如玉。"故摘"燕玉"兩字以對"楚萍"。待"燕玉"之人而

"煖",則《孟子》所謂"七十非人不煖"是也。觀題云"獨坐",則又可見矣。舊注引"煖玉"事,于"燕玉"字何所據乎？又"煖老"之義安在也？末句蓋言白帝城樓上有鳴笳矣,其聲"哀怨",所以"不堪聽"也。舊注至引劉琨事爲冗。

右一

　　白狗斜臨北,黃牛更在東。
　　峽雲常照夜,江日會兼風。
　　晒藥安垂老,應門試小童。
　　亦知行不逮,苦恨耳多聾。

【集注】

　　"白狗"二句:《杜補遺》:《水經注》:"秭歸白狗峽,蜀江中流,兩面如削。絕壁之際,隱出白石如狗,形狀具足,故以名焉。"又:"黃牛山在縣北四十五里,周回五十里,高三十一里。"盛弘之《荊州紀》曰:"黃牛山有重嶺疊起,其最大高崖間有石,色如人負刀牽牛。人黑牛黃,其狀分明。此崖加之江湍迂回,行經信宿,猶〔尚〕望見。行者歌曰:'朝發黃牛,暮宿黃牛。一朝一暮,黃牛如故。'"今黃牛峽山下有廟,曰"洺川王"。土人云"黃牛神"也。仇池翁有碑,載"歐陽文忠公事"云。

　　"峽雲"四句:薛云:《莊子》:"原憲杖藜而應門。"《晋》:夏統詣洛市藥,會三月上巳,統時在船中,曝所市藥,諸貴人車乘來者如雲,統并不顧。"《蜀志》:李密《陳情表》云:"內無應門五尺之童,煢煢孑立,形影相弔。"

　　"亦知"二句:趙云:"白狗""黃牛",皆峽名。"臨北",在東,則公以所居言之。"江日會兼風",師民瞻本作"江月",是。蓋上句言夜。末句"行不逮",蓋"獨坐",則不復有行矣。

雨四首

右一

微雨不滑道,斷雲疏復行。
紫崖奔處黑,白鳥去邊明。
秋日新霑影,寒江舊落聲。
柴扉臨野碓,半濕搗香秔。

【集注】

"微雨"八句:趙云:"紫崖奔處黑,白鳥去邊明",不勞雕刻而雨意自見。陰鏗詩有云:"水隨雲度黑,山帶日歸紅。"今公詩可與之敵也。"秋日新霑影",則以雨之故。其日影朦朧,爲霑洒矣。謂之"野碓",則無庇覆,故搗秔至于帶"微雨"之"半濕"也。

右二

江雨舊無時,天晴忽散絲。
暮秋霑物冷,今日過雲遲。
上馬回休出,看鷗坐不辭。
高軒當灩澦,潤色靜書帷。

【集注】

"天晴"句:趙云:(晋)張協《雜詩》云:"密雨如散絲。"

右三

物色歲將晏,天隅人未歸。
朔風鳴淅淅,寒雨下霏霏。
多病久加飯,衰容新授衣。
時危覺凋喪,故舊短書稀。

【集注】

"朔風"句：謝玄暉："淅淅就衰林。"謝惠連："淅淅振條風。"李陵與蘇武詩云："風波一失所，各在天一隅。"

"寒雨"三句：趙云：《詩》："雨雪霏霏。"《古詩》："上言加餐飯。"《詩》："九月授衣。"

右四

楚雨石苔滋，京華消息遲。
山寒青兕叫，江晚白鷗飢。
神女花鈿落，蛟人織杼悲。
繁憂不自整，終日灑如絲。

【集注】

"神女"句：宋玉有《神女賦》。按：《唐志》："命婦之服，飾以寶鈿金花"也。

"蛟人"句：蛟：一作"鮫"。《吳都賦》："泉客潛織而卷綃。"注："泉客，鮫人也。織輕綃於泉室，出以賣之。"

"繁憂"二句：趙云：宋玉《招魂》曰："君王親發兮，憚青兕。"何遜云："可憐雙白鷗，朝夕水上遊。"神女廟在巫山，蛟人則江中所有。巫山中"花"，即神女之所以爲鈿者，被雨而"落"，故云。《江賦》："鮫人構館于懸流。"此皆巫、楚之事也。沈約詩："非煙復非雲，如絲復如霧。"中摘兩字也。

戲寄崔評事表姪、蘇五表弟、韋大少府諸姪

隱豹深愁雨，潛龍故起雲。
泥多仍徑曲，心醉阻賢群。
忍待江山麗，還披鮑謝文。

高樓憶疎豁,秋興坐氛氳。

【集注】

"隱豹"二句:謝玄暉詩:"雖無玄豹姿,終隱南山霧。"《杜補遺》云:劉向《列女傳》:陶答妻謂其夫曰:"妾聞南山有玄豹,霧雨七日不下食者,何也?欲以澤其毛衣,而成其文章,故藏以除害也。"(陳案:毛衣、除,《古列女傳》作"衣毛""遠"。)《易》曰:"潛龍勿用。"又曰:"雲從龍。"因言雲雨,故以"豹"與"龍"形容之爾。

"泥多"二句:趙云:《列子》曰:"見巫季咸而心醉。""曲徑",而倒用"徑曲";"群賢",而倒用"賢群",義自足也。

"忍待"四句:趙云:"江山麗",則春景也。公嘗曰:"遲日江山麗。"今言"忍待",則忍以待之也。所以傷雨之故矣。"鮑謝文",鮑,則鮑照;謝,則謝靈運。豈以比諸公乎?"坐氛氳",言坐秋氣之中也。

有感五首

右一

將帥蒙恩澤,兵戈有歲年。
至今勞聖主,何以報皇天。
白骨新交戰,雲臺舊拓邊。
乘槎斷消息,無處覓張騫。

【集注】

"有感"句:趙云:詩意當是廣德元年,史朝義正月已滅之後,吐蕃十月未陷京師之前。句有言"胡滅",則指史朝義也。"新交戰",則指吐蕃也。"覓張騫",則指言奉使吐蕃者。"餘蚍豕",則指河北叛將也。"虎狼""盜賊",則以指袁晁也。"不臣朝",又以指河北叛將也。"親賢",則指雍王适與郭子儀也。"將自疑",則指僕固懷恩也。

"白骨"二句:趙云:言"新""戰"之兵,方橫"白骨",將帥必有意于

"拓邊"而功未立。其在"雲臺"畫像議功者,則是"舊拓邊"之功也。

"乘槎"二句:趙云:此言遣使和吐蕃未還,所以用"張騫""乘槎"爲喻。〔"乘槎"〕本是前漢末事,而公多用作"張騫"使西域,尋河源所"乘"之"槎",豈承用之熟耶?見張華《博物志》。　新添:案:《騫本傳》:"騫以郎應募使月氏,爲匈奴單于所留,十餘歲得還。騫所至者大宛、大月氏、大夏、康居,而所傳聞其旁大國五六,具爲天子言其地形所有。"并無"乘槎"至天河之說。《博物志》又不言張騫,而宗懍乃傅會,直以爲張騫。杜公應承用《荆楚歲時記》所引,而趙次公所以屢疑之也。

右二

　　幽薊餘虵豕,乾坤尚虎狼。
　　諸侯春不貢,使者日相望。
　　慎勿吞青海,無勞問越裳。
　　大君先息戰,歸馬華山陽。

【集注】

"幽薊"句:爲史思明未平也。

"乾坤"句:盜賊充斥也。　趙云:《左傳》曰:"吳爲封豕長虵,荐食上國。"史朝義雖滅,而有未臣服者。"餘虵豕",指河北叛將。"尚虎狼",則盜賊猶自充斥也。按:《編年通載》於前歲寶應元年載:"台州賊袁晁乘亂據浙東。"

"諸侯"句:藩鎮擅命基兆於此。

"使者"句:《董仲舒傳》:"漢家使者,冠蓋相望。"

"慎勿"句:見"君不見青海頭"注。

"無勞"句:見"越裳翡翠無消息"注。　趙云:"慎勿吞青海",戒以無有事于西羌。"無勞問越裳",戒以無有事于東夷。

"歸馬"句:《易》曰:"大君有命。"《書·武成》:"歸于華山之陽。"

右三

　　洛下舟車入,天中貢賦均。

日聞紅粟腐，寒待翠華春。

莫取金湯固，長令宇宙新。

不過行儉德，盜賊本王臣。

【集注】

"洛下"二句：《周禮·天官》："惟王建國。"注："周公營邑于土中，使居洛邑，治天下，謂之地中。天地之所合也，四時之所交也，風雨之所會也，陰陽之所和也，然則百物阜安，乃建王國焉。" 趙云：應是史朝義既滅，道路亦不阻絕矣，故"舟車入"而"貢賦均"，此指言長安，特用洛陽為天地之中為譬也。言此以責河朔諸將有不貢者。《莊子》云："舟車之所至。"

"日聞"句：太倉之粟，紅腐而不可食。

"寒待"句："翠華"，天子車蓋。

"莫取"句：賈誼："金城湯池，萬世帝王之業。"王元長《策》："金湯非粟不守。"

"不過"二句：趙云："日聞紅粟腐"，則言其儲蓄之多。"寒待翠華春"，"翠華"之春，和氣所及也。《上林賦》曰："建翠華之旗。"蓋天子之旗也。"莫取金湯固，長令宇宙新"，又以戒之。《莊子》疏云："揭天地以趨新，負山岳而舍故。""宇宙新"，則一洗乾坤，而其命維新矣。"盜賊"，則又指袁晁者矣。《書》："慎乃儉德。"《詩》："率土之濱，莫非王臣。"

右四

丹桂風霜急，青梧日夜凋。

由來強幹地，未有不臣朝。

受鉞親賢往，卑宮制詔遙。

終依古封建，豈獨聽簫韶。

【集注】

"由來"句：《兩都賦》："強幹弱枝，隆上都而觀萬國。"

"未有"句：趙云：首兩句蓋以為譬也。"丹桂"耐風霜之物。《楚辭》云:"麗桂樹之冬榮。"是已。"青梧",易凋之物。《楚辭》又云:"白露下衆草兮,奄凋此梧楸。"是已。彼"丹桂"而值"風霜"之"急",所以"青梧日夜"凋落矣。以引下句,若"幹"之强壯,則枝無勝"幹"之理,猶主强則臣自歸服而"朝"也。"强幹地",則指言長安之尊重也。"未有不臣朝",則如上句"諸侯春不貢"事,今反言以期之也。

"受鉞"句:分茅列土,"親賢"并建。"親賢",同姓也。時代宗爲元帥。

"卑宮"句:禹"卑"宮室。漢以所降敕命爲"制詔"。　趙云:去歲寶應元年,代宗既即位,五月以雍王爲天下兵馬元帥,郭子儀副之,此"親"與"賢"之"往"也。舊注云:"時代宗爲帥。"却是肅宗時矣。

"終依"句:封爵建國。《漢·光武紀》:"太常奏議曰:'古者封建諸侯,以藩屏京師。'"

"豈獨"句:《書》:"簫韶九成。"　趙云:蓋勸朝廷非特任元帥、副帥而已,終以"封建"之制,待夫親賢而爲天子者,"豈獨聽簫韶"之樂宴樂而已,意者代宗猶奏《霓裳羽衣》之曲乎?

右五

胡滅人還亂,兵殘將自疑。
登壇名絶假,報主爾何遲。
領郡輒無色,之官皆有詞。
願聞哀痛詔,垂拱問瘡痍。

【集注】

"胡滅"二句:此詩言安史既平,而僕固懷恩反側也。

"登壇"句:高祖曰:"大丈夫定諸侯,即爲真王耳,何以假爲?"

"報主"句:報主:一作"執玉"。

"願聞"句:見"忽聞哀痛詔"注。

"垂拱"句:(陳案:垂,《補注杜詩》《全唐詩》作"端"。)　時縉紳皆重内官而不樂外任,故子美有無色有詞之譏也。　趙云:安禄山營州柳城胡,史思明寧夷州突厥種,皆"胡"也。癸卯廣德元年正月,史朝義自縊死。自天寶十四載至是,凡九年,而安、史滅矣。"將自疑”，則如僕固懷恩以疑而叛，李光弼以疑而沮者矣。"登壇"字，高祖以韓信爲大將，"登壇"而拜之，非特假節而已。舊注："自是假王、直王，何干登壇時事耶？"諸將蒙寵如此，故責以下句之"報主"矣。末句又以望主上之卹民也。漢武帝末年，屢發哀痛之詔。"瘡痍"，《漢書・季布傳》："瘡痍未瘳。"

夜

絕岸風威動，寒房燭影微。
嶺猿霜外宿，江鳥夜深飛。
獨坐親雄劍，哀歌嘆短衣。
煙塵繞閶闔，白首壯心違。

【集注】

"獨坐"句：鮑明遠云："攞雄劍而長嘆。"《烈士傳》曰：眉間尺者，楚人鏌鋣之子。楚王夫人嘗於夏納涼而抱鐵柱，心有所感，遂懷孕，後產一鐵。楚人命鏌鋣鑄爲雙劍，一雌一雄。鏌鋣乃留雄，而以雌進王。劍在匣中常有悲鳴。王問群臣，對曰："劍有雌雄，鳴者雌，憶其雄也。"王大怒，即收鏌鋣，殺之。眉間尺乃爲父殺楚王。

"哀歌"句：《淮南子》曰：齊桓公郊迎客，夜開門。甯戚飯牛車下，擊牛角而爲商歌。曰："南山粲，白石爛，短褐襌衣適至骭。（陳案：襌，《楚辭補注》引作'單'。朱駿聲《説文通訓定聲》：'襌，今俗皆借單字。'）生不逢堯與舜襌，終日飼牛至夜半，長夜漫漫何时旦？"桓公聞之，曰："異哉！歌者非常人也。"命後車載之。"短衣"字，暗用《莊子》"短後之衣"也。

"煙塵"句：趙云："閶闔"者，天門也。指言帝都。

遠遊

江闊浮高棟，雲長出斷山。

塵沙連越巂，風雨暗荆蠻。
雁矯銜蘆内，猿啼失木間。
弊裘蘇季子，歷國未知還。

【集注】

"塵沙"句：按：《唐·地理志》："劍南道，蓋古梁洲之域。蜀郡、廣漢、犍爲、越巂、益州、牂柯、巴郡之地，總爲蜀土。"

"雁矯"句：《淮南子》曰："雁從風而飛，以愛氣力。銜蘆而翔，以避矰繳。"（陳案：從、繳，《淮南子》作"順""弋"。）張華《賦》："又矯翼而增逝，徒銜蘆以避繳，終爲戮於此世。"

"猿啼"句：見六卷"哀哀失木狖。"

"弊裘"二句：趙云："塵沙連越巂"，則吐蕃之兵未息也。"風雨暗荆蠻"，則言當日在楚之景。《詩》："蠢爾蠻荆。"則荆州是也。《淮南子》："猿狖顛蹶而失木。"末句以蘇秦自比。蘇秦往秦，書十上而說不行，貂裘色獘也。"歷國"，乃蘇秦實事。其字則仲尼歷聘諸國也。

從驛次草堂復至東屯茅屋二首

右一

峽内歸田客，江邊借馬騎。
非尋戴安道，似向習家池。
地險風煙僻，天寒橘柚垂。
築場看斂積，一學楚人爲。

【集注】

"峽内"四句：（陳案：内，《全唐詩》同。一作"裏"。）　趙云：張平子作《歸田賦》，其署曰："超塵埃以遐（遊）[逝]，與世事乎長辭。"又曰："苟縱心於物外，安知榮辱之所如。"蓋以歸在田間爲樂之意也。舊注引《恨賦》："敬通見抵，罷歸田里。"却是得罪矣。承騎馬之下，故言"非尋戴安道"。蓋訪戴,則乘舟而已。"似向習家池",則以言騎馬似之。事出《襄陽記》,曰:"峴山南,習郁大魚池,山簡每醉於此,曰:'此我高陽池也。'"

"地險"句:(陳案:地,《全唐詩》作"峽"。一作"地"。)　江淹:"風煙有鳥路。"

"天寒"句:《莊子》云:"柤梨橘柚。"《蜀都賦》:"戶有橘柚之園。"公又有云:"荒庭垂橘柚。"

"築場"句:豳《詩》:"九月築場圃。"

"一學"句:《家語》:楚恭王曰:"楚王失弓,楚人得之。"甫時寓夔也。

右二

> 短景難高臥,衰年强此身。
> 山家蒸栗暖,野飯射麋新。
> 世路知交薄,門庭畏客頻。
> 牧童斯在眼,田父實爲鄰。

【集注】

"短景"句:《秋興賦》:"何微陽之短晷。"陶淵明云:"夏月虛閒,高臥北窗之下。"此反而用之。言"短景"不如夏月可以"高臥"。非用高臥南陽、高臥東山之出處。

"山家"六句:趙云:"强",音去聲。"蒸栗""射麋",皆是實事。而"蒸栗"字,則王逸《(玉)[正]部論》:"黃如蒸栗。"《左傳》:"射麋麗龜。""世路""門庭",兩句通義。惟其徒爲面交而不心契,所以"畏"客來之多,徒爲紛紛也。謝靈運詩:"薜蘿若在眼。"《傳》云:"與天爲鄰。"

暫往白帝復還東屯

復作歸田去,猶殘穫稻功。
築場憐穴蟻,拾穗許村童。
落杵光輝白,除芒子粒紅。
加餐可扶老,倉庾慰飄蓬。

【集注】

"復作"四句:趙云:言自"白帝""歸田"也。《詩》云:"十月穫稻。"林類"拾穗"行歌。其意則《詩》云:"遺秉滯穗,伊寡婦之利"也。"憐穴蟻",則見公之不殘。"許村童",則見公之不吝。

"加餐"二句:(陳案:庾,《全唐詩》同。一作"廩"。) 《古詩》云:"上言加餐飯。""扶老"者,扶吾身之老也。舊注引"扶老攜幼",非。《商君書》曰:"夫飛蓬遇飄風而行千里,乘風之勢也。"曹子建又云:"風飄蓬飛,載離寒暑。"

晨 雨

小雨晨光內,初來葉上聞。
霧交纔灑地,風逆旋隨雲。
暫起柴荊色,輕霑鳥獸群。
麝香山一半,亭午未全分。

【集注】

"輕霑"句:《語》:"鳥獸不可與同群。"

"麝香"句:師云:"麝香山",屬夔州奉節縣界。

"亭午"句:《天台賦》:"羲和亭午。" 趙云:雨色不久,"柴荊"之中,"暫起"見之而已。此其為微雨也。按:《夔州圖經》:"麝香山,州東南一百二十五里,山出麝香,故以名之。"公於《入宅》詩曰:"水生魚復浦,云暖麝香山。"今則雨氣昏之,其"一半"明,而"一半"未分也。梁元帝《纂要》曰:"日在午,曰亭午"也。

天　池

天池馬不到,嵐壁鳥纔通。
百頃青雲杪,曾波白石中。
鬱紆騰秀氣,蕭瑟浸寒空。
直對巫山峽,兼疑夏禹功。
魚龍開闢有,菱芡古今同。
聞道奔雷黑,初看浴日紅。
飄零神女雨,斷續楚王風。
欲問支機石,如臨獻寶宮。
九秋驚雁序,萬里狎漁翁。
更是無人處,誅茅任薄躬。

【集注】

"天池"句:"天池",山上之池。

"曾波"句:《楚詞》:"眇視目曾波。"《詩》:"白石磷磷。"

"直對"句:峽:一作"出"。

"兼疑"句:趙云:道險絕,故"馬不到",而"鳥纔通"也。"巫山峽"三字,方對"夏禹功"。舊本峽作"出"字,非。

"魚龍"二句:趙云:此言其所有之最遠。吳主嘗見呂岱說步騭,言北欲以沙囊塞江,每讀其表,輒獨失笑:"江自開闢以來,寧可以囊塞之乎?"故公詩句嘗曰:"岸疎開闢水。"又,因孔稚圭詩云:"草雜今古色,巖留冬夏霜。"故公詩句嘗曰:"木雜今古樹。"而今又生出"開闢有"者"魚龍","古今同""菱芡"也。

"初看"句:日出於暘谷,浴於咸池。

"飄零"句:《高唐賦》。

"斷續"句:宋玉《風賦》云。　趙云:"神女雨""楚王風",皆是楚地當體事,則池上有此景也。

"欲問"句:見二十九卷"查上似張騫"。

"如臨"句:趙云:上句則比之爲天河。《荆楚歲時記》曰:張騫尋河源,得一石,示東方朔。朔曰:"此是天上織女支機石。"下句則指之爲龍宫。沈佺期詩曰:"河宗來獻寶。"而公詩嘗曰:"自從獻寶朝河宗。"今蓋言"獻寶"之宫闕也。

"九秋"四句:(陳案:茅,《全唐詩》同。一作"勞"。)　趙云:上兩句公自言其身,以引末句。雖"無人"之處,可以卜居。其誅鉏草茅之勞任,責於微薄之躬也。

反　照

反照開巫峽,寒空半有無。
已低魚復暗,不盡白鹽孤。
荻岸如秋水,松門似畫圖。
牛羊識童僕,既夕應傳呼。

【集注】

"寒空"句:(陳案:寒,《四庫全書》本作"塞"。形誤。《補注杜詩》《全唐詩》作"寒"。)

"已低"句:"魚復",縣名。

"不盡"句:"白鹽",山名。

"荻岸"四句:"松門",地名。　趙云:按:梁元帝《纂要》曰:"日落西,光反照於東,謂之反景。""開巫峽",則巫峽在東故也。"開",則開豁之義。"荻岸如秋水",豈荻花密布,如"秋水"之翻波乎?《詩》:"日之夕矣,牛羊下來。"

向　夕

畎畝孤城外，江村亂水中。
深山催短景，喬木易高風。
鶴下雲汀近，雞栖草屋同。
琴書散明燭，長夜始堪終。

【集注】

"畎畝"八句：趙云："畎"遂溝洫，田水之名也。"畎畝"，則畎之畝也。　　新添：《西京雜記》：始元元年，黃鶴下太液池，上爲歌曰："黃鶴飛兮下建章。"云云。潘岳《寡婦賦》："雀群飛而赴楹兮，雞登栖而歛翼。"《詩》："雞栖於塒。"

曉　望

白帝更聲盡，陽臺曉色分。
高峰寒上日，疊嶺宿霾雲。
地坼江帆隱，天清木葉聞。
荊扉對麋鹿，應共爾爲群。

【集注】

"陽臺"句：(陳案：曉，《補注杜詩》《全唐詩》作"曙"。)

"高峰"二句：師云：一作"高峰初上日，疊嶺未收雲"。

"地坼"四句：趙云："白帝"者，白帝城也。"陽臺"，則宋玉所謂"陽臺之下"是已。"地坼"，言江闊也，故"江帆""隱"於其中耳。"陽臺"在下流之左邊，帆則出峽。所用題云"曉望"，則皆遠望之，想其如此也。沈休文《宿東園》詩："荊扉新且故。"史云："貔虎爲群"也。(陳案：史，指《後漢書》。)

覃山人隱居

南極老人自有星,北山移文誰刻銘?
徵君已去獨松菊,哀壑無光留户庭。
予見亂離不得已,子知出處必須經。
高車駟馬帶傾覆,悵望秋天虛翠屏。

【集注】

"南極"句:見三十三卷"甘作老人星"注。

"北山"句:(陳案:刻,《補注杜詩》《全唐詩》作"勒"。刻,《説文》:"鏤也。"即雕刻義。勒,《説文》:"馬頭絡銜也。"假借有雕刻義。《釋名·釋言語》:"勒,刻也,刻識之也。") 趙云:"老人星",一名南極,在井、柳之中,乃南方之星。今言"覃山人"本隱此地,蓋自是"南極"之"老人星"矣,而乃捨所隱以去,爲可罪也,乃用《北山移文》事譏之。《齊書》:孔稚圭,字德璋。周彦倫隱鐘山,後應詔而出。德璋作《北山移文》,其文云:"馳煙驛路,勒移山庭。""南極老人"貼以有"星",《天文志》每云:"有星大如某物。"《北山移文》貼以"勒銘",張載《劍閣銘》尾曰:"勒銘山阿。"

"徵君"句:陶潛爲"徵君"也。《歸去來》云:"松菊猶存。"此言"徵君",指覃山人。《漢·韓康》:"桓帝備玄纁之禮,以安車聘之。康不得已,許諾。辭安車,自乘柴車,先發至亭。亭長以韓徵君當過,方儵道橋。見康乘柴車幅巾,以爲田叟也,使奪其牛。康即釋駕與之。有頃,使者至,奪牛翁乃徵君也。"

"哀壑"句:殷仲文詩:"哀壑叩虛牝。" 趙云:明言"覃山人"也。漢、魏以來,隱士名之曰"徵君"。"獨松菊",則"松菊"徒在,而人不在也。"哀壑無光",乃《北山移文》所謂"誘我松竹,欺我雲壑"之意。(陳案:竹,《文選》作"桂"。)

"予見"二句:趙云:以己微諷之也。言我所以不仕,而流落於外,正"亂離"之故耳,而"覃山人"者何事而出哉?故又以能"經""出處"譏之。

"高車"句:揚雄《解嘲》云:"客徒欲朱丹吾轂,不知一跌赤吾之族。"于定國云:"少高大閭門,令容駟馬高蓋車。"

"悵望"句:《天台賦》:"摶壁立之翠屏。" 趙云:句則戒之深矣,恨之切矣!《北山移文》曰:"澗戶摧絶無與歸,石徑荒涼徒延佇。"所謂"悵望秋天虛翠屏"也。

柏學士茅屋

碧山學士焚銀魚,白馬却走身巖居。
古人已用三冬足,年少今開萬卷餘。
晴雲滿戶團傾蓋,秋水浮階溜決渠。
富貴必從勤苦得,男兒須讀五車書。

【集注】

"碧山"句:《北山移文》云:"焚芰製而裂荷衣。"

"白馬"句:趙云:柏君既為"學士"矣,乃"焚銀魚",而居於"茅屋"之下讀書。末句又方言及"富貴",豈唐有別科目而柏君將應之邪?次公嘗觀《國史補》云:"縉紳雖位極人臣,不由進士者,終不為美。"又觀《盧氏瑣雜記》云:"杜昇自拾遺賜緋,却應舉及第,又拜拾遺,時號著緋進士。"則"柏學士"者,"焚銀魚"而別讀書,其所圖類此矣。"焚銀魚"三字,又做所謂"酌醴焚枯魚"。史有"巖居穴處"之士。(陳案:史,指《晉書》等。)

"古人"句:東方朔:"三冬文史足用。"

"年少"句:趙云:《南史》:"齊陸少玄家有父證書萬卷餘,張率盡讀其書。"《北史》:"魏穆士儒,其子容,少好學,求天下書,逢即寫錄,所得萬卷餘也。"公於仄聲,用"破"字。故詩云:"讀書破萬卷。"則"願乘長風破萬里浪"之"破"。今於平聲,當用"開"字。則如庾子嵩讀《莊子》,開卷一尺便止曰:"正與人意合。"

"晴雲"句:鄒陽"頃蓋如故"。傾蓋若浮雲。

"秋水"句:張景陽:"階下伏泉通,階上水衣生。"陸士衡:"豐注溢脩雷,黄潦侵階除。雲陰結不解,通衢化爲渠。"(陳案:黄、雲,《文選》作"潢""停"。)　　趙云:用"傾蓋"字,因以見與柏君初相見也。《家語》曰:孔子之郯,遭程先生於途。傾蓋而語,終日盡歡。""秋水浮階溜決渠",則正道其事。《史記》:"荷插如雲,決渠如雨。"

"男兒"句:《莊子·天下篇》云:"惠施多方,其書五車。"

大曆二年九月三十日

爲客無時了,悲秋向夕終。
瘴餘夔子國,霜薄楚王宫。
草敵虛嵐翠,花禁冷葉紅。
年年小摇落,不與故園同。

【集注】

"瘴餘"句:魚復,古夔子國。
"霜薄"句:蘭臺宫。
"草敵"四句:趙云:陸機云:"吾將老而爲客。"題是"九月三十日",則"秋"之可悲者,"向"今"夕"而終盡也。夔州,古"夔子國"。按:《寰宇記》:"巫山縣有楚宫,云襄王所遊也。""草敵虛嵐翠",言草色之"翠",與嵐光相"敵"也。"花禁冷葉紅",言花之"紅",與"葉"俱耐冷也。如"敵"字、"禁"字,可謂奇矣。末句蓋言楚地〔多〕暖,雖秋而草木不甚衰,特小小"摇落"耳。此其所以異"故園"也。

十月一日

有瘴非全歇,爲冬不亦難。
夜郎溪日暖,白帝峽風寒。
蒸裹如千室,燋糟幸一柈。

茲辰南國重,舊俗自相歡。

【集注】

"爲冬"句:(陳案:不亦,《全唐詩》作"亦不"。一作不"亦"。)

《左傳》:晉侯謂里克曰:"爲子君者,不亦難乎?"

"夜郎"句:"夜郎",西南夷也。捷爲有夜郎溪。

"蒸裹"句:峽俗以"蒸裹"爲節物。

"燋糟"句:糟:一作"糖"。　薛云:右按:元微之詩:"雜蓴多剖鱔,和黍半蒸菰。"此與"蒸裹"無異。"柈"與"盤"同。又,《抱朴子》曰:"土柈瓦甗,無救朝飢。"

"茲辰"二句:趙云:時已"十月"矣,而"瘴"尚未"全歇",所以爲冬候之"難"。"蒸裹""燋糖",皆夔州"十月一日"之事如此也。《論語》:"千室之邑。""一柈",按字書,乃俗"盤"字之真者也。夔人以十月旦爲初冬節,以飲食相餽遺云。

戲作俳諧體遣悶二首

右一

異俗吁可怪,斯人難并居。
家家養烏鬼,頓頓食黃魚。
舊識難爲態,新知已暗疏。
治生且耕鑿,只有不關渠。

【集注】

"戲作"句:枚皋自"言爲賦乃俳,見視如倡"。東方朔"應諧以倡,依隱玩世"。(陳案:以倡,《後漢書》作"似優"。)

"異俗"二句:《禮記》:"廣谷大川異制,民生其間異俗。"

"家家"二句:杜云:元稹詩曰:"病賽烏稱鬼,巫占瓦代龜。"注:"南人染病,競賽烏鬼。楚巫列肆,悉賣瓦卜。"夢符之說是。　趙云:詩蓋非美之者。《魯靈光賦》:"吁其可畏。""烏鬼",頗有衆說。舊注云:"峽俗養烏頭鬼,祭之以人。"則"養"又當讀爲供養之"養"。沈存中云:"峽人謂鸕鷀爲烏鬼。"薛夢符云:"楚人信巫,以烏爲鬼耳。"杜時可引元稹詩,其說是。蓋此在元稹《長慶小集》。所謂注,則稹自注也。稹與杜公同是唐人,聞見如此,豈不足證邪?或云:"烏蠻之鬼。"

"舊識"二句:《左傳·襄二十九年》:"季札聘於鄭,見子產如舊識。"《舊唐書》:"隰城尉房玄齡謁世民於軍門,世民一見如舊識。"

"治生"二句:趙云:"態"字即一貴一賤,乃見交態之"態"也。"難"與之"爲態",則其人之薄矣。《楚詞》曰:"樂莫樂於新相知。"而至於己"暗踈",則其人之薄又可知,故有末句之激憤也。《莊子》云:"鑿井而飲,耕田而食。"自給,不復與薄俗相關也。

右二

西歷青羌坂,南留白帝城。
於菟侵客恨,粔籹作人情。
瓦卜傳神語,畬田費火耕。
是非何處定,高枕笑浮生。

【集注】

"於菟"句:楚人謂虎爲"於菟"。

"粔籹"句:《薛補遺》曰:按:宋玉《招魂》云:"粔籹蜜餌,有餦餭些。"注:"粔籹,以蜜和米煎作之。粔,音奇舉切。籹,音女。"

"瓦卜"句:巫俗擊瓦,觀其文理分折,(陳案:折,《補注杜詩》作"析"。)以定吉凶,謂之"瓦卜"。

"畬田"句:耕,一作"聲"。 《史記》:"火耕水耨。"

"是非"二句:頃歲自秦涉隴,從同谷縣出遊蜀,留滯於巫山。

趙云:元稹詩兩句,一句是公前篇"烏鬼"一事,一句是今篇"瓦卜"之事。豈因巫俗如此,而句出於杜公乎?"畬",燒田也。舊本作"費火聲",師民瞻取一作"火耕",是。末句言風俗處處不同,孰是孰非,烏有"定"乎?但付之一睡而已。于此自笑其流徙之多也。《吕后紀》:酈寄說吕禄曰:"足下高枕而王千里,此萬世之利也。"

刈稻了詠懷

稻穫空雲水,川平對石門。
寒風疏草木,旭日散雞豚。
野哭初聞戰,樵歌稍出村。
無家問消息,作客信乾坤。

【集注】

"川平"句:《南都賦》:"緣以劍閣,阻以石門。"(陳案:南,《文選》作"蜀"。)

"寒風"句:(陳案:草,《全唐詩》作"落"。一作"草"。)

"旭日"句:《詩》:"旭日始旦。"《孟子》:"雞豚狗彘。"

"無家"二句:趙云:按《寰宇記》:"歸州巴東縣,有石門山。"則亦去之遠矣。豈眼前所見之"石門"者邪?舊注:"石門在漢中之西,褒中之北。"豈干夔州事哉?

瞿塘兩崖

三峽傳何處,雙崖壯此門。
入天猶石色,穿水忽雲根。
猱玃鬚髯古,蛟龍窟宅尊。
羲和冬馭近,愁畏日車翻。

【集注】

"蛟龍"句:《江賦》:"瑰奇之所窟宅。"

"羲和"句:冬:一作"驂"。　《天台賦》:"羲和亭午。"

"愁畏"句:趙云:言三峽之中,"何處"有"雙崖"之"壯"乎?乃

"壯"于"此門"也,非直謂"瞿塘"便是三峽之處矣。兩面壁立而高插天,故云"入天猶石色"。"雲根",亦以言石。《傳》云:"五岳之雲,觸石而出。"故石謂之"雲根"。張孟陽詩曰:"雲根臨八極,雨足散四溟。"是也。其後唐人多使"雲根"字以名石。公詩又曰:"井邑聚雲根"也。《王維傳》:"維善爲石色。"《淮南子》注云:"日乘車,駕以六龍,羲和爲之馭。"故末句云:"羲和冬馭近,愁畏日車翻。"以山之高,故曰去之"近"。然冬日景短,故畏其"車翻"去。"日車翻"字,李尤歌曰:"安得猛士翻日車。"(陳案:猛,《藝文類聚》作"力"。)尤之言"翻",則"翻"之使回。今公言"翻",則曰"翻"而去也。舊本:一作"駿馭近"。非。

柳司馬至

有使歸三峽,相過問兩京。
函關猶出將,渭水更屯兵。
設備邯鄲道,和親邏逤城。
幽燕唯鳥去,商洛少人行。
衰謝身何補,蕭條病轉嬰。
霜天到宮闕,戀主寸心明。

【集注】

"柳司馬"句:此詩言中原用兵,民未安定也。
"相過"句:"兩京",雍、洛。
"設備"句:漢文帝謂慎夫人曰:"此〈北〉走邯鄲道。"
"和親"句:逤:一作"些"。　薛云:右按:"邏逤",作邏娑。薛仁貴爲邏娑道行軍總管。　《杜補遺》云:"邏些",吐蕃都城名也。《唐舊史》:吐蕃本南涼禿髮之後,語訛謂之吐蕃。其國都城號爲邏些。《新唐史》云:吐蕃贊普居跋布川,或邏娑川。
"幽燕"二句:趙云:"函關""出將","渭水""屯兵","和親"與"商洛少人",皆因吐蕃而然矣。其云"設備邯鄲道",則在趙州。又云"幽燕唯鳥去",則北地猶不通。豈以安、史雖滅,而藩鎮相繼跋扈耶?

"蕭條"句:劉公幹:"余嬰沈痼疾。"

孟　冬

殊俗還多事,方冬變所爲。
破柑霜落爪,嘗稻雪翻匙。
巫岫寒都薄,烏蠻瘴遠隨。
終然減灘瀨,暫喜息蛟螭。

【集注】

"破柑句"(陳案:柑,《全唐詩》作"甘"。一作"瓜"。)

"烏蠻"句:烏蠻:一作"黔溪"。

"暫喜"句:《南都賦》:"憚夔龍兮怖蛟螭。"　　趙云:在中原時,固應接"多事"矣。雖在"殊俗",却"還多事"也。"方冬變所爲",則至冬而後"變所爲"也。"破柑""嘗稻",方是"變所爲"矣。"寒""薄",則楚地暖故也。故老言施州無瘴,黔州有"瘴"。黔州在夔之南,則其"瘴"殆及夔矣。

悶

瘴癘浮三蜀,風雲暗百蠻。
卷簾唯白水,隱几亦青山。
猿捷長難見,鷗輕故不還。
無錢從滯客,有鏡巧催顏。

【集注】

"猿捷"句:《蜀都賦》:"猿狖騰希而競捷。"

"無錢"二句：趙云：夔州詩而言，"三蜀"之下，"百蠻"之北，廣言之也。《西清詩話》曰："人之好惡，固自不同。子美在蜀作《悶》詩，乃云：'捲簾唯白水，隱几亦青山。'若使余居此，應從王逸少語，吾當卒以樂死，豈復更有'悶'耶？"次公以此乃駴男女之語。方流落蠻裔，寂寞之中，雖"白水""青山"，日日對之，亦豈不"悶"耶？

雷

巫峽中宵動，滄江十月雷。
龍虵不成蟄，天地劃爭迴。
却碾空山過，深蟠絕壁來。
何須妬雲雨，霹靂楚王臺。

【集注】

"巫峽"二句：陸士衡："迅雷中宵激，驚電光夜舒。"
"龍虵"句：《易》："龍虵之蟄，以存身。"
"何須"二句：趙云："十月雷"，非其時矣，故驚起"龍虵"之"蟄"，而變易"天地"之常也。雷之不時，若"妬"神女之爲"雲雨"，而"霹靂"以震之也。

冬至

年年至日長爲客，忽忽窮愁泥殺人。
江上形容吾獨老，天涯風俗自相親。
杖藜雪後臨丹壑，鳴玉朝來散紫宸。
心折此時無一寸，路迷何處是三秦。

【集注】

"江上"句：屈原放於江潭，形容枯槁。

"鳴玉"句:《西征賦》:"飛翠緌,拖鳴玉,以出入禁門者,衆矣。"
"心折"句:《別賦》:"使人意奪神駭,心折骨驚。"
"路迷"句:趙云:"紫宸",殿名,在東内大明宫。"心",方寸之地,故曰寸心。今句言"一寸",可謂巧矣。

小　　至

天時人事日相催,冬至陽生春又來。
刺繡五絃添弱線,吹葭六琯動浮灰。
岸容待臘將舒柳,山意衝寒欲放梅。
雲物不殊鄉國異,教兒且覆掌中杯。

【集注】

"冬至"句:《孝經援神契》曰:"冬至陽氣萌"。
"刺繡"二句:(陳案:絃,《白虎通義·禮樂》引《樂記》:"絲曰絃。"《全唐詩》作"紋"。一作"文"。)　　師云:"刺繡"之工,以添線,準日晷之長短耳。《續漢書》:"以葭莩灰實律之端,候之。氣至,則灰飛〈而琯通〉。"(陳案:實、飛,《後漢書》作"抑""去"。)"六琯",六律也。
師云:《物理志》:以十二律候氣,先於平地作三重室,爲三重壁。《揚子》所謂九閉之中。以河内葭灰寶其端,氣至吹灰也。
"雲物"句:《左傳》:"分至啟閉,必書雲物。"
"教兒"句:趙云:《史記》曰:"刺繡文,不如倚市門。"《世說》載:過江諸人,暇日出新亭飲宴。周侯中坐而嘆曰:"風景不殊,舉目有江河之異。""掌中杯",則飲者之掌中也。豈以感傷"鄉國異"之故,雖父子之間,亦教令且盡飲酒也。鮑明遠《三日》詩云:"臨流競覆杯。"又,《秋夜》詩云:"願君翦衆念,且共覆前觴。"

舍弟觀赴藍田取妻子到江陵,喜寄三首

右一

汝迎妻子達荆州,消息真傳解我憂。
鴻雁影來連峽內,鶺鴒飛急到沙頭。
燒關險路今虛遠,禹鑿寒江正穩流。
朱紱即當隨綵鷁,青春不假報黃牛。

【集注】

"鴻雁"句:《古詩》:"弟兄鴻雁序。"
"鶺鴒"句:《詩》:"鶺鴒在原,載飛載鳴。"
"燒關"句:《杜正謬》:"燒關",當作"嶢關",音堯,在峽右。《漢書》言"秦兵拒嶢關"。注:"在上洛北、藍田南、武關之西。"
"禹鑿"句:《江賦》云:"巴東之峽,夏禹疏鑿。"
"朱紱"二句:趙云:"險路今虛遠",言"觀"所已經之地,故今"虛遠"矣。公爲尚書工部員外郎,賜緋魚袋,故屢言"朱紱"。"綵鷁",舟也。《淮南子》曰:"龍舟鷁首。"高誘注曰:"鷁,大鳥也。畫其象著船首。""黃牛"者,峽名,在宜都西陵峽中。"青春"之時,船定行而經過也。

右二

馬度秦山雪正深,北來肌骨苦寒侵。
他鄉就我生春色,故國移居見客心。
歡劇提攜如意舞,喜多行作白頭吟。
巡簷索共梅花笑,冷蕊踈枝半不禁。

【集注】

"馬度"句:度:一作"瘦"。
"歡劇"句:一云:"王戎好作如意舞。"

"喜多"句:(陳案:作,《補注杜詩》《全唐詩》作"坐"。)

"巡簷"二句:趙云:弟"觀"移居來楚,乃所以就公一處也。"春色""生"之時,蓋公自峽往荊,卜以春時矣。"故國",人情之所不忍離也,以不得已而來。兄弟相聚,則"客心"可見矣。《白頭吟》,雖是文君有此作,其後爲樂府,則言君臣朋友之不終。今公所用,但以老而吟詠耳。

右三

> 庾信羅含俱有宅,春來秋去作誰家。
> 短墻若在從殘草,喬木如存可假花。
> 卜築應同蔣詡徑,爲園須似邵平瓜。
> 比年病酒開涓滴,弟勸兄酹何怨嗟。

【集注】

"庾信"二句:《杜補遺》:"庾信"宅,即宋玉故宅,見《送李功曹之荊州》詩注。余知古《渚宮故事》:羅含,字君章,爲桓溫別駕。於江陵城西三里小洲上,立茅屋而居。後安成王在鎮,以其宅借錄事劉朗之。見一丈夫,衣冠甚偉。朗之驚問,忽然失之。朗之後以罪見黜,人謂君章有神也。

"卜築"句:《三輔決錄》:蔣詡舍中竹下,惟開三徑。羊仲、求仲,從與之遊。

"比年"二句:(陳案:酹,《補注杜詩》《全唐詩》作"酬"。《正字通》:"酹,俗酬字。") 趙云:庾信《哀江南賦》云:"誅茅宋玉之宅。""喬木猶存可假花",則宅既古矣。所餘"喬木",可種柔蔓之花,假于其上,蓋如金沙、荼蘼之屬乎?《蕭何傳》:"邵平,故秦東陵侯。秦破,爲布衣,種瓜長安城東。瓜美,世俗謂之東陵瓜。""比年病酒開涓滴",則前此《江樓夜宴》云:"老人因酒病,堅坐看君傾。"至此方欲"開""酒"矣。

夔州歌十絕句

右一

中巴之東巴東山，江水開闢流其間。
白帝高爲三峽鎮，夔州險過百牢關。

【集注】

"白帝"句："三峽"，瞿唐、巫山、黃牛。

"夔州"句：《杜補遺》《圖經》云："百牢關"，孔明所建，故基在今興元西縣，兩壁山相對六千里。緣江乃入金牛、益昌。路爲入川之隘口。此瞿唐兩崖壁立，大江中流，無路可行，非舟莫濟，固有間矣。

趙云："巴"本春秋之國，其地今閬州。按：《水經》載：劉璋分三巴，有中巴，有巴西，有巴東。今綿州曰巴西郡，歸州曰巴東郡，而夔州則"中巴"矣。吳主嘗見呂岱說步騭，言北欲以沙囊塞江，每讀其表，輒獨失笑：此江自開闢以來，寧可以囊塞之乎？"三峽"者，明月峽、巫峽、歸鄉峽也。《忠州》詩下，峽固有三，而白帝城極高山之上，故爲之"鎮"。

右二

白帝夔州各異城，蜀江楚峽混殊名。
英雄割據非天意，霸王并吞在物情。

【集注】

"白帝"句：公孫述自稱白帝，故夔有白帝城。

"英雄"二句：趙云：上兩句通義。"白帝"以言公孫述之城，"夔州"以言劉備之城，蓋永安宮所在也。白帝城在瀼之東，夔州城在瀼之西，此所以爲"異城"。上流而爲"蜀江"，下流而爲"楚峽"。雖楚、蜀之名不同，而二人之城皆臨之。以公孫述言之，其國號成。以劉備言之，其國號漢。二城既臨江與峽，則無復分"蜀江""楚峽"之名矣，故言"混殊名"。"英雄割據非天意"，則言天豈容其"割據"乎？"在物情",則人必有順不順焉。"王"字,去聲。范彥龍詩:"物情棄疵賤。"阮籍曰:"時無英雄。"陸士衡《辨亡論》:"故遂割據山川。"賈誼《過秦論》云:"有并吞八荒之心。"

右三

群雄競起向前朝,王者無外見今朝。
比訝漁陽結怨恨,元聽舜日舊簫韶。

【集注】

"群雄"二句:《公羊傳》曰:"天王出居于鄭。王者無外。此其言'出'何?不能乎母〈弟〉也。"(陳案:于,《公羊傳》作"乎"。)《東都賦》:"子徒識函谷之可閉,不知王者之無外。"

"比訝"句:"漁陽",祿山舊鎮。

"元聽"句:趙云:師民瞻本作"聞前朝",極是。蓋"聞"者,對見之辭也。陸機《辨亡論》云:"群雄(鋒)〔蜂〕駭。"又,《選》有:"群妖競逐。"今參用之。"聞前朝"者,乃指言已前之代也。"王者無外見今朝",所以美當日唐朝之時也。"舊簫韶",則比《霓裳》舞衣之新曲。此句又含舊,美中有刺如此。

右四

赤甲白鹽俱刺天,閭閻繚繞接山巔。
楓林橘樹丹青合,複道重樓錦繡懸。

【集注】

"赤甲"句:《南都賦》:"森莘莘而刺天。"

"楓林"句:《西京雜記》:"中南山有樹,長安謂之丹青樹也。"(陳案:中,《西京雜記》作"終"。) 趙云:"楓"青而"橘"丹也。

右五

瀼東瀼西一萬家,江北江南春冬花。
背飛鶴子遺瓊蘂,相趁鳧雛入蔣牙。

【集注】

"瀼東"四句:其草則蔣蒲葭。　　趙云:按:酈道元《水經注》云:白帝山東傍東瀼溪,即以爲隍。今所謂"瀼東、瀼西",則一東瀼溪,而其溪之左右,分之曰"瀼東、瀼西"耳。李陵《贈蘇武別》詩曰:"雙鳧相背飛,相遠日已長。"又劉孝綽詩:"持此連理樹,暫作背飛鴻。"《楚詞》云:"屑瓊蘂以爲糧。"《西京賦》:"屑瓊蘂以朝餐。"指言玉英。而陸士衡《擬古》詩云:"上山采瓊蘂,空谷饒芳蘭。"則花之白者爲"瓊蘂"矣。"蔣"字,韻書在于平聲之下,亦通上聲。《西京雜記》曰:"太液池,其鳧雛、鶴子,布滿充積。"又,木玄虚《海賦》:"鳧雛離褷,鶴子淋滲"也。

右六

東屯稻畦一百頃,北有澗水通青苗。

晴浴狎鷗分處處,雨隨神女下朝朝。

【集注】

"晴浴"句:孫綽詩:"物我俱忘懷,可以狎鷗鳥。"

"雨隨"句:《高唐賦》:"朝朝暮暮,陽臺之下。"　　趙云:《列子》:"海上有人狎鷗者。"

右七

蜀麻吴鹽自古通,萬斛之舟行若風。

長年三老長歌裏,白晝攤錢高浪中。

【集注】

"長年"句:峽人以船頭把篙相水道者曰"長年",正梢者曰"三老"。

"白晝"句:《杜補遺》:《梁冀傳》:"能意錢之戲。"注:何承天:"射數,即攤錢也。"

右八

憶昔咸陽都市合,山水之圖張賣時。

巫峽曾經寶屏見,楚宮猶對碧峰疑。

【集注】

"憶昔"四句:趙云:"咸陽",指言長安也。"楚宮猶對碧峯疑",言昔畫圖上見"楚宮",今對"碧峰",猶"疑"是舊所見之畫也。

右九

武侯祠堂不可忘,中有松柏參天長。
干戈滿地客愁破,雲日如火炎天涼。

【集注】

"武侯"四句:趙云:"松柏參天長",則夔州武侯廟有之也,正與古詩《古柏行》"黛色參天二千尺"同。今詩兼言"松柏",則又據眼前所見矣。古本《孟子》云:"泰山之高,參天如雲。"而曹子建詩:"荆棘上參天。""干戈"雖"滿地",而見此"松柏",可以使"客愁破"。"雲日"雖"如火",而見此"松柏",可以使"炎天涼",此其所以"不可忘"也。

右十

閬風元圃與蓬壺,中有高堂天下無。
借問夔州壓何處,峽門江腹擁城隅。

【集注】

"閬風"二句:《南都賦》:"崑崙無以侈,閬風不能踰。"

"借問"二句:趙云:《葛仙公傳》曰:"崑崙,一曰玄圃,一曰積石瑤房,一曰閬風臺,一曰華蓋,一曰天柱,皆神仙所居也。"《列子》曰:"渤海之東,有大壑焉。中有五山,一曰岱輿,二曰員嶠,三曰方壺,四曰瀛洲,五曰蓬萊。"末句稱美夔,則直以崑崙之閬風、玄圃,海山之蓬萊、方壺比之矣。

雨

冥冥甲子雨,已度立春時。

輕箑煩相向，纖絺恐自疑。
煙添纔有色，風引更如絲。
直覺巫山暮，兼催宋玉悲。

【集注】

"冥冥"句：《楚辭》："雷填填兮雨冥冥。"

"輕箑"句：《秋興賦》："于時乃屏輕箑。"

"纖絺"句：《秋興賦》："釋纖絺。"注："絺，〔細〕葛也。" 趙云：兩句憂之之辭也。與《人日》詩云："元日到人日，未有不陰時。"其用意同。何以言之？唐諺云："春雨甲子，赤地千里。"言春"甲子"而"雨"，旱之祥也。按：《資治通鑑》："大曆二年正月辛亥朔，至十三日甲子，但不知立春在前，相去幾日，以無長曆考之也。"扇可用，"絺"可著，則是日雖"雨"而氣暄，固憂其爲旱矣。

"風引"句：張景陽："騰雲似湧煙，密雨如散絲。"

"兼催"句：趙云："兼催宋玉悲"，"催"則不必待秋至，而此"雨"已可"催"之也。

奉送蜀州柏二別駕將中丞命，赴江陵起居衛尚書太夫人，因示從弟行軍司馬位

中丞問俗畫熊頻，愛弟傳書綵鷁新。
遷轉五州防禦使，起居八座太夫人。
楚宮臘送荆門水，白帝雲偷碧海春。
與報惠連詩不惜，知吾斑鬢總如銀。

【集注】

"中丞"二句：漢制：刺史車"畫熊"于軾。

"遷轉"二句：後漢以六曹尚書，并令、僕二人，謂之"八座"。魏以

五曹尚書、二僕射、一令爲"八座"。宋與魏同。隋以六尚書、左右僕射，合爲"八座"。唐與同。《漢·文紀》注："列侯妻稱夫人，子復爲列侯，稱太夫人。子不爲列侯，則否。"

"與報"句：謝惠連，乃靈運之弟。

"知吾"句：《秋興賦》："斑鬢彪以承弁，素髮颯以垂領。" 趙云：《杜位宅守歲》云："守歲阿咸家。"則阿咸乃"位"之小名耳，非姪也。夔州刺史，謂"中丞"者也。"愛弟傳書綵鷁新"一句，言"蜀州柏二別駕"，應是"中丞"之親。"綵鷁新"，則新其舟而往也。"五州防禦使"，必是"中丞"者如此。蔡伯世以此篇爲大歷元年冬之作。稱按《唐史·方鎮年表》："夔州兼峽、忠、歸、萬五州防禦使，隸荆南節度。"故其詩曰："遷轉五州防禦使。"今取《方鎮年表》觀之，乃乾元二年，以夔、峽、忠、歸、萬五州隸夔州。廣德二年，置夔、忠、涪都防禦使。於大歷未嘗有載。"楚宮臘送荆門水"，指言荆州。而"楚宮臘送"其"水"，自夔州而往故也。"白帝雲偷碧海春"，却以言時當白帝之春耳。東方朔《十洲記》曰："東有碧海。""惠連"，以言"弟行軍司馬"也。

卷三十三

(宋)郭知達 編

近體詩

太歲日

楚岸行將老,巫山坐復春。
病多猶是客,謀拙竟何人。
閶闔開黃道,衣冠拜紫宸。
榮光懸日月,賜與出金銀。
愁寂鴛行斷,參差虎穴鄰。
西江元下蜀,北斗故臨秦。
散地逾高枕,生涯脫要津。
天邊梅柳樹,相見幾回新。

【集注】

《太歲日》:趙云:元日謂之"太歲日",蓋當年"太歲"之始"日"也。

"楚岸"二句:"巫山"屬夔州,楚置巫山郡。秦昭三十年伐楚,取黔中巫郡。是也。漢爲巫郡。今縣北有巫山,即《楚詞》所謂"巫山之陽,高丘之阻"。

"謀拙"句:顏延年:"存沒竟何人,炯介在明淑。"

"閶闔"句:丘希範《侍宴樂遊苑》:"詰旦開閶闔,馳道聞鳳吹。"(陳案:開閶闔,《文選》作"閶闔開"。)《離騷》:"吾令帝閽開關矣,倚閶闔而望予。"曹植:"閶闔天衢通。"《前漢》:"遊閶闔,觀玉臺。天門開,恢蕩蕩。"(陳案:恢,《漢書》作"詼"。)《大人賦》:"排閶闔而入帝居。"楊烱賦:"閶闔開矣涼風嫋。"庾肩吾:"閶闔九門通。"

"衣冠"句:《唐》:韓皋爲中丞,常有所陳,必于紫宸殿。對百僚而請,未嘗詣便殿。卞柏玉《中書郎》詩曰:"躍鱗龍鳳池,揮翰紫宸裏。"

"榮光"句:《中候》曰:"榮光出河,休氣四塞。""榮光",即五色也。《易·繫》曰:"懸象著明,莫大乎日月。"《南史·王摛傳》:齊永明八年,天忽黄色照地。王融上《金天頌》,贊曰:"是非金天,所謂榮光。"武帝大悦。《前漢》:翼奉奏封事曰:"天地設位,懸日月,布星辰。"

"賜與"句:《蜀·先主傳》:"取蜀城中金銀〈錢〉,分賜將士。"趙云:陸机:"吾將老而爲客。""竟何人"而下,言朝見賀正矣。"閶闔",上帝門也。天子門亦爲之"閶闔"。"黄道",日所行之道。而天子之道,布黄土于上,亦爲之"黄道"。"衣冠",指言百官。"紫宸",正殿名。"榮光懸日月",則瞻天顔故也。《周禮》:"以待賜予。""與"與"予"同。《子虛賦》云:"錫碧金銀。"

"愁寂"句:《選》:"鴛鷺之行。"

"參差"句:班超曰:"不入虎穴,不得虎子。"劉安《招隱士》:"憭兮慄虎豹穴。"《吴》:吕蒙曰:"不探虎穴,安得虎子。"

"散地"句:王弼曰:"投戈散地。"

"天邊"二句:趙云:公嘗爲左拾遺,通籍朝見,今流落于外,故云"鴛行斷"。"虎穴鄰",則言其在夔州,乃與"虎穴"之相近也。公由蜀而欲往荆渚,今尚在夔,故曰"西江元下蜀",則可以乘舟而往矣。"北斗故臨秦",則可以往而瞻望其所不能,故自嘆也。長安,謂北斗城。一說,又有南斗城,蓋以像南斗、北斗之形。一說,長安上直北斗,蓋《廣雅》云:"北斗樞爲雍州。"今公所用句意,蓋上直"北斗"也。"散地",指言居夔州,是閒散之地也。"逾高枕",則恣意逾越而"高枕",言且就此一睡耳。"脱要津",則不在鴛鷺之列也。"天邊",又指夔州。公在夔州亦三年矣,故云"幾回新"。

元日示宗武

汝啼吾手戰,吾笑汝身長。

處處逢正月,迢迢滯遠方。
飄零還柏酒,衰病止黎牀。
訓喻青衿子,名慙白首郎。
賦詩猶落筆,獻壽更稱觴。
不見江東弟,高歌淚數行。

【集注】

"汝啼"五句:庾信《正旦蒙趙王賚酒》詩:"正旦辟惡酒,新年長命杯。柏葉隨銘至,椒花逐頌來。"(梁)庾肩吾《歲盡》詩云:"聊用柏葉酒,且奠五辛盤。"(陳案:用、且,《藝文類聚》作"開""試"。)集注:崔寔《四民月令》曰:"元日進椒柏酒。'椒'是玉衡星精,服之令人身輕能走。'柏'是仙藥。進酒次第,以年少者爲先。"

"衰病"句:(陳案:止,《補注杜詩》《全唐詩》作"只"。《助字辨略》卷三:"此'只'字義同'止',猶云'但'也。") 管寧家貧,坐黎牀欲穿,爲學不倦。 趙云:上兩句,在"元日"於父子言之,可爲當體而有情矣。"手戰",則老病也。"身長",則長大也。"啼""笑"之事,豈非換年而激父子之感乎?

"訓喻"句:《鄭·國風》:"青青子衿。"毛註:"青領也。學子之所服。"箋云:"父母在,衣純以青也。"

"名慙"句:(陳案:郎,《四庫全書》本作"即"。形訛。《補注杜詩》《全唐詩》作"郎"。) 《前漢》:"馮唐以孝著爲郎中。"左太冲《詠史》詩曰:"馮公豈不偉,白首不見招。"

"賦詩"句:吳質《牋》曰:"置酒樂飲,賦詩稱觴。"

"獻壽"句:潘安仁:"稱萬壽以獻觴。"

"不見"二句:公自注:"第五弟豐,漂泊江左,近無消息。" 趙曰:"青衿子",指言宗武。《詩》曰:"青青子衿。"蓋童子之服也。"白首郎",公自謂也。馮唐老而爲郎,顔駟亦老而爲郎。張平子《賦》云:"尉厖眉而郎潛。"是也。

遠懷舍弟穎觀等

陽翟空知處,荊南近得書。
積年仍遠別,多難不安居。
江漢春風起,冰霜昨夜除。
雲天猶錯莫,花萼尚蕭疏。
對酒都疑夢,吟詩正憶渠。
舊時元日會,鄉黨羨吾廬。

【集注】

"陽翟"句:"陽翟",屬潁川郡。夏禹所受封地。

"舊時"二句:陶潛詩:"吾亦愛吾廬。"　趙云:"荊南",則觀新所遷居也。"雲天猶錯莫",言若鴻鴈之飛而失遂。(陳案:遂,《杜詩引得》作"序"。)"花萼尚蕭疏",若言棠棣之花不相并,皆以興兄弟之離隔也。"江、漢"二水在"荊南"而會。

續得觀書,迎就當陽居止,正月中旬定出三峽

自汝到荊府,書來數喚吾。
頌椒添風詠,禁火卜歡娛。
舟楫因人動,形骸用杖扶。
天旋夔子峽,春近岳陽湖。
發日排南喜,傷神散北吁。
飛鳴還接翅,行序密銜蘆。
俗薄江山好,時危草木蘇。
馮唐雖晚達,終覬在皇都。

【集注】

"頌椒"句:(周)庾信《正旦》詩:"椒花逐頌來。"

"禁火"句:《荊楚歲時記》:去(東)[冬]節一百五日,即有疾風甚雨,謂之寒食,禁火三日。《琴操》:晋文公與介子綏俱遁。文公復國,子綏無所得,作《龍蛇之歌》而隱。文公求之,不得,乃焚山。子綏抱木而死。文公哀之,令人三月五日不得舉火。又周舉《移書》及魏武《明罰令》、陸翽《鄴中記》,并云:"寒食斷火,起于子推。"《琴操》所云,子綏即子推也。又云:"五月五日與今有異,皆因流俗所傳。"據《左傳》《史記》,并無介子推被火焚之事。案:《周禮》:"司烜氏,仲春以木鐸脩火,禁于國中。"注云:"爲季春將出火也。"今寒食節氣,是春之末,三月之極,然則"禁火",蓋周之舊制也。

"天旋"句:魚復,古"夔子峽"也。

"春近"句:"岳陽湖",在巴陵。 趙云:(晋)劉臻妻元日獻《椒花頌》。"焚火卜歡娱",則于寒食必相聚矣。

"飛鳴"句:《詩·棠棣》:"鶺鴒在原。"又,《小宛》:"題彼鶺鴒,載飛載鳴。"

"行序"句:《春秋繁露》:"鴈有行列。"《傳》云:"兄弟之齒鴈行。"《淮南子》曰:"鴈從風而飛,以愛氣力。銜蘆而飛,以避矰繳。"(陳案:從、飛字,《淮南子》作"順""翔"。)

"俗薄"四句:趙云:上句(陳案:指"發日"句。)言起發之日,安排往南而"喜"。次句則神情所"傷"者,北望長安而不得歸也。何遜詩云:"昏鴉接翅飛。""序",以鴈言之也。《古詩》:"兄弟鴻鴈行。""銜蘆",又以言防患難也。"馮唐",公以自比其白首爲郎。

將別巫峽,贈南鄉兄瀼西果園四十畝

苔竹素所好,萍蓬無定居。
遠遊長兒子,幾地別林廬。
雜藥紅相對,他時錦不如。

具舟將出峽,巡圃念攜鋤。
正月喧鷰未,茲辰放鷁初。
雪籬梅可折,風榭柳微舒。
託贈鄉家有,因歌野興疏。
殘生逗江漢,何處狎樵漁。

【集注】

"將別"句:趙云:舊本作"南鄉兄",唯師民瞻本作"南卿",或南宅、南位之"卿"也。

"萍蓬"句:木玄虛《海賦》:"萍流而蓬轉。"

"遠遊"二句:《論語》:"父母在,不遠遊。"《列子》言:"穆王肆意遠遊,命駕八駿之乘。"

"正月"句:(陳案:未,《全唐詩》作"末"。一作"末"。)

"茲辰"句:司馬相如《賦》:"浮文鷁,揚桂枻。"注:"鷁,水鳥。畫其象於舟首,以厭水神。"《淮南子》曰:"龍舟鷁首,天子之乘也。"

"託贈"四句:鄉:一作"卿"。　趙云:"果園四十畝",而公直舉以贈人。此一段美事,而古今未嘗揚揄。杜公之氣義,良可嘆也。"卿家"字,公于《馬》詩云:"卿家舊賜公有之。"蓋亦取《晋書》云:"卿自用卿家法"之語。末句"殘生逗江漢",則又將透過"江、漢"而去矣。

送大理封主簿五郎親事不合,却赴通州。主簿前閬州賢子,余與主簿平章鄭氏女子,垂欲納采,鄭氏伯父京書至,女子已許他族,親事遂停

禁臠去東牀,趨庭赴北堂。
風波空遠涉,琴瑟幾虛張。
渥水出騏驥,崑山生鳳凰。
〔兩〕家誠款款,中道許蒼蒼。

頗爲秦晉匹,從來王謝郎。
青春動才調,白首缺輝光。
玉潤終孤立,珠光得暗藏。
餘寒折花卉,恨別滿江鄉。

【集注】

"禁臠"句:《晉・謝混》:孝武帝爲晉陵公主求婿,謂王珣曰:"主婿但如劉真長、王子敬便足。"珣對曰:"謝混雖不及真長,不減子敬。"未幾,帝崩。袁崧欲以女妻之。珣曰:"卿莫近禁臠。"初,元帝始鎮建業,公私窘罄。每得一豚,以爲珍膳。項下一臠尤美,輒以薦帝,群臣未嘗敢食,于時呼爲禁臠,故珣因爲戲。《王羲之傳》:太尉郗鑒使門生求女婿于王導,導令就東廂偏觀子弟。門生歸,謂鑒曰:"王氏諸少并佳,然聞信至,咸自矜持。惟一人在東牀坦腹食,獨若不聞。"鑒曰:"正此佳婿耶!"訪之,乃羲之,遂以其女妻之。

"趨庭"句:《語》:"鯉趨而過庭。"《(廊)[衛]・詩・伯兮》:"焉得諼草,言樹之背。"註:"背,北堂也。"疏:"背者,向背之義。婦人所常處者,堂也。"《士昏禮》云:"婦洗在北堂。"註:"房半。" 趙云:"北堂",則母之堂也。

"風波"二句:幾:自注:音洎。《詩・常棣》:"妻子好合,如鼓瑟琴。"董仲舒:"琴瑟不調,必解而更張之。"

"渥水"二句:《漢・武》:"元鼎四年,馬生渥窪水中。"

"崑山"句:《東京賦》:"舞丹穴之鳳凰。" 趙云:《葛仙公傳》曰:"崑崙,一名積石瑶房。"古本《莊子》載老子曰:"吾聞南方有鳥,其名爲鳳。所居積石千里。"則"崑山"可以言"生鳳凰"矣。舊注却是"丹穴"也矣。

"頗爲"句:《襄・二十七年傳》:趙孟曰:"晉、楚、齊、秦匹也。"又:"秦、晉匹也,何以卑我?"

"從來"句:《晉》:江左以王、謝爲冑族,嘗通婚。

"玉潤"句:《晉》:樂廣,人謂之水鏡。女婿衛玠,時號玉人。故時語曰:"婦翁冰清,女婿玉潤。"(陳案:翁,《晉書》作"公"。)

"珠光"句:(陳案:光,《補注杜詩》《全唐詩》作"明"。) 《漢》:

鄒陽云:"明月之珠,以暗投人于道,衆莫不按劍相眄。"

"餘寒"二句:趙云:"禁臠去東牀",言"親事不合"也。"趨庭赴北堂",言往"通州"也。"珠光得暗藏",又以紀封君之美而不投合也。末句則所以記"別"也。

人日兩篇

右一

元日到人日,未有不陰時。
冰雪鶯難至,春寒花較遲。
雲隨白水落,風振紫山悲。
蓬鬢稀疏久,無勞比素絲。

【集注】

"人日"句:前五後七。董勛《問俗禮》曰:"正月一日爲雞,二日爲狗,三日爲豬,四日爲羊,五日爲牛,六日爲馬,七日爲人。"則正旦畫雞於門,七日鏤人戶上,良以此也。

"元日"二句:趙云:《西清詩話》云:"都人劉克,窮該典籍,嘗與客論云:'元日至人日,未有不陰時。人知其一,不知其二。四百年惟子美與克會耳。'起就架上取書示客,曰:'此東方朔《占書》也。歲後八日:一日爲雞,二日爲犬,三日爲狗豕,四日爲羊,五日爲牛,六日爲馬,七日爲人,八日爲穀。其日晴,主所生之物育;陰,則災。少陵意謂天寶罹亂,四方雲擾,幅裂人物,歲歲俱災。此《春秋》書王正月意耶?深得古人用心如此。'"次公謂:歲八日之名,董勛《問俗禮》之書所云,載《初學記》。其專指東方朔《占書》,雖亦是矣,必謂"天寶罹亂,歲歲俱災",則非。蓋公作此詩,在今歲大曆三年,自天寶十四載禄山之亂抵此,凡十三次見春矣,豈有歲歲正月不晴八日者乎?

"冰雪"二句:趙云:"鶯"以"冰雪"而未至,"花"以"春寒"而開遲,此所以成上兩句之言"陰"也。"未有不陰時",止言見今所逢之歲,自一日至七日,無一日而"不陰"爾。

"雲隨"二句:趙云:"白水",蓋水之白色。如晉文公云:"所不與舅氏同心,有如白水。""紫山",則公前篇云:"紫崖奔處黑"也。《莊子》云:"風振海而不能驚也。"

"蓬鬢"二句:趙云:以其"稀疏",則欲比"素絲"而不得,所以重自傷也。

右二

　　此日此時人共得,一談一笑俗相看。
　　罇前柏葉休隨酒,勝裏金花巧耐寒。
　　佩劍衝星聊暫拔,匣琴流水自須彈。
　　早春重引江湖興,直道無憂行路難。

【集注】

"罇前"句:見《元日示宗武》註。

"勝裏"句:"人日造花勝相遺",起于晉代,見賈充《李夫人曲》,(陳案:曲,《荆楚歲時記》作"典戒"。)云:"像瑞圖金勝之形。又像西王母戴勝也。"《歲時記》:"人日,以七種菜爲羹,剪綵爲花勝以相遺,或縷金薄爲人勝以像瑞圖之形。"　趙云:"休隨酒",則元日過矣,故休止"柏葉"之"隨酒"也。

"佩劍"句:《晉·輿服志》:"漢自天子至百官,無不佩劍。其後唯朝帶劍。"

"早春"二句:趙云:"拔""佩劍""彈""匣琴",則所以寄其愁也。《晉書》:"斗牛之間有紫氣。"雷煥曰:"寶劍之精,上徹于天。""流水",則伯牙"志在流水",而鍾子期曰:"湯湯哉者也!""引江湖興",則將出峽而往也。《行路難》,古曲名,言以直道行之,無地而不可往,故行路爲不足憂也已。

江　梅

　　梅蘂臘前破,梅花年後多。

絕知春意好,最奈客愁何?
雪樹元同色,江風亦自波。
故園不可見,巫岫鬱嵯峨。

【集注】

"梅蘂"八句:(陳案:好,《全唐詩》同。一作"早"。) 陸機樂府:"雲山鬱嵯峨。"潘安仁:"崇崗鬱嵯峨。"陸士衡:"崇山鬱嵯峨。"

趙云:"江梅"者,江邊之梅也。如在嶺,則曰嶺梅;在山,則曰山梅;在野,則曰野梅;官中所種,則曰官梅。而後之學者,凡見梅,便謂之"江梅",誤矣。"雪樹",則雪中之樹木也。

庭　草

楚草經寒碧,庭春入眼濃。
舊低收葉舉,新掩卷牙重。
步履宜輕過,開筵得屢供。
看花隨節序,不敢強爲容。

【集注】

《庭草》:趙云:隋煬帝善屬文,而不欲人出其右。爲《燕歌行》,群臣皆以爲莫及。王胄獨不下帝,因以被害。帝誦其佳句曰:"庭草無人隨意綠,能復道耶!"故公取"庭草"以名題。

"楚草"八句:趙云:"舊低收葉舉",言"舊"低俯而收歛之"葉",以春而"舉"也。"新掩卷牙重",言新掩蔽而韜卷之"牙",以春而"重"也。句可謂新奇矣。"開筵得屢供",古人以芳草爲樂,故公詩又曰:"開筵上日當芳草"也。然不若春花之尤佳,故有末句。"看花"則"隨節序"而樂之,"不敢"于芳草"強爲容"以爲好也。

大曆三年春，白帝城放船出瞿唐峽，久居夔府，將適江陵漂泊，有詩凡四十韻

老向巴人裏，今辭楚塞隅。
入舟翻不樂，解纜獨長吁。
窄轉深啼狖，虛隨亂浴鳧。
石苔淩几杖，空翠撲肌膚。
疊壁排霜劍，奔泉濺水珠。
杳冥藤上下，濃淡樹榮枯。
神女峯娟妙，昭君宅有無。
曲留明怨惜，夢盡失歡娛。
擺闔盤渦沸，攲斜激浪輸。
風雷纏地脈，冰雪曜天衢。
鹿角真走險，狼頭如跋胡。
惡灘寧變色，高臥負微軀。
書史全傾撓，裝囊半壓濡。
生涯臨臬兀，死地脫斯須。
不有平川決，焉知衆壑趨。
乾坤霾漲海，雨露洗春蕪。
鷗鳥牽絲颺，驪龍濯錦紆。
落霞沈綠綺，殘月壞金樞。
泥笋苞初荻，沙茸出小蒲。
鴈兒爭水馬，燕子逐檣烏。
絕島容煙霧，環洲納曉晡。
前聞辯陶牧，轉眄拂宜都。

縣郭南幾好,津亭北望孤。
勞心依憩息,朗詠劃昭蘇。
意遣樂還笑,衰迷賢與愚。
飄蕭將素髮,汩沒聽洪鑪。
丘壑曾忘返,文章敢自誣。
此生遭聖代,誰分哭窮途。
臥疾淹爲客,蒙恩早廁儒。
廷爭酬造化,樸直乞江湖。
灩澦險相迫,滄浪深可逾。
浮名尋已已,嬾計却區區。
喜近天皇寺,先披古畫圖。
應經帝子渚,同泣舜蒼梧。
朝士兼戎服,君王按湛盧。
旄頭初俶擾,鵜首麗泥塗。
甲卒身雖貴,書生道固殊。
出塵皆野鶴,歷塊匪轅駒。
伊呂終難降,韓彭不易呼。
五雲高太甲,六月曠搏扶。
回首黎元病,爭權將帥誅。
山林託疲薾,未必免崎嶇。

【集注】

"老向"句:《傳·莊十八年》:"巴人伐楚。"

"今辭"三句:江文通詩:"奉義至江漢,始知楚塞長。"謝靈運:"解纜乃流潮。"又,"入舟陽已微。" 趙云:"巴人",則劉璋分三巴,以夔爲中巴地也。"不樂""長吁",則有萍梗流離之傷矣。

"窄轉"六句:(陳案:浴、杳,《四庫全書》本作"俗""查"。形訛。

《補注杜詩》《全唐詩》作"浴""杳"。） 趙云：上句（陳案：指"窄轉"句。）則舟轉于峽中之窄處，其聞"啼狖"愈在深處矣。次句（陳案：指"虛隨"句。）則舟虛隨泛浴之梟，謂之"亂浴"，則非一、二"梟"耳。"疊壁排霜劍"，指言梟山也。（陳案：梟，《杜詩引得》作"巫"。）

"神女"四句：惜：一作"別"。 趙云："神女峯"，巫山十二峰中之一。言"娟妙"，則以神女之故矣。"宅有無"，蓋年歲久遠，不知何在也。樂府有《昭君怨》，石季倫所賦《明君辭》是也。"夢"，則楚襄王之夢。《神女賦》曰："寐而夢之，寤不自識。罔兮不樂，悵爾失志。"則"失歡娛"之謂也。

"擺闔"句：郭璞《江賦》："盤渦谷轉。"

"欹斜"句：賈誼："水激則悍。"《南都賦》："川瀆則箭馳風疾，長輪遠逝。"

"風雷"句：《江賦》："流風蒸雷。"《海賦》："驚浪雷奔。"

"冰雪"句：《易》："何天之衢亨。" 趙云：言"風雷"起於其間。"冰雪"，言波浪之色。"地脉"，字出《蒙恬傳》。用"天衢"字，則"龍躍天衢"，"飛翼天衢"，"坐見天衢"也。

"鹿角"句：《文·十七年傳》：鄭子家曰："小國之事大國也，德則其人也，不德則其鹿也。鋌而走險，急何能擇？"

"狼頭"句：《詩》："狼跋其胡，載疐其尾。"註："跋，躐也。近則躐其胡，退則跋其尾。"一本公自註云："鹿角、狼頭，二灘名。"

"生涯"句：困于軌脆。

"死地"句：趙云：《語》曰："變色而作。""高臥"，則事有不測，爲負微軀矣。又似言於"高臥"有妨，斯乃"微軀"之"負"也。《記》云："禮不可斯須去（聲）[身]。"韓信云："置之死地。"

"不有"六句：趙云："川決"，一作"快決"。字是。蓋《孟子》云："沛然若決江河也。""乾坤霾漲海"，則水之渺茫瀾遠矣。"雨露洗春蕪"，以記其時。"鷗鳥牽絲颺"，羽如絲也。"驪龍濯錦紓"，言龍體如錦也。"驪龍"，取《莊子》之語。"濯錦"，則成都之江。

"落霞"句：謝玄暉《晚望》詩："餘霞散成綺。"張景陽詩："佳人贈我綠綺琴。"取此兩字貼之耳。

"殘月"句：木玄虛《海賦》："大明鑛轡於金樞之穴。"注："大明，月也。金樞，西方月没之處穴窟也。"　　趙云：言"殘月"狀如户樞之脱壞也。

　　"泥笋"二句：謝靈運詩："新蒲含紫茸，初篁苞綠籜。"

　　"鴈兒"二句：薛云：《本草》："水馬生水中，善行如馬，亦謂之海馬。"　《杜補遺》："水馬，蝦類也。"　　趙云：船檣上刻爲鳥形，取鳥之識風。"燕"如"逐"之，此詩人著句之巧也。

　　"絶島"二句：謝靈運詩："側徑既窈窕，環洲亦玲瓏。"　　趙云："曉晡"，早晚也。

　　"前聞"二句：《杜補遺》：王粲《登樓賦》："北彌陶牧，西接昭丘。"注："陶，鄉名，郊外曰牧。"　　趙云："宜都"，峽州也。劉備改夷陵爲"宜都"。

　　"縣郭"句：（陳案：幾，《補注杜詩》《全唐詩》作"畿"。《爾雅·釋詁下》郝懿行義疏："幾，通作畿"。）　　路入松滋縣。

　　"津亭"三句：趙云："北望"，則又懷長安矣。《禮記》："蟄蟲昭蘇。""劃"字，開豁之意。鮑照詩有："怯與君劃期。"公詩又云："劃見公子面"也。

　　"飄蕭"句：《秋興賦》："素髮颯以垂領。"

　　"汨没"句：《王粲傳》："鼓洪爐以燎毛髮。"　　趙云：人情歷艱險則悲憂，逢平曠則笑樂。當是時，雖身之老，志之衰矣，豈復論賢愚哉！聽于造物而已。禪伯云："洪鑪上一點雪。"

　　"丘壑"句：謝靈運詩："昔余遊京華，未嘗廢丘壑。"山林之士，往而不能"返"。

　　"誰分"句：顔延年詩："途窮能無慟。"

　　"廷争"句：王陵面折廷争。

　　"樸直"句：乞，去聲。　　趙云：次句（陳案：指"文章"句。）則公以文自任也。阮籍每行至路窮處，輒慟哭而返。公以其尚可遇合，所以言今者"臥疾"，雖"淹流"于爲"客"，而往日"蒙恩"，得"廁"儒列也。"廷争酬造化"，則又言其爲左拾遺時，嘗論房琯不宜廢免，是謂"廷争"，以"酬"君王顧遇之恩。"樸直乞江湖"，則肅宗怒，貶琯邠州刺史，出甫爲華州司功，屬關、輔飢亂，棄官之秦州。又在同谷，遂入蜀。今在夔，且欲之楚而南，是謂"乞"之以"江湖"矣。從人求取曰"乞"，入聲。人惠遺之曰"乞",去聲。

"灩澦"四句:趙云:既有"江湖"之行,經過"灩澦",其"險相迫"而下矣。次句"滄浪"之水,見《禹貢》。漁父歌,則在楚地矣。舟儘南下,故彼雖"深"而"可逾"也。

"喜近"二句:薛云:按《渚宫故事》云:張僧繇避侯景之亂,來奔湘東王繹,承制拜右將軍。僧繇善畫,嘗于天皇寺柏堂圖佛像,夜有奇光發自屋壁。又于堂内圖孔子十哲像。湘東記室鮑潤岳謂曰:"釋門之内,寫素王之容,雖神異無方,豈可夷、夏同貫?"僧繇笑曰:"吾誠偶然,安知不利于後?"聞者莫曉其意。及後滅三教,荆楚祠宇,莫不毁撤,惟天皇寺有宣尼聖像,遂爲國庠,時人嘆其先覺。則公所謂"古畫圖"者。

"應經"句:謝玄暉:"瀟湘帝子遊。"江淹《王徵君》詩:"北渚有帝子,蕩漾不可期。""帝子",謂堯女,〔見《楚》詞〕。

"同泣"句:《禮》:"舜葬蒼梧之野。"謝玄暉:"雲去蒼梧野。"趙云:《楚詞》云:"帝子降兮北渚。""帝子",謂堯女娥皇、女英也。

"朝士"二句:《吴越春秋》:越王允常使歐冶子作名劍五。秦客薛燭善相劍,(楚)[越]王取湛盧示之。曰:"善哉!銜金鐵之英,吐銀錫之精,奇氣託靈。服此劍可以折衝伐敵。人君有逆謀,則去之它國。"允常乃以湛盧獻吴。吴公子光弑吴王僚,湛盧去如楚。　　趙云:夫虞、舜不得而見之,于是感時世衰亂,武士得勢,而儒道不行也。鮑明遠詩:"天子按劍怒。"公詩意以代宗欲自討吐蕃耳。

"旄頭"句:《漢官儀》曰:"舊選羽林爲旄頭,被髮先驅。"《晉·天文志》:"昴爲旄頭。"胡星也。言胡始亂也。

"鶉首"句:《晉·志》:"自東井十六度,至柳八度,爲鶉首。秦之分野,屬雍州。"　　趙云:禄山之叛,在天寶十四載。《書》:"俶擾天紀。""鶉首麗泥塗",此言廣德元年,長安陷也。《左傳》:"使吾子辱在泥塗。"

"出塵"句:《晉·嵇紹》:"若野鶴之在雞群。"

"歷塊"句:王褒云:"過都越國,蹶如歷塊。"　　趙云:言遭喪亂,則"甲卒"雖"貴"矣,而"書生"之道自"殊"也。彼"書生"者,其"出塵",則如"野鶴";其"歷塊",則"非駃騠"。

"伊吕"二句:趙云:伊尹、吕望,此"書生"之善用兵者。"終難降",則不肯降志於甲卒之徒也。或曰:"降",則天之降才,維岳降神。既已死矣,"終難"降生也。韓信、彭越,皆以武夫負氣,跋扈難制,所以"不易呼"。"呼"字,蓋"折簡可呼"之"呼"。

"六月"句:《莊子》:"摶扶搖而上者九萬里,去以六月息。"

"回首"四句:《莊子・齊物篇》:"薾然疲役,而不知其所歸,可不哀邪!" 趙云:上兩句(陳案:指"五雲"兩句。)難解,然以意逆志,承上句(陳案:指"伊呂"兩句。)之下,則言文人不來,武人得勢,此賢者之所以隱也。京房《易飛候》曰:"視四方常有大雲,五色具,其下賢人隱。""高太甲",言"雲高"于六甲之上。但"太甲"字,未見明出。"摶"者,摶聚其風也。"扶搖"者,風名也。今云"摶扶",則無義。然起于沈佺期《移禁司刑》詩云:"散材仍茸廈,弱羽邐摶扶。"而公又取用也,言賢材之不得用,但"回首"觀"黎元"之"病"而已。彼所謂"將帥"者,則"爭權"而不免于"誅",皆所以傷之也。末句,則公之自傷尤深矣。謝靈運詩云:"疲薾慙貞堅。"

巫山縣汾州唐使君十八弟宴別,兼諸公攜酒樂相送,率題小詩,留于屋壁

臥病巴東久,今年強作歸。
故人猶遠謫,茲日倍多違。
接宴身兼杖,聽歌淚滿衣。
諸公不相棄,勇別借光輝。

【集注】

"臥病"八句:(陳案:勇,《補注杜詩》《全唐詩》作"擁"。) 趙云:謝玄暉有《在郡臥病》詩。"巴東"郡,今雖是歸州,而實夔州一帶也。《古歌》云:"巴東三峽巫峽長。"郭璞《江賦》云:"巴東之峽,夏后疏鑿。""今年強作歸",則公之南下,必出陸"歸"長安也。"故人猶遠謫",指言"汾州唐使君"矣。

春夜峽州田侍御長史津亭留宴 得筵字

北斗三更席,西江萬里船。
杖藜登水榭,揮翰宿春天。
白髮煩多酒,明星惜此筵。
始知雲雨峽,忽盡下牢邊。

【集注】

"北斗"八句:趙云:"西江",指蜀江之盡處,荊渚是也。"明星惜此筵",言夜將盡而曉,則"明星"行暗矣,於是筵終爲可惜也。《高(堂)[唐]賦》云:"巫山之陽,高丘之阻。旦爲朝雲,暮爲行雨。"此所以謂之"雲雨峽"。峽至"下牢"而"盡",則實録也。

泊松滋江庭

紗帽隨鷗鳥,扁舟繫此亭。
江湖深更白,松竹遠還青。
一柱全應近,高唐莫再經。
今宵南極外,甘作老人星。

【集注】

"松竹"句:還:一作"微"。

"一柱"四句:《前·志》:"狼星,北地有六星,曰南極老人。老人星在弧南。" 趙云:"一柱",觀名。《渚宮故事》:"宋臨川王義慶代江夏王鎮江陵,于羅公洲上立觀,甚大,而唯一柱。""老人星",《晋·天文志》曰:"老人一星,常以秋分之旦見于丙,春分之夕没于丁。"公將盡楚而往,故云"南極外"也。徐堅《初學記》載:蘇味道在廣州,聞崔、馬二御史并拜臺郎,作詩,尾句云:"遠從南極外,遙仰列星文。"

行次古城店汎江作,不揆鄙拙,奉呈江陵幕府諸公

老年常道路,遲日復山川。
白屋花開裏,孤城麥秀邊。
濟江元自闊,下水不勞牽。
風蝶勤依槳,春鷗懶避船。
王門高德業,幕府盛材賢。
行色兼多病,蒼茫汎愛前。

【集注】

"白屋"句:《王莽傳》:"延士下及白屋。"師古曰:"白屋,謂庶人以白茅覆屋也。"沈約:"開花已匝樹。"

"孤城"句:《宋世家》:"箕子朝周,過故殷墟,城毀壞,生禾黍,乃作《麥秀》之詩。"

"風蝶"句:(陳案:槳,《四庫全書》本作"漿"。形訛。《補注杜詩》《全唐詩》作"槳"。注文同。)

"王門"二句:鄒陽曰:"何王之門不可曳長裾乎?"陸韓卿:"王門所以貴,自古多俊人。"

"幕府"句:蔡邕薦邊讓于何進,曰:"伏惟幕府初開,博選清英。"

"行色"句:《莊子》云:孔子說柳盜蹠而歸,遇柳下季,曰:"今者車馬有行色。"

"蒼茫"句:《語》:"汎愛衆。" 趙云:公"次古城",蓋春時也。馬(沂)[汧]督"固守孤城"。"濟江元自闊","濟"者,濟涉之"濟"。至江陵則江"闊"矣。"元"者,本來如此之謂。"槳",所以隱櫂者。"風蝶勤依槳",則"蝶"有欲泊槳上之理。"王門",指言江陵知府,乃宗室之王也。"汎愛",言朋友也。

乘雨入行軍六弟宅

曙角淩雲罷,春城帶雨長。

水花分壍弱,巢燕得泥忙。
令弟雄軍佐,凡才污省郎。
萍漂忍流涕,衰颭近中堂。

【集注】

"曙角"八句:趙云:"凡才污省郎",公爲尚書工部員外郎,而自謙之辭也。李尋云:"汙玉堂之署。"

宴胡侍御書堂,李尚書之芳、鄭秘監審同集 歸字韻

江湖春欲暮,牆宇日猶微。
闇闇書籍滿,輕輕花絮飛。
翰林名有素,墨客興無違。
今夜文星動,吾儕醉不歸。

【集注】

"輕輕"句:(陳案:飛,《四庫全書》本作"微",涉上而誤。《補注杜詩》《全唐詩》作"飛"。)

"翰林"二句:揚雄作《長楊賦》,"藉翰林以爲主人,子墨爲客卿以諷"。

"今夜"二句:《漢》:荀陳"德星聚"。《左傳》云:"吾儕小人。"趙云:"翰林""墨客",併言李尚書、鄭秘監、胡侍御也。《詩》云:"不醉無歸。"則"醉"而猶"歸"也。今云"醉不歸",則又新語矣。

書堂飲既,夜復邀李尚書下馬,月下賦絶句

湖水林風相與清,殘罇下馬復同傾。
久拚野鶴如雙鬢,遮莫鄰雞下五更。

【集注】

"湖水"四句:《趙典傳》云:"大儀鶴髮。"注:"白髮。"(陳案:鶴,《後漢書》作"鵠"。)《顏氏家訓》:"或問一夜五更,何所訓?"答曰:"漢魏以來,謂爲甲夜、乙夜、丙夜、丁夜、戊夜,更經也。至四更而已矣。"

趙云:庾信《竹杖賦》云:"今子老矣,鶴髮雞皮,蓬頭歷齒。""野鶴"字,出《嵇紹傳》。庾肩吾《冬曉》詩:"鄰雞聲已傳,愁人竟不眠。""遮莫",則唐人語。"遮莫鼕鼕鼓,須傾灩灩杯"。唐人詩也。

上巳日徐司録林園宴集

鬢毛垂領白,花蘂亞枝紅。
欹倒衰年廢,招尋令節同。
薄衣臨積水,吹面受和風。
有喜留攀桂,無勞問轉蓬。

【集注】

"鬢毛"句:潘安仁《秋興賦》:"班鬢彪以承弁,素髮颯以垂領。"(陳案:班,《文選》作"斑"。)

"有喜"句:劉安《招隱士》云:"攀援桂枝聊淹留。"

"無勞"句:曹植詩:"轉蓬離本根。"袁陽源:"迺知古時人,所以悲轉蓬。" 趙云:《文子》曰:"積水成海。"而《魏都賦》曰:"回淵濊,積水深。"《東都賦》云:"習習和風。""轉蓬",則以喻飄零。而"攀桂"事,非在南地則不可用,蓋南方多"桂"故也。

奉送蘇州李二十五長史丈之任

星折台衡地,曾爲人所憐。
公侯終必復,經術竟相傳。

食德見從事，克家何妙年。
一毛生鳳穴，三尺獻龍泉。
赤壁浮春暮，姑蘇落海邊。
客問頭最白，惆悵此離筵。

【集注】

"星折"句：(陳案：折，《全唐詩》作"坼"，《集千家註杜工部詩集》作"拆"。《晉書》作"拆"，《宋書》作"坼"。《說文》："折，斷也。"《楚辭·離騷》朱熹集注："折，毀敗也。"拆，《詩·大雅·生民》孔穎達疏："拆、墒皆裂也。"坼，《說文》："裂也。"《集韻》"陌"韻："坼，亦作拆。")

"中台星折"，張華見誅。

"曾爲"句：《前漢·五行志》：成帝時歌謠曰："故爲人所羨，今爲人所憐。"　　趙云："星折台衡地"，則李二十五丈父必是台輔貴人，而有此事，惜乎無所考。

"公侯"句：《左傳》："公侯之子孫，必復其始。"

"經術"句：韋賢少子玄成，復以明經歷位至丞相。

"食德"二句：《易》："食舊德。或從王事。蒙，九二，子克家。"曹植《表》曰："終軍以妙年使越。"潘岳《楊仲武誄》："子以妙年之秀。"

趙云：下句言其自妙年已"克家"矣。

"一毛"句：《南史》：謝鳳子超宗，有文辭，作《殷淑儀誄》，帝大嗟賞，謂謝莊曰："超宗殊有鳳毛。"(梁)鍾嶸《詩品》曰："何晏、孫楚、張翰、潘尼詩，并得蛇龍片甲，鳳凰一毛。"

"三尺"句：《漢》："高祖提三尺，取天下。"師古曰："三尺，劍也。"《越絕書》：楚王問："何謂龍泉？"對曰："龍泉，狀如登高山、臨深淵。晉、鄭聞此劍，求之不得。"《後漢》：肅宗賜諸尚書劍，特以寶劍自爲名。以尚書韓稜淵深有謀，故得楚"龍泉"。　　趙云：兩句所以比"二十五丈"也。曹子建云："舜重瞳子，項羽亦重瞳子，是豈得驥一毛。"又如云："九牛亡一毛。"《山海經》云："丹穴之山，有鳥名鳳凰。"

"赤壁"句：(陳案：壁，《補注杜詩》《全唐詩》《三國志》作"壁"。)周瑜敗曹操於烏林赤壁。

"姑蘇"句：《越絕書》曰："闔廬起姑蘇臺，三年聚材，五年乃成，高見三百里。"

"客間"二句：趙云：上句，則李丈船所經之地。"赤壁"，在黃州，即吳將周瑜敗曹公于此也。次句，則李丈往任蘇州矣。有姑蘇臺，故州以得名。"落海邊"，則東北去海一百八十里矣。

暮春江陵送馬大卿公，恩命追赴闕下

自古求忠孝，名家信有之。
吾賢富才術，此道未磷緇。
玉府標孤映，霜蹄去不疑。
激揚音韻徹，籍甚衆多推。
潘陸應同調，孫吳亦異時。
北辰徵事業，南紀赴恩私。
卿月昇金掌，王春度玉墀。
薰風行應律，湛露即詩歌。
天意高難問，人情老易悲。
樽前江漢闊，後會且深期。

【集注】

"自古"二句：《後漢書》：韋彪議曰："求忠臣必于孝子之門。"注："孝，經緯之文也。"《晉》：卞壼拒蘇峻，戰死。三子見父没，相隨赴賊，同時見害。徵士翟湯聞之，歎曰："臣死于君，子死于父，忠孝之道，萃于一門。" 趙云："大卿"之父子，必有忠孝事迹，惜無所考也。

"吾賢"二句：《論語》："磨而不磷，涅而不緇。" 趙云："吾賢"，指言"馬大卿"也。"未磷緇"，言道之不消亡也。謝靈運云："磷緇謝清曠，疲薾慙貞堅。"（陳案：磷緇，《文選》作"緇磷"。）

"玉府"句：《北山移文》："高霞孤映。"

"霜蹄"句:趙云:《穆天子傳》:"群玉之府。"《莊子》云:"馬蹄可以踐霜雪。"

"激揚"句:(陳案:激,《四庫全書》本作"澈"。形訛。《補注杜詩》《全唐詩》作"激"。)　《文選》:"神氣激揚。"又,"音聲悽以激揚。"

"籍甚"句:陸賈游漢庭,名聲籍甚。注:"言狼籍甚也。"(梁)[任]彥升云:"客游梁朝,則聲華籍甚。"

"潘陸"句:(陳案:陸,《四庫全書》作"安"。誤。《補注杜詩》《全唐詩》作"陸"。)　謝靈運詩:"誰謂古今殊,異代可同調。"《晉陽秋》曰:"潘陸之徒有文質,而宗師不異。"

"孫吳"句:孫武、吳起。　趙云:"潘",則潘岳;"陸",則陸機。(梁)張纘《別離賦》云:"在百代而奚殊,雖千年而同調。"言"馬大卿"之文。"孫吳亦異時",言特"異時"而已,又相同也。言"馬大卿"之武。

"南紀"句:《詩》:"滔滔江漢,南國之紀。"

"卿月"句:《洪範》:"卿士惟月。"注:"卿士各有所掌,如月之有別。"上官儀詩:"班籍始燕歸,金掌露初晞。"

"王春"句:《春秋》之文:"王次春。"　趙云:"北宸",天子所居曰紫宸,而坐北也。"南紀"者,南方之地總名。"卿月",以指言"馬大卿"也。"昇金掌",則以譬其近于顯要。"金掌"者,金銅仙人捧露盤之掌也。"王春度玉墀",則言"馬大卿"春時在天子之"玉墀"也。

"薰風"句:舜歌:"南風之薰兮。"《禮》:"八風從律。"

"湛露"句:《詩》:"《湛露》,天子燕諸侯。"　趙云:既于"玉墀"度過"春"矣,方夏之初,即有殊恩之命也。

"天意"四句:趙云:"天意高難問",學者疑其送行紀贈之詩,不應有此句。公自歎其身之"老",而起此句也。"後會"字,《孔叢子》載:子高遊趙,其徒曰:"未知後會何期。"屈原有《天問》。

暮春陪李尚書、李中丞過鄭監湖亭汎舟 _{得過字}

海內文章伯,湖邊意緒多。
玉樽移晚興,桂楫帶酣歌。

春日繁魚鳥,江天足芰荷。

鄭莊賓客地,衰白遠來過。

【集注】

"玉樽"句:古歌辭曰:"上金殿,酌玉樽。"

"鄭莊"二句:"鄭莊",字當時。置驛馬長安諸郊,請謝諸賓,夜以繼日。　趙云:"文章伯",言文章之宗伯也。起于王充《論衡》,有云:"文詞之伯。"其後《唐·文藝傳》云:"文章三變,而王、楊爲之伯。"則併言李尚書、李中丞、鄭秘監矣。曹子建《仙人篇》曰:"玉樽盈桂酒。"梁元帝《烏棲曲》曰:"沙棠作船桂爲楫。""湖",是鄭監之湖,故用"鄭莊"比之。

夏日揚長寧宅,送崔侍御常正字入京 得深字

醉酒揚雄宅,升堂子賤琴。

不堪垂老鬢,還對欲分襟。

天地西江遠,星辰北斗深。

烏臺俯麟閣,長夏白頭吟。

【集注】

"醉酒"句:揚雄有宅一區。雄家素貧,嗜酒,人希至門。時有好事者,載酒肴從遊學。

"升堂"句:宓子賤治單父,彈琴,不下堂而自治。

"烏臺"句:御史府中列柏樹,常有野烏棲宿其上。"麟閣","正字"所居。陳子昂爲麟臺"正字"。

"長夏"句:趙云:以飲于"揚長寧宅",故用"揚雄宅"事。"長寧"者,縣名。以揚君爲長寧宰,故用"子賤琴"事。"天地西江遠",言江陵送別之處。"星辰北斗深",言長安。《漢》:"朱博爲御史大夫,其府中列柏樹,常有野烏數十,栖宿其上,晨去暮來,號曰朝夕烏。"(陳案:十,《後漢書》作"千"。)故御史謂之"烏臺"。漢西京未央宮亦有"麟

閣",亦藏秘書,即揚雄校書之處,其後改秘書爲麟臺,因此也。今所謂"烏臺",指言崔侍御。所謂"麟閣",指言常正字。二人者同往,故得言"烏臺""麟閣"之相"俯"矣。"長夏白頭吟",則言二公之閒暇,而爲此"吟"耳。若以爲公自言,則語脉不接也。

和江陵宋大少府暮春雨後同諸公及舍弟宴書齋

渥洼汗血種,天上麒麟兒。
才士得神秀,書齋聞爾爲。
棣華晴雨好,綵服暮春宜。
朋酒日歡會,老夫今始知。

【集注】

"渥洼"句:《漢·武》:元鼎四年秋,馬生渥洼水中,作天馬之歌。歌曰:"太一況,天馬下。霑朱汗,沫流赭。"注:"大宛馬,汗血。"言汗從前肩髀出,如血。

"天上"句:徐陵年數歲,家人攜見寶誌上人,誌以手摩頂曰:"天上石麒麟也。"　趙云:二句普美相會諸公也。

"才士"句:孫綽《賦》:"天台,山岳之神秀。"

"書齋"句:陸機《文賦·序》云:"觀才士之所作。"

"棣華"句:常棣之華,宴兄弟之詩。

"綵服"句:老萊子斑衣。

"朋酒"句:《豳·七月》:"朋酒斯饗。"注:"兩樽曰朋。"

"老夫"句:趙云:兩句,公之真率,欲預後會矣。然公之意,若言朋會之酒而已。

宇文晁尚書之甥、崔彧司業之孫、尚書之子重泛鄭監審前湖

郊扉俗遠長幽寂,野水春來更接連。

錦席淹留還出浦,葛巾攲側未迴船。
樽當霞綺輕初散,棹拂荷珠碎却圓。
不但習池歸酩酊,君看鄭谷去寅緣。

【集注】

"宇文"句:趙云:尚書,指言李之芳。不著姓,尊之也。

"郊扉"二句:趙云:顏延年《贈王太常》詩曰:"郊扉常晝閉。"

"樽當"二句:謝玄暉:"餘霞散成綺。"梁元帝《登江州百花亭》詩:"荷珠漾水銀。"

"不但"二句:鄭子真耕于谷山。(陳案:山,《漢書》作"口"。)趙云:"習池"事,《襄陽記》。"不但習池歸酩酊",則所以引下句"鄭谷"也。今是鄭監之湖,故用"鄭谷"字比之。"酩酊",《晋書》作"茗艼"。"寅緣"字,未見。韓退之亦云:"青壁無路難寅緣。"

夏夜李尚書筵送宇文石首赴縣聯句一首

愛客尚書重,之官宅相賢。
酒香傾坐側,帆影駐江邊。
翟表郎官瑞,梟看令宰仙。
雨稀雲葉斷,夜久燭花偏。
數語欹紗帽,高文擲彩牋。
興饒行處樂,離惜醉中眠。
單父長多暇,河陽實少年。
客居逢自屈,爲別幾悽然。

【集注】

"夏夜"句:趙云:公與李尚書之芳、崔司業孫彧,送石首知縣宇文晁之作。李、崔之句,亦可預公之社矣。

"愛客"二句:子美。　"宇文石首","李尚書"之外甥也,故使

"宅相"。《晉》:魏舒少孤,爲外家寧氏所養。寧氏起宅,相宅者云:"當出貴甥。"舒曰:"當爲外氏成此宅相。"後爲公。

"酒香"二句:之芳。　　趙云:題言"李尚書筵",而句下標"之芳"字,則"李尚書"固是李之芳矣。公于後篇又有《多病執熱奉懷李尚書》,而小注"之芳"兩字,尤審矣。"帆影駐江邊",亦自佳句。

"翟表"二句:或。　　崔司業之孫也。《漢》:顯宗曰:"郎官出宰百里。"蕭廣濟《孝子傳》:"蕭芝至孝,除尚書郎。有雉數十,飛鳴車前。"

"雨稀"二句:子美。　　趙云:公此兩句新奇矣。"斷"者,以言"葉"之斷落也。"偏"者,以言燭銷而花偏也。

"數語"二句:之芳。　　趙云:"紗帽",大率如今之頭(金)〔巾〕也。

"興饒"二句:或。　　趙云:公等句,蓋亦語熟而白道之矣,然而不惡也,故可預杜公之社。

"單父"二句:子美。　　趙云:公之句使縣宰事二。"單父",則宓子賤爲單父宰,彈琴不下堂而治,此所以爲"長多暇"。"河陽",則潘安仁爲河陽宰。《本傳》云:"岳少以才穎見稱,早辟司空太尉府。栖遲十年,出爲河陽令。"此所以爲"實少年"。

"客居"二句:(陳案:屈,《補注杜詩》《全唐詩》作"出"。)　　之芳。　　趙云:《爾雅》曰:"男子謂姊妹之子爲出。"《公羊》云:蓋"舅出者",是也。

卷三十四

(宋)郭知達 編

近體詩

多病執熱奉懷李尚書 之芳

衰年正苦病侵凌，首夏何須氣鬱蒸。
大水淼茫炎海接，奇峰崢兀火雲昇。
思霑道暍黃梅雨，敢望宮恩玉井冰。
不是尚書期不顧，山陰野雪興難乘。

【集注】

"首夏"句：謝靈運詩："首夏猶清和。"應璩《書》曰："處涼臺而有鬱蒸之煩。"

"奇峰"句：陶詩："夏雲多奇峰。"《淮南子》："旱雲煙火。" 趙云：《書》："若涉大水。"(隋)盧思道《納涼賦》云："火雲赫而四舉。"《選·賦》有云："狀滔天以淼茫。"舊本"崢兀"注云："山崖也。崢，音落骨切。兀，音五骨切。郭璞《江賦》云：'巨石崢兀以前却。'"

"思霑"句：《史記》："禹扇暍。"音謁，傷暑也。 增添：周處《風土記》："夏至前雨名黃梅雨，沾衣服，皆敗黦。"

"敢望"句：《後漢書》："琅琊有冰井，厚丈餘。"魚豢《魏略》："明帝九龍殿前玉井綺欄。" 趙云：暑病曰"暍"。思道"暍"之人，以"黃梅"一雨"霑"之，此武王"扇暍"之意。公之爲人可見矣。(陳案：人，《杜詩引得》作"仁"。)"玉井"者，天子之事也。唐制：百官賜冰。而公嘗爲左拾遺，當預賜冰之列。今既遠矣，故曰"敢望"也。

"不是"句:《前漢·陳遵傳》:"嗜酒,每飲,賓客滿堂。輒閉門,取客車轄投井中,雖有急,終不能去。時北部刺史奏事,過遵。值其方飲,刺史大窮。候遵霑醉時,突入見遵母,叩頭自白,當對尚書有期會狀。母乃命從後閤出去。"應休璉《與滿公琰書》曰:"當此之時,仲孺不辭同產之服,孟公不顧尚書之期。"

"山陰"句:王徽之嘗居山陰,夜雪初霽,月色清朗,四望皓然。獨酌酒,詠左思《招隱詩》。忽憶戴逵,逵時在剡,便夜乘小船詣之。造門不前而返,曰:"本乘興而行,興盡而返,何必見安道!" 趙云:題是《多病執熱奉懷李尚書》,而云"不是尚書期不顧,山陰野雪興難乘",蓋言"不是"不顧"尚書"之"期",但欲比"山陰野雪"之乘興爲"難"也。在"執熱"中翻使"雪"事,又爲奇矣。或云:此直是打諢之語,則亦韓退之以詩爲戲之義。

水宿遣興奉呈群公

魯鈍仍多病,逢迎遠復迷。
耳聾須畫字,髮短不勝篦。
澤國雖勤雨,炎天竟淺泥。
小江還積浪,弱纜且長隄。
歸路非關北,行舟却向西。
暮年漂泊恨,今夕亂雞啼。
童稚頻書札,盤飧詎糝藜。
我行何到此,物理直難齊。
高枕翻星月,嚴城疊鼓鞞。
風號聞虎豹,水宿伴鳧鷖。
異縣驚虛往,同人惜解携。
蹉跎長泛鷁,展轉屢鳴雞。

巉巉瑚璉器，陰陰桃李蹊。
餘波期救涸，費日苦輕齎。
支策門闌邃，肩輿羽翮低。
自傷甘賤役，誰愍強幽棲。
巨海能無釣，浮雲亦有梯。
勳庸思樹立，語默可端倪。
贈粟囷應指，登橋柱必題。
丹心老未折，時訪武陵溪。

【集注】

"水宿"句：趙云：謝靈運《次南城》詩："雖未登雲峰，且以歡水宿。"此詩二十韻，分爲兩段，每段十韻。上段敘寫其行色，下段則有所求於"群公"矣。

"魯鈍"句：《語》："參也魯。" 新添：《王僧祐傳》："非敢自同高人，直是愛閒多病耳。"（陳案：自，《南史》作"妄"。）《漢書》："張良多病。" 趙云：張良性多疾，非病也。

"耳聾"二句：《老子》云："五音令人耳聾。"《左傳》："髮短而心甚長也。"

"澤國"句：《杜補遺》：《穀梁傳》："〔春〕正月，不雨。言不雨者，勤雨也。"注："思雨之勤也。夏四月，不雨。言不雨者，閔雨也。六月雨者，喜雨也。"

"弱纜"句：趙云："弱纜且長堤"，言"且"繫之於"長堤"也。

"歸路"句："歸路非關北"，趙云：言長安之不可得而"歸"也。

"暮年"三句：曹孟德云："烈士暮年。"《古詩》云："遺我一書札。" 趙云：《鄧禹傳》曰："父老童稚，垂髮戴白。"

"盤飡"句：《左傳》："盤飡寘璧。"孔子陳、蔡間，七日不食，藜藿不糝。

"物理"句：《莊子》有《齊物篇》。

"嚴城"句：張景陽："此郭非我城，入間鞞鼓聲。"（陳案：我，《文選》作"吾"。間，五臣本作"聞"。善本作"間"） 杜云：《禮記》："鼓鼙之聲讙。"

"風號"句：《蕪城賦》："風嘷雨嘯。"《苦寒》詩："虎豹夾路啼。"

"水宿"句：《蜀都賦》："晨鳧旦至，候鴈銜蘆。雲飛水宿，哢吭清渠。"　　趙云："嘷"與"號"，字異而音同。《論語》："虎豹之鞟。""鳧鷖"，則《詩》篇名也。

"異縣"句：《古樂府》："他鄉各異縣。"

"同人"句：《易》："出門同人。"

"蹉跎"二句：阮籍："娛樂未終極，白日忽蹉跎。"《詩》："展轉反側。"

"巍巍"句：子貢："瑚璉，器。"　　薛云：右按：《世說》：謝琨問羊孚："何以器？"舉瑚璉。羊曰："汝當以爲接神之器。"

"陰陰"句：《李廣傳》："桃李不言，下自成蹊。"　　趙云：相如《上林賦》曰："泛文鷁。""瑚璉器""桃李蹊"，所以言"群公"也。"瑚璉"者，宗廟之器。《禮記·明堂位》云："有虞氏之兩敦，夏后氏之四璉，殷之六瑚，周之八簋。"是已。謝玄暉："桃李成蹊徑，桑榆陰道周。"

"餘波"句：《僖·二十三年傳》："其波及晋國者，君之餘也。"《莊子·外篇》："車轍中有鮒曰：'吾得斗升水，可以活矣。'"

"費日"三句：趙云：《書》："餘波（及）[入]于流沙。""救涸"，則以彼之盈，及此之"涸"耳。"費日苦輕齎"，則言爲客之次，消費時日，其所"輕齎"，苦於貿易而罄盡矣。"支策""肩輿"，則言出謁於人矣。

"巨海"句：任公子投竿東海。

"贈粟"句：（陳案：囷，《四庫全書》本作"圓"。形訛。《補注杜詩》《全唐詩》作"困"。）　　魯肅，字子敬，家富於財。時盧江周瑜爲居巢長，聞之，往求資糧。肅時有米二囷，各三千斛。直指一囷與瑜。瑜益奇之，乃結僑、札之交。

"登橋"句：《成都記》：昇僊橋，司馬相如初西去，題其柱曰："不乘赤車駟馬，不過此橋。"後果以傳車至其處。橋在望鄉臺東南一里，管華陽縣。　　趙云：上四句（陳案：指"勳庸"四句。）則公之懷抱所負如此，蓋不以有求於人而遂屈也，於是"群公"必有知之者，則"贈粟囷應指"矣。觀公"果園四十畝"，乃委以與人，則群公之"指""囷"，在公亦以爲受之而無嫌矣。

"丹心"句：薛云：右按：《文選》謝玄暉詩："既秉丹石心，寧流素絲涕。"又，《古樂府》："制賜文犀節，驛報紫泥書。皇恩空已重，丹心悵不紓。"《別賦》："心折骨驚。"

"時訪"句："武陵溪"，秦人避亂之處。　趙云：句又因所經之地，去"武陵"爲近矣。

奉賀陽城郡王太夫人恩命賀鄧國太夫人

衛幕銜恩重，潘輿送喜頻。
濟時瞻上將，錫號戴慈親。
富貴將如此，尊榮邁等倫。
郡衣封土舊，國與大名新。
紫誥鸞迴紙，清朝燕賀人。
遠傳冬笋味，更覺綵衣春。
奕葉班姑史，芬芳孟母鄰。
義方兼有訓，詞翰兩如神。
委曲承顔體，鶱飛報主身。
可憐忠與孝，雙美畫麒麟。

【集注】

"奉賀"句：陽城王，爲伯玉也。（陳案：爲，《全唐詩》作"衛"。）

"衛幕"句：《杜正謬》云："衛幕"，乃衛青之幕也。舊注引《左氏》"燕幕"，非是。

"潘輿"句：潘安仁《閒居》："太夫人乃御板輿，升輕軒，遠覽王畿，近周家園。"　趙云："送喜頻"，則王之母又有恩命之加，爲"送"喜事之"頻"矣。

"富貴"句：（陳案：將，《補注杜詩》《全唐詩》作"當"。《經傳衍釋》卷八："將，猶當也。"）

"尊榮"句：趙云：王節度江陵，是爲"上將"。"如此"字，多矣。《禮》云："好仁如此。"《傳》言："難乎等倫也。"

"郡衣"句：（陳案：衣，《補注杜詩》《全唐詩》作"依"。按：《說文》："衣，依也。"土，《四庫全書》本作"上"。形訛。《補注杜詩》《全唐詩》作"土"。）

"紫誥"句：新添。《隴右記》："武都紫水有泥，貢之用封璽書，故詔誥有紫泥之美。"王子年《拾遺》："元狩初，浮坉國貢蘭金之泥，如紫磨色，常以此封詔函，鬼魅不敢干。"

"清朝"句：大廈成而燕雀來賀。　　趙云：請封雖仍是陽城郡，而夫人之國，加爲"鄧國"，是爲新矣。"紫誥"，紫錦之誥。"鸞回紙"，則紙上之字，有回鸞之勢也。"清朝"，則朝旦之"朝"。《寧戚歌》云："清朝飯牛至夜半。"

"遠傳"二句：趙云：又以言郡王亦以高年，尤見尊親之壽。孟宗後母好笋，令宗冬月求之。宗入竹林，慟哭，笋爲之出。

"奕葉"句："班姑"，扶風曹世叔妻，彪之女，名昭，字惠姬。博學高才。世叔早卒，有節行。兄固著《漢書》，其八表及《天文志》未及竟而卒。和帝詔昭，就東觀藏書閣，踵而成之。

"芬芳"句：潘安仁《閑居賦》："此里仁所以爲美，孟母所以三徙。"

"義方"句：《左傳》："教子以義方。"

"詞翰"句：趙云："班姑史"，則王之太夫人，蓋能翰墨。何平叔《景福殿賦》曰："偉孟母之擇鄰。"《尚書》云："皇祖有訓。"《禮記》云："至誠如神。"

"騫飛"句：（陳案：報，《四庫全書》本作"執"。形訛。《補注杜詩》《全唐詩》作"報"。）

"可憐"句：（陳案：憐，《四庫全書》本作"鄰"。形訛。《補注杜詩》《全唐詩》作"憐"。）

"雙美"句："麒麟"，閣名也，上畫忠臣像。　　趙云：事母則孝，事君則忠。"（其）[雙]美畫麒麟"，則非特畫郡王之像，而亦畫夫人之像也。"麒麟"，前漢閣名也。《前漢·蘇武傳》："乃麒麟"字。今云"雙美"之"畫"，則又用金日（傳）[磾]母事：教誨兩子，甚有法度。上聞而嘉之。病死，圖畫於甘泉宮，署休屠王閼氏。

江陵望幸

雄都元壯麗,望幸欻威神。
地利西通蜀,天文北照秦。
風煙含越鳥,舟楫控吳人。
未枉周王駕,終期漢武巡。
甲兵分聖旨,居守付宗臣。
早發雲臺仗,恩波起涸鱗。

【集注】

"江陵"句:"望"車駕臨幸也。時大駕在蜀。

"雄都"句:曹子建:"壯哉,佳麗殊百城。"《漢》:高帝見宮室壯麗,怒。蕭何曰:"非壯麗不足以重威。"

"望幸"句:《靈光殿賦》:"又似乎帝室之威神。"又云:"彰聖主之威神。"《甘泉賦》:"配帝君之懸圃兮,象太一之威神。"(陳案:君,《後漢書》作"居"。)　趙云:"雄都",指言江陵也。司馬相如《封禪文》云:"泰山、梁父,設壇望幸。"

"地利"二句:趙云:《孟子》曰:"天時不如地利。"《易》曰:"觀乎天文。"而《漢》有《天文志》。"西通蜀",則江自西而來,舟船之所通。"秦",言長安。長安在荆渚之北也。

"風煙"句:謝玄暉詩:"風煙有鳥路,江漢限無良。"(陳案:良,《文選》作"梁"。)《古詩》:"越鳥巢南枝。"

"未枉"句:顏延年《車駕幸京口》詩:"虞風載帝狩,夏諺頌王遊。春方動宸駕,望幸傾五州。"又:"周御窮轍迹,夏載歷山川。""周王駕",謂穆王滿也。　趙云:《列子》載:"穆王命駕八駿之乘,馳驅千里。"

"終朝"句:《漢·武》:"行幸雍,幸汾陰、滎陽,還至於洛陽。瞻望河洛,又南巡狩。"

"甲兵"二句:蕭何,漢之"宗臣"。《左傳》:"君行則居守。" 趙云:上句言車駕之出,禁兵隨衞也。"分",則分其半以出,留其半於京矣。下句言有人爲留守也。

"早發"二句:《哀江南賦》:"猶有雲臺之仗。""涸鱗",見"餘波期救涸"注。《莊子》:"車轍中有鮒魚。" 趙云:"靈臺",在後漢之南宮。(梁)丘遲《侍宴餞徐州刺史應詔》詩曰:"蕭穆恩波被。"

江邊星月二首

右一

驟雨清秋夜,金波耿玉繩。
天河元自白,江浦向來澄。
映物連珠斷,緣空一鏡升。
餘光隱更漏,況乃露華凝。

【集注】

"金波"句:謝玄暉:"金波麗鳷鵲,玉繩低建章。" 趙云:"金波",以言月。"玉繩",以言星。《漢·志》曰:"月穆穆以金波。"

"天河"二句:趙云:"元自",向來之字,公嘗使矣。蓋云:"眉毛元自白,淚點向來垂。"(陳案:眉,卷二十八作"鬢"。)又曰:"鑠石藤梢元自落,倚天松骨見來船。"(陳案:船,卷三十作"枯"。)

"映物"句:《史》:"五星如連珠。"

"緣空"句:《古詩》:"破鏡飛上天。"

"況乃"句:謝莊詩:"露華識猿音。" 趙云:末句,言"更漏"之聲,"隱"於星月"餘光"之中。此則將曉,故言"況乃露華凝"也。"露華凝"墜,其客"況"可知矣。

右二

江月辭風纜,江星別霧船。

雞鳴還曙色,鷺浴自清川。

歷歷竟誰種,悠悠何處圓。

客愁殊未已,他夕始相鮮。

【集注】

"江月"四句:(陳案:川,《四庫全書》本作"州"。形訛。失韻。《補注杜詩》《全唐詩》作"川"。) 趙云:四句言"曉"見星月,當船行之時也。"纜"言"風纜","船"言"霧船",則"曉"之景物也。

"歷歷"句:謝惠連詩:"亭亭映江月。"《古詩》:"天上何所有,歷歷種白榆。"

"悠悠"句:沈休文《詠月》:"清光信悠悠。"謝莊《月賦》曰:"昇清質之悠悠,降澄暉之藹藹。"

"客愁"二句:趙云:四句(陳案:指"歷歷"以下四句。)有感而問星月也。"他夕始相鮮",則併言星與月於"他夕"見之,若"客愁"既止,則"始"悅其鮮明矣。

舟月對驛近寺

更深不假燭,月朗自明船。

金剎青楓外,朱樓白水邊。

城烏啼眇眇,野鷺宿娟娟。

皓首江湖客,鈎簾獨未眠。

【集注】

"月朗"句:陶潛:"叩栧親月船。" 趙云:"明"字,與"殘夜水明樓"之法相似。

"金剎"句:《西京雜記》:"以黃金為剎。"

"朱樓"句:《杜補遺》:《釋氏要覽釋音》云:无梵言剎瑟,至唐言竿,今略言"剎",即幡柱也。 趙云:"青楓外",則其"剎"之高矣。用"青楓",則南方所有之木。"朱樓",蓋驛樓也。馮衍《顯志賦》云:

"伏朱樓而四望。"

舟 中

風餐江柳下,雨臥驛樓邊。
結纜排魚網,連檣并米船。
今朝雲細薄,昨夜月清圓。
漂泊南庭老,秖應學水仙。

【集注】

"風餐"二句:鮑照:"風餐弄松宿,雲臥恣天行。"(陳案:弄,《文選》作"委"。)

"連檣"句:"檣",船上帆竿也。

"今朝"四句:趙云:(宋)鮑照用"風餐"對"雲臥"。(唐)柳明獻用"霞餐"對"雲臥"。《詩》曰:"魚網之設。"《世說》:王脩齡曰:"脩齡爲飢,自當問謝仁祖索食,不須陶胡奴米船也。""南庭老",公自謂也。"南庭"者,南方之庭。猶北地,謂之北庭耳。

遣 悶

地闊平沙岸,舟虛小洞房。
使塵來驛道,城日避烏檣。
暑雨留蒸濕,江風借夕涼。
行雲星隱見,疊浪月光芒。
螢鑒緣帷徹,蛛絲冒鬢長。
哀箏猶憑几,鳴笛竟霑裳。
倚著如秦贅,過逢類楚狂。

氣衝看劍匣，潁脱撫錐囊。

妖孽關東臭，兵戈隴右瘡。

時清疑武略，世亂跔文場。

餘力浮于海，端憂問彼蒼。

百年從萬事，故國耿難忘。

【集注】

"舟虛"句：謝玄暉詩："洞房殊未曉。"

"城日"句：趙云：泊船之處近城，"日"爲"城"所障，不照及"檣"，故云"避烏檣"，此公之巧句也。

"行雲"句："雲"合則"星隱"，"雲"過則星"見"也。

"疊浪"句：趙云：前浪後浪，"月光"皆照也。

"螢鑒"句：螢光可以照物，故曰"螢鑒"。

"哀箏"二句：趙云：初聞"哀箏"，"猶"忍淚"凭几"聽之而已。至聞"鳴笛"，則情不能禁矣，於是乎淚"竟霑裳"也。魏文帝《與吳質書》有云："高談悟心，哀箏順耳。"（陳案：悟，《文選》作"娛"。）

"倚著"二句：《賈誼傳》云："秦人家富子壯，則出分；家貧子壯，則出贅。"注曰："亦猶人身體之有贅，非應所有也。""楚狂"，接輿。

"氣衝"句：任彥升："劍氣凌雲。"又，張華見劍氣衝斗。

"潁脱"句：（陳案：潁，《史記》同。《補注杜詩》《全唐詩》作"穎"。《字彙》："穎，俗潁字。"）《平原君傳》曰："夫賢士之處世也，譬如錐之處囊中，其末立見。"毛遂曰："使遂蚤得〔處〕囊中，乃穎脱而出，非特末見而已也。"

"餘力"句：《語》："道不行，乘桴浮於海。"

"端憂"句：《月賦》："端憂多暇。"《詩》云："彼蒼者天。"

"百年"二句：趙云："妖孽"兩句，是吐蕃與盜賊（而）[耳]。蓋言當時之"清"，則以"武略"爲"疑"而不用；及世之亂，則"文場""跔"而不展矣。兵書有黃石公《三略》。《杜預·贊》曰："元凱文場，稱爲武庫。"《語》云："行有餘力。"屈原有《天問篇》。"從萬事"，則言百年之内，（黃石公《三略》、杜預）[任從事緒之多，]而惟有懷鄉不能以也。

江陵節度陽城郡王新樓成，王請嚴侍御判官賦七字句，同作

樓上炎天冰雪生，高飛燕雀賀新成。
碧窻宿霧濛濛濕，朱拱浮雲細細輕。
杖鉞褰帷瞻具美，投壺散帙有餘情。
自公多暇延參佐，江漢風流萬古情。

【集注】

"高飛"句：《淮南子》："大廈成而燕雀來賀。"

"碧窻"二句：趙云：《淮南子》曰："南方曰炎天。"高誘注曰："南方五月建午，火之中也。火性炎上，故曰炎天。"顏延年《夏夜》詩云："炎天方埃鬱。"當炎天而樓上生冰雪，則其高可知矣。"窻"含"宿霧"，"拱"帶"浮雲"，皆言其高。

"杖鉞"句：賈琮爲冀刺史，之部，升車言："刺史當遠視廣聽，糾察美惡，何有反垂帷裳以自掩塞乎？"乃命御者褰之。

"投壺"句：祭遵：投壺雅歌。　　趙云：許靖《與曹孟德書》曰："昔營丘翼周，杖鉞專征。"謝靈運《酬從弟惠連》詩云："散帙問所知。"

"自公"二句：庾亮鎮武昌，昌之佐吏乘月登樓，不覺亮至。將避，亮曰："諸君少住，老子於此興復不淺。"陶侃曰："亮非獨風流，兼有爲政之事。"（陳案：獨、事，《晉書》作"唯""實"。）　　趙云：《詩》："自公退食。"《荀子》云："其爲人也，而多暇日，則其出入不遠。"

又作此奉衛王

西北樓成雄楚都，遠開山岳散江湖。
二儀清濁還高下，三伏炎蒸定有無。

推轂幾年唯鎮静,曳居終日盛文儒。
白頭授簡焉能賦,媿似相如爲大夫。

【集注】

"又作"句:(奉,《四庫全書》本作"非"。形訛。《補注杜詩》《全唐詩》作"奉"。)

"二儀"句:陽清爲天,陰濁爲地。見照略。

"三伏"句:趙云:《古詩》云:"西北有高樓。"今樓恰在西北,故用之爲宜。"遠開山岳散江湖",則言樓至所臨者高,所望者遠矣。樓在楚都,故言"山岳"、言"江湖"。"岳",則衡岳也。"二儀清濁還高下,三伏炎蒸定有無",雄健之語,皆樓之高,所見之大,其氣之清也。梁元帝《纂要》曰:"天地曰二儀。"《禮記》曰:"天高地下。"

"推轂"句:(陳案:畿,《補注杜詩》作"幾"。《小爾雅·廣詁》胡承珙義証:"幾,與畿通。")　《馮唐傳》:"推轂遣將。"　趙云:"推〔轂〕"云,以言衛王奉命爲將。

"曳居"句:(陳案:居,《補注杜詩》《全唐詩》作"裾"。《詩·唐風·羔裘》馬瑞辰傳箋通釋:"居,讀爲裾。")　鄒陽:"何王之門,不可曳長裾?"

"白頭"二句:《雪賦》:"授簡於司馬大夫。"《藝文志》:"登高能賦,可爲大夫。"

舟中出江陵南浦奉寄鄭少尹審

更欲投何處? 飄然去此都。
形骸元土木,舟楫復江湖。
社稷纏妖氣,干戈送老儒。
百年同棄物,萬國盡窮途。
雨洗平沙淨,天銜闊岸紆。
鳴螿隨汎梗,別燕起秋菰。

棲託難高臥，饑寒迫向隅。
寂寥相煦沫，浩蕩報恩珠。
溟漲鯨波動，衡陽鴈影徂。
南征問懸榻，東逝想乘桴。
濫竊商歌聽，時憂卞泣誅。
經過憶鄭驛，斟酌旅情孤。

【集注】

"更欲"二句：賈誼："何必懷此都。" 趙云：(周)庾信《烏夜啼》曲曰："御史府中何處宿。"故對"此都"。成公綏《嘯賦》云："心滌蕩而無累，志離俗而飄然。"

"形骸"句：土木形骸。

"社稷"句：左太沖："兵纏紫微。"

"百年"二句：趙云：《老子》云："常善救物，故無棄物。""萬國盡窮途"，(物)[則]多難之世，無適而不為窮途也。

"雨洗"四句：宋玉："燕翩翩其辭歸。" 趙云：上兩句道景雄健，其下句尤奇矣。惟其"闊"，所以縈紆。《周禮》："冀州之澤藪曰揚紆。"義蓋取此。"螀"，音將，蟬也。"螀"得"梗"而託之，故隨"汎梗"而鳴。"菰"，雕胡也。"燕"集如菰叢之間，時當"秋"，則別之而"起"去矣，皆言時也。

"棲托"句：孔明高臥南陽。 趙云：言其身方有所"棲託"，難于"高臥"以自安也。

"寂寥"句：《莊子》云："魚相煦以濕，相濡以沫，孰若相忘於江湖。"

"浩蕩"句：趙云：《前漢·刑法志》："滿堂飲酒，一人向隅而悲泣，皆為之不樂。""寂寥相煦沫"，則無以相贍給之者，故"報恩"之"珠"，亦"浩蕩"而無施也。"報珠"，傳記所載凡三事。《三輔決錄》曰："昆明池有魚，決綸而去。夢於漢武帝，求去鉤。帝明見大魚銜索，帝取放之，曰：'三日池邊得明珠一隻。'帝曰：'魚之報也。'"又，《搜神記》曰："隋侯行見大蛇傷，因救治之。其後，蛇銜珠以報焉。其徑盈寸，夜光可燭堂,故歷世稱隋珠。"又,噲參養母至孝,曾有玄鶴爲戎人所射,窮而歸參。參收養療治,瘡瘉而放之。後鶴雌雄雙至,各銜明月珠報參。而"報恩珠"三字,則沈佺期云:"漢皇靈沼上,容有報恩珠。"公之所用,當以魚事爲切。

"溟漲"句:謝靈運:"溟漲無端倪。"

"衡陽"句:《蜀都賦》云:"候鴈銜蘆。木落南翔,冰泮北徂。"

"南征"句:陳蕃爲樂安太守,禮郡人周璆,字而不名。特爲置一榻,去則懸之。

"東逝"句:《語》:"乘桴浮于海。"　趙云:"溟漲鯨波動",所以引"東逝想乘桴"。"衡陽鴈影徂",所引"南征問懸榻"。"南征",南往也。出自《楚詞》。"懸榻",有兩(字)[事]:陳藩禮周璆,及其禮徐孺子,亦然。

"濫竊"句:《北山移文》:"竊吹草堂,濫巾北岳。"《七啟》云:"此甯子商歌之秋也。"

"時憂"句:楚人卞和,以玉璞三獻,不遇。楚王遂再刖其足。

"經過"句:鄭莊置"驛"。

"斟酌"句:趙云:《琴操》曰:卞和者,楚野民。得玉,獻懷王。懷王使樂正子占之,言石。懷王以爲欺謾,斬其一足。懷王死,子平王立,和復獻之。平王又以爲欺,斬其一足。平王死,子立,爲荊王。和復欲獻之,恐復見害,乃抱其玉而哭,晝夜不止。涕盡,續之(矣)[以]血。荊王遣問之,於是和隨使獻玉。王使剖之,中果有玉。乃封爲陽陵侯。卞和不就而去,作退怨之歌曰:"悠悠(其)[沂]水經荊山,精氣鬱泱谷巖巖。中有神寶灼明明,穴山采玉難爲功。於何獻之楚先王,遇其闇昧信讒言。斷截兩足離余身,俛仰嗟歎心摧傷。紫之亂朱粉墨同,空山嘘唏涕龍鍾。天鑒孔明竟以彰,沂水滂沛流于汶。進寶得刑足離分,斷者不續豈不怨。""斟酌旅情孤",言鄭監必測度我"旅情"之"孤"也。鮑照《和王丞》詩:"斟酌高代賢。"

江南逢李龜年

歧王宅裏尋常見,崔九堂前幾度聞。

正是江南好風景,落花時節又逢君。

【集注】

"江南"句:自注:"崔九,即殿中監崔滌,中書令湜之弟。"

"歧王"四句:《明皇雜録》云:"上素曉音律,時有馬仙期、李龜年、賀懷智,皆洞知律度。龜年特承顧遇,後流廢江南,每遇良晨勝景,(陳案:晨,《補注杜詩》作'辰'。)常爲人歌數闋,坐上聞之,莫不掩泣罷酒。" 趙云:《南史》:沈約謂王筠曰:"不謂疲暮,復逢如君。"

官庭夕坐戲簡顏十少府

南國調寒杵,西江浸日車。
客愁連蟋蟀,亭古帶蒹葭。
不邁青絲鞚,虛燒夜燭花。
老翁須地主,細細酌流霞。

【集注】

"南國"四句:趙云:"南國",楚地也。《詩》:"滔滔江漢,南國之紀。""杵"謂之"調"。庾信《夜聽擣衣》詩云:"調聲不用琴。"又,《畫屏風》詩曰:"擣衣明月下,靜夜秋風飄。錦石平砧面,連房接杵腰。急節迎秋韻,新聲入手調。寒衣須及早,將寄霍飄姚。"(陳案:連、飄,《庾子山集》作"蓮""嫖"。)"日車"字,則《淮南子》曰:"日乘車,駕以六龍,羲和爲馭。"而李尤云:"安得猛士釂日車"也。"蟋蟀"字,見於《毛詩·七月篇》。以爲歲候。此所以"客愁連"之矣,故對"蒹葭"。其字亦出《詩》也。

"不邁"四句:(陳案:邁,《補注杜詩》《全唐詩》作"返"。) 趙云:"鞚",馬勒也,"青絲"爲之耳。《古詩》所謂"青絲絡頭"是已。《吳書·孫奐傳》:"黃武五年,權攻石陽。奐以地主使所部將軍鮮于丹,帥五千人先斷淮道。"《抱朴子》載:"項曼都言到天上,(先)[仙]人以流霞一杯飲之。"鮑明遠:"細(作)[酌]對春風。"公嘗用云:"細酌老江干。"

秋日荆南述懷三十韻

昔承推獎分,媿匪挺生材。
遲暮宮臣忝,艱危袞職陪。
揚鑣隨日馭,折檻出雲臺。
罪戾寬猶活,干戈塞未開。
星霜玄鳥變,身世白駒催。
伏枕因超忽,扁舟任往來。
九鑽巴噀火,三蟄楚祠雷。
望帝傳應實,昭王問不回。
蛟螭深作橫,豺虎亂雄猜。
素業行已矣,浮名安在哉?
琴烏曲怨憤,庭鶴舞摧頹。
秋水漫湘竹,陰風過嶺梅。
苦搖求食尾,常曝報恩腮。
結舌防讒柄,探腸有禍胎。
蒼茫步兵哭,展轉仲宣哀。
饑藉家家米,愁徵處處杯。
休爲貧士嘆,任受衆人咍。
得喪初難識,榮枯劃易該。
差池分組冕,合沓起蒿萊。
不必伊周地,皆登屈宋才。
漢庭和異域,晉史拆中台。
霸業尋常體,宗臣忌諱災。

群公紛戮力,聖慮育徘徊。
數見銘鍾鼎,真宜法斗魁。
願聞鋒鏑鑄,莫使棟梁摧。
磐石圭多翦,凶門轂少推。
垂旒資穆穆,祝網但恢恢。
赤雀翻然至,黃龍不假媒。
賢非夢傅野,隱類鑿顏坏。
自古江湖客,冥心若死灰。

【集注】

"昔承"二句:左思《蜀都賦》:"揚雄含章而挺生。"

"遲暮"句:陸機詩:"矯迹廊宮臣。"

"艱危"句:《詩》:"袞職有闕。" 趙云:拾遺通籍於朝,斯爲"宮臣"。在肅宗行在拜之,則"艱危"之時也。 《杜補遺》:《唐六典》注云:"補缺、拾遺。武后垂拱中置,取山甫補袞闕名官。"子美肅宗時爲左拾遺,故云。

"揚鑣"二句:(陳案:雲,《四庫全書》本作"靈"。形訛。《補注杜詩》《全唐詩》作"雲"。) 朱雲折檻。顯宗畫二十八將於"雲臺"。

趙云:上句言其扈從也。拾遺、補闕之職,皆得扈從。"日馭",言乘輿也。下句言其諫争不合而出也。房琯以陳陶斜之敗,公上疏論琯不宜廢免。肅宗出甫爲華州功曹。"出雲〔臺〕",則離雲臺而出官也。

"罪戾"二句:趙云:上句則上初欲誅甫,賴張鎬救之而得免也。

"星霜"句:《古詩》:"秋蟬鳴樹間,玄鳥逝安適。"

"身世"句:《莊子·知北遊》:"人生天地之間,若白駒之過隙。"何自苦如此。又,酈生說魏豹,豹謝曰:"人生一世間,如白駒過隙。"

趙云:"玄鳥",燕也。"玄鳥變",則言燕之或來或去爲"變"也。"星霜"之中見"玄鳥變",則不一其年矣。"白駒",以譬光陰之超忽,如其馳去。

"九鑽"句:《語》:"鑽燧改火。"欒巴噀酒,以救蜀火。

"三蟄"句：鮑云：山谷《簡王觀復》曰：子美入蜀下峽年月，詩中可見其曰："九鑽巴噢火，三蟄楚祠雷"，則往來蜀中，凡十二年也。（陳案：簡，《山谷集》作"與"。）　　趙云：兩句止通言九年中事，非謂十二年也。公乾元二年，歲在已亥年二月一日，自隴右赴劍南。十二月末到成都。自庚子至今歲大歷三年之清明，歲在戊申，是〈未〉爲"九"。公前有《月》詩云："二十四回明。"次公定爲二月望夜詩，而續有《大歷三年白帝放船出瞿唐峽》詩，則猶在夔州，可見是年清明矣。使"鑽火"字，則見其爲清明也。"巴噢火"，則爨巴所噢之火，以形容其在成都、及東州、及夔州，皆爲蜀地也。公以大歷三年春，方離夔州，發白帝，下峽，泊舟江陵，秋晚寓公安縣，歲暮發公安至岳州，則二年之秋八月、元年之秋八月，通三年之秋八月，在夔、在江陵，是爲"雷"之三"蟄"矣。"雷"以二月而奮，以八月而"蟄"。謂之"楚祠雷"，則楚人所祠之雷，蓋楚人好祠祭也。夔以寒食言之，則係之蜀；以"祠雷"言之，則係之楚。蓋以夔在六國爲楚地，初不相妨也。若不如此解，則"九"與"三"之義難考矣。所見如此，俟博。

　　"望帝"句：見《杜鵑》詩注。

　　"昭王"句：《僖·四年傳》：齊侯伐楚，曰："昭王南征而不復，寡人是問。"　　趙云：上句以言成都之所聞。按《成都記》：杜宇既禪位於鼈靈，遂升之西山（不）[而]隱。時適二月，杜鵑方鳴，民俗思宇，因號爲杜鵑，以誌其隱去之期。或曰：杜鵑即望帝精魂所化也。

　　"蛟螭"二句：趙云：兩句雖以言水宿山行之所有，而因託以興焉。蓋是時有跋扈之強臣、賊盜之巨猾故也。

　　"素業"二句：趙云：《史》云："家承素業。"（陳案：史，當爲《梁書》。彼文作"家傳素業"。）"安在哉"三字，公通此凡七使。蓋阮籍《詠懷》云："梁王安在哉？"

　　"琴烏"二句："琴烏曲"，《烏夜啼》也。（典）[吳]人舞白鶴於市。

　　《補遺》：《琴曲》有"長清、短清、幽蘭、白雪、風入松、烏夜啼。"吳兢《古樂府解題》云："《烏夜啼》，宋臨川王義慶造也。"鮑明遠《舞鶴賦》："始連軒以鳳蹌，終婉轉而龍躍。躑躅徘徊，振迅騰摧。"　　趙云：其所"怨憤"，寄之琴曲，則《烏夜啼》也，而"庭鶴"爲之"舞"矣。

　　"秋水"句：湘妃揮淚灑竹，竹皆斑。

"陰風"句：大庾嶺多梅，人號梅嶺。　趙云：句則因所往之地，而言其時也。張華《博物志》曰："舜死，二妃淚下，染竹即斑。妃死爲湘水神，曰湘妃竹。""秋水漫湘竹"，則預言秋時過湘潭也。大庾嶺多梅，當"陰風"時，經過於嶺上之"梅"，則公預言其冬時至嶺上也。

"苦摇"句：司馬子長《報任少卿書》曰："猛虎在深山，百獸震恐；及在檻穽之中，摇尾而求食，積威約之漸也。"

"常曝"句：《三秦記》：江海集龍門，魚登者化龍，不登者點額曝腮。

"結舌"句：《前漢》："博士結舌而不談。"又，"鉗口結舌。"

"探腸"句：枚乘："福有基，禍有胎。"　趙云：既爲客矣，"求食"所不得已，"報恩"所不得忘。而又"結舌""探腸"，則已防患焉。齊武帝謂臨賀王曰："汝包藏禍胎。"

"蒼茫"句：阮籍爲步兵，哭窮途。

"展轉"句：王粲流離，作《七哀詩》。

"榮枯"句：趙云：兩句所以起論世人之"榮枯"，可以該了也。"差池分組冕，合沓起蒿萊。不必伊周地，皆登屈宋才"。以言其"榮"。"漢庭和異域，晋史拆中台。霸業尋常體，宗臣忌諱災"。以言其"枯"也。

"不必"二句：伊尹、周公；屈原、宋玉。　趙云：《詩》言："燕燕于飛，差池其羽。"以飛譬之也。而"分"組綬、冠冕之貴，其重沓來，則特起於蓬蒿草萊之間耳。伊尹、周公之所任，則宰輔之地。今也"不必"于宰輔，所登用者，皆如屈原、宋玉之"才"也。

"漢庭"句：《前漢·匈奴傳贊》："和親之論，發于劉敬。"

"晋使"句：晋中台拆，而張華誅。

"霸業"二句：趙云：上句（陳案：指"漢庭"句。）以比當時遣使和吐蕃，而不即歸者矣。次句（陳案：指"晋史"句。）則又必有以罪誅者。"晋史"，則晋之太史，以天文爲告也。非史籍之"史"。中國之于外裔，（陳案：外裔，《杜詩引得》作"夷狄"。）甘心于和親，此"霸業尋常"之"體"也。而大臣充使，或留或誅，則"宗臣"以爲"忌諱"矣。

"群公"二句：趙云：自此而下，論所以致太平之事矣。《羽獵賦》云："群公常伯，楊朱、墨翟之徒也。""群公"之"戮力"，至於紛然。又煩"聖慮"之軫,及而窅然"徘徊",則吐蕃之所因如此。

"數見"句:季武子作林鍾之銘,銘魯功。衛孔悝鼎銘。

"真宜"句:《隋·志》:"北斗一至四爲'魁',五至七爲'杓'也。"

趙云:上句則"群公"功成,而"鍾鼎"之可"銘";下句則"聖慮"之號令,當法之北斗。《晉·天文志》:"斗杓,人君之象,號令之主也。"

"願聞"句:賈誼《過秦論》:"銷鋒鏑,鑄以爲金人十二。"

"莫使"句:衛玠卒,謝鯤哭之曰:"梁棟折,不覺哀。"《杜補遺》:"願聞鋒鏑鑄",若《家語》:顔回云:"愿鑄劍戟,以爲農器。"是也。(晉)陸玩拜司空,謂賓客曰:"以我爲三公,是天下無人矣。"索酒酌柱間地,祝曰:"當今乏才,以爾爲柱石之臣,莫傾人棟樑!"(陳案:臣,《世説新語》作"用"。)

"磐石"句:漢文帝封子弟,曰"磐石之宗"。成王封康叔,翦桐葉爲"圭"。

"凶門"句:《杜補遺》:李衛公對唐太宗曰:"古者出師命將,齋三日,授之以鉞,推其轂。"又曰:"古者命將,授鉞,推轂,鑿凶門而出。"

趙云:"轂少推",望其息兵,而不崇將臣也。

"垂旒"句:《禮》:"天子穆穆。"

"祝網"句:成湯祝網。《老子》:"天網恢恢。"趙云:《傳》曰:"天子垂旒,所以蔽明也;黈纊塞耳,所以蔽聰也。"蓋言垂拱無事者如此。成湯出,見羅者,方祝曰:"從天下者,從地出者,四方來者,皆入吾羅。"湯曰:"嘻!盡之矣,非桀其孰能爲此哉!"乃命解其三面,而置其一面。更教之祝曰:"欲左者左,欲右者右,欲高者高,欲下者下,吾取其犯命〔者〕。"諸侯聞之,咸曰:"湯之德,至矣!澤及禽獸,況于人乎?"

"赤雀"二句:《春秋孔演圖》曰:"鳥化爲書,孔子奉以告天。赤雀集書上,化爲黃玉。"《後漢》:"黃龍見于譙。"趙云:"赤雀""黃龍",則言祥瑞之至矣。《遁甲》曰:"赤雀不見,則國無賢。白雀不降,則無後嗣。"注:"赤雀,主銜書,陽精也;白雀,主銜錢,陰精也。"在王者言之,則《尚書中候》曰:"赤雀銜丹書,入豐,止于昌前。"昌,則文王之名也。《瑞應圖》曰:"黃龍者,四龍之長。王者不漉池而漁,則應和氣,而游于池沼。"在帝王言之,則《龍魚河圖》曰:"黃龍負圖,從河中出，付黄帝。帝令侍臣寫以示天下。"又曰："黄龍從洛水出，詣虞舜，鱗甲成字。令左右寫文竟，龍去。其後漢文帝時，見成紀。宣帝時，見新豐。光武時，見于河。章帝時，四見。安帝時，見歷城。哀帝時，見潁川。魏時見不一。""至"，則如孔氏之鳳鳥不至之"至"。"媒"，則《前漢》樂歌曰："天馬來，龍之媒。"

"賢非"句：高宗夢得説于傅巖之野。

"隱類"句：《雄傳》："或鑿坯以遁。"《莊子》："魯君聞顏闔賢，欲以爲相。使者往聘，因鑿後垣而亡。""坯"，壁也。

"自古"二句：《莊子》曰："心若死灰。"　趙云：四句（陳案：指"賢非"四句。）則公自言也。

哭李尚書 之芳

漳濱與蒿里，逝水竟同年。
欲掛留徐劍，猶迴憶戴船。
相知成白首，此別間黄泉。
風雨嗟何及，江湖涕泫然。
修文將管輅，奉使失張騫。
史閣行人在，詩家秀句傳。
客亭鞍馬絶，旅櫬網蟲縣。
復魄昭丘遠，歸魂素滻偏。
樵蘇封葬地，喉舌罷朝天。
秋色凋春草，王孫若箇邊。

【集注】

"漳濱"二句：（陳案：逝，《四庫全書》本作"遊"。形訛。《補注杜詩》《全唐詩》作"逝"。注文同）。　劉公幹詩云："寢身清漳濱。"李延年分送喪歌爲二等：《薤露》送王公貴人；《蒿里》送士大夫庶人。使挽柩者歌之，爲挽歌也。　　趙云：首兩句言病而即死也。"逝水"之義，起於《論語》：子在川上曰："逝者如斯夫。"而劉公幹詩有云："逝者如流水，哀此遂離分。"

"欲掛"句：見"把劍覓徐君"句注。

"猶迴"句：見"應尋戴安道"注。　　趙云：《史記》曰："吳季札之初使北，過徐。徐君好季札劍，口不敢言。季札方爲使上國，未獻。還至徐，徐君已死。乃解其寶劍，繫徐君冢樹而去。"《語林》曰：王子猷居山陰，大雪夜，開室命酌，四望皎然，因詠《招隱》詩。忽憶戴安道，時在剡，乘興棹舟，經宿方至，既造門而返。或問之，對曰："乘興而來，興盡而去，何必見戴安道耶？"

"此別"句：（陳案：問，《古今事文類聚·前集》卷五十九、《文苑英華》卷三百三作"問"）　　《左傳》："不及黃泉，無相見也。"

"風雨"二句："風雨"何嗟及矣。　　趙云："成白首"字，潘安仁詩："投分寄石友，白首同所歸"也。"嗟何及"字，出《詩》："嗟何及矣。""涕泫然"字，《文中子》云："泫然流涕。"

"修文"二句：趙云：王隱《晉書》載：鬼蘇韶見其弟，謂曰："顏淵、卜商，今爲地下修文郎。有八人，韶自言其一也。"貼之以"將管輅"，則"李尚書"之有奇才，應如魏之"管輅"也。《前漢》："張騫以郎應募，使月氏，至大夏而竟。歸漢，拜太中大夫。"劉孝標《辨命論》曰："臣觀管輅英偉，珪璋特秀，實海內之名傑，豈日者卜祝之流乎？""將管輅"，則修文郎有八人，將如管輅者，亦預之矣。或曰："將"，携之而去。亦通。"奉使失張騫"，李尚書充使而死也。

"史閣"句：《周禮》：大行人、小行人。

"詩家"句：趙云："行人"，有申言其"奉使"。"閣"，則言其書之史冊也。

"旅櫬"句：沈休文詩云："網蟲垂户織。"

"復魄"句：《登樓賦》云："西接昭丘。""昭丘"，楚昭王之墓。

"歸魂"句：宋玉："魂兮歸來。"　　趙云：此言其死于道路矣。鮑照詩："鞍馬光照地。"《儀禮·〔士〕喪禮》：有"復"。注："復者，有司招魂復魄也。""昭丘"，按：《荆州圖經》："在當陽東南七十里。""復魄昭丘遠"，則李尚書寄居荆南，其"櫬"歸而"復"，則所以爲（用）"〔遠〕"。

"素滻",長安之水也。潘安仁《西征賦》云:"南有玄霸素滻。""歸魂素滻偏",則李尚書乃長安人也。

"樵蘇"二句:李固云:"陛下之有尚書,猶天之有北斗。斗爲天之喉舌,尚書亦爲陛下之喉舌。" 趙云:上句,則大臣之墓,其前後左右禁樵牧也。"喉舌罷朝天",則已死矣,不復以是任而見天子也。

"秋色"二句:劉安《招隱》:"芳草兮萋萋,王孫兮不歸。"

重 題

涕泗不能收,哭君餘白頭。
兒童相顧盡,宇宙此生浮。
江雨銘旌濕,湖風井迸秋。
還瞻魏太子,賓客減應劉。

【集注】

"江雨"句:《檀弓》:"銘,明旌也。"

"湖風":鮑明遠《蕪城賦》云:"邊風急兮城上寒,井迸滅兮丘隴殘。"

"還瞻"二句:趙云:"兒童相顧盡",一作"相識盡",則言自兒童時,與李尚書"相識"。若作"相顧盡",則言與李尚書諸子,更相顧視,一一已盡,而無說矣。末句公自注外,"應劉"字,"應",則應瑒,字德璉;"劉",則劉禎,字公幹。曹丕《與吳質書》曰:"徐、陳、應、劉,一時俱逝。"蓋皆當丕爲太子時,相從之客也。公前有《寄薛尚書》云:"曾是接應徐",亦此四子中之二者。

獨 坐

悲愁迴白首,倚杖背孤城。
江歛洲渚出,天虛風物清。

滄溟服衰謝,朱紱負平生。
仰羨黃昏鳥,投林羽翩輕。

【集注】

　　"悲秋"四句:趙云:舊本"悲愁",師民瞻本作"悲秋"。是。蓋"悲愁"字,雖出《楚詞》"余萎約而悲愁",然是兩字。惟宋玉之"悲秋",故對"倚杖"。鮑明遠云:"倚杖牧雞豚。"以"江"之"歛",故"洲渚"出。謝惠連:"蕭條洲渚際"也,故對"風物"。其字熟矣。如宋儋亦云:"秋盡野外,草木變衰;長郊蕭條,風物淒緊。"今於法帖中可見。

　　"滄溟"四句:服:一作"恨"。　　趙云:在"滄溟"之中,甘服"衰謝",此亦"乾坤一腐儒"之勢也。"負平生",言其無用于時也。"平生",祖出《論語》:"久要不忘平生之言。"

暮　歸

霜黃碧梧白鶴棲,城上擊柝復烏啼。
客子入門月皎皎,誰家擣練風淒淒。
南渡桂水闕舟楫,北歸秦川多鼓鞞。
年過半百不稱意,明日看雲還杖藜。

【集注】

　　"城上"句:(陳案:柝,《四庫全書》本作"拆"。形訛。《補注杜詩》《全唐詩》作"柝"。)

　　"誰家"句:《詩》:"風雨淒淒。"

　　"北歸"句:秦:一作"洛"。

　　"年過"二句:趙云:"梧"之碧葉,爲"霜"所"黃"也。"城上",白帝城也。《易》:"重門擊柝。""烏啼",則《後漢》謠所謂"城上烏",而樂府有《烏夜啼》之曲。"客子",公自謂也。《選》詩:"客子常畏人。"《古詩》:"明月何皎皎,照我羅牀幃。""秦川多鼓鞞",則時吐蕃之兵未息。"秦川",一作"洛川",非。"洛",未嘗言洛川也。

移居公安敬贈衛大郎 鈞

衛侯不易得,余病汝知之。
雅量涵高遠,清襟照等夷。
平生感意氣,少小愛文辭。
河海由來合,風雲若有期。
形容勞宇宙,質樸謝軒墀。
自古幽人泣,流年壯士悲。
水煙通徑草,秋露接園葵。
入邑豺狼鬭,傷弓鳥雀飢。
白頭供宴語,烏几伴棲遲。
交態遭輕薄,今朝豁所思。

【集注】

"衛侯"四句：趙云："不易得"字,公嘗用曰："神仙之人不易得。"《南史》："袁憲,字德章,幼聰明好學,有雅量。"袁粲於王儉詩云："老夫亦何寄,之子照清襟。"

"河海"二句：趙云："河海由來合",所以言意氣之感也。《書》曰："北播爲九河,同爲逆河,入于海。""風雲若有期",所以言其文辭之必效也。

"形容"四句：趙云：此則公自言也。上句以言其憔悴,而空老於世。下句以言無復入仕於朝廷。《易》："幽人正吉。"(陳案：正,《周易注疏》作"貞"。《說文通訓定聲》："貞,叚借爲正、爲定。")項羽目樊噲云："壯士。"

"水煙"四句：趙云：上兩句述其"移居公安"之地也。《選》詩云："輕風摧徑草。"《史記》云："公儀休拔其園葵。"舊注引陸士衡《園葵》詩,在後矣。"豺狼""鳥雀",以比賊盜、窮困之民。

"白頭"四句：趙云："白頭",公自言也。"供宴語",言可以供"衛"

之語。"烏几",烏皮几也。"伴棲遲",則遷於公安,惟有"烏几"爲伴耳。翟公題門云:"一貧一富,乃知交態。"《古詩》:"五陵輕薄兒。""今朝豁所思",則以美"衞鈞"也。

公安送韋二少府匡贊

逍遥公後世多賢,送爾維舟惜此筵。
念我常能數字至,將詩不必萬人傳。
時危兵甲黄塵裹,日短江湖白髮前。
古往今來皆涕淚,斷腸分手各風煙。

【集注】

"逍遥"二句:趙云:"逍遥公",《杜補遺》引《北史》:韋敻,字敬遠,孝寬之兄。志尚夷簡,淡於榮利。所居之宅,枕帶林泉,對玩琴書,蕭然自適。時人號爲居士。周明帝以詩貽之曰:"誰能同四隱,來參予萬機。"敻願時朝謁。帝大說,敕有司,日給河東酒一斗,號曰逍遥公。又引《唐史》云:韋嗣立爲中書門下三品,嘗於驪山建營別業,中宗親往幸焉。自製詩序,令從官賦詩。因封嗣立爲逍遥公,名其所居爲清虚原幽棲谷。且云:以二史考之,子美稱"逍遥公",乃韋敻,非嗣立也。故《世系表》爲韋氏九房,以敻之後爲逍遥公房,嗣立之後爲小逍遥公房,蓋以別之也。

"念我"四句:趙云:領聯言思念"我",則寄"將"我之"詩"去,則"不必"傳之"萬人"也。腹聯兩句,其句法不同。上句言當"時危"之際,與韋二皆在"兵甲黄塵"之"裹"。蓋有"兵甲",則有"黄塵",此"時危"之事也。"黄塵"字,曹子建《感節賦》:"大風隱其四起,揚黄塵之冥冥。"下句則言"髮"已"白"矣,而短景中之"江湖"在其"前"。蓋指相聚之地也。

"古往"二句:趙云:"斷腸"字,多矣。如謝靈運《憶山中》詩云:"楚人心苦絶,越客腸今斷。"鮑照《東門行》曰:"野風吹秋木,行子心腸斷。"而《別賦》云:"行子腸斷"也。謝宣遠《送王撫軍》詩:"分手東城闉。"劉玄暉《八公山》詩:"風煙四時犯,霜雨朝夜沐"也。

贈虞十五司馬

遠師虞秘監,今喜識玄孫。
形象丹青逼,家聲器宇存。
淒涼憐筆勢,浩蕩問詞源。
爽氣金天豁,清談玉露繁。
佇鳴南岳鳳,欲化北溟鯤。
交態知浮俗,儒流不異門。
過逢連客位,日夜倒芳樽。
沙岸風吹葉,雲江月上軒。
百年嗟已半,四坐敢辭喧。
書籍終相與,青山隔故園。

【集注】

"遠師"十句:趙云:"虞秘監"者,世南也。《陸雲傳》云:"爲浚儀令,去官,百姓圖畫形象。"太史公云:"李陵頹其家聲。"王獻之云:"西山朝來,致有爽氣。"此借用於人耳。《晉書》:"終日清談而已。""露繁",字韻:"董仲舒有《繁露》之書也。"劉公幹詩:"鳳皇集南岳,徘徊孤竹根。"故對"北溟鯤"。其字,則"北溟有魚,其名爲鯤"也。

"交態"二句:趙云:"交態"字,《鄭莊傳》:翟公題門曰:"一貧一富,乃知交態。"故對"儒流"。其字,則"儒家者流"也。《史記》云:"同門而異户"也。

"過逢"六句:趙云:"客位"字,沈休文云:"客位紫苔生。"《別賦》云:"月上軒而飛光。"《古詩》:《香爐》詩云:"四座且莫喧,願聽歌一言。"今云"敢辭喧",豈言敢辭去喧譁,而拘拘喑默,此所以終倒"芳樽"之歡也。

"書籍"二句：趙云：此暗用蔡邕盡舉其家所有之書，以與王粲。又，《南史》：王筠，字元禮。沈約見筠文，咨嗟而歎曰："昔蔡伯喈見王仲宣，稱曰：'王公之孫，吾家書悉當相與。僕雖不敏，請附斯言。'"今公所云，正欲以"書籍""相與"，但"故園"隔在"青山"之外耳。

公安縣懷古

野曠呂蒙營，江深劉備城。
寒天催日短，風浪與雲平。
灑落君臣契，飛騰戰伐名。
維舟倚前浦，長嘯一含情。

【集注】

"野曠"八句：趙云：吳將"呂蒙營"於"公安"；"劉備"曾爲荆州牧，故今句及之。"灑落君臣契"，則又言先主之於諸葛也。"飛騰戰伐名"，則以言呂蒙之爲將也。"含情"，則亦弔古之意也。

公安送李二十九弟晉肅入蜀，余下沔鄂

正解柴桑纜，仍看蜀道行。
檣烏相背發，塞鴈一行鳴。
南紀連銅柱，西江接錦城。
憑將百錢卜，飄泊問君平。

【集注】

"公安"句：趙云："晉肅"乃李賀之父也。當時以賀父名"晉肅"，不得令舉進士。韓退之有辯，在《韓集》。

"正解"四句：趙云：上句，公將下"沔鄂"；次句，送"晉肅入蜀"。"檣烏"，則船檣上刻爲烏形，取占風之義。一往南，一往蜀，此所以爲

"背發"也。"塞鴈一行鳴",則言其別之時也。

"南紀"四句:趙云:"南紀"字,《唐·天文志》云:"東循嶺徼,達甌閩,是謂南紀,所以限蠻夷也。"非是《詩》云:"湯湯江漢,南國之紀。""銅柱",馬援所建,在驩州之東南極角也。"南紀連銅柱"一句,又公自言其下"沔鄂",而儘南往矣。自"西江"而上泝,是爲接"錦城"。末句因"晉肅入蜀",故有"君平"之"問"。

宴王使君宅二首

右一

漢主追韓信,蒼生起謝安。
吾徒自漂泊,世事各艱難。
逆旅招邀近,他鄉意緒寬。
不才甘朽質,高臥豈泥蟠。

【集注】

"漢主"四句:趙云:首兩句取古二人功名之事言之,引下句也。

"逆旅"四句:趙云:上兩句言皆在"逆旅"之中,以相"招邀",可以"寬"意緒也。《莊子》:"逆旅者,有二妻。"《古樂府》:"他鄉各異縣。""不才甘朽質",所以自處之語。"高臥豈泥蟠",則所以自謙也。《左傳》有言:"才子""不才子"。

右二

汎愛容霜鬢,留歡上夜關。
自吟詩送老,相勸酒開顏。
戎馬今何地,鄉園獨舊山。
江湖墮清月,酩酊任扶還。

【集注】

"留歡"句:上夜閑:一作"卜夜閑"。

"自吟"二句:趙云:舊本"霜髮",師民瞻本作"霜鬢"。是。孔子曰:"汎愛衆而親仁。"其後遂以"汎愛"爲朋友,則殷仲文《南州桓公九井》作云:"廣筵散汎愛。"是已。舊本正作"卜夜閑"。"卜夜"字,《左傳》云:"臣卜其晝,未卜其夜"也。一作"上夜閑",蓋以公父諱"閑",當避"閑"字也。殊不知公有云:"雙雙戲蝶過閑幔。"(陳案:雙雙,《補注杜詩》作"娟娟"。)則亦臨文不諱矣。然今句當以"上夜閑"爲正,蓋首兩句便對,而"夜閑"字,方對"霜鬢"也。又於"留歡"爲相應,蓋如陳遵"閉門投轄"者矣。

"戎馬"四句:(陳案:舊,《全唐詩》同。一作"在"。) 趙云:《老子》云:"戎馬生於郊。"末句,"月"使"墮"字,奇矣。李白亦云:"更看江月墮清波。"

留別公安太易沙門

隱居欲就廬山遠,麗藻初逢休上人。
數問舟航留製作,長開篋笥擬心神。
沙村白雪仍含凍,江縣紅梅已放春。
先踏鑪峰置蘭若,徐飛錫杖出風塵。

【集注】

"隱居"四句:趙云:"廬山遠",謂惠遠大師。"休上人",則詩僧湯惠休也。"數問舟航留製作",言來問公,而留公之"製作"也。"長開篋笥擬心神",言爲"太易"而"開篋笥",於是"心神"擬議,合與其何篇也。

"沙村"四句:趙云:《上林賦》云:"其北則含凍裂地,涉水揭河。"末句,公蓋言先往廬山,路香鑪峰,求"置蘭若"之地,請"太易"師"飛錫"而來也。孫綽《天台山賦》:"應真飛錫以躡虛。"

秋日荆南送石首薛明府辭滿告別，奉寄薛尚書頌德叙懷，斐然之作三十韻

南征爲客久，西候別君初。
歲滿歸鳧舄，秋來把鴈書。
荆門留美化，姜被就離居。
聞道和親入，垂名報國餘。
連枝不日并，八座幾時除。
往者胡星孛，恭惟漢網踈。
風塵相顧洞，天地一丘墟。
殿瓦鴛鴦坼，宮簾翡翠虛。
鉤陳摧徼道，槍纍失儲胥。
文物陪巡狩，親賢病拮据。
公時呵獫貐，首唱却鯨魚。
勢愜宗蕭相，材非一范睢。
屍填太行道，血走浚儀渠。
滏口師仍會，函關憤已攄。
紫微臨大角，皇極正乘輿。
賞從頻峩冕，殊私再直廬。
豈惟高衛霍，曾是接應徐。
降集翻翔鳳，追攀絕衆狙。
侍臣雙宋玉，戰策兩穰苴。
鑒澈勞縣鏡，荒蕪已荷鋤。
嚮來披述作，重此憶吹嘘。

白髮甘凋喪，青雲亦卷舒。
經綸功不朽，跋涉體何如。
應訝耽湖橘，常餐占野蔬。
十年嬰藥餌，萬里狎樵漁。
揚子淹投閣，鄒生惜曳裾。
但驚飛熠燿，不記改蟾蜍。
煙雨封巫峽，江淮畧孟諸。
湯池雖險固，遼海尚塍淤。
努力輸肝膽，休煩獨起予。

【集注】

"秋日"句：趙云："石首"縣，江陵屬縣也，以山得名。"頌德叙懷"四字，今世所謂紀德陳情也。

"南征"三句：趙云："西候"，屬西之時候，乃秋日也。"鳬舃"，以言"薛明府"之為縣令，即王喬之乘鳬，乃尚方舄事也。

"秋來"句：趙云："秋來把鴈書"，應是得其兄"尚書"之"書"也。"鴈書"事，蘇武。

"荆門"句：《唐》：蕭銑屯軍荆門，號荆門軍，在夷陵。　趙云：上句指言其自"石首"替也。江陵府在唐管縣八，而"石首"其一也。"荆門"於唐，亦是江陵府縣名。今"石首"替罷，而謂之"荆門留美化"，其取江陵府，古謂之"荆州"也。

"姜被"句：《續漢書》：姜肱兄弟三人，皆以孝行著名。肱年長，與三弟共被臥，親友如此。　趙云：下句則言兄弟相見也。《詩》云："美化行乎江漢之域。"《書》云："用蕩析離居"也。

"聞道"句：見"肯慮白登圍"注。　趙云：此言"薛尚書"之充使也。

"垂名"句：趙云：唐之於吐蕃，初妻以金城公主，而叛服不常。至永泰、大曆間，再遣使者來聘。於是户部尚書薛景仙往報。《新書》所載如此，則"薛尚書"者，乃薛景仙乎？

"連枝"二句：見"起居八座太夫人"注。《景帝紀》注："凡言除者，除故官，就新官。"　趙云：言尚書之與薛石首，"不日"相并"連枝"，則如木之連理枝也。

"往者"句："胡星"，旄頭也。孛星光芒短，其光四出，蓬蓬孛孛然。　趙云：上句指言安禄山也。《天文志》："旄頭，胡星也。凡星之妖所矚曰'孛'。"

"恭惟"句：《漢·刑法志》："禁網踈闊。"　趙云：下句指言明皇之寬大也。

"風塵"句：《洞簫賦》："風洪洞而不絕。""澒洞"，相連貌。　趙云：凡兵之地，謂之"風塵"。如(隋)顔之推《古意》詩云："歌舞未終曲，風塵闇天地。""澒洞"字，出《淮南子》曰："未有天地之時，鴻濛澒洞，莫知其門。"而《文選》止使"洪洞"字，其音亦從去聲。

"天地"句：王粲詩："崤函復丘墟。"　趙云："一丘墟"，則人民寡而城郭荒矣。

"殿瓦"句：鄴都銅雀臺，皆"鴛鴦"瓦。庾信《賦》："昔爲一雙瓦，飛入魏王宮。"　趙云："鴛鴦"瓦事：《魏志》：文帝問周宣曰："吾夢殿屋兩瓦墜地，化爲鴛鴦，何也？"宣對曰："後宫當有暴死者。"帝曰："吾詐卿耳。"宣曰："夫夢者，意耳。苟以形言，便占吉凶。"言未卒，黄門令奏，宫人相殺。

"宫簾"句：《西京雜記》有"翡翠"簾。

"鉤陳"句：《西都賦》："周以鉤陳之位，衛以嚴更之署"。又云："周廬千列，徼道綺錯。"　趙云："鉤陳"，星名，主天子後營。"摧徼道"，則"鉤陳"之營，摧頹於"徼道"中也。

"槍纍"句：(陳案：纍，《補注杜詩》《全唐詩》作"櫐"。《文選》作"纍"。)　《長楊賦》："木擁槍纍，以爲儲胥。"注："槍纍，作木槍，相纍爲欄也。""儲胥"注："武帝先作迎風館於甘泉山，後加露寒、儲胥二館。"　趙云：木槍相纍爲栅擁，禽獸使不得出此。《文選》張銑所注，其在《揚雄本傳》。師古云："言有儲畜，以待所須也。"公詩句直用揚雄《賦》而已。蓋言"槍纍"之壞，所以於"儲胥"爲失也。舊注却是言甘泉宫中事，不知上四句以言京師之陷，而宫殿之毁也。

"文物"三句："猰貐"，摩牙而食人。　杜云：《爾雅》："猰貐，類貙,虎牙,食人。"　　趙云:"巡狩",指言肅宗之在鳳翔也。"文物陪",則言衣冠集於此也。《鴟鴞》之詩曰:"予手拮据。"注云:"拮据,撠挶也。言爲巢之至苦,其手病也。""親"與"賢"皆"病",則勞於討賊之事也。"猰㺄",惡獸。

"首唱"句:見上"京觀且僵尸"注云。　　趙云:"鯨魚",大魚。

"勢愜"句:蕭何也。　　趙云:"蕭相",而自注云:"郭令公。"《漢書》云:"蕭何,國之宗臣也。""勢愜",言討賊之"勢"愜順也。

"材非"句:《史記》載:"范雎,逃魏齊之辱,入秦爲相,終復魏齊之讎。"　　趙云:自注云:"諸名將。"蓋秦拜范雎爲客卿,謀兵事。卒聽其謀,使五大夫綰伐魏、伐韓,大破趙於長平,此皆范雎之謀,有益於秦者,故以比"諸名將"。

"屍塡"二句:太行山,在河北;"浚儀渠",汴河也。　　趙云:"太行"在幽、燕,"浚儀"在梁。

"滏口"句:趙云:"滏水",光、黃之間。

"函關"句:趙云:"函關",則函谷關是已。於是復京師矣,下四句是也。

"紫微"句:《隋・天文志》:"紫微,大帝之座也。"又:"大角一星,在攝提間,天王座也。又名天棟。"　　趙云:言肅宗還長安也。"紫微臨大角",則帝星臨王座也。

"皇極"句:"皇極""乘輿",天子輦屬。　　趙云:《洪範》曰:"建用皇極。"《史》曰:"乘輿返正。""皇極正乘輿",則大中之道復正也。

"賞從"二句:(陳案:私,《全唐詩》同。一作"恩"。)　　《僖・二十四年傳》:"晉侯賞從亡者。"　　趙云:公嘗曰:"羲冕耿金鍾。"今對"直廬",則直宿殿廬也。

"豈惟"二句:衛青、霍去病。　　趙云:"衛、霍",漢之大將。"曾是接應徐",此薛公又加太子賓客之職故耶。徐、陳、應、劉,蓋皆曹丕爲太子時所從之人也。觀後篇《哭李尚書》而云:"還瞻魏太子,賓客減應劉。"公自注云:"李公歷禮部尚書,薨于太子賓客。"可見矣。

"降集"句:賈誼《賦》:"鳳凰翔于千仞兮,覽德輝而下之。"　　趙云:於"降集"之間,如"翔鳳"之"颻",言兄弟之翱翔也。

"追攀"句:《莊子》云:"朝三暮四,衆狙皆怒。"　　趙云:相與"追攀"，而"絕"衆姦之喜怒，故以"狙"譬焉。

"侍臣"句："宋玉"，楚襄王大夫也。

"戰策"："穰苴"有《司馬兵法》。　　趙云：蓋當時亦必有妬熱者矣。"宋玉"，楚襄王大夫，有文章。今以"侍臣"言之，則文才如"雙宋玉"。"穰苴"，善用兵，有《司馬兵法》，今以戰策言之，則武略如兩"穰苴"。乃所以美薛之兄弟也。

"嚮來"句：自注："石首處見公'新文一卷'。"

"白髮"二句：趙云：上句言蒙"尚書"之鑒照，澄澈如"鏡"之"懸"。此樂廣謂之"水鑑"之意。《淮南萬畢術》云："高懸大鏡，坐見四鄰。"陶淵明詩："帶月荷鋤歸。""荒蕪已荷鋤"，言昔從事於翰墨，今則以"荒蕪"，而乃從事於耕種矣。"青雲""卷舒"，言"青雲"之志，昔"舒"而今"卷"也。

"經綸"二句：自注："公頃奉使和蕃。已見上。"

"應訝"句：潭州有橘洲。

"常餐"二句：見上"藥餌扶吾隨所之"注。

"萬里"句：趙云："經綸功不朽"，則又以言薛尚書。《易》曰："君子以經綸。"《詩》云："大夫跋涉。""應訝耽湖橘，常餐占野蔬"兩句，則又言薛公之相念也。

"揚子"句：見"子雲識字終投閣"注。

"鄒生"句：鄒陽《書》："何王之門，不可曳長裾乎？"　　趙云："揚子""鄒生"，公以自況也。"曳"長裾，則不欲干謁諸侯也。

"但驚"句：《東山》詩："熠燿宵行。"注："熠燿，燐也；燐，螢火也。"

"不記"句：張景陽："下車如昨日，蟾蜍四五圓。"　　趙云："飛熠燿""改蟾蜍"，皆以記時之變易也。

"煙雨"二句："孟諸"，九澤名云。　　趙云："煙雨封巫峽"，則追言其舊居。"江淮畧孟諸"，則指前途之所經矣。《爾雅》曰："宋有孟諸。"注："今在梁園，睢陽縣東北。"此郭璞之言，而今日則南京也。

"湯池"句：金城湯池。

"努力"二句：《語》："起予者商也。"　　趙云："湯池"，普言眼前州郡。《選》云："實有險固。""遼海尚阗淤"，則時幽、燕猶有不順命者矣。《前漢·溝洫志》云："填淤反壤之害。"顏師古曰："填淤，謂壅泥也。"上又有"填闕"字,師古云:"闕,讀與於同,音於據切。"而公今押平聲,義同耳。末句所以激之也。《吳越春秋》:越人之歌曰:"行行各努力。"《莊子》云:"肝膽楚越。"

卷三十五

(宋)郭知達 編

近體詩

曉發公安數月憩自此縣

北城擊柝復欲罷,東方明星亦不遲。
鄰雞野哭如昨日,物色生態能幾時。
舟楫眇然自此去,江湖遠適無前期。
此門轉眄已陳迹,藥餌扶吾隨所之。

【集注】

"曉發"句:趙云:此篇蓋吳體矣。

"北城"句:《易》:"重門擊柝。"《孟子》:"抱關擊柝。"《哀·七年傳》:"魯擊柝,聞於邾。"

"東方"句:(晋)傅玄詩:"東方大明星,光影照千里。"《詩》云:"東有啟明。" 趙云:"不遲"者,遲暮之"遲",言未失曉也。

"鄰雞"二句:顏延年:"日暮行樂歸,物色桑榆時。" 趙云:庾肩吾詩云:"鄰鷄聲已傳,愁人竟不眠。""野哭","哭"字未見。張景陽《雜詩》曰:"下車如昨日。"江文通《古別離》曰:"送君如昨日。"《檀弓》曰:"孔子惡野哭者。"

"江湖"句:趙云:"無前期",謂不知所止泊,無向前之期程也。

"此門"句:(陳案:此,《補注杜詩》《全唐詩》作"出"。 轉,《四庫全書》本作"輽"。形訛。《補注杜詩》《全唐詩》作"轉"。) 王羲之云:"俛仰之間,已爲陳迹。"

"藥餌"句：謝靈運《游南亭》："藥餌情所止，衰疾忽在斯。"　　趙云："此門"之義未曉，豈指石門者乎？

泊岳陽城下

江國踰千里，山城僅百層。
岸風翻夕浪，舟雪灑寒燈。
留滯才雖盡，艱危氣益增。
圖南未可料，變化有鯤鵬。

【集注】

"山城"句：顏延年《賦》："臨廣望，坐百層。"

"岸風"二句：謝惠連《遇風》詩："落雪灑林丘。"　　趙云：《選》賦云："井幹疊而百層。"

"留滯"句：《史》："太史公留滯周南。"

"艱危"句：《漢》：馬援曰："大丈夫窮當益堅，老當益壯。"　　趙云："才雖盡"，使才"盡"字爲意也。"才盡"，有三事：鮑照爲"鄙言累句，時人以爲才盡，其實不然"。又，江淹夢丈夫自稱郭璞，曰："吾有筆在卿處多年，可以見還。"淹乃探懷中五色筆授之，自是爲詩，絕無美句，人謂之"才盡"。又，任昉晚節著詩，欲傾沈約，用事過多，辭不得流便，於是有"才盡"之嘆也。《史》云："懦夫增氣。"又云："勇夫增氣。"舊注於"才雖盡"之下，引管輅云："酒不可極，才不可盡。吾欲持酒以禮，持才以愚，何患之有也？"此乃字同義異。於"氣益增"之下，引馬援語，又爲旁似矣。

"圖南"二句：《莊子》："北溟有魚，其名爲鯤。化而爲鳥，其名爲鵬。"又云："背負青天，而莫之夭閼焉，而後乃今將圖南也。"　　趙云：公方儘南而往，所以及"圖南"之義矣。

纜船苦風，戲題四韻，奉簡鄭十三判官 泛

楚岸朔風疾，天寒鶬鴰呼。
漲沙霾草樹，舞雪渡江湖。
吹帽時時落，維舟日日孤。
因聲置驛外，爲覔酒家壚。

【集注】

"天寒"句：《西都賦》："鳥則鶬鴰，沈浮往來。"

"漲沙"句：丘希範："析析寒沙漲。"

"舞雪"句：《古詩》："扁舟載風雪，半夜渡江湖。" 趙云：《爾雅》云："鶬，麋鴰。"注："今呼鶬鴰。""雪"言"舞"字，則鮑照《敩劉公幹體》云："胡風吹朔雪，千里度龍山。集君瑶臺下，飛舞兩楹間。"

"吹帽"句：孟嘉爲桓温參軍。九日，温遊龍山，參僚畢集，風吹嘉帽落。

"維舟"句：《詩》云："汎汎楊舟，紼纚維之。"《爾雅》："諸侯維舟。"

趙云："吹帽"，雖非九日，而取其事也。

"因聲"二句：師古曰："賣酒之處，累土爲壚，以居酒甕。四邊隆起，其一面高，形如鍛壚，故名壚耳。" 趙云：題是"簡鄭十三判官"，使鄭莊置驛也。

登岳陽樓

昔聞洞庭水，今上岳陽樓。
吳楚東南坼，乾坤日夜浮。
親朋無一字，老病有孤舟。
戎馬關山北，憑軒涕泗流。

【集注】

"登岳"句:范元實《詩眼》云:"《望岳》詩云'齊魯青未了',《洞庭》詩云'吳楚東南坼,乾坤日夜浮',語既高妙有力,而言東岳與洞庭之大,無過於此。後來文士極力道之,終有限量,益知其不可及。孟浩然《岳陽樓詩》詩'氣蒸雲夢澤,波動岳陽城',然氣蒸者,雲夢澤而已。杜云:'吳楚東南坼',則《子虛賦》所謂'吞若雲夢者八九,而不芥蔕也'。且學者之所指為佳句者,以'吳楚東南坼,乾坤日夜浮'而已。殊不知'親朋無一字,老病有孤舟'兩句,尤是含蓄有意之對。邵溥澤民侍郎云:'晁以道以此為俯仰格。'"次公探其說,蓋若桔槔之勢相引也。其義以既在洞庭之際,親朋相去之遠,雖無"一字"見及,然於"老病"中,尚賴有"孤舟"可以浮泛,而生涯自如也。

"昔聞"二句:趙云:《戰國策》:吳起對魏武候曰:"昔者三苗之居,左彭蠡之波,右洞庭之水。"而(周)庾信有《詠鴈》詩云:"南思洞庭水,北想鴈門關。"故對"岳陽樓"三字。乃真實呼稱之名也。其言"昔聞洞庭水",則以吳起有"昔者三苗之居"之言,此所以為"昔聞"歟。若兩句之勢,則又似庾信矣。

"吳楚"二句:趙云:"吳"與"楚",地境相接。"吳楚東南坼",實道洞庭闊遠之狀。"乾坤日夜浮",句法蓋言在"乾坤"之內,其水"日夜浮"也。與"乾坤一腐儒""乾坤水上萍"之勢同。或者便用(宋)何承天《論渾天象體》之說,有曰:"天形正圓,而水居其半;地中高外卑,水周其下,乃謂水浮乾坤。"而公之詩句,似云"乾坤"於"日夜"之間,在洞庭水中浮謬矣。何承天之說,自是渾天。其言天地之外都是水,則用言四海可也,豈於洞庭而可言乎? 蘇東坡云:"乾坤浮水水浮空",則乃杜公之義。又如"東南"與"日夜"字,若論出處,則《周禮・職方氏》:"東南曰揚州。"《呂氏春秋》云:"水泉東流,日夜不休。"而謝玄暉詩有云:"大江流日夜"也。又若"東南坼""日夜浮"之語,亦自有所依傍。秦始皇十年,地坼東西百三十步,故又可挨傍"東南坼"也。其"日夜浮",則如"親友日夜疎"。左太冲:"綠葉日夜黃"之勢。此領聯兩句,非止雄健,而字字典實如此。

"親朋"二句:趙云:(宋)謝瞻謂弟晦曰:"交遊不過親朋,而汝遂勢傾朝野,豈門戶之福邪?"《前漢》有云:"以老病罷","以老病乞骸骨。""一字"出處,則如"襃之一字","貶之一字"也。"孤舟"出處,則陶潛云:"或棹孤舟"也。不謂之"無"一字,無來處乎?

"戎馬"二句:趙云:"關山北",則言在長安一帶也。而"關山"字,則《古樂府》有《關山月》篇矣。《老子》云:"戎馬生於郊。"王仲宣《登樓賦》:"憑軒檻以遠望,向北風而開襟。"張孟陽云:"登崖遠望涕泗流。"

陪裴使君登岳陽樓

湖闊兼雲霧,樓孤屬晚晴。
禮加徐孺子,詩接謝宣城。
雪岸叢梅發,春泥百草生。
敢違漁父問,從此更南征。

【集注】

"湖闊"二句:趙云:上句,蓋言非特水"闊",而"雲霧"與之俱"闊"也。下句,蓋言恰當"晚晴",則樓上所見之遠也。

"禮加"句:徐穉,字孺子,豫章南昌人。時陳蕃爲太守,以禮請署功曹。穉不免,之郡,既謁而退。蕃在郡不接賓客,唯穉來特設一榻,去則懸之。後舉有道。　趙云:公自比也。

"詩接"句:謝朓,字玄暉,爲宣城郡太守。有云:"江路西南永,歸流東北鶩。天際識歸舟,雲中變江樹。"(陳案:變,《謝宣城集》作"辨"。)

"雪岸"二句:趙云:實道眼前景物也。"叢梅發",則新春盛發之梅。《莊子》云:"春氣至而百草生。"

"敢違"二句:《史記・屈原傳》:"令尹子蘭怒屈原,使上官大夫短原於頃襄王,怒而遷之。原至於江濱,被髮行吟澤畔,顏色憔悴,形容枯槁。漁父見而問之曰:'非三閭大夫歟?何故至此?'原曰:'舉世混濁而我獨清,衆人皆醉而我獨醒,是以見放。'"宋玉作《招魂》,辭曰:"獻歲發春兮,汩吾南征些。"　趙云:今云"敢違漁父問",則不欲效屈原之死，所以遵漁父之語，且混（事）[世]而"南征"矣。"南征"者，征往南方也。屈原云："濟沅湘以南征。"（梁）張纘有《南征賦》。

過南嶽入洞庭湖

洪波忽爭道，岸轉異江湖。
鄂渚分雲樹，衡山引舳艫。
翠牙穿裛蔣，碧節上寒蒲。
病渴身何去？春生力更無。
壤童犁雨雪，漁屋架泥塗。
欹側風帆滿，微明水驛孤。
悠悠迴赤壁，浩浩畧蒼梧。
帝子留遺恨，曹公屈壯圖。
聖朝光御極，殘孽駐艱虞。
才淑隨廝養，名賢隱鍛鑪。
邵平元入漢，張翰後歸吳。
莫怪啼痕數，危檣逐夜烏。

【集注】

"過南"句：趙云："南嶽"，衡山也，在潭州之西南。今題蓋言欲過往"南嶽"，而"入洞庭湖"以去也。

"洪波"二句：趙云：吳王濞之子與太子博，"爭道"。僕嘗愛此"爭道"字，却用於"洪波"之下，可謂奇矣。

"鄂渚"二句：屈原《九章》："乘鄂渚而返顧。"《漢·武紀》："舳艫千里。"李斐曰："舳，船後持拖處也。艫，船頭刺櫂處也。言其船多。前後相銜，千里不絕。"　趙云：郭璞《江賦》曰："舳艫相接，萬里連檣。"《説文》曰："舳，舟尾也。艫，船頭也。"以對"雲樹"。則謝朓云："雲中辨江樹"也。"洞庭"，在岳州。以順流言之，則由岳而至鄂；以沂流言之，則由潭而至衡山，故今句所以云然。

"翠牙"二句：趙云：舊本作"裹槳"，"槳"字在韻書音"獎"，云："所以隱船曰槳。"今詳其義，乃"菰蔣"之"蔣"耳。蓋"蒲"有"節"，而"蔣"有"牙"也。

"病渴"二句：趙云："病渴"，公實道其身，而字則司馬相如有"消渴病"。其對"春生"，則如《文子》云："若春氣而生。"蓋夏、秋、冬，則未嘗言"生"也。謝惠連《與柳惲相贈答》云："日映昆明水，春生鳲鵲樓。"先使此"春生"字也。

"壤童"二句：趙云："掣"字、"架"字，可謂奇矣。此以實字為虛字使也。

"微明"句：（陳案：明，《補注杜詩》《全唐詩》作"冥"。）

"悠悠"四句：屈平《九歌·湘君》云："帝子降兮北渚，目眇眇兮愁予。"《史記》："舜南巡狩，崩於蒼梧之野，葬於江南九疑，是為零陵。"《禮記》曰："舜葬蒼梧，二妃不從。"《後漢·獻帝紀》："建安十三年，曹操自為丞相，南征劉表。表卒，少子琮立，以荆州降曹。以舟師伐孫權，權將周瑜敗之於烏林赤壁。"　趙云："赤壁"，在夏口之東，武昌之西。東坡先生謫居黃州，有《赤壁賦》，所謂"西望夏口，東望武昌"也。"蒼梧"，則在洞庭西南之地，乃永州也。謹按：桑欽《水經》："湘水，出零陵始安縣陽海山。"而酈道元注其經歷，有名"營水，其水下流，注於湘。而營水上流，經九疑山下、蒼梧之野。大舜葬九疑之陽"。自"洞庭"而過往"南嶽"，則沂湘水而上，故得遠言"蒼梧"。

"才淑"二句：《前漢·蒯通傳》："隨厮養之役者，失萬乘之權。守擔石之祿，遂闕卿相之位。"《張耳傳》："厮養卒。"蘇林曰："厮，取薪者。"《晉》：嵇康鍛於大樹之下，鍾會造康，鍛不輟。　趙云：此所以言當時事，而及其身也。蓋時上雖復長安，已七八年矣，而吐蕃之孽未息，是為駐留艱虞。於此"才淑"之人，有"隨厮養"者；名士之賢，有"隱鍛鑪"者。

"邵平"句：《前漢·蕭何傳》："邵平者，故秦東陵侯。秦破，為布衣，種瓜長安城東。瓜美，故世為'東陵瓜'。"　趙云："邵平"，則公自嘆其不如也。

"張翰"句：《晉書·文苑傳》：張翰，字季鷹，吳郡吳人。晉齊王冏辟爲大司馬東曹掾。翰因見秋風起，乃思吳中菰菜、蓴羹、鱸魚鱠，曰：「人生貴得適志，何能羈宦數千里，以要名爵乎！」遂命駕而歸。

趙云：公以其南下之遲，無張翰知幾之明，此所以比其歸晚也。

"莫怪"兩句："檣"，掛帆木也。郭璞《賦》："萬里連檣。" 趙云："夜烏"，言檣上之烏夜宿也。謂之"逐"，則相逐同行之船矣。"檣"上爲刻"烏"以占風，乃天子駕前相風之義。陰鏗《廣陵岸送北使》詩："亭嘶背櫪馬，檣轉向風烏。"

長沙送李十一衘

與子避地西康州，洞庭相逢十二秋。
遠媿尚方曾賜履，境非吾土倦登樓。
久存膠漆應難并，一辱泥塗遂晚秋。
李杜齊名真忝竊，朔雲寒菊倍離憂。

【集注】

"與子"二句：趙云：初同避地於"西康州"，凡十二年，秋而復"相逢"於"洞庭"也。"西康州"，成州同谷縣也。《唐·地理志》："武德元年，以同谷縣置西康州。貞觀元年，州廢，來屬成州。其後懿宗咸通十三年復置。"公所用者，指武德之名言之也。

"遠媿"句：見上"真賜還宜出尚方"注。

"境非"句：王粲《登樓賦》："雖信美而非吾土兮，曾何足以少留！"

師云：潘安仁："信美非吾土，祗攪懷歸志。"

"久存"句：見上"天下朋友皆膠漆"注。 趙云：言雖有"膠漆"之好，而才器相遠，爲難比并。蓋公自謙也。

"一辱"句：見上"甲子混泥塗"注。

"李杜"句：《後漢·杜密傳》："黨事既起，密免歸本郡。與李膺俱坐，而名行相次，故時人亦稱'李杜'焉。"前有李固、杜喬，故言亦也。《范滂傳》："滂詣獄，與母訣。母曰：'汝今得與李杜齊名，死亦何恨！'"謂李膺與杜密。

宿青草湖

洞庭猶在目,青草續爲名。
宿槳依農事,郵籤報水程。
寒冰爭倚薄,雲月遞微明。
湖雁雙雙起,人來故北征。

【集注】

"洞庭"二句:《杜補遺》云:見第十四卷"寄薛三郎中"。

"宿槳"二句:趙云:上言楚人於湖中種田,故船槳所宿之處依之也。下言舟中所用,以知時者也。漏籌謂之"郵籤"。《古詩》云:"雞人司漏傳更籤。"是已。

"寒冰"二句:趙云:"倚薄",言依倚著泊也。謝靈運詩:"拙疾相倚薄。"《老子》云:"是爲微明。"

"湖雁"二句:《九歌》云:"駕飛龍兮北征,邅吾道兮洞庭。" 趙云:蓋有念鄉之意。"雁",乃"北征"人之不如也。班叔皮有《北征賦》。

宿白沙驛

水宿仍餘照,隨波無限亭。
驛邊沙舊白,湖外草新青。
萬象皆春氣,孤槎自客星。
隨波無限月,的的近南溟。

【集注】

"宿白"句:初過湖南五里。

"水宿"句:謝靈運《入彭蠡湖口作》云:"客游倦水宿,風潮難具論。"

"隨波"句：（陳案：隨波無限，《補注杜詩》《全唐詩》作"人烟復此"。） 趙云：曹子建詩："千里無人煙。"

"孤槎"句：《博物志》：仙查犯斗牛客星於蜀郡，問嚴君平。《釋語》有"森羅萬象"。

"的的"句："的的"者，月色之明的也。（梁）簡文帝《傷離新體》詩："朧朧月色上，的的夜螢飛。"

湘夫人祠

肅肅湘妃廟，空牆碧水春。
蟲書玉佩蘚，燕舞翠帷塵。
晚泊登汀樹，微馨借渚蘋。
蒼梧恨不淺，染淚在叢筠。

【集注】

"湘夫"句：屈原《九歌》有《湘夫人》。韓愈《黃陵之碑》云：（陳案：之，《補注杜詩》作"廟"。）湘旁有廟曰黃陵，自前古立，以祠堯之二女、舜之二妃者。庭有石碑，斷裂分散在地，其文剝缺。考《圖記》言："漢荆州牧劉表，字景升，立題碑曰湘夫人碑。"今驗其文，乃晉太康九年。又題其額："虞帝二妃之碑。"非景升之立者。秦博士對始皇帝云："湘君者，堯之二女，舜妃也。"劉向、鄭玄亦皆以二妃爲湘君。《離騷》《九歌》既有《湘君》，又有《湘夫人》。王逸之解，以爲"湘君"者，自爲水神；而謂"湘夫人"，乃二妃也。從舜南征三苗不返，道死沅、湘之間。《山海經》曰："洞庭之山，帝之二女居之。"郭璞疑二女者，帝舜之后，不當降小君爲其夫人，因以二女爲天帝之女。以予考之，璞與王逸俱失也。堯之長女娥皇，爲舜正妃，故曰"君"；其二女女英，自宜降曰"夫人"也。故《九歌》辭謂娥皇爲"君"，謂女英爲"帝子"，各以其盛者推言之也。《禮》有"小君""君母"，名其正自得稱"君"也。（陳案：名，《五百家注韓昌黎集》作"明"。）

"肅肅"句:《詩·思齋》:"肅肅在廟。"
"染淚"句:趙云:張華《博物志》云:"舜死,二妃淚下,染竹即斑。"

祠南夕望

百丈牽江色,孤舟泛日斜。
興來猶杖履,目斷更雲沙。
山鬼迷春竹,湘娥倚暮花。
湖南清絕地,萬古一長嗟。

【集注】

"百丈"句:《海賦》:"揭百丈以牽船,連竹爲之。"
"山鬼"句:屈平《九歌》有《山鬼》辭。
"湘娥"句:"湘娥",屈平所謂湘君也。《楚詞·湘君》云:"援薜荔兮水中,搴芙蓉兮木末。" 趙云:雖所謂湘夫人,字則郭璞《江賦》:"協靈爽於湘娥"也。鬼迷竹而娥倚花,亦是詩家當然。舊注所引非是。

登白馬潭

水生春纜没,日出野船開。
宿鳥行猶去,花叢笑不來。
人人傷白首,處處接金杯。
莫道新知要,南征且未回。

【集注】

"水生"句:《吳志·孫權傳》注:權爲牋與曹公,説:"春水方生,公宜速去。"又,《諸葛瑾傳》注:《吳録》曰:"曹真圍朱然於江陵,瑾以大兵救之。及春水生,潘璋等作水城於上流。瑾進攻浮橋,真等退走,瑾乃全師。"

"南征"句:宋玉《招魂》曰:"汩吾南征。"屈平《離騷》曰:"濟沅湘以南征,就重華而陳辭。"　趙云:《楚辭》云:"樂莫樂於新相知。"(陳案:於,《楚辭章句》作"兮"。)"南征且未回",則公遂"南征",不得爲"新知"所要而留耳。

歸　鴈

聞道今春鴈,南歸自廣州。
見花辭漲海,避雪到羅浮。
是物關兵氣,何時免客愁。
年年霜露隔,不過五湖秋。

【集注】

"南歸"句:(陳案:廣,《四庫全書》本作"應"。形訛。《補注杜詩》《全唐詩》作"廣"。)

"見花"句:趙云:言其去時也。"漲海",是海名。按南海、大海之別,有"漲海"。謝承《後漢書》:"交阯七郡,貢獻皆從漲海入。"

"避雪"句:趙云:此追本其所以來時也。《記》曰:"本一羅山、浮山,自蓬萊之峯浮來而合焉。二山隱天,惟石樓一路可登。有洞通勾曲,有璇房、瑶臺七十二所。"

"不過"句:趙云:"五湖"霜雪之多,"鴈"之不宜,故"隔"而秋"不過"也。

野　望

納納乾坤大,行行郡國遥。
雲山兼五嶺,風壤帶三苗。
野樹侵江閣,春蒲長雪消。

扁舟空老去，無補聖明朝。

【集注】

"納納"二句：《古樂府》："行行重行行。" 趙云：《楚辭》劉向《九歎》有曰："裳襜襜而含風兮，衣納納而掩露。"雖言納身於衣之中，所以掩蔽霜露。而公今取以對"行行"，則公之意，以納身於天地之內，猶納身於衣中之義耳。

"雲山"句：陸機《贈顧交趾》詩："伐鼓五嶺表。"《張耳傳》："南有五嶺之戍。"師古曰："嶺者，西自衡山之南，東窮于海，一山之限耳，而標名有五焉。" 薛云：按：秦始皇畧定揚越，謫戍五方。南守五嶺：塞上嶺一也，騎歸嶺二也，都龐嶺三也，畧緒嶺四也，越城嶺五也。自北徂南，入越之道，必由嶺焉。 《杜補遺》：裴氏《廣州記》曰："大庾、始安、臨賀、桂陽、揭陽，是爲五嶺。"鄧德明《南康記》曰："大庾嶺一也，桂陽甲騎嶺二也，九真都龐嶺三也，臨賀萌渚嶺四也，始安越城嶺五也。"

"風壤"句：《舜典》："竄三苗于三危。"注："三苗，國名，縉雲氏之後。左洞庭，右彭蠡，正是潭州一帶之地。"

"野樹"二句：趙云：言"樹侵"於"江闊"之旁，"蒲"長於"雪消"之後。

入喬口

漠漠舊京遠，遲遲歸路賒。

殘年傍水國，落日對春華。

樹蜜早蜂亂，江泥輕燕斜。

賈生骨已朽，悽惻近長沙。

【集注】

"入喬"句：長沙北界。

"漠漠"句：陸機《樂府》："街巷紛漠漠。"盧諶詩："南望舊京路。"

"遲遲"句:《孟子》曰:"孔子去魯遲遲也。"陶淵明《歸去來》:"問征夫以前路。"

"殘年"句:《周禮》:"水國用龍節。"顔延年詩:"水國周地險。"

"落日"句:《文選》云:"摘藻揳春華。"

"樹蜜"句:《杜補遺》:"樹蜜,楎也,或作'枸'。高大似白楊,多枝。自飛鳥喜巢其上,所謂'止楎來巢'是也。有花有實,其實則'枅栱'。"《古今注》:"楎,一名樹蜜,一名木餳。實形拳曲,核在實外,荆湘多此木。"子美以記土地之所有也。 趙云:說者謂"蜜"作"密",非是。若《望兜率寺》詩:"樹密當山徑",(陳案:《望兜率寺》作"逕"。)自當作"密"。次公謂:豈有"樹密"對"江泥"邪?

"賈生"二句:《賈誼傳》:"天子議以誼任公卿之位,絳、灌、東陽侯、馮敬之屬,盡害之,以誼爲長沙令。"《傳》:"後梁王勝墮馬死,誼自傷爲傅亡狀,常哭泣。後歲餘,亦死。"《老子》曰:"其人與骨皆已朽。"

銅官渚守風

不夜楚帆落,避風湘渚間。
水耕先浸草,春火更燒山。
早泊雲物晦,逆行波浪慳。
飛來雙白鶴,過去杳難攀。

【集注】

"銅官"句:趙云:潭州長沙縣有銅官山,云楚鑄錢處,則此渚乃以是得名乎?

"不夜"句:趙云:言未至侵夜而"落""帆"。

"水耕"二句:《漢》:武帝詔:"火耕水耨。"應劭曰:"燒草下水種稻,〔草與稻〕益生,高七八寸,因悉芟去,復下水灌之,草死,獨稻長,所謂水耕。"(陳案:益、水耕,《漢書》作"并""火耕水耨"。)

"飛來"二句:《杜補遺》:吳兢《樂府古題要解》曰:"艷歌阿嘗行",亦曰"飛鶴行"。《古詞》云:"飛來雙白鶴,乃從西南來。"又,《古樂府》

載《飛來雙白鶴》二篇。梁元帝云:"時從洛浦渡,飛向遼東城。"吳邁遠云:"可憐雙白鶴,雙雙絕塵氛。"虞世南:"飛來雙白鶴,奮翼遠凌煙。俱棲集此地,一舉背青田。"皆"過去""難攀"之意也。　趙云:"過去杳難攀",則以阻風而羨其飛矣。

北　風

春生南國瘴,氣待北風蘇。
向晚霾殘日,初宵鼓大鑪。
爽攜卑濕地,聲拔洞庭湖。
萬里魚龍伏,三更鳥獸呼。
滌除貪破浪,愁絕付摧枯。
執熱沈沈在,凌寒往往須。
且知寬疾肺,不敢恨危塗。
再宿煩舟子,衰容問僕夫。
今晨非盛怒,便道即長驅。
隱几看帆席,雲山湧坐隅。

【集注】
《北風》:新康江口,信宿方行。
"向晚"句:《詩》:"終風且霾。"《釋文》云:"風而雨土爲霾。"
"初宵"句:《莊子·大宗師》:"以天地爲大鑪。"王粲《賦》:"鼓洪鑪,以燎毛髮。"　趙云:兩句言日晚之後蒸鬱也,所以成"春生南國瘴"之句。"霾",實言昏曀之狀也。如"大鑪"之火,則蒸熱甚矣。
"爽攜"句:《前漢》:"長沙定王發,以其母唐兒微,無寵,故王卑濕貧國。"《賈誼傳》:"誼既以適居長沙,卑濕,誼自傷悼,乃爲賦也。"
"聲拔"句:趙云:兩句言"風"之清爽雄大如此也。"攜"者,若提攜之而去。"拔"者,若拔木之"拔"。句勢雖如孟浩然言洞庭湖云"氣蒸雲夢澤,波動岳陽城",而句法雄健,用言潭州之"風"。范元實所謂:"雖聖人生不可改"矣。

"萬里"四句:趙云:皆以言"風"。"魚龍"懼而藏伏,"鳥獸"驚而呼鳴,則"風"之勢可知矣。《南史》:宗慤云:"願乘長風破萬里浪。"《史》云:"若摧枯拉朽。"喜於"滌除"煩鬱,則"貪"其"破浪"。然其所可"愁絕",但付之"摧枯"耳,無害於事也。

"執熱"二句:《桑柔詩》:"誰能執熱,逝不以濯。" 趙云:又尚苦熱,反須凌寒也。

"再宿"句:《莊‧三年傳》:"再宿爲信。"郭璞《江賦》:"舟子於是欐棹,涉人於是艤榜。" 趙云:《詩》:"招招舟子。"

"今晨"二句:薛云:《左傳》:楚子以駟至於羅汭,吳子使其弟蹶師。楚子執之,將以釁鼓。對曰:"今君奮焉,震電憑怒。"注:杜預曰:"憑,盛也。"(陳案:憑,《左傳注疏》作"馮"。《廣雅‧釋詁一》王念孫疏證:"憑,與馮同。") 趙云:宋玉《風賦》:"盛怒於土囊之口。"《詩》:"召彼僕夫。"《史》云:"便道之官。"《漢書》:"擁篲長驅。"

"隱几"句:《海賦》:"挂帆席。"《莊子》:"南郭子綦隱几而坐。""隱",憑也。

"雲山"句:言浪若"雲山"也。賈誼《賦》:"止於坐隅。"

發潭州

夜醉長沙酒,曉行湘水春。
岸花飛送客,檣燕語留人。
賈傅才未有,褚公書絕倫。
名高前後事,回首一傷神。

【集注】

"夜醉"句:謝惠連《雪賦》:"酌湘吳之醇酎。"

"賈傅"二句:自注:"褚永徽末放此州。""賈傅",賈誼爲長沙王太傅。(唐)褚遂良,博涉文史,尤工隸書。父友歐陽詢甚重之。太宗嘗謂侍中魏徵曰:"虞世南死後,無人可論書。"徵曰:"褚遂良下筆遒勁,甚得王逸少體。"太宗即日召令侍書。桓潭以揚雄爲"絶倫"。

"名高"句:(陳案:名,《四庫全書》本作"高"。《補注杜詩》作"名"。《全唐詩》作"高名"。)

雙楓浦

輟棹青楓浦,雙楓舊已推。
自驚衰謝力,不道棟梁材。
浪足浮紗帽,皮須截錦苔。
江邊地有主,暫借上天迴。

【集注】

"輟棹"二句:(陳案:推,《補注杜詩》《全唐詩》作"摧"。朱駿聲《説文通訓定聲》:"推,叚借又爲摧。")　《招騷》云:"湛湛江水兮,上有楓。"阮籍詩云:"湛湛長江水,上有楓樹林。"

"自驚"兩句:趙云:兩句言"楓"也。蓋直以"楓"爲人,而自比以爲言矣。樹老而"摧",如自驚駭其力"衰謝",却不道材可充"棟梁"也。劉孝標《答郭峙書》:"頃年事遒盡,容髮衰謝。""棟梁",如"楶棁之材,不荷棟梁之任"。

"浪足"二句:趙云:上句以言浦水之"浪"。下句以言楓樹之"皮"。兩句用引末句之意,蓋"雙楓"雖"推",而在浦旁,今欲乘此"楓"泛江而"上天"。於此戴"紗帽"而"浮"其上,則浦水之"浪",自足"浮"之。楓皮上有苔蘚,不能不滑,故須截去"錦苔",而後可乘也。

"江邊"二句:(陳案:主,《四庫全書》本作"天",《補注杜詩》《全唐詩》作"主"。)　趙云:"地主",見《吴書·孫奐傳》。下句又用"乘槎"事。

回棹

宿昔世安命,自私猶畏天。
勞生繫一物,爲客費多年。
衡岳江湖大,蒸池疫癘偏。
散才嬰薄俗,有跡負前賢。
巾拂那關眼,瓶罍易滿船。
火雲滋垢膩,凍雨裹沈綿。
強飯蓴添滑,端居茗續煎。
清思漢水上,涼憶峴山巔。
順浪翻堪倚,迴帆又省牽。
吾家碑不昧,王氏井依然。
几杖將衰齒,茅茨寄短椽。
灌園曾取適,遊寺可終焉。
遂性同漁父,成名異魯連。
篙師煩爾送,朱夏及寒泉。

【集注】

《回棹》:趙云:此公厭衡州之熱,懷峴山之涼,欲回棹而往。公,襄陽人也。

"宿昔"二句:(陳案:世,《全唐詩》作"試"。一作"世"。) 趙云:此公言往者也。"世安命",言自往世已然。"自私猶畏天",則又言雖欲私己自便,而終不若小人之不"畏天"也。馮衍《答任武達書》曰:"敢不陳露宿昔之意。"其後承用如曹子建《白馬篇》云:"宿昔秉良弓。"《莊子》云:"知其不可奈何,而安之若命。"又云:"小智自私。"《論語》云:"君子畏天命。"

"勞生"二句:趙云:既知"安命""畏天",則一任其所適。蓋人之"勞生",不免繫著"一物"。若利、若名、若行、若止,皆是"一物"耳。

如《南史》：王晞謂盧思道云："卿輩亦是留連之一物，而況其他乎？"惟不免繫著"一物"，故"爲客費多年"之久也。《莊子》："勞我以生。"

"衡岳"二句：趙云："衡岳"，指言衡山。按：《環宇記》："山係之潭州湘潭縣。""蒸池"，按：衡州衡陽縣云："吳之臨蒸，以蒸水名。蒸水者，其氣如蒸也。"

"散才"二句：趙云："散才"者，閒散之才。"嬰薄俗"，則爲薄俗所嬰繞。此同乎流俗之意。賢者每以"跡"爲累，故以絕跡爲貴。今有留滯之跡，所以負媿於"前賢"矣。

"巾拂"二句：趙云："巾拂"，所以莊肅形容之物。"那關眼"，則舟中放曠而不用矣。"瓶罍""滿船"，則飲之多，故也。

"火雲"二句：沈：一作"塵"。　《淮南子》曰："旱雲煙火。"《思玄賦》："凍雨霈其洒途。"注："暴雨也。"　趙云："火雲"字，雖出《淮南子》，而用字則(隋)盧思道《納涼賦》云："火雲赫而四舉。""凍雨"字，《楚詞》云："凍雨兮灑塵。"

"强飯"句："蕈"，見"張翰後歸吳"注。

"端居"句：薛云：按《茶錄》："潭邵之間，〔渠江中有茶，而多毒蛇猛獸，鄉人每年所採擷，不過十五六斤。其色如鐵，芳芬異常，煎之無脚。"彼人所餉渠江者，乃東平所出。〕　趙云：《漢書》："行矣！强飯，勉之。"孟浩然《岳陽樓》詩："欲濟無舟檝，端居耻聖明。"

"清思"二句：(陳案：巔，《四庫全書》本作"嶺"。形訛。《補注杜詩》《全唐詩》作"巔"。)　"漢水""峴山"，皆襄陽也。　趙云：此在湘潭之詩，最爲卑濕蒸鬱之處，故"清思漢水"而"凉憶峴山"也。

"順浪"二句：《江賦》："冰夷倚浪以傲睨。"

"吾家"二句：杜預：沈碑"峴山之下"。王粲宅有"井"。

"几杖"二句：(陳案：短，《四庫全書》本作"椽"。誤。《補注杜詩》《全唐詩》作"短"。)　趙云："几杖"以將扶衰暮之年齒，結"茅茨"之廬，而寄身"短椽"之下，皆欲往"漢上"之事。

"灌園"二句：趙云：謂之"曾"，則往嘗如此矣。自此而至彼，以"遊寺"爲"終焉"之計也。

"遂性"二句：屈原、《莊子》皆有《漁父篇》。《史記》：田單屠聊城，歸而言魯連，欲爵之。魯連逃隱於海上，曰："吾與富貴而詘於人，寧貧賤而輕世肆志焉。"　趙云：於此"遂"其性，如滄浪之"漁父"，又不求名聞。翻"異"魯仲連。蓋仲連能却秦軍、下燕城，雖不受封，猶爲取"名"也。

"篙師"二句：趙云：此句蓋以語"篙師"，云"煩爾"送我一去，猶於"朱夏"之際，趁及"寒泉"之爲可挹也。梁元帝《纂要》："夏曰朱明，又曰朱夏。"此乃公一時之興，自是且往耒陽矣，豈却仍往峴也。

奉送王信州崟北歸

朝廷防盜賊，供給愍誅求。
下詔選郎署，傳聲典信州。
蒼生今日困，天子嚮時憂。
井屋有煙起，瘡痍無血流。
壤歌唯海甸，畫角自山樓。
白髮寐常早，荒榛農復秋。
解龜喻臥轍，遣騎覓扁舟。
徐榻不知倦，潁川何以酬。
塵生彤管筆，寒膩黑貂裘。
高義終焉在，斯文去矣休。
別離同雨散，行止各雲浮。
林熱鳥開口，江渾魚掉頭。
尉佗雖北拜，太史尚南留。
軍旅應都息，寰區要盡收。
九重思諫諍，八極念懷柔。
徙倚瞻王室，從容仰廟謀。
故人持雅論，絕塞豁窮愁。

復見陶唐理，甘爲汗漫遊。

【集注】

"奉送"句：趙云："信州"，今之夔州也。見樂史《寰宇記》，亦見《唐志》。

"朝廷"四句：趙云：此篇"王信州"替罷而"北歸"也。四句言其初來作守時也。

"蒼生"四句：趙云：上兩句追言"天子"前時以"蒼生"之困，而選王君爲守。其效至於井邑"有煙"，則逃亡復業矣。"瘡痍無血"，則"誅求"不再矣。

"壤歌"二句：趙云："壤歌"，則擊壤之歌也。"唯海甸"，則時淮海獨無虞也。"畫角自山樓"，則專指夔州郡樓之"畫角"，以時而鳴，蓋亦無事之所致也。

"白髮"二句：趙云：上句公自言也。下句言荒年之後，又"復"有"秋"，亦見王守之政矣。

"解龜"句：（陳案：喻，《補注杜詩》《全唐詩》作"踰"。）謝靈運《初去永嘉》："牽綫及元興，解龜在景平。"（陳案：永嘉，《文選》作"郡"。）侯霸爲臨淮太守，被徵，百姓攀轅臥轍不許去。趙云：此言王守之替罷。"臥轍"，侯霸事。"踰臥轍"，則踰越之而過也。

"遣騎"句：劉真長遣騎覓張孝廉船，見《晉書》。趙云：公言王守之"覓"其船，以張憑自比也。

"徐榻"二句：陳蕃爲徐孺子下榻，去則懸之。趙云：公以徐穉自比，而指王釜爲蕃也。言釜相待，如陳蕃之見徐穉，其解榻、懸榻，未嘗厭倦，則穉之於"潁川"，將"何以酬"之乎？"潁川"，則陳氏之郡號也。

"塵生"二句：《詩》："貽我彤管。"蘇秦有"黑貂裘"。言弊裘以爲垢膩而"寒"。

"高義"二句：趙云："高義""斯文"，皆指言王信州也。言王君待我之"高義"終"在"，乃却以文章之身而別去，故云"去矣休"。《莊子》載孔子曰："聞將軍高義。"《論語》："天之未喪斯文。"史云："有終焉之志。"（陳案：史，指《晉書》。）

"別離"二句：曹子建："風流雲散，一別如雨。"劉孝標："煙飛雨散。"劉越石詩："功業未及建，斜陽忽西流。時哉不我與，去矣若雲浮。"（陳案：斜、矣，《文選》作"夕""乎"。）《楚詞》："悲莫悲兮生別離。"《孟子》："行止非人之所能爲也。"

"林熱"二句：趙云：止道離時之景。

"尉佗"句：《陸賈傳》：時中國初定，尉佗魋髻箕倨見賈，（陳案：髻，《史記》作"結"。）賈因說佗，君王宜郊迎，北面稱臣。於是佗迺蹶然起坐，謝賈。卒拜佗南越王。　趙云：以言叛者之既服，豈吐蕃之稍息乎？蓋大曆元年二月，遣使來朝，雖九月復陷原州，然不得如前日之熾也。

"太史"句：趙云：公自比也。《太史公自叙》曰："留滯周南。"

"徙倚"二句：趙云：正言息干戈，而思治安之策矣。潘安仁詩："徙倚步踟躕。"

"故人"二句：趙云："故人"，指"王信州"也。言聞"王信州"之論，則可以"豁"其旅寓之愁也。"絶塞"，指言夔州白帝城。

"復見"二句：《神仙傳》：盧敖見一士曰："吾與汗漫期於九垓之外。"　《杜補遺》：張景陽《七命》曰："尔乃踰天垠，越地隔，過汗漫之不遊，躡章亥之未跡。"注："汗漫，能遊天者也。"李善曰：《淮南子》云：若士曰："吾汗漫遊於九垓之下。"若士舉臂竦身，而遂入云中。

趙云：蓋言既見復帝堯之化，則無心從官，而"甘爲"方外之士也。

江閣臥病走筆寄呈崔、盧兩侍御

客子庖廚薄，江樓枕席清。
衰年病秖瘦，長夏想爲情。
滑憶彫胡飯，香聞錦帶羹。
溜匙兼暖腹，誰欲致杯罌？

【集注】

"滑憶"句：憶：一作"喜"。　沈休文："彫胡方自炊。"《西京雜記》:"太液池邊皆是彫胡、綠節之類。菰之有米者,長安人謂彫胡。菰之無米者,謂之綠節。"又,"會稽人顧翱少失父,事母至孝,母好食彫胡飯,常躬自採擷。家近太湖,湖復自生彫胡,無復餘草。"

"香聞"句:薛云:荊湘間有花名"錦帶",春末方開,紅白如錦,其苗脆嫩,可食。王彥輔云:"錦帶,吐綬雞也,其肉脆美,堪作臞,亦名錦雞。"

"溜匙"二句:趙云:宋玉云:"主人之女,爲臣炊彫胡之飯。""溜匙",以言"彫胡"之滑。"暖腹",以言"錦帶"之美,可以理推也。

潭州送韋員外牧韶州 迢

炎海韶州牧,風流漢署郎。
分符先令望,同舍有輝光。
白首多年疾,秋天昨夜涼。
洞庭無過鴈,書疏莫相忘。

【集注】

"潭州"句:或云韋適。

"分符"二句:鮑明遠:"將以分符竹。"　趙云:公亦是員外郎,故於韋員外可謂之"同舍"矣。

"白首"四句:趙云:言自"洞庭"而往彼,雖無"過鴈"以寄書去,面彼中音信,却不可"忘"也。

潭州留別杜員外院長 韋迢

江畔長沙驛,相逢纜客船。
大名詩獨步,小郡海西偏。
地濕愁飛鵩,天炎畏跕鳶。

去留俱失意,把臂共潸然。

【集注】

"潭州"句:(陳案:迢,《四庫全書》本作"追"。形訛。《補注杜詩》作"韶州刺史韋迢"。《集千家註杜工部詩集》作"韋迢"。)

"大名"二句:趙云:言子美"獨步"。曹子建《與楊德祖書》曰:"仲宣獨步於漢南。""小郡",則韋君自謂韶州也。

"地濕"句:(陳案:飛,《四庫全書》本作"西"。《補注杜詩》《全唐詩》作"飛"。) 賈誼爲長沙王太傅,以長沙卑濕,但自傷悼,見鵩鳥入室,迺爲《鵩賦》。

"天炎"句:馬援曰:"吾在浪泊西里間,虜未滅時,下潦上霧,毒氣薰蒸,仰視飛鳶,跕跕墮水中。" 趙云:《廣雅》云:"南方曰炎天。"故倒用之曰"天炎",以對"地濕"。

"去留"二句:趙云:此詩韶州刺史韋迢作,其詩類杜公,宜編在集中矣。

江閣對雨有懷行營裴端公公

南紀風濤狀,陰晴屢不分。
野流行地日,江入度山雲。
層閣憑雷殷,長空面水文。
雨來銅柱北,應洗伏波軍。

【集注】

"江閣"句:(陳案:端公公,《補注杜詩》《全唐詩》作"二端公"。端公,指裴虬。) 趙云:裴端公應在廣南,觀詩中使"南紀"并"銅柱"可見矣。

"南紀"二句:(陳案:狀,《補注杜詩》《全唐詩》作"壯"。《諸子平議·韓非子》:"狀與壯通。") 杜田云:《詩》曰:"滔滔江漢,南國之紀。"說者援是詩,以江、漢爲"南紀",非也。蓋"南紀"乃分野名。《唐

・天文志》云:"東循嶺徼,達〔東〕甌、閩中,是謂南紀,所以限蠻夷也。"顔延年詩:"春江壯風濤。"

"野流"二句:趙云:"行地日""度山雲",可謂新語矣。

"層閣"二句:趙云:"層閣憑雷殷",言當"雷殷"之際,在"層閣"憑欄之時也,合對"長空面水文"矣。舊正作"水面文",非。

"雨來"二句:趙云:"銅柱",在驩州之東南極角處,馬援所建。今有雨之地,宜尚在其"北"也。昔武王伐紂,大雨,太公謂之"洗兵雨"。故魏武《兵援要》曰:"大將將行,雨濡衣冠,是爲洗兵。"今因雨自"銅柱"而來,引起馬援,則遂有"洗伏波軍"之句。

早發湘潭寄杜員外院長 韋迢

北風昨夜雨,江上早來涼。
楚岫千峰翠,湘潭一葉黃。
故人湖外客,白首尚爲郎。
相憶無南雁,何時有報章?

【集注】

"北風"八句:趙云:此篇格律,渾似杜公,但不使事,亦不使字所出。"白首尚爲郎",言杜公晚爲員外郎也。馮唐、顔駟事。古云:"鴈不過衡陽。"衡陽有回鴈峰,故言"無南鴈"也。"報章",雖出《詩》:"終日七襄,不成報章。"義止說織女雖從旦至暮,七辰一移,而不如人織,相反報成文章。而此"報章"字,則顔延年《和謝靈運》詩云:"盡言非報章,聊用擴所懷。"(陳案:擴,《文選》作"布"。)學者請觀此篇氣格,有類杜公,宜公愛而載於集也。

酬韋韶州見寄

養拙江湖外,朝廷記憶踈。

深慼長者轍,重得故人書。

白髮絲難理,新詩錦不如。

雖無南過鴈,看取北來魚。

【集注】

　　"朝廷"句:(陳案:踈,《四庫全書》本作"時"。失韻。《補注杜詩》《全唐詩》作"踈"。)

　　"深慼"句:"長者轍",見《陳平傳》。　　趙云:言見過之無人也。

　　"重得"句:趙云:言書問之不至也。

　　"雖無"句:二十五卷"書成無過鴈"注。

　　"看取"句:《古詩》:"呼童烹鯉魚,中有尺素書。"　　趙云:今公答韋迢"無"南鴈之語,故以北來"魚"復戲之也。

千秋節有感二首

右一

自罷千秋節,頻傷八月來。

先朝常宴會,壯觀已塵埃。

鳳紀編生日,龍池甃劫灰。

湘川新涕淚,秦樹遠樓臺。

寶鏡群臣得,金吾萬國回。

衢樽不重飲,白首獨餘哀。

【集注】

　　"自罷"二句:《唐·玄宗紀》:上以誕日讌百僚於花萼樓下,百僚表請以每年八月五日爲千秋節。王公以下獻鏡及承露囊。

　　"鳳紀"二句:武帝穿昆明池,悉是灰墨。有外國胡道人云:"此是天地劫灰之餘。"　　《杜補遺》:"鳳紀",見"鳳歷軒轅紀"注。《六典》注:"興慶宮池,即玄宗龍潛舊宅。初居此宅,東有舊井,忽湧爲小池。

常有雲氣,或黃龍見其中。至景龍中,其池浸廣,遂湏洞爲龍池焉。蓋符命之先也。"

"湘川"二句:(陳案:川,《四庫全書》本作"州",形訛。《補注杜詩》《全唐詩》作"川"。) 二妃涕淚,灑竹成斑。謝玄暉《銅雀臺》詩:"總帷飄井幹,樽酒若平生。鬱鬱西陵樹,詎聞歌吹聲。"井幹,樓也。 趙云:上句公自言其身之所在,而感泣者也。下句公自言去長安之"遠",遙望其"樹"與"樓臺",俱不見也。

"寶鏡"二句:趙云:《舊唐書》:"千秋節,群臣皆獻寶鏡。"今公"千秋節有感"之句,而云"寶鏡群臣得",追憶"寶鏡",每至此節,於"群臣得"之也。《唐・百官志》:"十六衛,謂金吾職巡警。"今公詩云:"金吾萬國回",蓋以"萬國"入京獻壽,而"金吾"實司察之。自元宗升遐,罷"千秋節",而"金吾"所伺獻壽之"萬國",各回而不來,蓋傷之也。

"衢樽"二句:《淮南子》:"聖人之道,其猶中衢而致樽也。"(陳案:也,《淮南子》作"邪"。) 趙云:當時賜宴之酒,群臣皆得霑飲,正如"衢樽"也。

右一

御氣雲樓敞,含風彩仗高。
仙人張內樂,王母獻宮桃。
羅韈紅蕖豔,金羈白雪毛。
舞階銜壽酒,走索背秋毫。
聖主他年貴,邊心此日勞。
桂江流向北,滿眼送波濤。

【集注】

"御氣"四句:"宮桃",見上"九重春色醉仙桃"注。 《杜正謬》《宣室志》云:"唐玄宗夢仙子十餘輩,御卿雲而下列於廷,各執樂器而奏之。其度曲清越,殆非人世。及樂闋,有一仙子前曰:'陛下知此樂乎?此神仙之《紫雲曲》。今傳陛下,爲唐正始音。'玄宗甚喜,即傳授焉。"又,鄭榮《開元傳信記》:"玄宗謂高力士曰:'吾昨夜夢遊月宫，月宫諸仙，娛予以上清之樂。寥亮清越之音，非人間所聞也。酣飲久之，合奏諸樂以送吾歸，其曲悽楚動人，杳杳在耳。吾遂以玉笛尋之，盡得其聲。'力士請曲名，上曰《紫雲曲》，遂載於樂篇，今太常刻石存焉。"二說大同小異，故并載之。《漢武帝故事》曰：西王母賚仙桃七枚，獻帝。帝欲留核種之。王母笑曰："此仙桃一千年生花，一千年結實，人壽幾何？"遂指東方朔，曰："仙桃三熟，此兒已三偷矣。"

"羅襪"句：《洛神賦》："淩波微步，羅襪生塵。"又，"迫而察之，[灼]若芙蕖出綠波"。　趙云：言宮人也。"紅葉豔"，比其襪之如蓮。

"金羈"句：曹子建："白馬飾金羈，連翩西北馳。"　趙云：以言馬也。比其毛之鮮潔。

"舞階"句：舜舞干羽于兩階。劉伶《衘杯漱醪》詩云："爲此春酒，以介眉壽。"　趙云：《舊唐書》：初，上皇每酺宴，先設太常雅樂，繼以鼓吹胡樂，教坊府縣散樂雜戲云云。又教舞馬百匹，銜杯上壽。

"走索"句：《西京賦》："跳丸劍之揮霍，走上索而相逢。"《明皇雜錄》載："上每賜宴酺，大陳尋橦走索丸劍〈爲〉角抵戲。"

"聖主"二句：趙云：上句追言明皇之昔日；下句公自言其今日在邊遠之地，而感望也。

"桂江"二句：趙云：末句"桂江"，即是潭州之水所從來也。"流向北"，又見北望長安之切矣。

晚秋長沙蔡五侍御飲筵，送殷六參軍歸澧州覲省

佳士欣相識，慈顏望遠遊。
甘從投轄飲，不作置書郵。
高鳥黃雲暮，寒蟬碧樹秋。
湖南冬不雪，吾病得淹留。

【集注】

"佳士"二句：潘安仁："壽觴舉，慈顏和。"《論語》："父母在，不遠

遊。" 趙云:"佳士",指言"殷六"也。"慈顏",則殷之母也。言望其"遠遊"而歸也。

"甘從"句:陳遵嗜酒,每大飲,賓客滿座,輒閉門,取客車轄,投井中,雖有急,終不得去。 趙云:言"甘從""蔡五"之飲也。

"不作"句:(陳案:不,《補注杜詩》《全唐詩》作"肯"。) 置:一作"致"。 殷羨,字洪喬,爲豫章太守。都下士人,因羨致書者百餘函,行次石頭,皆棄水中,曰:"沈者自沈,浮者自浮。"殷洪喬不爲"致書郵"。 趙云:言殷不苟爲人携書也。此姓殷事,於殷六尤切矣。

"高鳥"二句:趙云:韓信云:"高鳥盡,良弓藏。"《禮記·月令》:"孟秋之月,寒蟬鳴。"《淮南子》云:"黃泉之埃,上爲黃雲。""碧樹"字,祖出《列子》。而江淹兩使:一云:"碧樹先秋落";一云:"碧樹雲芊芊。"

"湖南"二句:趙云:言荆渚尚雪,而可以留也。

湖中送敬十使君適廣陵

相見各頭白,其如離別何。
幾年一會面,今日復悲歌。
少壯樂難得,歲寒心匪他。
氣纏霜匣滿,冰置玉壺多。
遭亂實漂泊,濟時曾琢磨。
形容吾校老,膽力爾誰過。
秋晚岳增翠,風高湖湧波。
騫騰訪知己,淮海莫蹉跎。

【集注】

"湖中"句:趙云:舊本作"湖中",師民瞻作"湖南",是。蓋此潭州詩,潭州在湖之南也。前後篇皆是長沙,可見矣。

"幾年"二句：趙云：《古詩》云："會面安可知。"故對"悲歌"。其字則"撫節悲歌"也。

"少壯"二句：趙云：《古詩》云："少壯不努力。"故對"歲寒"。其字即《論語》："歲寒，然後知松柏之後彫也。"

"氣纏"二句：《樂府》："清如玉壺冰。"　趙云：上句言在"匣"中而氣騰矣，下句言心之清也。

"風高"句：趙云：魏文帝《浮淮賦》云："驚風泛，湧波駭。"

"騫騰"二句：（陳案：騫，《全唐詩》同。《補注杜詩》《集千家註杜工部詩集》作"搴"。朱駿聲《説文通訓定聲》："搴，叚借又爲騫"。）

趙云：言敬君之往"廣陵"者，訪求"知己"也，應謂揚州節度矣。《書》曰："淮海惟揚州。"故用"淮海"字。

卷三十六

(宋)郭知達 編

近體詩

重送劉十弟判官

分源豕韋派,別浦鴈賓秋。
年事推兄忝,人才覺弟優。
經過辨鄧劍,意氣逐吳鉤。
垂翅徒衰老,先鞭不滯留。
本枝凌歲晚,高義豁窮愁。
他日臨江待,長沙舊驛樓。

【集注】

"分源"句:《韋賢傳》:《詩》曰:"肅肅我祖,國自豕韋。"應劭曰:"在商爲豕韋氏。" 趙云:言劉與杜同出也。

"別浦"句:《月令》:"鴻鴈來賓。"

"年事"句:張釋之兄事袁盎。 趙云:公自言也。劉孝標《答郭峙書》云:"頃年事遒盡,容髮衰謝。"蓋言年歲之事也。

"經過"句:(陳案:辦,《補注杜詩》作"辨",《集千家註杜工部詩集》作"別",《杜詩詳注》作"辯"。) 雷次宗《豫章記》。

"意氣"句:"吳鉤",見弟五卷《後出塞》詩:"含笑看吳鉤"注。

"垂翅"句:《馮異傳》:"始雖垂翅回谿,終能奮翼澠池,可謂失之東隅,收之桑榆。"

"先鞭"句：劉琨曰："常恐祖生先吾著鞭耳。"謂祖逖也。

"本枝"四句：趙云：劉與杜同出，是爲"本枝"。《莊子》載孔子曰："聞將軍高義。"《越語》：越王於九月問范蠡曰："今歲晚矣，子將奈何？"虞卿因"窮愁"而著書。

奉贈盧五丈參謀琚

恭惟同自出，妙選異高標。
入幕知孫楚，披襟得鄭僑。
丈人藉才地，門閥冠雲霄。
老矣逢迎拙，相於契託饒。
賜錢傾府待，争米駐船遥。
鄰好艱難薄，氓心杼軸焦。
客星空伴使，寒水不成潮。
素髮乾垂領，銀章破在腰。
說詩能累夜，醉酒或連朝。
藻翰惟牽率，湖山合動摇。
時清非造次，興盡却蕭條。
天子多恩澤，蒼生轉寂寥。
休傳鹿是馬，莫信鵬爲鷃。
未鮮依依袂，還欹汎汎飄。
流年疲蟋蟀，體物幸鶺鴒。
辜負滄洲願，誰云晚見招。

【集注】

"奉贈"句：時丈人使自江陵，在長沙待恩旨，先支率錢米。

"恭惟"二句：趙云："恭惟"者，恭恪而思惟之也。如杜佑《郊天說》有曰："恭惟國章，并行二禮。"《成·十三年》：晉呂相絕秦，有曰："康公我之自出。"注："晉，外甥也。"盧與公蓋同舅氏矣。《戰國策》曰："舉標甚高。"而左太冲《蜀都賦》云："陽鳥回翼乎高標。"雖以言出，而實起於《戰國策》。

"入幕"二句："孫楚"，字子荊。石苞都督揚州事，孫楚爲參軍。"鄭僑"，子產也。孔子與爲友。　　趙云：上句言盧丈之爲"參謀"也。貼以"入幕"字，則謝安謂郗超曰："卿可謂入幕之賓矣。"下句言江陵節度與之爲友，如季札也。《左傳·襄公二十九年》云："季（禮）〔札〕聘於鄭，見子產，如舊相識。與之縞帶，子產獻紵衣焉。"舊注云："〔孔〕子與爲友。"是何夢語！貼以"披襟"字，則宋玉《風賦》云："乃披襟而當之。"

"丈人"二句：《杜補遺》：《前漢·朱博傳》："齎伐閱詣府。"師古注："伐，功勞也。閱，所經歷也。"《車千秋傳》曰："千秋無伐閱勞。"注："伐，積功也。閱，所經也。"《營造法式》曰："唐六品以上，通用烏頭大門。又曰表揭，又曰閥閱。義訓云：'表揭閥閱，是也。'俗呼爲櫺星門。"是詩所謂"門閥冠雲霄"者，蓋言盧氏積日累功，而致表揭，高於"雲霄"。　　趙云：《傳》云："明其等曰閱。"如《後漢》有云："聲榮無暉於門閥。"又有史"自序門閥"也。《南史·王僧達傳》云："僧達自負才地。"又《王勵傳》云："王生才地，豈可游外府乎？"

"老矣"二句：趙云：公自謂也。言雖衰老，拙於"逢迎"，而與盧丈"相於"，所以"契託"饒縱也。"相於"字，出《選》。

"賜錢"二句：趙云：題注所謂"支率錢米"也。

"鄰好"二句：薛云：揚雄《方言》："土作謂之'杼'，木作謂之'柚'。"大東小東，杼軸其空。軸，當作"柚"。又，《後漢》：劉騊駼書曰："杼柚空於公私之求。"（陳案：騊駼，《後漢書》作"陶"。）　　趙云：上句言鄰國之"好"，以"艱難"而"薄"，則盧丈使自江陵所持之"好"也。下句又以成"好""薄"之句，蓋當"艱難"之際，"杼柚"空而民心焦熬，則不可多歛，以爲"鄰好"之奉矣。

"客星"二句：趙云："客（心）〔星〕"，則公自謂也。"伴使"，以言其伴盧之爲使星也。舊注引"嚴陵"事，雖是"客星"兩字，而惑亂其義矣。況《博物志》載嚴君平曰："客星犯牽牛。"亦豈無"客星"字耶？下句言相伴之時如此。

"素髮"二句：《秋興賦》："素髮颯以垂領。"下句見"霧雨銀章濕"注也。　趙云："素髮"，公自言其老。下句又自言其不達，時爲尚書工部員外郎、賜緋魚袋，而流落故也。

"說詩"二句：中山有酒，一醉千日。　趙云："說詩""醉酒"，皆公自言耳。《孟子》云："說詩者，不以文害辭。"《匡衡傳》："匡說詩，解人頤。"

"藻翰"二句：《左傳》："牽率老夫。"　趙云：此方言及盧丈，蓋謂華藻詞翰，其所"牽率"者，惟盧丈耳。可以"動搖""湖山"，則文章之妙也。《漢志》："星影搖動"也。

"時清"二句：趙云：言逢時之"清"爲難得，故曰"非造次"。當是時相見而"興盡"，自"却蕭條"也。

"天子"二句：趙云：皆言當時如此。公題下注云"待恩旨，先支率錢米"，此豈亦"恩澤"之謂耶？

"休傳"二句：（陳案：爲，《全唐詩》作"如"。一作"爲"。）　趙高指鹿爲馬。"鵩鳥"事，見上"留別杜員外"注。　趙云：當是時，魚朝恩用事，與元載不協，則"鹿是馬"者，公有激而云矣。

"還斟"句：（陳案：飄，《集千家註杜工部詩集》同。《補注杜詩》《全唐詩》作"瓢"。）

"流年"句：《詩》："蟋蟀在堂，歲聿云暮。"（陳案：云，《毛詩注疏》作"其"。）《古詩》："四時更變化，歲暮一何速。晨風懷苦心，蟋蟀傷局促。"　趙云：所以誌時。"流年"疲勞，"蟋蟀之"轉徙，則歎晚也。

"體物"句：《莊子》："鷦鷯巢林，不過一枝。"《文賦》云："賦體物而瀏亮。"張茂先作《鷦鷯賦》。

"辜負"二句：謝元暉詩："復叶滄洲趣。"　趙云：此末句感激之言，涵蓄深遠，蓋揚雄《橄靈賦》曰："世有黃公者，起於滄洲。精神養性，與道漂遊。"（陳案：精、漂，《能改齋漫錄》作"怡""浮"。）故謝玄暉《之宣城》詩云："既懽懷祿情，復協滄洲趣。"公今詩以爲離去朝廷，本以爲"滄洲"之願，而徒然流落，既"孤負"矣，而又非晚得"見招"者，此其所以感也。左太冲《詠史》詩曰："馮公豈不偉，白首不見招。"則"見招"者，朝廷也。李陵云："陵雖孤恩，漢亦負德。""孤負"字，本只是

"孤獨"之"孤"字,而俗作"辜負"。舊本乃流傳之誤矣。

登舟將適漢陽

春宅棄汝去,秋帆催客歸。
庭蔬尚在眼,浦浪已吹衣。
生理飄蕩拙,有心遲暮違。
中原戎馬盛,遠道素書稀。
塞鴈與時集,檣烏終歲飛。
鹿門自此往,永息漢陰機。

【集注】

"春宅"二句:趙云:公二月到潭州,因居焉。則自春所有之宅,名之曰"春宅"。"催客歸",公將歸秦也。

"庭蔬"二句:趙云:"庭蔬",則時所寓居之庭前"蔬"也。謝靈運詩:"薜蘿若在眼。"陶淵明:"風飄飄而吹衣。"

"生理"二句:薛云:《南華真經》:"莊子之楚,見空髑髏,髐然有形,因而問之,曰:'夫子貪生失理而為此乎?'"趙云:《楚詞》云:"傷美人之遲暮。"《詩》:"中心有違。"《左傳》:"王心不違。"張茂先《鷦鷯賦·序》云:"生生之理足矣。"

"中原"二句:趙云:《老子》云:"戎馬生於郊。"《古詩》云:"呼兒烹鯉魚,中有尺素書。"

"塞鴈"二句:趙云:自"塞"飛來之"鴈"也。盛弘之《荊州記》曰:"鴈塞北接梁州汶陽郡,其間東、西嶺,屬天無際。雲飛風翥,望崖迴翼,唯一處為下。朔鴈違塞,矯翮裁度,故名'鴈塞',同於鴈門也。"故公今云"塞鴈",其對"檣烏",則帆檣之上,刻為烏形,取其占風,猶相風之上為"烏"也。

"鹿門"二句:趙云:公或欲歸,或欲往滄洲,或欲隱鹿門,然則,不得志而流落者,行止其茫然哉!

暮秋將歸秦，留別湖南幕府親友

水闊蒼梧野，天高白帝秋。
途窮那免哭，身老不禁愁。
大府才能會，諸公德業優。
北歸衝雨雪，誰憫敝貂裘。

【集注】

　　"暮秋"句：趙云：前篇《登舟將適漢陽》云："春宅棄汝去，秋帆催客歸。"則秋初時也。今是次篇，却云："暮秋將歸秦。"則九月時也。謂之"湖南幕府"，則是潭州也。由是觀之，則公雖欲往"漢陽"，而元未定。今又有欲"歸秦"之興，然相續其下等篇，皆只在潭州，亦言之而不行也。

　　"水闊"句：謝玄暉云："雲去蒼梧野，水還江漢流。"

　　"天高"句：趙云：廣言湖南上下之景也。白帝城，在夔州。公自夔而來，故言及之。

　　"途窮"句：顏延年："途窮能無慟。"

　　"北歸"句：（陳案：雨，《四庫全書》本作"南"。形訛。《補注杜詩》《全唐詩》作"雨"。）

　　"誰憫"句：見前"季子貂裘弊"注。　　趙云：公以蘇秦自比也。

送盧十四弟侍御護韋尚書靈櫬歸上都二十韻

素幕渡江遠，朱幡登陸微。
悲鳴駟馬顧，失涕萬人揮。
參佐哭辭畢，門闌誰送歸。
從公伏事久，之子俊才稀。
長路更執紼，此心猶倒衣。

感恩義不小,懷舊禮無違。
墓待龍驤詔,臺迎獬豸威。
深衷見士則,雅論在兵機。
戎狄乘妖氣,塵沙落禁闈。
往年朝謁斷,他日掃除非。
但促銅壺箭,休添玉帳旂。
動詢黃閣老,肯慮白登圍。
萬姓瘡痍合,群兇嗜欲肥。
刺規多諫諍,端拱自光輝。
儉約前王體,風流後代希。
對敭期特達,衰朽再芳菲。
空裏愁書字,山中疾採薇。
撥杯要忽罷,抱被宿何衣?
眼冷看征蓋,兒扶立釣矶。
清霜洞庭葉,故就別時飛。

【集注】

"送盧"句:趙云:此詩三段。自"素幕渡江遠",至"臺迎獬豸威",言韋尚書靈櫬至上都,而送之者盧侍御也。自"深衷見士則",至"風流後代希",言盧侍御之對敭所論事也。自"對颺期特達",至"故就別時飛",則轉入以言己身與盧爲別也。

"素幕"二句:漢二千石,朱幡兩輪。(陳案:幡,《漢書》作"轓"。)

趙云:"朱幡",則丹旟也。舊注云:"漢二千石,朱兩轓。"誤矣。"轓"字,從車,自是車轓。"幡"字,從巾,自是幡旆也。"登陸微",則以其"登陸",故微見之也。

"悲鳴"二句:陸士衡詩:"揮淚廣川陰。" 趙云:"馴馬顧",則有戀主之意。士文伯死,其母謂衆妾曰:"無揮淚。"

"門闌"句:見上"門闌多喜色"注。 趙云:"門闌",貴人之家

— 1586 —

也。《後漢·明帝紀》:"勞賜元氏門闌走卒。"注引《續漢·志》云:"五伯、鈴下、侍閤、門闌部署、街里走卒,皆有程品,多少隨所典領。"(陳案:閤,《後漢書》作"閣"。)則"門闌"之品,貴家方有之。

"長路"二句:《詩》:"自公召之","顛倒裳衣。" 趙云:《禮》:"助葬者執紼"也。下句言,若公之猶在,蚤起而趨之也,《詩》:"之子于歸。"

"懷舊"句:潘安仁有《懷舊賦》。張平子《南都賦》云:"獻酬既交,率禮無違。"

"塋待"句:《漢》:獻加魏武九錫,曰:"龍驤虎視,旁眺八方。"《杜正謬》:《唐史遺事》:武后幸洛陽,至閿鄉縣,車騎不進,召巫問之,巫曰:"晋龍驤將軍王濬云:'臣墓在道南,每爲樵採所苦。聞大駕至,故來哀求。'"后遂詔:"去墓百步,不得樵採。"子美《八哀詩·贈鄭國公嚴武》曰:"虛無馬融笛,悵望龍驤塋。"元注謂:"王濬卒,以龍驤名墓。"《本傳》止云:"濬龍驤將軍,卒葬柏谷中。大營塋城,葬垣週四十五里。"不載"詔""龍驤"名"墓"事。 趙云:言盧尚書之墓,大營塋(城)[域],如王濬者,當俟"詔"也。"獬豸威",言韋侍御之還朝,則還從其班序也。"獬豸"者,冠名。胡廣《漢官儀》曰:"侍御史四人,持書,皆法冠,一名柱後,一名獬豸。"乃獸名,一角,知人曲直,而觸不直者,故執法者冠之。此自無"威"字。蓋見上句"詔"字,出公自云耳。

"深衷"二句:趙云:《世說》:鄧艾年十二,至穎川,讀陳太丘碑文,曰:"言爲世範,行爲士則。"遂自名範,字士則。後宗族有同者,乃改今名。

"塵沙"句:(陳案:闐,《四庫全書》本作"聞"。形訛。《補注杜詩》《全唐詩》作"闐"。) 趙云:"禁闥",天子之内也。此言吐蕃陷京師也。

"往年"二句:趙云:上句言去上都之久,而"斷""朝謁"也。下句言除掃吐蕃不得上策,所以爲"非"也。

"但促"句:促:一作"整"。 《漏刻銘》:"金箭方圓之制。"注:"金,謂壺。"又云:"銅史司刻,金徒抱箭。" 趙云:欲上之未明求衣而早朝也。

"休添"句:見上"空留玉帳旅"注。 趙云:言不必添兵也。

"玉帳",將軍之帳也。

"勳詢"句:見上"扈聖登黃閣"注。

"肯慮"句:《漢》:高帝伐匈奴,"至平城"。冒頓以兵"三十餘萬",圍"白登"。　趙云:言天子雖屢詢大臣,而莫知以"白登"之圍爲慮者。此豈勸親征之徒歟?"黃閣老",言三公也。《宋·志》曰:"三公黃閣,前史無有此義。"按:《禮記》:"士韠與天子同,公侯大夫則異。"鄭玄云:"士賤,與君同不嫌。夫朱門洞啟,當陽之正色。三公之與天子,禮秩相亞,故黃其閣以示謙,不敢斥天子,宜是漢舊制也。"

"萬姓"二句:趙云:上句言其困於誅求役使也。下句言將帥乘此爲驕也。

"刺規"二句:趙云:上句所以望於盧侍御也。下句言天子聞其"諫錚",自可以垂衣拱手而治也。《孟子》:"充實而有輝光。"《孝經·諫諍章》。

"儉約"二句:趙云:此已上言盧侍御之登對所論事如此。《詩》:"前王不忘。"

"對敭"二句:趙云:"對敭期特達",用結上所云。言"對敭"天子之前,當在"特達"而勿委靡,則"衰朽"之人,再獲"芳菲",言同受其榮也。《書》:"敢對揚天子休命。"

"空裏"二句:上句,見"呦呦正晝空"注。下句,《伯夷傳》:"登彼首陽,采其薇矣。"　趙云:既有"再芳菲"之望,亦嫌疾"採薇"之太清也。

"撥杯"二句:趙云:"撥杯"者,揮杯也。既別矣,"撥杯"之相要"忽罷"。平昔"抱被"就"宿",今又"何依"也。顧愷之:"魚鳥將何依。"

"清霜"二句:《楚辭·湘夫人》:"洞庭波兮木葉下。"謝莊《月賦》:"洞庭始波,木葉微脫。"

哭李常侍嶧二首

右一

一代風流盡,修文地下深。

斯人不重見，將老失知音。
短日行梅嶺，寒山落桂林。
長安若箇畔，猶想映貂金。

【集注】

　　"一代"二句：下句見《聞高常侍亡》注。　　趙云：《南史》：張緒死，其從弟融齎酒於緒靈前，酌飲慟哭，曰："阿兄風流頓盡。"

　　"斯人"二句：伯牙以鍾期爲知音，期死而牙絕弦。　　趙云："斯人"字，起於孔子言伯牛之疾也："斯人也，而有斯疾也。"蓋嗟其人之賢也。陸機云："吾將老而爲客。"指李常侍如鍾子期也。曹丕《與季質》曰："昔伯牙絕絃於鍾期，仲尼覆醢於子路。痛知音之難遇，傷門人之莫逮也。"《左傳》："吾將老焉。"

　　"短日"二句：山：一作"江"。　　趙云：李常侍之櫬，應自廣南來也。大庾嶺上多梅，故又謂之"梅嶺"。《山海經》曰："桂木八樹。"而"桂林"兩字，則郗詵曰："林，言其大也。貴禺在廣州。"又《廣志》曰："桂生於高山之嶺，其類自爲林，間無雜樹。"而"桂林"兩字，則郗詵曰："桂林一枝也。"

　　"長安"二句：侍中冠貂蟬。阮修以貂蟬換酒。　　趙云：末句，必歸"長安"。"貂金"字，則侍中事。《漢官儀》曰："侍中冠，武弁大冠，亦曰惠文冠。加金璫，附蟬爲文，貂尾爲飾，謂之貂蟬。侍中服之，則左貂；常侍服之，則右貂。"董巴《輿服志》云："金，取堅剛，百鍊不耗。蟬，居高飲清。貂，取內勁悍，外溫潤。本趙武靈王朝服之制，秦始皇破趙，得其冠，賜侍中。"

　　右二

青瑣陪雙入，銅梁阻一辭。
風塵逢我地，江漢哭君時。
次弟尋書札，呼兒檢贈詩。
發揮王子表，不愧史臣詞。

【集注】

　　"青瑣"二句:見"通籍蹈青瑣"注。左蜀有銅梁縣。　　趙云:此篇追言李之平生,與悼其既死,皆是事實。"青瑣",漢殿門名。"陪雙入",則公昔爲左拾遺,時與常侍同通籍而入也。"阻一辭",則追恨不得一別也。

　　"風塵"二句:趙云:當言"風塵"之際,相逢於江、漢,而今又在江、漢,聞其喪而哭也。《晉》:華嶠上疏曰:"卒有風塵不虞之變。"《詩》:"滔滔江漢。"

　　"次弟"二句:《(故)[古]詩》:"遺我一書札。"又,"呼兒烹鯉魚"。《文選》有《贈答》詩。

　　"發揮"二句:趙云:常侍者,宗室之子也,故用"王子表"字。《前漢書》有《王子侯表》。

哭韋大夫之晉

悽愴郇瑕邑,差池弱冠年。
大人叨禮數,文律早周旋。
臺閣黃圖裏,簪裾紫蓋邊。
尊榮真不忝,端雅獨翛然。
貢喜音容間,馮招病疾纏。
南過駭蒼卒,北思悄聯綿。
鵩鳥長沙諱,犀牛蜀郡憐。
素車猶慟哭,寶劍欲高懸。
漢道中興盛,韋經亞相傳。
冲融標世業,磊落映時賢。
城府深朱夏,江湖眇霽天。
倚樓闚樹頂,飛旆泛堂前。

帘幕欹風燕,筎簫急暮蟬。
興殘虛白室,跡斷孝廉船。
童孺交遊盡,喧卑俗事牽。
老來多涕淚,情在强詩篇。
誰繼方隅理,朝難將帥權。
春秋褒貶例,名器重雙全。

【集注】

"悽愴"句:《左傳》:晉謀去故(緯)[絳],諸大夫曰:"必居郇瑕氏之地。"

"差池"句:《曲禮》:"二十曰弱冠。"

"大人"句:(陳案:大,《全唐詩》作"丈"。"一作大,一作士"。)

"文律"句:《左傳》:"與君周旋。"

"臺閣"二句:《三輔黃圖》。又《漢宫圖詔》、沈休文《碑》:"陪龍駕於伊洛,侍紫蓋於咸陽。"(陳案:圖詔,《杜詩引得》作"闕詔"。)

"貢喜"句:見"竊效貢公喜"注。

"馮招"句:左太冲:"馮公豈不偉,白首不見招。"

"北思"句:《洞簫賦》:"吟氣遺響,聯綿飄撇。"

"鵩鳥"句:(陳案:鵩,《四庫全書》本作"鵬"。形訛。《補注杜詩》《全唐詩》作"鵩"。) 見《賈誼傳》。

"犀牛"句:見《石犀牛行》注。

"素車"二句:上句,《後漢》:范式,字巨卿,與汝南張元伯爲友。元伯尋卒,夢范式曰:"巨卿,吾以某日死,以某時葬,子不我忘,豈能相及?"式馳往赴之,喪已發,引將窆,而柩不肯進。其母撫之曰:"元伯,豈有望邪?"停柩移時,乃見有素車白馬,號哭而來,其母曰:"必范巨卿也。"下句,見"把劍覓徐君"注。

"漢道"二句:建武、永年末,盡中興之美。韋賢:"不如教子一經。"

"朱夏"句:(陳案:眇,《補注杜詩》《全唐詩》作"眇"。)

"倚樓"句:《古詩》:"西北有高樓,交疏結綺窻。"

"飛旆"句:(陳案:旆,《四庫全書》本作"旋"。形訛。《文選》《補注杜詩》《全唐詩》作"旆"。注文同。)　《寡婦賦》:"飛旆翩以啟路。"

"帟幕"句:(陳案:歘,《補注杜詩》作"旋",《全唐詩》作"疑",一作"旋"。)　"帟幕"霄懸。謝玄暉詩:"風簾入雙燕。"

"興殘"句:《莊子》:"虛室白生。"

"跡斷"句:《世說》:張憑舉孝廉,負其才,自謂必參時彥。初欲詣劉真長,鄉里及同舉者共笑之。張遂往詣真長,延之上坐,清言彌日,因留宿至曉。張退,劉曰:"卿且前去,當取卿共詣撫軍。"張還船,同旅問何處宿,張笑而不答。須臾,真長遣傳教覓張孝廉船,同旅詫愕。即同載詣撫軍,至門,劉進曰:"下官今日與公得一太常博士。"撫軍與之言,咨嗟稱善,即用爲太常博士。

舟中夜雪有懷盧十四侍御弟

朔風吹桂水,大雪夜紛紛。
暗度南樓月,寒深北渚雲。
燭斜初近見,舟重竟無聞。
不識山陰道,聽雞更憶君。

【集注】

"暗度"二句:(陳案:度,《四庫全書》本作"瘦"。形訛。《補注杜詩》作"度"。《全唐詩》作"渡"。)　謝惠連詩:"茗亭南樓期。"趙云:"南樓""北渚",潭州實有之。屈原云:"帝子降兮北渚。"

"不識"二句:趙云:《語林》曰:王子猷居山陰,大[雪]夜,開室命酌,四望皎然,因詠《招隱》詩,忽憶戴安道。戴時在剡,乘興棹舟,造門而返。今句則又反言之,言身不能去,止有思憶而已。

對　雪

北雪犯長沙，胡雲冷萬家。
隨風且開葉，帶雨不成花。
金錯囊徒罄，銀壺酒易賒。
無人竭浮蟻，有待至昏鴉。

【集注】

"北雪"二句：（陳案：犯、胡。《四庫全書》本作"把""朝"。形訛。《補注杜詩》《全唐詩》作"犯""胡"。）

"隨風"句：開，一作"問"。　趙云：當作"開"。言雪隨"風"灑於葉上而開之也。

"帶雨"句：趙云：為雨所融混，而六出花之狀不明也。今世有鄭獬者，詩云："雨作雪花開不成。"蓋本（知）[於]此也。

"金錯"句：張平子："美人贈我金錯刀。"趙〔壹〕詩曰："文籍徒滿腹，不如一囊錢。"　趙云：專指言錢也，非"金錯"佩刀者。《漢書》曰："王莽鑄大錢，又造錯刀，以金錯其文。"此錢形之如刀，而金錯之之證。《續漢書》曰："佩刀，諸侯王黃金錯鐶。"謝〔承〕《後漢書》曰："詔賜應奉金錯把刀。"此所用之刀，以金錯為飾之證。張平子《四愁詩》曰："美人之贈我金錯刀。"則主所用刀而言。

"無人"句：趙云："浮蟻"，酒也。祖出《釋名》曰："酒有泛（池）[齊]，浮蟻在上。"而張衡《南都賦》云："浮蟻若萍。"

"有待"句：公自注：何遜詩云："城陰度塹黑，昏鴉接翅歸。"趙云：王立之《詩話》云：頗嘗怪昏鴉，亦常語，何必引遜句耶？甫後作絕句，却云："昏鴉接翅稀。"立之之說如此。《對雪》詩前，王之既失前後之次，又不言公之心，（陳案：言，《杜詩引得》作"原"。）於第二次用"昏鴉"，方獨引注，蓋公時露消息，要見其詩所謂"無**兩字無來處**"。

冬晚送長孫漸舍人歸州

參卿休坐幄,蕩子不還鄉。
南客瀟湘外,西戎鄠杜傍。
衰年傾蓋晚,費日繫舟長。
會面思來札,銷魂逐去檣。
雲晴鷗更舞,風逆鴈無行。
匣裏雌雄劍,吹毛任選將。

【集注】

"參卿"二句:《古詩》:"蕩子行不歸。"　趙云:"坐幄",則"坐籌帷幄"之摘文。此兩句,公自言也。公爲劍南節度府參謀,是爲"參卿"。節度屬官者,入幕之賓也。公前爲之,而今罷,所謂"休坐幄"。《列子》曰:"人有去鄉土,遊於四方而不歸者,世謂爲狂蕩之人也。""還鄉"字,則"一舉還故鄉"之摘文。

"南客"二句:宣帝"尤樂杜、鄠之間"。"杜",屬京兆;"鄠",屬扶風,音扈。　趙云:公,北人也。而在湘潭,是爲"南客"。"西戎鄠杜傍",則吐蕃之兵未息,去歲大歷三年八月,寇靈州,又寇邠州。今歲四年十一月,又寇靈州,故也。

"衰年"二句:鄒陽:"傾蓋如故。"　趙云:上句,則初與"長孫"相見耳。"傾蓋"字,孔子與程子"傾蓋而語"也。舊注引鄒陽"傾蓋如故",在後矣。下句,則公又言其舟留滯而未行也。

"會面"二句:《古詩》:"會面安可知。"《別賦》:"黯然銷魂。"趙云:上句,言欲"會面",則每"思來札",所以預囑其寄書。下句,則"長孫"之舟上水而往也。

"雲晴"二句:趙云:"鷗更舞","鴈無行",兩句言別時景也。"鷗"言"舞",則《列子》云:"鷗鳥舞而不下。""鴈"言"行",則《詩》云:"兩驂鴈行"也。

"匣裏"句:見第五卷《前出塞》詩。

暮冬送蘇四郎徯兵曹適桂州

飄飄蘇季子，六印佩何遲？
早作諸侯客，兼工古體詩。
爾賢埋照久，吾病常年悲。
盧綰須征日，樓蘭要斬時。
歲陽初盛動，王化九磷緇。
爲入蒼梧廟，看雲哭九疑。

【集注】

"暮冬"句：(陳案：暮，《四庫全書》本作"墓"。形訛。《補注杜詩》《全唐詩》作"暮"。)

"飄飄"二句：蘇季子言："吾若有雒陽負郭二頃田，安能佩六國相印乎？"《漢》：武帝讀《大人賦》，飄飄然有凌雲之氣。

"早作"二句：上句見"諸侯老賓客"注。陸士衡有《擬古》詩。

"爾賢"二句：(陳案：吾，《補注杜詩》《全唐詩》作"餘"。《説文通訓定聲》："吾，經傳亦以餘、以予、以我爲之。") 阮步兵詩："沈醉似埋照。" 趙云：《淮南子》云："木葉落，長年悲。"

"盧綰"二句：《盧綰傳》：上使使召綰，綰稱病不行。上怒曰："綰果反！"使樊噲擊之。

"樓蘭"句：見上十九卷"樓蘭斬未還"注。 趙云：此指吐蕃之贊普矣。

"歲陽"二句：見上十七卷"此道未磷緇"注。 趙云：上句，言十二月二陽生矣。下句，則傷時之切矣。

"爲入"二句：(陳案：蒼，《四庫全書》本作"卷"。形訛。《補注杜詩》《全唐詩》作"蒼"。) 趙云：因蘇徯"適桂州"而思舜。舜南巡狩，崩于蒼梧之野，而葬於九疑之山。故託蘇徯入其廟，而遠望其墓以哭，則公欲堯舜其君民之懷也。

風疾舟中，伏枕書懷三十六韻，奉呈湖南親友

軒轅休製律，虞舜罷彈琴。
尚錯雄鳴管，猶傷半死心。
聖賢名古邈，羈旅病年侵。
舟泊常依震，湖平早見參。
如聞馬融笛，若何仲宣襟。
故國悲寒望，群雲慘歲陰。
水鄉霾白屋，楓岸疊青岑。
鬱鬱冬炎瘴，蒙蒙雨滯淫。
鼓迎非祭鬼，彈落似鴞禽。
興盡纔無悶，愁來遽不禁。
生涯相汩没，時物自蕭森。
疑惑尊中弩，淹留冠上簪。
牽裾驚魏帝，投閣爲劉歆。
狂走終奚適，微才謝所欽。
吾安藜不糝，汝貴玉爲琛。
烏几重重縛，鶉衣寸寸針。
哀傷同庾信，述作異陳琳。
十暑岷山葛，三霜楚户砧。
叨陪錦帳坐，久放白頭吟。
反樸時難遇，忘機陸易沈。
應過數粒食，得近四知金。
春草封歸恨，源花費獨尋。
轉蓬憂悄悄，行樂病涔涔。

瘞夭追潘岳,持危覓鄧林。
蹉跎翻學步,感激在知音。
却假蘇張舌,高誇周宋鐔。
納流迷浩汗,峻址得嶔崟。
城府開清旭,松筠起碧潯。
披顔爭倩倩,逸足競駸駸。
朗鑒存愚直,皇天實照臨。
公孫仍恃險,侯景未生擒。
書信中原闊,干戈北斗深。
畏人千里井,問俗九州箴。
戰血流依舊,軍聲動至今。
葛洪尸定解,許靖力還任。
家事丹砂訣,無成涕作霖。

【集注】

"軒轅"句:甫自注云:"伏羲造瑟,神農作琴,舜彈五絃琴,歌《南風》之篇,有矣。"《史記》:"黄帝名曰軒轅。"《前漢書·律歷志》:"黄帝使伶倫自大夏之西,崑崙之陰,取竹之嶰谷生,其竅厚均者,斷兩節間而吹之,以爲黄鍾之宫。制十二筩,以聽鳳之鳴。其雄鳴六,其雌鳴亦六,比黄鍾之宫,而皆可以生之,是爲律本。"

"虞舜"句:《樂記》:"舜作五絃之琴,以歌《南風》。"

"尚錯"句:見上注。

"猶傷"句:枚乘《七發》云:"龍門之桐,高百尺而無枝,其根半死半生,冬則風雪之所激。"

"聖賢"二句:范蔚宗:"聞道雖已積,年力互頹侵。"陸士衡:"前路既已多,後塗隨年侵。"　趙云:上句,言造琴律之"聖賢",其名已古遠矣。下句,言其身之病,隨年而相侵也。此已上六句,言風疾矣。其下則鋪叙其流落之迹也。

"舟泊"二句:"震",東方也,有震澤。早,一作"半"。"參",曉星也。鮑照："曉星正參落。"　　趙云："舟泊常依震",則泊處在東邊也。舊注更引"震澤",惑學者矣。參星曉見,或爲山所障,或爲樹木所蔽,則未必見之。"湖平早見參",則視天闊遠,宜其早見矣。舊"早"一作"半",非。

"如聞"二句:馬融好吹笛,有《長笛賦·序》云："性好音律,能鼓琴吹笛。"王粲仲宣《登樓賦》云："憑軒檻以遥望,向北風而開襟。"　　趙云:言風來舟中,如吹笛之所召,倚樓之所進也。(陳案:進,《杜詩引得》作"逢"。)

"故國"句:顏延年："故國多喬木,空城凝寒雲。"　　趙云:"故國",長安也。"悲"當"寒望"之中。

"群雲"句:趙云:"歲陰",歲晚也。《神農本草》云:"秋冬爲陰。"陸士衡《猛虎行》云:"時往歲載陰。"是已。時"寒""雲"重,所以爲"慘"。

"水鄉"二句:(陳案:屋,《全唐詩》同。一作"廬"。)　　趙云:"白屋",白板屋也。字雖出周公以下"白屋之士",而楚俗多板扇矣。(陳案:扇,《杜詩引得》作"扉"。)《楚詞》曰:"江水湛湛兮,上有楓。"楚岸多楓,故曰"楓岸"。

"鬱鬱"二句:(陳案:鬱,《四庫全書》本作"楚",《補注杜詩》《全唐詩》作"鬱"。)　　張平子:"鬱鬱不得志。"魏文帝:"鬱鬱多愁思。"《詩》云:"零雨其濛。"　　趙云:"冬炎瘴",實紀其事。《楚詞》曰:"霧雨淫淫。""雨滯淫"之義,蓋出于此也。

"鼓迎"二句:(陳案:非,《全唐詩》同。一作"方"。)　《語》:"非其鬼而祭之,諂也。"《漢》:賈誼《鵩賦》云:"鵩似鴞。"　　鮑云:《莊子》曰:"見彈而求鴞炙。"　　趙云:楚俗好巫祀,故云"非祭鬼"。"似鴞禽",此長沙實事。

"興盡"二句:王子猷:"興盡而返。"《易》:"遯世而無悶。"

"生涯"二句:自:一作"正"。　　張景陽:"溪壑無人跡,荒林鬱蕭森。"(陳案:林,《藝文類聚》作"楚"。)

"疑惑"句:《杜補遺》:《抱朴子》曰:予祖郴爲汲令,以夏〔至〕日請主簿杜宣飲酒。北壁上有懸赤弩,照于杯中,如蛇。宣惡之,及飲得疾。後郴知之,延宣于舊處,置于其見如初。因謂曰:"此弩影耳。"宣疾遂瘳。此與《樂廣傳》蛇影事大相類。特弓與弩異耳。

"淹留"句：《北山移文》云："昔聞投簪逸海岸。"沈休文："待此未抽簪。"　趙云："冠簪"者，卿大夫之禮也。欲致仕閑散者，謂之"投簪"。沈休文詩："聊欲投吾簪。"今云"淹留冠上簪"，則公以猶未能遂棄冠冕也。

"牽裾"二句：辛毗諫帝，帝怒起，毗引帝裾。下句見上"子雲識字終投閣"注。

"狂走"二句：吾舍魯"奚適"？陸士衡："寤寐靡安豫，願言思所欽。"朱浮《與彭寵書》云："獨中風狂走，自損盛時。"

"吾安"二句：孔子"藜羹不糝"。　趙云：上句以孔子自處也。"汝"，指湖南親友也。"貴玉爲琛"，"琛"者，寶也。《詩》云："來獻其琛"，是已。言其所以爲寶者，"貴"用玉而充之也。

"烏几"二句：趙云："烏几"，烏皮几也。（齊）謝朓有《烏皮几》詩。"鶉衣"，即衣如懸鶉之謂也。

"哀傷"二句：庾信作《哀江南賦》，陳琳《爲袁紹檄豫州曹公》。（陳案：《文選》無"曹公"二字。）　趙云：庾信有《哀江南賦》。"哀傷同"之，則皆所以憂國也。陳琳爲袁紹作檄，謗詈曹公之父祖及曹公。公得之，愛而不咎。今公句自言與無爲人作謗詈，所以爲"異"也。或云：陳琳建于章表，曹公嘗見其檄，而頭風愈。今公自謙，以爲其"述作"，不能似之。于義亦通。

"十暑"二句："葛"，蜀布也。"十暑"不易，言其貧也。"三霜"，居楚"三"易星霜。　趙云：《書》云："岷山導江。"有此"岷山"兩字。而用對"楚戶"。則《史記》云："楚雖三戶，亡秦必楚也。""岷山"言"葛"，則楚中出布故也。"楚戶"言"砧"，則楚俗多擣寒衣故也。"葛"以御夏，故云"暑"。《論語》曰："當暑袗絺綌。"《莊子》云："冬裘夏葛。"是已。擣衣在孟秋，故云"霜"。庾信《夜聽擣衣》詩云："秋夜擣衣聲，飛度長門城。"《淮南子》云："七月，百蟲蟄伏，青女乃出，以降霜露。"此"霜"之所以言孟秋也。此兩句句法，正與《荊南述懷》云："九鑽巴噀火，三蟄楚祠雷"同，各于一句中，言年辰，言處所，言時候，又并相契無差。以清明而言，故"巴噀火"曰"九鑽"，則自庚子數至戊申，在西、東蜀，在夔，九年見清明也。以暑服而言，故"岷山"有曰"十暑",其于上在西、東蜀,在夔者九年同,而大歷二年有閏六月,又可以當一暑矣。蓋言九暑可也,着"十"字以著見其閏焉。《月》詩云:"二十四回明。"兼閏六月望,方敷其數,亦已著見其閏也。若《述懷》下句以八月而言,故"楚祠雷"曰"三蟄"。今詩下句以七月而言,故"楚户砧"曰"三霜",豈不相契無差乎?

"叨陪"二句:(陳案:帳,《四庫全書》本作"長",《補注杜詩》《全唐詩》作"帳"。) 郎官有"錦帳",見《漢·百官志》。司馬相如將聘人爲妾,文君賦《白頭吟》。

"反樸"二句:《老子》:"還淳返樸。" 《杜補遺》:《莊子》載孔子之言曰:"方且與世違,而心不屑與之俱,是陸沈者也。其市南宜僚耶?"《文選·詩》:"道勝貴陸沈。"注:"無水而沈,謂之陸沈。"《史記》:武帝時齊人東方朔坐席中,酒酣,據地歌曰:"陸沈于俗,避世金馬門。" 趙云:上句,傷俗之澆薄矣。下句,"忘機"字,未見祖出,止見唐人詩曰:"我爲忘機方到此,寄言鷗鳥不須驚。"以俟博聞。

"應過"二句:《鷦鷯賦》:"巢林不過一枝,每食不過數粒。"《後漢》:王密懷金遺楊震曰:"夜無人知者。"震曰:"天知,地知,子知,我知,是四知也。"遂不受。密愧而退。 趙云:今云"應過""得近",則以口腹之累,不比鷦鷯"數粒"而已。如是,則須"金"以拯客窮,所以近金而無嫌也。

"春草"二句:劉安《招隱》:"王孫遊兮不歸,春草生兮萋萋。"下句,見上"欲問桃源宿"注。 趙云:上句,言其故園之"草",有懷恨以待公之歸也。武陵桃源,在今鼎州。公既南往矣,有尋"源花"之便也。

"轉蓬"二句:(陳案:樂,《集千家註杜工部詩集》同,《補注杜詩》《全唐詩》作"藥"。《文選·江淹〈雜體詩三十首〉》舊注:"樂,五臣作藥。") 見"生涯獨轉蓬"注。《柏舟》詩:"憂心悄悄。"鮑明遠有《行藥至城東橋》詩,注謂:"照有病,服藥行以宣導之。"《漢》:霍光夫人顯,謀毒許后。后免身,取附子并合太醫大丸飲之。有頃〔曰〕:"頭涔涔也。"(陳案:涔,《漢書》作"岑"。) 趙云:上句,公自傷其流落也。下句,自閔傷其疾病也。但《許后傳》"岑岑"字,無水傍。

"瘦夭"句:(陳案:夭,《四庫全書》本作"矢"。形訛。《補注杜詩》

卷三十六　近體詩

作"夭"。）　　潘岳有《悼亡》詩，《懷舊》《寡婦》二賦。　　《杜正謬》：潘岳《傷弱子·序》曰："三月壬寅，弱子生。五月之長安，壬寅次于新安之千秋亭。甲辰而弱子夭。己巳瘞于亭東。"故岳《西征賦》云："夭赤子于新安，坎路側而瘞之。"是也。

"持危"句：《山海經》云："夸父死，棄其杖，而爲鄧林。"《列子》云："夸父不量力，欲追日影，逐之于嵎谷之際，渴，欲得飲。赴飲河渭，不足，將走北飲大澤，未至，道渴而死。棄其杖，尸膏肉所浸，生鄧林，彌廣數千里焉。"　　趙云：貼之以"持危"，則《語》云："危而不持"也。

"蹉跎"句：阮籍："娛樂未終極，白日忽蹉跎。"壽陵餘子學步于邯鄲，失其故步，匍匐而返。　　趙云：公自傷其隨流俗也。

"感激"句：趙云：公自傷其無識之者也。子期死，伯牙破琴絕絃，終身不復鼓。

"却假"二句：（陳案：鐔，《四庫全書》本作"鐔"。形訛。《補注杜詩》《全唐詩》作"鐔"。）　　蘇秦、張儀。《莊子·說劍》：王曰："天子之劍何如？"曰："天子之劍，以燕谿石城爲鋒，齊岱爲鍔，晉魏爲脊，周宋爲鐔，韓魏爲鋏。"　　趙云：所謂掉三寸之舌者也。兩句通義，言雖欲爲說客，則所談者王道也。

"納流"二句：趙云：以比所求見之人。其人如海之"納流"，而我"迷"其勢之"浩汗"。《海賦》云："灪漭浩汗"也。其人如山之"峻址"，而我得其"嶔崟"。《選·詩》云："南山鬱嶔崟"也。

"城府"二句：趙云：上句，則言諸公在幕府一句也。"清旭"字，舊本以其諱字，改作"清日"，便無義理。若作"清旦"，猶可也。此義在衆官之入府矣。下句，則公自言其舟之所在。"潯"，韻書云："旁深也。"如《楚詞》："弭節乎江潯。"是已。

"披顏"二句：《詩》："載驟駸駸。"　　趙云：上句，則言往披承諸公之"顏"，爭爲"倩倩"以相待。《詩》云："巧笑倩兮。"主在乎言笑也。下句，則又以駿馬比諸公也。

"朗鑒"二句：《左傳》："皇天后土，實聞此言。"　　趙云："愚直"，公自謂也。"朗鑒"存之，則所以望諸公也。"皇天實照臨"，則公又自言"愚直"可以合天心也，所以引下句。《論語》云："古之愚也直。"《詩》云："日居月諸，照臨下土。"

— 1601 —

"公孫"二句:《蜀都賦》:"長城豁險,吞若巨防。一人守隘,万夫莫向。公孫躍馬而稱帝,劉宗下輦而自王。"《左傳》:"不恃險與馬。""侯景"陷臺城者。　趙云:是時節度之中,有"恃險"如公孫述之在夔者,有攻犯城邑如侯景之陷城者。公欲攻其險而擒之其人,此公之"愚直"也。高歡與宇文泰相持於渭曲。泰命將士皆偃戈於葦中。歡曰:"縱火焚之如何?"侯景曰:"當生擒黑獺,以示百姓。若衆中燒死,誰復信之?"

"書信"二句:趙云:長安之城號"北斗",以其上當之也。此句又見長安之旁近猶有兵焉,所以"北斗"在乎"干戈"之外爲"深"矣。

"畏人"句:薛云:按《西山十二真君傳》:"許真君弟子施岑,揮扇中其股,遂奔入豫章城西門外,投泉井中。真君尋井脉追之,直至長沙。"　趙云:薛蒼舒引,非是。出處初無"千里井"三字也。竊考"千里井"有兩事。諺云:"千里井,不瀉剉。"以其有汲飲之日也。唐有《蘇氏演義》小說者,載《金陵記》云:"日南計吏止于傳舍間,及將就路,以馬殘草瀉於井中而去,謂無再過之期。不久,復由此,飲於此井,遂爲昔時剉節刺喉而死。故後人戒之曰:'千里井,不瀉剉。'"或又云:"千里井,不堪唾。"亦是古語。故(陳)徐陵作《玉臺新詠》,載劉勳妻王氏《雜詩》曰:"千里不唾井,況乃昔所奉。"爲客於外,所逢者皆千里之井也。然謂之"畏人",則剉節刺喉,於義爲近。《古詩》:"客子常畏人。"

"問俗"句:《揚雄傳·贊》:"箴莫善於虞箴,故作州箴。"晋灼曰:"謂九州之箴。"　趙云:"箴",載在《藝文類聚》中。《記》云:"入國而問俗。""問""九州箴",則公之俯仰,隨世可見矣。

"葛洪"句:(陳案:尸,《四庫全書》本作"户"。形訛。《補注杜詩》《全唐詩》作"尸"。)　《後漢書·方術傳》注:"尸解者,言將登仙,假託爲尸以解化也。"《葛洪傳》:"卒年八十一,視其顏色如生,體亦柔軟。舉尸入棺,甚輕如空衣。世以爲尸解得仙。"

"許靖"句:(陳案:力,《四庫全書》本作"方"。形訛。《補注杜詩》《全唐詩》作"力"。)　《蜀志》曰:許靖,字文休。少與從弟劭俱知名,并有人倫臧否之稱,而私情不協。排靖不得齒叙也。　趙云:上句,所以重傷其遭危難,而不得不流落也。又引下句之所思:若能如"葛洪",則"尸定解"。今公云此,以言欲南往以求丹砂,必享此也。

王朗嘗與靖書曰："足下周游江湖，以暨南海，歷觀夷俗，可謂徧矣。如靖之力，還可勝任。"又以言南往而避難也。

"家事"二句：葛洪爲句漏令，求丹砂。　　趙云："家事丹砂訣"，是兩件事，言處辦家事，及營求燒丹之訣，而無所成，所以"涕"如"霖"也。"涕如霖"，則涕泣如雨之"霖"也。

奉贈蕭二十使君

昔在嚴公幕，俱爲蜀使臣。
艱危參大府，前後間清塵。
起草鳴先路，乘槎動要津。
王臯聊暫出，蕭雉只相馴。
終始任安義，荒蕪孟母鄰。
聯翩匍匐禮，意氣死生親。
張老存家事，嵇康有故人。
食恩慙鹵莽，鏤骨抱酸辛。
巢許山林志，夔龍廊廟珍。
鵬圖仍矯翼，熊軾且移輪。
磊落衣冠地，蒼茫土木身。
塤篪鳴自合，金石瑩逾新。
重憶羅江外，同遊錦水濱。
結歡隨過隙，懷舊益霑巾。
曠絶含香舍，稽留伏枕辰。
伏驂雙闕早，回鴈五湖春。
不達長卿病，從來原憲貧。
監河受貸粟，一起轍中鱗。

【集注】

"昔在"四句：自注："嚴再領成都，余復參幕府。" 趙云：廣德二年正月，合劍南、東、西川爲一道。再以黃門侍郎嚴武爲節度使。公春晚自閬攜家歸蜀，再依武。武奏爲節度參謀。今贈蕭詩而云"間清塵"，則蕭是嚴公初鎮時入幕，而公在其再來時，所以爲"間"也。公自注之義亦明。司馬相如《諫獵疏》曰："犯屬車之清塵。"

"起草"二句："乘槎"，見上"虛乘八月槎"注。"要津"，見《古詩》"先據要路津"注。 趙云：上句，則蕭使君初自嚴幕而往，必爲舍人之職矣。唐制：舍人六人，正五品上，掌侍進奏，參議表章。凡詔旨、制敕、璽書、册命，皆起草進畫。既下，則署行。"鳴先路"，以駿馬比而貼之也。下句，所以言其貴也。

"王鳧"二句：見"遠愧尚方曾賜履"注。蕭望之爲郎，有雊隨車。魯恭爲中牟令，翟雉馴於桑下。 趙云：蕭廣濟《孝子傳》："蕭芝至孝，除尚書郎。有雉數十頭，飲啄宿止。當上直，送至歧路。下車入門，飛鳴車前。"今云"蕭雉只相馴"，則蕭使君其官應是尚書郎也。舊注既誤以爲蕭望之，又引魯恭爲中牟令，雉馴桑下，惑後學矣。

"終始"句：《前漢》：任安，字少卿，爲益州刺史。〔予〕司馬遷書，"責以古賢臣之義"也。 《杜正謬》：謹按《前漢書》："衞青爲大將軍，霍去病爲驃騎將軍，定令令禄秩與大將軍等。自是青日衰，而去病日益貴。故人門下多去事去病，輒得官爵，惟獨任安不肯去。"子美是詩，首句云："昔在嚴公幕，俱爲蜀使臣。"及有"塤箎""金石""食恩"之語，元注云："嚴公殁後，老母在堂。使君溫清之問，甘脆之禮，名數若己之庭闈焉。太夫人傾逝，又撫孤之情，不減骨肉。"以是考之，足以見蕭使君如任安之衞青，有終始之義。舊注所引非是。

"荒蕪"句：趙云："孟母"事，見《列女傳》。字則何平叔《景福殿賦》："嘉班妾之辭輦，偉孟母之擇鄰。"今句云"荒蕪孟母鄰"，則譬嚴母如孟母。既死，則所擇鄰以居止之處"荒"也。

"聯翩"二句：自注："嚴公殁後，老母在堂。使君溫清之問，甘脆之禮，名數若己之庭闈焉。太夫人傾逝，襄事又首諸孫。主典撫孤，不減骨肉，（陳案："嚴公殁後"數句，與上文重復。）則膠漆之契可知矣。《唐舊史》："秦王世民謂尉遲敬德曰：'丈夫意氣相期。'" 趙云:"非公自注如此分明,則誰知之?所以一部中,凡有小注,不可不謂之公自注,而削去之也。《詩》云:"凡民有喪,匍匐救之。"《史》云:"一死一生,乃見交情"也。

"張老"二句:《左傳》:"晋侯以張老爲中軍司馬。"嵇康臨死,謂子曰:"山公在,汝不孤矣。" 趙云:上句,《檀弓》曰:"晋獻文子成室,晋大夫發焉。張老曰:'美哉輪焉,美哉奐焉,歌於斯,哭於斯,聚國族於斯。'文子曰:'武也得歌於斯,哭於斯,聚國族於斯,是全要領以從先大夫於九京。'北面再拜稽首。君子謂之善頌善禱。"今句云"張老存家事",則以"張老"比蕭使君,言能存嚴公之家事,使得令諸孫奉太夫人襄事,哭於斯,聚族於斯,不失其家也。舊注殊不相干也。嵇康以比嚴公,"故人",則指言蕭使君也。

"食恩"二句:趙云:兩句重言蕭之報嚴如此。蓋以蕭使君之心,舊"食"嚴公之"恩",尚"慙"報之"鹵莽"。《莊子》曰:"耕而鹵莽之,則其實亦鹵莽而報予。"蕭使君銜嚴公之恩,銘鏤肌骨,常抱"酸辛",故敬其母,營其家,非報恩之謂乎?阮嗣宗《詠懷》有云:"對酒不能言,悽愴懷酸辛。"

"巢許"二句:巢父、許由、夔與龍也。 趙云:上句,則公自比也。下句,則以言蕭使君也。言如二人之材,當在廟堂之上也。

"鵬圖"二句:見《泊岳陽樓》詩:"變化有鶤鵬"注。 趙云:兩句通義,言蕭使君如大鵬之圖南,仍矯奮其"翼",固當遂晋擢矣,而且爲太守,故憑"熊軾"以"移輪"也。"熊軾",郡刺史之制。白樂天作類書,亦云隼旟、熊軾也。

"磊落"二句:嵇康"土木形骸。" 趙云:兩句則公又自言也。嵇康"土木形骸",公言其身如之,而亦在"衣冠"之列也。

"塤篪"二句:《詩》:"天之牖民,如塤如篪。"《絕交論》:"道協膠漆,志婉孌於塤篪。"《文賦》:"被金石而德廣,流管絃而日新。" 趙云:言再與蕭相見,如"塤篪"之"合",而"金石"不移,所以"瑩逾新"也。

"重憶"二句:趙云:"羅江",屬綿州。"錦水",則成都也。成都在羅江之外,所以紀實也。

"結歡"二句:《陸賈傳》:"君何不交歡太尉,深相結?"潘安仁《懷舊賦》:"涕泣流而霑巾。"　　趙云:《傳》曰:楚子使椒舉如晋,曰:"寡君願結歡於二、三君。""過隙",言日月之疾也。《莊子》曰:"人生一世,如白駒之過隙。"

"曠絶"二句:張茂先詩:"伏枕終遥昔,寤言莫予應。"　　趙云:公爲工部員外郎,而不得坐省,所以爲"曠絶"其"舍"也。下句,則公言其病也。《詩》云:"寤寐無爲,展轉伏枕。"

"伏驂"二句:(陳案:伏,《補注杜詩》《全唐詩》作"停"。)　　謝玄暉:"停驂我悵望。"沈休文:"旅鴈每回翔。"　　趙云:上句,則又言其不得朝謁,而思入朝之士。下句,則言其在湘、潭之間時候也。《周禮》:"揚州其浸五湖。"張勃《吴録》:"五湖者,太湖之别名,以其周行五百里,故名之。或説太湖、射貴湖、上湖、洮湖、滆湖。"按:《國語》:"吴、越戰於五湖。"直(上)[在]笠澤一湖中戰耳,則知"或説"非也。蓋太湖一名震澤,一名笠澤,一名洞庭也。古稱鴈不過南嶽,故衡山有回鴈峰。

"不達"二句:見上"長卿多病久"注。弟一篇"難甘原憲貧"注。

趙云:上句,"長卿"有消渴之疾,而公亦同之,故自怪其不省解如此。每以"原憲"自比其"貧"。

"監河"二句:見《莊子》"轍魚"事。　　趙云:句則有求於蕭使君也。《莊子》曰:莊周家貧,故往貸粟於監河侯。監河侯曰:"我將得邑金,貸子三百金。"周忿然作色曰:"周昨來,有中道而呼者,顧視車轍,有鮒魚焉。問之曰:'子何爲者耶?'對曰:'我東海波臣也。君豈有斗升之水而活我哉?'周曰:'諾。我將南遊吴越之王,激西江之水而迎子,可乎?'鮒魚忿然作色曰:'吾得升斗之水然活爾。君乃言此,曾不如早索我枯魚之肆!'"

奉送二十三舅録事之攝郴州 崔偉

賢良歸盛族,吾舅盡知名。
徐庶高交友,劉牢出外甥。
泥塗豈珠玉,環堵但柴荆。

衰老悲人世,驅馳厭甲兵。
氣春江上別,淚血渭陽情。
舟鸂排風影,林烏反哺聲。
永嘉多北至,句漏且南征。
必見公侯復,終聞盜賊平。
郴州頗涼冷,橘井尚淒清。
從役何蠻貊,居官志在行。

【集注】

"賢良"二句:趙云:《周禮》:"友行,以尊賢良。""賢",則行之傑。"良",則才之美。故漢以爲科目之名。

"徐庶"二句:徐庶謂先主曰:"諸葛孔明,乃臥龍也,將軍豈欲見之乎?"先主遂詣見。桓玄曰:"何無忌,劉牢之外甥,酷似其舅。今舉大事,孰謂無成?"　趙云:上句,言崔舅。下句,則公以何無忌自待也。

"泥塗"二句:趙云:上句,又以言崔舅,謂明珠白玉之質,豈宜辱在"泥塗"乎?下句,則又公自言耳。謝靈運《初去郡》云:"促裝反柴荊。"

"衰老"二句:趙云:公又自言年之"衰老",在"人世"爲可悲。公之所以"驅馳"流寓,豈不厭當時有"甲兵"之亂乎?

"氣春"二句:謝玄暉《江上徒離憂》詩:"我送舅氏,曰至渭陽。"

趙云:上句,道其別之時與別之處。"淚血",則所謂淚盡,繼之以血。《晉書》:"世無渭陽情。"

"舟鸂"二句:趙云:上句,言崔舅之船。下句,則崔舅應侍太夫人以行也。(晉)成公綏《烏賦·序》曰:"烏之爲瑞,久矣。其反哺識養,故爲吉鳥。"李善注《文選》,有曰:"純黑而反哺者,烏也。"束晳《補亡詩》云:"嗷嗷林烏,受哺于子。"

"永嘉"二句:永嘉之亂,元帝渡江,衣冠多自"北至"。葛洪求爲句漏令,以有丹砂也。《楚詞》:"汨吾南征。"　趙云:上句,言崔舅自北而來也。下句,言崔舅往郴州也。

"必見"二句：趙云：《左傳》："公侯之子孫，必復其始。"今句以見崔舅貴人孫也。

"郴州"二句：趙云：蓋以南方多熱，而此郡獨涼矣。"橘井"，在郴州。神仙蘇耽於山下鑿井種橘，捄鄉里之疾者。以井泉服一橘葉，即已。

"從役"二句：趙云：子曰："言忠信，行篤敬，雖蠻貊之邦行矣。"又《左傳》曰："當官而行，何強之有？"今參用之矣。

送魏二十四司直充嶺南掌選崔郎中判官，兼寄韋韶州

選曹分五嶺，使者歷三湘。
才美膺推薦，君行佐紀綱。
佳聲期共遠，雅節在周防。
明白山濤鑒，嫌疑陸賈裝。
故人湖外少，春日嶺南長。
憑報韶州牧，新詩昨寄將。

【集注】

"送魏"句：趙云：韋韶州者，即前所謂韋員外，名迢者也。

"選曹"二句：上句，見"雲山兼五嶺"注。顏延年："三湘淪洞庭，七澤靄荊牧。"注：江、湘、沅水，皆會巴陵，〔至〕洞庭陂，號爲三湘。蓋謂三江。　趙云：上句，言崔郎中之充嶺南掌選也。下句，則崔郎中出爲使，經歷三湘而往也。"三湘"之名，按：樂史《寰宇記》云："湘潭、湘鄉、湘源也。"

"才美"二句：《語》："周公之才之美。"《左傳》："紀綱之僕。"　趙云：上句，又以言魏爲人所薦，而爲判官也。下句，則言魏君之行，佐崔君之"紀綱"也。《書》："亂其紀綱。"《禮》云："以爲紀綱。"是已。舊至引"紀綱之僕"，(陳案：至，《杜詩引得》作"注"。)何其下也。

"佳聲"二句：期：一作"斯"。　　趙云：上句，則魏、崔皆著"佳聲"，而"共遠"矣。次句，則戒魏佐選事，如下句也。

"明白"句：山濤前後選舉，周徧内外，而并得其才。所甄拔人物，各爲題目，時稱山公啟事。　　趙云：戒魏君之佐選舉事，當以公也。

"嫌疑"句：陸賈說南越尉佗，佗賜賈橐中裝，直千金。　　趙云：此又戒之以廉也。今魏君往嶺南充掌選判官，苟有千金之裝如"陸賈"，則爲"嫌疑"矣。

"故人"二句：趙云："故人湖外客"，此是韋迢詩全句。公改一字，而精神健矣。

送趙十七明府之縣

連城爲寶重，茂宰得才新。
山雉迎舟楫，江花報邑人。
論交翻恨晚，臥病却愁春。
惠愛南翁悅，餘波及老身。

【集注】

"連城"句：盧子諒："連城既偽往，荆玉亦真還。"　　趙云："連城"事，言和氏之璧也。《史記》曰："趙惠王得和氏璧。秦昭王聞之，使人遺趙王書，願以十五城易璧。"今句云，所以美"趙十七"也。

"茂宰"句：《杜補遺》：謝玄暉《和伏武昌登孫權故城》詩云："雄圖悵若兹，茂宰深遐睠。"故李太白《贈義興宰》詩亦云："天子思茂宰，天枝得英材。"　　趙云：舊注指爲"卓茂"，誤矣。

"山雉"二句：《語》曰："山梁雌雉。"　　趙云：上句，則禽鳥知所馴。下句，則草木知所喜。皆美言之。蓋言"江花"時節，報君之到也。

"論交"二句：趙云：上句，言公與趙君晚方"論交"也。謝玄暉有《在郡臥病呈沈尚書》詩。

"惠愛"二句：趙云：蓋言施"惠愛"，而南人喜悅。公自謂老身亦霑其"餘波"也。《漢·項籍傳》云"南公"。《禹貢》云:"餘波及于流沙。"(陳案:及,《尚書注疏》作"入"。)而義則《左傳》云:"其波及晉國者,君之餘也。"

燕子來舟中作

湖南爲客動經春,燕子銜泥兩度新。
舊入故園常識主,如今社日遠看人。
可憐處處巢居室,何異飄飄託此身。
暫語船檣還起去,穿花落水益霑巾。

【集注】

"湖南"二句:見第二卷"銜泥附炎熱"注。　趙云:"燕子",出《家語》:延陵季子適晉,曰:"異哉,夫子之在此,猶燕子巢于幕也。""兩度新",則大歷四年、五年之春。四年在潭州城中,今歲在舟中,欲儘南往湖南也。

"可憐"句:《古詩》:"思爲雙飛燕,銜泥巢君室。"

"穿花"句:趙云:至於"霑巾",則以"飄飄託此身",而有感也。

同豆盧峰貽主客李員外賢子棐 知字韻

煉金歐冶子,噴玉大宛兒。
符彩高無敵,聰明達所爲。
夢蘭他日應,折桂早年知。
爛熳通經術,光芒刷羽儀。
謝庭瞻不遠,潘省會於斯。
唱和將雛曲,田翁號鹿皮。

【集注】

"同豆"句：（陳案：裘，《補注杜詩》《全唐詩》作"棐"。）

"煉金"二句：張景陽《七命》："楚之陽劍，歐冶所營。" 《杜補遺》云：穆天子東遊黃澤，宿于曲洛，謠云："黃之澤，其馬歕玉，皇人壽穀。"又，賈復顧兒謂弟曰："此吾宗大宛兒也，一日千里。"亦可。歕，與"噴"同。　　趙云：兩句以美李員外之子。上句，比之以劍。下句，比之以馬。"歐冶"事，《吳越春秋》及《越絕書》皆載："越王允常聘吳之歐冶子，作名劍五枚。"引之以"煉金"字，在本出雖無，而道書有煉金之術，主言煉以服食，今借其字用耳。"大宛"事，《前漢•禮樂志》："馬生渥洼水中。"詩云："霑赤汗，沫流赭。"應劭曰："大宛馬，汗血霑濡也。"

"符彩"二句：薛夢符《補遺》云：按：《禮記》："君子比德於玉焉。孚尹旁達，信也。"注："孚尹，讀爲浮筠，謂玉采色也。" 《杜正謬》：曹子建《七啟》曰："佩則結綠懸黎，寶之妙微。符彩照爛，流景揚煇。"注："結綠、懸黎，梁、宋之寶。符光景輝，皆彩也。"左太沖《蜀都賦》："金沙銀礫，符彩彪炳。"魏文帝《車渠椀賦》："苞華文之光麗，發符彩而揚榮。"

"夢蘭"二句：《左傳》：鄭文公賤妾燕姞，夢天使與己蘭，曰："以是爲而子。"以蘭有國香，人服媚之。既而文公〔見之〕，與之蘭而御之。辭曰："妾幸而有子，將不信，敢徵蘭乎？"穆公名曰"蘭"也。下句，見"禮闈曾擢桂"注。

"爛熳"二句：沈休文《湖中鴈》詩："刷羽同摇漾。"《易》："鴻漸于陸，其羽可用爲儀。"　　趙云：班固《幽通賦》："皇十紀而鴻漸兮，有羽儀於上京。"

"謝庭"二句：《晉史》：謝太傅諸子，若芝蘭玉樹，生於庭階。潘安仁："寓直于散騎之省。"　　趙云：今公乃工部員外郎，李乃主客員外郎，盧亦必官是省郎，三人相會，故云"潘省會於斯"。《記》云："歌於斯，哭於斯。"

"唱和"二句：上句，見五卷《病柏》詩注。下句，見五卷《遣興》詩注。　　趙云：《樂府》有《鳳將雛》之曲，以鳳比李裴也。"鹿皮翁"，公自謂也。

歸鴈二首

萬里衡陽鴈，今年又北歸。
雙雙瞻客上，一一背人飛。
雲裏相呼疾，沙邊自宿稀。
繫書元浪語，愁寂故山薇。

【集注】

"萬里"二句：應德璉詩："朝鴈鳴雲中，音響一何哀。問子遊何鄉，戢翼正徘徊。言我塞門來，將就衡陽棲。往春翔北土，今冬客南淮。"（陳案：塞，六臣注《文選》同，李善注本作"寒"。）

"繫書"句：見"雖無南過鴈"注。

再吟

欲雪違胡地，先花別楚雲。
却過清渭影，高起洞庭群。
塞北春陰暮，江南日色曛。
傷弓流落羽，行斷不堪聞。

【集注】

"欲雪"句：謝靈運詩："季秋邊朔苦，旅鴈違霜雪。"又："嗷嗷雪中鴈，鳴舉自委羽。求涼弱水湄，違寒長沙渚。" 趙云：《列子》曰："鴈違寒就溫。"此"違"字祖出也。

"先花"句：《月令》："鴈北鄉。"《管子》曰："鴈秋北春南。"言其避寒也，楚南也。故曰："先花別楚雲。"

"塞北"二句：謝靈運："朝忌曛日馳。"又，"朝遊窮曛黑。" 趙云：《春秋說題〔辭〕》云："鴈之南北，以陽動也。"故方"欲雪"，而違背"胡地"以來，花欲開而乃"先花"以去。言"別楚雲"，亦據所詠"鴈"處言之。若又言"清渭""洞庭""塞北""江南",則皆"鴈"往來之地也。
　　"傷弓"二句:更盈引虛弓而鴈落,(陳案:盈,《戰國策·楚四》作"贏"。形訛。《春秋戰國異辭》作"贏"。當是。)人問之,曰:"此鴈傷弓也。"鮑明遠詩:"傷禽惡弦驚,倦客惡離聲。"　　趙云:"傷弓"字,出處不專是"鴈"。有曰:"傷弓之鳥驚曲木";又曰:"傷弓之鳥必爲期。"而於"鴈"言之,則亦可矣。舊注引:更盈引虛弓而鴈落,人問之,曰:"此鴈傷弓也。"按:此事出《戰國策》,載魏加對春申君之言,止云:更贏謂魏王曰:"臣爲王引弓虛發而下鳥。"有鴈從東方來,更贏以虛發而下之。魏王曰:"然則射可至此乎?"更贏曰:"此孽也!"即無"傷弓"字,蓋意雖是而字非,亦爲模棱矣。贏,音力追反,又非"盈"字。

小寒食舟中作

佳辰强飲食猶寒,隱几蕭條帶鶡冠。
春水船如天上坐,老年花似霧中看。
娟娟戲蝶過閑幔,片片輕鷗下急湍。
雲白山青萬餘里,看雲直北至長安。

【集注】
　　"佳辰"二句:《漢·輿服志》:"虎賁武騎皆鶡冠。"南郭子綦"隱几",見《莊子》。　　趙云:"佳辰"雖"彊飲",而其食猶是寒物,此爲小寒食言之也。"鶡冠"者,隱人之冠也。袁淑《真隱傳》:"鶡冠子,或曰楚人,隱居幽山。衣敝履穿,以鶡爲冠,莫測其名,因服成號。著書言道家,馮諼常師事之,後顯於趙。鶡冠子或其薦已也,(陳案:或,《杜詩引得》作'懼'。)乃與諼絶。"舊注誤矣。
　　"春水"二句:趙云:有士夫傳黃魯直云:前人詩有"水面船如天上坐",杜公改一"春"字,而精神炯然,可謂點鐵成金。魯直之言如此,但學者未見前人何人詩也。次公獨見沈佺期《釣竿篇》亦曰:"人如天上坐,魚似鏡中懸。"豈正是此句而傳者不審邪?
　　"娟娟"二句:趙云:世有《王立之詩話》,載老杜家諱閑,而詩中有云:"娟娟戲蝶過閑幔。"或云,恐傳之謬。又有《燕王使君宅》詩云:"汎愛憐霜鬢,留歡卜夜閑。"一云"上夜關"。余以爲皆當以"閑"字爲正,臨文恐不自以爲避也。立之之說如此。若次公則以"上夜關"於義方活。具本《詩解》。今則當以"閑"字爲正,乃臨文不諱之說。

"雲白"二句:鮑明遠:"灞陵望長安。"徐敬業:"回首見長安。"王粲:"回首望長安。"一本作:"愁看直北是長安。"

清明二首

右一

朝來新火起新煙,湖色春光浮客船。
繡羽銜花他自得,紅顏騎竹我無緣。
胡童結束還難有,楚女腰支亦可憐。
不見定王城舊處,長懷賈傅井依然。
虛霑焦舉爲寒食,實藉嚴君賣卜錢。
鍾鼎山林各天性,濁醪麤飯任吾年。

【集注】

"清明"句:趙云:此詩在潭州作,蓋本歲大曆四年之"清明"也。潭州,舊曰湘州,隋改爲潭,取昭潭名之。今公詩使"定王城""賈誼井"事,所以知在潭州作。公於今年春發岳陽,泛洞庭,至潭州,遂留終歲。而次年春發長沙,如衡陽,則在湘潭見"清明"也。

"朝來"二句:(陳案:浮,《全唐詩》《補注杜詩》作"净"。)　《周禮·司烜氏》:"仲春以木鐸修火禁於國中。"注:"謂季春將出火也。"故子美引"新火"而用也。　趙云:按唐制:清明日賜百官新火。楊巨源《清明》詩曰:"榆柳芳辰火,梧桐今日花。"賈島詩曰:"晴風吹柳絮,新火起廚煙。"皆"新火"之證也。以其繫舟在湘岸,故云"湖色春光"。

"繡羽"二句:(陳案:銜,《全唐詩》同。一作"衝"。)　《射雉賦》

有"綺翼""繡頸"。《郭伋傳》："小兒騎竹馬。"　　趙云："繡羽"者,眼前所見文禽也。"銜花"亦(走)[是]禽之實事。唐人詩有云："鳥銜花落碧巖前。"若其字,則於佛書又有"鹿苑銜花"之類。"繡羽銜花""紅顔騎竹",此清明之景,而妙處在"他自得""我無緣"六字。蓋鳥"銜花"而"自得",人之弗知也。稚子"騎竹"之戲,我不復然,則老者之弗如也。

"胡童"二句:趙云："胡童結束",似指言陝西之事。蓋彼中有胡商居焉,則宜有之矣。今於荆湖,既"難有"矣。而"可憐"者,"楚女腰支"而已。而楚王有細腰宫,故云。

"不見"二句："定王",則長沙定王也。今長沙賈誼廟中有井存焉。退之《井》詩亦云："賈誼宅中今始見。"　《杜補遺》:盛弘之《荆州記》曰："湘州南寺之東賈誼宅有井,小而深,上斂下大,狀似壺,即誼所穿井。誼宅今爲陶侃廟,種柑猶有存者。"庾穆之《湘州記》同此。

"虛霑"句:(陳案:焦舉,《後漢書》作"周舉"。《全唐詩》作"焦"。宜作"周"。)　事見桓譚《新論》及《汝南先賢傳》也。《後漢》:焦舉博學,遷并州刺史。太原一郡,舊俗以介子推焚骸,有龍忌之禁,至其亡月,咸言神靈禁舉火,(陳案:禁,《後漢書》作"不樂"。)由是士民每冬中徹火,一月寒食,莫敢煙爨。老小不堪,歲多死者。舉既到州,乃作弔書以置子推之廟,言盛冬去火,非賢者意,以宣示愚民,使還温食。由是衆惑稍解,風俗頗革。《新序》曰："晉文公反國,子推無爵,逐去之綿上。文公求之不得,焚其山,子推不出而死。"事具《耿恭傳》："龍,星木之位也,春見東方。心,爲大火之盛,故謂之焚火。俗傳子推此日被焚而禁火也。"　趙云:公詩意亦是用此。似言"寒食"舉火,而得温食,甚爲所宜。然當客寄,不足於饌,爲"虛霑"耳,故有下句百錢之須。然漢"周舉"事,謂之"焦舉",豈其一時之誤,或傳寫之錯,或別有姓焦名舉事出處乎? 又今時"寒食",非在二月,則在三月,而謂之盛冬去火殘損民命,又所不解。

"實藉"句:見上"憑將百錢卜"注。

"鍾鼎"二句:薛云:按:《酒經》曰："醪汁,滓酒也。"《世本》曰："儀狄始作酒醪,變五味。"　趙云:擊鍾而食,列鼎而亨,此"鍾鼎"之義,富貴人之事也。"山林",則隱逸之人,雖處貧賤而甘之,則與好富貴者,皆"天性"耳。既無盛饌矣,姑爲"糲飯"而已。"濁醪",則以終百錢爲飲之義。

右二

　　此身飄泊苦西東,右臂偏枯半耳聾。
　　寂寂繫舟雙下淚,悠悠伏枕左書空。
　　十年蹴踘將雛遠,萬里鞦韆習俗同。
　　旅鴈上雲歸紫塞,家人鑽火用青楓。
　　秦城樓閣煙花裏,漢主山河錦繡中。
　　風水春來洞庭闊,白蘋愁殺白頭翁。

【集注】

　　"右臂"句:趙云:《素問》:黃帝之言風曰:"或爲偏枯。"《莊子》云:"浸假化予右臂以爲彈。"
　　"寂寂"句:《賈誼傳》:"不繫之舟。"
　　"悠悠"句:見上"咄咄已書空"注。以"右臂偏枯",故"書空"用"左"也。
　　"十年"句:劉向《別錄》:"蹴鞠,黃帝所造,本兵勢也。或云,起於戰國。按:鞠與毬同。古人蹴踘以爲戲。"　趙云:《太平摠類·寒食門》,載劉向《別錄》曰:"寒食蹴踘,黃帝所造云。"今言攜妻子在外見清明者"十年"矣。《古樂府》有《鳳將雛》之曲。成公綏《嘯賦》又云:"似鴻鴈之將雛。"
　　"萬里"句:《古今藝術圖》曰:"鞦韆,北方戲。以習輕趫。"　趙云:言其去鄉之遠也。
　　"旅鴈"句:《蕪城賦》:"〔北走〕紫塞鴈門。"　《杜補遺》云:崔豹《古今注》:"秦所築長城,土皆紫色,漢塞亦然,故稱紫塞。"子美《官池春鴈》詩又有:"青春欲盡急還鄉,紫塞寧論尚有霜"之句。
　　"家人"句:鑽燧改火:春取榆柳之火,以順陽行火氣。　趙云:楊巨源《清明》詩云:"榆柳芳辰火。"
　　"秦城"二句:煙:一作"鶯"。　　(陳案:錦,《四庫全書》本作

"綿"。形訛。《補注杜詩》《全唐詩》作"錦"。） 荆州，劉備所自起，故言"漢主山河"。

"風水"四句：趙云：四句（陳案：指"秦城"以下四句。）則懷長安而嘆其在湘潭也。（梁）柳惲《江南曲》曰："汀州採白蘋。"壺關三老《上書》曰："夢白頭翁教之。"（陳案：壺關三老，《漢書》作"車千秋"。）而魏文帝《書》曰："已成老翁，但未頭白耳。"

贈韋七贊善

鄉里衣冠不乏賢，杜陵韋曲未央前。
爾家最近魁三象，時論同歸尺五天。
北走關山開雨雪，南遊花柳塞雲煙。
洞庭春色悲公子，蝦菜忘歸范蠡船。

【集注】

"鄉里"二句："未央"殿基在長安。"杜陵韋曲"，地名也。《杜補遺》云：袁粲，字景倩，幼孤。祖哀之，曰："愍孫少好學，有清才。"叔父淑雅重之，語子弟曰："我門不乏賢，愍孫必當復三公。"

"爾家"句：公自注云："斗魁下兩兩相比，爲三台。" 趙云：言其祖爲三公也。

"時論"句：同歸：一作"因侵"。 公自注：俚語曰："城南韋杜，去天尺五。"

"蝦菜"句：趙云：言韋戀南地之"蝦菜"而"忘歸"，如"范蠡"之遊五湖也。

奉酬寇十侍御錫見寄四韻，復寄寇

往別郇瑕地，于今四十年。
來簪御府筆，故泊洞庭船。

詩憶傷心處，春深把臂前。

南瞻按百越，黃帽待君偏。

【集注】

"奉酬"句：(陳案：寇，《四庫全書》本作"冠"。形訛。《補注杜詩》《全唐詩》作"寇"。)

"往別"句：《左傳》：郯瑕，晉地。

"來簪"句：《魏畧》曰：殿中侍御史，簪白筆，側階而立，上問曰："此何官也？"辛毗對曰："此謂御史，簪筆書過，以奏不法。"

"詩憶"句：《楚詞》："目極千里兮傷春心。" 趙云：《選》云："愀愴傷心。"

"春深"句：《廣絕交論》："自昔把臂之英，金蘭之友。" 趙云：兩句言在"郯瑕"相見作別之時。《東觀漢記》：朱暉與張堪相見，接以友道。堪至，把暉臂曰："欲以妻子託朱生。"

"南瞻"二句：百：一作"有"。 趙云：《前漢》："鄧通，楚郡南安人也，以濯船爲黃頭郎。"顏師古注曰："濯船，能（插）[持]濯行船也。土勝水，其色黃，故刺船之郎皆著黃帽，因號曰黃帽郎。濯，讀曰櫂，音直孝切。"(陳案：櫂、切，《漢書》作"櫂""反"。)寇君既"按百越"，則所在處常舶艤舟以待，故其"帽偏"也。

杜員外兄垂示詩因作此寄上 郭太受傳

新詩海内流傳遍，舊德朝中屬望勞。

郡邑地卑饒霧雨，江湖天闊足風濤。

松醪酒熟旁看醉，蓮葉舟輕自學操。

春興不知凡幾首，衡陽紙價頓能高。

【集注】

"新詩"二句：趙云：傅玄《歷九秋篇》云："奏新詩兮夫君。"《易》云："食舊德也。"

"郡邑"句:見"爽攜卑濕地"注。
"江湖"句:顏延年:"春江壯風濤。"
"松醪"句:趙云:"松醪酒",在唐有之,所謂松醪春。
"蓮葉"句:《列子》:顏回問仲尼曰:"吾嘗濟乎觴深之淵,津人操舟若神。吾問曰:'操,可學乎?'曰:'可。善游者數習而後能。'"小說:"太一真人乘蓮葉舟。"郭借用云。
"春興"二句:自注:"衡陽出武家紙,又云出五色紙。"邢子才苟一文出,京師爲之紙貴。庾闡造《揚都賦》成,〔其文〕偉麗,時人相傳爭寫,爲之紙貴。　　新添:左思《三都賦》成,豪貴之家,競相傳寫,洛陽爲之紙貴。

酬郭十五判官 郭受

才微歲老尚虛名,臥病江湖春復生。
藥裹關心詩揔廢,花枝照眼句還成。
只同燕石能星隕,自得隋珠覺夜明。
喬口橘洲風浪促,繫帆何惜片時程。

【集注】

"才微"二句:趙云:曹操言禰衡曰:"顧此人素有虛名也。"《莊子》曰:"身在江湖之上。"

"藥裹"二句:(陳案:裹,《四庫全書》本作"裏"。形訛。《補注杜詩》《全唐詩》作"裹"。)　　趙云:彭祖云:"服藥千裹,不如獨臥。"劉孝威《擬古應教》云:"誰家妖冶折花枝。"鮑照《堂上歌行》云:"萬曲不關心。"梁武帝《春歌》云:"階上香入懷,庭中花照眼。"

"只同"句:《左傳》:"隕石于宋五。"隕星也。又,"星隕如雨"。《荀子》曰:"宋之愚人,得燕石于梧臺之東。"　　《杜補遺》:闞子曰:"宋之愚人,得燕石于梧臺之側,藏之以爲大寶。周客聞而觀焉。主人齋七日,端冕元服以發寶。革匱十重,巾十襲。客見,俛而掩口,盧胡而笑曰:'此燕石也,其與瓦甓不殊。'主人大怒曰:'盲瞽之言,醫匠之心。'藏之愈固,守之愈謹。"

"自得"句:隋侯之珠,夜光之璧。

"喬口"二句:"橘洲",見上十六卷:"橘洲田土仍膏腴。"　趙云:"喬口",在潭州。

衡州送李大夫赴廣州

斧鉞下青冥,樓船過洞庭。
北風隨爽氣,南斗避文星。
日月籠中鳥,乾坤水上萍。
長歌丈人行,垂老見飄零。

【集注】

"斧鉞"二句:漢武征南越,作"樓船"。　趙云:《禮記》云:"賜斧鉞,然後征。"(陳案:征,《禮記注疏》作"殺"。)故漢魏以來,爲將者多言仗"斧鉞"。今廣州節度主兵,得使"斧鉞"字矣。"樓船"者,應劭云:"大船上施馬也。"漢武帝大修昆明池,治樓船,高十餘丈。帝《秋風辭》云:"泛樓船兮濟汾河。"而官有樓船將軍焉。

"北風"二句:《登樓賦》:"向北風而開襟。"王子猷:"西山朝來,致有爽氣。"　趙云:"北風",以言其時。《詩》云:"北風其涼。""南斗",以言廣南。按:《晉·天文志》:"自南斗十二度,至須女七度爲星紀,爲吳、越之分野也。"《晉·天文志》:"東璧二星主文章。明,則國多君子,是謂文星也。"大中九年,日官李景亮奏云:"於上象文星暗,科場當有事。"沈詢爲禮部侍郎,聞而憂焉。至是三科盡覆試。"北風"之下,故言"爽氣"。"南斗"之下,故言"文星",乃詩人之巧也。

"日月"二句:潘安仁:"池魚籠鳥。"　趙云:學者多不曉而妄爲之説。《鶡冠子》曰:"籠中之鳥,空籠不出。"而左大冲《詠史》云:"習習籠中鳥,舉翮觸四隅。"劉伶曰:"俯觀萬物,擾擾焉,若江海之載浮萍。"而江文通《擬王粲》詩曰:"朝露竟幾何,忽如水上萍。"於前人詩中有此"籠中鳥""水上萍"六字,故兩處取用,混成爲對。其句蓋言我身於"日月"之下,如"籠中"之"鳥",局而不伸;於天地之中,如"水上"之"萍",泛而無定。非謂言以"日月"爲"籠",而我爲"鳥";以天地爲"水",而我爲"萍"也。而學者率徇己意,過爲穿鑿之,遂以爲渾合排偶之誤也。

"長歌"句:(陳案:長歌,《補注杜詩》《全唐詩》作"王孫"。)

過洞庭湖 新添

鮫室爲青草,龍堆隱白沙。
護隄盤古木,迎棹舞神沙。
破浪南風正,回檣畏日斜。
湖光與天遠,直欲泛仙槎。

【校勘】

"龍堆"句:隱:一作"擁"。
"護隄"句:隄:一作"江"。
"回檣"句:回檣:一作"歸舟"。
"湖光"二句:一作"雲山千萬疊,底處上星槎"。

聞惠子過東溪 新添

惠子白驢瘦,歸溪唯病身。
皇天無老眼,空谷滯斯人。
崖密松花熟,山杯竹葉春。
柴門了生事,黃綺未稱臣。

【校勘】

"崖密"句:崖:一作"巖"。熟:一作"古"。

"山杯"句：山杯：一作"村醪"。　　杜田云：(陳)陰鏗《竹詩》云："葉醞宜城酒。"
　　"黄綺"句：黄：一作"圓"。